HEYNE BÜCHER

Tip des Monats

In derselben Reihe
erschienen außerdem als Heyne-Taschenbücher:

Johanna Lindsey · Band 23/34
Robert Ludlum · Band 23/41
Johanna Lindsey · Band 23/43
John Saul · Band 23/50
Mary Westmacott · Band 23/56
Marie Louise Fischer · Band 23/63
Daphne Du Maurier · Band 23/64
Evelyn Sanders · Band 23/66
Mary Westmacott · Band 23/73
Dean Koontz · Band 23/76
Johanna Lindsey · Band 23/78
Marion Zimmer-Bradley · Band 23/79
Evelyn Sanders · Band 23/84
Dean Koontz · Band 23/85
Marie Louise Fischer · Band 23/88
Johanna Lindsey · Band 23/91
Ellis Peters · Band 23/92
Utta Danella · Band 23/95
Heinz G. Konsalik · Band 23/96
Marion Zimmer-Bradley · Band 23/98
Dean Koontz · Band 23/101
Charlotte Link · Band 23/102
Johanna Lindsey · Band 23/103
Ellis Peters · Band 23/104
Philippa Carr · Band 23/105
Robert Ludlum · Band 23/106
Marie Louise Fischer · Band 23/107
Heinz G. Konsalik · Band 23/108
Jean Plaidy · Band 23/109
Ellis Peters · Band 23/110
Utta Danella · Band 23/111
Dean Koontz · Band 23/112
Marie Louise Fischer · Band 23/113
Ellis Peters · Band 23/114
Johanna Lindsey · Band 23/115
Sarah Harrison · Band 23/116
Terry Pratchett · Band 23/117
Catherine Coulter · Band 23/118
Dean Koontz · Band 23/119
Catherine Cookson · Band 23/120
Ellis Peters · Band 23/121
Janet Dailey · Band 23/122
Dean Koontz · Band 23/123
Heather Graham · Band 23/124
Philippa Carr · Band 23/125
Catherine Cookson · Band 23/126
John Saul · Band 23/127
Barbara Cartland · Band 23/128
Terry Pratchett · Band 23/129
Johanna Lindsey · Band 23/130
Ellis Peters · Band 23/131
Mary Stewart · Band 23/134
James Bond · Band 23/135
Catherine Coulter · Band 23/136

Janet Dailey

ZWEI ABENTEUERLICHE LIEBESROMANE

Die große Sehnsucht
Die große Versuchung

WILHELM HEYNE VERLAG
MÜNCHEN

HEYNE TIP DES MONATS
Nr. 23/133

Aus dem Amerikanischen von Uschi Gnade
(Der Titel erschien bereits in der Allgemeinen Reihe mit der
Band-Nr. 01/6794.)

Aus dem Amerikanischen von Uschi Gnade
(Der Titel erschien bereits in der Allgemeinen Reihe mit der
Band-Nr. 01/7715.)

Umwelthinweis:
Das Buch wurde auf chlor- und säurefreiem Papier gedruckt.

Printed in Germany 1997
Umschlagillustration: Franco Accornero / Agentur Schlück
Umschlaggestaltung: Atelier Ingrid Schütz, München
Satz: Buch-Werkstatt GmbH, Bad Aibling
Druck und Bindung: Elsnerdruck, Berlin

ISBN: 3-453-11584-4

DIE GROSSE SEHNSUCHT

TEIL I

1.

Unter einem klaren Himmel erstreckten sich die Steppen von Montana, ein wogendes Meer aus Gras bis hin zum fernen Horizont. Dieses ausgedehnte Weideland wurde nur von einsamen Gipfeln und verschlungenen Schluchten durchbrochen. Es war ein gewaltiges, fast menschenleeres Land, ein herausforderndes Land. Seine Weite machte den kleinen Mann kleiner und den Großen zum König.

Wo einst die Büffel mit den zottigen Mähnen gegrast hatten, war jetzt an einem Zipfel der Prärie eine Herde von sechshundert rötlichen Hereford-Rindern zusammengetrieben worden. Eine Gruppe von Reitern sorgte dafür, daß die Herde, die ihren Unwillen durch Blöken kundtat, sich nicht zerstreute. In dieses wirre Treiben trieben Cowboys, die in Zweiergruppen arbeiteten, ihre Pferde, um langsam und methodisch die Tiere mit Mängeln auszusondern – Kühe, die keine Milch gaben, die Kühe, die im Frühling kaum lebensfähige Kälber geboren hatten, und den einsamen jungen Ochsen, der ihnen beim Viehtrieb im vergangenen Herbst entwischt war.

Webb Calder trabte auf seinem bräunlichgelben Hengst auf die Kuh zu, die aus der Herde ausgesondert werden sollte. Dann lehnte er sich bequem im Sattel zurück und überließ dem Pferd alles übrige. Der Hengst hatte die Farbe der gelblichen Gebirgskatze, des Kuguar, und daher rührte auch sein Name. In dem Moment, als die Kuh von der Herde isoliert war, machte der Hengst jeden ihrer Versuche zunichte, sich der Herde wieder anzuschließen – er duckte sich, drehte sich auf der Stelle und sprang mit der Behendigkeit einer Katze nach vorn.

Der schlanke, wendige Hengst war der Stolz des grobknochigen Mannes. Er hatte sich das Pferd aus einer Herde von einjährigen Wildpferden ausgesucht, es selbst gezähmt und zugeritten, und er hatte aus dem Tier das beste Pferd weit und breit gemacht. Webb Calder brüstete sich nie damit, und auf Komplimente reagierte er immer mit der beiläufigen, ausweichenden Antwort: »Das Pferd ist einfach gut.«

Er hatte sich einen Grundsatz als Philosophie zu eigen gemacht, der besagte, man brauche es niemandem zu erzählen, wenn man der Beste war, und wenn man es nicht war, dann hielt man, verdammt noch mal, ohnehin besser den Mund. Nach dieser Philosophie lebte er, und von den Menschen in seiner Umgebung erwartete er, daß sie ebenfalls danach lebten.

Als Webb zurückritt, schloß sich ihm Nate Moore an, der mit ihm zusammengearbeitet hatte. Der schlaksige Reiter, dem man ansah, daß er einen großen Teil seiner Zeit im Freien verbrachte, gehörte zu dem kleinen Trupp von Cowboys, die ebenso tiefe Wurzeln in Montana geschlagen hatten wie Webb Calder. Und dennoch zeichnete etwas äußerlich nicht Erkennbares, das sich nicht näher bestimmen ließ, Webb Calder als den Besitzer der Rinder aus.

Dieses Land gehörte nämlich, soweit das Auge nach Süden reichte – und noch weiter –, den Calders. Abgesehen von vereinzelten Tieren, die herumstreunten und zu den angrenzenden Gütern im Süden gehörten, hatten alle Rinder als Brandzeichen das dreifache C der Calder Cattle Company. Das war das Vermächtnis, das der erste Calder hinterlassen hatte, der seine Zelte in Texas abgebrochen und 1878 seine Herde auf der Suche nach freiem Weideland nach Norden getrieben hatte. Dieser Vorfahre, Chase Benteen Calder, hatte sich ein Imperium aufgebaut, das an die sechshundert Quadratmeilen maß. Er hatte es gegen einander bekriegende Banden von stammesabtrünnigen Indianern verteidigt, gegen Siedler, die Grundparzellen vom Staat erworben hatten, um sich dort eine Heimat aufzubauen, und gegen die Rancher der Nachbarschaft, die ihn mit neidischem Ehrgeiz beobachtet hatten. Er hatte mit Calder-Blut für dieses Land bezahlt, es mit seinem Schweiß und den Knochen von Rindern genährt, die den Dürrezeiten zum Opfer gefallen waren, und er hatte die Toten der Calders unter dem Gras von Montana begraben.

Von den zwanzig Cowboys, die den Viehtrieb mit Chase Benteen Calder durchgeführt hatten, waren die meisten weitergezogen, aber ein paar waren dageblieben, um sich in diesem unwirtlichen Land ein neues Leben aufzubauen. Diese Männer bildeten den Kern der Gruppe, die sich aus den Vorfahren von Nate Moore,

Virg Haskells Frau Ruth, Slim Trumbo, Ike Willis und einer Handvoll anderer zusammensetzte, die, ebenso wie Webb, auf der Calder-Ranch geboren und aufgewachsen waren. Ihre Anhänglichkeit war tief verwurzelt, so fest in ihren Seelen verankert, als trügen auch sie das Brandzeichen des dreifachen C.

Auf dem Kamm der Anhöhe über der ungezähmten Prärie griff Webb seinem Pferd in die Zügel. Zufriedenheit durchströmte ihn, als er das Bild betrachtete, das sich seinen Augen bot – alle Reiter arbeiteten mit gut eingespielter Präzision zusammen. Am wohlsten fühlte er sich, wenn er sich unter sie mengen konnte. Er hielt sich zwar eigentlich nur deswegen hier auf, weil er die Entscheidung darüber fällen mußte, welche Tiere seinen Ansprüchen nicht genügten und aus der Herde ausgeschieden werden sollten, doch die Arbeit bereitete ihm ein solches Vergnügen, daß er auch selbst mitarbeitete.

Auf einem Mann, der eine Ranch dieser Größenordnung besaß, lastete ein enormer Druck, und die Verantwortung, die er trug, war schier grenzenlos. Händler und Viehkäufer, die neu hinzukamen, äußerten sich oft zur Größe der Ranch, und dann ließ Webb gern die trockene Bemerkung fallen: »Nur eine riesige Scheibe Land paßt unter einen Calder-Himmel.« Er wußte nicht, welchen Platz die Ranch unter den anderen großen des Landes einnahm, ob sie an erster Stelle, an der zweiten, an der dritten oder ganz weit unten auf der Liste rangierte. Wenn ihn jemand danach gefragt hätte, hätte er die Frage nicht beantworten können, und es interessierte ihn im Grunde auch nicht. Sein einziges Interesse bestand darin, die Ranch gedeihen zu lassen und sie für seinen Sohn zu bewahren.

Seine Verantwortung war groß, aber ebenso groß war die Macht, die er ausübte. Webb Calder hielt sich für einen gerechten Mann. Es gab Menschen, die gesagt hätten, er forderte blinden Gehorsam. Wieder andere hätten behauptet, daß er mit einer eisernen Faust regierte. Eine Ablehnung, geboren aus Neid und Mißgunst, machte ihn für einige wenige zu einer Zielscheibe des Hasses. Was Webb Calder anging, so hatte er nie grundlos seine Hand gegen einen Mann erhoben. Wenn er handelte, handelte er schnell und doch überlegt. Unentschlossenheit konnte bei der Größenordnung des dreifachen C letztendlich zum Verhängnis werden.

Das gehörte zu den Dingen, die er seinem Sohn beizubringen

versucht hatte, Chase Calder, der nach ihrem texanischen Vorfahren benannt war. Die Leitung einer Ranch beschränkte sich nicht darauf, die Buchhaltung zu erledigen, Rinder zu züchten und zur Bank zu gehen. Aber wie bringt man es einem Menschen bei, sich zu einer Führungspersönlichkeit zu entwickeln?

Noch ehe Chase das Laufen gelernt hatte, hatte Webb den winzigen Jungen schon in den Sattel einer alten Stute gesetzt und die winzigen Fäuste um den Sattelknauf gelegt, um einen ersten Ausritt mit ihm zu unternehmen. Mit zwei Jahren durfte Chase die Zügel selbst halten. Mit fünf hatte er seinen ersten Viehtrieb mitgemacht; Webb hatte ihn auf den Sattel gebunden, damit er nicht vom Pferd fiel, wenn er einschlief.

Pferde und Rinder gehörten einfach zu seinem Leben. Diese Dinge lernte Chase wie durch Osmose, indem er dieses Wissen unbewußt in sich aufsog, bis es ihm zu seiner zweiten Natur geworden war.

Doch Webb ging es darum, daß er die Feinheiten des Ausübens von Macht erlernte. Seit der Junge die ersten Sätze verstanden hatte, hatte Webb versucht, ihm diese Dinge beizubringen und Chase zu dem Menschen zu formen und zu gestalten, der eines Tages die Ranch übernehmen konnte. Er hatte Chase frühzeitig gewarnt, daß er, als sein Sohn, mehr arbeiten, klüger sein und härter kämpfen würde müssen als alle anderen, die auf der Ranch arbeiteten. Webb würde ihn nie bevorzugt behandeln – er würde keinerlei Zugeständnisse machen, weil Chase ein Calder war. Er würde keine besonderen Vorrechte genießen, weil er der Sohn des Ranchers war. Eher das Gegenteil sollte der Fall sein. Als der Junge älter wurde, wurden Chase die schwierigsten Arbeiten zugewiesen, er bekam die wildesten Pferde, und er mußte Stunden länger arbeiten als alle anderen Männer auf der Ranch. Jegliches Problem hatte er selbst zu lösen. Wenn es Ärger gab, mußte er Manns genug sein, die Sache selbst zu regeln, ob mit den Fäusten oder mit Grips. Chase konnte nicht zu seinem Vater kommen und dort Hilfe erwarten. Webb ging so hart mit ihm um, wie er es nur irgend wagte, ohne den Eifer des Jungen zu bremsen.

Selbst jetzt, als er die zwei Dutzend Reiter bei der Arbeit beobachtete, behielt er unbewußt und instinktiv seinen Sohn im Auge. Chase war größer als der Durchschnittscowboy, er hatte breitere

Schultern und eine kräftigere Brust, und doch war er jugendlich schlank und geschmeidig und hatte die Beweglichkeit eines guten Reiters. Die Sonne hatte den harten, eckigen Zügen der Calders eine tiefe Bräune aufgebrannt. Mit seinem dunklen Haar und seinen dunklen Augen wirkte er älter als zweiundzwanzig – mit Ausnahme der seltenen Augenblicke, in denen er lächelte. Dann wirkte er sorglos und fast kindlich. Für Webb war sein Sohn nach wie vor ein unbekanntes Wesen. Manche Menschen mochten glauben, er fordere zuviel, aber er war der festen Überzeugung, daß gerade das, was hart machte, gut war für einen Mann.

Das Pferd neben dem lehmfarbenen Hengst schnaubte leise, und Webb ließ seinen Blick zu Nate Moore schweifen. Dieser drehte sich gerade eine Zigarette und fuhr mit einer behutsam vorgestreckten Zunge über das Papier. Ohne aufzublicken, sagte er: »Er ist ein guter Junge.« Er erriet genau, worum sich Webbs Gedanken drehten.

»Lil wäre stolz auf ihn.« Webb sprach den Namen seiner verstorbenen Frau aus und brach ein Schweigen, das nach ihrem Tod mehr als zwanzig Jahre angedauert hatte. Die Zeit hatte den Kummer über diesen Verlust ausgelöscht. Jetzt war die Erinnerung an sie eine Form von Überlieferung.

Das war etwas, das ein Außenseiter nicht verstehen konnte – diesen Mangel jeglichen Ausdrucks, den der wahre Mann des Westens an den Tag legte, wenn er einen Kameraden oder einen geliebten Menschen verlor – dieses Ausbleiben offener Bekundungen von Kummer und Trauer. Was ein Mann empfand, behielt er für sich, verschloß es in seinem Innern. Das Gesicht, das ein Außenstehender zu sehen bekam, wirkte kalt und gefühllos. Und doch verbarg sich hinter dem harten Äußeren dieser Männer oft die zarte Empfindsamkeit einer Frau. Diese zu zeigen war ein Zeichen von Schwäche. Und dies war ein Land, in dem nur die Starken überlebten.

»Ja, das stimmt«, sagte Nate mit der Zigarette im Mund, gegen deren beißenden Rauch er die Augen zukneifen mußte. Er wandte seine Aufmerksamkeit einem anderen jungen Cowboy zu, Buck Haskell, der auf derselben Seite der Herde ritt wie Chase. Ohne jeden ersichtlichen Grund hatte Buck seinen Fuchs in die entgegengesetzte Richtung herumgerissen und trieb ihn mit den Sporen auf einen schmalen Spalt zwischen den Reitern zu; er gelangte in eben dem Moment an einem unsichtbaren Punkt an, in dem eine der

Kühe einen Ausbruch aus der Herde versuchte. Respekt blitzte in den Augen des älteren Cowboys auf. »Dieser Buckie versteht mehr von Kühen als mancher Cowboy, der dreimal so alt ist wie er«, verkündete Nate. »Und wie sehr er diese wilden Mustangs liebt. Je eigensinniger sie sind, desto besser gefallen sie ihm.«

Webbs Lippen wurden schmaler. »Ja, und er hat sein Lasso immer wurfbereit. Ich habe ihn noch nie dabei erwischt, aber ich weiß, daß er es etwas zu oft benutzt.«

»Zum Teufel!« kicherte Nate. »Jeder junge Cowboy schleicht sich ab und zu davon und fängt mal was.«

Webb räumte das durch ein Hochziehen seiner dichten Augenbrauen ein. »Buck ist ein netter Junge, aber seine Wildheit macht mir Sorgen.«

Buck mit seinem lockigen blonden Haar, den blauen Augen und einem ständigen Grinsen im Gesicht war der Sohn von Virg und Ruth Haskell, der zwei Tage vor Chase geboren worden war. Da Webbs Frau Lillian nicht genug Milch hatte, um Chase zu stillen, hatte sich Ruth seiner als Amme angenommen. Eineinhalb Jahre später, nachdem Lil gestorben war, hatte Ruth für Webb gekocht und ihm den Haushalt geführt. So waren Buck und Chase praktisch wie Brüder aufgewachsen. Es war nur natürlich, daß Webb ein besonderes Interesse an Buck hatte.

Die selbstgedrehte Zigarette verließ Nates Mund keinen Augenblick lang, doch er schaffte es, seine Mundwinkel zu einem trockenen Lächeln zu verziehen. »Du hast es wohl vergessen, Webb. Wir waren wilder als die da, als wir zweiundzwanzig waren.«

Er wechselte einen schiefen Blick mit dem Cowboy. »Kann sein.«

Aus dem zerklüfteten Land im Norden näherte sich ein Grüppchen von drei Reitern der Stelle, an der die Herde zusammengetrieben worden war. Webb richtete seinen Blick auf den kleingewachsenen, drahtigen Reiter, der eine halbe Spanne in Führung vor den anderen lag. Sein Gesicht verlor jeden Ausdruck und wirkte plötzlich grob und hart.

»Wen hat O'Rourke da bei sich?« Er ließ den Besitzer des armseligen kleinen Streifens Land, das nördlich an den Besitz der Calders grenzte, nicht aus den Augen.

Nate sah in die Richtung. Seine Augen zogen sich jetzt weniger von dem Rauch zusammen, sondern eher, weil er die Reiter erkannte. »Das ist sein Junge. Und das magere Kerlchen muß seine Tochter sein.« Seine Stimme klang jetzt flach und ausdruckslos.

Als Webb die beiden Reiter musterte, die mit Angus O'Rourke kamen, fiel sein Blick zuerst auf den hochaufgeschossenen achtzehnjährigen Jungen mit dem glatten schwarzen Haar. Der Junge sah immer wieder seinen Vater an und suchte Autorität in irgendeiner Form. Das Mädchen war ein schmächtiges kleines Ding, das eher wie ein Junge aussah. Man konnte ihr glattes schwarzes Haar unter dem Hut erkennen, aber Webb hätte nicht sagen können, ob es kurz geschnitten oder unter der Hutkrempe verborgen war. Sowohl das Hemd als auch die Jeans, die sie anhatte, schien schon ihr Bruder getragen zu haben. Beides war ihr zu groß, wodurch sie noch dürrer und formloser wirkte. Abgesehen von den langen, dichten Wimpern, die ihre grünen Augen umrahmten, wies ihr Gesicht keine Merkmale auf, die sie von einem noch nicht ausgereiften Jungen unterschieden. An den Fersen ihrer ausgetretenen Stiefel waren Sporen, an den Händen trug sie ein Paar alte, zerrissene Lederhandschuhe, und ein schlechtsitzendes Jackett ließ ihren kleinen Körper zwergenhaft erscheinen. Ihr Anblick ärgerte Webb.

»Ein Mädchen sollte keine Männerarbeit machen«, murrte er; dann wandte er seinen Kopf ab und sah Nate mit seinem harten Blick an. »Du reitest runter und sagst den Männern, sie sollen ihre Zunge hüten. Wenn ich von ihnen auch nur ein ›verdammt noch mal‹ höre, solange das Mädchen dabei ist, können sich die Männer darauf gefaßt machen, daß der Teufel los ist, sowie sie fort ist.«

Nate schnippte die Glut von seiner Zigarette und ließ sie in den Aufschlag seines Overalls gleiten. Dort drückte er sie aus. Den Teil der Zigarette, den er noch nicht geraucht hatte, stopfte er in seine Tasche, als er nach den Zügeln seines Hengstes griff und auf die Cowboys zuritt, die bei der Herde arbeiteten.

Webb sah ihm nach. Die moderne Welt mochte zwar mit Computern und hochentwickelter Technologie ins Raumzeitalter vorgerückt sein, aber im Westen gab es Gegenden, in denen die Zeit nur wenige Veränderungen mit sich gebracht hatte. Alles war mechanisierter, aber der größte Teil der Arbeit wurde immer noch zu Pferde erledigt.

Die alten Sitten hatten sich hier erhalten. Frauen waren rar und wurden mit Respekt behandelt, außer sie ließen erkennen, daß sie es nicht verdienten. Ein Mann löste seine Probleme selbst; das war nicht schwer zu verstehen, wenn man es sich etwas genauer überlegte. Im Falle des dreifachen C legte man einen Weg von fünfunddreißig Meilen zurück, ehe man die Veranda des Haupthauses erreichte. Eine Stadt mit mehr als hundert Einwohnern konnte hundert Meilen entfernt sein – wenn nicht noch mehr.

Die Calder-Ranch umfaßte ein Gebiet, das größer als der Staat Rhode Island war. Angesichts der Macht, die dieser Umstand Webb Calder verlieh, war er praktisch sein eigenes Gesetz und hatte sich vor fast niemandem als Gott, dem Allmächtigen, zu verantworten. Er war so klug, nie zu versuchen, allzu rücksichtslos mit irgend jemandem umzuspringen, sondern ließ nur ab und zu seine Autorität spüren. Er drückte ein Auge zu, wenn es um die Andersen-Familie ging, die ihr Land selbst bestellte und versuchte, sich auf einer halben Quadratmeile Grund an seiner Ostgrenze durchzuschlagen. Webb wußte, daß sie jedes Jahr einen oder zwei seiner Ochsen abschlachteten, aber er wollte nicht zusehen, wie Frauen und Kinder hungerten. Aber Gott sei demjenigen gnädig, der seine Hand um eines persönlichen Gewinns willen gegen das dreifache C erhob.

Er kniff die Augen zusammen, während er über Angus O'Rourke nachdachte, der auf ihn zugeritten kam. Dieser Mann verbrachte zuviel Zeit mit Tagträumen und fand zu viele Ausreden dafür, daß er keinen Erfolg hatte. O'Rourke war ein schwacher Mensch, der sich wünschte, daß ihm alles in den Schoß fiel. Für diese Sorte war kein Platz in diesem Land. Früher oder später wurden sie ausgeschieden.

Der harte, starre Blick in Calders Augen bereitete Angus Unbehagen. Wie gern wäre er doch auf ihn zugeritten und hätte diesem Mann ins Gesicht gespuckt. Er fuhr sich nervös mit der Zunge über die trockenen Lippen und sagte sich, daß der Tag kommen würde, an dem er nicht mehr vor Webb Calder kriechen mußte. Doch diese Versicherung, die er sich selbst gab, dröhnte hohl in seinen Ohren. Früher war er ein gutaussehender Mann gewesen, mit dem ungezwungenen Charme der Iren, aber die Spuren eines ausschweifenden Lebens begannen schon, sein Aussehen zu zerstören, und die Leute glaubten nicht mehr an seine grandiosen Zukunftspläne, da sie bereits in der Vergangenheit zu viele solcher Pläne gehört hatten, aus denen nichts geworden war.

»Wenn er uns etwas fragt, was sollen wir dann sagen?« Die ängstlich geflüsterte Frage kam von seinem Sohn.

Angus wandte seinen Kopf nicht zur Seite, als er antwortete: »Ihr sagt gar nichts. Das Reden übernehme ich.«

»Ich habe dir gesagt, daß wir diese dreißig Rinder schon letzte Woche wieder auf unsere Seite des Zauns hätten treiben sollen, Pa«, bemerkte das Mädchen gelassen.

»Und ich habe dir gesagt, daß sie noch ein paar Tage länger gutes Gras brauchen, Maggie!« Dieses Thema hatten sie bereits mehrfach durchgekaut. »Die Kühe sind ganz einfach ausgerissen, und das ist alles. Und wir sind lediglich hier, um unsere verirrten Kühe abzuholen, wie immer.«

Er griff seinem Pferd in die Zügel und ließ es die letzten Meter zu Webb Calder im Schritt zurücklegen; im rechten Winkel zu ihm brachte er sein Pferd zum Stehen. Er warf dem Mann ein einstudiertes Lächeln zu und legte respektvoll einen Finger an die Krempe seines Stetson.

»Guten Morgen, Mr. Calder.« Angus O'Rourke verlieh seiner Stimme mit Absicht einen heiteren und sorglosen Klang.

»Angus.« Der Mann mit dem versteinerten Gesicht und den harten Augen reagierte auf die Begrüßung schlicht mit einem Nicken.

Gereiztheit blitzte in Angus auf. Er war wütend auf sich selbst, weil er Calder nicht bei seinem Vornamen genannt und sich mit ihm auf eine Stufe gestellt hatte. Dieser Mann konnte einem das Gefühl geben, nichtsnutzig und ein Versager zu sein. Zum Teufel, er war auch ein Rancher, genauso wie Calder … in seiner Vorstellung. Aber Angus verbarg seine Bitterkeit.

»Ein schöner Tag heute, nicht wahr?« bemerkte er mit einer weit ausholenden Geste, die den gesamten Himmel umfaßte. »An einem Morgen wie heute vergißt man den langen Winter, der hinter einem liegt. Die Lerchen singen auf den Wiesen. Überall sprießen Blumen aus dem Boden, und die kleinen, weißgesichtigen Kälber sind ganz frisch und seidig glänzend.« Es dauerte ein paar Sekunden, bis er merkte, daß sein Geplapper keinen Eindruck auf Webb Calder machte. Wieder verbarg Angus seine Wut und seinen verletzten Stolz hinter einem Lächeln. »Sie erinnern sich an meinen Sohn Culley und meine Tochter Maggie?«

Webb Calder nahm die Gegenwart des Jungen mit einem

Nicken zur Kenntnis. Der schwarzhaarige Junge erbleichte unter seinem Blick und murmelte ein steifes: »Morgen, Sir«. Dann sah Calder das Mädchen an.

»Solltest du nicht in der Schule sein, Maggie?« In der Frage schwang Mißbilligung mit.

In Wirklichkeit hieß sie gar nicht Maggie. Sie hieß Mary Frances Elizabeth O'Rourke, genauso wie ihre Mutter, die vor vier Jahren gestorben war. Aber es war zu verwirrend gewesen, zwei Frauen mit demselben Namen in der Familie zu haben. Irgendwann im Lauf der Jahre hatte ihr Vater angefangen, sie Maggie zu nennen, und dieser Name war ihr geblieben.

Sie zuckte die Achseln. »Pa hat mich heute gebraucht«, erklärte sie.

Die Wahrheit war, daß die Tage, an denen sie in der Schule fehlte, häufiger waren als die Tage, an denen sie die Schule besuchte. Im Frühjahr und im Herbst behauptete ihr Vater, sie auf der Ranch zu brauchen. Maggie war mit der Zeit aufgefallen, daß er zu faul war, um so lange und so hart zu arbeiten, wie es nötig gewesen wäre, wenn er die Arbeit allein erledigt hätte. Die Ranch war derart armselig, daß sie es sich nicht leisten konnten, Arbeitskräfte einzustellen, und daher nutzte ihr Vater ihre kostenlose Arbeitskraft aus.

Im Winter war während der Hälfte der Zeit der Traktor kaputt, was bedeutete, daß sie keinen Schneepflug hatten, um den fünf Meilen langen Weg zu der Straße zu räumen, an der sie den Schulbus erwischen konnte. Als ihre Mutter noch am Leben war, hatte sie die Pferde gesattelt und war mit Cullie und Maggie zur Straße geritten, wenn der Traktor kaputt war; wenn der Bus die Kinder nachmittags zurückbrachte, hatte sie sie mit den Pferden wieder abgeholt. Doch ihrem Vater war es dazu immer zu kalt, und es machte ihm zuviel Mühe.

Ihre Mutter hatte immer darauf bestanden, daß ihre Kinder eine Schulbildung bekamen. Das war etwas, woran Maggie sich lebhaft erinnern konnte, denn es gehörte zu den wenigen Punkten, in denen die ansonsten lammfromme Frau sich nicht umstimmen ließ, weder durch den Zorn noch durch den gewinnenden Charme ihres Mannes. Daher hatte Maggie ihre Schulbücher nach Hause mitgebracht und lernte für sich allein, weil sie entschlossen war, ihre Mutter in dieser Hinsicht nicht zu enttäuschen.

Die Mißbilligung in Webb Calders Blick bekräftigte nur ihre Entschlossenheit, etwas lernen zu wollen. Maggie sann sich keine Ausreden dafür aus, was ihr Vater war – ein Mann mit wenig Willenskraft und voll leerer Versprechungen und hohler Träume. Alles Geld auf Erden hätte ihren Vater nicht zu dem starken Mann gemacht, der Webb Calder war. Es war sehr hart und sehr bitter, etwas Derartiges über seinen eigenen Vater feststellen zu müssen. Und Maggie nahm Webb Calder übel, daß er ein so deutliches Beispiel dafür war, was ihr Vater nie sein konnte.

Als Angus O'Rourke klar wurde, daß dieses Gespräch zu nichts führte, wandte er seinen Blick der Herde zu, die unten im Talkessel zusammengetrieben worden war.

»Oh, ich sehe da ein oder zwei Shamrock-Brandzeichen.« Er nahm die Zügel und ließ sein Pferd noch einmal umkehren, ehe er sich der Herde zuwandte. »Ich werde nur schnell meine entlaufenen Tiere holen und sie auf unsere Seite des Zauns zurücktreiben.«

»Einer meiner Jungs wird Ihnen dabei behilflich sein.« Webb wollte eine Hand heben, um einem seiner Männer ein Zeichen zu geben.

»Wir schaffen das schon allein«, warf Maggie ein. Sie mochten zwar arm sein, aber sie hatte ihren Stolz. Ihre Mutter hatte ihr beigebracht, nie einen Gefallen anzunehmen, den sie nicht eines Tages begleichen konnte, und es war einfach lachhaft, sich vorzustellen, ein Calder würde es jemals nötig haben, daß sie ihnen einen Gefallen erwiesen.

Webb Calders Hand verharrte mitten in der Bewegung, als er wortlos ihren Vater ansah, um sich die Bestätigung zu holen, daß sie keine Hilfe wollten. »Zu dritt kriegen wir das hin«, sagte ihr Vater, um ihre Behauptung zu stützen, obgleich er das Angebot bereitwillig angenommen hätte, wenn sie sich nicht eingemischt hätte.

Die Hand senkte sich und legte sich auf den Sattelknauf. »Wie Sie wünschen, Angus.«

Als er sein Pferd umkehren ließ, warf Angus Maggie einen finsteren Blick zu, ehe er auf die Herde zuritt. Sie und Culley folgten ihm zögernd. Da sie spürte, daß die Reiter des dreifachen C sie ansahen, richtete sich Maggie im Sattel auf, und sie war sich ihrer schäbigen Erscheinung sehr bewußt, von ihrer ärmlichen Kleidung bis hin zu ihrer löchrigen Satteldecke.

Chase beobachtete von der anderen Seite der Herde aus das Herannahen der drei seltsamen Reiter. Nate Moore hatte die Anweisung seines Bosses bereits weitergegeben, und daher wußte er, daß es sich bei einem der drei Reiter um eine Frau handelte. Buck trieb sein Pferd dichter neben Chases Pferd.

»Woran erkennt man, wer das Mädchen ist?« Bucks gesenkte Stimme triefte vor beißendem Spott.

»Es muß der Kleine sein.« Chase ließ ein Lächeln über sein Gesicht huschen. »Sie soll die jüngste sein.«

»Jung ist sie, das ist wahr«, stimmte Buck ihm trocken zu. »Ich mag es, wenn meine Frauen ein paar Jahre und etwas mehr Fleisch auf den Knochen haben. Crenshaw hat mir heute morgen erzählt, daß Jake Lomax sich eine neue ›Nichte‹ zugelegt hat, die in seiner Bar arbeitet, eine Blonde.«

»Stimmt das?« murmelte Chase, der genausogut wie jeder andere wußte, daß Jakes ›Nichten‹ Prostituierte waren. »Dieser Mann hat wirklich eine unglaublich große Familie, findest du nicht?«

Buck grinste. »Wenn der Viehtrieb vorbei ist, werden wir sie uns mal ansehen müssen. Vielleicht kennt sie ein paar neue Tricks.«

»Wenn ich mir noch eine Woche lang diese Rinder ansehen muß, bin ich schon zufrieden, wenn das neue Mädchen nichts weiter kennt als die alten Tricks«, erwiderte Chase und ritt weiter.

2.

In der Mittagspause wechselten die Cowboys die Pferde; frische Sattelpferde standen in der Nähe des Lagers in einem Corral bereit. Chase legte seinen Sattel auf ein Vollblut, einen braunen Wallach mit einem weißen Flecken auf der Nase und zog den Sattelgurt fest. Als er in den Steigbügel stieg und sich auf das Pferd schwang, ritt Buck auf einem Rotschimmel mit einer Blesse auf ihn zu.

»Komm schon, Pilger, eil dich. Wir verheizen kostbares Tageslicht«, schalt ihn Buck in einer schlechten Nachahmung der gedehnten Sprechweise John Waynes.

Chase hielt ein Seufzen zurück. Soweit er zurückdenken konnte, hatte Buck immer nur gelacht, Scherze gemacht und gegrinst. Er schien nie etwas ernst zu nehmen. Chase lenkte sein Pferd mit dem Zügel herum und ritt neben Buck her.

»Du bist ein hoffnungsloser Fall, Buck«, verkündete er mit einem kurzen Kopfschütteln.

»Ich weiß, aber das macht vielleicht Spaß!« Er grinste so oft, daß sich bereits jetzt Falten in seine Wangen eingekerbt hatten, und seine Augenwinkel waren von einem Gewirr von Lachfältchen umgeben.

Das Donnern trampelnder Hufe lenkte ihre Aufmerksamkeit auf die Herde, der sie sich näherten. Eine Kuh war von den anderen Tieren isoliert worden; sie hatte ein Shamrock-Brandzeichen. Jetzt stürmte sie der Freiheit entgegen, und bei ihren wilden Sätzen schwang ihr Schwanz hoch in die Luft. Die kleine O'Rourke hatte die Verfolgung aufgenommen. Chase beobachtete, wie sie die Kuh zum Umkehren zwang und dann ihr Pferd dazu brachte, sich zurückfallen zu lassen, damit die Kuh nicht wieder entkommen konnte; währenddessen schlug sie ihr ein geknotetes Lasso gegen die Keulen.

»Reiten kann die Kleine wahrhaft«, bemerkte Buck. »Sie bringt diesen plumpen, störrischen Klepper tatsächlich dazu, Dinge zu tun, von denen er selbst nicht wußte, daß er das kann.«

»Du hast den Mund zu früh aufgemacht«, sagte Chase, als die Kuh mit einem weiteren kühnen Satz in die Freiheit ausbrechen wollte. Als das Mädchen das Pferd zum Stehen brachte und es auf der Stelle herumwirbeln lassen wollte, hatte der Braune die Füße am falschen Fleck und verlor das Gleichgewicht. Das Mädchen wurde aus dem Sattel geschleudert, als das Pferd in die Knie ging. Mit einem Aufprall landete sie auf dem Boden und rührte sich nicht mehr. »Ich sehe mal nach, ob alles in Ordnung ist.« Chase gab seinem Pferd die Sporen.

Ein halbes Dutzend anderer Reiter hatte den Sturz ebenfalls beobachtet. Wenn es sich bei dem abgeworfenen Reiter um einen Mann oder einen Jungen gehandelt hätte, hätten sie abgewartet, um ihm Zeit zu lassen, selbst wieder auf die Füße zu kommen. Doch es handelte sich um ein Mädchen, und das änderte alles.

Chase erreichte sie als erster. Er stieg ab und ging zu der Stelle, an der sie mit dem Gesicht nach unten auf dem Boden lag. Sie versuchte gerade, sich aufzurichten. Der Hut saß schief auf ihrem Kopf, doch die Schlinge des Lassos hielt sie noch in der Hand.

»Bist du verletzt?« fragte er.

»Nein.«

Chase hörte den flachen, abgehackten Klang ihrer Stimme und nahm an, daß ihr bei dem Sturz die Puste ausgegangen war. Er beugte sich vor und griff nach ihrem Arm. »Ich helfe dir beim Aufstehen.«

Um sie auf die Füße zu ziehen, wollte er die andere Hand unter die Achsel ihres anderen Armes legen. Die offene Jacke hing lose an ihr herunter. Als seine Hand unter ihre Jacke glitt, schloß sie sich um eine zarte, knospende Brust. Einen Moment lang verblüffte ihn die gerundete Form, die unter den zu großen Kleidungsstücken verborgen war.

Ehe er seine Hand fortziehen konnte, kam sie auf die Füße. »Nehmen Sie Ihre miesen, dreckigen Pfoten weg!« Sie schlug seinen Arm von sich. Durch die Heftigkeit dieser Geste fiel ihr der Hut vom Kopf, und ein Schwall langen schwarzen Haares löste sich und fiel in Wellen bis fast auf ihre Taille. »Was bilden Sie sich ein!«

Chase ließ ihren Arm los. »Es tut mir leid, Miß.«

Während er diese Entschuldigung vorbrachte, sogen seine dunklen Augen den Wandel in ihrem Äußeren auf, die Masse schwarzen Haares, das verlegene Erröten ihrer Wangen und die lodernden Feuer in ihren zornigen grünen Augen. Vielleicht hätte sie seine Entschuldigung akzeptiert, wenn sein neugieriger Blick nicht auf ihre offene Jacke geschweift wäre, und das in dem Bemühen, die hervorspringende Rundung zu sehen, die seine Hand gefühlt hatte.

Das gewundene Lasso lag in ihrer rechten Hand. Sie hob es, um ihn damit zu schlagen, und ein Schwall von Schimpfwörtern kam über ihre Lippen. Chase hob seine Arme, um den Schlag abzuwehren, und wich zurück. Doch sie stürzte hinter ihm her und peitschte ihn mit dem Lasso regelrecht aus. Er schützte sich mit dem Armen vor ihren Hieben und setzte seinen Rückzug fort.

»Ich habe doch gesagt, daß es mir leid tut«, erinnerte er sie kurz und bündig, wobei er seine Wut unterdrückte und sich wie ein Narr vorkam, weil er vor allen diesen Männern von einem jungen Mädchen verprügelt wurde.

»Uiih! Seht euch nur an, wie diese Kleine Chase die Hölle heiß macht!« spottete Buck vom Rand des Spielfelds her, an dem die anderen Reiter seine mißliche Lage belächelten oder gar laut kicherten. »Zeig's ihm, Schätzchen!«

Das war genug. Als sie das nächste Mal mit dem Lasso ausholte, duckte sich Chase unter dem Seil hindurch; er packte ihr Handgelenk und wand das Lasso mit der anderen Hand aus ihrem Griff. Als sie versuchte, ihn mit ihrer freien Hand zu schlagen, umfaßte er auch ihr zweites Handgelenk. Sie hatte ihren Kopf in den Nakken geworfen und funkelte ihn wütend an, während ihr Atem in zornigen, abgehackten Stößen ging.

»Du verrückter kleiner Hitzkopf, hör auf!« Chase schüttelte sie einmal kräftig. »Wenn du dich nicht sofort benimmst, bekommst du dieses Seil auf deinem Hinterteil zu spüren.«

Ihre Augen forderten ihn heraus, es doch zu versuchen.

»Geben Sie mir mein Lasso wieder!« herrschte sie ihn an.

»Maggie!« Angus O'Rourke kam mit großen Schritten auf sie zu. »Was, zum Teufel, hast du bloß getan, Mädchen?« Chase trat vorsichtshalber einen Schritt zurück. »Du wirst dich jetzt bei Mr. Calder dafür entschuldigen, daß du ihn vor allen diesen Männern wie einen Narren hast dastehen lassen«, befahl Angus.

Chase hatte nicht das Gefühl, der letzte Satz sei notwendig gewesen. Daraus sprach nur die Befriedigung eines kleinen Mannes angesichts der öffentlichen Demütigung des Sohnes eines großen Ranchers. Sein Kiefer spannte sich an, als die Blicke des Mädchens über die Gruppe von Reitern, die alles mitangesehen hatten, schweiften, ehe sie sich mit einem spöttischen Funkeln in den Augen wieder zu ihm umdrehte. Ein Muskel neben seinem Backenknochen zuckte, das einzige Anzeichen für seine wahren Gefühle.

»Sag ihm, daß es dir leid tut«, drängte der Vater.

Chase wußte, daß es ihr nicht das kleinste bißchen leid tat, und O'Rourke tat es genausowenig leid. Er wollte keine Entschuldigung annehmen, die ihr Vater erzwungen hatte. »Lassen Sie es gut sein, O'Rourke«, murmelte er und ging zu seinem Pferd.

»Mit dieser Wildkatze hast du alle Hände voll zu tun gehabt, das kann man wohl sagen«, meinte Buck, als er Chase die Zügel seines Pferdes in die Hand drückte. »Was, zum Teufel, hat sie eigentlich so außer sich gebracht?«

»Ich bin ihr blöd gekommen«, erwiderte Chase kühl.

»Buck!« Webb Calders Befehlston war eindeutig. Er ritt auf seinem Pferd in den Kreis der Reiter hinein. »Du hattest meine Anweisungen gehört. In Anwesenheit des Mädchens wird nicht geflucht. Du arbeitest für den Rest des Tages zu Fuß.« Für jemanden wie Buck, der sich erst mit Pferd und Lasso so richtig wohlfühlte, war das eine harte Strafe.

»Zum Teufel, es ist mir einfach rausgerutscht!« protestierte Buck.

»Zwei Tage zu Fuß. Es ist dir schon wieder rausgerutscht.«

»Was?« Buck stellte ein ungläubiges Staunen zur Schau und hob seine Arme in einer Geste der Unschuld. »Sie kann mich doch gar nicht hören, nicht auf diese Entfernung.«

»Drei Tage. Das war jetzt für deine Uneinsichtigkeit.« Webb ließ sich nie erweichen. Und mit den Leuten, die er mochte, ging er besonders streng um. Er hob die Zügel und kehrte um.

Bucks Hände legten sich auf seine Hüften, als er verächtlich den Kopf schüttelte. »Schei ...«

Webb Calder wandte sich abrupt wieder um. »Willst du, daß ich vier Tage daraus mache, Buck?«

Er riß sich den staubigen schwarzen Stetson vom Kopf und warf ihn auf den Boden. »Bei allen Heiligen!« Die Worte sprudelten förmlich aus Buck heraus.

Ein Lächeln milderte die Strenge von Webb Calders Gesicht. »Jetzt hast du mich verstanden, Buck.« Er grub eine Ferse in die Flanke seines Pferdes und trieb es an.

Als auch Chase losreiten wollte, griff Buck ihm ins Zaumzeug, um ihn zurückzuhalten. »Leg bei deinem Alten ein gutes Wort für mich ein. Ich habe nichts getan, womit ich mir drei Tage verdient hätte.«

»Sprich selbst mit ihm.« Chase wußte, daß es zwecklos war, seinen Vater um einen persönlichen Gefallen zu bitten. Buck kannte die Regeln, aber er glaubte immer wieder, es sei möglich, sie zu umgehen.

O'Rourke sonderte gerade seine letzten Kühe aus der Herde aus. Es war eine langwierige Angelegenheit, da es dem kleinen Rancher an abgerichteten Pferden mangelte, und dazu kam, daß die Zahl der Tiere, die ihm ›entlaufen‹ waren, reichlich groß war. Jeder einzelne von einem Dutzend Cowboys, die zum dreifachen C gehörten, hätte ein Drittel weniger Zeit dafür gebraucht, und alle juckte es, das auch zu tun, einschließlich Chase, doch ohne Anweisung seines Vaters blieben sie auf ihren Sätteln sitzen und sahen zu. O'Rourke und sein Sohn sonderten die Kühe aus, während das Mädchen die Kühe in einer Entfernung zusammenhielt, die außerhalb von Chases Sichtweite lag. Er hatte immer noch ihr Bild vor Augen, und die Anspannung und Verkrampfung in seinem Innern wich nicht ganz von ihm.

Die Feuer zum Brandmarken waren schon entfacht, als Angus ein letztes Mal durch die Herde ritt und keine Shamrock-Rinder mehr fand. Er bedeutete dem stocksteif dastehenden Nate Moore, daß er fertig war, und dann ritt er aus der Herde des dreifachen C heraus. Der ungeduldige Gesichtsausdruck der Reiter wies darauf hin, daß seine Ungeschicklichkeit eine unnötige Verzögerung herbeigeführt hatte. In seinem Kopf hatte er die Ausrede parat – daß er sich eben so hochwertige Pferde, wie sie sie ritten, nicht leisten konnte. Nicht einen Moment lang zog O'Rourke in Betracht, wie viele Stunden in das Training eines solchen Pferdes gesteckt wurden, Stunden, die er nie mit dem Versuch verbracht hätte, die Fähigkeiten der von ihm gezüchteten Pferde zu steigern.

Angus wußte, daß sich die Verzögerung zu seinem Vorteil auswirken würde, und daher redete er sich selbst ein, er habe sich absichtlich soviel Zeit gelassen. Während er sich stumm zu seinem intelligenten Vorgehen gratulierte, vermerkte er in seinem Kopf, daß er daran denken mußte, seinem Sohn zu erklären, wie geschickt er alles im voraus geplant hatte.

Angus' Freude verflog in dem Moment, als er sah, daß Webb Calder zwischen ihm und den Rindern, die von Culley und Maggie zusammengehalten wurden, Stellung bezogen hatte. Seine Kehle und sein Mund wurden plötzlich ganz trocken, und er spürte, daß seine Handflächen feucht waren. Es blieb ihm nichts anderes übrig, als auf Calder zuzureiten. Still fluchte Angus in sich hinein, dieser Mann habe nicht das Recht, wie ein gottverfluchter König dazusitzen und zu erwarten, daß alle vor ihm zitterten.

»Tut mir leid, wenn ich Sie aufgehalten habe, Mr. Calder.« Da, jetzt hatte er es schon wieder getan. Angus stellte frustriert fest, daß er sich wieder vor diesem Mann erniedrigt hatte. »Wir machen uns jetzt auf den Weg.«

Webb Calder äußerte sich nicht dazu. Sein Blick schweifte auf die Shamrock-Rinder, die links hinter ihm zusammengetrieben worden waren. »Ich zähle siebenunddreißig Stück Vieh. Und Kälber. Für Tiere, die sich auf die Calder-Weiden *verirrt* haben, ist das eine ganz beträchtliche Anzahl.«

Schweiß bildete Tropfen auf seiner Oberlippe, aber Angus zwang sich zu einem Lächeln und schließlich sogar zu einem Lachen. »Sie wissen doch selbst, wie das ist, Mr. Calder. Eine Kuh sieht Gras auf der anderen Seite des Zaunes, und schon findet sie eine Möglichkeit, an dieses Gras heranzukommen. Tiere respektieren keine Grenzen.« Sein Blick fiel auf das dichte Gras, auf dem er stand. In dieser Gegend wuchs genug Gras, um eineinhalbmal soviel Vieh darauf weiden zu lassen, wie Calder hatte. Der Mann hätte das viele, das er besaß, mit denen teilen sollen, die weniger hatten. »Bei den paar Kühen, die ich besitze, hat Ihre Herde wohl kaum darben müssen«, fügte er grollend hinzu.

»Ich lasse meine Weiden nicht bis auf die Wurzeln abgrasen«, fauchte Calder, ohne seine Aussage näher auszuführen, doch Angus hatte auch so verstanden. Er war erbost über die unausgesprochene Kritik, daß er Mißwirtschaft mit seinem Land betrieb, und er hätte um nichts in der Welt zugegeben, daß dieser Vorwurf durchaus gerechtfertigt war. »Diesmal kaufe ich Ihnen die Geschichte ab, daß alle diese Tiere sich hierher verirrt haben. Sie werden den Zaun ausbessern – oder meine Männer werden es für Sie tun. Wenn Sie Ihre Herde nicht auf Ihrer Seite des Zaunes halten können, werde eben ich dafür sorgen.«

Der drohende Tonfall ließ Angus erblassen. »Culley und ich werden morgen früh als erstes diesen Zaun reparieren, Mr. Calder. In der Hinsicht brauchen Sie sich überhaupt keine Sorgen zu machen. Es war ein harter Winter, und ich mußte mich selber um alles kümmern, aber ich kann Ihnen versichern, Mr. Calder, daß Sie mit meinem Zaun keine Probleme mehr haben werden.«

»Ich weiß, daß mir das keine Probleme machen wird.« Webb ließ sein Pferd umkehren und ritt zu seiner Herde zurück.

Angus ließ sein Pferd einen Viertelkreis beschreiben, um Calder nachzublicken. Er spuckte auf den Boden. »Dieser habgierige Halunke. Und so was von hochnäsig.« Sein Mund nahm einen verbitterten Ausdruck an. »Mein Tag wird kommen. Wart nur.«

»Was hat Mr. Calder zu dir gesagt?« platzte Culley heraus, als Angus sein Pferd neben ihm zügelte.

»Er hat sich nur aufgeblasen und sich wichtig gemacht.« Er rutschte auf dem Sattel herum und wich den Blicken seiner Kinder aus. »Treiben wir die Kühe nach Hause.«

Maggie ließ ihren Blick von ihrem Vater zu dem kleiner werdenden Reiter wandern und stellte ihre eigenen Vermutungen über diese Unterhaltung an. Sie ließ das Lasso gegen ihren Schenkel klatschen und brachte die Rinder auf ihrer Seite in Bewegung, in Richtung Osten, während ihr Bruder die andere Seite übernahm. Später, am Flußlauf, würden sie nach Norden abbiegen.

Maggie führte alles Notwendige fast automatisch aus, und das ließ ihr viel Zeit, über die Vorfälle des Tages zu grübeln. Der Zwischenfall mit Chase Calder zeichnete sich besonders klar vor ihren Augen ab, und das lag teilweise daran, wie peinlich ihr dieser Sturz vor so vielen ausgezeichneten Reitern gewesen war, teils aber auch daran, daß sie ihr zu Hilfe gekommen waren, weil sie ein Mädchen und somit angeblich weniger als ein Mann in der Lage war, allein zurechtzukommen.

Aber in erster Linie lag es an jenem flüchtigen Moment, in dem sich Chase Calders Hand versehentlich um ihre Brust geschlossen hatte. Die Befremdlichkeit dieses Gefühls hatte sie ein unerträgliches Prickeln spüren lassen, erregend auf die erschreckende Art, auf die Verbotenes spannend ist. Ihr aufbrausender Zorn war eine Folge dieses Anflugs von Panik gewesen.

Dann, als sie ihm ins Gesicht gesehen und festgestellt hatte, daß er eine Frau in ihr sah, war sie verletzt gewesen, weil er es zuvor nicht bemerkt hatte. Stand sie zu tief, um von ihm auch nur zur Kenntnis genommen zu werden? Sie hatte ihn in den letzten zwei Jahren mehr als ein halbes Dutzend Male gesehen, wenn sie in der Stadt gewesen war, um Lebensmittel einzukaufen. Hatte er sie denn bisher nie auch nur angesehen?

Sie wäre sich selbst gegenüber nicht aufrichtig gewesen, wenn sie sich nicht eingestanden hätte, daß sie ihn mit einem gewissen Interesse gemustert hatte. Schließlich war er der reiche, junge Sohn eines Ranchers, und er war Gegenstand vieler Mädchenträume. Und selbst wenn man außer acht ließ, wer er war, sah Chase mit seinem typischen Calder-Gesicht recht gut aus.

Ihr Blick fiel auf die ausgebeulten Jeans, die sie trug. Sie würde nicht ihr Leben lang die Kleider anderer auftragen. Sie würde nicht das Leben führen, das ihre Mutter an der Seite ihres Vaters geführt hatte. Sie würde eines Tages jemand sein.

In Maggie brannte glühender Ehrgeiz. Nicht der verträumte

Ehrgeiz ihres Vaters. Ihr Ehrgeiz war heftig und verzehrend und trieb sie dazu an, sich sogar ohne einen geregelten Schulbesuch eine gewisse Bildung zu erwerben, und heimlich ließ sie kleine Münzen verschwinden, die sie von den mageren Summen abzweigen konnte, von denen sie die Lebensmittel kaufen sollte. Eines Tages würde sie genug Geld gespart haben, um fortzugehen, und niemand würde sie zurückhalten.

Die Stelle, an der sie den Fluß durchqueren würden, lag jetzt zu ihrer Linken vor ihnen. Das Ufer fiel zum Wasser hin sachte ab, denn der Pfad war von der jahrelangen Benutzung ausgetreten. Sie trieben das Vieh dichter zusammen, als sie es den Hang hinuntertrieben. Mit Schreien und Pfiffen drängten sie die Tiere vorwärts. Die Durchquerung des Flusses war nicht weiter schwierig, denn die träge Strömung stellte kein Problem dar.

Nun hatten sie nur noch eine unproblematische Meile bis zu ihrem Zaun zurückzulegen. Ihr Vater und Culley konnten jetzt ohne Schwierigkeiten allein mit den Rindern fertig werden. Da sie bei Tagesanbruch aufgestanden war, um bei der morgendlichen Arbeit zu helfen, und seitdem ununterbrochen gearbeitet hatte, fand Maggie, ihr stünde das Recht auf eine halbe Stunde Pause, wenn nicht mehr, zu, und sie hatte es sich ihrer Ansicht nach verdient, richtig in das Wasser einzutauchen, statt sich lediglich mit einem Schwamm den Schmutz des Tages abzuwaschen.

»Von hier an schaffst du es mit Culley allein«, erklärte sie.

»Was soll denn das heißen? Was hast du vor?« Ihr Vater warf ihr einen herausfordernden Blick zu.

»Ich gehe schwimmen.« Diese Antwort warf sie ihm über die Schulter zu, während sie ihrem Pferd in die Zügel griff, um zum Fluß zurückzureiten.

»Wir haben Arbeit!« rief er.

»Ich bin sicher, daß die Arbeit warten kann, bis ich nach Hause komme.«

»Ich habe dir die Schule heute nicht erlassen, damit du im Fluß schwimmen kannst«, rief er ihr nach.

Maggie jedoch ritt weiter, ohne sich auch nur umzusehen. Angus schüttelte betrübt den Kopf. Er konnte dieses Mädchen einfach nicht verstehen – immer widersprach sie ihm, und nie zeigte sie Respekt vor ihm. Sie war das Ebenbild seiner lieben, süßen Mary

Frances, aber sie besaß weder deren sanftmütige Art noch deren fraulichen Körper.

Er hatte, weiß Gott, alles getan, um ihr ein guter Vater zu sein. Aber nichts, was er je tat, war diesem Mädchen genug.

Culley hingegen war ein guter Junge. Er hörte immer auf ihn und verstand, warum die Dinge so waren, wie sie waren. Angus wünschte, Maggie wäre ihrem Bruder ähnlicher. Aber Culley war ein Junge. Es war leichter, mit einem Sohn umzugehen. Bei einer Tochter mußte ein Vater seine Worte sorgsam abwägen. Wenn Mary Frances noch am Leben gewesen wäre, hätte sie Maggie die Dinge erklärt und ihr verständlich gemacht, daß es nicht seine Schuld war, wenn sie arm waren. Männer wie Webb Calder, die einem Mann keine Chance geben wollten, in dieser Welt voranzukommen, diese Männer waren daran schuld.

3.

Mit einer ruckartigen Bewegung seines Handgelenks ließ Chase das Lasso durch die Luft segeln und eine Schlaufe über den Sattelknauf gleiten, als sich die Schlinge um den Hals eines Kalbes legte. Er zerrte das Tier zu dem Feuer, wo ihm das dreifache C eingebrannt werden sollte. Buck lief neben ihm her und stieß schließlich das Tier zu Boden; der Schweiß zog tiefe Furchen durch die Schmutzschicht auf seinem Gesicht. Während Chase dem Kalb, das am Boden lag, eine Dosis Impfstoff injizierte, drückte ein zweiter Cowboy dem Kalb das heiße Brandeisen auf die Flanke. Dann lockerte Buck die Schlinge und ließ das Kalb frei, das sofort blökend zu seiner Mutter rannte.

Als Chase sein Lasso wieder zusammenrollte, blieb Buck stehen, um Atem zu holen. »Ich halte das keine drei Tage lang durch, Chase. Und das alles für ein einziges lumpiges ›zum Teufel‹. Das ist nicht gerecht. Es ist einfach nicht gerecht«, murrte er.

»Das Leben ist hart, Buck.« Sein Mund zog sich leicht nach oben, und das milderte die Härte, die diese Lippen von Natur aus besaßen, ein wenig.

»Eine tiefgründige Aussage, wenn sie aus dem Mund dessen

kommt, der das alles einmal erben wird«, spottete Buck, und er lief hinter einem anderen Kalb her, das in der Schlinge eines Lassos zappelte.

Diese Äußerung konnte Chase, der wieder zur Herde ritt, überhaupt nicht beeindrucken. Für ihn war es nur natürlich, daß das Calder-Imperium eines Tages ihm gehören würde. Mit dieser Gewißheit war er aufgewachsen. Nie hatte er auch nur einen Moment lang an eine andere Möglichkeit gedacht. Jemand rief seinen Namen, und er zügelte sein Pferd. Als er sich umsah, entdeckte er seinen Vater, der Chase bedeutete, sich ihm anzuschließen. Er lenkte sein Pferd im Schritt durch das Gedränge und hielt es neben dem Hengst seines Vaters an.

»Was ist?«

»Ich möchte, daß du heute abend zusammen mit mir zum Haus zurückreitest und mit mir zu Abend ißt.« Auf das leichte Erstaunen hin, das in Chases Augen aufblitzte, erklärte sein Vater: »Senator Bulfert kommt gegen fünf. Er wird bei uns zu Abend essen, die Nacht hier verbringen und morgen früh nach Helena weiterreisen. Es wird Zeit, daß du aus erster Hand Erfahrung mit der Politik machst, die sich hinter den Kulissen abspielt.«

»Schon wieder eine Lektion?« Die Sorglosigkeit von Chases Lächeln zeigte seine Belustigung über die endlose Schulmeisterei seines Vaters.

»Was du bisher gelernt hast, ist nur das Grundsätzliche«, antwortete Webb voller Ernst. »Wenn du diese Ranch eines Tages erfolgreich leiten willst, liegt noch ein langer Weg vor dir.«

In dieser Hinsicht hatte sein Vater keine Spur von Humor. Chase richtete sich in seinem Sattel auf, zog sich den Hut tief in die Stirn und verbannte das Lächeln von seinem Gesicht. »Yes, Sir.«

»Du glaubst immer, daß sich die Ranch praktisch von selbst leitet.« Webb las die Gedanken, die seinem Sohn durch den Kopf gingen. »Aber wenn die Zeit kommt, daß du sie übernimmst, wirst du alle Hände voll zu tun haben, weil sie versuchen werden, dir die Ranch wegzunehmen.«

»Immer wieder sprichst du von diesen ›sie‹, aber nie sagst du mir, wer ›sie‹ sind.« Chase konnte sich nicht vorstellen, daß jemand ernsthaft versuchen würde, ihm die Ranch wegzunehmen.

»Darin wird dein Problem bestehen – dahinterzukommen welcher deiner Freunde oder Nachbarn etwas unternimmt, das sich gegen dich richtet. Diese Ranch wirkt sicher, aber sie ist angreifbar, weil sie so groß ist.« Eine grimmige Traurigkeit schwang in seiner Stimme mit. »Niemand mag dich wirklich, wenn du ein großer Mann bist, mein Sohn. Manchmal fällt es einem am schwersten, sich ausgerechnet das klarzumachen ... und es zu akzeptieren.«

Chase hatte das Gefühl, sein Vater übertreibe nun doch ein wenig, aber er hielt den Mund. Er hatte längst gelernt, daß meistens ein Großteil Wahrheit in dem lag, was sein Vater sagte, ganz gleich, wie skeptisch er dessen Äußerungen zum jeweiligen Zeitpunkt gegenüberstand.

»Ich habe den Lieferwagen am Osttor der Weide geparkt. Nate wird die Pferde zurückbringen.« Webb griff nach den Zügeln. »Komm. Wir wollen den Senator nicht warten lassen.«

»Du hast den Senator in der Hand, und das weißt du auch ganz genau«, bemerkte Chase trocken.

Sein Vater lächelte lediglich. »Wenn man jemanden in der Hand hat, dann neigt dieser im allgemeinen zum Stiebitzen.«

Chase lachte leise über diesen trockenen Ausspruch seines Vaters und folgte ihm. Sie trafen Nate Moore am Rand der Herde. Als der alte Griesgram Chase bemerkte, wandte er sich zu Webb.

»Du hast mit keinem Wort erwähnt, daß ich mit einem Mann weniger auskommen muß. Warum eigentlich?« fragte er, während er neben ihnen herritt.

»Der Senator kommt heute und wird die Nacht hier verbringen.«

Tanzende Lichter blitzten in den Augen des alten Cowboys auf, wenn sich auch sein Gesichtsausdruck kein bißchen veränderte. »Old Bullfurz kommt also, was?«

»Ja, Senator Bulfert kommt zu Besuch.« Webb legte Nachdruck auf den richtigen Namen des Senators, aber sein Tonfall klang durchaus nicht ermahnend.

»Ich schätze, es zahlt sich aus, wenn man Freunde in hohen Ämtern hat«, räumte Nate ein, »selbst dann, wenn sie stinken.«

»Ich tue mein Bestes, um gegen die Windrichtung zu stehen, damit der Gestank nie bei mir ankommt«, erwiderte Webb. Er drängte sein Pferd zu einer schnelleren Gangart.

Nate und Chase folgten ihm eilig, um mit ihm Schritt zu halten, aber sie ritten nicht einen Schritt voraus. Das war eines der ungeschriebenen Gesetze der Ranch – reite niemals vor deinem Boß.

Fünf Meilen von der Herde entfernt ließen Pappeln ihre grünenden Wipfel in den Himmel aufragen und kennzeichneten den Flußlauf. Sie ritten auf demselben Weg, den O'Rourke mit seinen Rindern eingeschlagen hatte. Man konnte an dem zertrampelten Gras, das sich langsam wieder aufrichtete, deutlich erkennen, wo der kleine Rancher vorbeigekommen war. Als sie sich der Furt näherten, ließ Webb Calder sein Pferd in Handgalopp fallen, dann in den Schritt, und sein Blick fiel auf das gegenüberliegende Flußufer.

»Wenn alle Rinder gekennzeichnet sind, läßt du einen Mann hier zurück, der sich mal O'Rourkes Zaun näher ansehen soll, Nate«, ordnete er an.

»Schon geschehen.« Der Vorarbeiter nickte. »Ich dachte mir, daß es für einen Zufall ein paar Kühe zuviel waren, die sich zu uns verlaufen haben.«

Als sie an der Stelle vorbeiritten, an der die Spuren der Rinder dem sachte abfallenden Ufer zum Fluß folgten, ritten sie geradeaus zum Osttor weiter. Der Fluß machte hier eine Biegung und wand sich näher an den Pfad heran, den sie eingeschlagen hatten. Als sein Pferd den Kopf zum Fluß wandte und neugierig die Ohren spitzte, blickte Chase in dieselbe Richtung.

Durch einen Spalt zwischen den Bäumen sah er ein Reitpferd, das am anderen Flußufer an einem Baumstamm festgebunden war. Mit geübtem Auge erkannte er das Brandzeichen der Shamrocks, und Chase ließ sein Pferd abrupt anhalten. Seine Stirn legte sich in Falten, als er nach den Pferden der beiden anderen Reiter Ausschau hielt und den Grund dafür suchte, warum der O'Rourke-Klan hier angehalten hatte. Statt dessen fiel sein Blick auf die Kleidungsstücke, die an einem dürren Ast des umgefallenen Baumstammes hingen, und im nächsten Moment sah er das Aufblitzen eines weißen Körpers im Wasser. Die Gestalt kam an die Oberfläche, und Chase sah das lange schwarze Haar, das naß war und im Sonnenschein seidig schimmerte. Ein kaltes Lächeln spielte um seinen Mund, und Rachegelüste blitzten in seinen dunklen Augen auf.

Nate Moore bemerkte als erster, daß Chase nicht mehr hinter ihnen war. Er zügelte sein Pferd und drehte sich im Sattel um; etliche Meter lagen bereits zwischen ihm und Chase. »Kommst du, Junge?«

»Reitet schon voraus. Ich komme gleich nach.« Chase winkte sie geistesabwesend weiter, während er das nackte Mädchen im Wasser beobachtete.

»Wohin willst du?« Webb hielt sein Pferd an, als Chase in die Richtung umkehrte, aus der sie gekommen waren.

Chase blieb gerade lange genug stehen, um eine Antwort zu geben. »Eine unabgeschlossene Angelegenheit zu Ende führen, um quitt zu sein.« Sein Lächeln verwandelte sich in ein breites Grinsen, als er seinem Pferd die Sporen gab

Nate, der sehr gut sehen konnte, hatte den Grund bereits entdeckt. »Die kleine O'Rourke badet nackt im Fluß.«

Webb seufzte verächtlich. »Jemandem die Kleider zu stehlen ist ein Bubenstreich. Ich dachte, über derlei sei er längst hinaus.«

Nate sah das weniger kritisch. »Dieses Mädchen hat seinen Stolz verletzt, als sie ihn vor den Jungs als einen Trottel hingestellt hat. Wenn ich er wäre, würde ich es ihr auch gern heimzahlen.«

Webb drückte durch sein Schweigen aus, daß er dem Vorgehen seines Sohnes eine gewisse Berechtigung zugestehen mußte. Er wendete sein Pferd wieder zum Osttor um und ließ es in einen langsamen Trab fallen.

Chase durchquerte den Fluß an der Furt, bog ab und folgte eine halbe Meile weit dem Flußlauf bis an die Stelle, an der er das Mädchen gesehen hatte. Er fand den Einschnitt am Ufer, den sie benutzt hatte, um den Sandstreifen zu erreichen, und er ließ sein Pferd behutsam den Spuren ihres Reittieres folgen. Als er näher kam, wieherte ihr Brauner fragend, doch das Mädchen, das im Wasser planschte, bemerkte seine Gegenwart nicht. Chase ritt zu dem umgefallenen Baumstamm und beugte sich im Sattel zur Seite, um sich die Kleider zu schnappen, die an einem Aststumpf hingen.

Das Wasser war kalt und weckte ihre Lebensgeister. Es war ein angenehmes Gefühl, das klare, funkelnde Wasser zu spüren. In diesem Flußabschnitt reichte ihr das Wasser nur bis zur Brust. Maggie ließ ihre Füße auf den Grund sinken und strich die schwere Nässe langen Haares auf ihren Rücken und wischte sich das Wasser aus dem Gesicht.

»Was glaubst du wohl, wem diese Kleider gehören?« Die spöttische Frage durchzuckte sie wie ein Elektroschock.

Sie wirbelte im Wasser herum und verlor beinahe das Gleichgewicht, während ihre weit aufgerissenen Augen den Störenfried suchten. Chase Calder hatte sich im Sattel vorgebeugt, den einen Arm auf dem Sattelknauf, und in der Hand hielt er *ihre* Kleider. Die erste Woge von Verlegenheit wich ihrem Zorn.

»Legen Sie die Kleider sofort wieder dahin, wo Sie sie gefunden haben, und hauen Sie ab!« Maggie sah ihn an; ihre Arme waren auf dem Wasser ausgebreitet, damit sie das Gleichgewicht nicht verlor.

»Sind das deine?« Er heuchelte Erstaunen, und das erzürnte sie noch mehr.

»Sie wissen ganz genau, wem sie gehören.«

Chase hielt die Kleider hoch, um sie genauer anzusehen. »Das kann nicht sein. Das sind Männerkleider, zu groß für so was Kleines wie dich«, spottete er.

»Es sind meine – und das wissen Sie sehr wohl!« Sie hatte aufgehört, sich zu bewegen, und das kühle Wasser ließ schon jetzt ihre Haut gefühllos werden. Sie mußte die Lippen fest zusammenpressen, damit ihre Zähne nicht klapperten.

»Nein, das weiß ich nicht«, beharrte er.

»Sie legen die Kleider wieder hin, Chase Calder!« Ihre Stimme bebte vor Zorn. »Sie legen sie jetzt hin und reiten weiter!«

»Das kann ich nicht machen.« Chase rollte die Kleider zu einem Bündel zusammen, drehte sich im Sattel um und band sie an den Hinterzwiesel.

Maggie beobachtete ihn mit wachsender Panik. »Was tun Sie da?«

»Ich werde die Kleider natürlich mitnehmen«, erwiderte er, während er den Knoten zuzog, sich wieder aufrichtete und nach den Zügeln griff. »Irgendwo läuft jetzt ein armer Cowboy rum, der keine Kleider anhat. Das kann ich nicht zulassen.« Er schnalzte seinem Pferd zu und ließ es umkehren.

Entsetzen packte sie, als ihr klarwurde, daß er tatsächlich mit ihren Kleidern davonritt. »Nein! Das sind meine! Bringen Sie sie zurück!« Die Panik in ihrer Stimme schwächte den Zorn zu Angst ab.

Er ließ sein Pferd eine Vierteldrehung vollziehen; es stand jetzt parallel zum Fluß. Von seiner erhöhten Position aus konnte Chase, der auf dem Sattel saß, die nackte Gestalt im Wasser erkennen – schlank und mit hoch angesetzten Brüsten. Er hatte die Gelüste eines jungen Mannes; der Viehtrieb des Frühlings hatte eine lange Fastenzeit mit sich gebracht, und daher war er leicht erregbar.

Ursprünglich hatte Chase nur vorgehabt, ihr die Kleider wegzunehmen, ein Stück weit zu reiten und sie an einer Stelle zurückzulassen, an der sie sie finden konnte. Jetzt änderte er seine Pläne, denn er wollte sie sehen, ohne daß ihr Anblick vom Wasser verzerrt wurde.

»Wenn das deine Kleider sind, warum kommst du dann nicht und holst sie dir?« forderte er sie mit einschmeichelnder Stimme heraus.

Maggie holte hörbar Atem, als sie die Veränderung wahrnahm, die in der Luft hing. Etwas Unterschwelliges war neu hinzugekommen, etwas leicht Bedrohliches. Sie ließ sich tiefer in das kalte Wasser gleiten, und die Kühle schwappte in die Mulden ihrer Schlüsselbeine.

»Nein.«

»Wenn du sie haben willst, wirst du kommen und sie dir holen müssen.«

»Nein.« Ihre Weigerung kam diesmal nachdrücklicher, aber ihre Zähne fingen an, vor Kälte zu klappern. Sie bewegte ihre Arme durch das Wasser, um ihr Blut zirkulieren zu lassen. »Sie werden meine Kleider dort hinlegen, wo Sie sie gefunden haben«, beharrte sie mit schwankender Stimme.

»Das geht nicht.« Er schüttelte den Kopf und setzte sich im Sattel anders hin, als wolle er es sich bequemer machen. »Ich werde warten müssen, bis du aus dem Wasser rauskommst, um sie dir zu holen.«

»Ich komme nicht raus, solange Sie da sind«, gab Maggie zurück.

»Ich gehe nicht, ehe du rauskommst.« Chase sah, daß sie zitterte, und er vermutete, daß das Wasser eisig war. »Du wirst noch erfrieren. Du solltest lieber rauskommen, ehe du blau anläufst.«

»Lieber erfriere ich, als daß ich einen Fuß ans Ufer setze, solange Sie da sind!« Eine Art ohnmächtigen Zornes wogte in ihr auf.

»Du dummes kleines Ding!« Chase sah den sturen Ausdruck eines Maultieres auf ihrem Gesicht, und seine Kieferpartie spannte sich an. Er hatte einen Standpunkt bezogen, von dem er jetzt nicht mehr abweichen konnte. Somit blieb ihm nur noch eine Möglichkeit – die Flucht nach vorn. »In dem Fall muß ich wohl kommen und dich rausholen«

In ihren weit aufgerissenen Augen stand Panik. »Das würden Sie nicht wagen.« Doch in ihrer zitternden Stimme schwangen Zweifel mit.

»So, glaubst du?« Er zog eine Augenbraue hoch und griff nach dem zusammengerollten Lasso unter dem Sattelknauf.

Einige unendliche Sekunden lang sah Maggie zu, wie er näher kam, und ein Teil ihres Innern weigerte sich zu glauben, daß er sein Vorhaben wirklich durchführen würde. Dann versuchte sie davonzuschwimmen. Chase gab seinem Pferd die Sporen und lenkte es ins Wasser. Der Fluß reichte bis über seine Stiefelspitzen, und die Wassertemperatur war kälter, als ihm klargewesen war.

Als sie versuchte, die Richtung zu ändern und ihm zu entkommen, blieb seinem Lasso als einzig sicheres Ziel ihr Kopf. Bei dieser Wassertiefe würde sich die Schlinge auf die Wasseroberfläche legen und sich um ihren Hals schlingen. Er mußte sie irgendwie in seichteres Wasser locken, damit sich die Schlinge um ihre Taille legte. Das Ganze wurde zu einem Katz-und-Maus-Spiel, dessen Ausgang schon feststand.

Die eisige Temperatur des Flusses hatte ihre Muskeln steif werden lassen, und ihre Reflexe waren verlangsamt, ihre Bewegungen unkoordiniert. Maggie strampelte im tiefen Wasser herum, verhaspelte sich in ihren Bewegungen und tauchte einmal unter, ehe ihre Zehen über den Grund schabten und sie wieder an die Oberfläche stießen. Die Kälte hatte sie ausgelaugt. Sie fühlte sich schwach und zitterte, da sie sich jetzt auch vor der Gefahr des Ertrinkens fürchtete.

Als es schien, als sei Chase ihr zu weit in das Flußbett gefolgt, als sein Pferd nervös schnaubte, weil das Wasser bis zu seinem Widerrist reichte, kämpfte sich Maggie mit ungestümen Bewegungen zum festen Boden des Ufers vor. Ihre ganze Anstrengung konzentrierte sich auf den Versuch davonzulaufen, als sie eine Stelle erreicht hatte, an der ihr das Wasser nur noch bis zum Bauch reichte.

Ein selbstzufriedenes Lächeln spielte um Chases Mund. Eine Sekunde nach der Kehrtwendung des Mädchens hatte sich sein Pferd dem Ufer zugewandt. Es eilte ihr mit weit ausgreifenden Schritten durch das Wasser nach, während Chase die Schlinge über seinen Kopf hob. Während er die Entfernung abschätzte, nahm er gleichzeitig ihre keck vorstehenden Brüste im Profil und die schneeweißen Backen ihres Hinterteils wahr, als sie vor ihm davonlief.

Das Lasso kreiste zweimal über seinem Kopf, ehe er die Schlinge zu seinem Opfer segeln ließ. Sie legte sich um ihre Schultern, und Chase zog sie direkt über ihren Ellbogen zu. Das Pferd hielt so abrupt, wie es im Wasser nur irgend möglich war, in der Bewegung inne, so daß das Seil gespannt blieb.

Maggie schlug wild um sich, verrenkte sich und zappelte und tat alles, um sich aus der Schlinge zu befreien, wobei sich ihrer Kehle animalische Laute der Verzweiflung entrangen. Sie warf einen gehetzten Blick über ihre Schulter, und ein Vorhang nassen schwarzen Haares fiel über ihre Augen.

Nachdem er seine Beute eingefangen hatte, trieb Chase sein Pferd vorwärts, während seine Blicke die nackte Schönheit aufsogen.

Er unternahm keinen Versuch, das Pferd anzuhalten, ehe es auf einer Höhe mit dem taumelnden, klatschnassen Mädchen, das sich immer noch wehrte, angelangt war. Aus der Nähe gesehen, war die makellose Schönheit ihres nackten Fleisches noch vollkommener. Chase zog sie einen Schritt zurück, um sie direkt neben seinen Sattel zu holen; dann beugte er sich herunter und zog sie auf das Pferd. Die zugezogene Schlinge hielt ihre Arme an ihren Seiten fest.

Als er einen Arm von hinten um ihre Taille schlang, war es, als umklammere er einen Eiszapfen. Selbst durch seine Jacke konnte er spüren, wie kalt sie war. Jeder wollüstige Gedanke, der ihm durch den Kopf gegangen war, wurde von seiner Sorge um einen Menschen überrollt, der den eisigen Wassern des Flusses zu lange ausgesetzt gewesen war. Er war wütend auf sich selbst, verabscheute sich für sein eigenes Handeln. Das Mädchen war nahezu erfroren, und all das, weil sein verfluchter Stolz sich nach Rache gesehnt hatte. Chase zerrte ihren Körper, der sich wand und um sich trat, vor sich auf den Sattel.

»Lassen Sie mich los!« Ihr nasses Haar fiel über ihre Brüste wie ein Umhang aus schwarzer Seide, während ihre gebundenen Arme sich übereinanderlegten, um die tiefere dreieckige Stelle schwarzen Haares vor seinem Blick zu verbergen.

In einem entlegenen Winkel seines Verstandes nahm er zur Kenntnis, mit welchem Zorn sie dies gesagt hatte. Selbst in diesem Augenblick, in dem sie sich vor ihm fürchten mußte, flehte sie ihn nicht an, und sie zeigte auch keine Furcht. Geistesabwesend zollte er ihrem unbändigen Temperament Respekt.

»Wenn du stillhältst, nehme ich dir das Lasso ab.« Chase gab diese Anweisung in barschem Ton und versuchte, die zappelnde, sich windende Gestalt im Sattel festzuhalten; das Pferd tänzelte nervös unter seiner unruhigen Last.

Sie sah ihn wachsam an; sie traute ihm nicht. Sie zitterte zu heftig, um stillzuhalten, aber sie hörte auf, sich zu wehren. Als Chase die Zügel losließ, um die Schlinge zu lockern, stürzte das Pferd auf das Ufer zu. Er ließ es laufen und zog die Schlinge über ihren Kopf; dann warf er das Lasso auf den Boden. Augenblicklich versuchte sie, vom Pferd zu gleiten, aber Chase hielt sie fest.

»Zieh meine Jacke an«, befahl er. Er wand sich aus der Jacke und legte sie um ihre Schultern. Chase sah, wie die langen schwarzen Wimpern sich in stiller Dankbarkeit senkten.

Ohne seinen Griff um ihre Taille zu lockern, stieg er vom Sattel. Selbst tropfnaß wog sie so gut wie nichts. Er konnte ihr Zittern spüren, aber sie gab keinen Laut von sich, machte sich steif und wollte sich nicht helfen lassen. Ein morscher Ast des abgestorbenen Baumes lag auf dem sandigen Ufer. Chase stellte sie direkt daneben und fing an, das trockene Holz in Stücke zu brechen.

»Es dauert nur einen Moment, bis das Feuer brennt«, sagte er, aber er erhielt keine Antwort.

Das dürre Holz brannte wie Zunder. Chase fächelte das Feuer mit seinem Hut an und ließ es eine gute Minute lang brennen, ehe er dickere Äste aufschichtete, damit es nicht ausging. Das Mädchen hastete näher an die Wärme, die das Feuer ausstrahlte, und hüllte sich eng in seine Jacke, die ihr bis auf die Schenkel reichte. Sein Blick glitt über die perlenden Wassertropfen auf ihren nackten Beinen. Als er sein Hemd aufknöpfte, warf sie ihm wieder einen wachsamen Seitenblick aus ihren grünen Augen zu.

Er benutzte sein Hemd als Handtuch und fing an, ihre Beine trockenzureiben; mit den Füßen fing er an und arbeitete sich über ihre Waden zu ihren Knien hinauf. Er rieb sie kräftig, um die Durchblutung anzuregen. Diese unsanfte Behandlung entlockte ihr einen kaum gedämpften Protestlaut. Chase wußte, daß er das schmerzliche Prickeln von Tausenden von Nervenenden auslöste.

Als er fertig war, steckte er einen langen Ast aufrecht in den sandigen Boden neben dem Feuer und hängte daran sein feuchtes Hemd zum Trocknen auf. Erst jetzt stellte er fest, wie patschnaß seine Socken und seine Stiefel waren. Er zog sie aus und wrang das Wasser aus den Wollsocken, ehe er sie dicht neben das Feuer legte, damit die Feuchtigkeit verdampfte.

Die ganze Zeit über beobachtete Maggie ihn schweigend. In ihren gefühllosen Körper schlich sich allmählich wieder ein Empfinden ein, und ihr heftiges Zittern ebbte zu einem gelegentlichen Zucken ab, was der Wärme des Feuers und der schweren Männerjacke zu verdanken war, in die sie sich gehüllt hatte.

Sowohl ihr Vater als auch ihr Bruder Culley waren kleingebaute Männer. Keiner von beiden hatte die breite, muskulöse Brust und die starken Arme von Chase Calder und auch nicht das dichte kastanienbraune Haar auf dem Brustbein. Ihr erschien er als ein Berg von einem Mann. Eine Spur von Ehrfurcht kam in ihr auf, und Maggie unterdrückte sie auf die einzige Art, die sie kannte.

»Sie sehen reichlich albern aus mit diesem Hut, so ohne Hemd und Stiefel«, sagte sie zu ihm.

»So, findest du?« Er nahm den Hut ab, legte ihn auf den Boden und fuhr sich mit einer Hand durch das dichte, ungebärdige Haar. Dann warf er ihr einen belustigten Blick zu. »Du bist auch nicht gerade besonders schick angezogen, Kleines.«

»Das kommt daher, daß Sie mir die Kleider weggenommen haben.« Die Nässe ihres langen Haares auf ihrer Haut erzeugte Unbehagen. Maggie versuchte, ihr Haar aus dem Kragen zu ziehen und dabei die Jacke nicht loszulassen und ihre Arme nicht hinauszustrecken. »Und außerdem bin ich kein Kind mehr«, fügte sie protestierend hinzu, während sie weiterhin mit ihrem nassen Haar kämpfte.

»Das ist mir schon aufgefallen«, stellte er trocken fest. Er erinnerte sich nur zu lebhaft daran, wie sie unter dieser Jacke aussah, und er war sich der Tatsache sehr wohl bewußt, daß sie den Körper einer Frau hatte. Die Erinnerung an diesen Körper wühlte ihn auf, während er sie beobachtete. »Laß mich das machen«, erklärte er, stand auf und stellte sich hinter sie.

Von ihren Backenknochen ausgehend, bewegten sich seine Finger unter ihre Ohren und gruben sich in ihr Haar, hoben es aus der Jacke hervor und ließen es über der Jacke auf ihren Rücken gleiten. Es ging eine gewisse Sinnlichkeit davon aus, dies Haar zwischen den Fingern zu spüren. Es verbrannte ihn wie schwarzes Feuer.

Chase ließ die Haare los, drehte sich um und hob einen Stock auf, den er in seinem Bemühen, das plötzliche Übersprudeln seiner Sinne zu unterdrücken, in zwei Stücke zerbrach. Er kauerte sich neben sie, um die Holzstücke in das Feuer zu legen.

»Wie alt bist du eigentlich, Maggie?« Er nannte sie ganz unbewußt bei ihrem Namen und heftete seinen Blick auf die tanzenden Flammen.

»Sechzehn.« Sie biß sich angesichts dieser Lüge auf die Lippen und gestand: »Werde ich im August.«

Chase wandte seinen Kopf um, um sie zu mustern, und ein Lächeln zog einen seiner Mundwinkel nach oben. In seinem spöttischen Tonfall lag etwas Barsches, was sich nicht mit der Art und Weise vertrug, wie er sie ansah. »Sechzehn Lenze und noch ungeküßt.«

Seine Worte hatten zur Folge, daß Maggie sich noch enger in die Jacke hüllte und ihre Knie anzog, um ihre Beine zu verbergen. »Clyde Barnes hat mich einmal geküßt, als wir im Schulhof gespielt haben.«

»Wie alt warst du damals?«

Ihr Kinn senkte sich ein wenig; sie mied seinen Blick und starrte ihre Zehen an. »Dreizehn.« In ihrer Antwort lag eine spröde Verteidigung.

»Niemand kann behaupten, daß du keine Erfahrung hast«, murmelte er mit bewußter Grobheit.

»Ich habe nie behauptet, ich sei erfahren.« Sie warf ihm einen Seitenblick zu, in dem verletzter Stolz lag. »Clyde war damals noch nicht mal dreizehn.« Die Eindringlichkeit seines Blickes war so stark, daß sie ihm kaum standhalten konnte. »Ich weiß, daß es etwas anderes ist, wenn man von einem Mann geküßt wird.«

Während der Dauer eines Pulsschlags herrschte Stille; dann lag seine Hand auf ihrem Nacken, drehte ihren Kopf um und hob ihr Kinn zu ihm hoch. »Woher weißt du das?«

Das durchdringende Schwarz seines Blickes verwirrte sie auf eigentümliche Weise; es schien alle ihre Sinne zu beleben. Sie konnte nicht antworten, denn sie war ganz in den Bann des umwerfend sicheren Gefühls gezogen, er würde sie jetzt küssen und sie würde selbst herausfinden, ob es stimmte, daß der Kuß eines Mannes etwas ganz anderes war.

4.

Chase beugte seinen Kopf leicht zu ihr hinunter und übte einen sanften Druck auf ihr Genick aus, um sie an sich zu ziehen. Sie versuchte nicht, sich loszureißen oder sich ihm zu widersetzen. Ehe sein Mund ihre Lippen berührte, atmete er ihren frischen, sauberen Duft ein – wie die Luft nach einem Sommerregen. Die schlichte Erdgebundenheit dieses Geruches durchströmte ihn. Als sich sein Mund auf ihre geschlossenen Lippen senkte, verharrten sie in aller Unschuld regungslos. Seine Lippen bewegten sich über ihren zarten Mund und verlangten nach einer Reaktion, und er war unzufrieden, als keine kam. Ihre Unsicherheit in bezug auf das, was von ihr erwartet wurde, übertrug sich auf ihn.

Chase hob seinen Kopf einen knappen Zentimeter über ihre Lippen. »Halt deine Lippen nicht so steif hin. Entspann dich«, drängte er sie mit einschmeichelndem Flüstern. »Bewege deine Lippen an meinen.«

»Ja, gut.« Ihr süßer Atem wehte ihm ins Gesicht und erregte ihn.

Diesmal reagierte Maggie zögernd und versuchsweise auf den Druck seines Mundes. Ihr gefiel dieses komische, sanft prickelnde Gefühl, das er in ihr auslöste. Unter seiner Führung wuchs ihr Selbstvertrauen und wurde mit Genüssen belohnt.

Sein Daumen begann, kleine Kreise in dem empfindsamen Grübchen unter ihrem Ohr zu beschreiben, und weitere Sinne regten sich. Durch ihren Körper prickelte soviel Wärme, daß es Maggie schwerfiel zu glauben, daß sie noch vor wenigen Minuten vor Kälte gezittert hatte. Sie bebte auch jetzt innerlich, aber aus einem ganz anderen Grund.

Nach diesem zweiten Kuß ließ sie ihre Lippen noch einen Augenblick lang auf den seinen. Sie war froh, daß er so dicht bei ihr blieb und sich nicht von ihr zurückzog. Sie starrte den Umriß des männlich geformten Mundes an, der diese wunderbaren, völlig neuen Empfindungen hervorgerufen hatte, die sie durchfluteten. Ihr Blick glitt über seine Nasenflügel und die eckigen Kanten seiner Backenknochen, ehe er von der Intensität seiner Augen gefangengenommen wurde. Abgesehen von der glühenden Lebendigkeit seiner Augen hätte er aus Stein gemeißelt sein können. Maggie war nicht bewußt, daß sein maßloses Begehren ihn reglos verharren ließ. Sie wunderte sich ein wenig über ihre eigenen wilden Empfindungen und fragte sich, ob das normal war.

Der gedehnte, zittrige Atemzug, den sie ausstieß, war fast ein Seufzen. »Soll das so sein, daß man sich innerlich ganz flattrig fühlt, wenn man von einem Mann geküßt wird?« Es war eine ungekünstelte Frage, aus einer Neugier heraus gestellt, die sie nicht bezähmen konnte.

»Nicht bei jedem Mann – nur bei einem oder zweien.« Seine Stimme drang tief aus seinem Innern.

Ganz langsam, Stück für Stück, bewegte Maggie ihre Lippen wieder auf seinen Mund zu. Ihr Zögern rührte von einem inneren Gespür her, das sie warnte, dies sei ein Experiment, das ihr entgleiten könnte, aber die Kühnheit, die sie von Natur aus besaß, trug sie weit über den Punkt hinaus, bis zu dem ihre Vorsicht reichte. Chase ließ sie nicht den gesamten Weg allein zurücklegen – er kam ihr ein Stück entgegen.

Als sich sein Mund diesmal auf ihre Lippen preßte, wußte sie genau, was sie zu tun hatte. Der Eifer ihres Kusses löste bei ihm ein wildes Begehren aus. Sie hatte das Gefühl, verschlungen zu werden, von der rasenden Gier seines Kusses mit Haut und Haar verzehrt zu werden. Die Schwäche, die sie plötzlich verspürte, ließ sie schwanken, doch seine freie Hand griff nach ihrer Schulter, um sie festzuhalten.

»Öffne deine Lippen, Maggie«, murmelte er an ihrem Mundwinkel.

Diesmal bot sich ihm kein Widerstand, und seine Zunge drang in die dunklen, geheimen Winkel ihres Mundes ein. Anfangs preßte sie ihre Zunge fest gegen ihren Unterkiefer und mied den Kontakt mit seiner Zunge. Allmählich wurde sie entspannter, ließ zu, daß ihre Zunge die seine berührte und sich um sie schlang. Sein Arm war um sie geschlungen, die Hand zwischen ihre Schulterblätter gepreßt, während seine andere Hand auf ihrem zarten Nacken lag.

Die sperrige Jacke hinderte ihn daran, ihr so nahe zu kommen, wie er es sich gewünscht hätte – die Jacke und die Hände und die Arme darunter, die die Jacke festhielten. Außerstande, die mächtigen und primitiven Gelüste, die zu lange unterdrückt worden waren, unter Kontrolle zu behalten, ließ er seine Hand über ihre Kehle gleiten, bahnte sich einen Weg für weitere Küsse und stieß den staubigen Kragen seiner Jacke zur Seite, um ihren schmalen Hals und ihre Schultern bloßzulegen. Er spürte ihr Zittern und hörte ein schwaches Stöhnen. Erfreut stellte er fest, daß seine Liebkosungen nicht ohne Wirkung blieben, daß er sie mit sich in strudelnde Ströme der Leidenschaft zog. Und doch war diese Umarmung zu einseitig. Jedes Berühren und Festhalten ging von ihm aus. Sein Körper sehnte sich danach, liebevoll von ihr berührt zu werden.

»Gib mir deine Hand«, wies er sie mit heiserer Stimme an, und Maggie ließ eine Hand durch seine Jacke, deren Revers übereinandergeschlagen war, gleiten.

Er führte diese Hand auf seine Brust. Ihre Finger breiteten sich über der Hitze seiner Haut aus, und unter ihrer Berührung zogen sich seine Muskeln schmerzhaft zusammen. Sie begann, mit ihrer Hand seinen männlichen Rumpf zu erforschen. Gelocktes Brusthaar streifte sanft über ihre empfindsamen Handflächen; Muskeln spielten in seiner Schulter und in seinem Arm, und Maggie kostete die verhaltene Kraft unter ihren Fingern aus.

Sein Mund kehrte zurück, um ihre Lippen wie besessen für sich zu beanspruchen. Das Drängen seines Kusses ließ sie zurücksinken, und sein Arm ließ sie langsam auf den Boden gleiten. Die Jacke polsterte ihr nacktes Fleisch auf der steinigen Sandbank. Seine Hand strich über ihren Arm; mit sicherem, leichten Griff bedeckte seine Handfläche ihre Brust und ließ diese Intimität ganz natürlich erscheinen. Ihre Finger lockerten den Griff, mit dem sie die Jacke eigentlich festgehalten hatten. Irgendwann war ihr entfallen, warum sie die Jacke zuhielt. Die kühle Luft auf ihrer Haut ließ die Wärme seiner Berührung nur um so wohltuender erscheinen.

Sein Daumen umkreiste die rosige Spitze einer Brust und spürte, wie sie sich aufstellte. Dann begann sein Mund einen langsamen Angriff auf die unwiderstehliche Verlockung, wurde aber von etwas anderem abgelenkt – der pochenden Pulsader in ihrer Kehle, dem verführerischen Grübchen am Ansatz ihres Halses und der köstlichen Wölbung eines Schulterknochens. Endlich hatte er sein Ziel erreicht, und seine Zunge umkreiste die harte Spitze ihrer Brust; sie atmete plötzlich ruckartig ein und wollte sich ihm entziehen.

Chase küßte die gerundete Wölbung. »Hab keine Angst«, murmelte er.

Angst. War es das, was sie empfand? Sie war erregt, aber keine

Spur von Furcht schwang darin mit. Es war ein sinnliches Abenteuer, das Entdecken der bisher unberührten Tiefen ihrer Sinne. Jede neue Berührung führte sie in ein ganz neues Reich der Empfindungen. Sie, die so vernünftig, so praktisch veranlagt und so realistisch war, ließ sich von der Leidenschaft davontragen.

Ihre Hände glitten über die schwellenden Muskeln seiner Arme auf seine Schultern und versicherten ihm stumm, daß sie sich nicht fürchtete. Ihre schmale Hand paßte sich den harten Muskelsträngen seines Nackens an, und Finger glitten in lockiges schwarzes Haar, um einen leichten Druck nach unten auszuüben, als sich sein Mund auf ihrer Brust öffnete und er die Brustwarze mit seinen Lippen umschloß. Sein sinnliches Saugen löste eine eigentümliche Anspannung der Muskeln ganz unten in ihrem Bauch aus und rief einen bohrenden Schmerz hervor, der danach schrie, gelindert zu werden. Sie wand sich in einem Versuch, den Druck, der sich in ihr aufbaute, abzuschütteln, und preßte ihre Oberschenkel fest zusammen.

Diese Bewegung entging Chase nicht, und sie signalisierten ihm, seine Hand von ihrer Brust abwärts gleiten zu lassen, während seine Zunge und seine Lippen weiterhin ihren Busen liebkosten. Bei ihrem langsamen Hinabgleiten koste seine Hand ihre schmale Taille und legte sich kurz auf ihre Hüfte; dann blieb sie auf ihrem flachen, zitternden Bauch liegen. Als sie ihre Hüften unter seinem Gewicht leicht anhob, glitten seine Finger in das seidige Haar und rieben es zart.

Instinktiv begannen ihre Hüften, sich in einem langsamen, rhythmischen Kreisen zu bewegen. Er lenkte ihr Aufmerksamkeit ab, indem er seinen Mund von der Spitze ihrer einen Brust löste und ihn zum Grat der anderen wandern ließ. Während er mit seiner Zunge und seinen Zähnen den spitzen Gipfel umschloß, begaben sich seine sanft massierenden Finger auf eine intimere Suche, bis er ihre warme Feuchte spürte. Zarte Tierlaute genüßlicher Qualen drangen aus ihrer Kehle, als sie sich wand und ihm ihre Hüften entgegenwölbte. Dieses Gefühl brachte sie um den Verstand.

Die hemmungslose Reaktion ließ Hitze in ihm aufflammen. Stöhnend löste Chase seinen Mund von ihrer Brust, um ihn gierig auf ihre Lippen zu pressen, die er mit einem harten Zustoßen seiner Zunge öffnete. Sein eigenes fiebriges Pulsieren riß ihn mit; sein ganzer Körper schrie vor Begierde auf. Während er sie mit einer Hand immer leidenschaftlicher liebkoste, bis sie zügellos und zu allem bereit war, schnallte er mit der anderen seinen Gürtel auf und zog den Reißverschluß seiner Jeans herunter. Sie protestierte mit einem Stöhnen, als er seine Hand wegzog, um sich aus seiner Hose zu winden.

Mit seinem Knie drängte er ihre Beine auseinander und ließ sich dazwischen gleiten. Glühende Begierde loderte in ihm, doch er erstickte sie und tastete sich langsam und behutsam vor. Als er die dünne Schranke ihres Jungfernschleiers erreichte, entlockte er ihr mit seinem ersten Versuch, ihn zu durchbrechen, einen erstickten Aufschrei des Schmerzes. Sie stemmte ihre Hände gegen seine Brust und spannte ihre Beine und ihre Hüften an, um sich ihm zu verschließen. Chase konnte sich nur mit Mühe zurückhalten.

»Nein.« Ihr Kopf war abgewandt, und ihre Augen waren fest zusammengepreßt, während ihre Hüften versuchten, sich ihm zu entwinden. »Tu das nicht.« Ihre Stimme war heiser, bestürzt, aber nicht flehentlich.

Er strich mit einer zitternden Hand über ihr Haar und streifte mit seinem Mund über ihr Kinn und ihre Wange. »Es ist zu spät, Maggie. Ich kann jetzt nicht mehr zurück«, murmelte er mit belegter Stimme. »Verweigere dich mir nicht. Das macht alles nur noch schlimmer. Beim ersten Mal tut es immer weh, aber wehr dich nicht, Liebling. Ich schwöre dir, daß es nicht lange weh tun wird.«

Nach einer ewig langen Sekunde spürte Chase, daß sie ihren Körper zwang, sich zu entspannen, doch ihr Gesicht hielt sie von ihm abgewandt. Er begann, ihren Nacken zu küssen, während seine Hände nach unten glitten, um ihre Hüften festzuhalten. Als er einen nächsten Versuch unternahm, in sie einzudringen, spannte sie sich an, aber sie wehrte sich nicht. Chase war so behutsam, wie nur irgend möglich, aber er wußte, daß das noch nicht sanft genug war, als sich ihre Fingernägel in seine Schultern gruben und ein erstickter Schmerzenslaut aus ihrer Kehle drang, während er einzudringen versuchte. Mit langsamen, stetigen Bewegungen weitete er die Öffnung aus. Die vibrierende Spannung der bevorstehenden Befriedigung baute sich in ihm auf, aber er wußte, daß es noch zu früh war, und er zwang sich aufzuhören, um sich zurückzuhalten.

Als er in seinen Bewegungen innehielt, wandte sie ihm langsam ihr Gesicht zu. Er konzentrierte sich auf das Elfenbein ihrer ebenmäßigen Gesichtszüge und den starken Kontrast ihres schwarzen

Haares. Diese seltene Verbindung von Stolz, Schönheit und Kraft erschütterte ihn.

»Ich wußte nicht, daß jemand eine derart schöne weiße Haut und dazu so schwarzes Haar haben kann – schwärzer als ein Mitternachtshimmel.« Unter schweren Lidern wanderte sein Blick langsam über ihr Gesicht und ihr Haar, und in seinen Augen stand liebevolle Bewunderung.

»Ist es vorbei?« Es war eine atemlose Frage; ihre Augen waren von geraubten Illusionen verhangen.

Der Blick erinnerte ihn an ein Kind, dem man ein Bonbon schenkt, dessen Versprechen der Süße sich als Kreidegeschmack erweist. Ein Lächeln ließ seine scharfkantigen Züge weicher werden.

»Der Schmerz ist vorbei, mein Liebling«, versicherte Chase ihr mit zarter Stimme. »Jetzt beginnt das Vergnügen.«

Er senkte seinen Mund auf ihre Lippen und küßte sie zart, während seine Hand sich auf eine ihrer Brüste legte und sie streichelte. Ihr ganzer Körper ließ sich so von allen Teilen seines Körpers stimulieren, daß ihre Hüften sich bald wie von selbst gemeinsam mit ihm in einem instinktiven Rhythmus bewegten. Schweißperlen formten sich auf seiner Oberlippe, als er versuchte, ihr Freude zu bereiten und sie zu einem Crescendo der Befriedigung aufschwingen zu lassen, während er seine eigene Befriedigung zurückhielt.

Blut strömte durch seine Adern, pulsierende geschmolzene Glut. Die Realität begann, sich seinem Zugriff zu entziehen. Es waren keine zwei Herzschläge mehr da – nur noch einer. Es gab keine zwei Körper mehr, sondern zwei zusammengehörige Hälften, die sich in einer stürmischen Wiedervereinigung paarten. Eine Ewigkeit von Minuten ging es so weiter, bis ihre Lust aneinander einen taumelnden Höhepunkt erreichte.

Chase zog sie dicht an sich, als er sich auf den Rücken legte und zu dem betäubend blauen Himmel aufsah, der sich über ihnen wölbte. Beide bebten in einer Art von benommenem, nachträglichem Schockzustand. Seine Hand war in der dampfenden Feuchtigkeit ihres Haares begraben, und ihre Wange lag auf dem harten Kissen seiner Brust. Tief zufrieden drehte er seinen Kopf zur Seite, um zu sehen, wie sie sich an ihn kuschelte.

»Ich habe doch recht gehabt, oder nicht? Ich habe dir Vergnügen bereitet.« Er wollte es von ihr selbst hören, wollte wissen, über jeden Zweifel erhaben, daß sie diese Erfahrung gemeinsam gemacht hatten.

Sie beugte ihren Kopf zurück, um ihm in die Augen zu sehen, kühn und stolz und ohne eine Spur von Scheu. »Ja.« Diese schlichte, bejahende Antwort sagte ihm alles, was er wissen wollte – und noch mehr.

Chase holte tief Atem und vergaß, wieder auszuatmen, als seine Blicke über dieses Mädchen glitten, das durch und durch Frau war. In seinen ganzen zweiundzwanzig Jahren hatte er nur zwei Sorten von Frauen kennengelernt – diejenigen, die man respektierte, und die, die man nicht respektierte. Mit der ersten Sorte verabredete er sich zu einem Rendezvous, mit der zweiten ging er ins Bett. Doch Maggie paßte in keine dieser beiden Kategorien. Sie war fünfzehn und ging auf die sechzehn zu. Sie war eine Jungfrau gewesen, als er sie genommen hatte, doch in ihren Augen standen jetzt keine reuigen Tränen. So verrückt es auch klingen mochte – er hatte jetzt größeren Respekt vor ihr als vor den Frauen, die nach gesellschaftlicher Auffassung seinen Respekt verdienten. Chase wurde klar, daß er es nicht anders sehen wollte.

Sein Arm legte sich fester um ihre Taille, um sie mitzuziehen, als er sich aufrichtete. Im Sitzen ließ er eine Hand unter ihre Knie gleiten und hob sie auf seine Arme, während er sich aufrichtete. Instinktiv legte sie eine Hand um seinen Hals, um sich festzuhalten. Sie sah ihn neugierig an, aber sie stellte keine Fragen.

Chase blieb neben dem Stock stehen, den er in den Sand gesteckt hatte, um sein Hemd daran aufzuhängen. »Nimm mein Hemd.«

Er wartete, bis sie es aufgeknotet hatte; dann trug er sie zum Fluß und setzte sie am Ufer ab. Er nahm ihr das Hemd aus der Hand, tauchte es ins Wasser und wandte sich dann wieder ihr zu, um zart den dunklen Flecken ihrer verlorenen Jungfräulichkeit zwischen ihren Beinen zu waschen. Als er fertig war, nahm sie ihm das Hemd aus der Hand. Chase zögerte verwirrt, ehe er es losließ. Er sah zu, wie sie das Hemd ausspülte und sich dann aufrichtete, um ihn zu waschen. Das zarte Rosa auf ihren Wangen rührte ihn, ein Zeichen dafür, daß sie über ihre eigene Kühnheit ein wenig verwirrt war.

Er nahm ihr das Hemd ab, ließ es fallen, legte einen Finger unter ihr Kinn und zog es zu sich hoch. Sie sah ihm mit einer ganz natürlichen Direktheit in die Augen; ihr Kopf reichte kaum bis an seine

Schultern. Ihre Zierlichkeit gab Chase das Gefühl, groß und stark zu sein, und der männliche Beschützertrieb wogte lebhaft in ihm auf.

»Maggie.« All die Hunderte von Dingen, von denen er nicht wußte, wie er sie ausdrücken sollte, waren in diesem einen Wort zusammengefaßt. Seine Hände legten sich um ihr Gesicht, als er sich herunterbeugte, um sie mit zarter Heftigkeit zu küssen. Ihre schmalen Hände griffen nach seinen Handgelenken, hielten sich an ihm fest. Widerstrebend hob Chase den Kopf, ohne die Brise zu bemerken, die aufkam und sein Hemd in den Fluß wehte; die Strömung nahm es sofort mit und trieb es davon. »Es wird schon spät.« Ein grimmiges Lächeln spielte um seinen Mund, als er sie losließ und wieder neben das erlöschende Feuer trat.

Er zog seine Hose an, und ehe er den Reißverschluß zuzog, bückte er sich nach seinen Socken, die nahezu trocken waren, und zog sie, jeweils auf einem Fuß stehend, an. Er zog gerade seine Stiefel an, als ihm auffiel, daß Maggie ihn beobachtete; sie hüllte sich zum Schutz gegen die Kälte in seine Jacke, unter der sie nach wie vor nackt war.

»Was ist?« Chase richtete sich auf und zog fragend eine Augenbraue hoch.

»Du hast mir meine Kleider noch nicht zurückgegeben«, erinnerte sie ihn.

Beim Klang seines kehligen Lachens lächelte sie. Die Welt war nie vollkommener gewesen als jetzt, in diesem Moment. Maggie war sich nicht sicher, was sie empfand, abgesehen davon, daß sie alles so, wie es war, richtig fand. Aus diesem Grund wollte sie sich auch nicht näher damit auseinandersetzen, damit nicht die Schönheit des Augenblicks verblaßte wie einer der Träume ihres Vaters, die sich in Luft auflösten.

Chases Pferd war unter die Pappeln getrottet, um an den zarten, jungen Grashalmen zu knabbern, die dort wuchsen. Es scheute, als Chase näher kam. Auf einen leisen Befehl hin blieb es still stehen, so daß Chase das Bündel vom Sattel losbinden konnte. Er kehrte zum Feuer zurück und warf ihr die Kleider zu.

Während sie sich anzog, ging er zum Fluß, um sein Hemd zu holen; er blieb nicht da, um ihr zuzusehen, so wie sie ihm zugesehen hatte. Maggie vermutete, daß manche Leute es als unziemlich angesehen hätten, mit welcher Offenheit sie seinen Körper angestarrt hatte. Aber sie konnte nicht verstehen, was falsch daran sein sollte, den

Körper eines Mannes zu bewundern. Die Männer starrten die Frauen ständig an. Sie stopfte gerade ihr Hemd in ihre Jeans, als Chase, immer noch ohne Hemd, zurückkam, um seine Jacke zu holen.

Als er die Jacke über seine Schultern warf, fragte Maggie: »Wo ist dein Hemd?«

»Es muß in den Fluß geweht worden und untergegangen sein.« Es klang nicht so, als sei er besorgt darüber; sie nahm an, daß er wohl einen ganzen Schrank voll Hemden zu Hause hatte. Was hätte der Verlust eines einzigen in dem Fall ausmachen sollen? Er trat mit den Füßen Steine in das Feuer und verstreute die Asche. »Bist du fertig?«

»Ja.« Sie steckte ihr Haar unter ihren Hut, während sie auf den Baumstamm zuging, an dem sie ihr Pferd angebunden hatte.

Chase saß im Sattel und wartete auf sie, als sie aufstieg. »Ich reite ein Stück mit dir zusammen«, sagte er.

Maggie ritt durch die Bäume voraus, die kleine Böschung hinauf und in die weite, offene Prärie. Sie ritt auf die gezackten Kämme im Norden zu. Chase übernahm jetzt die Führung. Sie stießen auf den Trampelpfad, den die Shamrock-Rinder ausgetreten hatten, und folgten ihm. Es war noch eine knappe Meile bis zu dem Zaun an der Grundstücksgrenze, und dort zwang sie der Stacheldraht zum Anhalten.

»Wir sehen uns wieder«, sagte Chase. Er war unzufrieden mit dieser Formulierung, aber er fand keine andere, die auszusprechen er bereit gewesen wäre.

»Mach's gut.« Ihre Antwort klang bewußt beiläufig. Dann stellte Maggie sich auf die Zehenspitzen und ergriff die Initiative; sie beugte sich über den Zaun und forderte Chase damit auf, sie ein letztes Mal zu küssen.

Sie wandte sich eher ab als Chase, griff nach den Zügeln ihres Pferdes und sprang mit einem schnellen Satz in den Sattel. Als sie ihr Pferd zu dem Hang lenkte, der zum Kamm des Hügels anstieg, winkte sie ihm über die Schulter zu, und er beantwortete ihr Winken. Plötzlich machte es sie traurig, das Klappern der Hufe zu hören, die sich im Galopp entfernten.

Kurz vor dem Bergkamm saß Angus O'Rourke im Schatten eines Kiefernwäldchens still auf seinem Pferd. Er war zurückgekommen, um zu sehen, wo Maggie blieb, und als er sah, daß sie in Begleitung von keinem anderen als Chase Calder auf den Zaun zukam, hatte er sein Pferd angehalten. Sein erster Gedanke war gewesen, daß man sie eskortierte, um sie des Calder-Landes zu verweisen.

Aber Maggie hatte ihn geküßt ... und dieser Kuß hatte die selbstverständliche Vertrautheit eines Liebespaares ausgestrahlt. Dieser Anblick hatte ihn bis ins Mark erschüttert. Sie war doch noch ein kleines Mädchen. Er verfluchte die Calders tausendfach dafür, daß sie unschuldige Kinder verdarben.

Er beobachtete sie, als sie den Hang hinaufritt und direkt auf ihn zukam. Sein Pferd wieherte, als er seinen Stallgenossen näher kommen sah. Das heitere Lächeln wich aus ihrem Gesicht, als sie ihn sah. Sie hielt ihr Pferd kurz an, ehe sie weiterritt.

Der scharfe Blick, den sie ihm zuwarf, veranlaßte Angus, seine Anwesenheit zu erklären. »Ich bin zurückgeritten, um nach dir zu sehen.« Der Boden wurde steinig und zwang sie, ihr Pferd die letzten Meter im Schritt zurücklegen zu lassen.

»Gewiß, Pa.«

Irgend etwas an ihr erzürnte ihn – eine gewisse Selbstgefälligkeit, als habe sie ein grandioses Geheimnis, in das sie niemanden einweihen wollte. »Wie kommt es, daß der junge Calder bei dir war? Wo hast du ihn getroffen?«

»Am Fluß.« Ihr Blick war weiterhin auf das Land gerichtet das sich vor ihr auftat.

Ihre Antwort sagte ihm überhaupt nichts und mit Sicherheit nicht das, was in seinem Kopf am vorrangigsten war. »Er hat dich geküßt.«

»Ja, das hat er getan.« Sie wandte ihren Kopf um und sah ihn kühl an.

Argwohn ballte sich in seinem Kopf zusammen. Von ihren Lippen ging etwas Weiches, Aufgeblühtes aus, und sie hüllte sich in eine geheimnisvolle Aura. »Was hat er sonst noch getan?«

Sie sah ihm nicht mehr in die Augen, sondern wandte ihren Kopf und blickte starr nach vorn, während sich ihr Kinn in einem trotzigen Winkel reckte. »Ich bin nicht der Meinung, daß dich das auch nur im geringsten etwas angeht.«

Er beugte sich vor und griff ihr in die Zügel, um ihr Pferd zum Stehen zu zwingen. »Ich bin dein Vater, und schon deshalb geht es mich etwas an. Und jetzt verlange ich zu erfahren, was vorgefallen ist.«

»Warum?« fragte sie herausfordernd, und sie begegnete seinem Zorn mit einer unerschütterlichen Direktheit; in ihren grünen Augen flammte Wut auf. »Wenn etwas passiert wäre, was tätest du dann, Pa? Würdest du denn versuchen, auch nur irgend etwas zu unternehmen? Oder würdest du lediglich rumlaufen und leere Drohungen ausstoßen?«

»Gott steh mir bei, aber wenn er auch nur eine Hand an dich gelegt hat, werde ich ...«

»Ja? Was wirst du dann tun?« Sie verhöhnte ihn ohne alle Umschweife. »Sag es mir, Pa.«

Angus unterdrückte seinen Zorn, denn er mußte erst herausfinden, ob er überhaupt begründet war. »Ich will wissen, ob er ... dir etwas getan hat.« Er stolperte über seine eigenen Worte, und seine Stimme war leise und zitterte.

Maggie sah die Röte in sein Gesicht steigen und wieder weichen. Angesichts seines unbeholfenen Versuches, ihr eine Frage zu stellen, flaute ihr eigener Zorn, der eine reine Verteidigungshaltung war, ab. Sie nahm an, daß es wohl für Väter etwas schwierig war, mit der Sexualität ihrer Töchter umzugehen. Sie entdeckte in sich eine Spur von Mitleid für die armselige Gestalt, die so verzweifelt ihre Ehre zu schützen versuchte und doch nicht die Kraft besaß, das auch durchzuhalten.

»Ja, Pa, er hat mich geliebt«, seufzte sie matt. Maggie wäre nie auf die Idee gekommen, zu lügen.

Einen Moment lang herrschte Schweigen, während er seinen Kopf abwandte und seine Augen wütend funkelten. »Diese verdammten Calders!« fluchte er mit bebender Stimme. »Immer müssen sie alles haben.«

»Oh, Pa, kannst du nicht einmal dem Richtigen die Schuld geben?« fragte sie erschöpft. »Wenn irgend jemand schuld ist, dann bin ich das. Ich wollte es genauso. Ich hätte Chase davon abhalten können, aber das wollte ich gar nicht.«

Er schüttelte den Kopf, um es zu leugnen. »Ein Mann macht mit einer Frau immer, was er will. Calder hat es verdient, dafür ausgepeitscht zu werden, daß er sich dir aufgezwungen hat.«

»Pa, du hörst mir ja gar nicht zu.« Ihr Protest schien zwecklos zu sein. Warum mußte er die Dinge immer solange verdrehen, bis er anderen die Schuld geben konnte? In einem Aufflackern von

Einsicht erkannte Maggie, daß ihr Vater die Wahrheit nicht ertragen konnte, die nämlich so aussah, daß sie bereitwillig mitgespielt hatte, denn für ihn hätte das bedeutet, daß er in seiner Elternrolle versagt hatte. Ihr Vater konnte nie ein persönliches Versagen zugeben. Es mußte immer durch einen anderen ausgelöst worden sein, jemanden, der größer, stärker, einflußreicher war. Die Calders waren der naheliegendste Sündenbock, dem er alle seine Probleme anlastete.

»Mach dir keine Sorgen, Mädchen. Niemand verpfuscht das Leben meiner Tochter und kommt ungestraft davon.« In seinen Augen stand ein böswilliges Funkeln. Jetzt hatte er einen weiteren Grund für seinen Haß auf die Calders, einen Grund, den jeder Mann, jeder Vater verstehen konnte.

Doch alles, was Maggie sah, war, wie sehr ihr Vater die Rolle des Märtyrers liebte. Sie hingegen nicht. Sie wendete ihr Pferd und trabte davon.

5.

Nachdem er sich von Maggie getrennt hatte, gab Chase seinem Vollblut die Sporen. Der Teufel würde los sein, weil er seinen Vater hatte warten lassen. Der Umstand, daß er das bis vor wenigen Minuten ganz vergessen hatte, sagte etwas darüber aus, wie sehr Maggie ihn gefangengenommen hatte.

Ein barscher Ruf hinter ihm übertönte das Donnern der Hufe seines galoppierenden Pferdes. Chase sah sich um, und sein Blick fiel auf Nate Moore, der ihm zuwinkte; abrupt brachte er sein Pferd zum Stehen. Das Vollblut tänzelte unter ihm und schnaubte, während Chase darauf wartete, daß der Vorarbeiter an seine Seite kam.

»Ich habe den halben Fluß nach dir abgesucht. Wo, zum Teufel, hast du gesteckt?«

»Tut mir leid.« Chase gab keine Erklärung ab.

»Dein Vater konnte nicht länger warten. Er ist seit einer halben Stunde weg, wenn nicht schon länger«, teilte Nate ihm mit. »Er hat gesagt, wenn ich dich finde, soll ich dir sagen, daß er dich zum Abendessen im Haus erwartet. Und ich würde sagen, es ist ratsam, daß du verdammt gute Gründe dafür haben mußt, daß du nicht gleich gekommen bist.«

»Stimmt«, murmelte Chase mit zusammengekniffenen Lippen. Wieder bohrten sich die Sporen in den Braunen, der schon beim zweiten Schritt Geschwindigkeit gewann.

Nates Blicke folgten dem Reiter eine Minute lang, ehe er mit seinem Hengst zu der fernen Herde umkehrte. Als er den Pfad erreichte, der auf die Furt stieß, wurde der scharfe Blick des Cowboys auf etwas gelenkt, das im Wasser schwamm. Er ließ sein Pferd langsamer werden und bemühte sich, den farbigen Gegenstand zu identifizieren. Aus der Ferne sah es aus wie Stoff, der sich an einem Felsvorsprung verfangen hatte, vielleicht ein Hemd. Eine ausgeprägte Neugier befiel Nate angesichts dieses seltsamen Anblicks, und er kehrte sein Pferd um, um sich das Ganze aus der Nähe zu betrachten.

Das Stück Stoff trieb auf der anderen Seite der Furt. Nate durchquerte den Fluß und stieg ab, um es aus dem Wasser zu fischen. Es war ein Hemd. Die Initialen C. C., die auf dem Etikett standen, ließen ihn stutzen.

»Dabei fällt mir doch glatt ein«, murmelte er seinem Pferd zu, »daß Chase seine Jacke bis oben zugeknöpft hatte. Es mag zwar ein kühler Tag sein, aber so kühl nun auch wieder nicht.« Er wrang das Wasser aus dem Hemd und stopfte es in eine Seitentasche seiner Satteltasche, ehe er sich wieder in den Sattel schwang. »Und was meinst du wohl, wieso er das Hemd ausgerechnet im Fluß verloren hat?«

Er wandte sich stromaufwärts und folgte den Spuren von zwei beschlagenen Pferden durch den Einschnitt in der Böschung, der zum Kieselufer führte. Dort ließ er sein Pferd anhalten, um sich den Boden näher anzusehen. Neben dem Baumstamm lagen Pferdeäpfel; das bedeutete, daß wahrscheinlich eins der Pferde hier angebunden gewesen war. Unter den Pappeln war das Gras angeknabbert, und das hieß, daß ein zweites Pferd Zeit gehabt hatte, hier zu grasen.

Er näherte sich auf seinem Pferd der verrußten Feuerstelle. Um die Feuerstelle herum waren Zweige in den Boden gesteckt worden. So ziemlich der einzige Grund, den Nate sich dafür ausmalen konnte, war der, daß hier jemand Kleider zum Trocknen aufgehängt hatte. Als er sich die Abdrücke von menschlichen Körpern auf dem Boden neben dem Feuer und den Kieselsteinen, die ins Feuer gekickt worden waren, näher ansah, konnte Nate die Geschichte lesen, die hier geschrieben stand. Er nahm seinen Hut ab und setzte ihn wieder auf, und all das mit Gesten, die darauf schließen ließen, welches Unbehagen er angesichts dieses Wissens empfand.

»Manchmal bin ich zu neugierig, Pferd, und dann finde ich Dinge heraus, die mich nichts angehen.« Er zog am linken Zügel, um sein Pferd umkehren zu lassen, doch mitten in der Drehung ließ er es innehalten, als sein Blick auf ein nicht ganz aufgerolltes Lasso fiel, das fast unter den Kieselsteinen verborgen war, die Pferdehufe darauf gescharrt hatten.

Ein gutes, langes Seil war für einen Cowboy ein wichtiges Handwerkszeug, und das ließ man nicht einfach so liegen. Nate stieg ab, wand das Lasso ganz auf und band es an seinen Sattel. Hastig stieg er wieder auf und ritt auf den Spalt zu, der auf die Böschung führte, denn seine Neugier hatte ihn jetzt wahrhaft lange genug von seinen Pflichten abgehalten.

Die Straße vom Osttor zum Haus war Teil eines internen Straßennetzes, das sich kreuz und quer durch die Ranch des dreifachen C zog. Manche dieser Straßen, wie zum Beispiel diese, waren kaum mehr als zwei parallele Wagenspuren, die die Reifen der Kleinlaster in die Erde gefurcht hatten. Die stärker befahrenen Straßen waren so fest und glatt wie Zement.

Das Haupthaus und seine Nebengebäude wirkten wie eine Miniaturstadt. Die Ansammlung von Gebäuden bestand nicht nur aus den üblichen Nebengebäuden einer Ranch, den Ställen und Scheunen und Schuppen und einer Schlafbaracke, sondern es gab außerdem ein kleines Warenlager, in dem das Nötigste erhältlich war, von Eisenwaren und Fahrzeugersatzteilen bis hin zu Arbeitskleidung und Grundnahrungsmitteln. Hier wurde auch die Post gesammelt und verteilt, und vor dem Haus konnten die Ranchfahrzeuge tanken. In einem weiteren Gebäude war eine Erste-Hilfe-Station mit Behelfsapotheke untergebracht; gleichzeitig diente es als eine Art Tierklinik. Eine Schweißerei übernahm auch die Aufgaben einer Schmiede. Hinzu kam ein halbes Dutzend kleiner Häuschen, in denen die verheirateten Landarbeiter lebten, diejenigen, die nicht weit außerhalb ihr Lager aufschlugen. Am Nordostende dieser Ansammlung von Gebäuden diente ein langer Grasstreifen als privater Landeplatz für die Ranch-Flugzeuge, die in einem angrenzenden Metallschuppen untergebracht waren, und für die geladener Besucher.

Das massive zweistöckige Haupthaus ragte darüber auf – es wurde ›Das Gehöft‹ genannt. Der Haupteingang war auf der Südseite, und eine große Veranda, die sich die gesamte Breite des Hauses entlangzog, bot einen Ausblick auf die anderen Gebäude zu Füßen des Haupthauses. Die gemauerten Schornsteine auf dem schrägen Dach wurden noch selten benutzt, seit vor einigen Jahren eine Zentralheizung installiert worden war.

Als er in diese kleine Kolonie hineinritt, ließ Chase sein Pferd langsamer werden und ritt direkt auf die Ställe zu. Noch ehe der Braune wirklich stillstand, schwang er sich schon aus dem Sattel und warf die Zügel über den Kopf des Pferdes, um es in den Stall zu führen. Abe Garvey, der auf der Ranch geboren war, war mit fortschreitendem Alter der Posten eines Stallknechts zugewiesen worden; er tauchte aus dem dunklen Innern des Stalles auf. Chase erkannte ihn mit einem flüchtigen Seitenblick, während er das Pferd in eine Box führte, die Steigbügel an den Sattelknauf hängte und den Gurt löste.

»Ist die Maschine des Senators schon gelandet?« Als beide Gurte gelöst waren, hob er den Sattel vom Rücken seines Pferdes und hing ihn fürs erste über die Einfassung der Box.

»Vor einer halben Stunde, über den Daumen gepeilt.« Der alte Cowboy machte sich wieder an die Arbeit, während Chase mit der Satteldecke sein Pferd trockenrieb. Anschließend führte er es in seine Box und trug den Sattel in den Nebenraum, in dem das Pferdegeschirr aufbewahrt wurde. Abe saß auf einer Bank und flickte einen gerissenen Sattelgurt, der auf seinen arthritisch verkrüppelten Beinen lag.

»Sorg bitte dafür, daß mein Pferd heute abend eine Zusatzration Getreide bekommt, Abe«, bat Chase, und der alte Mann nickte lediglich, denn er gehörte zu der Sorte, die kein überflüssiges Wort sprach.

Chase verließ den Stall und machte sich auf den langen Weg über den Vorplatz zum Gehöft. Als er die Schwelle des Hauptauses überschritt, hörte er bereits die dröhnende Stimme des Senators aus dem Arbeitszimmer zu seiner Linken dringen.

Er klopfte sich den Staub aus den Kleidern und ging auf die offene Tür des Arbeitszimmers zu. Beim Eintreten nahm er seinen Hut ab. Außer dem Senator, der einen sehr jovialen Eindruck machte und eine blühende Gesichtsfarbe hatte, und seinem Vater befanden sich noch drei weitere Männer im Raum. In zweien von ihnen erkannte Chase die Berater des Senators, die er bereits bei früheren Besuchen gesehen hatte, und der dritte war ein einflußreicher Regierungsbeamter, George Bidwell.

Sein Auftauchen rückte ihn natürlich in den Mittelpunkt, und seine Verspätung trug ihm einen mißbilligenden Blick aus den stechenden Augen seines Vaters ein. Ein Gefühl für die Etikette ließ Chase auf den Ehrengast zugehen.

»Willkommen auf dem dreifachen C, Senator.« Er begrüßte den Politiker und ließ das Händeschütteln des Mannes über sich ergehen. »Schön, daß Sie hier sind. Tut mir leid, aber ich war verhindert und konnte Sie nicht gleich nach der Landung Ihres Flugzeugs begrüßen.«

»Ihr Vater sagte uns bereits, daß Sie aufgehalten worden sind. Sie helfen beim Viehtrieb, wenn ich das recht verstanden habe?« Der leichte Singsang seiner Stentorstimme machte die Bemerkung zu einer Frage.

»Ja, das stimmt.«

»Viel zu tun um diese Jahreszeit.« Der Senator sprach in kurzen, abgehackten Sätzen. Er klopfte Chase kameradschaftlich auf die Schulter. »Sie erinnern mich von Mal zu Mal mehr an Ihren Vater. Finden Sie nicht, George?«

»Doch, das kann man wohl sagen.« George Bidwell erhob sich von seinem Ledersessel, um ihn zu begrüßen. »Hallo, Chase.«

Nachdem er auch dem Mann mit dem Spatzengesicht die Hand geschüttelt hatte, setzte Chase seine Runde fort und erneuerte seine Bekanntschaft mit den Assistenten des Senators. Als das erledigt war, stand Chase wieder neben dem Senator.

»Nehmen Sie eine Zigarre. Meine Hausmarke, etwas ganz Besonderes.« Der Politiker drückte sie Chase in die Hand, ohne sich erst die Mühe zu machen abzuwarten, ob er sie überhaupt haben wollte. »Schenken Sie mir noch einen Whisky ein, Wes.« Diese Anweisung erteilte er einem seiner Assistenten, ehe er sich wieder an Chase wandte und fragend eine Augenbraue hochzog. »Sie trinken doch etwas mit uns? Machen Sie zwei draus, Wes.«

»Wenn Sie nichts dagegen haben, Senator« – Chase hob entschuldigend eine Hand – »würde ich mir gern erst den Schmutz und den Rindergeruch abwaschen, ehe ich mich auf einen Drink zu Ihnen geselle. Würden Sie mich bitte entschuldigen?«

Nachdem er das Arbeitszimmer verlassen hatte, durchquerte er das Wohnzimmer, um ins Treppenhaus zu gelangen, und seine Sporen klirrten bei jedem Schritt.

Webb wartete, bis er Chases Schritte auf der Treppe hörte und entschuldigte sich dann bei seinen Gästen unter dem Vorwand, nach dem Abendessen sehen zu wollen. Er ging die Stufen hinauf und klopfte einmal an, ehe er die Tür öffnete, ohne eine Aufforderung zum Eintreten abzuwarten.

Chase stand mit entblößter Brust mitten im Zimmer und zog gerade seinen Arm aus dem Jackenärmel. Unbewußt registrierte Webb die Unstimmigkeit, daß er eine Jacke, aber kein Hemd darunter trug, aber seine Gedanken konzentrierten sich im Moment auf etwas anderes.

»Warum bist du erst so spät gekommen?« Webb gab sich nicht mit umständlichen Vorreden ab, sondern kam direkt zur Sache.

»Ich kann nichts zu meiner Entschuldigung vorbringen, Sir.« Chase ging zum Schrank, um seine Jacke aufzuhängen.

»Es freut mich, daß wir uns in diesem Punkt einig sind.« Webbs Blicke folgten ihm und beobachteten ihn genau. »Ist dir klar, wie lange ich am Tor auf dich gewartet habe? Warum hast du solange gebraucht?«

Die nackten Schultern hoben sich. »Ich hatte einfach jegliches Zeitgefühl verloren.« Er ging an Webb vorbei und blieb vor der Kommode stehen.

»Es hat dir ganz einfach soviel Spaß gemacht, daß dir ganz gleich war, wie spät es wurde«, schloß Webb, dessen Geduld zu Ende war. Er bemerkte die grimmige Entschlossenheit seines Sohnes.

»So ähnlich wird es wohl gewesen sein«, murmelte Chase steif; dann zog er eine Schublade heraus, um ein Paar saubere Socken und Unterwäsche herauszunehmen.

Die Muskeln spielten auf seinen Schultern. Diese Bewegung

lenkte Webbs Aufmerksamkeit auf die kleinen, halbmondförmigen Male auf der Schulter seines Sohnes, vier nebeneinander. Verblüfft kniff er die Augen zusammen, um näher hinzusehen. Er konnte sich nichts anderes vorstellen, was solche Abdrücke hinterließ, außer Fingernägel. Die unbewußt aufgenommene Information, daß Chase kein Hemd unter seiner Jacke getragen hatte, paßte dazu. Nichts wies darauf hin, daß diese Fingernägel versucht hatten, ihn zu kratzen. Es sah aus, als hätten sie sich in Chases Haut gebohrt, weil sich jemand an ihm hatte festhalten wollen.

Dann setzte sich Webb die einzelnen Bestandteile dieses Bildes zusammen – ein junges Mädchen, das nackt in einem Fluß schwamm, und ein vitaler junger Mann, der fast drei Wochen erzwungener Enthaltsamkeit hinter sich hatte, und die beiden allein an einer abgelegenen Stelle des Flusses. Er konnte sich ausmalen, was dabei herauskam. Er starrte die Male auf Chases Rücken an, doch er wollte die naheliegende Schlußfolgerung nicht ziehen.

Chase schloß die Kommode und warf einen Blick auf seinen Vater, um zu sehen, warum er so still geworden war. Die stirnrunzelnde Aufmerksamkeit, die er seiner Schulter zollte, brachte Chase dazu, sich den Kopf zu verrenken, um zu sehen, was sein Vater so interessiert musterte.

»Stimmt etwas nicht?« fragte er mit einer Hand auf seinem Rücken.

Webbs Lider hoben sich abrupt. »Ich habe gerade versucht, mich zu erinnern, wie alt die kleine O'Rourke ist.« Chase riß seinen Kopf ruckartig herum, und Webb wußte, daß seine Frage ein Volltreffer gewesen war, doch sein Sohn fand seine Fassung schnell wieder.

»Sechzehn.« Chase ließ sich verleiten, dasselbe zu tun, was Maggie getan hatte, als sie ihrem Alter diese wenigen Monate hinzugefügt hatte, um sich älter zu machen, als sie in Wirklichkeit war. »Warum?« Die tastenden Fragen seines Vaters bereiteten ihm Unbehagen – Unbehagen aus einem starken Bedürfnis heraus, Maggie in Schutz zu nehmen, sie gegen Blicke abzuschirmen, die sie nach den gängigen Maßstäben hätten verurteilen können – nach falschen Maßstäben.

Webb nahm den verschlossenen Gesichtsausdruck seines Sohnes wahr und behielt seinen Verdacht bis auf weiteres für sich. »Nur so.« Er drehte sich um, um zu gehen. »Beeil dich mit dem Duschen. Ruth serviert in fünfundvierzig Minuten das Abendessen.«

»Ich komme sofort runter«, versprach Chase, aber er rührte sich nicht von der Stelle, bis sein Vater das Zimmer verlassen hatte.

Als er hörte, wie sein Vater sich entfernte, betrat Chase das Bad und blieb vor dem Spiegel stehen. Er verrenkte sich seitlich und konnte die roten Male auf seinen Schultern erkennen, die Maggies Fingernägel hinterlassen hatten. Offensichtlich hatte auch sein Vater diese Male bemerkt. Hatte er sich denken können, wie sie entstanden waren? Ein tiefes Aufseufzen entrang sich Chase, als er sich unter die Dusche stellte.

Maggie nahm den Wassertopf vom Herd und spülte die Seifenlauge von dem Geschirr, das sich im Spülbecken stapelte. Ihr Vater und ihr Bruder saßen am Küchentisch. Sie machte gar nicht erst den Vorschlag, daß einer der beiden ihr beim Abtrocknen helfen könnte. Keiner von ihnen machte Frauenarbeit. Sie nahm ein Geschirrtuch vom Gestell und fing an, das Geschirr selbst abzutrocknen.

Etwas Bedrückendes hing in der Luft. Maggie konnte die Schwere spüren, mit der es sich heruntersenkte. Ihr Bruder hatte kein Wort zu ihr gesagt, aber sie wußte, daß ihr Vater ihm seine Version dessen, was zwischen ihr und Chase Calder vorgefallen war, erzählt hatte. Culley hatte den ganzen Abend über ihre Blicke gemieden, sie aber ständig verstohlen gemustert, wenn er glaubte, sie merke es nicht.

»Wie sehr ich doch eure Mutter vermisse«, murmelte ihr Vater mit melancholischer Stimme, während er einen Schluck aus seinem Whiskyglas trank. Ein Gentleman trank nach einer Mahlzeit immer ein Glas Whisky; zumindest hatte er das immer wieder zu ihrer Mutter gesagt, um diese Gewohnheit zu verteidigen.

Plötzlich schmetterte Angus seine Faust auf den Tisch; Maggie drehte sich abrupt um und sah ihn an, und sie sah die gereizte Verdrossenheit, die sein Gesicht verfinsterte.

»Damit kommt mir Calder nicht ungeschoren davon!«

»Pa, laß das«, protestierte Maggie.

Doch er trank noch einen Schluck Whisky und beachtete sie überhaupt nicht. »Ihm war es gleich, daß du ein braves Mädchen warst. Hatte er etwa den geringsten Respekt davor? Nein, er ist ein

Calder. Zum Teufel, er tut, was ihm gerade in den Kram paßt, und es ist ihm egal, wenn ein Unschuldiger darunter zu leiden hat.«

Den ganzen Abend über hatten sich sein Zorn und seine Verbitterung in ihm aufgestaut, soviel wurde ihr jetzt klar. Nichts hätte diese Tirade verstummen lassen, und daher preßte sie die Zähne fest aufeinander.

»Calder wird seinen Mund nicht halten. Nein, er wird sich damit groß aufspielen und üble Geschichten über Maggie in Umlauf bringen«, verkündete er.

»Wenn er seinen Mund aufmacht, dann stopfe ich ihm das Maul«, drohte Culley.

»Du wirst nichts dergleichen tun.« Trotz ihrer Entschlossenheit, sich herauszuhalten, flammte Wut in ihr auf. »Das alles ist nichts weiter als angeberisches Gerede!«

»Ich werde mehr tun, als nur reden, mein Kleines.« Angus O'Rourke stand auf; er schwankte ein wenig, und sein Gesicht war weiß unter seiner Sonnenbräune. »Ich werde mich mal mit dem alten Calder unterhalten. Er glaubt wohl, daß er und sein Sohn alles dürfen, aber ich werde ihm sagen, daß es so nicht geht. Mit dem, was heute vorgefallen ist, kommen sie mir nicht ungestraft davon. Wartet nur ab. Ich werde ihnen eine höllische Angst einjagen.«

»Pa, hör auf, Dinge zu verkünden, die du ohnehin nie tun wirst.« Maggie wandte sich ab. Sie konnte seine leeren Worte nicht mehr hören.

»Ich werde mir Calder vorknöpfen!« behauptete er nachdrücklich.

»Wann, Pa?« Sie sah ihn mit gespielter Skepsis an. »Wenn der Himmel grün wird?«

»Komm mir bloß nicht mit deinem frechen Mundwerk, Mädchen!« Er richtete einen drohenden Finger auf sie, aber sie zeigte ihre Gleichgültigkeit, indem sie sich abwandte.

TEIL II

6.

Der Senator und seine Leute reisten am späten Vormittag des folgenden Tages ab. Chase und sein Vater begleiteten sie zu dem Grasstreifen, der als Startbahn diente. Als das Flugzeug aufstieg, spiegelte sich die Sonne auf der glänzenden Oberfläche des Metalls.

Chase zündete an seinem jeansbedeckten Oberschenkel ein Streichholz an und hielt die Flamme im Schutz beider Hände an die Zigarre, die der Senator ihm in die Hand gedrückt hatte, ehe er in das Flugzeug gestiegen war. Er paffte daran und hielt sie dann zwischen den Zähnen, während sich der aromatische Rauch in seine Nase kringelte. Als er sich umdrehte, um mit seinem Vater zum Wagen zurückzugehen, krümmte er einen Zeigefinger um die Zigarre, um sie aus dem Mund zu nehmen.

»Wenn er sonst schon nichts weiß, kennt sich der Senator doch zumindest mit Zigarren aus.« Er warf seinem Vater einen Seitenblick zu und öffnete die Beifahrertür des Wagens, um sein langes Gestell auf den Sitz zu zwängen. »Laß mich am Stall Nummer zwei raus, damit ich meinen Sattel holen kann. Ich lasse mich von dem Koch mitnehmen, wenn er das Mittagessen auf die Weide bringt.«

»Das ist nicht nötig.« Webb ließ den Wagen anspringen und bog auf die kleine Straße ein. »Noch ein Tag, und sie sind durch damit. Ich möchte, daß du hier einige Dinge erledigst.«

»Ich muß ohnehin rausreiten, um meine Sachen zu holen«, wandte Chase ein. Sein Schlafsack und alles andere war noch draußen im Lager.

»Kein Problem«, erwiderte sein Vater prompt. »Ich lasse Nate Bescheid geben, daß er die Sachen mitbringt, wenn er zurückkommt.«

Chase schmeckte die Zigarre plötzlich nicht mehr, und er drückte sie gereizt im Aschenbecher des Wagens aus. Sein festes Kinn war vorgereckt, als er durch die Windschutzscheibe blickte, und Verärgerung zog seine Mundwinkel herunter.

»Du machst keinen allzu glücklichen Eindruck. Macht dir irgend etwas Sorgen, mein Sohn?«

»Nein.« Er stritt es schnell und mit scharfer Stimme ab. Chase milderte diesen Eindruck, indem er seinem Vater ein ausdrucksloses Gesicht zuwandte. »Was sollte los sein?«

»Ich dachte, das würdest du mir sagen.«

Die Gewitzheit in den Augen seines Vaters veranlaßte Chase, wieder nach vorn zu schauen. »Ich habe dir nichts zu sagen«, meinte er achselzuckend.

»Auch nicht über die kleine O'Rourke – über Maggie?« Die seelenruhig ausgesprochene Herausforderung ließ keine Reaktion zu, denn Webb fuhr fort: »Wenn ein Mann sich die Befriedigung verschaffen muß, mit einer Frau ins Bett zu gehen, dann versteht sich von selbst, daß er sich jungen Mädchen und den Töchtern anständiger Familien fernhält. Es laufen genug Huren und Frauen mit Erfahrung herum, um die sexuellen Gelüste eines Mannes zu stillen.« Er unterbrach sich, um einen Blick auf Chase zu werfen. »Nimm einen väterlichen Rat an und denk darüber nach, mein Sohn.« Aber irgend etwas sagte Webb, daß sein Rat zu spät gekommen war. Augenblicklich begann er die Möglichkeiten abzuwägen, falls es zu einem Nachspiel kommen sollte. In der Zwischenzeit umriß er die Aufgaben, die Chase an diesem Tag noch erledigen sollte.

An jenem Abend fand Chase seinen Schlafsack und seine Satteltaschen in seinem Zimmer vor. Unter den Kleidern war auch das Hemd, das er verloren hatte. Er starrte es an, und ihm war klar, welche Fragen es aufgeworfen haben mußte, aber er wußte auch, daß keine dieser Fragen jemals gestellt werden würde. In jener Nacht lag er im Bett und starrte stundenlang die Decke an, er wußte, daß sein Vater recht hatte. Maggie war ein Kind, noch keine sechzehn Jahre alt. Es war nicht richtig gewesen, daß er sich mit ihr eingelassen hatte.

Webb stützte sich auf die Theke im Magazin des Warenhauses und ging die Bestelliste durch. »Du hast eine Menge Zucker aufgeschrieben, Bill. Bist du sicher, daß nicht jemand so ganz nebenbei destilliert?« Noch während er die angegebene Menge im Scherz in Frage stellte, unterschrieb er die Liste und lächelte den Mann an, der in einem Rollstuhl hinter dem Tresen saß.

Bill Vernons Familie lebte seit vier Generationen auf der Ranch des dreifachen C. Bis auf fünf Jahre, die er damit verbracht hatte, sich als Programmierer ausbilden zu lassen und in diesem Beruf zu arbeiten, hatte er sein gesamtes Leben hier verbracht. Vor sieben Jahren war er zurückgekehrt, um hier wieder als Cowboy zu arbeiten, denn trotz der besseren Bezahlung hatte das Stadtleben seinen Reiz für ihn eingebüßt. Drei Monate später war er von einem Pferd gestürzt und seitdem gelähmt.

Das dreifache C sorgte für seine Leute. Als Bill wieder bei Kräften war, beauftragte Webb ihn mit der Leitung des Ladens und der Verwaltung des Lagerbestandes. Bill war jetzt so etwas wie ein Buchhalter. Mit seiner Frau und den beiden Kindern lebte er in einem der kleinen Häuser der Ranch.

Die Abkömmlinge derjenigen, die mit dem ersten Calder hiergeblieben waren, fühlten sich als eine Art Familie. Sie alle waren mit dem Land und miteinander verbunden, nicht so wie die umherziehenden Saisonarbeiter, die einen Monat oder ein Jahr lang an einem Ort arbeiteten und dann weiterzogen. Dieser harte Kern war ein Gefolge, dessen Loyalität der Ranch und allem, was dazugehörte, galt.

»Klingt nach ziemlich viel Zucker, das gebe ich zu«, erwiderte Bill Vernon lächelnd. »Aber der Sommer kommt, und die Frauen werden Obst einmachen; daher brauchen wir größere Zuckervorräte als sonst – zumindest hat Marlyss das gesagt.« Sein Lächeln weitete sich zu einem breiten Grinsen. Marlyss war seine Frau, ein hübsches Ding mit Sommersprossen im Gesicht, das aus der Weizengegend Montanas im hohen Norden stammte. Sie hatten sich bei einem Computer-Lehrgang kennengelernt und bald darauf geheiratet. Sie half ihm im Geschäft, arbeitete hinter dem Tresen und räumte die Regale ein, während er den Papierkram erledigte.

»Ich bin sicher, daß Marlyss weiß, wovon sie spricht.« Nach allem, was Webb gehört und gesehen hatte, mußte sie eine bemerkenswerte Hausfrau sein. »Wo steckt sie überhaupt?« Er sah sich in dem kleinen Laden um.

»Drüben im Haus. Sie sieht nach Timmy. Seine Mandeln sind schon wieder entzündet.«

»Boß!« rief ihm einer der Landarbeiter aus der sonnendurchfluteten Tür zu. »O'Rourke ist hier und will Sie sprechen.«

Für den Bruchteil einer Sekunde blieb Webb regungslos stehen. Schon in den letzten vier Tagen hatte er mit etwas gerechnet, ohne sicher zu sein, was es war. Jetzt war es soweit. Er richtete sich auf, sammelte sich und bereitete sich auf alle Eventualitäten vor.

»Sag ihm, daß ich gleich komme.« Er sah Bill an. Äußerlich blieb sein Gesicht ruhig und unbeteiligt. »Gibt es sonst noch etwas, das wir besprechen müßten?«

»Nein, ich glaube nicht.« Bill Vernon schüttelte den Kopf und wendete seinen Rollstuhl im rechten Winkel, um die Bestellung zu nehmen, die Webb unterschrieben hatte.

Mit einem kurzen Nicken verabschiedete sich Webb »Mach's gut.« Er drehte sich um und trat durch die Ladentür in die helle Sonne hinaus.

Nachdem er vier Tage lang gegrollt und gewütet und Maggies beharrlichen Hohn über sich hatte ergehen lassen, die ihn damit aufzog, er würde es ohnehin bei seinem leeren Gerede belassen, hatte Angus O'Rourke sich in einen solchen Haß verrannt, daß er Webb Calder jetzt von Angesicht zu Angesicht gegenüberstand. Er war bewußt vor dem Laden stehengeblieben, damit Webb Calder auf ihn zukommen mußte – als brächte ihm diese unbedeutende Kleinigkeit einen psychologischen Vorteil ein.

Falls dem so war, dann half ihm dieser Vorteil in dem Augenblick nichts mehr, als Webb vor ihm stehenblieb, groß und mit breiter Brust, und Angus, der gut fünfzehn Zentimeter kleiner war als er, zwang, seinen Kopf ins Genick zu legen, um Webb ins Gesicht zu sehen. Angus verabscheute Menschen, die auf ihn ›herunter‹ blickten, insbesondere wenn es Webb Calder war. Sein Mund verzog sich jedoch bei der Vorstellung, wie dieser mächtige Mann sich vor ihm winden würde, zu einem selbstgefälligen Lächeln.

»Guten Tag, O'Rourke. Sie wollten mich sprechen?«

Angus hob sein Kinn zwei Zentimeter höher. »Ja, ich will mit Ihnen reden.«

Mit einem kurzen Nicken, das seine Bereitwilligkeit bekundete zuzuhören, sagte Webb Calder: »Ich wollte ohnehin gerade ins Haus. Warum unterhalten wir uns nicht dort?«

Angus hatte gerade tief Luft geholt, um seine Anklagen vorzubringen. Die angebotene Gastfreundschaft nahm ihm jedoch den Wind aus den Segeln. Bei den wenigen Malen, die er hier, in der eigentlichen Siedlung, gewesen war, war er nie in das Haus eingeladen worden. Das Gebäude sah imposant aus. Im ersten Moment bereitete ihm der Gedanke, sich in diesem Haus aufzuhalten, Unbehagen. Dann verhalf ihm das Bewußtsein, endlich als ein Gleichgestellter behandelt zu werden, zu einer gewissen Selbstsicherheit; er fand, daß ihm diese Behandlung von Rechts wegen zustand.

Es war nicht möglich, sich zu unterhalten, während sie das Gelände überquerten. Die ausholenden Schritte Webbs zwangen Angus, schneller zu laufen, als er es gewohnt war. Er keuchte ein wenig, als sie das Haus erreichten, und es erboste ihn, daß Calder nicht außer Atem zu sein schien.

Beim Betreten des Hauses konnte Angus es nicht lassen, das riesige Wohnzimmer mit den schönen, behaglichen Einrichtungsgegenständen anzustarren – stabile, solide gearbeitete Möbel, die dauerhaft waren. Es war das Haus eines Mannes, und es war frei von dem weiblichen Hang zum Zarten, Verspielten. Sein eigenes Zuhause kam ihm im Vergleich hierzu wie eine Bruchbude vor. Sein Traum, in einem solchen Haus zu leben, erschien jetzt, da Angus klar wurde, wieviel ihn von diesem Ziel trennte, in noch weitere Ferne zu rücken. Das erfüllte ihn mit wütender Verzweiflung.

Calder öffnete die Flügeltür zu seiner Linken und Angus stellte fest, daß ihre Unterhaltung nicht in dem geräumigen Wohnzimmer vonstatten gehen würde, das vor ihm lag. Er wandte sich ab und folgte Webb in die Bibliothek. Hinter einem riesigen Schreibtisch hing eine gerahmte Landkarte an der Wand; sie war im Lauf der Jahre vergilbt, und die Grenzen der Ranch des dreifachen C waren deutlich eingezeichnet. Angus starrte die Karte an, während Calder hinter seinen Schreibtisch trat und sich auf den Polsterstuhl setzte.

»Das ist die erste Karte, die je von der Ranch gezeichnet wurde«, erklärte Calder, dem Angus' Interesse an der Landkarte nicht entging. »Sie ist jetzt schon fast ein Jahrhundert alt.«

Wieder erstickte Angus fast an dem Gefühl, es sei falsch, wenn ein einzelner soviel besaß. Es schwärte in ihm, eine entzündete Wunde, die ihn vergiftete. Die Landkarte, das Haus, der Mann – alles ließ ihn sich ganz klein fühlen.

»Worüber wolltest du mit mir sprechen, Angus?« fragte Calder, ganz die Ruhe und ach so autoritär.

»Meine Tochter. Maggie. Ihr Sohn hat sich ihr gewaltsam aufgedrängt. Er hat sie getroffen, als sie im Fluß geschwommen ist, und er hat das ausgenutzt.« Die Worte sprudelten nur so aus ihm heraus. »Das ist eine Tatsache. Sie hat es mir selbst erzählt, und daher hat es keinen Sinn, es zu bestreiten.«

»Ich würde es nie wagen, deine Tochter als Lügnerin zu bezeichnen«, erwiderte Calder gewandt. »Mein Sohn ist ein gesunder junger Mann, und deine Maggie reift gerade zur Frau heran. Ich würde nicht bestreiten, daß sich zwischen den beiden möglicherweise etwas angebahnt hat.«

Angus hatte mit einer Auseinandersetzung gerechnet, mit einem glatten Leugnen, daß ein Calder je etwas Derartiges tun würde. Sein Zorn verlor vorübergehend jede Richtung, bis er Webbs Aussage noch einmal überdachte, mit der dieser nichts zugegeben und keine Schuld auf sich genommen hatte.

»Ihr Sohn kommt mir nicht ungestraft davon. Er hat meiner Kleinen das Leben verpfuscht. Und ich bin hier, um dafür zu sorgen, daß er dafür bestraft wird«, erklärte er. »Es spielt keine Rolle, wie Sie es drehen und wenden. Was er getan hat, ist und bleibt Notzucht mit einer Minderjährigen. Sie ist fünfzehn, noch nicht volljährig. Dafür kann er ins Gefängnis kommen.«

In der sehr kurzen Pause, die jetzt eintrat, blickte Webb Calder ihn fest an. »Ich bin sicher, du hast in Betracht gezogen, daß deine Tochter vor dem Gericht erscheinen muß, wenn du Anklage erhebst. Ihre Aussage müßte öffentlich gemacht und schriftlich festgehalten werden. Es ist ein Jammer, aber leider nur zu wahr, daß in Fällen, in denen Anklage wegen Vergewaltigung erhoben wird, das Mädchen diejenige ist, die unter dem Verlust ihres guten Rufes leidet. Kein Vater würde seiner Tochter diese öffentliche Schande zumuten.«

Die Schande würde auf sie alle zurückfallen. Wenn es zu einer Verhandlung kam, würde die ganze Gegend, ein großer Teil des Staates, darüber reden. Wohin sie auch gingen – die Leute würden hinter ihrem Rücken flüstern und mit dem Finger auf sie zeigen. Das war etwas, was Angus sich immer wieder hin und her überlegt hatte. Rote Flecken traten auf sein Gesicht; Calder wußte, daß sie mehr darunter leiden würden als er und sein Sohn.

»Ihr Sohn hat sich meine Tochter genommen und sein persönliches Vergnügen an ihr gehabt. Er hat sie ausgenutzt, und damit kommt er mir nicht davon«, beharrte Angus mit gepreßter Stimme. »Ich fordere, daß er sein Unrecht wiedergutmacht.«

Webb zog eine Augenbraue in die Höhe, eine eingeübte Geste, die zu beinhalten schien, daß Angus nicht allzu helle war. »Ich hoffe doch, du schlägst nicht etwa eine Heirat vor, Angus, denn das wäre ein noch größerer Fehler als der, den die beiden bereits begangen haben. Deine Tochter ist viel zu jung, als daß sie die Braut eines Mannes sein könnte, und mein Sohn ist noch nicht reif für eine Ehe. Ich weiß, daß du versuchst, dafür zu sorgen, daß der gute Ruf deiner Tochter nicht zerstört wird, aber es wäre falsch, wenn Eltern ihre Kinder wegen eines einzigen Verstoßes gegen den Anstand zu einer Ehe zwingen wollten. Sie würde nur unglücklich mit meinem Sohn, und ich weiß, daß das etwas ist, das du als ihr Vater vermeiden willst.«

Angus haßte Webb für seinen klaren Kopf und seinen praktischen Verstand. Er rutschte unbehaglich auf seinem Stuhl herum und war sich darüber klar, daß er hier als Narr hingestellt werden sollte, aber er konnte sich einfach nicht helfen und wußte nicht, wie er das ändern sollte. Er klammerte sich an den einen Gedanken, der beständig in ihm loderte.

»Mit dem, was er getan hat, kommt er mir nicht davon. Dafür wird er bezahlen«, wiederholte Angus mit beharrlicher Entschlossenheit.

»Wenn ich eine Tochter hätte« – Webb Calder beugte sich auf seinem Stuhl vor und stützte seine Arme auf den Schreibtisch, um Angus zu mustern – »und wenn ich in dem Glauben wäre, daß ihr etwas von dieser Art zugestoßen ist, würde ich gewiß dieselbe Empörung empfinden wie du. Ich würde auch auf irgendeine Form von Vergeltung bestehen. Es ist nicht von der Hand zu weisen, daß man eine Entschädigung erwarten kann – einen Ausgleich für den entstandenen Schaden, wenn man es so sehen will.«

»Wollen Sie damit sagen, daß Sie sich freikaufen wollen?« fragte Angus mit zusammengekniffenen Augen, denn dieses Anerbieten hatte seinen Stolz verletzt. »Glauben Sie etwa, daß Geld die Erinnerung meiner Tochter an das, was sich am Fluß abgespielt hat, auslöschen kann?«

Ein schwaches Lächeln spielte um Calders Mund, wies auf seine

Gerissenheit hin. »Ich bin sicher, daß sich eine adäquate Entschädigung nicht in Dollar ausdrücken läßt. Es geht daher lediglich um eine Geste, die den guten Willen bezeugen soll. Du und ich, wir sind vernünftige, erwachsene Männer, Angus. Es würde keinem von uns etwas einbringen, wenn diese ganze Geschichte verbreitet wird und es zu Klatsch und zu einem Skandal kommt. Das Klügste ist, wenn wir die Angelegenheit unter uns regeln. Welche Alternativen haben wir denn sonst?« Er warf einen Blick über den Schreibtisch und wartete auf einen Vorschlag. Angus war nicht in der Lage, es mit der Direktheit dieses Blickes aufzunehmen, und er senkte die Lider. Keine seiner Drohungen schien diesen Mann berührt zu haben. Er hatte sie alle vom Tisch gefegt. Nicht einmal die Befriedigung wurde ihm zuteil, daß dieser Mann sich vor ihm wand.

Ehe das Schweigen peinlich wurde, griff Calder nach einem Stift. »Warum schreibe ich dir eigentlich keine Quittung über einen Kauf aus – sagen wir: fünfundzwanzig erstklassige Rinder deiner Wahl – und vermerke darauf, daß der volle Verkaufspreis bezahlt ist?« Er griff nach einem Blatt Papier.

Angus sah Calder zu, und seine Gedanken überschlugen sich. Wenn er diese Ranch mit leeren Händen verließ, ohne das befriedigende Wissen, daß er Calder in eine schwierige Lage gebracht hatte, dann hatte er nichts anderes erreicht, als selbst wie ein Trottel dazustehen. Er konnte sich noch nicht einmal wahrheitsgemäß damit brüsten, Calder in die Enge getrieben zu haben. Webb hatte seinen Bluff durchschaut. Irgend etwas mußte sich aus dieser Sache herausholen lassen. Es stand Calder nicht zu, die Bedingungen dieser Regelung festzusetzen; das stand ihm zu. Calder war schon dabei, eine Quittung auszuschreiben.

»Machen Sie fünfzig Rinder meiner Wahl daraus«, forderte Angus.

Calder hob den Kopf, sah ihn aus harten, kalten Augen an. »Fünfzig Rinder, in Ordnung«, willigte er ein, und Angus fragte sich, ob er mehr hätte fordern sollen – vielleicht hundert Stück. Er verfluchte sich dafür, daß er sich so billig hatte abspeisen lassen. Calder besaß zweihundertmal so viele Rinder, wenn nicht mehr. Doch etwas in diesem harten, kalten Blick hielt Angus davon ab, die Forderung zu erhöhen.

Als das Dokument ausgeschrieben war, hielt Calder es ihm hin und zwang auf diese Weise Angus, von seinem Stuhl aufzustehen, um es entgegenzunehmen. Als er sich den Kaufvertrag ansah, nagte wieder das Wissen an ihm, daß er sich unter Preis verkauft hatte. Ihm kam es viel vor, weil er so wenig hatte, aber in Calders Tasche riß diese Summe nicht einmal ein winziges Loch. Er hatte Calder nicht dazu gebracht zu zahlen – er hatte sich kaufen lassen. Ihm war erbärmlich zumute.

Webb griff nach dem Telefon auf seinem Schreibtisch, hob den Hörer ab und wählte eine Nummer. Am anderen Ende der Leitung wurde abgenommen. »Hier ist Calder«, sagte Webb. »Ist Nate da?« Auf die bejahende Antwort hin erklärte er: »Sag ihm, daß ich ihn im Gehöft sehen will.«

Webb legte den Hörer auf, stieß seinen Stuhl zurück und erhob sich. O'Rourke starrte immer noch auf den Kaufvertrag. Erst als er merkte, daß Webb um den Tisch herum kam, sprang er eilig auf.

»Nate Moore ist einer meiner Vorarbeiter.« Webb ging auf die Eingangshalle zu. O'Rourke folgte ihm. »Er hat einen ausgezeichneten Blick für Rinder – ein sehr erfahrener Mann.« Nates hagere Gestalt kam gerade auf das Haus zu »Da ist er ja.«

Als der mürrische Mann auf die Stufen zuging, fiel sein Blick auf den kleineren Mann und richtete sich dann abrupt auf seinen Boß, während er für sich seine Spekulationen anstellte. Doch er sagte nichts, sondern nickte den beiden Männern lediglich zur Begrüßung zu.

»Du wolltest mich sprechen?« Die Frage war an Webb Calder gerichtet.

»Ja. Ich habe O'Rourke gerade einige Rinder verkauft – fünfzig Stück seiner Wahl. Ich dachte, es wäre wohl das beste, wenn du ihm die Herden zeigen und einen Liefertermin mit ihm ausmachen würdest.«

»Wir können uns die Herden morgen früh gegen neun ansehen, wenn Ihnen das paßt?« Nate wandte sich an O'Rourke.

»Neun ... ja, neun Uhr ist mir recht.« Er trat unruhig von einem Fuß auf den anderen.

»Was das Liefern angeht – wir können die Tiere mit Lastern anliefern, aber Sie können sie auch auf Ihr Land treiben – wie es Ihnen lieber ist.« Der Vorarbeiter zuckte die Achseln.

»Ich gebe Ihnen morgen früh Bescheid«, brummte Angus übellaunig, während er den Kaufvertrag zusammenfaltete und in die Tasche steckte.

»Ich treffe Sie um neun bei den Ställen.« Nate bestimmte den Treffpunkt.

O'Rourke nickte und warf Calder einen finsteren Blick zu, ehe er die Stufen hinunterstieg und auf den verbeulten Pickup zuging, der auf dem Gelände geparkt war. Nate und Webb sahen Angus nach.

»Er wirkt nicht gerade erfreut über das Geschäft«, bemerkte Nate mit betont leiser Stimme.

»Niemand ist je mit einem Geschäft zufrieden«, erwiderte Webb; dann drehte er sich um, um wieder ins Haus zu gehen.

Nach dem Abendessen nahmen Chase und Webb ihren Kaffee im Arbeitszimmer, damit Ruth den Tisch abräumen konnte. Chase trat vor die Bar aus geschnitztem Walnußholz, die in einer Ecke des Raumes stand, und zog den Stöpsel aus einer Karaffe Cognac.

»Magst du einen Schuß in den Kaffee?« Er drehte sich gerade so weit um, daß er seinen Vater sehen konnte.

»Heute nicht«, lehnte Webb ab. Er musterte seinen großen, breitschultrigen Sohn. »O'Rourke hat mich heute aufgesucht.« Chase wollte die Karaffe gerade abstellen, aber diese Äußerung ließ ihn in der Bewegung innehalten.

»Und weshalb?« Chase brach das Schweigen ohne sich umzudrehen.

Im stillen bewunderte Webb, daß sein Sohn die Fassung bewahrte. Es war nicht gut, wenn man die Gedanken eines Menschen in seinem Gesicht lesen konnte. Mit der Zeit würde er auch seine übrigen Emotionen in den Griff bekommen. Der Knabe war noch jung.

»Er hat behauptet, du hättest seiner Tochter deine, hm, Aufmerksamkeiten aufgezwungen«, erwiderte Webb. »Streitest du das ab?«

»Nein.« Er stand immer noch mit dem Gesicht zur Bar und rührte seinen Kaffee um.

Webb gefiel die Direktheit dieser Antwort, daß er keine Ausflüchte machte oder irgendwelche abwertende Bemerkungen über das Mädchen fallenließ. Er übernahm die volle Verantwortung für das, was er getan hatte.

»Hast du ihr irgendwelche Versprechungen gemacht, von denen ich etwas wissen sollte?«

Wieder kam ohne Umschweife ein glattes ›Nein‹. Aber plötzlich drehte Chase sich mit wütend zusammengepreßten Lippen um. »O'Rourke hatte kein Recht, dich in diese Sache hineinzuziehen. Er hätte mit mir reden müssen.«

»Die Sache ist bereits geregelt.«

»Geregelt? Wie denn?« Chase stieß diese Fragen grimmig hervor, und sie klangen scharf und fordernd.

»Ich habe ihm einen Kaufvertrag über fünfzig Stück Vieh ausgestellt.«

»Fünfzig Rinder. Und das hat er angenommen?«

»Ja.«

Chase wandte seinen Kopf ab, und sein Mund verzog sich verächtlich. »Ich hätte mehr Respekt vor diesem Mann gehabt, wenn er mich an einen Pfosten gebunden und ausgepeitscht hätte. Warum ist er nicht hergekommen und hat mich grün und blau geschlagen?«

»Das hätte ich an seiner Stelle getan. Und ich bin mir nicht sicher, ob ich das nicht sowieso tun sollte«, äußerte Webb grimmig. »Es ist nur natürlich, daß ein Mann wilden Hafer aussät, aber er sollte ihn nicht in jungfräulichen Feldern säen.«

»Das ist mir in diesen letzten Tagen mehr als einmal durch den Kopf gegangen«, stimmte Chase mit einem Seufzer der Selbstverachtung zu. Er stellte die unberührte Kaffeetasse auf einem Beistelltisch ab. »Ich mache einen Spaziergang. Ich brauche ein bißchen frische Luft.«

7.

Die Stadt, die der Siedlung auf der Ranch des dreifachen C am nächsten lag, war ein Kaff namens Blue Moon. Jeder kannte den alten Witz, daß die Stadt so benannt sei, weil hier nur alle Jubeljahre etwas Aufregendes passierte. Die Tankstelle war zugleich der Kolonialwarenladen und das Postamt. Es gab ein Café neben dem Haus, das ursprünglich ein Gasthaus am Wege mit Zimmern für Reisende gewesen war, doch das Gasthaus war jetzt ein Saloon mit Bar, nannte sich ›Jake's Place‹ und beherbergte ein privates Spielzimmer in einem der hinteren Räume. In den Zimmern im Obergeschoß gingen Jakes ›Nichten‹ ihren Geschäften nach. Das Café nebenan machte gute Umsätze, und zwar in erster Linie deshalb, weil der Besitzer, Bob Tucker, in dem Ruf stand, der weit und breit beste Koch im Staate Montana zu sein.

Außerdem gab es ein Geschäft für Textilien, kombiniert mit einer Eisenwarenhandlung, ein leerstehendes Getreidesilo und ein Haus, das zu einer Krankenstation umfunktioniert worden war, in die Doc Barlow zweimal in der Woche kam, um seine Sprechstunde abzuhalten. Darüber hinaus gab es ein halbes Dutzend Häuser für die paar Einwohner von Blue Moon.

Ein Pickup, der das Kennzeichen des dreifachen C trug, rumpelte vom Highway, holperte über den zerfurchten Boden und wirbelte eine Staubwolke auf, als er auf dem Parkplatz zwischen dem Tankstellen-Kolonialwarenladen und dem Saloon zum Stehen kam. Buck Haskell schwang sich aus der Beifahrertür der Fahrerkabine, und seine Stiefel standen schon auf dem Boden, ehe Chase auch nur die Fahrertür geöffnet hatte.

»Warte auf mich. Ich gehe schnell in den Laden und hole nur Zigaretten.« Buck lief auf den Kolonialwarenladen zu, während er seine Hand in die Tasche seiner enganliegenden Levis zwängte, um Geld herauszufischen.

Chase lehnte sich an die Rampe des Pickup, schob sich seinen Hut auf den Hinterkopf, und ein schwaches Lächeln trat auf sein Gesicht. Die Tür des Kolonialwarenladens wurde zweimal zugeschlagen – einmal, als Buck eintrat, und unmittelbar danach, als jemand herauskam. Chase sah demjenigen mit trägem Interesse entgegen.

Der Anblick Maggie O'Rourkes war wie eine frische, stürmische Brise, die durch ihn hindurchfegte. In den letzten zwei Wochen war es ihm gelungen, sie aus seinen Gedanken zu verbannen, doch sowie er sie wiedersah, waren diese zwei Wochen des Vergessens ausgelöscht. Ihr wallendes schwarzes Haar war im Nacken mit einem ausgebleichten blauen Schal zusammengebunden. Sie trug

Bluejeans und Stiefel und eine Art weißer Bluse. Er konnte nicht viel davon erkennen, weil sie zwei große Tüten mit Lebensmitteln in den Armen hielt. Ein leichtes Runzeln furchte ihre glatte Stirn, als sie in die Sonne sah. Chase stellte fest, daß sie ihn noch nicht bemerkt hatte. Er stieß sich von dem Pickup ab, richtete sich auf, rückte seinen Hut zurecht und trat vor.

»Hallo, Maggie«, sagte er ganz ruhig.

Sie blieb stehen, und ihr Blick fiel auf ihn. Eine Gefühlsregung flackerte in ihren Augen auf, ehe ihr Gesicht völlig ausdruckslos wurde. »Hallo, Chase.« Sie stolperte nicht über seinen Namen, und sie wirkte auch nicht befangen. »Wie geht es dir?«

»Ich hatte ziemlich viel zu tun. Komm, laß dir helfen und mich eine der Tüten tragen.«

Sie zögerte einen Moment lang, ehe sie ihm die Tüte anvertraute. Die weiße Bluse, die sie trug, war ihr zu klein, so daß die Bluse vorn zwischen den Knöpfen aufsprang. Sie nahm die andere Tüte so in die Hand, daß sie diesen Spalt verbarg.

»Wir hatten auch viel zu tun.« Sie hatte sich wieder in Bewegung gesetzt, und Chase machte kleinere Schritte, um neben ihr herzugehen. »Du kannst dir gar nicht vorstellen, wieviel zusätzliche Arbeit es mit sich bringt, wenn man sich fünfzig weitere Rinder zulegt.« Ihre Stimme war auf dieselbe abweisende Art stolz wie ihre Körperhaltung.

»Was willst du damit sagen?« Eine leichte Gereiztheit durchzuckte ihn.

Sie warf ihm einen jener schrägen Seitenblicke zu, die er allmählich mit ihrer Person zu assoziieren begann. »Das heißt, daß ich nicht irgendeine Schlampe bin, deren Gunst man sich mit fünfzig Stück Vieh kaufen kann. Vielleicht war das, was ich getan habe, falsch, aber das heißt noch lange nicht, daß ich schlecht bin.«

»Maggie, du hast nichts falsch gemacht, sondern ich.« Er nahm die Schuld auf sich. »Mit den geschenkten Rindern wollte ich auf meine Weise ausdrücken, daß es mir leid tut.«

»So, aber mir tut es nicht leid.« Ihre Lippen waren fest zusammengepreßt. »Ich hätte nicht geglaubt, daß Pa dir Ärger macht. Ich meine, er hat zwar viel darüber geredet, aber ich hätte nie geglaubt, daß er es wirklich probiert. Wenn ich mir vorstelle, daß er zu deinem Vater gegangen ist und ihm gesagt hat, was wir getan haben, dann ist es genau das, was mir das Gefühl gibt ...« Sie kamen am Saloon vorbei, als sie stehenblieb und einen schnellen Blick auf die Fenster im oberen Stockwerk warf. »... so eine wie Jakes ›Nichten‹ zu sein.«

»Eigentlich solltest du gar nichts von ihrer Existenz wissen.« Sein Mund hätte sich beinah zu einem Lächeln verzogen, denn ihre Direktheit belustigte ihn.

»Du meinst, ich sollte niemanden *wissen lassen,* daß ich etwas von ihrer Existenz weiß. Jeder weiß es«, gab sie trocken zurück, »und alle tun so, als wüßten sie von nichts.«

»Du darfst dich nicht wie eine von denen fühlen«, beharrte er. »Ich weiß, daß mein Vater nicht so über dich denkt.«

Sie blieb neben der Beifahrertür eines zerbeulten Pickup stehen und drehte sich um, um ihn anzusehen. »Wie denkst du über mich, Chase?«

»Ich finde, daß du ein ganz bemerkenswertes und sehr schönes junges Mädchen bist.« Als er in ihre offenen grünen Augen sah, spürte er, wie stark er ihre Gegenwart wahrnahm. Diesmal widerstand er dem Drang, sie in seine Arme zu ziehen.

»Schön? In diesem Zeug?« Sie sah mit einem Blick auf ihre Kleider herunter, der äußerste Skepsis ausdrückte. Dann wurde sie wieder nüchtern. »Ich nehme an, du bemühst dich nur, höflich zu sein, aber das ist nicht nötig. Ich weiß, wie die Leute über meinen Pa denken ... und über den Rest der O'Rourkes. Pa schiebt die Schuld an seinen Problemen immer anderen in die Schuhe. Aber ich will nicht, daß du glaubst, ich würde dir vorwerfen, was passiert ist. Ich wußte, was ich getan habe. Ich weiß, daß du gesagt hast, wir würden uns wiedersehen, aber nach dem Ärger, den Pa gemacht hat, finde ich, du solltest wissen, daß ich nicht mit einem Besuch von dir rechne.«

»Warum denn nicht?« Ein Anflug von Zärtlichkeit nahm Chases rauhen Zügen jegliche Härte.

Falten huschten über ihre Stirn. »Weil ...«

»Chase!« rief Buck, der gerade aus dem Geschäft kam. »Was machst du da? Spielst du den Laufburschen?«

»Komm morgen so gegen zehn Uhr zum Zaun. Kannst du das einrichten?« murmelte Chase eilig. Sie nickte vage. Etwas lauter fragte er: »Wohin mit der Tüte? In die Fahrerkabine oder auf die Ladefläche?«

»Ja, da hinten, das wäre gut.«

Nachdem er seine Last auf der Ladefläche abgestellt hatte, berührte er mit den Fingern seine Hutkrempe. »Bis später.« Chase drehte sich zu seinem Freund um. »Bist du soweit?«

»Klar.« Als Buck die kleine O'Rourke das letzte Mal gesehen hatte, hatte er sie als eine Wildkatze und einen Lausebengel abgestempelt. Jetzt gewann er einen ganz anderen Eindruck von ihr. Seine neugierigen, funkelnden blauen Augen betrachteten sich diesen Wandel näher.

Die Direktheit, mit der er sie musterte, machte Maggie befangen. Sie neigte ihren Kopf stolz und herausfordernd zur Seite, während die unverschämten Blicke auf ihr ruhten, doch Chase wandte sich ab und brachte damit Buck dazu, ihm zu folgen.

Buck hatte ihn mit einem Satz eingeholt und warf ihm einen flüchtigen Blick zu. »Ich nehme alles zurück, was ich vor kurzem noch über sie gesagt habe«, murmelte er mit gesenkter Stimme. »Man kann verdammt gut sehen, daß sie ein Weib ist.« Als er die Tür zum Café öffnete, warf er noch einen Blick auf das Mädchen. »Vielleicht ist es an der Zeit, daß ich anfange, unseren Nachbarn Höflichkeitsbesuche abzustatten.«

Das Glitzern in den Augen seines Kumpels sandte einen Schauer fröstelnden Unbehagens über Chases Rücken. Buck neigte dazu, achtlos mit den Gefühlen eines Mädchens umzugehen, und wenn es um sexuelle Eroberungen ging, wurde er gewissenlos. Der Beschützerinstinkt, den Chase schon einmal so übermächtig empfunden hatte, regte sich, und er ließ ihn anmaßend und blind gegenüber der Tatsache werden, daß er nicht eben in der Situation war, über andere richten zu dürfen.

»Laß sie in Ruhe, Buck.«

»Warum sollte ich?« provozierte ihn Buck, und mit einem finsteren Lächeln folgte er ihm in das Café.

Chase bemühte sich, die Roheit und Gereiztheit, mit der er seinen Freund behandelt hatte, wiedergutzumachen, und es gelang ihm, seine Stimme beiläufig klingen zu lassen. »Sagen wir doch einfach, daß ich der erste war, der sie entdeckt hat, und lassen wir es dabei.« Doch in seinem Blick lag eine finstere Warnung.

»Verdammt noch mal, wie kannst du bloß so egoistisch sein, Chase«, zog Buck ihn auf. »Ich teile schließlich alles mit dir, oder etwa nicht? Wir haben von derselben Brust getrunken, stimmt's? Ich habe dir sogar den Platz des Calder-Erben abgetreten, der von Rechts wegen mir zusteht, und so zahlst du es mir zurück.« Er spielte den Beleidigten und setzte eine verletzte Miene auf. Dann schwang er sein Bein über eine Stuhllehne, um sich an einen der Tische zu setzen. »Dafür lädst du mich jetzt ein. He, Tucker!« rief er dem Mann hinter dem Tresen zu. »Ich will zwei Stücke von deinem Heidelbeerkuchen, und zwar auf die Rechnung von Chase.«

Chase sah, daß Angus O'Rourke auf einem Barhocker am Tresen saß, doch sein Blick glitt über ihn hinweg und fiel auf den rundlichen Cafébesitzer. »Für mich nur Kaffee, Tucker, damit ich die Rechnung noch zahlen kann.«

»Der alte Geldsack versucht uns vorzumachen, daß er pleite ist.« Buck lachte, und eine unangezündete Zigarette steckte zwischen seinen Lippen, während er seine Taschen nach einem Streichholz durchsuchte. »Hast du Feuer?«

»Mein Freund ist ein Schnorrer.« Chase warf ein Zündholzmäppchen vor Buck auf den Tisch. »Du wirst besser bezahlt als ich. Was stellst du bloß mit deinem Geld an?«

»Wenn ich auch nur ein bißchen Whisky trinke, ein bißchen Poker spiele und die Damen glücklich mache, scheint es sich einfach in nichts aufzulösen.« Buck grinste und paffte seine Zigarette.

Tucker kam durch das kleine Café auf ihren Tisch zu. Seine weiße Schürze war vorn mit Fettspritzern und Essensresten bedeckt. Er war nahezu kahlköpfig, und sein Kopf war zu klein für seinen stämmigen, pummeligen Körper. Er trat neben Chases Stuhl und stellte ihm seinen Kaffee hin.

»Sagen Sie Webb, daß mir das Fleisch in der Gefriertruhe ausgeht und daß ich in den nächsten Tagen zu ihm rauskomme, um Calder-Rindfleisch zu holen.« Seine Stimme war so monoton, als koste es ihn zuviel Mühe, den flachen Klang zu variieren.

»Ich werde es ihm ausrichten«, versprach Chase, während er dem dicken Mann nachsah, der zum Tresen zurückschwankte. Er ließ sich von den langsamen Bewegungen und dem voluminösen Körper dieses Mannes nicht täuschen. In seinem Café spurten alle Cowboys, und wenn nicht, dann wurden sie von Tucker höchstpersönlich vor die Tür gesetzt. Sein Essen war im Umkreis von Meilen das beste, und die Preise waren vernünftig, und doch hatte dieser Mann etwas an sich, das Chase Mißtrauen einflößte, wenn er auch nicht wußte, was es war.

Angus O'Rourke hatte mitangehört, was Tucker gesagt hatte. Immer noch grübelte Angus finster darüber nach, was er bei seiner Konfrontation mit Webb Calder eigentlich erreicht hatte, und von Tag zu Tag wuchs seine Überzeugung, daß er sich um das hatte betrügen lassen, was ihm von Rechts wegen zustand. Als er Chase Calder jetzt in dem Café sitzen sah und sich eingestehen mußte, daß dieser letztlich ungestraft davongekommen war, regte sich Feindseligkeit in Angus. Aber statt seinen Zorn gegen den zu richten, der ihn ausgelöst hatte, ließ er sie an dem Besitzer des Cafés aus.

»Wie kommt es, daß Sie Geschäfte mit Calder machen?« fragte Angus wütend. »Ist er nicht schon reich genug? Was haben Sie eigentlich gegen uns kleinere Rancher? Sie wollen unser Geld, aber Sie sind nicht daran interessiert, Geschäfte mit uns zu machen.«

Tucker blieb vor Angus stehen, und seine großen Augen musterten ihn teilnahmslos. »Ich habe es mir nicht ausgesucht, Geschäfte mit Calder zu machen. Mir ist dieser Mann auch nicht lieber als Ihnen. Aber ich serviere nur bestes Rindfleisch. Ihr anderen Rancher habt alle nur zähes Fleisch anzubieten, und daher muß ich bei ihm kaufen.«

»Wenn Sie sich mit nichts anderem als mit Calder-Fleisch zufriedengeben, dann kaufen Sie es doch bei mir«, schlug ihm Angus provozierend vor. »Ich habe ihm vor zwei Wochen fünfzig Stück Vieh abgekauft.«

»Fünfzig Stück?« Tucker beäugte ihn skeptisch. »Woher hatten Sie das Geld, solche erstklassigen Rinder zu kaufen?«

»Das geht Sie, verdammt noch mal, nichts an.« Angus setzte sich aufrechter auf seinen Barhocker, denn diese Frage hatte ihn beleidigt, weil sie einen Hinweis darauf enthielt, daß er zu arm war, um sich Calder-Rinder zu leisten. »Sind Sie jetzt an meinem Rindfleisch interessiert oder nicht?«

»Wahrscheinlich haben sie nur sein Merzvieh gekauft, minderwertigen Ausschuß. Aber ich komme morgen bei Ihnen vorbei und sehe es mir an.« Tucker setzte nicht allzuviel Vertrauen in O'Rourkes Behauptung, bestes Drei-C-Rindfleisch zu besitzen. »Ich komme im Lauf des Vormittags vorbei.«

»Und vergessen Sie nicht, Geld mitzubringen«, höhnte Angus, während er dem untersetzten Mann seine leere Tasse hinschob. »Schenken Sie mir frischen Kaffee ein, statt rumzustehen und sich aufzuspielen.«

»Wenn sich hier jemand aufspielt, dann sind das wohl eher Sie.« Tucker nahm die Tasse und drehte sich zu der Kaffeemaschine um.

»Warten Sie bis morgen früh, dann werden wir ja sehen, wer sich hier aufbläst«, erwiderte Angus selbstgefällig.

Maggie war neben dem Pickup stehengeblieben. Sie wußte daß ihr Vater in der Bar saß und Kaffee trank, während sie und Culley ihre Besorgungen machten. Wenn sie das Café betrat, solange Chase dort war, würde ihr Vater mit Sicherheit wieder eine seiner Tiraden gegen die Calders loslassen. Allein der Anblick von Chase würde ihn vermutlich zur Weißglut treiben. Maggie entschied, das vernünftigste sei es, ihren Bruder zu suchen und nachzusehen, ob er seine Botengänge erledigt hatte. Als sie sich von dem Café abwandte, sah sie Culley, der vor der Eisenwarenhandlung die Straße überquerte. Sie wartete beim Wagen auf ihn und bemerkte seinen finsteren Gesichtsausdruck.

»Ich habe dich mit Calder gesehen. Was wollte er von dir?« fragte er barsch, als er vor ihr stehenblieb.

»Er hat mir beim Tragen geholfen.« In ihrer Stimme schwang spöttischer Trotz mit, der sein Recht in Frage stellte, auf einer Antwort zu beharren. »Hast du das Teil für die Pumpe bekommen, das wir für den Brunnen brauchen?«

»Es ist noch nicht geliefert worden.« Seine Antwort war barsch und unwillig. »Du erwartest anscheinend, daß ich dir glaube, euer Gespräch habe sich um nichts weiter als um deine Einkäufe gedreht.«

»Wir haben über alles mögliche geredet ... über Dinge, die dich absolut nichts angehen«, gab sie zurück.

Sein Mund wurde im Zorn zu einem schmalen Strich. »Ich nehme an, er will dich wiedersehen.«

»Und was ist, wenn das stimmt?« fragte Maggie trotzig.

»Ich vermute, er hat dich aufgefordert, ihn irgendwo zu treffen«, erwiderte Culley. »Halte dich von ihm fern, Maggie. Er will sich nur wieder an dich ranmachen. Siehst du das denn nicht ein? Kannst du dir das denn nach dem letzten Mal nicht selbst denken?«

»Ist es denn so unvorstellbar, daß er mich vielleicht gut leiden kann?«

»Mag ja sein, daß er dich leiden kann«, räumte ihr Bruder ein. »Aber du glaubst doch wohl nicht, daß er ernste Absichten hat, oder? Du bist in seinen Augen nichts weiter als die Tochter eines kleinen Ranchers.«

»Wer sagt denn, daß ich das überhaupt will?« brauste sie auf. »Einem Mädchen gefällt es, wenn ein Mann sich für sie interessiert, aber das heißt nicht unbedingt, daß sie ihn gleich heiraten will! Du bist vielleicht damit zufrieden, der Sohn eines kleinen Ranchers mit wirren Träumen zu sein, die nie wahr werden, aber ich gebe mich nicht damit zufrieden. Ich will etwas lernen, weil ich nicht für den Rest meines Lebens so weiterleben werde wie bisher.«

»Du bist meine Schwester.« Gelegentlich kam es vor, daß ihr Bruder ebenso zornig und aufbrausend war wie sie selbst. »Ich will nicht mit ansehen, wie er dich in Schwierigkeiten bringt. Und genau das wird passieren, wenn du Chase Calder wiedersiehst. Eines Tages wirst du feststellen, daß du in Schwierigkeiten bist, und in dem Augenblick wird er deinen Namen vergessen.«

»Ich werde nicht in Schwierigkeiten geraten.« Das stritt Maggie als erstes ab. »Und Chase ist sehr nett zu mir gewesen.«

»Das liegt daran, daß er immer noch etwas von dir will.

Aber wenn er erst genug von dir hat, bist du für ihn nurmehr ein Stück Dreck. Er ist ein Calder. Und wenn du auch nur einen Funken Verstand besitzt, dann vergißt du das nie. Du wirst für ihn nie etwas anderes sein als jemand, mit dem man sich im Gras wälzt. Halte dich von ihm fern, Maggie. Beweise mir nicht, daß ich recht habe«, warnte er sie, wandte sich abrupt um und betrat das Café, als fürchte er, er könne etwas Brutales tun, wenn er noch länger blieb.

Maggie starrte ihm nach. Auch sie zitterte vor Zorn. Sie riß die Tür des Pickup auf und kletterte in die Fahrerkabine, um dort auf ihren Vater und Culley zu warten; die Worte ihres Bruders hallten in ihr nach.

Chase stand bereits am Zaun, als sie am nächsten Morgen endlich kam. Sie hatte fast eine Stunde lang einen stillen Kampf mit sich selbst ausgefochten, ob sie sich mit ihm treffen sollte oder nicht. Schließlich war sie doch losgeritten; sie mußte herausfinden, ob Culley mit dem, was er über Chase dachte, recht hatte.

Chase stieg ab und schlüpfte zwischen dem Stacheldraht des Zaunes hindurch, um nach dem Zaumzeug ihres Pferdes zu greifen, als sie es anhielt.

»Du kommst spät.« Er trat neben ihren Sattel und streckte seine Hände aus, um sie um ihre schmale Taille zu legen und sie vom Pferd zu heben. »Ich dachte schon, du schaffst es nicht mehr.«

»Ich wußte einfach nicht, ob ich mich mit dir treffen sollte oder nicht«, erwiderte Maggie aufrichtig.

Sie stand jetzt auf dem Boden, aber er ließ seine Hände weiterhin auf ihren Hüften liegen. Er spürte, wie sie sich steif machte, und das ließ ihn ungeduldig werden. Unbewußt hatte er sich darauf gefreut zu spüren, wie sie sich innig an ihn schmiegte. Er beugte seinen Kopf zu ihr hinunter und versuchte, seine Herrschaft über ihre Lippen wiederzugewinnen. Ihre Reaktion war kühl. Er hob seinen Kopf, um sie anzusehen, doch ihr unbeirrter Blick musterte ihn, schätzte ihn ab.

»Ich bin froh, daß du gekommen bist«, sagte er.

»Weshalb?«

»Weil ich mit dir sprechen wollte«, erwiderte Chase und versuchte, ihre Ernsthaftigkeit mit einem Lächeln zu zerstreuen.

Ihre Hände schoben seine Arme ganz beiläufig von ihrer Taille, und sie trat ein paar Schritte zurück. Chase folgte ihr und sie drehte sich um, um ihn direkt mit ihrem Argwohn zu konfrontieren. »Culley sagt, du willst mich nur aus dem einen einzigen Grund sehen, weil du Sex haben willst.«

Im ersten Moment war Chase über ihre Direktheit bestürzt, doch dann gewann seine Belustigung die Oberhand. »Bist du immer so offen?«

»Ist es wahr?« beharrte sie. »Ist das der Grund, warum du mich sehen willst?«

Die Hartnäckigkeit, die auf ihrem Gesicht stand, machte ihm klar, daß sie eine deutliche Antwort haben wollte. Er machte seinen Mund auf, um ihr zu versichern, er habe entschieden, sie sei zu jung und zu unerfahren und der Umstand, daß er sie beim letzten Mal verführt hatte, sei ein Fehler gewesen, den er nicht zu wiederholen beabsichtigte. Doch als er in ihre Augen sah, wurde Chase bewußt, daß er sich nur selbst etwas vormachte. Wenn sich die Gelegenheit geboten hätte, hätte er sie wieder geliebt. Diese ganz bestimmte Schwelle war einmal überschritten worden, und er würde sie jederzeit wieder überschreiten, wenn sich die Gelegenheit dazu bot. Es gab kein Zurück mehr zu einem unschuldigen Händchenhalten. Dieses Wissen behagte ihm gar nicht, und er bemühte sich, es nicht wahrzuhaben.

»Ich weiß nicht, wie oft es sich das dreifache C leisten könnte, wenn es jedesmal, wenn ich das tue, fünfzig Stück Vieh kostet«, scherzte er.

Zorn flammte in ihren Augen auf, ehe sie sich abwandte. »Das ist überhaupt nicht komisch.«

Er sah, wie sie einen Schritt zurückwich, und seufzte auf. »Nein, wahrhaftig nicht. Aber es gibt keine einfache Antwort auf deine Frage.« Sie sah ihn von der Seite an, und er wich ihrem Blick nicht aus. »Es wäre eine Lüge, wenn ich behaupten würde, daß ich dich nie mehr lieben möchte, denn ich will es. Aber der Sex ist nicht der einzige Grund. Wenn es mir nur um die körperliche Befriedigung ginge und ich nichts anderes wollte, könnte ich mir das bei Jakes Mädchen holen. Also muß es bedeuten, daß mir auch an deiner Gesellschaft etwas liegt. Ich nehme an, die Wahrheit ist, daß du mich ein wenig faszinierst.«

»Wieso?« Doch diese Frage klang schon weniger barsch.

Chase schüttelte den Kopf, weil er es nicht wußte. »Vielleicht, weil du so aufrichtig und direkt sagst, was du denkst und was du willst. Die meisten Frauen versuchen, einem etwas vorzumachen. Du hast noch nicht gelernt, wie das geht.«

»Ist das schlimm?« Sie legte ihren Kopf schief.

»Nein.« Er lächelte zufrieden. »Es macht dich zu etwas Besonderem.«

In dieser Äußerung lag eine tiefe Wahrheit, über die sich Chase selbst erst ganz allmählich klarwurde. Es befriedigte ihn, ihren Körper zu besitzen, aber er wollte mehr von ihr als nur das. Diese Zusammenkunft stellte ihn auf die Probe. Wenn er versuchte, sie heute zu lieben, würde er sie verlieren. Aber er wußte auch, daß er sie, wenn er sie diesmal nicht nahm, beim nächsten und beim übernächsten Mal nehmen würde. Und sie würde sich ihm so bereitwillig hingeben wie beim ersten Mal. Mit diesem Wissen konnte Chase abwarten.

»Dein Vater und dein Bruder haben dich wahrscheinlich davor gewarnt, mich wiederzusehen«, vermutete er, und gleichzeitig forderte er sie damit heraus, den Grund ihres Kommens klarzustellen. »Warum also hast du dich mit mir getroffen?«

»Weil ich es so wollte.« Ihre hochgezogenen Schultern drückten beredt ihre Unabhängigkeit aus, aber sie wandte ihre Augen von ihm ab.

»Weshalb?« Jetzt war er an der Reihe, beharrlich zu sein.

»Vielleicht« – sie sah ihn wieder an, und Funken tanzten in ihren Augen – »weil du ganz und gar nicht das bist, was ich mir unter einem Calder vorgestellt habe.«

»Wie hast du dir mich denn vorgestellt?«

»Ich nehme an, daß ich geglaubt habe, du seist arrogant und überheblich«, gab sie nicht ohne eine gewisse Befangenheit zu. »Und herzlos wohl auch. Aber ... du bist nett.«

Chase bemühte sich, ein Lächeln zu unterdrücken. »Viele Leute erwarten von uns, daß wir Hörner und einen Schwanz haben. Im allgemeinen sind sie erstaunt, wenn sie feststellen, daß wir normale Menschen sind, wie alle anderen auch.«

Maggie lachte, ein heller, reiner Klang. »Wohl kaum wie alle anderen. Alle anderen haben nicht soviel Land wie ihr ... oder so viele Rinder oder Pferde oder irgend etwas sonst.«

»Aber wir haben alle dieselben Bedürfnisse«, beharrte Chase und streckte ihr seine Hand hin, »selbst dann, wenn es sich um etwas so Einfaches dreht wie darum, mit jemandem spazierengehen zu können.«

Sie sah ihn an und lächelte; dann legte sie ihre Hand in seine. Die Sonne schien strahlend, und der Himmel war klar. Im hohen Gras sang ein Wiesenstärling.

»Ich nehme alles zurück, Angus.« Tucker musterte die rostfarbenen Rinder mit den Blessen. »Diese Rinder sind alles andere als Ausschuß. Das sind erstklassige Tiere. Wie haben Sie denn das geschafft, daß Calder sie Ihnen gegeben hat? Oder begutachte ich hier eine gestohlene Herde?« Ein Ausdruck der Empörung trat auf O'Rourkes Gesicht. Noch ehe Angus den Mund aufmachen konnte, um sich gegen diese Unterstellung zu verwahren, lachte Tucker. »Ich vermute, wenn Sie sie gestohlen hätten, würden Sie nicht rumlaufen und allen Leuten erzählen, daß Sie jetzt Ihnen gehören, habe ich recht?«

»Das würde ich ganz bestimmt nicht«, gab Angus zurück. »Es sind meine Rinder, und ich besitze einen Kaufvertrag, um es zu beweisen.«

»Das bezweifle ich nicht im geringsten.« Tucker lächelte immer noch. »Für mich spielt es keine Rolle, ob Sie einen Kaufvertrag haben. Außerdem wäre es nicht das erste gestohlene Rindfleisch, das ich kaufe.« Das Stehlen von Rindern war heutzutage ein großes Geschäft. Tucker wußte, daß man viel Geld damit verdienen konnte, wenn man nur die richtigen Verbindungen hatte. Und er hatte nie zu den Leuten gehört, die über Geld die Nase rümpften. »Der einzige, der bei einem solchen Handel etwas verliert, ist der Rancher.«

»Ja, und der, der geschnappt wird.«

»Wissen Sie, wie hoch die Chancen sind, daß man nicht geschnappt wird?« Tucker warf O'Rourke einen Seitenblick zu und grinste breit. »Um etwas zu beweisen, müssen sie einen auf frischer Tat ertappen, und die Gefahr, daß es dazu kommt, steht eins zu einer Million. Und selbst wenn sie jemanden schnappen, landet dieser Mann wahrscheinlich nie im Gefängnis. Es ist ein lukratives Geschäft, und es birgt nur ein geringes Risiko in sich. Die Zeiten, zu denen ein Rancher auf einen bloßen Verdacht hin einen Viehdieb gehängt hat, sind längst vorbei.«

»Das ist nur zu wahr«, räumte Angus ein und beäugte neugierig und verwundert die massige Gestalt des Cafébesitzers. »Ich hätte nie geglaubt, daß Sie für Diebstahl soviel übrig haben, Tukker. Ich werde mich vorsehen müssen, wenn wir einen Handel über diese Rinder abschließen, damit Sie mich nicht übers Ohr hauen.«

»Im Grunde genommen bin ich ein ehrlicher Mensch, Angus. Ich versuche nie, die Leute, mit denen ich Geschäfte mache, reinzulegen – nur die anderen«, erklärte er mit etwas eigenwilligem Humor. »Aber ich bin genauso wie jeder andere arme Teufel daran interessiert, Geld zu verdienen. Und wenn das bedeutet, daß man etwas tun muß, was nicht ganz sauber ist, dann muß ein jeder das, was für ihn dabei herausspringt, gegen das Risiko abwägen und selbst entscheiden, ob es die Sache wert ist oder nicht.«

»Das stimmt wohl«, sagte O'Rourke. Seine Stimme klang zögernd.

Tucker empfand eine gewisse Verachtung für die Blindheit, mit der der Rancher den Tatsachen gegenüberstand. »Verbrechen zahlen sich heutzutage aus. Sehen Sie sich doch nur um. Dieses Montana ist ein riesiger Streifen menschenleeres Land, und das einzige, was uns im Weg steht, sind ein paar Staatspolizisten auf dem Highway und Potter und seine Ausflüchte, mit denen er die Deputies im County Sheriff's Department rechtfertigt. Wenn ein Viehdieb beschließt, Rinder vom dreifachen C zu stehlen, dann gibt es niemanden, der ihn zurückhält – oder ihn schnappt. Aber selbst Calder kann nicht jeden Zentimeter seiner Ranch bewachen lassen.«

»Ich nehme an, Sie haben recht.« Trotz dieser Zusicherungen klang Angus nach wie vor skeptisch.

Tucker sah sich um, als hätte er die Orientierung verloren, und wandte dann sein Pferd einem Bergkamm zu. »Ich werde Ihnen zeigen, wovon ich spreche.« Die Rinder stoben auseinander, als die beiden den felsigen Hügel hinaufritten. Auf der Anhöhe griff Tucker seinem Pferd in die Zügel, um es anzuhalten. Unter ihm erstreckte sich das Land der Calders. »Sehen Sie die Nebenstraße dort drüben?« Er deutete auf einen schmalen Streifen Lehm, der sich in der Ferne wie ein Band dahinwand. »Ein Viehdieb braucht nichts weiter zu tun, als einen Sattelschlepper dort warten zu lassen, während ein paar Reiter das Vieh zum Zaun treiben und es verladen. Es geht unglaublich schnell – in weniger als einer Stunde sind die Rinder verladen und wieder ausgeladen. Niemand kann einen hören oder sehen. Es kann Tage dauern, ehe jemand merkt, daß Rinder fehlen.«

»Wenn es so leicht geht, wie kommt es dann, daß es bisher noch niemand probiert hat?« fragte Angus erstaunt.

»Gewöhnlich sind solche Aktionen eine kurzlebige Geschichte. Die Viehdiebe kommen in eine Gegend, arbeiten dort einen Monat lang, kommen mit drei oder vier Ladungen davon und ziehen dann weiter in eine andere Gegend. Ich erinnere mich, das letzte Mal vor etwa zehn Jahren von Viehdiebstählen in dieser Gegend gehört zu haben«, sagte Tucker versonnen und blickte nachdenklich auf das weite Land, das sich vor ihm erstreckte. »Wer es auch gewesen sein mag – sie sind davongekommen. Hier kennt allerdings jeder jeden, und daher fällt ein fremdes Fahrzeug schneller auf, ein fremdes Gesicht auch, aber den Ortsansässigen schenkt man weniger Aufmerksamkeit ...« Er unterbrach sich abrupt, ohne den Satz zu beenden. Er hatte laut gedacht. Jetzt wollte er diese Gedanken für sich behalten und es darauf ankommen lassen, ob sich etwas daraus entwickelte. Mit einem schnellen Seitenblick auf O'Rourke wechselte er das Thema. »Sie haben mir keinen Preis für das Rindfleisch genannt.«

Angus brütete noch über dem unbeendeten Satz und vervollständigte ihn in seinem Kopf. Er stellte fest, daß es stimmte: das Kommen und Gehen eines Ortsansässigen würde keine Neugier wachrufen – jedenfalls nicht so schnell wie das eines Fremden. Jetzt schreckte er aus seinen Gedanken auf.

»Sie haben noch nicht gesagt, was Sie bereit sind zu zahlen«, entgegnete er schließlich. Mit einer Drehung seines wulstigen Handgelenks wendete Tucker sein Pferd im Halbkreis. Sein Blick streifte über das Land, und er nahm wahr, daß sich an dem Zaun, der die Grenze zwischen O'Rourkes Ranch und der der Calders bildete, etwas tat. Er blieb still stehen. Sein Interesse nahm zu, als er das Paar erkannte, das dort Hand in Hand spazierenging.

In dem Blick, mit dem er O'Rourke musterte, standen Neugier und Berechnung. »Chase Calder macht also Ihrer Tochter den Hof. Ich wußte, daß da irgendeine Verbindung bestehen muß. Ich konnte mir einfach nicht vorstellen, daß Webb irgend jemandem derart hochwertige Rinder verkauft.«

Bei dieser Äußerung riß O'Rourke seinen Kopf ruckartig herum und entdeckte das Paar. Ein Ausdruck des Zornes trat in sein Gesicht, aber sein Kopf war Tucker abgewandt, so daß dieser nichts davon bemerkte. Angus grub seine Fersen in die Flanken seines Pferdes und ritt den Hang hinunter, gefolgt von Tucker.

8.

Angus grübelte drei Tage lang über diesen Vorfall nach. Er sagte seiner Tochter nicht ins Gesicht, daß er von ihrem Treffen mit Chase Calder wußte; sie erwähnte es ihm gegenüber mit keinem Wort. Seine Gedanken wurden immer finsterer, und ihm wurde klar, daß er mit seinem Besuch bei Webb Calder nichts erreicht hatte; ein zweites Mal zu ihm zu gehen würde gleichermaßen vergeblich sein. Es gab keine Gerechtigkeit auf dieser Welt, wenn ein Mann einem Mädchen die Unschuld rauben konnte und ungestraft davonkam.

Er entschloß sich, Chase noch eine Chance zu geben, sich von seiner Tochter fernzuhalten. Wenn er sie in Ruhe ließ, würde Angus die Angelegenheit auf sich beruhen lassen. Wenn nicht, würde er Angus dafür zahlen. Das hatte er sich geschworen.

Die Leere in seinem Magen sagte ihm, daß es auf Mittag zuging, und daher ließ er den Motor der Pumpe für das Brunnenwasser, den er zur Hälfte wieder zusammengebaut hatte, in diesem Zustand liegen und machte sich auf den Weg zum Haus. Als ein Pferd mit Reiter nahte, blieb er stehen. Seine Augen zogen sich zu argwöhnischen Schlitzen zusammen, als er Maggie erkannte, die zum Corral ritt. Er änderte seine Richtung und gelangte am Corral an, als sie gerade abstieg und ihrem Pferd den Sattel abnahm.

»Tut mir leid, daß ich mich verspätet habe, Pa. Das Mittagessen ist in ein paar Minuten fertig.« Ihre Wangen waren gerötet, und ihre Augen glänzten, als er an den Zaun trat.

Sein Blick fiel auf ihren Mund, und er bemerkte, wie prall die weichen Rundungen ihrer roten Lippen waren. Wie das zustandekam, wußte er auch, ohne daß man es ihm sagte. »Du warst wieder mit Chase Calder zusammen«, beschuldigte er sie.

Sie wandte ihre ganze Aufmerksamkeit darauf, den Sattelgurt zu lösen. »Ich bin kein kleines Mädchen mehr, Pa.« Ihre Stimme war hart und abwehrend.

Zornig biß er die Zähne zusammen, doch seine Wut war nicht gegen sie gerichtet. In seinen Augen war sie das Opfer, ein hilfloses Mädchen, das unmöglich selbst wissen konnte, was es wollte. Er hatte keine andere Wahl, als die Dinge selbst in die Hand zu nehmen.

»Du brauchst dir nicht die Mühe machen, mir ein Mittagessen zu kochen. Ich muß ohnehin in die Stadt fahren, um noch ein Teil für den Motor der Pumpe zu besorgen«, log er. Es war nur zum Teil gelogen; er wollte tatsächlich in die Stadt fahren, aber nicht, um ein Ersatzteil für den Motor zu holen.

Maggie spürte die Falschheit in seiner Stimme. »Pa, du wirst doch nicht etwa ...«

»Ich fahre in die Stadt, das habe ich dir doch gesagt!« fauchte er sie an, ehe er sich abwandte. Er konnte in seinem Zorn kaum noch an sich halten, als er über den verschmutzten Platz vor der Ranch zum Pickup ging.

Als Maggie den Sattel und die Decke in den Stall schleppte, hörte sie, wie die Fahrertür zugeschlagen wurde und das Husten und Stottern des Motors, ehe er ansprang. Der Wagen holperte über den ausgefahrenen Weg, als sie aus dem Stall kam, um ins Haus zu gehen.

Das Gaspedal des Pickup blieb während der gesamten Fahrt in die Stadt durchgetreten; vor dem kleinen Café hielt der Wagen holpernd an. Angus sprang aus der Fahrerkabine, schlug die Tür zu und stolzierte in das Haus. Es war Essenszeit, und die Hälfte aller Plätze war belegt. Sein Blick glitt mit unverhohlenem Ärger über die Gäste, als er den Raum durchquerte, um sich auf einen Hocker am hinteren Ende des Tresens zu setzen. Der Besitzer mit dem kugelrunden Kopf stand am Rost hinter der Bar und hielt einen metallenen Fleischwender in der dicken Hand.

»Was nehmen Sie, Angus?« Tucker rührte sich nicht vom Fleck, sondern drehte nur seinen Kopf um, um seinen neuen Kunden anzusehen.

»Kaffee.«

Der Besitzer und Koch drehte mit dem Wender zwei Hamburger um und drückte sie platt; dann verlagerte er seine Fleischmassen zwei Schritt weit, genau so viel, wie nötig war, um nach der Kaffeekanne greifen zu können. Nachdem er eine Porzellantasse mit Kaffee gefüllt hatte, legte er die gesamte Länge des Tresens zurück, um sie vor Angus abzustellen.

»Sonst noch etwas?« Tucker blieb stehen, um sich die Hände an seiner fleckigen weißen Schürze abzuwischen.

»Allerdings.«

»Warten Sie«, sagte Tucker. »In einer halben Stunde ist das Lokal leer. Dann können wir uns unterhalten.« Ein Strahlen ließ seine Äuglein aufblitzen, als er wohlwollend hinzufügte: »Partner.«

Zwei Wochen später lugte der Vollmond hinter einer Wolke hervor und warf sein Licht auf zwei Reiter, die ihre Pferde durch hohes Calder-Gras führten. Das Knarren des Sattelleders klang in dieser Stille laut. Angus warf einen Blick auf seinen Sohn, dessen Kopf auf einem Drehgelenk zu sitzen schien; er sah sich ständig nach allen Richtungen um. Auch er hatte dieses merkwürdige Gefühl in der Magengrube, und seine Kehle war ausgetrocknet. Wie verflucht gern er jetzt etwas getrunken hätte! Er sah wieder nach vorn und schöpfte Mut aus seinem schwelenden Haß.

»Die Rinderherde, die wir gesehen haben, muß direkt hinter diesem kleinen Hügel sein«, flüsterte er Culley zu, und er deutete auf den Hügel, der direkt vor ihnen lag.

»Pa, was passiert, wenn wir erwischt werden?«

»Wir werden nicht erwischt. Tucker und ich haben das alles genau ausgerechnet. Wir brauchen nichts weiter zu tun, als die Rinder zur Straße zu treiben, und dort wartet schon der Wagen, auf den wir sie verladen.«

Etliche Sekunden lang herrschte Schweigen, ehe Culley fragte: »Bist du … nervös, Pa?«

Die Wahl dieses Adjektivs ermöglichte es Angus, seine diesbezüglichen Gefühle einzugestehen. »Ein bißchen. Aber stell dir einfach Calders Gesicht vor, wenn er dahinterkommt, daß ihm Rinder fehlen. Dieser Halunke wird toben.« Angus schwelgte in dieser Vorstellung. »Niemand hatte den Mumm, es gegen ihn aufzunehmen, bis wir gekommen sind. Kein Calder wird jemals wieder nach Lust und Laune mit uns kleinen Leuten umspringen und ungestraft davonkommen. Diesem elenden Schurken werde ich heimzahlen, daß er mir soviel Kummer und Elend bereitet hat, und wenn es das letzte ist, was ich tue«, gelobte Angus. »Wir stellen unsere Mitternachtsritte nicht ein, ehe wir jeden einzelnen Stier von dieser Weide weggebracht haben. Wir brechen ihm das Kreuz, Culley – du und ich.« Ein leises, heimtückisches Lachen stieg aus seiner Kehle auf. »Wir werden reich sein, und er wird arm sein. Er wird den Tag noch bereuen, an dem er zugelassen hat, daß sein

Sohn sich an deine Schwester ranmacht. Er wird es noch schwer bereuen.«

»Und wir werden dafür sorgen«, murmelte Culley, um seine glühende Zustimmung auszudrücken.

Chase nahm seinen Hut ab und fuhr sich mit den Fingern durch sein ungebändigtes braunes Haar, ehe er den Filzhut wieder aufsetzte. Die Sonne stand direkt über ihm und ließ dort, wo der Schatten des Baumes keinen Schutz bot, das Metall des Pickup glühend heiß werden. Er sah in die Richtung, aus der Maggie kommen mußte. Sie hatte sich jetzt schon um fast eine volle Stunde verspätet.

Meistens klappte es, daß sie sich zweimal in der Woche an einem vereinbarten Treffpunkt sahen. Es war das erste Mal, daß Maggie nicht pünktlich erschien. Er fühlte sich gereizt, und ein Verlangen, das er nicht beherrschen konnte, zehrte an ihm.

Er hatte so lange gewartet, wie es nur irgend ging. Chase gab seinen Posten auf, drehte sich um und griff nach dem Hemd, das er über die Ladefläche des Pickup gehängt hatte. Während er seine Arme in die Ärmel steckte, ging er auf die Fahrerkabine zu. Er hatte die Tür schon aufgerissen, als er die Hufe eines nahenden Pferdes hörte.

Chase blieb neben der offenen Tür stehen und drehte sich um. Ein Teil der Anspannung löste sich, als er die schmale Gestalt erkannte, die durch die Bäume auf ihn zukam. Vergnügen wogte in ihm auf, regte sich so sachte wie die Wärme einer sommerlichen Brise, als sie dicht neben dem Wagen ihr Pferd anhielt und die Steigbügel von ihren Füßen trat, um auf den Boden zu gleiten.

In ihrem Lächeln lag etwas Wissendes, ein Bewußtsein dessen, daß die gerundeten Formen ihres Oberkörpers zu ihm sangen und sein männliches Interesse erregten. Sie war der Inbegriff ländlicher Frische, das Bild, das wie gerahmt vor seinen begierigen Augen stand. Er fühlte sich zu ihr hingezogen, verspürte den Drang, auf sie zuzulaufen, doch Chase blieb neben der Tür des Wagens stehen und wartete, bis sie auf ihn zukam.

»Tut mir leid, daß ich mich verspätet habe, aber ich mußte Pa und Culley heute morgen praktisch aus dem Bett zerren«, erklärte sie atemlos und überstürzt. »Dann hat sich alles Weitere entsprechend verzögert. Ich war nicht sicher, ob du noch da bist.«

Maggie blieb dicht vor Chase stehen und legte ihren Kopf zurück, um ihm ins Gesicht zu sehen – sein knochiges, zerfurchtes Gesicht. Innerlich drängte sie sich an ihn, zwang ihm ihren Willen auf. Es gab ihr ein Gefühl von Macht, die glitzernde Dunkelheit des Begehrens in seinen Augen aufflammen zu sehen. Jetzt war es da, dieses Funkeln, aber er widerstand ihm.

»Ich wollte gerade gehen.« Zorn flackerte in ihm auf, weil ihm der Anblick der Fülle schwarzen Haares versagt blieb, das sie unter ihren Hut gesteckt hatte. »Nimm deinen Hut ab. Wenn du deine Haare unter einem Hut versteckst, siehst du aus wie eine Zwölfjährige.« Chase durchzuckten jedesmal Schuldgefühle, wenn er an ihre Jugend erinnert wurde, aber sie waren nie stark genug, um ihm echte Gewissenskonflikte zu bereiten und ihn davon abzuhalten, sich weiterhin mit ihr zu treffen.

Mit einem leisen Lachen zog sich Maggie den Hut vom Kopf und schüttelte ihre Haare. Sie sah ihn mit einem herausfordernden Blick an, der ohne ihr Wissen provozierend war, ehe ihre Augen an ihm hinunterglitten, um unverhohlen seinen muskulösen Oberkörper zu bewundern.

»Gefällt dir das, was du siehst?« Die Lider waren zu drei Vierteln über seinen dunklen Augen geschlossen, und sein Mund nahm einen lasziven Ausdruck an.

»Ja – das wenige, was ich sehe.«

Ihre dreiste Antwort entlockte seiner Kehle ein tiefes Lachen. »Du verwandelst dich in ein freches kleines Flittchen«, spottete Chase.

»Wenn man bedenkt, daß du mein Lehrer bist – brüstest du dich damit, oder beschwerst du dich darüber?« konterte Maggie.

»Ich bin stolz darauf.« Als sie sich umdrehte, um nach den Zügeln ihres Pferdes zu greifen, runzelte er die Stirn und streckte seinen Arm aus, um sie zurückzuhalten. »Was hast du vor?« Sie wehrte sich nicht, als er sie wieder zu sich umdrehte.

»Du hast gesagt, du wolltest gerade gehen, als ich gekommen bin. Ich möchte dich nicht von deiner Arbeit abhalten.« In ihren grünen Augen funkelte zuviel Unschuld. Maggie kostete es aus, die Macht auszuspielen, von der sie wußte, daß sie sie über Chase erlangt hatte, die Fähigkeit, ihn dazu zu bringen, daß er sie begehrte, obwohl andere Dinge vorrangig waren ... selbst wenn es sich um Forderungen handelte, die sein Vater an ihn stellte.

»Du kleine Lügnerin.« Chase lächelte und nahm ihr die Zügel aus der Hand. Er ließ die Zügel fallen, während er ihren Hut über das Sattelhorn hing. Dann lagen seine Hände auf ihren Schultern und streichelten die zarten Rundungen ihrer Oberarme. »Weißt du ... jetzt bist du da ... und ich bleibe. Zum Teufel mit der Arbeit.«

Seine Hände spannten sich um ihre Schultern, um sie auf die Zehenspitzen zu ziehen, damit sie seinem Mund den halben Weg entgegenkommen konnte. Sein ausgehungerter Kuß löste warme, köstliche Gefühle bei ihr aus. Manchmal hatte Maggie das Gefühl, in ihr brenne ein Feuerwerk ab, leuchtend bunte Sterne, die durch ihren ganzen Körper sprühten und ihr Licht und ihre Hitze in jeden Winkel aussandten.

Sie schmiegte sich enger an ihn, schlang ihre Arme um seinen Hals und bog ihm ihren Körper entgegen; sie war erst zufrieden, als er sie an sich preßte und sie auch von seiner Seite das Verlangen nach vollkommener Nähe spürte. Als er begann, an ihrem zarten Hals zu nagen, konnte Maggie den leisen Tierlaut nicht zurückhalten, der aus ihrer Kehle aufstieg, aber sie versuchte zu leugnen, daß er diese verheerende Macht über sie besaß.

»Manchmal« – ihre Stimme war ein heiseres, undeutliches Flüstern – »glaube ich, dich interessiert nichts als Sex.«

Seine Hände legten sich auf ihren festen Po und drückte ihre Hüften so dicht an seine, daß sie wußte, wie steif sie ihn werden ließ. »Das hast du absichtlich getan. Und jetzt behauptest du, es sei meine Schuld.« Er war eher belustigt als wütend.

Maggie senkte den Kopf und fragte sich, ob sich ein so aggressives Vorgehen bei einer Frau schickte, und doch fühlte sie sich nicht in der Lage, sich dessen zu schämen. Sie preßte ihre Lippen gegen die Nacktheit seiner Brust, um seine Haut zu schmecken; sie mochte seine weiche Haut und den salzigen Geschmack.

»Ich kann wohl nichts daran ändern«, murmelte sie, und sie hörte das Stöhnen, das tief aus seiner Brust kam.

»Maggie, bist du denn noch nicht dahintergekommen, daß keiner von uns beiden sich dagegen wehren kann?« murmelte er mit belegter Stimme, ehe er sie auf seine Arme hob, sie zu dem Grasstreifen im Schatten des Baumes trug und sie dort hinbettete.

Als die erste Glut sich verzehrt hatte, fanden sie Zeit, miteinander zu reden. Chase genoß Maggies Gesellschaft ebensosehr, wie er ihren Körper genoß. Sie war klug und intelligent, und man konnte sich gut mit ihr unterhalten. Die Verantwortung für den Haushalt und die Familie in jungen Jahren hatte sie vor der Zeit erwachsen werden lassen, und sie war ihren Altersgenossinnen weit voraus. Trotz der gewaltigen Unterschiede in der Herkunft beider – Maggie stammte aus einer armen Familie, und Chase war in einer Welt des Reichtums und der Macht aufgewachsen – waren beide so erzogen worden, daß sie mit den Härten des Lebens vertraut waren; in seinem Falle hatte sein Vater es so bestimmt, in ihrem die Realität. Beide machten sich wenig Illusionen über das Leben. Nichts war umsonst; für alles mußte man seinen Preis bezahlen. Und doch war zwischen ihnen beiden etwas Besonderes, das freiwillig gegeben wurde, und keiner von beiden erwartet mehr als das, was er empfing.

Chase beklagte sich darüber, daß er gehen mußte. Er hatte sich mehr als eine Stunde mit ihr zugestanden, aber die meiste Zeit hatte er damit zugebracht, darauf zu warten, daß sie endlich kam. Die Zeit, die sie miteinander verbracht hatten, brachte ihn um mehr als eine Stunde in Verzug. Er begleitete sie zu dem grasenden Pferd und zog sie in seine Arme, um ihr einen letzten Kuß zu geben. Das Dröhnen einer Hupe setzte diesem Kuß ein Ende.

Chase richtete sich auf und warf einen unwilligen Blick über seine Schulter. Ein Pickup der Ranch holperte über den unebenen Grund auf sie zu, und ein Trio von Cowboys lachte und johlte. Derjenige, der sein breit grinsendes Gesicht aus dem Fenster steckte, war Buck. Als Chase sich wieder zu Maggie umwandte, stand ein grimmiger Ausdruck auf seinen Zügen.

»Geh jetzt lieber«, sagte er, weil er sie vor den anzüglichen Kommentaren bewahren wollte, die möglicherweise laut wurden.

Er half ihr in den Sattel, drückte ihr die Zügel in die Hand und wartete, bis sie den Braunen angespornt hatte und zwischen den Bäumen verschwunden war, ehe er herumwirbelte, um dem Pickup entgegenzugehen. Er verlangsamte gerade so lange, daß Buck rausspringen konnte; dann kehrte er in weitem Bogen um und fuhr in die Richtung zurück, aus der er gekommen war. Der Pickup, den Chase gefahren hatte, parkte auf dem offenen Gelände zwischen den beiden. Chase ging darauf zu, und Buck schlug ebenfalls die Richtung zu dem Wagen ein.

»Falls du es vergessen hast – du hättest mich vor einer Stunde abholen sollen, damit wir den Bullen oben auf der Crosstree-Weide verladen«, rief Buck ihm mit einem breiten Grinsen ins Gedächtnis, während er mit wiegenden Schritten auf Buck zukam. »Clay und Jerry sind ohnehin in diese Richtung gefahren. Ich habe mich von ihnen mitnehmen lassen, um nachzusehen, ob dir die Karre irgendwo zusammengebrochen ist.«

»Ich habe es nicht vergessen«, erwiderte Chase.

»Ich schätze, ich brauche dich nicht zu fragen, was dich aufgehalten hat.« Sein Blick schweifte zu dem Pferd und der Reiterin, die gerade über der Hügelkuppe verschwanden. »Oder wie du zu den Grasflecken auf deinen Jeans kommst. Das war doch die kleine O'Rourke, oder?«

Zorn verfinsterte Chases Züge und ließ sie härter werden; er ignorierte die Äußerungen seines Freundes und ging an Buck vorbei, um sich in den Pickup zu schwingen. »Komm schon, setzen wir uns in Bewegung.«

Buck kletterte über die Ladefläche des Wagens, statt um ihn herum zur Beifahrertür zu laufen. Beide Türen wurden im selben Moment zugeschlagen, und Chase drehte den Zündschlüssel um.

»Jetzt verstehe ich, warum du vor zwei Wochen diese Gummis gekauft hast.« Buck grinste immer noch; seinen Hut hatte er sich in den Nacken geschoben, und sein Arm ruhte auf dem Rahmen des offenen Wagenfensters. Er liebte es, seine Mitmenschen aufzuziehen, und zwar insbesondere dann, wenn er sein Opfer wirklich auf die Palme brachte. »Man will einem so jungen Ding ja kein Balg anhängen, aber ich weiß nicht, ob ich diesen Gummis vertrauen würde, wenn ich an deiner Stelle wäre. Du kannst nicht wissen, wie lange sie bei Lew in dem Regal unter dem Tresen gelegen haben. Wahrscheinlich sind sie schon vergilbt. Die Dinger platzen meistens dann, wenn man sie gerade am nötigsten braucht.«

»Halt dich da raus, Buck«, warnte Chase, der den Wagen in Gang setzte. Als sein Fuß das Gaspedal durchtrat, sprang der Wagen mit einem Satz vorwärts.

»Wie kommt es, daß du mir nie davon erzählt hast, was bei dir so läuft?« beharrte Buck, der zum Spaß den Beleidigten spielte. »Wir hatten nie Geheimnisse voreinander. Wir sind praktisch Brüder. Du weißt, daß ich niemals versuchen würde, dir dein Terrain streitig zu machen; wie kommt es also, daß du nie ein Wort über diese heiße Geschichte verloren hast, die zwischen dir und der kleinen O'Rourke läuft?«

Es stimmte. Nur selten enthielten sie einander irgend etwas vor; sie tauschten Geschichten und Erfahrungen miteinander aus, und sie gaben mit den Frauen, die sie gehabt hatten, an und machten Witze über sie.

»Vielleicht wollte ich ganz einfach keine deiner unverschämten Bemerkungen hören.« Chases Gesichtsausdruck blieb finster, und sein Blick war starr auf den holprigen Pfad geheftet.

»Also hör mal, Chase«, murrte Buck. »Wo bleibt dein Humor?«

»Den finde ich wieder, wenn du ein wenig Taktgefühl zeigst.«

»Mann, du bist so reizbar wie ein Stier auf Brautschau.« Buck ließ sich in den Sitz zurücksinken, zog sich seinen Hut tief in die Stirn und starrte einen Moment lang verdrossen aus dem Seitenfenster. »Was du brauchst, sind ein paar Biere, die dich auflockern«, sagte er schließlich. »Heute ist Freitag, und ich fahre in die Stadt. Warum kommst du nicht mit?«

»Nein, danke.«

»Jetzt komm schon, Chase«, drängte Buck. »Du hast Jakes neuste Nichten noch nicht einmal getestet. Was du brauchst, ist eine wüste Nacht, ein Rumhuren und ein Saufgelage, damit du wieder zu dir kommst.«

»Nein, danke. Kein Interesse.« Sex mit einer Hure interessierte ihn nicht, nicht, wenn er gerade eine echte Befriedigung erfahren hatte. Was das Trinken betraf, so übte auch das keinen Reiz auf ihn aus.

»Dann gehe ich eben allein.« Buck zuckte die Achseln, schwieg einen Moment lang und warf dann einen Seitenblick auf Chase. »Leih mir zwanzig Dollar bis zum Zahltag.«

»Zwanzig?« Er sah seinen Kumpel mit einem unwilligen,

schneidenden Blick an. »Du schuldest mir bereits dreißig. Das wären fünfzig, die du dir diesen Monat von mir geborgt hast.«

»Na und? Ich zahle es dir zurück, wenn ich meinen Lohn kriege.«

»Ja, und in der Woche darauf borgst du es dir wieder.«

»Zum Teufel, du kannst es dir doch leisten«, gab Buck zurück. »Ich bin doch nicht derjenige, der all das erbt. Was soll dieses Getue überhaupt? Ich bitte lediglich einen Typ, der sich als meinen besten Freund bezeichnet, um ein Darlehen von lausigen zwanzig Dollar.«

Er fischte umständlich einen Zwanziger aus seiner Hosentasche und drückte ihn Buck in die Hand.

»Hier.« Er nahm den verdrossenen Blick auf dem Gesicht wahr, das gewöhnlich strahlte, und lächelte unwillkürlich. »Wer ist hier eigentlich sauertöpfisch?«

Buck sah ihm ins Gesicht, lachte, nahm das Geld und stopfte es in seine Hemdtasche. »Danke, Chase. Du kriegst es bestimmt zurück. Ich wünschte, du würdest es dir anders überlegen und doch mitkommen. Wir könnten uns einen schönen Abend machen, wir beide.«

»Nächstes Mal komme ich mit.«

Nate Moore stützte sich mit einem Absatz gegen das Trittbrett des Wagens und angelte sich das Zubehör für eine Zigarette aus seiner Hemdtasche, während er beobachtete, wie die Reiter Vieh in einem Pferch zusammentrieben. Webb Calder stand neben ihm; er hatte einen Arm an die Fahrerkabine des Wagens gelehnt, und sein Gesichtsausdruck war grimmig.

»Ich bin vor etwa zehn Tagen hier vorbeigekommen, und mir ist aufgefallen, daß der Stier mit dem kaputten Horn nicht am Salzblock war. Er war sonst jeden Morgen dort. Ich habe automatisch nach ihm Ausschau gehalten«, erklärte Nate. »Erst dachte ich, er hätte sich vielleicht ein Bein gebrochen oder sei von einer Klapperschlange gebissen worden, und deshalb habe ich Slim, der in der ersten Wochenhälfte nach der Herde gesehen hat, gesagt, daß er auf ihn achten solle. Ein paar Tage später hat er mir erzählt, er hätte weder Haut noch Haar von diesem Stier gesehen. Das kam mir etwas merkwürdig vor, und deshalb bin ich selbst rausgeritten, um mir die Sache anzusehen.«

»Wie viele fehlen deiner Ansicht nach?« Webb beobachtete die Reiter, die die Rinder in kleinen Gruppen in den Pferch trieben.

»Vorsichtig geschätzt vierzig bis fünfzig. Es könnten aber auch mehr sein.« Er steckte das Zigarettenpapier und den Tabaksbeutel wieder in seine Tasche und riß ein Streichholz an, um seine Zigarette anzuzünden.

»Gibt es irgendeinen Hinweis, wann die Viehdiebe zugeschlagen haben?«

»Schwer zu sagen. Vor mehr als zehn Tagen.« Er blinzelte in den Rauch. »Wahrscheinlich haben sie einen Sattelschlepper am Tor geparkt und sie dort verladen. So wird es meistens gemacht.«

Webb holte tief Luft und stieß sich von dem Wagen ab. Er richtete sich zu seiner vollen Größe auf. »Stimmt.« Diese Zustimmung war kurz und bündig. Nate machte Platz, als Webb die Tür öffnen wollte. »Teil mir die endgültige Zahl mit, sobald ihr sie wißt.«

»Wird gemacht.«

Webb fuhr aus der Weide heraus, bog auf die Straße ein, die zur Ansiedlung führte und ließ den Pickup vor dem Gehöft stehen. Einem der Landarbeiter, die vorübergingen, rief er zu: »Such Virg Haskell, und schick ihn zu mir ins Haus. Ich will ihn sprechen.«

Zwanzig Minuten darauf trat ein schlanker Mann mit braunem Haar ein, ohne sich vorher die Mühe zu machen, anzuklopfen. Keiner der Angestellten hielt sich an derlei Formalitäten.

»Bevins hat mir gesagt, daß Sie mich sprechen wollen.«

»Ja, stimmt.« Webb lehnte sich auf seinem Stuhl zurück, um den Mann anzusehen. Haskell hatte nie einen allzu guten Eindruck auf ihn gemacht, obwohl er wahrhaftig nichts an der Arbeit dieses Mannes aussetzen konnte. Ruth hatte sich Virg als Ehemann erkoren, und Ruth war eine gute Freundin, die enge Beziehungen zur Familie hatte. Dennoch hatte Webb immer den Verdacht gehabt, daß Haskell diese Beziehung nur angeknüpft hatte, um auf der Ranch voranzukommen. Es hatte nie einen schlüssigen Beweis dafür gegeben, und Webb hatte entschieden, daß es sich um ein ganz schlichtes Vorurteil handelte. Für Ruth wäre niemand gut genug gewesen. Er hatte es zwar nie zugegeben, nicht einmal sich selbst gegenüber, aber Webb war in sie verliebt.

Nachdem er über den Tod seiner Frau hinweggekommen war, hätte er wahrscheinlich Ruth geheiratet, wenn sie frei gewesen wäre. Aber sie war nicht frei gewesen, und daher hatte er seine Zuneigung zu ihr in Form von brüderlicher Sorge ausgelebt, und sein Kopf hatte mit der Disziplin, die so typisch für die Calders war, über sein Herz gesiegt.

»Uns sind Rinder von der Nordweide gestohlen worden, grob geschätzt fünfzig Stück«, setzte Webb an.

»Wann?« fragte Haskell mit einem überraschten Stirnrunzeln.

»Es ist zehn Tage bis zwei Wochen her, soweit wir das bisher sagen können. Ich will, daß du als erstes eine Zählung unserer übrigen Herden organisierst und dir zunächst die Weiden vornimmst, die dicht neben den Hauptstraßen liegen. Dann suchst du dir zwei Männer und befragst gemeinsam mit ihnen alle Leute, die in der Nähe der Weide im Norden zu tun haben. Jemand könnte einen Sattelschlepper bemerkt haben oder sonst etwas Ungewöhnliches. Und berichte mir sofort alles, was du herausfindest.«

»Ich mache mich augenblicklich an die Arbeit.« Er stülpte seinen Hut auf das braune Haar und verließ das Arbeitszimmer.

Nachdem er seine eigenen Nachforschungen in die Wege geleitet hatte, griff Webb nach dem Telefon, um den Sheriff von dem Vorfall zu unterrichten. Es war ein reichlich verspäteter Einfall, sich an die Formalitäten zu halten und die Staatsgewalt doch noch über diesen Diebstahl zu unterrichten.

9.

Maggie sah auf die Wanduhr. Es war fast halb zwölf. Wenn sie sich beeilte, wurde sie mit dem Abstauben fertig, ehe sie das Mittagessen herrichten mußte. Sie hob einen Aschenbecher hoch und fuhr mit dem eingefetteten Tuch über einen Zeitschriftenständer, der auf dem Tisch stand. Es war ein altes Ding, zerkratzt und mitgenommen. Obenauf lagen Zeitungsausschnitte, vorwiegend Werbung, die Maggie zu einem Stapel zusammenschob. Als sie die Zigarrenkiste mit den Rechnungen hochhob, stieß sie versehentlich gegen den dekorativen Bierkrug. Er schwankte auf der Tischkante und fiel schließlich auf den harten Fußboden. Der Krug zerbrach in drei Stücke.

»Verdammt noch mal!« Sie fluchte wegen ihrer Tolpatschigkeit, als sie sich hinkniete, um die Scherben aufzusammeln.

Ein Teil des Henkels war abgebrochen, und der Deckel hatte sich aus dem Scharnier gelöst. Aus dem Krug selbst war ein V-förmiger Splitter herausgebrochen. Als Maggie das Gefäß aufhob, um nachzusehen, ob sich der Splitter wieder ankleben ließ, stellte sie fest, daß irgend etwas in dem Krug war. Sie griff hinein und zog eine Rolle dunklen Papiers hervor.

Nur – es war kein Papier. Es war Geld. Verblüfft und ungläubig hockte sie sich auf den Boden. Soviel Geld hatte sie in ihrem ganzen Leben noch nicht gesehen. Sie betastete die Scheine, die samt und sonders frisch und steif und grün waren. Sie wirkten nicht gefälscht; das Geld sah echt aus. Maggie begann, es mit eifrigen, zitternden Fingern zu zählen. Sie war zu benommen über diesen Fund, um die Schritte auf der Veranda zu hören. Sie nahm nichts von dem wahr, was um sie herum vorging, bis die Haustür zugeschlagen wurde. Erst dann blickte sie auf und stellte fest, daß ihr Vater und ihr Bruder das Haus betreten hatten.

»Seht nur, was ich gefunden habe!« Maggie hob ihre Hände hoch, um ihnen das Geld zu zeigen; sie war ganz aufgeregt und lachte. »Das sind ein paar hundert – wenn nicht mehr!«

»Was machst du da?« Ihr Vater kam eilig auf den Tisch zu, um ihr das Geld aus den Händen zu reißen.

»Es war im Bierkrug. Er ist runtergefallen und …« Maggie unterbrach sich, als sie merkte, daß keiner der beiden überrascht war. Culley wirkte, als sei ihm unbehaglich zumute – ja, er machte einen fast ängstlichen Eindruck. Das Funkeln der Aufregung über diese Entdeckung wich aus ihren grünen Augen. Wie ein Stromstoß durchzuckte es sie, der bis in ihre Nervenenden reichte. »Woher hast du dieses Geld, Pa?«

»Das geht dich nichts an.« Er wich ihrem Blick aus und steckte das Geld in seine Tasche.

Maggie stand abrupt auf, und eine bislang unbekannte Angst nagte in ihrer Magengrube. »Doch, und ob es mich etwas angeht. Ich will wissen, woher du soviel Geld hast.«

Ihr Vater warf Culley einen verstohlenen Blick zu, und in seinen dunklen Augen tanzte ein verhaltener Schimmer. »Wir haben nebenbei ein bißchen Schwarzarbeit gemacht«, sagte er betont geheimnisvoll.

»Wollt ihr mir etwa einreden, ihr hättet mit der Arbeit für andere soviel Geld verdient?« Sie glaubte ihnen kein Wort. »Für wen? Und warum? Ihr wart die ganze Zeit über hier.«

»Es handelt sich um Nachtarbeit«, sagte Culley. Er grinste seinen Vater an.

»Nachtarbeit? Und als was?« Ihr Unbehagen wuchs, als sie von einem zum anderen sah.

»Was glaubst du wohl, was wir getan haben, mein Kleines?« provozierte ihr Vater sie.

Ein fröstelndes Gefühl der Kälte senkte sich auf sie. Der eine Gedanke, den sie bewußt gemieden hatte, war der einzige, der jetzt noch übrigblieb. Alles deutete darauf hin – Nachtarbeit, eine große Summe Geldes und die allgemein bekannte Tatsache, daß jemand den Calders Rinder gestohlen hatte. Niemand hatte in den letzten zwei Wochen über etwas anderes geredet. Und jedesmal wenn das Thema in seiner Anwesenheit erörtert worden war, hatte ihr Vater zufrieden und höhnisch gegrinst.

»Habt ihr ... irgend etwas mit den Rindern zu tun, die gestohlen worden sind?« Maggie mußte sich zwingen, die Frage auszusprechen, und ihre Stimme war flach und hart.

Selbstgefälligkeit machte sich auf dem Gesicht ihres Vaters breit. »Du stehst dem Genie gegenüber, das dahintersteckt!«

»Ihr Dummköpfe! Ihr absoluten Narren!« brauste Maggie auf. »Glaubt ihr etwa, daß wir damit durchkommen?«

»Wir sind alle drei Male nicht erwischt worden!« Ihr Vater streckte voller Stolz seinen kleingewachsenen Körper und drückte die Brust heraus.

»Dreimal?« Maggie runzelte die Stirn. »Aber ich habe doch gehört, daß nur ...«

»Ja.« Auf seinem Gesicht stand ein heimtückisches Grinsen. »Calder hat den letzten Diebstahl noch nicht bemerkt. Das ist das Problem, wenn man soviel hat. Es dauert eine Weile, bis man dahinterkommt, ob etwas fehlt.«

»Wir sind wie zwei lästige Moskitos«, warf Culley ein, »wir schwirren durch die Luft und stechen ihn dort, wo er es am allerwenigsten erwartet, hier ein kleiner Happen und dort ein kleiner Happen – bis wir ihn aufgefressen haben.« Er lachte, und ihr Vater fiel in sein Lachen ein.

Maggie starrte die beiden an. Sie fröstelte bis ins Mark, und sie fürchtete sich, aber sie zeigte es nicht. »Was ist, wenn er durchdreht, Pa? Was geschieht, wenn ihr ihn so übel zersticht, daß er auf euch losgeht?«

»Woher soll er denn wissen, welchen Moskito er totschlagen soll?« gab er zurück. »Er wird den Boden zertrampeln und wild um sich schlagen, aber er wird nie etwas beweisen können.«

Maggie schüttelte bedächtig den Kopf, weil sie es einfach nicht glauben konnte. »Ihr habt bisher Glück gehabt, sonst nichts.«

»Glück? So ein Blödsinn! Wir sind geschickt vorgegangen. Tukker und ich haben die ganze Angelegenheit so genau durchdacht, daß sie narrensicher ist!« brüstete er sich. »Nicht einmal der Kerl, dem wir das Rindfleisch verkaufen, weiß, wer wir sind. Man kann uns nicht auf die Schliche kommen. Sogar die Fahrer des Sattelschleppers werden ausgetauscht, damit der, der die Ware ausliefert, die Namen derer, die am anderen Ende des Hebels sitzen, nicht kennt.«

»Warum machst du das, Pa?« fragte sie. »Wegen Chase?« Weil ...«

»Calder konnte in diesem Teil des Landes zu lange machen, was er wollte. Wir sind an einem Punkt angelangt, wo er glaubt, er und seine Leute seien unantastbar und könnten alles haben – ohne dafür zahlen zu müssen. Er hat uns kleine Leute ausgequetscht, sich das beste Land und das beste Wasser unter den Nagel gerissen, und er beherrscht den Markt, das heißt, wir bekommen keine anständigen Preise mehr für unser Rindfleisch; und er hat uns herumkommandiert und sich aufgespielt wie ein verfluchter König!« Angus wuchs an seiner Rolle als Anführer der Unterdrückten, ein David, der sich erhob, um Goliath zu erschlagen. »Wir werden es den Calders im Namen aller anderen zeigen! Und das war erst der Anfang!«

»Ihr müßt damit aufhören!« sagte Maggie eindringlich; sie bebte vor Wut, die der Angst in ihrem tiefsten Innern entsprang. »Hör auf, solange es noch möglich ist, Pa. Du hast diesen ganzen Packen Geld. Das ist mehr, als wir je hatten. Es ist genug. Du hast es Calder gezeigt – und jetzt hör auf, solange es noch geht.«

»Wir hören nicht auf. Wir werden den Reichen alles abnehmen und es an die Armen verteilen, bis es nichts mehr zu holen gibt. Wir werden Calder das Genick brechen.«

»Nein. Wenn ihr nicht aufhört, Rinder zu stehlen, gehe ich zu Calder und sage ihm, was ihr tut«, drohte sie.

»Nein, das wirst du nicht tun.« Er ließ sich durch ihre Drohung nicht aus der Ruhe bringen. »Du wirst deinen Vater und deinen Bruder nicht ins Gefängnis bringen. Im Moment bist du von Chase Calder geblendet, aber der Tag wird kommen, an dem du erkennst, wie die Calders wirklich sind. Sie halten sich für so groß und mächtig, daß sie glauben, alles tun zu können und ungestraft davonzukommen. Aber sie kommen nicht davon – nicht, solange es einen O'Rourke in dieser Gegend gibt.« Er musterte sie und nickte dann entschieden. »Du wirst den Mund halten und niemandem sagen, was du weißt.«

Ihr Vater hatte recht. Es war eine leere Drohung gewesen. Sie würde weder dem alten Calder noch Chase sagen, daß ihr Vater und ihr Bruder sich mit Bob Tucker zusammengetan hatten, um Vieh des dreifachen C zu stehlen. Sie konnte nicht ihre eigene Familie verraten.

»Und jetzt stellst du das Mittagessen auf den Tisch«, riet ihr Angus, nachdem er ihre Einwände endgültig hatte verstummen lassen. »Wir haben den ganzen Vormittag hart gearbeitet, und wir müssen Tucker in der Stadt treffen, um alle Einzelheiten zu besprechen, wo und wann wir wieder zuschlagen.«

Maggie fühlte sich wie betäubt, als sie das Mittagessen zubereitete und es ihnen auf den Tisch stellte. Sie hatte keinen Appetit und stocherte lustlos in dem Essen auf ihrem Teller herum. Solange sie die zuversichtlichen Stimmen ihres Vaters und ihres Bruders vertraulich miteinander reden hörte, bestand kein Zweifel daran, daß sie zu ihnen halten würde, aber wie konnte sie Chase je wiedersehen, jetzt, da sie das erfahren hatte? Wenn sie ihn sah und nichts davon erwähnte, gehörte sie dann nicht gleichfalls zu den Viehdieben und war deren Verbündete? Aber wenn sie sich nicht mehr mit ihm traf, würde das nicht seinen Argwohn wachrufen und würde er sich nicht fragen, weshalb sie ihn nicht mehr sehen wollte? Sie sah keine Möglichkeit, wie sie dieses Problem lösen konnte.

Der Viehdiebstahl brachte für die Ranch des dreifachen C eine Menge zusätzlicher Arbeit, und daher war es schon eine Woche her, seit sie ihn länger als zwei Minuten gesehen hatte, gerade so lange, daß Chase ihr erklären konnte, warum er nicht bleiben konnte. Vielleicht würde er es morgen nachmittag auch nicht schaffen. Maggie hoffte, er würde keine Zeit für sie haben. Vielleicht gab ihr das Zeit, zu einem Entschluß zu kommen, wie sie mit dieser Situation am besten fertig wurde.

Doch als sie am nächsten Tag zu dem Treffpunkt kam, war er schon da und erwartete sie. Sein Pferd graste auf der Wiese, die von wilden Blumen übersät war. Es war die Gegend, die Broken Bluff genannt wurde. Chase kam auf sie zu, und das weiße Aufblitzen seines Lächelns hob sich gegen die tiefe Bräune seines Gesichtes ab. Maggie hielt ihr Pferd an, ehe sie ihn erreicht hatte, und ließ sich aus dem Sattel gleiten, ehe er Gelegenheit hatte, ihr vom Pferd zu helfen. Sie ließ die Zügel auf dem Boden schleifen und tätschelte den Hals ihres Pferdes, ohne Chase anzusehen, als er auf sie zukam. Sie zögerte den Moment hinaus, in dem sie ihm in die Augen sehen mußte.

»Ich dachte schon, du hättest zuviel zu tun, um heute zu kommen.«

»Wir haben viel zu tun, das stimmt, aber *so viel* nun auch wieder nicht.« Eine Hand war hinter seinem Rücken verborgen. Diese Hand kam jetzt hinter seinem Rücken hervor und hielt ihr einen Strauß wilder Blumen hin. »Die sind für dich, Maggie.«

Ihre Kehle schnürte sich zu, als sie die üppige Farbenpracht in dieser großen, männlichen Hand sah. Zögernd griff sie nach den Blumen, schloß ihre Finger um die Stengel und hob sie an ihr Gesicht, um den betörenden Duft einzuatmen.

»Mir hat noch nie jemand Blumen geschenkt.« Sie sah in die dunkle Intensität seiner Augen, und innerlich versetzte es ihr einen Stich.

Um seinen Mund spielte ein schwaches Lächeln. »Wenn einer der Jungs mich beobachtet hat, wie ich die Blumen gepflückt habe, dann kriege ich das bis ans Ende meiner Tage zu hören.«

Sie konnte sich gut vorstellen, wie sehr man ihn hänseln würde, wenn er bei etwas so offenkundig Romantischem ertappt worden wäre. Es fiel ihr schwer, sich vorzustellen, wie dieser kräftige, maskuline Mann Blumen pflückte. Etwas so Rührendes schien sich mit der Vorstellung von Männlichkeit und Kraft nicht vereinbaren zu lassen.

»Gefallen sie dir?« fragte er.

»Ja.« Maggie nickte; sie konnte ihren Blick einfach nicht von dem Strauß lösen. Ihre Fingerspitzen fuhren sanft über die seidigen Blütenblätter.

Er legte einen Finger unter ihr Kinn. »Wie wäre es, wenn du dich bei mir bedankst?« schlug er vor.

Ihr Blick wanderte nur bis zu seinem Mund, dessen feste Lippen auf sie zukamen. In ihr flammte das rasende Bedürfnis auf, in seiner Umarmung Vergessen zu finden, den Kopf zu verlieren, wie sie es nur konnte, wenn er sie küßte. Sie wartete nicht, bis seine Lippen sich auf ihren Mund gesenkt hatten. Statt dessen warf sie sich in seine Arme, und der Blumenstrauß entglitt ihren Händen, als sie sich um seinen Hals schlangen. Ihr Mund bewegte sich gierig und sehnsüchtig über seine Lippen.

Sie war begierig und fordernd, drängte mit ihren Lippen und ihrem Körper ihm entgegen. Glut entzündete sich. Feuer entfachten sich. Das wilde Prickeln in ihren Lenden setzte ein. Aber sie fand nicht die Linderung, die ihr das Gefühl genommen hätte, ein doppeltes Spiel zu treiben. Langsam und mit dem Gefühl, innerlich zu weinen, wandte sie ihren Kopf von ihm ab und stieß seine Schulter von sich.

»Die Blumen. Ich habe die Blumen fallen lassen.« Sie benutzte sie als einen Vorwand, um sich einer Umarmung zu entziehen, die körperlich und gefühlsmäßig alle Bedürfnisse stillte – bis auf eines.

Chase ließ sie nur widerstrebend los, denn er spürte, daß er sie auf irgendeine Weise enttäuscht hatte. Er legte seine Lippen auf die empfindsame Stelle ihres Nackens, denn er wußte, wie sehr diese Liebkosung sie immer wieder erregte, und er spürte auch ihr Beben in seinen Armen, doch sie widersetzte sich ihm weiterhin. Verwirrt durch diese widersprüchlichen Signale löste er seine Umarmung, und sie entwand sich eilig seinen Armen und bückte sich, um die verstreuten Blumen aufzusammeln. Als sie sich wieder aufrichtete, hatte sie ihm den Rücken zugewandt. Seine Hände legten sich auf ihre zarten Schultern und massierten sie.

»Ich habe es vermißt, mit dir zusammenzusein, Maggie.« Seine Stimme war heiser und sehr ernst. »Ich habe *dich* vermißt.«

»Ich weiß.« Ihr Kopf war gesenkt, und sie verbarg ihr Gesicht vor ihm. »Ich habe dich auch vermißt.« Doch der Tonfall ihrer Stimme klang erzwungen oberflächlich. Im nächsten Moment entwand sie sich seinen Händen. »Danke für die Blumen. Sie sind wunderschön.«

Ein Stirnrunzeln pflügte eine Furche zwischen seine Brauen, als er ihr nachsah; sie ging zu einem vorstehenden Felsen, sank auf den Boden und lehnte sich an den warmen Stein. Nach ein paar Sekunden folgte er ihr, und sein scharfer Blick erforschte ihr glattes, ausdrucksloses Gesicht. Er blieb neben ihr stehen und blickte auf sie hinab.

»Was bedrückt dich, Maggie?«

»Nichts«, beharrte sie, doch dann sah sie nachdenklich zu ihm auf. »Du willst mich doch lieben, oder nicht?«

Das konnte er kaum abstreiten, aber er hatte das Gefühl, daß sie etwas anderes als Sex von ihm wollte.

»Ja, ich möchte dich lieben.« Er ließ sich neben ihr auf dem Boden nieder und lehnte sich an den Felsen, legte einen Arm um ihre Taille und wollte sie an sich ziehen. »Komm zu mir.«

»Nein, ich glaube, ich will nicht ...«

»Ich weiß, daß du es nicht willst.« Chase konnte sich denken, was sie sagen wollte. »Und ich werde auch nicht versuchen, dich zu überreden. Ich will nichts weiter als dich im Arm halten. Einverstanden?«

Sie sah ihm einen Moment lang prüfend ins Gesicht und ließ sich dann von ihm an seine Brust ziehen. Chase nahm ihr den Hut ab, damit ihr Kopf an seiner Schulter ruhen konnte, und er glättete ihre wirren, schwarzen, langen Locken. Eine Hand hatte sie neben ihrem Mund geballt, die andere lag leicht auf seiner Brust. Er spürte, wie angespannt ihr Körper war, und er drückte sie nicht näher an sich, ließ eine Hand auf ihren Hüften und die andere auf ihren Rippen unter der Schwellung ihrer Brüste liegen.

Er unternahm keinen Versuch, sich mit ihr zu unterhalten, sondern hielt sie einfach im Arm. Die Sonne war warm, und eine zarte Brise ließ das Gras rascheln. Er spürte, wie sie sich allmählich entspannte, wie eine Sprungfeder, die sich langsam dehnt. Eine stille

Zufriedenheit schien sich auf beide herabzusenken. Chase hatte keine Ahnung, wie lange er sie so gehalten hatte; ob fünf Minuten oder zwanzig. Seine Muskeln verkrampften sich allmählich. Er verlagerte sein Gewicht und grub sein Kinn in seine Brust, um sie anzusehen. Ihre Augen waren geschlossen, und ihre langen, geschwungenen Wimpern lagen aufeinander.

»Schläfst du?« murmelte er.

»Mhm …« Es war ein verneinender Laut. »Ich denke nach.«

»Worüber?« Eine Strähne schwarzen Haares lag auf ihrer Wange, und Chase strich sie ihr sanft aus dem Gesicht.

Sie lächelte, ein fast trauriges Lächeln. »Ich glaube nicht, daß du es verstehen würdest.«

»Stell mich auf die Probe.«

»Ich habe mir überlegt« – ihre Augen öffneten sich langsam, während sie sich so hinsetzte, daß sie mit beiden Schultern an seiner Brust lehnte und in den weiten Himmel hinaufblickte – »daß ich nicht mein Leben lang für meinen Vater und meinen Bruder kochen und saubermachen und abgetragene Kleider flicken werde. Wenn ich mit der Schule fertig bin, gehe ich von der Ranch fort. Ich werde mir irgendwo eine Stellung suchen und eine eigene Wohnung haben … und neue Kleider. Die Leute werden mich nicht mehr ansehen und mit der Zunge schnalzen und sagen, das arme Mädchen hat aber auch gar nichts Anständiges zum Anziehen.« Sie äffte die Worte mit bitterem Stolz nach. »Ich werde arbeiten und etwas aus mir machen. Und meine Hände werden keine Schwielen mehr haben. Sie werden so glatt sein wie die einer Dame.« Sie unterbrach sich, um ihre Hände anzusehen. »Ich nehme an, in deinen Ohren klingt das albern.«

»Nein, es klingt überhaupt nicht albern.« Chase lächelte in ihr Haar und atmete den frischen Duft ein. »Das ist die Art von Zukunftsträumen, die so ziemlich jeder hat.«

Er hatte sie nicht, denn seine Zukunft war schon vom Tage seiner Geburt an vorgezeichnet gewesen – er würde die Ranch übernehmen. Viel höher hinaus konnte ein Mann in seinen Träumen nicht wollen. »Es wird aber in den seltensten Fällen etwas daraus. Wahrscheinlich wirst du irgendeinen Cowboy heiraten und drei Kinder haben, ehe du zwanzig bist.«

Diese Worte drangen in ihn wie ein scharfes Messer, als er sich

Maggie in den Armen eines anderen Mannes vorstellte, mit dem Kind eines anderen Mannes im Bauch. Dieses heftige Gefühl der Eifersucht kam für ihn überraschend. Er wurde von dieser Entdeckung abgelenkt, als Maggie sich zornig aus seinen Armen wand und aufsprang. Ihre grünen Augen sprühten Feuer.

»Nein, eben nicht!« Sie brauste so unbändig auf, daß Chase auf die Füße sprang. »Ich werde nicht irgendeinen nichtsnutzigen Cowboy heiraten und den Rest meines Lebens so wie bisher verbringen! Ich werde nicht so wie meine Mutter sein, die von Träumen und gebrochenen Versprechungen leben mußte! So werde ich nicht! Hast du verstanden?!!« Ihre geballten Fäuste trommelten auf seine Brust, um ihren Worten Nachdruck zu verleihen. »Ich werde eines Tages jemand sein! Und niemand wird mich davon abhalten!«

»He, ich glaube dir doch.« Chase hielt ihre Handgelenke fest. Er wunderte sich über die Vehemenz ihres Ausbruchs. Sein Lächeln drückte Respekt und Bewunderung aus. Doch Maggie hörte nur das Lachen aus seiner Stimme heraus und funkelte ihn böse an. Wie konnte er sich unterstehen, sie auszulachen! »Ich glaube dir, Maggie«, wiederholte Chase, der sich erneut zum Lachen herausgefordert fühlte, es diesmal jedoch unterließ. »Ich muß sogar sagen«, fügte er trocken hinzu, »daß mir jeder leid tut, der versuchen sollte, sich zwischen dich und deine Ziele zu stellen.«

Ihr Zorn ebbte ab, doch ihre Entschlossenheit geriet nicht ins Wanken. »Ich bin nicht so wie mein Vater, Chase. Ich habe keinerlei Ähnlichkeit mit ihm. Und ich bin auch nicht so schwach und passiv wie meine Mutter.«

»Ich bin davon überzeugt, daß es niemanden gibt, der so ist wie du«, verkündete er, und er ließ ihre Hände los, um seine Finger unter ihr Haar gleiten zu lassen. Er beugte seinen Kopf hinunter und küßte sie auf den Mund. Mit sachtem, überzeugendem Druck verlockte er sie, ihre Lippen zu öffnen, während seine Hand auf ihre Brüste glitt.

Danach schien es nur natürlich zu sein, daß sie wieder auf der Wiese lagen und ihre hinderlichen Kleidungsstücke mit völliger Selbstverständlichkeit ablegten. Sie streichelten und kosten, provozierten und erregten einander und paarten sich dann in einer leidenschaftlichen Vereinigung, die keinen Schatten zwischen ihnen zurückbleiben ließ.

Diesmal fiel es Chase schwerer, sie zu verlassen, und er konnte sich nicht erklären, warum das so war. Er bestand darauf, sie noch ein Stück zu begleiten. Es gab eine Stelle, von der aus er querfeldein wieder auf den Weg zurückreiten konnte, den er anschließend einschlagen mußte.

»Wird sich denn niemand erkundigen, wo du bist?« fragte Maggie verwundert, als sie ihr Pferd neben seinem Pferd durch das Gras führte.

»Das kann schon passieren, aber Buck deckt mich«, versicherte er ihr. »Wir treiben eine Herde von der angrenzenden Weide hierher, zum Broken Butte.«

»Weshalb denn das?« Seine Äußerung ließ sie neugierig werden. Um diese Jahreszeit stand im allgemeinen schon fest, wo eine Herde im Sommer weiden würde.

»Um sie weiter von der Hauptstraße fortzutreiben, denn dort wäre sie eine zu leichte Beute für die Viehdiebe«, antwortete er.

»Oh.« Sie sah starr vor sich hin und wurde sich darüber klar, daß sie, ohne es zu wollen, an eine wichtige Information gekommen war. Sie biß sich auf die Unterlippe, und ihr Mund war ganz trocken. »Hast du irgendeine Vorstellung davon, wer eure Rinder stiehlt?«

»Nein. Wenn wir eine Ahnung hätten, würden wir ihnen das Handwerk legen. Aber die Diebe werden es künftig nicht mehr so leicht haben«, erklärte er zuversichtlich.

Der größte Teil der wilden Blumen verwelkten auf dem langen Heimritt. Die wenigen, die noch frisch waren, stellte Maggie in einer Vase auf den Tisch. Ihr Vater bemerkte sie, als er sich zum Abendessen hinsetzte. Er betrachtete sie neugierig, als sie ihm die Fleischplatte reichte.

»Und aus welchem Anlaß die Blumen?«

»Einfach so«, erwiderte sie mit kühler, gefaßter Stimme. Sie hatte nicht die Absicht, ihm zu erzählen, daß es sich um die ersten Blumen handelte, die sie jemals von einem Mann geschenkt bekommen hatte – nicht, wenn dieser Mann Chase Calder war.

»Du warst heute mit *ihm* zusammen«, vermutete ihr Vater.

Maggie wußte, daß sie sich mit keinem Wort verraten hatte, und doch konnte sie das Wissen in den Augen ihres Vaters jedesmal erkennen, wenn sie nach Hause kam, nachdem sie sich mit Chase getroffen hatte. Was war denn so anders an ihrem Aussehen, wenn sie sich mit Chase getroffen hatte?

»Ja.«

»Was hast du zu ihm gesagt?« Er reichte die Fleischplatte an Culley weiter.

»Nichts.«

Zufriedenheit spielte um seine Mundwinkel. »Hatte er etwas wegen der gestohlenen Rinder gesagt?«

»Nur, daß sie nicht wissen, wer es war«, gestand sie ein.

Er lachte mit überschwenglicher Heiterkeit. »Habe ich es dir nicht gesagt!«

»Pa, von jetzt an wird es nicht mehr so leicht sein«, wandte Maggie ein. »Sie treiben die Herden auf andere Weiden.«

Er wurde augenblicklich ernst und warf ihr einen scharfen Blick zu. »Wohin?«

»Das weiß ich nicht. Chase hat nur erwähnt, daß sie eine der Herden auf das Gelände am Broken Butte treiben, fort von den Hauptstraßen«, unterrichtete sie ihn mit einem besorgten Stirnrunzeln. »Es wird zu riskant für euch, wenn ihr es noch einmal versucht.«

Doch er hörte ihr gar nicht zu. Statt dessen wandte er sich an Culley. »Vielleicht sollten wir beide heute abend auf einen Drink in die Stadt fahren. Tucker kann sich zu uns setzen, wenn er das Café geschlossen hat. Es könnte sein, daß wir unsere Pläne ändern müssen. Mir ist ganz so, als würde ich mich an eine Seitenstrecke erinnern, die nicht mehr benutzt wird. Dieser Weg führt direkt am Broken Butte vorbei.«

Die Augen ihres Bruders glitzerten teuflisch grün. »Wäre das nicht nett, wenn wir ausgerechnet bei einer Herde zuschlagen, von der sie glauben, sie sei in Sicherheit!«

»Das kann man wohl sagen.« Ihr Vater grinste.

Maggie starrte das Gespann an. »Ihr seid verrückt! Und zwar alle beide! Ich weiß nicht, warum es mich etwas kümmern sollte, ob ihr geschnappt werdet oder nicht!« Aber es machte ihr Sorgen, denn schließlich waren sie ihre Familie. Ob das Verhalten der beiden gut oder böse war, es konnte deswegen noch lange keine Blutsbande zerschneiden.

Ein Dutzend Männer hatte sich um den wuchtigen Schreibtisch im Arbeitszimmer versammelt, und die Aufmerksamkeit aller war auf Webb Calder gerichtet, der vor der großen Landkarte an der Wand stand.

»Von heute an werden wir auf jedem Weg der Ranch patrouillieren«, verkündete Webb. »Das heißt sämtliche Haupt-, Neben- und Seitenstraßen. Wir haben die Ranch in acht Bezirke eingeteilt und einen exakten Plan ausgearbeitet.« Er teilte jedem der Männer einen der Bereiche zu. Als er geklärt hatte, wer welche Route zu übernehmen hatte, fuhr er mit den allgemeineren Anweisungen fort. »Ich will, daß die Pickups ständig in Bewegung sind, ohne jeden Halt für ein kleines Nickerchen – nur wenn Benzin nachgefüllt werden muß, wird angehalten. Wenn ich sage, keine Pause, dann ist das wörtlich gemeint. Und variiert eure Runden, einmal im Uhrzeigersinn, die nächste Runde entgegengesetzt. Ich will nicht, daß jemand vorausberechnet, wann ihr an einer bestimmten Stelle vorbeikommt, damit er im Abstand zwischen einer Runde und der nächsten kommen und wieder wegfahren kann. Ist das klar?«

Jemand, der im Hintergrund stand, fragte: »Und was ist dann, wenn wir etwas entdecken? Was sollen wir in dieser Situation tun?«

»Ich möchte doch sehr hoffen, daß ihr nicht auf die Diebe zulauft und sie abküßt«, verkündete Webb mit der Andeutung eines Grinsens und löste damit ein unterdrücktes Gelächter aus.

»Ich meinte eher, wie wir den anderen zu verstehen geben, daß wir etwas entdeckt haben«, wurde die Frage präzisiert.

»Leider sind wir nicht mit Funkgeräten ausgerüstet, aber das wird sich bald ändern«, stellte Webb fest. »Bill – Bill Vernon« – er drückte aus, daß er von dem Lagerverwalter und Buchhalter sprach, indem er ihn bei seinem vollen Namen nannte – »hat bereits dafür gesorgt, daß jeder Wagen mit einer Leuchtpistole ausgestattet wird. Wenn euch irgend etwas Verdächtiges auffällt, feuert ihr diese Pistole in die Luft ab. Dann kommt der Rest von uns zu euch.«

»Und bis dahin?« fragte ein anderer Cowboy.

»Bis dahin … ihr seid alle mit Gewehren bewaffnet.« Webb sah sich in dem Halbkreis um, den die Männer bildeten. »Macht einen Abstecher ins Warenlager, ehe ihr losfahrt, und Bill Vernon wird dafür sorgen, daß ihr genügend Munition habt. Tut, was ihr tun müßt, um sie an Ort und Stelle festzuhalten, bis ihr Unterstützung bekommt.«

»Heißt das nun, daß wir auf die Reifen schießen sollen?«

»Wenn das alles ist, worauf ihr euch zu zielen traut«, gab Webb zurück. »Irgendwelche weiteren Fragen?«

Sie sahen einander an, und das Schweigen zog sich in die Länge. Chase musterte prüfend ihre Gesichter. Alle Beteiligten waren ernst, und doch stand ein gewisses Funkeln in ihren Augen. Es brannte in ihnen wie ein ansteckendes Fieber, denn hier tat sich etwas, das sich von ihrem gewohnten Arbeitsalltag abhob – etwas, das ein Element von Gefahr und Spannung in sich trug, etwas, das jeden echten Cowboy aufblühen ließ.

»Gut. Diejenigen von euch, denen eine Patrouille zugeteilt worden ist, können sich auf den Weg machen«, ordnete Webb an. »Ihr anderen bleibt hier bei uns«, fuhr er fort, wobei er Chase mit einem Seitenblick einbezog. Sein Mund verzog sich zu einem schiefen Lächeln. »Wir übernehmen die Rolle der Kavallerie, die erst im allerletzten Moment eingreift.«

Mit einem kurzen Nicken entließ er seine Leute. Chase blieb, während die anderen gemeinsam den Raum verließen und leise miteinander sprachen. Chase sah seinen Vater an, der sich hinter dem Schreibtisch niedergelassen hatte.

»Glaubst du, daß es funktioniert?«

Webb zog eine Augenbraue hoch und zuckte die Achseln. »Wenn man bedenkt, daß wir nicht nur die Streifen losgeschickt, sondern auch die Herden auf andere Weiden getrieben haben, sollte es eigentlich klappen. Diebe sind im Grunde genommen ein faules Pack. Sie lassen alles mitgehen, was ihnen über den Weg läuft. Wenn etwas riskant oder schwer zu bekommen ist, ziehen sie meistens weiter und suchen sich eine leichtere Beute. Sie reagieren allergisch auf Arbeit, denn sonst würden sie nicht stehlen. Meine Vermutung ist die, daß sie in ein Klima weiterziehen werden, in dem es weniger heiß für sie ist.«

»Ich hoffe, du hast recht.« Chase erhob sich von der Schreibtischkante und richtete sich auf.

»Das hoffe ich auch. Wir können es uns nicht leisten, weiterhin Vieh zu verlieren«, erwiderte sein Vater grimmig.

10.

»Und anschließend wird es ein Kinderspiel sein«, verkündete ihr Vater beharrlich, während Maggie ihn weiterhin ungläubig anstarrte und einfach nicht glauben konnte, was er von ihr verlangte. »Wir werden die Pferde in den Pferdeanhänger laden und in die eine Richtung fahren. Der Sattelschlepper wird mit den Rindern in die andere Richtung fahren.«

»Du kannst doch nicht von mir erwarten, daß ich damit einverstanden bin, wenn du weißt, wie ich darüber denke«, protestierte sie.

»Der Broken Butte ist eine wilde, zerklüftete Gegend«, erinnerte er sie. »Die Rinder werden sich am Fuß des steilen Hangs verteilen. Daher dauert es eine Weile, ehe man sie zusammengetrieben hat, es sei denn, wir hätten einen dritten Reiter, der uns hilft. Wenn du mitkommst, geht alles ganz schnell, und wir sind im Nu wieder fort. Culley und ich würden alleine zu lange brauchen.«

»Dann geht eben nicht hin«, widersprach Maggie. »Oder bringt Tucker dazu, mit euch zu reiten.«

»Das geht nicht. Er muß bei dem Fahrer bleiben, um ihm zu zeigen, wo er uns treffen soll, um die Rinder zu verladen«, erklärte er. »Es ist nicht leicht, den Treffpunkt zu finden, wenn man ohne Licht fährt. Nein, Tucker muß im Sattelschlepper mitfahren, damit wir den Zeitplan einhalten können. Kommst du nun mit oder nicht?« Ihr Vater wartete einen Moment lang und fügte dann hinzu: »Wenn du nicht mitkommst, riskieren wir es eben ohne dich.«

Sie sah die unbarmherzige Entschlossenheit in seinem Gesicht und auch in Culleys Gesicht. Sie wandte sich von den beiden ab, ohne sich wirklich umzudrehen, und rieb sich verunsichert die Arme.

»Es ist gar nichts dabei«, versicherte ihr Culley. »Man treibt nur ein paar Rinder zusammen und bringt sie zum Wagen. Ich war beim ersten Mal auch nervös, aber es ist ganz einfach, Maggie. Im Ernst.«

Darüber hätte sie am liebsten gelacht, aber sie brachte keinen Laut über die Lippen. »Wann?« Sie warf ihrem Vater einen Blick zu.

»Heute nacht«, antwortete er, und Maggie zuckte zusammen,

weil sie keine Chance hatte, sich die ganze Sache noch einmal zu überlegen. »Wir machen uns gegen zwei Uhr morgens auf den Weg; das heißt, daß wir noch ein paar Stunden schlafen können, ehe wir losziehen.«

»Das ist ungerecht, Pa.« Sie war wütend auf ihn. »Du hast absichtlich bis zur letzten Minute gewartet, ehe du mich aufgefordert hast, mitzukommen.«

»Du bist genauso wie alle Frauen. Wenn ich dich eher gefragt hätte, hättest du dich nur aufgeregt. Wahrscheinlich wäre deine Fantasie mit dir durchgegangen«, argumentierte er.

»Ich komme nicht mit! Niemals!« Sie stolzierte aus dem Zimmer. Es war ihr zuwider, sich in eine Geschichte hineinmanövrieren zu lassen, von der sie wußte, daß man es so nicht machen konnte. Sie weigerte sich, darauf einzugehen. Sie war aber auch zornig, weil sie Angst hatte – Angst um ihren Bruder. Chase machte es ihr unmöglich, den gegenstandslosen Haß ihres Vaters auf die Calders zu teilen, aber das minderte ihre Angst um ihre Familie nicht. Maggie rannte in ihr Schlafzimmer.

Nach einer Weile hörte sie ein Klopfen an ihrer Tür.

»Herein.« Sie stieß diese Aufforderung abrupt und unfreundlich aus und wandte der Tür den Rücken zu.

Die Tür öffnete sich. »Ich bin es – Culley.« Er trat in das kleine Zimmer mit der niedrigen Decke.

»Reg dich wegen heute nacht nicht auf, Maggie. Du brauchst keine Angst um uns zu haben. Uns wird nichts passieren.«

»Ich bin wütend. Ich bin außer mir. Ich rege mich auf. Aber ich habe auch Angst. Was ihr da tut, ist Wahnsinn. Man wird euch schnappen.«

»Nein, man wird uns nicht erwischen. Wir tun es nicht zum ersten Mal, und wir sind noch jedesmal heil davongekommen. Es wird uns nichts passieren«, gelobte er.

»Oh, Culley.« Maggie drehte ihren Kopf zur Seite, um ihm ins Gesicht zu sehen. »Es ist Wahnsinn. Das weißt du selbst.«

»Das glaubst du doch nur, weil Chase Calder dir den Kopf verdreht hat.«

»Du kennst Chase nicht.« Sie konnte nicht zulassen, daß er alle Calders in Bausch und Bogen verdammte. »Er ist nett zu mir, Culley. Er pflückt mir Blumen. Manchmal reden wir nur über alles mögliche, und er hält mich im Arm. Ich fühle mich wohl in seiner Nähe, Culley.« Sie versuchte, es ihm begreiflich zu machen. »Als sei ich etwas Besonderes.«

»Dabei wird nie etwas herauskommen, Maggie. Siehst du das denn nicht ein?« argumentierte Culley. »Er nutzt dich nur aus, und da ist es doch klar, daß er nett zu dir ist. Aber was wird später? Was passiert, wenn du schwanger wirst?«

»Er sieht sich vor.« Sie wandte ihren Blick ab.

»Und wenn seine Vorsichtsmaßnahmen nicht ausreichen, auf wen fällt dann die Schande zurück? Auf ihn nicht, darauf kannst du wetten. Er würde sogar abstreiten, daß er dich kennt.« Culley merkte, daß er nicht zu ihr vordringen konnte, und er seufzte tief. »Sieh mal, führt er dich jemals aus? Hast du je eine richtige Verabredung mit ihm gehabt? Eine Einladung von ihm bekommen? Nein«, beantwortete er seine Frage selbst. »Weil er nicht mit dir zusammen gesehen werden will. Daher richtet er es so ein, daß er sich heimlich mit dir trifft, sich holt, was er will, und dich wieder nach Hause schickt. Du sagst, daß er nett zu dir ist, aber würde er so ein Mädchen behandeln, das er für ehrbar und anständig hält?«

Seine Fragen trafen eine wunde Stelle in ihr. Ehe ihr klar war, was sie eigentlich tat, hob sie ihre Hand und schlug ihm ins Gesicht. Die Ohrfeige riß seinen Kopf herum, und Culley wandte ihn nur langsam wieder zu ihr um. Maggie starrte angewidert die weiße Druckstelle auf seiner Backe an, die allmählich rot wurde. Sie biß sich auf die Lippen und brachte keine Entschuldigung heraus.

Daher entschuldigte sich Culley. »Es tut mir leid. Ich wollte dich nicht kränken.« Er betrachtete sie aus traurigen grünen Augen. »Du solltest lieber schlafen gehen.«

In ihren Augen brannten Tränen, als er sich abwandte und ihr Zimmer verließ. Zornig wischte sie sie aus ihren Wimpern und fing an, sich die Kleider vom Leib zu reißen, um ins Bett zu gehen. Sie wußte, daß ihre Sorge sie wachhalten würde. Sie würde nicht eine ruhige Minute haben, ehe Culley und ihr Vater von ihrem nächtlichen Streifzug zurückkamen – falls sie zurückkamen.

Es war pechschwarze Nacht. Wolken verbargen die Sterne, und auch den Mond konnte Culley nicht sehen. Alle seine Sinne waren geschärft wie Rasiermesser und verstärkten das Donnern der Hufe trabender Pferde und Rinder zu einem lauten Trommelwirbel. Das Klirren von Zaumzeug und Sporen und das Ächzen des Sattelleders übertönten fast den stoßweisen Atem der vorangetriebenen Pferde und den leiser werdenden Protest der Rinder. Culley warf einen Blick neben sich und versuchte, den Umriß seines Vaters in der dunklen nächtlichen Landschaft zu erkennen. Er war eine unklare, verschwommene Gestalt, die nur kurz auftauchte und dann wieder mit dem Hintergrund verschmolz.

Es hatte den Eindruck, als seien sie schon seit einer Ewigkeit hier, aber Culley wußte, daß auch das anscheinend gar so langsame Vergehen der Zeit auf die Überreiztheit seiner Nerven zurückzuführen war. Nach ihrer Ankunft hatten sie eilig alle Rinder, die sie gefunden hatten, zur Mitte der Weide getrieben, bis sie einen Schwung Vieh zusammengedrängt hatten, den sie jetzt zum Sattelschlepper trieben. Seine Nervosität, entstanden aus Schuldbewußtsein, hatte den Knoten zusammengezogen, der auf seinen Magen drückte. Er empfand keine Furcht im eigentlichen Sinne, wenngleich er das hämmernde Pochen seines Herzens spüren konnte, das Adrenalin durch seinen Körper pumpte.

Sein ständig umherschweifender Blick fiel auf den schwarzen, rechteckigen Umriß eines Sattelschleppers, der sich gegen das graue Band der Straße absetzte. Sie waren fast da. Erleichterung durchzuckte ihn, daß diese Feuerprobe nahezu vorüber war. Einen Moment lang fiel seine Wachsamkeit von ihm ab. Sein Pferd strauchelte und ließ seinen entspannten Körper gegen das Sattelhorn prallen, ehe er sich wieder aufrichten konnte.

Zwei helle Lichter zogen an seinen Augenwinkeln vorbei. Eine Warnsirene ertönte in seinem Kopf, als sein Blick sich ruckartig zur Seite bewegte, um die Lichtquelle zu identifizieren. Ein kalter Schauer der Furcht rann über sein Rückgrat.

»Pa, auf der Straße kommt uns ein Pickup entgegen!« Seine Stimme schrillte laut und deutlich durch die Nacht.

Für Panik blieb keine Zeit mehr. Sie konnten nur noch reagieren. Kaum hatte Culley die Warnung ausgestoßen, als aus der Richtung, in der Culley seinen Vater vermutete, Pfeifen und Schreie zu vernehmen waren. Aufgeschreckt stürzten die Rinder vorwärts, und sein Pferd fiel in einen Galopp, um sich der Flucht nach vorn anzuschließen. Sie waren weniger als dreißig Meter von dem Sattelschlepper entfernt gewesen, als Culleys Entdeckung ihre Pläne zunichte gemacht hatte.

Der Boden zitterte unter dem Donnern der Hufe einer Herde, die durchging, und Schreie und das Brüllen erschreckter Rinder füllten die Luft. Am Himmel über ihnen explodierten Lichter, und Culley sah die schwarze Öffnung des Sattelschleppers gähnend weit vor ihnen auftauchen. Dann betäubte der laute Knall von Schüssen sein Gehör. Er peitschte sein Pferd mit den Zügelenden an, und frei von jeder bewußten Überlegung handelte er nur noch nach seinem Instinkt. Der künstlich angestrahlte Himmel ermöglichte es Culley, seinen Vater zu sehen, der neben ihm her über das weite, offene Gelände ritt.

»Haut mit dem Pferdeanhänger ab!« schrie sein Vater Tucker und dem Fahrer des Sattelschleppers zu. »Wir nehmen den Wagen.«

Culley wurde klar, daß ihnen keine Zeit mehr blieb, die Pferde zu verladen, wenn sie entkommen wollten. Einen Moment lang sah er Tuckers massige Gestalt, die auf ihren Pickup und den Pferdeanhänger zurannte, der auf der Straße geparkt war; der Sattelschlepper, der quer auf der Straße stand, verstellte den Ausblick auf die übrigen Fahrzeuge. Explodierende rote Lichtpunkte zeugten von dem Geschützfeuer, dem Gefecht, das zwischen dem Pickup und dem Sattelschlepper ausgetragen wurde. Einer der Scheinwerfer des Pickup war bereits ausgegangen, und der Strahl des anderen fiel auf die Lattenwand des langen Anhängers.

Einige Rinder drehten vor der schwarzen Öffnung des Sattelschleppers und vor der heruntergeklappten Tür, die als Rampe diente, ab. Die restlichen Rinder rasten hinein, und ihre gespaltenen Hufe hallten auf dem Boden des Anhängers. Das Pferd seines Vaters galoppierte vor Culley die Rampe hinauf. Er winkte ihm zu und bedeutete ihm, daß er ihm folgen sollte, aber der Stier, der neben Culley herlief scheute auf der Rampe und prallte mit seinem Pferd zusammen. Dieser Aufprall ließ das Pferd zur Seite taumeln, es wurde mit seiner Flanke gegen einen Pfosten des Zaunes gedrückt, aber mit wildem Blick behielt sein Pferd das Gleichgewicht. Culley ignorierte das Scheuern des Sattels an dem Pfosten und drängte sein Pferd hinter dem seines Vaters her bis er in das schwarze Tohuwabohu im Innern des Anhängers eingetaucht war.

Die Rinder drängten zur Öffnung zurück und brüllten panisch; das Klappern der Hufe vermengte sich mit dem verstörten Wiehern der Pferde. Vorandrängende Tiere stießen Culleys Pferd zur Seite, bis es quer stand, blockierten ihm den Ausweg und trieben die Kühe wieder zurück. Das Zischen der Kugeln und der Patronen war ihm bewußt, aber er konzentrierte sich nur noch darauf, die Herrschaft über sein Reitpferd zu behalten, das sich aufbäumen wollte, während es an Ort und Stelle tänzelte. Irgendwo in der Dunkelheit des Anhängers hörte er seinen Vater fluchen. Er wußte, daß sie totgetrampelt würden, wenn einer von ihnen zu Boden ging

»Gib mir Deckung!« rief eine Stimme neben der Öffnung, die Culley blockierte.

Er sah in die Richtung, und ein Fremder warf ihm ein Gewehr zu; der metallene Lauf blinkte einen flüchtigen Moment lang im Licht des Scheinwerfers auf. Blitzartig fing er die Waffe mit einer Hand auf. Der Mann begab sich aus dem Schutz der Anhängerwand, um die Hecktür hochzuklappen, die sie als Rampe benutzt hatten, und war damit eine regelrechte Zielscheibe.

Mit Tritten und heftigem Zerren zwang Culley sein Pferd, herumzuwirbeln, bis es mit der Breitseite die Seitenwand des Anhängers berührte. Entsetzte Tiere stießen gegen seine Beine, und er schlug sich ein Knie schmerzhaft an der Seitenwand an. Culley saß jetzt an der Seitenwand fest, an der ihn die Rinder eingezwängt hatten, stieß die Mündung des Gewehres durch die Öffnung zwischen den Latten und richtete sie auf den hellen Scheinwerfer des Pickup. Nach dem ersten Rückschlag des Gewehrkolbens, der ihm fast die Schulter abriß, war er taub für den Schmerz, während er einen Kugelregen über die Motorhaube des Pickup niedergehen ließ. Er dachte so wenig über das nach, was er hier eigentlich tat, daß man hätte meinen können, er schieße auf einen Kojoten. Reiner Selbsterhaltungstrieb bestimmte sein Vorgehen.

Auf das Aufheulen des Dieselmotors folgte das Hochschalten der Gänge, und der Anhänger setzte sich ruckartig in Bewegung. Sein Pferd kauerte sich zusammen, und Culley mußte sich am Sattelhorn festhalten, als das Pferd unter ihm hin und her schwankte, um in dem fahrenden Wagen sein Gleichgewicht zu halten. Der Aufprall einer Kugel ließ eine Holzlatte dicht neben seinem Kopf zersplittern. Ein weiterer Schuß, und etwas brach mit einem dumpfen Dröhnen auf dem Boden des Anhängers zusammen. Furcht ließ das Blut in seinen Adern stocken. Sein Vater konnte gestürzt sein.

»Pa?«

»Ich bin in Ordnung.« Die Antwort seines Vaters war nur noch ein schwaches Echo seiner einstigen Zuversicht. »Sie haben eine ihrer eigenen Kühe erschossen.«

Der Sattelschlepper kam schnell voran, und nun waren auch keine Schüsse mehr zu hören. Culley strengte seine Augen an, aber er konnte kein Fahrzeug entdecken, das möglicherweise die Verfolgung aufgenommen hatte. Sie würden wohl doch noch heil davonkommen. Eine Zeitlang hatte er geglaubt, daß Maggie recht behalten würde. Bis zu diesem Augenblick war er nicht sicher gewesen, ob ihnen die Flucht gelingen würde. Derselbe Gedanke schien seinem Vater durch den Kopf zu gehen, der jetzt lachte.

»Wir haben es geschafft, Culley!« verkündete Angus triumphierend. »Sie haben gedacht, sie könnten uns mit dieser Patrouille unerwartet überrumpeln, aber wir haben sie ausgetrickst!«

»Ja, allerdings.« Zuerst kam seine Zustimmung nur zögernd, doch dann gewann er an Zuversicht, während das Gefühl stärker wurde, einen Sieg errungen zu haben. »Ja, und wie wir sie reingelegt haben!«

Diese Hochstimmung hielt jedoch nicht lange an, denn jetzt setzte die Reaktion ein, und er begann, unkontrolliert zu zittern. Allmählich wurde ihm klar, wie knapp sie der Gefahr entgangen waren und wie er durch sein eigenes Vorgehen zu ihrer Flucht beigetragen hatte. Was war, wenn er jemanden erschossen hatte? Es stimmte zwar, daß er nicht auf einen Menschen gezielt hatte, aber eine der Kugeln konnte ein Querschläger gewesen sein. Die Möglichkeit lag sogar ziemlich nah.

Er stand unter der Einwirkung dieses Schocks, und das Malmen des Getriebes und die Bremsgeräusche wurden ihm gar nicht bewußt, als der Wagen langsamer wurde. Er kam zu einem Halt, und der Dieselmotor lief im Leerlauf, während eine der Türen der Fahrerkabine zugeschlagen wurde. Jemand trommelte an die Hecktür.

»Ist da hinten alles in Ordnung?« Es war Tuckers Stimme.

»Wir sind okay!« erwiderte sein Vater, aber Culley zitterte am ganzen Körper.

»Augenblick. Wir holen euch da raus.«

Angus kämpfte sich langsam mit seinem Pferd zur Rückwand des Anhängers vor. Culleys Pferd spitzte die Ohren und schnaubte, als es die Geräusche hörte, mit denen die Tür heruntergelassen wurde. Bob Tuckers massige Gestalt füllte die Öffnung aus, um die Kühe fortzuscheuchen. Während sein Vater sein Pferd hinausbugsierte, wartete Culley, und anschließend trieb er sein Pferd an, ihm zu folgen. Ihm war nicht bewußt, daß seine Hand das Gewehr noch umklammerte, bis der Fahrer des Wagens seine Hand danach ausstreckte.

»Du kannst mir mein Gewehr jetzt wiedergeben. Du hast deine Sache gut gemacht, Junge.«

Das Gesicht des Mannes war im Schatten, doch er konnte seine weißen Zähne sehen, als er lächelte und ihm das Gewehr aus den steifen Fingern nahm.

»Ich habe ihn doch nicht getroffen, oder?« fragte Culley mit rauher Stimme.

»Nein.« Er schüttelte den Kopf und wirkte recht entschieden. »Er hat im Straßengraben gelegen, aber du hast seinen Pickup außer Gefecht gesetzt.«

»Ist dem Sattelschlepper was passiert?« fragte Tucker den Fahrer.

»Er hat zwei Reifen angeschossen, aber ich schaffe es schon«, sagte er und half dem wuchtigen Mann, die Tür des Anhängers wieder zu schließen.

Sie waren an einer Gabelung der Seitenstraße stehengeblieben, und der Sattelschlepper hatte den einen Weg eingeschlagen, der Pickup und der Pferdeanhänger den anderen. Culley stieg ab, um seinem Vater beim Verladen der Pferde behilflich zu sein. Sie wurden in dem Augenblick fertig, in dem der Sattelschlepper abfuhr, dem jetzt noch eine lange Nachtfahrt bevorstand. Sie hatten ihre Aufgabe erledigt und schlugen den Weg ein, der nach Hause führte.

Maggie, die beim besten Willen nicht einschlafen konnte, gab schließlich den Versuch auf. Sie stand auf, zog sich an und ging in die Küche, um sich Kaffee aufzubrühen, obwohl sie ihn wirklich nicht brauchte, um die lange Nachtwache zu überstehen.

Die Kanne war fast leer, als sie das Klappern des Pickup und des Pferdeanhängers im Hof vor der Ranch hörte. Ein Schauer der Erleichterung durchzuckte sie, weil sie es geschafft hatten und nach Hause zurückkamen. Sie stieß die Haustür auf und trat ins Freie. In der Dunkelheit sah sie ihren Vater nicht sofort, doch Culley führte die Pferde aus dem Anhänger.

»Alles in Ordnung?« fragte sie.

»Dir haben wir es jedenfalls nicht zu verdanken.« Ihr Vater kam von der anderen Seite um den Anhänger herum und griff nach den Zügeln seines Pferdes. »Warum hast du uns nicht gesagt, daß Calder Patrouillen ausgeschickt hat?«

»O nein, nicht auch das noch.« Es war ihr kein Trost, zu erfahren, daß ihre Sorge tatsächlich begründet gewesen war. »Ich wußte nichts davon.« Chase hatte kein Wort darüber verloren. Wenn er ihr etwas davon gesagt hätte, hätte sie sich noch mehr angestrengt, sie von ihrem Vorhaben abzuhalten. »Was ist passiert?«

»Sie hätten uns um Haaresbreite geschnappt – das ist passiert!« gab ihr Vater zurück.

»Haben sie euch gesehen? Hat man euch erkannt?«

»Nein. Sie sind keinen Moment lang nahe genug an uns herangekommen, um uns erkennen zu können, nicht bei diesem Geballere.« Wieder war es ihr Vater, der ihr geantwortet hatte.

»Eine Schießerei? Hat es Verletzte gegeben?« Sie dachte augenblicklich an Chase.

»Nein. Niemand hat auch nur einen Kratzer abgekriegt«, brüstete sich ihr Vater. »Sie haben versucht, uns zu überrumpeln, aber da hatten sie sich verrechnet. Wir sind davongekommen – mitsamt den Rindern. Wenn wir nur zwei Minuten mehr gehabt hätten, lächerliche zwei Minuten, dann hätten wir das Vieh verladen können und wären verschwunden, ohne daß auch nur jemand geahnt hätte, daß wir überhaupt da waren. Wenn du mitgekommen wärst, Maggie, dann hätte es auch geklappt. Wenn uns heute nacht etwas zugestoßen wäre, dann wäre das deine Schuld gewesen, weil du nicht mitgekommen bist und uns deshalb ein dritter Reiter gefehlt hat.«

Er hatte sich schon jetzt eine Rechtfertigung für ihr knappes Entkommen zurechtgelegt. Er schob Maggie die Schuld zu. Sie wehrte sich innerlich gegen die Schuldgefühle, die er ihr einflößen wollte, aber es fiel ihr nicht leicht.

Als sie am Korral standen, drückte Angus Maggie die Zügel seines Pferdes in die Hand. »Nimm ihm den Sattel ab«, ordnete er an. »Ich werde den Anhänger abhängen.«

Sie erhob keine Einwände. Als ihr Vater sich entfernte, sah sie Culley, der schweigend seinem Pferd den Sattel abnahm, von der Seite an.

»Und was jetzt, Culley?« Maggie hatte diese Frage ganz bewußt nicht an ihren Vater gerichtet. »Wird er jetzt endlich damit aufhören?«

»Wir werden uns eine Zeitlang ruhig verhalten – bis sich die Aufregung wieder gelegt hat.«

»Heute nacht habt ihr Glück gehabt«, rief sie ihm ins Gedächtnis. »Beim nächsten Mal könntet ihr erkannt werden.«

»Vielleicht auch nicht.« Culley zuckte die Achseln und hob den Sattel von seinem Pferd, um ihn auf den Boden zu legen.

Sobald die Pferde frei in dem Pferch herumliefen, trugen sie die Sättel und das Zaumzeug in den Stall. Maggie rückte den Sattel ihres Vaters auf dem hölzernen Sattelgestell zurecht, als ihr auffiel, daß Culley seinen Sattel anstarrte.

»Was ist los?« Sie kam näher.

»Eine Rosette fehlt.« Er deutete auf den runden Flecken, die Stelle, an der das Leder nicht abgewetzt war, weil dort die Verzierung aufgenäht gewesen war. »Sie muß abgerissen sein, als mein Pferd sich an dem Zaunpfahl gescheuert hat. Was ist, wenn sie die Rosette finden, Maggie?«

Sie wußte, was in seinem Kopf vorging. Die Rosette war ein Beweis dafür, daß er sich am Schauplatz des Geschehens aufgehalten hatte. »Ich bring' sie dir zurück«, versprach sie.

Auf der Straße vor dem Tor zum Broken Butte wimmelte es am nächsten Morgen von geparkten Fahrzeugen. Abgesehen vom Wagen des Sheriffs gehörten sämtliche Fahrzeuge zum dreifachen C. Auf dem umzäunten Gelände trieben Reiter den Rest der Herde zusammen, um eine Schätzung der Verluste aufstellen zu können. In einiger Entfernung stand der Pickup, an dem man ein Seil befestigt hatte, um das Fahrzeug, das in der vergangenen Nacht von einem Kugelregen durchlöchert worden war, abzuschleppen. Sheriff Potter, ein verhärmt wirkender Mann in einer steifen, gestärkten Uniform, stand am Rand der Menschenansammlung und unterhielt sich mit Slim Bevins, dem Mann, der die Viehdiebe überrascht hatte. Das grimmige Trio, das im Schatten eines der Pferdeanhänger stand, setzte sich aus Webb Calder, Nate Moore und Virg Haskell zusammen.

»Fast hätten wir sie gekriegt«, brummte Virg mürrisch. »Wenn Slim sie nur noch fünfzehn Minuten hätte festhalten können, hätte Ihr Plan geklappt.«

»Fast zählt nicht, Virg«, erwiderte Webb.

»Wer auch immer diese Viehdiebe sein mögen – sie kennen sich in dieser Gegend aus«, bemerkte Nate. »Sie haben sie entweder verflucht gründlich ausgekundschaftet, oder sie sind von hier. Die Straße ist auf keiner Landkarte eingezeichnet.«

»Sie sind gewitzt«, verkündete Virg.

»Allzu gewitzt können sie nicht sein«, wandte Webb ein, »denn sonst wären sie dahintergekommen, daß wir Streifen ausgeschickt haben, und dann hätten sie einen Wachposten aufgestellt.« Er sah Nate an. »Aber in einem Punkt hast du recht, Nate. Nur jemand, der diese Straße schon einmal gefahren ist, kann wissen, daß sie noch benutzt wird. Es ist durchaus möglich, daß wir es mit jemandem aus dieser Gegend zu tun haben. Das Problem ist nur – mit wem?«

Sie verstummten, als Webb bemerkte, daß Sheriff Potter die Straße überquerte und auf ihn zukam. Der kleine Mann mit den breiten Hüften ging mit kurzen, trippelnden Schritten, als täten ihm die Füße weh. Er war kein Mann, der sich unnötig anstrengte, denn er glaubte fest daran, daß die Dinge von allein wieder ins rechte Lot kamen, wenn man sie nur sich selbst überließ. Er war weder inkompetent noch unredlich, sondern von einer gewissen Trägheit.

»Ich habe mich mit Ihrem Mann unterhalten, Webb«, verkündete er. »Ich wüßte nicht, wo wir weitere Hinweise finden könnten. Der Boden ist dermaßen zertrampelt, daß keine Reifenspuren zu erkennen sind, die uns weiterhelfen könnten. Es ist auch unwahrscheinlich, daß wir aus den Kugeln, die wir in dem Pickup gefunden haben, etwas schließen können. Es sind gewöhnliche Dreißig-Dreißiger. Im Staat Montana hat jeder so ein Jagdgewehr. Wir stehen also immer noch da, wo wir angefangen haben. Aber« – der Ausdruck des Sheriffs hellte sich auf, soweit seine matten Züge das zuließen – »ich glaube, daß Sie ihnen einen gewaltigen Schrecken eingejagt haben. Ich bin sicher, daß sie nicht wiederkommen.«

»Ich hoffe, Sie haben recht, Potter. Ich danke Ihnen, daß Sie sich persönlich hierherbemüht haben.« Webb schüttelte dem Mann die schlaffe Hand.

»Ich habe nur meine Pflicht getan, Webb.« Er zuckte die Achseln und trottete zu seinem Wagen.

»Und was geschieht, wenn sie doch wiederkommen?« brummte Nate dem Sheriff nach.

Ein belustigtes Funkeln trat in Webbs dunkle Augen, ehe sie sich dem müden und ausgelaugten Gesicht von Slim Bevins zuwandten, der bis jetzt noch nicht geschlafen hatte. Als der Sheriff weg war, kam er über die Straße geschlendert und schloß sich ihnen an. Sein Ausdruck war immer noch reumütig, denn er konnte das Gefühl nicht loswerden, seinen Boß im Stich gelassen zu haben.

»Es tut mir leid, daß ich nicht mehr tun konnte«, entschuldigte er sich bei Webb, und das nicht zum ersten Mal. »Aber es ist alles so schnell gegangen, daß ich nichts und niemanden wirklich sehen konnte. Die Reiter haben sich so tief in den Sattel gekauert, daß ich nicht einmal erkennen konnte, ob sie groß oder klein waren, dick oder dünn. Alles, was ich mit Sicherheit sagen kann, ist, daß es zwei Reiter waren, außerdem der Fahrer und noch ein dicker Mann. Der Sattelschlepper war ein gewöhnliches Fahrzeug, in dem man Rinder transportiert, und auf der Fahrerkabine konnte ich keine Schrift sehen. Falls er ein Nummernschild hatte, war es völlig mit Schlamm verschmiert«, seufzte er kopfschüttelnd. »Dann flog eine Zeitlang soviel Blei durch die Luft, daß ich dachte, ich sei in eine Schießerei in einem Kino-Western geraten.«

»Du hast das Beste getan, was du unter den gegebenen Umständen tun konntest. Mehr würde ich von niemandem erwarten.«

»Bist du völlig sicher, daß es keinerlei Anhaltspunkte gibt, Slim?« fragte Virg Haskell beharrlich. »Hat nicht vielleicht einer von ihnen den anderen bei seinem Namen gerufen?«

»Nein, nichts dergleichen.« Der Mann trat unsicher von einem Fuß auf den anderen und nagte an seiner Unterlippe. »Die Stimme von einem der Kerle ist mir irgendwie bekannt vorgekommen.«

»Willst du damit sagen, daß du diese Stimme schon einmal gehört hast?« fragte Webb und kniff seine Augen zusammen.

»Ja, also, sie klang irgendwie nach … Angus O'Rourke«, gestand Slim schließlich ein.

»Bist du sicher?« Webbs Stimme war erschreckend ruhig.

»Das ist es eben«, seufzte der Cowboy. »Ich bin mir nicht sicher. Deshalb habe ich auch bisher nichts davon gesagt. Zum Teufel, es hätte jede x-beliebige Stimme sein können.«

Auf diese negative Auskunft hin wandte sich Webb an den Mann zu seiner Rechten. »Bring Slim zurück ins Dorf, damit er sich endlich ausschlafen kann.«

»Kommt mir ganz so vor, als könntest du selbst ein bißchen Schlaf brauchen.« Nate musterte mit kritischem Blick die tiefen Falten, die sich in Webbs Gesicht gegraben hatten. »Falls du es vergessen hast – du warst auch die ganze Nacht auf.«

»Es ist nicht das erste Mal, daß ich überhaupt nicht geschlafen habe«, gab Webb zurück.

»Ja, aber damals bist du noch nicht auf die Fünfzig zugegangen«, betonte Nate.

»Was ist los, Nate?« Ein belustigter Blick fiel auf den Vorarbeiter. »Du bist schließlich auch die ganze Nacht auf den Beinen gewesen, und du gehst gemeinsam mit mir auf ein halbes Jahrhundert zu.«

Nate grinste nur. »Ich bin hier nicht derjenige, der einen Sohn hat und sich einbildet, er müßte vielleicht mit ihm mithalten.« Er warf einen Blick auf die Cowboys bei der Herde, unter denen auch Chase war. »Sieht ganz so aus, als hätte er bereits das erste Pferd aufgearbeitet«, bemerkte Nate, als Chase und Buck beide die Herde verließen, um ihre schweißbedeckten Pferde zum Tor zu reiten und sich dort frische zu holen, die am Zaun angepflockt waren.

Buck wollte gerade das Tor öffnen, als sein Blick auf etwas fiel, das im Gras lag. Er bückte sich, um den Gegenstand aufzuheben. »Gehört das dir, Chase?«

Chase warf einen Blick darauf und schüttelte dann den Kopf. Er brauchte seinen Sattel gar nicht anzusehen, um diese Frage zu verneinen. »Mir gehört es nicht. Bei meinem Sattel sitzen die Lederbänder in schlichten Kreisen. Das da ist verziert.«

»Mir gehört es auch nicht.« Buck sah es sich wieder an. »Vielleicht gehört es zu Clays Sattel.«

»Oder es ist von dem Sattel von einem der Viehdiebe«, schlug Webb vor, der näher kam. »Zeig mal her.«

Es war nur ein winziger Anhaltspunkt, aber im Moment konnte er sich als der einzige Hinweis von Bedeutung erweisen, den sie in der Hand hatten. Nate hörte als erster das Klappern der Hufe eines Pferdes und blickte in dem Augenblick auf, als er in Sicht kam.

»Da kommt jemand«, sagte er zu den anderen, und sie wandten ihre Aufmerksamkeit dem Reiter zu.

Als Chase die schlanke, geschmeidige Reiterin sah, fiel alle Müdigkeit von ihm ab. Als Maggie ihr Pferd in der Nähe des Tores anhielt, konnte er die Anspannung in ihren Zügen erkennen, das unterdrückte Aufblitzen von Trotz in ihren grünen Augen. Sein Vater hatte eine gewisse Art, andere Menschen einzuschüchtern; aufgrund ihrer leichten Minderwertigkeitskomplexe verfehlte dies offensichtlich auch bei Maggie seine Wirkung nicht.

»Guten Tag.« Mit einer einzigen fließenden Bewegung ließ sie sich aus dem Sattel gleiten. »Ich habe gehört, daß gestern nacht einiges hier los war.«

»Und wo hast du das gehört?« Sein Vater stellte die Frage mit einer Schärfe, die Chases Blick auf ihn zog. Diese Grobheit schien unnötig zu sein.

Doch Maggie lächelte nur, und das Grün ihrer Augen leuchtete noch etwas heller auf. »Alles, was einem Calder zustößt, breitet sich wie ein Lauffeuer in der ganzen Gegend aus. Birdie Johnson hat es mir heute morgen erzählt.« Dann fiel ihr Blick auf die Lederrosette mit den beiden ungegerbten Lederbändern. »He, das ist ja meine. Wo haben Sie die gefunden?« Sie nahm sie seinem Vater aus der Hand, ehe einer von ihnen auch nur in irgendeiner Form auf ihre verblüffende Ankündigung reagieren konnte.

»Buck hat sie neben dem Tor im Gras gefunden«, antwortete Webb.

»Mir ist kürzlich schon aufgefallen, daß ich sie verloren habe, aber ich hatte keine Ahnung, wo sie sein könnte.« Ihr Lächeln wirkte jetzt etwas gelöster.

»Wir dachten schon, sie könnte vom Sattel eines der Viehdiebe sein«, sagte Webb, der sie aufmerksam beobachtete.

Ihr Lachen klang leicht gezwungen. »Ich versichere Ihnen, daß diese Rosette zu meinem Sattel gehört, und ich war gestern schon um halb zehn im Bett und habe geschlafen.«

Webb ließ seinen Blick über die nähere Umgebung schweifen, ehe er sich ihr wieder zuwandte und beißend sagte: »Wir sind hier ziemlich weit vom Haus deines Vaters entfernt. Was hast du hier getan, als du die Rosette verloren hast?«

Chase wollte ihm ins Wort fallen, aber er bewahrte sein Schweigen, als er sah, mit welcher Kühnheit sie seinen Vater herausforderte.

»Ich hatte eine Verabredung mit Ihrem Sohn«, gab sie mit klar verständlicher Stimme zurück.

Buck, der neben Chase stand, trat von einem Fuß auf den anderen und räusperte sich. Seine strahlend blauen Augen ließen erkennen, daß er die Situation äußerst unterhaltsam fand.

»Und hast du ihn getroffen?« fragte sein Vater zurück.

»Ja, das hat sie«, antwortete Chase an ihrer Stelle. Er wollte ihr eine Unterstützung sein, aber der Blick, den sie ihm zuwarf, dankte es ihm nicht.

»Ja, ich habe ihn getroffen«, bestätigte Maggie, und ein Funken Zorn flackerte in ihr auf. »Und ich mag es nicht, wenn Leute unterstellen, daß ich lüge, *Mr.* Calder.« Die Betonung war auf herablassende Weise sarkastisch; sie wandte sich ab, um auf ihr Pferd zu steigen.

Chase bahnte sich einen Weg zu ihr, um sie zurückzuhalten, aber sein Vater legte eine gebieterische Hand auf seine Schulter und ließ das Mädchen, das sein Pferd im Kreis drehte, nicht aus den Augen. Als Chase versuchte, die Hand seines Vaters abzuschütteln, schloß sich der Griff fester um seine Schulter.

»Laß sie gehen, mein Sohn«, war alles, was er sagte. »Wir haben zu arbeiten.«

Dieser Zwischenfall gab Webb zu denken. Er war gewillt einzuräumen, daß die kleine O'Rourke nicht zu den Viehdieben gehörte, aber es war durchaus möglich, daß sie einen von ihnen deckte. Selbst, wenn dem nicht so war und wenn die Rosette tatsächlich von ihrem Sattel abgerissen war, als sie sich hier mit

Chase getroffen hatte, konnte man doch davon ausgehen, daß sie davon unterrichtet gewesen war, daß das Vieh auf diese Weide getrieben worden war, eine Information, die die Viehdiebe irgendwo herhaben mußten. Es gab etliche Möglichkeiten, die keineswegs abwegig waren und die er in seine Überlegungen einbeziehen mußte.

TEIL III

11.

Webb ließ den Kombi vor der Tanksäule anhalten. Als er ausstieg, kam ein Junge aus dem Haus gelaufen. »Soll ich den Tank vollmachen, Mr. Calder?«

»Ja, und prüf das Öl nach.« Automatisch warf er einen Blick auf die Fahrzeuge, die in der Nähe parkten. Der Pickup interessierte ihn nicht weiter, aber sein Blick blieb an dem Wagen hängen, der O'Rourke gehörte. Der Anblick dieses Fahrzeugs warf die argwöhnischen Fragen wieder auf, die ihm im Lauf der letzten Woche durch den Kopf gegangen waren. Es war nicht mehr als eine vage Ahnung, aber Webb verließ sich oft auf Gefühle, die aus seinem Bauch kamen, und letztendlich erwiesen sie sich doch oft als richtig.

Er ging zu dem Wagen und schlenderte um ihn herum, blieb stehen, um in der Erde und dem Kies herumzustochern, die im Profil der Reifen steckten, und zog lange Grashalme heraus, die sich in den rostigen Ritzen der Stoßstange verfangen hatten. Das Gras war eine hier sehr verbreitete Sorte, wenngleich es besonders auf seiner Ranch im Überfluß wuchs, vor allem um den Broken Butte herum. Die Hauptstraße, die auf den selten benutzten Weg führte, der zum Broken Butte abzweigte, war kürzlich mit Kies aufgeschüttet worden. Ein scharfkantiger Kieselstein war im Profil des Reifens eingeklemmt. Nichts von alledem war ein schlüssiger Beweis dafür, daß O'Rourke in dieser Gegend gewesen war, doch der Grashalm und der Stein waren ein Anhaltspunkt dafür, daß er dort gewesen sein konnte. Webb schlenderte nachdenklich zurück zu seinem Wagen und drehte und wendete diese neue Information in seinem Kopf.

»Manchmal frage ich mich, wie Angus es fertigbringt, daß die Karre überhaupt noch fährt«, bemerkte der Junge von der Tankstelle kopfschüttelnd. Diese Äußerung zeigte, daß er Webb beobachtet hatte. »Es hat fast ein Liter Öl gefehlt.«

»Soso.« Er nickte, aber es interessierte ihn mehr, was diesem

Teenager sonst noch aufgefallen war. »Pickups machen in diesem Landstrich einiges mit, insbesondere auf einem Gelände wie dem von Angus.«

»Ja, das stimmt wohl. In letzter Zeit hat er allerdings die meisten Meilen auf dem Weg zur Stadt und wieder nach Hause zurückgelegt. Ich könnte wetten, daß er fast genausooft hier ist wie zu Hause.« Das Zapfventil schaltete sich automatisch ab, und der Junge stellte es auf manuelle Bedienung, um den Benzintank bis zum Rand zu füllen.

»Ach?« Es war eine auffordernde Äußerung.

»Wenn er nicht im Café sitzt und dort seinen Kaffee trinkt, dann ist er bei Jake und trinkt mit Tucker Bier«, erklärte der Junge. »Kein Wunder, daß es bei ihm zu Hause so aussieht, als würde das Haus im nächsten Augenblick zusammenbrechen.«

Tucker. Webb warf einen Blick auf das Café. An der Tür hing ein Schild. ›Geschlossen.‹ Er rief sich die Informationen ins Gedächtnis, die er über diesen Mann hatte. Vor einigen Jahren war er in den Wiederverkauf von gestohlener Ware verwickelt gewesen, aber es hatte keine Beweise dafür gegeben, daß Tucker wußte, was er gekauft hatte. Seine Hände waren sauber geblieben, aber Webb war sicher, daß Tucker bestimmte Kontaktmänner hatte. Tucker konnte durchaus als Mittelsmann für O'Rourke fungieren, möglicherweise sogar als stiller Teilhaber. Er bezweifelte, daß O'Rourke das Geschäft allein machte – falls er derjenige war, der die Rinder gestohlen hatte.

Kojoten waren ein feiges, räuberisches Pack. Ein einzelner Kojote hätte sich eher davongeschlichen, als sich einem Gegner, der ihm gewachsen oder gar stärker war als er, im Kampf zu stellen, aber gemeinsam mit Artgenossen gewann er Mut und stellte eine Gerissenheit zur Schau wie kein Raubtier sonst. Webb ordnete Angus O'Rourke in diese Kategorie ein, ein völlig rückgratloser Mensch mit gelegentlichen Geistesblitzen.

Webb war davon überzeugt, daß er von Kojoten ausgeraubt wurde, die im Schutz der Dunkelheit zuschlugen und sich dann feige in die Nacht davonschlichen. Er wagte sogar eine kühne Vermutung, welche feige Rechtfertigung man sich für dieses illegale Handeln zurechtgelegt hatte – die Geschichte zwischen Chase und O'Rourkes Tochter. Die fünfzig Rinder, die er O'Rourke geschenkt hatte, hatten den Mann nicht beschwichtigt. Sie hatten lediglich seinen Appetit angeregt. Die gestohlenen Rinder stellten unfreiwillige Zahlungen an einen Erpresser dar. Dieser Gedanke brannte in Webb wie ein heißes Eisen. Es war eine unhaltbare Situation, und entsprechend reagierte er darauf.

Kopfschüttelnd setzte er sich über seine Gefühle hinweg. Bisher hatte sein Verdacht nichts weiter hervorgebracht als Hypothesen, ganz gleich, wie sehr seine Instinkte auch darauf beharrten, daß es sich um Tatsachen handelte.

Selbst er hätte einen Mann nicht aufgrund von Vermutungen verdammt. Aber wenn er nicht genug beweisen konnte, um vor Gericht damit durchzukommen, würde er doch so viele Beweise sammeln, daß für ihn selbst kein Zweifel mehr bestand. In solchen Fällen gab es gewisse Möglichkeiten, Selbstjustiz zu üben, und die offiziellen Gerichte drückten die Augen zu.

Webb unterschrieb die Rechnung. »Danke, Mr. Calder«, sagte der Junge.

Ein geistesabwesendes Lächeln zog über Webbs Gesicht, als er sich abwandte. Ihm fiel ein, daß der Junge gesagt hatte, wenn O'Rourke sich nicht im Café aufhielte, sei er gewöhnlich bei Jake auf ein Bier. Er änderte seine Richtung und schlug den Weg zur Bar ein.

Im Gegensatz zu den früheren Saloons gab es hier keine Schwingtüren – im Sommer waren die Fliegen zu zahlreich. Die Wände waren schmuddelig, und ihre ursprüngliche Farbe war unter den dicken Schichten von Nikotin, Rauch, verspritzten Getränken und Tabaksaft nicht mehr zu erkennen. Es gab keine roten Brokattapeten und keine Holztäfelung. Es gab keine Kronleuchter oder Kerzen an der Wand. Es gab nur wenige Lampen, und die waren weit voneinander entfernt, was allerdings auch sein Gutes hatte, da das schummerige Licht den Schmutz verbarg. Die meisten Bilder an den Wänden waren billige Drucke, nicht etwa Porträts von wollüstigen nackten Damen, die sich auf purpurnen Betten rekelten. Anstelle eines Ventilators, der sich bedächtig über den Köpfen dreht, surrte in der Ecke eine Klimaanlage. In Wirklichkeit war Jakes Bar wahrscheinlich eine genauere Wiedergabe eines echten Western-Saloons als das, was in Hollywood-Filmen gezeigt wurde.

Webb blieb in der Tür stehen, damit sich seine Augen nach der Helligkeit des Nachmittags an das Schummerlicht in der Bar gewöhnen konnten. Sein Erscheinen ließ sämtliche Gespräche abrupt abreißen, abgesehen von einigen geflüsterten Worten, die zu seiner Linken verstohlen ausgetauscht wurden. Aus dem Augenwinkel konnte er das Trio sehen, das an einem Tisch saß, und er erkannte sofort den wuchtigen Mann, gegen den die beiden anderen zwergenhaft wirkten. Es gab keinen zweiten Mann in der ganzen Stadt, der so dick und stämmig war – und auch niemanden, der im Verhältnis zu seinem Körper einen so kleinen Kopf hatte. Es war Bob Tucker. Sekunden nach Webbs Eintreten wuchtete Tucker seinen massigen Körper aus dem Stuhl und erklärte mit betont lauter Stimme: »Ich sollte jetzt lieber das Café aufschließen, ehe die Essensgäste kommen. Bis später, Angus.« Es klang ganz beiläufig und leichthin gesagt.

Webb trat einen Schritt weiter in den Saloon hinein, blieb aber so stehen, daß er Tucker im Weg stand, wenn dieser zur Tür wollte.

»Es ist jetzt mehr als einen Monat her, daß Sie Chase gegenüber erwähnt haben, Sie kämen raus, um Rindfleisch zu kaufen. Wir haben uns schon gefragt, ob Ihnen etwas zugestoßen ist.« Seine leicht hinaufgezogenen Mundwinkel waren herausfordernd.

»Angus hat mir einen guten Preis für Rinder gemacht, die er Ihnen abgekauft hat. Ich verkaufe also immer noch Calder-Fleisch in meinem Restaurant, wenn auch nicht mehr vom selben Besitzer«, erwiderte Tucker ohne eine Spur von Verlegenheit. Dann zuckte er die Achseln. »Ich hätte Ihnen vermutlich Bescheid geben sollen, aber ich bin schließlich nicht einer von denen, die Sie als Ihre Großabnehmer bezeichnen würden, und daher hielt ich es für nicht so wichtig.«

»Nein, ist es auch nicht.« Die Nennung von O'Rourkes Namen bot Webb die Möglichkeit, seine Aufmerksamkeit dem kleinen Mann zuzuwenden, der nach wie vor mit seinem Sohn am Tisch saß. »Wie geht es den Rindern, Angus?«

»Gut. Recht gut.« Trotz seines beiläufigen Tonfalls musterte O'Rourke ihn ganz genau, gerade so, als versuche er, hinter dieser Frage eine andere Bedeutung zu entdecken.

»Ich muß jetzt gehen.« Tucker ging um Webb herum. »Kommen Sie doch mal auf einen Kaffee vorbei.«

»Ja, werd' ich machen, Tucker«, versprach Webb, und er sah den massigen Mann fest an. Er bemerkte, daß Tucker Angus einen Blick zuwarf.

Es war nur eine Kleinigkeit, aber in Webbs Überlegungen kristallisierte sich immer deutlicher heraus, daß zwischen den beiden Männern eine Beziehung bestehen mußte, die sie stärker miteinander verband als ein bißchen Geplaudere vor einem Glas Bier. An der Behauptung des Volksmunds, daß Diebe gern unter sich bleiben und zusammenhalten, war etwas dran, denn gewöhnlich suchten sie die Gesellschaft Gleichgesinnter, um sich dort moralische Unterstützung zu holen. Er bemühte sich nicht, diese stumme Schlußfolgerung in seinem Blick zu verhehlen, als er O'Rourke wieder ansah.

»Warum setzen Sie sich nicht, Webb? Ich würde gern einen ausgeben.« Angus triefte vor Selbstvertrauen. Webb ging auf den Stuhl zu, der durch Tuckers Gehen freigeworden war, und nahm die Einladung somit wortlos an. »Was trinken Sie? Whiskey? Bier?«

»Ein Bier wäre mir recht.« Webb setzte sich und nickte O'Rourkes Sohn zu.

»Dolly?« Angus gab der Blondine, die auf einem Hocker am Ende des Tresens thronte und Kaugummi kaute, ein Zeichen. »Bring Mr. Calder ein Bier.«

Der Name Calder löste bei der dreisten Blondine eine augenblickliche Reaktion aus. Sie ließ sich von ihrem Hocker gleiten, verschwand hinter der Bar und zapfte ein Glas Bier. Während sich der Schaum setzte, ließ sie diskret den Kaugummi aus ihrem Mund verschwinden und schob ihr bereits toupiertes Haar noch bauschiger auseinander. Als sie mit seinem Bier den Raum durchquerte, gelang ihr ein recht provozierendes Schwenken mit den Hüften, das Webb mit flüchtigem Interesse beobachtete. Schon vor langer Zeit hatte er es sich zur Regel gemacht, Jakes Mädchen zu meiden und seine gelegentlichen Bedürfnisse bei seinen Besuchen in Miles City oder Helena zu befriedigen. Manchmal war das ein wenig lästig, aber es garantierte ihm, daß sein Privatleben seine Privatangelegenheit blieb und nicht zum Gesprächsstoff des ganzen Ortes wurde.

»Haben Sie wieder Ärger mit diesen Viehdieben gehabt?« erkundigte sich Angus. Webb fragte sich, ob der Mann nun besonders gewitzt war oder aus reiner Dummheit dieses Thema anschnitt.

»In den letzten Tagen nicht«, erwiderte er. »Seit ich meine Männer auf Streife gehen lasse, sieht es ganz so aus, als hätten sie sich entschieden, eine Zeitlang etwas kürzerzutreten.«

»Glauben Sie denn, daß die Diebe noch hier in der Gegend sind?« Angus wirkte überrascht. »Das ganze Gerede, das man hier in der Stadt hört, klingt danach, als seien die Viehdiebe aus unserer Gegend abgezogen, um sich grünere Weiden und fettere Rinder zu suchen.«

»Sie sind noch hier.« Webb nickte nachdrücklich und sah Angus fest an. »Darauf möchte ich wetten.«

»Wie kommen Sie darauf?« Angus lehnte sich auf seinem Stuhl zurück.

»Weil sie sich selbst ausgetrickst haben – sie kannten sich einfach zu gut in dieser Gegend aus. Diese Viehdiebe sind keine Fremden. Sie kommen aus dieser Gegend.« Aus dem Augenwinkel nahm Webb wahr, daß der Junge nervös auf seinem Stuhl herumrutschte, doch Angus stieß ein ungläubiges Lachen aus.

»Sie glauben doch nicht im Ernst, daß es sich um jemanden handelt, den wir alle kennen?«

»Ich bin davon überzeugt.«

»Und wen verdächtigen Sie?« Angus tat immer noch so, als sei das Ganze ein Witz.

Nicht eine Sekunde lang lockerte Webb die eiserne Direktheit seines Blickes. »Es könnte eine beliebige Anzahl von Leuten sein, aber *Sie* wissen, wen ich dahinter vermute.« Er hatte die Betonung bewußt auf das Pronomen gelegt, um damit O'Rourke hervorzuheben, ohne ihn wirklich zu nennen.

Eine bedeutsame Pause entstand, ehe Angus mit herausforderndem Blick reagierte. »Wenn Sie so sicher sind, daß Sie wissen, wer es ist, warum haben Sie dann nicht längst etwas unternommen? Sie haben lediglich eine Vermutung. Sie haben keine Beweise. Wenn Sie Beweise hätten, hätte Potter bereits einen Haftbefehl ausgestellt.«

»Die Justiz arbeitet sehr langsam und nicht allzu zuverlässig. Selbst wenn Potter genügend Beweise hätte, um den Mann zu verhaften, würde der Dieb bis zur Gerichtsverhandlung gegen Kaution freigelassen, und das könnte sich über Monate hinziehen. Es gibt keine Garantie dafür, daß er von den Geschworenen verurteilt wird. Und wenn er verurteilt würde, ist es denkbar, daß die Strafe ausgesetzt und er aus der Haft entlassen wird, nachdem er einen Teil seiner Strafe abgesessen hat. Was soll ihn davon abhalten, noch mehr Vieh zu stehlen, während er auf seine Verhandlung wartet oder wenn er aus dem Gefängnis entlassen wird?« Webb musterte Angus kühl. »In den guten alten Zeiten war das alles ganz anders. Viehdiebe wurden an Ort und Stelle aufgeknüpft, und ein Steigbügel reichte als Beweis aus.«

»Haben Sie einen Steigbügel gefunden?« Angus wand sich innerlich. Seine Provokation war die reinste Aufschneiderei.

»Nein, aber Slim Bevins hat eine Stimme erkannt, als er die Viehdiebe am Broken Butte überrascht hat.« Webb entging keineswegs, daß O'Rourke unter seiner Bräune blaß wurde, und er wußte jetzt mit absoluter Sicherheit, daß er der Viehdieb war.

»Und?«

»Nun ... ich will diesen Mann ausdrücklich gewarnt haben. Wenn auch nur noch ein Stück Vieh von der Calder-Ranch gestohlen wird, nehme ich ihn mir persönlich vor.« Er äußerte das ganz ruhig, und von seiner tonlosen Stimme ging etwas Tödliches aus.

»Warum erzählen Sie mir das?« Angus richtete sich auf. »Sie bluffen doch nur, Calder.«

»Dieser Mann braucht nichts weiter zu tun, als darauf zu spekulieren, daß ich nur bluffe.« Webb stieß seinen Stuhl zurück und stand auf. Er ließ eine Banknote für das Bier auf den Tisch fallen, das er nicht angerührt hatte.

12.

Nachdem er Jakes Saloon verlassen hatte, ging Webb wieder zur Tankstelle zurück. Der Kombi stand noch neben der Tanksäule, doch er ging an dem Wagen vorbei und betrat den Laden. Hinter der Theke, auf der die Registrierkasse stand, war ein Seitenfenster, von dem aus er sowohl den Eingang zum Saloon als auch die Tür des Cafés sehen konnte. Webb kaufte ein Päckchen Kaugummi und plauderte mit Helen Kirby, der rundlichen Frau des Besitzers, während er unauffällig die beiden Gebäude im Auge behielt.

Er sah Chase und Buck in den Pickup steigen und in Richtung der Ranch davonfahren, aber es dauerte fünf Minuten, bis Angus O'Rourke und sein Sohn aus dem Saloon auftauchten und sich auf direktem Weg in das Café begaben. Webb glaubte keinen Moment lang, daß O'Rourke lediglich Kaffee oder eine warme Mahlzeit wollte; er war überzeugt, daß er sich den Mut suchte, den ihm nur das Rudel geben konnte. Tucker war fraglos in die Sache verwickelt.

Diese Bestätigung, die er bekommen hatte, stellte ihn zufrieden, und er verließ den Laden. O'Rourkes Tochter kam auf die Tür zu, als er hinausging. Er bemerkte, wie sie bei seinem Anblick plötzlich den Kopf hob, den wachsamen Trotz, der sie veranlaßte, seinen direkten Blick zu erwidern. Sie war nicht nur ein ungewöhnlich attraktives Mädchen, sondern sie war auch mutig und selbstbewußt. Mitleid durchzuckte ihn, weil sie einen so nichtsnutzigen Vater hatte.

Seine angeborene Höflichkeit ließ ihn dieser jungen Angehörigen des anderen Geschlechts die Tür aufhalten, während das Verantwortungsgefühl des Mannes und Beschützers ihn dazu veranlaßte, sie anzusprechen. »Miß O'Rourke.« Die Umstände zwangen ihn zu dieser Förmlichkeit.

»Ja?« Sie blieb steif stehen und nahm eine Verteidigungshaltung ein, ohne eingeschüchtert zu wirken.

»Sagen Sie Ihrem Vater, daß ich einen Mann niemals zweimal warne«, sagte er. »Ich will, daß er das versteht – um Ihret- und Ihres Bruders willen.« Eine Sekunde lang blitzte Angst in ihren Augen auf, ehe sie eilig die Augen niederschlug. Als sich ihre Wimpern wieder hoben, wirkte sie kühl und gefaßt.

»Ich werde es ihm ausrichten, obwohl ich nicht glaube, daß er sich mehr darauf zusammenreimen kann als ich«, erwiderte sie, und Webb kam nicht umhin, ihre Selbstbeherrschung zu bewundern, die bei einem so jungen Menschen ungewöhnlich war.

»Ich bin sicher, daß er es verstehen wird.« Er legte seine Finger an den Hut, als sie mit geschmeidigen Bewegungen an ihm vorbeihuschte und den Laden betrat. Webb schloß die Tür hinter ihr und ging zu seinem Kombi.

Buck betrat das Gehöft. Er hatte sich herausgeputzt und trug ein weißes Hemd mit Perlmuttknöpfen und eine Fliege. Ein neuer Strohhut saß auf seinem lockigen Haar, und von seinen glattrasierten Wangen strömte der würzige Duft eines Rasierwassers. Er strahlte Ungeduld aus, als er sich eilig im Wohnzimmer umsah. Die Doppeltür des Eßzimmers stand offen. Buck ging mit schnellen, ausholenden Schritten auf die Tür zu und steckte seinen Kopf ins Zimmer.

Webb saß am Kopfende des langen Tisches aus Walnußholz, paffte eine Zigarre und hatte eine Tasse Kaffee vor sich stehen. Die blonde Frau, die das Geschirr abräumte, das noch vom Abendessen auf dem Tisch stand, blickte auf und hielt in der Bewegung inne, als sie ihren Sohn sah, ein Lächeln spielte um ihren Mund. Sein Blick wanderte von seiner Mutter zu Webb Calder und wieder zurück zu ihr. Schon des öfteren hatte er das Gefühl, daß mehr als nur Freundschaft die beiden miteinander verband. Buck vermutete, wenn sein eigener Vater tot wäre, würde seine Mutter Webb Calder heiraten. Manchmal konnte er es nicht lassen, sich seine Rolle als Webb Calders Stiefsohn auszumalen, in seiner Fantasie durchzuspielen, wieviel wichtiger sein Platz sein würde, den er in diesem Fall in der Hierarchie der Ranch einnähme. Er malte sich aus, all das eines Tages zu besitzen.

»Wolltest du etwas, Buck?«

Er schüttelte den Kopf und lächelte flüchtig. »Ich suche Chase.«

»Er ist in sein Zimmer gegangen, um sich fertigzumachen«, erwiderte Ruth Haskell.

»Dieser Kerl braucht immer ewig«, beschwerte sich Buck grinsend. »Ich werd' ihm mal Beine machen. Warte nicht auf mich, Mom. Es kann sein, daß wir erst morgen früh zurückkommen.« Ausgelassenheit tanzte in seinen Augen, als er zur Treppe ging, denn schließlich war ihm der Weg zu Chases Zimmer bestens vertraut.

Der Blick, den Webb Ruth zuwarf, drückte etwas unbewußt Sanftes aus. »Wir haben schon viele Nächte gewacht und auf unsere Söhne gewartet, nicht wahr, Ruth?« Er klopfte die Asche seiner Zigarre in einem Kristallaschenbecher ab.

»Das kann man wohl sagen«, stimmte sie zu, und ihr Blick schweifte zur Tür. »Ich nehme an, wir werden noch viele Nächte wach bleiben, obwohl sie uns sagen, daß wir nicht auf sie warten sollen.«

»Laß das Geschirr einen Moment stehen und trink eine Tasse Kaffee mit mir«, schlug Webb impulsiv vor.

Sie zögerte und schüttelte dann ablehnend den Kopf, ohne ihn anzusehen. »Virg erwartet mich zu Hause.« Bedauern flackerte in ihrem schwachen Lächeln auf. »Ich sollte lieber nicht mit dem Geschirr herumtrödeln.«

»Nein, natürlich nicht.« Aus seiner barschen Antwort war Verständnis herauszuhören, aber auch eine leichte Verärgerung über sich selbst, weil er diesen Vorschlag überhaupt gemacht hatte. »Ich trinke meinen Kaffee im Arbeitszimmer«, erklärte er, während er sich erhob. »Ich habe noch einigen Papierkram zu erledigen.«

Als er durch die Eingangshalle ging, die das Eßzimmer vom Arbeitszimmer trennte, kamen Chase und Buck die Treppe zum Wohnzimmer hinunter. Er warf einen Blick auf seinen Sohn, und ihm war bewußt, daß jetzt die Zeit war, in der Chase sich austobte und mit den anderen Jungs zechte. Bald würde dieser Abschnitt seines Lebens hinter ihm liegen, und er würde auf der Ranch die Rolle eines Mannes übernehmen.

»Benehmt euch, Jungs«, riet Webb. Er benutzte den Plural, aber er sah seinen Sohn dabei an.

»Wird gemacht, Sir.« Buck salutierte im Scherz, während Chase nickte. »Machen Sie sich keine Sorgen um Chase. Ich werde auf ihn aufpassen wie auf meinen kleinen Bruder.«

»Wenn du auf mich aufpaßt, wer sorgt dann dafür, daß du keinen Ärger kriegst?« fragte Chase spöttisch.

»Meine Güte, ich bin der personifizierte Ärger!« brüstete sich Buck mit einem Lachen, während er die Haustür öffnete und Chase bedeutete, vor ihm herzugehen. Der Pickup parkte vor dem Haus.

»Wer fährt?« wollte Chase wissen.

»Ich, weil ich vielleicht auf dem Heimweg nicht mehr nüchtern genug bin, um zu fahren«, verkündete Buck und zwängte sich hinter das Lenkrad. »Das ist dann dein Problem. Ich bringe uns hin, und du kannst uns wieder nach Hause bringen.«

»Abgemacht.« Darauf lief es meistens hinaus.

»Mann, bin ich froh, daß wir heute nacht nicht mit der Patrouille dran sind.« Buck ließ den Motor an. »Ich dachte zuerst, es sei aufregend, nachts auf Streife zu sein, aber es ist höllisch langweilig! Ich bin froh, wenn der Alte den ganzen Rummel abpfeift. Diese Viehdiebe haben sich inzwischen wahrscheinlich längst in einen anderen verdammten Bundesstaat abgesetzt.«

»Kann sein«, räumte Chase ein.

Als sie in Jakes Bar eintrafen, waren bereits ein Dutzend Männer von der Calder-Ranch und ein paar einheimische Gäste da. Im Hinterzimmer war ein Pokerspiel im Gange. Chase nahm sich ein Bier mit nach hinten, um zuzusehen, und schließlich spielte er ein paar Runden mit, aber er konnte sich nicht auf die Karten konzentrieren, und das Glück war nicht auf seiner Seite; daher spazierte er wieder in den Saloon.

Irgend etwas stimmte nicht mit ihm. Hier stand er jetzt, mitten in einer Bar und einem Bordell, und er langweilte sich.

Das Bier schmeckte schal, und daher ging er zur Bar, um sich ein frisches zapfen zu lassen. Clay Vargas, ein Cowboy, der aus Colorado gekommen war und für das dreifache C arbeitete, stand an der Bar und unterhielt sich mit zwei anderen Landarbeitern, die nicht von hier waren. Sie machten Chase Platz, damit er sich zu ihnen gesellen konnte. Es war eine stumme Einladung, die ihre Achtung vor seiner Stellung als Erbe der Ranch bezeugte, eine Geste des Respekts, die Chase auch aus eben diesem Grund annahm.

Er stellte einen Stiefelabsatz auf die Messingstange und hörte den dreien zu, die versuchten, sich gegenseitig mit wilden Geschichten aus Orten zu überbieten, wo sie früher einmal gearbeitet hatten. Chase lachte zwar immer an den richtigen Stellen, aber seine Laune wurde nicht besser, und weder das Bier noch die Gesellschaft der Männer, die ihre Geschichten erzählten, konnte daran etwas ändern.

Albert gehörte zu jenen Arbeitern, die von einem Ort zum anderen zogen; seine beiden Vorderzähne waren abgebrochen – ein Pferd hatte sie ihm vor einem Jahr ausgeschlagen. Er senkte seinen Kopf, um Clay Vargas etwas zuzuflüstern. »Siehst du, wie diese Dolly mich anschaut?«

»Dich? Zum Teufel, Chase sieht sie an!« sagte Clay lachend.

Albert sah wieder hin und zog in Erwägung, daß er sich wohl geirrt hatte. »Ich wünschte, sie würde mich so ansehen.«

Chase sah sich um, als die freche Blondine ihn gemächlich von Kopf bis Fuß musterte; dann wandte er sich wieder ab, denn diese offensichtliche Aufforderung ließ ihn kalt. »Das tut sie ... für den entsprechenden Preis.«

»Ja, aber Sie könnten es umsonst haben«, protestierte der Landarbeiter. »Nehmen Sie diese Gelegenheit etwa nicht wahr?«

»Kein Interesse.« Er hob sein Glas, um einen Schluck Bier zu trinken.

»Chase hat sich eine kleine Lolita zugelegt, die ihn voll und ganz auslastet«, sagte Clay Vargas mit gedehnter Stimme. »Heute nacht scheint er frei zu haben. Was ist passiert, Chase? Wollte ihr Daddy sie heute nicht ausgehen lassen?« Clay klatschte ihm auf die Schulter und lachte.

Mit einer einzigen fließenden Bewegung stellte Chase sein Glas ab, drehte sich um, um die Hand des Mannes von seiner Schulter zu stoßen und holte mit geballter Faust zu einem Schlag in die entspannte Bauchmuskulatur aus. Die Luft entwich aus Vargas' Lunge; er krümmte sich zusammen, und auf seine Züge trat ein Ausdruck bestürzter Schockiertheit. Blut rauschte dröhnend durch seine Adern. Ein Streit und eine brutale Schlägerei waren genau das, was Chase jetzt brauchte. Zum ersten Mal an diesem Abend fühlte er sich wohl. Als er Vargas mit einem gezielten Kinnhaken den Rest geben wollte, packte der Arbeiter, der auf der anderen Seite neben ihm stand, seinen Ellbogen.

»He, was, zum Teufel, tun Sie da?«

Chase versuchte nicht, sich aus diesem Griff zu befreien. Statt dessen rammte er dem Mann seinen Ellbogen in den Magen und wirbelte herum und stand angriffsbereit, um auf Vargas' Kumpel einzuschlagen, wenn sie ihm zu Hilfe kamen. Sein nächster Schlag wurde abgefangen; dann hielt jemand seine Arme fest. Eine Faust explodierte auf seinem Kiefer, ehe Chase den Mann abschütteln konnte, der ihn festhielt. Er schmeckte Blut und schüttelte den Kopf, damit das Surren in seinen Ohren nachließ, und er drehte sich gerade noch rechtzeitig um, um Vargas zu sehen, der sich auf ihn stürzte.

Er duckte sich unter dem ersten Schwinger durch, doch der zweite Hieb traf seine Schulter. Dann rangen die beiden Männer miteinander, wanden sich und schnauften und grunzten wie die

Tiere. Vargas erwischte ihn mit einem Schwinger über dem Auge, aber Chase konnte drei harte schnelle Hiebe landen und Vargas einen gewaltigen Kinnhaken verpassen. Vargas stürzte sich wie rasend auf ihn, aber Chase kam auf ihn zu, statt dem Angriff auszuweichen, und grub eine heimtückische Rechte in den Bauch des Mannes. Eine schnelle Linke, der ein Täuschungsmanöver mit der Linken folgte, das Vargas abwehren wollte, indem er einen Arm hob, und Chase brachte unter dem erhobenen Arm eine steife Linke unter. Vargas landete einen heftigen Schwinger, aber Chase traf ihn noch einmal mit der Linken und schlug ihn mit einem Hieb seiner Rechten zu Boden.

Chase packte Vargas am Hemdkragen, um ihn vom Boden hochzuziehen, aber zwei Arme schlangen sich um ihn, um ihn zurückzuhalten. Chase wirbelte zu seinem neuen Angreifer herum, befreite sich, indem er beide Arme in die Luft riß, und holte aus, um dem Mann einen Hieb zu verpassen, der ihn rückwärts taumeln ließ, ehe er sich auch nur die Mühe machte nachzusehen, wer es eigentlich war. Die beiden Kämpfenden waren von Cowboys umringt, von denen einer Buck, der das Gleichgewicht verloren hatte, festhielt.

»Verdammt noch mal, Chase!« fluchte Buck. »Warum, zum Teufel, hast du mich geschlagen?« Er rieb sich den Kiefer und bewegte ihn, als wolle er sich vergewissern, daß er noch intakt war. »Du hättest mir fast den Kiefer gebrochen!« Chase wandte sich wieder dem Mann zu, der auf dem Boden lag. »Vargas ist erledigt. Ich wollte dich davon abhalten, ihn zu Brei zu schlagen.«

»Entschuldige.« Sein Atem ging ruckartig, und er konnte nur unter Schmerzen einatmen. Er schwankte leicht, und sein Körper, der während der Schlägerei völlig gefühllos gewesen war, begann jetzt, die Hiebe zu spüren, die ihn erwischt hatten. Er wandte sich den beiden Rancharbeitern zu, die Kumpel von Vargas waren. »Sagt ihm ... wenn er wieder zu sich kommt, er ... er soll sich vorsehen, welche Bemerkungen er über andere Leute macht.«

Er trat mit schlingernden Schritten an die Bar. Etwas tröpfelte in sein Auge. Er wischte es weg, denn er glaubte, es sei Schweiß, aber an seiner Hand war Blut, das aus dem Riß über seinem Auge rann. Auch seine Lippen waren geplatzt. Sie brannten, als er einen Schluck von dem Whiskey trank, den Jake ihm in die Hand drückte. Er zuckte zusammen und preßte seinen Handrücken auf den Schnitt.

»Du solltest dir die Platzwunden lieber auswaschen.« Dolly stand neben ihm und drückte ein Handtuch auf den Riß über seinem Auge. »Warum läßt du mich das nicht gleich machen?«

Chase ließ ihre Hilfe ohne Widerspruch über sich ergehen, und doch blieb er völlig teilnahmslos. Es war seltsam, was für ein gutes Gefühl ihm dieser körperliche Schmerz vermittelte. Die Spannung, die sich seit Tagen in ihm angestaut und in seinem Innern regelrechte Knoten gebildet hatte, war von ihm abgefallen.

In dem Spiegel hinter der Bar sah er sein zerschundenes Spiegelbild, und er sah Buck, der den beiden anderen Cowboys vom dreifachen C dabei half, Vargas auf die Füße zu ziehen und ihn zu einem Tisch in der Ecke zu schleppen. Dann drehte Dolly seinen Kopf um, um ihm das Handtuch auf den Mund zu pressen, und jemand kam, um ihm seinen Hut zurückzubringen.

»Was war denn der Grund für diese Schlägerei?« Buck legte einen Arm Clays auf seine Schultern, während Albert dasselbe mit Clays anderem Arm machte. Gemeinsam trugen sie ihn zu dem Stuhl, der an dem leeren Tisch stand.

»Wir hatten gerade noch über Dolly gesprochen. Dann hat Clay irgend etwas gesagt, daß Chase eine Freundin habe, die Lolita heißt. Das nächste, was ich weiß, ist, daß die Fäuste durch die Luft flogen.«

Sie setzten den bewußtlosen Mann aufrecht auf den Stuhl.

Etwas fiel auf den Boden, und Buck kauerte sich hin, um es aufzuheben. »He, Alberts Hut liegt dort drüben auf dem Boden. Du holst ihn wohl besser, ehe jemand drauftritt«, schlug er vor.

Der dritte Cowboy war bereits gegangen, um ein Handtuch anzufeuchten und ihm das blutverschmierte Gesicht abzuwaschen. Niemand war in der Nähe und hätte die lederne Brieftasche oder das zusammengefaltete Bargeld sehen können, das aus der Börse geglitten war. Buck zögerte; dann hob er beides auf, ließ das Geld in seine eigene Tasche gleiten und steckte den Geldbeutel unbemerkt in Clays Hüfttasche.

»Es gehört sich nicht, einen Mann in Versuchung zu führen, indem man einen ganzen Monatslohn in der Brieftasche mit sich herumträgt, Clay«, schalt Buck den bewußtlosen Mann leise aus.

Albert kam mit dem Hut zurück und sah seinen Freund besorgt an. »Glaubst du, daß er einen Arzt braucht?«

»Das weiß ich noch nicht.« Buck schlug dem Mann mehrfach fest auf die Wangen, und Vargas bewegte sich. Mühsam hob er die Hände. Buck trat einen Schritt zurück. »Der wird schon wieder. Wahrscheinlich sieht er sogar einigermaßen wie ein Mensch aus, wenn ihr ihm das Blut abgewaschen habt.«

Buck ging aus dem Weg, damit der Cowboy, der eben zurückkam, das tun konnte, und blieb noch einen Moment lang stehen, ehe er wieder zur Bar schlenderte, an der Chase lehnte. Das Bargeld drückte schwer auf seiner Tasche, aber er redete sich ein, daß Vargas schließlich nur ein Saisonarbeiter und nicht einer von Calders Leuten war. Außerdem war es eine erwiesene Tatsache, daß ein Dummkopf sein Geld schnell los wurde. Vargas war ganz offensichtlich ein Dummkopf, denn sonst hätte er gewußt, daß man sich nicht mit einem Calder anlegte. Der Alte hatte Buck und Chase jeden Trick beim Raufen gezeigt, den es nur gab. Buck trat von hinten an Chase heran und grub seine Finger in Chases Schultermuskulatur.

»Was, zum Teufel, denkst du dir dabei, dich auf eine Schlägerei einzulassen, während ich anderweitig beschäftigt bin?« fragte er anklagend. »Immer verpaßt man das Spannendste.«

Chase nahm der Blondine das Handtuch aus der Hand und bedeutete ihr mit einer Geste, daß er ihren Beistand nicht mehr brauchte. »Ich werde mich bemühen, beim nächsten Mal daran zu denken.« Sein verletzter Mund schmerzte beim Sprechen.

»Was ist eigentlich passiert?« Buck musterte seinen Freund; die Antwort kannte er bereits.

Chase tat die Frage mit einem Achselzucken ab. »Du weißt doch selbst, wie es so kommt. Jemand sagt etwas, was einem in dem Moment nicht paßt – und das war es auch schon.«

»Manchmal reicht sogar ein Wort«, stimmte Buck zu, und er legte eine betonte Pause ein. »Wie zum Beispiel Lolita.«

Chase warf ihm einen bösen Blick zu. Buck grinste. »Bald werden die Leute wissen, wie heikel du bist, wenn es um sie geht. Jemand könnte das gegen dich einsetzen, wenn du dich nicht vorsiehst.«

Chase atmete tief und langsam ein und machte sich bewußt, daß

Buck recht hatte. Er mußte allmählich lernen, sich zu beherrschen. Er konnte sich nicht mit jedem Mann schlagen, der ihren Namen nannte. Chase warf einen Blick in den Spiegel und sah Vargas, der sich auf den Tisch stützte und sich die Stirn hielt.

»Jake.« Er stieß sich von der Fußleiste ab. »Gib mir eine Flasche guten Whiskey und Gläser.«

In dem Moment, als er auf den Tisch zuging, an dem Clay Vargas saß, wurde es still im Raum. Albert versetzte Vargas einen Rippenstoß, um ihn vor Chase zu warnen. Der Cowboy blickte auf, zerschunden und matt. Chase trat an den Tisch und stellte die leeren Gläser hin.

»Ich würde dir gern einen Whiskey ausgeben, Clay«, sagte er, und er schraubte die Flasche auf und wartete auf eine Antwort.

»Sie haben mich zusammengeschlagen. Zum Teufel! Sie haben mich anständig verdroschen!« gab der Cowboy zurück, aber seine Ablehnung wich einem ehrlichen Eingeständnis. »Ich schätze, ich habe es wohl verdient, weil ich diesen Witz über Ihr Mädchen gerissen habe.«

»Schon vergessen«, versicherte ihm Chase, füllte die Gläser mit Whiskey und schob dem Cowboy eines hin. Sie tranken noch ein zweites Glas zusammen und unterhielten sich, ehe Chase wieder an die Bar ging.

Erst eine Stunde später verließen Chase und Buck den Saloon, um zur Ranch zurückzufahren, und das hieß, daß Mitternacht schon lange vorüber war. Buck fuhr.

»Ich dachte, du würdest nicht nüchtern genug sein, um nach Hause zu fahren«, erinnerte ihn Chase, als sie losfuhren.

»Ich habe es mir anders überlegt.« Buck zuckte die Achseln und wechselte das Thema. »Wenn wir das nächste Mal herkommen, wirst du dir etwas Zeit für Jo Beth nehmen müssen. Sie ist so sexy wie nichts, was ich bisher erlebt habe – und temperamentvoll! Huiii! Dieses Weibsstück hat ihren scharlachroten Lippenstift doch wirklich über meine Unterhose verteilt, ehe ich sie auch nur ausziehen konnte. Kannst du dir Moms Gesicht vorstellen, wenn sie sie bei der schmutzigen Wäsche findet?« Er lachte und schüttelte den Kopf. »Ich sage es dir, Chase, diese Jo Beth ist endlich mal was ganz anderes!«

Chase drückte murmelnd seine Zustimmung aus und starrte

aus dem Fenster in den mitternachtschwarzen Himmel. Es war ein anderes dunkelhaariges Mädchen, das ihm nicht aus dem Kopf ging.

Das Essensgeschirr war abgewaschen und abgetrocknet und in die Schränke geräumt, aber Maggie stand immer noch in der Küche, allein, und starrte auf den Kalender an der Tür. Sie zählte es wieder und immer wieder nach, und sie konnte einfach nicht glauben, daß sie so spät dran war. Sie konnte nicht schwanger sein. Das durfte einfach nicht sein.

Was sollte sie jetzt tun? Sie wandte sich von dem Kalender ab und kämpfte gegen die Wogen der Panik an, die über sie hinwegströmten. Sie zwang sich, ganz ruhig und vernünftig zu überlegen, und sie kam zu dem Schluß, daß eine Verspätung von drei Wochen noch nicht unbedingt bedeuten mußte, daß sie schwanger war. Es gab andere Faktoren, die sich auf ihre Periode ausgewirkt haben konnten.

Am Donnerstag würde sie Dr. Barlow aufsuchen, um sich Gewißheit zu verschaffen. Bis dahin war es albern, sich Sorgen zu machen und sich in einen hysterischen Zustand hineinzusteigern. Schließlich hatte Chase ihr versichert, daß er aufpaßte. Aber was war, wenn sie doch schwanger war? fragte ein verängstigter Teil ihres Inneren. Was dann? Was sollte sie bloß tun? Was würde Chase sagen, wenn sie es ihm erzählte?

Eine Tür schlug zu; Maggie wirbelte herum. Die Schritte dreier Leute kamen auf die Küche zu. Zwei davon gehörten ganz offensichtlich zu ihrem Vater und ihrem Bruder, aber ihr wurde klar, daß Nummer drei Bob Tucker war, als sie seine Stimme hörte.

»...Vor drei Nächten ist es passiert, am Freitag.«

»Was war der Auslöser?« fragte ihr Vater.

»Jake hat gehört, wie sie über Dolly geredet haben; dann haben sie sich plötzlich geschlagen.« Die drei betraten die Küche, als Tucker gerade seine Erwiderung beendet hatte. Er nahm seinen Hut ab, als er Maggie sah, und seine schmalen Lippen verzogen sich zu einem Lächeln. »Guten Tag, Maggie. Wie geht es dir?«

Tucker behandelte sie immer freundlich, respektvoll und warmherzig. In seinen Augen stand nie Mitleid, nur stumme Billigung. Zwar wirkte seine unproportionierte Gestalt mit dem zu großen

Körper und dem zu kleinen Kopf irgendwie grotesk, doch sie mochte ihn. Wenn er etwas sagte, hatte sie das Gefühl, ihm glauben zu können.

»Mir geht es gut. Ich hatte nicht damit gerechnet, Sie in der nächsten Zeit hier zu sehen.« Sie dachte, sie hätten beschlossen, sich eine Zeitlang voneinander fernzuhalten, nachdem Calder sie zusammen gesehen hatte. Sie wollten eine Zeitlang abwarten, bis sich die Aufregung etwas gelegt hatte; zumindest hatte ihr Vater das gesagt. »Calder verdächtigt dich ohnehin schon«, rief sie ihm jetzt ins Gedächtnis; doch sie bemerkte, daß er ihren Blicken auswich.

»Mach uns einen Kaffee, Maggie«, sagte er, statt auf ihre Äußerung einzugehen. »Tucker und ich haben ein paar Dinge zu besprechen.«

Aber sie hatte nicht vor, sich ablenken zu lassen. »Was für Dinge?« Ein Schauer lief ihr über den Rücken.

»Calder ist sich völlig sicher, daß er uns mit seinen Patrouillen abgeschreckt hat. Wir finden, es ist jetzt an der Zeit, daß wir wieder zuschlagen«, erklärte ihr Vater und stolzierte großspurig zum Tisch. »Soll er doch so argwöhnisch sein, wie er will – Hauptsache, er kann nichts beweisen. Wenn er das könnte, hätte er sich längst auf uns gestürzt. Tucker und ich haben beschlossen, seinen Bluff aufzudecken.«

»Aber die Patrouillen!« Maggie versuchte, sich etwas einfallen zu lassen, um es ihnen auszureden.

»Nach so langer Zeit werden sie nicht mehr so auf der Hut sein wie am Anfang«, versicherte ihr Tucker. »Es wird zur Gewohnheit, und schon wird es ihnen langweilig. Mach dir keine Sorgen.«

»Und wann?«

»Das werden wir jetzt entscheiden. Und nun mach uns Kaffee, Mädchen«, ordnete ihr Vater an.

Zwei Nächte später lag Webb Calder in seinem Bett und schlief, als die Feuerglocke draußen Alarm läutete. Er erwachte augenblicklich, schlug seine Bettdecke zurück und zog bereits im Aufstehen seine Hose an. Von seinem Fenster aus konnte er den schwachen Schein einer orangefarbenen Flamme sehen.

Lange stand er da, die Hose schon zugeknöpft, aber den Reißverschluß noch nicht hochgezogen, und starrte den Feuerschein an. Er schüttelte betrübt den Kopf, aber er machte keine Zugeständnisse. Er hatte seinen Standpunkt bezogen, seine Auffassung klargestellt; jetzt mußte er seine Behauptung durch Taten stützen.

»Zum Teufel mit dir, Angus«, seufzte er schweren Herzens. Dann griff er nach seinem Hemd.

Die Sonne stand heiß am Himmel. Webb wischte sich mit einem Taschentuch den Schweiß von der Oberlippe und rieb sich dann mit dem Tuch über den Hals. »Wie viele, Nate?« Seine Stimme war hart und so unnachgiebig wie seine granitbraunen Augen.

»Das Flugzeug dreht noch eine letzte Runde, um zu sehen, ob wir auch nichts übersehen haben. Im Moment sieht es nach achtundzwanzig Stück aus.«

»Es war O'Rourke«, verkündete Webb, und sein Vorarbeiter wirkte nicht überrascht.

»Was tun wir jetzt?« Nate setzte als selbstverständlich voraus, daß sie etwas tun würden. Er wartete nur auf Anweisungen, um sie aufzuführen.

»Ich habe ihn gewarnt, daß ich ihn mir persönlich vornehme, wenn auch nur noch ein Rind gestohlen wird.« Bis zu diesem Punkt hatte Webb seinen Blick noch nicht von der Herde gelöst, die gerade gezählt wurde. »Ich will, daß du dich gemeinsam mit drei anderen Männern morgen früh um zehn mit Chase und mir auf der Nordweide triffst. Von dort aus werden wir zu O'Rourke reiten.« Jetzt drehte er sich abrupt um, um dem Vorarbeiter prüfend ins Gesicht zu sehen. »Wir nehmen einen Strick mit. Denk bei der Auswahl der drei Männer daran.«

»Wir werden um zehn Uhr da sein.« Nate zerdrückte beiläufig eine Zigarette unter seinem Stiefel und entfernte sich dann langsam.

13.

Die sechs Männer trafen schweigend zusammen und ritten schweigend los, und ihre Gesichter waren grimmig und entschlossen. Als sie den Grenzzaun zur Shamrock-Ranch erreichten, stieß Chase den Stein zur Seite, der den Pfosten an seinem Platz hielt, und der Zaun lag flach vor den Reitern da. Die ganz private Erklärung, die sein Vater für ihre Mission abgegeben hatte, war kurz und bündig gewesen – die simple Aussage, daß O'Rourke der Viehdieb war und daß sie ihm einen Besuch abstatteten.

Er hatte einen Blick auf die sorgsam ausgewählten Reiter geworfen und vermutet, daß ihm die Rolle zukam, zu beobachten und etwas zu lernen. Es handelte sich ausschließlich um verschlossene Männer, deren Loyalität einzig und allein der Ranch gehörte. Nichts, was heute geschehen würde, würde sich herumsprechen – alles würde unter diesen sechs Männern bleiben. Ebenso deutlich war, daß Angus O'Rourke eine Lektion erteilt werden sollte, die er so schnell nicht vergessen würde. Chase wußte nicht, was man mit ihm anstellen würde, aber es gab sicher einen Grund dafür, warum sein Vater es ihm nicht mitgeteilt hatte.

Sie legten den Hang, der hinter dem Zaun anstieg, im Galopp zurück, und zwischen den vereinzelten Bäumen, wo der Boden felsig wurde, ließen sie die Pferde traben. Chase ritt an der rechten Seite seines Vaters; dort war sein Platz.

Maggie zog den Kopf ein, um einem tief hängenden Ast auszuweichen, als sie ihrem Bruder auf einem Pferd durch die Bäume folgte. Plötzlich griff Culley seinem Pferd in die Zügel und ließ es anhalten.

»Was ist?«

Er hob einen Finger an die Lippen und runzelte die Stirn. Maggie fragte nicht weiter. Dann hörte sie das Knirschen von Sattelleder und die gedämpften Schritte der Hufe etlicher Pferde. Sie blickte über Culleys Schulter, und die Baumgruppe, bei der sie stehengeblieben waren, versperrte ihr zum Teil die Sicht. Sie konnte einen Moment lang den großen Falben erkennen, den Webb Calder immer ritt. Kalte Angst ließ ihr Herz gegen ihre Rippen pochen. Sie warf einen Blick auf Culley.

»Wir müssen Pa warnen«, flüsterte sie. »Er ist allein im Haus.«

»Ich weiß«, fauchte Culley unwillig; er gab seinem Pferd die Sporen und ritt aus der Baumgruppe hinaus. »Reit mir nach.«

Sie trieben ihre Pferde zum Galopp an und ritten einen weiten Bogen, um nicht von den Calders entdeckt zu werden und die

Ranch von den Ställen her zu erreichen. Dort hatten sie eine bessere Deckung. Die Calders führten ihre Pferde gerade auf den Platz vor dem Haus, als Maggie und Culley die Umzäunung des Korrals erreichten.

»Wir kommen zu spät«, stellte Maggie fest, als sie sah, daß die Reiter sich verteilten, um ihren Vater einzukreisen. Mit weitaufgerissenen Augen sah sie die Gewehre, die über den Sätteln lagen. Sie sah Culley an. »Was werden sie bloß mit ihm machen?«

»Ich weiß es nicht.« Er stieg ab und band sein Pferd mit den Zügeln an die Umzäunung des Pferchs. Maggie tat dasselbe und folgte ihm, als er sich duckte, um sich näher heranzuschleichen.

»Ich habe dich gewarnt, Angus.« Webb stand mit seinem Pferd inmitten der Reiter, die sich beidseits von ihm aufgestellt hatten. »Du hättest es mir glauben sollen.«

»So, und weshalb haben Sie mich gewarnt? Wegen dieser Rinder, die Ihnen gestohlen worden sind?« plusterte sich O'Rourke auf, doch sein Gesicht war schneeweiß. »Sie haben keinen Beweis dafür, daß ich auch nur das geringste damit zu tun habe.«

»Ich sagte dir bereits, Angus, daß ich nicht viel auf die Art von Beweisen gebe, von denen du sprichst. Du weißt selbst, daß du meine Rinder gestohlen hast. Und ich weiß es auch.« Webb nickte, und daraufhin stieg ein Reiter mit einem kleinen Schnurrbart von seinem Pferd und ging mit einem Strick in den Händen auf ihn zu. »Du hättest aufhören sollen, als ich dir Gelegenheit dazu gegeben habe, Angus.«

»Was für eine Gelegenheit?« O'Rourke warf verstohlen einen furchtsamen Blick auf den Mann, der auf ihn zukam, doch er lief nicht fort. Seine Füße waren wie am Boden festgewachsen. »Welche Chancen hat denn ein kleiner Rancher wie ich gegen einen Verein, der so groß ist wie Ihrer? Sie kaufen billiger ein als ich. Es gibt keinen Markt für meine Rinder, weil Sie ihn mit Ihren überschwemmt haben. Sie holen sich das beste Weideland und das beste Wasser und sehen zu, wie der Rest von uns versucht, mit dem bißchen, das übrigbleibt, mehr schlecht als recht auszukommen.«

Seine Arme wurden hinter seinen Rücken gezerrt, und O'Rourke taumelte einen Schritt zurück, aber er leistete keinen Widerstand. Mit zwei Umdrehungen des Stricks wurden seine Handgelenke zusammengebunden, und der Cowboy trat zurück und blieb hinter ihm stehen. Nate führte sein Pferd aus dem Halbkreis heraus und bezog Stellung vor der offenen Tür der Scheune.

»Sie halten sich in dieser Gegend für eine Art verdammten König.« Haß verlieh O'Rourke die Kraft, auf seinem Standpunkt zu beharren und Calder zu trotzen, obwohl er innerlich vor Angst bebte. »Sie glauben, Sie können durch die Gegend reiten, und wir armen Bauern sollen uns verbeugen und Kratzfüße machen und darauf bedacht sein, Ihnen zu gefallen, selbst dann, wenn das heißt, daß Sie oder einer von Ihnen unsere Töchter ficken wollen.« Aus seinen Augen schoß er das reinste Gift auf Chase ab. »Man erwartet von uns, daß wir es hinnehmen und dankbar für das Trinkgeld sind, das Sie uns hinwerfen.«

Der Falbe bewegte sich unruhig unter Webbs Gewicht und scharrte ungeduldig auf dem Boden; er schien die unterschwelligen Schwingungen wahrzunehmen, die in der Luft hingen, doch Webb saß ruhig im Sattel und hörte sich die rachsüchtige Ansprache an. Ein Mensch hat ein Recht darauf, sich zu rechtfertigen, ehe er starb.

»Ich habe Ihre Rinder gestohlen, Calder, und ich bin froh, daß ich es getan habe!« O'Rourke warf seinen Kopf zurück und schleuderte Webb höhnisch die Wahrheit ins Gesicht. »Es ist an der Zeit, daß jemand anfängt, Ihnen etwas abzunehmen, was Sie uns all diese Jahre über alles weggenommen haben. Da schwillt Ihr Kamm, nicht wahr? Also kommt der große, starke, tapfere Mann mit fünf seiner Leute hierher, um einem kleinen Mann eine Lektion zu erteilen. Was haben Sie vor?« fragte er erbost. »Wollen Sie mich von Ihren Männern verdreschen lassen? Mich auspeitschen lassen? Das wird mich nicht aufhalten. Ich werde Ihnen jedes einzelne Stück Vieh wegnehmen, das Sie noch besitzen, und ich werde Sie fertigmachen. Sie werden ein Nichts sein, genauso wie wir anderen, ehe ich mit Ihnen fertig bin.«

»Du hast gerade deinen eigenen Hals in eine Schlinge gelegt, Angus«, sagte Webb ruhig.

Drüben, vor der Scheune, stieg Nate aus dem Sattel; er trug einen zusammengerollten Strick in der Hand. O'Rourke nahm niemand anderen als Webb zur Kenntnis, aber Chase sah, wie der Vorarbeiter die Scheune betrat. Das breite Tor am hinteren Ende stand offen, und nur der Mittelteil des Durchgangs lag im Schatten. Nate blieb mitten in der Scheune stehen und warf ein Ende des Stricks über einen dicken Querbalken. Eine weiße Schlinge baumelte in der Luft. Das Seil war neunfach zu einem Henkersknoten geschlungen. Chase warf seinem Vater einen fragenden Blick zu; nichts in Webb Calders Gesicht ließ auf seine Absichten schließen. Nur eine ungebrochene Härte war zu erkennen.

O'Rourke war immer noch nicht klar, daß es sich bei Calders Bemerkung um mehr als eine sinnbildliche Ausdrucksweise handelte, und er ging darauf ein. »Wieso? Dieses Geständnis hilft Ihnen auch nicht weiter. Ich werde einfach bestreiten, daß ich es je abgelegt habe, und dann steht Ihr Wort gegen meins. Es spielt keine Rolle, wie viele Zeugen Sie haben. Jeder weiß, daß es Ihre Leute sind und daß sie alles sagen, was Sie von ihnen hören wollen. Ich habe Ihre Rinder gestohlen, aber Sie werden es mir nie beweisen können.«

»Ich sagte dir schon einmal, Angus, daß ich alle Beweise habe, die ich brauche.« Er nickte dem Mann zu, der hinter O'Rourke stand.

Der Cowboy mit dem Schnurrbart trat vor, um O'Rourke an den Schultern zu packen und ihn zur Scheune zu führen. O'Rourke stellte seine demonstrative Auflehnung und Verachtung zur Schau, indem er seine Schultern aus dem Griff des Mannes wand, während er sich umdrehte. Der Cowboy ließ seine schwere Hand auf seine gebundenen Handgelenke fallen und stieß ihn vorwärts.

Als Angus die Schlinge sah, die ihn erwartete, stolperte er, und er warf einen Blick über seine Schulter, aus dem helles Entsetzen sprach. Der Cowboy stieß ihn weiter, und Angus sah wieder nach vorne, hypnotisiert vom Anblick der Schlinge, die in der leichten Brise leise schwankte. Nate hatte eine hölzerne Lattenkiste herangezogen, die er jetzt direkt unter den Strick stellte. Die Reiter folgten Webbs Vorbild und sammelten sich am Tor der Scheune.

Zwischen den jungen Erlen, die um den Teich des Korrals standen, kauerten Maggie und Culley, denen das gegenüberliegende Scheunentor einen klaren Ausblick auf alles gab, was hier geschah. Vor ihren Augen entfaltete sich ein alptraumhaftes Panorama, und sie warteten nur darauf, wann der andere sie aufwecken würde. Die Wirklichkeit des Geschehens rüttelte Maggie schließlich aus ihrer ungläubigen Benommenheit auf, und sie wollte ihrem Vater zur Hilfe eilen, aber Culley packte sie und zog sie wieder in den Schutz der Bäume, die ihnen Deckung boten.

»Wir müssen ihm helfen.« Sie versuchte, sich loszureißen.

»Nein. Ich weiß nicht, was sie uns antun würden, und ich muß an dich denken, Maggie«, beharrte er; er umklammerte sie noch fester und ließ sie auch dann nicht los, als sie den Versuch aufgab, sich von ihm loszureißen.

Ihr Blick wandte sich wieder der Scheune zu. »Sie werden ihn nicht aufhängen.« Es war eine verzweifelte Hoffnung, die sich darauf gründete, daß Chase da war und rechts neben seinem Vater auf einem lederfarbenen Braunen saß.

Chase würde nicht zulassen, daß sie ihren Vater aufhängten – nicht Chase, der sie bei jenem ersten Mal so sachte genommen und dann die Blutflecken von ihren Beinen gewaschen hatte; nicht Chase, der ihr einen Strauß wilder Blumen gepflückt hatte. Ihre Augen hefteten sich auf ihn, aber er wies keine Ähnlichkeit mit diesem zarten Mann auf. Er war nicht Chase. Er war ein Calder, und eine eiskalte Stahlklammer legte sich um ihr Herz.

Einer der Reiter ritt auf seinem Pferd in die Scheune, während der andere O'Rourke auf die Kiste zerrte. Chase warf wieder einen Blick auf seinen Vater, denn er war unsicher, wie lange sie diese Szene noch weiterspielen würden. Seine Kehle zog sich zusammen, als die Spannung wuchs.

»Sie werden mich nicht aufhängen, Calder.« Angus' Stimme war unsicher und ohne Selbstvertrauen, als der Reiter sein Pferd neben O'Rourke anhielt, ihm die Schlinge um den Hals warf und sie zurechtrückte. Nate griff nach dem Strick und band das andere Ende an einen Pfosten. Mit marmorweißem Gesicht stand O'Rourke starr da, denn er fürchtete, er könne die Kiste fortstoßen, auf der er stand. Er starrte mit wilden, weit aufgerissenen Augen vor sich hin. »Damit kommen Sie nicht ungestraft davon, Calder«, warnte er ihn heiser.

»Du hast dich selbst erhängt, Angus. Bis auf deine Kumpane werden das alle glauben. Das Gerücht wird sich verbreiten, und es wird lange dauern, bis sich wieder jemand an den Rindern des dreifachen C vergreift.«

Webb Calder wartete nicht darauf, daß O'Rourke sich in ein

schluchzendes Bündel von Ängsten auflöste und um Gnade bettelte. Er gab das Signal, während der Mann aufrecht dastand und noch eine Spur von schwachem Trotz zeigte. Und dieses Signal bestand nicht in einem sichtbaren Nicken, sondern lediglich in einem angedeuteten Blinzeln.

Als die Kiste unter O'Rourke mit einem kräftigen Tritt weggestoßen wurde, war Chase fassungslos. Er hörte, wie sich das Seil mit einem merkwürdig wimmernden Laut spannte und sich unter dem Gewicht, das plötzlich an ihm hing, dehnte. Das Seil zog sich zu, und O'Rourke schnappte verblüfft nach Luft. Die kurzen Beine traten um sich, strampelten in ihrem Bemühen, etwas Festes unter sich zu finden, durch die Luft, ein Vorgang, der nur Sekunden dauerte und sich seinem Gedächtnis doch unauslöschlich einprägte. O'Rourkes Gesicht wurde grau, und seine Augen und seine Zunge quollen hervor. Die Nieren und die Gedärme hatten sich entleert; es war der Gestank des Todes.

Chase spürte, wie sich sein Magen auflehnte. Er hatte nie zuvor einen Menschen sterben sehen. Er hatte nie bei einer Hinrichtung zugesehen, nie erlebt, wie ein Mensch gehängt wurde. Ihm wurde übel. Chase krümmte seine Schultern nach vorn und wollte seinen Kopf senken, aber der Falbe stieß seitlich gegen sein Pferd und rüttelte ihn auf.

Die Stimme seines Vaters drang zu ihm durch, leise und vor Abscheu triefend. »Wenn du dich vor diesen Männern übergibst, dann schwöre ich dir, daß ich ...« Er biß die Zähne zusammen, um den Rest dieser Drohung hinunterzuschlucken, aber die Verachtung, die in diesen Worten angeklungen war, ließ Chase zusammenfahren, und er bog seine Schultern zurück und hob sein Kinn. Er starrte den schlaffen Körper an, der am Ende des Stricks baumelte, und er sah darin keinen Menschen mehr, nur noch ein Ding. Das Seil gab ein knirschendes Geräusch von sich, als es sich an dem Querbalken rieb, weil die Last des Gewichtes an seinem Ende wie ein Pendel hin und her schwankte.

»Er ist tot.« Es war die Stimme eines der drei Männer in der Scheune; Chase war nicht sicher, wem die Stimme gehörte.

»Bindet seine Hände los«, ordnete sein Vater an, und der Mann auf dem Pferd ritt hinüber, um die Fesseln zu entfernen.

Culleys Hand war immer noch auf Maggies Mund gepreßt. Er

hatte seinen Arm um sie gelegt und preßte sie an sich. Er hatte versucht, ihren Kopf zur Seite zu drehen, damit sie die Hinrichtung nicht mit ansah, aber sie hatte sich geweigert, ihren Blick von diesem grausigen Geschehen zu lösen.

Als alle Reiter aufgestiegen waren, verließen sie die Ranch in einem gemächlichen Trab und ritten auf dem Weg zurück, auf dem sie gekommen waren. Calder und sein Sohn ritten ganz vorn. Sowie sie verschwunden waren, lockerte Culley seinen Griff; Maggie riß sich los und stürzte in die Scheune zu der Stelle, wo der Strick um den Stützbalken gebunden war. Ihre Finger zerrten an dem Knoten, der fest zugezogen war, und kleine animalische Laute des Entsetzens drangen aus ihrer Kehle. Ihre Fingernägel brachen und rissen bis zum Nagelbett ein, und Blutstropfen, die aus den Schnitten rannen, verschmierten den weißen Strick. Sie nahm den Schmerz nicht wahr und gab nicht auf, ehe sie den Knoten gelöst hatte. Als sie versuchte, ihren Vater langsam auf den Boden der Scheune herunterzulassen, zerrte das tote Gewicht das Seil durch ihre Hände; ihre Handflächen brannten. Sie biß sich auf die Lippen und ließ nicht los. Langsam senkte sich die Leiche auf den Boden.

Ehe Angus' Stiefel den Boden berührten, packte Culley den Körper, und Maggie ließ das Seil los. Es rutschte über den Querbalken wie eine tückische weiße Schlange und folgte dem Körper, den Culley sachte auf den Boden gleiten ließ. Als Maggie zu ihm lief, hatte ihr Bruder bereits eine Satteldecke über den Kopf und die Schultern der Leiche geworfen. Sie ließ sich daneben auf die Knie sinken, und ihre Finger streckten sich aus, um die Decke wegzureißen.

Culley zog sie fort. »Sieh ihn dir nicht an, Maggie.« Seine Stimme war ein rauher, qualvoller Laut.

»Ich will ihn sehen!« Sie wollte sich gegen ihn zur Wehr setzen, und ihr Gesicht war totenbleich, doch in ihren Augen brannte ein glühendes Licht. »Ich will immer daran denken, wie die Calders meinen Vater ermordet haben!«

Er nahm ihr Gesicht zwischen seine Hände und hielt es fest. Tränen strömten über seine Wangen, und sein Mund war zu einer Grimasse des Lächelns verzogen, weil er um seine Selbstbeherrschung kämpfte. »Sieh nicht hin, Maggie. Du wirst dich genausogut daran erinnern, wie sie ihn getötet haben, wie ich. Du brauchst ihn nicht noch einmal zu sehen, um dich immer daran zu erinnern.« Dann preßte er sie an sich. Maggie klammerte sich an ihn und teilte den ungeheuren Schmerz mit ihm, der Schauer durch seinen Körper rinnen ließ, aber es kamen keine Tränen, die ihr Erleichterung verschafft hätten. Sie beneidete ihren Bruder darum, daß er weinen konnte. Ihre Kehle war rauh und schmerzte, und ihre Augen brannten, aber die Tränen kamen nicht.

Schließlich fanden sie die Kraft, sich voneinander zu lösen, Bruder und Schwester, und auf den Gesichtern beider stand derselbe Ausdruck verzehrenden Kummers. Culley hatte ihrem Vater immer nähergestanden als Maggie, und er hatte mehr Verständnis für seine Schwächen gehabt, während sie ihn dafür verachtet hatte. Jetzt tat es ihr leid, daß sie den Fehlern ihres Vaters nicht mehr Nachsicht entgegengebracht hatte. Er war ein schwacher Mensch gewesen, aber kein schlechter Mensch.

»Wir werden den Sheriff verständigen müssen.« Maggie unternahm keine Anstalten, sich der Leiche ihres Vaters wieder zuzuwenden; in diesem Punkt respektierte sie die Wünsche ihres Bruders.

»Ja«, stimmte er zu, und er legte eine Hand leicht auf ihren Arm, um sie von der Leiche fortzuführen. »Ich rufe ihn an.« Sie setzten sich langsam in Bewegung, verließen den Schatten des Todes und traten aus der Scheune ins helle Sonnenlicht. »Hör mir zu, Maggie. Wenn ich mit dem Sheriff rede, werde ich ihm sagen, daß wir nach Hause gekommen sind und ihn vorgefunden haben …«

»Das wirst du ihm nicht sagen …«, fiel sie ihm wutentbrannt ins Wort, doch Culley ließ ihre Einwände nicht gelten.

»Nein.« Er blieb stehen. Seine Wangen waren noch naß von den Tränen, aber sein Gesicht war nicht mehr das eines achtzehnjährigen Jungen. Es war das Gesicht eines Mannes, verbittert und hart. »Wer wird uns denn glauben, Maggie?« fragte Culley. »Calder kann in dieser Gegend jeden in die Tasche stecken. Welchen Beweis haben wir außer unserer eigenen Aussage? Niemand wird unser Wort gegen das eines Calder stellen.«

Sie wußte, daß er recht hatte, und sie starrte haßerfüllt nach Süden. »Wir können doch nicht zulassen, daß sie ungestraft davonkommen!«

»Nein, das werde ich nicht zulassen. Es wird der Tag kommen, an dem sie dafür bezahlen«, gelobte er. »Ich schwöre es.«

Als sie die Ranch verließen, hegte Webb Calder nicht den leisesten Zweifel daran, richtig gehandelt zu haben. Er hatte seine Alternativen erwogen und sich für diese Lösung entschieden. Es war eine unerfreuliche Aufgabe gewesen, die durchzuführen keine Befriedigung darstellte.

Er fühlte sich tausend Jahre alt, als sie ihren ursprünglichen Treffpunkt auf der Weide im Norden wieder erreichten. Er hatte das getan, was das Land von ihm forderte, und er war so aufgewachsen, daß es ihm selbstverständlich war, den Forderungen des Landes zu gehorchen, nicht mehr und nicht weniger. Der Schmerz, den er empfand, war ganz dem Sohn und der Tochter O'Rourkes vorbehalten.

Als die Pferde in den Anhänger verladen worden waren, zwängte sich Webb hinter das Lenkrad des Wagens und warf seinem Sohn einen Blick zu. Webb hatte ihm Zeit gelassen, die Dinge während des Heimritts selbst zu überdenken. Jetzt war es an der Zeit zu sprechen, nicht etwa, um sein eigenes Vorgehen zu verteidigen, denn Webb verteidigte seine Entscheidungen nie. Nein, er wollte mit ihm reden, um herauszufinden, was in seinem Sohn vor sich ging.

»Es gibt viele schwierige Entscheidungen, zu denen sich ein Mann durchringen muß, und manche sind unerfreulicher als andere. Ich habe Angus gewarnt; er hat die Chance gehabt, die Ranch in Ruhe zu lassen, aber er ist wiedergekommen und hat sich noch mehr Rinder geholt. Wenn man sich von so einem Mann kleinkriegen läßt, dann kommen gleich die zwei nächsten, dann drei, dann vier ... so viele, daß man nicht mehr in der Lage ist, sich gegen sie zur Wehr zu setzen. Man muß dem ersten Einhalt gebieten, sonst machen es ihm alle anderen nach. Angus hat deutlich genug zum Ausdruck gebracht, daß er das dreifache C in die Knie zwingen wollte.«

»Es hat alles damit angefangen, daß ich seine Tochter genommen habe.« Chase sprach mit flacher Stimme, die frei von jeder Gefühlsregung war.

»Nein.« Das ließ Webb nicht gelten. »Anderson, der Farmer, hat einen Sohn in deinem Alter. Wenn die kleine O'Rourke sich aus dem Haus geschlichen hätte, um sich mit ihm zu treffen, hätte Angus beide Augen zugedrückt und den Fall mit einem Achselzucken als ganz natürlich für die unbändige Jugend abgetan. Aber du bist ein Calder, und Angus hat dich nur als Vorwand benutzt. Du warst seine Rechtfertigung dafür, daß er dem dreifachen C Rinder gestohlen hat. Wenn du es nicht gewesen wärst, hätte er sich etwas anderes einfallen lassen. Und er hätte weiterhin Vieh gestohlen, weil es ihm das Gefühl gegeben hat, groß und stark zu sein. Angus haßte es, klein zu sein.«

Chase holte tief Luft, atmete wieder aus und warf einen zynischen Blick aus dem Fenster. »Ich könnte nicht behaupten, daß ich mich im Moment toll fühle ... ganz groß und stark – oder gar stolz.«

»Das, was heute vorgefallen ist, hat nichts Gutes an sich.« Webb war jetzt leichter ums Herz. Ein Mann mußte sich den Dingen stellen, auch wenn sie ihm nicht gefielen; und das tat sein Sohn gerade. »Du kannst nicht ohne einen Kratzer durch das Leben gehen. So ist die Welt nun einmal, und das gehört dazu. Du lebst nicht in einem Paradies. Es muß immer Schmutzarbeit getan werden, aber man darf sie niemals einen anderen erledigen lassen.«

Webb verstummte, um Chase über das, was er gerade gesagt hatte, nachdenken zu lassen. Bisher war der Weg, der ihn zu einem Mann machte, für seinen Sohn recht glatt verlaufen, aber er würde unwegsamer und einsamer werden. Webb war selbst diesen Weg gegangen, und daher wußte er, worauf er seinen Sohn vorbereiten mußte.

Kurz vor dem Abendessen läutete das Telefon im Arbeitszimmer. Webb winkte Chase zurück, der aufstehen wollte. »Ich gehe selbst dran.« Er ging zu dem Apparat, der auf seinem Schreibtisch stand, und nahm den Hörer ab. »Drei C.«

»Webb? Hier spricht Sheriff Potter«, sagte die träge Stimme am anderen Ende der Leitung.

»Ja, Sheriff. Was kann ich für Sie tun?« Webb stellte sein Glas ab und ging um den Schreibtisch herum, um sich auf seinen Drehstuhl zu setzen. Dort lehnte er sich zurück und starrte mit leerem Blick die Decke an.

»Ich dachte, es würde Sie vielleicht interessieren, daß Angus O'Rourke heute tot in seiner Scheune aufgefunden worden ist. Erhängt«, sagte er mit belegter Stimme.

»Selbstmord, oder?«

Es entstand eine lange Pause, ehe der Sheriff antwortete. »Es sieht ganz danach aus.«

»Das ist schlimm.«

»Ja. Ja, es ist ein Jammer«, bestätigte der Sheriff seufzend. »Nun gut, ich dachte nur, es würde Sie vielleicht interessieren.«

»Ja, danke für den Anruf.«

»Hat es noch irgendwelche Probleme mit diesen Viehdieben gegeben?«

»Nein. Ich nehme an, sie werden uns jetzt in Ruhe lassen.«

»Gut. Passen Sie auf sich auf, Webb.«

»Sie auch.« Er legte den Hörer mit einem nachdenklichen Blick wieder auf, sah Chase an, sagte aber kein Wort.

14.

Die Schere lag neben ihr auf dem Tisch, aber Maggie biß den dunklen Faden mit ihren Zähnen ab und legte die Zwirnrolle aus der Hand. In ihren Gedanken herrschte Leere, eine segensreiche Leere, als sie mit dem Daumen und dem Zeigefinger den Knopf hielt und mit der Nadel durch den Stoff stach.

Ein Pickup fuhr vor dem Haus vor. Sie hob ihren Blick von der Jacke zum Fenster in der vorderen Hauswand. Wahrscheinlich ist es Culley, der aus der Stadt zurückkommt, dachte sie teilnahmslos. Doch derjenige, der sich näherte, war ein hochgewachsener Mann, und er kam mit weit ausholenden Schritten auf die Stufen der Veranda zu. Ihre Finger kamen aus dem Rhythmus, und die Spitze der Nadel bohrte sich in ihre Fingerkuppe. All die wirren Empfindungen wallten glühend wieder in ihr auf und brannten sich in ihr Bewußtsein ein, als sie den roten Blutfleck von ihrem Finger lutschte. Chase Calder klopfte an die Tür.

Maggie rührte sich nicht und sah auch nicht auf. »Herein« Nichts von all dem, was in ihr brodelte, war aus ihrer Stimme herauszuhören.

Die Tür öffnete sich, und diesem Laut folgten Schritte. Sie zögerten, kamen dann weiter in den Raum hinein und blieben neben ihrem Stuhl stehen. Sie konnte seine braunen Stiefelspitzen sehen, als sie den Faden verknotete und die Schere vom Tisch nahm, um ihn durchzuschneiden.

»Hallo, Maggie.« Seine Stimme war sehr ruhig.

»An der Jacke hat ein Knopf gefehlt.« Sie steckte die Nadel mit dem Faden in das Nadelkissen und hängte die Jacke über ihre Stuhllehne. »Ich mußte ihn annähen, weil mein Vater in diesem Anzug begraben wird.« Maggie stand auf, und ihre Finger hielten immer noch die Schere.

Chase hatte seinen Hut abgenommen und hielt ihn vor sich hin. Sein breiter Brustkasten hob sich, als er tief einatmete und sich zwang, seinen Blick zu ihren dunkelgrünen Augen zu heben. »Das mit deinem Vater tut mir leid, Maggie«, sagte er grimmig. »Wenn ich irgend etwas für dich tun kann … «

Seine Scheinheiligkeit ließ das Blut glühend durch ihre Adern strömen. »Jetzt kannst du nichts mehr tun! Wenn du etwas tun wolltest, um mir zu helfen, warum hast du sie dann nicht davon abgehalten, ihn zu erhängen?!!« tobte sie. Ein schockierter Ausdruck trat auf sein gefurchtes Gesicht. Das ließ sie ihm erst richtig höhnisch ins Gesicht schreien, was sie wußte. »Ich habe dich mit deinem Vater und den anderen gesehen. Ihr glaubt wohl, daß niemand hier war und beobachtet hat, wie ihr ihn gehängt habt, stimmt's? Aber wir haben alles gesehen!«

Er wandte seinen Kopf ab und zeigte ihr ein habichtähnliches Profil. Ein Muskel an seinem Kiefer zuckte, während er um die Kontrolle über irgendwelche Gefühle zu kämpfen schien. Dann wandte er den Kopf abrupt wieder um, um sie anzusehen, und nichts war von seinem Gesicht abzulesen, weder Reue noch Kummer.

»Ich wünschte, du hättest es nicht gesehen.« Seine Stimme war fest und ungebrochen, ohne jedes Gefühl. Sie sah ihm ins Gesicht, starrte ihn an – einen Fremden, nicht einen Mann, in dessen Armen sie so viele Male gelegen hatte. Innerlich rollte sie sich zusammen wie eine Klapperschlange, die sich auf einen Angriff vorbereitet. Seine Augen zogen sich zusammen und nahmen einen forschenden Ausdruck an. »Du hast gehört, wie dein Vater zugegeben hat, daß er derjenige war, der unsere Rinder gestohlen hat.«

»Er hat es nicht allein getan!« brauste Maggie auf. »Was ist mit den anderen? Werdet ihr die auch hängen? Ich gehöre auch dazu.

Ich wußte von den Überfällen. Ich habe sie sogar gedeckt. Werdet ihr mich auch erhängen?«

Dieses Eingeständnis kam für Chase völlig unerwartet. Bis zu diesem Augenblick hatte er geglaubt, sie hätte nichts davon gewußt, daß ihr Vater bei den Viehdiebstählen beteiligt war. Er fühlte sich plötzlich von ihr verraten.

»Warum hast du mir das nicht eher gesagt?« fragte er erbost.

»Was hättest du denn getan? Mich deinem Vater übergeben?« Sie zitterte vor Zorn, und innerlich kochte sie. »Was glaubst du wohl, was er mit mir getan hätte? Mich neben meinem Pa aufgeknüpft?«

Chase brauste auf. »Mein Vater hätte keine Hand gegen dich erhoben. Er täte niemals vorsätzlich einer Frau etwas zuleide.«

»Und genau damit hat er einen Fehler gemacht!« Sie bebte vor Wut, und ihre Hand krampfte sich um die Schere. »Ihr hättet euch uns alle vom Hals schaffen sollen! Uns alle! Hast du gehört?!«

Im letzten Moment warnte ihn irgend etwas. Vielleicht war es das Aufblitzen der Stahlschere im Sonnenlicht, vielleicht auch die leichte Bewegung ihres Kopfes, die ihm ankündigte, daß sie zum Schlag ausholte. Doch als ihre Hand nach seinem Bauch ausholte, sprang Chase zurück. Die Spitzen der Schere rissen seinen Hemdsärmel auf und bohrten sich in seinen Unterarm. Er hatte das Gefühl, als sei ihm ein heißes Eisen auf die Haut gepreßt worden, aber er hatte keine Zeit, an seine Wunde zu denken.

Er griff nach ihrer Hand, in der sie die Schere hielt, und bog ihr den Arm um, bis er sie vor Schmerz keuchen hörte; in dieses Keuchen mischten sich die Laute eines wutentbrannten Tieres, das sich in die Enge getrieben sieht, ehe sich ihre Finger unwillig lösten. Ein breiter Streifen Blut färbte sein Hemd rot und rann ihm auf den Handrücken, als er ihr die Schere aus der Hand riß und sie von sich stieß.

Mit einer ausholenden Bewegung seines Armes warf er die Schere ins hinterste Ende des Raumes. Dabei schoß ihm ein stechender Schmerz durch den Arm. Unfreiwillig schnitt er eine Grimasse, während er mit einer Hand die pochende Wunde umklammerte und spürte, wie sein Blut pulsierte und klebrig zwischen seine Finger sickerte.

»Du verrückter kleiner Dummkopf!« Er funkelte Maggie wütend an und hielt sich den blutenden Arm. In dem Zustand, in dem sie sich befand, konnte er nicht hoffen, sich vernünftig mit ihr unterhalten zu können, aber er konnte ihr den bitteren Haß nicht vorwerfen, den sie für das verspürte, was sie getan hatten. Er schnappte seinen Hut vom Fußboden und drückte ihn sich auf den Kopf, während er sich umdrehte und das Haus verließ. Blut tropfte von seinen Fingerspitzen.

In der Fahrerkabine des Pickup zog Chase das Taschentuch aus seiner Hosentasche und wickelte es sich direkt unter dem Ellbogen um den Arm. Ein Ende hielt er mit dem Zähnen fest, um den Knoten eng anzuziehen und Druck auf die Wunde auszuüben, um den Blutfluß zu stoppen. Sein ganzer Arm fühlte sich an, als stünde er im Flammen.

Als er das dreifache C endlich erreichte, biß er bereits vor Schmerz die Zähne zusammen. Er fuhr direkt zur Krankenstation und parkte davor. Die Wunde hatte fast aufgehört zu bluten, doch die untere Hälfte seines Ärmels war blutdurchtränkt, und das Blut verkrustete allmählich auf seinen Händen und Fingern.

»He, Chase!« Buck kam auf ihn zu. »Webb hat schon nach dir gefragt. Wo steckst du denn?« Dann sah er Chases Arm, und das fragende Lächeln verschwand aus seinem Gesicht. »Ach du Scheiße! Was hast du bloß mit deinem Arm angestellt?«

Chase ignorierte seine Fragen und setzte unbeirrt seinen Weg zur Erste-Hilfe-Station fort. »Komm mit rein, und hilf mir, das wieder hinzukriegen.« Buck eilte voraus, um die Tür aufzumachen, und Chase ging direkt zum Wasserhahn und zerrte an dem zusammengeknoteten Taschentuch. Als er es gelockert hatte, drehte er sich zu Buck um. »Reiß den Ärmel am Ellbogen ab. Das Hemd ist sowieso hin.« Die Vorderseite des Hemdes war total mit Blut verschmiert.

Der Stoff ließ sich leicht zerreißen, und der Ärmel fiel auf Chases Handgelenk. Er knöpfte die Manschette auf und warf den blutdurchdränkten Ärmel in den Abfalleimer. Dann drehte er den Hahn auf und hielt seinen Arm unter das Wasser, um das Blut abzuwaschen. Der Druck des Wasserstrahls, der auf die Wunde traf, ließ den heftigen Schmerz wieder aufleben. Chase war um den Mund herum weiß geworden, ehe er es hinter sich hatte, und seine Knie zitterten.

Buck sah sich die Schnittwunde an und schüttelte den Kopf. »Was hast du gemacht? Bist du in eine Messerstecherei geraten?«

»Würdest du jetzt vielleicht den Mund halten und dich um die Wunde kümmern?« Chase stieß diese Aufforderung barsch aus und kämpfte gegen die Wogen von Schwächen an, die durch ihn hindurchfluteten.

»Sieht nach einem tiefen Schnitt aus, Chase.« Auf dem Gesicht seines Freundes stand der Ausdruck besorgter Konzentration. »Vielleicht sollte ich dich zum Arzt bringen und es nähen lassen.«

Chase bewegte seine Finger und ballte eine Faust. Es tat teuflisch weh, aber er hatte nicht das Gefühl, daß seine Muskeln oder Nerven irgendeinen Schaden davongetragen hatten. »Wenn es genäht werden muß, dann kannst du es machen. Du hast schon genug Tiere wieder zusammengeflickt; du solltest wissen, wie es geht.«

Buck zögerte. Er war unsicher. »Es könnte sein, daß du eine Tetanusspritze brauchst.«

»Nein, die Schere war sauber.« Außerdem hatte die Wunde so stark geblutet, daß jede Gefahr einer Entzündung ausgeschlossen war.

»Eine Schere?« Buck sah ihn mit hochgezogenen Augenbrauen an. »Es war eine Frau?«

»Würdest du das verdammte Nähzeug aus dem Schrank holen und die Wunde zusammennähen! Und hör auf, mir Fragen zu stellen!« fauchte Chase.

»Schon gut. Du brauchst mir nicht gleich den Kopf abzureißen.« Buck wich mit gespielter Vorsicht zurück und ging zu einem Schrank, in dem die sterilisierten Nadeln und Fäden aufbewahrt wurden. Ehe er anfing, die Wunde zu nähen, warf er Chase einen Blick zu. »Es wird wehtun. Ist dir das klar?« Auf den wütenden Blick hin, den Chase ihm zuwarf, zuckte Buck die Achseln, um damit auszudrücken, daß er ihn gewarnt hatte, und stieß die Nadel in das Fleisch, um den ersten Stich anzubringen.

Schweiß stand auf Chases Stirn, als er die Zähne vor Schmerz zusammenbiß.

»Hast du schon gehört, daß Angus O'Rourke sich gestern erhängt hat?« erkundigte sich Buck, um sich mit Chase zu unterhalten.

»Ja, das habe ich gehört.« Chase wünschte, er hätte sich ein anderes Thema ausgesucht. »Verdammt, ich könnte wirklich einen Schluck gebrauchen.«

»Eigentlich müßte es hier irgendwo Whiskey geben«, sagte Buck versonnen. Dann grinste er. »Aber dann kämen die Cowboys jedesmal angerannt, wenn sie sich einen Finger eingeklemmt haben.«

»Bist du immer noch nicht fertig?« fragte Chase durch die Zähne, und er sah zu, wie Buck den letzten Stich anbrachte und einen Schritt zurücktrat, um seine Arbeit zu bewundern.

»Ich wette, daß ich einen guten Chirurgen abgegeben hätte«, verkündete er, als er begann, die Wunde gekonnt zu verbinden.

In dem Augenblick, in dem Buck den letzten Streifen Klebeband anbrachte, damit das Verbandmaterial nicht verrutschen konnte, ging die Tür auf. Chase warf einen Blick über seine Schulter und wandte seinen Blick dann ab, ohne seinem Vater in die Augen zu sehen.

»Ich habe deinen Wagen vor der Tür gesehen.« Webb Calder sah mit einem Stirnrunzeln den Verband an, der Chases gesamten Unterarm bedeckte. »Was ist passiert?«

»Ich habe mich geschnitten. Buck hat es mit diesem riesigen Verband etwas zu gut gemeint.« Chase versuchte, es so darzustellen, als handele es sich um eine unbedeutende Verletzung, aber er konnte nur langsam aufstehen und war nicht sicher, ob seine Füße ihn tragen würden. »Ich glaube, er übt, weil er Arzt werden will.«

Buck reagierte auf diese Anspielung, indem er verstohlen die Instrumente wegräumte, ehe Webb sie bemerkt hatte. Er hörte, wie Webb Chase fragte, wo er gewesen sei, und er strengte seine Ohren an, um die leise Antwort zu verstehen.

»Ich war bei Maggie.« Chase nahm seinen Hut und musterte das Hutband im Innern. »Sie war da – beide waren da, sie und Culley. Sie haben uns gesehen – uns alle.«

Webb atmete tief ein und stieß die Luft mit einem besorgten Seufzer wieder aus. »Das wußte ich nicht.«

»Nein.« Chase setzte seinen Hut auf, zog ihn erst in die Stirn und stieß ihn dann auf seinen Hinterkopf. »Ich verschwinde für ein oder zwei Wochen.«

Sein Vater ließ diese Äußerung ein oder zwei Minuten in der Luft hängen und fragte dann schlicht: »Wohin?«

»Ich dachte mir, daß ich ein Packpferd nehme und in die Berge reite. Vielleicht kann ich ein paar Zäune überprüfen und reparieren.« Chase sah prüfend das Muster der Bodenkacheln an. »Ich schätze, es wäre nie etwas daraus geworden. Vielleicht habe ich es von Anfang an gewußt.«

»Wenn du das Gefühl hast, es sei nötig, daß du fortgehst, dann werde ich nicht versuchen, dich zurückzuhalten.« Erfreut klang Webbs Stimme allerdings nicht. »Wann wirst du losreiten?«

»Jetzt – heute nachmittag, sobald ich meine Sachen zusammengepackt habe.« Chase preßte seinen verletzten Arm gegen seine Taille und ging an seinem Vater vorbei ins Freie.

Um vier Uhr am selben Nachmittag ritt er auf einem leberfarbenen Braunen los und verließ die Ranch. Er hatte seinen Schlafsack hinter seinem Sattel festgebunden und das gefleckte Packpferd, das er am Zügel führte, mit Vorräten beladen. Er ritt auf die kleine Bergkette zu, die am westlichen Rand in das Land des dreifachen C hineinragte.

Der kommende Tag war ein Donnerstag, der Tag, an dem Doc Barlow seine Sprechstunde abhielt. Als Maggie sein Untersuchungszimmer verließ, fand niemand befremdlich, daß sie so blaß und bedrückt aussah und mit niemandem sprach. Das arme Kind mußte am kommenden Tag seinen Vater begraben. War es nicht gräßlich, daß Angus O'Rourke Selbstmord begangen und seine zwei Kinder als Waisen zurückgelassen hatte? Mitleidig zerrissen sie sich die Mäuler darüber.

Culley erwartete sie in Tuckers Café. Tucker war der einzige, der die Wahrheit darüber kannte, wie ihr Vater ums Leben gekommen war. Culley hatte ihn noch am selben Tag, an dem es passiert war, darüber unterrichtet. Tucker war so bleich wie ein Bettuch geworden und hatte sie ausgefragt, um dahinterzukommen, ob Calder wußte, daß er an der Sache beteiligt gewesen war. Culley hatte die empörende Unterstellung, sein Vater hätte Calder irgendwelche Namen genannt, wütend zurückgewiesen. Doch Tucker hatte den Anschein erweckt, sich ebensosehr darum zu sorgen, was Calder mit ihnen anstellen könnte, und er hatte ihnen zugestimmt, daß niemand ihnen die Geschichte glauben würde.

Als Maggie in die Nische schlüpfte, in der Culley saß, fragte er:

»Hat der Arzt dir ein paar Pillen verschrieben, damit du besser schläfst?«

Das war der Vorwand gewesen, unter dem sie den Arzt aufgesucht hatte.

Tucker brachte ihr ein Stück Apfelkuchen und ein Glas Milch, ohne sich vorher zu erkundigen, ob sie etwas haben wollte. »Wie geht es dir?« Er hatte die Rolle eines entfernten Verwandten übernommen, der sich des Geschwisterpaares annahm.

»Gut.« Sie nickte und sah unsicher den Kuchen an.

»Das geht auf Kosten des Hauses«, versicherte er ihr, und dann entfernte er sich, weil ein anderer Kunde eingetreten war.

»Tucker und ich haben uns unterhalten«, setzte Culley an und beugte sich vor. »Und ich habe ziemlich viel darüber nachgedacht, was wir jetzt machen, nachdem Pa nicht mehr da ist. Ich habe in einem alten Adreßbuch von Mutter die Telefonnummer von Tante Cathleen gefunden. Ich habe sie vorhin angerufen, um ihr das mit Pa zu erzählen ... und um sie zu fragen, ob du zu ihr kommen und bei ihr wohnen kannst.«

»Was?« Maggie war nicht sicher, ob sie ihn richtig verstanden hatte.

»Du wirst von hier fortgehen und bei Tante Cathleen in Kalifornien bleiben. Morgen nach der Beerdigung setze ich dich in einen Bus.« Er wandte seinen Blick von ihr ab und spielte mit einer Papierserviette herum. »Du wolltest schon immer von hier fort und etwas aus dir machen. Jetzt bekommst du deine Chance.«

Das war immer ihr Traum gewesen, und doch waren im Moment sämtliche Umstände denkbar ungeeignet. »Aber was wirst du tun?«

»Ich werde hierbleiben und versuchen, die Ranch in Schuß zu bringen.«

»Allein schaffst du das nicht.« Ihrem Vater war es mit ihrer beider Hilfe nicht gelungen.

»Es wird nicht leicht sein«, gab er mit einem Achselzucken zu. »Ich kann einen Teil von Pas Geld dafür ausgeben, einen ständigen Mitarbeiter einzustellen, und Tucker hat gesagt, daß er uns weiterhilft. Aber ich will, daß du den größten Teil des Geldes mitnimmst.« Als er sah, daß sie Einwände erheben wollte, warf er schnell ein: »Wenn dich jemand fragt, woher du es hast, dann sagst du einfach, daß Pa eine Lebensversicherung abgeschlossen hatte.«

»Ich kann nicht zu Tante Cathleen«, erklärte Maggie entschieden.

»Warum nicht? Ich will nicht, daß du hierbleibst«, widersprach Culley mit einem Anflug von Zorn.

Ihr Mund zog sich zu einem grimmig resignierten Strich zusammen. »Culley, ich war bei Doc Barlow, weil ich schwanger bin. Ich werde ein Kind von Chase Calder bekommen.« Ihre Stimme zitterte, als sie erbittert seinen Namen aussprach.

Culley starrte sie mit ausdruckslosen Augen an, ehe er schließlich seine Stirn in seine Hände stützte. »Ich wußte es. Ich wußte, daß dieser teuflische Halunke seinen Samen in dich pflanzen würde.« Es dauerte lange, ehe er seinen Kopf wieder hob und seufzte. »Das ist nur ein weiterer Grund, aus dem du nicht hierbleiben kannst, Maggie. Hast du Doc Barlow gesagt, wer der Vater ist?«

»Nein. Er hat mich gefragt, ob es Chase ist. Er hatte bereits Gerüchte gehört, daß ich mich mit ihm treffe.« Ihre Finger gruben sich in ihre Handflächen, als sie sich an die Peinlichkeit erinnerte. »Ich habe ihn schwören lassen, daß er kein Wort sagt.«

»Alle reden schon davon, weil alle es wissen – und sie werden es erraten. Siehst du das denn nicht ein, Maggie?« Culley brachte ernsthaft seine Argumente vor. »Es wird nur noch schlimmer werden, wenn du hierbleibst. Außerdem möchte Tante Cathleen wirklich, daß du zu ihr kommst.«

»Aber wird sie das immer noch wollen, wenn sie erfährt, daß ich schwanger bin?« fragte Maggie.

»Wenn du erst einmal da bist, wie könnte sie dich dann im Stich lassen?« argumentierte er. »Und wenn sie es tut, dann kannst du dich immer noch in den nächsten Bus setzen und hierher zurückkommen. Aber sie hat am Telefon einen wirklich netten Eindruck gemacht, Maggie. Ganz wie Mom.« Er sah sie mit Augen an, die traurig und gequält waren und in denen ein bitterer Haß brannte, der niemals vergehen würde. »Ich versuche, das zu tun, was ich für das Beste halte. Ich weiß nicht, ob ich recht habe, aber es ist nicht gut für dich, wenn du hierbleibst. Fahr gleich morgen ab, Maggie. Geh weg, ehe die Calders dir noch einmal wehtun.«

»Ich gehe, aber ich laufe nicht vor ihnen davon«, erwiderte sie trotzig.

Nach zwei Tagen erreichte Chase die Berge. Eine Woche lang ritt er über die felsigen Kämme und die kieferbestandenen Hänge, sah den gewaltigen blauen Himmel an, der sich ständig wandelte, ständig gleich blieb, und dachte nach … manchmal über nichts Bedeutenderes als darüber, wie das Sonnenlicht, das durch die Bäume strömte, farbige Tupfen auf den Boden warf.

Er hatte sein Lager unter den Sternen aufgeschlagen und die Pferde auf einer grasbewachsenen Lichtung angepflockt und lag jetzt ausgestreckt auf dem Boden, hatte sich den Sattel als Kissen unter den Kopf geschoben und paffte an einer dünnen Zigarre. Auf einem fernen Hügel heulte ein Kojote, und sein Ruf war der einsamste und traurigste Laut auf Erden. Das Lagerfeuer war heruntergebrannt. Eine Sternschnuppe zog über den Nachthimmel, und das Licht von Millionen von Jahren hinterließ einen weißen Kratzer am schwarzen Himmel, der schnell wieder verschwand, als hätte es ihn nie gegeben.

Das Leben verlief nicht immer so, wie der Mensch es haben wollte oder auch nur so, wie er versuchte, es zu gestalten. Er hatte ein Mädchen genommen und es vorzeitig zur Frau gemacht. Er hatte ihre Jugend ignoriert, ihre Herkunft und die Ablehnung, die ihr Vater den Calders entgegenbrachte, und er war sicher gewesen, daß all dies sie niemals etwas angehen würde, daß sie sich gegen die Unbilden der Welt abschirmen könnten. Chase wurde klar, daß ihrer Beziehung die Tiefe gefehlt hatte, weil sie verleugnet hatte, was jeder von ihnen beiden war. Eine Sache überdauert, wenn Hingabe in ihr steckt, und sie zerbricht, wenn diese Hingabe fehlt.

Chase bewegte seinen Arm. Er konnte ihn jetzt wieder freier bewegen; die Entzündung ging zurück. Mit der Zeit würde die Wunde vollständig verheilen, aber eine Narbe würde zurückbleiben.

Nach zwei Wochen ritt Chase zurück. Er machte einen Umweg zur nördlichen Bergkette und ritt über das Weideland im Norden, ein Ritt, um sich von einfacheren Zeiten zu verabschieden, die nie wiederkommen würden. Das hatte er schließlich akzeptiert, und er wandte sein Pferd dem Gehöft zu, ohne sich noch einmal umzusehen.

Als jemand den Reiter und das Packpferd erblickte, die dem dreifachen C näherkamen, wurde ein Landarbeiter losgeschickt, um im Gehöft Bescheid zu geben, daß Chase zurückkam. Alle vermieden es sorgsam, Webb Calder anzusehen, als dieser zu den Ställen schlenderte. Im Umkreis von zwanzig Metern um den Vater und den Sohn herum, die sich nach einer zweiwöchigen Trennung wiedertrafen, war kein Mensch zu sehen.

»Ich sehe, daß du schließlich doch zurückgekommen bist«, bemerkte Webb, der sich den Anschein zu geben versuchte, nur ein geringfügiges Interesse an der Rückkehr seines Sohnes zu haben. Doch seine Augen musterten den Reiter prüfend, dessen rauhe Gesichtszüge teilweise unter einem Bart verborgen waren.

Chase lächelte. »Mir sind die Zigarren ausgegangen«, erwiderte er; er schnalzte mit der Zunge und führte sein Pferd an seinem Vater vorbei in den Stall.

Als Webb Calder den Kopf hob, lag Stolz in seiner Geste. Sein Sohn war zurückgekehrt, und er war geheilt. Nate Moore kam aus dem Stall und blieb kurz neben Webb stehen. Er sah auf die Tür, durch die Chase verschwunden war.

»Hast du das Gefühl, daß er als Junge fortgeritten und als Mann zurückgekehrt ist?« fragte Nate, ehe er weiterging, ohne eine Antwort abzuwarten.

Es vergingen etliche Sekunden, ehe Webb seinem Sohn in den Stall folgte. Chase nahm gerade seinem Pferd den Sattel ab. »Maggie O'Rourke ist fort. Sie ist nach Kalifornien, um dort bei einer Verwandten zu leben – ich glaube, es ist eine Schwester ihrer Mutter.«

»Das freut mich für sie«, sagte Chase mit unbeteiligter Stimme und hob den Sattel vom Rücken seines Pferdes. Dann drehte er sich um und schwang ihn auf die Trennwand zwischen den Boxen, ehe er über den Sattel hinweg dem Blick seines Vaters begegnete. »Das ist es, was sie immer wollte – eine Chance, von hier fortzukommen und etwas aus ihrem Leben zu machen. So ist es das beste.«

»Ja«, stimmte Webb zu.

TEIL IV

15.

Vieles an ihrer Tante erinnerte Maggie an ihre Mutter. Sie hatte dieselbe Haut-, Haar- und Augenfarbe, wenn man davon absah, daß graue Strähnen das Haar ihrer Tante silbrig zu färben begannen und daß ihre Augen einen etwas dunkleren Grünton hatten. Cathleen war größer als ihre Mutter gewesen war, und sie war auch rundlicher, doch im Lauf der letzten Jahre ihres Lebens hatte ihre Mutter so viel gearbeitet, daß sie davon dünn geworden war. Das Wichtigste war jedoch, daß ihre Tante dieselbe liebevolle Art hatte, jemanden zu umsorgen. Sie hatte Maggie mit offenen Armen bei sich aufgenommen.

Maggie starrte die Hände an, die so warm und liebevoll um ihre verkrampften Finger geschlungen waren. Es war nicht leicht gewesen, ihre Tante davon zu unterrichten, daß sie ein Kind erwartete. Trotz dieser Geste der Zuneigung und des Verständnisses wappnete sich Maggie innerlich gegen die vorwurfsvollen Worte.

Doch sie kamen nicht. »Es ist möglich, daß sich dieses scheinbare Übel noch als ein Segen erweisen wird«, meinte Cathleen Hogan.

Maggie hob den Kopf, skeptisch und auf der Hut. »Wie das?« Sie hatte die Umstände ihrer Beziehung zu Chace Calder verheimlicht, so wie sie auch sehr zurückhaltend gewesen war, als es um den Tod ihres Vaters ging, über den sie nur berichtet hatte, daß er sich das Genick gebrochen hatte und augenblicklich gestorben war; sie hatte es ihrer Tante überlassen, daraus zu schließen, daß es sich um einen Unfall gehandelt hatte.

»Ich habe mir schon Sorgen darüber gemacht, daß ich Mutter und Vater Hogan den ganzen Tag allein lassen muß, während ich arbeite«, erklärte Cathleen, die von den Eltern ihres verstorbenen Mannes sprach, die jetzt auch bei ihr lebten. »Es gibt Tage, an denen Mutter Hogan die Arthritis so zusetzt, daß sie einfach nicht allein zurechtkommt. Und da Vater Hogans Gehör täglich schlechter wird, mache ich mir Sorgen, daß sie hinfällt und er ihre Hilferufe nicht hört. Meine Nachbarin, Mrs. Houston, sieht ein- oder zweimal täglich nach den beiden, aber ich kann es mir nicht leisten, jemanden einzustellen, der die ganze Zeit bei ihnen ist. Wenn du hier bist, Mary Frances ...« Sie benutzte Maggies Taufnamen und wartete einen Moment.

»Ich werde mich um sie kümmern und ihnen die Mahlzeiten zubereiten«, schlug Maggie von sich aus vor; sie war erleichtert darüber, daß sie ihrer Tante helfen konnte, statt ihr nur eine Last zu sein. Das wäre mehr gewesen, als ihr Unabhängigkeitswille erduldet hätte – schwanger und von einer mehr oder weniger fremden Verwandten abhängig zu sein.

»Natürlich würde es mir eine große Last von der Seele nehmen, wenn du das tun könntest.« Cathleen lächelte freundlich. »Ich hatte schon Angst, ich müßte meine Stellung aufgeben, und die Gordons waren so gut zu mir, so verständnisvoll.« Sie drückte zuversichtlich Maggies Hand. »Ich werde Dr. Gordon bitten, uns einen Geburtshelfer für dich zu empfehlen. Ich will, daß ihr gesund bleibt, du und das Kind.«

Als sie vor drei Tagen in der Nähe von Chatsworth im San-Fernando-Tal in Kalifornien eingetroffen war, hatte Maggie erfahren, daß ihre Tante bei einer Familie arbeitete, die Gordon hieß. Sie war als Haushälterin für das Geschwisterpaar eingestellt worden, doch ihre Pflichten hatten sich mit der Zeit dahingehend ausgeweitet, daß sie sich vor allem um die Schwester kümmerte, Pamela Gordon, die nach einem Sturz von einem Pferd teilweise gelähmt war. Daher war es nur natürlich, daß ihre Tante des öfteren von Pamela sprach. Über den Bruder wußte sie kaum etwas.

»Was für ein Arzt ist dein Arbeitgeber?« Ihre Neugier war erwacht.

»Er ist Facharzt für plastische Chirurgie, und er ist sehr bekannt für seine Fähigkeiten.« Cathleen schien stolz auf diesen Umstand zu sein. »Leute, die bei Bränden oder Unfällen Narben davontragen, werden immer an ihn verwiesen. Er hat seine Praxis und seine Klinik in Los Angeles, und das ist eine Fahrt von etwa fünfundvierzig Minuten von seinem Haus; er fährt täglich hin und zurück.« Nach kurzem Schweigen fügte sie hinzu: »Ich bin froh, daß du zu mir gekommen bist, Mary Frances. Ich weiß, daß es das ist, was deiner Mutter am liebsten wäre.«

Das veranlaßte Maggie zu sagen: »Mama wollte immer, daß Culley und ich eine gute Schulbildung bekommen. Auch wenn ich ein Baby bekomme, werde ich mein Diplom machen.«

»Das wird kein Problem sein. Die Schulen hier halten dreimal in der Woche Abendkurse ab. Außerdem werden auch Fernkurse angeboten, so daß man zu Hause lernen kann«, erwiderte ihre Tante. »Wir werden uns beides ansehen, und dann entscheiden, wie es am besten klappt. Es wird alles gut werden. Du wirst sehen.«

Als ihre Tante das kleine Schlafzimmer verließ, das jetzt Maggies Zimmer war, sah Maggie ihre Zukunft optimistischer als seit vielen Tagen. Zumindest gab es jetzt etwas Bestimmtes, worüber sie Culley schreiben konnte.

Fast ein Monat verging, ehe sie einen Brief von ihrem Bruder bekam. In der Zwischenzeit hatte sie angefangen, an Fernkursen teilzunehmen, und ihr Leben hatte sich geregelt und nahm seinen Lauf, ohne große Anforderungen an sie zu stellen. Sie hatte den Haushalt übernommen und kümmerte sich um Großmama und Großpapa Hogan, wie sie sie inzwischen nannte. Culleys Brief traf genau in dem Moment ein, in dem sie das Mittagessen auf den Tisch stellte. Sie ließ ihre Suppe kalt werden, während sie den Brief las.

28. September

Liebe Maggie,
wie geht es Dir? Mir geht es gut. Das Wetter wird hier schon recht kühl. Wie ist es in Kalifornien? Ich bin froh, daß es Dir dort gefällt. Tuckers Café ist letzte Woche abgebrannt. Jake hat es von seinem Fenster aus gesehen, als er die Bar zugemacht hat, und hat Alarm geschlagen. Das ganze Gebäude stand schon in Flammen, als der Feuerwehrwagen ankam. Sie haben das Café abbrennen lassen und das ganze Wasser auf Jakes Bar gepumpt, damit sich das Feuer nicht ausbreiten und auf sein Gebäude übergreifen kann. Von Tuckers Café ist bis auf die ausgebrannten Mauern nichts mehr übrig. Er hat alles verloren, sogar das Geld, das er in einer Metallkiste im Hinterzimmer aufbewahrt hatte. Versichert war er auch nicht.

Es heißt, das Feuer sei in der Küche ausgebrochen, angeblich durch überhitztes Fett. Aber ich möchte wetten, daß Calder das Café angezündet hat. Tucker glaubt das auch, aber er kann nicht mehr beweisen, als wir es konnten.

Ich habe einen Mann eingestellt, der mir auf der Ranch hilft, aber gestern ist er wieder weg. Niemand kann mich davon überzeugen, daß Calder nicht dahintersteckt, daß er wieder gegangen ist. Aber er wird mich niemals von hier vertreiben. Ich werde ihnen heimzahlen, was sie getan haben. Es kann sein, daß es eine Weile dauert, aber ich werde es eines Tages tun.

Im übrigen gibt es keine Neuigkeiten, und daher schließe ich jetzt. Paß gut auf dich auf.

Dein Bruder
Culley

Maggie las den Brief noch einmal, ehe sie ihn langsam zusammenfaltete und ihn wieder in den Umschlag steckte. Trübsinn senkte sich auf sie herab, schmerzhafte Erinnerungen, die wieder aufgefrischt worden waren.

»Von wem ist dieser Brief, Mary Frances?« erkundigte sich Großpapa Hogan mit lauter Stimme, damit er sich selbst hören konnte. Er benutzte immer Maggies Taufnamen, so wie es auch Cathleen tat.

»Von Culley.« Ihre Stimme war flach und leer.

»Von wem?« Er runzelte die Stirn und legte eine Hand als Trichter an sein Ohr.

»Von meinem Bruder!« Diesmal antwortete Maggie so laut, daß er sie hören konnte.

Am folgenden Samstag packte Cathleen einen Picknick-Korb und überraschte Maggie mit einem Ausflug an den Strand. Sie sah zum ersten Mal das Meer. Im selben Moment, in dem Cathleen ihr versicherte, daß sie und Mutter Hogan den Picknick-Korb allein auspacken und alles für das Essen herrichten konnten, schlüpfte Maggie aus ihren Sandalen und lief barfuß über den sonnenwarmen Sand zum Wasser.

Direkt vor den Wellen, die auf den Strand spülten, blieb sie abrupt stehen und blickte auf die ungeheure Weite des Ozeans hinaus, eine dunkelgrüne Weite unter einem blauen Himmel, der sie umschloß. Einen Moment lang verlor sie sich ganz in eine Erinnerung an Montana, ein Meer aus Gras unter einem endlos weiten Himmel.

In der Luft hing der Geruch von Tang. Plötzlich wurde Maggie neugierig, und sie bückte sich und schöpfte mit ihren hohlen Händen Wasser. Sie berührte die Nässe mit ihrer Zungenspitze und rümpfte die Nase über den salzigen Fischgeschmack.

Cathleen lächelte, als sie Maggie zurückkommen sah.

»Wie gefällt dir der Pazifik?«

»Einfach wunderbar«, gab Maggie zu, während sie sich auf der Decke, die ihre Tante auf dem Boden ausgebreitet hatte, auf die Knie sinken ließ. »Heute abend muß ich Culley schreiben und ihm sagen, daß das Meer wirklich salzig schmeckt.«

Ein paar Tage nach dem Erntedankfest steckte ein Brief von ihm im Briefkasten.

30. November

Liebe Maggie,
es tut mir leid, daß ich nicht früher Zeit hatte, Dir zu schreiben, aber ich hatte wirklich viel zu tun.

Wie habt Ihr das Erntedankfest gefeiert? Tucker war da. Er hat etwas zum Essen mitgebracht. Er arbeitet jetzt als Koch für Calder. Ich konnte es einfach nicht glauben, als ich es in der Stadt gehört habe. Er hat gesagt, er könne nirgends sonst Arbeit finden. Ich habe ihm gesagt, er hätte hierher kommen können, aber er hat gesagt, er sei Koch und kein Cowboy. Trotzdem haßt er Calder noch genauso wie wir.

In Jakes Bar hat es am letzten Wochenende einen großen Krach gegeben. Irgendein Kerl, der hier neu ist, hat Buck Haskell beschuldigt, ihm Geld aus der Tasche gestohlen zu haben. Sie haben sich gestritten, und daraus ist ein allgemeines Handgemenge geworden, Chase Calder und das dreifache C gegen alle anderen. Der Sheriff mußte eingreifen. Ich wußte immer, daß die vom dreifachen C ein Haufen Gauner sind.

Es fängt an zu schneien. Ich muß mich um die Rinder kümmern.

Dein Bruder
Culley

Zwei Wochen vor Weihnachten saß Maggie im Schneidersitz auf dem Fußboden des Wohnzimmers und wickelte die Hemden ein, die sie für Culley gekauft hatte. Ein künstlicher Weihnachtsbaum stand vor dem Panoramafenster, und neben dem Fuß, der in Watte gewickelt war, stand eine Krippe. Das Gras und die Bäume im Freien waren noch grün, und die Luft war warm.

»Es ist kaum zu glauben, daß wir schon fast Weihnachten haben«, verkündete Maggie mit einem Blick auf ihre Tante, die damit beschäftigt war, Weihnachtsgrüße zu adressieren. »Ich wette, daß Culley eingeschneit ist.«

Cathleen unterbrach ihr Schreiben. »Du vermißt ihn sehr, nicht wahr?«

»Ja.« Es war ein schlichtes Eingeständnis, und Maggie versuchte gar nicht erst, es kunstvoll auszuschmücken.

»Warum schreibst du ihm nicht und bittest ihn, die Feiertage hier zu verbringen?« schlug sie vor.

Maggie schüttelte traurig den Kopf, denn sie wußte, daß das nicht möglich war. »Das Wetter ist zu dieser Jahreszeit zu unberechenbar. Es kann zu Schneestürmen kommen. Er darf die Ranch jetzt nicht sich selbst überlassen.« Ihre Antwort war logisch und einfühlsam, aber das hielt sie nicht davon ab, sich doch zu wünschen, sie könnte ihn sehen. Sie brauchte jemanden, mit dem sie reden konnte, jemanden, der die näheren Umstände des Todes ihres Vaters kannte, jemanden, der ihre inneren Qualen verstand.

Als hätte sie gespürt, daß es das beste sein würde, das Thema zu wechseln, fragte ihre Tante: »Hast du dir schon irgendwelche Namen für das Baby überlegt?«

»Ja.« Maggie hörte das Pochen eines Stockes im Korridor und stand automatisch auf, um der von Arthritis geplagten Mutter Hogan ins Wohnzimmer zu helfen und sie in einen der Sessel zu setzen. »Wenn es ein Junge wird, nenne ich ihn Tyrone«, teilte sie ihrer Tante mit. »Und wenn es ein Mädchen wird, würde ich es gern Cathleen nennen, nach dir.«

Von dem Moment an, in dem sie sich über das Leben, das in ihr heranwuchs, klar geworden war, hatte Maggie begonnen, sich gegen die Erkenntnis zu sperren, daß Chase einen Anteil daran hatte. Sie betrachtete das Kind als ihr ausschließliches Eigentum.

»Was für ein zauberhafter Gedanke, Mary Frances!« erklärte ihre Tante, die wirklich gerührt war. »Ich danke dir.«

Ehe Maggie sich wieder setzte, um das Päckchen für Culley fertig zu machen, zog sie das graue Sweatshirt bis auf ihre Hüften. Es spannte sich über ihrem Bauch.

»Es wird ein Junge«, meinte Mutter Hogan. »Sieh nur, wie tief sie das Baby trägt.«

»Das ist ein Ammenmärchen.« Cathleen wischte die Bemerkung mit einem Lächeln beiseite. »Das hat nicht das Geringste mit dem Geschlecht des Kindes zu tun.«

Bis zu diesem Moment hatte Maggie sich noch kein einziges Mal überlegt, ob sie lieber einen Jungen oder ein Mädchen hätte. Jungen hatten es in dieser Welt mit Sicherheit leichter als Mädchen.

»Ich nehme an, das hat Dr. Gordon dir gesagt«, erwiderte Mutter Hogan in einem Tonfall, der das Wissen des Arztes in Frage stellte.

»Hat er Kinder?« fragte Maggie. Sie erinnerte sich, daß seine Schwester Pamela nie geheiratet hatte, aber sie konnte sich nicht erinnern, ob ihre Tante erzählt hatte, der Bruder sei verheiratet.

»Nein, er und seine verstorbene Frau waren kinderlos«, antwortete Cathleen.

»Seine Frau ist gestorben?« Maggie drückte das letzte Stück Klebeband auf das Paket für Culley.

»Ja, bei einem Autounfall vor einigen Jahren.« Ihre Tante unterbrach sich, und plötzlich breitete sich ein Lächeln auf ihrem Gesicht aus. »Ich wünschte, du könntest sehen, wie das Haus für die Feiertage geschmückt worden ist, Mary Frances. Pamela hat den Doktor überredet, in jedem einzelnen Raum des Hauses Girlanden und Palmwedel aufzuhängen. Einen Bruder und eine Schwester, die derart bezaubernd miteinander umgehen, hast du noch nie gesehen.«

Daran dachte Maggie, als sie Culleys Namen auf das Päckchen schrieb. Sie mochten durch Tausende von Meilen voneinander getrennt sein; sie mochten sich nicht immer in allen Punkten einig gewesen sein; dennoch standen sie einander sehr nahe.

Doch Weihnachten kam und ging vorüber, ohne daß Maggie auch nur ein Wort von Culley hörte. Insgeheim machte sie sich Sorgen, wenn sie Wetterberichte hörte, die von den Schneestürmen berichteten, die über Montana hinwegfegten. Neujahr war schon vorbei, als sie seine Weihnachtskarte erhielt, in einem Umschlag, in den er einen Zehndollarschein gesteckt hatte. Er hatte hastig einige Zeilen hingekritzelt.

3. Januar

Liebe Maggie,
es tut mir leid, daß die Karte verspätet bei Dir ankommt, aber ich konnte sie nicht eher zur Post bringen. Bisher ist es ein schlimmer Winter gewesen. Eines der Pferde – der Braune mit dem schlimmen Auge – ist am Wassertrog auf dem Eis ausgeglitten und hat sich ein Bein gebrochen. Ich mußte es erschießen.

Tut mir leid, daß es kein langer Brief wird, aber ich vermisse ein Dutzend Rinder. Ich kann Calders Flugzeug hören. Er fliegt über seine Weiden und wirft Heu für seine Rinder ab. Ich bezweifle, daß er auch nur eine Kuh verloren hat. Er hat ein teuflisches Glück.

Danke für die Weihnachtskarte und für die Hemden. Sie sind sehr schön. Ich muß jetzt aufhören.

Dein Bruder
Culley

Sie zitterte bei der Erinnerung an die Winter in Montana – die klamme Luft, die einem ein unsichtbares eisiges Band auf die Stirn preßte und Schnee in Augenbrauen und Wimpern blies, der dort haften blieb; und die Kälte, die einem die Beine taub machte, bis ein Reiter das Pferd nicht mehr unter sich spürte.

Das Baby trat in ihrem Bauch um sich, und Maggie rieb sich mit einer Hand den dicken Bauch, als wolle sie es trösten. Die Wände des Hauses schienen um sie zusammenzurücken und sie einzuengen. Sie wollte raus, ins Freie, fortgehen, irgendwo hingehen, aber sie konnte nicht. Es war schon fast Essenszeit. Sie kämpfte gegen ihre ruhelose Melancholie an und watschelte schwerfällig in die Küche.

In der letzten Märzwoche setzten bei Maggie die Wehen ein. Sieben Stunden später gebar sie einen strampelnden, fast neun Pfund schweren Jungen. Man erlaubte ihr, das schreiende Kind mit dem pflaumenroten Gesicht und der Unmenge naß-schwarzen Haares in den Arm zu nehmen. Alles kam ihr merkwürdig unwirklich vor.

Erst am nächsten Tag, als die Krankenschwester den Kleinen zu Maggie brachte, damit sie ihn stillte, sah sich Maggie seine winzigen, perfekt geformten kleinen Finger und Zehen an und lachte über den kleinen Mund, der begierig die Flasche suchte. Dann wogte mütterliche Liebe über sie hinweg. Es war ein warmer Widerschein, der aus ihrem Innern strahlte und sich auf ihrem Gesicht brach, als sie sich im Zimmer nach ihrer Tante umsah, die vor wenigen Minuten gekommen war.

»Ist Ty nicht das schönste Baby, das du je gesehen hast?« fragte Maggie.

»Das ist er mit Sicherheit«, stimmte Cathleen zu, und sie lachte leise. »Ich fühle mich wie eine Großmutter und nicht wie eine Großtante.« Sie schwieg, um ihren Neffen wieder zu bewundern. »Er hat so viele Haare. Ich glaube, daß seine Augen braun werden.«

»Mein Vater hatte braune Augen.« Maggie weigerte sich, sich daran zu erinnern, daß Chase braune Augen hatte.

»Mutter Hogan hat mir ein Geschenk für das Baby mitgegeben.« Cathleen drückte Maggie eine Schachtel in die Hand, die in Geschenkpapier eingewickelt war.

Es gelang ihr, das Baby auf ihrer Schulter zu balancieren und die Schleife zu öffnen. Als sie den Deckel der Schachtel öffnete, lagen darin ein winziger blauer Pullover und eine dazu passende Strickmütze

»Das werde ich ihm an dem Tag anziehen, an dem ich ihn nach Hause bringe«, entschied sie. Als sie aufblickte, sah sie die in Leder gebundene Bibel mit den abgestoßenen Ecken, die Cathleen in der Hand hielt.

»Das ist für dich.« Ihre Tante strich liebevoll mit einer Hand über den Einband des Buches, ehe sie es Maggie hinhielt. »Es ist die Familienbibel der Malloys, meiner und deiner Mutter Eltern. Da ihr – du, der kleine Tyrone und dein Bruder – die letzten Nachkommen seid, wollte ich, daß du sie nimmst. Meine Mutter hat sie mir gegeben, aber ich habe keine eigenen Kinder. Es ist richtig, sie an dich weiterzugeben.«

Maggie starrte die Bibel an und wußte nicht, was sie sagen sollte. »Danke«, murmelte sie schließlich, und ihre Stimme war ein wenig belegt.

Die Krankenschwester kam ins Zimmer, und sie war so strahlend und heiter, wie es alle Krankenschwestern in der Entbindungsstation zu sein schienen. »Hat Tyrone sein Fläschchen ausgetrunken?«

»Bis auf den letzten Tropfen«, bestätigte Maggie.

»Meine Güte, das ist aber ein hungriges Kerlchen, stimmt's?« erklärte die Krankenschwester mit einem bewundernden Lächeln, und Zärtlichkeit stand in ihrem Blick, als sie das kleine Köpfchen sah, das auf Maggies Schulter ruhte »Er wird einmal groß und stark werden, damit er auf seine Mama aufpassen kann.« Sie warf Maggie einen entschuldigenden Blick zu. »Ich muß ihn jetzt wieder in die Kinderstation bringen.«

»Ja.« Nur widerwillig übergab sie ihren Sohn der Krankenschwester.

»Es sieht mir ganz danach aus, als hätte Tyrone heute ein Geschenk bekommen.« Die Krankenschwester blieb mit dem Baby auf dem Arm neben dem Bett stehen, um den Pullover und die Mütze zu bewundern. Als sie die Bibel auf Maggies Schoß bemerkte, trat Neugier in ihr Gesicht. »Und was ist das?«

»Die Familienbibel.« Sie schlug die Heilige Schrift auf und fand die Seite, auf der die Geburten, die Todesfälle und die Eheschließungen der Familie Malloy und ihrer Kinder aufgezeichnet waren.

»Also, wenn das nicht reizend ist«, verkündete die Krankenschwester, nachdem sie es sich näher angesehen hatte »Hier ist die Stelle, an der die Angaben zu Tyrones Geburt eingetragen werden, das Datum, die Uhrzeit und der Ort, dann Ihr Name und der des Vaters, falls Sie ihn wissen«

Es war eine unschuldige Bemerkung, die absolut keinen Vorwurf beinhaltete. Und doch fuhr sie angesichts der Andeutung, sie könne den Namen des Vaters von Ty nicht kennen, steif zusammen. In ihren Augen war das eine Sünde, die schlimmer war, als ein uneheliches Kind zu bekommen

»Kannst du mir deinen Füller leihen, Tante Cathleen?« fragte sie. »Ich möchte Tys Geburt in der Bibel eintragen.«

Die Krankenschwester verließ das Zimmer, ehe sie den deutlich lesbar eingetragenen Namen Chase Calder gesehen hatte. Ihre Tante konnte nicht länger bleiben, weil ihre Schwiegereltern allein zu Hause waren. Als sie ging, schrieb Maggie an Culley, um ihm die Geburt seines Neffen mitzuteilen.

Wenig später erhielt sie einen Brief von ihm.

2. April

Liebe Maggie,
ich bin froh, daß Ihr gesund seid, das Baby und Du.

Ich hoffe, Du hast Dir keine Sorgen gemacht, weil Du schon lange nichts mehr von mir gehört hast. Es war ein harter Winter, aber ich habe ihn recht gut überstanden. Die Kühe kalben, und das heißt, daß ich wirklich viel zu tun habe. Ich habe ein bißchen abgenommen. Ich nehme an, ich vermisse Deine Kochkünste. So, wie das Haus aussieht, vermißt es Dich auch.

Buck Haskell ist wegen Diebstahls, Überfalls und Körperverletzung angeklagt worden. Neil Anderson hat sich kürzlich bei Jake betrunken. Buck ist ihm gefolgt, als er raus zum Wagen gegangen ist, und er hat ihm eins über den Schädel gezogen und ihn ausgeraubt. Eins von Jakes Mädchen hat alles von einem Fenster im oberen Stockwerk aus beobachtet. Was willst Du wetten, daß Calder ihn freikriegt.

Mach's gut.

Dein Bruder
Culley

16.

Buck wirbelte herum und wandte sich von dem Schreibtisch ab. Er wirkte zutiefst entrüstet. Dann drehte er sich wieder zu Webb Calder um, und seine knabenhaften Gesichtszüge waren vor Wut verzerrt. »Sie werden der Aussage einer Hure doch wohl nicht mehr Glauben schenken als meiner? Ich sage Ihnen, daß ich gar nicht in Andersons Nähe war! Ich habe nicht einmal gemerkt, daß er rausgegangen ist! Dieses Miststück lügt wie gedruckt!«

Webb sah Ruth an. Sie biß sich auf die Lippen, und ihre Augen blinzelten, als hielte sie nur mit Mühe die Tränen zurück. »Paß auf, was du sagst, Buck«, warnte er ihn. Er war ein strikter Gegner des Fluchens, wenn Frauen anwesend waren. In seinen Augen war das eine Respektlosigkeit. Und vor allem gefiel ihm die Vorstellung nicht, daß Buck in Hörweite seiner Mutter fluchte.

»Ich kann nichts dafür!« Seine Faust zischte durch die Luft nach unten. »Ich hätte nie damit gerechnet, daß Sie in Zweifel ziehen …«

»Es geht hier nicht um Zweifel und auch nicht darum, was ich glaube«, fiel ihm Webb scharf ins Wort. »Die Anklagen, die gegen dich erhoben worden sind, sind eine ernste Angelegenheit. Ich nehme das nicht leicht, und du solltest es auch nicht zu leicht nehmen. Ich habe mich immer hinter meine Männer gestellt, wenn sie Schwierigkeiten hatten. Ich werde auch hinter dir stehen. Die junge Dame behauptet also, sie hätte gesehen, wie du Anderson eins über den Schädel gezogen und ihn ausgeraubt hast. Wir müssen genau festhalten, wo du dich zu diesem Zeitpunkt aufgehalten hast und was du getan hast.«

»Wer achtet beim Trinken schon auf die Zeit?« wandte Buck ein. »Ich wußte schließlich nicht, daß ich ein Alibi brauchen würde. Ich habe ein paar Runden Poker gespielt, getrunken ...« Er unterbrach sich und suchte nach weiteren Einzelheiten. Dann fiel sein Blick auf Chase, der am Kamin stand und sich mit einem Arm auf das Kaminsims stützte. »Ich war die meiste Zeit über mit Chase zusammen. Fragen Sie ihn doch.«

»Das stimmt.« Chase nickte, und auf seinem Gesicht stand ein ebenso grimmiger Ausdruck wie auf allen anderen Gesichtern der Anwesenden im Arbeitszimmer. Sein Vater und Bucks Eltern, Ruth und Virgil Haskell, waren im Raum. Nur bei Buck machte die Grimmigkeit einer gewissen Verzweiflung Platz. »Buck und ich haben den größten Teil des Abends zusammen verbracht, aber ich habe ebensowenig wie er auf die Zeit geachtet.«

»Ich hätte auf der Toilette sein können, als Anderson eins drauf gekriegt hat.« Buck hob in einer beschwörenden Geste seine Hände. »Dieses ... Mädchen behauptet, mich gesehen zu haben, aber vielleicht sagt sie das nur, weil sie es in Wirklichkeit war. Wo ist ihr Alibi? Wer war mit ihr oben, als sie mich angeblich gesehen hat? Sie kann genausogut diejenige sein, die Anderson bewußtlos geschlagen und beklaut hat. Ich wette, so hat es sich in Wirklichkeit abgespielt. Anderson hat nicht gesehen, wer ihn zusammengeschlagen hat. Das sagt er selbst. Warum sollte es keine Frau gewesen sein?«

»Ich gebe zu, daß das möglich ist«, räumte Webb ein.

»Warum sonst hat sie bis zum nächsten Tag gewartet und es erst dann dem Sheriff erzählt? Warum ist sie nicht noch in derselben Nacht zu ihm gegangen, als sie ihn gefunden haben? Ich finde, das klingt faul«, beharrte Buck. »Einen Augenblick!« Er wandte sich an Chase, weil ihm etwas eingefallen war. »Ich habe mir letzte Nacht fünf Dollar von dir geborgt – *ehe* sie Anderson draußen gefunden haben. Hätte ich mir Geld von dir geliehen, wenn ich gerade jemanden ausgeraubt hätte?«

»Nein, das wäre unsinnig«, stimmte Chase ihm zu.

»Da! Seht ihr! Das ist der Beweis!« verkündete Buck mit einem entschiedenen Kopfnicken.

Webb strich sich nachdenklich mit der Hand über den Mund, ehe er sich auf den Schreibtisch fallen ließ. »Ich werde sehen, wie sich das wieder ausbügeln läßt. Bis dahin, Buck, rate ich dir, dich von Jakes Bar fernzuhalten.«

»Dafür werde ich sorgen«, warf Virg ein. »Komm jetzt, Junge.« Er bedeutete seinem Sohn, mit ihm zu kommen, und dann warf er dem Mann, der sich von dem Stuhl hinter dem Schreibtisch erhob, einen Blick zu. »Danke, Webb, daß du dich hinter den Jungen stellst.«

»Buck gehört zur Familie.« Mit dieser Äußerung war alles erklärt.

Virg wandte sich an seine Frau. »Kommst du, Ruth?«

Webb holte tief Atem und drehte sich zu seinem Sohn um. Webb beunruhigte die blinde Anhänglichkeit, mit der sich Chase hinter Buck stellte, da beide nahezu wie Brüder aufgewachsen waren. Wenn Chase in einem Punkt mit Blindheit geschlagen war, dann war das Buck. Webb wollte Chase die Augen öffnen.

»Was meinst du, Chase? Hat Buck es getan?« Die klare Herausforderung, die diese Frage beinhaltete, war hinter der Beiläufigkeit verborgen, mit der sie gestellt wurde.

»Buck?« Chase hob den Kopf und sah seinen Vater stirnrunzelnd an. »Natürlich hat er es nicht getan. In seiner Tasche hält sich ein Dollar nicht länger als zehn Minuten, aber er stiehlt ihn keinem anderen.« Er stieß sich vom Kamin ab, und eine gewisse Erregtheit in seiner Gestik zeigte, wie zuwider es ihm war, daß diese Frage überhaupt gestellt wurde. »Und außerdem war er mit mir zusammen, als es passiert ist.«

»Ich dachte, du seist dir in diesem Punkt nicht sicher«, rief ihm Webb ins Gedächtnis.

»Ich bin sicher. Ich kann es beschwören«, äußerte Chase.

»Wenn du ihm ein Alibi lieferst, wird man die Anklage fallenlassen.« Webb bemühte sich, klar und deutlich herauszustellen, welche Macht das Wort eines Calder besaß, eine Macht, die nicht mißbraucht werden durfte.

»Die Anklage sollte fallengelassen werden, weil ich weiß, daß er es nicht war. Dieses Mädchen kann nicht mit Bestimmtheit sagen, daß es Buck war, den sie vom Fenster aus gesehen hat. Es war zu dunkel draußen, zu viele Schatten. Sie hat sich getäuscht.«

»Solange nur du dich nicht täuschst«, murmelte Webb, der sich wieder hinter seinen Schreibtisch setzte.

17.

Einen Monat, nachdem Maggie mit Ty aus dem Krankenhaus nach Hause gekommen war, erlitt Vater Hogan einen Schlaganfall, der ihn lähmte. Cathleen war gezwungen, ihn in ein Pflegeheim zu geben, wo man sich entsprechend um ihn kümmern konnte.

Cathleen brachte die arthritische alte Frau jeden Abend für eine Stunde ins Pflegeheim, und Maggie richtete es so ein, daß sie sie jeden Morgen, nachdem sie Ty gebadet hatte, hinbrachte. Diese neue Situation war eine Belastung für alle Beteiligten, aber Mutter Hogan traf es am härtesten. Das Ehepaar hatte während der gesamten Zeit seiner Ehe nie getrennt geschlafen, und stundenlang saß die alte Frau im Wohnzimmer und starrte ins Leere. Ohne die Gesellschaft ihres Mannes, mit dem sie seit mehr als fünfzig Jahren verheiratet war, fühlte sie sich verloren.

Als sie von einem der morgendlichen Besuche zurückkehrten, seufzte Maggie entmutigt und klemmte sich Ty in eine Armbeuge, um die Tür aufschließen zu können. In Montana hatten sie nie ihr Haus abgeschlossen, aber sie hatte schnell gelernt, daß das in der Stadt eine der obersten Regeln war. Sie stieß die Tür auf und drehte sich dann um, um der älteren Frau die Stufen zum Haus hinaufzuhelfen; dann ging sie wieder nach draußen, um die Post aus dem Briefkasten zu holen.

Einer der Umschläge trug einen Stempel aus Montana. Sie öffnete ihn und las:

20. Mai

Liebe Maggie,
das mit Tante Cathleens Schwiegervater tut mir leid. Ich hoffe, daß es wieder besser wird.

Ich hatte recht. Die Anklage gegen Buck Haskell wegen Diebstahls ist fallengelassen worden. Chase Calder hat behauptet, Buck sei mit ihm zusammengewesen, als Anderson ausgeraubt wurde. Und der Sheriff hat Jakes Mädchen – das Mädchen, das Buck Haskell gesehen hat – aus der Stadt verwiesen.

Diese Calder-Meute glaubt, sie kommt mit allem ungestraft davon. Aber früher oder später finde ich eine Möglichkeit, dem Einhalt zu gebieten.

Mir geht es gut. Für heute muß ich schließen.

Dein Bruder
Culley

Maggie faltete den Brief zusammen und steckte ihn wieder in den Umschlag. Sie spürte, wie die Rachsucht ihres Brudes durch sie rann. Es war ein alles durchdringendes Gift, das sie durchströmte und sie so hart machte, daß sie niemals verzeihen konnte.

Es wirkte auf sie ein, und gleichzeitig wirkten auch die Belastungen dieser letzten Wochen und die natürliche Niedergeschlagenheit, die auf eine Geburt folgt, auf sie ein. Sowohl sie als auch Mutter Hogan rührten das Mittagessen, das sie zubereitet hatte, kaum an. Als der Küchentisch abgeräumt war, holte Maggie ihre Lehrbücher. In all der Zeit hatte sie ihre Weiterbildung nicht vernachlässigt, aber heute war sie nicht in der Lage, sich zu konzentrieren. Sie war zu unruhig, fühlte sich eingeengt. Schließlich gab sie den Versuch auf und schrieb statt dessen einen Brief an Culley.

Als Ty aus seinem Mittagsschlaf erwachte, benutzte sie den fertigen Brief als Vorwand, um das Haus zu verlassen. Sie bat die Nachbarin, nach der alten Mrs. Hogan zu sehen, während sie mit dem Baby einen Spaziergang machte und den Brief an ihren Bruder aufgab.

Allein und ohne Freunde zu sein war für sie nichts Neues. Ebensowenig war ihr die Verantwortung für einen Haushalt neu, auch nicht die Sorge um andere. Doch sie war es nicht gewohnt, über einen längeren Zeitraum an das Haus gebunden zu sein. Maggie hatte sich an das wärmere Klima gewöhnt, an die dichtere Bevölkerung in dieser Gegend und daran, ein Kind zu haben, für das sie sorgen mußte, aber der Umstand, an das Haus und den Vorgarten gebunden zu sein, erstickte sie.

Ihr ewiger Ehrgeiz, Montana zu verlassen, hatte sich erfüllt, ohne ihren Erwartungen gerecht zu werden, und die Schuld daran gab sie den Chalders. Da sie ihren Vater getötet hatten, war sie gezwungen gewesen, ihr Zuhause zu verlassen, ehe sie wirklich bereit war für ein anderes Leben. Sie liebte Ty zwar sehr, und sie hätte es nie auch nur in Betracht gezogen, ihn zur Adoption freizugeben, aber ihr war bewußt, daß er für ein sechzehnjähriges Mädchen eine Last darstellte. Das war Chase Calders Schuld, denn er hatte sie getäuscht und sie in dem Glauben gewiegt, er würde sie nicht schwängern. Ihre gesamten Sorgen ließen sich auf denselben Ursprung zurückverfolgen – die Calders.

Sie verlangsamte ihre Schritte und sah sich die Villen an, an denen sie vorbeikam, Häuser, die so vornehm waren wie das Gehöft, aber sie lagen auf wesentlich kleineren Grundstücksparzellen – vierzig auf hundert Morgen im Gegensatz zu Hunderttausenden. Die Umzäunungen von Koppeln blinkten in der kalifornischen Sonne, und am Ende der Wege standen im Schatten von Bäumen weiße Villen. Auf den Koppeln grasten Pferde, deren seidiges Fell schimmerte und glänzte.

Früher hatte Maggie Pferde als ein notwendiges Mittel zur Fortbewegung angesehen und lange, ermüdende Stunden im Sattel damit assoziiert. Jetzt konnte sie sich nichts Genüßlicheres vorstellen, als ein lebendiges Pferd unter sich zu haben und Platz und Weite um sich herum … das Donnern der Hufe auf dem Boden zu spüren. Sie vermißte den Geruch von Pferdeschweiß und Sattelleder, all diese vertrauten Dinge, das Brüllen von Rindern und den Geschmack von Kaffee, der über einem Lagerfeuer aufgebrüht wird. Eine schmerzliche Sehnsucht stieg in ihr auf, und sie biß die Zähne zusammen; sie hatte diesem Leben den Rücken gekehrt. Ihre Haut würde nie mehr Flanell und Jeansleinen spüren. Es würden Seide und Spitzen und Parfums sein.

Sie rückte Ty auf ihren Armen in eine bequemere Lage und bog in den Privatweg ab, der zum Haus der Gordons führte, einem zweistöckigen weißen Haus im Kolonialstil mit einer Kolonnadenfassade. Daneben zog sich ein Rasen mit Bäumen und Büschen hin.

Plötzlich ertönten Rufe und das zornige Wiehern eines Pferdes, das in Panik geraten war. Maggie, die neugierig geworden war, verließ die private Zufahrt und folgte einem Seitenweg zu den Ställen.

Ein geschmeidiger Brauner war seinem Stallknecht entkommen und lief zwischen den Ställen und den eingezäunten Koppeln herum. Drei Männer versuchten, ihn einzufangen, indem sie ihn in die Enge trieben, eine Stelle, an der eine Außenwand des Stalles und der weiße Zaun aufeinandertrafen. Die Schreie und die wedelnden Arme erregten das Tier noch mehr, und seine dunklen Augen verdrehten sich in heller Panik, bis man nur noch das Weiße seines Augapfels sah. Nervöser Schweiß ließ den Nacken des Pferdes dunkel werden.

Ein Mann kam mit einem zusammengerollten Lasso um die Ställe herum. Bei seinem Eintreffen zog sich ein großer, schlanker, grauhaariger Mann in weißem Rollkragenpullover und schwarzer Reithose aus dem Treiben zurück. Maggie musterte ihn mit einem flüchtigen Seitenblick. Seine Kleidung unterschied ihn von den anderen Männern, die Jeans und Hemden trugen, aber auch seine ruhige, Achtung gebietende Art.

Es kam Bewegung auf, und ihre Aufmerksamkeit richtete sich auf den Mann mit dem Lasso. Schon bei seinem ersten miserablen Wurf war Maggie klar, daß er in seinem ganzen Leben noch nichts anderes als einen Zaunpfahl eingefangen hatte. Der braune Wallach scheute jetzt wild vor allem zurück, was sich bewegte. Maggie stellte fest, daß das Tier sich jetzt jeden Moment aus reiner Panik heraus selbst eine Verletzung zuziehen würde. Das war mehr, als sie mitansehen konnte. Angewidert und ungeduldig ob dieses Schauspiels, ging Maggie auf den großen grauhaarigen Mann zu. Sein Blick fiel überrascht auf sie, als sie ihm das Baby in den Arm drückte.

»Halten Sie Ty mal einen Moment lang«, wies sie ihn barsch an. Sie wartete seine Antwort nicht ab, nahm nur unbewußt wahr, daß er sprachlos dastand und ihr versonnen nachblickte. Sie lief auf den Mann mit dem Lasso zu und streckte ihre Hände aus, um es ihm abzunehmen. »Geben Sie mir das Lasso.«

»He!« Überrascht und finster musterte er das Mädchen mit dem grimmig entschlossenen Gesicht und dem schwarzen Haar, das zu einem Pferdeschwanz zusammengebunden war, und versuchte, ihr das Lasso wieder zu entreißen. »Was tust du da? Geh aus dem Weg, ehe dir etwas passiert.«

»Wenn hier jemandem etwas passiert, dann ist es dieses Pferd. Und jetzt geben Sie mir das Lasso. Sie wissen offensichtlich nicht, wie man damit umgeht.« Den anderen fauchte sie einen Befehl zu. »Jetzt haltet alle mal den Mund und bleibt still stehen! Mit diesem Winken und Schreien erschreckt ihr das Pferd nur noch mehr.«

Schock und der Anblick eines kleinen Mädchens, das die Führung an sich gerissen hatte, sorgten dafür, daß alle gehorchten, und Maggie ging langsam auf das Pferd zu, während ihre Finger sich unbewußt mit dem Lasso vertraut machten. Der Braune beäugte sie einen Moment lang argwöhnisch und schoß dann auf eine Lücke zwischen zwei Männern zu. Maggies Reflexe waren ebenso schnell. Sie schwang ihren Arm einmal über ihren Kopf und warf die Schlinge, denn sie konnte vorhersagen, in welche Richtung das Pferd durchgehen wollte, und sie kam ihm zuvor. Das Pferd wich seitwärts aus und geriet mit seinem Kopf direkt in die Schlinge.

Zwei der Stallknechte eilten hinzu, um nach seinem Halfter zu greifen, während der dritte Mann, der, der das Lasso geholt hatte, näherkam, um Maggie zu helfen. In seinem Blick stand eine verdrossene Bewunderung, aber zugleich drückte sich darin ein Gefühl von Widerwillen aus, daß ein kleines, mageres Mädchen mit solcher Leichtigkeit das erreicht hatte, was ihm mißlungen war.

»Ich übernehme ihn jetzt«, beharrte er. Maggie überließ ihm ohne weitere Einwände das Lasso. Heiterkeit über diesen Erfolg stand in ihren Augen.

Als Ty kläglich wimmerte, wurde Maggie bewußt, daß sie ihr Baby bei einem Fremden gelassen hatte. Tyrone strampelte und zappelte in den Armen des Mannes, und seine Fäuste zuckten durch die Luft, als sei auch ihm bewußt, daß er diesen Mann, der ihn im Arm hielt, überhaupt nicht kannte. Sie eilte zu ihm, um ihn zu holen, ehe er lautstark protestierte.

»Danke, daß Sie ihn so lange gehalten haben.« Sie sah nur flüchtig in die warmen grauen Augen des Mannes, als sie ihre Arme nach Ty ausstreckte.

»Ich sollte mich bei Ihnen bedanken«, erwiderte der Fremde; er schob sich den Hut aus dem Gesicht und musterte sie mit Interesse. »Wo haben Sie gelernt, so geschickt mit einem Lasso umzugehen?«

»Ich bin auf einer Ranch aufgewachsen. Ich habe das Lassowerfen fast so früh wie das Reiten gelernt.« Maggie klopfte Ty sanft auf den Rücken, um ihn zu beruhigen. Nach ihrem Erlebnis mit Chase hatte sich bei ihr eine gewisse Wachsamkeit gegenüber Männern herausgebildet, und daher traute sie dem angenehmen Lächeln und dem freundlichen, gutgeschnittenen Gesicht dieses Mannes nicht wirklich. Sein Haar hatte das dunkle Grau von Eisen, aber die sonnengebräunte Vitalität seiner Gesichtszüge ließ ihn eher reif und vornehm als alt wirken.

»Ich bin froh, daß es so ist. Wenn Copper's Chance uns ausgekommen wäre und die Straße erreicht hätte ... ich will mir gar nicht erst ausmalen, was ihm alles hätte zustoßen können. Ich habe nicht fünfundzwanzigtausend für dieses Pferd bezahlt, damit es von einem Auto angefahren wird, und daher bin ich sehr dankbar, daß Sie gerade in diesem Augenblick vorbeigekommen sind.«

Maggie starrte ihn einen Augenblick lang ungläubig an, und dann lachte sie trocken. »Ich fürchte, Sie verstehen nicht allzuviel von Pferden. Sie haben sich über's Ohr hauen lassen. Dieses Pferd ist ein Wallach.«

Er warf den Kopf zurück und stieß ein kehliges Lachen in Richtung Himmel aus. »Mir ist durchaus bewußt, daß Copper's Chance ein Wallach ist. Ich habe ihn nicht gekauft, weil ich ihn zum Züchten haben will, sondern für Turniere, Miß ...?«

»Maggie. Maggie O'Rourke«, stellte sie sich geistesabwesend vor, denn sie bemühte sich immer noch, seine Erklärung zu verstehen. »Wollen Sie damit sagen, daß dieses Pferd wirklich soviel Geld wert ist?«

»Ja. Es ist ein erstklassiger Springer.«

Maggie hatte schon von Turnierpferden gehört, aber sie hatte keine Ahnung gehabt, daß sie so wertvoll sein konnten. Ein Hengst aus einer berühmten Zucht konnte vielleicht soviel wert sein, das war immerhin klar, aber ein Wallach, der sich nicht fortpflanzen konnte – an diesen Gedanken mußte sie sich erst gewöhnen.

»Woher kommen Sie?«

»Aus Montana.« Als Ty an ihrer Schulter einen Laut von sich gab, sah Maggie schnell nach, ob er sich fürchtete, aber auf seinem Gesicht stand ein zahnloses Babylächeln, das eher auf Vergnügen als auf Furcht hinwies. »Alles in Ordnung, Ty«, beschwichtigte sie ihn.

»Der Junge macht einen gesunden Eindruck«, bemerkte der Mann. »Ist das das Baby der Van Dorens?«

»Nein, Ty ist mein Baby«, sagte Maggie mit einem stolzen Blick, der zugleich defensiv war. Sie sah sein erstauntes Zusammenzucken und beantwortete seine Fragen, ohne abzuwarten, ob er sich durch gute Manieren davon abhalten ließ, sie zu stellen. »Ich bin sechzehn und, nein, ich bin nicht verheiratet.« Sie war gegen einen Ausdruck der Geringschätzigkeit auf seinem Gesicht gewappnet, doch dieser Ausdruck war nicht zu erkennen, wenn er sie auch zweifellos jetzt genauer musterte.

»Ty.« Ein beifälliges Lächeln spielte um seinen Mund, als er den Namen ihres Sohnes aussprach. »Das ist ein schöner Name.«

Maggie senkte ihren Blick und sah das Baby an, weil sie nicht sicher war, ob die Reaktion des Mannes aufrichtig war. »Danke.«

Es entstand eine Pause, ehe der Mann vorschlug: »Darf ich Sie irgendwo hinbringen? Das ist das mindeste, was ich tun kann, nachdem Sie mein Pferd vor Schaden bewahrt haben«, erklärte er, als könne er ahnen, daß sie empfindlich auf alles reagierte, was Wohltätigkeit oder Mitleid ähnelte.

»Nein, vielen Dank.« Maggie war froh, daß sie das Angebot ablehnen konnte. »Ich treffe mich mit meiner Tante und fahre mit ihr nach Hause. Sie arbeitet für Dr. Gordon und seine Schwester.«

»Mrs. Hogan – Cathleen Hogan ist Ihre Tante?« Sein Stirnrunzeln war zugleich neugierig und freudig überrascht.

»Ja.«

»Verzeihen Sie mir, daß ich mich nicht vorgestellt habe. Ich bin Dr. Phillip Gordon.« Er hielt ihr eine Hand hin. Sie bemerkte, daß seine Finger lang und fast so schmal wie die einer Frau waren. »Jetzt fällt mir wieder ein, daß Cathleen erwähnt hat, daß eine Nichte bei ihr lebt. Ich habe nicht geahnt, daß Sie das sein könnten.«

»Ich weiß auch nicht, für wen ich Sie gehalten habe.« Maggie drückte ihm die Hand und spürte die Kraft seiner Finger, während sie versuchte, sich daran zu erinnern, was Cathleen ihr alles über ihre Arbeitgeber erzählt hatte. Er war gerade vierzig geworden, erinnerte sich Maggie. Ihre Tante hatte nur Gutes über ihn erzählt. Sie war jetzt nicht mehr ganz so sehr auf Abwehr eingestellt.

»Warum kommen Sie nicht mit ins Haus?« forderte er sie auf. »Ich weiß, daß meine Schwester Pamela sich freuen würde, Sie und das Kind kennenzulernen.«

Maggie zögerte nur einen Augenblick lang, ehe sie die Einladung annahm. »Gut, dann kann ich Tante Cathleen sagen, daß ich hier bin.«

Das Haus war von innen genauso überwältigend, wie es von außen aussah. Alles war geräumig und luftig, in den leuchtenden Farben Kaliforniens; es gab kühle, gekachelte Fußböden und Plüschmöbel, zwischen denen Antiquitäten standen. Alles hatte etwas Zartes und Zerbrechliches an sich, das den Einfluß einer Frau verriet.

Maggie stockte der Atem, als Dr. Gordon sie seiner Schwester vorstellte. Trotz ihrer Behinderung verkörperte Pamela Gordon das, was Maggie eines Tages zu erlangen hoffte. Ihre Augen hatten das warme Grau ihres Bruders, doch sie waren von dichten Wimpern umsäumt, und auf die Augenlider hatte sie einen Hauch von Lavendel aufgetragen. Ihr Gesicht war so schmal wie seines, aber es war hinreißend weiblich. Anstelle seines eisengrauen Haares hatte sie silberblondes Haar, das elegant frisiert war. Sie trug ein ärmelloses orientalisches Gewand mit einem Mandarinkragen, und ihre leblosen Beine waren unter dem bodenlangen Kleid verborgen. Alles an ihr schien der Inbegriff von Schönheit und Anmut zu sein. Wenn das noch nicht ausgereicht hätte, um Maggies Bewunderung zu wecken, so wurde diese durch den Umstand besiegelt, wie sehr diese blonde Frau sich von Ty begeistert zeigte.

»Darf ich ihn einen Moment lang halten?« fragte Pamela Gordon mit einer Stimme, die so sanft und kultiviert war, daß Maggie Ty augenblicklich in ihre Arme legte. Sofort grabschte er sich eine Handvoll von ihrem silberblonden Haar. Maggie, die sich immer wieder darüber wunderte, wieviel Kraft so ein Baby hatte, wenn es zupackte, rettete eilig die Haarlocke und befreite sie aus seinem Griff, ehe er daran ziehen konnte.

»Vielleicht sollte ich ihn doch lieber selbst halten«, entschuldigte sie sich.

»O nein, bitte«, protestierte Pamela, und sie drückte ihn etwas dichter an sich und fing die kleine Hand in der Luft, ehe das Baby ihr Haar wieder grabschen konnte. »Er kann an meinen Haaren ziehen, sooft er Lust hat.«

»Das ist etwas, das Pamela und ich beide im Leben verpaßt haben«, erklärte Phillip Maggie leise, und er beobachtete, wie seine Schwester mit dem kleinen Jungen spielte. »Die Freude, Kinder um sich zu haben.«

Als Maggies Tante wenige Minuten später ins Zimmer kam, um zu sagen, daß sie fertig war und sie gehen konnten, bat Pamela sie alle, noch zu bleiben. »Nur noch ein kleines bißchen – gerade lange genug für einen kühlen Drink.«

»Wir können nicht bleiben«, wehrte Maggie sachte, aber entschieden ab. »Großmama Hogan erwartet uns. Ich habe ihr versprochen, daß wir sofort nach Hause kommen, damit sie Großpapa besuchen kann.«

»Sie kommen doch wieder?« Pamela wandte Maggie ihre lebhaften grauen Augen zu, die zart wie Samt schimmerten. »Und Sie bringen Ty mit?«

»Ja«, versprach Maggie.

18.

Es läutete an der Tür. Maggie strich den schwarzen Rock ihres Kleides glatt. Es war der zweite Anlaß in den vergangenen zwei Wochen, der ihr Grund gab, Schwarz zu tragen. Beim ersten Mal war es das Begräbnis von Vater Hogan im Juni gewesen. Der zweite Anlaß war das Begräbnis von Mutter Hogan, die eine Woche nach ihrem Mann aus reiner Willenskraft heraus gestorben war.

Maggie hatte nicht geweint, als ihr Vater gestorben war, und sie hatte auch über das Hinscheiden des alten Ehepaares keine Tränen vergossen. Insgeheim fragte sie sich, ob irgend etwas mit ihr nicht stimmte – ob Chase ihr die Fähigkeit genommen hatte, etwas zu empfinden. Der Druck, all das in sich verschlossen aufzubewahren, machte sich in der Anspannung ihres Gesichtes bemerkbar, das durch das schwarze Kleid, das sie trug, und durch ihr pechschwarzes Haar noch weißer wirkte.

Als sie das Wohnzimmer betrat, war Cathleen bereits an die Tür gegangen. Maggie beobachtete mit einer äußerlichen Teilnahmslosigkeit, wie sich ihre Tante in die mitfühlende und tröstliche Umarmung Phillip Gordons schmiegte und dann ihr rotgeweintes Gesicht mit einem Spitzentaschentuch betupfte. Pamela war in ihrem Rollstuhl mitgekommen, und als Cathleen sich herunterbeugte, um die ältere Frau zu begrüßen, umarmte sie sie.

Phillip kam durch das Zimmer auf sie zu. Er sah in seinem grauen Anzug fabelhaft aus. Er lächelte Maggie auf seine stille Art an und griff nach ihren Händen, die sie unbewußt ineinander verkrampft hatte. »Wie geht es Ihnen, Maggie?« fragte er, und er musterte ihr Gesicht. Er konnte Vollkommenheit erkennen, wenn er sie zu Gesicht bekam; seine chirurgischen Fähigkeiten hätten niemals die Gabe natürlicher Schönheit übertreffen können.

»Danke, mir geht es gut«, erwiderte sie mit ausdrucksloser Stimme.

Sein Blick strich über ihren bewußt nichtssagenden Gesichtsausdruck. Bei den wenigen Malen, die sie sein Haus bisher aufgesucht hatte, hatte er schon des öfteren miterlebt, wie sie diese Mauer um sich errichtete, und zwar meistens dann, wenn man ihr eine unschuldige Frage über ihre Eltern, ihre Kindheit oder den Vater ihres unehelichen Kindes stellte. Daß sie über letzteren Punkt nicht sprechen wollte, konnte er verstehen. Doch sie wollte auch nicht über ihre Eltern sprechen, insbesondere nicht über ihren Vater oder darüber, wie ihr Leben ausgesehen hatte, ehe sie nach Kalifornien gekommen war.

»Pamela und ich sind vorbeigekommen, um unser Beileid auszudrücken und um zu sehen, ob wir in irgendeiner Hinsicht behilflich sein können.« Er war sich ihrer ablehnenden Haltung bewußt. Phillip konnte sich nicht erinnern, jemals einen jungen Menschen getroffen zu haben, der soviel Stolz und Unabhängigkeitsdrang besaß. »Ich habe Cathleen bereits gesagt, daß sie sich jederzeit an meinen Anwalt wenden kann, wenn es irgendwelche juristischen Fragen gibt, was das Anwesen der Eltern ihres verstorbenen Mannes betrifft. Was Arztrechnungen angeht oder …«

Maggie fiel ihm ins Wort, ehe er seinen finanziellen Beistand anbieten konnte. »Ich glaube, es existiert eine Lebensversicherung, die hoch genug ist, um damit die Rechnungen zu begleichen und das Begräbnis zu bezahlen. Besessen haben sie bis auf ihre persönlichen Dinge nichts.« Erst jetzt wurde ihr bewußt, daß sie sein Angebot, ihnen behilflich zu sein, äußerst kühl abgelehnt hatte. »Trotzdem ist es sehr nett von Ihnen, daß Sie Ihre Hilfe anbieten.« Sie lächelte steif.

»Das ist keine Frage der Freundlichkeit, sondern eine Frage der Zuneigung«, erwiderte er. »Im Lauf der Jahre ist Mrs. Hogan – Ihre Tante – für Pamela und mich mehr als eine Angestellte geworden. Es ist eine schwierige Zeit für sie – und für Sie auch. Wir würden sie Ihnen gern so einfach wie möglich machen.«

»Natürlich.« Ihr fiel nichts anderes ein, was sie hätte sagen können.

»Was werden Sie jetzt tun, Maggie?« Er mochte diesen Namen nicht. Er schien nicht zu dieser beherrschten jungen Frau zu passen, die jetzt vor ihm stand.

»Ich werde meinen Fernkurs fortsetzen, damit ich mein Diplom bekomme«, erwiderte sie, ohne zu zögern. »In der Zwischenzeit werde ich mich nach einer Stellung und nach einem guten Kindergarten umsehen, in den ich Ty schicken kann, während ich arbeite.«

»Das dürfte einigermaßen schwierig werden«, murmelte Phillip.

»Ich werde Arbeit finden«, widersprach sie. »Und sobald ich meinen Schulabschluß habe, gehe ich aufs College.«

Bewunderung leuchtete angesichts dieser unbeirrbaren Entschlossenheit in seinen Augen auf. Sie *würde* eine Stellung finden, und sie *würde* aufs College gehen. Bei ihr hieß es nicht ›Ich will‹, sondern: ›Ich werde‹. Sie war ein bemerkenswertes Mädchen, schön und entschlußkräftig.

Sie wandte sich um, um Pamela in ihre Frage einzubeziehen: »Darf ich Ihnen Kaffee oder Tee bringen?«

Sie einigten sich auf Tee. Cathleen ließ Pamelas Hand los, um aufzustehen. »Ich setze den Tee auf, Mary Frances.«

»Du bleibst hier bei den Gordons«, entschied Maggie. »Ich mache das schon.«

Als sie das Zimmer verließ, hörte sie Cathleen sagen: »Gott hat mir dieses Mädchen geschickt, weil Er wußte, daß ich sie brauchen würde, um diese Wochen durchzustehen.«

Maggie freute sich über diese Äußerung, weil sie ihr das Gefühl gab, daß ihre Anwesenheit einen Sinn und Zweck hatte und sie ihrer Tante nicht zur Last fiel.

Als sie das Tablett ins Wohnzimmer trug, hörte sie Pamela Gordons eindringliche Stimme. »Was Sie jetzt brauchen, Cathleen, ist ein Tapetenwechsel. Phillip und ich haben uns immer gewünscht, Sie könnten bei uns leben. Wir haben nie darauf gedrängt, weil wir wußten, daß Sie sich um die Eltern Ihres Mannes kümmern mußten. Ziehen Sie doch jetzt zu uns.« Sie war so schön und so überzeugend, daß Maggie sich fragte, wie jemand ihr widerstehen konnte, aber ihre Tante sah Maggie an.

»Ich kann Maggie und das Baby nicht allein lassen.« Sie schüttelte betrübt den Kopf, denn nur ungern schlug sie den Gordons irgend etwas ab.

Phillip hatte Maggie im Auge behalten, seit sie wieder ins Zimmer gekommen war. Sie war ein Magnet, der seinen Blick auf sich zog, wenn sie auch nur irgendwo in seiner Nähe war. Die Schlichtheit ihres schwarzen Kleides wies darauf hin, daß es selbstgeschneidert war, und doch verlieh es ihrem Körper einen betont heruntergespielten erotischen Reiz. Sehnsüchtige Begierde regte sich in ihm, doch Phillip unterdrückte sie verärgert. Er war alt genug, um ihr Vater zu sein, rief er sich ins Gedächtnis zurück. Sein Interesse an ihr war rein väterlicher Natur.

Seine Logik und seine Grundprinzipien, die von Vernunft bestimmt waren, erlaubten es ihm, vorzuschlagen: »Maggie und das Baby sind uns ebenfalls willkommen. Die Zimmer über der Garage sind seit einigen Jahren nicht mehr benutzt worden, aber ich denke, wir könnten daraus eine gemütliche Wohnung machen.« Er zwang sich, seinen Blick von Maggies mißtrauischen Augen loszureißen, und wandte sich an ihre Tante. »So, wie die Immobilienpreise steigen, würde ich vorschlagen, daß Sie dieses Haus nicht verkaufen. Vermieten Sie es, und sehen Sie es als eine Geldanlage an. Und wenn Sie jemals wieder hier einziehen möchten, können Sie das tun.«

»Ich nehme an, das könnte gehen.« Aber Cathleen Hogan zögerte noch.

Maggie hielt sich aus dieser Diskussion heraus. Sie saß auf einer

Stuhlkante, schenkte den Tee ein und bemühte sich, es ebenso anmutig zu tun, wie sie es bei Pamela beobachtet hatte. Die Aussicht, auf dem Anwesen der Gordons zu leben, wo sie Pamela beobachten und mehr darüber lernen konnte wie man eine Dame wird, erschien ihr wie ein Traum, selbst wenn es bedeutete, über einer Garage zu wohnen. Frühere Enttäuschungen veranlaßten sie dazu zu schweigen. Doch Phillip und Pamela überredeten schließlich ihre Tante zu diesem Umzug.

»Sie haben noch gar nicht gesagt, wie Sie darüber denken, Maggie«, bemerkte Phillip. »Haben Sie irgend etwas dagegen einzuwenden?«

»Nein, aber sobald ich eine Stellung finde, werde ich Ihnen jeden Monat Miete zahlen«, sagte sie.

Phillip war zu klug, um sich jetzt darüber zu streiten. »Sie sagten schon einmal, daß Sie Arbeit suchen, und ich habe darüber nachgedacht. Sie brauchen sich nicht mehr nach einer Stellung umzusehen. Ich brauche jemanden, der meine Pferde in Bewegung hält und mir bei den leichteren Arbeiten im Stall hilft. Ich bin überzeugt davon, daß Sie genügend Erfahrung mit Pferden haben. Und das heißt auch, daß Ihnen mehr Zeit für Ty bleibt.«

»O ja!« Pamela unterstützte diesen Vorschlag mit Begeisterung. »Ich täte nichts lieber, als auf ihn aufzupassen, Maggie. Es wäre völlig überflüssig, ein Kindermädchen anzustellen. Sie bringen ihn mir einfach rüber ins Haus.«

Als spürte er, daß sich die Unterhaltung um ihn drehte, begann Ty in seiner Wiege zu schreien, die in Maggies kleines Schlafzimmer gezwängt worden war. Pamela lachte vergnügt. »Ich wußte doch, daß Ty von seinem Mittagsschlaf erwacht, wenn wir nur lange genug bleiben.«

Der Umzug war viel schneller bewältigt, als Maggie es für möglich gehalten hätte, und ihre Lebensumstände änderten sich so geschwind, daß sie ein wenig benommen war. Es war, als sei sie aus den Schatten ihrer Vergangenheit, die sie wie ein Spuk verfolgten, in den strahlenden Sonnenschein eines neuen Lebens hinausgetreten.

Die Briefe, die sie an Culley schrieb, strömten über vor Begeisterung für ihr neues Zuhause und ihre neue Arbeit. Als Phillip eine

Wohnung über einer Garage erwähnt hatte, hatte sie sich etwas ganz anderes vorgestellt als die weitläufigen Räumlichkeiten mit den frisch gestrichenen Wänden und den neuen Teppichen auf den Fußböden.

Es gab ein Kinderzimmer für Ty und genug Platz in Maggies Schlafzimmer für mehr als nur ein Bett, eine Kommode und einen kleinen Schrank; auch ein Stuhl und ein Schreibtisch, an dem sie ihre Lektionen lernen konnte, fanden hier Platz; Pamela hatte ihnen einige Möbel aus dem Haupthaus zur Verfügung gestellt.

Ihre neue Arbeit brachte es mit sich, daß sie allmorgendlich sehr früh aufstand, um Phillips Turnierpferde zu striegeln und sie in Bewegung zu halten. Auch das war ganz anders, als sie es sich vorgestellt hatte, denn sie war noch nie auf einem englischen Sattel geritten. Anfangs stellte sie sich sehr ungeschickt an. Phillip bestand darauf, ihr die Grundbegriffe des Dressurreitens beizubringen und Sprünge mit ihr zu üben; anfangs war sie unwillig gewesen, doch als er erwähnt hatte, daß die meisten weiblichen Dressur- und Springreiterinnen junge Damen aus den besten Familien waren, hatte Maggie sein Angebot angenommen. Wenn das Reiten nach englischer Manier und nicht das Reiten, wie es im Westen üblich war, sie zu einer Dame machte, dann war das das Richtige für sie.

Der August kam und brachte ihren siebzehnten Geburtstag mit sich. Als das Geschirr, das noch vom Abendessen dastand, gespült war, küßte Maggie Ty und vertraute ihn der Obhut ihrer Tante an; dann ging sie zu den Ställen, wo Phillip sie zum Reitunterricht erwartete.

Sie betrat den kleinen Raum, der an die Ställe angrenzte. An den Wänden hingen Auszeichnungen und Siegerpreise sowie Fotografien von Phillips Pferden. Neben einem antiken Mahagonischreibtisch gab es hier auch einen Diwan, der mit Leder bezogen war, und Stühle in einem dunklen kalifornischen Sonnenbraun, das sich gegen die getäfelten Wände abhob.

»Warten Sie schon lange?« Sie hoffte, daß es nicht so war, aber er erweckte den Eindruck, als sitze er schon seit einiger Zeit hinter dem Schreibtisch.

»Stunden«, scherzte er trocken.

In ihrer neuen Umgebung fiel es Maggie leichter, auf seinen freundlichen Humor zu reagieren. Sie mochte ihn inzwischen recht gern – seine sanfte Art, seine stille Autorität »*So* lange haben Sie nun auch wieder nicht gewartet.« Sie warf ihm einen tadelnden Blick zu, während sie gleichzeitig in sein Lachen einfiel. Als sie ihre Reitsachen holen wollte, rief er sie zurück.

»Dort liegt ein Geschenk für Sie.« Er machte eine vage Handbewegung in Richtung der Couch mit den Lederpolstern.

»Ein Geschenk?«

»So was wie ein verspätetes Geburtstagsgeschenk ... von Pamela und mir.«

Maggie, die unsicher war, ob es sich gehörte, das Geschenk anzunehmen, ging langsam auf den Diwan zu. Auf den Polstern lagen säuberlich ausgebreitet eine braune Reithose, eine schwarze Reitjacke und eine weiße Bluse. Ein Paar hohe Reitstiefel stand auf dem Boden vor dem Diwan. Sie war von seiner Großzügigkeit so überwältigt, daß sie ihn nur noch fassungslos anstarrte.

»Gefällt es Ihnen?« Er erwartete eine Reaktion von ihr, und seine grauen Augen lächelten.

»Ja.« Aber sie schüttelte den Kopf.

»Wir haben beschlossen, die Dame sollte das richtige Reitkostüm besitzen.«

»Sie haben schon soviel für mich getan.«

»Maggie ...« Er unterbrach sich und verzog den Mund. »Dieser Name paßt überhaupt nicht zu Ihnen.«

»Es ist ein Spitzname, den mein Vater mir gegeben hat.« Sie war fast froh über den Themawechsel. Das gab ihr Zeit, um nachzudenken. »Tante Cathleen nennt mich Mary Frances.«

»Bei allem gebührenden Respekt der Religion Ihrer Tante gegenüber – dieser Name klingt, als würde er zu einer Nonne gehören – Schwester Mary Frances.«

»Ja, das stimmt«, gab Maggie lächelnd zu.

»Ist das Ihr voller Name? Mary Frances O'Rourke?« fragte Phillip.

»Mary Frances *Elizabeth* O'Rourke«, verbesserte sie ihn. »Ganz schön lang, nicht wahr?«

»Elizabeth.« Er ließ den Namen genüßlich auf seiner Zunge zergehen. »Sie sehen aus wie eine Elizabeth. Es ist der Name einer Königin. Hätten Sie etwas dagegen, wenn ich Sie so nenne?«

»Wenn Sie wollen«, sagte sie mit einem verlegenen Achselzucken.

»Also gut, Elizabeth. Ziehen Sie sich die neuen Reitkleider an, während ich Ihr Pferd sattle.« Erst nachdem sich die Tür hinter ihm geschlossen hatte, wurde Maggie bewußt, daß sie ihm nicht gesagt hatte, daß sie das Geschenk nicht annehmen konnte. Sie warf noch einen Blick auf die Kleider und dachte noch einmal darüber nach. Vielleicht war es diesmal ausnahmsweise in Ordnung, ein Geschenk anzunehmen.

Im Lauf des nächten Monats fand sie heraus, wie schwierig es war, den Gordons etwas abzuschlagen – allen beiden. Auf Phillips Wunsch hin stand ihr die große Bibliothek im Haupthaus zur Verfügung. Und Pamela, der jeder Vorwand recht war, um Ty in ihrer Nähe zu haben, zeigte ihr, wie man mit Make-up und Schminke umging, und begleitete sie gelegentlich zu einem Einkaufsbummel, um ihr beim Kauf von Kleidern Tips zu geben.

Als sie einen Brief von Culley bekam, empfand sie beißende Schuldgefühle. Ihr Leben war so viel leichter geworden, so reich und ausgefüllt, während er sich weiterhin abmühte, um sich seinen Lebensunterhalt zu verdienen; er kämpfte gegen das Wetter, gegen das Land – und gegen die Calders.

23. September

Liebe Maggie,
es hat mich gefreut zu hören, daß sich bei dir alles so gut anläßt. Es klingt so, als seien die Gordons wirklich nette Leute.

Der Viehtrieb ist mal wieder für ein Jahr geschafft. Zwei meiner Kühe haben sich auf das Calder-Weideland verlaufen, und ich mußte sie holen und aus der Herde absondern. Calder saß auf seinem Falben da, so wichtigtuerisch wie immer, und er hat sich benommen, als würde ihm die ganze Welt gehören. Tucker war auch da. Hat mir eine Tasse Kaffee angeboten, aber ich habe ihm gesagt, lieber würde ich Gift trinken als Kaffee, der in einem Calder-Kessel gekocht worden ist. Von mir aus hat er sich verkauft, aber ich werde mich niemals kaufen lassen.

Heute abend wird dieser ganze Haufen wahrscheinlich bei Jake sein und sich nach dem dreiwöchigen Viehtrieb die Hucke vollsaufen und mächtig einen drauf machen. Ich gehe nicht mehr zu Jake. Sollen er und Tucker sich doch mit diesem Abschaum einlassen – ich denke gar nicht daran, mich mit ihnen abzugeben.

Ich bin müde, und morgen muß Heu für den Winter gemäht werden.

Es scheint, als könnte ich einfach niemanden finden, der für mich arbeitet.

Ich bin froh, daß bei dir alles in Ordnung ist, Maggie. Mach's gut.

Dein Bruder
Culley

Einen flüchtigen Augenblick lang wünschte sie, Culley würde die Ranch verkaufen und nach Kalifornien kommen, aber sie wußte, daß er das niemals tun würde. Sie glaubte nicht einmal, daß sie es wirklich wollte, denn tief in ihrem Innern wollte sie, daß ihr Bruder eines Tages mit den Calders abrechnete. Sie wußte nicht, wie, und das war ihr auch gleich. Sie wollte nur wissen, daß sie eines Tages in die Knie gezwungen würden.

19.

In Jakes Saloon ging es wüst zu. Das dreifache C feierte sein erstes richtiges Saufgelage seit dem herbstlichen Viehtrieb. Aber nicht nur die Reiter des dreifachen C feierten, wenn sie auch zahlenmäßig den anderen kleinen Ranchern und den Leuten aus der Stadt überlegen waren. Es schien ganz so, als hätten sich alle diesen Samstagabend ausgesucht, um sich noch einmal so richtig auszutoben, ehe der lange Winter einsetzte.

Als Chase sich einen Weg durch den Saloon bahnte, um sich an der Bar etwas zu trinken zu holen, klatschte ihm eine Hand auf den Rücken. »He, *Boß*!« Buck zog ihn mit seinem neuen Status auf der Ranch auf. Chase war kein einfacher Cowboy mehr. Er war zum Vorarbeiter ernannt worden. »Für dich schickt es sich jetzt nicht mehr, daß du dich betrinkst«, warnte ihn Buck. »Du mußt dich um den Rest von uns kümmern und dafür sorgen, daß wir keine Scherereien kriegen, *Boß*.«

Buck hänselte ihn jetzt schon seit dem Tag, an dem sein Vater diese Veränderung vorgenommen hatte. Chase fand, das ständige Necken nutzte sich allmählich ab, aber er ließ Bucks Bemerkung an sich abgleiten, wie er auch bisher sämtliche Bemerkungen aus Bucks Mund an sich hatte abgleiten lassen. Lächelnd trat er an die

Bar. Es gab Momente, in denen Buck einen absolut verantwortungslosen Eindruck machte, und doch war er ein verflucht guter Cowboy.

Als er die Bar erreicht hatte, bedeutete er Jake, sein Glas nachzufüllen. Jemand zwängte eine Schulter neben ihn, und Chase rückte, um Platz zu machen. Dann drehte er sich um, um nachzusehen, wer derjenige war.

»Hallo, Fred«, begrüßte Chase den Mann, einen Rodeo-Reiter, der ein paar Morgen Land außerhalb der Stadt besaß und dort den Winter verbrachte. »Wie ist es dir denn in diesem Jahr ergangen?«

»Nicht übel, gar nicht übel«, sagte der Cowboy gedehnt. »Am Wolf Point zwei Rippen gebrochen, in Miles City eine Schulter ausgerenkt und in Butte das Handgelenk verstaucht. Alles in allem war es ein gutes Jahr. Ich war nie so schlimm verletzt, daß ich nicht reiten konnte.«

»Wirklich nicht schlecht«, stimmte Chase ihm zu.

Fred riß den Verschluß seiner Bierdose auf und nahm einen großen Schluck. »Du solltest deinem Kumpel mal beibringen, wie man Poker spielt. Er hat bis auf sein letztes Hemd fast alles verloren.«

»Sprichst du von Buck Haskell?« fragte Chase stirnrunzelnd. Er hatte den Eindruck gehabt, daß Buck zur Abwechslung beim Pokern einmal gut abgeschnitten hatte.

»Ja. Ich glaube nicht, daß er heute abend auch nur einmal gewonnen hat, aber er hat weitergespielt, bis er pleite war. Er ist entweder stur oder blöd.« Der Cowboy stieß sich vom Tresen ab. »Ich schätze, ich mache die Fliege, solange ich noch laufen kann.« Er hob sein Bier, um zum Abschied anzustoßen. »Bis demnächst, Chase.«

»Mach's gut, Fred.« Er stützte sich mit einem Ellbogen auf den Tresen und drehte sich um, um dem Rodeo-Reiter nachzusehen. Sein Blick schweifte zu Buck, der gerade auf der Tanzfläche war. Er wußte nicht, was es mit Buck und dem Geld auf sich hatte. Er hatte noch nie jemanden kennengelernt, der so gierig nach Geld war und es so schnell wieder loswurde.

Kopfschüttelnd wandte er sich wieder zur Bar um. Als er sein Glas hob, um einen Schluck zu trinken, fiel sein Blick automatisch auf den langen Spiegel hinter der Bar. Von dort aus, wo er stand, konnte er im Spiegel die Eingangstür sehen. Buck stand neben der

Tür und sah sich auf ganz merkwürdige Weise um – als wolle er sich vergewissern, daß ihn niemand beobachtete. Chase runzelte die Stirn und zog die Augen zusammen, als er beobachtete, wie sein Freund ins Freie schlich. Er stellte sein Glas auf den Tresen, und die Falten auf seiner Stirn wurden tiefer.

Eine merkwürdige Neugier bemächtigte sich plötzlich seiner, so daß Chase sich von der Bar abwandte. Ein Impuls, den er selbst nicht recht verstand, führte ihn zum rückwärtigen Eingang des Saloons und nicht zur Vordertür. Dieser rückwärtige Eingang wurde in erster Linie als Hintertür zum oberen Stockwerk benutzt, denn das gestattete es den Kunden, zu kommen und zu gehen, ohne notwendigerweise von jemandem in der Bar gesehen zu werden, wenn man es vorzog.

Noch ehe er die Tür erreicht hatte, ging sie auf und Buck trat ein; er rieb sich die Hände und blies sich in die Finger, damit sie sich wieder aufwärmten. Er zuckte schuldbewußt zusammen, als er Chase sah, doch er fand schnell seine Fassung wieder und grinste.

»Was tust du denn hier, Chase? Schleichst du dich die Hintertreppe rauf?«

»Wo warst du?« Die Andeutung eines Lächelns nahm der Frage einen Teil ihrer Schärfe, aber Chase konnte den Argwohn nicht abschütteln, der ihn befallen hatte, als er Zeuge von Bucks merkwürdigem Verhalten geworden war.

»Ich habe nur kurz frische Luft geschnappt«, erwiderte Buck achselzuckend und grinste wieder. »Hier drinnen ist es so verraucht, daß einem die Augen brennen.«

»Bist du deshalb durch die Vordertür ins Freie gegangen und durch den Hintereingang wieder reingekommen?« fragte Chase und sah, wie Verlegenheit in Bucks Augen aufblitzte.

»Wovon sprichst du?« fragte Buck lachend.

Von der Bar drang ein Schrei herüber. »He! Hilf doch mal jemand! Da draußen liegt Fred Dickens mit eingeschlagenem Schädel! Wir müssen ihn ins Krankenhaus bringen!«

Chase warf Buck einen Blick zu, in dem eine ungläubige Anklage stand. Sein Freund wirkte ebenfalls überrascht. Chase konnte nicht erkennen, ob sein Erstaunen gespielt oder echt war. Buck wollte sich an ihm vorbeidrängen.

»Sehen wir doch mal nach, was passiert ist«, drängte er, aber Chase griff nach seinem Arm und hielt ihn zurück.

»Wieviel Geld hast du bei dir?« fragte er.

Buck wich zurück. Die Frage schien ihn zu bestürzen. »Was? Ein paar Dollar. Was hat das damit zu tun? Komm schon. Ich will sehen, was da passiert ist.«

Aber Chase ließ ihn nicht los. »Ich dachte, du hättest beim Pokern Glück gehabt.«

»Okay. Vielleicht habe ich ja auch ein paar hundert Dollar in der Tasche.« Verärgert wollte er Chases Hand abschütteln.

»Fred hat mir erzählt, daß du heute abend alles beim Spielen verloren hast.«

»Ich hatte eine Pechsträhne«, gestand er ein.

»Woher hast du dann das Geld in deiner Tasche?« Chase warf Buck dessen letzte Bemerkung ins Gesicht.

»Ich habe gesagt, ›vielleicht‹ hätte ich das Geld. Ich habe nicht gesagt, daß ich es habe.«

Chase packte ihn und schmetterte ihn mit einer solchen Wucht mit dem Rücken gegen die Wand, daß der Staub aus dem Holz rieselte. »Verdammt noch mal! Lüg mich nicht an!« Er packte fester zu und hielt seine geballte Faust vor Bucks Gurgel. »Ich habe gesehen, daß du dich wenige Sekunden, nachdem Fred gegangen war, durch den Vordereingang ins Freie geschlichen hast. Jetzt liegt er mit eingeschlagenem Schädel da draußen. Ich bin bereit, darauf zu wetten, daß er ausgeraubt worden ist wie die anderen auch! Und ich will wissen, was du damit zu tun hast!«

»Chase! Du bist verrückt!« wandte Buck ein, dessen Zorn strikt auf seine eigene Verteidigung ausgerichtet war. »Ich habe nichts damit zu tun!«

Es kostete Chase Überwindung, Buck loszulassen und einen Schritt zurückzutreten. »Beweise es«, forderte er ihn heraus. »Leer deine Taschen aus.«

Buck fuhr sich mit der Zunge über die Lippen und wich Chases unbeirrbarem Blick aus. »Es war nicht so, wie du glaubst«, murmelte er, und Chase stellte fest, daß er wünschte, er hätte diese Frage niemals angesprochen. Eine bittere Enttäuschung stieg in seiner Kehle auf, und der Geschmack seiner eigenen Galle würgte ihn ebenso sehr wie die Desillusionierung. »Ich wollte nur mein Geld wiederhaben«, sagte Buck beharrlich, aber seine Stimme hatte jetzt einen einschmeichelnden Tonfall angenommen. »Es war ein faules Spiel. Fred hat die Karten ausgegeben, die ganz unten waren. Das konnte ich ihm doch nicht durchgehen lassen, oder? Ich meine, ich mußte ihm doch eine Lektion erteilen. Ich habe nichts weiter getan, als ihm eins über den Kopf zu ziehen.«

»Und was ist mit Anderson? Und mit Jeffers? Beide Male hast du mich als Ausrede benutzt. Ich habe dir das Alibi geliefert, weil du mein Freund warst und ich dir geglaubt habe.« Er wandte sich ab und ging, denn er fürchtete sich vor dem, was er diesem Mann hätte antun können, wenn er geblieben wäre – diesem Mann, den er als seinen Bruder angesehen hatte.

Buck folgte ihm ins Gedränge des Saloons und flüsterte eindringlich auf ihn ein. »Chase, es wird nicht wieder vorkommen – ich schwöre es dir! Laß mich erklären, wie es wirklich gewesen ist, damit du es verstehst.« Aus seiner Stimme waren unterdrückter Zorn und Ungeduld herauszuhören.

Der Saloon hatte sich fast gänzlich geleert. Die wenigen Kunden, die geblieben waren, standen dicht beieinander und redeten über diesen neuerlichen Überfall. Ehe Chase die Bar erreicht hatte, ging die Vordertür auf, und Sheriff Potter trat ein. Seine matten Augen überflogen das verbliebene Grüppchen, und augenblicklich trat Schweigen ein. Seine Suche war beendet, als er Buck und Chase sah.

»Buck.« Er kam auf ihn zu, und seine Stiefel machten schlurfende Geräusche auf dem Holzfußboden, als koste es ihn zuviel Anstrengung, seine Füße hochzuheben. »Du wirst eine Spazierfahrt mit mir unternehmen müssen.«

»Sie können mich nicht einfach mitnehmen«, wehrte sich Buck, und er rückte dichter neben Chase. »Wenn jemand behauptet, mich draußen gesehen zu haben, dann ist das gelogen.«

»Diesmal verhält es sich anders, Buck«, sagte der Sheriff. »Fred Dickens hat das Bewußtsein noch einmal erlangt, ehe die Jungen ihn ins Krankenhaus gebracht haben. Er hat deinen Namen genannt. Er hat dich erkannt, als du ihm einen Schlag auf den Schädel verpaßt hast.«

»Er hat sich getäuscht! Ich war mit Chase zusammen. Fragen Sie ihn doch!«

Der Sheriff zog seine Mundwinkel herunter, als er widerstrebend Chase ansah. »War er mit Ihnen zusammen?«

Chase brauchte sich seine Antwort nicht zu überlegen, und er brauchte Buck nicht anzusehen. »Nein.« Seine Antwort war tonlos und endgültig.

»Warum tust du mir das an, Chase?« protestierte Buck und er versuchte, ihn daran zu hindern, die Bar zu verlassen, indem er sich ihm in den Weg stellte, aber Chase sah durch ihn hindurch. »Du bist doch angeblich mein bester Freund. Wir sind zusammen aufgewachsen. Meine Mutter hat uns beide aufgezogen. Sag dem Sheriff, daß ich mit dir zusammen war!«

Chase erwiderte nichts darauf und ging an Buck vorbei, als sei er gar nicht da. Buck hatte ihn belogen und ihm etwas vorgemacht. Um der Freundschaft willen, die sie miteinander verbunden hatte, wollte Chase seine Stimme nicht gegen Buck in die Waagschale werfen. Aber ebensowenig würde er irgend etwas zu Bucks Entlastung beitragen, denn das, was aus ihm geworden war, war nicht mehr das, was er einmal gewesen war. Daher war alles Gute, was er zu seinen Gunsten hätte sagen können, nicht mehr wahr.

»Du kommst jetzt besser mit mir, Buck«, sagte der Sheriff noch einmal und nahm seinen Arm.

»Nein!« Buck riß seinen Arm los, um seine Wut an Chase auszulassen. »Was bist du denn für ein Freund? Du, der du angeblich mein Kumpel bist! Du hältst dich für verdammt groß und toll, weil du ein Calder bist! Schließlich hätte ich genausogut an deiner Stelle sein können!« Er stieß sich einen Finger in die eigene Brust, um diesem Punkt Nachdruck zu verleihen. »Ich hätte ein Calder sein können, du Bastard!«

Chase sah auf die Bar, hinter der Jake stand. »Ich nehme einen Whisky – pur«, gab er seine Bestellung auf.

»Du kommst jetzt mit, Buck.« Diesmal klang die Stimme des Sheriffs nachdrücklicher. »Sonst muß ich Widerstand gegen die Amtsgewalt zu den übrigen Anklagen hinzufügen.«

Buck hörte nicht auf zu kreischen und Chase zu verfluchen, ehe der Sheriff ihn aus dem Saloon geführt hatte. Niemand stellte sich neben Chase an die Bar. Nicht einmal die Arbeiter vom dreifachen C näherten sich ihm. Sie ließen ihn in Ruhe, damit er ganz für sich allein den Verlust eines Freundes betrauern konnte.

20.

Geschenke türmten sich unter dem Weihnachtsbaum. Es war Tys erstes Weihnachten, und die meisten Päckchen waren für ihn.

Maggie lächelte, als sie zusah, wie Ty mit einer Rassel auf den Boden schlug, und geistesabwesend öffnete sie den Brief mit Culleys Weihnachtsgrüßen. In der Weihnachtskarte lag ein Brief.

19. Dezember

Liebe Maggie,
erinnerst Du Dich, daß ich Dir von Fred Dickens berichtet habe, dem Rodeo-Kerl, der ins Koma gefallen und gestorben ist? Buck Haskell ist wegen Totschlags verurteilt worden. Er hat behauptet, er sei betrunken gewesen und hätte nicht gewußt, was er tat. Ich habe gehört, daß Chase Calder nicht einmal als Leumundszeuge aufgetreten und sein Wort für Buck in die Waagschale werfen wollte. Das glaube ich sofort. Einer ihrer Diebe wird geschnappt, und sie waschen ihre Hände in Unschuld. Ich habe dir doch gesagt, daß sie so sind – sowie man Schwierigkeiten hat, kennen sie einen nicht mehr.

Als der Richter Buck zu einer Gefängnisstrafe verurteilt hat, hat er, wie ich gehört habe, angefangen zu schreien und alle erdenklichen Drohungen auszustoßen, Chase würde er es noch zeigen. Ich habe gehört, daß drei Männer gebraucht wurden, um ihn aus dem Gerichtssaal zu führen.

Es schneit.

Fröhliche Weihnachten
Culley

Sie hatte Mitleid mit Buck Haskell – Mitleid, weil die Calders ihn verraten hatten, insbesondere Chase, der sein Freund gewesen war. Verraten und betrogen, genau wie sie. Ihr Blick hob sich zu dem Stern auf der Spitze des Weihnachtsbaumes; sie hoffte, die Calders würden den Frieden, für den er ein Symbol war, niemals kennenlernen.

Das erste Frühjahrsfohlen schwankte unsicher auf seinen gespreizten Beinen, und sein Schwanz, der eher wie ein Staubwedel aussah, kreiste wild, um das Gleichgewicht zu halten. Mit zu langen Beinen, einem zu großen Kopf und Augen, die zu riesig waren, blinzelte es in die helle, fremde Welt. Für ein neugeborenes Fohlen war es ziemlich groß, und es war offensichtlich gesund. Mit der schneeweißen Blesse, die von seiner konkaven Stirn nach unten verlief, hätte es eigentlich im Mittelpunkt der Aufmerksamkeit stehen müssen. Aber die Augen aller waren auf die alte Stute gerichtet, die im Stroh lag.

Mit hochgekrempelten Hemdsärmeln stand Dr. Gordon mit seinem Stallknecht neben der Box.

Ein düsterer, bekümmerter Blick hatte sich in sein sonnengebräuntes, attraktives Gesicht geschlichen.

»Helfen wir ihr doch beim Aufstehen«, schlug er vor.

Maggie sah zu, wie sich die beiden Männer neben die Stute knieten und versuchten, ihr aufzuhelfen.

»Es hat keinen Sinn«, resignierte schließlich Ralph, der nach dieser vergeblichen Anstrengung schwer atmete.

»Ich werde versuchen, sie mit Brei zu füttern.« Maggie riegelte die Tür auf und trat in die Box. »Wenn wir sie dazu bringen können, etwas zu fressen, gibt ihr das vielleicht wieder Kraft.«

»Ja, probieren Sie es, Elizabeth.« Phillip stimmte ihrem Vorschlag zu, aber er schien sich nicht auf den Erfolg zu verlassen, denn er wandte sich gleichzeitig an den Stallknecht. »Hol ein paar Seile, und dann versuchen wir, sie damit hochzuziehen. Wenn wir sie wenigstens auf die Füße kriegen und sie stehenbleibt, dann kann das Fohlen gesäugt werden, und Misty hat auch größere Chancen.«

Maggie kniete sich neben die Stute und stellte den Kübel mit Brei auf den Fußboden. Dann zog sie einen sauberen Lappen aus ihrer Hüfttasche. Sie tunkte ihn in den Brei und drückte ihn im Maul der Stute aus. Das meiste tröpfelte wieder heraus. Sie strich der Stute sanft über den Hals, um dem Pferd beim Schlucken zu helfen, und dann wiederholte sie den ganzen Vorgang noch einmal.

Ralph kam zurück. »Ich habe die Seile, Dr. Gordon. Wie wollen Sie es anstellen?«

»Wir befestigen sie an diesem Querbalken. Er müßte eigentlich stark genug sein, um sie zu halten.«

Maggie, die sich ganz auf ihre Aufgabe konzentrierte, nahm nur unbewußt wahr, was die beiden Männer taten. Nach einem leisen Knacken schlitterte etwas Weißes in ihr Blickfeld. Nachdem sie es aus dem Augenwinkel wahrgenommen hatte, blickte Maggie auf und sah den weißen Strick, der von einem Querbalken baumelte. Ein anderes Bild löste diesen Anblick ab, und sie sah den Stall und den Strick vor sich, der genau in der Mitte an einem Querbalken gehangen hatte.

Ihre Kehle schnürte sich zu. Die Farbe wich aus ihrem Gesicht, als dieses Bild vor ihre Augen trat und dort verharrte – das der Leiche ihres Vaters, der in der Schlinge baumelte.

Sie preßte die Augen zu und versuchte, das Bild zu verjagen, das vor ihrem inneren Auge stand. Aber das ganze Grauen und die Qual fluteten zurück, um es so wirklich zu gestalten, als spiele es sich jetzt, in diesem Moment, ab. Aus weiter, weiter Ferne hörte sie jemanden schreien – unaufhörlich und ohne Ende.

Sie mußte ihn herunterholen! Sie mußte das Seil lösen! Sie lief los, um es loszubinden, krallte sich in die Hände, die es hielten. Selbst als sie feststellte, daß es nur ein Seil war, an dessen Ende sich keine Schlinge befand, zerrte sie weiter daran.

Als sie aufgestanden war, hatte sie Phillips Blicke auf sich gezogen. Seine Stirn legte sich in Falten, als er das Grauen auf ihrem weiß gewordenen Gesicht sah, und es bestürzte ihn, wie sie das Seil anstarrte. Er wollte sie gerade fragen, was mit ihr los sei, als sie anfing zu schreien. Sein Stallknecht war in verblüfftem Entsetzen stehengeblieben, als sie sich auf ihn gestürzt hatte, um ihm das Seil aus den Händen zu reißen und es von dem Querbalken herunterzuziehen. Phillip eilte zu ihr, packte sie an den Schultern und zog sie von dem wehrlosen Mann fort.

»Es hat etwas mit dem Seil zu tun. Binde es los«, fauchte er ihm über die Schulter zu, und der Stallknecht wurde aus seiner Benommenheit aufgerüttelt und zerrte das Seil vom Querbalken herunter. »Elizabeth, das Seil ist fort! Sieh hin! Es ist nicht mehr da!« Seine Stimme war fest und sprach in einem Befehlston mit ihr, dem sie gehorchen mußte. »Mach deine Augen auf und sieh hin. Es ist fort. Es existiert gar nicht.«

Sie hörte auf, sich zu wehren, und wandte ihren Kopf um. Einen Augenblick lang stand sie regungslos da. Das Seil lag als ein harmloses Gewirr auf dem Boden. Ein heftiger Schauer durchzuckte sie. Ein trockenes, abgehacktes Schluchzen schüttelte ihre Schultern, als Phillip seine Arme um sie legte.

»Komm jetzt. Wir gehen von hier fort«, murmelte er.

Sie taumelte, aber sein starker Arm war um sie geschlungen und stützte sie, um sie in den Geräteraum zu führen, in dem sie ungestört waren. Maggie erstickte fast an den Schluchzlauten, die sie zu schlucken versuchte, und sie wischte sich unbeholfen die wenigen Tränen aus dem Gesicht.

»Es tut mir leid.« Sie versuchte, sich wieder in den Griff zu bekommen. Phillip saß neben ihr auf dem Sofa, beugte sich zu ihr vor, stützte seine Ellbogen auf seine Knie und hielt seine Hände vor sich gefaltet. Seine geduldigen grauen Augen beobachteten sie eindringlich.

»Du brauchst dich nicht zu entschuldigen«, versicherte er ihr. »Das Seil hat eine traumatische Erinnerung in dir wachgerufen, mit der dein Verstand nicht gleich fertig geworden ist.« Sein schwaches Lächeln schien zu besagen, daß das alles völlig normal war. Seine ruhige, verständnisvolle Art war mehr, als sie ertragen konnte. Sie atmete scharf ein. »Willst du vielleicht mit mir darüber sprechen, Elizabeth?« schlug Phillip vor. »Manchmal hilft das.«

Plötzlich rannen Tränen über ihre Wangen. »Ich wünschte, mein Bruder wäre hier.« Maggie wandte ihren Kopf ab. »Mit Culley könnte ich reden.« Eine Träne schlich sich über ihren Mund. Mit einer zitternden Hand wischte sie sie fort. »Ich habe nicht geweint, als sie meinen Vater beerdigt haben. Ich habe noch nicht einmal geweint, als es passiert ist.«

»Wo warst du, als der Unfall passierte, bei dem dein Vater ums Leben gekommen ist?« Er musterte jede Nuance ihres Gesichtsausdruckes, denn er erriet, daß er der Wahrheit schon sehr nah war. Irgendwie stand alles in Zusammenhang mit dem Tod ihres Vaters.

»Es war kein Unfall.« Sie wußte, daß es das war, was sie ihre Tante und alle anderen hier hatte glauben lassen. »Er ist ermordet worden.«

Ehe sie ihren Redefluß aufhalten oder auch nur darüber nachdenken konnte, was sie eigentlich sagte, überschüttete Maggie ihn mit der ganzen Geschichte – sie sprudelte alles heraus, über die Calders, ihre Affäre mit Chase, den Viehdiebstahl und die Hinrichtung ihres Vaters. Dabei weinte sie ununterbrochen, was ihr bis dahin nie möglich gewesen war. Irgendwann zog Phillip sie in seine Arme.

Es war eine bizarre Geschichte und kaum zu glauben, und doch waren ihre Qualen und ihr Schmerz nur allzu echt. Selbst wenn sie hier oder da übertrieb, waren seine Fragen beantwortet, was ihren Widerwillen betraf, über die Vergangenheit zu reden. Die Hälfte dessen, was sie mitgemacht hatte, hätte ein Mädchen von durchschnittlicher Belastbarkeit für alle Zeiten geschädigt.

Seine Hand strich über das schwarze Haar, als sie ihren Kopf an seine Schulter schmiegte. »Ihr hättet zur Polizei gehen und es sagen sollen«, sagte er grimmig.

»Man hätte uns nicht geglaubt.« Sie schluchzte ein bitteres Lachen heraus. »Wahrscheinlich hätten sie uns für verrückt gehalten. Außerdem bekommen sie ihre Anweisungen von Calder. Wir hatten keine anderen Beweise als unsere eigenen Aussagen. Und sie hätten gefragt, welche Motive Calder gehabt haben könnte. Was wäre aus uns geworden, wenn wir ihnen gesagt hätten, daß Pa ihm die Rinder gestohlen hat und welche Rolle wir dabei gespielt haben? Culley hätte ins Gefängnis kommen können, und mich hätten sie wahrscheinlich in ein Heim gesteckt.«

Phillip sah ein, daß sie gezwungen gewesen waren, zu schweigen, um sich selbst zu schützen. Das einzige, was er nur mit Mühe einsehen konnte, war, daß noch heute eine Art von Selbstjustiz geübt wurde. Da er objektiver war, als sie es sein konnte, erkannte er, daß sowohl ihr Vater als auch Calder eine gewisse Rechtfertigung für ihr Vorgehen gehabt hatten, ganz gleich, wie fehlgeleitet sie waren. Naturgemäß war sein Mitgefühl auf ihrer Seite, aber das machte ihn nicht blind für die Gegenseite.

»Sie haben verfügt, daß sein Tod ein Selbstmord war.« Ihre Stimme bebte immer noch. »Deshalb habe ich Tante Cathleen auch in dem Glauben gelassen, daß es ein Unfall war. Ich konnte es ihr nicht erzählen – sie ist eine gläubige Katholikin. Und es war ohnehin kein Selbstmord, obwohl ich manchmal glaube, daß er unbewußt den Wunsch gehabt hat zu sterben.« Sie fing an, heftig zu zittern. »Ich hasse sie. Ich hasse die Calders für all das, was sie getan haben. Ich hoffe, daß jemand sie eines Tages vernichtet.«

Ihr abgrundtiefer, leidenschaftlicher Haß erschütterte Phillip. »Hasse sie nicht, Elizabeth. Haß zerstört unweigerlich denjenigen, der haßt. Bring es hinter dich. Schließ dieses Kapitel ab«, drängte er sie. »Und vergiß nicht, daß der Vater deines Kindes ein Calder ist.«

»Das wird Ty nie erfahren«, erklärte sie mit Nachdruck.

»Eines Tages wird er Fragen nach seinem Vater stellen.« Phillip versuchte, vernünftig mit ihr zu reden.

»Ich werde ihm nie sagen, wer sein Vater ist. Ich werde mir irgendeine Geschichte ausdenken«, gelobte sie, und dann fing sie wieder an zu weinen.

Er drückte sie dichter an sich und preßte seine Lippen in dem Versuch gegen ihre Schläfe, sie zu trösten, wie ein Vater ein Kind geküßt hätte, damit der Schmerz vergeht. So begann es – damit, daß Phillip zarte Küsse auf ihre Stirn und ihre Backenknochen hauchte und ihr beschwichtigende Worte zuflüsterte. Sie drehte ihr Gesicht zu ihm und legte ihren Kopf zurück.

Als sein Mund flüchtig ihre Lippen streifte und er spürte, daß ihre Lippen sich öffneten und hingebungsvoll reagierten, änderte sich alles. Er spürte die zarten Konturen ihres schlanken Körpers, der sich an ihn schmiegte. Sie war begehrenswert, und sie lag in seinen Armen. Sein Mund kehrte zurück, um den süßen Geschmack ihrer Lippen unter der salzigen Tränenschicht zu suchen. Die Wärme ihres Körpers entfachte die flammende Begierde, die immer unter der Oberfläche brodelte, wenn sie in seiner Nähe war. Leidenschaft flammte in seinem Kuß auf, und sie erwiderte sie, und ihre Lippen bewegten sich mit derselben Spontaneität über seine Lippen. Gierig vertiefte er den Kuß und spürte, wie sie sich ihm öffnete.

Plötzlich stießen ihre Hände gegen seine Brust; sie riß sich heftig von ihm los und starrte ihn mit grünen Augen an, die einen Fremden zu sehen schienen. Seine Hände wollten sich nach ihr ausstrecken, aber sie wich davor zurück.

»Rühr mich nicht an«, warnte sie ihn, und es gelang ihr, aufzuspringen und vor ihm zurückzuweichen.

»Elizabeth, ich …« Er suchte nach den Worten, die sein Verhalten entschuldigen konnten – eine Entschuldigung dafür, daß er einen Moment solcher Verletzbarkeit ausgenutzt hatte.

Sie stürzte zur Tür und blieb gerade lange genug stehen, um ihre Orientierung wiederzufinden, ehe sie über den Rasen zu ihrer Wohnung über der Garage raste. Phillip sah ihr durch die Stalltür nach.

21.

Jemand stieg die Stufen vor der Garage hinauf. Maggie hörte die Schritte, aber sie tat so, als hätte sie nichts gemerkt, und fütterte Ty, der auf seinem hohen Kinderhocker saß, weiterhin mit einem Löffel.

»Jetzt komm schon, Ty. Nur noch einen Happen«, schmeichelte Maggie in dem Moment, als es klopfte. Sie warf einen Blick auf ihre Tante, die gerade das Geschirr spülte.

»Ich gehe schon.« Ihre Tante lächelte die junge Mutter und das Kind an.

Maggies Aufmerksamkeit war momentan abgelenkt, und das nutzte Ty aus, um nach dem Löffel zu grapschen. Zerdrückte Aprikosen rannen durch die kleinen Finger und tropften auf den Tisch. Maggie atmete erschöpft aus und griff nach dem feuchten Waschlappen, der für solche Fälle immer griffbereit in der Nähe lag. Es war der letzte Löffel Aprikosenbrei gewesen, und daher band sie Ty das schmutzige Lätzchen ab. Er strampelte mit den Beinen und gurrte vor Vergnügen.

»Du willst runter, was? Du willst wohl spielen«, neckte Maggie ihn, während sie gleichzeitig zuhörte, wie Phillip ihre Tante begrüßte. Sie hatte schon damit gerechnet, daß er sie auf das hin, was sich am Nachmittag ereignet hatte, aufsuchen würde.

»Könnte ich Elizabeth allein sprechen?« hörte sie Phillip fragen.

Für den Bruchteil einer Sekunde zögerte ihre Tante, ehe sie auf diesen Wunsch einging. »Selbstverständlich. Ich wollte ohnehin gerade den Abfall runterbringen. – Elizabeth, Dr. Phillip möchte dich sprechen.« Der Einfluß der Gordons hatte bewirkt, daß auch ihre Tante aufgehört hatte, sie bei ihrem Taufnamen, Mary Frances, zu nennen. Maggie sah auf, und ihr Blick traf seine grauen Augen. Währenddessen sammelte ihre Tante die Abfallsäcke ein, um sie ins Freie zu tragen und die beiden allein zu lassen.

»Elizabeth, ich bin gekommen, um mich für mein Benehmen heute nachmittag zu entschuldigen«, sagte Phillip.

»Das ist nicht nötig«, wehrte sie steif ab, während sie Ty aus seinem Stuhl hob.

»Ich fürchte, es ist nur allzu nötig«, beharrte er. »Das, was ich getan habe, ist unentschuldbar. Die einzige Erklärung ist die, daß ich eine wunderschöne Frau in meinen Armen gehalten und das getan habe, was jeder normale Mann an meiner Stelle getan hätte – ich habe sie geküßt. Ich hatte keinen Moment lang die Absicht, dich zu erschrecken.«

Bei dieser letzten Äußerung hob sie den Blick zu ihm. Endlich sah sie ihn an, und sie sah all das, was sie im Lauf dieser letzten sieben Jahre zu übersehen versucht hatte. Er sah gut aus, war braungebrannt, schlank und vital. Sein Haar hatte die Farbe von Stahl, aber seine Augen waren von einem warmen, samtenen Grau. Wenn Chase Calder ganz aus rauhen, unfertigen Kanten, die noch nicht abgeschliffen waren, und aus aggressiver Maskulinität bestanden hatte, dann war Phillip Gordon das Endprodukt seiner Männlichkeit, geschliffen, zart, reif und charmant und nicht zuletzt immer makellos gekleidet. Ein Gentleman.

»Du hast mich nicht erschreckt.« Als Ty anfing zu quengeln, setzte sie ihn auf den Boden. Er krabbelte eilig zu seinen Spielsachen, die mitten im Wohnzimmer lagen. Maggie wandte sich wieder Phillip zu, um eine Erklärung für ihre Antwort zu geben. »Ich war es. Ich bin vor mir selbst erschrocken.« Sie gab den Versuch auf, ihre Gefühle zu verbergen. »Siehst du, ich wollte, daß du mich küßt. Ich wollte, daß du mich berührst. Mehr als nur das.« Sie wurde kühner, und ihr Selbstvertrauen kehrte zurück. »Ich wollte, daß du mich liebst. Ich hätte nicht geglaubt, daß ich das noch einmal einem Mann gegenüber empfinden würde. Ich hätte nicht gedacht, daß es je so kommen würde.«

»Elizabeth.« Er ging unbewußt einen Schritt auf sie zu, und in seinen Augen funkelte Begierde auf. Es war nur ein flüchtiger Augenblick, dann war sie gänzlich verschwunden, und er blieb abrupt stehen und schüttelte den Kopf. »Du weißt nicht, was du sagst.«

»O doch, ich weiß es, Phillip.«

»Du bist siebzehn, und ich bin gerade einundvierzig geworden. Ich könnte dein Vater sein«, erklärte er behutsam.

»Ich mache mir nicht vor, daß es richtig ist, daß ich mit dir schlafen will, aber ich kann nicht leugnen, daß es genau das ist, was ich empfinde«, sagte sie und warf damit erfolgreich seine Logik über den Haufen.

»Das liegt nur daran, daß ich so ziemlich der einzige Mann in deiner Nähe bin, der überhaupt in Betracht käme, und du bist ein von Natur aus liebebedürftiges junges Mädchen. Ich werde nicht zulassen, daß du dich mit mir einläßt. Dazu bist du zu schade, Elizabeth.« Er strich mit einem Finger über ihre Wange, eine widerstrebende Liebkosung. »Du bist intelligent, entschlußkräftig und ehrgeizig. Das letzte, was du gebrauchen kannst, ist eine Affäre mit einem alten Mann.«

»Du bist nicht alt, Phillip.«

»Ich nehme an, du hältst diese grauen Haare für eine Art von Tarnung«, hänselte er sie.

»Es läßt dich lediglich distinguiert wirken«, beharrte sie.

»Was auch nichts anderes als ›alt‹ bedeutet.« Er schüttelte lächelnd den Kopf. »Im kommenden Herbst, wenn du ins College kommst, wirst du von Unmengen von gutaussehenden jungen Männern umgeben sein. Du wirst glücklicher mit jemandem werden, der dir altersmäßig nähersteht.«

»Wie Chase Calder!« Maggie warf ihm den Namen regelrecht an den Kopf. »Ich habe dieses Erlebnis nicht gerade als das glücklichste in Erinnerung!«

»Chase Calder war *ein* Mann. Du kannst nicht alle anderen Männer nach den Erfahrungen beurteilen, die du mit ihm gemacht hast. Du kannst nur daraus lernen.«

»Chase hat mir ständig irgend etwas beigebracht«, erinnerte sie sich verbittert. »Leider ging es dabei um Sex und nicht um Liebe.«

»Du hast noch in vieler Hinsicht noch eine ganze Menge zu lernen.«

»Und ich werde lernen, soviel ich nur irgend kann.«

Er nahm ihre Wangen zwischen seine Hände. »Laß uns einen Pakt schließen. Wenn du mit dem College fertig bist, werden wir ja sehen, ob du mir gegenüber noch genauso empfindest oder ob du Geschmack am Typ des jungen, abenteuerlustigen Mannes gefunden hast.«

Sie schmiegte ihr Gesicht in seine Hände und schloß die Augen, um stumm seine zarte Hand auf ihrer Haut auszukosten. Mit Bestimmtheit und ohne jedes Zaudern begegnete sie dann seinem Blick. »Wir werden sehen, was geschieht, wenn ich mit dem College fertig bin«, stimmte sie zu, weil sie intuitiv die Klugheit seines Vorschlags erkannte und weil sie sich irgendwie sicher war, daß ihre Gefühle sich nicht ändern würden. Sie waren langsam gewachsen, nicht aus heiterem Himmel aufgelodert.

An einem Spätnachmittag Anfang Juni stieg Maggie die Stufen zu der Wohnung über der Garage hinauf. Sie war mit Pamela Gordon ausgegangen, und die beiden hatten sich in einer Galerie eine Ausstellung angesehen. Jeden Monat besuchten sie eine andere Galerie in Los Angeles, und außerdem hatten Phillip und Pamela – immer beide zusammen – Maggie in verschiedene Symphoniekonzerte, ins Ballett und in die Oper mitgenommen.

Als sie die Wohnung betrat, rief Maggie strahlend aus: »Hallo! Ist jemand zu Hause?« Ein freudiges Quietschen kam aus der Küche, gefolgt vom Klang von Schritten. Ty rannte, so schnell seine kleinen Beine ihn trugen, durch das Wohnzimmer auf sie zu, um sie zu begrüßen. Er war jetzt fast eineinhalb Jahre alt – und ein richtiger Junge. Lachend wirbelte sie ihn durch die Luft. »Du läufst gar nicht mehr, Ty. Du rennst nur noch.« Sie drückte ihn an sich, während er eine Antwort vor sich hin plapperte. »Du wächst so schnell«, seufzte Maggie, und sie legte ihren Kopf zurück, um ihn anzusehen. »Warst du ein braver Junge, Ty?« Er sah sie mit Augen, die ganz entschieden braun waren, stumm an.

»Natürlich war er brav.« Die Antwort kam von Cathleen, die gerade das Wohnzimmer betrat. »Ach ja, im Briefkasten war heute ein Brief für dich.«

»Von Culley?« fragte Maggie freudig. »Er hat seit Weihnachten nicht mehr geschrieben. Ich weiß, daß er viel zu tun hat, aber ich mache mir doch allmählich Sorgen.«

»Der Brief ist nicht von deinem Bruder.« Der Umschlag lag auf einem kleinen Beistelltisch. Cathleen brachte ihn Maggie, und auf ihrem Gesicht stand ein Ausdruck der Zufriedenheit.

Als Maggie den Absender sah, der auf dem Umschlag stand, setzte sie Ty auf den Fußboden und riß den Umschlag eilig auf. »Es ist mein Abschlußzeugnis!« Stolz zeigte sie es Cathleen, ohne selbst ihren Blick davon zu lösen. »Jetzt kann ich im Herbst aufs College. Habe ich es dir schon erzählt? Phillip glaubt, daß er mir ein Stipendium verschaffen kann. Das heißt natürlich, daß ich zusätzliche Prüfungen machen muß, aber das stört mich nicht weiter. Und wenn die Universität mich nicht annimmt, kann ich mich immer noch in einem öffentlichen College einschreiben.«

Maggie bekam das Stipendium und schrieb sich im kommenden Herbst als reguläre Studentin an der Universität ein. Im Sommer erhielt sie einen kurzen Brief von Culley, doch seine Briefe wurden immer seltener. Und jeder Brief enthielt irgendeinen beißenden Seitenhieb auf die Calders und ein Vergeltungsgelübde. Nie erlaubten es Maggie diese Briefe, ihre Vergangenheit ganz aus ihren Gedanken zu verdrängen.

Auch sie hatte viel zu tun. Sie hatte neben ihren Kursen am College einen übermütigen kleinen Jungen, der schnell heranwuchs, sie kümmerte sich um Phillips Pferde, und außerdem schöpfte sie das kulturelle Angebot, das Los Angeles zu bieten hatte, voll aus. Manchmal wurde sie von Phillip und Pamela begleitet, nie jedoch von Phillip allein. Sie versuchte auch, sich an Phillips Rat zu halten und mit Männern auszugehen, die ihr altersmäßig näherstanden. Wenige von ihnen machten einen Eindruck auf sie, doch mit manchen hatte sie viel Spaß.

Aber nur bei Phillip fühlte sie sich geborgen, und nur bei ihm fühlte sie sich wirklich wohl. Er hatte einen guten Einfluß auf sie, und er war in der Lage, ihre finsteren Stimmungen zu vertreiben und sie zum Lachen zu bringen. Maggie bewunderte diesen Mann, vertraute ihm und respektierte ihn, und die körperliche Anziehungskraft, die er auf sie ausübte, blieb auch bestehen.

Bei ihm war es dasselbe. Das wußte sie, weil sie oft beobachtet hatte, wie er sie ansah, wenn er glaubte, daß sie es nicht bemerkte. Maggie verspürte manchmal die Versuchung, die weiblichen Tricks, die sie gelernt hatte, einzusetzen und die Begierde zu entfachen, die unter der ruhigen Oberfläche loderte. Sie tat es nicht, weil sie sich daran erinnerte, wie über Chase und sie geredet worden war. Phillip war so empfindsam, was den Altersunterschied zwischen ihnen anging, daß sie wußte, daß sich die Klatschmäuler als erstes auf diesen Punkt stürzen würden. Sie machte sich zuviel aus ihm, um zuzulassen, daß Leute hinter seinem Rücken spitze Bemerkungen machten. Daher wartete sie den rechten Augenblick ab.

Tränen schimmerten in ihren grünen Augen, als sie das Abschlußzeugnis des College in einer Hand hielt und den fünfjährigen Jungen an sich drückte, der seine Arme um ihren Hals geschlungen hatte und ihr einen feuchten Kuß auf die Wange drückte.

»Ich gratuliere dir, Mommy.« Ty mühte sich mit dem schwierigen Wort ab, aber er sprach es richtig aus. Er war ziemlich groß für sein Alter; sein Haar war braun, nicht schwarz, und die kalifornische Sonne hatte einzelne Strähnen ausgebleicht; auch seine Augen waren braun, aber Maggie verschloß sich dem Umstand, wieviel Ähnlichkeit dieses Kind mit Chase Calder aufwies. Ty war *ihr* Sohn.

»Ich danke dir.« Sie küßte die Luft dicht über seiner Wange, denn er konnte es nicht ausstehen, wenn ihr Lippenstift einen roten Abdruck auf seiner Wange hinterließ. Dann lächelte sie. »Wer hat dir beigebracht, daß du das sagen sollst?«

»Pip.« Es war ihm nie so ganz gelungen, seine Zunge zu dem Namen Phillip zu verrenken, als er sprechen gelernt hatte. Inzwischen war diese Kurzform längst selbstverständlich geworden.

Sie blickte auf und sah den freudigen Stolz in seinem Gesicht, doch als sie sich aufrichtete, war es ihre Tante, die sie umarmte. Diese stille, freundliche und gutherzige Frau, die sie aufgenommen hatte, ohne jemals irgendwelche Fragen zu stellen, ohne je in irgendeiner Form Vorwürfe auszusprechen, die sich gegen Tys uneheliche Geburt wandten, und die Maggie immer wie ihre eigene Tochter behandelt hatte, eine Frau, die niemals klagte und ihrer Schwester so unglaublich ähnlich war – Maggies Mutter, die für Maggie nichts sehnlicher gewünscht hatte als eine gute Ausbildung. Jetzt war es soweit.

»Ich weiß, daß deine Mutter jetzt sehr stolz auf dich ist, Elizabeth.« Cathleen weinte leise vor sich hin – so leise, wie sie alles andere auch tat.

Ihre Gedanken hatten dieselbe Richtung eingeschlagen wie Maggies Gedanken. Sie hatte einen Kloß in der Kehle, der nicht mehr als ein liebevoll betontes: »Ich danke *dir*, Cathleen« zuließ.

Ihre Tante drückte sie noch einmal fest an sich und trat dann zurück. »Ich wünschte nur, dein Bruder könnte jetzt hier sein und dich sehen. Glaubst du, daß er die Flugkarte, die du ihm geschickt hast, nicht bekommen hat?«

»Culley … hat wahrscheinlich zuviel zu tun. Zu dieser Jahreszeit gibt es auf einer Ranch viel Arbeit.« Sie erfand Entschuldigungen für ihn. Sie hatte sich so sehr gewünscht, daß Culley hier sein und diesen Augenblick gemeinsam mit ihr erleben würde, aber ihr war auch klar, daß er sich in dieser Umgebung fehl am Platz und unwohl fühlen würde. Vielleicht wußte er das auch. Oder vielleicht hatte er wirklich viel zu tun. Es war nur zu wahrscheinlich, daß das der eigentliche Grund war, aber sie konnte nichts dagegen tun, daß sie wünschte, er wäre hier gewesen. Sie drehte sich um und beugte sich vor, um ihre Wange an Pamelas Gesicht zu drücken. Maggie hatte mittlerweile einen Teil ihrer Illusionen verloren, was Pamela anging. Diese Frau war ihr eine große Hilfe gewesen und hatte ihr vieles beigebracht, aber sie hatte Maggie nur Tys wegen akzeptiert. Sie war vernarrt in ihn. Ty nannte sie sogar ›Tante‹ Pam.

»Meine herzlichsten Glückwünsche, Elizabeth.« Ihr Lächeln war reizend – mehr nicht.

»Danke, Pamela.« Ihr Herz klopfte, als sie Phillip ansah, der aufmerksam neben dem Rollstuhl seiner Schwester stand. Sein stahlgraues Haar war an den Schläfen silbrig geworden, aber er sah fantastisch aus, so groß und schlank und von der Sonne gebräunt. »Du siehst sehr distinguiert aus, Phillip«, sagte Maggie, die inzwischen fließend Französisch sprach. »Es sieht so aus, als hätte ich mir das Beste für den Schluß aufgehoben. « Sie streckte ihre linke Hand zu ihm aus, und er zog sie zu sich. »Ich danke dir, für alles.«

»Heute ist ein denkwürdiger Tag … für uns alle.« Die letzten Worte schien er hinzuzufügen, um die Intensität seines Blickes zu mildern.

Seine Hände legten sich auf ihre Schultern und hielten sie fest, während ein genüßliches Feuer ihren Körper wärmte. Ihre Lippen trafen sich nur für wenige Sekunden, doch dieser Kuß überbrückte die vier Jahre des Wartens und zeigte, daß es sich gelohnt hatte. Ein zarter Schimmer war auf ihr Gesicht getreten, als sie sich zurücklehnte.

»Pip hat Mommys Lippenstift auf dem Mund.« Ty lachte und deutete mit dem Finger auf ihn.

»Schmeckt gut«, versicherte ihm Phillip, während er ein Taschentuch aus seiner Anzugtasche holte, um das Rot von seinem Mund zu wischen.

Dies brachte Ty auf etwas anderes. »Können wir gehen, Mommy? Tante Cathleen hat Kuchen und Plätzchen und solche Sachen gebacken. Es könnte alles schlecht werden, wenn wir jetzt nicht nach Hause gehen.«

»Ja, das könnte allerdings passieren.« Sie lachte zustimmend.

Außer Kuchen und Tee – Milch für Ty – erwarteten sie Geschenke im Haus der Gordons. Ehe Maggie dazu kam, sie auszupacken, kam als Sonderzustellung ein Telegramm von ihrem Bruder Culley. Sie bestätigte den Empfang und riß den Umschlag auf.

Es lautete:

MAGGIE – HERZLICHE GLÜCKWÜNSCHE. KONNTE
LEIDER NICHT KOMMEN.
WUSSTE IMMER, DASS DU ES SCHAFFST. DIESEN
CALDERS WERDEN WIR ES ZEIGEN.
CULLEY

Der Name Calder mußte selbst an diesem ganz besonderen Tag erwähnt werden.

Am späteren Abend, nachdem Maggie Ty ins Bett gebracht hatte, erklärte sie ihrer Tante, sie würde einen Spaziergang machen, und sie erklärte ihr, der Tag sei zu aufregend für sie gewesen, um jetzt gleich zu schlafen.

Durch ein Fenster im Anbau des Stalles drang Licht. Maggie dachte sich fast, daß es Phillip war, und sie hoffte es sehr. Bei ihrem Eintreffen wurde sie als erstes von der aromatischen Mischung aus Pfeifentabak und Sattelfett begrüßt. Phillip blickte versonnen eine Fotografie an, ein Foto, auf dem sie sein schwarzes Turnierpferd Sable ritt. Als sie auf ihn zukam, wandte er ihr sein Gesicht zu.

»Erinnerst du dich noch an den Pakt, den wir vor vier Jahren geschlossen haben?« Sie blieb vor ihm stehen.

»Ich erinnere mich sehr gut daran, Elizabeth.« Seine Stimme war heiser und rauchig, aber er trug immer noch die Maske, die, wann immer sie in seiner Nähe war, seine Gedanken verbarg. »Es ist nichts geschehen, was an meinen Gefühlen etwas geändert hätte.« Ehe er es sagen konnte, kam Maggie ihm zuvor. »Und erzähl mir nicht, du seist alt genug, um mein Vater zu sein, denn das ändert gar nichts. Und was jetzt?«

Die Andeutung eines Lächelns breitete sich langsam auf seinen Zügen aus. »Ich glaube, es steht einem Mann zu, sich wenigstens einmal in seinem Leben wegen einer Frau zum Narren zu machen. Warum kommst du nicht her und küßt den alten Narren?«

Mit einem zarten, frohlockenden Lachen glitt sie in seine geöffneten Arme und hob ihren Mund zu seinen Lippen, die sich zu ihr heruntersenkten. Der Kuß war entschlossen und besitzergreifend, und er beanspruchte das für sich, was ihm ohnehin schon seit langem gehörte.

Ihre Hände lagen ruhig auf seinem schlanken, muskulösen Oberkörper und spürten seinen unregelmäßigen Herzschlag. Seine Arme versprachen ihr Geborgenheit, Schutz, Trost und liebevolle Hingabe – alles, was sie gesucht hatte. Er war der Vater, den sie nie gehabt hatte; der Freund, den sie nie kennengelernt hatte.

»Ich liebe dich, Phillip.« Die Worte kamen ihr leicht über die Lippen.

Sein forschender Mund verharrte zögernd neben ihrem Mundwinkel, und ein Schauer rann durch ihn. »Ich habe so lange darauf gewartet, das aus deinem Mund zu hören, mein Liebling, so lange.« Er küßte sie, zuversichtlich und sicher.

22.

Die Hochzeit sollte im September stattfinden; das war der früheste Termin, zu dem Phillip es arrangieren konnte, seine ärztlichen Aufgaben einen Monat lang hintanzustellen, damit sie richtige Flitterwochen verbringen konnten. Niemand hatte versucht, Maggie die Heirat auszureden. Ihre Tante hatte nur einen Moment lang gezögert, bis sie gesehen hatte, was für einen glücklichen und zufriedenen Eindruck Maggie machte, und dann hatte sie ihnen augenblicklich ihren Segen gegeben. Pamela war die einzige, die hinsichtlich der Eheschließung Bedenken hatte, aber ihre Gründe standen in keinem Zusammenhang mit Phillips Sorge wegen des Altersunterschiedes. Maggie hatte mit der Zeit erkannt, daß Pamela ausgesprochen egozentrisch und einen hingebungsvollen Bruder gewohnt war. Einerseits machte sie die Aussicht, daß Ty in einem Haus mit ihr leben würde, überglücklich, doch auf der anderen Seite gefiel Pamela die Vorstellung gar nicht, eventuell mit einer anderen Frau um die Aufmerksamkeit ihres Bruders wetteifern zu müssen. Es hatte einigen Takt von Maggies Seite gefordert, ihr zu versichern, daß sie keinen Grund zur Sorge hatte.

Natürlich hatte Maggie Culley über ihre bevorstehende Hochzeit informiert und ihm von ihrem Verlobten geschrieben. Es gab ein paar Dinge, die sie ihm nicht geschrieben hatte, Dinge, die er nicht verstanden hätte. Ein großer Teil der Anziehungskraft, die Phillip auf sie ausübte, entsprang dem positiven Vaterbild, das er verkörperte. Das konnte Maggie ihrem Bruder nicht erklären. Ihr eigener Vater war nie ein Mensch gewesen, zu dem sie hatte aufblicken, den sie hatte bewundern oder achten können. Angus O'Rourke hatte nie die Verantwortung auf sich genommen, sich um seine Tochter zu kümmern; genau genommen war sogar das Gegenteil der Fall gewesen. Sie wußte, daß Phillip sich immer um sie kümmern würde. Er würde da sein und ihr eine Stütze sein, wenn sie ihn brauchte, doch gleichzeitig würde Phillip ihr die Unabhängigkeit nicht nehmen, er würde zulassen, daß sie sie selbst war.

Sie las die Antwort, die ihr Bruder geschrieben hatte, noch einmal.

12. Juli

Liebe Maggie,
ich gratuliere Dir zu Deiner Verlobung. Ich hoffe, daß Phillip Dich glücklich machen wird. Von dem her, was Du in Deinem Brief über ihn berichtest, klingt es ganz so, als wäre das der Fall. Ich wünschte, ich könnte ihn kennenlernen, aber im Moment weiß ich wirklich nicht, wie ich es schaffen soll, zu Deiner Hochzeit zu kommen.

Hier läuft es nicht allzu gut. Seit April hat es nicht mehr geregnet. Der Boden ist rissig und hart. Der einzige Flußlauf ist jetzt schon ausgetrocknet, und das Gras wird von der Hitze versengt. Wenn es nicht bald regnet, muß ich anfangen, mein Heu für den Winter jetzt schon an die Rinder zu verfüttern, damit sie überhaupt etwas zum Fressen haben. Fast alle greifen schon auf das Grundwasser zurück – abgesehen, natürlich, von den Calders. Sie haben jede Menge Wasser. Was übrigbleibt, teilen sie gnädig an den Rest von uns aus – wie Süßigkeiten, und sie geben uns gerade genug, um uns nicht sterben zu lassen, aber nicht genug, um unseren Durst zu stillen.

Ich bin froh, daß Du hier rausgekommen bist, Maggie. Hier gibt es keine reichen Ärzte, die man heiraten kann, nur eine Menge Staub und Hitze. Ich kann nicht dabei sein, aber ich wünsche Dir das Allerbeste.

Dein Bruder
Culley

Sie ließ das Blatt Papier wieder auf ihren Schoß sinken und dachte daran, wie die Sonne den Himmel von Montana in Flammen setzen konnte. Sie schreckte aus ihren Gedanken auf, als sie Schritte hörte. Maggie blickte auf und lächelte zur Begrüßung, als sie sah, daß Phillip kam.

»Hallo.« Er blieb neben ihrem Stuhl stehen und beugte sich vor, um sie zart auf den Mund zu küssen. Sein Blick fiel auf den Brief, der auf ihrem Schoß lag. »Was ist das? Ein Liebesbrief?« neckte er sie lächelnd, während er einen Liegestuhl näher heranzog und sich setzte.

»Von meinem Bruder.« Sie faltete den Brief zusammen und steckte ihn wieder in den Umschlag. »Es wird ihm nicht möglich sein, zu unserer Hochzeit zu kommen. Im September gibt es auf einer Ranch viel zu tun.«

Phillip beobachtete nicht zum ersten Mal, wie still und introvertiert sie immer war, wenn sie einen Brief von ihrem Bruder bekommen hatte. Er vermutete, daß diese Briefe alte Wunden wieder aufrissen. Er entdeckte eine Spur von Enttäuschung in ihrem Gesicht.

»Ich weiß, wie sehr du gehofft hast, dein Bruder könnte kommen. Wenn wir die Hochzeit vielleicht bis Oktober oder November verschieben ...« Phillip kam nicht dazu, seinen Vorschlag fertig auszusprechen.

»Nein.« Ihre Ablehnung war entschieden. »Es ist bereits alles arrangiert. Wir werden im September heiraten.«

Er unternahm keinen Versuch, sich mit ihr auf eine Diskussion einzulassen, und fröhlich sagte er: »Gut.« Er griff in die Jackettasche seines Anzugs und holte ein halbes Dutzend Reiseprospekte heraus. »Ich komme nämlich gerade aus dem Reisebüro. Was meinst du – wie klingen Flitterwochen im September in Paris?« Er reichte ihr die Prospekte. »Ich dachte, es würde dir Spaß machen, dein Französisch praktisch zu erproben.«

»Paris?! Phillip, das ist ja fantastisch!« Sie beugte sich vor, um ihn zu küssen. »Es war immer mein Traum, nach Paris zu fahren.«

»Dann freut es mich um so mehr, daß ich das für uns ausgesucht habe.«

»Mich auch.« Sie streckte ihre Hand nach seinen Händen aus und ließ sie dort liegen, weil dieser Kontakt wohltuend war. Mit dem achtsamen Blick einer Mutter bemerkte sie, daß Ty sich an einen imaginären Feind in der Nähe der Blumenbeete heranpirschte. »Ty, komm mir nicht in die Rosen!« rief sie zur Warnung aus. Der kleine Junge hielt einen Moment lang still und schlich sich dann in eine andere Richtung. »Er kommt jetzt in das Alter, in dem ich nie weiß, was er als nächstes tut. Ich rechne jeden Moment damit, daß er von einem Ast zum anderen springt und Tarzan spielt«, murmelte sie kopfschüttelnd.

»Ich hatte vor, mit dir über Ty zum reden«, sagte Phillip.

»Was hat er denn diesmal angestellt?« Sie lächelte.

»Es geht nicht um etwas, das er getan hat, Elizabeth«, versicherte er ihr. »Es geht um das, was ich tun will. Ich möchte ihn adoptieren. Ich wollte immer einen Sohn haben.«

Als sie auf diese Äußerung reagierte, war ihre Stimme belegt. »Ty hätte sich keinen besseren Mann als Vater aussuchen können.«

»Ich werde morgen meine Anwälte anrufen und dafür sorgen, daß die Adoption in die Wege geleitet wird. Im September könnten wir drei dann eine ganz legale Familie sein.«

»Das wäre mir sehr lieb.« Ihre Hand schloß sich fester um seine.

Es war eine Hochzeit im engsten Kreise. Der Empfang wurde im Freien abgehalten, auf dem Rasen vor dem Haus der Gordons, und etwa fünfzig Freunde waren anwesend. Pamela hatte ein Buffet geordert, das von livrierten Bediensteten angeliefert und serviert wurde. Es gab Champagner, diverse Horsd'œuvres und den herkömmlichen Hochzeitskuchen. Alles blieb in bescheidenem Rahmen und war doch verschwenderisch, und auch ein Fotograf war engagiert worden, um das Ereignis festzuhalten.

Als sie endlich einen Augenblick allein miteinander waren und ein wenig abseits von den Leuten standen, die sie beglückwünschen wollten, nippte Phillip an seinem Champagnerglas und musterte still seine junge Frau. »Bist du glücklich, Elizabeth?«

»Ja.« Ihre Antwort war zart und entschieden, und sie bestätigte das, was seine Augen sahen. »Das einzige, was mich in diesem

Moment noch glücklicher machen könnte, wäre wenn Culley hier wäre. Ich wünsche mir so sehr, er hätte kommen können, und es wäre schön gewesen, wenn er dich kennengelernt hätte.«

»Ich kann unsere Reservierungen dahingehend umbuchen, daß wir Zwischenstation in Montana machen. Das ließe sich ohne größere Probleme einrichten.«

»Nein.« Das war eine eindeutige Antwort. Sie ließ ihre Hand in seine Armbeuge gleiten. »Es ist eine glückliche Zeit für uns. Ich will nicht, daß sich das durch irgendwelche Einflüsse von außen ändert.«

Er billigte ihre Entscheidung mit einem Lächeln und fragte sich, ob er jemals die volle Wahrheit über ihre Vergangenheit erfahren würde. Sie hatte in jungen Jahren soviel durchgemacht. Und all das hatte sich damals in Montana abgespielt. Er begann zu erkennen, daß sie die Beständigkeit brauchte, die er ihr bieten konnte. Sie brauchte sie genauso dringend, wie er sie liebte und brauchte.

TEIL V

23.

Das Gras knisterte wie trockenes Stroh unter den Hufen seines Pferdes. Die sengende Sonne und die Dürre machten den Boden spröde und rissig. Chase blinzelte mit zusammengekniffenen Augen in die tiefstehende Nachmittagssonne. Über ihm war nichts außer einem strahlend blauen Himmel. Beim Anblick eines Rindes, das graste, statt wiederkäuend im Schatten zu liegen, zog sich sein Mund zu einem schmalen Strich zusammen. So spät am Tag sah er das nicht gern, denn das hieß, daß es nicht genug zum Grasen gab.

Die Wasservorräte auf den Hügeln um das dreifache C herum waren bereits erschöpft, die Bäche ausgetrocknet, das Gras der anderen Rancher verbrannt. Das dreifache C verteilte so viel Wasser, wie es sich irgend leisten konnte, an seine Nachbarn. Hier gab es immer noch Wasser, aber die Situation auf der Calder-Ranch näherte sich einem kritischen Punkt. Sie würden die einjährigen Stiere dieses Jahr schon im frühen Herbst zusammentreiben müssen, ehe sie anfingen, an Gewicht zu verlieren. Das war es, was die kleinen Rancher schon eher hätten tun müssen, um Gras und Wasser zu sparen, aber sie hatten so weitergemacht, als sei nichts geschehen, überzeugt, daß es irgendwann doch noch regnen würde. Doch es hatte nicht geregnet. Und die anderen Rancher hatten nicht die natürlichen Ressourcen, um so lange durchzuhalten wie die Calders.

Das Quäken einer Hupe veranlaßte Chase, seinem Pferd in die Zügel zu greifen und sich im Sattel umzudrehen. Es klang ganz so, als bliebe eine Hand auf der Hupe liegen. Ein Pickup holperte in einem Affentempo querfeldein über das öde Land. Chase erkannte am Steuer Stumpy, der ihm mit ausholenden Gesten zuwinkte. Chase ließ sein Pferd umkehren und kantern. Sie schnitten dem Pickup den Weg ab.

»Was ist los?« Sein Pferd wirbelte herum, als der Wagen zum Stehen kam.

»Steig ein.« Stumpy streckte seinen Arm aus, um die Beifahrertür zu öffnen. »Der Boß ist verletzt.«

Stumpy fuhr los, noch ehe Chase die Tür zugeschlagen hatte.

»Was ist passiert?« Wenn Chases Vater verletzt war, dann hieß das, daß er schwer verletzt war.

»Der Pickup ist ins Rollen gekommen. Er ist rausgeflogen, aber der Wagen hat ihn erwischt.« Stumpy Niles stemmte seinen Fuß auf das Gaspedal und umklammerte das Steuer mit beiden Händen.

Chase wandte sich abrupt zu dem Fahrer. »Wie schlimm ist er verletzt?«

»Sein Brustkasten ist eingedrückt.« Stumpy löste seinen Blick nicht einen Augenblick lang von dem Boden, der vor ihnen lag, doch sein Profil zeigte einen grimmigen Ausdruck. »Er hat nach dir gefragt.«

Als sie schließlich am Unfallort eintrafen, hatte ein halbes Dutzend Reiter auf Pferden mit Hilfe einer Handvoll von Männern, die stehend schoben und zogen, den Pickup von seinem Vater heruntergezerrt. Chase entdeckte Nate, der am abfallenden Hang eines Wassergrabens neben seinem hingestreckten Vater kniete.

Ein betäubendes Schweigen kam unter den Männern auf, als Chase aus dem Wagen stieg. Nate richtete sich auf und trat zurück, als er näherkam, und Chases Blick fiel auf das aschfahle Gesicht und die eingedrückte Brust seines Vaters. Er fiel neben ihm auf die Knie und streckte seine Arme aus, weil er irgend etwas tun wollte, um die Schmerzen zu lindern, die sein Vater zweifellos ertragen mußte. Augen öffneten sich, Augen, die so braun wie seine eigenen Augen waren, aber das Licht in ihnen ließ nach.

»Sie haben dich gefunden, mein Sohn. Gott sei Dank.« Die krächzende Stimme wurde von einem Husten unterbrochen bei dem Blut aus seinem Mundwinkel spritzte, und sein Gesicht wurde noch bleicher.

Chase biß die Zähne zusammen, um ein gequältes Stöhnen zu unterdrücken. Er riß sich den Hut vom Kopf und schob ihn behutsam unter den Kopf seines Vaters. Dann wischte er mit seinem Taschentuch das Blut aus dem Gesicht seines Vaters.

»Bemüh dich nicht, zu sprechen, Vater.« Seine Stimme war gepreßt, und die Worte kamen durch seine Zähne, weil seine Stimme sonst gezittert hätte. Er blickte zu Nate auf. »Wir werden auf der Ladefläche von Stumpys Wagen eine Liege bereitmachen. Sorg dafür, daß jemand das Flugzeug startklar hält.« Nate sah ihn einen langen Augenblick nur traurig an, ehe er sich abwandte und wenige Meter zurücktrat. Dort hatten sich die übrigen Männer versammelt.

»Es ist zwecklos, mein Sohn.« Doch die Kraft der Hand, die Chase am Arm packte, schien diese Behauptung zu widerlegen. Kein Mensch konnte sterben, solange er noch soviel Kraft hatte. »Ich kann hören, wie meine Rippen sich wie ein Haufen Porzellanscherben aneinander scheuern. Ich würde in meinem eigenen Blut ertrinken, ehe ihr mich zu einem Arzt bringen könnt«, beharrte sein Vater. Jeder der abgehackten, schmerzhaften Atemzüge wurde von einem gräßlichen Rasseln begleitet.

»Du mußt nur durchhalten, Vater«, drängte ihn Chase, der sich weigerte, aufzugeben.

Die braunen Augen schlossen sich abwehrend und öffneten sich dann wieder, um Chase liebevoll anzusehen. »Das gehört jetzt alles dir.« Webb musterte mit einem Ausdruck tiefer Sorge forschend das Gesicht seines Sohnes. »Du bist noch zu jung, erst siebenundzwanzig. Du hättest noch ein paar Jahre gebraucht.« Seine Finger schlossen sich fester um den Arm seines Sohnes. »Das werden sie merken, und sie werden sich auf dich stürzen. Ist dir das klar?«

»Ja, Dad.«

»Du wirst kämpfen müssen, damit die Ranch intakt bleibt. Du mußt darauf vorbereitet sein.« Die schwache, krächzende Stimme klang sehr eindringlich.

»Du wirst nicht sterben«, behauptete Chase selbst dann noch, als er das Blut fortwischte, das aus dem Mund seines Vaters strömte.

Es schien lange zu dauern, bis das Husten nachließ und das Blut nur noch als schmales Rinnsal aus seinem Mundwinkel floß. Webb ruhte sich einen Moment lang aus und bemühte sich, die Kraft, die ihm noch verblieben war, einzuteilen, aber es gab so vieles, das er Chase unbedingt noch sagen mußte.

»Ein Mann sollte so leben, daß er sich nicht vor dem Sterben fürchtet. Ich fürchte mich nicht, aber ich will noch nicht gehen. Ich will dich noch nicht verlassen.« Schmerz verzerrte sein Gesicht.

»Es tut weh ... es kommt mir so vor, als stünde meine ganze Brust in Flammen ... und es verbrennt mich.«

Chase wandte seinen Kopf ab, um der Gruppe von Cowboys, die stumm in einigen Metern Entfernung dastanden, eine Anweisung zuzurufen. »Jemand soll Wasser bringen.«

Er nahm überhaupt nicht zur Kenntnis, wer ihm die Feldflasche reichte. Er schraubte sie lediglich auf und ließ ein wenig Flüssigkeit in den Mund seines Vaters tropfen. Langsam legte sich der gequälte Ausdruck auf seinen Zügen. Sein Mund entspannte sich allmählich, und eine Andeutung von einem Lächeln trat auf seine Lippen.

»So ist es besser«, seufzte Webb, und er blickte zu dem Himmel auf, der das dreifache C überzog. »Wolken ballen sich zusammen«, murmelte er. »Gut so. Wir brauchen Regen.«

Ein eisiger Schauer lief Chase über den Rücken. Der Himmel war ein einziges strahlendes Blau. Nicht eine Wolke war zu sehen. Die Muskeln in seiner Kehle zogen sich schmerzhaft zusammen, um das Schluchzen zu ersticken. Seine Augen brannten.

»Ich wünschte, ich könnte noch bleiben.« Die Stimme seines Vaters war kaum mehr als ein Flüstern, und das Rasseln wurde ständig lauter. »Sag Ruth ...« Er unterbrach sich, um Atem zu holen, doch er beendete diesen Satz nicht mehr.

Chase wartete, starrte ihn benommen und ungläubig an, und sein Kopf weigerte sich zu akzeptieren, daß sein Vater nicht mehr da war. Sein Vater doch nicht. Doch nicht Webb Calder, der Patriarch des Calder-Imperiums. Doch der graue Kopf war zur Seite gerollt, und Chase wandte seinen Blick ab, während er die braunen Augen schloß, die nichts mehr sahen.

Niemand kam an jenem Abend zum Gehöft. Sie hielten Abstand, wie es die ungeschriebenen Gesetze der Ranch vorschrieben, um Chase Zeit zu geben, ungestört für sich allein zu trauern. Nicht Ruth, sondern eine der anderen Frauen richtete ihm an jenem Abend das Essen, stellte es auf den Eßtisch und zog sich schweigend zurück.

Der Tisch wirkte riesig. Chase blieb neben dem Tisch stehen und starrte auf den leeren Stuhl am Kopfende des Tisches, auf dem sein Vater immer gesessen hatte und wo ihn sein Teller erwartete. Er wandte sich ab und verließ das Zimmer. Nachdem er das Arbeitszimmer betreten hatte, schloß er die Tür hinter sich und ging zur Bar. Er schenkte sich einen doppelten Whisky ein, stürzte ihn hinunter und füllte das Glas nach.

Die Stille des Hauses erschlug ihn förmlich.

Langsam wandte Chase sich um und betrachtete die vergilbte Landkarte, die hinter dem Schreibtisch an der Wand hing. Er erschrak vor den Ausmaßen dieser Ranch. Sein ganzes Leben lang war er mit dem Wissen herangewachsen, daß all das eines Tages ihm gehören würde. Nie war er je auf den Gedanken gekommen, es könnte anders sein. Jetzt fragte er sich plötzlich, ob es eigentlich das war, was er wollte. Unter der Last der Verantwortung, die damit verbunden war, sackten seine Schultern zusammen – es war nicht nur die Verantwortung dafür, die Ranch erfolgreich zu leiten, sondern auch die für all die Menschen, deren Leben jetzt von seinen Entscheidungen abhing.

»Das gehört jetzt alles dir, mein Sohn.« Wieder sprach die krächzende Stimme seines Vaters zu ihm. »Sorge dafür, daß es intakt bleibt.«

Seine Finger klammerten sich so fest um das Whiskyglas, daß seine Knöchel weiß wurden. So unsäglich allein hatte er sich in seinem ganzen Leben noch nicht gefühlt. Er hätte am liebsten nach jemandem geschrien, der diesen stechenden Schmerz gelindert hätte. Aber es gab niemanden. Seine Mutter war schon tot, und er konnte sich nicht mehr an sie erinnern. Buck, sein bester Freund, hatte ihn verraten. Und jetzt war sein Vater fort, der der einzige unerschütterliche Faktor in seinem Leben gewesen war.

In einem dunkelbraunen Anzug, der im Stil des Westens geschneidert war, stand Chase neben dem Pfarrer am Grab und hielt den beigen Hut vor sich in den Händen. Ein trockener Wind zerzauste sein braunes Haar und wirbelte den Staub auf. Teilnahmslos hörte Chase die Worte, die der Pfarrer sprach, und musterte die Versammlung von Trauergästen, die zum Gottesdienst erschienen war. Sein Blick fiel zuerst auf die Abordnung von der Ranch. Sämtliche Köpfe waren gesenkt, mit Ausnahme von Tuckers Kopf. Chase verstand immer noch nicht, warum der Koch nach wie vor für das dreifache C arbeitete, warum er nicht ausgestiegen war, nachdem er ein bißchen Geld zur Seite gelegt hatte. Tucker begegnete seinem Blick und erwiderte ihn mit unbeugsamer Härte. Chase registrierte innerlich die Warnung, daß Tucker ihm noch Schwierigkeiten machen würde.

Als er seine Aufmerksamkeit den Städtern und den Bewohnern der umliegenden Gebiete zuwandte, die sich versammelt hatten, um seinem Vater die letzte Ehre zu erweisen, durchschoß ihn einen Moment lang Entsetzen. Er erinnerte sich daran, daß sein Vater ihm vor langer Zeit gesagt hatte, niemand könne jemanden leiden, der stärker, reicher und einflußreicher als die anderen war. Sie suchten ständig nach einer Möglichkeit, diejenigen abzusägen. Genau das konnte Chase jetzt in ihren Augen lesen. Schließlich fiel sein Blick auf Senator Franklin T. Bulfert; er ließ sich die Dinge durch den Kopf gehen, die er über diesen Politiker wußte, die Öffentlichkeit jedoch nicht. Das würde ihm die Munition liefern – das und sein fester Wille, sie zu benutzen.

Das »Amen« des Pfarrers hallte als ein leises Murmeln der Menge wider. Die Predigt war vorbei. Chase warf einen Blick auf den Sarg und drückte sich den Hut auf den Kopf. Er wußte, daß sein Vater ihm verzeihen würde, daß er nicht an seinem Grab stehenblieb, wenn entscheidende Angelegenheiten, die für das dreifache C von Bedeutung waren, geregelt werden mußten. Er blieb nur noch stehen, um dem Pfarrer die Hand zu drücken, und murmelte irgendeine nichtssagende Antwort, als dieser ihm sein Beileid ausdrückte. Dann ging er direkt auf den Senator zu.

»Heute ist ein harter Tag, Chase, ein harter Tag«, erklärte der Politiker feierlich. »Ich wünschte, ich könnte dem Gefühl Ausdruck verleihen, erklären, was es für mich heißt, einen so guten Freund wie Webb Calder zu verlieren. Ich bedaure, daß ich jetzt abreisen muß ...«

»Ich weiß, daß Ihre Zeit knapp bemessen ist«, fiel ihm Chase ins Wort. »Ich fahre Sie zu Ihrem Flugzeug. Das gibt uns die Möglichkeit, uns ungestört miteinander zu unterhalten.«

Argwohn flackerte in den Augen des Mannes auf. »Das ist sehr freundlich von Ihnen, aber ich weiß, daß noch andere hier sind, die Ihnen ihr Beileid bekunden wollten.«

»Aber keiner der übrigen Anwesenden ist so wichtig wie Sie, Senator.« Sein Lächeln wirkte ein wenig zynisch, als Chase diesen Vorwand gebrauchte. Persönlich geleitete er den Senator zu der schwarzen Limousine, die sie erwartete. Höflich bedankte sich Chase bei jenen, die ihn auf dem Weg abfingen, um ihm zu kondolieren. Sowie sie auf dem geräumigen Rücksitz der Limousine saßen, schob Chase die gläserne Trennscheibe zu, damit der Fahrer ihre Unterhaltung nicht mit anhören konnte. Der Senator bot ihm eine dicke Zigarre an. Chase lehnte ab. »Nein, danke. Ich habe meine eigenen.« Er holte einen dünnen Stumpen aus der Innentasche seines Jacketts und zündete mit einem Schnippen seines Daumens ein Streichholz an. Er paffte an der Zigarre und musterte dann die glimmende Glut, den roten Schimmer unter der weißen Asche. »Innerhalb der urkundlichen Grenzen des dreifachen C befindet sich eine Parzelle von zehntausend Morgen, die wir als Weideland vom Staat gepachtet haben. Der Pachtvertrag läuft im kommenden Jahr aus, und ich bin darüber unterrichtet worden, daß die Regierung es nicht wünscht, einen weiteren langfristigen Pachtvertrag zu unterzeichnen. Statt dessen will man sich auf einer Basis einigen, die von Jahr zu Jahr neu festgelegt wird.«

»Das ist bedauerlich«, murmelte der Senator, der die Zigarre zwischen seinen Lippen kreisen ließ, »sehr bedauerlich, aber das scheint jetzt der allgemeine Trend zu sein.«

»Ich bin auch nicht an einem langfristigen Pachtvertrag interessiert«, erwiderte Chase, und er spürte den scharfen Blick, mit dem der Senator ihn musterte. »Ich will über den Erwerb dieser Parzelle verhandeln. Sie ist bereits von urkundlich bestätigtem Calder-Land umgeben. Da der Regierung bereits rund dreißig Prozent von Montana gehören, sollten zehntausend Morgen keine allzu große Rolle spielen.«

Der Senator lachte trocken. »Dasselbe könnte man von dem dreifachen C behaupten. Was sind schon zehntausend Morgen im Vergleich zu dem, was Sie bereits besitzen?«

»Der Unterschied ist der, Senator« – Chase wandte dem Senator seine Augen, die sich zu Schlitzen zusammengezogen hatten, zu – »daß Sie von Calder-Land sprechen. Ich werde den Irrtum meiner Vorgänger korrigieren und dieses Stück Land kaufen. Ich habe nicht vor, den Launen der Regierung auf Gedeih und Verderb ausgeliefert zu sein.«

»Ich glaube, Ihnen ist nicht ganz klar, was Sie da fordern.« Der Mann schüttelte skeptisch den Kopf.

»Ich bitte Sie, dafür zu sorgen, daß dieses Land an mich verkauft wird.«

»Das ist eine ziemlich große Angelegenheit. Ich weiß nicht, ob ich das einrichten kann«, wich der Politiker aus.

Chase schwieg einen Augenblick und fuhr dann fort: »Im November dieses Jahres kandidieren Sie für eine Wiederwahl. Ich habe gehört, daß Ihr Gegenkandidat aufgeholt hat. Es heißt, daß er Sie schlagen könnte, wenn ihm genügend finanzielle Mittel für seine Wahlkampagne zur Verfügung stehen. Ich frage mich, was passieren würde, wenn sich das dreifache C entschließen sollte, ihn zu unterstützen.«

»Dieser Mann wäre Ihnen keine Hilfe. Er hat nicht die Beziehungen, die ich habe«, wandte der Senator ein. »Außerdem wäre mehr als nur Geld vonnöten, damit er gegen mich gewinnt.«

»Was wäre denn nötig? Vielleicht, daß jemand der Presse gegenüber etwas von einem Apartment in einem Vorort von Washington durchsickern läßt, in dem eine Blondine und ein kleiner Junge leben, der Frank junior heißt – würde das wohl reichen?« schlug Chase vor.

»Das ist Erpressung.« Der Senator funkelte ihn wütend an.

»Ich habe das lediglich erwähnt, Senator, um klarzustellen, daß wir einander brauchen.« Chase schnippte die Asche von seiner schlanken Zigarre in den Aschenbecher, der in die gepolsterte Armlehne des Wagens eingelassen war. »Sie brauchen meine Unterstützung, um bei Ihrer Wiederwahl auf Nummer Sicher zu gehen. Und ich brauche Ihre Beziehungen, um dieses Stück Land von der Regierung zu bekommen. Wenn Sie das als Erpressung auslegen, dann ist das Ihr Problem.« Die Limousine hielt am Rand der Startbahn an. »Ihr Flugzeug erwartet Sie, Senator. Ich erwarte Ihre Nachricht bis zum Ende der Woche.«

Ein Ausdruck ungewollter Bewunderung stand auf dem Gesicht des Senators, als er Chase die Hand schüttelte. »Ich glaube, wir verstehen einander, Chase.«

»Dessen bin ich mir sicher«, stimmte dieser trocken zu.

Vom Landeplatz aus kehrte Chase auf direktem Wege zum Gehöft zurück und begab sich in das Arbeitszimmer. Eine volle Stunde verbrachte er damit, die Landkarte an der Wand zu mustern, ehe er die Nachricht übermitteln ließ, daß er nach dem Abendessen Nate und die anderen Vorarbeiter in seinem Arbeitszimmer zu sehen wünsche.

Er saß hinter dem Schreibtisch, als sie eintrafen. Er nahm das verblüffte Flackern in ihren Augen wahr, als sie ihn sahen; sie waren zu sehr daran gewöhnt, seinen Vater auf diesem Stuhl zu sehen. Das war etwas, woran er sich selbst noch nicht so recht gewöhnt hatte, und daher verstand er den Moment des Schocks, den sein Anblick auslöste.

Als der letzte der Männer erschienen war, richtete Chase eine Frage an sie: »Wo auf dem dreifachen C haben wir das beste Gras und das beste Wasser?«

»Auf der Nordweide«, erwiderte Virgil Haskell mit einem Stirnrunzeln. »Das haben wir für den Winter aufgespart.«

»Ich weiß.« Chase stand auf und stellte sich vor die Landkarte. »An die Nordweide grenzen die Shamrock-Ranch, Circle Six und Bill MacGruders Anwesen. Sie alle sind in einem jämmerlichen Zustand. Meine Vermutung ist die, daß sie sich entschließen werden, ihre Rinder auf die Nordweide zu treiben – entweder einzeln oder als ganze Herde.«

»Ich kann mir vorstellen, daß es eine Folter für sie ist, zuzusehen, wie ihre Rinder verhungern, während auf der anderen Seite des Zaunes all das Gras und Wasser sind«, bemerkte Stumpy mit einem zustimmenden Nicken.

»Exakt das ist meine Überlegung.« Chase beobachtete die zustimmenden Blicke der anderen.

»Was werden wir jetzt unternehmen?« fragte Ike Willis, und er sah Chase sehr aufmerksam an. Auch die anderen beobachteten ihn nur zu genau. »Ich hasse es zuzusehen, wie Rinder verhungern.«

»Das geht allen Rinderzüchtern so, aber sie hätten schon früher etwas unternehmen müssen – ihre Herden verkaufen und auf eine Größe reduzieren, die die jeweiligen Weiden bei einer Dürre noch ernähren können. Wir werden jeden einzelnen Grashalm brauchen, der auf der Nordweide wächst, wenn wir nicht so wie die anderen enden wollen. Wenn sie zu ihrem Schlag gegen uns ausholen, werden wir sie bereits erwarten, um ihre Herden auf ihre Seite des Zaunes zurückzutreiben.«

Am nächsten Morgen trennten sich in der frühen Dämmerung drei Gruppen von Reitern, um den langen Zaun zu kontrollieren, der die nördliche Grenze der Ranch bildete.

Chase fragte sich, ob er sich mit seiner Vermutung getäuscht hatte. Vielleicht gab es andere Rancher an seiner Grenze im Westen oder im Süden, die noch schlimmer dran waren. Doch in diesen Gegenden waren die Weiden des dreifachen C weitgehend abgegrast, und auch das Wasser war knapp. Sein Instinkt sagte ihm, daß er, falls er Schwierigkeiten mit seinen Nachbarn bekommen würde, diese am ehesten hier im Norden, wo es noch viel Gras und Wasser gab, befürchten mußte. Hier würde es Ärger geben – falls es Ärger geben würde, und er hoffte bei Gott, daß es nicht dazu kommen würde. Er wünschte sich, daß er sich irrte.

Es war schon fast Mittag, als sie das ferne Muhen von Rindern hörten und in die Richtung ritten, aus der die Geräusche kamen. Als sie die zusammengetriebenen Herden sehen konnten, die durch den Spalt im Zaun strömten, an der Stelle, an der die Drähte durchgeschnitten waren, griff Chase seinem Pferd in die Zügel. Es tänzelte ungeduldig, warf seinen Kopf herum und zerrte an seinem Zaumzeug.

Er beugte sich vor und griff nach seinem Gewehr; das war für die anderen das Zeichen, es ihm gleichzutun.

Die Reiter verteilten sich fächerförmig hinter ihm, und Nate kam an seine rechte Seite. Chase ließ sein Pferd im Trab weiterlaufen, und die anderen folgten ihm. Sein Blick streifte über die Rinder, deren Knochen sich durch das Fell abzeichneten, und er nahm die unterschiedlichen Brandzeichen zur Kenntnis. Dann sah er sich die Besitzer der Herden an – MacGruder, Hensen vom Circle Six und Culley O'Rourke. Ihm fiel auf, wie mager Culley geworden war und wie tief seine Augen in den Höhlen lagen, doch das Blitzen des Hasses stand in seinen grünen Augen – ein Blick, der ihn an Maggie erinnerte. Doch er konnte es sich nicht leisten, sich von dieser Erinnerung beeinflussen zu lassen, und daher verdrängte er sie eilig.

Er und seine Reiter hielten ihre Pferde direkt vor den Rindern an.

»Ihr betretet unbefugt Privatgrund«, sagte Chase. »Laßt eure Herden umkehren und treibt sie wieder auf eure Seite des Zaunes.«

»Sie haben hier jede Menge Gras.« Das war Culley, der ihn herausfordern wollte. »Und Wasser auch. Unsere Rinder sind am Verhungern. Wir brauchen dieses Gras, und Sie brauchen es nicht.«

Es war sinnlos, zu versuchen, mit einem Rinderzüchter zu diskutieren, der zusehen mußte, wie seine Herde von Tag zu Tag schwächer wurde. So jemand wollte nichts davon hören, wie dringend das dreifache C dieses Gras schon bald benötigen würde. Keinem dieser Rancher lag etwas an dem dreifachen C – nur daran, die eigenen Tiere zu retten.

»Ich gebe euch eine Minute Zeit, eure Herden zurückzutreiben«, warnte ihn Chase.

»Und was tun Sie dann?« fragte Culley höhnisch und warf einen Blick auf die Gewehre, die sie in den Händen hielten. »Auf uns schießen?«

»Nein.« Chase spürte regelrecht den seltsamen Blick, mit dem Nate ihn durchbohrte. »Ich brauche nicht auf euch zu schießen. Ihr habt eure Rinder hierhergebracht, um sie zu retten. Wenn ihr wollt, daß sie weiterleben, dann werdet ihr sie vom Calder-Land heruntertreiben.«

»Drohen Sie etwa damit, auf unsere Rinder zu schießen?« Bill MacGruder richtete sich aufrechter in seinem Sattel auf und runzelte ungläubig die Stirn.

»Wenn ihr eure Herden nicht in – dreißig Sekunden abzieht, werde ich das tun«, äußerte er, und er beobachtete, wie die drei Rancher einander ansahen.

Dann höhnte Culley: »Sie bluffen ja nur.«

Chase sagte nichts mehr; stumm zählte er die Sekunden, während er die Unsicherheit beobachtete, die sich auf den Gesichtern der drei Männer breitmachte. Schließlich hob er sein Gewehr und richtete es auf eine Kuh mit weißer Blesse. Er betätigte den Abzug und wartete nicht ab, um ihren Sturz zu sehen, sondern ließ die nächste Patrone in die Kammer gleiten und ein zweites Tier zusammenbrechen. Die anderen Rinder, die in der Nähe der beiden standen, die zusammengesackt waren, liefen panisch auseinander, als die Schüsse ertönten.

»Sie mordender Mistkerl!«

»Laßt ihr jetzt eure Herden umkehren?« fragte Chase herausfordernd.

»Verdammt noch mal, Chase! Diese Tiere sind am Verhungern!« wandte sich MacGruder an ihn.

»Nate, ich will zehn weitere Stück Vieh außer den beiden, die schon am Boden liegen«, ordnete Chase an, ohne den Vorarbeiter anzusehen. »Und zehn weitere für jede Minute, die sie sich Zeit lassen.«

Eine Mischung aus Entsetzen und Entrüstung trat in das Gesicht der Rancher, als daraufhin augenblicklich ein Schuß ertönte, dem der Schrei eines zusammenbrechenden Tieres folgte. Chase zählte die Schüsse im Kopf mit, während die bestürzten Rancher zusahen, wie ihre Rinder eins nach dem anderen zu Boden gingen.

»Das können Sie nicht tun!« protestierte Hensen, als auf den zehnten Schuß endlich Stille folgte.

»Laßt sie umkehren.«

Die Dummköpfe zögerten weiterhin, bis sie das Geräusch einer Kugel hörten, die in die Kammer geschoben wurde. »Also gut!« rief Bill MacGuder, und er hob eine Hand, um den Schüssen Einhalt zu gebieten. »Wir treiben die Herden zurück. Hören Sie doch, um Gottes willen, auf zu schießen!«

Eilig trieben sie die Herde zusammen und wieder durch den Spalt im Zaun, während Chase und seine Männer ihnen zusahen.

Nate musterte den Mann, der so aufrecht im Sattel saß, unerbittlich auf die Art der Calders, und er murmelte so leise, daß außer ihm selbst niemand es hörte: »Der König ist tot. Lang lebe der König.«

24.

Chase stieg die Stufen zur Veranda des Gehöfts hinauf und blieb stehen, um über seine Schulter zurückzublicken. Unbewußt erfüllte ihn Stolz. Die Leitung der Ranch war ihm zur zweiten Natur geworden, seit vor fünf Jahren sein Vater gestorben war. Im Lauf der ersten Monate war er nach Strich und Faden auf die Probe gestellt worden. Jegliche Selbstzweifel, die ihn befielen, verbarg er, und er hatte sich jeder Herausforderung gestellt. Das war die Aufgabe, für die er geboren und in die er hineingewachsen war, und er machte seine Sache gut. Wenn jemand seinen Stolz als Arroganz ansah, dann war es eine Arroganz, die ihm zustand.

Er wandte seinen Blick ab und ging auf die Tür zu, und seine gemessenen Schritte hallten laut auf dem Holzfußboden der Veranda. Sowie er die Schwelle überschritten hatte, schwang er die Tür hinter sich zu und ging direkt auf das Arbeitszimmer zu.

»Chase?« Ruth Haskells fragende Stimme ließ ihn innehalten, und er drehte sich um und warf einen Blick in das Eßzimmer. Nach dem Tod seines Vaters hatten sich an ihr die Spuren des Alters gezeigt. In den Tiefen ihrer blauen Augen schien ständig eine spukhafte Traurigkeit zu lauern.

Doch es war nicht Ruth, auf die sein Blick fiel. Im ersten Moment glaubte Chase, ein Gespenst zu sehen, als er den Mann mit dem bleichen Gesicht anstarrte, der neben ihr stand. Er hielt seinen Cowboyhut unsicher vor sich, und man konnte sein lockiges, dunkelblondes Haar sehen. Die blauen Augen waren glanzlos und müde.

»Hallo, Chase.« Seine Stimme war gedämpft und zögernd und drückte die Unsicherheit darüber aus, ob er willkommen sein würde.

Doch es war Bucks Stimme. Einen flüchtigen Augenblick lang verzehrte Chase der Drang, den Raum zu durchqueren und seinem längst verlorenen Freund die Hand zu drücken. Dann erinnerte er sich wieder an die Umstände, unter denen Buck die Ranch verlassen hatte, und er blieb stehen, wo er stand.

»Hallo, Buck. Ich wußte gar nicht, daß du draußen bist.« Seine Stimme war ebenso ausdruckslos wie sein Gesicht. Sein Blick wanderte zu Ruth, und ihm fiel auf, wie sie sich auf die Lippen biß. Ihm wurde klar, daß sie es gewußt und es schlicht und einfach unterlassen hatte, ihm gegenüber auch nur ein Wort davon zu erwähnen.

»Sie haben mich gestern freigelassen und meine Strafe aufgrund von ›guter Führung‹ ausgesetzt; kannst du dir das vorstellen?« Sein Lachen klang hohl, und Buck senkte den Kopf und spielte nervös mit seinem Hut. »Ich weiß, daß es wohl nicht viel bedeutet, wenn ich sage, ›es tut mir leid‹, Chase, aber ich möchte, daß du weißt, daß es mir leid tut.«

Sein Mund wurde schmaler, als Chase die Lippen zusammenpreßte. Es war ihm zuwider, mitanzusehen, wie Buck sich demütigte, und er war froh, als Ruth sich aus dem Zimmer schlich, um die beiden miteinander allein zu lassen. Da er nicht wußte, was er sagen sollte, schwieg er, während Buck unbeholfen zur Tür kam.

»Es gibt nichts, was ich sagen könnte, um mein Verhalten dir gegenüber zu entschuldigen«, fuhr Buck fort, »und auch nichts, womit ich dich dazu bringen könnte, die Dinge zu vergessen, die ich zu dir gesagt habe. Als ich begriffen habe, daß ich für das, was ich getan habe, ins Gefängnis muß, bin ich in Panik geraten. Hast du je Angst gehabt, Chase – ich meine richtige Angst, bis in die Fußspitzen? Ich war wie ein Tier, das in eine Falle gegangen ist und eine Kehrtwendung macht und anfängt, sich selbst zu beißen.« Er unterbrach sich und seufzte tief auf; schließlich hob er seine Lider und sah in Chases unerbittlich starre Augen. »Im Gefängnis habe ich eine ganze Menge Zeit gehabt, über all das nachzudenken. Ich wollte nur, daß du weißt, wie ich empfinde. Und es hat mir leid getan, als ich das mit deinem Vater gehört habe. Ich weiß, daß es furchtbar hart für dich gewesen sein muß. Ihr beide habt einander immer sehr nahe gestanden. Ja, also« – er fing wieder an, mit seinem Hut herumzuspielen, und lächelte steif – »ich will dich nicht aufhalten. Ich weiß, daß du viel zu tun hast, und ... ich gehe jetzt.«

In Chase wütete ein Konflikt, als er beobachtete, wie Buck sich abwandte.

»Wie wäre es mit einem Drink?« fragte er schließlich und er lächelte, als er sah, wie die alte Fröhlichkeit in Bucks Augen zurückkehrte.

»Liebend gern«, verkündete er. »Ich habe seit fast zehn Jahren keinen guten Whisky mehr getrunken.«

»Dann wird es aber Zeit.« Seine Hand ruhte ganz selbstverständlich auf der Schulter seines Freundes, als sie gemeinsam das Arbeitszimmer betraten.

»Hier hat sich nicht allzuviel verändert.« Buck sah sich in dem Raum um, während Chase zur Bar ging, um für beide einen Whisky einzuschenken. »Alles ist noch so, wie ich es in Erinnerung habe.«

»Wie sehen deine Pläne aus?« Chase drückte ihm eins der Gläser in die Hand.

»Ich werde mir Arbeit suchen. Du hast nicht zufällig jemanden, der vielleicht gewillt wäre, einen eingerosteten Cowboy einzustellen, der ein paar Jahre lang aus dem Verkehr gezogen war, oder?« fragte er im Scherz, und ein Teil der früheren Lebhaftigkeit funkelte wieder in seinen Augen.

Chase starrte eine Weile sein Glas an, und wieder tobte der Konflikt in ihm. »Das könnte durchaus sein.«

»He! Ich habe nicht gefragt, ob bei dir ein Job zu schnorren ist«, versicherte Buck eilig. »Ich meine …«

Chase warf ihm einen verschmitzten Seitenblick zu, der etwas Abschätzendes hatte. »Soll das heißen, daß du nicht für das dreifache C arbeiten willst?«

»Es wäre gelogen, wenn ich behaupte, das wollte ich nicht.« Seine geseufzte Antwort klang wehmütig. Buck ließ die Eiswürfel in seinem Glas klirren und beobachtete die verschiedenen Schattierungen der bernsteinfarbenen Flüssigkeit. »Zehn Jahre lang habe ich von nichts anderen geträumt als davon, wieder nach Hause zu kommen.« Er schüttelte mit stummem Bedauern seinen Kopf. »Aber es steht mir nicht zu zu erwarten, daß du mir eine zweite Chance gibst.«

»Das entscheide ich, Buck. Und wenn ich feststellen sollte, daß du es nicht verdient hast, werde ich dich höchstpersönlich wieder vor die Tür setzen.«

»Ich würde Werkzeugschuppen anstreichen, Ställe ausmisten, Windmühlen reparieren – alles, was du willst«, versprach Buck. »Du brauchst mich nicht mal auf ein Pferd zu setzen, bis ich mich würdig erwiesen habe.«

»Tut mir leid.« Chase schüttelte den Kopf. »Ich bin ausschließlich daran interessiert, Buck Haskell, den Cowboy, zu engagieren.«

»Ich werde länger und härter arbeiten als jeder andere, das verspreche ich dir, Chase.«

Nach Ablauf des zweiten Monats glaubte ihm Chase. Buck war jeden Morgen der erste, der seine Arbeit begann, und jeden Abend legte er seine Arbeit als letzter nieder. Es gab Zeiten, zu denen er die Arbeit von zwei Leuten erledigte. Er ging nicht zu Jake und trank nur selten, wenn man von einem kühlen Bier oder einem Glas Whisky absah, das er ab und zu mit Chase trank, wenn er sich zufällig abends im Gehöft aufhielt, was nicht oft vorkam. Soweit Chase es in Erfahrung hatte bringen können, warf er sein Geld nicht mehr zum Fenster hinaus, sondern legte jeden Monat etwas auf die Seite. Und er versuchte auch nicht, ihre Freundschaft dort wieder anzuknüpfen, wo sie geendet hatte, als wisse er, daß er sich erst Chases Vertrauen wieder erwerben mußte, ehe die alten Bande erneut geknüpft werden konnten.

Elizabeth stocherte in ihrer Vorspeise herum, Grapefruit, die mit Zucker und Galliano-Likör gesüßt war, etwas, was sie im allgemeinen besonders gern mochte. Phillip musterte sie schweigend über den Tisch hinweg und stellte fest, wie tief sie in Gedanken versunken war. Die Ursache konnte er sich denken.

»Du hast heute etwas von deinem Bruder gehört.«

Sie sah ihn verblüfft und verwirrt an. »Woher weißt du das denn?«

»Ich merke es«, murmelte er und legte seinen Grapefruitlöffel hin. »Was hatte er zu berichten?«

»Nur das übliche.« Maggie zuckte die Achseln und gab keine weiteren Erklärungen. Phillip hatte etliche von Culleys Briefen gelesen – genug, um zu wissen, daß er wieder gegen Chase Calder gewütet hatte. Manchmal machte sie sich Sorgen darüber, wie besessen ihr Bruder inzwischen von diesem Haß war. Ihr eigener Haß war mit der Zeit und durch Phillips Einfluß, der viele ihrer Wunden geheilt hatte, abgestumpft.

»Habe ich meinen Onkel je gesehen?« fragte Ty stirnrunzelnd.

Im Alter von zehn, jetzt schon fast elf Jahren, hatte er eine verblüffende Ähnlichkeit mit Chase. Es gab Momente, in denen Maggie sich dieses Umstandes bewußter war als sonst, beispielsweise in einem Augenblick wie diesem, in dem Culleys Brief alle ihre Erinnerungen an jenen Mann wieder aufgefrischt hatte.

»Nein, du kennst ihn nicht.« Sie wechselte schnell das Thema. »Wohin gehst du heute abend mit Jeff?« Jeff Broadstreet war ein Freund von Ty. Beide Jungen besuchten dieselbe Privatschule. Jeffs Eltern hatten vor, am Abend mit den beiden Jungen auszugehen.

»Wir gehen ins Kino. In einen Western. Jeff sagt, daß die Kritiken wirklich gut waren«, erzählte er begeistert. »Hat Onkel Culley nicht eine Ranch?«

»Doch«, antwortete Phillip, als Maggie nicht auf die Frage reagierte.

»Wie kommt es eigentlich, daß wir ihn nie besuchen? Es wäre wirklich prima, auf einer richtigen Ranch zu sein. Können wir nicht irgendwann mal hinfahren, Mama?«

»Das wird sich zeigen«, sagte sie steif. Sie wußte, daß sie es niemals tun würden, aber das sagte sie Ty nicht, denn in dem Fall hätte sie ihm eine Erklärung geben müssen.

»Wie wäre es in diesem Sommer?« schlug er vor.

»Diesen Sommer fahren wir nach London«, erinnerte sie ihn.

»London ist nichts weiter als ein Haufen alter Häuser und verstaubter Museen«, klagte Ty. »Ich würde viel lieber auf die Ranch fahren.«

»Wir fahren nach London«, erklärte Maggie. »Wir haben längst alles gebucht, und es ist zu spät, um die Reservierungen noch rückgängig zu machen.« Sie merkte, wie scharf ihr Tonfall geworden war, und daher milderte sie das Gesagte. »London ist eine herrliche Stadt. Es wird dir viel Spaß machen. Dein Vater und ich haben dort wunderbare Flitterwochen verbracht.«

»Ich dachte, ihr hättet eure Hochzeitsreise nach Paris gemacht.«

»Ja, schon, aber wir waren auch ein paar Tage in London«, erklärte sie.

»Ich würde trotzdem viel lieber nach Montana fahren, auf die Ranch meines Onkels«, murrte Ty.

»Jetzt reicht es, Ty«, riet Phillip und wechselte das Thema, um auf etwas zu sprechen zu kommen, das seine Frau weniger schmerzlich berührte. Dennoch mußte dieses Thema irgendwann einmal endgültig aus der Welt geschafft werden. Phillip wartete, bis sie gegessen hatten und Ty mit einer Entschuldigung vom Tisch aufgestanden war, ehe er es wieder zur Sprache brachte. »Ty sollte deinen Bruder kennenlernen, Elizabeth. Schließlich ist Culley sein einziger Onkel.«

»Ich werde Culley nach Kalifornien einladen.«

»Er wird nicht kommen. Er ist weder zu deinem Examen noch zu unserer Hochzeit gekommen. Er hat immer zuviel zu tun«, rief Phillip ihr ins Gedächtnis zurück. »Und außerdem ist das, was Ty eigentlich sehen will, die Ranch.«

»Das ist nichts weiter als eine Phase, die er durchmacht. Das wird vorübergehen«, behauptete sie.

»Das bezweifle ich, Elizabeth. Ty liebt Pferde von Natur aus über alles. Das ist etwas, was sich nicht mit der Zeit legen wird«, argumentierte er.

»Das ist mir gleich. Er wird nicht nach Montana fahren – weder jetzt noch irgendwann.« Es erbitterte sie, daß Phillip sich in diesem Punkt auf Tys Seite stellte.

»Und was geschieht, wenn er älter ist? Wenn du ihm nicht mehr vorschreiben kannst, was er tun kann und was nicht?« Er musterte ihren zusammengekniffenen Mund und seufzte. »Elizabeth, Ty hat ein Recht darauf zu erfahren, daß er adoptiert worden ist. Das habe ich dir schon des öfteren gesagt.« Es war einer der wenigen Punkte in ihrem Leben, in denen er nicht einer Meinung mit seiner Frau war.

»Was würde das ändern? Was wäre damit erreicht, abgesehen davon, daß es ihn verwirren würde? Ty hält dich für seinen Vater. Du *bist* sein Vater«, beharrte sie.

»Und wenn er es eines Tages herausfindet?«

»Das wird er nicht. Er wird es nie herausfinden.«

Mit einem tiefen Seufzer ließ Phillip das Thema fallen. Maggie weigerte sich schlicht und einfach, sich darüber klar zu werden, welcher Ärger ihr noch bevorstand. Das machte ihm Sorgen, aber wie immer fügte er sich ihren Wünschen und schwieg dazu.

TEIL VI

25.

Ihre Fingerspitzen strichen liebevoll über die Fotografie des schlanken, grauhaarigen Mannes, während sich ihre Augen mit Tränen füllten. »Phillip, mein Liebling«, flüsterte Maggie, »wir hatten zehn wunderbare Ehejahre. Diese Zeit wird mir immer kostbar sein.« Es fiel ihr immer noch schwer, damit fertig zu werden, daß er nicht mehr da war, ihr genommen, ohne jede Vorwarnung vor zwei Monaten Opfer einer Koronarthrombose geworden war.

Sie sah sich in dem Zimmer um, das sie gemeinsam bewohnt hatten und in dem jetzt überall Kisten standen, in denen seine Kleider verpackt waren, die als Spende an einen Wohltätigkeitsverein vorgesehen waren. Sie hatte diese Aufgabe so lange vor sich hergeschoben, weil sie wußte, wie leer das Zimmer ohne seine Sachen wirken würde. Ihr Blick fiel auf die Familienbibel auf dem Nachttisch. Sie hatte ganz hinten in einem Regal im Schrank gelegen. Alles erweckte den Eindruck des Endgültigen, seit sie das Datum von Phillips Tod eingetragen hatte.

Ein Wagen fuhr den Privatweg hinauf, und das Dröhnen des Motors durchbrach die Stille der Nacht. Auf einer der Koppeln wieherte ein Pferd. Maggie warf einen Blick auf das Leuchtzifferblatt des Weckers auf dem Nachttisch. Ty hätte schon vor mehr als einer Stunde nach Hause kommen sollen. Sein fünfzehnter Geburtstag hatte ihn in Verbindung mit dem Tod seines Vaters zu der Überzeugung gebracht, daß er sich jetzt Freiheiten herausnehmen und Vorschriften mißachten durfte. Um alles noch schlimmer zu machen, war Jeff gerade sechzehn geworden und hatte seinen Führerschein gemacht, was bedeutete, daß Ty jederzeit beweglich war.

Maggie griff nach ihrem Morgenmantel aus Satin, der am Fußende des Bettes lag, und zog ihn über, während sie eilig das Schlafzimmer verließ. Sie stand auf halber Höhe in dem weißen Treppenhaus, als sie hörte, wie die Haustür zugeschlagen wurde und der Wagen auf Hochtouren lief, während er rückwärts die Zufahrt verließ. Im Wohnzimmer brannte bereits Licht. Der Grund dafür stellte sich heraus, als Pamela auf ihrem Rollstuhl in die Eingangshalle kam.

»Guten Abend, Ty. Hattest du einen netten Abend?«

Die Frage erzürnte Maggie. Pamela ermutigte Ty mit ihrer Haltung, daß alles, was er tat, absolut richtig und in Ordnung war, regelrecht zu Untaten. Das untergrub jegliche Autorität Maggies ihrem Sohn gegenüber.

»Du hättest mitkommen sollen, Pamela. Es war einfach toll!« Mit seinen fünfzehn Jahren kam er gerade in den Stimmbruch, und seine Stimme schwankte schrillend um Oktaven. »Warst du je bei einem Rodeo? Mann, ist das aufregend!«

»Ty, ist dir eigentlich klar, wie spät es ist?« Maggie kam die restlichen Stufen herunter, und sie war durch Pamelas Verhalten aufgebrachter, als sie es sonst vielleicht gewesen wäre.

»Es tut mir leid, Mom.« Es gelang ihm nicht allzugut, zerknirscht zu wirken. Er war fast einsachtzig und wurde allmählich an Schultern und Brust breiter. Seine Größe und seine schweren Knochen ließen ihn älter aussehen, als er war. Auf seinem Gesicht wuchs gerade soviel Flaum, daß er sich rasieren mußte, und das gab ihm das Gefühl, ein richtiger Mann zu sein. Er hatte Phillips Autorität selbstverständlich respektiert, weil er ein Mann gewesen war, aber Maggies Anweisungen nahm er mit einer Art Nachsicht hin, ganz so, als müsse er sie bei guter Laune halten, weil sie eine Frau war. »Aber das Bullenreiten kam erst als letztes dran. Jeff und ich wollten es nicht verpassen.«

»Soll ich das etwa einfach so hinnehmen, daß du mehr als eine Stunde zu spät nach Hause kommst?«

»Oh, Elizabeth«, wies Pamela ihre Strenge zurück. »Es ist doch nicht so, daß Ty auf einer wüsten Party war und jetzt betrunken nach Hause gekommen ist. Es war alles ein ganz unschuldiges Vergnügen.«

»Wenn du nichts dagegen hast, Pamela, dann regle ich meine Angelegenheiten selbst«, gab sie zurück, denn sie hatte die ständigen Einmischungen dieser Frau satt. Nur mit Mühe konnte sie glauben, daß sie sie einmal als den Inbegriff dessen angesehen hatte, was sie einmal werden wollte. Es war alles nur äußerer Schein. Oft empfand sie Mitleid mit Pamela, vor allem wegen der Leere ihres Lebens, aber ihr Leben war leer, weil Pamela ein von Grund auf hohles Geschöpf war. Das war etwas, das sie erst nach langer Zeit herausgefunden hatte. Erst nachdem Maggie sich dem Stab eines internationalen Wohltätigkeitsverbandes angeschlossen hatte, in dem sich ihre Sprachkenntnisse als nützlich erwiesen, und nachdem sie sich bemüht hatte, Pamela für irgendeine Form von freiwilliger, selbständiger Arbeit zu interessieren, war ihr klargeworden, daß Phillips Schwester ein leeres Wesen war, nicht in der Lage, sich selbst oder irgendeinem anderen zu helfen. Nicht nur ihr Körper war verkrüppelt.

»Du bist viel zu streng mit ihm, Elizabeth«, kritisierte Pamela.

Es kostete Maggie eine gewisse Anstrengung, ihren Zorn zu beherrschen, ehe sie sich mit ruhiger Stimme an ihren Sohn wandte. »Ty, würdest du bitte nach oben gehen und mich in *meinem* Zimmer erwarten?« Sie wartete schweigend, bis er die Treppe hinaufgestiegen war und sie hörte, daß sich die Tür zu ihrem Schlafzimmer schloß. Dann drehte sie sich zu ihrer Schwägerin um. »Unterbrich mich nie wieder, wenn ich meinen Sohn zurechtweise, Pamela. Ich mache das nicht mehr mit.«

»Was habe ich denn getan?« Sie wirkte wahrhaftig verblüfft.

»Du ermutigst Ty, meine Anweisungen zu mißachten. Ich werde in Angelegenheiten, die einzig und allein mich und meinen Sohn angehen, keine Einmischungen von deiner Seite mehr dulden.«

»Ich lasse mir doch von dir nicht vorschreiben, wie ich mich in meinem eigenen Haus zu verhalten habe!« brauste Pamela auf. »Falls du es vergessen haben solltest – dies hier ist mein Haus. *Du* bist hier nichts weiter als ein Gast.«

»Ja, es ist dein Haus. Phillip hat es dir vermacht, und ich bin froh darüber. Aber, für den Fall, daß du es vergessen hast: Ty ist mein Sohn. Wenn ich gehe, geht er auch.« Sie hing dieser Überlegung noch einen Moment lang nach. »Vielleicht wäre das sogar das beste, denn es scheint festzustehen, daß wir beide nicht in der Lage sind, miteinander auszukommen.«

»Das kann doch nicht dein Ernst sein!« Allein die Möglichkeit jagte Pamela einen Schrecken ein.

»Wenn wir beide uns nicht einigen können, was Ty angeht, dann wüßte ich nicht, welche Alternative mir bleibt.« Maggie drehte sich um, und ihr Morgenmantel aus Satin wehte hinter ihr her, als sie die Stufen zum ersten Stock hinaufstieg. Sie wollte dieses Haus nicht verlassen, in dem sie so glückliche Zeiten mit Phillip verlebt hatte. Es war mit so vielen schönen Erinnerungen angefüllt. Vielleicht reichte es schon, mit einem Auszug zu drohen.

Als sie das Schlafzimmer betrat, sah sie sich unwillkürlich im Raum um, um ihren Sohn zu suchen. Er saß auf der Kante des großen Bettes, hatte ihr den Rücken zugewandt, und seine breiten Schultern waren leicht hochgezogen. Auf seinem Gesicht stand ein bestürzter, gequälter Ausdruck, der Maggie die Stirn runzeln ließ.

»Wer ist Chase Calder?« fragte er barsch.

Der Schock ließ die Farbe aus ihrem Gesicht weichen. »Wo hast du diesen Namen gehört?« fragte sie in anklagendem Flüsterton.

»Ich habe ihn gelesen. Hier.« Er stand vom Bett auf und drehte sich um, um ihr das Buch in seiner Hand zu zeigen.

Maggie erkannte es als die Familienbibel der Malloys. »Nein.« Es war kaum mehr als ein ausgehauchter Atemzug.

»Hier steht, daß er mein Vater ist. Ist das wahr?« fragte er verwirrt und gequält. »Wer war Dad? Du hast mir immer gesagt, er sei mein Vater und ihr beide hättet nur gewartet, bis du ein bißchen älter bist, ehe ihr geheiratet habt.«

»Phillip ... war in jeder Hinsicht, die zählt, dein Vater.«

»Aber wer ist Chase Calder?« beharrte Ty, und seine Stimme überschlug sich. »Und warum ist er hier als mein Vater genannt?«

»Weil ...« – Maggie wurde klar, daß es sinnlos war, weiterhin zu versuchen, die Lüge aufrechtzuerhalten; sie bereute zutiefst den Impuls, der sie veranlaßt hatte, Chases Namen in diese Bibel zu schreiben. »... Er ist biologisch gesehen dein Vater. Aber Phillip ist derjenige, der dich aufgezogen hat und der dich geliebt hat, wie nur ein Vater seinen Sohn lieben kann.«

»Was du da sagst, heißt, daß er mich adoptiert hat und daß Chase Calder mein wirklicher Vater ist.«

»Chase war dein *natürlicher* Vater, aber Phillip war dein *richtiger* Vater«, argumentierte sie.

Er starrte die Bibel an, die er aufgeschlagen in den Händen hielt. »Ich erinnere mich, daß ich dich, als wir im Biologieunterricht Vererbungslehre durchgenommen haben, gefragt habe, warum ich braune Augen habe, obwohl du grüne Augen hast und Dads Augen grau waren. Du hast gesagt, es läge daran, daß ich meinem

Großvater nachgeschlagen bin. Aber das habe ich von meinem Vater stimmt's?«

»Ja.«

Er wandte sich ab und klappte das Buch abrupt zu. »Ich kann es einfach nicht glauben!«

»Es ändert nichts, Ty.« Maggie ging durch das Zimmer auf ihn zu, um ihn zu beschwichtigen und seine Verwirrung und seinen Schmerz zu lindern, aber er stellte sich ihr entgegen, als sie näher kam, und sein harter Blick bohrte sich auf eine Weise in sie hinein, die sie unwillkürlich an Chase erinnerte.

»Ich will alles über ihn wissen.«

»Nein.« Sie wich zurück.

»Er ist mein Vater!« beharrte er.

»Er war nichts weiter als irgend jemand, der auf der Nachbar-Ranch gelebt hat.« Welch eine Untertreibung. »Er wollte uns nicht haben, Ty. Phillip wollte uns.«

»Ich bin in Kalifornien geboren worden. Er hat mich nie auch nur gesehen. Woher weißt du, daß er mich nicht haben will?«

»Hör auf, Ty. Hör auf, dir Dinge auszumalen. Hör auf, dir in deinem Kopf ein Gebäude von romantischen Vorstellungen aufzubauen«, wandte sie ein.

»Aber ich habe dort draußen einen Vater, den ich nie auch nur gesehen habe. Er ist doch am Leben, oder nicht?« Es war zwar als Frage abgefaßt, und doch war es eine Aussage, die einer tiefverwurzelten Überzeugung entsprang.

Maggie zögerte für den Bruchteil einer Sekunde, ehe sie log: »Ich weiß es nicht.«

»Er lebt«, behauptete Ty. »Und deshalb wolltest du auch nie deinen Bruder besuchen – weil du *ihn* nicht wiedersehen willst.«

»Das stimmt nicht«, sagte sie. Aber es stimmte.

Er fuhr sich mit einer Hand über das Gesicht, als könne er damit die Verwirrung fortwischen und sich in die Lage versetzen zu verstehen, was hier eigentlich vorging. »Warum hast du mir nicht eher von ihm erzählt? Warum mußte ich auf diese Weise von seiner Existenz erfahren?«

»Es tut mir leid, Ty.« Leid tat ihr nur, daß er es herausgefunden hatte. »Ich weiß, daß es schwierig für dich ist, aber was hätte ich damit erreicht, wenn ich dir von ihm erzählt hätte?«

»Du verstehst mich nicht! Er ist mein Vater!« stöhnte er und stieß sie aus dem Weg, wenn auch erst, als sie das Glitzern der Tränen in seinen Augen schon gesehen hatte. Mit langen Schritten verließ er das Zimmer, ehe er etwas Unmännliches tat, wie vor ihren Augen zu weinen. Sie konnte seinen Schmerz nachempfinden, aber sie zweifelte daran, daß ihm klar war, welche Qualen sie erlitt. Er war in dem schwierigen Alter, in dem er davon überzeugt war, daß niemand ihn verstehen konnte.

Noch Tage später war er schweigsam und grübelte vor sich hin; er schloß sich in seinem Zimmer ein oder ging allein aus dem Haus, ohne ihr mitzuteilen, wohin er ging oder wann er zurückkommen würde. Maggie wurde klar, daß er sie bestrafte, aber dennoch klammerte sie sich an die Hoffnung, daß er früher oder später auf sie hören und den Mann vergessen würde, der ihn gezeugt hatte.

Das Läuten des Weckers weckte sie auf; als sie sich müde auf die andere Seite drehte, um ihn auszuschalten, ertastete ihre Hand einen Zettel. Die vertraute Schrift, mit der der Zettel beschrieben war, verjagte den Schlaf aus ihren Augen, und sie setzte sich auf, um die Nachricht zu lesen.

Liebe Mutter,
es tut mir leid, daß ich mich nicht persönlich von Dir verabschieden konnte, aber ich wußte, daß Du versuchen würdest, mich von meinem Vorhaben abzuhalten. Mach Dir um mich keine Sorgen. Ich kann auf mich selbst aufpassen. Versuch bitte, es zu verstehen. Ich mußte es tun.

Ich habe Dich lieb.
Ty

Sie schlug die Bettdecke zur Seite und raste zu seinem Zimmer am anderen Ende des Korridors, doch er war nicht da. Sein Rasierzeug, seine Zahnbürste und sein Kamm waren aus dem Bad verschwunden. Sie durchsuchte seinen Schrank und seine Kommode und versuchte dahinterzukommen, was er an Kleidung mitgenommen hatte, aber sie war zu aufgewühlt, um sich genau daran zu erinnern, was er eigentlich besaß. Er war davongelaufen. Sie fing an, sich alle Arten von Schrecklichkeiten auszumalen, angefangen damit, daß Ty von einem Auto angefahren würde, während er auf der Autobahn als Anhalter stand, bis hin zu irgendeinem psychotischen Fahrer, der ihn ermorden würde. Als sie die Polizei anrief, erklärte man ihr, daß er mindestens vierundzwanzig Stunden lang vermißt sein mußte, ehe sie sich der Sache annehmen konnten. Obwohl Maggie lediglich vermuten konnte, daß er irgendwann im Lauf der Nacht das Haus verlassen hatte, zog sie sich an, rief im Büro an, um Bescheid zu geben, daß sie nicht kommen würde, und dann machte sie sich selbst auf die Suche nach ihm und fuhr jede einzelne Straße zur Autobahn ab, um nach ihm Ausschau zu halten.

26.

Chase legte beide Hände um die Tasse mit dampfendem schwarzen Kaffee, um sie zu wärmen. Er beobachtete das Pferderudel, das über die Anhöhe raste, ein wogendes Meer von Braunen, Falben und Füchsen, deren zottiger Winterpelz ihre schlanken, muskulösen Formen verbarg. Das Donnern ihrer galoppierenden Hufe ließ den Boden vibrieren, und Chase spürte die wohltuende Spannung, die in ihm aufstieg.

Dieses Gefühl hatte er immer, wenn die Pferde zusammengetrieben und von ihrer Winterweide zurückgebracht wurden. Ihr Eintreffen markierte den Beginn einer neuen Saison; der Frühlingsviehtrieb stand bevor, eine wüste und rauhe Zeit, in der die Cowboys sich ihre Tiere aussuchten und Pferden, die im Lauf des langen Winters frei herumgelaufen waren, den Sattel auf den Rücken warfen. Als das Tor hinter dem letzten Pferd geschlossen wurde, löste sich ein Reiter aus der Gruppe der anderen und kam mit seinem Pferd auf Chase zu.

»Sie wirken recht gesund und munter.« Buck grinste und schwang sich aus dem Sattel. Er roch begeistert an dem Kaffee. »Junge, riecht das gut.«

Chase trank einen Schluck von der kochendheißen Flüssigkeit und reichte Buck den Becher. Keine Spur der Gefängnisblässe war mehr zu sehen, und sein Lächeln hatte sich wieder eingestellt, doch es waren Veränderungen an ihm zu erkennen – und er hatte sich zum Besseren hin verändert, zumindest Chases Ansicht nach.

Buck war zuverlässig und arbeitete hart, und nie drückte er sich vor einer Aufgabe oder einer Verantwortung. Buck war einer der besten Vorarbeiter des dreifachen C geworden. Er und Chase arbeiteten jetzt so zusammen, wie sich Chase immer vorgestellt hatte, daß es einmal werden würde. Es war ein schönes Gefühl, seinen besten Freund wieder zu haben.

»Tja, sie haben den Winter gut überstanden.«

»Mhm«, gab Buck bestätigend von sich, während er einen großen Schluck von dem heißen Kaffee trank und einen Ellbogen auf das Geländer stützte. »Als ich kürzlich in der Stadt war, bin ich mit Lew ins Reden gekommen.«

»Ins Reden oder ins Schwatzen?« spottete Chase.

»Bei ihm ist das ein und dasselbe.« Er grinste. »Jedenfalls hat er mir erzählt, daß der alte Anderson kein Testament hinterlassen hat, als er im letzten Herbst bei dem Unglück auf der Farm gestorben ist. Es scheint, als sei er schon mal verheiratet gewesen und hätte zwei Kinder von seiner ersten Frau. Sie haben sich Anwälte genommen und beanspruchen einen Teil seines Landes für sich. Es sieht so aus, als müsse Andersons Witwe die Farm verkaufen, damit seine beiden ersten Kinder ihren Anteil ausbezahlt bekommen.«

»Davon habe ich noch nichts gehört. Das ist hart«, sagte Chase versonnen, und er ließ seinen Blick über die Pferde schweifen, die sich verstreuten, um zu grasen.

»Das hat mich auf den Gedanken gebracht, was wohl aus dem dreifachen C würde, wenn dir irgend etwas zustößt. Du hast doch ein Testament gemacht, oder etwa nicht?« fragte Buck mit gerunzelter Stirn.

Diese Frage ließ Chase erstarren, und er zog die Schultern hoch. »Nein. Dazu bin ich nie gekommen.«

»Hast du irgendwelche Verwandten? Cousins oder so was Ähnliches?«

»Nicht, daß ich wüßte. Wieso?«

Buck wandte seinen Kopf zur Seite. »Mir ist der Gedanke verhaßt, diese Ranch könnte aufgeteilt und verkauft und das gesamte Geld dem Staatsschatz zugeschlagen werden. Das wäre nicht richtig. Nate, Ike, meine Familie und der ganze Rest von uns – wir säßen dann vor der Tür. Wenn du niemanden hast, dem du es vermachen kannst, dann solltest du dir vielleicht überlegen, ob du es nicht uns allen hinterlassen willst, damit wir das dreifache C weiterführen könnten«, schlug er vor.

»Keine schlechte Idee.« Es klang einleuchtend und gerecht zugleich.

»Sprich mit deinem Anwalt. Wahrscheinlich fällt ihm einiges dazu ein.« Buck wollte Chase die halbvolle Kaffeetasse zurückgeben. »Magst du den Rest?«

»Nein, trink du ihn aus.« Sein Blick war wieder auf die Pferde gerichtet, aber innerlich beschäftigte ihn ein ganz anderes Thema. »Ich nehme an, ich sollte allmählich darüber nachdenken, zu heiraten und eine Familie zu gründen.«

»Zeig mir in dieser Gegend irgendwas, das sich zur Ehefrau eignet, und dann geh mir aus dem Weg«, warnte ihn Buck mit einem belustigten Kopfschütteln. »Ich werde auch nicht jünger, und ich will eine ganze Brut von Kindern haben, ehe ich sterbe. Das Schwierige ist nur, eine Frau zu finden, die nicht sehnsüchtig darauf wartet, in die Stadt zu ziehen.« Er trank einen Schluck Kaffee und sah Chase über den Rand der Tasse hinweg an. »Was ist mit Sally Brogan?«

Chase senkte seinen Blick und dachte über die rothaarige Witwe nach, mit der er sich jetzt schon seit einer Weile regelmäßig traf. Kurz nach Bucks Rückkehr waren sie und ihr Ehemann, ein ehemaliger Rodeo-Cowboy, in einem alten Pickup mit einem Wohnmobil auf der Ranch aufgetaucht. Obwohl die Arbeitskräfte zu diesem Zeitpunkt knapp waren, hatte Chase ihn eigentlich nicht einstellen wollen, denn er war ihm als der Typ Mann erschienen, der mehr Interesse am Trinken und am Feiern als an der Arbeit hatte, aber er war nicht in der Lage gewesen, sich dem flehentlichen Blick der Rothaarigen zu entziehen. Wider besseres Wissen hatte er ihren Mann eingestellt. Eineinhalb Monate später kam ihr Mann um, als er um zwei Uhr morgens mit seinem Lastwagen gegen einen Brückenpfeiler raste.

Etwa zur selben Zeit hatte Jake seine Tore geschlossen. Eine andere Bar hatte in der Stadt eröffnet. Da zwei Bars zuviel für den kleinen Ort waren, hatte Jake entschieden, es sei an der Zeit, in den Süden zu ziehen. Sally hatte ihm von dem Geld, das ihr die Lebensversicherung ihres Mannes eingebracht hatte, das Haus abgekauft. Chase hatte geglaubt, sie sei verrückt, aber sie hatte ihm ganz ruhig erklärt, sie sei es müde, durch die Gegend zu ziehen. Sie wolle morgens aufwachen, aus dem Fenster sehen und für den Rest ihres Lebens täglich dasselbe sehen. Nach größeren Schrubb-, Säuberungs- und Umbauaktionen hatte sie den Saloon in ein Restaurant verwandelt und wohnte in den Räumen im oberen Stockwerk.

Anfangs hatte Chase sie ab und zu besucht, um sich zu vergewissern, daß sie allein zurechtkam. Dann suchte er sie auf, weil sie eine hervorragende Köchin war. Eines Abends fragte sie ihn schließlich, ob er nicht bleiben wolle, während sie den Laden abschloß und die Einnahmen überprüfte. Das nächste, was er wußte, war, daß er sie küßte und sie die Treppe hinauftrug – doch nur, damit sie sofort wieder runterlief, um die Haustür abzuschließen. Er lächelte bei dieser Erinnerung.

»Du triffst dich regelmäßig mit ihr, seit – sind es jetzt schon drei Jahre?« Buck zog fragend eine Augenbraue hoch und trank noch einen Schluck Kaffee.

»Du weißt doch selbst, wie das ist, Buck.« In der Art, wie Chase seinen Mund verzog, lag eine Spur von Selbstverspottung. »Männer überstürzen solche Dinge ungern.«

Buck lachte laut und schüttelte den Kopf. »Sally ist eine nette, liebe Frau. Wie kommt es, daß du sie nicht geheiratet hast?«

Chase zuckte die Achseln und tat die Frage beiläufig ab. »Vielleicht warte ich darauf, daß es funkt.«

»Hör mal zu, alter Junge, wenn es bis heute nicht gefunkt hat, dann wird es auch nicht mehr funken«, verkündete Buck. Nachdem er den letzten Schluck Kaffee getrunken hatte, reichte er Chase die leere Tasse und griff nach den Zügeln seines Pferdes. »Ich muß wieder an die Arbeit. Bis später.« Er parodierte ein Salutieren und ritt davon.

Chase merkte, daß er mit einer Menge Themen zurückblieb, über die er nachdenken mußte, doch sie drehten sich alle um denselben Punkt – die Zukunft des dreifachen C.

Noch vor Ablauf der Woche hatte Chase von seiner Anwaltskanzlei ein vorläufiges Testament aufsetzen lassen. Es war zwangsläufig kompliziert, da die Calder Cattle Company aus steuerlichen Gründen kompliziert strukturiert war. In erster Linie ging es um Verfügungen, die dafür sorgen sollten, daß, falls er sterbe, ohne einen Erben oder eine Gattin zu hinterlassen, die Anteile an die loyalen Mitglieder des dreifachen C aufgeteilt werden sollten, an die dort geborenen Söhne und Töchter. Einige geringfügige Abänderungen waren notwendig, aber nach einer langen Besprechung mit seinen Anwälten war Chase zufrieden; und jetzt mußten nur noch die Einzelheiten ausgearbeitet werden.

Da Ruth ihn an jenem Abend nicht zum Abendessen erwartete, fuhr er bei Sally vorbei, um in ihrem Restaurant zu essen und anschließend den Abend mit ihr zu verbringen.

Als er die Stufen zu dem Restaurant hinaufstieg, hörte er irgendwo in der Nähe das schabende Geräusch eines Seiles, das über Holz gezogen wird. Dieses Geräusch, das ihm einen Schauer über den Rücken jagte, ein Geräusch, das zu vergessen er nie in der Lage gewesen war, brachte den gemessenen Rhythmus seiner Schritte aus dem Gleichgewicht. Er warf einen Blick auf das hölzerne Schaukelbrett, das an Nylonschnüren von der Veranda hing, und trat ins Haus.

Ein halbes Dutzend Tische und drei Stühle an der Bar waren besetzt. Sally schenkte an einem der Tische Kaffee nach, als Chase eintrat. Sie begrüßte ihn mit dem für sie so typischen Lächeln, das in erster Linie ein Ausdruck in ihren Augen und ein leichtes Anheben der Mundwinkel war. Ihr Haar hatte die Farbe einer glänzenden Kupfermünze und fiel gelockt über ihre Schultern. Trotz ihres roten Haars war sie ein stilles, ruhiges Wesen mit heiteren blauen Augen.

Chase setzte sich auf einen Stuhl an einem Tisch, von der aus er die Eingangstür und die Flügeltür zur Küche im hinteren Teil des Hauses im Auge behalten konnte.

»Was nimmst du heute, Chase?« Sie kam an seinen Tisch und füllte sein bernsteinfarbenes Wasserglas mit Eiswasser.

Er sah sie an, und ihm wurde klar, daß sie immer sehr offen und direkt war und daß er nie mit Anzüglichkeiten reagierte. Er fragte sich, wie das kam.

»Steak mit Pommes frites«, bestellte er. »Und hinterher Kaffee.«

Der Sattelschlepper kam am Rand der Straße mit quietschenden Bremsen zum Stehen. Das weiße T-Shirt des Fahrers hatte braune Flecken, die von verschüttetem Kaffee herrührten. Er wandte seinem Beifahrer das unrasierte Gesicht zu und machte sich nicht die

Mühe, die Zigarette aus dem Mund zu nehmen, die zwischen seinen Lippen baumelte.

»Wir sind da, Junge«, verkündete er.

Ty starrte die locker angeordneten Häuser an. Der Himmel verdichtete sich zu einem pflaumenfarbenen Zwielicht, das Schatten auf die Stadt warf und den Eindruck vermittelte, jemand hätte sie hierhergestellt und dann vergessen. Es fiel ihm schwer zu glauben, daß diese wenigen Gebäude eine Stadt darstellen sollten.

»Du hast gesagt, daß du in Blue Moon raus willst; das stimmt doch, Kleiner?« Der Fahrer legte ungeduldig die Stirn in Falten.

»Ja.« Ty bemerkte die Schrift, die auf das Gebäude mit den Tanksäulen gemalt war; er war tatsächlich in Blue Moon. Das war es also. Er schnappte sich seinen Rucksack, der auf dem Sitz neben ihm lag, stieß die Tür auf und sagte danke zu dem Fahrer, während er sich aus der Fahrerkabine schwang.

Vor dem Gebäude, vor dem er jetzt stand, parkten Pick-ups. Im Hausinnern brannten Lichter, und von der Veranda hing ein Schild, auf dem stand: SALLYS RESTAURANT. Er klopfte sich den Staub aus seinen Bluejeans und griff in seine Hosentasche, um nachzusehen, wieviel Geld er noch hatte. Er hätte nicht im Traum geglaubt, daß er per Anhalter fast eine Woche brauchen würde, um hierherzukommen. In Kalifornien war es einfach gewesen, aber dann waren die langen, menschenleeren Strecken in Nevada und in Utah gekommen. Dort war er fast genau soviel rumgelaufen, wie er gefahren war. Anfangs hatte er nicht darauf geachtet, wieviel Geld er ausgab, und er hatte drei Hauptmahlzeiten täglich und zwischendurch den einen oder anderen Imbiß weggesteckt, doch jetzt war er nahezu pleite.

Ein Gefühl des Unbehagens beschlich ihn. Was war, wenn seine Mutter recht hatte? Was, wenn er diesen ganzen Weg zurückgelegt hatte und sein Vater ihn gar nicht sehen wollte? Er schüttelte diesen Gedanken eilig ab. Nach der Entfernung, die er zurückgelegt hatte, konnte er jetzt nicht kneifen. Er hatte noch genug Geld für einen Hamburger. Wenn niemand wußte, wo Chase Calder wohnte, konnte er nach seinem Onkel suchen. Die Adresse hatte er im Adreßbuch seiner Mutter gefunden. Und wenn alles schiefging, konnte er sie immer noch anrufen und sie bitten, ihm Geld zu schikken, damit er nach Hause kommen konnte.

Er holte tief Atem, warf sich den Rucksack über eine Schulter, rückte ihn zurecht und ging auf das Restaurant zu. Sein Magen knurrte, als ihm die Essensgerüche entgegenschlugen.

Chase hatte seinen Hut über eine Stuhllehne gestülpt und rauchte einen Stumpen, während er auf sein Essen wartete. Er bemerkte den Jugendlichen, der das Restaurant betrat – das dichte braune Haar, das sich fast bis zu seinem Kragen wellte, die gelbe Windjacke, den Rucksack, die Turnschuhe und die Bluejeans, die steif und neu wirkten. In Gedanken tat er ihn als einen dieser Hippies ab, oder wie auch immer die neueste Bezeichnung dafür lautete.

Lew vom Textilgeschäft auf der anderen Straßenseite verließ den Tresen und kam mit seiner Kaffeetasse zu Chase, um sich an seinen Tisch zu setzen. Seine Frau besuchte gerade ihre Tochter, und Lew spielte ein paar Tage lang den Junggesellen. Als der Junge sich an einen Tisch in der Nähe von Chase setzte, schenkte er dem kaum Aufmerksamkeit.

Ty verstaute seinen Rucksack und rückte seinen Stuhl an den Tisch. Eine rothaarige Frau in einem blauen Kleid und einer weißen Schürze blieb neben ihm stehen, um sein Wasserglas zu füllen. Sie hatte ein freundliches Gesicht, das ihn an eine seiner Grundschullehrerinnen erinnerte.

»Möchten Sie eine Speisekarte?«

»Ja, bitte.« Seine Stimme schnappte zur Abwechslung einmal nicht über.

Die Speisekarte, die sie ihm brachte, war eines dieser schwarzen Vinyldinger, auf denen das Wort Speisekarte aufgedruckt war; innen befanden sich durchsichtige Plastikhüllen, in die die Restaurants ihre jeweilige Karte stecken konnten. Er überflog die Karte, doch dann wurde ihm klar, daß dies seine Chance war, sie zu fragen, ob sie Chase Calder kannte. Wozu noch warten?

»Ma'am?« Er rief sie an den Tisch zurück und warf einen schnellen Blick auf den Preis eines Hamburgers, um sich zu vergewissern, ob er ihn sich auch leisten konnte. »Ich nehme einen Hamburger mit allem und ein Glas Milch.« Er wartete, bis sie es auf ihren kleinen Block geschrieben hatte und fuhr sich dann nervös mit der Zunge über die Lippen. »Ma'am, kennen Sie zufällig einen Mann namens Chase Calder?«

Er sah das erstaunte Aufflackern in ihren Augen; dann zog sie ihre Mundwinkel zu einem leichten Lächeln hoch. »Ja.«

Der erste Mensch, den er fragte! Er konnte sein Glück gar nicht fassen. »Wissen Sie vielleicht auch, wo ich ihn finden kann?«

Sie sah ihn einen Moment lang genauer an und erwiderte dann: »Er sitzt am Nachbartisch – der mit der Wildlederjacke.« Mit einer Kopfbewegung wies sie auf den Tisch.

Ty sah über seine Schulter; ganz plötzlich und unerwartet war er nervös und eingeschüchtert. Er konnte spüren, daß seine Handflächen feucht wurden. »Danke«, sagte er eilig, und noch lange, nachdem die Kellnerin seinen Tisch verlassen hatte, starrte er den Mann an.

Das also war sein Vater, der Mann, um dessentwillen er hierhergekommen war, der mit den gefurchten, unregelmäßigen Gesichtszügen, die die Sonne in der Farbe feinkörnigen Leders gegerbt hatte. Er hatte breite Schultern, braunes Haar und braune Augen. Ty hatte schon versucht, sich auszumalen, wie er wohl aussehen mochte, aber hier saß er jetzt leibhaftig!

Die Kellnerin brachte einen Teller, den ein riesiges Steak fast vollständig bedeckte, und einen kleinen Teller mit Pommes frites an den Tisch, an dem sein Vater saß. »Ein Steak vom Rost mit Pommes frites«, verkündete sie, als sie die Teller vor ihn hinstellte.«

»Sieht gut aus, Sally.«

Ty hörte das warme Timbre in Chases Stimme und sah das Lächeln, das er der Rothaarigen zuwarf. Es veränderte ihn. Er wirkte jetzt nicht mehr ganz so hart und reserviert; vielleicht konnte man auch Spaß mit ihm haben. Dann blickte die Kellnerin auf und warf einen neugierigen Blick in seine Richtung, ehe sie wieder in die Küche ging.

Worauf wartete er noch? fragte sich Ty. War er von so weit hergekommen, um ihn nur anzustarren? Warum ging er nicht endlich rüber an den Tisch, um ihn kennenzulernen?

Seine Knie waren weich, als er seinen Stuhl vom Tisch rückte, und sein Herz hämmerte, als er aufstand, doch es gelang ihm, die wenigen Schritte zum Nachbartisch zurückzulegen. Sein Vater schnitt gerade einen Bissen von seinem Steak ab und nahm gar nicht zur Kenntnis, daß er vor ihm stand. Ty räusperte sich nervös, und er blickte auf.

»Entschuldigen Sie bitte.« Plötzlich konnte sich Ty nicht mehr daran erinnern, was er hatte sagen wollen. Er hatte alles so sorgfältig geprobt, und jetzt fiel ihm der Text nicht mehr ein. Er beobachtete, wie sein Vater Messer und Gabel an den Teller lehnte und ihn mit kühlen braunen Augen musterte.

»Wollten Sie etwas?« fragte er barsch.

»Ich bin Ty Gordon.« Der Name würde ihm natürlich nichts sagen, aber vielleicht würde er eine Ähnlichkeit feststellen. Ty konnte diese Ähnlichkeit erkennen. Nein, nicht daß sie allzu offenkundig gewesen wäre, aber ... sie hatten dieselbe Haarfarbe und dieselbe Augenfarbe, und sie waren beide groß.

»Ja?« Chases Ausdruck blieb unverändert.

»Ich wollte mit Ihnen sprechen, Sir.« Ty wurde verlegen, weil er nicht wußte, wie er ihn anreden sollte.

»Worüber?«

Er warf einen nervösen Blick auf den älteren Mann, der mit seinem Vater am Tisch saß, und auf die anderen Gäste im Restaurant. »Es handelt sich um eine persönliche Angelegenheit, Sir.«

»In dem Fall« – er ließ einen trägen, abschätzenden Blick über ihn schweifen – »sollten wir uns das Gespräch doch für später aufheben. Ich möchte mir den Genuß dieses Steaks nicht durch geschäftliche Unterhaltungen verderben lassen. Ich glaube, Sie erwartet auch etwas Eßbares.« Er wies mit der Spitze seines Messers auf den Nebentisch.

Ty sah sich um und stellte fest, daß die Kellnerin gerade seinen Hamburger und seine Milch auf seinen Tisch stellte. »Wir unterhalten uns, wenn wir gegessen haben.« Er wollte eine Bestätigung, und sein Vater nickte.

Er kniff nachdenklich die Augen zusammen, als er dem großen Jungen nachblickte, der zu seinem Tisch zurückging. Gut erzogen, gut gekleidet, recht gelassen, wenngleich er auch aus irgendeinem Grund nervös war. Chase schnitt den nächsten Bissen von seinem Steak ab.

27.

Chase beendete seine Mahlzeit, rauchte noch einen Stumpen zu seinem Kaffee und behielt geistesabwesend den Jungen im Augenwinkel. Er saß mit hängenden Schultern da, wirkte ein wenig niedergeschlagen und lehnte eine Nachspeise ab. Chase beobachtete, wie er sorgsam das Geld für sein Abendessen abzählte, und er bemerkte auch, daß der Junge nur ein paar Münzen wieder in seine Tasche steckte. Er hatte den Jungen bereits als einen Ausreißer eingeordnet. Er war noch zu jung, um auf eigenen Füßen zu stehen, und jetzt ging ihm offensichtlich das Geld aus. Die Geduld des Jungen gefiel ihm; er unternahm keinen Versuch, ihre ›Diskussion‹ wiederaufzunehmen, ehe Chase ihm bedeutete, daß er soweit war. Das Beste, was er für diesen Jungen tun konnte, war wohl, ihn wieder nach Hause zu schicken.

»Sie müssen mich jetzt entschuldigen, Lew.« Chase stieß seinen Stuhl zurück und erhob sich. »Ich muß mich noch um eine geschäftliche Angelegenheit kümmern.« Er griff nach seinem Hut und setzte ihn sich auf den Hinterkopf. Auf dem Weg zur Kasse kam er an dem Tisch des Jungen vorbei. Hinter seinem Rücken hörte er das eilige Scharren von Stuhlbeinen auf dem Boden. Im nächsten Moment stand der Junge neben ihm, er war fast so groß wie er. Als Sally das Kleingeld abgezählt hatte, fragte Chase: »Ist es dir recht, Sally, wenn wir dein Büro für ein Privatgespräch benutzen?«

»Nur zu. Es ist nicht abgeschlossen.« Ihr Blick wanderte zwischen den beiden hin und her, aber sie stellte keine Fragen.

Ihr Büro war das frühere Pokerzimmer. Chase ging voran durch die Tür, auf der PRIVAT stand, trat an den ordentlich aufgeräumten Schreibtisch, lehnte sich mit einer Hüfte daran und schwang ein Knie über die Tischkante. Der Junge sah ihn derart gebannt an, daß Chase sich fragte, ob er Krümel im Gesicht hätte.

»Worum geht es denn bei dieser ›persönlichen Angelegenheit‹?«

Ty schluckte krampfhaft, und seine Nervosität kehrte zurück. Er wußte einfach nicht, wie er es formulieren sollte, und platzte daher schlicht damit heraus. »Ich bin Ihr Sohn.« Er erwartete, daß sich der Gesichtsausdruck verändern und Überraschung, Verwirrung oder zorniges Leugnen ausdrücken würde, doch nichts dergleichen geschah.

»Ich glaube, Sie täuschen sich«, erklärte Chase ruhig. »Ich habe keinen Sohn.«

»Sie *wußten* bisher nicht, daß Sie einen Sohn haben«, verbesserte ihn Ty. »Meine Mutter hat Ihnen nie von mir erzählt.«

»Wie heißt deine Mutter?«

»Elizabeth.«

»Ich kenne keine Frau dieses Namens.« Er griff in seine Tasche und zog eine schmale Zigarre heraus, die er anzündete. »Wenn das ein Witz sein soll, kann ich nicht darüber lachen. Oder ist es vielleicht eine neue Weise, Fremden Geld aus der Tasche zu ziehen, indem man auf sie zugeht und behauptet, ihr Sohn zu sein?«

»Nein.« Ty spürte Röte in sein Gesicht steigen. »Es ist die Wahrheit. Ich bin Ihr Sohn. Meine Mutter hat es mir gesagt.«

»Dann hat sie mich mit jemand anderem verwechselt.«

»Nein. Sie hat mir gesagt, mein richtiger Vater sei Chase Calder. Bis vor wenigen Wochen wußte ich auch nichts davon. Ich wußte nicht, daß Dad ... Phillip ... mich adoptiert hat. Ich dachte, er sei wirklich mein Vater, bis ich Ihren Namen in der Familienbibel gefunden habe.« Seine eindringliche Stimme appellierte an Chase, ihm doch zu glauben.

»Sie hat sich getäuscht. Ich kenne keine Frau, die Elizabeth heißt«, wiederholte er.

»Ihr voller Name lautet Mary Frances Elizabeth.« Ty wartete auf ein Anzeichen dafür, daß der Name ihm etwas sagte.

Chase schüttelte den Kopf. »Ich kenne sie nicht.«

»Aber ich bin doch nur hierhergekommen, um Sie zu finden!« Er fühlte sich zornig und zutiefst verletzt. »Den ganzen Weg von Kalifornien bis hierher! Sie sind mein Vater!«

»Es tut mir leid, daß du einem Hirngespinst nachgejagt bist. Ich bin nicht dein Vater.« Chase sah die Tränen der Enttäuschung, die in die Augen des Jungen traten. Wenn er jetzt anfing zu weinen, würde es für sie beide peinlich werden. Er tat so, als habe er die Tränen nicht bemerkt, stand vom Tisch auf und drückte seine Zigarre im Aschenbecher aus.

»Meine Mutter hätte mich in dem Punkt nicht belogen! Das würde sie niemals tun!«

»Ich sage doch nicht, daß deine Mutter gelogen hat. Vielleicht hat irgendein Mann ihr einfach gesagt, er sei ich, und sie hat ihm geglaubt. Es tut mir leid, mein Junge, aber ich kenne deine Mutter überhaupt nicht. Ich habe nie auch nur von ihr gehört.« Er trat zur Tür und öffnete sie.

»So, aber sie hat Sie gekannt!« brauste der Junge auf. »Sie hat hier gelebt! Daher wußte ich doch, wo ich Sie finden kann!«

Chase blieb stehen und hielt mit einer Hand die Tür auf, während er sich stirnrunzelnd zu dem Jungen umdrehte. »Wo hat sie gelebt?«

Der Junge hatte die Zähne zusammengebissen, um das Schluchzen zu unterdrücken. »Sie hat ja gesagt, daß Sie mich nicht wollen, aber ich habe es ihr nicht geglaubt. Warum haben Sie es mir nicht direkt ins Gesicht gesagt, statt so zu tun, als hätten Sie noch nie von ihr gehört?« rief er trotzig aus. »Ich darf wohl kaum annehmen, daß Sie jemals etwas von der Shamrock Ranch gehört haben! Und von meinem Onkel Culley O'Rourke auch nicht!«

Der Schock durchzuckte Chase wie eine kalte Klinge. Er war zu fassungslos, um zu reagieren, als der Junge ihn zur Seite stieß und aus der Tür stürzte. Aber das war genau der Schlag, den er gebraucht hatte, um aufgerüttelt zu werden. Mit zwei langen Schritten holte er den Jungen ein, packte ihn am Ärmel und wirbelte ihn herum. Chase war wütend, denn wenn das ein Witz war, dann war es ein gemeiner Witz.

»Maggie ist deine Mutter?« Er forderte eine Antwort. »Maggie O'Rourke ist deine Mutter?«

Der Zorn des Jungen konnte sich mit seinem eigenen Zorn messen, und das trotz der Tränen, die über seine Wange rannen. »Ich habe es Ihnen doch schon gesagt! Sie heißt Mary Frances Elizabeth O'Rourke-Gordon! Niemand nennt sie Maggie!«

»Mein Gott.« Es war ein geflüsterter Laut, und etwas wie Schmerz verzerrte sein finsteres Gesicht. »Wie alt bist du? Ty ... so heißt du doch?«

»Ja.« Ty sah ihn wachsam an. »Ich bin fünfzehn.«

Ein grimmiger Blick aus der Ferne trat in seine Augen. »Ist das schon so lange her?« fragte er versonnen.

»Sie haben meine Mutter also doch gekannt.« Ty wurde klar, daß Chase es eingestand.

»Ich habe Maggie O'Rourke gekannt, ja.« Chase löste den Griff, mit dem er den Jungen wie in einem Schraubstock festgehalten hatte. Er holte tief Atem. »Es ist schon spät. Du kommst am besten mit mir nach Hause.«

Der Mond war aufgegangen, und am Himmel schimmerten riesige, geballte Sternengruppen, ein Baldachin aus Lichtern über dem Wagen, der schnell dahinraste. Die ersten dreißig Meilen legten sie schweigend zurück. Chase blickte starr auf die Straße.

»Weiß deine Mutter, daß du hier bist?«

Die Frage kam so plötzlich, daß Ty vor Schreck fast zusammenzuckte. »Nein. Ich glaube, aber sie ahnt es.«

»Du bist fortgelaufen?«

»Ja.«

»Du hast davon gesprochen, daß du adoptiert worden bist. Ich vermute also, daß deine Mutter verheiratet ist.«

»Sie war es. Mein ... Phillip ist vor sechs Monaten an einem Herzinfarkt gestorben. Er war vorher nie krank. Es war ein Schock ... für alle.« Er empfand immer noch diese innere Leere und dieses Grauen, wenn er daran dachte.

»Was hat er gemacht?«

»Er war Arzt für plastische Chirurgie, und zwar ein wirklich guter, nicht irgendein Stümper.«

»Ich bin sicher, daß er ein ausgezeichneter Arzt war. Wo wohnst du?«

»In Malibu. Wir haben hundert Morgen Land. Wir halten Pferde und gehen mit ihnen auf Turniere.« Ty sah aus dem Fenster. Meilenweit war nichts zu sehen gewesen – keine Lichter, keine Anzeichen von menschlichem Leben. »Wohin fahren wir?«

»Zum dreifachen C.« Er zögerte einen Moment lang. »Das steht für Calder Cattle Company.«

»Wie weit müssen wir noch fahren?«

»Noch mal fünfundzwanzig oder dreißig Meilen.« Er hörte den leisen Pfiff, den der Junge ausstieß, als er diese Andeutung darauf, wie groß die Ranch war, ausgesprochen hatte, etwas, was der Junge offensichtlich nicht geahnt hatte. »Was hat deine Mutter dir von mir erzählt?«

»Nichts. Nur, daß du auf der Nachbar-Ranch gewohnt hast.«

Im schwachen Lichtschein des Armaturenbretts ließ Chase seinen Blick auf dem Jungen ruhen, der sein Sohn war. Der erste

Schock über diese Entdeckung hatte sich mittlerweile gelegt. Ty war ein gutaussehender Junge, der offensichtlich mutig war; sonst hätte er nicht die Courage gehabt, sich allein auf diesen langen Weg zu machen und sich einem Vater zu stellen, den er nie zuvor gesehen hatte. Es schien einiges in ihm zu stecken. Chase spürte Stolz in sich aufsteigen. Er hatte einen Sohn. Einen Jungen, der von seinem eigenen Fleisch und Blut war. Er hätte es am liebsten laut herausgeschrien. Er fragte sich unwillkürlich, ob alle Väter sich so von Stolz überwältigen ließen.

»Ich kenne dich nicht, und du kennst mich nicht. Ich schätze, wir haben dieselben Grundvoraussetzungen, mein Sohn.« Allein der Umstand, dieses Wort auszusprechen, ließ ein breites Lächeln um seinen Mund spielen.

Ty hatte das seltsame Gefühl, daß seine Kehle sich zuschnürte, und die aufsteigenden Tränen brannten in seinen Augen.

»Ich möchte dich kennenlernen.« Seine Stimme war rauh, aber stetig. »Deshalb bin ich hergekommen. Ich würde gern eine Weile bleiben?« Er hob seine Stimme zum Satzende hin, und dadurch wurde die Äußerung zu einer Frage. Vielleicht war es seinem Vater lästig, ihn in seiner Nähe zu haben.

»Ich will, daß du bleibst.« Es war eine äußerst entschiedene Reaktion, die keinen Raum für irgendwelche Zweifel daran bestehen ließ, ob Ty unerwünscht war oder nicht.

»Bist du verheiratet? Hast du noch andere Kinder?« fragte Ty.

»Wenn du mich das gefragt hättest, als ich heute abend in das Restaurant gekommen bin, hätte ich behauptet, daß ich keine Kinder habe. Daher lehne ich es jetzt mit allem Respekt ab, diese Frage zu beantworten.« Belustigung blitzte in dem flüchtigen Blick auf, den er auf seinen Sohn warf. »Und was deine Frage betrifft – nein, ich habe nie geheiratet.«

»Liebst du meine Mutter immer noch?« Ty erschien diese Frage durchaus logisch.

Chase holte tief Luft, hielt dann den Atem an und atmete schließlich wieder aus. »Ich halte es für unfair, das Wort ›Liebe‹ zu benutzen, um zu beschreiben, was zwischen Maggie und mir war. Wir waren beide einsam. Wir hatten beide körperliche Bedürfnisse … die Sehnsucht nach etwas, das wir genießen konnten und das – endlich einmal – keine Forderungen an uns stellte. Wenn sich dabei Gefühle entfaltet haben, dann sind sie durch Umstände, auf die keiner von uns beiden Einfluß hatte, mit der Wurzel ausgerissen worden.« Er sah Ty an. »Ich bezweifle, daß du damit irgend etwas anfangen kannst.«

Ty runzelte die Stirn. »Nein, nicht sehr viel.«

»Das dachte ich mir.« Sein Mund nahm einen harten Zug an. »Erzähl mir von der Schule«, forderte er den Jungen dann auf, um das Thema zu wechseln, und er hörte schweigend zu, während Ty von seiner Schule, seinen Freunden und seinem Leben im allgemeinen berichtete.

In der Ferne war ein schwacher Lichtschein am Himmel zu sehen, der immer heller wurde, als sie näher kamen – das dreifache C. Als die Haupthäuser in Sicht kamen, die im Schein der Laternen lagen, und viele kleinere Lichter wie ein Funkenregen aus den Fenstern der Häuser drangen, starrte Ty mit einer ungewissen Bestürzung aus dem Fenster.

»Ist das eine Stadt?«

»Fast.« Chase lächelte schwach und fuhr mit dem Wagen im weiten Bogen vor den Stufen zur Terrasse des Gehöfts vor. »Dies ist das dreifache C«, erklärte er, während er den Motor ausschaltete und seine Tür öffnete.

Während Ty seinen Rucksack vom Rücksitz holte, ging Chase um den Wagen herum zu den Stufen. Ty blieb hinter ihm zurück, um die ausgedehnten Gebäude der Ranch zu betrachten. Chase wartete auf dem oberen Treppenabsatz auf ihn. Als Ty das merkte, eilte er ihm schuldbewußt nach. Chase ließ seinen Blick über die Gebäude schweifen, die den Hauptsitz des dreifachen C bildeten, und ihm war bewußt, daß Ty ebenfalls in die Runde schaute.

»Sieh es dir genau an, mein Sohn«, riet ihm Chase. »Eines Tages wird das alles dir gehören.« Als er den schnellen Seitenblick spürte, wandte er seinen Kopf um, um seinem Sohn in die Augen zu sehen, und Stolz ließ seine braunen Augen sanft wirken. Sein Mund verzog sich zu einem angedeuteten Lächeln, als er eine Hand auf die Schulter des Jungen legte. »Du hast nämlich noch eine Menge zu lernen, bis es soweit ist – du hast noch höllisch viel zu lernen.«

Chase preßte seine Hand fester auf die Schulter seines Sohnes, drehte ihn zur Haustür um und führte ihn ins Haus. Als ihm einfiel, daß Ty nichts weiter als einen Hamburger gegessen hatte, wurde Chase klar, daß das den Appetit eines Jungen, der noch im Wachstum war, mit Sicherheit nicht hatte stillen können. Als er in Tys Alter gewesen war, hatte er gar nicht genug essen können.

»Hunger?« erkundigte er sich.

»Ja, irgendwie schon«, gab Ty leicht verlegen zu.

»Ich sehe mal nach, ob ich in der Küche etwas Eßbares auftreiben kann. Mach es dir inzwischen bequem.« Er überließ den Jungen sich selbst, damit er sich in Ruhe umsehen konnte.

Im Kühlschrank stand kaltes Roastbeef. Chase schnitt es auf und häufte Brot auf einen Teller. Ein halber Schokoladenkuchen war auch noch da, und Chase stellte ihn ebenfalls auf das Tablett. Dann nahm er noch zwei Gläser und einen Krug mit Milch. Als er wieder ins Wohnzimmer kam, war Ty gerade auf dem Weg ins Arbeitszimmer. Er wollte sofort umkehren, aber Chase nickte ihm zu und bedeutete ihm, seinen Weg fortzusetzen.

»Wir essen hier.« Er trug das Tablett hinein und stellte es auf dem Teetisch ab.

»Sind die Hörner echt?« Ty sah sich die Hörner über dem Kaminsims an.

Ein seltsamer Déjà-vu-Effekt setzte bei Chase ein, und er erzählte ihm die Geschichte von Captain, dem gescheckten Stier, und von dem langen Viehtrieb, der den ersten Calder in dieses Land gebracht hatte. Ty lauschte gebannt. Schließlich stand Chase auf, um ihm die alte Landkarte an der Wand zu zeigen.

»Wo hat meine Mutter gelebt?«

Chase deutete auf die Stelle, an der die Shamrock-Ranch lag. »Hier.«

»Sie ist viel kleiner als das dreifache C, stimmt's?« fragte der Junge.

»Ja.« Chase widerstrebte es, über die O'Rourkes zu sprechen, und dieser Eindruck wurde Ty durch seine knappe Antwort übermittelt.

»Habt ihr ... etwas gegeneinander ... du und meine Mutter?«

»Ich bezweifle, daß sie mich allzu gern hat«, gestand Chase ein.

»Und was empfindest du?« Ty sah ihn mit einem besorgten Stirnrunzeln an. Er fühlte sich, als sei er irgendwo zwischen den beiden in eine Falle gegangen.

»Ich ...« – Chase wandte sich ab und ging wieder zu seinem Ledersessel – »...werfe ihr nichts vor.« Geistesabwesend rieb er sich den linken Unterarm, auf dem sein Hemdsärmel die lange, diagonal verlaufene Narbe verbarg.

Ty spürte, daß mehr dahintersteckte. »Was hat Mom und dich auseinandergebracht? Was ist passiert?« Ihm fiel wieder ein, daß sein Vater gesagt hatte, es seien Dinge geschehen, auf die sie keinen Einfluß hatten. Der verschlossene Gesichtsausdruck seines Vaters bereitete ihm Unbehagen – das und der feste Blick, mit dem er ihn musterte.

»Das« – ein Schleier schien sich langsam über das Gesicht seines Vaters zu senken, und der Ausdruck verwischte sich, als er wieder aufstand – »ist auch eine lange Geschichte, und es ist schon spät. Ich zeige dir jetzt das Zimmer, in dem du schlafen wirst. Du mußt müde sein.«

»Ja«, gab Ty zu. »Ich habe seit zwei Tagen kein Bett mehr gesehen. Meistens habe ich in der Fahrerkabine eines holpernden Lastwagens geschlafen.«

»Dann wirst du heute nacht gut schlafen können.«

Chase wartete im Wohnzimmer, während Ty seinen Rucksack holte. Dann führte er ihn die Treppe hinauf zu dem Schlafzimmer, das sein Vater bewohnt hatte. Man war stets auf Gäste vorbereitet, und daher waren genügend Handtücher im Bad, und auf dem Bett lagen frische Laken. Als er sich vergewissert hatte, daß Ty sich zurechtfand, holte Chase einen Notizblock und einen Bleistift aus seiner Jackentasche und drückte beides Ty in die Hand.

»Schreib mir die Telefonnummer deiner Mutter auf«, forderte er ihn auf.

»Du wirst sie doch nicht etwa anrufen?« prostestierte Ty mit furchtsamem Blick. »Bitte, jetzt noch nicht.«

»Du weißt, daß sie sich Sorgen um dich macht.« Diese Äußerung beinhaltete eine subtile Kritik.

»Ja, aber ...« Er preßte seine Lippen grimmig zusammen. »Sie wird nichts anderes wollen, als daß ich nach Hause komme. Und ich will nicht nach Hause.«

»Das werde ich regeln«, sagte Chase. »Gib mir nur ihre Telefonnummer, und ich rede mit ihr.«

»Okay.« Ty schrieb die Nummer auf und gab Chase Block und Bleistift zurück. »Sag ihr, daß mit mir alles in Ordnung ist.«

»Wird gemacht.« Chase ging zur Tür, öffnete sie und blieb stehen. »Noch ein paar Ratschläge, damit du eine Nacht darüber schlafen kannst. Das Stadtleben läßt Schwäche in einem Mann aufkeimen. Hier draußen haben wir keine Ampeln, die uns sagen, wann wir stehenbleiben und wann wir warten müssen. Es gibt hier keine Straßen, wo einem ein Pfeil sagt, in welche Richtung man gehen muß. In der Stadt ist alles wohl geordnet, beherrscht von der Vorstellung, die sich eine Frau davon macht, wie es sein sollte. Hier draußen ist das Land noch heute auf Männer zugeschnitten, es ist ein Land der Männer, und es wird von einem erwartet, daß man sein Wort hält und niemals um einen Gefallen bittet. Für dich wird es noch härter sein, und nicht nur, weil unsere Art neu für dich ist. Die Leute werden größere Erwartungen an dich stellen, weil du mein Sohn bist, und daher« – Chase lächelte schwach, weil ihm die Worte, die jetzt folgten, gar so vertraut waren – »wirst du härter arbeiten, dich klüger verhalten und mehr kämpfen müssen als jeder andere. Wenn du das, was dazu erforderlich ist, nicht mitbringst, dann ist es besser für dich, daß du wieder nach Kalifornien gehst und bei deiner Mutter lebst, denn sonst wirst du an diesem Land zerbrechen. Vielleicht willst du dir das in den nächsten Tagen durch den Kopf gehen lassen.«

»Yes, Sir.« In der Antwort schwang leichte Skepsis mit.

Chase lächelte versonnen, denn schließlich hatte er auch immer geglaubt, daß sein Vater bei weitem übertrieb. »Gute Nacht, Ty.«

»Gute Nacht.«

Chase ging wieder in sein Arbeitszimmer, setzte sich auf den Stuhl hinter dem Schreibtisch und griff nach dem Telefon. Er wählte die Nummer, die Ty ihm gegeben hatte. Beim dritten Läuten wurde abgehoben.

»Villa Gordon.« Es war eine Frauenstimme, steif und hochmütig, und es war nicht Maggies Stimme.

»Ich möchte Mrs. Elizabeth Gordon sprechen«, äußerte Chase.

»Ich glaube, sie hat sich für heute schon zurückgezogen. Hier spricht ihre Schwägerin, Pamela Gordon. Kann ich etwas für Sie tun?«

»Würden Sie bitte nachsehen, ob sie nicht doch zu sprechen ist? Sagen Sie ihr, daß es sich um ihren Sohn dreht.«

»Ty? Haben Sie ihn gefunden? Geht es ihm gut?« Die Frau überschüttete ihn mit einem Schwall von Fragen.

»Sagen Sie Mrs. Gordon, daß ich *sie* sprechen möchte.« Er betonte das ›sie‹, um klarzustellen, daß er mit niemand anderem sprechen würde.

»Einen Moment.« Er hörte, wie der Hörer hingelegt wurde. Im Hintergrund konnte er hören, wie die Frauenstimme ›Elizabeth‹ rief. Chase wartete und spielte mit dem Zettel, auf dem die Telefonnummer stand.

Die Schlaftablette, die Maggie – nach so vielen schlaflosen Nächten, in denen sie sich Sorgen um Ty gemacht hatte – eingenommen hatte, ließ sie benommen reagieren. Sie fühlte sich etwas verwirrt, als sie ans Telefon kam, und sie preßte eine Hand auf die Stirn, um klarer denken zu können.

»Hier Elizabeth Gordon.«

Ihre Stimme hatte sich ein wenig verändert, der Akzent war etwas anders, doch sie wühlte seine Erinnerungen auf. Einen Moment lang zogen die Jahre an ihm vorbei, und er konnte ihre grünen Augen sehen, so grün wie das üppige Calder-Gras, und ihr mitternachtsschwarzes Haar. Seine Hand umklammerte den Telefonhörer, als wolle er sie sich näherbringen.

»Hallo, Maggie.«

So nannte sie außer Culley niemand mehr. Es klang nicht nach ihm, aber Telefone entstellten schließlich manchmal die Stimme. Maggie griff mit beiden Händen nach dem Hörer. »Culley? Gott sei Dank, daß du anrufst. Ich habe schon versucht, dich anzurufen, aber die Vermittlung hat gesagt, daß dein Telefon abgestellt ist, und ich … Ty ist ausgerissen. Ich glaube, daß er …«

»Maggie, hier spricht Chase«, unterbrach er sie. »Ty ist hier, bei mir. Er möchte, daß du weißt, daß es ihm gut geht.«

In dem Moment, in dem er begonnen hatte zu sprechen, hatte sie seine Stimme erkannt. Der Fußboden schien unter ihren Füßen zu schwanken. Sie war völlig verwirrt, und die betäubende Wirkung der Schlaftablette trug auch nicht gerade dazu bei, die Dinge schneller zu durchschauen.

»Ich will, daß er nach Hause kommt … zu mir.« In diesem Punkt war Maggie keineswegs unsicher. »Setz Ty in das nächste Flugzeug nach Hause. Ich zahle den Flug.«

»Nein.«

»Chase, ich will meinen Sohn.« Ihre Stimme bebte und klang wie eine Warnung.

»Wenn du ihn willst, dann wirst du kommen und ihn holen müssen.«

»Nein.« Sie würde niemals dorthin zurückkehren. »Ty ist minderjährig – ein Ausreißer. Wenn du ihn nicht nach Hause schickst, benachrichtige ich die Polizei, und dann wird man ihn abholen und zu mir nach Hause bringen.«

»Du bist schon lange fort, Maggie. Ich glaube, du hast vergessen, wie groß das Gebiet ist, über das sich der Calder-Himmel zieht. Ich bin hier derjenige, der die Vorschriften macht. Wenn du ihn haben willst, mußt du schon selbst kommen. Du weißt, wo du uns findest.«

Chase legte den Hörer auf, und ihm war vollkommen klar, daß er das schlechte Bild, das sie sich von ihm machte, bestätigt hatte, aber damit mußte jetzt endgültig aufgeräumt werden. Und er zog es vor, den Fall von Angesicht zu Angesicht zu klären. Er lehnte sich seufzend in seinen Sessel zurück, starrte das Telefon an und fragte sich, wie sehr sie sich in den letzten fünfzehn Jahren verändert haben mochte. Ob sie noch so schön war, wie sie es als junges Mädchen gewesen war? Hatte sie ihre Figur behalten? Oder war diese gute Figur schon verlorengegangen, als sie ihren Sohn ausgetragen hatte? Er rieb sich erschöpft die Augen.

Als es am nächsten Morgen dämmerte, hatte Chase bereits geduscht, sich rasiert und angekleidet. Ehe er nach unten ging, machte er einen Umweg, blieb vor Tys Zimmer stehen und öffnete die Tür. Der Junge lag ausgestreckt auf dem Bauch, und sein Mund stand offen. Die Neuheit dieses Wissens, daß er einen Sohn hatte, erstaunte und entzückte ihn nach wie vor.

Er klopfte laut an die geöffnete Tür. »Zeit zum Aufstehen, Ty!« Chase beobachtete, wie Ty sich matt auf die Ellbogen zog und die Stirn runzelte, als er sich umsah und versuchte, sich zu erinnern, wo er eigentlich war.

»Wie spät ist es denn?« Ty fuhr sich mit einer Hand durch das Haar und versuchte, sich selbst wachzurütteln.

»Fünf Uhr.«

»Morgens?!!« Stöhnend ließ er sich mit dem Gesicht nach vorn wieder auf das Bett fallen.

»Wir stehen hier früh auf.« Chase ging zur Treppe. Dort brannte kein Licht, nichts, was einen Jungen dazu gebracht hätte aufzustehen. Er mußte lernen, sich selbst dazu zu bringen.

Ruth hatte ihm gerade den Teller mit Steak und Eiern und Bohnengemüse auf den Eßtisch gestellt, als Ty mit verschlafenen Augen ins Zimmer wankte. Chase stellte die beiden einander vor. Ruth veranstaltete ein peinliches Getue um ihn, und ihre Augen verschleierten sich mit Tränen, als sie vor sich hinmurmelte, sie wünschte, Webb hätte das noch erlebt und seinen Enkel sehen dürfen. Dann eilte sie in die Küche, wobei sie sich mit den Schürzenzipfeln die Augen betupfte.

»Was hat meine Mutter gesagt, als du sie gestern nacht angerufen hast?« fragte Ty, als sie allein waren.

Chase vermied es geschickt, seine Frage direkt zu beantworten. »Sie kommt heute oder morgen. Es hängt davon ab, wann sie einen Flug buchen kann.«

»Sie wird darauf bestehen, daß ich mit ihr zurückgehe«, sagte Ty verdrossen.

»Das regle ich schon.« Chase wiederholte die gelassene Antwort, die er dem Jungen schon gestern abend gegeben hatte.

Als Ruth auch Ty einen Teller mit Steak, Eiern und Bohnengemüse hinstellte, starrte er ihn an. »Ich weiß nicht, ob ich das alles so früh am Morgen runterbringe.«

Chase zog eine Schulter hoch, um auszudrücken, das läge ganz bei ihm, doch er sagte: »Bis zum Mittagessen ist es noch lange hin.«

Ty machte sich gerade richtig über sein Frühstück her, als Buck eintrat. Chase war bereits fertig mit dem Essen, und er hatte sich zurückgelehnt, um genüßlich seine dritte Tasse Kaffee zu trinken. Er sah den verblüfften Blick, mit dem Buck den Jungen musterte.

»Ty, ich möchte dir Buck Haskell vorstellen; er ist einer meiner besten Vorarbeiter und zugleich ein guter Freund.« Nachdem er Buck vorgestellt hatte, beobachtete er, wie Ty sein Besteck hinlegte, um höflich aufzustehen und ihm die Hand zu schütteln. »Buck, das ist mein Sohn.«

»Dein … *was*?« Buck warf ihm einen ungläubigen Blick zu. »Aber wo … wer …«

»Maggie ist seine Mutter.«

»Maggie O'Rourke?« Als Chase nickte, holte Buck tief Atem,

den er dann geräuschvoll wieder ausstieß. »Also, wenn das nicht der Gipfel ist!« Sein Gesicht war erstaunlich ausdruckslos, und in seiner Stimme schwang eine Spur von Verärgerung mit. Dann sah er Chase an und grinste. »Man kommt sich ein bißchen blöd vor, mit einer derartigen Verspätung zu gratulieren.«

28.

Gegen Mittag des folgenden Tages traf Maggie ein. Sie fuhr einen Mietwagen. Da sonst niemand anklopfte, wenn er das Gehöft betrat, wußte Chase, daß sie es war, noch ehe er die Tür öffnete. Er sah in ihre abweisenden grünen Augen, ehe sein Blick über ihre schlanke Gestalt glitt, die ein vorteilhaftes schwarzes Kostüm zierte, das mit Weiß paspeliert war. Gewisse Dinge, an die er sich noch erinnerte, wie etwa ihr Stolz und ihr starker Wille, drückten sich deutlich in ihrer angespannten Haltung aus.

Er sah an ihr vorbei, und sein Blick blieb auf einem Landarbeiter ruhen, der gerade am Haus vorbeikam. »Charley, hol Mrs. Gordons Gepäck aus dem Wagen, und bring es ins Haus.«

»Dazu besteht keine Veranlassung.« Sie drehte sich um, um seine Anweisung rückgängig zu machen. »Ich bleibe nicht hier.«

»Bring die Sachen rein, Charley«, wiederholte er mit ruhiger Stimme.

Kühl und gefaßt drehte sie sich wieder zu ihm um. »Ich bleibe nicht länger hier, als ich brauche, um Ty zu holen. Dann reise ich sofort wieder ab.«

»Gut.« Er neigte seinen Kopf, um sein Verständnis auszudrücken, ehe er zur Seite ging und sie aufforderte, das Haus zu betreten. Chase ließ die Tür für Charlie offenstehen und ging auf das Arbeitszimmer zu. Er lauschte dem Klappern von Maggies Absätzen auf dem gekachelten Boden, als sie ihm folgte. Er ließ ihr den Vortritt und schloß die Doppeltüren hinter sich, um sicherzugehen, daß sie ungestört blieben. »Auf dem Beistelltisch steht Kaffee.«

Nachdem sie ihren forschenden Blick auf der Suche nach Ty durch das Zimmer hatte streifen lassen, ohne ihn zu finden, wandte sich Maggie wieder an Chase. »Wo ist mein Sohn?«

»Er ist heute morgen mit Nate ausgeritten, um sich einen ersten Eindruck von einem echten Viehtrieb zu machen.« Chase schenkte aus der silbernen Kanne zwei Tassen ein. »Sahne oder Zucker?«

»Du wußtest, daß ich gekommen bin, um ihn zu holen.« Ihre Stimme klang verbittert.

»Aber ich wußte nicht, wann«, rief er ihr ins Gedächtnis zurück.

Sie wirbelte im Halbkreis herum und zeigte ihm ihr Profil. Ihr Körper war von einer Vollendung, die alle seine männlichen Begierden entflammen ließ. Sie mußte wissen, daß sie für seine gierigen Blikke ein Bild der Vollkommenheit war und Erinnerungen daran in ihm wachrief, daß er einst mehr von diesen wohlgeformten Beinen gesehen hatte, als der Schlitz des schwarzen Rockes jetzt enthüllte. Er lehnte sich mit der Tasse in der Hand in seinem Lehnstuhl zurück.

»Wann wird Ty zurückkommen?«

»Heute abend.« Er nippte an seinem Kaffee und wich ihren anklagenden Augen aus.

»Das hast du absichtlich so arrangiert. Warum?« Sie sah ihn an und wurde sich der Härte und Vitalität bewußt, die seine Züge prägte. Er war zu einer beeindruckenden Gestalt herangereift, und die charakteristische Prägung seines zerfurchten Gesichtes tat seinem Aussehen keinen Abbruch, sondern schien ihm im Gegenteil noch förderlich zu sein. Sein Mund verzog sich auf diese unerbittliche Weise, die ihr so vertraut war und an die sie sich nur zu gut erinnerte.

»Damit uns Zeit bleibt, uns allein miteinander zu unterhalten. Warum sonst?«

»Wir haben nichts miteinander zu bereden«, beharrte sie abweisend.

»Warum hast du mir nicht gesagt, daß du ein Kind von mir bekommst?« Chase sprach schließlich doch das Thema an, das sie bisher umgangen hatten.

»Ty ist mein Kind. Dein Beitrag zu seiner Zeugung ist reiner Zufall.« Sie hatte den Blick abgewandt, und ihre Stimme klang abweisend.

»Haßt du mich immer noch, Maggie?« Er sah, wie ihr Blick sich ihm zuwandte.

»Haß ist ein leidenschaftliches Wort. Verachtung oder Abscheu wären passender.« Das gehörte zu den Dingen, die ihre Ehe mit

Phillip ihr gebracht hatte. Sie hatte ihr diese vergiftete Saat des Hasses genommen, der sie verformen hätte können. »Mein Mann war ein liebevoller, mitfühlender Mensch. Er hat mir beigebracht zu vergessen, was ich nicht verzeihen kann.«

»An dem Tag, an dem ich zu dir gekommen bin – als ich dich das letzte Mal gesehen habe –, bin ich gekommen, um dir zu sagen, daß mir das mit deinem Vater wirklich leid tut. Zu dem Zeitpunkt war mir nicht klar, daß du die ganze Geschichte kennst.« Er konnte erkennen, daß sie sich innerlich gegen ihn verschloß und sich an nichts erinnern wollte. »Ich weiß, daß du nicht darüber reden willst, aber es muß einmal gesagt werden.«

»Wozu? Mein Vater ist tot und begraben.«

»Und wir haben einen Sohn, und daher wirst du mir zuhören, ob du es willst oder nicht«, erwiderte Chase mit fester Stimme. »Ich weiß jetzt, welche Gründe mein Vater für sein Vorgehen hatte, aber als wir an jenem Tag zu euch geritten sind, habe ich nicht das geringste von seinen Absichten geahnt. Bis zu dem Moment, in dem sie Angus die Schlinge um den Nacken gelegt haben, dachte ich noch, sie wollten ihm lediglich einen Schrecken einjagen. Als sie …« Sein Mund schloß sich einen Augenblick lang, ehe er fortfuhr. »Ich hätte ihn nicht retten können, Maggie. Sein Genick war bereits gebrochen.« Er legte wieder eine Pause ein. »Selbst nach all der Zeit, die inzwischen vergangen ist, kann ich nicht sagen, daß mein Vater völlig falsch gehandelt hat. Der Haß deines Vaters auf uns hatte sich zur Besessenheit ausgewachsen. Das weißt du selbst, Maggie, und wahrscheinlich weißt du es sogar noch besser als ich. In gewissem Sinne war es ein Gnadentod, denn mit der Zeit hätte dein Vater nicht nur sich selbst kaputtgemacht, sondern auch dich und Culley ins Verderben gestürzt.«

»Bist du fertig?« Sie sah ihn an, und Chase konnte nicht erkennen, ob sie auch nur ein Wort von dem verstanden hatte, was er gesagt hatte.

»Mit diesem Thema – ja.« Er warf einen Blick auf seine Armbanduhr. »Ruth stellt gleich das Mittagessen auf den Tisch.«

»Ich habe keinen Hunger.«

Er stellte seine Tasse hin, stand auf und ging zu ihr, um ihren Arm mit einem festen Griff zu packen. »Gib dir Mühe«, sagte er trocken. Er konnte die Spannung spüren, die von ihr ausging, aber sie widersetzte sich dem Druck seiner Hand, die sie ins Eßzimmer führte, nicht.

Er versuchte gar nicht erst, sich beim Essen mit ihr zu unterhalten. Anfangs stocherte Maggie lustlos in dem Essen auf ihrem Teller herum, doch die ruhige Atmosphäre machte ihr Appetit, und ihr fiel wieder ein, daß sie seit vierundzwanzig Stunden nichts gegessen hatte. Entspannt und gesättigt lehnte sie sich nach der Mahlzeit in ihrem Stuhl zurück und trank ihren Kaffee.

»Stört es dich, wenn ich rauche?« Er hielt einen schlanken Zigarillo auf halber Höhe zum Mund.

»Nein, ganz und gar nicht. Ich weiß den Duft einer guten Zigarre zu schätzen«, erwiderte sie zaghaft.

»Frauen, die den Geruch von Zigarren mögen, sind selten.« Er hielt ein Streichholz an die Spitze und zündete die Zigarre an.

»Phillip hat oft nach dem Abendessen eine Zigarre geraucht.« Unbewußt wurde ihre Stimme zarter und liebevoller, und daher konnte sie nicht verstehen, daß er plötzlich die Lippen zusammenkniff.

»Dir ist doch klar, daß Ty hierbleiben will.«

Maggie war einen Moment lang nicht auf der Hut gewesen und war auf diese Äußerung nicht vorbereitet; daher reagierte sie heftig. »Es spielt keine Rolle, was er will. Er kommt mit mir nach Hause.«

In der Art, wie er sie ansah, lag etwas Bedrohliches. »Glaubst du im Ernst, ich lasse zu, daß du ihn mitnimmst?«

Die Kaffeetasse landete abrupt auf dem Tisch, als Maggie aufstand. Genau das war es, wovor sie sich gefürchtet hatte – daß Chase, wenn er je erfuhr, daß er einen Sohn hatte, alles versuchen würde, um ihn ihr wegzunehmen. Sie verschränkte die Arme und rieb sie.

»Ich werde mich gegen dich zur Wehr setzen, Chase Calder«, warnte sie ihn. »Ich bin nicht mehr Maggie O'Rourke, ein Niemand. Ich bin Elizabeth Gordon, eine wohlhabende Witwe, deren Mann viele einflußreiche Freunde hatte. Wir stehen jetzt auf einer Stufe, und du kannst mich nicht einfach beiseite stoßen.«

»Ist es das, was du willst, Maggie? Einen häßlichen Streit um das Sorgerecht?« fragte er herausfordernd, und aus seiner Stimme war ein Anflug von Zorn herauszuhören. »Sollen wir uns darüber streiten, wer von uns beiden der bessere Elternteil ist? Wer ihm mehr bieten kann? Willst du ein grausames Tauziehen um Ty inszenieren?«

»Nein, das will ich nicht, aber ich habe kaum eine andere Wahl, wenn du dich entschließt, einen Streitfall daraus zu machen!«

»Ich will keinen Streitfall daraus machen. Das tust du, indem du darauf beharrst, daß er mit dir nach Hause kommt«, erwiderte Chase, der sich wieder unter Kontrolle hatte.

»Du glaubst doch nicht etwa, ich lasse zu, daß er hierbleibt?«

»Wenn du ihn mitnimmst, wird er wieder ausreißen«, warnte er sie mit einer gefährlichen Ruhe. »Mit der Zeit wirst du ihn dir entfremden. Noch drei Jahre, und er ist achtzehn – und es steht ihm frei, zu leben, wo er will.«

»Du glaubst doch wohl nicht, daß ich ihn hergebe? Einfach aufstehe und gehe und ihn dir überlasse?«

»Nein.«

»Was also willst du von mir?«

»Heirate mich.«

Maggie starrte ihn an, und ihr Mund öffnete sich entgeistert. »Das kann doch nicht dein Ernst sein!« Endlich gelang es ihr, über diese Vorstellung zu lachen.

»Doch. Mach dir keine Sorgen.« Er verzog die Mundwinkel. »Ich hege keine rasende Leidenschaft für dich. Mein Interesse daran, dich zu heiraten, ist ausschließlich auf Ty begründet. Erstens wäre seine legitime Herkunft damit gewährleistet. Ich will nicht, daß ein Sohn von mir als Bastard beschimpft wird.«

»Dafür ist es wohl ein wenig spät«, warf Maggie sarkastisch ein.

»Da ich nicht von seiner Existenz unterrichtet worden bin oder auch nur von seiner bevorstehenden Existenz –, ließ es sich nicht zeitiger machen«, konterte Chase. »Zweitens will ich sichergehen, daß Ty als mein rechtmäßiger Erbe anerkannt wird. Das dreifache C ist sein legitimes Erbe, und ich beabsichtige, alle Schritte vorzunehmen, um dafür zu sorgen, daß er bekommt, was ihm zusteht.«

»Du hast mir nicht einen Grund dafür genannt, aus dem ich dieser widersinnigen Heirat zustimmen könnte.« Sie saß regungslos und angespannt da und lauschte immer noch dem Klang seiner Stimme, die jegliches Gefühl zu unterdrücken versuchte.

»Du willst deinen Sohn, oder nicht? Wenn wir um ihn kämpfen, Maggie, dann werden wir ihn beide verlieren. Und der größte Verlierer von allen wird Ty sein, denn wir würden ihn in größte Verwirrung stürzen, und er wäre zwischen uns beiden hin und her gerissen. Wenn du mich heiratest, bleibt dir die Mutterrolle erhalten, du wirst hier in diesem Haus mit ihm leben und ein fester Bestandteil seines Lebens sein. Hinzu kommt, daß du hier die Hausherrin bist und die Stellung einnimmst, die mit dem Namen Calder verbunden ist.«

»Ich bin weder an deinem Namen noch an deinem Bett interessiert.« Zu dem, was er über Ty gesagt hatte, äußerte sie sich vorsichtshalber nicht.

»Mir ist es egal, ob du mein Bett mit mir teilen willst oder nicht. Das liegt ganz bei dir. Ich würde vorschlagen, daß du hier einziehst, ohne die Vorteile einer Heirat zu genießen, wenn nicht die beiden ersten Gründe wären, die ich dir genannt habe ... und die Gerüchte, die dann in Umlauf kämen. Die Eheschließung ist eine reine Formsache. Sobald das Ziel erreicht ist, Ty als meinen legitimen Erben einzusetzen, kannst du von mir aus die Scheidung einreichen. Ich stelle nur eine einzige Bedingung – Ty bleibt in dem Fall bei mir.«

»Das ist unfair«, sagte sie kurz und bündig.

»Früher oder später würdest du ihn ohnehin gehen lassen müssen ... wenn er heiratet oder auszieht, um sich die Welt anzusehen. Du kannst hierbleiben, solange du Lust hast – bis er achtzehn oder einundzwanzig ist –, aber du kannst es dir auch aufteilen und deine Zeit abwechselnd hier und in Kalifornien verbringen. Oder du lebst in Kalifornien und kommst hierher zu Besuch. Das ist für mich nicht von Belang. Wenn dir eine bessere Lösung einfällt, höre ich dir mit Vergnügen zu.«

Mit diesem letzten Satz machte er sich über sie lustig. Es gab keine andere Lösung, die die von ihm gestellten Bedingungen erfüllte. Und wenn sie seine Bedingungen nicht erfüllte, würde er einen Prozeß führen, um Ty zu bekommen. Es spielte keine Rolle, ob sie den Prozeß schließlich doch gewinnen würde. Das hatte er klargestellt. Sie konnte sich durchaus vorstellen, wie Ty auf diese Ranch reagiert hatte. Sie mußte als die Erfüllung der romantischen Träume erscheinen, die sich jeder Junge über den Wilden Westen zurechtlegte, und der Traum wurde vervollständigt durch die Gestalt eines Helden in Form seines Vaters. Gegen die Träume eines

Jungen konnte sie niemals siegen, auch dann nicht, wenn sie das Sorgerecht zugesprochen bekam.

»Ich erwarte nicht, daß du mir sofort antwortest. Du wirst mit Ty darüber reden wollen. Wenn du mir morgen Bescheid gibst, ist das auch noch früh genug.«

Morgen? Sie war außer sich. »Wie großzügig von dir, mir soviel Zeit zu lassen!«

»Es ist schon genug Zeit vergeudet worden.« Er stieß seinen Stuhl zurück. »Ich bringe jetzt dein Gepäck in dein Zimmer.«

»Ich habe nicht gesagt, daß ich bleibe«, rief ihm Maggie in Erinnerung.

Er sah sie an und ließ einen belustigten Blick über ihr Gesicht gleiten. »Du wirst bleiben.«

»Nein.« Sie hatte nicht vor, sich seinem Willen zu beugen. »Wenn ich über Nacht hierbleiben muß, dann ziehe ich es vor, im Haus meines Bruders zu übernachten.«

Er runzelte die Stirn. »Nach allem, was ich gehört habe, würde nicht einmal eine Ratte dort schlafen. Das Haus ist völlig heruntergekommen, seit du fort bist. Dein Bruder ebenfalls.«

Maggie verließ das Eßzimmer und ging direkt auf die Haustür zu. Hastig beschleunigte sie ihre Schritte. Chase unternahm keinen Versuch, sie zurückzuhalten, als sie das Haus verließ und die Stufen hinunterstieg, um zu ihrem Leihwagen zu gehen. In benommenem Zustand legte Maggie den langen Weg zum Anwesen ihres Bruders zurück, und sie war nicht sicher, was sie vorfinden würde, wenn sie dort ankam.

Doch Chases Beschreibung hatte sie nicht auf den Anblick der baufälligen Gebäude vorbereitet, die aussahen, als würden sie beim ersten heftigen Windstoß zusammenbrechen. Es sah nicht danach aus, als sei im Lauf der Jahre auch nur der geringste Versuch unternommen worden, irgend etwas instand zu setzen. Das Haus, das Zuhause ihrer Kindheit, machte einen trostlosen Eindruck.

Es war zwar nie etwas Rechtes gewesen, aber jetzt waren die Fensterscheiben zerbrochen, die Hälfte aller Treppenstufen fehlte, und der Boden der Veranda war verfault und teilweise herausgebrochen. Maggie tastete sich vorsichtig zu einer Tür vor, die offenstand. Der Geruch, der ihr entgegenschlug, war so faulig, daß einem davon übel wurde. Sie hielt sich die Hand vor den Mund und trat vorsichtig ins Haus. Innen war es dunkel und dreckig. Sie streckte die Hand nach dem Lichtschalter neben der Tür aus, doch nichts tat sich. Mit größter Vorsicht bewegte sie sich seitlich an der Wand entlang und tastete sich zu einer Lampe vor. Kein Licht ging an, als sie an der Schnur zog. Es gab keine Elektrizität im Haus. Im Dunkel huschte etwas davon, und Maggie zuckte bei dem Laut zusammen. Das war kein Haus; es war ein Seuchenherd. Schaudernd zog sie sich zur Tür zurück, und die Vorstellung, daß ihr Bruder hier lebte, machte sie ganz krank.

Im Freien atmete sie tief die segensreiche Frische der Luft ein und sah sich um. Die hohen Absätze ihrer Schuhe machten eine nähere Erkundung der übrigen Gebäude undenkbar, es sei denn, sie wollte Gefahr laufen, sich auf dem unebenen Boden einen Knöchel zu verstauchen. Sie rief den Namen ihres Bruders, aber sie rechnete nicht mit einer Antwort. Länger als eine Stunde wartete sie im Wagen, ehe sie schließlich aufgab. Sie wollte nicht mehr hier sein, wenn es dunkel wurde.

Auf der Rückfahrt bedrückte Maggie der grauenhafte Zustand des Hauses. Erst ihre Mutter und später sie selbst hatten sich abgeschuftet, um es bewohnbar zu machen, obwohl weder ihr Vater noch ihr Bruder je den Eindruck erweckt hatten, die Bemühungen zu würdigen. Es gab ein paar peinliche Wahrheiten, was ihre Familie betraf, mit denen sie sich auseinandersetzen mußte, aber sie war im Moment nicht in der Verfassung, dies auf der Stelle zu tun.

Beim Abendessen saß Maggie gegenüber von Chase am Kopfende des Tisches, während Ty symbolträchtig auf halber Strecke zwischen ihnen beiden an der rechten Seite des Tisches saß. Er trug ein sauberes weißes Hemd und eine elegante dunkle Hose und sah wieder wie ihr Sohn aus. Denn als er an diesem Abend zur Tür hereingekommen war, war er ihr in seiner staubigen Arbeitskleidung, die im Westen üblich war, fast wie ein Fremder vorgekommen. Ty hatte sich ihr gegenüber unbehaglich gefühlt, denn ihm war klar, daß er sie mit seinem Ausreißen verletzt hatte, aber als sie es unterlassen hatte, diesen Vorfall auch nur mit einem Wort zu erwähnen, war er aufgetaut und hatte ihr begeistert seine Abenteuer der beiden letzten Tage erzählt. Chase saß zufrieden und still am Kopfende des Tisches, während Ty alles unter Beweis stellte, was Chase bislang behauptet hatte, und er ließ den Enthusiasmus des Jungen über Maggie hereinbrechen und dort seine Wirkung tun.

Ganz allmählich brachte Maggie ihr Zuhause in Kalifornien in das Gespräch ein, und sie erwähnte ganz am Rande Tys Freunde und die Turnierpferde, mit denen er trainierte. Seine Antworten wurden immer kürzer, bis er gar nichts mehr sagte. Das war der Moment, in dem sie ihn direkt darauf ansprach und ihn fragte, ob er bereit sei, seine Freunde, sein Zuhause und sein Leben in Kalifornien aufzugeben.

»Ich werde das alles eine Zeitlang vermissen«, gab Ty zu und rutschte unbehaglich auf seinem Stuhl herum, ehe er weitersprach. »Mom, ich will dir wirklich nicht weh tun. Ich weiß, daß du mich nach Hause mitnehmen willst, aber ... ich will hierbleiben.«

»Du willst mich nicht verletzen, aber du würdest es trotzdem tun, stimmt's?« sagte Maggie, der plötzlich die Augen aufgingen. »Wenn ich darauf bestünde, daß du ...«

»Tu das nicht, Mom«, bat Ty mit gepreßter Stimme.

Wenn es sich nur um einen Kampf gegen Chase gehandelt hätte, hätte sie mit Krallen und Zähnen um ihren Sohn gekämpft, aber sie konnte nicht gleichzeitig auch gegen Ty kämpfen. Sie wußte, wann sie geschlagen war. Sie stocherte lustlos auf ihrem Teller herum.

»Was würdest du sagen, Ty, wenn ich dir erzähle, daß Chase und ich darüber gesprochen haben, zu heiraten?« fragte sie, und sie hob ihre Augen, als sie Chases durchdringenden, prüfenden Blick spürte.

»Ist das wahr?« fragte Ty skeptisch.

»Ja«, antwortete sie und hielt dem festen Blick des Mannes, der am Kopfende des Tisches saß, stand, dem Blick eines reifen Chase Calder, lakonisch und kaum zu ergründen.

»Dann würden wir hierbleiben? Wir beide?«

»Ja.« Sie nickte und erwiderte weiterhin den steten Blick dieser braunen Augen.

»Ist das deine Antwort, Maggie?« fragte Chase kühl.

»Es ist das, was mein Sohn will«, erwiderte sie. »Ja, das ist meine Antwort.«

»Ich werde mich um die Heiratspapiere kümmern und den Geistlichen benachrichtigen. Wir werden hier im Haus heiraten – ohne großen Wirbel«, sagte er.

29.

Die Entscheidung, zu bleiben und Chase zu heiraten, brachte es mit sich, daß auch verschiedene Dinge in Kalifornien geregelt werden mußten. Das meiste ließ sich durch einen Anruf bei ihrer Tante Cathleen regeln. Ihre Tante war heillos romantisch, und daher begeisterte sie die Vorstellung, daß Maggie endlich doch noch den Mann heiraten würde, der der Vater ihres Kindes war.

Mit Pamela war es eine andere Geschichte. Im ersten Moment hatte sie mit ungläubiger, zorniger Bestürzung reagiert, als Maggie ihren Entschluß verkündet hatte. Dann hatte sie geweint und Maggie angefleht, es sich noch einmal anders zu überlegen und Ty zurückzubringen. Maggie war keineswegs bereit, sich ihrer Schwägerin anzuvertrauen und ihr zu erklären, warum sie keine andere Wahl hatte. Noch vor Ende des Gesprächs war Pamela gehässig geworden und hatte Maggie der Untreue gegenüber Phillips Andenken beschuldigt – ihn nie geliebt zu haben – und ihn nur um seines Geldes willen geheiratet zu haben, und sie drohte damit, vor Gericht zu gehen und sein Testament anzufechten, damit sowohl Maggie als auch Ty von der Liste der Begünstigten gestrichen wurden. Die Rachsucht ihrer Schwägerin überzeugte Maggie endgültig davon, daß sie nie mehr nach Kalifornien zurückgehen wollte.

Nach diesem Telefongespräch hatte Maggie das Haus verlassen, um bei einem Spaziergang wieder etwas ruhiger zu werden.

Ihr Blick fiel auf ein behäbig wirkendes Fahrzeug, das vor einem der Gebäude geparkt war. Es dauerte fast eine Minute, ehe sie darin den motorisierten Proviantwagen erkannte. Sie schlenderte näher, um einen Blick in die fahrbare Küche zu werfen, die mit einem Butankocher, einem Kühlschrank und einem Wassertank ausgerüstet war. Der Wagen war zur Ansiedlung der Ranch zurückgekehrt, um Lebensmittel und Treibstoff zu laden.

Als eine gebeugte Gestalt aus einem Gebäude kam, war hinter einem Kartoffelsack ein fußballförmiger Kopf zu erkennen. Maggie blinzelte den Mann ungläubig an, und dann breitete sich ein Lächeln auf ihrem Gesicht aus.

»Tucker!« rief sie freudig aus. Der Koch wirbelte seinen Oberkörper herum, um zu sehen, wer ihn bei seinem Namen gerufen hatte. Er starrte sie fassungslos an, und sie lachte. »Ich bin es! Maggie!«

Er setzte den Sack mit einem solchen Schwung ab, als sei es eine Feder. »Ich habe gehört, daß du wieder da bist, aber ich hätte dich nicht erkannt.« In dem Blick, mit dem er sie musterte, ihre schicke Frisur, die modische silbergraue Bluse und die enganliegende schwarze Hose, lag Stolz. »Willkommen zu Hause, Maggie!«

Sie hatte einen merkwürdigen Kloß in der Kehle, als sie wieder lachte, diesmal jedoch leiser. »Weißt du, daß du der erste bist, der das zu mir sagt?«

»Das freut mich. Ich habe oft an dich gedacht und daran, wie du wohl zurechtkommst«, sagte er. »Ich habe deinen Jungen gesehen. Ist er der Sohn von Chase?«

»Ja.« Sie beobachtete seine Reaktion, erinnerte sich an den Respekt, den er ihr immer entgegengebracht hatte, und fragte sich, ob sich das dadurch ändern wurde.

»Der Junge sagt, daß du ihn heiraten wirst.«

»Ja.« Er schien kein Urteil über ihr Verhalten vor so vielen Jahren zu fällen. Und doch fühlte sie sich verpflichtet, gerade diesem Mann den Grund dafür zu erklären, daß sie Chase nach allem, was die Calders ihrem Vater angetan hatten, doch noch heiratete. »Ich habe keine andere Wahl. Ty hat sich in seinen Bann ziehen lassen. Wenn ich meinen Sohn nicht verlieren will, muß ich ihn heiraten, um in Tys Nähe zu sein.« Sie sah zum fernen Horizont. »Hast du Culley in letzter Zeit gesehen? Ich war ein paarmal drüben auf der Ranch, aber er ist nicht dagewesen, und ich ...« Sie konnte den Satz nicht beenden, denn sie sah sich nicht in der Lage, ihre Reaktion auf die Veränderungen, die sich dort vollzogen hatten, in Worte zu fassen.

»Ich weiß.« Tuckers Äußerung besagte, daß sie es ihm nicht zu erzählen brauchte. »Culley ist nicht allzu häufig da. Für ihn spukt es dort, die Gespenster früherer Zeiten. Er hätte damals mit dir fortgehen sollen, statt zu versuchen, die Ranch zu behalten. Das war zuviel verlangt für einen Mann, geschweige denn für einen Jungen. Ich habe versucht, mit ihm zu reden, aber er wollte nicht auf mich hören – hat nur gesagt, die Calders hätten auch mich kleingekriegt.«

»Er hat mir geschrieben, daß du hier bist, aber ich dachte, du seist inzwischen längst wieder fort.« Sie sah ihn an und versuchte zu verstehen, warum er geblieben war. »Sie haben dein Haus angezündet. Ich habe angenommen, daß du diesen Ort so schnell wie möglich verläßt.«

»Ich glaubte, Calder hätte es angezündet. Vielleicht aber ist der Brand tatsächlich durch überhitztes Fett ausgelöst worden, wie es damals behauptet wurde.« Er zuckte die Achseln. »Man hat mich hier anständig behandelt. Und ich bin mein eigener Herr. Ich schätze, Webb Calder hat mir Gottesfurcht eingeflößt. Und Chase behält mich immer im Auge.«

»Dann hast du also beiden verziehen, was sie meinem Vater angetan haben?« Es schien der nächste Verrat zu sein.

»Du etwa nicht?« entgegnete Tucker, der sie aus seinen kleinen Augen schief ansah.

»Nein.«

»Glaubst du, daß ein Sohn für die Sünden seines Vaters zahlen muß?« Als sie zu einer Antwort ansetzen wollte, fiel er ihr ins Wort. »Paß auf, was du sagst, denn wenn du willst, daß Chase für das büßt, was sein Vater getan hat, dann vergiß nicht, daß der Vater deines Sohnes Chase Calder ist.«

Ein schwacher Elektroschock rann durch sie hindurch, und seine Worte hallten in ihrem Kopf wider – für die Sünden seines Vaters büßen. Sie zitterte innerlich, ohne mit Sicherheit zu wissen, weshalb. Plötzlich herrschte Verwirrung in ihrem Kopf. Ihre Gedanken wirbelten im Kreis herum.

»Tja ...« Tucker hievte sich den Kartoffelsack wieder über die Schulter. »Ich muß wieder an die Arbeit. Die Jungs werden bald Hunger kriegen.« Dann blieb er einen Moment lang schweigend stehen. »Ich werde Culley Bescheid sagen, daß du ihn sprechen willst.«

»Danke, Tucker.« Sie gab diese Antwort gedankenversonnen, während sie sich umdrehte und langsam wieder auf das Gehöft zuging.

Die Eheschließung war kurz und formlos; sie fand am Abend statt, damit sie sich nicht mit Chases Arbeitszeit überschnitt. Ruth und Virgil Haskell fungierten als Trauzeugen. Ansonsten war nur Ty anwesend. Es hatte nur einen peinlichen Augenblick gegeben, nämlich den, als der Zeitpunkt kam, die schlichten goldenen Eheringe auszutauschen. Maggie hatte vergessen, den Diamantring abzustreifen, den Phillip ihr zur Hochzeit geschenkt hatte. Im nachhinein war sie nicht sicher, ob das aus Nachlässigkeit geschehen war oder ob sie es unbewußt so hatte haben wollen. Wie dem auch sei – als Chase dies gesehen hatte, hatte sich sein Mund zusammengezogen, und mit einer geschickten Bewegung hatte er ihr den Ring abgestreift und in seine Tasche gleiten lassen. Nach dem Zeremoniell hatte er ihr den alten Ehering zurückgegeben; und sein Kuß war verkniffen und unpersönlich gewesen.

Anschließend hatte Chase im Arbeitszimmer Getränke bereitgestellt, während die Heiratsurkunde amtlich beglaubigt und von den Zeugen unterschrieben wurde. Der Geistliche hatte, ehe er wieder ging, noch auf ihr künftiges Glück mit ihnen angestoßen. Die Haskells waren auch nicht geblieben, und selbst Ty hatte sich diskret zurückgezogen, um die beiden miteinander allein zu lassen. Daraufhin hatte sich Chase prompt entschuldigt, um noch Büroarbeiten zu erledigen, und hatte Maggie mit dem Gefühl zurückgelassen, daß dies alles nur eine Farce gewesen war.

Was hatte sie bloß erwartet? Als sie in ihrem Schlafzimmer im Bett lag, sah sie die Muster an, die der Mond auf die Decke warf. Ihr Ego litt. Sie hatte diejenige sein wollen, die die ganze Sache ignorierte. Ihre eigene kindische Reaktion widerte sie an. Was für eine Rolle spielte es, wer von ihnen die stumme Höflichkeit ihres Umgangs miteinander etablierte?

Sie horchte auf, als sie seine Schritte auf der Treppe hörte und er ohne jede Eile und ohne jedes Zögern an ihrer Tür vorbeiging. Sein Schlafzimmer lag am Nordwestende des Ganges. Darauf hatte er sie trocken hingewiesen, als er ihr in der ersten Nacht, in der sie hier gewesen war, das Schlafzimmer zugewiesen hatte, in dem sie jetzt schlief. Die Tür seines Zimmers ging auf und schloß sich wieder. Dann herrschte Stille.

Sie rollte sich auf die Seite und ließ ihre Hände unter das Kissen gleiten. Der breite Goldring fühlte sich an ihrem Finger seltsam schwer an. Sie war es nicht gewohnt, ihn zu tragen; sie war Phillips Diamantring gewohnt. Sie hatte eben erst die Augen geschlossen, als um sie herum ein unglaubliches Getöse losbrach. Der ohrenbetäubende Lärm ließ Maggie aus dem Bett springen. Sie griff nach dem Morgenmantel, der zu ihrem Satinnachthemd paßte, und stürzte in den Korridor. Fast wäre sie mit Chase zusammengeprallt.

»Was ist los?« Das Getöse ließ nicht nach.

»Ich weiß es nicht.« Sein Hemd war aufgeknöpft und hing über seine Hose. Er wollte es gerade in den Hosenbund stopfen, als er sich mitten in der Bewegung unterbrach und tief Atem holte, weil ihm klarwurde, was hier vorging. »O nein, nicht das noch.« Es kam als ein unwilliges Stöhnen aus ihm heraus.

»Was denn?« Sie sah ihn fragend und leicht bestürzt an.

Er musterte sie mit einem schrägen Blick von oben herab. »Sie bringen uns ein Ständchen. Ich zweifle nicht daran, daß das Bucks Idee war.« Ein Lachen entrang sich ihrer Kehle, kurz und erleichtert, doch es endete abrupt, als unten die Haustür aufgerissen wurde und eine Invasion von trampelnden Stiefeln und das Klappern von Kochtöpfen näher kamen.

»Wir wollen die Braut und den Bräutigam!« rief ein Chor von lauten Männerstimmen.

Maggie wollte den Gürtel ihres Morgenmantels zubinden. Chase bedachte sie mit einem Blick, der insbesondere darauf achtete, wie der Satin sich an ihre Brüste und Hüften schmiegte. Nur sehr wenig blieb noch der Fantasie überlassen.

»So kannst du unmöglich runtergehen«, fauchte er sie leise an.

Einen Moment lang war sie so verblüfft, daß sie ihn nur anstarren konnte. »Ich habe ein halbes Dutzend Abendkleider, die freizügiger sind als das hier!« gab sie dann zurück. »Phillip war nie der Meinung, daß ich mich unziemlich kleide.«

»Ich bin nun mal nicht Phillip, und das hier ist nicht Kalifornien. Bei uns laufen die Frauen nicht rum und zeigen ihre Körper vor anderen Männern.« Seine Stimme war eine überdeutliche Erinnerung daran, daß er zu einer Sorte von Männern gehörte, die eine Frau nach anderen Maßstäben beurteilten als die übrige Welt. Auflehnung loderte in ihr auf, entflammt entweder durch seine Zurechtweisung oder durch den besitzergreifenden Klang seiner Stimme, als er sie der Kategorie ›unsere Frauen‹ zugerechnet hatte.

»He! Kommt ihr runter, oder müssen wir raufkommen?« rief eine Stimme vom Fußende der Treppe herauf.

»Laßt uns einen Moment Zeit, um uns anständig anzuziehen!« Chase hatte seine Stimme erhoben, um zu antworten, und jetzt packte er Maggie an den Schultern und führte sie ins Schlafzimmer.

Wenn nicht die Möglichkeit bestanden hätte, daß Ty sich der Gesellschaft, die unten im Treppenhaus lärmte, angeschlossen hatte, hätte Maggie sich geweigert, sich umzuziehen, aber sie wollte Ty nicht in Verlegenheit bringen. Chase hatte bereits das Licht eingeschaltet und sah ihre dürftige Garderobe durch, denn ihre übrigen Kleider waren noch nicht eingetroffen. Maggie ärgerte sich erneut, als sie aus diesem Verhalten schloß, daß er ihr nicht zutraute, etwas Passendes auszuwählen. Wütend zog sie sich den Morgenmantel von den Schultern und warf ihn auf die zerknitterte Bettdecke.

Sie hatte gerade ihr Nachthemd über ihren Kopf gezogen und griff nach ihrer Unterwäsche, als Chase sagte: »Hier. Zieh das an.«

»Was?« Als sie sich umdrehte, um sich anzusehen, was er ausgesucht hatte, ließ der Blick, der in seinen Augen stand, sie regungslos verharren.

Seine Augen glitten über ihre Nacktheit, blieben auf den Spitzen ihrer Brüste liegen, sogen ihren flachen Bauch in sich ein, ruhten auf dem schwarzen V aus gelocktem Haar. Dann wanderten sie langsam auf demselben Weg wieder nach oben. Maggie erschauerte unter dem Eindruck, daß er sie mit seinen Augen liebte, sie durchdrang, und sie spürte die Glut, die durch ihren Körper strömte, die Glut der Begierde. Sie mußte sich vor diesem intimsten aller Angriffe schützen.

»Hör auf, mich anzugaffen wie ein Cowboy, Chase.« Sie sagte es mit barscher Stimme, weil sie innerlich zitterte. »Du siehst mich nicht zum ersten Mal nackt.«

Diese Verhöhnung brach den Bann, und Maggie zog eilig ihren BH und ihr Höschen über. Chase hatte ein ärmelloses eisblaues Tageskleid ausgesucht, das aus schimmerndem Frotteesamt war. Als sie die Hand ausstreckte, um es ihm abzunehmen, hielt er es noch einen Moment lang fest und zwang sie, ihm in die Augen zu sehen, die das harte Funkeln von geschliffenen Steinen hatten.

»Aber wenn ich dich früher nackt gesehen habe, Maggie, dann habe ich dich immer angesehen«, erinnerte er sie schlicht und einfach, ehe er das Kleid losließ und sich abwandte.

Sie duldete seine Hand auf ihrer Schulter, als sie die Treppe hinuntergingen, um dort augenblicklich von dem lärmenden Strom der Landarbeiter mitgerissen und verschlungen zu werden. Sie hatten ihre Familien mitgebracht, und lachend und tobend und scherzend gratulierte man ihnen. Eine Hochzeit im großen Rahmen mochte ihnen versagt geblieben sein, aber die Gelegenheit, die Heirat ihres Bosses dennoch zu feiern, ließen sie sich nicht entgehen. Im Getümmel der Gratulanten legte Chase einen Arm besitzergreifend und schützend um Maggies Taille und zog sie dicht an seine rechte Seite, damit sie nicht voneinander getrennt werden konnten. Sein muskulöser Körper war wie ein Felsen in der Brandung, ein lebender Fels, dessen Hitze sich in ihr Fleisch einbrannte. Sie war sich seiner rohen Virilität bewußt, die sich nicht auf sexuelle Reize beschränkte. Es war viel einfacher und viel grundlegender als nur das – eine erdverbundene Derbheit, die ihm das Land aufgedrückt hatte. Sie widerstand dieser Ausstrahlung und widmete ihre Aufmerksamkeit ganz dem wogenden Strudel der Cowboys.

Schließlich tauchte Ruth Haskell auf und murmelte ihnen zu: »Ich habe drinnen Erfrischungen für alle bereitgestellt.« Sie hielt den Brauch aufrecht, die Gratulanten zu bewirten.

Chase und Maggie blieben in der Tür stehen und begrüßten alle einzeln, als sie der Reihe nach eintraten, und sie nahmen die Glückwünsche entgegen. Chase stellte ihr jeden einzelnen vor, ohne auch nur einmal bei einem Namen zu stolpern.

Als ein Cowboy Maggie beglückwünscht hatte und jetzt weiterging, um Chase die Hand zu drücken, wandte sich Maggie der Person zu, die als nächste in der Schlange stand. Von der rothaarigen Frau ging etwas Stilles aus, etwas, das sie von allen übrigen unterschied. Maggie spürte, daß Chase steif dastand, und sie warf ihm einen schnellen Seitenblick zu, um die Ursache zu ergründen, doch nichts in seinem Gesichtsausdruck wies darauf hin, daß irgend etwas nicht stimmte. Er stellte die beiden einander vor, wie er es schon den ganzen Abend über getan hatte.

»Das ist Sally Brogan, eine Freundin von mir. Ihr gehört das Restaurant in der Stadt.«

»Ich gratuliere Ihnen, Mrs. Calder.« Als die Frau mit der ruhigen Art, die auf ihre Weise durchaus attraktiv war, Maggie die Hand drückte, fiel ihr die Angespanntheit in ihren Zügen auf. Im Hintergrund dieser stillen blauen Augen lauerte Schmerz. »Sie können wirklich von Glück sprechen.«

Glück? Maggie nahm an, daß es hier viele Frauen gab, die mit Freuden an ihrer Stelle gewesen wären. Augenblicklich wurde ihr bewußt, daß diese Frau eine von ihnen war. Plötzlich nahm sie wahr, daß eine gewisse Stille um sie herum eingetreten war, als beobachteten die übrigen Anwesenden, was hier geschah. Als die Rothaarige weiterging, um Chase zu gratulieren, trat jemand vor, um augenblicklich Maggies Aufmerksamkeit für sich zu beanspruchen.

Es war Buck Haskell, der über das ganze Gesicht strahlte und sehr laut redete. »Du gibst eine wunderbare Braut ab, aber du warst schließlich schon immer eine Schönheit«

Sie hörte kaum ein Wort von dem, was er sagte. Ihr war die Anwesenheit der Frau überdeutlich bewußt, die sich neben ihr leise mit Chase unterhielt. »Ich wünsche euch beiden alles Glück auf Erden.« Und sie streckte sich, um ihn zu küssen. Maggie war klar, daß zwischen den beiden mehr als bloße Freundschaft gewesen war. Diese Überzeugung vertiefte sich, als sie hörte, daß Buck mit einer Stimme, die so leise war, daß sie nicht für ihre Ohren gedacht war, sagte: »Tut mir leid, Chase, aber Sally hat darum gebeten, kommen zu dürfen, damit du weißt, daß sie nicht verbittert oder eifersüchtig ist.«

Dann rückten weitere Gesichter nach, und noch mehr Leute wollten ihr vorgestellt werden, ehe Maggie und Chase sich den Leuten im Haus anschlossen, um sich den Erfrischungen zu widmen, die Ruth bereitgestellt hatte. Es dauerte eine Stunde, bis die Arbeiter und ihre Familien der Reihe nach das Haus verließen, und sie gingen ruhiger, als sie gekommen waren.

Während Chase unten die Lichter ausschaltete, ging Maggie die Treppe hinauf. Sie blieb auf dem Treppenabsatz stehen, an dem die Stufen sich abrupt nach links wandten. »Wo ist Ty?«

Nachdem er das Licht im Gang zur Küche ausgeschaltet hatte, blieb Chase stehen, um ihre Frage zu beantworten und zog zynisch die Mundwinkel nach oben. »Er schien es für nötig zu halten, daß er heute im Schlafquartier der Männer übernachtet, damit wir in unserer Hochzeitsnacht das ganze Haus für uns allein haben.«

Ihre Finger umklammerten das glatte Treppengeländer. Diese Erwähnung ihrer Hochzeitsnacht und der normalerweise damit verbundenen Intimitäten ließ ein seltsames Gefühl in ihrem Magen aufkommen.

»Die rothaarige Frau, Sally Brogan ...«, fing Maggie an. Sie war nicht sicher, warum sie jetzt dieses Thema zur Sprache brachte, abgesehen davon, daß sie Chases Reaktion sehen wollte.

Er blieb neben einer brennenden Lampe stehen und wandte ihr

seinen Kopf zu. »Was ist mit ihr?« Die Provokation war nicht wahrnehmbarer als eine sommerliche Brise.

»Du warst mit ihr befreundet, oder?«

Er stritt nichts ab. Chase schien es aber auch nicht mit Unbehagen zu erfüllen, daß sie es erraten hatte. »Ich habe ihr nie irgendwelche Versprechungen gemacht«, war alles, was er sagte.

Seine Antwort riß eine alte Wunde auf, denn auch ihr gegenüber hatte er vor sechzehn Jahren keinerlei Versprechungen gemacht. Er hatte schlicht die Genüsse ausgekostet, die sie ihm zu bieten hatte, und er hatte mitgenommen, was ihm über den Weg gelaufen war.

»Du versprichst wohl nie etwas, stimmt's?«

»Dein Gedächtnis ist kurz.« Seine Züge zeigten plötzlich eine gewisse Rauheit. »Ich bilde mir ein, zu Beginn des heutigen Abends versprochen zu haben, dich ›zu ehren und bei dir zu bleiben, bis daß der Tod uns scheidet‹.« Er ging auf die Lampe zu, deren Schein aus dem Eßzimmer drang.

Die innere Überzeugung, die aus seiner Stimme herauszuhören war, erschütterte Maggie, die auf dem Treppenabsatz stehenblieb. In diesem Landstrich hielt ein Mann sein Wort, oder er war kein Mann. Man gab ein Versprechen nicht einfach so, leichtfertig. Die Gelübde, die sie heute abend abgelegt hatte, waren für sie bedeutungslose Worte gewesen, der einfachste Ausweg, um Ty zu behalten. Ungeachtet des Umstands, wie wenig Gewicht sie diesen Worten beigemessen hatte, gestattete der Kodex, nach dem Chase lebte, es ihm nicht, diese Worte leichtfertig abzutun. Das Versprechen, das er abgegeben hatte, war für ihn bindend, ob sie es nun als bindend für sich selbst empfand oder nicht.

Sie empfand eine Spur von Scham. Vor den Augen Gottes und der Menschen war er ihr Gemahl. War es richtig von ihr, ihm keine Frau zu sein? Und doch war sie diese Ehe unter Zwang eingegangen. Was für ein Mann war das, der drohte, einer Mutter ihren Sohn zu nehmen? Doch eine andere, leisere Stimme fragte: Was für eine Frau ist das, die einem Vater das Recht streitig gemacht hat, seinen Sohn überhaupt kennenzulernen? Eine Flut von Zweifeln brach plötzlich über sie herein.

Als sie seine Schritte hörte, die sich dem Wohnzimmer näherten, ging sie die Treppe hinauf. Diese plötzliche Verwirrung hatte einen stechenden Schmerz zwischen ihren Augenbrauen hervorgerufen. Sie achtete nicht auf das Geräusch durchdrehender Reifen auf dem Kies vor dem Haus, denn sie nahm an, es handle sich um einen der Gratulanten, der erst verspätet losfuhr. Chase verschwendete auch weiter keinen Gedanken an dieses Geräusch. Sie war fast am oberen Treppenabsatz angelangt, als ein Schuß die Stille der Nacht zerriß und sich ihrer Kehle ein Schrei entrang.

Der Schuß war kaum verhallt, als jemand im Freien schrie: »Calder! Ich will meine Schwester!«

»Culley!« Sie erkannte die Stimme ihres Bruders und stürzte die Stufen hinunter. Im Halbdunkel des Wohnzimmers prallte sie mit Chase zusammen. Als sie versuchte, an ihm vorbeizulaufen, hielt er sie mit stählernen Armen fest. Sie stieß gegen seine Brust und warf ihren Kopf zurück, um ihn wütend anzufunkeln. »Ich will meinen Bruder sehen.«

»Noch nicht.« Seine Stimme war so hart und unnachgiebig wie sein Griff.

Der nächste Schuß zerschmetterte die Fensterscheibe des Eßzimmers, und Maggie wurde an Chases Brust gedrückt, von Kopf bis Fuß an ihn gepreßt, während sich seine breiten Schultern schützend nach vorn krümmten, als wolle er sie gegen etwas abschirmen. Dieses selbstlose Vorgehen verblüffte sie so sehr, daß sie aufhörte, sich zu wehren. Unter ihrem Kopf konnte sie seinen heftigen Herzschlag hören. Als kein zweiter Schuß kam, schob er sie zur Treppe.

»Calder! Hören Sie mich?« schrie Culley.

»Ich höre Sie!« antwortete er. Und er sagte mit gesenkter Stimme zu Maggie: »Bleib hier und steh nicht auf.«

»Er will mich doch bloß sehen!« wandte sie ein.

»Dann hätte er ohne Gewehr kommen sollen«, fauchte Chase.

»Calder! Ich weiß, daß Maggie da drinnen ist! Lassen Sie sie gehen, oder ich zerschieße sämtliche Fenster in diesem Haus!« drohte ihr Bruder.

Chase ließ Maggie stehen und verschwand im Dunkel des Wohnzimmers, in dem er die Lichter schon gelöscht hatte. Er antwortete erst, als er die andere Seite des Raumes erreicht hatte. »Wenn du weißt, daß sie hier ist, dann steck dein Gewehr weg, ehe ihr etwas zustößt.«

»Sie brauchen nichts weiter zu tun, als sie gehen zu lassen, und ihr geschieht nichts – weil ich nicht zulasse, daß Sie ihr diesmal etwas antun!« Culley hob seine Wange vom Gewehr, um zu antworten, während er hinter der Motorhaube seines Pickup kauerte.

Hinter sich hörte er schlurfende Schritte auf dem Kies und ein warnendes Flüstern. Er wirbelte auf der Stelle herum und drehte das Gewehr mit sich in die andere Richtung, um sich zur Wehr zu setzen. Ein Arm riß den Lauf hoch, und die Kugel wurde in die Luft abgefeuert, ohne daß jemand zu Schaden kam, als sich drei Männer auf ihn stürzten. Er versuchte, sich zu wehren, aber sie waren in der Überzahl, und noch mehr kamen hinzu. Etwas wurde ihm in den Bauch gerammt, und er taumelte unter Schmerzen rückwärts; eine Faust traf seine Lippen und wirbelte ihn auf den Wagen. Matt versuchte er, die Schwärze abzuschütteln, die über seinen Augen lag, aber sie zerrten ihn weiter, rüttelten ihn und stießen ihn mit Schultern und Rücken gegen die Ladefläche des Wagens. Ein heftiger Schmerz zuckte durch seinen Kiefer. Dann versank er in Dunkel und Selbstvergessenheit und hörte nicht mehr den Befehl, der durch geschlossene Lippen gepreßt wurde: »Es reicht.«

Als Maggie das Scharren auf dem Kies hörte, das darauf hinwies, daß im Freien gekämpft wurde, setzte sie sich über Chases Anweisung, sich nicht von der Stelle zu rühren, hinweg und lief aus dem Haus. Als sie den Ort des Geschehens erreichte, lag Culley bewußtlos auf dem Boden; er war neben seinem Laster zusammengebrochen. Sie schenkte den Männern, die um ihn herumstanden, wenig Beachtung und stürzte an die Seite ihres Bruders.

»Was sollen wir jetzt mit ihm anfangen, Boß?« fragte einer der Männer.

Chase kam nicht dazu, zu antworten, denn Maggie hatte nur einen Blick auf das geschwollene Gesicht und die geplatzte Lippe geworfen und befahl jetzt: »Bringt ihn ins Haus.« Niemand rührte sich, um ihrer Anweisung nachzukommen, und sie sah Chase mit eisigem Blick über die Schulter an. »Er ist mein Bruder, und er ist verletzt.«

Das Schweigen nahm nicht mehr als den Raum eines Herzschlags ein. »Ihr habt gehört, was meine Frau gesagt hat«, sagte Chase. »Buck, du und Dave, ihr werdet ihn ins Haus tragen.« Dann trat er vor und zog Maggie auf die Füße. Er flüsterte ihr ins

Ohr, und in seiner leisen Stimme bebte Zorn. »Was hast du denn gedacht? Hast du geglaubt, ich lasse ihn in einen Straßengraben werfen?«

»Woher hätte ich das wissen sollen?« zischte sie, ebenfalls mit gesenkter Stimme. »Du hast zugelassen, daß sie ihn zusammenschlagen.«

»Und er war mit einem Gewehr bewaffnet und hat es benutzt. Was hast du denn von meinen Männern erwartet – daß sie ihm auf die Schulter klopfen und ihn freundlich bitten, die Waffe einzustecken?« knurrte er tonlos, ohne sie anzusehen, während seine Hand sie mit festem Griff hinter den beiden Männern herführte, die ihren Bruder ins Haus trugen.

30.

Im hell erleuchteten Wohnzimmer sahen die Quetschungen und Verletzungen weniger übel aus. Der körperliche Gesamtzustand ihres Bruders war es, was Maggie erschreckte. Er war bis auf die Knochen abgemagert, und sein schwarzes Haar war wirr und dünn; unter den Augen hatte er dunkle Ringe, und es sah aus, als hätten sich seine Augen in ihre Höhlen zurückgezogen. Sein Verhalten wirkte verständlich. Er war wie eine stark angezogene Sprungfeder, die sich gelöst hatte, und ihr Ziel war beliebig.

Chase reichte Maggie ein Glas Whisky, damit Culley wieder zu sich kam, und bedeutete Ty, den Verbandskasten wegzuräumen. Maggie stützte Culleys Hinterkopf mit einer Hand und flößte ihm ein paar Tropfen Whisky ein. Er würgte und fing an zu husten, und bei seinem Versuch, sie von sich zu stoßen, zog er mit Mühe die Lider hoch. Aus dem Augenwinkel nahm sie wahr, daß Chase einen Schritt näher auf sie zukam, um eingreifen zu können, wenn Culley gewalttätig wurde.

»Culley, ich bin es, Maggie«, sagte sie schnell, um ihn zu beruhigen. Ihr ging durch den Kopf, daß sie nach sechzehn Jahren, in denen sie Elizabeth gewesen war, jetzt wieder Maggie war.

Sie beobachtete, wie Culley die Stirn in Falten legte und sie zu erkennen versuchte; seine Augen waren rot und übermüdet und zeigten deutlich die Anstrengung, die von zuviel Arbeit und zuwenig Schlaf herrührte. »Maggie?«

»Ja.« Sie lächelte. »Wie fühlst du dich?«

Seine Hände packten ihre Arme; seine Finger gruben sich wie stählerne Klauen in ihr Fleisch und verrieten sein Bedürfnis, sich zu vergewissern, daß sie wirklich vorhanden war, keine Fata Morgana. »Du bist es wirklich.« Ein Lächeln trat auf sein Gesicht, doch dabei spannte sich seine geplatzte Lippe, und er zuckte gequält zusammen. Er zog sie an seine Brust und drückte sie fest an sich. Dann begrub er sein Gesicht in ihrem duftenden frischen Haar und schloß die Augen, um seine Tränen zu verbergen, weil es einem Mann nicht zustand, zu weinen. »Ich habe dich vermißt.« Seine Stimme war gedämpft und leise.

»Ich habe dich auch vermißt, Culley.« Auch ihre Stimme erstickte unter den Gefühlsaufwallungen, und sie blinzelte, um ihre Tränen zurückzuhalten. Sie sah, daß Chase sie grimmig und mit zusammengekniffenem Mund beobachtete, und langsam löste sie sich aus Culleys Umklammerung.

»Du hast es geschafft.« Culley ließ staunende Finger über ihre Wange gleiten und berührte sie mit einer Art von ehrfürchtiger Bewunderung. »Du bist eine Dame, und du bist wunderschön.« Sie griff nach seiner schmalen Hand und küßte sie, und Mitleid und Schuldbewußtsein zerrissen sie angesichts des Elends, das er erfahren hatte, während sie von allem umgeben gewesen war, was sich eine Frau nur irgend wünschen konnte. Dann schlossen sich seine Finger fest um ihre Hand. »Ich habe von Tucker erfahren, daß du hier bist und daß Calder dich dazu gebracht hat, hierzubleiben.« Er blickte auf, und als er Chase sah, packte ihn eine rasende Wut. Buck Haskell und zwei andere Cowboys standen abseits, waren aber im Zimmer geblieben, falls es Ärger geben sollte. »Komm jetzt. Ich nehme dich mit, Maggie, und niemand kann mich aufhalten.« Er wollte von dem Sofa aufstehen und griff nach ihrer Hand, um sie mit sich zu ziehen.

»Nein, Culley.« Ihr Widerstand bestürzte ihn, und das drückte sich deutlich auf seinen Zügen aus. »Hör mir zu bitte. Ich muß dir etwas erklären.« Sie suchte nach Worten, mit denen sie es ihm verständlich machen konnte, doch sie wußte, daß es diese Worte nicht gab.

»Was?« Er sah sie aus schmalen Augen an.

»Ich lebe jetzt hier. Wir sind verheiratet.« Sie sprach ruhig und betont und bemühte sich gleichzeitig, ihren Worten nicht zuviel Bedeutung zu verleihen, aber sie sah den Schock und den Zorn, die sich auf seinem Gesicht ausbreiteten. »Chase ist mein Ehemann.«

In seine Augen trat ein wilder, flackernder Schein. »Hast du vergessen, was er getan hat?«

Sie legte ihre Finger auf seinen Mund, um ihn zum Schweigen zu bringen, und ihre Augen flehten ihn stumm an, nicht noch mehr zu sagen. »Ich möchte dir jemanden vorstellen.« Sie versuchte, ihn abzulenken, und sie wandte sich ab und bedeutete Ty, näher zu kommen. Sie stand auf und ging auf Ty zu, um ihrem Sohn die Hand zu reichen und ihn näher zu ziehen. Ein bestürzter, wachsamer Ausdruck stand auf seinem Gesicht, denn das befremdliche Verhalten dieses Mannes, der sein Onkel war, bereitete ihm Unbehagen. Culley richtete sich unsicher auf und musterte mißtrauisch den Jungen, der neben seiner Schwester stand. »Das ist mein Sohn, Ty.« Sie stellte Ty vor und versuchte, ihn mit einem Lächeln aufzumuntern. »Das ist dein Onkel Culley.«

»Guten Tag, Sir.« Ty streckte steif seine Hand aus, doch Culley nahm sie nicht zur Kenntnis, sondern musterte ihn prüfend, und sein starrer Blick verstärkte das Unbehagen ihres Sohnes – aber auch Maggies Unbehagen.

»Culley?« In ihrer Nervosität wollte sie erreichen, daß er etwas sagte, denn sein langes Schweigen erschreckte sie.

»Komm mit, fort von ihm, Maggie«, befahl Culley, und er streckte seine Hand aus, um nach ihrer Hand zu greifen, ohne dabei seinen Blick von dem hochaufgeschossenen Jungen abzuwenden. Sie zögerte, ehe sie ihre Hand in seine legte, um sich von ihm fortziehen zu lassen. »Sieh ihn dir doch an«, beharrte ihr Bruder mit glühenden Augen. »Kannst du es denn nicht sehen? Er ist ein Calder!«

Sie spürte, wie sich ihr Puls beschleunigte, und sie versuchte, Culley durch den kühlen, vernünftigen Klang ihrer Stimme davon abzuhalten, den Jungen zu verdammen. »Er ist mein Sohn.«

Er wirbelte sie zu sich herum und packte sie an den Schultern, so daß sie stillhalten mußte. »Es ist *sein* Sohn! Siehst du es denn nicht? Warum hast du ihn hierhergebracht? Siehst du es denn nicht, Maggie? Jetzt gibt es zwei von der Sorte! Sie sind zu zweit wieder genauso stark wie früher! Du mußt noch heute nacht mit mir weggehen, Maggie! Du mußt mir helfen, ihnen heimzuzahlen, was sie getan haben! Endlich bist du zurückgekommen, um mir zu helfen, so ist es doch? Wir müssen ihnen heimzahlen, was sie getan haben!«

Tränen brannten in ihren Augen, als sie sah, wie sehr der Haß ihren Bruder zerstört hatte; dieser Haß hatte ihn blind gemacht, blind gegen alles – bis auf die Besessenheit, sich an den Calders zu rächen. Er nährte sich von diesem Haß, statt zu essen, er schlief mit diesem Haß, statt sich auszuruhen, und er atmete ihn ein wie verpestete Luft. Er hatte die Wunde nie heilen lassen, und jetzt hatte sie seine Seele infiziert.

»O Culley«, flüsterte sie mit gebrochener Stimme. »Warum bist du nicht mit mir nach Kalifornien gegangen?«

»Ich mußte bleiben!« Seine Stimme überschlug sich fast. »Du mußt mit mir kommen, Maggie! Ich brauche Hilfe!«

Sie stöhnte, weil sie wußte, daß er wirklich Hilfe brauchte. Seine Hände preßten ihre Schultern zusammen. Der Schmerz, den das auslöste, ließ sie ansatzweise erkennen, welche Mächte in ihm wüteten und ihn zerrissen. Sie grub ihre Zähne in ihre Unterlippe, um nicht laut aufzuschreien, weil er ihr weh tat. Das war auch nicht mehr nötig, denn Buck und der andere Cowboy näherten sich ihm von hinten, packten seine Arme und zwangen ihn, sie loszulassen. Es dauerte einen Moment, bis Culley klarwurde, was hier geschah, ehe er begann, sich zu wehren, um sich loszureißen. Instinktiv ging sie einen Schritt auf ihn zu, weil sie ihm in irgendeiner Form helfen wollte, aber zwei Hände legten sich auf ihre Schultern. Chase stand hinter ihr.

Als er auftauchte und hinter Maggie stehenblieb, fing Culley an zu schreien. »Lassen Sie sie los! Sie werden sie nicht hier behalten! Ich werde sie hier rausholen und sie fortschicken, weit weg, wie ich es schon einmal getan habe! Sie können sie nicht hier festhalten! Haben Sie mich gehört, Calder?«

»Nein. Jetzt hörst du mir zu, Culley.« Seine Stimme war deutlich und fest. »Ich kann Maggie nicht davon abhalten, ihren Bruder zu besuchen, aber du setzt nie wieder einen Fuß auf Calder-Land.« Ein unheilvoller Klang ging von dieser kalten Warnung aus. Dann wandte sich Chase an seinen Freund. »Buck, begleite ihn bis zur

Grundstücksgrenze, und laß ihn nicht aus den Augen, ehe er den Boden des dreifachen C verlassen hat.«

Die beiden Männer bogen Culley die Arme auf dem Rücken und führten ihn aus dem Haus und zu seinem Wagen. »Ich fahre mit O'Rourke und sorge dafür, daß er zwischen hier und dem Tor nicht noch auf komische Gedanken kommt«, sagte Buck. »Du folgst uns, Dave.«

»Abgemacht.«

Maggie widersetzte sich dem Druck der Hände nicht, die sie von der Haustür wegdrehten. Sie blickte in das grimmige, männliche Gesicht.

»Es ist mein Ernst. Ich will ihn nie mehr auf Calder-Land sehen«, wiederholte Chase.

»Er ist mein Bruder.«

»Deshalb konnte er dieses Haus auch auf eigenen Füßen verlassen.« Der Griff seiner Hände wurde stärker, als wolle er sie aufrütteln und ihr klarmachen, wieviel Selbstbeherrschung ihm dieser Vorfall abverlangt hatte. Ein Muskel neben seinem Kinn zuckte. »Ich kann dich nicht davon abhalten, ihn außerhalb dieser Ranch zu treffen. Ich glaube nicht, daß er dir jemals etwas antun würde, aber ich habe gesehen, wie er Ty angesehen hat.«

Einen Moment lang schnürte ihr die Furcht die Kehle zu, weil auch sie es beobachtet hatte, und dieser Blick hatte sie erschreckt. »Er braucht Hilfe.«

Das stumme Flehen in ihren grünen Augen war so eindringlich, daß Chase sich ihm nicht entziehen konnte. »Ich weiß.« Er zog sie zart in seine Arme und ließ ihren Kopf an seiner Brust ruhen. Sein Kinn streifte zart die Locken, die sich aus ihrer Frisur gelöst hatten. »Aber du kannst nichts für ihn tun, Maggie. Was er braucht, ist die Hilfe eines Arztes.« Er strich ihr mit der Hand über den Rücken. Seine Absicht war die, sie zu trösten und zu beschwichtigen, aber er nahm auch die weiblichen Formen ihrer schlanken Gestalt wahr. Die Gelüste, die in seinem Innern geschlafen hatten, regten sich. Als hätte sie diese Veränderung wahrgenommen, löste sie sich aus seinen Armen, und Chase ließ sie gehen. »Ich werde Doc Barlow morgen aufsuchen und ihn bitten, daß er sobald wie möglich hier rauskommt und mit Culley spricht. Vielleicht hört dein Bruder auf ihn«, schlug er vor, und ihm fiel auf, daß sie seine Augen mied.

»Ja.« Es war eine gelassene Zustimmung, ohne jedes Gefühl und ohne Raum für weitere Vermutungen. Sie ging auf die Treppe zu. »Gute Nacht.« Auch jetzt klang ihre Stimme flach, teilnahmslos.

»Maggie?« Die leise Eindringlichkeit seiner Stimme ließ sie abrupt aufblicken. Sie wirkte fragil und zerbrechlich. »Ist alles in Ordnung mit dir?«

Sie schwankte einen Moment lang, ehe sie abweisend nickte. »Ja.«

Erst am späten Vormittag gelang es Chase, sich ein wenig Zeit zu rauben, denn seine Verpflichtungen überschlugen sich. Das Tuten einer Hupe hielt ihn kurz vor dem Warenlager an. Er drehte sich um, verärgert über diese Verzögerung, und er sah Nate hinter dem Lenkrad. Nate steckte den Kopf aus dem Fenster.

»Der Junge mistet heute morgen die Ställe aus!« rief er.

Ein Lächeln spielte um seinen Mund, als er dem alten Vorarbeiter zuwinkte. Dieser alte Mann konnte gewissermaßen seine Gedanken lesen. Er wich von seiner Route ab und ritt auf den einzeln stehenden Stall zu, in dem die Hengste von den übrigen Pferden abgesondert wurden. Ty lehnte an einem Zaun; ein Schubkarren voll Dung und Stroh stand neben ihm. Chase verlangsamte seine Schritte, um das bestürzte und leicht niedergeschlagene Profil seines Sohnes zu betrachten. Als er neben ihn trat, richtete er absichtlich seinen Blick starr auf das gelbliche Pferd im Corall, als drehten sich Tys Gedanken wirklich darum.

»Dieser Hengst ist ein recht beachtliches Tier, findest du nicht?« bemerkte Chase, der wahrnahm, daß Ty schuldbewußt zusammenzuckte, weil er dabei ertappt worden war, bei einer seiner Aufgaben zu trödeln.

»Ja, Sir.«

»Kuguar war das Pferd meines Vaters, sein ganz persönliches Reitpferd, und er war wohl das beste Pferd im Umgang mit Rindern, das wir im ganzen Stall haben. Er hat ein Gespür für Kühe, das er an seine Nachkommenschaft weitergibt. Das macht ihn zu einem derart guten Zuchthengst.« Er sah sich die weiß werdenden Nüstern des Hengstes mit dem breiten Kopf an.

»Reitet ihn noch jemand?« fragte Ty, ohne sich wirklich dafür zu interessieren.

»Nein. Als mein Vater gestorben ist und mir die Ranch hinterlassen hat, habe ich ihn nur noch zum Decken benutzt und ihm im übrigen das Gnadenbrot gegeben.« Chase legte eine Pause ein und fuhr dann in demselben beiläufigen Tonfall fort. »Es ist völlig natürlich, daß dich die Geschehnisse der vergangenen Nacht verwirrt und aus der Fassung gebracht haben, Ty.«

Der Junge blickte überrascht zu ihm auf und scharrte dann mit seiner Stiefelspitze im Mist. »Warum haßt er mich so?«

»Er kennt dich nicht, und daher ist es kein Haß, was er für dich empfindet – weil es nicht um dich geht, sondern um das, wofür du stehst.« Als er noch jung war, war es schwierig für ihn gewesen, das zu akzeptieren. Für Ty würde es auch nicht leichter sein. »Du bist ein Calder.«

»Warum sollte er einen Calder hassen?« Die Antwort war ihm unverständlich. Seine Stirn legte sich in tiefere Falten, als er zusah, wie sein Vater sich vorbeugte und eine Handvoll Kies aufhob und durch seine Finger rieseln ließ.

»Wenn ein Mann durch die Gegend läuft und hinfällt, dann sieht er sich automatisch danach um, was seinen Sturz bewirkt hat.« Chase bückte sich wieder und hob noch mehr Kies auf. »Wird er dem großen Felsen die Schuld geben oder diesem kleinen Kieselstein?«

»Er gibt dem großen Stein die Schuld.« Das lag auf der Hand.

»Weil er der größte ist. Deshalb schiebt man immer die Schuld auf ihn. Aber wer kann mit Sicherheit sagen, daß der kleine Kieselstein nicht unter dem Felsen gelegen hat und daß nicht er es war, der sich bewegt und somit den großen Felsen ins Rollen gebracht hat?«

»Das kann ich mir schon vorstellen«, gestand Ty ein.

»Wenn hier, in dieser Gegend, etwas danebengeht, gibt es einige Männer, die sich nach jemandem umsehen, dem sie die Schuld zuschieben können. Und dann blicken sie auf all diese Quadratmeilen, die das dreifache C umspannt, soviel größer als alles andere, was in der Umgebung zu finden ist. Uns schiebt man die Schuld zu. Vielleicht fallen die Preise für Rindfleisch. Dann deuten alle anderen kleinen Rancher auf uns, weil wir den Markt überschwemmt haben, oder zumindest behaupten sie das.« Er beobachtete, wie sich das Stirnrunzeln seines Sohnes in Nachdenklichkeit verwandelte. »Wenn man groß und wohlhabend ist, gibt es immer Leute, die einen kaputtmachen wollen. Sie rühren sich von der Stelle ... und der Felsen rührt sich von der Stelle. Manchmal kommt es dann vor, daß der Felsen auf den Kieselstein fällt. Das ist der Moment, in dem aus Abneigung Haß werden kann.«

»Was ist vorgefallen, daß mein Onkel uns so haßt?« Ty blickte auf und sah Chase forschend ins Gesicht.

»Es ist eine ganze Reihe von Dingen zusammengekommen, Ty. Manches davon läßt sich auf seinen und meinen Vater zurückverfolgen – und auf deine Mutter. Nachdem ich die Ranch übernommen hatte, kam es zu einem Zwischenfall zwischen Culley und mir. Es ist eine sehr lange Geschichte, aber er glaubt, triftige Gründe für seinen Haß auf die Calders zu haben. Und es gibt einige Leute, die ihm in diesem Punkt zustimmen würden«, fügte Chase zu, wobei er eine Schulter hochzog. »Was du dir an der ganzen Sache merken solltest, Ty, ist: Wenn jemand dich haßt, dann nimm es nicht persönlich. Er verflucht nicht dich, dich als Person, und daher hast du keinen Grund zu glauben, daß mit dir etwas nicht stimmt. Tu einfach das, was du für richtig und für gerecht hältst, und überlaß es den anderen, es so zu beurteilen, wie sie wollen.«

»Ja«, seufzte er, und eine verbitterte Resignation schlich sich auf sein Gesicht. Chase schloß seine Hand um die Steine und warf sie dann auf den Boden.

»Meinst du nicht, du solltest dich jetzt wieder an die Arbeit machen?« schlug er vor.

»Stimmt.« Ty setzte ein breites Grinsen auf und wandte sich dem Schubkarren zu. Chase beobachtete ihn noch einen Moment lang, ehe ihn seine eigene Pflicht wieder rief.

Maggie war selbst erstaunt darüber, wie schnell sie sich wieder an den Alltag auf einer Ranch gewöhnt hatte. Innerhalb von nicht mehr als zwei Wochen war es bereits so, als sei sie nicht sechzehn Jahre, sondern nur wenige Monate fort gewesen. Sie stand mit der Sonne auf, und wenn Ty und Chase nach unten kamen, stand das Frühstück auf dem Tisch. Ruth hatte die Küchenarbeit mit Freuden an Maggie abgetreten, wenngleich sie ihr auch weiterhin im Haushalt half.

Doch es war mehr als nur das. Die Wortwahl und der Akzent des Westens und der Landarbeiter wurden ihr wieder geläufig und schlichen sich ganz natürlich in ihre Gespräche ein. Schon nach zwei Ausritten hatte sie sich wieder an den weniger exakten Reitstil des Westens gewöhnt. Es gab flüchtige Momente, in denen sie beim Ausreiten tatsächlich vergaß, daß sie jemals anderswo als in dieser gewaltigen Weite gelebt hatte.

Dreimal war sie zu ihrem Bruder geritten, ohne ihn zu Hause anzutreffen. Chase gegenüber hatte sie davon nichts erwähnt. Es war schwierig, ihre Beziehung zu Chase zu beschreiben. Sie sah ihn selten, von den Mahlzeiten einmal abgesehen. Die Abende verbrachte er vor schier endlosen Bergen von Papierkram, den der Buchhalter, den er eingestellt hatte, nicht erledigen konnte, weil es sich um Dinge handelte, die seine persönliche Aufmerksamkeit erforderten. Im großen und ganzen gingen sie höflich miteinander um, aber es gab auch Zeiten, zu denen ihre Unterhaltungen gespreizt und verkrampft waren. Zu solchen Spannungen kam es, wenn Maggie nicht so tun konnte, als gäbe es ihn nicht und als trüge sie nicht seinen Ehering. Diese Zeiten fielen ausnahmslos mit den Momenten zusammen, in denen sie sich danach verzehrte, in den Arm genommen und berührt zu werden – und die natürlichen Bedürfnisse ihres Körpers unbefriedigt blieben. Dann fiel es ihr nicht leicht, ihn anzusehen und nicht an andere Zeiten zu denken, in denen er diese Bedürfnisse gestillt hatte. Noch schlimmer wurde alles dadurch, daß Chase auf die rauhe, abgehärtete Art der Calders so verdammt attraktiv war.

Da sie ihn täglich sah und ihn mit Ty zusammen sah, wurde es zunehmend schwieriger, ihre alte Abwehr gegen ihn aufrechtzuerhalten und sich in die glühende Intensität ihrer früheren Abneigung gegen ihn hineinzusteigern. In den Nächten, in denen sie nicht schlafen konnte, lag sie im Bett und verglich ganz bewußt Chase mit Phillip: Phillip mit seinen vornehmen Manieren, makellos gekleidet, charmant und zuvorkommend – und auf der anderen Seite Chase mit seiner derben Autorität, seiner strapazierfähigen Arbeitskleidung und seiner rauhen Erdverbundenheit. Bei Phillip war sie emotional abgesichert gewesen. Bei Chase war sie es nicht.

Ihre langen nachmittäglichen Ausritte dienten dazu, die Zeit zu vertreiben und dem Calder-Einfluß, den das ganze Haus ausstrahlte, zu entkommen. Sie gestand sich nie ein, daß sie sich erschöpfenden Ritten hingab, um am Abend so müde zu sein, daß sie einschlafen konnte.

Den ganzen Tag lang sah es nach Regen aus, und Maggie war gezwungen, zu Hause zu bleiben. Daher konzentrierte sie sich ganz darauf, für den Abend ein besonderes Essen zuzubereiten. Sie hatte Tucker aufgesucht und ihn gebeten, ihr von einem der geschlachteten Jungrinder, die im Kühlraum aufbewahrt wurden, Rippensteaks servierfertig vorzubereiten. Alle Beilagen, die sie auswählte, waren Gerichte, die Phillip besonders gern gemocht hatte – angefangen bei der Grapefruit als Vorspeise bis hin zu den kleinen Erbsen und den Perlzwiebeln in einer leichten Sahnesauce. Selbst das Kleid, das sie trug, war ein Kleid, das ihm besonders gut gefallen hatte, ein Seidenkleid in strahlendem Pfauenblau mit einem gewagten grünen Muster.

Nach getaner Arbeit duschte sich Chase immer, ehe er sich zum Abendessen an den Tisch setzte. Als Zugeständnis an ihre Gewohnheit, sich zum Abendessen umzuziehen, trug er gewöhnlich ein weißes Hemd, doch es stand am Hals offen, und die Ärmel waren hochgekrempelt und zeigten seine breiten flachen Handgelenke und die behaarten Unterarme. Und Ty ahmte ihn nach.

Als die beiden an diesem Abend das Eßzimmer betraten, war es dasselbe. Chase sah sie kaum an, sondern sein Blick fiel auf den Tisch, der mit dem guten Porzellan, Weinschwenkern und den schweren silbernen Kerzenständern gedeckt war. Er ging auf den Stuhl am Kopfende des Tisches zu und zog fragend eine Augenbraue hoch.

»Und der Anlaß?« fragte er.

»Kein Anlaß«, erwiderte sie abweisend und ging in die Küche, um die Grapefruit-Vorspeise zu holen.

Maggie war durchaus klar, daß Ruth Haskell eine sehr gute Köchin gewesen war, aber es hatte ihr einfach an Fantasie gemangelt. Ihre Mahlzeiten waren immer Variationen ein und desselben Themas gewesen: Suppe, Rindfleisch, Kartoffeln, Gemüse und eine Nachspeise. Als Maggie jetzt die raffiniert zubereitete halbe Grapefruit vor Chase hinstellte, beobachtete sie, daß er mit einem gewissen Erstaunen eine Augenbraue hochzog, doch er äußerte sich nicht zu der abgewandelten Speisenfolge. Er sagte nicht einmal, ob es ihm schmeckte oder nicht, und das erboste sie ein wenig. Auch zu dem Salat äußerte er sich nicht, der aus frischen Spinatblättern, die sie in Ruths Garten gepflückt hatte, zubereitet war. Die Salatsauce hatte sie nach einem Rezept zubereitet, das ihr Phillips Köchin gegeben hatte. Aber Chase würdigte mit keinem Wort ihre Kochkünste.

Das Fleisch war perfekt gelungen – saftig, innen rot und zart. Als sie Chase den Hauptgang servierte, starrte er das Fleisch an. »Das Fleisch ist nicht durch.«

»Es ist genau richtig. Dieses Stück ißt man genau so.« Sie warf einen Blick auf ihren Sohn. »Würdest du mir bitte die Meerrettichsauce reichen?«

Als Ty seine Hand nach der silbernen Sauciere ausstreckte, sagte Chase: »Mir ist durchgebratenes Fleisch lieber. Würdest du es noch einmal in die Küche mitnehmen und es fertig braten?« Die Frage war eine Anweisung.

»Nein, das werde ich nicht tun!« Sie hatte sich so sehr bemüht, alles perfekt zuzubereiten, auch das Fleisch.

Chase faltete seine Serviette zusammen, schob seinen Stuhl zurück und stand vom Tisch auf. Maggie sah ihn stirnrunzelnd an. »Was machst du da?«

»Wenn du es nicht durchbrätst, werde ich es eben tun«, sagte er seelenruhig, ehe er mit seinem Teller in die Küche ging.

Im ersten Moment starrte sie ihm verblüfft nach. Dann sprang sie auf und eilte wütend hinter ihm her. Sie kam in dem Moment in die Küche, als er sein Steak mit der Gabel aufspießte, in die Pfanne legte und sie auf den Herd stellte.

»Ist dir eigentlich klar, welche Mühe ich mir heute abend gemacht habe?« Ihre Stimme zitterte vor Anstrengung, sich zu beherrschen. »Ich habe schwer gearbeitet, damit alles genau richtig wird, und du …«

»Du hättest wissen können, daß ich durchgebratenes Rindfleisch mag.«

»Du magst es? Du hast absolut keinen Geschmack!« Sie biß die Zähne zusammen. »Du bist mit Steak und Kartoffeln glücklich zu machen.«

Er hatte die Hände in die Hüften gestemmt, als er sie ansah. »Ich hatte von Anfang an das Gefühl, daß das alles auf etwas hinausläuft. Warum sonst hättest du diese Kochkünste zur Schau stellen sollen?«

»Als ob du je etwas anderes als verkohlte Steaks gegessen hättest«, spottete sie.

Seine Augen wurden schmal. »Zu deiner Information: Ich habe in Dallas eine bessere gedünstete Grapefruit gegessen, und in der Salatsauce war zuviel Essig.« Seine Kritik ließ ihr das Wort im Hals steckenbleiben. »Ich habe nichts gegen Abwechslung. Und ich habe auch nichts gegen das Ungewöhnliche. Aber wenn du das nächste Mal angeben willst, dann streck deine Nase nicht ganz so hoch in die Luft, und bilde dir nicht ein, du seist die einzige, die weiß, was gut ist. Und vergiß nicht – ich mag durchgebratenes Fleisch!«

Sie drehte sich auf dem Absatz um, und seine Bemerkungen saßen, weil sie stimmten. Sie hatte beweisen wollen, daß er nichts von guter Küche verstand. Sie hatte nach einer Gelegenheit gesucht, herablassend und gönnerhaft sein zu können. Sie hatte etwas Besseres sein wollen, als er es war, damit er ihre Beachtung nicht wert war. Sie hatte ihn als den dummen Bauern hinstellen wollen, während sie die Dame war. Aber jetzt war sie diejenige, die die Kritik einstecken mußte.

Als sie das Eßzimmer betrat, kam ihr Ty entgegen, der mit seinem Teller und dem Steak auf dem Weg zur Küche war. »Was willst du mit deinem Teller?«

Er zuckte voller Unbehagen die Achseln. »Ich habe noch nie ein durchgebratenes Steak gegessen. Ich dachte, ich probiere es auch mal.«

»Aber du mochtest es immer, wenn es innen noch roh war«, wandte sie ein. Es erschien ihr als die absolute Abtrünnigkeit.

»Ich habe es nie anders gegessen – und woher soll ich also wissen, daß ich es nur so mag?« argumentierte er.

Dagegen konnte Maggie nichts einwenden. Sie aß ihr Fleisch allein, während ihr Mann und ihr Sohn in der Küche darauf warteten, daß ihr Fleisch fertig würde.

31.

Als sich Maggie den Ranch-Gebäuden näherte, sah sie Tucker, der ihr von der Hintertür der Küche zuwinkte und ihr bedeutete, daß er sie sprechen wollte. Sie lenkte das widerstrebende Pferd auf ihn zu, das sich nur äußerst unwillig von dem Hafer ablenken ließ, der es in seinem Stall erwartete.

»Hallo.« Sie hielt ihr Pferd an und schwang sich aus dem Sattel, als sie vor Tucker stand. Ein zügiger Ritt hatte Farbe in ihre Wangen gebracht und ihr schwarzes Haar zerzaust, das gelockt unter ihrem Hut herauslugte.

»Culley läßt dir ausrichten, daß er dich um vier Uhr am Osttor der Nordweide treffen will. Hier, nimm die Schlüssel von meinem Wagen. Es ist der grüne. Du kannst es gerade noch schaffen. Ich kümmere mich um dein Pferd.«

Sie drückte ihm die Zügel ihres Pferdes in die Hand und nahm die Schlüssel entgegen, die er ihr angeboten hatte. Was diese Nachricht wirklich bedeutete, ging ihr erst auf, als sie auf die Straße eingebogen war, die nach Norden führte. Culley hatte sie aufgefordert, sie auf der Nordweide zu treffen – dort, wo sie und Chase sich früher getroffen hatten, auf Calder-Land. Und Chase hatte ihn gewarnt, keinen Fuß auf sein Land zu setzen.

Ihre Zehen drückten das Gaspedal durch, und der Tachometer zeigte fünfundfünfzig Meilen an. Plötzlich erschreckte sie das Risiko, das ihr Bruder einging, indem er sich Chase bewußt widersetzte ... wie auch schon ihr Vater die Warnung seines Vaters mißachtet hatte. Eine Staubwolke stieg hinter dem vorwärtspreschenden Wagen auf.

Als sie die Nordweide erreichte, fuhr sie etwas langsamer, weil sie ein Pferd und einen Reiter über die offene Weide kommen sah. Im ersten Moment hielt Maggie den schlanken Reiter für ihren Bruder, und wieder wurde sie von Furcht ergriffen, weil er so ungeschützt und demonstrativ über das Land der Calders ritt. Dann erkannte sie Buck Haskell. Zum Glück ritt er in die Richtung, die dem Osttor entgegengesetzt war. Sie seufzte erleichtert auf.

Von Culley war nirgends eine Spur zu sehen, als sie den Treffpunkt erreichte, den er bestimmt hatte. Sie stieg aus dem Wagen und sah auf ihre Uhr. Sie war fünf Minuten zu spät gekommen.

War er wieder fortgeritten, als sie zum vereinbarten Zeitpunkt nicht aufgetaucht war? Sie hoffte es.

Hohe Pfosten flankierten beide Seiten des Tores; Maggie kletterte auf die zweite Stange von oben, weil sie Ausschau halten wollte, ob Culley noch zu sehen war.

Ein schriller Pfiff drang durch die Bäume an dem gewundenen Fluß. Maggie sah nach rechts, und sie erkannte das Pferd und den Reiter, die im Schatten standen. Culley schwenkte seinen Hut. Sie schwang ein Bein über die oberste Querstange des Tores, und ihr Fuß fand auf der anderen Seite auf der tieferen Stange Halt. Eilig zog sie das zweite Bein nach und sprang auf den Boden. Schnell lief sie über das offene Gelände zu den Bäumen.

»Was machst du hier, Culley? Ich habe Buck Haskell gerade vorbeireiten gesehen. Wenn er dich findet ...«

»Mach dir seinetwegen keine Sorgen.« Er tat ihre Bemerkung mit einer Handbewegung ab. »Er ist längst fort, auf dem Weg zu den Ranch-Gebäuden.« Etwas Unbesonnenes und Waghalsiges ging von ihm aus; sie konnte es in seinen Augen sehen. »Ich wußte, daß du kommen würdest.«

»Du hast es mir bestellen lassen. Natürlich bin ich gekommen.« Sie versuchte, ihre flatternden Nerven zu beruhigen, ehe sie versuchte, mit ihm zu diskutieren und ihn zu überzeugen, daß er das Grundstück verlassen sollte, ehe sie von jemandem entdeckt wurden.

»Du magst zwar mit Calder verheiratet sein, aber deine Familie ist dir immer noch wichtig.« Er sagte es mit einer solchen Heftigkeit, als brauchte er die Bestätigung ihrer Loyalität.

»Du bist mir wichtig. Abgesehen von Ty bist du alles, was ich an Familie habe.«

Er packte sie wieder an den Schultern, wie er es schon in jener Nacht im Haus getan hatte, und er sah ihr eindringlich in die Augen. »Warum bleibst du dort? Warum kommst du nicht nach Hause, dorthin, wohin du gehörst.«

»Ich kann meinen Sohn nicht im Stich lassen. Ty ist erst fünfzehn. Er braucht mich, Culley.«

»Aber er taugt nichts. Er ist ein Calder. Verlaß ihn, Maggie. Verlaß ihn, ehe es zu spät ist. Du mußt von hier fortgehen. Ich will nicht, daß du in diese Sache hineingezogen wirst.«

»In was hineingezogen? Wovon sprichst du?« Sie runzelte die Stirn, denn die Eindringlichkeit seiner Stimme beunruhigte sie.

Unwillig schüttelte er den Kopf, als sie ihn mit ihren Fragen unterbrach. »Du mußt mir vertrauen, Maggie. Habe ich etwa nicht das Richtige getan, als ich dich damals von hier fortgeschickt habe?«

»Doch, aber ...«

»Dann vertrau mir auch jetzt«, drängte er. »Ich weiß, daß Calder dich geheiratet hat, aber er macht sich nichts aus dir. Er hat es nur getan, weil er seinen Sohn haben wollte. Er hat eine Geliebte in der Stadt. Ich habe mich bemüht, Sally zu sagen, daß er ihr weh tun würde, aber sie wollte nicht auf mich hören – ganz so, wie du damals, vor langer Zeit, nicht auf mich hören wolltest. Aber ich habe recht gehabt. Diesmal mußt du auf mich hören, Maggie. Er wird dir weh tun. Wenn das alles losgeht, wird er sich gegen dich stellen.«

Alles an ihrem Bruder war übereilt und ruhelos, und seine Stimmung wechselte in Sekundenschnelle von zornigen Forderungen zu hilflosem Flehen. Dieser heftige Umschwung brachte Maggie aus der Fassung, aber sie bemühte sich, sich nichts anmerken zu lassen.

»Ich höre doch auf dich«, versicherte sie ihm. »Aber warum vertraust du mir nicht, Culley? Immer wieder erzählst du mir, daß mir Böses passiert, wenn das alles erst losgeht, aber du willst mir nicht sagen, was geschehen wird. Wieso vertraust du mir nicht?«

»Ich kann es dir nicht sagen, verstehst du das denn nicht?« Auf seiner Stirn sprang eine Ader heraus, als er eindringlich weiterredete. »Ehe du seine Ranch nicht für alle Zeiten verlassen hast, kann ich nicht riskieren, daß Calder doch einen Weg findet, dich zum Reden zu bringen. Das Leben in der Stadt hat dich entkräftet, Maggie. Du bist es gewohnt, in Seide gehüllt zu sein und wie eine Dame behandelt zu werden. Du hast vergessen, wie man hier draußen als Frau lebt.«

»Es mag sein, daß ich einiges vergessen habe« – wie zum Beispiel, wie bindend das Wort eines Mannes ist, wenn er ein Versprechen ablegt, oder wie stark die grundlegende Sehnsucht der Geschlechter nacheinander ist – »aber ich bin nicht schwach, Culley.«

Seine angespannten Züge lockerten sich und ließen ein flüchtiges Lächeln auf seinen Lippen spielen. »Vielleicht nicht. Aber du mußt diesen Ort verlassen. Wir werden es den Calders endlich heimzahlen, daß sie unseren Vater erhängt haben. Wir haben einen Plan.«

»Wir? Ist Tucker mit von der Partie?« Ihre Stimme klang überrascht, denn sie hatte geglaubt, daß Tucker damit abgeschlossen hatte.

Er strahlte sie an, und sein Gesicht wirkte verschlagen. »Von außen kommt man nicht an einen Calder ran. Aber wenn man von innen angreift, zeigt er seine Blößen. Diesmal kriegen wir ihn. Aber du mußt gehen, ehe all das beginnt. Du hast nicht mehr viel Zeit.«

»Wann soll es losgehen?« fragte sie.

»Bald«, war alles, was er sagte. »Du mußt fortgehen, Maggie. Ich will, daß du fort bist, in Sicherheit. Du glaubst, alles wird gutgehen, weil er dich geheiratet hat, aber das stimmt nicht. Nichts ist in Ordnung, solange Calder nicht in seinem Grab liegt.«

»Culley –« sie hatte plötzlich große Angst – Angst um ihn und Angst um Chase. Und doch konnte sie in ihrem Innersten nicht glauben, daß ihr Bruder die Absicht hatte, Chase zu töten. Es war nur eine dumme Redensart gewesen. Nicht einmal in seinen wildesten Träumen wäre er zu einer derartigen Gewalttat in der Lage. »Culley«, begann sie noch einmal mit beherrschterer Stimme, um von dem Thema abzulenken. »Ich habe kürzlich Doc Barlow in der Stadt gesehen.« Sie log, denn es war Chase, der mit ihm geredet hatte. »Er hat erwähnt, daß er vorhat, demnächst einmal abends rauszukommen und dich zu besuchen. Ist er dagewesen?«

»Ja.« Er ließ sie los. Maggies Schultern prickelten dort, wo er sie umklammert hatte. »Er ist letzte Woche vorbeigekommen und hat gesagt, daß ich müde und überarbeitet wirke, und er wollte, daß ich in seine Praxis komme, damit er mich untersuchen kann. Er hat behauptet, es gebe Tabletten, die er mir verschreiben kann, damit ich nachts besser schlafe.«

»Ja, die gibt es«, bestätigte Maggie nachdrücklich.

»Ich dachte, du würdest es verstehen.« Er sah sie grimmig an. »Ich will nicht ruhig schlafen, ehe ich mit Calder abgerechnet habe.« Er ging zu seinem Pferd und schwang sich auf den Sattel. »Bleib nicht hier, Maggie. Ich kann nicht so auf dich aufpassen, wie ich es tun müßte, solange du hier bist.« Er wandte sein Pferd um und ritt davon.

Als Chase das Haus betrat, blieb er stehen und lauschte, aber kein Laut begrüßte ihn. Es war noch früh. Maggie war wahrscheinlich noch nicht von ihrem Ausritt zurückgekehrt. Er hätte nur zu gern gewußt, wohin sie ritt ... und mit wem sie sich traf – ob es ihr Bruder oder jemand anderer war.

Die unbeantworteten Fragen und der aufsteigende Argwohn setzten sich in ihm fest, lasteten auf ihm und beschäftigten ihn. Er hatte ihr von Anfang an gesagt, daß sie frei war – daß sie kommen und gehen konnte, wie es ihr paßte; die Heirat war eine reine Formsache gewesen, die gewährleistete, daß Ty bei ihm blieb, und daher hatte er keinen Grund, Rechenschaft von ihr zu fordern. Die Möglichkeit, daß sie sich mit einem anderen Mann als ihrem Bruder traf, weckte Gefühle in ihm, die der Eifersucht sehr nahe kamen.

Da er einige Telefonate zu erledigen hatte, betrat er das Arbeitszimmer, doch er ging zur Bar, statt sich gleich an seinen Schreibtisch zu setzen, und schenkte sich einen Whisky ein. Die Portion war reichlich bemessen, und er goß eine Hälfte auf einen Zug hinunter, weil er sich ein Brennen wünschte, das seine glühende Eifersucht dämpfen und sie zu Asche verkohlen lassen würde. Er machte es sich auf einem Ledersessel bequem, streckte die Beine aus und lehnte seinen Kopf zurück, um den steinernen Kamin zu betrachten, und zündete sich einen Stumpen an. Hatte wohl irgendeiner seiner Vorfahren eine Ehe mit getrennten Schlafzimmern hingenommen? Wenn ein Mann seine Frau nicht im Haus halten konnte, war er nicht wirklich ein Mann. Aber er hatte zu alldem auch noch seine ausdrückliche Genehmigung gegeben.

Energien stauten sich in ihm an, ohne freigesetzt zu werden, die heftige Enttäuschung des Begehrens ohne das Recht, Besitz zu ergreifen, eben weil er auf dieses Recht verzichtet hatte. Er stürzte den Rest Whisky hinunter und sprang auf. Er machte einen Schritt in Richtung Bar und blieb stehen. Die Antwort konnte nicht darin liegen, sich zu betrinken. Er stellte das Glas auf einen Tisch und drehte sich um. Arbeit. Seinen Kopf bis zum Rand mit anderen Gedanken füllen. Seinen Körper in die Erschöpfung zu treiben, bis er kein anderes Bedürfnis mehr kannte als das nach Schlaf.

Er ging zum Schreibtisch, um die Telefonate zu erledigen, und blieb abrupt stehen. Jede Spur von Farbe wich aus seinem Gesicht.

Mitten auf dem Schreibtisch lag eine Miniaturschlinge aus einem weißen Faden. Sie stimmte bis ins Detail; es war der neunfach geschlungene Henkersknoten.

Wie war sie hierhergekommen? Wer hatte sie dort hingelegt? Wer konnte ihre Bedeutung kennen? Nur eine Handvoll von Männern, und die meisten von ihnen konnte Chase bedenkenlos von seiner Liste streichen. Somit blieben nur noch drei Menschen übrig – Maggie, Culley und Tucker. Maggie war seine Frau, aber sie konnte nicht von der Liste gestrichen werden. Kalter Zorn erfüllte ihn. Damals hatte er sie für unschuldig gehalten und nicht geglaubt, daß sie an den Viehdiebstählen beteiligt war, doch sie hatte davon gewußt – und war an einem der Beutezüge sogar selbst beteiligt gewesen.

Die Haustür fiel ins Schloß, und er wandte seinen Kopf um. Er hörte die Schritte – leichte, weibliche Schritte. Es war Maggie. Er hatte ihren Schritten schon oft genug gelauscht, wenn er abends hinter seinem Schreibtisch saß und arbeitete. Er öffnete die große Doppeltür.

»Maggie?« Sein entschiedener Tonfall ließ sie auf dem halben Weg durch das Wohnzimmer stehenbleiben; sie hielt ihren Hut in der Hand. Sie wirkte müde, aber der Ritt hatte Farbe in ihre Wangen gebracht. »Würdest du einen Moment herkommen? Ich will mit dir reden.«

Sie beugte sich seinem Willen auf diese stille, wortkarge Art, die ihn durch ihre Herablassung provozierte. »Selbstverständlich.« Sie kam auf ihn zu und fuhr sich dabei mit einer Hand durch ihr Haar, das sich bis fast auf ihre Schultern lockte.

Er wartete, bis sie in der Tür stand, ehe er sich umdrehte, um sie an den Schreibtisch zu führen. Aus dem Augenwinkel sah er den Schock, der sie erbeben ließ, und er drehte sich um, um ihre Reaktion zu beobachten. Sie war mitten in der Bewegung erstarrt, und ihre weitaufgerissenen Augen blickten auf die Miniaturschlinge, während ihr Gesicht gespenstisch bleich wurde. Es war eine Reaktion die keine Schauspielerin zustande gebracht hätte. Ihm wurde klar, daß sie nichts von der Schlinge auf seinem Schreibtisch gewußt hatte, denn sonst wäre sie auf diesen Anblick besser vorbereitet gewesen. Der Zorn, der noch in ihm brodelte, richtete sich jetzt ganz gegen sich selbst, weil er ihr das angetan hatte

»Maggie.« Seine Stimme klang energisch, konnte jedoch den morbiden Bann der Schlinge nicht brechen.

Sie riß den Kopf herum, und Tränen strömten in ihre Augen. »Hältst du das vielleicht für einen besonders gelungenen Scherz?« Sie würgte an den Worten.

»Ich mußte herausfinden, ob du etwas davon gewußt hast.« Er ging zur Bar und schenkte ihr einen Drink ein. Sie folgte ihm.

»Ob *ich* etwas davon gewußt habe?« Sie hatte ihre Finger auf die Brust gepreßt und betonte ihre Worte, mit denen sie eine Erklärung forderte.

»Ja. Das hat auf dem Schreibtisch gelegen, damit *ich* es finde – nicht du. Hier, trink das.« Er hielt ihr ein Glas Whisky hin.

Sie winkte mit einer unwilligen Geste ab. »Nein, ich will nichts. Willst du damit sagen, daß jemand …« Sie runzelte die Stirn und ließ den Satz unbeendet in der Luft hängen.

»Ja.«

»Aber wer könnte …« Wieder unterbrach sie sich »Die Liste derer, die in Frage kommen, ist sehr kurz.« Chase warf einen Blick auf das Glas in seiner Hand und hob dann seine Lider, um ihr in die Augen zu sehen. »Hast du deinen Bruder in der letzten Zeit gesehen?«

Sie trat an eins der Fenster, starrte hinaus und rang die Hände. »Ja, ich habe ihn gesehen.«

»Hast du noch irgend etwas von dem, was er gesagt hat, in Erinnerung?«

»Er hat eine Menge wüster Dinge erzählt, aber er hat schon immer davon geredet, mit dir abzurechnen. Selbst in seinen Briefen hat er immer wieder davon gesprochen. Aber er hat nie etwas getan.«

»Dieser Henkerstrick ist mehr als ein paar Worte.«

»Ich weiß.« Sie sah auf ihre Hände herunter. »Er ist mein Bruder, Chase. Ich mache mir Sorgen um ihn.«

»Seine Einschüchterungstaktik – oder wie auch immer er dies genannt haben möchte – ist wirkungslos. Das kannst du ihm von mir ausrichten«, sagte er grimmig.

Sie drehte ihren Kopf um, um ihn anzusehen, und ihr im übrigen ruhiger Gesichtsausdruck zeigte eine gewisse Verzweiflung. »Ich will nicht, daß ihm etwas zustößt.«

Seine Nasenflügel bebten in verhaltenem Zorn. »Ist dir denn völlig egal, was mir zustößt?«

»Natürlich nicht!« Die lodernde Glut in ihren Augen verbrannte ihn. Im ersten Moment glaubte Chase, zu der Maggie durchgedrungen zu sein, die er von früher kannte. Dann trat kühle Beherrschung in ihren Blick. »Mir ist kein Mensch völlig gleich.«

»So?« verspottete er sie, als sie wieder aus dem Fenster sah. »Manchmal frage ich mich, ob das stimmt.« Er nahm wahr, daß ihre Hände sich bewegten, und als er seinen Blick auf ihre Finger senkte, stellte er fest, daß sie ihren Ehering zwischen den Fingern drehte. »Ist der Ring zu weit?« Sein symbolischer Gedanke war der, ihn enger zu machen und jede Blutzufuhr abzuschneiden.

»Nein.« Sie schlug die Augen nieder und sah ihre Hände an, als hätte sie bisher nicht bemerkt, was sie getan hatte. »Ich bin nur den Ring meines Mannes gewohnt.«

»Ich bin dein Mann.« Sein Mund war ein schmaler weißer Strich.

Eine Starre senkte sich auf sie herab. »Ja.« Dann hob sie den Kopf, so kühl und gefaßt, daß er sie am liebsten an den Schultern gepackt und gerüttelt hätte. »Entschuldige mich jetzt. Ich muß mich noch duschen und umziehen, ehe ich das Abendessen richte.« Sie ging, ohne ihn noch einmal anzusehen.

Chase lauschte ihren Schritten. Als Maggie die Stufen hinaufstieg, kippte er den Whisky, den er ihr eingeschenkt hatte, und umklammerte das leere Glas. In einem Anflug von Zorn schleuderte er es in den Kamin, und dort zersprang es; die Splitter fielen in die geschwärzte Feuerstelle.

Am nächsten Morgen staubte Maggie gerade die Möbel im Wohnzimmer ab, und Ruth wischte mit dem Mop über den gekachelten Fußboden. Sie hörte Chase eintreten, aber sie blickte nicht auf, weil sie davon ausging, daß er auf dem Weg in sein Arbeitszimmer war. Es dauerte etliche Sekunden, bis sie seinen Blick auf sich spürte und ihr klarwurde, daß er sie beobachtete. Sie drehte sich plötzlich um und sah die ausgehungerte Gier in seinem Blick, ehe er sie von seinem Gesicht wischte. Ihr Puls schlug plötzlich schneller und heftiger, denn dieser Einblick in seine Begierden hatte sie verstört.

»Ich bin heute nicht auf der Ranch und komme daher auch nicht zum Mittagessen«, sagte er. »Es kann sein, daß ich spät nach Hause komme. Wenn ich um sieben noch nicht hier bin, dann warte mit dem Abendessen nicht auf mich.«

»In Ordnung.« Ihre Stimme klang unbeteiligt. Statt der üblichen Arbeitskleidung trug er einen Anzug, der ganz im Stil des Westens geschnitten war, und ein weißes Hemd, alles maßgeschneidert für seinen großgewachsenen, muskulösen Körper. Die Wirkung war die von Stärke und Autorität – und einem Behagen an beidem.

Er schien noch etwas sagen zu wollen, überlegte es sich dann aber anders, als er Ruth ansah. Er setzte einen eierschalfarbenen Stetson auf, drehte sich um und ging zur Tür. Als sich die Tür hinter ihm schloß, atmete Maggie die Luft aus, die sie unbewußt angehalten hatte, und sie beugte sich vor, um einen Beistelltisch abzustauben.

»Habt ihr euch gestritten?« Diese Frage von Ruth ließ Maggie zusammenfahren.

»Nein, natürlich nicht«, erwiderte sie in einem betont beiläufigen Ton.

Das kurze Schweigen, das darauf folgte, stellte klar, daß Ruth Haskell nicht wirklich daran glaubte, daß diese Ehe unproblematisch war. »Versuch, ihn zu verstehen, Maggie«, sagte sie schließlich. »Die Leitung des dreifachen C ist eine Aufgabe, mit der eine gewaltige Menge von Druck und Verantwortung verbunden ist. Ich erinnere mich, daß Lillie – Webbs Frau – mir immer wieder gesagt hat, diese Aufgabe verlange von Webb, mehr als nur ein Mann zu sein. Und der einzige Zeitpunkt, zu dem er ›nichts weiter als ein Mann‹ sein konnte, war, wenn sie nachts die Schlafzimmertür hinter sich schlossen.«

Diese Intimitäten – die Vertraulichkeiten, die ein Mann und seine Frau miteinander teilten – waren etwas, das Maggie Unbehagen bereitete. Chase war ihr Mann. Trotz ihres gestrigen Ausrutschers sah sie ihn auch als genau das an. Das war es auch, weshalb sie sich vor dem fürchtete, was Culley aushecken mochte.

»Chase ist das Herz des dreifachen C. Er pumpt Leben in die fernsten Ausläufer der Ranch, verbindet sie alle miteinander und sorgt dafür, daß es als Gesamtheit gesund bleibt«, fuhr Ruth ruhig fort. »Das Herz muß stark und gesund sein. Ein Calder ist ein Mann von einer ganz besonderen Sorte, Maggie. Und nur eine bestimmte Sorte von Frau kann an seiner Seite stehen. Ich war erst nicht ganz sicher, aber du bist eine solche Frau.« Ein zartes Lächeln spielte um ihren Mund. »Ich weiß, daß du von Sally Brogan gehört hast. Eine

Frau weiß immer von der anderen Frau im Leben ihres Mannes. Sie ist ein sanfter, liebenswerter Mensch, der eines seiner Bedürfnisse gestillt hat – sie hat ihm einen ruhigen Ort gegeben, an den er kommen konnte, und sie hat ihm eine Zuneigung entgegengebracht, die frei von Forderungen war. Aber sie ist – wie ich – ein Schatten, dem es bestimmt ist, im Hintergrund zu bleiben. Du bist wie Chase, du kannst dich in die helle Sonne stellen und sie auf deine Mängel und auf deine Stärken scheinen lassen. Du gehörst auf dieselbe Weise in dieses Haus, wie Lillie hierhergehört hat.« Plötzlich fiel ihr auf, wieviel sie geredet hatte, und daß Maggie zu alldem geschwiegen hatte. Ein kläglicher, entschuldigender Ausdruck trat auf ihr Gesicht. »Es tut mir leid. Ich sollte das alles wohl gar nicht sagen, aber Chase ist für mich wie ein eigener Sohn. Ich habe ihn großgezogen und ... ich möchte ihn glücklich sehen. Ich weiß, daß du alles hast, was nötig ist, um ihn sehr glücklich zu machen.«

Maggie murmelte eine halbwegs passende Antwort und bemühte sich, nicht über das nachzudenken, was die Frau zu ihr gesagt hatte, aber die Worte gingen ihr bei der Hausarbeit nicht aus dem Kopf und erfüllten sie mit einem unbewußten Besitzerstolz, der zuvor nicht dagewesen war. Sie ertappte sich dabei, daß sie Möbel umstellte und dem Haus einen Hauch ihrer Persönlichkeit aufdrückte. Sie kam gar nicht auf die Idee, daß sie somit ihrer Rolle als Hausherrin eine gewisse Dauerhaftigkeit verlieh. Zu viele ihrer bewußten Gedanken waren damit in Anspruch genommen, sich Sorgen über diese Miniaturschlinge und die Art von Drohung zu machen, die damit ausgedrückt werden sollte. Am Nachmittag ritt sie über die Hügel der Shamrock-Ranch und suchte erfolglos ihren Bruder, und ihre Hoffnung, ihm seine Pläne, die sie nicht kannte, auszureden, blieb unerfüllt.

Chase war abends um sieben noch nicht zu Hause. Als Ty nach unten kam, nachdem er sich geduscht und sich umgezogen hatte, bemerkte er, daß der Tisch nur für zwei Leute gedeckt war und daß am Kopfende des Tisches nicht gedeckt worden war.

»Wo ist Dad?«

»Er hat gesagt, daß wir ...«, Maggie stockte, als ihr klarwurde, wie selbstverständlich Ty von Chase als seinem Vater sprach – und wie selbstverständlich sie gewußt hatte, von wem er sprach. »Er hat gesagt, daß wir nicht mit dem Abendessen auf ihn warten sollen. Er hatte heute geschäftliche Angelegenheiten außerhalb zu erledigen, und daher kann es sein, daß er spät nach Hause kommt.«

»Dann ißt er wahrscheinlich bei Sally«, entschied Ty und zog seinen Stuhl zurück, um sich zu setzen.

Die Erwähnung dieser anderen Frau traf einen wunden Punkt. Maggie erinnerte sich plötzlich an die Gier, die sie an diesem Morgen in Chases Augen gesehen hatte, ehe er das Haus verlassen hatte. Er hatte Bedürfnisse, die sie als seine Frau nicht befriedigt hatte. Plötzlich bestürmten sie Bilder von Chase in den Armen der rothaarigen Witwe. Es war verrückt, aber dennoch wahr. Sie war eifersüchtig.

32.

Es war fast zehn Uhr, als sie sich in ihr Schlafzimmer zurückzog. Sie war nicht müde, aber Chase war immer noch nicht zurückgekommen, und sie wollte ihm nicht den Eindruck vermitteln, daß sie aufblieb, um auf ihn zu warten. Daher wälzte sie sich schlaflos in ihrem Bett hin und her und sah zu, wie die beleuchteten Zeiger der Uhr auf dem Nachttisch die Minuten anzeigten, die vergingen.

Kurz vor elf hörte Maggie den Wagen vorfahren. Sie wußte, daß es Chase war – so, wie sie auch gewußt hatte, wo er während all dieser Zeit gewesen war und mit wem er zusammengewesen war. Der Schmerz, den ihr das verursachte, tarnte sich als wütende Abscheu.

Chase war müde von der langen Sitzung mit den Anwälten und der langen Heimfahrt, und es ärgerte ihn, das Haus dunkel vorzufinden; nicht eine einzige Lampe brannte. Maggie hätte zumindest ein Licht für ihn anlassen können. Er fühlte sich ausgelaugt, als er die Stufen zur Veranda hochstieg und zur Tür ging. Er hatte nichts gegessen, aber die Aussicht, jetzt den Kühlschrank zu durchstöbern, um dann allein in der Küche zu essen, lockte ihn nicht sonderlich.

Er betrat das Haus und machte sich nicht die Mühe, das Licht einzuschalten. Als er zwei Schritte in das Wohnzimmer hineingegangen war, stieß er gegen einen Tisch, rammte mit einer Kniescheibe ein Tischbein und warf den Tisch um. Das, was auf dem

Tisch gestanden hatte – was auch immer es gewesen sein mochte – fiel klirrend auf den Fußboden. Chase hielt sich das Knie, fluchte und wich zur Seite aus, jedoch nur, um gegen einen Stuhl zu rempeln, der dort, wo er stand, ebenfalls nichts zu suchen hatte.

Das Getöse im Erdgeschoß ließ Maggie aus dem Bett aufschrecken. Es klang, als sei dort unten jemand, der alles umwarf. Sie griff erschreckt nach ihrem Morgenmantel, eilte aus dem Schlafzimmer und blieb auf dem oberen Treppenabsatz stehen, um das Licht im Treppenhaus anzumachen. Sie hatte das gedämpfte Fluchen gehört, aber sie sah Chase, der sich im Schatten des Wohnzimmers zusammenkauerte und sich das Knie hielt, erst, als sie den unteren Treppenabsatz erreichte. Ihr erster Gedanke war, er sei betrunken. Dann blickte er auf und sah sie; sie war wie erstarrt auf dem Treppenabsatz stehengeblieben.

»Was geht da unten vor?« fragte sie in eisigem Zorn, als sie den Tisch und die zerbrochene Vase sah.

»Ich bin gegen diesen verdammten Tisch gestoßen!« Er ließ sein Knie gerade lange genug los, um auf den umgekippten Tisch zu deuten.

»Warum hast du kein Licht eingeschaltet, damit du siehst, wohin du trittst, statt gegen die Möbel zu rennen und das ganze Haus aufzuwecken?« fauchte sie.

»Ich hätte nicht geglaubt, daß ich Licht brauche!« Seine Stimme war genauso gepreßt und genauso wütend. »Was, zum Teufel, hat dieser Tisch mitten im Zimmer zu suchen?«

»Ich habe die Möbel umgestellt – das hatte er dort zu suchen!« gab Maggie zurück.

»Daran, wie die Möbel standen, war nichts auszusetzen! Dieser Tisch und dieser Stuhl haben mehr als dreißig Jahre lang in dieser Ecke gestanden!«

Ihre Hand stemmte sich herausfordernd in ihre Hüfte. »Dann ist es an der Zeit, ihn woanders hinzustellen!« Der Morgenmantel flatterte um ihre Knöchel, als sie auf dem Absatz kehrtmachte, um die Treppe wieder hinaufzusteigen.

»Komm sofort zurück!« befahl er, aber Maggie stieg die Treppe nur noch schneller hinauf. »Wag es nicht, jetzt wegzugehen!« Er wollte hinter ihr herlaufen und stolperte über das Tischbein. Er fluchte erbost.

Maggie hatte ihn noch nie so zornig erlebt. Plötzlich hatte sie panische Angst davor, was er tun könne, wenn er sie einholte. Sie hörte ihn hinter sich und rannte die letzten Schritte zu ihrer Schlafzimmertür, stürzte hinein und drehte den Schlüssel im Schloß um. Dann trat sie zurück und hielt den Atem an. Sie wollte ihn nicht in ihrer Nähe haben. Sie wollte nicht den Duft einer anderen Frau auf seiner Haut riechen oder wissen, daß seine Hände eine andere Frau berührt hatten. Alles in ihr lehnte sich gegen diesen Gedanken auf.

Er hatte nichts anderes im Kopf, als sie einzuholen und zur Rede zu stellen. Er griff nach der Türklinke, aber sie gab dem Druck seiner Hand nicht nach. Als ihm klarwurde, daß sie ihre Tür abgeschlossen hatte, durchfuhr es ihn wie ein weißglühendes Messer. Es gab auch so schon genügend Schranken zwischen ihnen.

Seine Faust hämmerte gegen die Tür. »Maggie! Mach diese Tür auf!« Dieser Befehl war ein gedämpftes Brüllen.

»Geh weg!«

»Du sperrst diese Tür auf, oder, ich schwöre es dir, ich werde sie eintreten!« warnte er sie, und wieder drückte er heftig die Klinke herunter.

Diesmal kam keine Antwort. Er versuchte, die Tür mit einer Schulter aufzustoßen, doch nichts rührte sich, und er verfluchte die stabile Bauweise der Tür. Jetzt gab es kein Zurück mehr. Er trat zurück und trat mit dem Fuß dicht neben das Schloß. Die Tür wackelte, aber sie hielt stand. Bei seinem zweiten Tritt hörte Chase das schwache Geräusch von zersplitterndem Holz. Er trat mit aller Kraft ein drittes Mal zu und spürte, wie das Holz nachgab. Als sein Stiefel dieselbe schwache Stelle noch einmal traf, ertönte ein ächzendes Geräusch, als das metallene Schloß aus seiner Verankerung gerissen wurde und die Tür aufflog.

Schweratmend vor Anstrengung sah er Maggie, die ein paar Schritte zurückgetreten war und sich an den Bettpfosten hinter ihrem Rücken klammerte. Wachsamkeit ging von ihr aus. Der Morgenmantel aus Satin schmiegte sich eng an ihren Körper, und durch den Stoff zeichneten sich ihre steifen Brustwarzen und die kleine Höhle ihres Nabels ab und auch das erregende V an der Stelle, an der ihre Beine aufeinandertrafen. Sie war seine Frau. Dieses Wissen stieg glühend in ihm auf und erregte ihn über jenen Punkt hinaus, an dem er sich noch an ein gegebenes Versprechen erinnert hätte.

Maggie konnte es in seinen Augen lesen, aber so sehr sein Blick auch dieselbe mitreißende Leidenschaft in ihr wachrief – ihr Stolz ließ es nicht zu, ihn an sich herankommen zu lassen, wenn er aus den Armen einer anderen Frau kam.

»Komm mir nicht zu nahe«, warnte sie ihn. »Das ist mein Zimmer, und du hast kein Recht, hier zu sein, wenn ich dich nicht ausdrücklich einlade. Und wage nicht, mich anzurühren!«

Ihre eisige Ablehnung war ein Schlag, der gegen seine Männlichkeit ausholte. Chase zahlte es ihr entsprechend zurück, und seine Lippen verzogen sich geringschätzig. »Wie kommst du darauf, daß ich daran interessiert sein könnte?« Zu seiner Befriedigung konnte er feststellen, daß sie bei seiner abschätzigen Bemerkung zusammenzuckte. Das war eine Wohltat für sein arg mitgenommenes Ego. »Aber vergiß nicht, daß ich in diesem Haus keine verschlossenen Türen dulde.« Seine Warnung hatte sowohl eine wörtliche als auch eine übertragene Bedeutung. Maggie konnte ihn aus ihrem Leben ›aussperren‹, aber er würde niemals zulassen, daß sie ihn ›ausschloß‹.

Er kehrte auf dem Absatz um und ging auf sein Zimmer zu, blieb aber stehen, als er Ty sah, der ihn vom Ende des Ganges aus anstarrte. Der bestürzte Blick auf dem entsetzten Gesicht seines Sohnes spülte seinen Zorn fort. Chase schauerte innerlich zusammen, als ihm klarwurde, wie dicht er davor gewesen war, Maggie zu vergewaltigen – ohne sich dessen bewußt zu sein, daß Ty möglicherweise zusah. Müdigkeit wogte über ihn hinweg und ließ seine Schultern nach vorn sacken.

»Geh ins Bett, mein Sohn«, sagte er mit matter Stimme. »Es ist vorbei.« Er sah, daß Ty einen besorgten Blick auf die offene, jetzt nicht mehr verschließbare Tür zu Maggies Zimmer warf. »Ich tue ihr nichts Böses«, fügte Chase hinzu. »Ich werde ihr heute nacht nicht mehr zu nahe kommen, und du kannst daher beruhigt wieder einschlafen.«

Unsicherheit schimmerte in Tys Augen auf, und es wirkte ganz so, als hätte er das aufgeschnappt, was Chase unbewußt gesagt hatte – er hatte gesagt, daß er ihr ›heute nacht‹ nicht mehr zu nahe kommen würde. Doch Ty glaubte seinem Vater und zog sich wieder in sein Schlafzimmer zurück. Chase ging langsam auf sein eigenes Zimmer zu.

Die Dämmerung brach mit wechselnden Farbspielen herein. Als die Sonne über einen Hügel lugte und sich den neuen Tag ansah, rasierte sich Chase und zog sich an. Ty ging gerade durch den Korridor, als er aus seinem Zimmer kam. Sie nickten einander zur Begrüßung zu und gingen zur Treppe. Als sie an Maggies Zimmer vorbeikamen, dessen eingetretene Tür offenstand, warf Ty einen Blick ins Zimmer und blieb stehen.

»Mom ist noch nicht auf.« Er warf Chase einen fragenden Blick zu.

Er ging weiter, ohne zu zögern, als er an der Tür vorbeikam und einen flüchtigen Blick auf das schwarze Haar auf dem weißen Kissen erhaschte. »Laß sie schlafen. Wir machen uns das Frühstück selbst.«

Nach dem Frühstück ging Ty aus dem Haus, um seinen morgendlichen Aufgaben nachzugehen, und Chase begab sich ins Büro, um sich die Berichte über den Vortag anzuhören und weitere Anweisungen zu geben. Eine Stunde später kehrte er zum Gehöft zurück. Das Haus lag still da, und nichts und niemand regte sich. Er stieg die Stufen zu Maggies Zimmer hinauf.

Er überschritt die Schwelle, die er in der Nacht zuvor nicht übertreten hatte, trat zum Bett und wollte sie wecken. Sie lag ohne Zudecke auf dem Bauch, und ihr Gesicht war zur Bettmitte gedreht. Chase blickte auf ihre schlafende Gestalt herunter, auf die schmalen weißen Schultern, die bis auf die Träger ihres Nachthemdes bloß waren. Sein Blick stahl sich an der sanften Biegung ihres Rückgrats hinunter. Dort ließ er sich von der herzförmigen Rundheit ihres Pos ablenken, den der weiche Stoff so erregend deutlich erkennen ließ.

Er wußte, daß ihm keine andere Wahl blieb, als ihr einen Klaps oder einen Kuß auf den Hintern zu geben. Er ließ seine Handfläche auf eine ihrer Pobacken klatschen. Sie erwachte mit einem keuchenden Entsetzensschrei, drehte sich auf die Seite, sah ihn an und schützte ihre Rückseite mit einer Hand. Verwirrung, Schockiertheit, Zorn und Schlaf mischten sich in ihren Zügen, während sie sich das zerzauste Haar aus dem Gesicht strich.

»Zeit zum Aufstehen«, sagte er, und sein Blick fiel auf ihr Nachthemd, das vorne aufklaffte und die Rundung einer Brust freigab.

Sie drehte ihren Kopf zu der Morgensonne um, die durch das Fenster hereinschien. Verstört runzelte sie die Stirn und schwang eilig ihre Füße aus dem Bett. »Warum hast du mich nicht eher geweckt?«

»Du brauchst dich nicht zu eilen. Ty und ich haben schon gefrühstückt. Wir haben uns das Frühstück selbst gemacht.«

»Warum hast du bis jetzt gewartet? Du hättest mich eher aus dem Bett holen können.« Sie stand neben dem Bett und hatte ihre Orientierung immer noch nicht so recht wiedergefunden.

Dieses Geschehen vor dieser Kulisse machte Chase ganz fertig – Maggie, die dastand, ganz gelöst und zerzaust und verschlafen, hinter ihr die zurückgeschlagene Bettdecke, und um sie herum die Leere des Hauses. Er ging auf die Tür zu, solange er noch die Willenskraft besaß, zu gehen.

»Ich dachte, daß du den Schlaf brauchst«, sagte er, während seine Schritte ihn zum Korridor trugen. »Ich hätte dich noch länger schlafen lassen, wenn nicht gleich einer meiner Männer käme, um deine Tür zu reparieren; ich dachte, es sei dir nicht recht, noch im Bett zu liegen, wenn er kommt.«

»Was?« Ihre bloßen Füße folgten ihm fast lautlos in den Gang und tappten eilig hinter ihm her, um ihn einzuholen. Auf ihrem Gesicht stand ein Ausdruck des Unglaubens. »Was hast du gesagt?« fragte sie verstört.

Chase blieb nur eine Sekunde lang auf dem oberen Treppenabsatz stehen, um einen Blick über seine Schulter zu werfen. »George ist Zimmermann. Er wird deine Tür wieder in Ordnung bringen.« Er hatte den unteren Treppenabsatz noch nicht erreicht, als sich ihr Zorn über ihn ergoß.

»Wenn er kommt, kannst du ihn sofort wieder wegschicken und ihm irgendeine andere Aufgabe geben!« brauste sie auf.

Er blieb stehen und sah zu ihr hinauf. Sie stand über ihm im Korridor, und ihre Hände klammerten sich um das Treppengeländer, um Halt zu finden. »Die Tür muß doch repariert werden.«

»Du hast sie eingetreten. Du kannst sie also auch selbst reparieren«, gab sie zurück.

»Ich habe Wichtigeres zu tun.« Er wollte die restlichen Stufen hinuntergehen.

»Zum Teufel mit dir, Chase Calder!« Sie stürzte hinter ihm her die Stufen hinunter. »Hast du dem Mann gesagt, wie diese Tür kaputtgegangen ist?«

»Nein.« Er bog um die Ecke.

»Du weißt doch, was er sich denken wird, wenn er die Tür sieht, oder etwa nicht?« fragte sie mit glühendem Zorn in der Stimme.

Als er die unterste Stufe erreicht hatte, blieb er stehen und drehte sich zu ihr um, und Maggie blieb auf dem Treppenabsatz stehen. »Er wird vermuten, daß du deine Tür abgeschlossen hast und daß ich sie eingetreten habe. Und genauso ist es ja auch gewesen, Maggie.« Er sah sie kühl und herausfordernd an. »Und das ist auch schon alles, was gewesen ist.«

»Aber seine Vorstellung wird über diesen Punkt hinausgehen!« Sie zitterte und stand kurz davor, ihre Selbstbeherrschung zu verlieren.

»Ich kann ihm nicht vorschreiben, was er sich vorstellt und was nicht«, erwiderte Chase.

»Ist dir denn nicht klar, wie peinlich – wie demütigend – es für mich ist, wenn irgendein Cowboy glaubt, daß du letzte Nacht meine Tür eingetreten hast, um in mein Zimmer zu kommen?!« brauste sie auf. Dann sprang sie zwei weitere Stufen hinunter.

»Du bist letzte Nacht nicht einen Moment lang auf die Idee gekommen, ich könnte es als eine Demütigung ansehen, daß meine Frau mich aus ihrem Zimmer aussperrt«, rief ihr Chase barsch ins Gedächtnis zurück. »Es ist nicht allzu lustig, wenn der Spieß umgedreht wird, was? Ein Jammer, daß du nicht an die möglichen Folgen gedacht hast, ehe du letzte Nacht die Tür abgeschlossen hast.«

Sein Hohn war beißend, und sie holte aus, um ihm eine Ohrfeige zu geben. Der Aufprall ihrer Hand auf seinen festen Körper war schmerzhaft für ihren Arm. Ihr blieb wenig Zeit, die Befriedigung auszukosten, daß sie ihn geschlagen hatte, ehe er ihr Handgelenk packte und sie das Gleichgewicht verlor und die letzten Stufen hinuntertaumelte. Dort wurde ihr Sturz von der massiven Mauer seines Körpers abgefangen. Eine kräftige Hand legte sich um ihre Taille, um sie zu halten und zu stützen. Dieser plötzliche Kontakt, der sie so nah an seinen muskulösen Körper brachte, verblüffte sie im ersten Moment. Das heisere Lachen, das aus seiner Kehle aufstieg ließ sie abrupt den Kopf heben, und als sie ihn ansah, stellte sie fest, daß er sie mit einer ruhigen und doch verbissenen Zufriedenheit betrachtete.

»Das aufbrausende, temperamentvolle Mädchen lebt also doch noch hinter dieser Fassade geschliffener Eleganz, stimmt's?« Er dehnte diesen Satz genüßlich. Sie fing an, sich zu wehren, aber er konnte sie mit Leichtigkeit festhalten; seine Hand drückte sich auf ihr Rückgrat und preßte sie noch dichter an ihn. Sie gab den Versuch auf, sich aus seinen Armen loszureißen, denn wenn sie sich so an ihm bewegte, wurde sie sich zu klar seiner männlichen Gestalt bewußt, und alle ihre Instinkte flammten auf. Sie starrte die Schulternaht seines Hemdes an und versuchte, alle verstörenden Empfindungen aus ihrem Kopf zu vertreiben, die sich dort einnisten wollten. Sie spürte den Atem auf ihrem Haar, und seine Handfläche rieb ihr Schulterblatt, während ihre Hände regungslos auf seiner Brust lagen.

»Ich hatte ganz vergessen, wie klein du bist«, sagte er versonnen. »Seltsam.« Eine Spur von Ironie schwang in seiner Stimme mit. »Ich kann mich an so vieles erinnern, und doch habe ich gerade das vergessen.« Sein Mund bewegte sich auf ihrem Haar und wanderte nach unten, zu ihrem Ohr. Maggie zog eine Schulter hoch und preßte ihr Gesicht an ihre Schulter, um Chase davon abzuhalten, an sein Ziel zu gelangen. Seine warmen, männlichen Lippen streiften über ihre Stirn, während seine Hände genießerisch über ihren Rücken und ihre Hüften glitten und erprobten, wie sie sich in seinen Armen anfühlte. Der Satin ihres Nachthemds war keine Sperre, die die prickelnden Enden ihrer empfindsamen Nerven hätte schützen können – nicht gegen die Macht seiner kosenden Hände. Der Stoff lag wie eine zweite Haut auf ihrem Körper und ließ sie jede Berührung seiner Finger spüren.

»Chase, laß das bitte.« Doch sie wußte, daß er nicht auf ihre geflüsterten Einwände hören würde. Nichts anderes als ihr Stolz wollte ihn zurückhalten. Der Rest von ihr wollte, daß er weitermachte.

»Wir waren so jung, Maggie.« Sein Mund streifte über ihren Backenknochen, als er sprach. »So jung und so dumm. Wir hatten keine Ahnung vom Leben. Für uns war es nichts weiter als Sonnenschein und grünes Gras – nur ein Lächeln und Küsse, ohne Tränen oder Schmerz.« Ihre Augen schlossen sich, als sein Mund sich versuchsweise auf ihre Lippen legte, sie dann wieder verließ und ihr einen Teil ihres Atems raubte.

»Wir können nicht zurück, Chase. Wir können nicht wiederfinden, was wir verloren haben«, murmelte sie.

»Ich will nicht das, was wir damals hatten.« Er strich beim Reden mit seinem Mund über ihre Lippen, und seine warmen, feuchten Lippen wirkten stimulierend. »Ich will auf dem aufbauen, was wir heute haben, damit es ein Morgen gibt. Wir sind verheiratet; wir haben einen Sohn; und ich begehre dich, Maggie.« Seine Stimme war rauh vor Verlangen. »Andere haben auf weniger ein Leben aufgebaut.«

»Es spricht soviel gegen uns«, erinnerte sie ihn heiser, doch währenddessen bewegten sich ihre Lippen einladend auf seinen Lippen.

»Sei meine Frau, Maggie. Laß dich von mir berühren, laß mich dich festhalten, laß mich mit dir schlafen«, drängte er sie, und sein Mund preßte sich langsam auf ihre Lippen.

Er küßte sie mit Erfahrung, aber dennoch war dieser Kuß etwas, das viel grundlegendere Instinkte ansprach – diesen primitiven Kern, der in jedem menschlichen Wesen existiert, das Bedürfnis, einen Gefährten zu haben, ein Bedürfnis, das sowohl physisch als auch emotional ist, ein Bedürfnis, das nie erfüllt worden war. Ihre Hände glitten um die muskulöse Säule seines Halses, als sie sich an ihn drängte und ihn vereinnahmen und von ihm seinerseits vereinnahmt werden wollte.

Chase riß seinen Mund von ihren Lippen los, wenn auch nur widerstrebend, und sein Atem ging ruckartig und schwer, die Leidenschaft in seinen dunkelbraunen Augen war unter schweren Lidern verhangen. »Das sollte lieber ›ja‹ bedeuten, Maggie«, warnte er sie. »Ich kann nicht ständig verschlossene Türen eintreten. Du mußt mir eine Tür öffnen.«

»Ja.« Sie konnte nicht mehr gegen die Gefühle ankämpfen, die sich ihm instinktiv zuwandten. Mochte es falsch oder richtig sein, aber ein Teil von ihr hatte immer ihm gehört, und warum sollte sie ihm jetzt den Rest vorenthalten?

Er küßte sie leidenschaftlich, lange und begehrlich und forderte für sich, was sie ihm gab; er preßte sie an sich, und als er schließlich seine Lippen von ihr losriß und sie auf ihre Kehle gleiten ließ, war sie benommen und atemlos und zitterte unter der Macht ihrer

Gefühle. In einem entlegenen Winkel ihres Kopfes nahm sie das Geräusch der Haustür, die geöffnet wurde, wahr, aber die Bedeutung dieses Lautes ging ihr erst auf, als sie Buck Haskells Stimme hörte.

»Chase ... äh ... Entschuldigung«, unterbrach er das Geschehen mit gespielter Wichtigkeit. »Bist du soweit, daß wir gehen können?«

Chase hätte sich fast zu ihm umgedreht, um ihn anzusehen, doch sobald er seinen Kopf gehoben hatte, schien er nicht in der Lage zu sein, seinen Blick von ihrem Gesicht loszureißen. Maggie spürte, daß sein Gesicht eine ähnliche Faszination auf sie ausübte, sein Gesicht, dessen Ausdruck so unglaublich warm und liebevoll war, schmelzende Züge, wo sonst festes Fleisch und Knochen waren, und in seinen dunklen Augen glitzerte ein strahlendes Licht.

»Ich komme heute nicht mit, Buck«, sagte er. »Sag George, daß ich ihn nicht brauche.« Ein schwaches Lächeln zog seine Mundwinkel nach oben, als ihre Fingerspitze zart über sein starkes Kinn fuhr. »Und verbreite, daß Mr. und Mrs. Calder heute indisponiert sind – und keine Störung wünschen.«

Es entstand eine kurze Pause, ehe Buck mit einem leicht steifen und förmlichen ›Ja, Sir‹ antwortete.

Als die Tür sich schloß, bückte sich Chase ein wenig hinunter, um einen Arm unter ihre Kniekehlen gleiten zu lassen und sie hochzuheben. Sie schlang ihre Hände um seinen Hals und knabberte zart an seinem Nacken, schmeckte seine Haut und das herbe Rasierwasser, während er sie die Stufen hinauftrug.

»Kannst du dir eigentlich vorstellen, wie oft ich dich in den letzten Wochen diese Treppe hinauftragen wollte?« fragte er sie mit zarter Stimme. »Oder wie schwer es mir gefallen ist, jede Nacht an deiner Tür vorbeizugehen?«

Sie gab einen zustimmenden Laut von sich, während ihre Lippen zart über sein Ohr glitten und ihre Zähne verspielt an seinem Ohrläppchen knabberten. Als sie durch halb geschlossene Lider feststellte, daß sie ihr Schlafzimmer betraten, zog sie ihren Kopf leicht zurück, um gelassen sein faszinierendes Profil zu betrachten.

»Wir können die Tür nicht zumachen«, erinnerte sie ihn.

»Ich weiß.« Er blieb stehen und sah sie voller Besitzerstolz an. »Ich habe genug von geschlossenen Türen. Und außerdem habe ich dir mein Wort gegeben, daß du mein Bett nicht mit mir teilen mußt – und daher habe ich es für das Beste gehalten, dein Bett mit dir zu teilen.«

Sie lachte leise, weil er sich gar so buchstäblich an das Versprechen hielt, das er ihr gegeben hatte. Sie streckte ihre Hände aus, nahm ihm den Hut ab und wirbelte ihn durch die Luft. Er landete auf einem Stuhl.

»Sei mein Gast«, murmelte sie und legte ihre Hand unter sein Kinn, um seinen Kopf umzudrehen und seinen Mund mit ihren Lippen zu suchen.

Es war ein zarter, inniger Kuß, betörender und verführerischer als heftige Leidenschaft. Es war eine langsam brennende Flamme, die sie miteinander verschmolz, als Chase ihre Füße auf den Boden gleiten ließ und sie an sich zog. Seine Hände bewegten sich nach oben, um die Träger ihres Nachthemds über ihre Schulter und Arme gleiten zu lassen. Dann lagen seine Hände auf ihrer Haut, schoben das anschmiegsame Material ihres Nachthemds über ihre Taille und über ihre Hüften. Sie wand ihre Hüften, damit das Nachthemd auf den Boden fallen konnte, und hörte sein halberSticktes Stöhnen, als sie diese Bewegung machte. Während seine Hände in einem sinnlichen Wiederentdecken über ihre nackten Rundungen glitten, knöpften ihre Finger sein Hemd auf. Sie half ihm, das Hemd abzustreifen. Sein Fleisch fühlte sich fest und lebendig unter ihren Händen an, und sie spürte die urtümliche Kraft seines Körpers. Sein Mund wandte sich von ihren Lippen ab und wanderte langsam über ihren Hals auf ihre schmale Schulter. Sie schmiegte sich dichter an ihn, und die dunkle Wolke seiner Brustbehaarung streichelte die gerundeten Hügel ihrer Brüste. Seine Gürtelschnalle kratzte auf ihrer zarten Haut, und sie zuckte kurz zusammen, ehe ihre Hände sich zu seinem Gürtel bewegten, um ihn zu entfernen.

Als sie den Knopf seiner Levis öffnete, murmelte er an ihrer Kehle: »Es geht leichter, wenn ich erst die Stiefel ausziehe. Wo ist der Stiefelknecht?«

»Ich habe keinen.« Das fiebrige Beben ihrer Stimme ließ seinen Mund zu einem hungrigen Kuß auf ihre Lippen gleiten, ehe er langsam den Kopf hob. »Ich mache das für dich.«

Ihre Hände stemmten sich gegen seine Brust, um ihn von sich zu stoßen und ihn auf ihre Bettkante zu setzen. Der geringe Zwischenraum zwischen ihnen beiden und die neue Perspektive ließen ihn ihren nackten Körper von Kopf bis Fuß sehen, ein Anblick, dem seine Augen unverhohlene Bewunderung zollten. Stimuliert durch seinen Blick, schienen ihre Brüste anzuschwellen. Fast hätte sie den Zweck dieser Loslösung voneinander vergessen.

»Gib mir deinen Fuß«, sagte sie, und Chase stützte sich auf seine Hände und hob ein Bein.

Sie nahm den Lederabsatz in die Hand, drehte sich um, schwang ein Bein über sein Bein und bot ihm einen köstlichen Ausblick auf ihre Rückseite. Mit beiden Händen hielt sie seinen Stiefel fest, um zu ziehen, wenn er dagegenstieß – aber er tat es nicht. Sie warf einen Blick über ihre Schulter und sah, daß er ihre Rückseite anstarrte.

»Bist du soweit?« forderte sie ihn auf, und sie errötete leicht vor verlegenem Vergnügen.

Sein Mund verzog sich, als er merkte, daß er ertappt worden war. Er hob seinen anderen Fuß widerwillig und drückte ihn sachte und behutsam gegen eine Pobacke. »Es erscheint einem fast als ein Verbrechen, einen Stiefel auf etwas derart Rundes und Wohlgeformtes zu stellen, aber wenn ein Mann diese Möglichkeit hätte, seine Stiefel an- und auszuziehen, täte er den ganzen Tag lang nichts anderes, und das nur, um diesen Anblick zu genießen.«

Sie spürte den festen Druck seines Stiefels auf ihrem zarten Fleisch, als sie zog; sie zerrte an dem Stiefel in ihrer Hand und ließ ihn von seinem Fuß gleiten. Dann wiederholte sie denselben Vorgang mit dem anderen Stiefel. Als Maggie sich bückte, um den zweiten Stiefel neben den ersten zu stellen, umfaßten zwei Hände ihre Hüften und zogen sie zurück. Ihr überraschter Aufschrei war eine Mischung aus Panik und Gelächter, als Chase auf ihre beiden runden Pobacken einen Kuß drückte, ehe er zuließ, daß sie sich wand und sich zu ihm umdrehte.

»Warum habe ich bloß bisher nie bemerkt, was für ein wunderschönes Hinterteil du hast?« fragte er mit gespielter Mürrischkeit und bog seinen Kopf zurück, um ihr in die Augen zu sehen. »Glaubst du, ich hatte zuviel damit zu tun, in dein wunderschönes Gesicht zu sehen?«

»Schon möglich«, räumte sie zwinkernd ein. »Mir ist schon beim ersten Mal am Fluß aufgefallen, was für einen schönen Hintern du hast.« Es war verrückt, wie sorglos und frei sie sich jetzt fühlte. Die

Vertraulichkeit war natürlich, beseelt. Maggie spürte nicht den Zwang, zu flirten oder zu necken oder provozierend sexy zu sein, alles Dinge, die bei Phillip zum Vorspiel gehört hatten, um durch Geschick und Technik Leidenschaft aufkommen zu lassen.

»Dir ist mein Hintern aufgefallen, wirklich wahr?« fragte Chase spöttisch und wollte sie dichter an sich ziehen, aber sie entschlüpfte mit einer Drehung ihrer Hüften seinen Händen und kniete sich hin, um ihm die Socken auszuziehen.

Als sie zurücktrat, um sie in seine Stiefel zu stecken, zog Chase seine Jeans und seine Unterhose aus und drehte sich auf dem Bett um, um die Levis an einen Bettpfosten zu hängen, damit nichts aus seinen Hosentaschen fallen konnte. Sie ließ ihre Finger in seine große Handfläche gleiten und sich von ihm näherziehen, bis sie zwischen seinen Beinen stand. In seinen Augen stand so viel, daß es sie benommen machte, die sinnlichen Botschaften zu lesen, und wankend kam sie näher.

Eine sonnengebräunte Hand glitt höher, um eine schneeweiße Brust zu umfangen und sie an seine Lippen zu führen, und seine Zunge und seine Zähne spielten liebevoll mit der rosigen Spitze. Ein Gefühl von Leichtsinn, Sorglosigkeit und Ermattung überkam Maggie. Ihre Finger gruben sich in sein festes, dichtes Haar, legten sich auf seinen Hinterkopf und zogen ihn dichter an ihre Brust. Dann bewegten sich seine Lippen, und sein feuchter Mund suchte ihre andere Brust.

Seine Arme umfingen sie, drehten sie um und zogen sie auf das Bett herunter. Als sie flach auf dem Rücken lag, veränderte er seine Lage, um sein Gesicht auf eine Höhe mit ihrem Gesicht zu bringen. Er legte sich auf die Seite, zog sich auf einen Ellbogen und sah sie an, während seine Hand sie streichelte und koste. Sie ließ ihre Finger durch die Haare auf seiner Brust gleiten.

»Culley hat mir kürzlich gesagt, ich hätte vergessen, wie man eine Frau ist«, sagte sie mit leiser Stimme, und sie warf ihm einen Blick durch ihre Wimpern zu. »Du warst der erste, der es mich gelehrt hat, eine Frau zu sein, Chase. Wirst du es mir von neuem zeigen?«

Sein Mund senkte sich auf ihre Lippen, und er küßte sie mit zermürbender Eindringlichkeit. Er zog sie dichter an sich und legte sich behutsam auf sie. Sie spürte den festen Muskel, der aus seinen Lenden aufstieg, hart und viril. Ihr blieb nur ein kurzer Moment

Zeit, sich über die Unterschiede im Körperbau eines Mannes und einer Frau zu wundern – seine Hände glitten unter ihre Hüften, um sie hochzuziehen – und darüber, wie perfekt Gott sie dafür erschaffen hatte, zusammenzupassen, und welches ehrfurchtgebietende Vergnügen sie daraus schöpfen konnten, einander zu genießen, ein Genuß, der noch wunderbarer und natürlicher war, wenn er einer emotionalen Hingabe aneinander entsprang.

Sie vereinten sich in einer wogenden Gefühlswallung, die sie beide mit sich fortriß. Sie verband sie mit einer wundersamen Intensität miteinander, einem sexuellen Glanz, der zwischen ihnen erstrahlte. In längst vergangenen Zeiten hatten sie diese Nähe spüren können, dieses rauhe Fordern, diese Eindringlichkeit, doch sie hatten damals nicht gewußt, daß es immer so sein konnte. Daß es nie zu Ende sein würde, weil sie nie genug voneinander erfahren konnten.

33.

Maggie kuschelte sich an seine Brust und strich mit ihren Fingerspitzen über Chases flachen Bauch. Sie war von seinem warmen Erdgeruch umfangen und fühlte sich ruhig und zufrieden.

»Schläfst du?« murmelte sie. Die Hand auf ihrer Taille hatte vor wenigen Minuten aufgehört, sich zu bewegen. Seine Brust hob und senkte sich in einem gleichmäßigen Rhythmus.

Ein Daumen und ein Zeigefinger kniffen die Haut über ihren Rippen. Ein unterdrückter Schrei drang aus ihrer Kehle, als sie zusammenzuckte. »Glaubst du immer noch, daß ich schlafe?« Seine Stimme war tief und leise.

»Nein«, gab sie zu.

Seine rechte Hand legte sich auf ihren Hinterkopf, um ihn zu streicheln, und seine Finger glitten in die dunklen Locken und zogen sachte daran, um ihren Kopf zurückzubeugen. Er blickte auf ihr Gesicht herab und musterte es so gründlich, als wolle er sich jeden einzelnen ihrer Gesichtszüge einprägen. Mit der linken Hand zeichnete er nachdenklich ihr Kinn nach.

»Glaubst du mir, wenn ich dir sage, daß ich eben, als ich dich geliebt habe, etwas erfahren habe, was ich mit keiner anderen Frau je gespürt habe?«

»Ja. Es war anders – etwas ganz Besonderes«, verbesserte sie sich, und sie senkte ihren Kopf, als Chase ihr Haar losließ. »Für mich auch. So habe ich es mit Phillip nie empfunden.«

Er atmete gereizt aus. »Phillip war alt genug, um dein Vater zu sein.«

Maggie vergalt ihm diese Bemerkung damit, daß sie an seinen Brusthaaren zupfte. Er atmete hörbar ein und griff nach ihrer Hand. »Hüte dich, wenn du damit andeuten willst, Phillip sei zu alt gewesen, um ein guter Liebhaber zu sein. Als ich ihn geheiratet habe, war er nur ein paar Jahre älter, als du es heute bist.«

Seine Hände packten sie an den Schultern und an der Taille, um sie hochzuziehen und ihren Kopf auf das Kissen neben sich zu legen. In seinem Gesicht glühte ein heftiger Besitzanspruch. »Ich würde am liebsten vergessen, daß du je einen anderen Liebhaber außer mir gehabt hast.«

»Vielleicht willst du das, aber es ist nicht so.« Sie wollte nicht zulassen, daß er versuchte, Phillip aus ihrer Erinnerung zu verbannen. »Er war gut zu mir, Chase, als ich dringend jemanden brauchte. Phillip war ein guter Ehemann, und er war Ty ein guter Vater.«

»Ja.« Widerwillig und grimmig resigniert lächelte er. Er nahm ihre linke Hand, hob sie an seine Lippen und küßte den goldenen Ring, der an ihrem Finger steckte. »Jetzt bin ich dein Mann, und Ty ist unser Sohn. Nächste Woche sind die Papiere fertig, und sein Name wird ganz legal in Calder umgeändert – mit deiner Genehmigung, versteht sich.«

»Seit wann weißt du das?« fragte sie.

»Seit gestern – ich war bei meinem Anwalt.«

»Dort bist du also gewesen?« Wenigstens einen Teil der Zeit, dachte sie, und sie musterte seine Hand, der man ansah, daß sie schon viel gearbeitet hatte.

»Ja.« Er strich mit seinem Daumen über ihre Finger. »Ich scheine inzwischen mehr Zeit in Büros und hinter einem Schreibtisch als auf dem Pferderücken zu verbringen, aber ich nehme an, das gehört wohl dazu, wenn einem dieses Land gehört. Nachdem ich stundenlang mit diesen Anwälten eingepfercht war, war ich nicht gerade in bester Stimmung, als ich gestern abend nach Hause kam.

Als ich feststellen mußte, daß du nicht aufgeblieben bist und auf mich gewartet hast oder auch nur eine Lampe hast brennen lassen, hat das auch nicht sehr dazu beigetragen, meine Laune zu verbessern. Und ich hatte auch seit mittags nichts mehr gegessen, und deshalb ...«

Sie hob überrascht ihren Blick zu ihm. Sein Gesicht war so dicht vor ihren Augen, daß sie es fast nur als einen verschwommenen Umriß erkennen konnte. »Hast du denn gestern nicht zu Abend gegessen?«

»Nein.«

»Aber ich dachte ... sogar Ty hat gesagt, daß du sicher bei ...« Maggie sprach es nicht aus, weil sie nicht wollte, daß er merkte, daß sie vorübergehend regelrecht eifersüchtig gewesen war. »Es stand Essen im Kühlschrank. Du hättest dir etwas machen können.« Sie richtete ihren Blick wieder auf seine Hand.

»Wo hast du ... und Ty ... denn geglaubt, daß ich zu Abend gegessen habe?« Er konnte sich die Antwort bereits denken. »Du hast geglaubt, daß ich bei Sally gegessen habe.«

»Es war nur logisch, das anzunehmen«, gab sie mit gespielter Gleichgültigkeit zu. »Ich habe gehört, daß sie gut kochen kann.«

Sein leises Lachen drückte eine Spur von Zufriedenheit aus. »Die Vorstellung hat dir nicht gefallen, oder? Und daher hast du die Möbel umgestellt, um mich in eine Falle tappen zu lassen.«

»Nein.« Das stritt Maggie ab. »Ich dachte nur, es würde netter aussehen, wenn ich ein paar Sachen umstelle.«

»Aber es hat dich doch ein wenig beunruhigt, daß ich gestern abend bei Sally gewesen sein könnte«, sagte er in einem leicht spöttischen Ton, der darauf beharrte, daß sie es zugab.

»Es wäre schließlich möglich gewesen.« Sie warf ihm einen Blick zu, der ihn herausforderte, es zu bestreiten. »Schließlich war es lange her, seit du mit jemandem geschlafen hast. Ich meine, du warst jeden Abend hier.«

»Du hast also geglaubt, ich sei zu ihr gegangen, weil ich das zu Hause nicht bekommen habe.« In seine schmalen Wangen waren Falten gemeißelt, als er sie anlächelte. »Ich gebe zu, daß ich höllisch frustriert war, Maggie. Als ich dir gesagt habe, mir sei es gleich, ob du nach unserer Eheschließung mein Bett mit mir teilst oder nicht, habe ich es ernst gemeint. Ich wollte Ty, und ich hätte die Tochter des Teufels persönlich geheiratet, um ihn zu kriegen. Aber dich täglich zu sehen, die Mutter meines Sohnes, hat mein Verlangen immer stärker gemacht. Ich scheine ein Verlangen zu haben, das nur du stillen kannst. So war es vor sechzehn Jahren, und so ist es heute.«

Als er sich bewegte, tat er es, um sie unter sich zu ziehen. Er lag schwer auf ihr, und die Hitze seines Körpers verbrannte ihre Haut. »Stille es, Maggie«, seufzte er, ehe er seine Lippen auf ihre preßte.

Es war fast Mittag, ehe auch nur einer von ihnen eine Neigung verspürte, das Bett zu verlassen. Chase stand als erster auf. Maggie blieb noch liegen und bewunderte seinen kräftigen Körper, als er sich anzog. Er warf einen Blick über seine Schulter.

»Hast du Hunger?«

»Ja, ein wenig.« Sie schwang ihre Füße auf der anderen Seite aus dem Bett und ging zu ihrem Kleiderschrank. »Und du?«

»Ja.«

»Das dachte ich mir.« Sie warf ihm über die Schulter einen provozierenden Blick zu. »In deinen Augen steht ein unglaublicher Hunger.«

Ein wissendes Lächeln spielte angesichts dieser Doppeldeutigkeit um seine Lippen, und ein dunkles Licht tanzte in seinen Augen. »Dann bereite mir zuerst ein Essen, Frau.«

Zwischen ihnen herrschte den ganzen Tag über eine entspannte Vertrautheit, die von einer rasch fließenden, unterschwelligen Strömung von Spannung gewürzt war. Nach dem Mittagessen half ihr Chase beim Spülen und machte sie darauf aufmerksam, daß sie sein Vorgehen entsprechend zur Kenntnis nehmen sollte, da es leicht sein könnte, daß sie ihn nie mehr mit einem Geschirrtuch in der Hand sehen würde. Während sie seine Kleider in ihr Zimmer brachte, machte er sich an die Reparatur der kaputten Tür und pfiff bei der Arbeit vor sich hin.

Als er dies erledigt hatte, duschte er. Während er im Bad war, machte Maggie das Bett und bezog es mit frischen Laken.

Sie hörte, daß die Geräusche der Brause aufhörten, und sie rief: »Würdest du mir bitte das Badewasser einlassen, Chase? Ich möchte gerne ein Bad nehmen.«

Sekunden später hörte sie das Wasser, das in die Wanne einlief.

Sie legte beiden frische Kleider zurecht, breitete sie auf dem Bett aus und schlüpfte aus dem kurzen Hauskleid aus Baumwolle. Als sie ins Bad kam, stand Chase am Waschbecken und schmierte sich Rasierschaum ins Gesicht; er hatte sich ein Handtuch um die Hüften gewickelt.

Sein Blick fiel auf ihr Spiegelbild. »Stört es dich, wenn ich mich rasiere, während du badest?«

»Nein, natürlich nicht.« Sie band sich mit einem roten Band die Masse ihrer schwarzen Haare auf den Kopf. »Ich habe gern Gesellschaft.« Sie drehte das Wasser ab und tauchte in die Wanne ein, die mit warmem, duftendem Wasser gefüllt war.

Chase unterbrach sich beim Rasieren und sah ihr Spiegelbild an, als sie sich in der Wanne zurücklehnte. »Ich kann mich noch daran erinnern, als ich dich beim Baden im Fluß gesehen habe. Ich weiß nicht, was von beidem eine stärkere sexuelle Ausstrahlung hat – das stilvolle Baden oder das Baden in der rauhen Natur.«

Maggie entspannte sich in der Wanne, und ihre Hände spielten träge mit dem Schaum, während sie Chase beim Rasieren zusah. Es war entweder wirklich eine sehr langwierige Prozedur, oder aber er ließ sich bewußt Zeit.

»Ein elektrischer Rasierapparat wäre wesentlich praktischer«, meinte sie.

»Kann sein, daß es schneller geht, aber mir sind Rasierklingen lieber.«

Sie sah ihn spöttisch an. »Ich nehme an, ein elektrischer Rasierapparat ist dir nicht männlich genug.«

»Hüte dich«, warnte er sie belustigt, und sie lachte. »Mit einer Rasierklinge geht mehr ab. Ich dachte, ich könnte heute abend vielleicht ein glattrasiertes Gesicht brauchen.«

»Das könnte durchaus sein.« Ihre Wangen waren leicht gerötet, als sie den Schwamm ins Wasser tauchte. »Würdest du mir den Rükken waschen, wenn du fertig bist?«

Es waren noch Spuren des Rasierschaums auf seinem Gesicht, als er zur Wanne kam. Er kniete sich neben die Wanne, nahm ihr den Schwamm aus der Hand und schrubbte ihr den Rücken. Maggie schloß die Augen und entspannte sich bei dieser kräftigen Massage.

»Von mir aus kannst du den ganzen Tag so weitermachen«, murmelte sie.

»Wenn ich nicht gerade geduscht hätte, würde ich zu dir in die Wanne steigen.«

Als er sich auf die Füße ziehen wollte, fiel ihr Blick auf seinen linken Arm. Kälte rann durch ihre Adern, als sie die weiße Narbe sah, die sich gezackt über seinen Unterarm zog, und sie sich daran erinnerte, woher diese Narbe rührte. Sie streckte ihren Arm aus, um ihre Hand auf dieses Mal zu legen und die unangenehme Erinnerung aus ihren Gedanken zu verbannen.

»Was soll aus uns werden, Chase?« Ihre Stimme war leise und fragend.

Er wußte genau, was sie dachte. Er griff nach ihrer Hand und drückte sie fest. »Wir leben nicht im Paradies. Wir alle haben Narben und Makel. Wir haben, weiß Gott, unseren Anteil an Ärger und Sorgen, und zwar soviel davon, daß du nicht noch danach suchen solltest, Maggie. Wir können nichts weiter tun, als an dem, was wir haben, festzuhalten und zu Gott beten, daß es so bleibt. Wir müssen einfach daran festhalten«, wiederholte er, und seine Stimme drückte Überzeugung aus, »und es nehmen, wie es kommt.«

Sie hob ihren Blick und sah ihm mit einer Sicherheit in die Augen, die sich mit seiner Überzeugung messen konnte. »Ja.«

Er lächelte freudig und drückte ihr einen Kuß auf die Lippen. »Beeil dich, damit du endlich aus der Wanne rauskommst. Ty kommt bald nach Hause und rechnet damit, daß das Abendessen auf dem Tisch steht.«

An jenem Abend lag Maggie im Bett, als Chase aus dem Bad kam und das Licht ausschaltete. Sie schlug die Bettdecke zurück, damit er sich neben sie legen konnte, und schmiegte sich in den Arm, den er um sie legte.

»Ist dir Ty heute abend nicht auch ruhiger als sonst vorgekommen?« fragte sie.

»Ja.« Seine Hand strich in einer abwesenden Liebkosung über ihren Arm. »Unser Sohn ist ein wenig eifersüchtig, fürchte ich, und er fühlt sich nicht ganz wohl in unserer Nähe.«

»Aber warum?« Sie wandte ihren Kopf um und versuchte, ihn in der Dunkelheit zu erkennen.

»Kinder – Heranwachsende – haben Schwierigkeiten damit, den

Umstand zu akzeptieren, daß ihre Eltern – und insbesondere die Mutter – sexuelle Gelüste haben. Es ist so, als würde von Eltern erwartet, daß sie, sobald sie ihre Kinder gezeugt haben, es nie wieder tun. Mach dir keine Sorgen«, murmelte er, und sein Mund streifte zärtlich über ihren Wangenknochen. »Er wird darüber hinwegkommen. Im Moment kommt er mit seinen eigenen sexuellen Bedürfnissen einfach nicht zurecht.«

»Ich hoffe, du hast recht.« Sie rieb ihre Wange an seinem Mund, und ihre Hände suchten seinen muskulösen Körper unter der Bettdecke.

»Wenn es sich bei ihm nicht bald von selbst legt, werde ich ihn mit einem Mädchen zusammenbringen. Das wird ihn von uns ablenken.« Sein Mund hatte ihre Mundwinkel erreicht.

Doch angesichts des Vorschlags, den er ausgesprochen hatte, wich Maggie zurück. »Chase, das kannst du nicht machen. Er ist erst fünfzehn.«

»So, kann ich das nicht? Du warst auch fünfzehn, wenn ich mich recht erinnere.« Er streckte seine Arme aus und zog sie wieder an sich; er flocht seine Finger in ihr Haar, um ihren Kopf festzuhalten. »Weißt du, daß ich noch nie nachts mit dir geschlafen habe? Glaubst du, ich weiß, wie das geht?«

Sein Mund bedeckte ihre Lippen, und sie vergaß Ty vollständig.

Die Welt erschien Chase strahlender. Das Gras war grüner, der Himmel war blauer, und die Sonne schien leuchtender. In diesen letzten Tagen war er mit neuer Kraft ausgeschritten, hatte er neuen Antrieb gewonnen. Selbst die Bürde, das dreifache C zu leiten, lastete leichter auf seinen Schultern.

Jedes Frühjahr wurden die jungen Pferde von den Weiden gebracht, um sie an Sattel und Zaumzeug zu gewöhnen. Kein Reiter setzte sich jemals auf den Rücken eines dieser Pferde, ehe sie vier Jahre alt waren. Sie erreichten den Corral gerade rechtzeitig, um zu sehen, wie ein Cowboy abgeworfen wurde. Das dunkelgraue Pferd war ein kräftiges, muskulöses Tier, doch sein Körperbau war schmal und sehnig wie der seines Erzeugers, des alten Kuguar. Seine Beine, seine Mähne und sein Schwanz waren schwarz, und im Gesicht hatte es eine Blesse. Ein anderer Cowboy ritt neben dem Wallach her und bückte sich, um nach den schleifenden

Zügeln zu greifen. Auf der Umzäunung des Corral saß Ty. Sein Mund war zu einem mißvergnügten, grimmigen Strich zusammengezogen.

»Ich dachte, er sollte die Ställe ausmisten.« Chase sah Nate an, um sich bestätigen zu lassen, daß Ty heute diese Aufgabe zugeteilt worden war. Seit er sich auf der Ranch aufhielt, hatte er ausschließlich Aufgaben erledigt, die unberitten erledigt wurden, vom Ausmisten der Ställe bis hin zum Anstreichen – alles, wozu man ungeübte Arbeitskräfte gebrauchen konnte. Ein einziges Mal hatte er auf einem Pferd gesessen, als Chase ihn losgeschickt hatte, um sich anzusehen, was bei einem Viehtrieb geleistet wurde; das war an dem Tag gewesen, an dem Maggie eingetroffen war.

»Er hat seine Arbeit für heute erledigt.« Nate sah mit einem angedeuteten Lächeln auf seinem wetterfesten Gesicht, das von Falten gefurcht war, in die Richtung des Jungen. »Der Junge arbeitet, als hätte jemand ein Feuer unter seinem Hintern angesteckt, damit er früh fertig ist und hierherkommen und zusehen kann, wie die jungen Pferde zugeritten werden. Er erledigt seine gesamte Arbeit, ehe er sich auf den Zaun da setzt.«

Chase ging an dem Zaun entlang zu seinem Sohn. »Der Vierjährige da macht einen guten Eindruck«, sagte er.

»Ja, er stammt von Kuguar ab«, erwiderte Ty automatisch. Dann merkte er, daß es sich bei demjenigen, mit dem er sprach, um seinen Vater handelte, und er erklärte hastig: »Ich habe meine Arbeit für heute schon erledigt.«

»Ich weiß«, sagte Chase in einem Tonfall, der allwissend klang.

Ty sah wieder in den Corral, und sein Gesicht wurde versonnen. »Ich wünschte, ich könnte dieses Pferd reiten. Ich bin ein guter Reiter, Dad. Und ich habe schon beim Zureiten von jungen Pferden mitgeholfen, als wir noch in Kalifornien gelebt haben.«

»Möchtest du, daß ich Ownie frage, ob du ihn reiten kannst?«

Alles in Tys begehrlichem Blick drückte ein JA aus, aber er seufzte ein abweisendes NEIN.

Chase drehte sich um und rief den Cowboy zu sich, der gerade auf das Pferd zuging, das in die Mitte des Corrals geführt worden war. »He, Ownie! Hier ist ein Junge, der glaubt, daß er dieses Pferd reiten kann. Würdest du es ihn mal versuchen lassen?«

Der kleingewachsene, drahtige Mann warf einen Blick auf Ty,

der seit Tagen ein ständiger Zuschauer war. Er wußte, daß Chase die Entscheidung seinem Urteil überließ.

»Klar, warum nicht?« sagte er achselzuckend, und Ty sprang vom Zaun.

Chase bemerkte sofort, daß Nate in den Corral geschlüpft war. Der alte Cowboy war derjenige, der neben dem Kopf des Wallachs stand, um ihn festzuhalten, während Ty auf den Sattel stieg. Der Cowboy, Ownie Timms, schlenderte zu dem Zaun, an dem Chase stand, und sah zu, wie Ty sich tief in den Sattel setzte und die Zügel festhielt.

»Die Maus ist ein gutes, ehrliches Pferd, das ganz offen und ohne jede Hinterhältigkeit bockt«, sagte der Cowboy zu Chase. »Aber er ist jung und stark und hat eine ganz eigene Art, sich seitlich unter einem zu verrenken und zu springen.«

»Sehen wir uns mal an, was er alles kann«, meinte Chase, und beide wußten, daß er nicht von dem Pferd sprach.

Als Ty nickte, ließ Nate das Pferd los und trat zur Seite. Das Pferd sprang mit einem Satz hoch in die Luft und landete abrupt wieder auf dem Boden, ehe es durch den Corral sauste. Als es seitlich auswich, rutschte Ty mit einem Fuß aus dem Steigbügel, und beim nächsten Sprung verließen Pferd und Reiter einander. Chase beobachtete, wie Ty auf den Boden aufschlug und sich automatisch zur Seite rollen ließ; dann wandte er seinen Blick ab.

Etwas wacklig, aber unverletzt, stand Ty auf und sah sich zu den anderen um. Aber niemand achtete auf ihn, nicht einmal sein Vater. Er klopfte sich die Kleider ab, und als er aufblickte, sah er Nate, der das Pferd wieder zu ihm führte. Kein Wort fiel. Man ging davon aus, daß er sich wieder auf den Sattel setzen würde, und folglich tat er es auch. Als er ein zweites Mal abgeworfen worden war, fiel ihm das Aufsteigen schon schwerer, und nach dem dritten Mal glaubte er nicht, daß er es noch einmal schaffen würde. Er hatte sich üble Prellungen zugezogen, und seine Knie zitterten. Ty sah seinen Vater an, aber Buck Haskell war gerade hinzugekommen, und sein Vater unterhielt sich mit ihm. Ty biß die Zähne zusammen und humpelte auf das Pferd zu, das Nate tätschelte und beschwichtigte. Er wartete, bis Nate das Ohr gepackt hatte, ehe er sich auf den Sattel schwang, wobei jeder einzelne Muskel in seinem ganzen Leib gepeinigt aufschrie. In den Augen des alten

Cowboys sah er ein Funkeln der Bewunderung. Plötzlich schien all der Schmerz die Sache wert zu sein. Als Nate losließ, brach erneut eine Hölle über ihn herein.

Nate ging steif aus dem Weg und hangelte sich an dem Zaun entlang, an dem Chase stand und seinem Sohn zusah. »Der Junge traut sich was.« Das war das größte Kompliment, das man ihm machen konnte.

Chase lächelte. »Vielleicht sollten wir ihn für den Rest des Jahres auf ein Pferd setzen und ihm etwas über Kühe beibringen.« Er warf einen Blick auf Buck, der in einer entspannten Haltung auf seinem Sattel zusammengesunken war und sich den Hut auf seinen blondgelockten Hinterkopf gezogen hatte. »Gibt es unter deinen Leuten einen, der ihn im Auge behalten und ihm das Lassowerfen beibringen kann?« Während all dessen behielt er Ty im Auge. Diesmal schien er am Sattel festzukleben und auf jeden Trick des Wallachs vorbereitet zu sein.

»Dave kann gut mit jungen Leuten umgehen. Ich selbst werde ihn auch im Auge behalten«, versprach Buck.

»Nächste Woche geht es los.« Chase bemerkte, daß das mausgraue Pferd jetzt nur noch zahm herumhopste. »Wie sieht's aus?« Es war eine allgemein gehaltene Frage, die an Buck gerichtet war.

»Gut. Allerdings gab es einen ungeheuerlichen Zwischenfall vor ein paar Tagen. Wir haben ein Kalb an der Spitzkuppe verloren. Es hatte sich im Stacheldraht des Zauns verfangen.« Buck richtete sich im Sattel auf und rückte sich den Hut in die Stirn. »Der Junge sitzt gut auf dem Pferd. Wir sprechen uns später, Chase.«

»Abgemacht.«

»Ich habe von diesem Kalb gehört«, erklärte Nate, als Buck fortgeritten war. »Burt hat es vor vier Tagen gefunden. Das Kalb war noch nicht mal steif, als er es gefunden hat.«

»Ach?« Diese Information sollte mehr besagen; Chase merkte es am Tonfall des Mannes. Er erinnerte sich wieder daran, daß er vor vier Tagen geplant hatte, mit Buck zur Spitzkuppe zu reiten.

»Ja. Es war eine seltsame Geschichte«, sagte Nate. »Der Stacheldraht war um den Hals des Kalbs geschlungen. Die Theorie ist die, daß es sich im Stacheldraht verfangen hat, und als es versucht hat, sich loszureißen, hat es sich nur noch mehr in dem Draht verheddert.«

»Stimmt das?« Nates Worte ließen Chase einen gespenstischen Schauer über den Rücken laufen, wenn er auch noch so sehr den Anschein der Ruhe zu bewahren suchte. Er war schon fast auf Nates nächste Äußerung vorbereitet.

»Man kann sich irgendwie schlecht vorstellen, wie sich das Kalb überhaupt im Draht verfangen haben soll, und es ist auch unerklärlich, daß im Gras keine Spuren eines Kampfes zu sehen waren. Und äußerst merkwürdig ist der Umstand, daß das lose Ende des Drahts neunfach verschlungen war.«

Der Henkersknoten. Wieder eine Nachricht, die man ihm hatte zukommen lassen, aber er war nicht dagewesen, um sie in Empfang zu nehmen. Die Schlinge auf seinem Schreibtisch war die erste Warnung gewesen. Das strangulierte Kalb war die zweite Warnung. Sein Blut gefror förmlich, als eine vereinzelte Wolke vor der Sonne vorbeizog. Diese Warnungen mußten das Produkt eines gestörten Geistes sein. Es ließ sich beim besten Willen nicht vorhersehen, was Culley O'Rourke als nächstes tun würde. Selbst wenn er es hätte vorhersehen können, wie hätte er gegen Maggies Bruder vorgehen sollen? Sie würde ihn so oder so verdammen. Die Kernfrage war, welches Risiko er einzugehen bereit war – ob er Gefahr laufen wollte, daß Culley beim nächsten Mal in seinen Bemühungen, Chase zu terrorisieren, sich ein anderes Opfer aussuchen würde als ein dummes Tier, oder ob er Gefahr laufen wollte, Maggie zu verlieren. Sie würde es ihm nie verzeihen, wenn durch seine Schuld ihrem Bruder etwas zustieß. Wie weit würde Culley gehen? Versuchte er lediglich, ihm einen Schrecken einzujagen, oder schmiedete er ernstlich Rachepläne? Oder – war dies etwa eine geschickte Verschwörung, die Zwietracht zwischen ihn und Maggie säen sollte, damit sie ihn verließ und zu Culley ging?

An diesem Abend saß Ty bereits am Eßtisch, als Maggie ihn zum ersten Mal seit dem Morgen wiedersah. Erst als sie schon gegessen hatten und er sich mit einer Entschuldigung vom Tisch erhob, bemerkte sie, wie steif und linkisch er sich bewegte, und daß er nur mit dem rechten Bein wirklich auftrat.

»Fehlt dir etwas, Ty?«

»Nein.« Er tat seine Schmerzen mit einem Achselzucken ab, wirkte dabei jedoch nicht allzu überzeugend. »Ich habe mir das

Knie ein wenig angestoßen. Nate hat mir ein Mittel zum Einreiben gegeben. Es wird schon wieder.«

Sie sah ihm nach, als er aus dem Zimmer humpelte, und dann fing sie an, das Geschirr vom Tisch zu räumen, während Chase seinen Kaffee austrank. Als sie aus der Küche kam, starrte Chase nachdenklich seine Tasse an. Plötzlich fiel ihr auf, wie still er während der ganzen Mahlzeit gewesen war, und daß er mit seinen Gedanken offenbar ganz woanders war.

»Bedrückt dich etwas?« Sie blieb neben seinem Stuhl stehen.

Er blickte zu ihr auf und schien sich nur mit Mühe wieder in der Gegenwart zurechtzufinden. Er lächelte, doch der finstere Ausdruck verschwand nicht ganz von seinem Gesicht. »Ja. Du.« Er griff nach ihrer Hand und zog sie auf seinen Schoß. Er küßte sie ausgiebig; dann hob er den Kopf, und seine Blicke musterten sie besitzergreifend. »Das war es, was ich zum Nachtisch haben wollte.« Seine Hand strich über ihre Schenkel und ihre Hüften.

»Worüber hast du nachgedacht, ehe ich aus der Küche gekommen bin?« fragte sie beharrlich weiter, während sie die eckigen Flächen seiner Wangen streichelte.

»Du wärst stolz auf unseren Sohn gewesen, wenn du ihn heute gesehen hättest. Er hat sich auf einen der Vierjährigen gesetzt, die wir gerade zureiten. Er ist viermal abgeworfen worden, doch jedesmal ist er wieder aufgestiegen und hat das Pferd geritten, bis es still stehengeblieben ist und nicht mehr gebockt hat.«

»Er hätte sich verletzen können, Chase«, wandte Maggie stirnrunzelnd ein. »Er hat keine Ahnung, wenn es um das Zureiten von wilden Pferden geht Er hat auf ein paar jungen Pferden gesessen, aber nie auf einem Pferd, das gerade aus den Bergen kommt.«

»Irgendwann muß er es schließlich lernen.«

»Aber ...« Sein Mund lag auf ihrem, um ihre Einwände verstummen zu lassen. Als sie einen halbherzigen Versuch unternahm, sich seinem Kuß zu entziehen, hielt er ihre Unterlippe mit den Zähnen fest und knabberte daran. Ihre Hände gruben sich in sein Haar, um seinen Mund ganz gegen ihre Lippen zu pressen.

Chase erzählte ihr nichts von dem Kalb, das stranguliert worden war und die Nachricht des Henkers um seinen Hals getragen hatte. Er wußte besser als sie selbst, wie zart und zerbrechlich ihre Gefühle ihm gegenüber waren. Zuviel Druck von außen konnte sie zerreißen lassen, ehe sie Gelegenheit fanden, zu wachsen und stark zu werden. Jede Minute, jede Stunde, jeder Tag, den er gewinnen konnte, bewirkten eine leichte Verschiebung zu seinen Gunsten.

Er wußte bereits, daß sie die seine war. Er würde sie niemals mehr gehen lassen können.

34.

Maggie griff ihrem Pferd in die Zügel und manövrierte es zum offenen Tor der Weide am Broken Butte. Chase hatte am Morgen vorgeschlagen, daß sie auf ihrem nachmittäglichen Ausritt hierherkommen sollte. Plötzlich sah sie einen Reiter, der einen Hang hinunterritt und ihr entgegenkam.

»Hallo, Maggie.« Buck Haskell legte seine Finger an den Hut und griff seinem Pferd in die Zügel, um es neben ihrem Pferd herlaufen zu lassen. »Chase hat mich gebeten, dich abzuholen und dich zu begleiten.«

»Ich habe mich gerade gefragt, wo ich ihn zuerst suchen soll«, gab sie zu und lächelte den geselligen Cowboy flüchtig an, den Chase zu seinen Freunden rechnete.

Sie ritten im Trab nebeneinander her. »Du siehst heute gut aus, Maggie. Ich glaube, die Ehe bekommt dir.«

»Ja, das stimmt.« Chase hatte sie gewarnt, daß Buck ein Schmeichler war. Er besaß wirklich einen knabenhaften Charme, der unwiderstehlich war, und sein breites, fröhliches Grinsen ließ ihr Lächeln natürlicher und weniger eine reine Höflichkeit werden.

»Ich muß zugeben, daß ich nicht geglaubt habe, Chase hätte auch nur die geringsten Chancen bei dir – nach dem was deinem Pa zugestoßen ist.« Er schüttelte verwundert den Kopf. »Aber Chase bekommt schließlich alles, was er haben will.«

Bei dieser Anspielung auf ihren Vater schien die laue Brise sich abzukühlen und frostig zu werden. Es war besser, wenn sie ihre Gedanken nicht allzuoft in die Vergangenheit abschweifen ließ und alte Wunden aufgerissen wurden. Sie konnte fast hören, wie Chase sagte: »Halte dich an dem fest, was wir haben, Maggie.« Nein, sie würde nicht zurückblicken, nicht so weit zurück.

»In dem Fall ist es etwas, das wir beide wollen«, sagte sie.

»Das sehe ich selbst.« Buck grinste sie an. »Chase glaubt, daß die Sonne nur für deinen Sohn auf- und untergeht. Einen so stolzen Vater muß man erst mal finden. Der Junge ist sein ein und alles. Klar, ist ja natürlich, daß ein Vater so für seinen Sohn empfindet.«

»Ja.« Maggie spürte Unbehagen in sich aufsteigen.

»Ich glaube, es gibt nichts, was Chase nicht für ihn täte«, sagte Buck nachdenklich. »Chase weiß, was es heißt, ohne Mutter aufzuwachsen, und das wollte er seinem Jungen nicht antun. Meine Mutter war eine Art Zweitmutter für ihn, aber es ist nicht dasselbe wie eine eigene Mutter. Ich schätze, genau das hast du dir überlegt – du wolltest, daß der Junge seinen eigenen Vater hat.«

»Ja.« Maggie ließ ihn in diesem Glauben. Sie hatte keinen Grund, ihm zu erzählen, daß Chase sie ursprünglich zu dieser Ehe gezwungen hatte, indem er sie mit der Drohung erpreßt hatte, ihr Ty wegzunehmen.

»Chase und ich sind wie Brüder aufgewachsen. Ich hänge wirklich an ihm, und ich bin ihm sehr dankbar. Ich nehme an, du kennst die Geschichte. Es gibt nicht viele Leute, die einem Ex-Sträfling noch eine Chance geben würden. Ich stehe hoch in seiner Schuld, aber ich schätze, dir brauche ich nicht klarzumachen, was für ein Mann er ist.« Ein kurzes Lachen entrang sich ihm. »Hier bin ich jetzt, reite neben einer schönen Frau her, und was tue ich? Ich schwärme ihr von ihrem Ehemann vor! Das ist wirklich ein Ausrutscher. Ich sollte dich lieber bei Chase abliefern, ehe ich meinen Ruf aufs Spiel setze.« Er spornte sein Pferd zu einem Galopp an, und Maggie folgte ihm dicht auf den Fersen.

Das Muhen der Rinder schallte ihnen entgegen, als sie den Kamm einer Anhöhe erreichten und sich vor ihnen eine Wiese ausbreitete. Maggie entdeckte Chase auf den ersten Blick unter den Reitern. Er saß auf einem Braunen in der Nähe des Haupttores und beobachtete das Geschehen. Buck blieb an ihrer Seite, bis er sie bei Chase abgeliefert hatte.

»Hier ist sie, gesund und munter«, sagte er mit einem breiten Grinsen.

»Danke, Buck.« Chase war vollauf damit beschäftigt, sie anzusehen, und er bemerkte nicht, daß Buck respektvoll seine Finger an die Hutkrempe legte, um sich von Maggie zu verabschieden, ehe er weiterritt. »Wenn du dein Haar so wie heute unter den Hut steckst, siehst du wieder aus wie ein junges Mädchen.«

Doch er kannte bereits die Ausgereiftheit und Fülle der Rundungen unter der langärmeligen Bluse aus gelbem Chamois, und sein Blick verweilte jetzt auf ihrem Mund. Sie strich eine Strähne Haar, die sich gelöst hatte, unter ihren Hut zurück und kostete die wohltuende Verwirrung aus, die sein Blick bei ihr hervorrief.

»Es wird zu lang«, sagte sie, um zu erklären, warum sie ihr Haar wieder so wie früher trug. Dann löste sie ihre Blicke von seinen Augen und sah sich um. »Wo ist Ty?«

»Er ist mit Dave weggeritten, um die letzten Tiere zusammenzutreiben. Ich nehme an, daß wir in einer Stunde fertig sind.« Chase maß Maggie mit einem herausfordernden Blick. »Hast du Lust, ein bißchen Cowboy zu spielen?«

»Klar.« Es war lange her, seit sie zum letzten Mal richtige Rancharbeit geleistet hatte. Es klang vielversprechend.

Als das letzte Tier eingefangen war, wurden die Tore des Pferchs geöffnet und die Herde hinausgetrieben. Während Maggie mit Chase und zwei weiteren Reitern an der linken Flanke ritt, sollte Ty zurückbleiben. Er wollte nicht als ›Muttersöhnchen‹ abgestempelt werden, und daher hatte er ihr nur flüchtig zugenickt, als er mit seinem Lehrer und Partner Dave hinzugekommen war. Belustigt, aber voller Verständnis für sein Verhalten, hatte sich Maggie gehütet, ihrem Sohn zu nahe zu kommen.

Eine Kuh und ein Kalb lösten sich direkt vor Chase und Maggie aus der Herde. Der Wallach setzte zum Sprung an, um den Tieren nachzujagen, doch Chase griff ihm in die Zügel und nickte Maggie zu. »Sie gehören dir.«

Maggie lockerte ihren festen Griff am Zaumzeug, und mit katzenhafter Behendigkeit schoß ihr brauner Wallach hinter dem fliehenden Paar her. Das alte Jagdfieber kehrte zurück. Sie zwang die Kuh, umzukehren; das Kalb trottete an ihrer Seite zur Herde zurück. In jenem Augenblick, als sie über den unebenen Boden raste, wurde ihr klar, wie sehr sie dieses Leben vermißt hatte. Das war auch der Grund, aus dem sich Maggie so schnell und so leicht wieder an dieses Leben gewöhnt hatte. Schuldbewußtsein flackerte in ihr auf, weil sie plötzlich das Gefühl hatte, ihre Bildung und all das, was Phillip ihr beigebracht hatte, könnten hier draußen brachliegen. Diese Überlegung raubte ihr die Konzentration, die für das momentane Geschehen erforderlich war. Sie war nicht auf das plötzliche Ausbrechen ihres Pferdes gefaßt, als es einen halbherzigen Versuch der Kuh unterband, noch einmal in die Freiheit zu entfliehen. Der Wallach machte unter ihr einen Satz und warf Maggie ab; sie rollte sich über den Boden, kam zu einem Halt und setzte sich unverletzt auf. Im ersten Moment konnte sie nur sitzen bleiben und überrascht und verblüfft vor sich hin starren. Als sie die schwarzen Beine von Chases gescheckten Wallach neben sich sah, blickte sie auf. Als er sah, daß sie nicht verletzt war, glitzerte Belustigung in seinen Augen auf. Plötzlich breitete sich ein Lächeln auf ihrem Gesicht aus, und sie lachte über sich selbst.

»Ich habe mich einfach überraschen lassen. Ich schätze, ich bin ein bißchen eingerostet.« Sie rappelte sich auf, klopfte sich den Staub vom Hosenboden und hob ihren Hut wieder auf.

»Du wirst jede Menge Gelegenheit haben, wieder in Übung zu kommen.« Chase bückte sich, griff nach ihrem Unterarm und zog sie hinter sich auf den Sattel. Sie schlang ihre Arme um seine Taille und hielt sich fester, als es nötig gewesen wäre, als Chase sein Pferd wieder zu der Herde umkehren ließ.

Einer der Reiter hatte ihr Pferd wiedereingefangen und wartete auf halbem Weg zur Herde auf sie. Als sie ihn erreicht hatten, ließ Maggie Chase los, um sich von seinem Pferd zu schwingen, doch Chase drehte sich unvermittelt um und schlang einen Arm um ihre Taille. Statt sie auf den Boden zu heben, drückte er sie an sich und preßte ihre Hüften an seinen Schenkel. Sie sah die dunkle Glut in seinen Augen und spürte, wie sich ihr Pulsschlag beschleunigte; sein Blick ruhte auf ihren Lippen.

»Sie können uns sehen.« Sie erinnerte ihn an ihr Publikum, die Cowboys.

»Sie werden in die andere Richtung schauen«, versicherte ihr Chase, und er beugte seinen Kopf herunter, um einen gierigen Kuß auf ihre Lippen zu drücken. Dann ließ er sie widerstrebend von seinem Pferd steigen. Ihr Pulsschlag hatte einen verwirrenden Rhythmus angenommen, als sie sich auf den Sattel ihres eigenen Reitpferdes schwang. Freude durchflutete sie, als sie ihr Pferd neben seinem Pferd herlaufen ließ und ihre Beine einander berührten, eine Freude, die überwältigend und doch zerbrechlich war. Sie ritten im Trab und hatten es nicht allzu eilig, die Herde, die sie überholt hatte, wiedereinzuholen.

Ty war zusammen mit einem alten Cowboy als Schlußlicht eingeteilt worden. Das war die Arbeit, die weniger begehrenswert als jede andere war, denn der Reiter, der das Schlußlicht bildete, war dem gesamten Gestank, der gesamten Hitze und dem Staub, den die Herde aufwirbelte, ausgesetzt. Es war deprimierend, ständig die unwürdigsten Aufgaben zugeteilt zu bekommen. Als er den wilden Wallach zugeritten hatte, hatte er geglaubt, seine Fähigkeiten unter Beweis gestellt zu haben, aber er kam bald dahinter, daß dem nicht so war. Es stimmte, er war jetzt draußen auf der Weide und arbeitete mit den Rindern, doch ihm standen immer nur die schlechtesten Pferde der ganzen Ranch zur Verfügung. Die anderen Cowboys spielten ihm zahllose Streiche, und er wußte sowenig über die Arbeit auf einer Ranch und über Rinder, daß er zum leichtgläubigen Opfer fast aller Lügenmärchen wurde, die die Cowboys sich ausdachten. Es gab Momente, in denen Ty der Überzeugung war, daß alle ihn haßten, und es gab andere Momente, in denen er sicher war, daß man ihn niemals akzeptieren würde. Er schwankte zwischen einer grimmigen Entschlossenheit, sich zu beweisen, und dem bitteren Verlangen, ihnen zu sagen, sie sollten sich allesamt zum Teufel scheren.

Was all das noch schlimmer machte, war, daß er niemanden hatte, dem er seine Rückschläge anvertrauen konnte. Sein Vater hatte von Anfang an klargestellt, daß er nicht zu ihm kommen und sich beschweren konnte, daß er seine Schwierigkeiten allein bewältigen mußte. Und seine Mutter … Ty wußte, sie würde sich auf Chases Seite stellen. Außerdem hatte er so strikt darauf beharrt, hier leben zu wollen, daß es jetzt seinen Stolz verletzt hätte, zu ihr zu gehen und ihr zu sagen, daß er es nicht schaffte. Und wenn sie gar versucht hätte, sich für ihn einzusetzen, dann konnte es ihm blühen, daß die anderen Cowboys ihn als ›Muttersöhnchen‹ verspotteten.

Ein seichter Bach kreuzte den Weg der Herde. Die ersten Kühe wurden durch das Wasser getrieben, und der Rest der Herde folgte ihnen. Ty wollte den Nachzüglern durch das Wasser folgen, doch sein Pferd, das eine Augenkrankheit hatte, stellte nervös die Ohren auf, als es den glitzernden Schimmer der Sonne sah, der auf die Wasseroberfläche fiel, und trippelte auf dem Ufer mit den glatten Kieseln herum. Das Wasser war nur knöcheltief, und Ty, der die Geduld mit seinem Pferd verlor, grub dem Tier die Fersen in den Bauch, um es zu zwingen, sich in das seichte Wasser zu begeben. Das Pferd machte einen Satz zur Seite, wich dem glitzernden Wasser aus und hätte ihn fast abgeworfen.

Mit seiner freien rechten Hand griff er nach dem Sattelhorn, um sich wieder in den Sattel zu ziehen. Er hatte seinen Fuß gerade in den losen Steigbügel gestellt, als der Cowboy, der mit ihm ritt, an seine Seite kam und das Ende seines Lassos auf die Hand heruntersausen ließ, die das Sattelhorn gepackt hatte. Ty versuchte weiterhin, sein ungebärdiges Pferd unter Kontrolle zu bekommen, doch gleichzeitig warf er dem Cowboy einen wütenden Blick zu.

»He, laß das!« rief er.

Der Cowboy grinste nur und schlug ihm noch einmal mit dem Lasso auf die Hand. Diesmal hatte er kräftiger ausgeholt, und der Schmerz zwang Ty, das Sattelhorn loszulassen. Ty war fuchsteufelswild, aber er hatte alle Hände voll damit zu tun, sein Pferd wieder unter Kontrolle zu bringen.

Maggie hatte gesehen, daß Tys Pferd scheute. Anfangs hatte sie geglaubt, der andere Reiter bliebe an Tys Seite, um ihm zu helfen. Erst beim dritten oder vierten Mal wurde ihr klar, daß der Reiter Tys Hand vom Sattelhorn schlug. Ihre mütterlichen Instinkte wallten in ihr auf, als sie Chases Aufmerksamkeit darauf lenkte, was sich dort abspielte.

»Siehst du, was er mit Ty macht?«

Chase warf nur einen flüchtigen Blick in die Richtung und zeigte kaum Interesse an der Lage, in der sich sein Sohn befand. »Das ist nur ein harmloser Unfug, Maggie.« Er tat den Fall als unwichtig ab und ritt weiter.

»Du läßt das doch nicht etwa zu, oder? Er ist dein Sohn!«

»Achte einfach nicht darauf.« Diese Anweisung war entschieden und endgültig.

»Du kannst von mir aus nicht darauf achten, aber ich mache das nicht mit«, fauchte sie und wollte umkehren, aber er griff ihr in die Zügel und brachte ihr Pferd zum Stehen.

Seine braunen Augen waren stählern, als sie sich in ihre Augen bohrten. »Halt dich da raus, Maggie. Ich meine es ernst. Wenn du dich einmischst, steht Ty vor den Männern miserabel da.«

»Dann tu du etwas!« forderte sie.

»Es kommt dir vielleicht brutal vor. Du bist eine Frau. Aber die Jungen bringen ihm mit diesen Schikanen einiges bei, was er unbedingt lernen muß.«

»Aber er braucht es doch nicht auf diese Art zu lernen.« Sie lehnte das ungeschriebene Gesetz der Härte ab, ein Gesetz, das sie in den Jahren, in denen sie fortgewesen war, vergessen hatte.

»Wenn er damit nicht fertig wird, hat es keinen Sinn, daß er diese Ranch eines Tages führt. Er muß den Respekt dieser Männer gewinnen. Ohne diesen Respekt wird er versagen. Das ist noch gar nichts im Vergleich zu so manchen Dingen, die ihm noch zustoßen werden, wenn er erst älter ist. Glaub mir, Maggie, ich weiß, wovon ich rede. Ich habe es selbst durchgemacht.«

Das Thema erledigte sich von selbst, als Ty die Kontrolle über sein Pferd wiedergewonnen hatte. Das Pferd hörte auf zu bocken, und Ty ritt durch den Fluß. Sein Erfolg setzte dem böswilligen Unfug ein Ende, doch der Zwischenfall hatte eine Kluft zwischen Maggie und Chase aufgerissen.

Am Abend sah Maggie die roten Striemen auf Tys Hand, und wieder brauste sie auf, weil Chase eine solche Behandlung des Jungen zugelassen hatte. Als sie das Geschirr abgespült hatte und wieder ins Wohnzimmer kam, hatte Chase sich in sein Arbeitszimmer zurückgezogen; Ty ging gerade die Treppe hinauf, um früh schlafen zu gehen. Sie fing ihren Sohn auf dem Treppenabsatz ab und war fest entschlossen dahinterzukommen, was er empfand.

»Was ist, Mom?« fragte er ungeduldig. »Ich bin wirklich müde. Hat es nicht Zeit bis morgen?«

»Ich ...« Sie sah in sein argloses, erschöpftes Gesicht und stellte fest, daß die harte körperliche Arbeit seine schmale Brust und seine Schultern mit Muskeln überzogen hatte. »Ich wollte nur wissen, ob du hier glücklich bist.« Sie bot ihm eine Gelegenheit, sich ihr anzuvertrauen.

Unentschlossenheit und Unsicherheit jagten sich auf seinem Gesicht, als er in ihre forschenden Augen sah. Plötzlich schien ihr männlicher, fünfzehnjähriger Sohn nicht älter als acht und von der Erwachsenenwelt völlig verwirrt zu sein. Ebenso plötzlich war dieser Ausdruck wieder von seinen Zügen verschwunden, die auf eine Weise hart wurden, die sie an Chase erinnerte.

»Ja, das bin ich.« Er wandte sich ab, um die Treppe hinaufzugehen.

Dieser kurze Einblick in seine widersprüchlichen Gefühle führte dazu, daß sie beharrlich blieb. »Dann willst du also hierbleiben?«

»Ja, mehr denn je«, behauptete Ty, und er stieg die Stufen hinauf. »Gute Nacht, Mom.«

»Gute Nacht«, echote sie, und ihr war klar, daß Ty sein Bedürfnis nach moralischer Unterstützung leugnete und entschlossen war, seine Schlacht allein zu schlagen. Er wurde jetzt schnell erwachsen, und so war es ihr mit fünfzehn auch gegangen. Das war nicht das, was sie sich für ihren Sohn gewünscht hatte.

Als Chase kurz nach zehn seine Schreibtischarbeit erledigt hatte, brannte kein Licht mehr in den anderen Räumen im Erdgeschoß. Er zögerte, ehe er die Treppe hinaufstieg.

Maggie saß vor ihrem Frisiertisch, als sie seine Schritte hörte. Sie hatte gerade die Bürste in die Hand genommen, um ihr langes dunkles Haar durchzubürsten. Sie blickte nicht auf, als er das Zimmer betrat. Ihr Haar knisterte, weil es statisch aufgeladen war. Sie lauschte auf die Geräusche, die Chase beim Ausziehen machte, und hörte, wie die Sprungfedern der Matratze unter seinem Gewicht ächzten.

»Kommst du ins Bett?«

Seine Frage setzte ihrem Schweigen ein Ende. »Männer glauben immer, daß sich damit alles lösen läßt«, gab Maggie zurück und ließ die Bürste heftiger durch ihr Haar gleiten.

»Und was löst du damit, daß du dasitzt und dir die Haare bürstest?« konterte er.

Sie ließ die Bürste auf die Frisierkommode fallen.

»So wird das nichts«, verkündete sie, doch dann wurde ihr klar, daß diese Aussage einer näheren Erläuterung bedurfte, und sie sprudelte die Worte heraus. »Für dich dreht sich alles nur um die Ranch. Dir ist egal, daß um diese Ranch herum eine ganze Welt existiert. Für mich ist es nicht dasselbe – und für Ty auch nicht. Ich habe mich an ein anderes Leben gewöhnt – ins Theater oder in ein Symphoniekonzert oder ein Museum zu gehen. Ich habe diese Dinge bisher nicht vermißt, aber es wird dahin kommen.«

»Wenn du diese Dinge irgendwann vermißt, werden wir nach New York oder nach Dallas oder Denver fliegen und dort ein Wochenende verbringen.« Chase beobachtete sie genau, denn ihm war klar, daß sie um den heißen Brei schlich und das eigentliche Thema, den Zwischenfall mit Ty am Nachmittag, mied. »Diese Ranch ist kein Gefängnis, Maggie. Ich unternehme normalerweise jedes Jahr mehrere Reisen. Zugegeben, es sind meistens Geschäfte, die mit der Ranch zu tun haben und mir den Anlaß zu einer Reise geben, aber wir können das Geschäftliche durchaus mit dem Vergnüglichen verbinden. Du versuchst, aus einer Mücke einen Elefanten zu machen. Was du sagst, ist völlig unwesentlich, und daher könntest du ebensogut auch gleich sagen, was dich wirklich bedrückt.«

Sie drehte sich um und sah seinen ruhigen, herausfordernden Blick. »Nun gut.« Sie schlug die Augen nicht nieder. »Wenn Ty mit der Schule fertig ist, will ich, daß er aufs College geht.«

Seine Lippen zogen sich zusammen. »Auf der Ranch bekommt er eine bessere Ausbildung als auf jeder Universität – und die Hauptfächer sind Tierzucht, Landwirtschaft, Buchhaltung, Unternehmensführung und Psychologie. Vier Jahre auf dem dreifachen C rüsten ihn besser für die Zukunft, als es jeder College-Abschluß könnte.«

»Ich will, daß er ein Studium abschließt«, sagte sie ungerührt. »Ich will nicht, daß er so wird wie du, wenn er erwachsen ist – abgestumpft und mit einem ausschließlichen Interesse an dieser Ranch.« Es verletzte Chase, daß sie das tatsächlich für wahr hielt.

»Du weißt doch selbst, daß ihm das das Leben nur erschwert, oder?« Aber er merkte, daß sie es eben nicht wußte. Er stieß einen Seufzer aus. »Gut, dann einigen wir uns eben auf einen Kompromiß. Wenn Ty aufs College will, werde ich nicht versuchen, ihn davon abzuhalten oder es ihm auszureden.« Als er sah, daß sie zögerte, fügte Chase hinzu: »Du erwartest doch nicht von mir, daß ich mich deiner Meinung anschließe, wenn ich der Auffassung bin, daß das College schlecht für ihn ist. Aber ich verspreche dir, daß ich mich aus dieser Sache raushalten und ihm die Entscheidung überlassen werde. Wir kriegen das schon hin, wir beide.«

Sie wußte, daß er von ihrer Ehe im allgemeinen sprach, und sie spürte den Sog seiner Liebe, der ihre Vorsätze ins Wanken brachte. »Manchmal glaube ich wirklich, daß es möglich ist«, murmelte sie.

Zwei Tage darauf hatten sich Chase und Ty gerade an den Tisch gesetzt, um das Frühstück zu sich zu nehmen, das Maggie ihnen hingestellt hatte, als Nate in der Tür zum Eßzimmer auftauchte. Hinter ihm färbte die Dämmerung den Himmel orange und rosa.

»Setz dich und trink eine Tasse Kaffee mit uns, Nate«, lud ihn Chase ein, doch das unbewegte Gesicht des alten Cowboys ließ Unbehagen in ihm aufkommen.

»Ja, setzen Sie sich, Nate.« Maggie bekräftigte die Aufforderung. »Ich hole Ihnen eine Tasse.« Sie wollte gerade von ihrem Stuhl aufstehen, als der Vorarbeiter mit einem kaum merklichen Kopfschütteln ihr Angebot ablehnte.

»Nein, danke, Ma'am.« Er kam nicht ins Zimmer, sondern blieb in der Tür stehen. »Kann ich dich allein sprechen, Chase?«

Chase schob seinen Stuhl zurück und bewegte sich mit der flinken Behendigkeit eines Mannes, der es gewohnt ist zu handeln, als er dem Cowboy in die Eingangshalle folgte. Maggie wußte, daß irgend etwas nicht stimmte, aber sie wußte nicht, worum es ging. Sie hörte das gesenkte Murmeln ihrer Stimmen, die sehr schnell verstummten. Nachdem die Haustür aufgegangen und wieder geschlossen worden war, dauerte es eine volle Sekunde, ehe ihr klarwurde, daß die Schritte von zwei Männern das Haus verließen. Sie eilte zur Tür, riß sie auf und sah Chase, der mit Nate die Veranda verließ.

»Chase, wohin gehst du? Du hast noch nicht gefrühstückt.«

Als er sich umdrehte, war sein Gesicht ausdruckslos, und seine Gedanken waren hinter der Maske verborgen, die die Männer im Westen trugen.

»Ist etwas passiert?« Sie überquerte die Veranda, um ihm zu folgen.

»Nichts, womit ich nicht zurechtkäme. Du bleibst im Haus.« Es war ein ausdrücklicher Befehl.

Maggie machte den Mund auf, um zu protestieren, doch Chase ging bereits weiter und setzte ihren Gehorsam als selbstverständlich voraus. Dieser Befehl steigerte ihr Unbehagen noch mehr; sie wußte nicht, was er vor ihr geheimhalten wollte, aber sie hatte die Absicht, es herauszufinden.

Als er in dem Stall verschwand, in dem die Hengste standen, beschleunigte sie ihre Schritte. Sie bemerkte, daß auch andere auf diesen Stall zueilten, doch kein Laut drang aus dem Stall heraus – nichts, was darauf hinwies, daß zwei Hengste miteinander kämpften. Maggie blieb in der offenen Stalltür stehen, damit sich ihre Augen auf das Dunkel im Innern des Stalles einstellen konnten. Chase stand neben einer offenen Box, und eine unglaubliche Anspannung ging von ihn aus.

Die schwache Morgensonne drang durch ein Stallfenster und glitzerte auf dem gelblichen Fell von Kuguar, dem Falben. Sie riß die Augen weit auf, als sie merkte, daß das stumme Tier in einer aufgebäumten Pose verharrte. Wie war das möglich? Und dann sah sie es: Ein verknoteter Strick war um den Hals des Hengstes geschlungen und an einem Querbalken des Daches befestigt. Das Pferd war erhängt worden.

Breite Schultern schoben sich vor diesen Anblick. Zwei Hände packten ihre zarten Arme, als sie vor Grauen und Ekel schwankte. Ihre entsetzten Augen blickten in Chases Gesicht. Er biß sichtlich die Zähne zusammen, als er ihr verzerrtes weißes Gesicht sah.

»Ich habe dir doch gesagt, daß du im Haus bleiben sollst«, erinnerte er sie stöhnend, und er bedauerte wirklich, daß sie sich nicht daran gehalten hatte.

»Hat Culley …« Ein Schluchzen erstickte ihre Stimme und schnitt den Rest der Frage ab.

Dann drehte Chase sie um und vertraute sie der Obhut eines anderen an. »Bring Maggie ins Haus, Buck, und sorge dafür, daß sie dort bleibt. Ty, du holst Ruth. Ich will nicht, daß deine Mutter allein ist.«

Am späten Nachmittag betrat Chase die Großküche. Tuckers massige Gestalt lehnte an einer Arbeitsplatte, und er hatte einen Ellbogen aufgestützt. Er hatte sich eine Schürze um den Bauch gebunden, und es schien ihn nicht zu wundern, daß Chase die Küche betrat, die sein Reich war.

»In der Kanne ist Kaffee.« Dort stand immer Kaffee bereit, doch Tucker deutete trotzdem auf das Metallgefäß. »Ich habe Sie erwartet.«

Chase nahm sich eine Tasse aus dem Regal und schenkte sich Kaffee ein. »Ich nehme an, Sie haben von dem alten Falben meines Vaters gehört.«

»Ja, ich habe gehört, daß er erhängt worden ist.« Tucker nickte, und seine kleinen Augen sahen Chase unablässig an, während er sich eine lange, dünne Zigarre anzündete. »Das mit dem Kalb habe ich auch gehört. Ich habe mir ausgerechnet, daß Sie wohl früher oder später mal vorbeikommen, um mit mir darüber zu reden. Ich sage Ihnen jetzt gleich, daß ich nichts damit zu tun hatte und daß ich von nichts weiß.«

»Wenn Sie etwas damit zu tun gehabt hätten, würden Sie es mir nicht sagen«, vermutete Chase, und er sah den Mann durch den Zigarrenrauch an.

»Nein, ich glaube kaum, daß ich das täte«, gab er zu. Dann fragte er: »Wie geht es Maggie? Ich habe gehört, daß sie es gesehen hat.«

Chase ging nicht auf seine Frage ein. »Wann haben Sie Culley zum letzten Mal gesehen?«

»Das ist schon eine ganze Weile her.« Er kniff die Augen zusammen.

Chase trank von dem schwarzen Kaffee, der heiß und stark war. Er hinterließ einen bitteren Geschmack in seinem Mund. »Sie haben früher enge Kontakte zu den O'Rourkes gehabt.«

»Ja.« Es war eine knurrende Zustimmung. »Sie können von mir halten, was Sie wollen, Calder, und Sie können mich einschätzen, wie Sie wollen, aber ich würde niemals etwas tun, das Maggie weh tun könnte.«

»Wenn Sie irgend etwas über diese Geschichte wissen, Tucker, und wenn ich dahinterkomme, daß Sie etwas wissen, dann haben Sie ausgespielt«, warnte ihn Chase, doch er glaubte beinahe, was der Mann behauptete. Die härtesten Kerle konnte man oft umpusten wie eine Feder, wenn es um Frauen ging; sie waren fähig, einem Mann den Schädel einzuschlagen, ohne auch nur mit der Wimper zu zucken, und doch waren sie so hilflos wie neugeborene Katzen, wenn sie mit den Tränen einer Frau konfrontiert waren.

»Ich habe Ihnen gesagt, was ich weiß.«

Chase trank noch einen Schluck Kaffee und leerte den Rest in den Ausguß; dann schnippte er die Asche seiner Zigarre in den Abfluß und spülte nach. »Danke für den Kaffee.«

»Behandeln Sie Maggie gut, oder der nächste Kaffee, den Sie bei mir trinken, ist mit Arsen versetzt. Ich habe immer eine Prise zur Hand – für den Fall, daß eine Ratte sich in meine Küche wagt.«

»Ich werde es mir merken.« Chase lächelte leise vor sich hin, als er die Küche verließ. Es schien ganz so, als hätte Maggie keinen Mangel an fahrenden Rittern, die sie jederzeit vor ihm gerettet hätten. War denn keinem von ihnen klar, wie sehr er diese Frau liebte?

Der Gedanke an sie lenkte seine Schritte zum Gehöft. Es war still im Haus, als er es betrat, nur das Summen eines elektrischen Mixers war aus der Küche zu vernehmen. Er ging in die Küche und rechnete damit, Maggie dort bei den Vorbereitungen zum Abendessen vorzufinden, doch Ruth war allein in der Küche.

»Wo ist Maggie?«

»Sie ist oben und hat sich ein wenig hingelegt. Sie hat Kopfschmerzen.«

Chase durchquerte das Wohnzimmer, um dann mit jedem Schritt zwei Stufen gleichzeitig zurückzulegen. Auf den ersten Blick wirkte das Schlafzimmer leer; dann sah er sie am hintersten Fenster stehen. Sie hatte sich umgedreht, als er eingetreten war, und die Wirkung der Zwischenfälle des heutigen Tages war in ihren grünen Augen zu lesen.

»Ruth hat gesagt, du hättest dich hingelegt.« Er blieb einen Augenblick stehen, um die Tür zu schließen, ehe er auf sie zuging.

»Ich habe ihr gesagt, ich hätte Kopfweh, weil ich allein sein wollte, um nachzudenken.« Ihr Blick fiel wieder aus dem Fenster und wandte sich dann wieder ihm zu. »Du glaubst doch, daß Culley es getan hat, oder?«

Er wartete ab und sah forschend in ihre Augen. »Glaubst du es denn nicht?«

Sie wandte sich von ihm ab, um aus dem Fenster zu starren, und sie rieb ihre Ellbogen mit ihren Handflächen. »Ich kann mir nicht vorstellen, daß Culley es getan hat. Ich kann nicht glauben, daß mein Bruder … es paßt einfach nicht zu Culley.«

»Vielleicht hätte es *früher* nicht zu ihm gepaßt.« Er stellte sich hinter sie, und seine Hände streichelten ihre zarten Schultern. »Du warst lange fort, Maggie. Du weißt nicht, was aus ihm geworden ist.«

»Aber er ist trotz allem noch mein Bruder.« Ein Schauer lief über ihr Rückgrat. »Was wirst du tun, Chase?«

Er drehte sie zu sich um, und seine Hände glitten über ihren

Rücken, um sie in seine Arme zu ziehen. »Ich werde an dir festhalten, Maggie. Ich werde an dem festhalten, was wir haben.«

Es war nicht das, was sie gemeint hatte, aber ihre ursprüngliche Frage spielte jetzt keine Rolle mehr. Solange er sie in seinen Armen hielt und sein Mund auf ihren Lippen lag, konnte sie alles andere vergessen.

35.

Im Schlaf streckte Maggie ihre Arme nach Chase aus, doch ihre Hand ertastete dort, wo er hätte liegen sollen, nur das kühle Laken. Sie war augenblicklich hellwach, und ihre Augen suchten in der dunklen Nacht nach ihm. Das Bett war leer. Dann nahm sie den beißenden Geruch einer Zigarre wahr. Ihr Kopf wandte sich zum Fenster.

Der Lehnstuhl war zum Fenster gedreht. Chase hatte es sich darauf bequem gemacht und seine nackten Füße auf das Fensterbrett gelegt. Er war teils im Schatten, doch der Schein seiner Zigarre ließ sein Gesicht als einen dunkelgelben Umriß erkennen. Bei diesem schwachen Licht wirkten seine Wangen unter der gebräunten Haut eingefallen und zerfurcht.

Sie war es zufrieden, ihn einfach nur anzusehen. Sie hatte sich ihm nie so nah gefühlt, sich nie so sehr als einen Teil von ihm empfunden wie an diesem Abend. Statt ihre Liebe zu untergraben, hatte der Zwischenfall mit dem Hengst sie einander nähergebracht. Ja, ihre Körper hatten sich vereint, aber es war darüber hinaus gegangen, ihr Schweigen hatte sich vereint, und ihre Stimmen hatten jeweils die Gedanken des anderen ausgesprochen.

Und doch hatte er nicht geschlafen. Sie spürte, daß er sich ihr entzog. Er grübelte alleine, ohne sie, über ihre gemeinsamen Probleme nach. Er überging sie, ließ sie nicht daran teilhaben. Das konnte sie nicht ertragen.

»Woran denkst du, Chase?«

»Nichts von Bedeutung«, erwiderte er. »Schlaf weiter. Ich komme gleich wieder ins Bett.«

Statt dessen schlug Maggie die Decke zurück und schlüpfte aus dem Bett. Das Mondlicht warf einen glänzenden Schimmer auf die Weiße ihrer nackten Haut, als sie zu seinem Stuhl kam. »Du denkst an den Hengst.«

Er zog unwillig die Mundwinkel nach unten, als er seine Hand auf ihre Hüfte legte, um sie auf die Armlehne seines Stuhles zu ziehen. »Du bist nicht allzugut im Gehorchen«, spottete er, und er drückte seine Zigarre aus.

»Warum wolltest du nicht, daß ich etwas von dem Hengst erfahre, der erhängt worden ist?«

»Ist es ein Fehler, dir etwas derart Unerfreuliches zu ersparen?« Er zog sie auf seinen Schoß. Das feste Fleisch seines Körpers drückte sich warm gegen ihre bloße Haut. Seine Hände wanderte über ihre Rippenbögen und versuchten bewußt, sie abzulenken.

»Du wolltest es mir nicht ersparen – du wolltest mich vor allem davon abhalten, etwas darüber herauszufinden«, vermutete sie, und sie spürte sein Zögern. Ihr Argwohn wuchs. »Was hast du sonst noch versucht, mir zu ersparen, Chase? Ich weiß von der Nachbildung der Schlinge und jetzt von dem Hengst. Sonst ist doch nichts gewesen, oder? Doch, es war noch mehr, und du hast es mir nicht gesagt.«

Sein Finger zeichnete unbewußt einen Kreis um ihren Hals, und seine Augen verfinsterten sich. Einen Moment lang glaubte sie, er würde es weiterhin abstreiten. »Vor etwa zwei Wochen hat man ein Kalb stranguliert aufgefunden«, gestand er schließlich ein. »Bist du jetzt etwa froh, daß ich es dir gesagt habe?«

Sie hatte sich irren wollen – sie hatte gehofft, daß es keine weiteren Vorfälle dieser Art gegeben hatte. »Nein.« Ihre Stimme war heiser vor Reue. »Was wirst du jetzt tun?«

»Ich muß dem ein Ende setzen – ihn davon abbringen.« Eine grimmige Ungeduld schwang in seinen Worten mit, ein Widerwille, die Antwort laut auszusprechen.

»Mit ›ihn‹ meinst du meinen Bruder.« Sie sagte es steif.

»Ja, ich meine deinen Bruder.« Chase wich nicht aus. Sein Tonfall war fest und entschieden. »Bisher sind seine Opfer Tiere gewesen, aber er ist krank. Ich werde nicht abwarten, was er als nächstes tut. Dieses Risiko kann ich nicht eingehen.«

Über diesen Punkt wollte sie gar nicht mit ihm streiten, denn sie erkannte die Gefahr, die Culley darstellte, aber das war nicht die

Quelle ihrer Unsicherheit. Sie hob ihre Lider, um seine Augen zu ergründen. »Und wie hast du vor, ihn davon abzuhalten, Chase?« Sie wußte, wieviel Macht er hatte. Er hatte den Platz seines Vaters eingenommen.

Er wog ihre Worte ab und hielt ihrem Blick stand. »Ich werde es auf *meine* Weise regeln, Maggie.« Diese Betonung schloß sie von seinen Plänen aus. Er senkte den Kopf und knabberte an ihrem Ohrläppchen. »Du wirst mir vertrauen müssen.«

Doch sie wollte sich nicht ablenken lassen, und sie nahm sein Gesicht zwischen ihre Hände, um es ansehen zu können. »Nein, Chase, das reicht nicht. Ich bin nicht die pflichtbewußte Ehefrau, wie ihr sie im Westen kennt, die solche Dinge den Männern überläßt. Ich gehöre nicht zu der Sorte von Frauen, die in der Küche mit den Töpfen klappert, während du deine einsamen Entscheidungen triffst. Wenn es das ist, was du wolltest, dann hättest du mich nicht heiraten dürfen. Dieses Problem betrifft auch mich. Ich bin deine Frau – und seine Schwester. Das gibt mir das Recht, von deinen Plänen zu erfahren. Schließ mich nicht aus.«

»Ich habe nicht die Absicht, dich auszuschließen.« Er nahm die Hand, die auf seiner Wange lag, und drückte einen Kuß auf ihre Handfläche. Sie strich mit ihren Fingern zart über seine Lippen und zeichnete die männlichen Formen seines Mundes nach.

»Er ist mein Bruder, Chase. Ich weiß, daß etwas unternommen werden muß, aber ich will nicht, daß ihm etwas zustößt.« Der Schmerz über ihre vergeblichen Versuche gewann die Oberhand. »Culley hört nicht auf die Stimme der Vernunft. Ich weiß es. Ich habe es versucht.«

Er sah die Erinnerung, die in ihren Augen stand, und küßte den goldenen Ring an ihrem Finger. »Ich würde niemals etwas tun, was dich gegen mich aufbringen könnte, Maggie.«

Ein leichtes Lächeln trat auf seinen Mund. »Da ich dir in diesem Punkt eine zufriedenstellende Antwort gegeben habe, sollten wir uns jetzt etwas anderem zuwenden. Es wird nämlich immer schwieriger, mich auf etwas anderes zu konzentrieren, wenn ich eine nackte Frau auf dem Schoß habe.« Er senkte seinen Kopf, um eine rosa Brustwarze zwischen seine Lippen zu nehmen, und er spürte, daß sie steif wurde.

»Aber du hast mir noch gar nicht gesagt, was du vorhast«,

wandte sie als matten Protest ein, während ein zitternder Schauer sie durchlief.

»Ich habe vor« – seine Hand glitt zwischen ihre Schenkel – »für den Rest meines Lebens mit dir zu schlafen.« Dann lag sein Mund auf ihren Lippen und erstickte das genüßliche Stöhnen.

Am nächsten Morgen schloß Chase die Tür seines Arbeitszimmers, während er seine Anrufe erledigte. Dann ging er aus dem Haus und machte sich auf die Suche nach Nate Moore. Er fand ihn im Warenlager beim Auftanken seines Wagens.

»Ich will, daß du mich mit Ike und Slim heute nachmittag um zwei Uhr auf der Nordweide am Tor triffst.« Er hatte die Männer bewußt ausgewählt. Alle hatten seinen Vater begleitet, als er der Ranch der O'Rourkes einen Besuch abgestattet hatte.

»Was steht an?« Die klugen blauen Augen zeigten, daß er es sich bereits denken konnte.

»Wir werden demjenigen den Strick zurückbringen, der ihn um den Hals des Falben vergessen hat«, sagte Chase. »Ich will nicht, daß Maggie erfährt, wo ich heute nachmittag bin, und daher sollte es sich nicht herumsprechen.«

Unsicherheit flackerte in den Augen des alten Cowboys auf. »Chase, ich habe zu deinem Vater gehalten, aber ...«

Das Lächeln, das um Chases Mund spielte, war kalt und grimmig. »Ich weiß, was ich tue, Nate. Kommst du mit?«

»Zum Teufel, ich war schon dein Kindermädchen, als du gerade alt genug warst, um dein erstes Kalb mit dem Lasso einzufangen. Natürlich komme ich mit.« Nate fühlte sich von Chases Andeutung, er könne sein Spiel eventuell nicht decken, beleidigt. »Ich habe mich nur gefragt, welchen Trumpf du im Ärmel hast.«

»Du wirst es sehen. Laß dich nur durch nichts, was ich sage, überraschen.«

»Du kannst auf mich zählen – auf uns alle«, versprach Nate.

»Ich weiß.« Chase legte dem alten Mann eine Hand auf die Schulter, ehe er ging.

Beim Mittagessen erkundigte sich Chase beiläufig nach Maggies Plänen für den Nachmittag, und er schlug ihr vor, vielleicht einmal den südlichsten Zipfel der Ranch abzureiten, um sie vom Norden fortzulocken, denn dort traf er sich mit den Männern. Er wußte einerseits, daß es nicht fair war, sie nicht in seine Pläne einzuweihen, aber andererseits widerstrebte es ihm, sie in diese Sache hineinzuziehen. Chase sah den Fall als sein Problem an, für das demnach auch er die Verantwortung trug; daher mußte er das Problem lösen. Er konnte nicht zulassen, daß ein anderer es ihm abnahm, von einer Frau ganz zu schweigen, selbst wenn es seine Frau war.

Als er sich ans Steuer eines Pickup setzte, sah er, wie Buck mit einem Pferdeanhänger im Schlepptau vorfuhr und vor dem Gebäude anhielt, in dem die Erste-Hilfe-Station und die Veterinärmedikamente untergebracht waren. Wahrscheinlich hätte er diesem Vorfall weiter keine Aufmerksamkeit gewidmet, wenn er nicht bemerkt hätte, daß Ty einer der Insassen des Wagens war. Er fuhr hinüber, um nachzusehen, was hier nicht stimmte. Als er nach ihnen rief, änderte Buck die Richtung und schlenderte zu ihm herüber.

Mit einem Blick auf Ty, der bei dem parkenden Wagen geblieben war, fragte Chase: »Ist etwas passiert? Ist er verletzt?«

»Der Junge? Nein.« Buck schüttelte den Kopf und zog sich seinen Hut wieder in die Stirn. »Wir sind nur hergekommen, um Medizin zu holen. Auf der Nordweide ist eine Kuh mit einem schwärenden Auge, das behandelt werden muß. Ich dachte, ich zeige dem Jungen mal, wie man das macht. Dort ist das Land rauher und zerklüfteter, und daher habe ich beschlossen, ihm ein Gefühl für diese Gegend zu geben. Mit dem Norden der Ranch ist er nicht vertraut. Es wäre doch schrecklich, wenn der Sohn des Bosses sich verirren würde.« Buck grinste.

»Das stimmt«, bestätigte Chase mit heruntergezogenen Mundwinkeln. »Aber sorg dafür, daß er auf Calder-Land bleibt.« Und zwar gerade heute, dachte er, doch das behielt er für sich.

»Wird gemacht.« Buck nickte.

Chase legte einen Finger an die Hutkrempe, legte den Vorwärtsgang ein und fuhr los.

Als die verfallenen Gebäude der Shamrock-Ranch in Sicht kamen, musterte Chase sie eingehend. Er hatte gehört, daß hier alles zusammenbrach, aber er hatte nicht damit gerechnet, daß es derart baufällig und verlassen wirken würde, ein Ort, an dem nur noch

Geister lebten. Nate lenkte sein Pferd näher neben Chases Reittier und wies ihn mit einer Kopfbewegung darauf hin, daß der Wagen auf dem Platz vor dem Haus stand, der von Unkraut überwuchert war.

»O'Rourke hat Besuch.« Er schien zu erwarten, daß Chase sein Pferd anhalten würde, und in dieser Erwartung hatte er seinem Pferd bereits in die Zügel gegriffen.

»Sieht ganz danach aus.« Chase ließ sein Pferd nicht langsamer laufen, und die drei Reiter des dreifachen C folgten ihm unsicher, denn ihnen war nicht klar, daß alles ganz nach seinen Plänen verlief.

Als sie auf den Platz vor dem Haus ritten, trat Culley kühn ins Freie, um sie zu begrüßen. Er war erbärmlich dürr, und die Kleider hingen lose an seinem skeletthaften Körper herunter. Grüne Augen glühten in ihren tiefen Höhlen, und in ihnen funkelten Haß und der Wahnsinn. Chase musterte sein Gegenüber und wußte, daß er nicht zulassen konnte, daß dieser verwirrte, bösartige Mann auch nur noch einen Tag länger frei herumlief.

»Sie betreten unbefugt privaten Boden, Calder!« fauchte Culley. »Ich habe Zeugen.« Er wies auf die beiden Männer, die im Schatten standen. Dabei ließ er Chase keinen Moment lang aus den Augen. »Kehren Sie um und hauen Sie ab.«

Chase sah die beiden Männer an. »Sheriff. Doc Barlow.« Er nahm die Gegenwart der beiden Männer durch eine Nennung ihrer Namen zur Kenntnis, ohne jedoch zu zeigen, daß er erwartet hatte, sie hier vorzufinden. Sein Blick kehrte wieder zu Culley zurück. Er bückte sich, band den zusammengerollten Strick mit der Henkerschlinge los und hielt ihn einen Moment lang in der Hand. »Ich bin nur vorbeigekommen, um Ihnen etwas zurückzubringen, was Ihnen gehört.« Er warf Culley den Strick mit einer lässigen Drehung seines Handgelenks zu. Er landete vor seinen Füßen. »Sie haben ihn am Hals eines Hengstes zurückgelassen. Das war achtlos von Ihnen, Culley. Sie sollten besser auf Ihr Eigentum aufpassen.«

»Wie kommen Sie darauf, daß dieser Strick mir gehört?« höhnte Culley. »Ich habe nie etwas bei Ihnen zurückgelassen. Das einzige, was Sie haben, obwohl es mir gehört, ist meine Schwester. Und von einem Hengst weiß ich nichts.«

»Lügner.«

Der leise Spott, der in diesem einen Wort lag, reizte Culley. Einen Moment lang glaubte Chase, er würde ihn anspringen und mit bloßen Händen in Stücke reißen. Doch im Handumdrehen schlug seine Stimmung um. Culley lachte ihn leise aus und grinste breit.

»Nein, Calder, Sie werden mich nicht mit demselben Trick reinlegen, mit dem Sie meinen Vater reingelegt haben. Sie können mich nicht provozieren, irgend etwas zuzugeben«, höhnte er leise. »Das ist nicht mein Strick ... und Sie können mir das Gegenteil nicht beweisen.«

»In dem Punkt irren Sie sich, Culley.« Das Sattelleder ächzte, als Chase sein Gewicht verlagerte und sich vorbeugte, um seine Arme auf dem Sattelhorn zu verschränken. »Ich habe es bereits bewiesen. Wir haben diesen Nylonstrick, den wir um den Hals des Hengstes, den Sie erhängt haben, gefunden haben, mit einer Spule Seil in der Stadt verglichen – Seil von derselben Spule, von der Michels Ihnen erst vor einem Monat etwas verkauft hat. Das stimmt doch, Nate?« Er richtete die Frage an den alternden Vorarbeiter, der links hinter ihm auf seinem Pferd saß.

»Das ist Tatsache.« Nate nickte, als wisse er, wovon Chase sprach.

Culleys Blick schoß hektisch von Chase zu dem Cowboy. »Das ist eine Lüge!«

»Wer lügt hier?« fragte Chase herausfordernd. »Sie hätten das Beweisstück nicht zurücklassen dürfen. Hatten Sie etwa nicht den Nerv, in der Nähe zu warten, bis das Pferd erstickt war, um Ihr Seil zu holen und mitzunehmen?«

»Ich sage Ihnen doch, daß es nicht mein Seil ist!« beharrte Culley, völlig außer sich. »Ich habe es aus dem Werkzeugraum geholt! Sie glauben doch nicht, ich sei so blöd, meinen eigenen Strick zu benutzen, um diesen Hengst aufzuhängen, oder?«

»Ich gebe zu, daß Sie wesentlich mehr Verstand bewiesen haben, als Sie dem Kalb den Stacheldrahtzaun um den Hals gewickelt haben. Für jemanden, der es nicht besser weiß, konnte das tatsächlich wie ein Unfall aussehen«, sagte Chase.

Culley stieß ein leises Lachen aus, das seine heimtückische Freude zeigte. »Wußte ich doch, daß Sie die Nachricht entziffern würden – neun kleine Drahtschlingen.«

Chase hatte seine Lippen zu einer steinharten Linie zusammengezogen. »Jemand, der rumläuft und Tiere erhängt, muß krank sein.« Die beiden Männer, die hinter Culley standen, waren näher an den dürren, schwarzhaarigen Mann herangekommen, während Chase mit ihm sprach. »Sind Sie nicht auch der Meinung, Doc?« Die plötzliche Einbeziehung der beiden Zuschauer in das Gespräch kam für Culley überraschend. In seinem Haß auf Chase hatte er vergessen, daß auch sie hörten, was gesagt wurde. Nach einem ersten Blick auf das Paar, das sich ihm von beiden Seiten genähert hatte, krochen rote Flecken an Culleys Hals hinauf und ließen sein ganzes Gesicht vor Wut rot anlaufen.

»Sie haben mich reingelegt, Sie Mistkerl!« Culley wurde klar, daß Chase ihm ein Geständnis entlockt hatte. »Sie halten sich immer für so verflucht gescheit!«

»Nein, das tun Sie. Und genau das war Ihr Fehler, Culley«, erwiderte Chase.

»Das wird Ihnen noch leid tun.« Sein Haß, der so beständig und unerschütterlich war, ließ ihn selbst dann noch beben, als Selbstgefälligkeit auf sein Gesicht trat. »Für was kann man mich denn einsperren? Weil ich Calder-Besitz zerstört habe?« höhnte er. »Gut, vielleicht muß ich eben eine Geldstrafe zahlen und ein paar Tage im Gefängnis verbringen. Na und?«

»Während Sie diese paar Tage im Gefängnis absitzen, wird der Sheriff eine psychiatrische Untersuchung veranlassen. Sie sind zu gefährlich, um frei herumzulaufen. Ich werde dafür sorgen, daß Sie aus dem Verkehr gezogen werden, Culley«, erklärte Chase, »ehe durch Ihren verworrenen Geist jemand zu Schaden kommt.«

»Ich bin nicht verrückt. Man kann mich nicht dortbehalten.«

»Doch, das kann man, und das wird man auch tun.« Er blickte in die von Wahnsinn verhangenen grünen Augen. »Mich persönlich würde es nicht stören, wenn jemand den Schlüssel wegwirft und man Sie in der Hölle schmoren läßt. Daher können Sie verflucht froh sein, daß Sie Maggies Bruder sind.«

Der Sheriff trat vor, um Culleys Arm zu packen und ihn abzuführen. »Gehen wir, Culley.« Culley unternahm einen Versuch, die Hand von seinem Arm abzuschütteln, doch Doc Barlow kam von der anderen Seite, und Culley gab seinen Widerstand auf.

»Du brauchst Hilfe, und du mußt dich eine Zeitlang ausruhen,

Culley«, sagte der Arzt. »Wir werden dafür sorgen, daß du das bekommst.«

Culley verharrte noch einen Moment lang; sein Lachen durchlief eine ganze Tonleiter, als er Chase ansah. »Ich habe Ihnen wirklich Angst eingejagt, was? Und jetzt glauben Sie, wenn Sie mich abschieben, ist alles vorbei.« Wieder ertönte das Lachen. »Ich wette mit Ihnen, daß Ihr Sohn noch vor Ablauf dieser Woche tot ist. Vielleicht stirbt er sogar in diesem Augenblick, während Sie hier sind. Diese Vorstellung gefällt mir.«

Ein eisiges Feuer brannte in Chase, als jedes Erbarmen aus ihm wich und das Bild von Maggie, das vor seinem inneren Auge stand und ihn zurückhielt, sich auflöste. Mit kalter Entschlossenheit wandte er sein Pferd diesem Mann zu und drehte es, bis er direkt in das Gesicht desjenigen heruntersah, der ihn verspottete.

»Wer macht gemeinsame Sache mit Ihnen?« Sein Blick war absolut erbarmungslos, und die Frage war leise genug gestellt worden, um gefährlich zu sein. Culley hatte eine Drohung ausgesprochen, eine Drohung, bei der es um das Leben seines Sohnes ging. Sie würde nicht unbeantwortet bleiben.

»Das wüßten Sie wohl gern?« erwiderte Culley mit spöttischer Selbstgefälligkeit. »Und Sie wüßten wohl auch zu gern, wer die Henkerschlinge auf Ihren Schreibtisch gelegt hat? Ich glaube, er haßt Sie fast so sehr wie ich.«

»Ist es Tucker? Wer ist es?« Sein Pferd tänzelte seitlich näher an Culley heran und schüttelte schnaubend den Kopf, weil es die Anspannung seines Reiters spürte.

»Dieser Verräter, der keinen Mumm hat? Raten Sie ruhig weiter.« Culley kostete die Wut und die rasende Angst aus, die er mit seiner Bemerkung ausgelöst hatte. »Vielleicht sage ich es Ihnen, wenn Sie richtig geraten haben.«

»Bei Gott, ich werde seinen Namen aus dir rausholen, und wenn ich dir mit einem Arm in die Gurgel greifen und ihn rausziehen muß!« Ein Glitzern der Zufriedenheit trat in Culleys Augen, und Chase wurde klar, daß er keine Antwort bekam, wenn er es mit Gewalt versuchte. Mühsam fand er seine Selbstbeherrschung wieder, richtete sich auf und änderte seine Taktik. »Es ist alles nur eine Lüge, stimmt's? Du hast gar keinen Partner. Niemand kann so dumm sein, sich mit einem Mann zu verbünden, der geistesgestört ist. Ich weiß nicht, warum ich meine Zeit damit vergeude, einem Irren zuzuhören.«

Als sie das Osttor der Nordweide aufschloß, warf Maggie noch einen Blick auf den Pickup und den leeren Pferdeanhänger, die neben der Straße parkten. Sie wandte sich im Sattel um und suchte die leicht hügelige Landschaft nach einem Zeichen derer ab, die mit dem Wagen gekommen waren. Sie hatte sich so weit von dem Gehöft entfernt, daß ihre Gegenwart zwangsläufig Fragen aufwerfen mußte, wenn sie einem der Reiter des dreifachen C begegnete. Es wäre ihr lieber gewesen, wenn Chase nicht dahinterkam, daß sie Culley ein letztes Mal anflehen wollte, seine Versuche, sie alle zu terrorisieren, aufzugeben.

So lange hatte sie in Ungewißheit gelebt, sich gefragt, was der nächste Tag wohl bringen würde, und sich an Chases Kraft festgehalten. Das entsprach nicht ihrer Natur. Als sie am Vormittag den Entschluß gefaßt hatte, ihrem Bruder gegenüberzutreten und sich gegen ihn zu stellen, war ihr altes Selbstvertrauen zurückgekehrt. Es bedeutete eine Erleichterung, nicht mehr vor der bedrohlichen Realität zurückzuweichen. Sie und Chase würden es überstehen – oder auch nicht, aber ihre Entschlossenheit war unerschütterlich. Sie war stark; das hatte ihr das Land anerzogen, wie es das auch Chase anerzogen hatte. Ärger stand ihr bevor, und sie mußte sich ihm stellen, von Angesicht zu Angesicht, und ohne sich an Chase zu lehnen.

Das Tor der umzäunten Weide entschwand aus ihrem Blick. Zu ihrer Linken brüllte ein Rind, als Maggie an der Kuppe eines Hügels entlangritt. Sie sah in die Richtung, aus der das Geräusch kam, und automatisch zügelte sie ihr Pferd und ließ es im Trab weiterlaufen. Plötzlich sah sie, wie eine Kuh aus einem Weidenwäldchen stürmte und mit einem Kalb an ihrer Seite über die grasige Ebene raste. Ihr Blick suchte nach der Ursache für die hastige Flucht des Tieres, und sie bemerkte die beiden gesattelten Pferde, die im Schatten der Bäume standen. Es dauerte nur eine Sekunde, bis sie die beiden Reiter entdeckte und in einem von den beiden Ty erkannte. Ihr Pferd wurde von allein langsamer und lief nur noch im Schritt, als sie zusah, wie ihr Sohn etwas in einer seiner Satteltaschen verstaute. Der zweite Reiter kam von hinten auf ihn zu, hob seinen Arm und ließ ihn plötzlich durch die Luft sausen. Wie in Zeitlupe kippte Ty vornüber gegen sein Pferd; dann sackten seine Knie langsam ein, und er brach auf dem Boden zusammen. Allmählich wurde ihr klar, daß er mit einem Hieb auf den Schädel bewußtlos geschlagen worden war.

Maggie reagierte augenblicklich. Sie gab ihrem Pferd die Sporen und lenkte es auf das kleine Gehölz zu. Sie ließ ihrer Wut freien Lauf. Das Donnern der Hufe ihres Pferdes hatte zur Folge, daß der Cowboy seinen Kopf nach ihr umdrehte. Er hatte Tys Füße gepackt und zerrte ihn fort; als er sie sah, ließ er Tys Füße los und richtete sich auf. Er trat vor, um nach dem Zaumzeug ihres Pferdes zu greifen, als es zum Stehen kam und Maggie mit einem Satz aus dem Sattel sprang.

»Du kommst gerade im rechten Moment, Maggie. Ty ist gestürzt und hat sich den Kopf aufgeschlagen«, erklärte Buck Haskell mit besorgtem Blick. »Ich habe gerade versucht, ihn in den Sattel zu heben. Du kannst mir vielleicht dabei helfen.«

»Er ist nicht gestürzt! Du hast ihn zusammengeschlagen!« beschuldigte sie ihn in einem Ausbruch von rasendem Zorn. »Ich habe es gesehen!« Sie wollte ihn aus dem Weg stoßen, um nach ihrem Sohn zu sehen, doch er packte ihre Arme und hielt sie fest. Ihre grünen Augen warfen ihm einen vernichtenden Blick zu. »Finger weg! Das geht zu weit! Und es ist mir völlig egal, was diesmal die Gründe sind!«

Der leichtfertige Ausdruck, der sonst Bucks Gesicht maskierte, fiel von ihm ab. Statt dessen sah Maggie tödliche Heimtücke in seinen blauen Augen. Ihr Instinkt witterte, daß sie in Gefahr war.

»Du hast also gesehen, daß ich ihn zusammengeschlagen habe.« Sein kaltes Lächeln ließ ihr einen Schauer über den Rücken laufen, und sie hörte auf, sich zu wehren. »Wenn das so ist, werde ich meinen Zeitplan wohl etwas ändern und euch beide gleichzeitig erledigen müssen.«

»Wovon sprichst du?« Bis zu diesem Augenblick war sie darauf gefaßt gewesen, den Vorfall als eine neuerliche Schikane abzutun. Ein kalter Schauer tanzte durch ihr Blut, als sie feststellte, daß dem nicht so war.

»Nun, ich wollte ein paar Wochen warten, bis ich dein Verschwinden arrangiere. Für dich war eingeplant, daß du über den

Tod deines Sohnes so außer dir bist, daß du dich in unbekannte Gefilde absetzt.« Sein Grinsen wurde bedrohlich, kalt und berechnend.

Ihr Blick schoß zu ihrem bewußtlosen Sohn herüber. »Ty ...«, setzte sie an, doch ein Gefühl der Erleichterung durchlief sie, als sie sah, daß seine Brust sich hob und senkte. Er war am Leben.

»Nein, er ist noch nicht tot.« Buck las ihre Gedanken. »Der Junge wird sich mit dem Fuß im Steigbügel verfangen, wenn sein Pferd beim Anblick einer Klapperschlange scheut. Ich werde tun, was ich nur irgend kann, um ihm zu helfen, aber er wird zu Tode geschleift, ehe ich sein Pferd einfangen kann.« Er setzte einen Blick auf, der gespieltes Bedauern und Schmerz ausdrückte. »Ich werde Chase sagen, daß alles nur meine Schuld war, und ich werde mir Selbstvorwürfe machen, weil es mir nicht gelungen ist, ihn zu retten. Ich werde weinen und darum betteln, daß er mir verzeiht, und ich werde ihm sagen, wie fürchterlich mir zumute ist.«

Maggie spürte, wie ihr vor Angst das Blut gerann. Sie konnte die Szene, die er beschrieb, fast vor sich sehen. Ganz gleich, wie groß sein Kummer auch sein mochte – Chase würde niemals Buck die Schuld geben, nie auch nur auf den Gedanken kommen.

»Damit kommst du nicht durch. Ich weiß jetzt davon, und daher wird nichts mehr daraus.«

»O doch, es wird etwas daraus«, widersprach er zuversichtlich. »Ich gebe zu, daß es verdächtig wirkt, wenn du exakt an dem Tag verschwindest, an dem dein Sohn bei einem Unfall auf der Ranch ums Leben kommt. Aber selbst wenn der Argwohn aufkommt, daß hier etwas faul ist, wird Chase die Schuld auf deinen verrückten Bruder schieben. Du hättest niemals zurückkommen dürfen, Maggie.«

»Warum nicht? Warum willst du uns töten?« Sie kämpfte gegen den festen Griff seiner Hände an und trat einen Schritt zurück, um ihm forschend ins Gesicht zu blicken.

»Weil das dreifache C eines Tages mir gehören wird. Wenn du nicht zurückgekommen wärst, hätte Chase mich als seinen Erben eingesetzt und mir die Leitung der Ranch anvertraut – und alles wäre so gekommen, wie es von Anfang an hätte sein sollen. Ich hatte ihn schon davon überzeugt, und dann bist du mit deinem Bastard gekommen.« Seine Oberlippe zitterte vor Haß. Roh stieß er sie zu seinem Pferd; ein zusammengerolltes Lasso war um das Sattelhorn geschlungen. Ehe Maggie ihr Gleichgewicht wiedergefunden hatte und ihm entkommen konnte, hatte er den Strick gepackt und um ihr Handgelenk geschlungen. Er zog den Strick fest an und band ihr die Hände zusammen. Sie spürte den Impuls in sich aufsteigen, sich gegen ihn zur Wehr zu setzen, doch ein Blick auf Ty, der sich hinter Buck rührte, ließ sie augenblicklich ihre Meinung ändern; sie ergab sich, ohne sich zu wehren, um Buck abzulenken, während Ty allmählich wieder zu Bewußtsein kam.

»Du bist für den Tod des Hengstes und dieses Kalbes verantwortlich, stimmt's?« beschuldigte sie ihn, damit er weitersprach und jeden Laut überhörte, den Ty möglicherweise von sich gab.

»Nein.« Er grinste sie an und zog das Seil noch fester zu, bis sich der Strick in ihr Fleisch schnitt. »Der Besuch deines Bruders in deiner Hochzeitsnacht hat sich als ein glückliches Zusammentreffen erwiesen. Wir haben festgestellt, daß wir beide dasselben wollen. Also haben wir uns entschlossen, uns zusammenzutun.«

»Das ist gelogen«, warf sie ein. »Culley hat kein Interesse daran, das dreifache C zu besitzen.«

»Sagen wir es doch so, daß wir beide Chase tot und in seinem Grab sehen wollen. Wir haben lediglich verschiedene Gründe für diesen Wunsch. Dein Bruder will jeden Calder vom Angesicht dieser Erde weggewischt sehen – und ich will die Ranch. Und wir wollen beide vorher noch unseren Spaß mit ihm haben und ihn in Verzweiflung stürzen«, spottete er. »Er war wirklich erschüttert, als er gesehen hat, wie der Hengst von seinem Alten am Dachfirst baumelte. Dein Bruder freut sich schon auf den Tag, an dem er Chase erhängen und es als einen Selbstmord hinstellen kann. Culley hat mir von deinem Pa erzählt – und davon, wie er gestorben ist. Es ist poetische Gerechtigkeit, wenn Chase auf dieselbe Weise aus dem Leben scheidet.«

»Ich glaube dir kein Wort.« Sie sah, daß Ty ruckartig seinen Arm bewegte und ihn zu seinem Kopf hob, während er zu sich kam. Sie sprach lauter und versuchte, ihrem Sohn eine Warnung zukommen zu lassen. »Du hast vor, Ty und mich umzubringen. Und du erwartest von mir, daß ich dir glaube, daß mein Bruder das gutheißt?«

»Dein Bruder weiß nichts von meinen Plänen mit dir. Er wird

glauben, daß du verschwunden bist, so wie es alle anderen auch glauben werden. Oder er wird sich gar ausmalen, daß Chase dich umgebracht hat. Niemand wird deine Leiche finden. Du wirst verschwinden, ohne eine Spur zu hinterlassen. Für Culley spielt es keine Rolle, daß der Junge sein Neffe ist. Für ihn ist er zuallererst ein Calder.«

Sie wagte es nicht, Ty anzusehen und damit möglicherweise Bucks Aufmerksamkeit auf ihn zu lenken. Aus dem Augenwinkel nahm sie wahr, daß er sich behutsam und leise auf die Füße zog und dabei so gut wie keine Geräusche verursachte. Ihr Puls raste. Sie fürchtete, er könnte etwas Dummes versuchen, wie beispielsweise, Buck zu überwältigen und sie zu retten.

»Damit kommst du nicht ungestraft davon, Buck. Chase wird es irgendwie herausfinden«, beharrte sie; Ty zögerte und wartete neben seinem gesattelten Pferd.

Buck sah sie stirnrunzelnd an. »Wer sollte es ihm denn verraten? Niemand weiß etwas davon. Du spinnst genauso wie dein Bruder.«

»Du bist hier derjenige, der verrückt ist, wenn du glaubst, daß du nicht geschnappt wirst.« Als Ty sein Gewicht in den Steigbügel zog, knirschte das Sattelleder. Buck wirbelte augenblicklich herum. Für einen Moment der Unentschlossenheit saß Ty regungslos im Sattel. Maggie warf sich auf Buck und schlang ihre Beine um seine, damit sie beide stolperten und auf den Boden fielen. »Reite los, Ty! Hol Hilfe!« schrie sie, und sie konnte sehen, wie er seinem Pferd die Sporen gab und fortritt, ehe Buck sie aus dem Weg trat. Mit einem ächzenden Schmerzenslaut rollte sie über den Boden, während er sich auf die Füße zog. Er lief ein paar Schritte hinter dem fliehenden Pferd und dem Reiter her; dann kehrte er zu seinem Pferd zurück und holte sein Gewehr. Buck richtete seinen Blick auf sein Ziel, machte sich aber gar nicht erst die Mühe, das Gewehr anzulegen.

Er warf Maggie einen boshaften, höhnischen Blick zu, als sie auf die Füße taumelte. »Das war gar nicht schlecht, Maggie, aber du hast das Unvermeidliche lediglich hinausgezögert. Der Junge wird keine Hilfe finden«, spottete er, »nicht, wenn er in diese Richtung reitet.« Mit sinkendem Mut stellte Maggie fest, daß das Pferd und der Reiter sich nach Norden gewandt hatten. »In zehn Minuten hat er sich verirrt. Mir wird es keine Schwierigkeiten machen, ihn zu finden. Das ändert die Sachlage. Man muß immer flexibel sein. Dann packe ich die ganze Sache eben in der umgekehrten Reihenfolge an – erst schaffe ich mir dich vom Hals, und dann spüre ich den Jungen auf. Im Grunde läuft es auf das gleiche hinaus.«

36.

Weniger als drei Meilen vom Ort des Geschehens entfernt zwang der Anblick einer Sperre aus Pappeln und Weiden Ty, sein Pferd schnaubend zum Stehen zu bringen. Durch die dicht belaubten Äste konnte er sehen, daß die Sonne auf der spiegelnden Oberfläche von Wasser glitzerte, und ihm wurde klar, daß er sich verirrt hatte. Sie hatten keinen Fluß überquert.

Es war drei Uhr, und sein Schatten fiel rechts neben ihm auf das Gras. Die Feststellung, daß er ausgerechnet nach Norden geritten war, entlockte ihm ein verzweifeltes Stöhnen. Der Pickup stand im Osten – der Pickup mit dem Funkgerät und dem Gewehr auf dem Rücksitz. Er drehte sein Pferd nach rechts, bis die Sonne hinter ihm stand, und dann trieb er es zu einem Galopp an.

Wasser spritzte auf, und darauf folgte das Schnauben von Pferden, die eine Böschung hinaufkletterten, und das Ächzen von Satteleder und das Klirren von Zaumzeug. Ty hätte vor Erleichterung fast laut aufgeschrien, als er die vier Reiter mit seinem Vater an der Spitze in sein Blickfeld galoppieren sah. Sein rauher Schrei ließ sie anhalten, und ihre Pferde warfen sich aufgeregt nach vorn, als er näher kam.

»Wo ist Buck?« Die Frage seines Vaters war scharf und eindringlich.

Ty winkte mit einer Hand nach Süden. »Er hat Mom. Ich glaube, er wird sie töten.« Und atemlos erklärte er das wenige, das er mitangehört hatte. Er stellte fest, wie sein Vater unter den Schichten von Sonnenbräune totenbleich wurde, und dennoch schien ihn keine dieser Neuigkeiten zu verblüffen.

»Zeig uns, wo du sie zurückgelassen hast«, befahl Chase. Er öffnete die Schlaufe, die sein Gewehr am Sattel hielt, und zog es heraus. Die drei Reiter taten es ihm nach:

Ihr Herz klopfte wie rasend in ihrer Brust, aber sie konnte klar denken. Je mehr Zeit sie Ty ließ, um zu entkommen, desto länger würde Buck brauchen, um ihn zu finden, und das vergrößerte die Chance, daß jemand von der Ranch auf die beiden stieß. Die galoppierenden Hufe von Tys Pferd verklangen, bis sie sie nicht mehr hören konnte, ehe sie ihren Blick von der Mündung des Gewehrs in Bucks Händen hob. Sie mußte ihn dazu bringen, weiterzureden.

»Damit wirst du nicht ungestraft davonkommen. Irgendwann wird es dir das Genick brechen. Überleg doch mal! Nichts ist so gelaufen, wie du es geplant hattest.« Sie versuchte, seine Zuversicht anzukratzen, ihn bedenklich zu stimmen.

»Ich bin schon zu weit gegangen, um jetzt noch aufzuhören.« Er zuckte die Achseln, und der Lauf des Gewehres wandte sich von ihr ab. »Ich weiß, wie ich meine Spuren verwische.«

»Wenn Chase entdeckt, daß ich verschwunden bin, wird er auf der Suche nach mir die ganze Ranch auf den Kopf stellen. Wie kannst du sicher sein, daß hier nichts von mir zu finden ist, was als Beweis ausreichen würde?« Ihr Hut lag auf dem Boden; sie hatte ihn verloren, als sie bei ihrem Bemühen, Buck ein Bein zu stellen, mit ihm hingefallen war. »Bist du denn so sicher, daß du alle Spuren verwischen kannst?«

Er schob das Gewehr in seine Armbeuge, hob den Hut vom Boden auf und ging auf sie zu, um ihn ihr auf den Kopf zu stülpen. »Es wäre, als würde man eine Nadel in einem Heuhaufen suchen.«

»Wie willst du dir meine Leiche so vom Hals schaffen, daß sie wirklich niemand findet?« Sie sprach es ganz beiläufig aus. »Dir wird die Zeit knapp, Buck. Wenn du ein flaches Grab gräbst, läufst du Gefahr, daß die Kojoten es aufwühlen. Meine Leiche wird früher oder später gefunden, und die Leute werden zwei und zwei zusammenzählen, und schließlich werden sie auf dich kommen.«

Doch er lächelte nur. »Ich werde kein Grab für dich graben. Ich werde deine Leiche einfach in den Fluß werfen.« Er legte seinen Kopf auf die Seite, und seine Haltung war selbstgefällig und spöttisch. »Gase lassen eine Leiche auf der Wasseroberfläche treiben. Wußtest du das? Die Innereien blasen sich auf, und sie wird aufgeschwemmt. Als ich im Gefängnis war, hatte ich als Zellengenossen ein Arapaho-Halbblut. Er hat mir davon erzählt und gesagt, daß man eine Leiche untergehen lassen kann, wenn man sie ausweidet und mit Steinen füllt.« Er unterbrach sich und bemerkte dann: »Du siehst ein wenig bleich aus, Maggie. Ich gebe zu, daß es ein gräßlicher Gedanke ist, aber in der Praxis ist das wirksam, äußerst wirksam.«

»Du bist verrückt.« Sie trat einen Schritt zurück und kämpfte gegen das Zittern an, das sie befallen wollte.

Sein Blick wurde gehässig. »Du magst mich für verrückt halten, aber ich lasse mich nicht um diese Ranch betrügen. Sie hätte von Anfang an mir gehören sollen. Ich verstehe mehr von Kühen, ich bin der bessere Reiter, und ich kann besser mit dem Lasso umgehen. Ich bin einfach besser als Chase. Meine Mutter, meine Großeltern – über Generationen hin waren es ihr Schweiß und ihr Blut, womit diese Ranch errichtet wurde. Ich habe es verdient, sie zu leiten. Ich habe ein Recht darauf!« Er ging zu Maggies grasendem Pferd, um nach seinen Zügeln zu greifen. Seine Geste war ungeduldig, als er sie zu sich winkte. »Steig auf.«

»Nein.« Sie wich noch einen Schritt zurück. »Ich gehe nicht freiwillig mit dir. Und wenn du mich hier tötest, dann mußt du mich zum Fluß bringen. Wie willst du das Blut auf dem Sattel erklären?«

»Hör mal zu, du kleine Hexe …« Buck ging einen Schritt auf sie zu, und in dem Moment hob ihr Pferd seinen Kopf und schickte ein suchendes Wiehern nach rechts aus.

Maggie drehte sich um. »Chase!« Sie rief seinen Namen aus, als er an der Spitze einer Gruppe von Reitern über den gezackten Kamm eines Hügels ritt. Sie rannte unbeholfen los, und die Hände, die ihr gebunden waren, brachten sie aus dem Gleichgewicht.

Sie war kaum zwei Meter gelaufen, als sie am Haar gezogen und mit einem Ruck dazu gebracht wurde stehenzubleiben. Ein Arm bog sich um ihren Hals und erwürgte sie fast, und ihre Stiefelspitzen berührten kaum noch den Boden. Ihr Körper diente Buck als Schild, und der Lauf des Gewehres lag diagonal auf der Vorderseite ihres Körpers, die Mündung nach oben auf ihren Kopf gerichtet.

»Halt, Chase!« Buck schrie ihm den Befehl zu. »Du bist schon nahe genug!«

Chase zügelte sein Pferd, und die anderen Reiter bezogen fächerförmig hinter ihm Stellung.

»Laß sie los, Buck. Gegen uns alle hast du keine Chance.«

Ihre Finger gruben sich in Bucks Arm und strengten sich an, den würgenden Druck zu lockern, der auf ihrer Kehle lastete. Jetzt war es Buck unmöglich gemacht worden, auch nur noch Überreste seines Planes durchzuführen. Sie spürte, daß seine Verzweiflung ihn an den Rand der Panik brachte.

»Wirf das Gewehr weg!« rief Buck. Das braune Vollblut tänzelte nervös unter Chase, als er sein Gewehr mit einer Hand noch fester hielt und sich seine Chancen ausrechnete, aber das Risiko für Maggie war zu groß. Er schleuderte die Waffe in das hohe Gras. »Sag Nate und den anderen, daß sie ihre Waffen auch wegwerfen.«

»Tut, was er sagt«, knurrte Chase tonlos; er schwang sich aus dem Sattel und stellte sich auf den Boden, ohne Buck auch nur einen Moment lang aus den Augen zu lassen. Hinter sich hörte er das Aufprallen von Gewehren, die auf den Boden geworfen wurden. »Ich bin es doch, den du haben willst, Buck. Laß sie also frei.«

»Wenn ich sie freilasse, bin ich erledigt. Das wissen wir beide. Sie ist jetzt mein Freibrief.«

Chase ging mit festen Schritten auf die beiden zu, und jeder seiner langen Schritte verkürzte die Entfernung, die zwischen ihnen lag. Auf dem blauen Stoff seines Hemdes waren Schweißflecken zu erkennen. Seine Mundwinkel waren nach unten gezogen. Etwas Ruhiges ging von ihm aus, etwas Verhaltenes, eine kalte Wut.

»Was willst du, Buck?« fragte Chase in einem Tonfall, der frei von jeder Gemütsbewegung war. »Mich? Geld? Freies Geleit? Nenne deinen Preis!«

»Bleib auf der Stelle stehen!« Es war ein nervöses Raunzen. »Ich bin doch nicht blöde, Chase. Du würdest dich an keine Abmachung halten, sowie ich Maggie freilasse.«

»Ich gebe dir mein Wort darauf, daß ich jeder deiner Forderungen entsprechen werde.« Dann kam seine Stimme grollend aus seinem Innern. »Aber, Gott steh' mir bei, wenn du ihr etwas antust, kannst du nie weit genug laufen, um mir zu entkommen. Und auch darauf gebe ich dir mein Wort.«

Der Arm um ihre Kehle lockerte sich, sie spürte wieder Boden unter ihren Füßen. Buck atmete schwer, ein Tier, das in die Falle gegangen war und dem kein Ausweg mehr blieb. Aus dem Augenwinkel sah Maggie, daß er sich nervös die Lippen benetzte und nachdachte – rasend schnell nachdachte.

»Was wäre, wenn ich sagen würde, du kannst Maggie haben, wenn du mir das dreifache C überschreibst? Ist sie dir soviel wert?« wollte Buck wissen. »Würdest du mir für sie die Ranch geben?«

»Ja.« Chase stand absolut regungslos da, und seine Muskeln waren zum Sprung gespannt – für den Fall, daß er auch nur irgendeine Möglichkeit sah.

Buck nahm seinen Arm von ihrem Hals, und Maggie versuchte, sich einen Schritt von ihm zu entfernen. Augenblicklich schloß sich seine Hand um ihren Arm und hielt sie an seiner Seite fest.

»Du wirst hierbleiben, neben mir«, befahl er. Dann fügte er in einem einschüchternden Tonfall hinzu: »Wenn du auch nur versuchst, dich von der Stelle zu rühren, erschieße ich ihn. Ich würde daher an deiner Stelle nichts tun, um mich zu verärgern, weil ich ihn noch im selben Moment umlegen würde.«

Sie glaubte es ihm. Er war an einen Punkt gekommen, an dem er nichts mehr zu verlieren hatte. Er hätte sie alle getötet, wenn er geglaubt hätte, ungeschoren davonzukommen. Sie blieb starr neben ihm stehen, und ihre Gedanken wandten sich Chase zu, der so nah und doch so fern war.

»In dem Moment, in dem du Maggie freiläßt, überschreibe ich dir die Ranch, Buck«, wiederholte Chase.

»So sehr verlangt es dich nach ihr, was?« spottete Buck. »Glaubst du wirklich, daß sie soviel wert ist, oder versuchst du nur, mich in eine Falle zu locken?«

»Ich gebe dir mein Wort.« Das Versprechen wurde durch die Zähne gepreßt.

»Ich traue dir nicht, Chase.« Er schreckte vor den Bedingungen zurück, die er selbst gestellt hatte, denn er bezweifelte, daß Chase seine Forderungen erfüllen würde. Die Sache hatte zu viele Haken, zog zu viele Nachwirkungen nach sich. Chase würde ihn nie ungestraft davonkommen lassen. Aber er fragte sich unwillkürlich, wie weit Chase gehen würde, wohin er ihn treiben konnte. »Wenn du Maggie willst, mußt du um sie betteln. Auf die Knie mit dir, Chase.«

Maggies Lippen teilten sich zu einem stummen Aufschrei, als sie diese Forderung hörte. Buck wollte, daß Chase vor ihm kroch, seinen Stolz verleugnete, und er wollte ihn vor seiner Frau und seinem Sohn und vor den ältesten Männern des dreifachen C demütigen. Sie sah Chase an, und ihr schossen Erinnerungen an eine Zeit durch den Kopf, zu der sie ihn auf den Knien hatte sehen wollen, wie er um Gnade flehte.

Rasender Zorn zog über Chases Züge; eine sengende Glut verzehrte ihn innerlich und züngelte in seiner Kehle auf. Er hörte ein lautes Dröhnen in seinen Ohren. Er, der sich als Silhouette gegen den leuchtend blauen Himmel abhob, besaß die Macht über dieses große Stück Erde, doch er war absolut hilflos.

»*Auf die Knie, Calder!*« Buck sprach jedes einzelne Wort klar und mit höhnischer Deutlichkeit aus. »Wenn du Maggie haben willst, dann bettle um sie.« Qualen standen in seinen braunen Augen. Er wankte und sank auf ein Knie, und seine Zähne entblößten sich vor Überwindung. In diesem grauenhaften Augenblick wußte Maggie, daß sie es nicht ertragen hätte, wenn Chase für sie alles von sich warf. Dieser absolute Verlust an Kraft und Macht würde für alle Zeit in ihrer beider Erinnerung weiterleben. Ganz gleich, wie sehr er sie auch liebte – Chase würde sich für diese Niederlage für den Rest seines Lebens hassen, für diese Aufgabe seiner Selbstachtung. Es war ein gräßliches Opfer, das sie letztendlich doch auseinanderbringen würde.

»Chase! Nein! Tu es nicht!« Sie schrie ihren Protest heraus, um ihn davon abzuhalten, vor Buck auf beide Knie zu sinken.

Instinktiv beugte sie sich vor. Buck riß sie roh zurück und fluchte, als er ihr mit dem Handrücken auf den Mund schlug. Dieser Schlag ließ sie rückwärts taumeln, und sie landete hart auf dem Boden. Es ertönte ein Brüllen, das wie der Angriff eines wilden Bullen klang, und dann hörte sie Bucks verblüfften Ausruf. Als Maggie sich wieder umwandte, sprang Chase mit einem Satz auf Buck zu. Der Schuß, der aus dem Gewehr donnerte, betäubte ihre Ohren, und sie schrie auf, als Chase zusammenzuckte. Doch er stürmte vorwärts, direkt über das Gewehr hinweg; er schlug es zur Seite und holte aus. Als sie darum kämpfte, wieder auf die Füße zu kommen, sah sie Buck stürzen. Dann war Chase bei ihr, zog sie auf die Füße, und trug sie halb auf dem Arm, während er sie gleichzeitig mit seinem Körper schützte und sie inmitten eines Schauers von Kugeln, die Staubwolken aufsteigen ließen, in Sicherheit brachte. Das Wirrwarr gedämpfter Schreie und abgefeuerte Gewehrschüsse machte sie so benommen, daß sie erst einen Moment später bemerkte, daß die Männer ihre Gewehre wieder aufgehoben hatten und ganze Salven abfeuerten, um ihre Flucht zu decken.

Eine Auswaschung, eine Höhle, die durch den Regen der Jahrhunderte in dieses rauhe Land getrieben worden war, bot ihnen Schutz. Sie schlitterten und rutschten auf dem Geröll aus, als sie die schmale Aushöhlung betraten; sie blieben stehen, lehnten sich an und versuchten, Atem zu schöpfen. Als Chase einen gedämpften Schmerzenslaut von sich gab, wandte Maggie ihren Kopf um und sah ihn an. Sein Gesicht war zu einer Grimasse verzerrt, als er das Taschentuch aus seiner Tasche zog und es gegen den roten Fleck preßte, der sich auf seiner rechten Seite ausbreitete.

»Er hat dich getroffen!« Sie kam näher, um sich anzusehen, wie ernst die Wunde war.

»Das ist nichts weiter als ein Kratzer«, behauptete er mit gepreßter Stimme. »Die Kugel ist an den Rippen abgeprallt, und wahrscheinlich sind ein paar Rippen gebrochen. Er hatte nicht genug Zeit zum Zielen, aber er hätte mehr als eine Kugel gebraucht, um mich von dir fernzuhalten.« Er zuckte zusammen, als er das Taschentuch auf die Wunde preßte, um den Blutfluß einzudämmen.

»Buck, ist er ...« Ein Kugelregen durchschnitt die Nachmittagsluft.

»Er ist in das Dickicht entkommen. Ich habe ihn gesehen. Die Jungs werden sich um ihn kümmern.« Chase sah sich um, um seine Orientierung wiederzufinden. »Im Moment will ich nichts anderes, als dich heil hier rauszubringen. Dieser Hohlweg windet sich um den Hügel. Wir werden irgendwo hinter den Jungs rauskommen.«

»Ty ...«, erinnerte sie ihn.

»Mach dir keine Sorgen. Nate wird auf ihn aufpassen.«

»Wie hat er dich gefunden?« Ihr Herzschlag ging allmählich wieder etwas ruhiger. Sie zog ihre Bluse aus dem Bund ihrer Jeans und riß einen Streifen ab, um das Taschentuch durch einen Verband zu ersetzen.

»Dein Bruder hatte uns unmittelbar vorher gesagt, daß Buck gemeinsame Sache mit ihm gemacht hat. Wir waren auf dem Rückweg.« Er las die Frage in ihrem Blick und lächelte matt. »Doc Barlow bringt Culley in eine private Heilanstalt, damit er dort behandelt wird.«

»Danke«, murmelte sie, und sie schlug ihre Augen nieder, denn sie wußte nicht, wie sie ihre Dankbarkeit dafür hätte ausdrücken können, daß er ihren Bruder nicht nur verschont hatte, sondern sich gleichzeitig auch noch darum kümmerte, daß ihm geholfen wurde.

»Maggie.« Die zarte Eindringlichkeit seiner Stimme ließ die Hand in der Bewegung innehalten, die gerade den zusammengefalteten Streifen ihrer Bluse auf seine Wunde legen wollte. Er nahm ihr Gesicht in seine linke Hand und hob es zu sich hoch, um ihr in die Augen zu sehen. Die tiefe Dankbarkeit in seinen Augen sagte mehr als alle Worte.

»Ich hätte dir nie mehr ins Gesicht sehen können, Chase, wenn du dich meinetwegen auf die Knie hättest zwingen lassen. Das hätte unsere Beziehung zerstört. Du hättest nicht zulassen dürfen, daß er dich in die Knie zwingt ...«

»Nur auf ein Knie, Maggie«, erinnerte er sie, und er hielt ihrem Blick stand; eine Gier auf all die unaussprechlichen Dinge, die das Leben ihnen noch zu bieten hatte, stand in ihrer beider Augen. Sie drückte einen glühenden Kuß auf seinen Mund und stillte dieses Bedürfnis für den Augenblick. Dann richtete sie sich auf und zog eifrig seine blutverschmierte Hand von der Wunde, um den provisorischen Verband darauf zu pressen. »Wir sind schon viel zu lange hier.« Er nahm ihr den Verband aus der Hand und zog sich schwankend auf die Füße. »Sehen wir zu, daß wir rauskommen.«

Maggie ging voran, und sie mußten sich bücken, um den Schutz des Hohlwegs wirklich auszunutzen, während sie dem gewundenen Pfad des Kieswegs folgten. Gelegentlich hörten sie Laute, die darauf schließen ließen, daß die Reiter immer noch nach ihrer Beute suchten. Der Boden über dem Rand der Auswaschung wurde rauher, und das Gewirr aus Steinen und Unterholz verdichtete sich.

Ein Rascheln des Grases auf der Böschung hinter ihnen war die einzige Vorwarnung, die sie bekamen. Beide drehten sich ruckartig um, als Buck auf den Boden des Grabens sprang. Sein bestürzter Gesichtsausdruck sagte ihnen, daß er nicht geahnt hatte, daß sie hier waren. Er versuchte, den Lauf seines Gewehrs herumzureißen, doch Chase reagierte schneller. Er holte aus, schlug Buck das Gewehr aus der Hand und rammte ihm eine Schulter in die

Brust, wobei er ihn mit seinem Körpergewicht zu Boden riß. Buck fing sich augenblicklich wieder, zog seine Knie an und stieß sie Chase in die Rippen. Chase schrie vor Schmerz auf und rollte sich zur Seite, während Maggie das Gewehr an sich riß.

Sowie sie es in der Hand hatte, ließ sie eine Kugel in die Kammer gleiten und hob die Waffe an ihre Schulter. Als sie auf ihr Ziel anlegte, fiel ihr Blick auf Bucks schockiertes und regungsloses Gesicht, das angesichts dieses kurzen Augenblicks des drohenden Todes erstarrt war, ganz der Kojote, der durch die dunklen Schatten des Lebens strich.

Eine Hand riß den Lauf des Gewehrs zum Himmel und entrang es ihrem Griff. »Nein, Maggie.« Chase stand vor ihr. Ehe Buck einen Fluchtversuch unternehmen konnte, hielten zwei Reiter ihre Pferde auf der Böschung an, und sie wunderte sich im ersten Moment darüber, daß er sie zurückgehalten hatte. Über seinen grimmigen Gesichtsausdruck legte sich quälende Traurigkeit. »Er war so etwas wie ein Bruder für mich«, erklärte er leise.

Er hatte ihren Bruder verschont, den sie trotz allem geliebt hatte, und jetzt bat er um dasselbe Recht für sich. Mit einem unterdrückten Aufschrei flog sie in seine Arme, schlang ihre Arme um seine Schultern und drängte sich an ihn. Sie spürte seine Lippen, die ihr Haar streiften, und ein Schauer der Erleichterung und des Sehnens durchlief sie.

»Ist mit Mom alles in Ordnung?« hörte sie Ty fragen.

»Ja, ihr geht es gut. Uns geht es beiden gut«, antwortete Chase.

Ein Himmel der Verheißung,
ein Himmel so groß,
dieser Himmel gebrandmarkt
vom Calder-Los.

DIE GROSSE VERSUCHUNG

I

Es ist wirklich nicht einfach dazuzugehören,
Wenn man es dir schwermacht von fast allen Seiten,
Und das Schlimmste daran ist das Wissen,
Daß alle schon hier sind seit ewigen Zeiten.

1

Unter eisigem Himmel lag die Steppe von Montana, windgepeitscht und endlos monoton. An einem Zaun, der sich bis zum fernen Horizont erstreckte, zogen sich schmutzige Reste von altem Schnee entlang. Heftige Windböen hatten den braunen Teppich aus gefrorenem Gras freigelegt, der die wellige Ebene bedeckte und die dünne Erdschicht festhielt.

Wer dieses trostlose, rauhe Land nicht kannte, hatte hier kein Glück. Wer es jedoch verstand, dem eröffnete es seinen Reichtum. Hoch aber war der Preis, den jene schließlich zahlten, die es sich untertan machen wollten.

Seine rauhe Schönheit lag in der öden Landschaft. Die weite, leere Ebene schien sich unendlich dahinzuziehen. Der Winter setzte früh ein und blieb lange in dieser einsamen Gegend, in der es mehr Rinder als Menschen gab. Das Vieh auf diesem Streifen von einer Million Morgen freien Weidelandes trug das Triple-C-Brandzeichen, das es als Besitz der Calder Cattle Company auswies.

Ein einzelner Kleinlastwagen holperte über die gefrorenen Fahrrinnen der Straße, eines Teilstücks von rund zweihundert Meilen Privatstraße, die sich durch die Ranch zogen. Aus dem Auspuffrohr kam eine Rauchwolke, hing wie eine grauweiße Feder hinter dem Fahrzeug. So wie sich die Straße in der Weite verlor, schien auch das Fahrzeug kein Ziel zu haben. Nirgends war ein Bestimmungsort in Sicht, bis der Wagen den Kamm einer niedrigen Anhöhe in der Steppe erreichte und in eine Senke hinabfuhr, wo die Natur in der täuschend flach erscheinenden Gegend eine Mulde gebildet hatte.

Das Camp, als South Branch bekannt, befand sich in dieser großen Bodensenke; es gehörte zu einem halben Dutzend solcher Camps, die rund um den Kern der Ranch angelegt waren und das endlose Land in überschaubare Bereiche aufteilten. Die Bezeichnung Camp war ein Überbleibsel aus früheren Zeiten, als man hier Grenzposten errichtet hatte, provisorische Hütten, die den Cowboys als Unterschlupf dienten, wenn sie in den weit von den

Hauptgebäuden der Ranch entfernt gelegenen Außengebieten arbeiteten.

Die Gebäude hier im Süden wirkten trotz der verwitterten Fassaden standfest und solide. Stumpy Niles, der diesen Teil der Ranch leitete, lebte mit seiner Frau und den drei Kindern in dem großen Blockhaus. Das große Schlafquartier der Männer, ein langgezogenes, niedriges Gebäude am Fuß des Hügels, lag nicht weit von der Scheune und den Kälberställen in der Senke.

Der Wagen hielt bei den Ranchgebäuden. Chase Calder stieg auf der Fahrerseite aus und klappte ohne jede Hast den Schaffellkragen seines Mantels gegen den scharfen Wind hoch. Wie schon sein Vater und vor ihm der Vater seines Vaters hielt er die Zügel fest in der Hand. Als Boß der Triple C mußte er hart durchgreifen können, um die Männer in Zaum zu halten und die Arbeiten voranzutreiben, und er mußte die Ausdauer besitzen, schlechte Jahre durchzustehen.

Seit langem ruhte die Verantwortung allein auf seinen Schultern, doch er hatte gelernt, sie zu tragen. Das Land, das den Namen seiner Familie trug, hatte ihn gezeichnet, sein Gesicht ledrig gegerbt, seine ausgeprägten Gesichtszüge mit den Furchen bitterer Erfahrungen durchzogen und seine braunen Augen, die jeden Ärger schon im Ansatz erkennen mußten, schmal werden lassen. Chase war längst über dreißig, und zeit seines Lebens hatte er Calder-Land nicht verlassen. Es war so tief in seiner Seele verwurzelt wie seine Frau Maggie in seinem Herzen.

Die Beifahrertür wurde laut zugeschlagen. Chases Blick fiel auf den großen, schlaksigen Jungen, der um den Wagen herumlief und zu ihm kam. Dieser Sechzehnjährige war sein Sohn. Ty war von Geburt ein Calder, doch er war nicht als ein Calder aufgewachsen, etwas, was Chase noch mehr bedauerte als die Mißverständnisse, die Maggie und ihn vor fast sechzehn Jahren auseinandergebracht hatten.

Es waren lange Jahre, eine Zeit, die sie für immer verloren hatten. Der Tod ihres Vaters hatte sie mit zuviel Bitterkeit und Haß gegen jeden erfüllt, der den Namen Calder trug. Er hatte nicht versucht, sie aufzuhalten, als sie fortgegangen war; und er hatte nie einen Versuch unternommen herauszufinden, wo sie lebte. Es hatte keinen Grund dafür gegeben oder zumindest hatte er das damals geglaubt. Von der Existenz seines Sohnes hatte er nichts gewußt, bis der fünfzehnjährige Junge zu ihm gekommen war und behauptet hatte, er sei sein Vater. Sosehr er Maggie auch liebte, konnte er es ihr doch nur schwer verzeihen, daß sie ihm nie etwas von Ty gesagt hatte. In den Jahren ihrer Trennung war Ty in der verweichlichenden Umgebung im Süden von Kalifornien fast zum Mann herangereift.

Dieses ganze Land würde eines Tages Ty gehören, aber kostbare Jahre des Lernens waren vergeudet worden. Chase war beunruhigt bei dem Gedanken, Ty in kürzester Zeit die Erfahrung von fünfzehn Jahren vermitteln zu müssen. Der Junge war begabt. Er hatte Mut, aber es war der eines Grünschnabels. So glich er fast einem jungen Pferd, das den Reiter auf seinem Rücken und das Zaumzeug in seinem Maul nicht einschätzen konnte – und auch nicht, was eigentlich von ihm erwartet wurde.

Da in der Schule jetzt die Frühjahrsferien begannen, nutzte Chase die Zeit, um Ty mit einem neuen Bereich der Arbeit auf einer Ranch vertraut zu machen – der jährlichen Mühsal, wenn die Kühe im Frühjahr kalbten. Für die Cowboys, die fest auf der Ranch arbeiteten, hieß das eine Siebentagewoche, bis überall die letzte Kuh gekalbt hatte. Da Stumpy Niles zu wenig Arbeitskräfte hatte, hatte Chase Ty zu ihm gebracht, damit er ihm zur Hand ging und gleichzeitig mehr über die Ranch lernte.

Als er neben ihm stehenblieb, zog Ty die Schultern gegen den bitterkalten Märzwind hoch, der über die weite Steppe blies. In einer kameradschaftlichen Geste schlug Chase seinem Sohn mit der Hand auf die Schulter.

»Du hast die meisten Boys schon kennengelernt, als du im letzten Herbst beim Viehtrieb mitgearbeitet hast.« Chase musterte seinen Sohn mit einem Anflug von Stolz. Er achtete nicht auf die familiäre Ähnlichkeit, das dunkle Haar, die dunklen Augen und das kantig geschnittene Gesicht. Was er sah, war die Entschlossenheit, die in den Augen des Jungen aufblitzte, und das trotzig vorgereckte Kinn.

Tys Erinnerungen an den Viehtrieb waren unerfreulich, und daher nickte er nur und behielt seine Meinung über ›die Jungs‹ für sich. Sie hatten ihm das Leben schwer gemacht. Man hatte ihm die miesesten Gäule auf der ganzen Ranch zugeteilt. Wenn ›die Jungs‹

seinem Pferd nicht ihre Hüte vor die Hufe warfen, dann johlten sie, weil er sich festhielt, wenn das Pferd scheute, oder sie schlugen ihm mit einem Lasso auf die Finger. Wenn er vergaß, den Sattelgurt vor dem Aufsteigen nachzuprüfen, konnte er darauf wetten, daß ihn jemand gelockert hatte. Und erst die wilden Geschichten, mit welchen Tricks man einen Stier einfangen konnte ... Wenn sie ihm gesagt hätten, er solle dem Tier Salz auf den Schwanz streuen, hätte er das in seiner damaligen Leichtgläubigkeit vielleicht auch noch geglaubt.

Sie hatten ihm so viele Streiche gespielt, daß er sich gar nicht mehr an alle erinnern konnte. Sein schlimmstes Erlebnis war, daß er eines Morgens aufwachte und eine Klapperschlange zusammengerollt auf seiner Brust vorgefunden hatte. Sie hielt ihren Winterschlaf und war vor Kälte viel zu erstarrt, um ihm etwas zu tun, aber das hatte Ty nicht wissen können. Er hatte sich vor Schreck fast in die Hose gemacht, und ›die Jungs‹ waren alle um ihn herumgestanden und hatten sich vor Lachen die Seiten gehalten.

Sie behandelten ihn wie Schulkinder einen Neuen. Vor seinem Vater erwähnte Ty natürlich nie diesen Ausdruck. Er war der Meinung, daß die Stadt einen Mann verweichlichte. Und Ty wollte seinem Vater um jeden Preis beweisen, daß er kein Schwächling war. Aber er wußte nicht, wie lange er diese endlosen Schikanen noch aushielt. Einige der älteren Männer, die auf der Ranch arbeiteten, darunter auch Nate Moore, hatten ihm gesagt, daß alle Männer, die neu auf der Ranch waren, das durchmachen mußten, aber Ty hatte das Gefühl, daß man bei ihm besonders gründliche Arbeit leistete.

Die Hand auf seiner Schulter drückte fester zu, als sein Vater weitersprach. »Stumpy ist vermutlich in den Ställen. Machen wir uns auf die Suche nach ihm, damit du dich hier einrichten kannst.«

Ein vielleicht zehnjähriges Mädchen kroch zwischen den Zaunlatten durch und rannte auf sie zu. Ein schwerer Wintermantel mit Flicken und Knöpfen, von denen keine zwei zusammenpaßten, dazu noch die beiden Jeans, die sie übereinander trug und in ihre abgetragenen und geflickten Stiefel gesteckt hatte, ließen die zierliche Gestalt unförmig aussehen. Unter dem Cowboyhut, den sie sich mit einem Wollschal auf den Kopf gebunden hatte, schauten vorn zwei honigbraune Zöpfe heraus.

»Tag, Mr. Calder.« Sie begrüßte Chase mit dem gebührenden Respekt, den ein jüngerer Mensch einem älteren entgegenbrachte und der nichts von Unterwürfigkeit an sich hatte.

»Tag, Jess.« Die angespannten Muskeln um seinen Mund herum verzogen sich zu einem schwachen Lächeln, als Chase Stumpys ältestes Kind erkannte.

Jessy Niles hatte von Anfang an mehr von einem Jungen als von einem Mädchen gehabt. Stumpy behauptete immer, es läge daran, daß er ihr ein Stück von einem geflochtenen Lederzügel zum Draufbeißen gegeben hatte, als sie Zähne bekam. Sie spielte mit Lasso und Pferdegeschirr, während andere Mädchen mit Puppen spielten. Auch lief sie lieber ihrem Vater hinterher, als daß sie ihrer Mutter in der Küche half oder sich um ihre beiden jüngeren Brüder kümmerte.

Sie hatte nie etwas Niedliches, Kleinmädchenhaftes an sich gehabt. Sie war wie ein schlaksiges Fohlen, schien nur aus langen Armen und Beinen zu bestehen und war dazu noch ziemlich mager. Man hielt sie für nett aussehend, wenn auch nicht hübsch, denn ihre Züge waren zu ausgeprägt – hohe Wangenknochen und ein spitzes Kinn. Ihre Haut war recht hell, die Farbe ihres Haares wirkte verwaschen, und ihre Augen hatten ein gewöhnliches Haselnußbraun, rundum nichts Besonderes, wenn man davon absah, daß diese Augen vor Intelligenz funkelten, einen immer direkt ansahen und manchmal sogar durchdringend waren.

»Ich habe euch ankommen gesehen«, sagte sie und drehte sich zu Ty um. »Ich habe Dad gesagt, daß ihr hier seid. Er wird sicher gleich kommen.«

Der durchdringende Blick, mit dem sie ihn abschätzte, ärgerte Ty. Er hatte sich zwar inzwischen daran gewöhnt, daß Erwachsene ihn an seinem Vater maßen, doch es erboste ihn, daß dieses Kind ihn unter die Lupe nahm. Er biß die Zähne zusammen. Er hatte es satt, sich jedem gegenüber beweisen zu müssen.

»Stumpys Tochter kennst du noch nicht, oder?« stellte Chase die beiden einander vor. »Das ist Jessy Niles. Mein Sohn Ty.«

Sie hielt ihm eine behandschuhte Hand hin, die Ty mürrisch schüttelte. »Von dir hab' ich schon gehört«, sagte sie, und Ty fragte sich bitter, was das wohl heißen sollte. Es paßte ihm gar nicht in den Kram, sich vorzustellen, daß ein kleines Kind mit Zöpfen über einige der dummen Dinge lachte, die er angestellt hatte. »Wir haben dieses Jahr eine Menge Kühe, die ihr erstes Kalb bekommen, und wir können wahrhaft Hilfe brauchen.« Jessy sagte es so, als sei sie die Verantwortliche. »Kennst du dich dabei aus?«

Sowohl sein Vater als auch das kleine Mädchen schienen eine Antwort von ihm zu erwarten. Ty wußte, daß es falsch gewesen wäre, sich mit einem Wissen zu brüsten, das er nicht besaß. »Nein, aber ich habe schon bei der Geburt vieler Fohlen mitgeholfen«, antwortete er gepreßt.

Die Kleine war nicht beeindruckt. »Das ist nicht ganz dasselbe. Bei einer Stute sind die Wehen viel stärker als bei einer Kuh, und daher dauert die Geburt nicht so lange.« Diese Information fiel so beiläufig, als sei das etwas, was ohnehin jeder wußte.

»Wie läuft es?« erkundigte sich Chase.

»Bisher haben wir nur ein Kalb verloren«, und zog ihre Schultern hoch, als wolle sie sagen, es sei noch zu früh, um eine Prognose abzugeben. Dann blitzte Schalk in ihren Augen auf. »Drei der Boys haben Dad schon angekündigt, daß sie am Monatsende fortgehen und sich ihren Lohn auszahlen lassen, um nach Süden zu ziehen –, das ist einer mehr als letztes Jahr um diese Zeit.«

Chase lachte, denn ihm war klar, daß zwar in der Zeit, in der die Kühe kalbten, mehr Cowboys drohten fortzugehen, als während des gesamten übrigen Jahres, daß es jedoch nur die wenigsten wirklich taten. Sein Blick fiel über den Kopf des Mädchens auf Stumpy, der mit knirschenden Schritten auf dem gefrorenen Boden auf sie zukam.

»Da kommt mein Dad«, sagte Jessy und wandte sich um.

Stumpy Niles war von gedrungener Statur und brachte es mit den fünf Zentimeter hohen Absätzen seiner Reitstiefel gerade auf knapp eins siebzig. Was ihm an Körpergröße fehlte, machte er mit seiner Geschicklichkeit und seinem Beharrungsvermögen wett. Von fröhlicher Natur und immer für einen Scherz zu haben, nahm er seine Arbeit und seine Verantwortung jedoch sehr ernst. Stumpy war wie Chase auf der Ranch geboren und dort aufgewachsen; sein Großvater hatte für Chases Großvater gearbeitet, und die darauffolgenden Generationen hatten die Tradition weitergeführt. Es gab auf der Ranch etliche Familien, die nie ein anderes Zuhause gekannt hatten. Niemand setzte sich im Alter zur Ruhe; man teilte ihnen lediglich einfachere Aufgaben zu.

Mit ihren zehn Jahren reichte Jessy Niles ihrem Vater schon bis an die Schultern. Sie ähnelten nicht einander, so daß niemand sie auf Anhieb als Vater und Tochter hätte erkennen können. Sie war langbeinig und hager, er jedoch kleingewachsen und stämmig. Sein Haar war dunkel, fast so schwarz wie seine Augen. Er war ein Energiebündel, unter dessen Oberfläche es stets brodelte, wogegen seine Tochter ruhig und gelassen wirkte.

Nachdem sie einander begrüßt hatten, bestätigte Stumpy: »Wir können wahrhaft Hilfe gebrauchen. Einen besseren Zeitpunkt, um die Kinder in die Frühjahrsferien zu schicken, hätte es nicht geben können.«

»Fast alle Söhne der Familien der Triple C helfen beim Kalben mit«, bemerkte Chase. »Es gibt keinen Grund, daß Ty eine Ausnahme sein sollte. Du brauchst ihm nur zu sagen, wo du ihn einsetzen willst und was er tun soll.«

Stumpy sah Ty an. »Am besten bringst du deine Sachen gleich in die Schlafbaracke und legst dich eine Weile hin. Wir arbeiten in zwei Schichten. Du kommst zur Nachtschicht, und das heißt, daß du um fünf Uhr nachmittags anfängst und bis sechs Uhr morgens arbeitest.«

Typisch, dachte Ty, doch er behielt seinen Groll für sich. Wenn es eine miese Arbeit zu erledigen gab oder wenn es darum ging, zu einer ungünstigen Tageszeit zu arbeiten, dann erwischte es ihn immer. Sein Vater hatte ihn gewarnt, daß es so sein würde, bis er sich bewährt hatte, aber Ty hätte nicht im Traum geglaubt, daß man ihn so lange auf die Probe stellen würde. Es wurde von ihm erwartet, daß er die Streiche und Schikanen hinnahm, ohne darüber zu klagen, aber innerlich nahm seine Verzweiflung ständig zu, und der Druck von außen belastete ihn zusätzlich. Nichts auf dieser Welt wünschte er sich sehnlicher, als zu erreichen, daß sein Vater stolz auf ihn sein konnte – doch dieser Tag schien in immer weitere Ferne zu rücken.

»Ich bring' ihn zur Schlafbaracke, Dad«, erbot sich Jessy, »und zeige ihm, wo alles ist.«

»Tu das.« Ihr Vater lächelte und nickte zustimmend.

»Wo hast du deine Sachen?« wandte sich Jessy an Ty und sah ihn wieder mit einem ihrer abschätzenden Blicke an. Sie ließ es sich nicht anmerken, aber der Junge mit dem kantigen Gesicht und den festen Muskeln seines schlaksigen Körpers gefiel ihr, obwohl er nicht viel von der Rancharbeit verstand. Das war wirklich eine Schande, bedachte man, daß er schließlich ein Calder war.

»Hinten im Wagen«, preßte er verärgert durch seine zusammengebissenen Zähne – was Jessy jedoch nicht wahrnahm und mehr auf die Kälte zurückführte. »Ich hole sie.«

Nachdem Ty seinen Rucksack und seinen sperrigen Schlafsack von der Ladefläche des Lasters geholt hatte, ging Jessy auf die zugige Holzbaracke zu und warf einen Blick über ihre Schulter, um sich zu vergewissern, daß er ihr folgte.

»Ich komme am Sonntagnachmittag wieder und hole dich ab, Ty«, rief Chase seinem Sohn nach und sah an der Bewegung des Cowboyhutes, daß der Junge nickte. Er sah den beiden stumm hinterher und wandte sich dann an Stumpy. »Viele Menschen glauben, daß ein Rancher die Kühe sogar bei der Kälbergeburt sich selbst überläßt und ebenso der Willkür der Naturgewalten, den Raubtieren und allen sonstigen Komplikationen aussetzt.«

Damit drückte er indirekt aus, daß Ty genau das geglaubt hatte, bis Chase ihm den Sachverhalt erklärt hatte. So mag es vor hundert Jahren vielleicht gewesen sein, aber nicht mehr heutzutage.

»Eine Kuh und ihr Kalb sind zu wertvoll, um alles ganz allein der Natur zu überlassen. In acht von zehn Fällen läuft alles normal, doch allein diese beiden Male lohnen schon, daß eine Art zweibeiniger Bulle da ist und helfen kann«, lachte Stumpy, und sein Atem gefror in der kalten Luft. »Himmel, die meisten Städter glauben, ein Rancher oder ein Cowboy tun nichts weiter, als einen Stier auf eine Kuh loszulassen, und sie bekommt ihr Kalb. Im Frühjahr werden dann die Rinder zusammengetrieben, um sie zu brandmarken, und im Herbst dann noch einmal, um sie auf den Markt zu bringen. Sie machen sich keine Gedanken über das notwendige Kastrieren der Bullen, das Kappen der Hörner, die Impfungen, das Verarzten und das Füttern – ganz zu schweigen von dem Kummer, den sie einem zwischendurch bereiten.«

»Ja, Stumpy, wir haben ein bequemes Leben und wissen es nur selbst nicht.« Seine Lippen verzogen sich leicht ironisch, als er versonnen wieder den beiden jungen Leuten nachsah, die auf die Baracke zugingen. »Die Kleine ist wirklich bemerkenswert. Das Aussehen hat sie ganz von ihrer Mutter, findest du nicht auch?«

Eigentlich war es keine Frage, da Chase Judy Niles fast so lange kannte wie Stumpy. Sie war eine nette Frau mit aschblondem Haar, etliche Zentimeter größer als ihr Mann und auf herkömmliche Weise hübsch.

»Du solltest sie in den Ställen sehen, wenn sie bei Temperaturen unter zwanzig Grad minus die Kälber herausholt.« Stumpy sagte es voller Stolz. »Die beiden Jungen, Ben und Mike, haben mehr Unfug im Kopf und sind keine große Hilfe. Aber sie sind natürlich noch sehr jung. Jessy packt unaufgefordert zu. Solange es ihr Spaß macht, hindere ich sie nicht daran. Es ist ein Jammer, daß sie kein Junge ist. Sie hat die Anlagen zu einem guten Cowboy.«

»Wenn sie erst die Jungen für sich entdeckt, wird sie aus ihrer Knabenrolle hinauswachsen.« Chase zwinkerte belustigt.

»Wahrscheinlich«, stimmte Stumpy ihm zu, aber er schien diesem zukünftigen Tag mit einem gewissen Widerwillen entgegenzusehen. »Ich weiß, daß es ihrer Mutter lieb wäre, wenn sie mehr im Haushalt helfen würde. Da wir gerade von Müttern sprechen ...« Er unterbrach sich, hob den Kopf und warf einen fragenden Blick auf Chase. »Wie geht es Maggie?«

»Der Arzt sagt, daß alles gut aussieht. Kein Grund zur Sorge.« In den braunen Tiefen seiner Augen leuchtete ein warmer Schein auf, der seinen Stolz verriet.

»Es ist jetzt bald soweit, oder?« fragte Stumpy, der die Stirn in Falten legte, als er versuchte, den Zeitpunkt zu bestimmen.

»Am ersten Mai, das heißt, daß es noch rund zwei Monate dauert, bis das Baby kommen soll.« Er stand diesem kommenden Ereignis allerdings nicht annähernd so ruhig und gelassen gegenüber, wie er sich den Anschein geben wollte. »Der Senator kommt mit ein paar Leuten, die er mir vorstellen möchte. Ich sollte mich wohl besser auf den Heimweg machen.«

Als Ty dem Mädchen über die Schwelle des Hauses folgte, hörte er, wie der Wagen angelassen wurde. Er warf einen Blick über seine Schulter und sah ihn wenden und auf die einspurige Straße einbiegen, die als einzige zu diesem Lager führte. Er wußte, daß er jetzt wieder ganz auf sich selbst gestellt war. Als er die Tür hinter sich schloß und sich in dem Raum umsah, spürte er seine innere Anspannung, die ihn äußerst wachsam werden ließ.

Er stand in einem kleinen Gemeinschaftszimmer. In einer Ecke befanden sich ein Tisch und etliche Stühle, in der anderen ein Sofa und einige Sessel, die ausnahmslos Spuren der Achtlosigkeit der Cowboys aufwiesen. Ein umgebauter Kanonenofen teilte den Raum in der Mitte und glühte fast kirschrot in seinem Kampf gegen die kalten Außentemperaturen. An der Rückwand lehnte ein kaputter Stuhl, der verheizt werden sollte. Eine Reihe von Karikaturen, Bildern aus dem Westen und Pin-up-Girls klebten als Dekoration an den Wänden.

»Da geht es ins Bad.« Jessy deutete auf die Tür in der rechten Wand und trat vor den Ofen, um sich die Hände zu wärmen. »Die Betten stehen dort.« Sie wies mit einem Kopfnicken in die entgegengesetzte Richtung. »Such dir eins von den noch nicht belegten aus.«

Ty stellte fest, daß die Betten in der Nähe der Tür, die halbwegs in den Genuß der Wärme des Ofens kamen, belegt waren. Er blieb vor dem ersten freien Bett stehen und warf seine Sachen darauf. Das Mädchen ging zur Tür. »Wenn du dich noch nicht hinlegen willst, so steht eine Kanne Kaffee auf der heißen Platte.«

»Nein, danke.« Ty breitete sein Bettzeug auf dem Bettgestell aus und sah aus dem Augenwinkel, daß das Mädchen noch in der Tür lehnte. Er wünschte, sie würde endlich aufhören, ihn mit diesen abschätzenden Blicken zu mustern. Es bereitete ihm Unbehagen. Er bemerkte die Tasse mit dem dampfenden Kaffee in ihrer Hand, von der sie den Handschuh jetzt abgestreift hatte. Sie hob die Tasse an ihren Mund und blies hinein, während sie von dem heißen, starken schwarzen Kaffee trank. Sein Magen rebellierte nach wie vor gegen den starken Kaffee, den alle auf der ganzen Ranch mit einer solchen Regelmäßigkeit tranken, es sei denn, er schüttete eine ganze Menge Milch hinein.

»Du solltest dieses Zeug nicht trinken. Es hindert dich beim Wachsen.«

»Ich trinke Kaffee, seit ich sechs bin.« Ihre Stimme klang spöttisch und belustigt. »Stell dir nur vor, wie groß ich jetzt wäre, wenn ich keinen Kaffee getrunken hätte.« Sie unterbrach sich und fügte dann noch hinzu: »Und Locken habe ich auch noch keine bekommen, und auch keine Haare auf der Brust.«

Ty machte sein Bett und stellte den Rucksack mit seiner Kleidung und dem Rasierzeug als Kissen auf das Kopfende. Da das

Mädchen keinerlei Anstalten zeigte fortzugehen, streckte er sich längs auf dem Bett aus und zog sich den Hut über das Gesicht.

»Ich werde versuchen, eine Weile zu schlafen«, sagte Ty für den Fall, daß sie ihn immer noch nicht verstanden hatte. Seine Stimme klang gedämpft durch den Hut.

»Dann bis heute abend«, erwiderte Jessy Niles, die absolut nichts Ungebührendes in seinem groben Benehmen sah. Sie schlenderte in das Gemeinschaftszimmer.

Als ihre Schritte verhallten, nahm Ty den Hut von seinem Gesicht. Er verschränkte die Arme hinter dem Kopf und starrte an die Decke. Er fühlte sich so aufgerieben, daß es an Schmerz grenzte. Er hatte niemanden, an den er sich wenden, niemanden, dem gegenüber er seine Mutlosigkeit eingestehen konnte. Er war zu alt, um zu seiner Mutter zu laufen und sich bei ihr auszuweinen, und da er sich nichts verzweifelter wünschte, als sich den Respekt seines Vaters zu erwerben, konnte er mit seinen Sorgen auch nicht zu ihm. Er wollte allein mit seinem Kummer klarkommen, aber bisher gab ihm niemand eine Chance. Es gab so vieles zu lernen, daß immer dann, wenn er glaubte, etwas ansatzweise verstanden zu haben, etwas Neues auf ihn zukam, und laufend wurden ihm Streiche gespielt, und man gab ihm falsche Informationen, so daß er sich oft wie ein schrecklicher Trottel vorkam.

Die Rückfahrt zur ›The Homestead‹, dem Haupthaus der Triple C, das der Boß bewohnte, dauerte beinahe zwei Stunden. Das zweimotorige Flugzeug parkte bereits auf dem privaten Landeplatz in der Nähe der Gebäude, die die eigentliche Ansiedlung bildeten, und Chase wußte daher, daß Senator Bulfert schon eingetroffen war.

Er ließ den Wagen vor dem imposanten zweistöckigen Haus stehen und stieg die Treppe zu der großen Veranda hinauf, die sich über die gesamte Südseite des Hauses zog. Das Haus war vor Jahrzehnten sorgsam und liebevoll gebaut worden und hatte einen ganz eigenen Charakter. In weiteren zweihundert Jahren würde es immer noch dastehen, und wenn es nach Chase ging, würde auch dann noch ein Calder darin leben.

Als Chase die Eingangshalle betrat, hörte er Stimmen aus seinem Arbeitszimmer und ging auf die offene Tür zu. Sein erster

Blick fiel auf Maggie, die in der Nähe des Fensters auf einem Stuhl saß. Ihr schwarzes Haar schimmerte in der Sonne, und sie hatte einen Arm auf die runde Wölbung ihres Bauches gelegt. Ihr Anblick ließ jedesmal wieder ein heftiges Verlangen in ihm aufsteigen und rief gleichzeitig eine große Zärtlichkeit in ihm wach.

Sie sah ihm lächelnd entgegen, während Chase auf ihren Stuhl zuging, seine Handschuhe auszog und in seine Manteltaschen steckte. Trotz der anwesenden Gäste nahm er ihre kleine Hand in seine großen Hände.

»Es tut mir leid, daß ich bei Ihrer Ankunft nicht hiersein konnte«, entschuldigte sich Chase und ließ den Blick über seine vier Gäste gleiten. Den rotgesichtigen Senator und dessen Berater Wes Govern kannte er bereits.

»Kein Problem. Es ging schneller, als wir erwartet haben. Wir hatten Rückenwind«, erwiderte der Senator. Seine vormals so dikken Backen erschlafften bereits altersbedingt, und unter seinen Augen falteten sich überdeutliche Tränensäcke. »Wir sind gerade erst vor ein paar Minuten angekommen. Wes hat es noch nicht geschafft, die ersten Drinks einzuschenken.« Er wandte den Kopf um und erteilte seinem Adjutanten die dröhnende Anweisung: »Chase trinkt Whiskey, Wes.«

»Ich erinnere mich.« Der Mann nickte und stellte ein weiteres Glas auf das Tablett.

»Wie geht's? Gut, möchte ich doch hoffen«, beantwortete der Senator selbst seine Frage und sprach weiter, ohne Chase die Chance einer Antwort zu geben. »Keine Landkäufe mehr, bei denen Sie meine Hilfe brauchen, oder?« erkundigte er sich mit einem verschwörerischen Blinzeln.

»Nein, nichts dergleichen.« Chases Augen blieben bei der Erwähnung des Ankaufs von zehntausend Morgen Land von der Regierung ausdruckslos, einem Geschäft, das Bulfert vor einigen Jahren arrangiert hatte. Es war die letzte Parzelle des bis dahin gepachteten Landes gewesen, die damit in den Besitz der Calders übergegangen war. Jetzt besaß er das gesamte Land, das die Ranch bewirtschaftete.

»Chase, ich möchte, daß Sie Eddy Joe Dyson kennenlernen.« Der Politiker legte einem zierlich gebauten Mann den Arm um die Schultern, und diese Geste bedeutete Chase, daß die beiden sich abgesprochen hatten, worum es auch immer gehen mochte. »Ich versuche schon seit einer ganzen Weile, euch beide zusammenzubringen. E. J., darf ich Ihnen Chase Calder vorstellen.«

Chase trat vor, um dem älteren Mann, der einen teuren marineblauen Nadelstreifenanzug trug, die Hand zu schütteln. Chase schätzte das Alter des Mannes auf etwa Mitte Vierzig. Die Hand des Mannes war glatt, und er hatte nicht die ledrige, gebräunte Haut der Rinderzüchter, wenngleich er einen weißen Stetson auf dem Kopf trug.

»Willkommen auf der Triple C, Mr. Dyson.« Zwar war auch der Anzug nach der Mode des Westens geschnitten, doch trotz dieser etwas einschmeichelnden Aufmachung konnte Chase nichts Seichtes in dem festen Blick entdecken, dem seine stumme Musterung begegnete. Wenn überhaupt, dann bemerkte er eine Spur von Verschlagenheit.

»Es ist mir ein Vergnügen«, sagte der Mann gedehnt. »Meine Freunde nennen mich E. J. Es würde mich freuen, wenn Sie und Ihre Frau mich auch so nennen.« Er bedeutete dem vierten Mann, näherzukommen. »Das ist mein Geschäftspartner George Stricklin.«

Der Mann war zehn Jahre jünger, groß und blond und trug eine Brille mit einem goldenen Gestell, die er jetzt absetzte und in die Brusttasche seines Jacketts gleiten ließ. Trotz seines athletischen Körperbaus vermittelte er den ruhigen, selbstsicheren Eindruck eines akademisch Gebildeten. Stricklins Finger waren lang und schmal, und er nickte lediglich, als er Chase die Hand drückte.

Dyson sprach weiter. Er wandte seinen Kopf zu Maggie um und neigte ihn höflich. »Bisher glaubte ich immer, daß es niemand an Schönheit mit unseren texanischen Frauen aufnehmen könnte, aber ich war gezwungen, meine Meinung zu revidieren, als ich Ihre bezaubernde Frau kennengelernt habe.«

»Ich glaube, ich habe noch viel größere Vorurteile«, murmelte Chase und warf einen Blick in Maggies strahlend grüne Augen. Die Phase der morgendlichen Übelkeit war jetzt vorüber, und sie war eine unglaubliche Schönheit. Er hatte schon öfter gehört, Frauen seien während der Schwangerschaft schöner als sonst, doch er hatte es als Unsinn abgetan. Jetzt war er bereit, die Berechtigung einer solchen Wertschätzung einzuräumen, denn in seinen Augen hatte Maggie nie schöner ausgesehen als jetzt in diesem Moment.

»Sie kommen aus Texas?« warf Maggie ein, um das Gespräch geschickt von den schmeichelhaften Komplimenten abzuwenden. Sie mochte sich jetzt noch so gesund und glücklich fühlen, aber sie fühlte sich noch immer etwas unbeholfen und unsicher in solchen Situationen.

»Ja.« Es war eine Stimme wie eingefettetes Leder. »Diese Hörner über dem Kaminsims geben mir regelrecht das Gefühl, zu Hause zu sein«, sagte er und deutete auf die Hörner des Longhorn-Stieres.

»Sie gehörten einem texanischen Stier. Vermutlich ist diese Ranch mit texanischen Longhorns begründet worden«, räumte Chase ein und nahm von dem Berater des Senators ein Whiskeyglas entgegen.

»Ich erinnere mich, daß Ihr Vater mir einmal erzählt hat, seine Familie käme aus der Gegend von Fort Worth.« Der Senator zog eine dicke Zigarre aus der Tasche und sah Maggie fragend an, die ihre Einwilligung mit einem stummen Nicken bekundete. »Dort ist E. J. zu Hause.« Er tastete in seinen Taschen nach Streichhölzern, doch sein Assistent hatte ein Feuerzeug in der Hand, ehe der Senator Streichhölzer gefunden hatte. »Er ist so was wie ein Unternehmer, was, E. J.?«

Die Beziehung zwischen Dyson und seinem Partner war dem Senator schon immer als ungewöhnlich vorgekommen. Er hatte Stricklin auch schon als den Kopf und Dyson als den Bauch der Firma bezeichnet. Jeder Plan, jeder einzelne Schritt des stillen Stricklin war von diesem Verstand, der wie ein Computer arbeitete, im voraus bewußt durchdacht. Seine Entscheidungen wurden von der Logik und der Vernunft diktiert. Dyson jedoch handelte impulsiv und war ein Bauchmensch, der sich auf seine Gefühle verlassen konnte. Für eine Partnerschaft war dies eine seltsame Kombination, doch diese Gegensätze waren perfekt aufeinander eingespielt, wobei Dyson in diesem Team naturgemäß als dominant erschien.

»Ich habe verschiedene geschäftliche Interessen«, räumte Dyson ein und beäugte Chase, als sei er sein neuestes Interesse.

»Falls Sie mit dem Gedanken spielen sollten, in die Rinderzucht einzusteigen, dann bedeutet das eine große Geldinvestition in einem nicht abschreibbaren Geschäft«, warnte Chase ihn trocken.

Der Politiker und der Texaner tauschten einen kurzen Blick miteinander aus. »Mich interessiert mehr, was unter dem Boden liegt, als was darauf geschieht. Das ist auch der Grund, weshalb ich den Senator gebeten habe, mich Ihnen vorzustellen. Mein Geschäft sind Öl- und Naturgasvorkommen.«

Chase zog verwundert eine Augenbraue hoch, als diese Äußerung fiel. Er ließ sich Zeit, stellte sein Glas auf den Tisch neben Maggies Sessel und zog seinen Mantel aus. Die Flammen im Kamin knisterten und füllten das kurze Schweigen.

»Ich glaube, Sie sind im falschen Teil Montanas«, sagte Chase schließlich. »In den Badlands oder in der Gegend um den Powder River wären Sie am richtigeren Ort.«

»In diesen Gegenden wird bereits gebohrt«, wehrte E. J. ab. »Ich bilde mir nicht ein, ein Experte zu sein, aber ich bemühe mich, Experten einzustellen. Ich investiere mein Geld lieber in die Suche nach neuen Vorkommen, als mich mit den großen Firmen herumzuschlagen.«

»Soll ich davon ausgehen, daß Sie hier sind, weil Sie vermuten, daß auf der Triple C Öl zu finden ist?« fragte Chase, ob dieser Vorstellung leicht amüsiert.

»Wenn Sie vom Powder River und von den Badlands wissen, dann sicherlich auch davon, daß am Fuß der Rockies einiges gefunden wurde. Diese Vorkommen liegen in der Nähe der westlichen Grenze Ihres Landes«, rief er Chase in einem ruhigen und vielsagenden Tonfall ins Gedächtnis. »Ich hätte meinen Geologen mitbringen können, damit er Ihnen alles über Gesteinsschichten erzählt – und darüber, wie vielversprechend ein Teil Ihres Landes aussieht. Ihnen würde das wohl nicht mehr sagen als mir, und ich kann sie alle nicht voneinander unterscheiden. Stricklin, der sich alle Zahlen und Berechnungen genau angesehen hat, sagt jetzt, die Chancen, Öl zu finden, stünden gut. Daher bin ich gekommen, um mich darum zu kümmern, daß wir diese Rechte bekommen.«

Auf Chases Gesicht war keine Veränderung zu erkennen, die seine Empfindungen hätten verraten können. Er sah Maggie an und trank einen Schluck aus seinem Glas. Als er seinen Blick schließlich wieder auf den Mann richtete, taxierte er ihn kühl und exakt.

»Natürlich stehe ich für eine Diskussion über dieses Thema zur

Verfügung.« Er würde sich alles anhören, was dieser Mann zu sagen hatte, aber das war keine Entscheidung, die er überstürzt treffen würde.

2

Maggie hatte einen leichten Schlaf, und sie wachte auf, als sich jemand leise durch das dunkle Zimmer bewegte. Sie zog sich auf einen Ellbogen und streckte ihre Hand nach dem Schalter der Nachttischlampe aus.

»Chase, bist du das?« fragte sie, als das Licht anging und sie ihn sah. Er saß auf einem Sessel und zog sich die Stiefel aus.

»Ich wollte dich nicht wecken.« Er stellte den zweiten Stiefel dicht neben den ersten auf den Fußboden und fing an, sein Hemd aus seiner Hose zu ziehen, um es aufzuknöpfen. Die Müdigkeit gab seinen schroffen männlichen Gesichtszügen etwas Abgespanntes und Ermattetes. Trotz des liebevollen Blickes, den er ihr zuwarf, wirkte er, als beschäftigte ihn etwas anderes.

»Habt ihr bis jetzt geredet?« Die Zeiger der Uhr rückten auf Mitternacht vor. Maggie hatte sich wesentlich früher zurückgezogen, da ihr Körper Ruhe forderte.

»Ja.«

Sie spürte Gereiztheit über seine knappe Antwort in sich aufsteigen. Chase versuchte zwar nicht, sie von geschäftlichen Dingen auszuschließen, doch wie allen Männern des Westens lag es ihm nicht, den Rat einer Frau einzuholen.

»Und?« Ihre Stimme war provozierend scharf, denn es war unmöglich, zu erkennen, was er dachte, wenn er sein Pokergesicht aufgesetzt hatte. »Was hältst du von Dysons Vorschlag?«

Sein Mund verzog sich zu einem harten, trockenen Lächeln. »Das sage ich dir, nachdem ich Gelegenheit hatte, den Mann privat überprüfen zu lassen. Für den Senator springt bei dieser Geschichte eine Menge raus, und daher habe ich nicht vor, seiner Empfehlung viel Gewicht beizumessen.« Er unterbrach sich, denn er merkte, daß er ihr eigentlich nichts gesagt hatte. »Wenn es darum geht, einen Teil der Ranch für Bohrungen zu verpachten, bin ich dafür aufgeschlossen. Die Zeiten, zu denen Rinderzüchter Einwände gegen Bohrtürme auf ihrem Weideland erhoben haben, sind längst vorbei.«

»Du hast dich also entschieden, die Entscheidung hinauszuzögern?«

»Es besteht kein Grund zur Eile. Falls es Gas oder Öl unter diesem Gras gibt, dat ist es in zwei Monaten auch noch da – oder auch in zwei Jahren.« Chase stand auf und begann, seine Hosentaschen auszuleeren. Als er den Inhalt auf den Beistelltisch neben dem Stuhl legen wollte, bemerkte er den kleinen Stapel Post, der dort lag. »Was ist das?«

»Von dem Psychiater, der den Fall meines Bruders behandelt, ist ein Bericht eingegangen, und von Culley habe ich auch eine kurze Nachricht bekommen.« Sie lächelte zwar, doch ihre grünen Augen wirkten besorgt. Sie wußte, daß die Nervenheilanstalt der Ort war, an dem ihr Bruder am besten aufgehoben war, doch Culley war alles an Familie, das sie noch hatte. »Der Arzt schreibt, daß eine Besserung zu erkennen ist und daß man vielleicht bald Besucher zu ihm läßt.«

»Nicht, ehe das Baby geboren ist, Maggie.« Er sah sie erbittert an. »Auch dann nicht, wenn der Arzt sagt, du kannst ihn morgen schon besuchen.«

»Ich warte ab.« Aber nicht, weil er es so angeordnet hatte. »Der Arzt hält es für unklug, daß Culley in seinem derzeitigen Behandlungsstadium etwas davon erfährt, daß ich ein Kind von dir bekomme. Und das ist eine Tatsache, die ich nicht so leicht verheimlichen kann.« Es war ein matter Versuch, einen Scherz darüber zu machen, doch die Hand, die sie auf ihren Bauch legte, war beschützend und nicht etwa eine Geste, die dazu gedient hätte, die Aufmerksamkeit auf ihren Zustand zu lenken. Culleys krankhafter, unsinniger Haß auf alles, was mit einem Calder zu tun hatte, war das, was ihn um den Verstand gebracht hatte.

Chase nahm den Umschlag mit dem Absender der Klinik in die Hand, doch er zog den Brief nicht heraus. »Was hat Culley zu berichten?«

»Er ist besorgt um seine Ranch und fragt sich, wie die Tiere den Winter überstanden haben.« Ihr Bruder glaubte, daß Maggie die kleine Familienranch der O'Rourkes, die im Norden an die Triple C grenzte, leitete. Es war ihnen unklug erschienen, ihn davon zu unterrichten, daß Chases Cowboys das Land versorgten.

Maggie rückte zur Seite, um Chase Platz zu machen, als er nackt unter die Bettdecke schlüpfte, doch damit gab sich Chase nicht zufrieden. Er legte einen Arm unter sie und zog sie an sich.

»Wie fühlst du dich?« Sein Kopf rückte noch näher zu ihrem, und Chase küßte die seidigen schwarzen Locken auf ihrer Schläfe.

»Schwanger.« Maggie drehte ihren Kopf auf dem Kissen ihm zu und sah ihn an. Ihre Mundwinkel verzogen sich zu einem Lächeln.

Seine Hand glitt über ihren runden Bauch, der ihm inzwischen vertraut war. Sie trug nur ein dünnes Nachthemd aus elfenbeinfarbener Seide. Seine Augen verdunkelten sich vor Freude, als er eine Bewegung wahrnahm. »Unser Kind scheint recht aktiv zu werden.«

Maggies Gesicht wurde ernst. »Wenn es ein Mädchen ist, möchte ich es gern Cathleen nennen, nach meiner Tante.«

»Cathleen Calder.« Er ließ den Namen auf sich wirken und nickte dann. »Ja, das gefällt mir.«

»Gut.« Sie seufzte zufrieden und lächelte strahlend.

»Der arme Ty muß beim Kalben die Nachtschicht übernehmen«, murmelte Chase, während sein Blick über ihre vollen Brüste glitt, die sich gegen das Nachthemd preßten.

»Es muß eiskalt sein.« Sie unterdrückte ein Schaudern und kuschelte sich dichter an seinen festen, warmen, großgewachsenen, muskulösen Körper.

Ein Stöhnen entrang sich ihm. »Ich liebe dich, Maggie«, murmelte er mit belegter Stimme und beugte sich vor, um ihr gierig einen verlangenden Kuß auf die Lippen zu pressen.

Das einsame Heulen eines Kojoten trieb durch die kalte Mitternachtsluft. Der Sternenhimmel außerhalb der Ställe schien die gefrorene Prärie von Montana berühren zu wollen. Ein Polarwind pfiff um die Gebäude, die sich in eine Bodensenke des welligen Landes schmiegten, und ließ die Temperatur noch weiter absinken.

Die grausame Kälte ließ seine Gliedmaßen erstarren, und Ty zog seinen Mantel noch dichter um sich und begrub sein Kinn und seinen Mund in dem Schaffellkragen, um wärmere Luft einzuatmen. Er hatte kaum noch Gefühl in den Beinen, und das erschwerte ihm das Laufen, aber er mußte in Bewegung bleiben, damit sein Blut zirkulieren konnte. Seine Nase lief vor Kälte. Er zog sie ständig hoch und atmete meistens durch den Mund. Die Arme hatte er vor sich verschränkt, und seine Hände, die in Handschuhen steckten, hatte er zum Schutz gegen die Kälte unter seine Achseln geklemmt.

Die kahlen Glühbirnen, die sich durch den Stall zogen, waren mit Staub verkrustet und blendeten daher weniger. Stroh raschelte unter den Hufen der unruhigen Tiere. Ty warf wieder einen Blick auf die junge Kuh, bei der er Nachtwache halten sollte, während Stumpy Niles einem der anderen Cowboys Hilfe leistete, dessen Kuh ihr neugeborenes Kalb nicht annehmen wollte. Als Ty seinen Dienst begonnen hatte, hatte Stumpy ihn unter seine Fittiche genommen und war während des Kalbens an seiner Seite geblieben und hatte ihm Anweisungen und Ratschläge erteilt. Sämtliche Geburten waren reibungslos verlaufen, und die Kühe hatten wenig Beistand gebraucht.

Ty sah sich um. Von Stumpy war nirgends etwas zu sehen. Die Geburt stand eigentlich kurz bevor, doch nichts geschah. Sie verdrehte die großen braunen Augen und das Weiß ihrer Augäpfel zeigte sich. Ty hatte allmählich das unangenehme Gefühl, daß hier etwas nicht stimmte.

Er trat von einem Fuß auf den anderen, weil er hoffte, davon würde ihm wärmer. Es kam ihm vor, als würden ihm trotz des Wollschals, den er sich darüber gezogen hatte, die Ohren abfallen. Er hatte in seinem ganzen Leben noch nie so gefroren wie in dem Moment, in dem er dichter zu der Kuh trat und sich neben sie kauerte.

»Was hält dein Kalb zurück, Mütterchen?« Die besorgten Worte, die er murmelte, kamen steif heraus, weil seine Gesichtsmuskeln so taub waren, daß er die Worte kaum aussprechen konnte.

»Gibt es Schwierigkeiten?«

Ty blickte auf und sah eine rotbackige Jessy Niles, die keine Antwort abwartete, sondern sich neben Ty stellte und sich bückte, um sich die Sachlage näher anzusehen.

Am frühen Abend hatte er sie im Stall gesehen, doch von da an nicht mehr. Ty paßte die Vorstellung nicht, daß ihm ein zehnjähriges Kind auf die Finger sah, vor allem dann nicht, wenn er selbst nicht so genau wußte, was er hier eigentlich tat.

»Was hast du hier draußen zu suchen? Für dich ist es doch längst Schlafenszeit, oder etwa nicht?« murrte er.

»Ich konnte nicht schlafen, und daher bin ich wieder aufgestanden.« Ihr Achselzucken war unter der dicken Jacke, die sie trug, kaum zu erkennen. »Das Kalb sollte jetzt jeden Moment kommen.«

Das hatte sich Ty schon vor einigen Minuten gedacht, aber bisher war kein Anzeichen dafür zu erkennen. Die Kuh hatte irgendwelche Schwierigkeiten. Ein nervöser Schweißausbruch ließ seine Haut noch stärker abkühlen. Dann sah er etwas, und Erleichterung durchzuckte ihn.

»Da kommt es«, verkündete er, als eine Wehe etwas hinauszupressen schien.

Im nächsten Moment sank seine Hoffnung. Statt des winzigen Hufpaares, das er erwartet hatte, kam der weiße Kopf des Kalbes heraus. Seine Hände ballten sich zu Fäusten.

»Du solltest lieber deinen Vater holen«, sagte er zu dem Mädchen. »Sag ihm, er soll schnell herkommen. Das Kalb kommt mit dem Kopf zuerst raus.«

Jessy Niles brauchte keine zweite Warnung. Sie schoß bereits los, um ihren Vater zu suchen und ihm von der Lage zu berichten. Ty verbrachte qualvolle Minuten damit, auf Hilfe zu warten, und ihm war absolut bewußt, daß die Öffnung nicht groß genug war, um die Brust und die Vorderbeine des Kalbes durchzulassen. Normalerweise waren die Vorderbeine als erstes an der Reihe, und dann kam der Kopf.

Als Jessy atemlos aus der Kälte gerannt kam, sah er ängstlich zu ihr auf. Sie blieb neben ihm stehen und schüttelte den Kopf, während sie versuchte, ihre Stimme wiederzufinden. Sie ließ sich auf die Knie fallen.

»Er kann nicht kommen«, keuchte sie, und sah die Furcht, die ihn durchbohrte. »Er hat gesagt – du mußt allein damit fertig werden.«

»Ich?« Ty sah die Kuh wieder an und fühlte sich hilflos.

Es dauerte nur einen Moment, bis Jessy begriff, daß er nicht wußte, was zu tun war. Sie nahm sich der Angelegenheit an. Man hatte ihr erzählt, sie sei vier Jahre alt gewesen, als sie zum ersten

Mal bei der Geburt eines Tieres zugesehen hatte. Seitdem hatte sie, wenn die Kühe kalbten, alljährlich viel Zeit in den Ställen verbracht. Sie hatte nahezu jede Situation beobachtet, die beim Kalben auch nur irgend vorkommen konnte, und in der letzten Zeit hatte sie selbst mitgeholfen.

»Zuerst muß man zwischen zwei Wehen den Kopf des Kalbes durch den Geburtskanal zurückstoßen. Zieh schnell deinen Mantel und deine Handschuhe aus«, riet sie ihm.

Ty zögerte nur im ersten Moment. Die ruhige Überlegenheit, die er aus ihrer Stimme heraushörte, erinnerte an ihren Vater.

Ty tat genau das, was Jessy ihm gesagt hatte. Dann tastete er nach den Vorderbeinen des Tieres, um es in die richtige Lage zu bringen. Bei alledem brach ihm nervöser Schweiß aus, und er fürchtete sich bis ins Mark. Die Wehen preßten seine Arme zusammen und zwangen ihn manchmal, abzuwarten, bis sie vorüber waren. Als er das Kalb in die richtige Lage gebracht hatte, war die junge Kuh von den langen Wehen zu erschöpft, um ihm noch zu helfen. Die Wehen ebbten ab.

»Eil dich«, sagte Jessy, als Ty die Vorderbeine, die Brust und die Schultern herausgezogen hatte. In ihrer Stimme schwang eine Eindringlichkeit mit, die Ty nicht verstehen konnte.

Das nächste, was er wußte, war, daß sie neben ihm kauerte, das Kalb packte und ihm helfen wollte, es ganz herauszuziehen. Als es auf dem Stroh lag, ließ sich Ty auf die Fersen sinken und brauchte einen Moment, bis er seine Nerven wiederfand. Doch Jessy wartete keinen Augenblick. Sie fing an, die schleimige Haut der Fruchtwasserblase von der Nase des Kalbes zu ziehen. »Sitz nicht rum!« Ungeduld blitzte in ihren haselnußbraunen Augen auf. »Die Nabelschnur hat sich um seinen Hals verschlungen.«

Nach dem, was er gerade durchgemacht hatte, konnte er die Vorstellung nicht ertragen, alles umsonst getan zu haben und das Kalb doch noch zu verlieren.

Ty stieß sie aus dem Weg und hob den Kopf des Kalbes hoch, um die Nabelschnur sorgsam von seinem Hals zu lösen. Er beugte sich über das feuchte weiße Gesicht und blies in die Nasenlöcher, wie er es einmal bei einem Stallknecht erlebt hatte, der die Atemwege eines neugeborenen Fohlen reinigen wollte.

»Als du versucht hast, das Kalb in der Kuh umzudrehen hat es sich da bewegt?« Jessy hatte einen Lappen gepackt und rieb den restlichen Körper des Kalbes heftig, um die Durchblutung anzuregen.

»Ich kann mich nicht erinnern.« Ty tastete nach einem Herzschlag und bemühte sich, sich doch zu erinnern, ob das Kalb um sich getreten hatte oder nicht.

»Es ist tot, oder?« schloß sie ungerührt und beendete ihre Anstrengungen.

Er biß die Zähne aufeinander und wollte nicht eingestehen, daß das Kalb tot geboren worden war. Er hatte das Gefühl, die Schuld daran zu tragen. Wenn er mehr gewußt hätte, hätte das Kalb vielleicht gerettet werden können. Niedergeschlagen senkte er den Kopf.

»Hier.« Jessy drückte ihm einen Lappen in die Hand. »Wisch den Schleim von deinem Arm.«

Jetzt erst nahm er die Kälte wieder wahr, und Ty rieb seinen ganzen Arm, bis die Nervenenden prickelten. Dann krempelte er seine Ärmel herunter und zog den Mantel wieder an.

»Wenigstens wird die Kuh es überleben«, sagte das kleine Mädchen tröstlich.

Tys Blick drückte Sorge und Schuldbewußtsein aus, als er ihr in die Augen sah. Er sah das Kalb mit dem rostroten Fell und dem weißen Gesicht an, das im Tod regungslos dalag, und es war ihm nur ein geringer Trost, daß es ihn auch die Mutter des Tieres hätte kosten können.

Ein bitteres Lachen stieg in seiner Kehle auf, als ihm klar wurde, daß er noch nicht einmal wußte, was zum Teufel er mit dem toten Kalb tun sollte. Der Boden war gefroren, und somit konnte er es nicht begraben. Vielleicht wurde von ihm erwartet, daß er es ins Freie warf, damit die Kojoten einen Festschmaus feiern konnten.

»Du siehst völlig durchgefroren aus.« Jessy sah, wie weiß die Haut auf seinen hohen Backenknochen und um seinen Mund herum sich spannte, und auch sein wilder Blick entging ihr nicht. »Vielleicht solltest du dir am besten einen Kaffee holen. Wahrscheinlich dauert es noch eine Weile, bis die Nachgeburt kommt. Wenn du dir eine Tasse holen willst, bleibe ich solange hier.«

»Nein.« Seine Zähne klapperten fast, aber Ty war entschlossen, nicht fortzugehen, ehe er seine Aufgabe beendet hatte. Stumpy hatte ihm diese Aufgabe übertragen, und er wollte sich keine Kritik einhandeln, indem er ging, ehe er alles erledigt hatte. Aber es war ganz offensichtlich, daß die Kleine sich geschickter anstellte als er.

»He, Kleiner!« hörte er eine Stimme, ehe er Stiefel durch das Stroh schlurfen sah. Ty zog sich auf die Füße und erkannte Sid Ramsey, einen der Cowboys, die ihm immer Ärger machten.

»Stumpy hat gesagt, du brauchst Hilfe.«

»Jetzt nicht mehr«, erwiderte Ty.

Der Cowboy grinste. Die Kälte schien ihm nichts anzuhaben. »Bist du endlich dahintergekommen, aus welcher Öffnung das Kalb kommt?«

»Das Kalb ist tot«, erwiderte er bitter. »Es ist erstickt.«

»Du solltest es eigentlich rausziehen, ohne es dabei zu erwürgen, Junge«, scherzte der Cowboy, als er näher trat und das tote Kalb auf dem Stroh liegen sah.

»Die Nabelschnur hatte sich um den Hals geschlungen«, sagte Ty zornig.

»Zumindest hast du uns damit einen Köder für die Kojoten geliefert und taugst also wohl doch für etwas.«

»Du solltest so etwas nicht sagen, Sid Ramsey!« schalt Jessy den Cowboy. Sie war schon lange genug unter Männern, um zu wissen, daß deren Humor manchmal in Brutalität ausartete. Ihrer Meinung nach war es ungerecht von ihm, auf Ty Calder herumzuhacken, und es widerstrebte ihr, sich das schweigend anzuhören.

Ty gab es den Rest, daß ein kleines Mädchen mit Zöpfen, das noch nicht einmal die Pubertät erreicht hatte, ihn verteidigte. »Halt dich da raus, Jessy!« fauchte er unwirsch.

»Sieh da«, spottete der Cowboy. »Der feine Pinkel kann in Wut geraten.«

Ty hatte das Gefühl, demnächst zu explodieren. »Halt's Maul, Ramsey«, murmelte er durch die Zähne und wollte mit ausholenden Schritten den Stall verlassen.

»He, nicht so schnell.« Der Cowboy vertrat ihm den Weg, um ihn aufzuhalten. »Wohin gehst du?«

»Das geht dich nichts an, und jetzt geh mir aus dem Weg.« Der Cowboy war zwar zehn Jahre älter als er, doch Ty war ihm in Größe und Gewicht überlegen, wenn es ihm auch an Erfahrung mangelte. Ohne zu zögern, packte er den Cowboy an beiden Schultern und stieß ihn rücklings gegen einen der Pfosten, die das Dach stützten. Seine Aggressivität überrumpelte den Cowboy. Ty ging zur Tür und schenkte dem Erstaunen und der Bestürzung des Cowboys, der sich von dem Pfosten abstieß, kaum Beachtung.

»Was habe ich dir denn getan?« fragte der Cowboy verwirrt. »Zum Teufel, ich habe doch nur Spaß gemacht.«

Ty blieb stehen und wirbelte herum. »Ich finde deine Späße nicht komisch, und jetzt laß mich in Ruhe.«

»Was erwartest du denn von mir?« Er versuchte Ty mit der Kampflust des Beleidigten zu provozieren.

»Ich will nichts anderes von dir, als daß du aufhörst, mich zu provozieren. Laß mich in Ruhe, das ist alles. Laß mich verdammt noch mal in Ruhe.«

Ty setzte sich auf die Strohballen neben der Tür und schenkte sich eine Tasse von dem starken schwarzen Kaffee ein. Er war den Tränen nahe. Nichts hatte sich so entwickelt, wie er es erwartet hatte, als er vor fast einem Jahr von zu Hause fortgelaufen und von Kalifornien quer durch das Land getrampt war, um den Mann zu finden, der in der Familienbibel als sein Vater angegeben war. Anfangs hatte alles so perfekt ausgesehen. Seine Eltern hatten sich wiedergefunden, geheiratet, und sie alle drei bildeten so wieder endlich eine vollständige Familie. Er verehrte seinen Vater und wollte genauso sein wie er, aber er schien nicht hierher zu passen. Als Sohn des Besitzers auf einer Ranch von der Größe der Triple C zu leben – was hätte er sich sonst noch wünschen können? Aber er gehörte nicht hierher. Niemand interessierte sich für die Preise, die er in Kalifornien mit Pferden gewonnen hatte; nichts von dem, was er erreicht hatte, bedeutete hier etwas, und doch wünschte er sich nichts sehnlicher, als akzeptiert zu werden.

Aber es schien keine Rolle zu spielen, was er tat oder wie sehr er sich bemühte. Alles, was er anpackte, ging schief. Er hatte die Geburt verpatzt, und das Kalb war gestorben. Obendrein hatte er den Ärger mit Ramsey angefangen. Es erschien ihm alles so hoffnungslos.

Er hörte Schritte, die auf ihn zukamen, und unter der Krempe seines Hutes warf er einen verstohlenen Blick in jene Richtung. Es war Stumpy. Ty senkte den Kopf und machte sich auf die stummen Vorwürfe gefaßt – die Taktik der Älteren auf der Ranch, die weit vernichtender war, als angeschrien oder gescholten zu werden.

»In einer so kalten Nacht wie dieser gibt es nichts Besseres als eine Tasse heißen Kaffee«, sagte Stumpy, während er sich aus der Thermoskanne bediente.

Ty warf einen Blick auf seine eigene Tasse, setzte sich aufrechter hin und trank einen Schluck von dem starken Aufguß. Der bittere Geschmack ließ ihn erschauern.

»An den Geschmack muß man sich gewöhnen.« Stumpys Stimme klang nach einem Lächeln.

»Das Kalb ist tot«, erklärte Ty.

»Das kann vorkommen. Man will immer, daß sie alle leben, aber ein paar Kälber verliert man immer.« Stumpy blieb neben der Thermoskanne stehen.

»Der Kopf kam als erstes, und ich wußte nicht, was ich hätte tun sollen«, gestand Ty ein. »Wenn Ihre Tochter nicht gewesen wäre – zum Teufel, eine Zehnjährige weiß mehr als ich.«

»Sie lebt schon viel länger damit als du«, rief ihm Stumpy ins Gedächtnis.

»Es ist zwecklos.« Er ließ die Schultern niedergeschlagen hängen, als er endlich zu Stumpy, in dessen dunkelbraunen Augen er Sympathie erkannte, aufblickte. »Ich könnte ebensogut gleich aufgeben. Ich schaffe das nie.«

Das freundliche Verständnis wich aus Stumpys Gesicht, und seine Züge wurden hart und zornig. »Sag das nie!« fauchte er mit gesenkter. Stimme. »Es ist hart für dich. Aber wenn du jetzt aufgibst, wird es dir dein Leben lang leid tun. Du mußt durchhalten, selbst, wenn es dich umbringt.«

»Wozu?« fragte Ty. »Ich werde nie so werden wie mein Vater.«

»Nein, verdammt noch mal, wahrhaftig nicht«, stimmte Stumpy ihm kühl zu. »Und wenn du das anstrebst, dann ist das dein Fehler Nummer eins. Du bist Ty Calder und niemand sonst.«

»Damit, daß ich Ty Calder bin, kann ich nicht gerade angeben«, murrte er. Es war eine Dummheit gewesen zu glauben, Stumpy könnte ihn verstehen.

»Du bist ein Calder, oder nicht?« brauste Stumpy auf. »Ich finde, das ist ein Grund, reichlich stolz zu sein. Was hast du vor?

Willst du hier sitzenbleiben und dich selbst bemitleiden? Oder kriegst du deinen Hintern hoch und gehst wieder an die Arbeit?«

Mit diesen Worten wandte Stumpy sich wortlos ab. Die Entscheidung lag jetzt bei Ty. Ty zögerte, ehe er sich erhob und durch den Stall schlurfte. Seine Haltung war unverändert. Er fühlte sich immer noch elend und für nichts zu gebrauchen. Falls er eine bewußte Entscheidung getroffen hatte, dann die, es ganz einfach hinter sich zu bringen, aber Ty war sich nicht wirklich sicher, was ›es‹ war.

»He, Junge!« rief ihm jemand zu, ehe er den halben Weg zu der Kuh zurückgelegt hatte, bei der Jessy jetzt saß. »Hilf mir mal schnell!«

Tiny Yates, einer der verheirateten Cowboys, hielt ein neugeborenes Kalb in den Armen, das noch wacklig auf den Füßen war. Ty zögerte und fragte sich, welcher Streich ihm nun schon wieder gespielt werden sollte, doch er blieb stehen.

»Das verfluchte Kalb weiß nicht, wozu die Zitzen da sind und stößt ihr immer wieder die Schnauze in das Euter«, murrte der Cowboy verärgert. »Und sie hat so viel Milch, daß es sie ernsthaft schmerzt. Ich halte das Kalb hin, und du quetschst Milch aus den Zitzen. Vielleicht begreift es dann endlich etwas.«

Dieses Vorgehen behagte keinem der vier Beteiligten, doch schließlich schafften sie es. Tiny gab Ty einen Klaps auf den Rükken, aber er bedankte sich nicht für die Hilfe. Hier tat jeder seine Arbeit, und es gab keinen Grund, ihm dafür zu danken. Ty seufzte und machte sich wieder auf den Weg.

II

Glaube nicht, daß ich dich gern verletze.
Ich kann den Weg nicht beschreiten, der deiner ist.
Stell dich nicht zwischen mich und das, was ich kann,
Weil du zum Calder geboren und erzogen bist.

3

Im Haus schien es unnatürlich still zu sein, als Maggie eintrat und ihr Blick auf die Post fiel. Es war ein Umschlag darunter, der an Ty adressiert war.

Sie warf einen Blick auf den Absender und ein Schauer der Vorfreude rieselte über ihren Rücken, als sie sah, daß der Brief von der Zulassungsstelle der Universität von Texas kam. Sie biß sich auf die Unterlippe und hätte den Brief am liebsten sofort geöffnet, weil sie wissen wollte, ob Ty für das Herbsttrimester angenommen worden war. Sie war so sehr in diese Vorstellung vertieft, daß sie Ruth Haskell nicht hörte, die aus der Küche kam.

Maggie zuckte zusammen, als Ruth sie ansprach, und sie drehte sich schuldbewußt zu ihr um. Ruth sah den Umschlag in Maggies Hand und entschuldigte sich, da sie noch nicht dazu gekommen sei, die Post zu sortieren.

»Das macht gar nichts, Ruth«, versicherte ihr Maggie lächelnd. Diese Frau, die einst die Haushälterin und Köchin in diesem Haus gewesen war, kam jetzt nur noch gelegentlich vorbei, um sich mit dem jüngsten Sprößling der Calders zu befassen, wenn Maggie außer Haus war.

Wie so viele andere stammte auch Ruth von einem der Viehtreiber, die ursprünglich mit dem ersten Calder zusammen Rinder von Texas nach Montana gebracht hatten und dort geblieben waren, um beim Aufbau der Ranch mitzuhelfen. Das verschaffte der Ranch jene Tradition und Kontinuität tiefverwurzelter Bindungen, die vor so langer Zeit entstanden und immer noch so stark waren.

Als Maggie die Frau ansah, bemerkte sie fast gegen ihren Willen, wie sehr Ruth sichtlich alterte. Ihr blondes Haar war zu einem hellen Grau ausgebleicht, und viele Falten durchzogen ihr Gesicht. Ihre sanften blauen Augen hatten fast jeden Glanz verloren. Ruth war früher eher rundlich gewesen, doch ihre Nerven hatten an ihr gezehrt, und jetzt war sie hager. Ihre Hände zitterten inzwischen ständig, und wenn sie sich aufregte, war es noch schlimmer.

Diejenigen, die sie kannten, wußten, daß ihr Sohn diesen körperlichen Verfall verursacht hatte, der versucht hatte, Ty und Maggie im Rahmen eines wüsten Komplotts, mit dem er die Ranch an sich reißen wollte, umzubringen. Buck Haskell war vor Gericht gestellt, für schuldig befunden und zu einer langen Gefängnisstrafe verurteilt worden. Es war in dieser hartgesottenen Männergesellschaft des Westens üblich, seinen Namen daraufhin nie mehr zu erwähnen. Ruth besuchte ihn zwar regelmäßig, doch niemand erkundigte sich nach ihrem Sohn oder ging auch nur auf ihre Abwesenheit von der Ranch ein. Nach den Sitten dieses Landes verfuhr man in solchen Fällen ebenso, wie wenn jemand starb. Niemand erwähnte den Verstorbenen, da man tiefe Gefühle, insbesondere Kummer und Trauer, in sich verschloß. Jedes andere Verhalten wäre als ein Zeichen von Schwäche gewertet worden.

Manchmal glaubte Maggie, Ruth sei vielleicht damit geholfen, wenn sie über ihren Sohn reden konnte, wenn sie sich offen über das Schuldbewußtsein und das Gefühl, versagt zu haben, hätte äußern können. Doch so sehr sie Ruth auch bedauerte, brachte Maggie doch nicht das geringste Mitgefühl für ihren Sohn auf, und da sie sich nicht in der Lage sah, ihm zu verzeihen, erwähnte auch sie ihn mit keinem Wort.

Maggie bedauerte, daß sie ihre Gedanken diese unerfreuliche Wendung hatte nehmen lassen, und sie wandte sich wieder der Post zu. Widerstrebend legte sie den Umschlag, der an Ty adressiert war, neben die übrigen Stapel.

»Ist Cathleen oben und hält ihren Mittagsschlaf?« fragte sie Ruth und lächelte sie an.

»O nein, sie ist bei ihrem Papa.«

Maggie sah die Frau mit einem Anflug von Neugier an. »Sie kann nicht allzu lange geschlafen haben.«

»Sie hat heute nachmittag noch gar nicht geschlafen«, sagte Ruth eilig. »Chase ist kurz nach dem Mittagessen aus dem Haus gegangen und hat sie mitgenommen. Sie hat so sehr geweint, als er sich fertig gemacht hat, um fortzugehen, daß er es einfach nicht über das Herz gebracht hat, sie hier zu lassen. Du weißt ja, wie sehr er in sie vernarrt ist.«

»Allerdings«, murmelte sie trocken. Ihr starker, harter Mann war kaum mehr als Wachs in den Händen ihrer zweijährigen Tochter. »Wo sind die beiden?«

»Auf der Weide bei Broken Butte. Er hat gesagt, sie kämen bald wieder.«

Die Haustür öffnete sich, und Chase kam mit Cathleen herein. Er trug sie Huckepack. Er hielt die Beine des Mädchens mit dem rabenschwarzen Haar mit einem sicheren Griff fest. Sein Gesicht strahlte eine solche Kraft aus, daß es schien, als sei es aus den rauhen Naturgewalten dieses Landstrichs von Montana, den er so sehr liebte, geschnitzt.

»Gib deiner Mama einen Kuß«, sagte Chase zu seiner Tochter.

»Das Kind sieht aus, als hätte es in einem Schweinestall gespielt«, sagte Maggie, als sie Cathleen aus der Nähe sah.

»Ein bißchen Schmutz kann nichts schaden. Und außerdem ist es gute Calder-Erde«, sagte Chase schmunzelnd. »Es war ein bißchen sumpfig dort, und ihr hat es furchtbaren Spaß gemacht, im Schlamm zu spielen. Du hättest sie sehen sollen, ehe ich sie abgerubbelt habe.«

»Ich bin froh, daß ich sie nicht gesehen habe«, gab sie zurück.

»Runter«, sagte Cathleen und zappelte auf den Armen ihres Vaters.

»Komm zu Tante Ruth, Cathleen.« Sie streckte ihre zittrigen Hände nach dem Kind aus. »Wir gehen nach oben und machen dich sauber.«

»Nein.« Das Angebot wurde entschieden abgelehnt, und die Unterlippe schob sich schmollend vor.

»Hast du keine Lust, ein Bad zu nehmen? Ich schütte dir auch viel Schaum in die Wanne«, versuchte sich Ruth einzuschmeicheln.

Das kleine Mädchen dachte lange über dieses Angebot nach, ehe es schließlich die Hände nach der älteren Frau ausstreckte. Chase überließ sie der Obhut der Frau, und der Stolz verwandelte seine sonst so harten Züge, als er seiner Tochter lauschte, die auf die Frau einredete, während sie die Treppe hinaufgetragen wurde.

»Sie weiß ganz genau, was sie will, stimmt's?« murmelte er.

»Und du sorgst dafür, daß sie ihren Willen bekommt«, murmelte sie ihrerseits.

»Das ist das Vorrecht eines Vaters«, beharrte Chase, als er den Kopf senkte, um Maggie zu küssen. »Wie ist dein Besuch bei Culley abgelaufen?«

»Es ist gutgegangen.« Es war immer wieder eine schmerzliche

Erfahrung für sie, ihren Bruder in diesem Heim zu sehen, doch sie tröstete sich mit dem Wissen, daß ihm dort geholfen wurde. »Heute hat man mir erlaubt, ihm ein Bild von Cathleen zu zeigen. Culley hat felsenfest behauptet, sie sähe genauso aus wie ich als Kleinkind.«

»Er mußte zwangsläufig die Ähnlichkeit erkennen«, erwiderte Chase. »Sie ist von Kopf bis Fuß eine Miniaturausgabe von dir.«

»Aber ich bin nie so verzogen worden wie sie«, gab Maggie zurück. »Eines Tages wird es dir noch leid tun, daß du ihr immer ihren Willen gelassen hast. Sie wird in dem Glauben aufwachsen, daß die Welt ihr gehört und sie sich nur zu nehmen braucht, was sie haben will.« Sie stellte fest, daß sie sich von der Erwähnung ihrer Tochter hatte ablenken lassen, und sie kehrte zu ihrem ursprünglichen Thema zurück. »Um wieder auf Culley zurückzukommen – der Arzt hat seine Reaktion auf das Foto von Cathleen als ein gutes Zeichen angesehen. Es schien ihn überhaupt nicht zu stören, daß sie eine Calder ist.«

»Das liegt wahrscheinlich nur daran, daß sie aussieht wie du und nicht wie ich.« Sein Mund verzog sich zu dem bitteren Lächeln, das sie nur zu gut kannte.

»Vielleicht«, räumte sie ein. »Aber es ist zumindest ein Anfang.«

»Ich hoffe um deinetwillen, daß es so ist, Maggie.« Ihr Bruder hatte ihm nie etwas anderes als Ärger gemacht, und daher tat er nicht so, als hätte er irgendein persönliches Interesse an der Aussicht, daß Culley genesen könnte. Er wußte, wie sehr der Haß auf die Calders Culleys Verstand getrübt hatte, und lange Zeit hatte er selbst Maggie mit diesem Haß angesteckt. Am Ende hatte dann Buck Haskell diesen Haß für sich genutzt und ihn in seinem tödlichen Komplott eingeplant. Das war etwas, was Chase nicht vergessen konnte, wenn er auch über all dies schwieg.

Maggie kannte seine Gefühle und lächelte schwach, als ihr Blick wieder auf die Post fiel, die immer noch nicht sortiert war.

»Ruth hat gesagt, du warst am Broken Butte. Wie gehen die Bohrungen voran?«

»Sie rechnen damit, daß sie die gewünschte Tiefe in zwei Wochen erreicht haben.« Er sah ihr über die Schulter. »Rechne auch diesmal lieber nicht mit einer Fontäne«, riet er ihr spöttisch. »Alle bisherigen Prüfungen haben ergeben, daß das Ölvorkommen vielleicht ein Dutzend Bohrlöcher lohnen könnte, und daher besteht kaum eine Chance, daß wir Ölbarone werden. Ich hoffe nur, daß wir genug daran verdienen, um auf der Ranch einige Verbesserungen vorzunehmen. Sämtliche Straßen müssen instandgesetzt werden, und einige Weiden brauchen neue Zäune. Außerdem benötigen wir für ein paar der verheirateten Männer bessere Unterkünfte.«

»Ich dachte eher an einen neuen Wagen oder an neue Vorhänge für die Schlafzimmer.« Nur ein ganz geringer Anteil der Gewinne, die die Triple C abwarf, wurden auf ihre persönlichen Lebensumstände verwandt. Alles schien sofort wieder in die Ranch zu fließen. Maggie fand es erstaunlich, wie gierig diese Ranch alles in sich aufsog – nicht, daß es ihr an irgend etwas fehlte, aber persönliche Gegenstände standen auf der Liste dessen, was Vorrang hatte, reichlich weit unten.

»Und ich dachte, wenn etwas übrigbleibt, könnte ich einen Hubschrauber kaufen. Er würde sich beim Viehtrieb schnell bezahlt machen«, zog er sie auf.

»Im Moment soll das wohl ein Scherz sein, aber wenn es soweit ist, machst du das wahrscheinlich sogar«, gab Maggie zurück.

»Warum liegt dieser Brief einzeln da?« Seine Hand griff danach.

»Er ist für Ty.« Aus dem Augenwinkel beobachtete sie, wie er sich versteifte, als er den Absender las.

»Was ist das?« Seine Augen zogen sich finster zusammen und sahen sie anklagend an. »Warum bekommt er einen Brief von der Universität von Texas?«

»E. J. Dyson ist zufällig ein ehemaliger Student der Universität von Texas. Als er im letzten Winter hier war, hat er sich mit Ty darüber unterhalten. Ty hat ein gewisses Interesse erkennen lassen, eventuell dort ins College zu gehen« Es war unmöglich, ihm dies alles so beiläufig zu erklären, wenn sie spürte, wie sich die Gewitterwolken auf Chases Gesicht zusammenbrauten. »E. J. hat ein paar Drähte gezogen, um zu sehen, was er erreichen kann … Ich könnte mir vorstellen, daß der Brief die Antwort auf diese Bemühungen ist«

»Warum habe ich nichts davon erfahren?« fragte er mit einer Stimme, die bedrohlich gesenkt war.

»Du warst dabei, als das Gespräch stattgefunden hat«, erinnerte sie ihn mit gepreßter Stimme.

Dieses Aufeinanderprallen ihrer jeweiligen Wünsche gärte schon seit langem. Maggie war entschlossen, Ty studieren zu lassen, und Chase war ebenso glühend dagegen. Was dieses Thema anging, bezweifelte sie, daß sie je zu einem Kompromiß kommen würden, der für beide Seiten diskutabel war. Vor diesem Augenblick graute ihr schon seit langem, aber sie hatte nicht die Absicht, jetzt klein beizugeben.

»Ich war dabei«, gab Chase mürrisch zu. »Aber mir war nicht bewußt, daß es mehr als eine reine Unterredung war.« Seine Hand spannte sich fest um den Briefumschlag und knickte ihn in der Mitte. »Verdammt noch mal, Maggie. Es gibt auf der Triple C Experten, die mehr wissen als ein ganzer Haufen dieser verfluchten Professoren. Hier wird er gebraucht!«

»Ihm steht die beste Ausbildung zu, die wir ihm geben können«, konterte sie mit derselben Heftigkeit. »Und damit ist nicht nur das gemeint, was man auf dem Rücken eines Pferdes lernen kann. Außerdem braucht er Zeit, um seinen Spaß zu haben – etwas, was du und ich nie gehabt haben! Wir haben immer nur Arbeit gekannt – Arbeit und Mühen und Probleme dieser oder jener Art. Ich will nicht, daß Ty so schnell erwachsen wird, wie wir es werden mußten.«

»Du willst ihn verweichlichen«, warf er ihr vor. »Er kann nicht erst verhätschelt werden und dann die Ranch leiten! Ein Mann muß mehr oder weniger auf diesem Land geboren sein, um sich ein angemessenes Wissen darüber zu erwerben, wie man mit diesem Land umgeht. Ty hatte diesen Vorteil nicht. Er hat nicht mehr als drei Jahre hinter sich, und erst im allerletzten Jahr hat er genügend Geschicklichkeit entwickelt, um als ein durchschnittlicher Cowboy angesehen zu werden. Ihm fehlt eine Menge Erfahrung und Übung in den Abläufen einer Ranch dieser Größenordnung. Wie zum Teufel kannst du erwarten, daß er das aus einem Buch lernt!«

»Aus Büchern kann man eine ganze Menge lernen.« Maggie zitterte, aber sie war nicht bereit, ihrer Wut freien Lauf zu lassen. »In deiner Familie hat das auch schon jemand geglaubt, denn sonst wären nicht sämtliche Regale im Arbeitszimmer voller Bücher!«

»Es ist noch zu früh, Maggie«, beharrte Chase grimmig. »Es ist noch zu früh dafür, daß er die Ranch verläßt. Dann ist praktisch alles, was er hier gelernt hat, umsonst gewesen. Laß ihn noch mindestens drei Jahre lang das ganze Jahr über bei mir. Nimm ihn mir jetzt nicht weg.«

»Wenn ich auf dich höre, fällt dir in drei Jahren ein anderer Grund ein, aus dem er noch warten sollte. Nein. Da spiele ich nicht mit.« Sie schüttelte entschieden den Kopf, und ihre Augen funkelten trotzig. »Wenn er ins College geht, will ich, daß er sein Studium im kommenden Herbsttrimester beginnt.«

»Maggie ...«

»Vor vier Jahren hast du mir dein Wort darauf gegeben, wenn es an der Zeit sei, würdest du dich Tys Entscheidung beugen, ob er ins College geht oder nicht. Dieses Wort wirst du halten!«

Chase warf den Kopf zurück, atmete tief ein und hielt die Luft an. Die Spannung im Raum war greifbar.

»Du weißt verdammt gut, daß ich halte, was ich verspreche«, teilte er ihr barsch mit. »Und ich halte auch dieses Versprechen. Aber *wenn* er ins College geht, dann hier in Montana und nicht fünfzehnhundert Meilen fort von hier.«

»Das ist seine Entscheidung.« Maggie weigerte sich auch in diesem Punkt, ihm nachzugeben. Sie rettete den Umschlag aus seiner Hand.

»Versuch nicht, diese Entscheidung zu beeinflussen, Maggie«, warnte Chase sein Frau.

»Das gilt für dich nicht weniger«, brauste sie auf. »Du weißt, daß er in dir eine Art Gott sieht. Du brauchst nur ein Wort zu sagen, Chase. Bitte, tu es nicht.« Das war ihre Form, ihn zu warnen.

Die Kluft war aufgerissen. Ganz gleich, wie die Entscheidung fiel – die Kluft war da. Chase wandte sich unwillig ab, und seine ausholenden Schritte führten ihn zur Haustür. Maggie zuckte zusammen, als er sie zuschlug.

Als Ty an diesem Abend das Eßzimmer betrat, wußte er, daß etwas nicht stimmte. Die Atmosphäre war gespannt, und das Schweigen im Raum wirkte bedrückend. Er blieb einen Moment lang stehen und musterte den Mann und die Frau, die so beharrlich aneinander vorbeischauten. Er konnte sich gut vorstellen, daß es etwas mit dem Brief zu tun hatte, den er auf der Kommode in seinem Zimmer vorgefunden hatte, um sich vor dem Abendessen zu waschen und umzuziehen.

Bei Tys Eintreten sah Maggie auf und behielt ihren Sohn im Auge, als er auf seinen Stuhl zuging. Breitschultrig und muskulös hatte er mittlerweile eine Größe von weit mehr als ein Meter achtzig erreicht. Der langsame, wiegende Gang, der den Cowboy verriet, war ihm ganz natürlich geworden. Auch hatte sein von der Sonne gebräuntes Gesicht jenes ledrige Aussehen gewonnen, das nur lange Stunden im Freien bei Sonne und Wind bewirken konnten. Sein Gesicht, bei aller Männlichkeit noch frisch und jugendlich, war ein typisches Calder-Gesicht mit den kantigen Knochen und der schroffen Kraft dieses Landes.

»Wo ist die kleine Cathy, dieses Plappermäulchen?« Ty zog seinen Stuhl vom Tisch und setzte sich.

Seine kleine Schwester war zu einer Zeit zur Welt gekommen, in der er viel Kummer gehabt hatte. Eine Zeitlang hatte er sie fast beneidet, und er war sogar ein wenig eifersüchtig der Zuneigung seines Vaters wegen gewesen, die dieser dem neuesten Mitglied der Familie so unverhohlen entgegenbrachte. Aber dieser plappernde Knirps hatte eine Art, einem ans Herz zu wachsen. Seine anfängliche Ablehnung war offener Zuneigung zu der Kleinen gewichen.

»Dein Vater hat sie heute nachmittag mitgenommen, und daher hat sie keinen Mittagsschlaf gehalten«, erwiderte seine Mutter und fing an, Spargelcremesuppe aus der Terrine zu schöpfen. »Sie war so quengelig und müde, daß ich sie vorzeitig gefüttert und ins Bett gesteckt habe.«

Selbst, als die Suppenschalen herumgereicht wurden, ließ die drückende Spannung nicht nach. Seine Eltern bemühten sich, sich in seiner Gegenwart normal zu benehmen, doch es war offensichtlich, daß alles nur Schein war.

Diese Situation hatte sich schon lange angekündigt. Nichts konnte dazu beitragen, es ihnen jetzt zu erleichtern. Wenn er in seinem Leben etwas gelernt hatte, dann, daß etwas Unangenehmes sich nicht dadurch vermeiden ließ, daß man es aufschob. Ty ließ seinen Löffel in seiner Suppenschale liegen.

»Ich habe heute einen Brief von der Universität von Texas bekommen.« Seine Stimme klang ruhig und ausgeglichen, doch über den Raum senkte sich eine Stille, als sei jemand mit einer geladenen Waffe eingetreten. »Ich bin für den kommenden Herbst angenommen worden.«

»Wir haben den Brief gesehen und uns schon gefragt, was wohl darinsteht«, gab seine Mutter zu.

Ty sah die beiden an und war sich vollkommen darüber im klaren, daß sie in diesem Punkt entgegengesetzte Meinungen vertraten.

»Ich weiß, daß du immer wolltest, daß ich ins College gehe, Mom«, gab Ty zu. »Es ist dir immer sehr wichtig gewesen.« Das Gesicht seines Vaters blieb nahezu ausdruckslos. Nur ein Muskel, der über seinen Kiefer lief, zuckte, als Ty sich an ihn wandte. »Du hast mir einmal gesagt, ich müßte noch teuflisch viel lernen, wenn ich eines Tages diese Ranch leiten wollte. Zu dem Zeitpunkt war mir nicht klar, wieviel ich lernen muß. Aber selbst, wenn ich ein Leben lang weiterlernen würde, gibt es hier auf dieser Ranch Männer, die immer mehr wüßten als ich.«

»Es freut mich, daß dir das klar ist«, murmelte sein Vater zufrieden.

»Ich glaube, einige von ihnen sind mit diesem Wissen geboren. Ich habe mir darüber schon viele Gedanken gemacht, ehe ich heute diesen Brief bekommen habe. Ich werde nie soviel über die Ranch, die Rinder und dieses Land wissen wie die meisten Männer der Triple C. Da ich das nicht schaffen kann, habe ich mich entschlossen, Dinge zu lernen, die sie nicht wissen. Ich werde mich für diesen September an der Universität von Texas in Austin einschreiben.«

»Das ist deine Entscheidung?« fragte sein Vater in einem ausdruckslosen Tonfall, der flach und gepreßt klang.

Ty fragte sich, ob sein Vater ahnte, wie schwer es ihm gefallen war, diese Entscheidung zu treffen. Er kämpfte gegen das Gefühl an, seinen Vater im Stich zu lassen, da er sich sicher war, die richtige Entscheidung getroffen zu haben, auch wenn sein Vater es noch nicht so sah. Daher sah Ty seinem Vater mit grimmiger Entschlossenheit ins Gesicht.

»Ja, das ist meine Entscheidung«, äußerte er, und es gelang ihm, unter dem forschenden Blick seines Vaters nicht zu verzagen.

»Reich mir bitte den Brotkorb, Maggie.« Das war die Art seines Vaters, jede weitere Diskussion dieses Themas zu beenden. Nach dem Abendessen trank sein Vater nicht wie sonst noch einen Kaffee am Tisch, sondern verließ den Raum. Ty hörte seine Schritte auf das Arbeitszimmer zugehen und wollte ihm folgen.

»Ty«, wandte seine Mutter eilig ein.

»Ich muß mit ihm reden.« Ty ertrug das Schweigen nicht, das sich zwischen sie gestellt hatte. Es war ihm zu wichtig, von seinem Vater akzeptiert zu werden.

Als Ty das Arbeitszimmer betrat, stand sein Vater mit hängenden Schultern vor dem kalten schwarzen Kamin.

»Ich weiß, daß du enttäuscht von mir bist, Dad«, setzte Ty an.

»Enttäuscht?« Der Mann, dessen Wort auf der Triple C Gesetz war, drehte sich zu ihm um und stand aufrecht da. In seinem Innern tobte ein Kampf, eine Schlacht zwischen seinen Gefühlen und seiner Selbstbeherrschung. Schließlich sagte er mit einer Stimme, die gefaßt, aber angespannt war: »Ich habe deiner Mutter versprochen, mich nach deiner Entscheidung zu richten, und das werde ich auch tun. Aber ich kann nicht einer Entscheidung zustimmen, von der ich weiß, daß sie falsch ist.«

»Das weiß ich.« Ty nickte steif.

»Die Gründe, die du angeführt hast, sind nicht unsinnig«, räumte sein Vater mißmutig ein. »Aber sie reichen nicht aus.« Sein Mund zog sich zu einem schmalen Strich zusammen. »Verdammt noch mal, Ty! Glaubst du vielleicht, ich sei nie achtzehn gewesen? Ich war so wie du! Ich dachte, ich wüßte mehr als mein Vater! Meistens habe ich mir seine Warnungen lächelnd angehört. Ich dachte, er übertreibt. Zum Teufel, ich wußte nicht halb soviel wie er! Und du hast überhaupt keine Ahnung!«

Diese umfassende Verdammung stachelte Ty dazu an, sich zu verteidigen. »Ich verstehe mehr, als du mir zutraust.«

»So, wirklich?« fragte sein Vater unfreundlich. »Sieh dir die Landkarte an.« Er deutete auf die handgezeichnete Karte, die gerahmt an der Wand hinter dem Schreibtisch hing. Die Jahre hatten die Leinwand, auf der die Grenzen der Triple C eingezeichnet waren, vergilben lassen. »Die Karte ist alt, Ty. Sie ist alt, aber sie ist immer noch aktuell. Hast du eine Vorstellung davon, wie viele Ranchs dieser Größenordnung es damals gab? Heute sind es weniger als eine Handvoll, die sich noch damit brüsten können, es gebe sie – und davon gehört das meiste stillen Teilhabern, die in sie investiert haben. Die großen Zeiten dieser anderen Ranchs sind vorbei. Aber die Calders haben überdauert, weil sie sich dem Land und allem, was darauf lebt, ob Mensch oder Vieh, verschrieben haben.«

»Das verstehe ich«, beharrte Ty gereizt. »Ich bin in der Lage, mir eigene Gedanken zu machen.«

»Dann solltest du endlich damit anfangen«, mahnte ihn sein Vater. »Ein Land dieser Größenordnung ist von außen leicht angreifbar, und es wird wie ein Kartenhaus zusammenbrechen, wenn der Mann, der es leitet, nicht weiß, was er tut. Und das solltest du verdammt noch mal endlich verstehen! Was von innen her morsch ist, kann seiner Verantwortung nicht mehr gerecht werden und fällt.«

»Ich widersetze mich dir, weil ich etwas anderes auch für richtig halte«, erklärte er durch zusammengebissene Zähne. »Das muß doch verdammt noch mal auch etwas gelten!«

»Das gestehe ich dir zu«, räumte sein Vater ein, ohne ein Wort von dem, was er gesagt hatte, zurückzunehmen. »Aber ich weiß, daß dieses Land dich zu der Sorte Mann machen wird, den diese Ranch braucht. Und du wirst mich niemals davon überzeugen, daß ein Haufen von gottverfluchten Professoren das erreicht. Ich werde mich dir nicht in den Weg stellen, Ty«, sagte er schweratmend, »aber ich werde auch keinen Finger rühren, um dir zu helfen. In einem Schulzimmer lernst du nichts über das Leben. Das spielt sich dort draußen ab!« Er deutete mit einem Finger heftig auf das Fenster.

»Eines Tages werde ich dir beweisen, daß ich recht habe.« Die mangelnde Unterstützung durch seinen Vater verletzte Ty, doch er ließ sich das nicht anmerken.

»Bei Gott, du wirst es mir beweisen müssen!«

Tys Kinn senkte sich um wenige Millimeter, als er sich umdrehte, um das Arbeitszimmer zu verlassen. Seine Überzeugung war zwar ins Wanken geraten, doch er war nach wie vor entschlossen, an seiner Entscheidung festzuhalten. Sein verbissener Stolz wollte den Beweis dafür erbringen.

4

Als der Sommer zu Ende ging, versammelten sich mehr als zweihundert Menschen – Männer, die auf der Ranch arbeiteten, und ihre Familien – im Haupthaus der Triple C, um ein Abschiedsfest für Ty zu feiern, ehe er sich auf den Weg ins College machte.

Es wurden keine Ansprachen gehalten, aber viele klopften ihm auf den Rücken und machten Scherze über die Mädchen im College. Kühles Bier strömte aus Fässern, und die Kinder nippten verstohlen an Pappbechern, die unbeaufsichtigt herumstanden. Im Freien war ein Büffet aufgebaut – eine Vielzahl von Salaten, Braten, Pasteten und Kuchen, die die Frauen der Arbeiter zubereitet hatten.

Tucker, der kahlköpfige Koch der Ranch, kämpfte gegen die Invasion von Frauen um seine Vormachtstellung und zog sich schließlich zurück, um mit einer langstieligen Gabel und einem scharfen Messer über das Barbecue zu wachen. Unter allen Bäumen, die Schatten spendeten, waren provisorische Tische und Bänke aufgestellt.

Wer nicht aß oder trank, nahm an den zahlreichen Wettbewerben teil, die die Cowboys untereinander veranstalteten, oder sah zu.

Ty hatte ohne viel Hoffnung auf einen Sieg an vielen Wettbewerben teilgenommen, da es von ihm als dem Ehrengast erwartet wurde. Zumindest gelang es ihm, sich nicht allzu schlecht aus der Affäre zu ziehen.

Als sich Ty gerade unter die Zuschauer mischen wollte, kam Sid Ramsey dicht an den Zaun.

»Du willst also ins tolle Texas, was?« sagte er mit heruntergezogenen Mundwinkeln zu Ty.

»Stimmt.« Ty nickte. »Ich fliege übermorgen mit Dyson.«

Sattelleder ächzte, als der Cowboy sich zur Seite beugte und neben seinem Pferd auf den Boden spuckte. »Eins muß ich schon sagen – es ist etwas Gutes daran, daß ich und die Jungs deine Arbeit jetzt nicht mehr zusätzlich übernehmen müssen. Als Cowboy warst du immer ein trauriger Anblick.«

»Klar, sieh dir doch nur an, wen ich als Lehrer hatte«, konterte Ty mit einem spöttischen Grinsen. Er wußte inzwischen, daß die abwertende Äußerung bei Ramseys ruppiger Art hieß, daß sie ihn vermissen würden. Es gehörte zum seltsamen Kodex dieser Männer, sich nur so auszudrücken, wenn ihnen etwas nahe ging. Diejenigen, die ihm das Leben am schwersten gemacht hatten, waren jetzt auch die, denen es am ehesten leid zu tun schien, daß er fortging. Soviel hatte Ty festgestellt.

Ramsey lachte laut, legte eine Hand an seine Hutkrempe und gab seinem Pferd die Sporen. Tys Kehle brannte trocken und heiß, als er plötzlich erkannte, daß ihm all das fehlen würde. Er warf unter seiner Hutkrempe einen Blick auf die endlose Weite des Himmels über ihnen. Die Bilder und die Geräusche wurden wichtig – das Klappern von Hufen auf hartem Boden, das Klirren von Sporen, der beißende Geruch nach Dung und Schweiß. Hier gab es etwas Verbindendes, etwas, was eine Einheit aus Mensch und Tier und dem Land herstellte – eine Einheit, die sich bewährt hatte. Es fiel ihm schwer, sich daran zu erinnern, daß er früher ein anderes Leben gekannt hatte.

Tosender Beifall brach unter den Zuschauern aus, und Ty wandte seine Aufmerksamkeit wieder dem Geschehen zu. Ein schlanker junger Reiter holte sich das Lasso wieder, mit dem er gerade ein kräftiges junges Kalb zu Fall gebracht hatte.

»Da soll mich doch der Teufel holen! Hast du das gesehen?« rief der Cowboy links neben ihm aus. »Ich möchte wetten, daß sie nicht mehr als fünf Sekunden gebraucht hat.«

Als der Reiter sich im Sattel umdrehte und Ty das lächelnde Gesicht sah, erkannte er sofort Jessy Niles. Er hatte sie nicht mehr oft gesehen, seit er vor zwei Jahren beim Kalben mitgearbeitet hatte. Sie hatte sich nicht allzu sehr verändert, abgesehen davon, daß sie gewachsen war. Er erkannte, daß sie jetzt noch mehr von einem Jungen an sich hatte.

Das Pferd, das sie ritt, schien ein Abkömmling von Kuguar zu sein, jenem Hengst, dessen Nachkommen einige der besten Pferde der ganzen Ranch waren. Ty war sogar fast sicher, daß es Mouse war. Er war einer der ersten gewesen, die dieses Pferd geritten hatten.

»Jessy«, rief Ty. Das mausgraue Pferd kam auf ihn zu. »Es sieht ganz so aus, als hättest du gewonnen.«

»Ich hatte nur Glück.« Doch auf ihrem Gesicht stand ein Stolz, der zu ihren ausgeprägten Zügen und ihrem breiten Mund ganz selbstverständlich zu passen schien. »Ich durfte diesen Sommer mit Mouse arbeiten«, sagte sie.

Während sie ihn ansah, forschte Jessy in seinem Gesicht nach Anzeichen, die die Gerüchte, die sie gehört hatte, bestätigen oder widerlegen würde.

Gerüchte kursierten trotz der Größe der Ranch sehr schnell, und am schnellsten dann, wenn es sich um einen Calder handelte. Jessy machte sich im allgemeinen nicht viel aus dem Klatsch über die Probleme anderer. Die Position eines Calder in der Hierarchie der Ranch war ihr zwar klar, doch sie interessierte sich nicht besonders für deren Tun und Lassen – bis sie Ty kennengelernt hatte. Jessy hatte nie versucht dahinterzukommen, warum es so war. Ty stand ihr altersmäßig am nächsten, und er war das einzige Mitglied der Familie, das sie näher kannte. Sie hätte heftig abgestritten, in ihn verknallt zu sein, aber alle Merkmale waren vorhanden, und das, obwohl sie die Schwärmereien ihrer Altersgenossinnen albern und doof fand.

»Warum gehst du fort?« Kühn und ohne es zu merken, unterzog sie ihn einem Verhör.

»Ich gehe ins College.«

»Das weiß ich. Aber warum tust du das?« Ohne Atem zu holen, fuhr Jessy fort: »Ich weiß, daß manche der Boys dir übel zugesetzt haben, seit du hier bist. Du gehst doch nicht ganz fort, oder, Ty?« Sie sah ihn ernst und ein wenig besorgt an.

Ein Lächeln breitete sich auf seinem Gesicht aus. »Nein, ich gehe nicht ganz fort, Jessy«, versicherte er ihr. Die Besorgnis eines so jungen Menschen rührte ihn.

Jessy zeigte ihre Erleichterung nicht. »Ich wollte mich nur vergewissern, ob du wiederkommst«, sagte sie. Sie zwang sich, es möglichst beiläufig klingen zu lassen. »Ich muß meinen Vater suchen. Bis dann.«

»Bis dann.« Ty blickte ihr nach. Es war ungerecht, sie als unscheinbar zu bezeichnen, aber ein hübsches Ding war sie auch nicht direkt.

»He, Ty!« rief ihm jemand zu. »Deine Mutter sucht dich!«

Ty machte sich auf den Weg.

Das schnelle Flugzeug warf einen Schatten auf die wellige Graslandschaft. Ty spürte, wie sehr er sich von dem Land angezogen fühlte, und er lächelte matt, als er wieder daran dachte, daß Jessy sich Sorgen gemacht hatte, ob er wohl zurückkäme.

Es gab nicht viel, was für dieses Land sprach. Er hatte unter der bitteren Kälte des Winters gelitten und über die brütende Hitze des Sommers geklagt, er hatte den wolkenlosen Himmel verflucht und über den gelben Matsch genörgelt, der an seinen Stiefeln klebte, wenn es doch regnete. Aber es war sein Zuhause. Er hatte so lange und so hart darum gekämpft, ein Teil dieses Landes zu werden, daß die Erkenntnis, daß dieses Land jetzt ein Teil seiner selbst war, seltsam wirkte.

Als das Flugzeug die Ranch hinter sich ließ, wandte sich Ty dem älteren Mann zu, der neben ihm saß und die letzten Berichte über die Bohrungen am Broken Butte las.

E. J. Dyson war ihm gewissermaßen ein Fremder. Ty wußte sehr wenig über ihn, nur, daß dieser Mann und sein Partner Geschäftsbeziehungen mit seinem Vater unterhielten. Ty war bei einigen Treffen dabeigewesen, und der klare Verstand und die Intelligenz des Mannes hatten ihn beeindruckt, doch sein Privatleben war ihm ein Rätsel.

Bis zu einem gewissen Punkt fand Ty Dyson faszinierend. Zweifellos war dieser Mann so mächtig wie sein Vater, aber Dyson verkehrte in einer schnellebigeren Welt. Er unterschätzte diesen Mann jedenfalls nicht.

Dyson, der in jedem Achtzehnjährigen einen Jungen sah, konnte seine Neugier besser verhehlen. Dieser Abkömmling Chase Calders schien aus einem anderen Holz geschnitzt zu sein als sein Vater. Heute morgen vor dem Abflug war das gespannte Verhältnis zwischen Vater und Sohn deutlich geworden. Unstimmigkeiten zwischen Eltern und Kindern waren eigentlich normal, aber in diesem speziellen Fall interessierte sich Dyson doch näher dafür.

Aber er mußte feststellen, daß Ty ebenso verschlossen und zurückhaltend war wie sein Vater.

»Der Tag, an dem man zum College aufbricht, ist ein Meilenstein im Leben eines jeden Mannes. Es scheint, als geschähe es immer mit einer Mischung aus Vorfreude und Bedauern.« Er bemühte sich, Ty auf subtile Art dazu zu ermutigen, seinen Gefühlen Ausdruck zu verleihen.

»Ja, das stimmt wohl.« Damit hatte er Dysons Vermutung seines inneren Gefühlsaufruhrs betreffend ungewollt bestätigt.

»Haben Sie sich schon Gedanken darüber gemacht, was Sie studieren wollen?« Dyson beugte sich zu ihm hinüber, um sichtliches Interesse zu bekunden.

Eine Spur von Belustigung blitzte kurz in den braunen Augen auf, und Ty lächelte. »Gar nichts, wenn ich damit durchkomme.«

Diese Antwort machte Dyson neugierig. »Wie meinen Sie das?«

»Ich möchte in allen möglichen Fächern Kurse belegen – in Veterinärmedizin, in Zoologie, in Landwirtschaft, in Management, in Geologie, und außerdem Kurse in Mechanik und Ingenieurwesen, in Buchhaltung und Psychologie ...« Ty unterbrach sich und deutete damit an, die Liste sei endlos. »Ich möchte rundum etwas lernen.«

»Ein Wissen, das sich auf Grundkenntnisse beschränkt, kann gefährlich sein«, warnte ihn Dyson und sah sich den Jungen genauer an.

»Ich sehe das anders, Mr. Dyson«, erwiderte er gelassen.

»Sagen Sie doch E. J. zu mir«, forderte er ihn auf.

»E. J.« Ty nickte. »Mich interessiert nur, daß ich etwas lerne. Mich interessiert es überhaupt nicht, ob ich ein Abschlußzeugnis habe. Wenn ich mir auf den verschiedensten Bereichen die Grundlagen angeeignet habe, fällt es anderen schwer, mir Sand in die Augen zu streuen.«

»Oder es erleichtert es ihnen«, murmelte Dyson.

Diese Reaktion löste ein Achselzucken und ein nahezu leichtsinniges Grinsen aus. »Wie Nate Moore, einer der alten Cowboys, gesagt hat: Gesunder Menschenverstand kann niemandem beigebracht werden. Man hat ihn, oder man hat ihn nicht. Jede Form von Bildung ist zwecklos, wenn man nicht den gesunden Menschenverstand mitbringt, sein Wissen klug einzusetzen.«

»Ein gescheiter Mann.«

»Nate Moore ist der Philosoph unter den Cowboys.« Ty lächelte. »Er redet nicht viel, aber wenn er etwas sagt, ist es meistens merkenswert.«

»Die meisten Cowboys, die ich kennengelernt habe, hielten

nicht allzuviel von einer regulären Ausbildung oder einem Studium.«

»Fast alle Jungen, die mit mir zur Schule gingen, sind auf einer Ranch aufgewachsen. Ein paar sind von der Schule abgegangen, um als Cowboys zu arbeiten oder zu Hause mitzuhelfen. Soweit ich weiß, hat sich keiner der anderen, die mit mir die Schule abgeschlossen haben, in einem College eingeschrieben. Von den Mädchen waren es vielleicht zwei.«

»Sie scheinen mit dieser Tradition zu brechen«, bemerkte Dyson.

Tys Belustigung wirkte eher zynisch. »Eher, sie etwas zu verändern.« Ty war schmerzlich bewußt, daß sein Vater sich immer noch nicht mit seinem Entschluß, das College zu besuchen, abgefunden hatte.

»Ich habe großen Respekt vor Ihrem Vater.« Dyson hatte an diesem Wochenende zwar die Mißstimmung zwischen Chase und seinem Sohn gespürt, doch die Gründe waren ihm bis zu Tys letzter Bemerkung nicht klar gewesen. »Er ist ein fairer Geschäftsmann, aufrichtig und bodenständig, und er wäre sich auch nicht zu gut, jemandem die Daumenschrauben anzulegen, um zu bekommen, was er haben will. Er ist hart, sehr hart.« Ein Funke von Bewunderung blitzte in Dysons verwaschenen blauen Augen auf. »Aber seine Einstellungen sind zum Teil überholt. Die großen Zeiten der Rinderzüchter sind vorbei. Eine Ranch muß wie jedes andere große Unternehmen geführt werden. Es geht darum, den größtmöglichen Ertrag zu erwirtschaften und die modernsten Methoden anzuwenden, um eine Ranch zu halten und wettbewerbsfähig zu erhalten. Alle verfügbaren Mittel müssen soweit wie möglich genutzt werden. Ihr Vater weiß das, aber er ist nicht bereit, sich den Konsequenzen zu stellen. Ich vermute, das ist eines der Probleme des Älterwerdens. Man macht alles am liebsten so, wie man es gewohnt ist, und man ist sicher, daß es so am besten ist, weil einem nichts anderes so vertraut ist. Aber Sie haben einen eigenen Kopf auf den Schultern sitzen, Ty. Das, was Sie tun, wird dieser Ranch zu neuem Leben verhelfen.«

Diese Bestätigung kam für Ty völlig unerwartet, und er mußte sich eingestehen, daß er nie auf diese Argumente gekommen war, sondern aus weit egoistischeren Motiven handelte. Er wollte für den Erhalt der Ranch etwas beitragen, was nur er konnte.

»Sie können aber nicht die ganze Zeit studieren«, sagte Dyson aufmunternd. »Lassen Sie sich auch etwas Zeit für Spaß und die Mädchen. Übrigens war mir das, was ich schon zu Ihrer Mutter sagte, ernst. Solange Sie das College besuchen, sind Sie mir jedes Wochenende in meinem Haus willkommen. Ich rechne damit, daß Sie wirklich kommen.«

»Ja, ich werde kommen«, versprach Ty.

»Ich weiß, daß Sie wiederkommen werden, wenn Sie erst einmal meine Tochter kennengelernt haben«, erklärte Dyson.

Ty erinnerte sich vage, etwas von der Existenz einer Tochter gehört zu haben.

»Tara Lee hat sich auch im College eingeschrieben, aber ich fürchte, die guten Noten fallen ihr zu mühelos in den Schoß. Trotzdem muß ich Sie von Mann zu Mann vor meiner Tochter warnen. Die Jungen fliegen auf Tara Lee, und sie flattert wie ein Schmetterling von einem zum anderen.«

»Ich versuche, es mir zu merken.« Ty konnte diese Tochter nicht mit ihrem Vater überein bringen. Offensichtlich sah sie ihm gar nicht ähnlich. Entweder das, oder er übertrieb ihre Schönheit aus väterlichem Stolz heraus.

Ty war die trockene Hitze von Montana gewohnt, aber nicht die Schwüle des texanischen Sommers. Als ihm die Luft entgegenschlug, spürte er den Schweiß zwischen seinen Schulterblättern und über seiner Oberlippe ausbrechen.

Er richtete sich zu seiner vollen Größe auf und streckte sich. Ein Cadillac parkte neben dem Hangar auf dem Privatflugplatz von Dy-Corp Development Ltd., und Dyson, dem die glühende Hitze nichts auszumachen schien, lief mit forschen Schritten auf den Wagen zu. Eine junge Frau stieg auf der Fahrerseite aus und kam ihnen entgegen, um sie zu begrüßen.

Ty starrte sie an. Er konnte seine Blicke nicht von ihr losreißen. Sie war ein dunkler Typ und lebhaft, und sie verkörperte alles zugleich, was an einer Frau natürlich und sexy war. Ihr schwarzes Haar war lang und leicht gewellt und fiel auf ihre Schultern. Es wirkte sehr weiblich und doch frech. Ihr Teint hatte etwas Strahlendes an sich und schimmerte golden. Die kirschrote Farbe ihrer Lippen paßte exakt zu dem Sommerkleid mit den Spaghettiträgern, das sie trug.

Mit der Anmut eines Rehs lief sie auf ihren Vater zu, legte beide Hände auf seine Schultern und reckte sich, um seine Wange zu küssen.

Er lenkte ihre Aufmerksamkeit auf Ty. »Darf ich Ihnen meine Tochter Tara Lee vorstellen. Das ist Ty Calder.«

Als diese samtenen dunklen Augen sich auf ihn richteten, war Ty benommen. Er war schon mit einigen attraktiven Mädchen ausgegangen. Seine Unschuld hatte er kurz nach seinem siebzehnten Geburtstag im Verlauf eines wüsten Wochenendgelages in Miles City verloren, und dieselbe nicht unerfahrene Frau hatte er seitdem öfter getroffen. Aber das hier war Schönheit.

»Guten Tag, Tara Lee.« Seine Stimme war gedämpft und heiser und bebte durch den inneren Aufruhr, den sie in ihm gestiftet hatte.

»Ty Calder.« Sie wiederholte seinen Namen, und um ihre Mundwinkel bildeten sich Grübchen. »Von *den* Calders?« Sie warf einen Seitenblick auf ihren Vater, um es sich bestätigen zu lassen, und sie schien leicht spöttisch, doch nicht unfreundlich darauf zu reagieren.

»Genau.« Dyson nickte.

»Willkommen in Texas, Ty Calder.« Sie hielt ihm ihre schmale Hand hin. Er nahm sie und ließ sie nicht mehr los. Sein Blick glitt auf den Spalt zwischen den festen, jungen Brüsten, die sich im Ryhthmus ihres Atems leicht hoben und senkten. »Bleibst du lange hier?«

»Ja – und ich freue mich darauf.« Sein Blick kehrte wieder zu ihren Augen zurück. Das schwache Lächeln, das ihre Mundwinkel nach oben zog, wies sein Interesse nicht zurück.

»Ty hat sich hier im College eingeschrieben. Ich glaube, das habe ich dir schon gesagt«, warf E. J. Dyson trocken ein.

»Ich erinnere mich, daß du irgend jemandem von der Zulassungsstelle Druck gemacht hast, damit der Sohn von jemandem, den du kennst, in der Universität aufgenommen wird.« Mit einem kleinen Ruck löste sie ihre Hand aus Tys Händedruck, der ohnehin zu lange gedauert hatte. Ty lächelte, denn er wollte, daß sie wußte, wie sehr er sich von ihr angezogen fühlte – mehr als nur angezogen. Er war in ihrem Bann. »Daddy macht mit so vielen Leuten Geschäfte, daß ich beim besten Willen nicht behalten kann, wer wer ist.«

»Mit Ausnahme *der* Calders?« Er zog sie mit ihrer eigenen Formulierung auf.

»Die Geschichten, die Daddy über eure Ranch erzählt – ich wette, daß man ihm das meiste gar nicht glauben sollte.« Ihre Stimme hatte nur einen leichten Akzent, nicht die gedehnten Sprechweise Dysons. Ty hätte ihr die ganze Nacht lang zuhören können. »Hat dein Daddy wirklich eine Ranch, die fast so groß ist wie Rhode Island?«

»Nahezu.«

»Darüber mußt du mir irgendwann einmal mehr erzählen.« Sie hing sich bei ihrem Vater ein und lachte. »Damit ich die Geschichten miteinander vergleichen kann und dahinterkomme, was überhaupt stimmt.«

Sie schien Ty vergessen zu haben, als sie zu dritt zu dem silbernen Cadillac gingen. Sie lächelte die Männer an, die das Gepäck in den Kofferraum des Wagens luden, und Ty fiel auf, daß die Männer sich gegenseitig fast überstürzten, ihr zu Gefallen zu sein. Es war aufreizend.

»Wie ich sehe, hat Tara Lee dich überredet, sie deinen Wagen fahren zu lassen«, sagte Dyson zu seinem Partner George Stricklin, der neben dem Cadillac wartete.

»Ja, so war es«, gab er zu. Tara war die einzige emotionale Schwäche, die Stricklin sich gestattete. Seit dem Moment, als er sie als Teenager zum ersten Mal gesehen hatte, hatte sie ihn an jene chinesische Puppe erinnert, die seine Mutter in einer Glasvitrine verschlossen gehalten hatte. Es war ein Gegenstand, den man ansah und bewunderte, aber nicht berührte. Dieselbe distanzierte Bewunderung brachte er Tara entgegen.

5

Bis sich Ty an den Universitätsalltag gewöhnt hatte, war das erste Semester fast vorbei, und obwohl er tagsüber nach ihr Ausschau gehalten hatte und zwei Wochenenden bei den Dysons verbracht hatte, hatte er Tara nur selten gesehen. Mit ihrem Aussehen und ihrer Persönlichkeit war sie schon im ersten Monat zu einem der begehrtesten Mädchen auf dem Campus geworden, und ein heftiger Wettstreit um ihre Aufmerksamkeit war ausgebrochen. Bei der Weihnachtsfeier vor den Ferien durfte er zusehen, wie sie mit anderen lachte und tanzte, doch dann kam seine Chance. Er vertrat ihr den Weg, als sie gerade von den Toiletten zurückkam, und er führte sie nicht in den Saal, in dem die Veranstaltung stattfand, sondern in die kleine Sitznische unter der Treppe.

»Ty Calder, warum um Himmels willen hast du mich hierher gebracht?« Der Ausdruck ihrer Augen machte ihren schwachen Protest zunichte und sagte ihm, daß sie es ganz genau wußte.

»Wo sonst könnte ich fünf Minuten mit dir allein verbringen, ohne daß wir gestört werden?« sagte er heiser. Schon ihr Anblick stachelte sein Verlangen an.

»Daddy hat sich schon gefragt, ob du an diesem letzten Wochenende zu uns kommst, ehe du nach Hause fährst«, murmelte sie.

Das kleine Sofa schuf eine Distanz zwischen ihnen, und nur ihre Knie berührten sich, aber es war die einzige Sitzgelegenheit. Ty beugte sich vor. »Wirst du dort sein?« Seine Stimme drückte deutlich seinen Wunsch aus, und er machte sich nicht die Mühe, ihr zu verhehlen, daß seine Entscheidung nur davon abhing.

»Ich werde natürlich einen Teil der Zeit dort verbringen, aber ich habe Einladungen für ein Dutzend Partys bekommen.« Gesellschaftlich schien sie ständig voll ausgebucht zu sein. Ty war nie sicher, ob dieser gesellschaftliche Rummel, der sie soviel Zeit kostete und sie mit ständig neuen Begleitern zusammenbrachte, ihr Freude machte, oder ob es ihr lästig war. Er tröstete sich mit dem Wissen, daß sie keinen festen Freund hatte, und er war enttäuscht, daß sich ihm keine Gelegenheit bot, etwas daran zu ändern.

»Ich muß noch eine Hausarbeit abschließen. Es wäre also besser, wenn du nicht mit mir rechnest.« Er suchte nach einer Spur von Enttäuschung, nach irgend etwas, was ihn ermutigen könnte.

»Ich werde es Daddy ausrichten«, erwiderte Tara lediglich.

Gelächter war zu hören, und Schritte näherten sich der Nische.

»Das waren noch keine fünf Minuten, Tara«, sagte Ty. »Laß uns woanders hingehen, wo wir ungestört sind. Kann ich dich nach Hause bringen?«

»Das habe ich schon Ed Bruse zugesagt«, sagte sie. »Vielleicht ein anderes Mal.«

»Das sagst du immer.« Er sah sie grimmig an. »Sag ihm, daß du es dir anders überlegt hast und daß ich dich nach Hause bringe.«

»Nein«, lehnte sie ab. »Es ist nicht meine Schuld, daß er mich eher gefragt hat. Außerdem schreibt mir niemand vor, was ich zu tun habe, Ty Calder, noch nicht einmal mein Vater.«

Mit einer einzigen flüssigen Bewegung, die ihre gesamte Anmut zeigte, stand sie auf. Im nächsten Moment stand auch Ty, und endlich war er ihr nahe. Der parfümierte Duft ihres Körpers stimulierte seine ohnehin schon erregten Sinne, und ihre dunkle, natürliche Schönheit ergriff ihn bis in die Seele. Seine Hand legte sich um ihre Taille, um sie davon abzuhalten, jetzt fortzugehen. Er ragte über ihre zierliche Gestalt auf und blickte mit der gesamten Gier seines jugendlichen Verlangens auf sie herunter.

Sie war nicht böse auf ihn. Ihre Worte hatten nur bedeutet, daß Tara Grundbedingungen klarstellte. Niemand machte ihr Vorschriften oder bestimmte über sie – oder schränkte die Anzahl ihrer Freunde ein. Sie wollte keine Eroberungen machen, sondern die Freiheit haben auszugehen, mit wem sie wollte und wann sie wollte.

»Verdammt noch mal, ich will dich doch nur sehen, und nie ergibt sich eine Gelegenheit.« Seine Stimme bebte vor Enttäuschung. Bisher war er nicht bereit gewesen, sich der Unzahl ihrer Freunde einzureihen. Er hatte sie ganz für sich allein gewollt, aber im Moment war Ty so verzweifelt, daß ihm alles recht gewesen wäre, was ihn in den Genuß ihrer Gesellschaft gebracht hätte.

Als ein sanfter Ausdruck auf ihr Gesicht trat, hätte er fast laut gestöhnt. »Niemand hat mich zum ersten Basketballspiel nach Neujahr eingeladen.«

»Gehst du mit mir hin?« fragte Ty mit belegter Stimme und beugte sich noch etwas näher zu ihr vor.

»Ja.« Ihre dunklen Augen schimmerten vielversprechend, und ihr Blick ließ den letzten Wall seiner Zurückhaltung brechen.

Mit einem festen Griff um ihre Taille drückte er sie an sich, während seine andere Hand sich unter ihr Haar wühlte, um sich auf ihren Hinterkopf zu legen. Er hatte nicht vor, grob zu sein, aber der Druck seines Mundes auf ihren warmen, nachgiebigen Lippen war stark und fordernd.

Er triumphierte, als er für einen Moment eine Reaktion verspürte. Er wollte mehr und versuchte, es sich zu holen, doch er traf auf energischen Widerstand. Ihre Hände preßten sich auf seine Brust, und sie stieß ihn von sich.

Ty setzte zu einer überstürzten Entschuldigung an. »Tara, ich …« Sie preßte ihre Fingerspitzen auf ihre Lippen, um ihn zum Schweigen zu bringen.

»Mein Daddy hätte mich vor dir warnen sollen«, murmelte sie und betrachtete ihn so aufmerksam wie noch nie zuvor. »Ich lasse mich nicht überrumpeln, Ty Calder. Wir gehen jetzt wieder in den Saal.«

Sie reichte ihm die Hand, um gemeinsam mit ihm zurückzugehen. Was er spüren wollte, war nicht die Wärme ihrer Hand, sondern die Glut ihres Körpers unter seinem und die Feuchtigkeit ihrer Lippen unter seinem Mund. Gelüste, die so glühend waren, konnte ein einziger Kuß nicht befriedigen. Allein ihre Nähe erregte ihn, und nichts bot dem Verlangen seiner Lenden einen Trost.

Zwei Jungen mit Bierkästen kamen zur Tür herein, und einer von ihnen stellte einen Kasten vor Tys Füßen ab und schnappte Tara. Es war Willie Atkins, der augenblicklich mit ihr tanzte, und Tara lachte laut.

Was Ty erboste, war nicht, daß der ältere Junge seine Vorrechte bei der Wahl der Tanzpartnerin nutzte, sondern Taras Bereitwilligkeit, mit ihm zu gehen. Es war nicht das erste Mal, daß sie ihn so behandelte, und es gefiel ihm von Mal zu Mal weniger. Am meisten wurmte ihn, daß er keinerlei Anrecht auf sie hatte. Sie war nicht sein Mädchen, und sie hatte ihm keinen Grund zu der Vermutung gegeben, sie würde es eines Tages sein. Sein Stolz war verletzt, und sein Körper litt grenzenlos.

Ty lehnte verdrossen mit einem Bierglas in der Hand an einer der Wände, als jemand gegen seinen Ellbogen stieß. Er achtete darauf, sich nicht zu bekleckern, und das Bier schwappte auf den ohnehin schon schmutzigen Teppich. Die Entschuldigung folgte auf dem Fuß.

»Nichts passiert.« Ty tat den Zwischenfall mit einem Achselzucken ab und beobachtete das dralle Mädchen mit dem platinblond gefärbten Haar kaum.

Sie stellte sich jedoch dichter neben ihn und zwang ihn, sie zu beachten. »Ich habe schon von dir gehört«, erklärte sie mit einem Seitenblick. »Du bist doch Ty Calder, oder?«

»Ja.« Er musterte sie geistesabwesend, und ihm stach ins Auge, wie kostspielig ihre Kleidung und ihr Schmuck waren.

»Dein Vater soll eine große Ranch im Norden haben.«

»In Montana.« Das schwache Lächeln, das um seinen Mund spielte, war mit Ironie gemischt. Sie hatte ihn absichtlich angerempelt, um ihn kennenzulernen. Es war kein Versehen gewesen.

Sie lächelte ihn an wie eine schnurrende Perserkatze, weiblich und lockend. »Dann bist du wohl so etwas wie ein Cowboy. Ich bin schon immer auf Cowboys abgefahren. Sie haben so etwas Erdverbundenes an sich.«

»Tatsächlich?« Auf seine zynische Bemerkung hin lächelte sie nur noch strahlender.

»Du solltest nicht allein rumstehen und trinken. Ich heiße Dott.« Sie lehnte sich an die Wand, und ihre Brüste streiften seinen Ärmel.

Im selben Augenblick bemerkte Ty, daß Tara sich in einen dunklen Winkel des Saales führen ließ, in dem nur noch eine Handvoll Paare zu der langsamen Musik tanzte. Sein Verlangen steigerte sich, als er beobachtete, wie der stiernackige Schröder sie in eine kräftige Umarmung zog.

»Laß uns tanzen.« Er legte seinen Arm um die Taille der Blondine und zog sie zur Tanzfläche. Er zog Dott eng an sich. Nicht nur sein heftiges Verlangen brachte ihn dazu, sondern er wollte gleichzeitig Tara zeigen, daß andere Mädchen für ihn zu haben waren. Das platinblonde Mädchen ergriff die Initiative und ließ ihre Lippen über die Muskelstränge seines Halses gleiten. In seiner zügellosen Leidenschaft, die Erlösung suchte, dauerte es nicht lange, bis Ty Tara vergessen hatte und auf seine Tanzpartnerin einging.

Er preßte sie noch fester an sich. Im Moment war ihm vollkommen egal, wer sie war. Er wollte nichts anderes als die Befriedigung, die ihr Fleisch ihm versprach.

»Laß uns von hier verschwinden, Dott.«

»Wie du willst, Cowboy.«

Als Tara Ty mit der drallen Blondine fortgehen sah, stieg Wut in ihr hoch. Dott MacElroys Ruf war ihr durchaus bekannt. Es erstaunte sie nicht, die beiden zusammen zu sehen. Sie erinnerte sich nur zu genau an die Gier, mit der Ty sie angesehen hatte. Das war mit ein Grund, aus dem sie die Distanz zu ihm wahrte. Er erregte sie weit mehr als die meisten anderen Männer.

In gewisser Hinsicht war sie sehr streng erzogen worden. Hier bekam sie einen ersten Vorgeschmack von Freiheit, und sie hatte vor, jede einzelne Minute ihrer vier Jahre am College auszukosten. Nur in der Masse lag eine Sicherheit, die sie vor ernsten, besitzergreifenden Beziehungen schützen konnte. Wenn es nötig war, konnte sie genauso rücksichtslos und zielstrebig wie ihr Vater sein, und daher war Tara fest entschlossen, Ty als nichts anderes als einen ihrer vielen Freunde zu akzeptieren.

Sie wußte, daß sie ihn sexuell erregt und ihn in Dott MacElroys Arme getrieben hatte. Es war nicht dieses Wissen, was sie bedrückte. Dagegen störte sie sich an der Roheit, mit der ihr Ty so deutlich seine Absicht bekundete. Ein Gentleman hätte irgendein Arrangement mit Dott getroffen. Ty verließ stattdessen ganz offenkundig gemeinsam mit Dott die Party. Es war allgemein bekannt, daß nur das Öl der MacElroys Dott davor bewahrte, als liederliche Schlampe abgestempelt zu werden. Wenn sie an die Äußerungen ihres Vaters dachte, der die Einstellungen der Calders als vergleichsweise primitiv beschrieb, hätte sie mit einem so ungehobelten Benehmen rechnen können.

Es stand zu bezweifeln, daß sie ihn vor Weihnachten noch sehen würde, da er am kommenden Wochenende nicht zu ihnen nach Hause kam. Nach den Ferien würde sie ihm solche Dinge austreiben. Es gab subtile Mittel, mit denen eine Frau ihr Mißvergnügen zeigen konnte, und Tara kannte sie alle, jedes einzelne.

Als Ty für die Ferien nach Hause kam, schien sich auf der ganzen Ranch nichts verändert zu haben, abgesehen von seiner kleinen Schwester. Ihr Wortschatz war größer geworden, und somit auch ihre übersprudelnde Redefreude. Sie war ein paar Zentimeter gewachsen, und etwas von dem Babyspeck war weg.

Es gab keinen großen Empfang für ihn, und nichts wies darauf hin, daß man ihn vermißt hatte. Nur seine Mutter zeigte ihm, daß er ihr gefehlt hatte, und damit hatte Ty ohnehin gerechnet. Was er wollte, war, daß er seinem Vater fehlte. In den vier Monaten, in denen er das College besucht hatte, hatte sich an der Haltung seines Vaters nichts geändert.

Vielleicht war das der Grund seiner Niedergeschlagenheit. Er räkelte sich auf dem bequemen Sessel vor dem steinernen Kamin und drehte den Cognacschwenker langsam in seiner Hand. Vielleicht war es aber auch der riesige Stapel von Weihnachtsgeschenken unter dem Baum im Wohnzimmer. Die kleine Cathleen war endlich alt genug, um zu verstehen, was es mit Weihnachten und dem Weihnachtsmann auf sich hatte. Praktisch alle Geschenke unter dem Baum waren für sie, und das war dem Umstand zu verdanken, daß sein Vater in Denver hemmungslos Spielzeug eingekauft hatte. Seine Mutter hatte darüber gelacht und Ty alle Einzelheiten erzählt, als ihm die Menge von Geschenken unter dem Baum aufgefallen war.

Das gesamte Fest schien nur für Cathleen veranstaltet zu werden, und das paßte ihm nicht. Er war derjenige, der lange fort gewesen war, und kein gemästetes Kalb wurde zur Feier seiner Rückkehr geschlachtet. Verdammt noch mal, sie wußte gar nicht, wie glücklich sie dran war, in dieser Umgebung aufzuwachsen – von Anfang an ein Teil dessen zu sein. Er hatte diesen guten Start nicht gehabt. Er war als Teenager auf die Ranch gekommen, ohne etwas über den Westen und seine Bewohner zu wissen. Er hatte seitdem darum gerungen, diesen Rückstand aufzuholen, und ihm bereitete es Sorgen, daß er dieses Ziel vielleicht nie erreichen würde. Manchmal war er gegen seinen Willen neidisch auf seine Schwester. Sie würde es einmal leichter haben als er.

Sein Blick fiel auf das Telefon. Vielleicht lag der Grund seiner Niedergeschlagenheit aber auch in etwas ganz anderem. Vielleicht lag die Ursache in Tara Lee. Ihr Bild verfolgte ihn, weiß Gott, und seine Vorstellung spielte ihm brutale Streiche, denn er erinnerte sich zu lebhaft an ihre Schönheit, ihren Stolz und den starken Willen, der sich ihm gezeigt hatte. Ty wollte zwar nicht bei ihr in Texas sein, aber er wußte verflucht genau, daß er sie sich hier bei sich wünschte.

Der Ausgang der Party war nicht in Ordnung gewesen. Zwar hatte sein Fleisch die ersehnte sexuelle Befriedigung gefunden, doch in seinem Mund war ein schlechter Nachgeschmack zurückgeblieben. Er hatte Tara haben wollen, und Ty war wütend auf sich selbst, weil er sich mit etwas Geringerem vergnügt hatte. Auf irgendeine Weise schien dieser Vorfall seine Gefühle ihr gegenüber in den Schmutz gezogen zu haben. Vielleicht konnte er es wieder gutmachen, wenn er ihr doch bloß erklären könnte, was an diesem Tag geschehen war.

Ty sprang auf und hob den Telefonhörer ab. Er wählte die Nummer der Vermittlung und zögerte dann. Schritte, die näherkamen, nahmen ihm die Entscheidung ab, und er legte den Hörer grimmig wieder auf.

»Da bist du, Ty. Ich dachte, du seist noch oben«, rief seine Mutter aus, als sie das Arbeitszimmer betrat. »Wir haben auf dich gewartet, um die Geschenke auszupacken.« Als er sich zu ihr umdrehte, bemerkte sie, daß seine Hand auf dem Telefon gelegen hatte. »Es tut mir leid. Warst du gerade dabei, zu telefonieren?«

»Nein.« Die verneinende Antwort kam so schnell heraus, daß sie gekünstelt klang. »Ich wollte einen Anruf machen, aber ich habe es mir anders überlegt«, fügte er daher hinzu. Er nahm den Cognacschwenker vom Tisch und sah grimmig in das Glas.

Es gab nur wenige Dinge, die einen solch bedrückten Ausdruck verursachen können, und als Mutter vermutete Maggie direkt das richtige. »Ein Mädchen?«

»Ja.«

»Wenn du sie am Heiligabend anrufen wolltest, muß sie etwas ganz Besonderes sein.«

»Ja, das ist sie.« Sein Lächeln verlor die Wachsamkeit und wurde zart und sanft. Eine plötzliche Entschlossenheit bemächtigte sich seiner. »Um es genauer zu sagen – ich werde sie heiraten.«

»Was?« Maggie wirkte leicht besorgt.

»Keine Sorge, Mutter.« Ty lachte leise. »Es wird nicht allzu bald soweit sein. Wir müssen beide erst das College abschließen.«

»Wie heißt sie?« In den Briefen, die er nach Hause geschrieben hatte, war nicht von einer festen Freundin die Rede gewesen. »Ich vermute, sie ist eine dieser texanischen Schönheiten, mit denen E. J. immer so prahlt.«

»Ja, das ist sie«, räumte er ein, ohne zuzugeben, daß das Mädchen E. J.'s Tochter war. Er stellte sein Glas ab, lief zu seiner Mutter und legte einen Arm um ihre Schultern. »Sie ist ungefähr so groß wie du. Ihr Haar ist auch dunkel und hat die Farbe eines Zobels. Aber ihre Augen sind braun, fast schwarz – nicht grün wie deine. Außerdem ist sie fast so hübsch wie du.«

Sie lachte über seine Komplimente, und doch war es schwierig für sie, einen erwachsenen Mann in ihm zu sehen. Für sie würde er immer ihr Sohn bleiben, und daher würde sie wahrscheinlich immer nur ein Kind in ihm sehen. Sie strich ihm die Haare aus dem Kragen. »Du müßtest dir wieder mal die Haare schneiden lassen.«

»Es ist jetzt Mode, das Haar länger zu tragen, Mom«, versicherte er ihr mit einem spöttischen Zwinkern. »Manche Typen in der Uni tragen ihr Haar jetzt schulterlang.«

»Mit schulterlangem Haar kommst du am besten nicht nach Hause, weil deinen Vater sonst der Schlag trifft.« Es war als ein Witz gedacht, doch keinem von beiden gelang ein Lächeln. Beide wußten, daß eine solche Kleinigkeit seine Vorurteile gegen das College nur noch vertieft hätte.

»Da wir gerade von Dad sprechen«, sagte Ty, der taktvoll das Thema wechselte. »Wir sollten jetzt lieber ins Wohnzimmer gehen, ehe er und Cathleen anfangen, die Geschenke ohne uns auszupacken.«

Das Brandeisen glühte, und Jessy konnte die Hitze sogar durch ihre Handschuhe spüren, aber das war sie gewohnt. In ihrem jungen Leben war sie schon so oft dabeigewesen, wenn das Vieh zusammengetrieben wurde, daß sie an diesem Lärm und Tumult und an dem Staub, der in die Atemwege drang, nichts Ungewöhnliches finden konnte.

Sie rümpfte nicht einmal die Nase, als sie das Brandzeichen angebracht hatte und die Luft, in der bereits der Geruch von Dung und Blut und Schweiß hing, noch zusätzlich nach verkohltem Fell stank.

Jessy bahnte sich einen Weg zum Feuer, um das abgekühlte Eisen hineinzuwerfen und ein neues, weißglühendes Eisen zu holen. Die Männer kastrierten die Bullenkälber, impften sämtliche Kälber und versahen sie dann mit dem Brandzeichen. Ehe sich das Tier von seinem Schock erholte hatte, war der gesamte Vorgang erledigt. Die Arbeit ging schnell voran, denn die Beteiligten waren aufeinander eingespielt.

Dennoch schien es eine unendliche Menge von Kälbern zu sein. Die Männer hatten gerade Schwierigkeiten mit einem Bullenkalb, und als Jessy vorbeikam, dämpften sie ihre Flüche zu einem Murmeln. Sie war nicht empfindlich, und es gab keinen Fluch, den sie nicht schon gehört hatte, doch sie erwähnte diese Dinge nicht ihrem Vater gegenüber, denn das wäre der sicherste Weg gewesen, ins Haus verbannt zu werden, und Jessy liebte die Rancharbeit, auch wenn sie körperlich noch so anstrengend war.

Jessy spitzte die Ohren, als sie hörte, daß die Männer über Ty sprachen. Mit dreizehn begann sie gerade, sich Gedanken über Jungen zu machen, und Ty war für sie ideal, da er älter und auf seine rauhe Art schön war – und er war weit weg, was ihr die Möglichkeit gab, ihrer Fantasie freien Lauf zu lassen. Ihre Vorstellung von Romantik war selbstverständlich von ihrer Persönlichkeit gefärbt. Sie stellte sich vor, mit Ty über die Weiden zu reiten und mit ihm auf der Ranch zu arbeiten. Es würde ihn sicherlich beeindrucken, wie geschickt sie in all diesen Dingen war. Bisher hatten ihre Träume sie noch nicht über den Punkt hinaus geführt, an dem sie Händchen hielten und sich kurz und keusch küßten.

»Kommt er im Sommer nicht wieder nach Hause?« fragte Les Brewster.

Jessy sah das Nicken, ehe einer der Männer sagte: »Ich habe gehört, er hat sich die Haare wachsen lassen.« Er blickte nicht von seiner Arbeit auf, als er den Einschnitt anbrachte, um die Hoden zu entfernen. »Wenn er wiederkommt, sieht er wahrscheinlich aus wie Jesus.«

»Ty doch nicht«, protestierte Jessy schockiert.

»Über Weihnachten hab' ich mit ihm Heu zu den Rindern gefahren«, sagte einer der Cowboys. »Kam mir nicht so vor, als hätte ihn das College hochnäsig gemacht.«

»Wir werden ja sehen, ob er einen frischen Haarschnitt braucht, wenn er heimkommt.«

An jenem Abend setzte Jessy zu Hause einen kurzen Brief an Ty auf. Sie berichtete ihm vom diesjährigen Bränden, und sobald sie die Höflichkeitsfloskeln hinter sich gebracht hatte, fragte sie plump und direkt an, ob er sich die Haare hätte wachsen lassen, und sie warnte ihn vor einer solchen Dummheit. Sie rief im Haus der Calders an, ließ sich seine Adresse geben, steckte den Brief in einen Umschlag und gab ihn auf, als sie am Montag wieder in die Schule ging.

Als Ty Jessys Brief las, lächelte er vor sich hin. Es war so typisch für das Mädchen, nichts auf Gerüchte zu geben, sondern sofort direkt und unverblümt Erkundigungen einzuziehen. Er zweifelte daran, daß sie je auf den Gedanken käme, sie sei ein neugieriges

Ding, das seine Nase in Angelegenheiten steckte, die es nichts angingen.

Nachdem er den Brief ein zweites Mal gelesen hatte, faltete er ihn zusammen und steckte ihn in die Tasche. Er nahm sich vor, einmal bei ihr vorbeizuschauen, wenn er wieder zu Hause war.

Direkt neben ihm wurde gehupt. Ein Sportkabriolett war an den Randstein gefahren. Tara saß am Steuer. Sie trug weiße Tenniskleidung, und Tys Herz schlug schneller, als er über den Rasen zum Randstein lief.

»Spring rein.« Der leise Anflug eines Lächelns wirkte provozierend.

Ty sprang mit einem gelenkigen Satz über die Tür und ließ sich auf den Schalensitz neben ihr gleiten. Der Wagen beschleunigte elegant und fädelte sich wieder in den Verkehr auf der Straße ein, die über das Universitätsgelände führte. Ty musterte ihr Profil und die Vollkommenheit ihrer Züge, eine Beschäftigung, die ihm nie langweilig wurde.

»Du warst tief in Gedanken, als ich ankam.« Ihre Bemerkung schalt ihn geradezu aus, weil er sie nicht schon gesehen hatte, ehe sie gehupt hatte.

»Ich habe gerade versucht, mich zu entscheiden, ob ich mir die Haare schneiden lassen soll oder nicht.«

Ihr Blick glitt über sein dunkles Haar, das der Fahrtwind, der über die Windschutzscheibe kam, zerzauste. »Ich finde, es sieht gut aus, so wie es ist.«

Ihm wurde bewußt, wie kurz ihr Rock war und wie nackt ihre wohlgeformten braunen Beine waren. »Du hast dich zum Tennis verabredet?« vermutete Ty.

»Roger Mathison und ich sind Partner in einem gemischten Doppel um vier«, räumte sie selbstsicher ein. »Wolltest du zum Wohnheim oder in die Bibliothek.«

»In die Bibliothek.« Er sah starr vor sich hin und reagierte nicht auf ihr Eingeständnis, daß sie eine Verabredung mit einem anderen Mann hatte.

Nichts hatte sich zwischen ihnen geändert, jedenfalls nicht in die von ihm so sehnsüchtig erhoffte Richtung. Wenn er Glück hatte, ging sie ein- bis zweimal im Monat mit ihm aus. In der Zwischenzeit traf sie sich mit anderen, während er seine niederen Triebe bei einer namenlosen Schar von Mädchen befriedigte. Auf dem Campus von Austin hatte der Wettkampf um Tara sich verschärft. Eine Verabredung mit ihr war etwas, womit sich jeder brüstete. Ty hatte es aufgegeben, die Rivalen zu zählen. Manche kamen und gingen – insbesondere diejenigen, die versuchten, über sie zu bestimmen und mehr Aufmerksamkeit von ihr zu fordern –, ein Umstand, den Ty schon früh bemerkt hatte. Daher schluckte er seinen Stolz und wurde einer derer, mit denen sie regelmäßig ausging.

»Hast du irgendwelche Pläne für den Sommer?« fragte er.

»Nichts Bestimmtes«, sagte sie. Sie zuckte die Achseln.

»Dein Vater kommt im Sommer im allgemeinen ein- oder zweimal nach Montana. Warum begleitest du ihn nicht einmal?« Das wäre eine Gelegenheit, sie ganz für sich zu haben, ohne von Rivalen umgeben zu sein.

»Mal sehen.«

Er drängte sie nicht, sich konkret festzulegen, als der Wagen vor der Universitätsbücherei anhielt. Statt auszusteigen, legte er seine Hand in ihren Nacken und zog sie an sich. In der Art, auf die sie sich von ihm herüberziehen ließ, lag eine Passivität, die an Gleichgültigkeit grenzte. Doch sie legte ihren Kopf zurück, um sich von ihm küssen zu lassen und ihm zu zeigen, daß sie es wollte. Das erregte ihn, und genauso war es auch gedacht.

Ty kämpfte dagegen an, seinen Impulsen zu folgen, als er sie küßte, doch seine Leidenschaft brach durch. Sie reagierte darauf, ohne sich aus der Reserve locken zulassen, und sie gab ihm keinen Moment lang wirklich das, was er von ihr wollte. Unwillig riß er sich los; sein Blick fiel auf die blaßblaue Ader, die in ihrem Hals pochte, obwohl sie so gelassen lächelte.

»Komm diesen Sommer nach Montana, und wenn es nur für ein Wochenende ist«, sagte er nachdrücklich. »Andernfalls ist die Zeit bis September verflucht lang.«

Sie fuhr mit einem Finger über seine Lippen, und in ihren dunklen Augen stand fast ein Lachen. »Es ist noch zu früh, um Pläne für den Sommer zu machen«, schalt sie ihn freundlich. »Das Semester ist noch nicht vorbei. Und jetzt zieh ab. Sonst komme ich zu spät zu meiner Verabredung mit Roger.« Als Ty widerstrebend aus dem Wagen stieg, warf sie ihm eine Kußhand zu und fuhr fort.

Tara besuchte ihn in diesem Sommer nicht auf der Ranch. Dreimal flogen E. J. Dyson und sein Partner Stricklin nach Montana, um die Triple C zu besuchen, aber sie begleitete sie nicht, obwohl es so einfach gewesen wäre. Zweimal rief Ty sie an, um seine Einladung noch einmal auszusprechen. Wenn Ty nicht so mit Arbeit ausgelastet gewesen wäre, daß er nachts zu müde war, um noch zu denken, wäre er durchgedreht, weil er sich ständig gefragt hätte, was sie wohl tat und mit wem sie zusammen war.

Auf der Ranch wurden ihm wieder einmal Streiche gespielt, und wieder einmal bekam er die Dreckarbeit zugeteilt, doch mit der Zeit wurde er wieder akzeptiert.

Erst im Hochsommer wurde ihm Arbeit im Süden der Ranch zugeteilt, und seine Wege kreuzten sich rein zufällig mit denen der großen und immer noch schlaksigen, auf die vierzehn zugehenden Jessy Niles. Bis dahin hatte er ganz vergessen, daß sie ihm geschrieben hatte.

6

Sie saßen im Wagen vor dem Osttor der Calder-Ranch. Maggie grübelte und war bedrückt. Als Ty fortgegangen war, um sich im College einzuschreiben, hatte sie sich für ihn gefreut, doch dieses Jahr war ihr der Abschied auf dem Flughafen weit schwerer gefallen. Sie wollte nicht von ihrem Sohn getrennt sein.

»Ich wünschte, Ty ginge in ein College, das nicht so weit weg ist«, murmelte sie.

»Wenn du auf mich gehört hättest, wäre es jetzt so«, fauchte Chase. »Aber nein, du hast darauf bestanden, daß Ty seine eigene Wahl trifft.«

»Ich weiß«, sagte sie steif, und diese Bemerkung forderte zu keiner weiteren Äußerung zu diesem Thema auf. Sie hatten schon zu viele Auseinandersetzungen über diesen Punkt gehabt.

»Dann beklag dich nicht.«

»Ich habe mich nicht beklagt«, gab Maggie zurück. »Ich habe nur einen Wunsch laut ausgesprochen.«

»Gut, und ich wünschte, er wäre nie auf dieses verdammte College gegangen!« stieß Chase zornig aus.

»Dieser Meinung hast du schon öfter deutlich Ausdruck verliehen.«

»Verdammt noch mal, es ist die reinste Zeitvergeudung.« Er schlug auf das Lenkrad. »Wenn er Ingenieur, Lehrer oder Arzt werden wollte, dann wäre diese Ausbildung wertvoll für ihn. Aber er will verdammt noch mal Rancher werden. Das hat er mir selbst gesagt! Und das lernt man durch praktische Erfahrung!«

»Und warum? Weil du es so gelernt hast? Heißt das, daß es keine andere Möglichkeit gibt?« entgegnete sie wütend. Da sie wußte, wie sinnlos es war, mit ihm darüber zu streiten, lehnte Maggie sich energisch zurück und verschränkte die Arme vor der Brust. »Mit dir kann man nicht vernünftig reden, Chase«, sagte sie. »Aus deiner Sicht gibt es nur richtig und falsch – und das, was du tust. Und wenn jemand etwas anders macht als du, dann ist es selbstverständlich falsch.«

»Eins weiß ich mit Sicherheit. So wie ich die Dinge anpacke, funktionieren sie.«

Die letzten zwanzig Meilen der Heimreise vergingen stumm. Chase wünschte, sie hätten gar nicht erst mit diesem Thema angefangen. Es war ihm noch nie gelungen, Maggie zu erklären, wie sehr er sich wünschte, sich in diesem Punkt zu irren. Wenn sie darüber sprachen, verschärfte sich die Spannung zwischen ihnen, und sie ließ sich nicht ausräumen. Sie verstand einfach nicht, daß er ihr Verständnis brauchte; sie war ausschließlich damit beschäftigt, ihren Sohn zu verteidigen.

Chase setzte Maggie bei laufendem Motor vor der Haustür ab und nahm sich nicht die Zeit, Cathleen, die ihnen entgegenlief, zu begrüßen, sondern fuhr sofort weiter.

Er fuhr nach Blue Moon. Früher war es eine aufblühende Stadt gewesen, und heute gab es nicht mehr als ein paar Häuser, die am Wegesrand standen und von denen die meisten verfallen waren. Er hielt vor Sallys Bar und stieg die Treppe hinauf.

Chase trat an den Tresen, und eine Frau mit kastanienbraunem Haar, die auf einem Hocker saß, lächelte ihn mit einem Hauch von Sehnsucht in ihren blauen Augen an.

»Hallo, Chase.« Sie glitt von dem Barhocker und kam auf ihn zu. »Was darf ich dir bringen? Bier? Whiskey? Kaffee?«

»Whiskey mit Soda«, brummte er und setzte sich auf den Hocker neben dem, auf dem sie gesessen hatte.

Sie nahm das Geld nicht an, das er auf den Tresen legte, als sie ihm den Whiskey hinstellte. »Der erste Drink geht auf Kosten des Hauses.«

Der Whiskey brannte in seiner Kehle. Als er unter seiner Hutkrempe zu Sally aufblickte, sah sie ihn stumm an. Chase war nicht sicher, ob das, was beruhigend auf ihn zu wirken schien, der Whiskey war oder ihr wohltuender Einfluß. Ehe Maggie zu ihm zurückgekommen war, hatte es eine Zeit gegeben, in der er mit dem Gedanken gespielt hatte, Sally zu heiraten. Sie hatte eine angenehme ruhige Art, die auf ihn immer beruhigend und tröstlich wirkte.

»Die Vorstellung, daß du eine Bar führst, gefällt mir nicht besonders, Sally.« Er war es gewohnt, daß seine Meinung viel galt.

»Es war eine rein geschäftliche Entscheidung«, erklärte sie, ohne Anstoß an seiner Kritik zu nehmen, wie Maggie es getan hätte. »Meine Kundschaft setzt sich vorwiegend aus Cowboys zusammen, und die trinken nun mal gern. Mein Essen hat ihnen zwar gut geschmeckt, aber sie haben trotzdem angefangen, woanders hinzufahren. Wenn ich nicht schließen will, habe ich keine andere Wahl.«

»Gib mir Bescheid, wenn dir jemand Ärger macht.«

Wieder dieses stille Lächeln, das die Falten um ihren Mund und ihre Augen zu glätten schien und sie schön werden ließ. »Die Boys sind manchmal etwas rauh, aber es hat sich noch niemand daneben benommen. Für die meisten ist die Bar so eine Art von zweitem Zuhause geworden. Im allgemeinen habe ich jede Menge Beschützer hier, falls ich sie je brauchen sollte.«

»Bring mir noch einen Whiskey, und setz dich zu mir.«

»Wie steht es auf der Ranch?« fragte sie, nachdem sie sich gesetzt hatte.

»Gut. Ich habe Ty gerade wieder in das Flugzeug nach Texas gesetzt.«

»Ich habe gehört, daß er sich gut macht.«

»Er würde sich besser machen, wenn er zu Hause bliebe.« Seine Hand spannte sich um das Whiskeyglas, und seine Knöchel wurden weiß. »Ich kann es Maggie nicht klar machen, Sally. In der Zeit, in der sie wieder hier ist, lief alles glatt. Sie war nicht hier, als die Zeiten hart waren. Ich rede nicht nur von der Dürre, die wir durchgemacht haben. Es gab Zeiten, als die kleinen Rancher im Norden die Zäune durchgeschnitten und ihre Rinder auf unsere

Weiden getrieben haben – und von dem Ärger, den es mir gemacht hat, die zehntausend Morgen Regierungsland an mich zu bringen, die fast genau in der Mitte der Ranch liegen. Irgend etwas oder irgend jemand macht einem immer Schwierigkeiten.« Chase seufzte.

»Es wird schon alles klappen«, murmelte Sally.

»So, wirklich?« Sein Blick glitt über ihr Gesicht, und seine Mundwinkel zogen sich grimmig nach oben. »Ich will, daß Ty zu Hause bleibt, und Maggie hält mich für egoistisch.«

»Es gibt keine zwei Menschen, die in jeder Hinsicht einer Meinung sind. Es gibt zwangsläufig Punkte, in denen man sich nicht einigen kann.«

»Diese Unstimmigkeiten machen einem das Leben zur Hölle.« Er sah ihr in die Augen. »Du bist eine Frau, Sally. Sag mir, wie ich mich ihr verständlich machen kann.«

»Bist du deshalb hergekommen?« In ihrem Blick lag eine Spur von Bedauern und von verletzten Gefühlen. »Ich bin nicht gut darin, anderen Ratschlägen zu erteilen, Chase.«

Er preßte die Lippen zusammen. »Ich wollte dich nicht damit belasten, Sally. Ich nehme an, ich brauchte einfach jemanden, mit dem ich reden kann, und dabei habe ich an dich gedacht.« In der Tiefe seiner Augen schimmerte eine Erinnerung, während er sie ansah.

Sie schüttelte stumm ihr kupferrotes Haar und schluckte, um die Worte aussprechen zu können. »Ich glaube, du solltest jetzt am besten nach Hause gehen, Chase.«

Im Lauf des Herbstes und des Winters fand er noch öfter Vorwände, um nach Blue Moon zu fahren. Jedesmal suchte er Sally auf, um sich dort die Zeit zu vertreiben. Seine häuslichen Probleme wurden mit keinem weiteren Wort erwähnt. Chase sagte sich immer wieder, Sally sei nichts weiter als eine alte Freundin.

»Was um Himmels willen willst du mit mir auf diesem alten Friedhof?« fragte Tara entgeistert.

Ty zeigte auf einen alten verwitterten Grabstein. Die Inschrift war kaum noch zu erkennen. Es war das Grab von Seth Calder, Tys Ururgroßvater.

»Ich wußte gar nicht, daß du Angehörige hast, die in Fort Worth begraben liegen«, sagte Tara.

»Ich auch nicht«, gestand Ty. »Ich weiß es erst seit Weihnachten. Mein Vater hat Cathleen die Geschichte des ersten Calder erzählt, der sich in Montana niedergelassen hat. Er hat die Ranch mit einer Herde von Rindern aufgebaut, die er von Texas aus in den Norden getrieben hat. Es ist ihre Lieblingsgeschichte. Ich wette, daß ich sie mindestens schon hundertmal gehört habe. Aber diesmal hat Cathleen nach Benteen Calders Mama und Papa gefragt und warum sie nicht mit ihm nach Montana gekommen sind. Mein Vater hat erklärt, wenige Monate, nachdem sie nach Montana gegangen seien, sei Seth Calder gestorben und hier begraben worden.«

»Und was ist mit seiner Frau?«

»Sie ist ihm angeblich davongelaufen, als Benteen Calder noch ein kleiner Junge war. Soweit Dad weiß, hat man nichts mehr von ihr gehört, seit sie mit irgendeinem Engländer ausgerissen ist.«

Es war schwierig, ihr zu erklären, warum er diesen Friedhof besucht und warum er das Bedürfnis hatte, mehr über seine Familie zu erfahren. Es war eine Form von Suche nach der eigenen Identität. Als er vor diesem Grabstein stand und den Namen Calder las, spürte Ty eine Verbundenheit mit der Vergangenheit, ein Gefühl dazuzugehören. Der Name Calder war zugleich sein Erbe und seine Zukunft.

Tara trat unruhig von einem Fuß auf den anderen. Seine Gedanken waren woanders, und nun zog sie seine Aufmerksamkeit wieder auf sich. Ty bemerkte eine Spur von Ungeduld in ihren Augen.

»Ich vermute, du findest das ziemlich verrückt«, murmelte er. Er konnte nicht sagen, warum er sie mitgenommen hatte. Er wußte nur, daß dieser Moment ihm wichtig war und daß er sie daran teilhaben wollte, weil es ihm wichtig war.

»Nein, verrückt finde ich es nicht.« Sie ahnte, daß er das von ihr hören wollte, aber nicht, welche Bedeutung es für ihn hatte. »Es ist doch nichts Ungewöhnliches, wenn man einem Familienmitglied diese Ehre erweisen will.«

»Ich weiß nicht viel über meine Familie und ihre Geschichte, nur Einzelheiten«, sagte Ty seufzend. »Meine Eltern waren getrennt, bis ich fünfzehn war. Ich habe in diesen fünfzehn Jahren mit meiner Mutter in Kalifornien gelebt. Am Anfang war es für mich nicht leicht, auf der Ranch zurechtzukommen. Ich habe mich so sehr bemüht dazuzugehören. Auf meine Weise kämpfe ich wohl heute noch darum.«

»Es bedeutet dir wirklich viel dazuzugehören, stimmt's?« Sie sah ihn neugierig und forschend an. »Vielleicht ist es das, was dich von den anderen unterscheidet. Du scheinst dein Studium ernster zu nehmen – und alles andere auch.«

»Das klingt, als sei ich ein langweiliger Kerl.« Das Lächeln, das langsam auf sein Gesicht trat, raubte ihr den Atem. Es war sexy und provozierend.

»Nein, nicht langweilig.« Tara versuchte, es mit einem herausfordernden Blick gegen sein Lächeln aufzunehmen. »Eher gefährlich.«

»Wieso gefährlich?« Er zog eine Augenbraue hoch.

»Ich weiß nicht, ob ich es dir erklären kann.« Sie zuckte die Achseln. »Die meisten Jungen im College wollen eine Ausbildung haben, aber es liegt ihnen mehr am Herzen, sich zu amüsieren. Bei dir ist es umgekehrt. Du feierst Feste mit ihnen und betrinkst dich mit ihnen, aber im Grunde genommen bist du nicht hier, um deinen Spaß zu haben. Aber es ist mehr als nur das. Ich habe das Gefühl, wenn du etwas willst, dann verfolgst du es, bis du es bekommst.«

»Wie dich zum Beispiel.« Er sah sie mit einer beunruhigenden Eindringlichkeit an.

»Das habe ich nicht gemeint.« Er schien ihr näher gerückt zu sein, ohne sich doch nur einen Zentimeter von der Stelle bewegt zu haben.

»Aber du weißt, daß ich dich will.«

»Man bekommt nicht immer, was man will.«

»Was willst du eigentlich, Tara?«

»Ich will meinen Spaß haben und das Leben genießen.« Es war eine stereotype Antwort, das weibliche Klischee dieser Zeit. Tief in ihrem Innern wußte sie, was sie wirklich wollte. Sie war E. J. Dysons Tochter, und daher war sie in einer Umgebung aufgewachsen, in der es um Macht ging. Von dieser Macht ging etwas Faszinierendes aus, das einen süchtig machen konnte. Durch ihre Schönheit besaß sie selbst eine eigene Form von Macht, und das wußte sie. Im College hatte sie begonnen, diese Macht einzusetzen und sie an Menschen zu erproben, die nicht dem Einflußbereich ihres Vaters angehörten, um festzustellen, wie groß ihre Möglichkeiten waren.

»Was ist mit einem Heim und einer Familie?« fragte er.

»Wenn es soweit ist.« Im Moment waren ihre Zukunftspläne nicht so eindeutig. Manchmal träumte sie davon, matriarchalisch über eine einflußreiche Familie zu herrschen. »Aber erst schließe ich das College ab. Und dann hat Daddy mir ein Jahr in Europa versprochen.«

»Gehst du nach Europa?«

»Ja, natürlich.« Sie lachte fröhlich. »Die Alternativen sind alles andere als verlockend. Ich kann mir einfach nicht vorstellen, daß ich Arbeit finde und fünf Tage in der Woche arbeite. Das würde mir schnell langweilig.«

»Du könntest aber auch heiraten und deine Flitterwochen in Europa verbringen«, schlug Ty vor. »Zwar kein Jahr, aber vielleicht einen Monat.«

»Ja, vielleicht auch das. Ich habe das Gefühl, mein Daddy hofft, daß ich eines Tages durch eine vorteilhafte Heirat den endgültigen Zusammenschluß von zwei bedeutenden Familien zustandebringe.«

»So berechnend wirkt dein Vater nicht auf mich.«

Tys Eindruck war immer der gewesen, daß E. J. Dyson im Gegensatz zu seinem Vater nie von seiner Tochter erwartete, daß sie eine ganz bestimmte Rolle einzunehmen hatte.

»Jeder Vater will, daß seine Tochter sich bestens verheiratet und einen Mann bekommt, der ihrer würdig ist. Das ist an sich nichts Böses – und es ist noch nicht einmal berechnend.« Aber sie kannte ihren Vater gut genug, um zu wissen, daß er es so locker nun wieder nicht sah. Er war lediglich klug genug, ihr nicht vorzuschreiben, wen sie zu wählen hatte. Sie hatte den nicht unbegründeten Verdacht, ihr Vater wußte, daß ihre Wünsche sich im Grunde genommen mit seinen deckten.

»Du wirst eine wunderbare Braut abgeben, Tara«, sagte Ty und dachte dabei sofort an die Hochzeitsnacht. »Früher oder später wirst du mir gehören, Tara«, verkündete er heiser. »Eines Tages wird es so sein.«

Tara wollte darüber lachen, doch Ty riß sie in seine Arme und reagierte nicht darauf, daß sie sich wehrte. Seine Hände fühlten ihren festen Hintern und legten sich auf ihren harten Busen, und während all dessen hörte er ihre gemurmelten Einwände. Er wußte, daß er weiter ging, als sie es wollte, daß er sich all das erzwang. Als seine Hände sich auf ihre Taille legten und er versuchte, sie auf den Boden zu legen, sah er ihr gerötetes und erregtes Gesicht.

»Wenn du dir auch nur das Geringste aus mir machst, Ty, dann hörst du auf der Stelle auf«, beharrte sie. Sie nutzte diesen verrückten Ehrenkodex für sich aus, den sie schon vor langem an ihm entdeckt hatte. Sie empfand dieses Ehrgefühl als eine Schwäche, die sie skrupellos ausbeutete.

»Wenn ich mir etwas aus dir mache? Mein Gott, Tara, ich liebe dich«, stöhnte Ty. Er war nahezu beleidigt.

Sie ließ sich nicht erweichen. »Ich bin heute nachmittag nicht mit dir ausgegangen, um mich auf einem Friedhof verführen zu lassen.« Sie stieß ihn von sich.

Diese Anspielung auf die unangemessene Umgebung gab ihm das Gefühl von Ruchlosigkeit. Sie gab ihm ohnehin immer das Gefühl eines Lüstlings, der sie mit seinen niederen Trieben belästigte. Ty war wütend auf sich selbst. Er wollte auch in ihr den Wunsch wecken, sich ihm willig hinzugeben, und es wäre ungerecht gewesen, sie dafür zu verfluchen, daß sie die Willensstärke besaß, ihm zu widerstehen.

»Es tut mir leid.« Er ließ sie los, wandte sich ab und rieb sich das Genick. »Ich hatte mich vergessen.«

»Ty.« Ihre Hand legte sich auf seinen Arm. Die zarte Stimme und der Duft ihres Haares bewirkten, daß er beinahe laut gestöhnt hätte. »Ich bin nicht böse auf dich. Um die Wahrheit zu sagen – ich wäre wahrscheinlich beleidigt, wenn du nicht mit mir schlafen wolltest. Ich würde mich fragen, ob etwas nicht mit mir stimmt.«

»Du bist in jeder Hinsicht vollkommen. Jeder Mann, der das nicht sieht, muß blind sein.« Seine Stimme klang in ihrem Gefühlsüberschwang gepreßt. Er sah sie ernst und eindringlich an. »Als ich dir gesagt habe, daß ich dich liebe, habe ich es ernst gemeint, Tara. Wirst du diesen Sommer nach Montana kommen? Ich möchte, daß du meine Eltern kennenlernst. Ich möchte dir mein Zuhause zeigen.«

»Ich werde es versuchen«, versprach sie.

»Versuch es nicht. Komm einfach«, beharrte Ty.

Doch sie kam nicht.

Vier Reiter ritten hinter der letzten Kuh her, die durch das offene Tor getrieben wurde. Hohes Gras wiegte sich reif und golden im Spätsommerlicht.

Die Kuh entdeckte eine Lücke zwischen den Reitern und machte kehrt. Ty nahm die Verfolgung auf. Aus dem Augenwinkel sah er, daß ein zweiter Reiter der Kuh nachsetzte. Er hatte in diesem Sommer wenig Gelegenheit gehabt, unter Beweis zu stellen, daß er inzwischen geschickter mit dem Lasso umgehen konnte. Als der Abstand perfekt war, ließ er die Schlinge durch die Luft segeln, doch das Tier mußte das Surren des Lassos gehört oder einen Schatten gesehen haben, denn im letzten Moment wich es seitlich aus. Die Schlinge des anderen Reiters jedoch legte sich um den Hals der Kuh, ehe Ty sein Lasso ein zweites Mal hatte werfen können. Er drehte sich zu dem anderen Reiter um. Eine Frau hatte ihn geschlagen.

»Wir haben sie«, sagte Jessy Niles fröhlich.

»Du hast sie, Jessy«, verbesserte Ty. Ihre Heiterkeit erhielt einen leichten Dämpfer.

»Gut, daß bald Zahltag ist«, sagte Buzz, als sie zu den anderen Cowboys zurückkehrten und eine Zigarettenpause einlegten. »Mir reicht das Geld kaum noch für Zigaretten. Sag mal, Jessy, willst du dir nicht endlich etwas von dem Geld kaufen, das du den ganzen Sommer über gespart hast? Schließlich wirst du bezahlt wie ein Mann.«

»Ich habe mir einen Sattel bei Barnes bestellt.«

»Und wir dachten schon, du kaufst dir endlich einmal ein schönes Kleid für deine Geburtstagsfeier.«

Jessy hatte schon zwei Sonntagskleider und fand es völlig überflüssig, ihr Geld für ein weiteres Kleid auszugeben, für das sie ohnehin so gut wie nie Verwendung hatte.

»Ein guter Sattel ist mir lieber«, gab sie zurück. »Wartet nur, bis ihr ihn seht, dann werdet ihr mich schon verstehen.«

»Barnes macht verdammt gute Sättel. Ich habe schon ein paar von ihm gesehen«, bestätigte Buzz Taylor. »Er hat sich wirklich einen Namen gemacht. Jetzt kommen schon Cowboys aus Colorado, um sich von ihm einen Sattel anfertigen zu lassen.«

»Wann hast du Geburtstag, Jessy«, fragte Ty.

»Nächste Woche«, antwortete sie.

»Wir laden Sheriff Potter zu deinem Geburtstag ein, damit er endlich einschreitet und dich nicht mehr ohne Führerschein fahren läßt«, neckte Buzz.

»Wie alt wirst du?« fragte Ty.

»Sechzehn.«

Ein spöttisches Lächeln spielte um seine Augen. »Sechzehn Jahre und noch ungeküßt?«

»Jessy?« Buzz Taylor gröhlte vor Lachen über die Vorstellung, dieser Bengel in ihren Reihen könnte je geküßt werden – ausgenommen vielleicht von ihrem Pferd.

»Wir können doch nicht zulassen, daß sie ungeküßt sechzehn wird, oder, Jungs?« fragte Ty grinsend.

Endlich einmal war er auf der Seite der Angreifer und nicht das Opfer der rauhen Scherze der Cowboys.

Als Ty einen Schritt näher trat, wirbelte Jessy herum und merkte plötzlich, daß er nicht nur eine leere Bemerkung gemacht hatte. Sie war so schockiert, daß es ihm gelang, einen Arm um sie zu legen, ehe sie sich wieder gefangen hatte und sich wehrte.

»Hüte dich, Ty«, warnte Buzz ihn lachend. »Das ist ein Wildfang.«

Sie wehrte sich nicht wie ein Mädchen, sondern trat gezielt um sich, und Ty hatte alle Hände voll mit ihr zu tun.

»Paß auf, wo du hintrittst, Jessy«, riet ihr Bill Summers. »Wenn du ihn am falschen Fleck triffst, mußt du einiges erklären.«

Ihre Wangen liefen rot an, als sie ihren heftigen Widerstand aufgab und Ty trotzig und herausfordernd ansah. Ihre Hilflosigkeit amüsierte ihn, als er eine Hand unter ihr Kinn legte und seinen Kopf auf ihre regungslosen Lippen senkte.

Statt eines sachten, kurzen Kusses auf ihren Mund, was er wahrscheinlich bei jedem anderen unerfahrenen Mädchen getan hätte, preßte er seine Lippen einige Sekunden lang fest auf ihren Mund. Als er von ihr abließ, bemerkte er, daß sie die Augen zusammengekniffen hatte – ihr Gesicht wirkte angespannt und verletzbar.

»Jetzt kannst du sagen, daß du geküßt worden bist«, sagte Ty und kämpfte gegen die Gewissensbisse an, die ihn überwältigten.

»Ich will verflucht sein«, murmelte Buzz. »Jessy ist rot geworden.«

Ty fühlte sich schuldbewußt, weil er sie mit diesem Kuß in Verlegenheit gebracht hatte. Er war nicht der einzige, den Jessys Schweigen bedrückte. Auch die anderen Cowboys sahen Jessy stumm zu, als sie auf ihr Pferd stieg und losreiten wollte.

Ty griff ihr in die Zügel. Sie sah ihn wütend und verletzt an. Er hatte vergessen, wie empfindlich er in diesem Alter auf die unbedachten Streiche der anderen reagiert hatte. Jessy mochte noch so selbstsicher und erwachsen scheinen, doch das änderte nichts daran, daß sie Gefühle hatte, die verletzt werden konnten.

»Es tut mir leid, Kleines«, sagte er.

Sie sah ihn wütend an. »Ich bin nicht mehr klein.«

Ty bereute, daß er überhaupt etwas gesagt hatte, denn bei ihm hatte sich auch nie irgend jemand entschuldigt.

Jessy ritt fort. Es war ihr erster Kuß, und sie hatte immer davon geträumt, daß Ty derjenige sein würde, der ihr den ersten Kuß gab. Dieser Traum war wahr geworden, aber wie bitter war die Erfüllung gewesen! Er hatte sie zwar geküßt, aber nur im Spaß. Es hatte ihr wehgetan, daß Ty es nur getan hatte, um sich über sie lustig zu machen – und das zu allem Überfluß auch noch vor Buzz Taylor und Bill Summers. Morgen würde es sich auf der ganzen Ranch herumgesprochen haben, und alle würden darüber lachen.

Die anderen Reiter kamen näher. Es wurde nicht viel geredet, doch Jessy nahm allmählich wieder an der Unterhaltung teil. Oberflächlich schien es, als sei alles wieder normal, als sie das Lager erreichten, aber es sah nur so aus.

7

Der Geruch von Schnee hing in der Luft, und eine dichte Wolkendecke hing tief am Himmel, als Jessy das Gepäck in den Wagen lud und Mr. Grayson, den vierzigjährigen Geologen abholte.

»Meinem Vater ist im letzten Moment etwas dazwischengekommen, und ich soll Sie zurück zum Flugzeug bringen«, begrüßte sie ihn.

Als seine Brille beschlug und Grayson sie absetzte, stellte er fest, daß er der kargen Landschaft, durch die sie fuhren, nicht einmal dann etwas abgewinnen konnte, wenn sie vor ihm verschwamm.

»Ich verstehe nicht, wie du es hier aushältst.« Er setzte seine Brille wieder auf und warf einen Blick auf Jessy.

»Ich bin nie woanders gewesen.« Sie fuhr mit der Geschicklichkeit und der Ruhe eines Mannes. Leo nahm an, daß sie den Lastwagen fuhr, seit sie acht oder neun Jahre alt war. In dem Alter fingen die meisten Kinder auf einer Ranch damit an, obwohl es ihnen kaum möglich war, aufgrund ihrer Größe gleichzeitig zu bremsen und durch die Windschutzscheibe zu sehen.

»Ich wette, du kannst es kaum erwarten, daß du achtzehn wirst und von hier fortgehen und dir mehr von der Welt ansehen kannst als Gras und Himmel.« Ihm behagte diese Form von Leben in der Abgeschiedenheit nicht, und für ein Mädchen mußte es zwangsläufig noch viel schlimmer sein.

»Ich bin mit meinem Leben hier zufrieden«, erwiderte Jessy, aber ihr war klar, daß sie zu einer Minderheit gehörte, denn die meisten anderen Mädchen in ihrem Alter klagten ständig über all das, was sie hier vermißten. Doch diese ›Dinge‹ interessierten sie nicht. »Ich hatte noch nie den Wunsch, von hier fortzugehen. Ich weiß, daß das komisch klingt. Aber ich mache mir nichts aus Kinos und Partys und diesem ganzen Rummel. Mir macht es Spaß, zu reiten, Lasso zu werfen und mich im Freien aufzuhalten, auch dann, wenn die Arbeit so anstrengend ist, daß man hinterher völlig erschöpft ist. Ich wäre gern einer dieser Bäume. Ich würde meine Wurzeln tief in diesen Boden graben und niemals fortgehen.«

»Du wirst es dir anders überlegen, wenn du älter wirst.«

»Das sagen alle.« Sie konnte sich nicht vorstellen, daß sich daran etwas ändern würde. Die meisten behaupteten, es sei nur eine Phase, die sie durchmachte, aber sie liebte ihre Arbeit wirklich, und sie wußte nicht, was sich dadurch, daß sie älter wurde, daran ändern sollte.

Leo Grayson lächelte, wie es die Erwachsenen immer taten, wenn sie ihren Vorurteilen widersprach. »Warte nur, bis du die Jungen entdeckst.«

»Wo steht, daß sich Jungen und Pferde nicht miteinander vereinbaren lassen?« konterte Jessy.

Sie war nur ein einziges Mal verknallt gewesen – in Ty Calder, der inzwischen in seinem dritten Collegejahr war. Doch es war zu einseitig gewesen, insbesondere nach dem demütigenden Erlebnis des letzten Sommers, als er sie geküßt hatte. Ihr schoß heute noch die Farbe in die Wangen, wenn sie daran dachte, wie sehr er sich über sie lustig gemacht hatte.

Grayson sah sie wieder an und entdeckte eine Reife an ihr, die er nicht erwartet hatte.

Ihr Profil war von einer klassischen Reinheit: das ausgeprägte Kinn und die vorstehenden Backenknochen drückten eine Kraft aus, die diesem Landstrich angemessen und gleichwertig zu sein schien, und ihr Selbstvertrauen nahm jede Herausforderung an. Sie war nicht hübsch, aber er erkannte, daß ein hübsches Gesicht hier draußen nicht überdauert hätte.

»Du bist ein prachtvolles Mädchen, Jessy.« Keine andere Beschreibung paßte zu ihrer herben Schönheit, ohne ihre potentielle Weiblichkeit in Graysons Augen zu mindern.

»Ich? So ein Unsinn«, tat sie das Kompliment ab.

»Doch, das bist du.«

»Hören Sie.« Geduldig erklärte sie ihm, daß er blind für ihre Mängel war. »Ich bin zu groß – ich bin größer als die meisten Jungen in meiner Klasse.« Leo fiel auf, daß sie sich trotzdem nicht schlecht hielt, um über ihre Größe hinwegzutäuschen. »Ich bin zu dünn, und ich kann essen, soviel ich will und kriege doch nirgends Rundungen. Und mein Busen ist sowieso nicht der Rede wert.«

Ihre Offenheit, die er jetzt schon mehrfach erlebt hatte, amüsierte ihn immer wieder, aber er mußte sich zusammenreißen, um nicht laut zu lachen.

»Was willst du später tun, wenn du mit der Schule fertig bist?«

»Hier arbeiten. Ich weiß noch nicht, was ich tun werde, aber auf einer Ranch dieser Größenordnung werden immer Leute gebraucht.« Jessy zuckte die Schultern, um ihm zu bedeuten, daß diese Entscheidung für sie in einer zu fernen Zukunft lag, um sie heute ernstlich zu beschäftigen. »Und was macht Ihre Arbeit?« fragte sie.

»Ich glaube, wir haben alle Möglichkeiten zukünftiger Entdeckungen von Öl oder Gas auf der Triple C ausgeschöpft.«

Sein Blick fiel durch das Seitenfenster auf die Landschaft. In seinen Augen war es ein wertloses Land, so verdammt dürr und unfruchtbar. Man brauchte hundert Morgen, um eine Kuh und ihr Kalb durchzufüttern. Es erschien ihm so unproduktiv – eine solche Vergeudung einer so großen Fläche Landes.

»Es ist ein Verbrechen«, murmelte er laut vor sich hin.

»Was?« fragte Jessy.

»Ich habe nur gerade aus dem Fenster gesehen und mir gedacht, daß es eine Schande ist, all das ungenutzt liegen zu lassen.«

»Sie meinen das Gras?« Jessy sah nichts anderes als das steifgefrorene Gras, das ihrer Erfahrung nach von unschätzbarem Wert war.

»Ich spreche von der Unmenge an Kohle, die dicht unter der Oberfläche liegt. Man bräuchte nur diese wertlose Erde abzutragen, und schon läge die Kohle da.«

»Nicht einmal das.« Jessy wirkte geheimnisvoll. »Soll ich es Ihnen zeigen?«

Sie fuhr ihn zu einer Stelle, an der die Kohleadern bis zur Oberfläche reichten. Dort holten sie sich im Winter die Kohle für ihre Öfen, doch Kohle war unpraktisch, auch wenn sie billig war. Jessy lächelte über die Faszination über etwas derart Gewöhnliches, die auf Graysons Gesicht stand, als er zum Wagen zurückkam.

Er griff in seine Manteltasche und zog einen glänzenden schwarzen Brocken heraus. »Weißt du, was das ist?«

»Kohle.« Sie sah ihn mit einem Blick an, der seine Intelligenz in Frage stellte.

»Das ist vergrabener Sonnenschein.« Seine Stimme klang überschwenglich. »Kohle ist Sonnenenergie, die vor Äonen in alten Wäldern eingefangen wurde – von gigantischen Farnen und Bäumen. Es ist ein endloser Kreislauf von Pflanzen, die gestorben und verfault sind und von neuen, die über ihnen gewachsen sind, um wiederum abzusterben und zu verfaulen. Dann kamen Wasserfluten und haben Binnenseen gebildet. Der Druck der Wassermassen hat die vergrabenen Schichten des pflanzlichen Lebens zusammengepreßt und erst zu Torf und dann zu Kohle werden lassen.« Er sah sie an. »In diesem Stück Kohle ist die Sonnenenergie von vor vierhundert Millionen Jahren enthalten.«

»Zeigen Sie mal her.« Jessy runzelte neugierig die Stirn und sah sich den gewöhnlichen Brocken Kohle näher an.

Am nächsten Morgen saß Leo Grayson in E. J. Dysons kühlem, klimatisiertem Büro und sprach seinen abschließenden Bericht und seine Empfehlungen noch einmal mit ihm durch.

Das Büro strahlte von dem schneeweißen Teppich über die walnußgetäfelten Wände bis zu dem Schreibtisch aus Walnußholz texanischen Reichtum aus.

»Ich kann nicht sagen, daß ich überrascht bin«, sagte Dyson, als Stricklin ihm den Bericht gereicht und er ihn überflogen hatte. »Ich hatte schon so eine Ahnung, daß wir das Potential der Calder-Ranch erschöpft haben. Gut, daß ich schon begonnen habe, Schürf- und Bohrrechte in Wyoming zu kaufen. Wir werden die Männer und die Bohranlagen dorthin bringen lassen.«

»Wie Sie meinen.« Leo zuckte die Achseln. Seine einzige Empfehlung war dahin gegangen, die Calder-Ranch aufzugeben und dort keine weiteren Bohrungen mehr vorzunehmen, aber die Entscheidung, wo sie von jetzt an bohren würden, lag nicht bei ihm.

»Können Sie vor sich selbst verantworten, daß unter dem Calder-Land nichts für uns zu holen ist?« fragte Dyson. Das war seine Taktik, die weniger selbstsichere Männer einschüchterte.

»Ja, abgesehen von den Hauptadern kaum geschwefelter Kohle«, sagte Leo. »Kohle ist heute des billigen Öls wegen kaum mehr rentabel, aber es ist ein Jammer, wenn soviel davon vorhanden ist. Sie liegt nur wenige Zentimeter unter der Oberfläche.«

»Das ist doch wohl eine Übertreibung«, fragte Dyson.

»Nein, stellenweise tritt sie buchstäblich zutage, und an anderen Stellen müßte man nur wenige Meter tief graben. War das alles, was Sie heute mit mir besprechen wollten?«

Dyson bejahte, und Grayson verabschiedete sich. Dyson sah Stricklin an. »Was meinst du?«

E. J. Dyson hatte in seinen Geschäften schon immer spekuliert und sich nie mit dem beschäftigt, auf das sich die Massen jeweils gerade stürzten. Er hatte schon geglaubt, mit seinem Versuch, im Nordwesten Öl zu finden, nur Verluste einzufahren.

»Es gibt Gerüchte über ein Handelsembargo der Staaten aus dem Mittleren Osten«, sagte Stricklin und zuckte die Achseln.

Die Gerüchte über eine eventuelle Ölknappheit hatten Dyson nie interessiert, doch in einem solchen Fall würde die Nachfrage nach Kohle steigen.

»Ich glaube, es ist an der Zeit, daß wir uns näher mit Kohle beschäftigen«, sagte er zu Stricklin. »Die Verschiffungskosten zu den Märkten im Osten. Die Möglichkeit des Bahntransports. Die derzeitigen und potentiellen Verbraucher von Kohle, und die Konkurrenz, die uns die Kohlefelder in den Appalachen machen.«

»Ich gehe sofort an die Arbeit.«

»Stellen Sie ein Gespräch für mich durch«, sagte Dyson durch die Haussprechanlage zu seiner Sekretärin. »Stellen Sie durch, sowie Sie ihn am Apparat haben.« Der Senator würde ihm die Fragen, die sich gerade ergeben hatten, nicht beantworten können, doch Dyson hatte anderweitig Verwendung für den skrupellosen Politiker.

»Sie müssen zugeben, Chase, daß unser texanischer Winter gegenüber dem Winter, aus dem Sie kommen, eine Verbesserung ist«, sagte E. J. Dyson, als er ihm ein Glas Whiskey mit Soda reichte.

Chase stand auf dem Balkon der luxuriösen Wohnanlage mit Blick auf den Golf. Die tropische Brise, die vom Wasser wehte, war warm und feucht.

»Das gebe ich zu.« Er hob sein Glas.

»Ich kann Ihnen gar nicht sagen, wie sehr es mich freut, daß Sie und Maggie hier sind.« E. J. stellte sich neben ihn, um die Aussicht zu bewundern. »Endlich habe ich einmal Gelegenheit, die Gastfreundschaft zu erwidern, die Sie mir schon bei so vielen Gelegenheiten erwiesen haben.«

»Maggie und Cathleen ist die Decke auf den Kopf gefallen. Daher haben wir uns entschlossen, für ein paar Tage nach Texas zu fliegen und Ty zu besuchen.« Auf dem Strand unter dem Balkon sah er Cathleen, die durch den Sand schoß und Muschelschalen sammelte, die sie Ty zeigte, ehe sie sie in einen kleinen Eimer warf. Sein Sohn und seine Tochter waren in Begleitung eines verblüffend schönen Mädchens in einem knappen Bikini und einer Spitzenbluse. »Sie haben eine auffallend schöne Tochter, E. J.«

»Ich glaube, Ihr Sohn hat sich in sie verliebt.« Er musterte Calder über den Rand seiner Brille, um zu sehen, wie er darauf reagierte. »Bisher hat sie ihn ganz schön an der Nase herumgeführt.«

»Das tun die meisten Frauen.« Es war keine sehr freundliche Antwort, und Chase konnte sich seine negativen Gefühle selbst nicht erklären.

»Ich könnte nicht behaupten, daß ich etwas dagegen einzuwenden hätte, wenn unsere beiden Familien sich in Zukunft durch eine Heirat enger zusammenschließen sollten«, bemerkte Dyson.

»Jeder Einwand wäre verfrüht. Ich glaube, daß keiner von beiden alt genug ist, um zu wissen, was er will«, sagte Chase und warf noch einen Blick auf das junge Paar am Strand. »Es ist nicht der rechte Zeitpunkt für ernste Absichten.«

»Da bin ich Ihrer Meinung«, sagte der Texaner gedehnt. »Beide müssen erst das College abschließen. Außerdem möchte ich, daß Tara Lee ein Jahr nach Europa reist, damit die jugendliche Abenteuerlust gestillt ist, wenn sie sich einmal niederläßt. Ich möchte ebensowenig wie Sie, daß die beiden etwas überstürzen. Unglückliche Ehen sind die Hölle, wie Sie sicher selbst wissen.«

»Das stimmt.« Chase ließ es beiläufig klingen, doch er versuchte dahinterzukommen, ob Dysons Äußerung eine allgemeine Bemerkung war, oder ob er damit auf seine gespannte Beziehung zu Maggie anspielte.

Im ersten Glanz der wiedergeborenen Liebe hatten sie beide den Fehler begangen zu glauben, daß die Liebe allein alle ihre Verschiedenheiten in Temperament, Auffassungen und Charakter überwinden und sie vor allen Reibereien eines Ehealltags schützen würde. Die Reife und die Erfahrung hatten sie beide verändert, und doch war es nicht einfach, sich von dem jeweiligen Bild loszureißen, das sie sich in früheren Zeiten voneinander gemacht hatten. Manchmal fiel es ihm schwer, mit der weltgewandten und hochgebildeten Frau zurechtzukommen, die aus Maggie geworden war. Er war es gewohnt, die Entscheidungen allein zu treffen, ohne jemanden um Rat zu fragen, und sie erwartete von ihm, daß er sie bei jeder Entscheidung hinzuzog. Es kostete sie eine ständige Anstrengung, sich aneinander zu gewöhnen und ihr früheres Verhalten den heutigen Bedürfnissen anzupassen.

Es gab Momente, in denen zwischen ihnen alles stimmte, aber das kam seltener und immer seltener vor. Solange nicht von Ty die Rede war, konnten sie so tun, als hätten sie keine Probleme, aber es war ihnen unmöglich, nicht über ihren Sohn zu reden.

Es lag eine gewisse bittere Ironie in dem Umstand, daß Ty dafür verantwortlich war, daß er und Maggie sich wieder gefunden hatten, und jetzt dafür, daß sie sich auseinanderlebten. Chase klammerte sich immer noch an die Hoffnung, die Konflikte zwischen ihm und Maggie würden verschwinden, wenn Ty erst seine Ausbildung abgeschlossen hatte und ganz nach Hause zurückkam.

Früher hatte er einmal geglaubt, eine Ehe ohne die Liebe oder das Verständnis von seiten seiner Frau ertragen zu können. Vielleicht hätte er es auch gekonnt, wenn beides nicht vorhanden wäre. Er wußte zwar, daß Maggie ihn immer noch liebte, doch er mußte zu Sally gehen, um das Verständnis zu finden, das er brauchte. Bisher hatte er diesen schmalen Grat zur sexuellen Untreue nicht überschritten.

»Seit er hier in Texas ins College geht, hatte ich Gelegenheit, Ihren Sohn näher kennenzulernen«, bemerkte Dyson. »Wie Sie wissen, verbringt er gelegentlich ein Wochenende in meinem Haus in Fort Worth oder hier auf der Insel. Er ist ein intelligenter und verständiger junger Mann. Ich mag ihn, obwohl ich weiß, daß er nur kommt, um Tara Lee zu sehen.«

»Mir ist auch aufgefallen, daß Ty großen Respekt vor Ihnen hat.« Die Antwort war diplomatisch gehalten, denn Chase fürchtete, sein Sohn könne diesen Mann zu sehr schätzen und in ihm ein Vorbild sehen.

Chase wechselte das Thema. »Ich vermute, Sie werden in Wyoming mehr Glück mit den Bohrungen haben, wenn man bedenkt, was man über die dortigen Ölvorkommen liest.«

»So wenig kommt gar nicht aus den Quellen auf Ihrer Ranch«, sagte Dyson. »Aber auf Ihrem Land ist anschließend kein Öl mehr zu finden. Nur Kohle. Soweit ich gehört habe, gibt es im ganzen Osten von Montana Kohlevorkommen dicht unter der Oberfläche. Wenn die Erdölreserven je ausgehen, dann werden Sie ein reicher Mann, Calder.«

»Kann sein, aber das wäre das Ende der Ranch.« Der Gedanke war unvorstellbar. Chase spülte den schlechten Geschmack in seinem Mund mit einem Schluck Whiskey hinunter.

»Das war einmal so«, sagte Dyson, der seine Worte mit Bedacht wählte. »Mit modernen Methoden kann das Land seiner ursprünglichen Verwendung als Weideland wieder zugeführt werden. Es käme nicht zu einem dauerhaften Schaden.«

»So?« Chase sah den Mann kühl an und zog herausfordernd die Augenbrauen hoch. »Wenn man einen Menschen aufschneidet, ihm die Hälfte seiner Eingeweide herausnimmt und ihn dann wieder zunäht, ist er nicht mehr derselbe, und die Narbe verheilt nie. Es ist jetzt fast fünfzig Jahre her, seit die Farmer in den Oststaaten das Land ausgebeutet haben, und dieser vergewaltigte Boden ist bis heute kaum mehr als eine Wüste mit Grasbüscheln und Unkraut. Das entspricht nicht meiner Vorstellung von Weideland.«

»Chase Calder, wie kannst du nur auf diesen weiten blauen Golf hinausschauen und über grasende Rinder reden?« schalt ihn Maggie, als sie sich den beiden Männern auf dem Balkon anschloß und seine letzte Bemerkung aufschnappte. »Das hier war als Urlaub gedacht, weißt du noch?«

»Es tut mir leid.« Seine Mundwinkel verzogen sich zu einem Lächeln, als sie sich neben ihn stellte. Früher hätte er automatisch seinen Arm um sie gelegt, aber die Geste hatte ihre Natürlichkeit verloren.

»Darf ich Ihnen einen Drink mischen, Maggie?« fragte Dyson.

»Ein Tonic mit einem kleinen Spritzer, bitte«, sagte sie und lehnte sich auf die Balkonbrünstung, um auf den Strand sehen zu können. »Cathleen hat ihren Spaß, siehst du?«

Cathleen sammelte immer noch Muscheln, doch die beiden Erwachsenen hatten keine Lust mehr, spazieren zu gehen und breiteten ihre Handtücher auf dem Sand aus. »Deine Schwester ist entzückend«, sagte Tara und fragte sich verwundert, wie ein kleines Kind nur so schön aussehen konnte. »Sie ist ganz deine Mutter.«

»Was hältst du von meinen Eltern?« Er drehte sich zu ihr um.

»Dein Vater entspricht ziemlich genau meiner Vorstellung von ihm«, sagte sie. »Aber es hat mich überrascht, daß deine Mutter so elegant und aufgeschlossen und modern ist. Ich nehme an, ich habe eher eine dieser Frauen erwartet, die unterwürfig sind, sich selbst vernachlässigen und den ganzen Tag lang backen.«

»Ich habe dir doch gesagt, daß sie etwas Besonderes ist«, sagte Ty.

»Es kommt oft vor, daß Söhne ihre Mutter völlig falsch einschätzen«, entgegnete sie und sah ihn dann versonnen an. »Sie sieht nicht so alt aus, als könnte sie einen Sohn in deinem Alter haben.«

»Sie war sehr jung, als ich geboren wurde, noch keine zwanzig.« Das war weder der rechte Zeitpunkt, noch der rechte Ort, um die Vergangenheit in allen Einzelheiten aufzurollen.

Tara runzelte die Stirn. »Mir tun Mädchen immer leid, die so jung Kinder kriegen und sich festlegen. Sie verpassen so vieles.« Ihre Stirn glättete sich, als sie Ty plötzlich anlächelte. »Bei mir wird es noch ein paar Jahre dauern, ehe ich mich durch Kinder oder einen Mann binden lasse. Es gibt noch viel zu viel, was ich vorher sehen und tun und unternehmen will.«

»Bist du je auf die Idee gekommen, daß ein Ehemann diese Dinge mit dir gemeinsam sehen, tun und unternehmen könnte?« Seine Frage klang nicht leichtfertig. Sie war ein Bestandteil aller seiner Träume, und doch schien sie nie auf die Idee zu kommen, ihn in ihre Träume einzubeziehen.

»Ein Ehemann? Ein einziger Mann? Wie langweilig!«

8

Als Chase in die Tankstelle von Blue Moon fuhr, sah er Ty auf der Straße stehen, und was er sah, gefiel ihm. Er sah von Kopf bis Fuß wie ein echter Cowboy aus. Chase lächelte, als Ty aufblickte.

Ty zögerte einen Moment lang, als er seinen Vater sah. Ihr Verhältnis war distanziert, seit Ty seinen Entschluß verkündet hatte, das College zu besuchen, doch Ty bildete sich ein, zum ersten Mal seit drei Jahren einen Ausdruck der Billigung auf dem Gesicht seines Vaters gesehen zu haben. Es war, als träfen sie zum ersten Mal seit langem auf neutralem Boden aufeinander.

»Du hast heute deinen freien Tag, stimmt's?« fragte Chase.

»Ja. Ich wollte gerade nach Hause fahren, ein Bad nehmen und eine Kleinigkeit essen. Wir wollen heute abend zu Sally gehen.«

»Als ich in deinem Alter war, hat dieses Lokal einem gewissen Jake gehört.« Sein Vater lächelte versonnen. »Es war der einzige Ort im Umkreis von Meilen, an dem etwas los war.«

»Genauso ist es heute auch noch.« Ty grinste.

»Es ist so gar nicht das, was du vom College her an Nachtleben gewohnt bist.«

»Es ist wahr, daß man hier nicht lange zu überlegen braucht, wo man den Samstagabend verbringt«, räumte Ty in einem zufriedenen Tonfall ein. Chase erleichterte es, daß sein Sohn sich nicht nach raffinierteren Vergnügungen sehnte. »Wenn du nicht allzu sehr in Eile bist, könnten wir zu Sally gehen, und ich gebe ein Bier aus.«

»Ja, von mir aus.« Chase zeigte seine Freude nicht, aber wenn sie sich beim Bier zusammensetzten und wieder etwas vertrauter miteinander wurden, war das vielleicht genau das, was sie brauchten.

Ty ging voraus, während Chase in der Tankstelle seine Rechnung bezahlte, und bestellte zwei Bier.

»Wie steht's?« Sally Brogan nahm sich Zeit für Ty. Sie schien ihre ruhige Gelassenheit nie zu verlieren, ganz gleich, wie voll das Restaurant war.

»Gut.« Ty nickte. Sie war eine angenehme Frau, hatte eine ruhige Art und war durchaus attraktiv. Je nach dem Alter der Besucher war sie jedem eine Schwester oder eine Mutter.

»Wie gefällt es dir im College? Ich habe vergessen, was du als Hauptfach gewählt hast.« Sie runzelte die Stirn.

»Sally! Du wirst in der Küche gebraucht!« rief ihr die Kellnerin zu.

Als Ty sich setzte, stand das Bier schon da. Nach dem ersten Bier beschlossen sie, zum Abendessen zu bleiben. Ty rief Maggie an, und Chase ging in die Küche, um das Essen zu bestellen.

»Erst kommt Ty und bestellt zwei Bier, und dann kommst du und bestellst zwei Steaks«, sagte Sally erstaunt. Dann ging ihr ein Licht auf. »Ihr seid doch nicht etwa zusammen hier?«

Chase nickte und sah, daß sie sich freute. »Mir ist klar geworden, daß ich schon lange nicht mehr mit meinem Sohn geredet habe. Ich weiß nicht, ob es daran liegt, daß wir beide nicht auf der Ranch sind, aber es scheint weniger Spannung zu herrschen als ...« Chase unterbrach sich, als er merkte, daß das die Dinge waren, die er eigentlich Maggie erzählen sollte.

»Das freut mich für dich«, sagte Sally, die seine plötzliche Zurückhaltung spürte und auch auf Abstand ging. »Ich bringe jetzt besser den Eimer weg.«

Sie hatte gerade den Boden aufgewischt, und als sie sich in Bewegung setzte, vergaß sie, daß er noch feucht und glitschig war. Sally rutschte aus, und Chase streckte instinktiv seine Arme aus, um sie aufzufangen und ihr Halt zu geben. Als er sie in seinen Armen hielt, warf Sally ihren Kopf zurück und lachte zittrig.

»Mein Herz überschlägt sich«, sagte sie.

»So, wirklich?« Chase nahm den zarten Frauenkörper, den er an sich preßte, bewußt wahr, ihre vollen Hüften und das Heben und

Senken ihrer Brüste. Er legte seinen Arm um ihren Hals und spürte die Spannung, als sein Daumen über ihre Wange strich.

»Chase«, murmelte Sally und warnte ihn vor der Richtung, die seine Gedanken einschlugen.

»Es gibt Zeiten, in denen ein Mann es satt hat, ständig zu kämpfen und zu streiten, Sally«, murmelte er, »und in denen er sich nichts anderes im Leben wünscht als Frieden. Du bist eine bemerkenswerte Frau, so still und so ruhig. Diese Kraft brauche ich jetzt.«

»Du hast mich immer als stark angesehen, aber ich bin nicht stark, Chase. Ich bin schwach. Ich weiß, daß du mich nicht liebst und mich nie lieben wirst. Trotzdem bin ich immer noch hier.«

Er spürte ihr Geben – ein Geben, das keine Gegenleistungen erwartete, kein Lügen und keine Versprechungen. Sie bat ihn nicht um seine Liebe, weil sie wußte, daß diese Liebe Maggie gehörte.

Es wäre so einfach gewesen, sich mit ihrem Körper zu trösten – so unglaublich einfach. Sein Kopf senkte sich über ihre zarten, einladenden Lippen, und er spürte ihren ungleichmäßigen Atem. Die Küchentür wurde geöffnet, und einen Moment lang blieb eine Hand auf der Tür liegen. Dann fiel sie wieder zu. Das Paar bemerkte nichts von alledem. Das Paar löste sich voneinander, ohne sich geküßt zu haben. Sally trat mit blassem Gesicht und schimmernden Augen, in denen die Tränen standen, zur Köchin an den Grill.

Ty hatte beide Arme auf den Tisch gestützt und seine Hände hielten sein zweites Bier. Er hatte einen Schluck davon getrunken und den Geschmack kaum wahrgenommen. Der Schock, Sally Brogan in den Armen seines Vaters zu sehen, hatte ihn betäubt.

»Was hat dich so lange in der Küche aufgehalten?« fragte Ty mit gepreßter Stimme, als sein Vater sich wieder zu ihm setzte.

»Ich habe eine Schraube nachgezogen, die sich im Abfluß gelöst hat.«

Ty schnaubte.

»Was ist daran so lustig?« fragte Chase.

Zweifel fochten mit seiner Wut, denn etwas in Tys Innerem wollte nicht glauben, was er gesehen hatte. Er war gern bereit, eine andere Erklärung zu finden. Vielleicht hatte sein Vater Sally nur getröstet, oder sie hatte etwas im Auge gehabt. Vielleicht hatte es nur so ausgesehen, als würde er sie jeden Moment küssen. Ty verfluchte sich dafür, daß er nicht geblieben und es sich selbst angesehen hatte.

Sein Vater wartete auf eine Antwort. »Ich kann mir Chase Calder einfach nicht als Klempner vorstellen«, sagte er. Er spülte den schlechten Geschmack in seinem Mund mit einem Schluck Bier hinunter. »Ich dachte immer, du seist etwas Besonderes«, sagte er dann. Seine Knöchel wurden weiß, als seine Hände sich fester um das Glas klammerten.

Bei dieser Bemerkung fiel Chase wieder ein, daß Maggie ihm immer wieder gesagt hatte, sein Sohn sähe in ihm eine Art von sterblichem Gott. Weniger göttergleich als im Moment hätte er sich kaum fühlen können.

»Ich bin nichts weiter als ein gewöhnlicher Mann, Ty.« Mattigkeit befiel ihn, und er war es müde, daß jeder Kraft von ihm erwartete, die er kaum aufbrachte. »Ich bin manchmal einsam und müde – und habe die Nase so voll wie jeder andere auch.«

»Warum fühlst du dich einsam, wenn du Mom hast?«

»Wenn man einen Menschen liebt, dann heißt das noch nicht, daß man nie mehr einsam ist«, erwiderte Chase.

Als Sally Brogan das Essen servierte, wich Ty ihren Blicken aus. Er leerte sein Glas und bestellte sich noch ein Bier. Sie aßen schweigend.

Ty war in Gedanken versunken. Wenn seine Mutter je dahinterkam, daß Chase etwas mit Sally Brogan hatte, mußte es sie schrecklich verletzen. Wie konnte ein Mann eine Frau lieben und ihr das antun? Und doch war es nichts anderes als seine Beziehung zu Tara; er liebte sie und benutzte gleichzeitig andere Frauen, um sein körperliches Verlangen zu stillen. Er verwarf diesen Vergleich augenblicklich. Wenn sie erst verheiratet waren, würde alles anders sein.

Er wußte nicht, wie er mit dieser Situation umgehen sollte. Einerseits haßte er seinen Vater dafür, daß er seine Mutter auf diese Weise hinterging, und andererseits versuchte er, Ausflüchte zu finden, die das Verhalten seines Vaters rechtfertigten. Jedesmal, wenn die bittere Galle in ihm aufstieg, spülte er sie mit einem Schluck Bier herunter.

Als sie gegessen hatten, bestellte sein Vater eine Tasse Kaffee, aber Ty bestellte sich noch ein Bier.

»In ein paar Wochen beginnt dein letztes Jahr im College«, sagte sein Vater. »Du weißt vermutlich, daß ich nach wie vor glaube, du hättest deine Zeit auf der Ranch nützlicher verbracht, aber zumindest ist es jetzt fast soweit, daß du endgültig zurückkommst.« Als Ty nichts dazu sagte, hob Chase den Kopf, denn er spürte, daß etwas nicht stimmte. »Oder hast du andere Pläne, von denen ich nichts weiß?«

»Nein. Keine. Ich komme zurück, wenn ich meinen Abschluß gemacht habe.«

»Einen Moment lang war ich mir nicht sicher.« Chase lächelte. Nach einer kurzen Gesprächspause sagte er: »Dyson kommt nächste Woche zu Besuch. Er hat heute morgen angerufen und gesagt, daß er nach Wyoming fliegt. Wenn er schon in diese Gegend kommt, hat er beschlossen, gleich ein paar Tage auf die Ranch zu kommen.«

»Kommt Tara mit ihm?« fragte Ty unwillkürlich.

»Erwähnt hat er es nicht. Ist es dir ernst mit ihr?«

»Ich werde sie heiraten«, sagte Ty.

Sein Vater ließ sich Zeit und verdaute diese Information, während er seine Zigarre zwischen seinen Fingern drehte. »Sie ist ein sehr schönes Mädchen.« Sein Blick fiel mit einem täuschend unbeteiligten Ausdruck wieder auf Ty. »Bist du sicher, daß du sie liebst?«

Niemand hatte ihm je erklären können, was Liebe ist. Bei Tara hatte er entdeckt, daß es ein Verlangen war – ein rasendes Verlangen, das an ihm zehrte, bis er nach ihr lechzte wie ein Verhungernder, der seine Seele für einen Laib Brot verkauft hätte.

»Ja, ich bin sicher.«

»Ich sage dir jetzt nicht, daß ich finde, du bist noch zu jung zum Heiraten, obwohl ich dieser Meinung bin. Wenn sie dich in dem Netz eingefangen hat, mit dem ich rechne, dann weißt du ohnehin nicht mehr, was du fühlst, und du wirst auch auf niemanden hören. Aber wenn du sie liebst, dann bring sie auf die Ranch, ehe du sie heiratest – um ihretwillen.«

»Warum?« Im Moment war Ty jeder Rat seines Vaters zuwider, wenn es um Heirat oder Frauen ging.

»Manche Menschen können sich nicht an die Abgeschiedenheit gewöhnen. Das Leben hier draußen ist anders als alles, was sie kennt. Es gibt hier keine schicken Läden, keine Theater und keine Country Clubs und nichts von all dem, was ihr selbstverständlich ist. Du bist es ihr schuldig, sie hierherzubringen. Sie hat ein Recht darauf, selbst zu sehen, wie ihr Leben aussehen wird, wenn ihr verheiratet seid.«

»Mutter gefällt es hier«, sagte Ty.

»Deine Mutter ist hier geboren. Tara ist in der Stadt aufgewachsen.«

»Und das soll einen so großen Unterschied machen?« Eine Spur von Sarkasmus schwang in seiner Stimme mit.

»Wenn es ihr hier nicht gefällt, stehst du vor einem unüberwindbaren Problem«, warnte ihn sein Vater. »Jede Ehe hat ihre Probleme.«

»Wo liegen deine?« fragte Ty.

Chase lehnte sich mit zusammengekniffenen Augen zurück. »Das ist eine Privatangelegenheit zwischen deiner Mutter und mir, etwas, was wir gemeinsam bewältigen müssen.«

»Dazu mußt du es erst einmal bewältigen wollen.« Das Verhältnis zwischen seinen Eltern war jetzt schon seit langer Zeit angespannt, seit sie damals verschiedener Meinung waren, als es darum ging, ob er ans College gehen sollte. Vielleicht hatte sein Vater das Problem damit gelöst, daß er sich eine Mätresse zugelegt hatte.

»Wenn du auf irgend etwas anspielst, dann drück dich deutlicher aus«, sagte sein Vater herausfordernd. »Wenn nicht, dann versuch nicht, dich zu etwas zu äußern, wovon du keine Ahnung hast.«

Dieser Vorwurf zwang Ty, seine Anschuldigungen zurückzunehmen. Als ein Erwachsener von einundzwanzig Jahren wollte er die Privatsphäre seiner Eltern respektieren, doch als ihr Sohn konnte er nicht gleichgültig mitansehen, was hier geschah, und er wußte nicht, wie er diesen Konflikt lösen sollte.

Als er nichts sagte, ging Chase, und Ty blieb allein an dem Tisch sitzen. Das Bier begann zu wirken. Es fiel ihm schwer, einen klaren Gedanken zu fassen. Seine Überlegungen schwirrten zwischen seinem Vater und Tara hin und her. Er wollte mit ihr reden – ihre Stimme hören.

Ty fühlte sich sofort wohler, als er das Kleingeld aus seiner Hosentasche holte und sich durch die volle Bar einen Weg zu dem Münzfernsprecher vor den Toiletten bahnte. Am Billardtisch mußte er einem Queue ausweichen und rempelte dabei einen achtzehnjährigen Jungen mit einem Sonnenbrand und Sommersprossen an.

»Entschuldige, Anderson«, sagte Ty zu dem Sohn der Familie, die ein Stück Land am Südrand der Triple C bestellte.

»Schon gut«, sagte der Junge, und Ty sah das Mädchen, das bei ihm war.

»Hallo, Jessy.« Mit einem leicht spöttischen Lächeln fiel er in den Dialekt der Gegend. »Zum Teufel, ich habe dich noch nie ohne Hut gesehen.« Er zerzauste ihre dichte Mähne, deren goldene Strähnen in dem schummerigen Licht nicht zu sehen waren. »Es sieht so aus, als hätte sich der beste Lassowerfer der Triple C endlich einen Freund geangelt.«

»Vielleicht kann ich dir eines Tages das Lassowerfen beibringen«, gab sie zurück.

Ty versetzte Anderson einen Rippenstoß. »Nimm dich in acht. Die Kleine ist ganz schön frech.«

Ty ging weiter, warf die Münzen ein und ließ sich mit der Nummer in Texas verbinden.

»Guten Abend, ich möchte Tara sprechen.«

»Wer ist da?«

»Ty Calder.« Dieselbe unpersönliche Stimme bat ihn zu warten.

»Hallo, Ty? Hier ist E. J. Es tut mir leid, aber Tara ist heute abend ausgegangen. Ist etwas Wichtiges?«

Die Hochstimmung fiel von ihm ab. Er runzelte die Stirn, als er nach einer Erklärung für seinen Anruf suchte. »Ich wollte mich nur mit ihr unterhalten«, murmelte er und wiederholte dann: »Ich wollte mich nur mit ihr unterhalten, das ist alles.«

»Ty, sind Sie betrunken?« fragte Dyson belustigt.

»Nein, Sir, noch nicht.« Doch er spürte den Drang, gegen seine gesamte Verwirrung anzutrinken. »Sagen Sie ihr, daß ich angerufen habe.« Er war wütend, weil sie nicht zu Hause war. Unwirsch legte er den Hörer auf.

9

Jessy rührte das Eis in ihrer Cola mit einem Strohhalm um. Immer wieder glitt ihr Blick zu dem Billardtisch hinüber, an dem Chase stand. Er hielt in einer Hand ein Queue und in der anderen eine Flasche Bier. Irgendwie gelang es ihm, beides nie aus der Hand zu legen, auch dann nicht, wenn er dran war. Im übrigen hing meistens eine Zigarette aus einem Mundwinkel, und er schielte mit einem Auge durch den Rauch.

Seine langen, muskulösen Beine wankten unter ihm. Jede seiner Bewegungen war ein Schwanken und Taumeln, das sich kaum beherrschen ließ. Jessy hatte keine Ahnung, wie viele dieser Flaschen mit dem schmalen Hals er geleert hatte, aber er war auf dem besten Weg zu einem Totalrausch. Sein Lachen und seine Stimme waren zu laut, und doch wirkte er unterschwellig verärgert. Sie spürte einen gewissen Unwillen und einen Abscheu gegenüber seinem Verhalten, doch bei den anderen Cowboys, die in einem ähnlichen Zustand waren, störte es sie nicht.

Leroy Anderson benutzte den Tisch als Trommel, und Jessy hatte jeden Versuch aufgegeben, sich mit ihm zu unterhalten, da sie es satt hatte, mit der Musik um seine Aufmerksamkeit zu konkurrieren.

»Wenn das kein starker Rhythmus war!« sagte Leroy, als der Song endete.

Jessy lächelte matt, ohne zu antworten. Ihr persönlich hatte der Song nicht gefallen, aber ihr hatte bisher keiner der Songs gefallen, die Leroy ausgesucht hatte.

»Magst du die nächsten Songs aussuchen?« schlug er vor.

»Warum nicht?« Es gab nicht viele Möglichkeiten, sich zu beschäftigen, da Leroy nicht mit ihr redete und trotz all seines rhythmischen Trommelns beim besten Willen nicht tanzen konnte. Alle ihre Freundinnen bauschten ihre Verabredungen am Samstagabend so auf, daß es schien, als sei es eine besondere Ehre, von einem Jungen zum Ausgehen aufgefordert zu werden, ganz gleich, wer der Junge auch sein mochte. Sie glaubte schon, mit ihr sei etwas nicht in Ordnung, wenn sie keine Einladungen annahm, doch wenn sie es tat, langweilte Jessy sich jedesmal wieder. Es machte ihr mehr Spaß, mit mehreren Jungen gleichzeitig und mit einer ganzen Gruppe von Leuten auszugehen.

Während sie vor der Jukebox standen, spielten Nummern, die bereits von anderen ausgewählt worden waren.

»He, noch ein Bier!« rief Ty quer durch den Raum, und in dem Moment sah er Jessy vor der Jukebox stehen.

»Was hältst du davon?« fragte Leroy, und Jessy drehte sich um, um zu sehen, welchen Song er ausgesucht hatte, obwohl sie bereits sicher war, daß ihr die Musik nicht gefallen würde.

Ein Arm schlang sich von hinten um ihre Mitte. Sie schnappte verblüfft nach Luft. Ty lächelte mit einem spöttischen Funkeln in seinen recht glasigen Augen auf sie herunter. Ihre Hüfte war an seinen Oberschenkel gepreßt, und ihre Schulter und ihr Arm lagen unbeholfen auf seiner Brust. Sie spürte ihr Herz wild gegen ihre Rippen pochen.

»Ich habe dich kein einziges Mal tanzen gesehen, Jessy.« Seine rauhe Stimme zog die Worte zusammen. »Wollen wir doch mal sehen, ob du auf der Tanzfläche auch so gut bist wie auf einem Pferd.«

»Ty Calder, du bist betrunken«, sagte sie anklagend.

»Ich fordere dich zum Tanzen auf, nicht zu einer Strafpredigt.« Er sah sie gereizt an und lächelte dann herablassend über ihre Schulter, um sich an ihren Begleiter zu wenden. »Du hast doch nichts dagegen, Anderson?«

»Nein, natürlich nicht, Mr. Calder.«

»Hast du das gehört? *Mister* Calder hat die Erlaubnis deines Begleiters, mit dir zu tanzen.«

»Na gut, dann tanzen wir eben«, willigte sie ein. »Wenn du dich so lange auf den Beinen halten kannst.«

Auf der kleinen Tanzfläche tanzten so viele Menschen, daß Tys Schenkel zwischen Jessys Beinen war und sie ihm doch beinah auf die Stiefel trat. Diese Nähe war beunruhigend.

Ty schien sich zu konzentrieren, und Jessy fragte sich schon, ob er wirklich so betrunken war, wie sie es im ersten Moment geglaubt hatte. Doch schließlich ließ seine Konzentration nach, und er wankte.

»Tut mir leid«, murmelte er und trat ihr fast auf die Zehen.

Er preßte sie fester an sich, und Jessy merkte, daß er sich darauf verließ, daß sie das Gleichgewicht hielt.

Als Ty merkte, daß Jessy ihn durchschaut hatte, wirbelte er sie so wild über die Tanzfläche, daß ihre Füße kaum noch den Boden berührten, doch als er sich nach dem Tanz vor ihr verbeugen wollte, taumelte er wieder zur Seite, und Jessy umklammerte seinen Arm und setzte ihn auf einen Stuhl, den jemand nähergerückt hatte.

Er versuchte, den Anschein zu erwecken, er sei atemlos, aber Jessy wußte, daß sich der Raum um ihn herum drehte. »Ich brauche noch ein Bier«, sagte er.

»Du hast genug getrunken«, sagte sie.

»Du hast recht«, stimmte Ty ihr unerwartet zu und stand auf. Dabei hielt er sich mit beiden Händen an der Stuhllehne fest. »Es ist schon spät. Ich muß nach Hause fahren.« Er durchwühlte seine Taschen. »Wo sind die Schlüssel?« Dann rief er quer durch den Raum: »Hat jemand meine Schlüssel gesehen?«

»Du kannst so nicht nach Hause fahren«, sagte Jessy.

»Ich habe sie im Wagen stecken gelassen«, erinnerte er sich und wankte auf die Tür zu.

Jemand hielt ihn fest, als er gegen einen Tisch prallte, und Jessy stürzte zu ihm und hing sich seinen Arm über die Schultern, um ihn in die richtige Richtung zu führen.

»Wohin gehst du, Jessy?« Leroy stand neben ihr und runzelte die Stirn, während er neben ihr herlief.

»Ty ist zu betrunken, um selbst nach Hause zu fahren. Sein Wagen steht draußen, und ich bringe ihn nach Hause. Es ist ohnehin schon spät.« Sie mühte sich unter ihrer Last ab, denn Ty verließ sich inzwischen mehr auf sie als auf seine eigenen Beine ...

»Soll ich mitkommen?« Leroy wußte nicht so recht, wie er sich verhalten sollte.

»Es ist nicht nötig, daß du die ganze Strecke hinter uns herfährst und dann wieder zurück nach Hause.« Es erleichterte sie sogar, daß diese Verabredung ein derart frühzeitiges Ende fand.

Mit Hilfe einiger Reiter der Triple C gelang es Jessy, Ty in die Fahrerkabine des kleinen Lastwagens zu hieven. Er erhob Einwände, als sie sich hinter das Lenkrad setzte, und er beharrte darauf, er könne selbst fahren, doch sie beachtete ihn nicht.

»Du glaubst, ich bin betrunken, stimmt's?« Er sah sie fest an, um ihr das Gegenteil zu beweisen, doch ihr Bild verschwamm vor seinen Augen, als versuche es, sich in zwei Bildern aufzulösen. Ty war noch nicht einmal sicher, ob sie ihn überhaupt ansah. »Ja, das bin ich«, teilte er ihr stolz mit und hielt sich an der Tür fest, als der

Wagen beschleunigte und auf die Straße einbog. »Ich bin ein Calder, verstehst du. Und ein Calder tut immer das, was er sich vorgenommen hat. Heute abend habe ich den Vorsatz gefaßt, mich zu betrinken – und genau das habe ich auch getan.«

»Allerdings«, murmelte Jessy.

Sein Kopf kam ihm so groß und schwer vor, daß sein Hals ihn nicht mehr tragen konnte. Ty ließ seinen Kopf gegen die Lehne fallen. Der Hut rutschte ihm ganz über die Augen.

Die Landschaft zog für seine Begriffe ohnehin zu schnell vorüber.

Den ganzen Abend lang hatte er demonstrativ seine gute Laune bewiesen, um seine Wut nicht zu zeigen, aber jetzt war der Auftritt beendet. Er hatte einen bitteren Geschmack im Mund. Alles hätte so schön und richtig sein sollen, doch nicht einmal seine Eltern waren glücklich miteinander. Ein dumpfer Stich machte sich bemerkbar, als er an seinen Vater dachte, der immer so verdammt ehrenwert war und immer seinen verdammten Ehrenkodex predigte. Anscheinend sollten alle danach leben, nur er selbst nicht.

Am Osttor bestand Ty darauf, daß Jessy den Wagen anhielt, und als sie weiterfahren wollte, griff Ty ihr ins Lenkrad und fuhr den Wagen beinah in den Straßengraben. Jessy konnte das Steuer im letzten Moment herumreißen, doch Ty gab nicht auf und versuchte, den Schlüssel aus der Zündung zu ziehen.

»Okay, ich halte ja schon an«, sagte Jessy erbost und fuhr an den Straßenrand. Als Ty ausstieg und ins Gras taumelte, glaubte sie im ersten Moment, er wolle allein sein, um sich zu übergeben, doch als er immer weiter wankte und sie ihn beinah aus den Augen verloren hatte, stieg sie aus und lief hinter ihm her. Es war nicht abzusehen, was er in seinem Zustand alles anstellen konnte.

Jessy kam ihm nahe genug, um zumindest seinen dunklen Schatten deutlich zu erkennen.

Er hatte seine Arme in einer weit ausholenden Geste vor sich gestreckt, die im Widerspruch zu seinen geballten Fäusten stand. Seine Haltung war starr und herausfordernd. Seine Füße waren gespreizt, und den Kopf hatte er ins Genick geworfen.

»Du bist ein ödes, abscheuliches Land!« Der heisere Aufschrei kam aus einem gequälten Winkel seines Innern. »Ein Traum. An den ich geglaubt habe.« Sein betrunkenes Gelächter klang gräßlich. »Es war von Anfang an ein Alptraum.

Du hältst einen Mann zum Narren – du läßt ihn Dinge sehen, die gar nicht da sind. Du ziehst ihn mit dir! Du läßt ihn glauben, nur der nächste Hügel müßte noch überwunden werden! Du läßt ihn glauben, alles würde besser werden!« Seine Stimme senkte sich. »Und es wird immer schlimmer. Du zehrst einen Mann aus, bis er sich mit immer weniger zufrieden gibt.«

Seine Beine sackten langsam unter ihm zusammen, und er sank auf den Boden. Niedergeschlagen ließ er den Kopf hängen. Jessy zögerte. Dieses überwältigende Bild der Enttäuschung und der hilflosen Wut, das sich ihr bot, hatte sie bewegt. Sie wußte, daß Ty von niemandem gehört werden wollte. Sie wartete, bis sie sicher war, daß er endgültig schwieg, und dann ging sie langsam auf ihn zu. Er saß auf seinen Fersen, ließ die Schultern hängen und hatte den Kopf gesenkt. Als sie eine Hand auf seine Schulter legte, blickte er benommen zu ihr auf.

»Komm, Ty.« Sie ging sachte mit ihm um, als sie sich bückte, um ihm auf die Füße zu helfen. »Ich bringe dich nach Hause.«

»Weißt du, wo das ist?« fragte er, als er sich mühsam auf die Füße zog und einen Arm um ihre Schultern legte. Ein breites Lächeln trat auf sein Gesicht. »Ich wollte immer so sein wie er«, erklärte Ty, als er auf Jessy heruntersah, ohne wirklich zu wissen, wer sie war. »Habe ich dir das je gesagt?« Die Ironie, die in seiner Stimme mitschwang, machte ihr Sorgen.

»Nein.« Jessy nahm an, daß er von seinem Vater sprach, aber sie verstand nicht wirklich, worum es eigentlich ging.

Sie brauchten mehrere Anläufe, bis Ty auf dem Beifahrersitz saß. Dieser Ausbruch schien ihn völlig erschöpft zu haben. Als Jessy auf der Fahrerseite einstieg, sah sie ihn in sich zusammengesackt in der Ecke sitzen. Doch während sie den Motor anließ, kam er noch einmal kurz zu sich.

»Verdammt noch mal, bin ich müde«, nuschelte er und ließ sich gegen die Lehne zurücksinken.

Fünfhundert Meter weiter hörte Jessy seine tiefen, gleichmäßigen Atemzüge. Sie fuhr langsam über die Schlaglöcher in der Straße, um ihn nicht zu wecken. Sie gab sich Mühe, sich einzureden, daß sie ihn nur ungestört schlafen ließ, damit er einen Teil seines Rausches ausgeschlafen hatte, wenn sie ankamen, aber ihr anfänglicher Zorn über seine Trunkenheit war einer zärtlichen Sorge gewichen. Seine momentane Abhängigkeit von ihr hatte alle diese alten Träume wieder in ihr aufleben lassen. Diese Träume hatten nichts von ihrer Frische verloren. Und wenn er sie heute abend im Stich gelassen hatte, indem er sich nicht wie ein großer, starker Held benahm, dann hatte er sich doch um so menschlicher und somit erreichbarer gezeigt.

Das College hatte ihn weniger verändert, als sie geglaubt hatte. Es stimmte, daß er sich besser ausdrücken konnte als die meisten Cowboys – wenn er nüchtern war –, aber tief in seinem Innern war Ty noch derselbe einsame junge Mann, den sie einst so sehr verklärt hatte.

Als sie den Wagen vor den Stufen zur Veranda anhielt, brannte in einem Fenster des Hauses Licht. Als sie den Motor ausschaltete, warf Jessy einen Blick auf Ty, der nach wie vor tief und gleichmäßig atmete.

Jessy rückte dichter zu Ty, um ihn zu wecken. Er wurde erst wach, als sie ihn mehrfach an den Schultern gerüttelt hatte.

»Wo sind wir?« fragte er benommen.

»Wir sind zu Hause.« Sie benutzte weiterhin den Plural, den Erwachsene häufig Kindern gegenüber verwenden.

Der Klang ihrer Stimme schien endlich in sein Bewußtsein vorzudringen, und Ty riß seinen Kopf herum und sah sie an. Das Licht, das durch das Fenster des Hauses kam, fiel nicht in die Fahrerkabine, sondern tauchte sie in einen noch tieferen Schatten. Alles schwamm vor seinen Augen, und Ty konnte das Gesicht des Mädchens, das bei ihm war, nicht deutlich erkennen. Er sah nur vage dunkles Haar und ausgeprägte Wangenknochen. Ein Lächeln breitete sich auf seinem Gesicht aus.

Jessy war froh, daß er endlich halbwegs wach war, und sie rückte von ihm ab, um auszusteigen, um den Wagen herumzulaufen und ihm beim Aussteigen behilflich zu sein. »Du bleibst hier«, ordnete sie an. »Ich bin gleich wieder da.«

»Nein.« Seine Hand umklammerte ihren Unterarm, und seine Finger gruben sich fest in ihre Haut. »Du gehst nicht fort. Vielleicht kommst du nicht mehr zurück.«

»Natürlich komme ich wieder«, schalt Jessy ihn und versuchte, ihren Arm aus seiner schmerzhaften Umklammerung zu lösen.

Er packte nur noch fester zu. »Nein.« Die Entschlossenheit ließ seine Lippen schmaler werden, und er weigerte sich, sie loszulassen. Sein Arm legte sich um sie und preßte sie unwiderstehlich gegen seine Schulter und seine Brust. Jessy war zu verwirrt, um sich weiterhin zu widersetzen. Er preßte sie so an sich, wie ein Kind ein Spielzeug an sich drückt, das es nach langer Suche endlich wieder gefunden hat. Sein Gesicht grub sich in ihr Haar.

»Verlaß mich nicht«, murmelte er mit sehnsüchtiger Stimme, die einen inneren Aufruhr in ihr auslöste. »Ich brauche dich. Ich habe dich schon immer gebraucht.«

»Ty.« Jessy war benommen, und ein Schauer ungläubigen Staunens überlief sie. Sie konnte kaum glauben, was sie gerade mit ihren eigenen Ohren gehört hatte.

Sein Hut beschattete zwar ihr Gesicht, doch er sah das Schimmern ihrer weißen Zähne. Sie lächelte, aber er konnte nicht beurteilen, ob sie es tat, um ihn zu verspotten oder um ihm Mut zu machen. Normalerweise war seinem Gesicht keine Gefühlsregung anzusehen, doch der Alkohol hatte diese Schranke niedergerissen.

Jessy blieb die Luft weg, als sie das übermächtige Verlangen auf seinem Gesicht sah. Es war kein weiterer grausamer Streich, den er ihr spielte. Es war sein Ernst. Ihre Hand zitterte, als Jessy sie hob, um sein Gesicht zu streicheln.

Diese zögernde Liebkosung durchbrach seine Zurückhaltung. Er war zu verletzbar und konnte es nicht riskieren, sich zurückweisen zu lassen, aber diese Berührung sagte ihm, daß sie ihn nicht abwies. Ein tiefes, sehnsüchtiges Stöhnen stieg aus seiner Kehle auf.

Sein Mund öffnete sich feucht auf ihren Lippen und nahm sie mit einer kühnen Sinnlichkeit ein, die sie bisher nie gekannt hatte. Das hier war kein linkischer Schuljunge, der nicht wußte, wohin mit den Nasen, die im Weg waren, aber es war auch kein dreister Teenager, der sich forsch und roh gab. Er verschlang sie leidenschaftlich, sehnsüchtig und begierig und mit einer Inständigkeit, die ihr jede Fassung raubte.

Sie gab sich ihm blind hin und versuchte, ihm das zu geben, wonach er so verzweifelt suchte. Als seine Zunge sich in ihren Mund grub, schmeckte sie Bier und Rauch und dann noch etwas. Ihr Puls schlug schneller, ihr Blut rauschte heiß durch ihre Adern, und alle ihre Sinne waren plötzlich wach und erregt.

Seine Arme hörten auch dann nicht auf, sie an sich zu pressen, als seine Hände über ihren Körper zu gleiten begannen. Sie wußte überhaupt nicht mehr, wo seine Hände gerade lagen, während sie von ihren Schultern bis zu ihren Schenkeln über sie glitten und sie unablässig drängten und antrieben. Sie schienen die Intensität seines Kusses über ihren ganzen Körper zu verbreiten. Sie hatte immer gewußt, daß sie leidenschaftlich sein könnte, doch bisher hatte nichts anderes als ihre eigene Phantasie diese Leidenschaft in ihr entfacht.

Als er seinen Mund endlich von ihr losriß, war es nicht das Ende, sondern nur der Beginn einer Reihe von warmen, feuchten Küssen, die er über ihr ganzes Gesicht verteilte. Sein Atem streifte ihre Haut, und umspülte sie in heißen, feuchten Wogen. Jessy ließ sich von ihrer eigenen Sinnlichkeit mitschwemmen. Ihre Hände hatten sich längst um seine Schultern gelegt und umarmten ihn und preßten ihn an sich.

»Du gehörst mir.« Seine leise Stimme bebte auf ihrer Haut. »Ich habe es von Anfang an gewußt.«

Jessy hörte nicht, wie undeutlich seine Worte herauskamen. Sie hörte nur den Inhalt. Sie hatte längst aufgehört zu glauben, Ty würde je dasselbe für sie empfinden, was sie für ihn empfand. Jetzt zu erfahren, daß es auch bei ihm schon vor langer Zeit begonnen hatte, überstieg ihre kühnsten Träume.

»Ich auch«, flüsterte sie inbrünstig.

»O Gott, ich will dich schon so lange.« Er stöhnte es sehnsüchtig und suchte ihre Lippen.

Eifrig ging sie auf das glühende Verlangen seines Kusses ein. Seine Arme schlangen sich fester um sie und zogen sie mit sich, als Ty sich langsam tiefer auf den Sitz sinken ließ, bis sie beide quer über den Sitzen lagen. Jessy war zwischen der Rückenlehne und Tys festem männlichen Körper eingezwängt.

Sie war unerfahren, aber sie war nicht naiv. Was sie nicht von den Tieren der Ranch gelernt hatte, hatte sie den Gesprächen der Männer entnehmen können. Als sie spürte, daß seine Hand in ihre Bluse glitt und ihre Brüste suchte, war Jessys Sorge nicht, wie weit er gehen würde, sondern, ob er weit genug gehen würde. Ihr Handeln war noch nie von dem bestimmt gewesen, was andere Menschen als ein anständiges Verhalten für ein Mädchen ansahen, und jetzt wurde es auch nicht davon bestimmt.

Er stieß sich den Hut auf den Hinterkopf und küßte die kleinen Brüste und ihre aufgerichteten Brustwarzen. Was ihnen an Masse fehlte, glichen sie durch ihre Sinnlichkeit aus. Seine Zunge, die um ihre Brustwarzen glitt, schickte Schauer der Erregung durch ihren Körper, die sie in immer enger werdenden Spiralen durchzuckten. Seine Hand legte sich auf eine Brust und hielten sie fest, während sein Mund sich der festen braunen Spitze annahm und seine Zähne, seine Zunge und seine Lippen mit ihr spielten. Ihr Verlangen wurde schmerzhaft, und ihre Hüften wanden sich ihm entgegen.

Ty zog sich auf einen Ellbogen und wankte sofort wieder. Sie hielt ihn fest und zog ihn zu sich.

»Hör jetzt nicht auf, Ty.« Aus ihrer geflüsterten Bitte war eine Spur von Enttäuschung herauszuhören, ein leiser Zorn, daß er sie so sehr erregt hatte und jetzt vielleicht zu betrunken war, um sie ganz zu nehmen.

Sein Atem ging schwer. In seiner jetzigen Verfassung, einer Mischung aus starker Trunkenheit und höchster Erregung, verschwamm alles vor ihm. Sie hatte etwas zu ihm gesagt, aber er hatte jetzt schon vergessen, was es war. Das einzige, woran er sich erinnern konnte, war die Eindringlichkeit ihres Tonfalls. Aus früheren Erfahrungen wußte er, daß das der Augenblick war, in dem er im allgemeinen mit Einwänden rechnen mußte. Ty suchte im Dunkeln ihre Lippen.

»Ich muß dich haben«, murmelte er und küßte sie heftig, ohne auf Widerstand zu stoßen.

Seine Finger zogen an ihren Jeans und fummelten unbeholfen an den Knöpfen herum, ehe sie aufsprangen. Gemeinsam und in beiderseitigem Eifer zogen sie ihre Jeans über die Hüften. Sein Gewicht senkte sich auf sie, und ihre Beine verschlangen sich miteinander. Sie stieß sich das Knie am Lenkrad. Die Hitze seines Körpers war mehr als ein Ersatz für die Dürftigkeit ihrer Bekleidung, während ihre weiße Jeans auf den schmutzigen Fußboden der Fahrerkabine fiel. Es machte ihr noch nicht einmal wirklich etwas aus, daß er sich nicht ausgezogen hatte. Es reichte, daß er seinen Reißverschluß geöffnet hatte.

Jessy wußte zwar nicht genau, wie es ging, aber sie wußte, was sie zu tun hatte. Sie waren räumlich so beengt, daß ihre Mitarbeit erforderlich war. Ohne zu zögern streckte Jessy ihre Hand aus und wies ihm den Weg, um beiden das unbeholfene und enttäuschende Suchen zu ersparen. Sie hatte den heftigen Schmerz erwartet und ihre Zähne zusammengebissen, um einen Aufschrei zu unterdrücken. Allmählich wurde der Schmerz dumpfer, während er sich rhythmisch in ihr bewegte, und ihre Lust gewann die Oberhand über alle anderen Empfindungen.

Jeder Schmerz war verflogen, als ihr Genuß zu großen Höhen anstieg. Sie hatte ihre Arme eng um ihn geschlungen und versuchte, ihn ganz an sich zu pressen, während seine Küsse wilder und gieriger wurden und immer mehr verlangten. Jessy hatte den Schmerz schweigend überstanden, aber sie bemühte sich nicht, die heiseren Laute ihrer Lust zurückzuhalten, die in ihrer Kehle aufstiegen, als ein Ansturm von Gefühlen sie zu ihrem Höhepunkt brachte und ihren Körper erschauern und zucken und ihre Knochen wachsweich werden ließ.

Sie war noch nicht wieder zu sich gekommen, als seine Arme sie fest an seinen Körper preßten und die Schauer, die sein Fleisch durchzuckten, in sie übergingen. Er sackte langsam auf ihr zusammen.

Die Haltung, die so befriedigend gewesen war, wurde zunehmend unbequemer; sein Körper wurde zu einem heißen, drückenden Gewicht; die Fahrerkabine wurde eng, und ihre Muskeln protestierten gegen den harten Sitz. Sie stieß seinen Körper mühsam von sich herunter.

10

Es war schwierig und dauerte eine Zeitlang, bis sie beide wieder normal dasaßen. Jessy zog ihre Kleider wieder an. Sie fühlte sich innerlich warm und gelöst und seidig zart, als sie sich dabei an Tys warmen Körper preßte.

Als sie ihm den Hut, den er immer noch nicht abgesetzt hatte, tiefer in die Stirn zog, bemühte Jessy sich nicht, seinen Händen zu entkommen, die sie an sich zogen. Er war so entspannt, daß sie es in seinen Muskeln spüren konnte, als sie sich in seine Arme schmiegte. Die Hutkrempe streifte ihren Kopf, als er sich vorbeugte, um seine Lippen auf ihr Haar zu legen.

»Du mußt mich heiraten, Tara«, sagte er mit belegter Stimme, und Jessy erstarrte.

»Was?« Sie beharrte darauf, daß er es wiederholte, weil sie hoffte, ihn falsch verstanden zu haben.

Doch Ty ging nicht auf ihre Bitte ein und bemerkte auch nicht, daß er einen Körper streichelte, der in seinen Armen kalt und starr geworden war. »Tara, Schatz«, stöhnte er. »Ich liebe dich so sehr.« Seine leise Stimme war weder so belegt noch so undeutlich, daß Jessy Zweifel an dem hätte haben können, was sie gehört hatte.

Betäubt löste sie sich aus seiner Umarmung. Seine Hände versuchten matt, sie festzuhalten, aber es war ihr ein Leichtes, sich ihm zu entziehen. Jessy rückte auf den Fahrersitz. Ihre Finger umklammerten das Lenkrad mit einem Würgegriff. Sie starrte ins Leere. Ihre gesamte Sicht war nach innen gekehrt, richtete sich auf die verheerende Entdeckung, daß er sie in seiner Trunkenheit geliebt hatte, weil er sie für eine andere gehalten hatte. Und sie war so dumm gewesen, alle diese Dinge zu glauben, die er zu ihr gesagt hatte und die nicht für sie bestimmt waren.

Sie war ausgenutzt worden. Es spielte dabei keine Rolle, daß sie eine allzu bereitwillige Partnerin gewesen war. Ty hatte sie dazu benutzt, seine eigene Fantasie auszuleben. Sie begann, heftig zu zittern, und ihr Blut erstarrte zu glühendem Eis.

»Du Halunke.« Jessy drehte ihren Kopf um und funkelte ihn haßerfüllt an. Sie hätte ihn am liebsten mit ihren eigenen Händen in Stücke gerissen. »Du mieser, heruntergekommener Halunke.« Sie stieß die Worte durch die Zähne aus, die sie fest zusammengebissen hatte.

Doch das machte keinen Eindruck auf ihn. Er lehnte da, und das Kinn war ihm auf die Brust gefallen. Jessy war zu blind in ihrer Wut, um gleich zu bemerken, wie tief und gleichmäßig sein Atem ging. Als ihr dämmerte, daß Ty eingeschlafen war, hätte sie am liebsten laut geschrien.

Keine Spur von Zärtlichkeit war übrig, als sie ihn an den Schultern packte und ihn schüttelte, damit er wieder zu sich kam. »Wach auf, du Dreckskerl.« Für ihn gab es nicht genug Schimpfworte. Doch weder ihr Fluchen noch ihr Rütteln störte ihn aus seinem Schlaf auf.

Jessy stieg aus, lief um den Wagen herum und riß die Beifahrertür auf.

»Ich sollte dich aus dem Wagen zerren und dich da, wo du hinfällst, liegenlassen.« Jessy war nicht sicher, warum sie ihre Drohung nicht ausführte. Vielleicht lag es daran, daß das, was ihr als nächstes einfiel, reizvoller war.

Schmerz wirkte im allgemeinen ernüchternd, oder zumindest hatte sie das den Geschichten über betrunkene Cowboys entnommen, die unter den Männern so im Umlauf waren. Wenn es ihr nicht gelingen sollte, ihn durch Fluchen und Schütteln zu wecken, dann sollte es doch möglich sein, ihn durch einen Schmerz wieder zu sich zu bringen.

Jessy ballte eine Faust und zielte auf sein Kinn. Dann holte sie aus. Ihre Lippen waren zu einem schmalen Strich zusammengepreßt. Als sie seine Unterlippe durch ihren Hieb platzen sah, verstand sie plötzlich, welche Befriedigung es den Männern verschaffte, sich in Schlägereien auszutoben.

Er riß den Kopf hoch und war augenblicklich hellwach. Ty sah sich verwirrt um, ohne sich wirklich darüber im klaren zu sein, was geschehen war. Es dauerte eine volle Sekunde, bis er Jessy sah und den Schmerz fühlte. Er preßte eine Hand auf seinen Mund und sah dann bestürzt seine blutverschmierten Finger an.

»Was zum Teufel geht hier vor?« Seine Stimme klang noch belegt, aber ansonsten wirkte er fast nüchtern.

Jessy sagte kein Wort und blieb stehen und wartete. Sie wartete darauf, daß er sich an das erinnerte, was zwischen ihnen gewesen war, ehe er einschlief. Aber jetzt fiel das Licht auf ihr Gesicht, und er konnte sie nicht mehr für eine andere halten.

»Wer hat mich geschlagen?« Ty sah sie stirnrunzelnd an, während er sich das Blut von den Lippen leckte. »Ich kann mich an keine Schlägerei erinnern.«

»Das war ich«, sagte Jessy, die jetzt noch tiefer verletzt und noch wütender war, da er sich offensichtlich an nichts zu erinnern schien. Sie bebte innerlich und spürte den starken Drang, noch einmal zuzuschlagen, obwohl ihre Knöchel noch von dem letzten Hieb schmerzten.

Diese Äußerung überraschte ihn. »Warum zum Teufel?«

»Du warst nicht zu wecken«, sagte sie verächtlich, als er aus der

Fahrerkabine wankte. »Und ich hatte nicht vor, dich ins Haus zu tragen.«

»Das ist verdammt noch mal kein Grund, mich zu schlagen«, murrte er und hielt sich an der Tür fest. Dann stieß er sich vom Türgriff ab und taumelte auf die Stufen zu.

»Du könntest dich wenigstens bedanken«, warf ihm Jessy an den Kopf. »Ich habe dich heil nach Hause gebracht.« Das war mehr, als sie von sich selbst behaupten konnte.

Ty blieb stehen. Das Bier hatte seine Zunge gelöst. »Ich hätte selbst heimfahren können.« Er wollte diesem großen, dünkelhaften Mädchen nicht verpflichtet sein. »Warum wartest du nicht, bis dich jemand um Hilfe bittet, sondern steckst deine Nase immer in Dinge, die dich nichts angehen? Ich habe dich noch nie um Hilfe gebeten – und ich wollte deine Hilfe noch nie.«

Jessy wurde blaß, als sie das hörte, aber sie hatte bei den Cowboys gelernt, sich ihre Gefühle nicht ansehen zu lassen.

Sie war vor Schmerz betäubt und bekam kein Wort heraus. Schweigend sah sie zu, wie er die Stufen hinaufzusteigen versuchte, auf einer ausglitt, vornüber fiel, sich das Knie aufschlug und auf einer Hüfte landete. Unter schrecklichen Flüchen versuchte Ty, wieder auf die Füße zu kommen, aber sie verhedderten sich immer wieder. Er war jetzt auf allen Vieren und versuchte, die Treppe hinaufzukriechen.

Dieser lächerliche Anblick ließ Jessy wieder zu ihm eilen. Sie stemmte die Hände in die Hüften und verweigerte ihm jede Hilfe. Seine vorübergehende Ernüchterung hatte nachgelassen. Als Ty sie unter der Treppe stehen sah, sah er sie wütend an.

»Verdammt noch mal, hilf mit doch«, fauchte er.

Mit einem dünnen Lächeln bückte sich Jessy, um ihm beim Aufstehen zu helfen. »Es ist ein Jammer, daß deine geschätzte Tara jetzt nicht hier ist und dich so sieht.« Sie gab sich keine Mühe, die Bitterkeit in ihrer Stimme zu verbergen.

»Tara.« Ty sah sich um, als rechnete er damit, sie jeden Moment auftauchen zu sehen. »Ich dachte, sie sei hier.« Er drehte sich zu Jessy um. »War sie nicht hier?«

»Nein.« Die Antwort kam gepreßt heraus.

Melancholie schien ihn zu überkommen. »Nein. Sie hat heute abend eine Verabredung gehabt – mit einem anderen Mann. Immer ist es ein anderer.« Er murmelte es vor sich hin, ohne zu merken, daß er es laut aussprach und daß Jessy ihn hören konnte. »Ich muß betrunken sein. Es ist mir so – so wirklich vorgekommen.«

Jessy stützte ihn, bis sie die Haustür erreicht hatten. Als sie hörte, was er sagte, und gleichzeitig wußte, was sie wußte, war es für sie ein um so bitterer Schmerz.

Die Haustür war nicht abgeschlossen. Jessy stieß sie mit dem Fuß auf und versuchte dann, sich mit Ty durch die Öffnung zu zwängen. Er stieß mit einer Schulter an die Tür und prallte von ihr ab. Mit lauten Schritten wankte er durch die Eingangshalle und zerrte Jessy mit sich. Erst nach einigen Metern gelang es ihr, ihn aufzuhalten.

»Du Idiot!«

»Ich bin so verflucht müde«, murmelte Ty und drehte sich dann um, um sie anzusehen. Sein großer Körper wankte, als er einen Finger auf seine Lippen legte. »Ich darf Cathleen nicht wecken.«

Im oberen Stockwerk ging das Licht an. Chase Calder kam die Treppe herunter und blieb auf dem Treppenabsatz stehen. Er hatte sein Hemd nicht zugeknöpft und es auch nicht in die Hose gesteckt. Das Haar auf seiner Brust war im Gegensatz zu seinem noch dunklen Kopfhaar silbergrau.

Sein mißbilligender Blick fiel von Ty auf Jessy. »Was ist passiert?« Er nahm Jessy ihre Last ab und hing sich Tys Arm über die Schultern, um ihn zu stützen.

»Er war zu betrunken, um selbst von Sally aus nach Hause zu fahren, und deshalb habe ich ihn hergebracht.« Sie erklärte nicht, warum sie ihn heimgefahren hatte und nicht einer der Cowboys der Triple C.

Es schien einige Sekunden zu dauern, bis Ty merkte, was geschehen war. »Wenn das nicht der mächtige Chase Calder ist.« Er torkelte einige Schritte zurück, als versuche er, seinen Vater besser in den Blick zu bekommen.

»Es reicht, Ty.« Er sah seinen Sohn unwillig an und wandte sich dann an Jessy, um ihr noch eine Frage zu stellen, doch ehe er den Mund aufmachen konnte, kam ihm Ty zuvor.

»Was ist denn los?« fragte Ty. »Habe ich gegen eine deiner großartigen Moralvorschriften verstoßen, weil ich mich betrunken habe? Ich nehme an, ein Calder betrinkt sich nicht und vergnügt sich nicht. Er muß ein Mann sein und den Alkohol vertragen.«

»Du bist betrunken«, sagte Chase.

»Ja.« Die Antwort klang herausfordernd. »Du bist selbst nicht die Tugend in Person, für die du dich ausgibst.«

Tys Mutter kam die Treppe herunter und band ihren Morgenmantel zu. »Was ist, Chase? Fehlt Ty etwas?«

Der Klang ihrer Stimme tat seine sofortige Wirkung. Tys kämpferische Haltung verschwand spurlos, als er ihr entgegensah. Ein Lächeln spielte um seine Mundwinkel.

»Nein, ihm fehlt nichts.«

»Mach dir um mich keine Sorgen, Mom«, warf Ty ein. »Ich habe nur ein bißchen zuviel getrunken.«

»Ich wollte ihn gerade ins Bett bringen«, sagte Chase. »Sorg dafür, daß Jessy weiß, wie sie nach Hause kommt.«

Maggie Calder sah unsicher auf ihren Mann und ihren Sohn, ehe sie sich an Jessy wandte. »Ich fahre mit Tys Wagen nach Hause und sorge dafür, daß ihn morgen früh jemand zurückbringt«, sagte Jessy.

»Ja, gut.« Ihre Stimme klang zögernd, denn ihr war aufgefallen, wie schmutzig Jessys weiße Jeans war und wie blaß sie unter ihrer gebräunten Haut wirkte. »Tys Lippe ist aufgerissen. Ist es zu einem Unfall oder zu einer Schlägerei gekommen?«

»Nein.« Jessy klopfte den Staub aus ihrer Jeans. »Ich habe mich wohl schmutzig gemacht, als ich Ty beim Aussteigen geholfen habe.« Als Jessy sich schon umgedreht hatte, um zu gehen, veranlaßte brennende Neugier sie, sich noch einmal umzudrehen. »Mrs. Calder, wer ist Tara? Ty hat ihren Namen heute abend mehrfach erwähnt.«

»Tara ist die Tochter von E. J. Dyson.« Die Frage schien sie fast zu erleichtern. »Sie ist ein sehr hübsches Mädchen. Es wundert mich gar nicht, daß er von ihr spricht. Er geht jetzt schon seit einer ganzen Weile öfter mit Tara aus.«

»Ach so«, murmelte Jessy. »Gute Nacht, Mrs. Calder.«

»Gute Nacht, Jessy. Und vielen Dank dafür, daß du Ty heil nach Hause gebracht hast«, fügte sie hinzu.

Auf halber Strecke nach Hause traten endlich die Tränen in Jessys Augen und tropften durch ihre Wimpern. Ihre Backenknochen glitzerten feucht, aber außer den tausend Sternen am Himmel oder den leuchtenden Augen eines Kojoten, der vor ihrem Wagen über die Straße lief, war niemand da, der ihre Tränen sehen konnte.

Chase hatte Ty ins Bett gebracht, und Maggie hatte nach ihrer Tochter gesehen. Chase wirkte mürrisch, als er wieder ins Schlafzimmer kam.

»Chase, du bist doch nicht etwa wütend auf Ty, weil er betrunken nach Hause gekommen ist, oder?«

»Gefällt dir die Vorstellung, daß dein Sohn sich nahezu ohnmächtig getrunken hat?« entgegnete er.

»Natürlich freut es mich nicht.« Die Frage kam Maggie albern vor. »Aber es bringt mich auch nicht gleich aus der Fassung. Du gehst zu streng mit Ty um. Du erwartest immer zuviel von ihm. Laß ihn doch jung sein und seinen Spaß haben, solange es noch geht.«

»Ich bin wie immer an allem schuld, stimmt's?« Chase sah sie grimmig an. »Ich gehe immer zu streng mit ihm um, aber du behandelst ihn nie zu sachte.«

»Ich fasse ihn nicht sachte an. Ich verstehe lediglich ...«

»Und ich etwa nicht?« fragte er herausfordernd.

»Das habe ich nie behauptet«, sagte Maggie. Sie wandte sich von ihm ab, denn sie haßte diese Streitereien. »Du mußt endlich aufhören, ihm deine Denkweise aufzwingen zu wollen.«

Es herrschte lange Schweigen, und der erwartete Wutausbruch blieb aus.

»Wir können wohl nicht darüber reden, ohne uns zu streiten, Maggie?« Seine Stimme klang matt und erschöpft. »Wir sind beide so verflucht sicher, daß wir recht haben.«

»Ja, das ist es wohl.« Sie hielt unbewußt den Atem an und wartete darauf, daß er den ersten Schritt machen würde. Sie wäre am liebsten in seine Arme geflogen, doch sie wartete vergeblich.

Der versöhnliche Moment ging vorüber, beide von ihrem Stolz blockiert. »Wir sollten jetzt wohl schlafen«, sagte Chase schließlich.

Das Bettzeug war kalt, als Maggie unter die Decke glitt. Sie war zu weit von Chase entfernt, um sich an seinem Körper wärmen zu können. Sie stand Seelenqualen aus, denn an ihr nagte die Sorge, daß Chase ihr einen Kompromiß angeboten haben könnte, den sie nicht als solchen erkannt hatte.

Der Sommer ging schnell in den September über, und Tys letztes Jahr am College begann. Er nahm nur eine klare Erinnerung an diesen Abend mit – den Anblick seines Vaters zusammen mit Sally

Brogan. Dieses Wissen löste in seinem Verhältnis zu beiden Eltern eine Unsicherheit aus. Als die Zeit näherrückte und er die Ranch verließ, war er froh, von dort fortgehen zu können.

Ty packte seine Sachen gar nicht erst aus, sondern beschloß, schon vorher Tara anzurufen. Auf dem Weg zum Telefon begegneten ihm zahlreiche Freunde, die auch gerade wieder angekommen waren, kurz vor dem Telefon hielt ihn wieder eine Stimme an. Er drehte sich unwillig um, doch dann lächelte er, denn er erkannte Jack Springer, der in der Universität sein bester Freund geworden war.

»Ich wollte mich gerade nach dir umsehen«, sagte Jack. »Sappy hat mir erzählt, daß du gerade angekommen bist. Laß uns eine Pizza essen.«

»Ich muß erst noch einen Anruf machen«, sagte Ty. »Es kann sein, daß ich etwas vorhabe.« Er hoffte es wirklich, denn es war zu lange her, seit er Tara das letzte Mal gesehen hatte.

»Wenn ich richtig rate, wen du anrufen willst, kann ich dir eine Enttäuschung ersparen. Tara hat heute abend schon etwas vor. Im Haus des Gouverneurs findet ein großes Essen statt, und sie wird mit ihrem Senator dort sein.«

Ty sah ihn entgeistert an. »Das ist das Problem in diesem abgelegenen Winkel von Montana. Man ist dort nicht auf dem laufenden. Tara Lee hat die Leute vom Campus satt und ist in aufregendere Kreise aufgestiegen.«

»Was soll das heißen?« Sein Magen schnürte sich zusammen.

»Die Zeitungen hier in der Gegend sind voll von Berichten über Tara Lee Dyson und den jungen und attraktiven Junggesellen, Senator Mason Dodd der Dritte. Sein Vater hat ihm ein Vermögen in Ölaktien hinterlassen. Die beiden waren in Austin den ganzen Sommer über das Gesprächsthema Nummer eins.«

Ty warf einen Blick auf das Telefon und hätte gern den Hörer abgehoben und sie angerufen, um sich selbst davon zu überzeugen, ob das, was Jack sagte, die Wahrheit war oder nicht.

»Sie geht mit vielen Männern aus. Das hat nichts zu bedeuten«, sagte er.

»Früher hätte ich dir zugestimmt, aber inzwischen hat sie die Universität durchkämmt und alle abgehakt, die in Frage gekommen wären – von den Spitzensportlern bis zu den reichen Jünglingen. Hier hat sie ihre Eroberungen gemacht, und jetzt steigt sie auf und geht auf Großwildjagd. Du solltest sie wirklich vergessen.«

Ty wollte es einfach nicht glauben. Wenn die anderen aufgegeben hatten, nun gut, dann war das etwas anderes. Aber er liebte sie. Er war entschlossen, sie so oder so zu bekommen.

Tara suchte weiterhin die meisten Universitätsveranstaltungen mit Ty als ihrem Begleiter auf, doch ihre Aktivitäten verlagerten sich zusehends in andere Kreise. Als die Abschlußprüfungen näherrückten, setzte bei Ty eine gewisse Verzweiflung ein.

Wieder einmal ging ein Abend seinem Ende zu. Er stand allein mit ihr auf der Terrasse von Dysons Haus, und er wußte, daß sich ihm nicht mehr viele Gelegenheiten bieten würden. Taras Hand legte sich zart auf seinen Arm.

»Ty Calder, ich glaube, du hast kein Wort von dem gehört, was ich gesagt habe«, warf sie ihm mit ihrer melodiösen Stimme vor.

»Das stimmt nur zur Hälfte«, murmelte er und sah sie durch gesenkte Lider an, um das Verlangen, das in seinen Augen stand, nicht zu deutlich zu zeigen. »Ich habe dem Klang deiner Stimme gelauscht. Sie erinnert mich an sachte plätschernde Regentropfen.«

»Ty.« Ihre Hand schloß sich etwas fester um seinen Arm, als sich ein erfreutes Lächeln auf ihrem Gesicht ausbreitete. »Du kannst einem Mädchen das Gefühl geben, etwas ganz Besonderes zu sein.«

»Du bist etwas ganz Besonderes – in meinen Augen. Wenn du mich ein wenig ermutigen würdest, könnte ich auf den Gedanken kommen, dir alle Richtungen aufzuzählen, in denen du für mich etwas Besonderes bist.« Er ließ einen Arm um ihre schmale Taille gleiten und sah ihr in die Augen. »Es könnte allerdings passieren, daß ich die ganze Nacht dafür brauche.«

»Ich wette, daß du das fertigbrächtest.« Sie lachte kehlig und ließ ihre Finger unter das Revers seines Jacketts gleiten. Dann blickte sie durch ihre geschwungenen dunklen Wimpern zu ihm auf. »Habe ich dir schon erzählt, daß Douglas Stevens die Aufforderung erhalten wird, sich dem Diplomatenstab in der amerikanischen Botschaft in Frankreich anzuschließen?«

»Nein.« Ty interessierte sich nicht im geringsten dafür, wohin der Mann geschickt wurde.

»Gerüchteweise heißt es, er bekäme dort einen wichtigen Posten. Wenn Doug dort ist, kann ich in der Botschaft unterkommen, solange ich in Frankreich bin, und wahrscheinlich kann ich einige Funktionen erfüllen.«

»Ist dir das wichtig?«

»Wichtig? Ich weiß nicht genau, wie ich das verstehen soll.« Sie warf ihren Kopf zurück, und die samtige Dunkelheit ihres Haares, die sich mit der Mitternachtsschwärze vermengte, ließ ihr Gesicht zu einer Kamee werden. »Es wird mit Sicherheit eine unvergeßliche Erfahrung. Wie vielen anderen Mädchen bietet sich schon eine solche Chance?«

»Vermutlich nicht vielen. Ich nehme an, was mir nicht paßt, ist, daß du Stevens öfter sehen wirst.«

»Eifersüchtig?« spottete sie.

»Ja.«

Tara lachte leise. »Ich weiß nicht, warum mich deine Direktheit immer wieder überrascht. Du scheinst immer das zu sagen, was du fühlst.«

»Wie zum Beispiel, daß ich dich liebe.« Als sie eine Hand auf seinen Mund legen wollte, damit er nicht weitersprach, hielt er ihre Hand fest und preßte sie auf seine Brust. »Nein. Die Zeit wird knapp für all das, was ich dir sagen will. Ich werde nicht mehr allzu oft Gelegenheit haben, dich zu sehen, ehe das letzte Semester vorbei ist.«

»Es ist schon sehr spät, Ty. Daddy wird jeden Moment kommen und uns ins Haus scheuchen, damit er die Türen abschließen kann«, warnte sie ihn, aber er sah das erregte Glitzern in ihren Augen und wußte, daß sie keine ernsten Einwände hatte.

»Ich kann alles in einem Satz zusammenfassen, Tara«, versicherte er ihr heiser. »Ich liebe dich.«

»Ty ...«

Ihre Stimme ließ erkennen, daß sie auf Distanz ging, und daher gab Ty ihr keine Gelegenheit weiterzureden. Er senkte den Kopf auf ihre Lippen.

»Sag mir eins.« Seine Lippen glitten über ihre Wange, und er atmete den süßen Duft ihrer Haut ein.

»Was?«

Er preßte ihren Körper an sich. »Warum hast du dich weiterhin mit mir abgegeben? Warum hast du mich nicht fallen lassen wie alle anderen?«

Ihr Zögern schien aufrichtig zu sein und auszudrücken, daß sie die Antwort nicht mit Gewißheit kannte. »Du bist nicht wie die anderen. Irgend etwas an dir ist anders.«

»Vielleicht liebst du mich?« schlug er vor.

»Ja, vielleicht.«

Ihr Widerstand war durchbrochen. Sie hatte ihm ein Zugeständnis gemacht, das sie ihm bisher nie gemacht hatte. Diesmal küßte er sie, ohne damit etwas erreichen zu wollen, ohne Kunstfertigkeit, sondern so, wie ihm danach war. Er spürte, daß sie darum kämpfte, sich nicht zu sehr von ihm erregen zu lassen. Er versuchte, diesen letzten Widerstand zu bekämpfen, sie dazu zu bringen, daß sie sich offen der Leidenschaft hingab, die durch ihren Körper flutete. Doch je fordernder er wurde, desto weniger Fortschritte machte er.

Schauer durchzuckten ihn, als er den Kuß schließlich enden ließ. Tara wankte und senkte ihren Kopf und legte ihn an seine Schulter. Seine Mundwinkel zogen sich zu einem Lächeln hoch, als seine Hände ihren Körper dichter an ihn preßten.

»Du mußt mich jetzt heiraten, Tara.« Der Antrag schien ein Echo aus der Vergangenheit zu sein, etwas Vertrautes, schon öfter Gehörtes.

»Ty ...« Sie hob den Kopf. Diesmal legte er einen Finger auf ihre Lippen, um sie zum Verstummen zu bringen. Dann griff er in seine Jackettasche.

»Das habe ich für dich anfertigen lassen«, sagte er. »Die Größe mußte ich raten, und daher hoffe ich, daß er paßt.«

Ihr kleiner Laut des Staunens und der Begeisterung klang wunderschön in seinen Ohren und war mehr wert als alle Worte, denn er drückte aus, wie echt ihre Freude war. Die Lampen fingen das Feuer des schwarzen Opals ein, der von einem schützenden Kreis von Diamanten umgeben war.

»Das hast du für mich anfertigen lassen?« Sie wirkte benommen. Ihre Hand zitterte, als er den Ring über ihren Ringfinger zog.

»Ein seltenes Schmuckstück für eine seltene Schönheit.« In seiner momentanen Stimmung hätte er Liebesgedichte deklamieren können, ohne sich auch nur im geringsten lächerlich vorzukommen.

»Er sitzt perfekt.« Sie starrte den Ring an und wollte ihre Blicke nicht mehr von ihm losreißen.

Ty war belustigt und stolz zugleich, als er Tara beobachtete, die den Ring bewunderte und fast alles andere vergessen zu haben schien. »Heißt das, daß du meinen Heiratsantrag annimmst?«

Ihre klaren dunklen Augen sahen zu ihm auf, und seine Frage drang nicht sofort zu ihr durch.

»Ja. Ja, das heißt es«, wiederholte sie nachdrücklicher, und dann küßte sie ihn flüchtig und griff nach seiner Hand. »Laß uns zu Daddy gehen und es ihm sagen. Ich möchte ihm den Ring zeigen.«

Er hätte es vorgezogen, auf der Terrasse zu bleiben und sie noch eine Zeitlang für sich allein zu haben. Doch Tara hatte eingewilligt, ihn zu heiraten. Jetzt konnte er es sich leisten zu warten.

»He, Ty!« Jack Springer steckte seinen Kopf durch die Tür. »Da draußen steht ein irres Mädchen, das zu dir will. Eil dich, ehe sie dir jemand wegnimmt.«

»Wer ist es denn?« Er ließ seinen Stuhl auf die hinteren Stuhlbeine kippen und rieb sich das Genick, das von den vielen Stunden steif war, die er hinter dem Schreibtisch verbracht hatte, um für die Abschlußprüfung zu lernen.

»Natürlich deine über alles geliebte Verlobte«, verkündete Jack. »Ich schätze, sie ist eifersüchtig auf die vielen Stunden, die du in den letzten zwei Tagen über diesen Büchern verbracht hast.« Ty lief zur Tür und stopfte eilig sein Hemd in die Hose. »Du hast dir einen miserablen Zeitpunkt für einen Heiratsantrag ausgesucht – direkt vor der Prüfungswoche«, schalt ihn sein Freund. »Aber ich hätte natürlich auch keinen Cent darauf gesetzt, daß Tara ihn annimmt.«

In seinem Übereifer, sie zu sehen, vergeudete Ty keine Zeit damit, Jack zu erklären, daß er von seiner Verlobten kaum etwas gesehen hatte, weil sie ihn angefleht hatte, ihr Zeit zu lassen, um sich auf die Abschlußprüfung vorzubereiten. Es freute ihn, daß es ihr nicht gelungen war, ihm allzu lange fernzubleiben. Ihre Verlobung war die heißeste Neuigkeit, über die in der ganzen Universität geklatscht wurde, obwohl sie sie erst in der nächsten Woche offiziell in den Zeitungen bekanntmachen wollten.

Als er sie am Fußende der Treppe stehen sah, blieb er einen Moment lang stehen und bewunderte ihre dunkle Schönheit. Sie sah zu ihm auf, und ihr Gesicht war so gefaßt und ausdruckslos und doch so vollkommen geschnitten. Er rannte die letzten Stufen hinunter und wollte sie in seine Arme ziehen, doch ihre Hände geboten ihm Abstand.

»Du hast mir gefehlt, Liebling«, sagte er und senkte seinen Kopf, um sie zu küssen, aber sie wandte ihr Gesicht ab. Ty richtete sich auf und war verblüfft über ihren Unwillen. »Stimmt etwas nicht?«

Als sie ihn ansah, hatte er das Gefühl, sie suche etwas. »Setz dich mit mir da drüben hin.« Sie nahm seine Hand und führte ihn zu dem kleinen Sofa, das in der Nische unter der Treppe stand. Sowie sie saßen, nahm Ty die Distanz wahr, die sie errichtete. Sie hatte sich so hingesetzt, daß er ihr nicht zu nahe kommen konnte. Unbehagen befiel ihn, aber er sah auf den funkelnden schwarzen Opal an ihrer Hand und fühlte sich wieder sicherer. Er nahm ihre linke Hand und fuhr mit seinem Daumen über den Ring.

»Ich habe dich schon ein halbes Dutzend Mal angerufen – nur um deine Stimme zu hören«, murmelte Ty, der sich danach verzehrte, sie in den Arm zu nehmen. »Ich bin froh, daß du gekommen bist.«

»Nein, das bist du nicht«, sagte sie. Ty wollte lächeln, aber ihre nächsten Worte wischten das Lächeln von seinem Gesicht. »Ich fand nämlich, es sei nur fair, dir persönlich mitzuteilen, daß ich dich nicht heiraten kann.«

»Was?« Es war ein tiefer Laut, der Ansatz eines Brüllens, das sich tosend in seinem Kopf aufbaute.

»Ich werde dich nicht heiraten. Es gibt noch zu viele Dinge, die ich tun will – zu viele Pläne, die ich längst gemacht habe –, und ich bin nicht bereit, sie aufzugeben«, sagte sie mit einer sanften, aber klaren Stimme. »Ich hätte deinen Antrag nie annehmen dürfen. Ich hätte es auch nicht getan, aber ich habe mich von dem Ring so überwältigen lassen, daß ich den Kopf verloren habe.«

»Das ist doch nicht dein Ernst. Ich liebe dich – und du liebst mich«, beharrte er, und seine Stimme drückte seinen Gefühlsüberschwang aus. Sein Blut wallte und war in Aufruhr.

»Ty, mach es nicht schwieriger, als es ohnehin schon ist«, brauste Tara auf. »Sei ein Gentleman und akzeptiere die Tatsache, daß ich es mir anders überlegt habe.« Sie hatte ihr Herz noch nie über ihren Verstand bestimmen lassen. Diese rücksichtslose Entschlossenheit war das Erbe ihres Vaters.

»Ich soll das einfach akzeptieren.« Aus seinem gesenkten Tonfall war Wut herauszuhören.

»Ja.« Sie war gereizt und böse auf ihn, weil er eine emotionale Szene machte. Ihr Zorn blitzte in ihren Augen auf, als sie den Ring von ihrem Finger ziehen wollte.

»Behalte ihn«, sagte Ty mit belegter Stimme. Er ließ sie sitzen und ging. Wut und Schmerz betäubten ihn.

11

Ty ließ sich per Anhalter mitnehmen. Es gab zwei Möglichkeiten, zur Triple C zu gelangen – vom Osttor aus oder von Blue Moon. Er war froh, daß er sich für Blue Moon entschieden hatte, denn als er ausstieg, sah er einen Wagen der Ranch vor Sallys Bar stehen. Wenn er am Osttor ausgestiegen wäre, hätte er unter schlechten Umständen einen Fußmarsch von rund fünfzig Kilometern hinter sich bringen müssen.

Ty warf seinen Koffer auf die Ladefläche des Lastwagens und wollte die Bar betreten, doch die Tür öffnete sich, ehe er sie erreicht hatte. Ty blieb stocksteif stehen, als er ein kehliges Lachen hörte und augenblicklich seinen Vater erkannte.

»Dann bis bald, Sally.« Sein Vater kam aus dem dunklen Innern, schritt über die Schwelle und trat ins Freie. Er blieb auf der Stelle stehen, als er Ty sah, und sein Erstaunen machte sich auf seinem Gesicht breit. »Wie kommst du denn hierher?«

»Ich habe mich von Miles City per Anhalter mitnehmen lassen und mir gedacht, daß ich hier sicher jemanden finde, der mich zur Ranch mitnimmt.« Ty fragte sich, welchen Vorwand sein Vater wohl diesmal für seinen Besuch bei Sally hatte. Er hatte das Lachen und die Wärme gehört, die in der Stimme seines Vaters mitgeschwungen hatte. Es war offensichtlich, daß er sich immer noch mit dieser Frau abgab.

Sein Vater kam stirnrunzelnd auf ihn zu. »Deine Abschlußfeier ist doch erst nächste Woche.«

»Ich weiß.« Ty sog die reine Luft ein. »Gestern hatte ich meine letzte Prüfung. Es schien mir unsinnig, die Feierlichkeiten abzuwarten. Mein Diplom kann ich mir auch zuschicken lassen.«

Er hatte das Mitgefühl und die vielsagenden Blicke ertragen, die ausdrückten, daß alle anderen längst gewußt hatten, daß seine Verlobung nicht von Dauer war – bis er es nicht mehr aushielt. Das Diplom war nichts weiter als eine Urkunde, die seiner Mutter Freude machen und beweisen würde, daß er das Ziel erreicht hatte, das er sich vor vier Jahren gesteckt hatte. Sein Hauptgrund, dieses letzte Semester bis zum Ende durchzustehen, war sein Stolz gewesen, ein Stolz, der es ihm nicht gestattete, davonzukriechen und seine Wunden zu lecken, nachdem Tara die Verlobung gelöst hatte.

Chase zog seine Schlüsse nicht aus dem, was Ty sagte, sondern aus dem, was er nicht sagte, aus seiner tonlosen Stimme, aus seinen ausdruckslosen Augen und daraus, daß er Tara mit keinem Wort erwähnte. Ihm war klar, warum Ty unangekündigt zurückkam. Er drang nicht in ihn, sondern setzte sich hinter das Lenkrad, und Ty kletterte auf den Beifahrersitz.

Sie schwiegen auf der gesamten Heimfahrt, und das Haus war schon zu sehen, als Ty sagte: »Die Verlobung ist gelöst worden.« Das war alles, und Chase fragte ihn nicht nach den Gründen, da er fand, das sei nicht seine Angelegenheit.

»Das dachte ich mir schon«, räumte er lediglich ein und warf einen Seitenblick auf seinen Sohn. »Mir ist noch nie ein Mann begegnet, der sich nicht wenigstens einmal in seinem Leben an einer Frau die Finger verbrannt oder sich ihretwegen zum Narren gemacht hat.«

»Das kann gut sein.« Ty sah aus dem Fenster. Ihm war es kein Trost, daß er nicht der erste und auch nicht der letzte war.

Als sie das Haus erreichten, stürzte ihnen Cathleen entgegen. Sie war erstaunlich hübsch für ihre sieben Jahre.

»Du bist es! Niemand hat mir gesagt, daß du heute kommst!« begrüßte sie Ty. »Ich habe mich für Onkel Culley schön gemacht, weil er heute aus dem Krankenhaus kommt. Maggie holt ihn gerade ab. Aber für dich hätte ich mich auch schön gemacht, wenn ich es gewußt hätte.«

»Culley?« Ty sah seinen Vater fragend an.

»Er ist krank gewesen«, unterrichtete ihn Cathleen. »Aber jetzt geht es ihm wieder besser. Mama sagt, daß er natürlich noch viel Ruhe braucht.«

»Wann hat sich das denn ergeben?« Ty sah seinen Vater an und bemühte sich, eine Reaktion zu erkennen. Ihm war durchaus klar, daß es zwischen seinem Vater und seinem Onkel böses Blut gegeben hatte, und er bezweifelte ernstlich, daß sich sein Vater über O'Rourkes Entlassung aus der Nervenheilanstalt freute.

»In den letzten Monaten war häufig die Rede davon, aber der Arzt hat deine Mutter kurz nach deinem Anruf letzte Woche davon in Kenntnis gesetzt. Wir hatten vor, es dir zu erzählen, wenn wir nach Texas fliegen, um deine Abschlußfeier zu besuchen.« Es war eine sachliche Äußerung, die keine persönliche Stellungnahme enthielt, und Chase Calder war auch keine weitere Reaktion anzumerken, als er die Haustür öffnete und sie zu dritt eintraten.

»Ich habe Onkel Culley noch nie gesehen. Kennst du ihn?«

»Ja.« Er erinnerte sich jedoch nur an einen paranoischen Mann mit wildem Blick, der am Rande des Wahnsinns schwebte. Das war wohl kaum das Bild, das er seiner kleinen Schwester übermitteln wollte.

»Wie war er denn?«

»Das ist schon lange her, Cat. Wahrscheinlich hat er sich seitdem sehr verändert.«

Sie sah ihn nachdenklich und besorgt an. »Glaubst du, daß er mich mag?« Cathleen Calder war der Liebling der Triple C, der von allen verhätschelt wurde. Mit der geschärften Wahrnehmung eines Kindes hatte sie die unterschwelligen Spannungen gespürt, die mit der Ankunft ihres Onkels einhergingen, und sie konnte sich denken, daß ihr Onkel auf irgendeine Weise anders als andere war. Nicht geliebt und verstanden zu werden, war das Schlimmste, was sie sich vorstellen konnte.

Ty wollte ihr diese Frage nicht beantworten, weil er wußte, wie sehr Culley O'Rourke früher jeden gehaßt hatte, der etwas mit den Calders zu tun hatte. Doch das brauchte seine kleine Schwester nicht zu erfahren, und selbst, wenn er versucht hätte, es ihr zu erklären, hätte sie es nicht verstehen können.

Daher tat er ihre Frage mit einem Lachen ab und legte verspielt einen Finger auf ihre Stupsnase. »Ich wette, daß er dich nicht so gern hat wie ich.« Cathleen strahlte und fühlte sich von dieser Kundgebung seiner Zuneigung getröstet.

»Tante Ruth!« rief Cathleen und ließ Tys Hand los, um auf sie zuzulaufen. »Sieh mal, wer da ist!«

»Ty. Meine Güte.« Sie legte sich eine zittrige Hand auf die Brust, und ihr fehlten vor Staunen die Worte. »Ich wußte gar nicht, daß du erwartest wirst.«

»Ich werde nicht erwartet. Ich dachte mir, ich überrasche euch alle.« Das sollte die übliche Erklärung werden, die er noch oft abgeben würde.

»Mich hast du jedenfalls mit Sicherheit überrascht.« Ruth Haskell biß sich auf die Unterlippe. »Du läßt die Examensfeier ausfallen? Deine Mutter hat sich schon so darauf gefreut.«

»Sie wird sich mit meinem Diplom begnügen müssen.« Er lächelte, um nicht den Eindruck zu vermitteln, die Wünsche seiner Mutter ganz und gar zu mißachten.

»Hast du dein Mädchen mitgebracht?« Ruth sah ihn erwartungsvoll an. »Oder kommt sie später nach?«

»Nein.« Tys Gesicht veränderte seinen Ausdruck. »Sie kommt gar nicht.«

»Oh.« Ruth merkte, daß sie etwas falsch gemacht hatte. Im Lauf ihres Lebens hatte sie häufig solche Reaktionen beobachtet – den verschlossenen Blick eines Mannes, dessen Gefühle tief verletzt worden waren.

Die dicken Mauern des Hauses dämpften den Laut einer Wagentür, die geschlossen wurde, dann das Schließen einer zweiten. »Das müssen Mommy und Onkel Culley sein!« Cathleen wollte ihnen entgegen laufen, doch Ty hielt sie an den Schultern fest.

»Wir warten hier auf sie«, sagte er und sah die Zustimmung im Gesicht seines Vaters, ehe er sich zur Tür umwandte.

Der Mann, der mit seiner Mutter durch die Tür kam, schien ein Schatten des Mannes zu sein, an den Ty sich erinnerte. Seine Schultern hingen herunter, sein Rücken war gebeugt, und sein Haar war fast grau. Er war nicht mehr so dünn, wie Ty ihn in Erinnerung hatte, doch die zusätzlichen Pfunde ließen ihn aufgedunsen wirken – aber vielleicht lag das auch an der Blässe seiner Haut, die so lange keine Sonne mehr gesehen hatte. Die Nervosität, die Labilität und die Reizbarkeit, die immer haarscharf in Gewalttätigkeit umzuschlagen drohte, waren verschwunden. In der Art, wie er sich ins Wohnzimmer führen ließ, lag etwas Gebändigtes.

Erstaunen trat auf das Gesicht seiner Mutter, als sie ihn hinter Cathleen stehen sah, aber sie hinterfragte sein unerwartetes Kommen nicht. Im Moment war es ihre Hauptsorge, ihrem Bruder den Rückweg in die Welt zu ebnen. Alle Beteiligten waren angespannt.

»Guten Tag, Culley.« Sein Vater sprach als erster, doch er hieß ihn nicht mit geheuchelten Floskeln willkommen und machte auch keine Anstalten, ihm die Hand zu schütteln.

»Guten Tag.«

Ty bemerkte, wie ausdruckslos O'Rourkes Augen waren, ganz so, als versuche er, die Identität des Mannes, den er begrüßte, zu ignorieren. Seine Mutter unternahm keinen Versuch, ein Gespräch einzuleiten, sondern lenkte die Aufmerksamkeit ihres Bruders auf Ty.

»Das ist Ty«, sagte sie strahlend. »Er hat sich sehr verändert, seit du ihn das letzte Mal gesehen hast, und ich glaube kaum, daß du ihn noch erkennst.«

»Er ist größer, und er ist älter – aber ich erkenne ihn.« Seine Stimme klang klar und fest, und nur bei der Wahl seiner Worte schien er zu zögern. »Guten Tag, Ty.«

»Guten Tag, Culley.« Ty ließ beide Hände auf den Schultern seiner Schwester liegen.

Cathleen drehte sich um und verbesserte ihn. »Du mußt *Onkel* Culley zu ihm sagen.«

In die ausdruckslosen Augen trat ein mattes Leuchten, als sie auf das kleine Mädchen fielen. O'Rourke kauerte sich vor sie hin.

»Du mußt Cathleen sein.« Sein Mund wurde weicher, und es wirkte fast wie ein Lächeln.

»Guten Tag, Onkel Culley.« Cathleen fühlte sich durch die Zurückhaltung ihres Vaters und ihres Bruders nicht gehemmt. »Es freut mich, daß es dir wieder besser geht. Mommy hat gesagt, daß du lange krank gewesen bist. Es macht keinen Spaß, krank zu sein.«

»Nein, wirklich nicht.« Der unschuldige Bezug auf seine lange Krankheit schien ihn nicht zu stören. Unsicher streckte O'Rourke eine Hand aus und griff so zart nach ihren Fingern, als seien sie aus zerbrechlichem, hauchdünnem Porzellan. Die Geste war zögernd und drückte eine gewisse Verwunderung aus, die andeutete, daß es lange her war, seit er das letzte Mal einen Menschen angefaßt hatte, vor allem ein Kind. »Du bist sehr hübsch.«

»Gefällt dir mein Kleid?« fragte Cathleen. »Ich habe es für dich angezogen. Ich hätte es auch für Ty angezogen, aber ich wußte nicht, daß er heute kommt. Wir haben Plätzchen. Möchtest du welche haben?«

»Ich glaube, das ist eine gute Idee, Cathleen.« Maggie lächelte und freute sich darüber, wieviel ihre Tochter mit ihrem Plappern erreicht hatte. Ihr Bruder hatte sich so unwohl gefühlt und hatte alles so sorgsam gemustert. Culley war es so lange gewohnt gewesen, mit sich selbst allein zu sein, daß er es nie gelernt hatte, mit anderen Menschen umzugehen. »Warum setzen wir uns nicht alle?« schlug Maggie vor.

Beim Kaffee wurde O'Rourke allmählich etwas gelöster, und Ty beobachtete, wie der grauhaarige Mann langsam auftaute. Er war alt und doch erst Anfang vierzig.

»Warte nur, bis du das Zimmer siehst, daß Mommy und ich für dich hergerichtet haben«, sagte Cathleen. »Soll ich es dir zeigen?«

»Du kannst später mit ihm nach oben gehen«, warf Maggie ein.

»Es ist wirklich hübsch«, versprach sie. »Du hast dein eigenes Radio und einen bequemen Sessel und Zeitschriften und alles. Und es wird immer und ewig dein Zimmer sein.«

O'Rourke wandte sich an Maggie, die neben ihm auf dem Sofa saß, und sah sie fragend an. »Stimmt etwas nicht, Culley?« fragte sie.

»Hast du das gemeint, als du sagtest, du würdest mich nach Hause bringen?« fragte er.

»Ja.« Seine Frage erstaunte sie. »Wie Cathleen schon gesagt hat – wir haben ein Zimmer für dich hergerichtet. Einen Ort, an dem du allein sein und deine Ruhe haben kannst, wenn du willst, oder ...«

»Ich halte es für keine gute Idee, daß ich hierbleibe, Maggie.« Er drehte sich zu Chase um und sah ihn fest an. »Sie verstehen doch, was ich sagen will, oder?«

»Ja.«

»Culley, ich möchte, daß du dich hier auch zu Hause fühlst«, beharrte Maggie und wandte sich hilfesuchend an ihren Mann. »Chase und ich haben darüber gesprochen und sind uns einig, daß du hierbleibst. Ihm ist es recht.«

»Ich – ich weiß das zu schätzen«, sagte Culley, »aber es würde nicht gut gehen.«

»Wohin willst du denn sonst gehen?«

»Dahin, wo ich glaubte, du würdest mich hinbringen – nach Hause, auf die Shamrock Ranch«, sagte er ganz offen.

»Aber in diesem alten Haus hat seit Jahren niemand mehr gewohnt«, protestierte sie. »Es gibt dort keine Heizung und kein Licht – seit Jahren schon nicht mehr. Du kannst nicht dort hingehen.«

»Ich kann das Haus wieder in Ordnung bringen – oder wenigstens einen Raum, Maggie. Dort gehöre ich hin. Ich gehöre nicht hierher.« Er sah sich in dem geräumigen Haus um. »Hier gibt es zu viele Zimmer – und zu viele Menschen, die ein und aus gehen.«

Maggie setzte sich steif auf die Sofakante. »Ich lasse dich nicht wieder dort einziehen.«

Ein trauriges Lächeln stand auf seinem Gesicht. »Wenn ich hier bleibe, was sollte ich dann mit mir anfangen? Rumsitzen? Dann hätte ich ebenso gut in der Klinik bleiben können. Ich brauche eine Arbeit, und ich muß an etwas arbeiten, was mir gehört. Die Ärzte bezeichnen das als Therapie.«

»Mir ist ganz egal, wie es die Ärzte nennen.«

»Hast du eine Ranch?« Diese Entdeckung faszinierte Cathleen.

»Ja. Sie heißt Shamrock Ranch.«

»Ist sie so groß wie unsere?«

»Nein. Ich glaube, nichts anderes ist so groß wie die Triple C.«

»Ich wette, du wünschtest, sie wäre auch so groß«, sagte Cathleen.

»Nein, das glaube ich nicht, denn dann müßte ich mir ständig Sorgen machen, daß jemand versucht, mir einen Teil davon wegzunehmen. Und meine Ranch ist so klein, daß niemand sich eine solche Mühe machen würde«, erklärte er.

»Davon kannst du nicht leben«, rief ihm Maggie ins Gedächtnis zurück. »Wenn du Arbeit willst, kann Chase dich einstellen, und du arbeitest hier.«

»Laß Culley selbst entscheiden, was er will, Maggie«, riet ihr Chase.

»Aber er ist nicht ...« Sie beendete ihren Satz nicht, sondern brach ihn schuldbewußt ab und sah ihren Bruder verlegen an.

»Ich bin nicht gesund genug. Ist es das, was du sagen wolltest?« fragte er.

»Es tut mir leid, Culley. So habe ich es wirklich nicht gemeint. Es ist nur schon so lange her, daß du körperlich gearbeitet hast. Du bist älter geworden, und …«

»Ich will nach Hause, Maggie.«

Chase nahm ihr die Angelegenheit aus den Händen, da er wußte, daß sie niemals einwilligen würde. »Wir fahren dich morgen früh zu deiner Ranch. Aber heute bleibst du über Nacht bei uns.«

»Ist deine Ranch weit weg? Darf ich dich irgendwann mal besuchen?« wollte Cathleen wissen.

»Wir sind praktisch Nachbarn. Du kannst mich so oft besuchen, wie du Lust hast.« Nachdem er genau das zu lange nicht mehr gehabt hatte, schienen Cathleens unverblümte Unschuld und ihre bereitwillige Zuwendung Balsam für ihn zu sein.

»Er hat sich wirklich sehr verändert«, bemerkte Ty und zündete sich eine Zigarette an. O'Rourke war oben und wusch sich vor dem Abendessen.

»Es scheint so«, murmelte sein Vater, aber er wirkte nachdenklich. »Trotzdem will ich nicht, daß deine Mutter oder Cathleen allein mit ihm im Haus sind. Deshalb möchte ich, daß du heute abend hier bleibst, wenn ich zu dem Posten im Norden fahre und Arch Goodman Bescheid gebe, daß O'Rourke auf die Shamrock Ranch zieht.«

»Warum?« fragte Ty. »Die Ärzte haben ihn entlassen, und das heißt, daß sie von seiner Harmlosigkeit überzeugt sein müssen.«

»Nichts und niemand ist harmlos, Ty.« Seine Stimme knisterte vor Trockenheit. »Es könnte zwei Gründe dafür geben, daß er nicht hier wohnen will. Einerseits könnte es sein, daß er weiß, daß Vergangenes verziehen werden kann, aber kaum je vergessen wird. Dieser Gedanke könnte ihm die Kehle zuschnüren, wenn er unter dem Dach eines Calder schläft, das Essen eines Calder ißt und das Wasser eines Calder trinkt. Andererseits ist er vielleicht so klug, zu wissen, daß ich ihn ständig von jemandem beobachten lassen würde.«

»Traust du ihm nicht?«

»Ich bin nur vorsichtig«, sagte sein Vater. »Er wird Hilfe brauchen, wenn er diese Hütte wieder bewohnbar machen will, und ich möchte, daß du ihm dabei zur Hand gehst.«

»Ich? Wieso?«

»Weil ich mir dachte, daß du vielleicht gern ein paar Wochen deine Ruhe hättest.« Er erwartete keine Reaktion, und Ty sagte von sich aus nichts dazu. Aber es stimmte, daß er seine Ruhe brauchte, um sich mit der gelösten Verlobung abzufinden. Er hatte den Verdacht, O'Rourke sei so verschlossen, daß es in etwa auf dasselbe herauskam, ob er ihm half, oder ob er ganz allein war. »Wir haben die Shamrock-Rinder auf unsere Weiden geholt, und ich muß Arch sagen, daß er sie zurückbringt. O'Rourke hatte nie genug Pferde, und wir müssen sehen, was wir entbehren können, wenn er erst einen Korral gebaut hat. Außerdem braucht er Werkzeug, Bauholz und Lebensmittel.«

»Er wird zwangsläufig erfahren, daß all das von uns kommt«, wandte Ty ein. »Was ist, wenn er es nicht annimmt?«

»Er wird es annehmen. Er ist ein O'Rourke, und daher wird er der Auffassung sein, daß es ihm zusteht.«

Jessy ritt zu Nate und Arch, die auf dem Zaun saßen, als das letzte Rind in den Korral getrieben worden war.

Nate Moore war der weise, alte Junggeselle der Ranch. Seine Knochen waren zu steif und zu spröde, um sie weiterhin auf dem Sattel durchschütteln zu lassen, doch seine Augen waren nicht schlechter geworden, und sein Blick für Rinder machte ihn auf der Triple C zu einer unbestrittenen Autorität, wenn es um die Zucht ging. Seit er nicht mehr über die Weiden reiten konnte, sondern nur noch im Wagen fuhr, war er immer bei der Hand, wenn es darum ging, irgendwo auf der Ranch die Zuchttiere genauer ins Auge zu fassen.

»Wir halten die Rinder über Nacht hier und treiben sie erst morgen früh auf das Weideland der Shamrock Ranch«, erklärte Arch Goodman und sprang vom Zaun, um die anderen Cowboys davon zu unterrichten.

Nate blieb auf dem Zaun sitzen. »O'Rourke bekommt eine Herde zurück, die besser ist als alles, was er je hatte.« Nate versuchte, sich mit seinen steifen Fingern eine Zigarette zu drehen, und Jessy, die es nicht mitansehen konnte, sagte: »Laß mich das machen.«

Während sie ihm geschickt die Zigarette drehte, sagte Nate: »Ich schätze, der junge Ty ist bei O'Rourke und hilft ihm, einen Teil dieser baufälligen Hütte wieder herzurichten.«

»Ja, das habe ich auch gehört.«

»Diese Verlobung, die er eingegangen ist, hat ja wirklich nicht lange gehalten. Sie ist schon wieder gelöst, heißt es.«

»Ja, das habe ich auch schon gehört.«

»Sie hat ihm den Laufpaß gegeben, wenn ich das richtig verstanden habe«, bemerkte Nate, als Jessy ihm die fertige Zigarette reichte. »Ich kann nicht behaupten, daß ich viel von einer Frau halte, die ihr Wort gibt und dann einen Rückzieher macht.«

»Wahrscheinlich hatte sie ihre Gründe.« Es setzte ihr immer noch zu, daß Ty sie derart mißbraucht hatte, ob wissentlich oder nicht. Jessy konnte auch wirklich nicht gerade behaupten, es täte ihr leid, daß ihm eine solche Behandlung widerfahren war. Sie empfand es als eine Form süßer Rache.

»Du hältst ihr wohl die Stange, was?« bemerkte Nate.

»Sie ist eine Frau.« Sie zuckte die Achseln.

»Es gibt solche – und es gibt solche.« Er starrte versonnen in die Ferne. »Die meisten Rancher reißen sich darum, den besten Zuchtstier zu haben, und scheuen keine Kosten, um Spitzenqualität zu bekommen – und dann bringen sie ihn mit minderwertigen Kühen zusammen. Wenn man jetzt aber ein gutes Kalb haben will«, sagte Nate und riß seinen Blick von dem weiten Himmel los, um Jessy mit derselben Nachdenklichkeit zu mustern, »dann braucht man eine gute Mama. Viele, die von sich selbst behaupten, Experten zu sein, merken nicht, daß ein Kalb viel mehr von seiner Mama bekommt als von dem Stier, der sie deckt. Ein Rancher gibt sein Geld besser für eine gute Kuh als für einen Bullen aus. Die Mutter ist es, was zählt, und laß dir von niemandem etwas anderes einreden.«

»Ich werde es mir merken.« Es erschien ihr seltsam, einen solchen Rat zu hören, nachdem sie in einer eindeutig von Männern beherrschten Gesellschaft aufgewachsen war – und dann auch noch von Nate Moore, der sein Leben lang Junggeselle geblieben war. Man hätte meinen sollen, daß er Frauen gegenüber die alten Vorurteile pflegte.

»Ich habe gehört, du bist fest eingestellt worden«, bemerkte Nate.

»Ja. Dad meinte natürlich, es mache einen schlechten Eindruck, wenn ich unter ihm arbeite, und deshalb hat er mich an Arch abgeschoben.« Nicht ohne zu zögern hatte man ihr den regulären Status eines Cowboys gegeben, aber niemand konnte etwas an ihren Fähigkeiten aussetzen, und im Lauf der Zeit hatten sich alle daran gewöhnt, daß sie mit ihnen arbeitete.

Jessy wußte aber auch, daß sie auf die Probe gestellt wurde. Wenn der Umstand, daß sie eine Frau war, Probleme auslöste und zu Streitigkeiten unter den Männern führte, die zu lange keine Frau mehr gesehen hatten, dann würde man ihr auf Dauer eine langweilige Arbeit in der Scheune oder im Lager zuteilen. Das wußte sie. Sie hatte es spöttisch abgetan, als ihr Vater angedeutet hatte, sie sähe so aus, daß die Männer über sie in Streit geraten könnten, aber er hatte ihr erklärt, ein Gesicht würde hübscher und hübscher, je länger ein Mann einsam und verzweifelt war. Und sie hatte ihre eigenen bitteren Erinnerungen, daß ein Mann sogar so verzweifelt sein konnte, daß er sich vorstellte, sie sei eine andere.

»Es sieht so aus, als würden jetzt die Pferde verladen«, sagte Jessy und hob die Zügel ihres Pferdes auf. »Mach's gut, Nate.«

Nate sprang mit seinen steifen Knochen vom Zaun. Er nahm noch einen letzten Zug von der Zigarette, sah sie an und warf dann noch einen letzten Blick auf das Mädchen. »Sie dreht verdammt gute Zigaretten«, murmelte er vor sich hin.

III

Lieben hat etwas von Träumen,
Wenn's um die Frau geht, mit der man verheiratet ist.
Warum denkst du nur an einen,
Der zum Calder geboren und geworden ist.

12

»Soviel Land«, murmelte Tara verwundert, als sie tief über die Calder-Ranch flogen.

»Und dabei hast du erst die Hälfte gesehen – noch nicht einmal«, sagte ihr Vater. Es fiel ihm schwer, dieses Land zu betrachten, ohne an den möglichen Reichtum zu denken, der unter diesem Gras lag und nur darauf wartete, eingesackt zu werden. Was ihn erregte, waren nicht die potentiellen Gewinne, sondern die Herausforderung, die es darstellte, ein Projekt dieser Größenordnung zu planen, zu koordinieren und dafür zu sorgen, daß alles reibungslos ablief. Das Abenteuerliche daran reizte ihn, die hohen Einsätze, die dieses Spiel verlangte. »Die Ausmaße dieses Landes sind atemberaubend.«

»Ja, wirklich«, stimmte sie ihm zu. »Und jeder einzelne Meter gehört den Calders?«

»Jeder einzelne Grashalm.« Im Grund genommen war das gerade in Zweifel geraten, doch er hatte vor, diese Information für sich zu behalten und diese selbst seiner Tochter vorzuenthalten. »Dieses Land hat eine glänzende Zukunft vor sich liegen.«

»Es ist komisch«, sagte Tara. »Du hast mir schon sooft von dieser Ranch erzählt. Und Ty hat endlos darüber geredet. Aber ich habe mir trotzdem nichts dergleichen darunter vorgestellt.«

»Es ist ein Königreich, und noch nicht einmal ein kleines.« Er lächelte trocken. »Man könnte fast von einer Feudalherrschaft sprechen«, beharrte er, als seine Tochter ihn skeptisch ansah. »Chase Calder ist der Herr über dieses Land. Sein Wort ist Gesetz, das darfst du nicht vergessen.«

»Hat man je etwas zu dir gesagt – über die Verlobung, die ich gelöst habe?« fragte sie zögernd.

»Nein – abgesehen davon, daß Calder einmal geäußert hat, er fände, ihr wäret beide noch zu jung, um an eine Heirat zu denken.«

»Gut. Ich möchte nicht, daß es dir Schwierigkeiten macht, wenn ich dich auf dieser Geschäftsreise begleite«, murmelte Tara mit einem matten Lächeln.

»Jetzt hör aber auf, Tara Lee«, schalt E. J. Dyson. »Ich bin keiner deiner Anbeter, die du mit deiner Bescheidenheit umgarnen kannst. Du legst es darauf an, Unruhe zu stiften. Gib es zu.«

»Daddy«, sagte sie empört, doch dann lachte sie darüber, wie mühelos er sie durchschaute. »Du hast vollkommen recht. Ich hoffe nur, daß alles klappt.«

»Mein Liebling, dir kann niemand widerstehen«, versicherte er ihr. »Noch nicht einmal ein Calder.«

Ihre Mundwinkel zogen sich zufrieden nach oben, und Tara verfiel in Nachdenklich- und Schweigsamkeit. In den letzten zwei Jahren, seit sie das College abgeschlossen hatte, war Ty ihr häufig durch den Kopf gespukt. Die Verlobung damals war zu früh erfolgt und paßte nicht in ihre Pläne. Es wäre alles soviel leichter gewesen, wenn Ty das verstanden hätte.

Jetzt war der richtige Zeitpunkt gekommen, und auch der Ort war allem Anschein nach der richtige. Sie zweifelte nicht daran, daß es ihr gelingen würde, seine Zuneigung wieder zu gewinnen. Schon allein der Umstand, daß sie zu ihm kam, sprach richtig betrachtet doch nur für sie.

»Wie lange dauert es noch, bis wir landen?« Sie holte ihre Puderdose aus der Handtasche und überprüfte ihr Make-up in dem kleinen Spiegel.

»Nur noch ein paar Minuten.«

Chase und Maggie hatten das Flugzeug kurz vor der Landung gesehen, während sie beobachteten, wie die Frühlingskälber gebrandmarkt und die männlichen Kälber kastriert wurden. Sie waren eilig umgekehrt, um E. J. Dyson zu begrüßen. Doch bei seiner Ankunft fand er nur Ruth Haskell vor. Ihm fiel einmal mehr auf, wie sehr sie doch den Eindruck eines verwelkten Mauerblümchens erweckte, und er behandelte sie besonders freundlich, da sie in viele Geheimnisse der Calders, die ihm als Informationen noch von Nutzen sein konnten, eingeweiht sein mußte. Sie gehörte praktisch zur Familie.

Chase und Maggie wurden erst in einer Stunde erwartet, und so hatte Tara reichlich Zeit, sich im Wohnzimmer umzusehen, ohne den Eindruck zu erwecken, daß sie schnüffelte. Bei einigen Einrichtungsgegenständen handelte es sich zweifellos um wertvolle

Antiquitäten; andere waren nur alt, aber keineswegs kostbar. Das Zimmer vermittelte den Eindruck, als sei die Uhr um fünfzig Jahre zurückgestellt worden. Es strahlte einen gewissen Charme und die Behaglichkeit langjähriger Benutzung aus, doch ihrer Meinung nach hätte es weit imposanter wirken können.

Als Chase und Maggie eintrafen, wurde ein gemeinsames Abendessen vereinbart. Niemand hatte Ty auch nur mit einem Wort erwähnt.

»Wird Ty zum Abendessen hier sein?« fragte Tara betont beiläufig.

»Nein.« Chase Calder beantwortete ihre Frage. »Die Cowboys, die das Vieh zusammentreiben, bleiben über Nacht draußen.«

»Oh.« Sie ließ ihre Enttäuschung erkennen. »Ich hatte gehofft, ich könnte ihn sehen, solange wir hier sind«, gab Tara zu und warf einen schnellen Seitenblick auf ihren Vater, ehe sie sich wieder an Tys Eltern wandte. »Ich weiß, daß es einen dreisten Eindruck auf Sie machen muß, nachdem ich unsere Verlobung aufgelöst habe. Aber Ty hat mir nie Gelegenheit gegeben, ihm meine Gründe zu erklären. Ich hatte gehofft, inzwischen sei er bereit, mir zuzuhören. Ich bedaure sehr, was damals geschehen ist. Ich habe einen Fehler gemacht, und ich halte mich für verpflichtet, ihm das zu sagen.«

Diese junge und auffallend hübsche Frau hatte vieles an sich, was Maggie bewunderte. Sie konnte sich mit ihrem starken Unabhängigkeitsdrang identifizieren und auch mit Taras starkem Willen. Sie hatte immer geglaubt, daß Ty und Tara ein ideales Paar geworden wären, doch sie wußte auch, wie tief das Mädchen Ty verletzt hatte. Die gelöste Verlobung war bis heute ein Thema, über das er nicht sprechen wollte.

»Es ist ein Jammer, daß Sie nicht länger bleiben.« Maggie widerstrebte es, auf Taras Beteuerung ihrer Reue einzugehen.

»Vielleicht ...« Sie zögerte bewußt und sah ihren Vater an, der ihre Manipulationen genau beobachtete. Es war ihr Spiel, das sie spielte, und sie mußte es ohne seine Hilfe spielen. »Wenn ich Ihnen nicht zu sehr zur Last fiele ...« Sie wandte sich mit einem flehentlichen Blick an Maggie. »Vielleicht könnte ich ein paar Tage hierbleiben, bis Daddy und Stricklin ihre Geschäfte in Calgary abgeschlossen haben. Dann hätte ich die Gelegenheit, mit Ty zu reden.« Ihre Kühnheit, sich selbst einzuladen, war ein Risiko, das sie bewußt einging. Tara war aber auch so klug, nicht sofort auf eine Antwort zu drängen. Statt dessen wandte sie sich wieder an ihren Vater. »Würde es dir etwas ausmachen, auf dem Rückweg von Calgary noch einmal hier zu landen und mich mitzunehmen? Ich weiß, daß du andere Pläne hattest.«

»Natürlich kann ich auf dem Rückweg hier vorbeikommen«, erwiderte er. »Mir macht das keine großen Unannehmlichkeiten. Ich glaube, es ist eher die Frage, ob die Calders zu einer Zeit, zu der es soviel zu tun gibt, einen ungebetenen Gast haben wollen.«

»Es tut mir leid.« Tara entschuldigte sich für ihre Gedankenlosigkeit. Von Chase kam keine Reaktion, aber sie merkte, daß Maggie sich erweichen ließ. »Ich hatte ganz vergessen, wieviel Arbeit ihnen das Zusammentreiben des Viehs macht. Es ist nur ein so schreckliches Gefühl, ihm so nah zu sein und doch keine Gelegenheit zu haben, Ty wiederzusehen.«

»Natürlich können Sie ein paar Tage bei uns bleiben«, sagte Maggie, ohne sich mit Chase zu beraten. Aber wenn sie befürchtete, daß er anderer Meinung sei als sie, dann täuschte sie sich. Er fand, es sei höchste Zeit, daß Ty sich dieser schönen, verlockenden Frau noch einmal stellte, um sie dann ein für alle Mal zu vergessen.

»Dein Vater will dich sprechen.«

Ty spürte, wie die Schlammspritzer in seinem Gesicht trockneten, als er zu dem Wagen ritt, der gerade angekommen war. Seine Hosenbeine waren nach dem Regen schlammverkrustet.

»Du wolltest mich sprechen?«

»Hier ist Besuch für dich.«

»Wer?« Erstaunt zog er die Augenbrauen zusammen. Besuch bekam er nie, und die Zeit, in der das Vieh zusammengetrieben wurde, war ein denkbar ungünstiger Augenblick für unerwartete Gäste.

»Tara.«

Ty richtete sich langsam im Sattel auf und starrte sie ungläubig an. Sie saß auf einem Klappstuhl neben dem Küchenwagen und sah den Männern bei der Arbeit zu, als fände all das nur zu ihrer persönlichen Unterhaltung statt. Sie hatte es nicht verlernt, von ihrer Umgebung Besitz zu ergreifen.

Es dauerte einen Moment, bis er sich von seinem Schock erholt hatte. Als er auf sie zuging, blickte sie mit demselben provozierenden, rätselhaften Lächeln zu ihm auf, das ihn so viele Nächte lang verfolgt hatte. Er versuchte, ihrer strahlenden Schönheit gegenüber gleichgültig zu bleiben, doch ihr Anblick traf ihn bis ins Mark, wie schon immer. In der hautengen schwarzen Hose, der langärmeligen Bluse aus scharlachroter Seide und der weißen Schaffellweste war sie so unwahrscheinlich weiblich, daß alle seine männlichen Instinkte auf sie ansprachen. Aus reinem Stolz ging Ty nicht auf sie zu, sondern zu der Kaffeekanne, die immer vor dem Küchenwagen bereitstand.

»Hallo, Tara.« Innerlich zitterte er, als er sich eine Tasse Kaffee einschenkte, doch seine Stimme klang ruhig. Ty würdigte sie kaum eines Blickes, doch jede ihrer Bewegungen und jeder ihrer Atemzüge waren ihm bewußt.

Sie stand mit dieser majestätischen Anmut da und war so makellos, daß ihm augenblicklich bewußt wurde, wie schmutzig er war, daß er nach dem Schweiß und den Exkrementen der Tiere stank und daß kratzige Bartstoppeln auf seinem Kinn wuchsen. Er hatte wenig Ähnlichkeit mit dem gutgekleideten Studenten, der ihr seine Aufwartung gemacht hatte.

Tara stellte fest, daß er zu einem Mann herangewachsen war und weit mehr Ähnlichkeit mit seinem Vater besaß, als sie es je für möglich gehalten hätte. »Hallo, Ty«, sagte sie endlich, und ihre Stimme klang äußerst zuversichtlich. »Ich hatte gehofft, du würdest mir schreiben, aber ich habe nie eine Zeile von dir bekommen. Und dann ist mir klar geworden, daß ich zu dir kommen muß, wenn ich dich je wiedersehen will. Hier bin ich also – und ich bin bereit, dich um Verzeihung zu bitten.«

Ihre Hände öffneten sich in einer anmutigen Geste, mit der sie sich ihm vorbehaltlos hinzugeben schien. Ty erinnerte sich nur zu gut an ihre subtile Körpersprache und an die vielen Bedeutungsnuancen, die sie ihren Worten beifügen konnte.

Zu viele widersprüchliche Reaktionen liefen gleichzeitig in ihm ab, und zu viele Gefühle brachen über ihn herein. Er blieb angespannt. Er begehrte sie; er haßte sie; er liebte sie; und es war ihm entsetzlich, daß sie hier war und ihn all das noch einmal durchmachen ließ.

»Ich kann mir nicht vorstellen, daß du um etwas bittest.« Ty hob die Tasse an seine Lippen und blieb in seiner lockeren Haltung, ohne sich zu rühren.

Sie lachte über seine Bemerkung und mit ihrem provozierenden Blick gestand sie: »Ich bin nicht sehr geübt darin.« Dann trat wieder dieses angedeutete Lächeln auf ihre Lippen. »In dieser Umgebung hier gefällst du mir besser. Im College warst du nicht in deinem Element.«

»Warum bist du hier?« fragte er. Ty glaubte nicht einen Moment lang, daß Tara gekommen war, um ihn um Verzeihung zu bitten. Ihr war es bisher immer gleichgültig gewesen, ob das, was sie tat, irgend jemandem gefiel oder mißfiel.

»Ich habe dir doch gesagt, daß ...«

»Spiel kein Theater mit mir!« schnitt er ihr barsch das Wort ab. »Das kannst du nur zu gut!«

Für einen Sekundenbruchteil zweifelte sie an ihrer Fähigkeit, jede Situation unter ihre Kontrolle zu bekommen. Dann sah sie ihn gekränkt an und senkte die Lider.

»Ich hatte gehofft, du würdest dich freuen, mich wiederzusehen.« Sie hob den Kopf, warf ihn zurück und ließ ihre Stimme teilnahmslos klingen. »Ich bin nicht gekommen, um dich zu ärgern. Aber offensichtlich bin ich hier nicht willkommen.« Sie sah ihm in die Augen. »Ich weiß, daß ich lange gebraucht habe, bis ich deine Einladung endlich angenommen habe, dich hier zu besuchen, aber jetzt bin ich da. Ich dachte, das könnte dir vielleicht etwas bedeuten.«

Er reagierte mit Schweigen. Als sie sich abwandte, um fortzugehen, brach sich die Sonne in dem schwarzen Opal an ihrem Finger. Dieser Anblick rüttelte ihn aus seiner starren Teilnahmslosigkeit auf.

»Warum trägst du diesen Ring immer noch?« Seine Stimme vibrierte.

Tara drehte sich langsam wieder zu ihm um. Ty wußte, daß ihre Schönheit ihn nach wie vor in ihren Bann zog.

»Weil du ihn mir geschenkt hast«, sagte sie. Seine Blicke glitten forschend über ihr Gesicht. Das Schweigen zog sich in die Länge. »Was denkst du, Ty?«

»Daß du schöner denn je bist, aber hör auf, Köder vor mir auszulegen, um zu sehen, ob ich anbeiße.«

»Du wirfst mir schon zum zweiten Mal vor, daß ich mit dir spiele.«

»Stimmt das etwa nicht?« Es brach plötzlich aus ihm heraus und bewies ihr, daß sie zu ihm durchgedrungen war.

»Nicht bewußt, nein. Ja, ich gebe zu, daß ich mich darin geirrt habe, was mir wichtig war. Aber, Ty, hat ein Mädchen denn nicht das Recht, seine Meinung etwas mehr als einmal zu ändern?«

»Du sagst das so leichthin. Es ist nur wieder eines deiner Spielchen. Kein Tag ist vergangen, an dem ich nicht an dich gedacht habe – dich begehrt habe. Kein Mitternachtshimmel hat dein Gesicht nicht in sich getragen. Ich habe nie aufgehört, dich zu wollen.«

»Ich bin doch hier«, beharrte sie.

»Du verstehst das nicht«, beharrte er schroff. »Ich wollte dich, aber der Schmerz ist vorbei. Die Wunden sind zwar nicht verheilt, noch sind sie nicht vernarbt, aber sie haben aufgehört zu bluten. Ich lasse nicht zu, daß du sie wieder aufreißt.«

»Kann ich das denn?« fragte Tara im Scherz.

»Du weißt verdammt gut, daß du es kannst«, antwortete Ty ernst. »Aber ich bin auf dem besten Weg, über dich hinwegzukommen, und von diesem Weg will ich mich nicht abbringen lassen.«

»Ohne einen Blick zurück?« Sie zwang sich, ernst zu werden. »Auch dann nicht, wenn dich jemand ruft?«

Seine Lippen waren so fest zusammengepreßt, daß sie einen Moment lang seine Unsicherheit sehen konnte. Ihre Zweifel verflogen. Sie griff nach seiner schwieligen Hand und nahm sie zwischen ihre Hände.

»Ich bin nicht gekommen, um alte Wunden aufzureißen, Ty. Möglicherweise bin ich gekommen, um zu sehen, ob ich dich überreden kann, mir noch einmal einen Heiratsantrag zu machen.«

»Du hast mich schon einmal sitzen gelassen. Nein, danke.«

»Kannst du mir nicht glauben, daß mir klar geworden ist, daß ich etwas falsch gemacht habe? Ist es zuviel verlangt, wenn ich mir wünsche, ich bekäme noch eine Chance?«

»Damit du es dir dann wieder anders überlegen kannst?« fragte Ty provozierend. »Das habe ich einmal durchgemacht, Tara. Du wirst es mich kein zweites Mal durchmachen lassen.«

Mit der Intuition einer Frau wußte sie, daß es jetzt an der Zeit war, sich zurückzuziehen und nicht weiter in ihn zu dringen. Er hatte einen Moment lang Unsicherheit gezeigt; sie wußte, daß er angreifbar war. Sie zog ihre Hände zurück und blickte mit einem resignierten Lächeln zu ihm auf.

»Ich bleibe nur ein paar Tage hier«, sagte sie. »Daddy ist geschäftlich in Calgary. Am Mittwoch kommt er wieder vorbei, um mich abzuholen, und dann fliegen wir wieder nach Hause. Ich wünschte, du hättest mehr Zeit gehabt, um mir die Ranch zu zeigen. Nach allem, was du mir davon erzählt hast, hätte ich gern die Gelegenheit gehabt, sie mir von dir zeigen zu lassen.«

»Vielleicht ein anderes Mal.« Ty war erleichtert, weil sie akzeptiert hatte, daß er mit der Vergangenheit abgeschlossen hatte, und er hatte ihr unbedacht geantwortet.

Augenblicklich tanzten Funken in ihren dunklen Augen. »Heißt das, daß du mich einlädst wiederzukommen?«

»Das ist eins der ungeschriebenen Gesetze des Westens – weise nie einen Besucher ab, der auf deiner Schwelle steht; du könntest eines Tages seine Gastfreundschaft brauchen.« Er achtete sorgsam darauf, seiner Einladung einen reinen Höflichkeitscharakter zu geben. »Ich bin oft im Haus deines Vaters gewesen. Du bist in meinem Haus willkommen.«

Ein einsamer Reiter näherte sich dem Lager. Ty, der es gewohnt war, auf solche Dinge zu achten, bemerkte ihn schon von weitem und richtete seinen Blick auf ihn, um zu erkennen, wer es war. Tara sah in dieselbe Richtung, weil sie wissen wollte, was ihn abgelenkt hatte.

»Stimmt etwas nicht?« In Taras Augen sah der Reiter wie alle anderen Cowboys aus.

»Es ist alles in Ordnung.« Ty fragte sich trotzdem, was Culley O'Rourke auf dem Calder-Land tat.

Zwei Monate lang hatte er Tag und Nacht mit diesem Mann verbracht, die Mahlzeiten mit ihm eingenommen und sich mit ihm in die Arbeit geteilt, und doch waren sie einander nie näher gekommen. O'Rourke mochte gelernt haben, einen Calder zu dulden, aber er hatte nicht gelernt, einen Calder zu mögen. Er blieb für sich und kam nur selten, um Maggie zu besuchen, und sobald Ty oder sein Vater nach Hause kamen, brach er immer sofort auf. Es schien eine Form von Waffenstillstand zu herrschen oder – besser gesagt – eine wachsame Neutralität von beiden Seiten.

13

O'Rourke näherte sich dem Küchenwagen wie immer von hinten. Ty hielt es inzwischen nicht mehr für Schüchternheit, sondern glaubte, daß O'Rourke sich, wenn auch noch so unbewußt, nicht beobachten lassen wollte.

»Hallo, Culley«, begrüßte er ihn, als er um den Wagen kam.

Culley achtete immer auf ein gepflegtes Äußeres und rasierte sich täglich. Nach zwei Jahren war Ty davon überzeugt, daß sein Onkel zwar etwas merkwürdig, aber harmlos war.

»Was führt dich hierher?«

»Ich habe mich daran erinnert, wie gut Tuckers Essen schmeckt.« Er sah Tara an und legte die Finger an die Hutkrempe. »Ma'am.«

Widerwillig stellte Ty die beiden einander vor. O'Rourke sah Tara unverwandt an, und das bereitete ihm Unbehagen.

»Sie sehen meiner Schwester sehr ähnlich«, sagte er schließlich.

Dann machte er sich auf den Weg zu Tucker, und Tys Vater kam auf die beiden zu. »Was hat O'Rourke hier zu suchen?«

»Angeblich hat er Lust auf Tuckers Küche.«

Die Cowboys stellten sich jetzt an, um sich zu waschen und ihr Essen abzuholen. Dabei wurden die üblichen Flüche ausgestoßen.

»Paßt auf, wie ihr euch ausdrückt, oder ich schlage euch die Köpfe zusammen«, murrte Tucker. »Wir haben eine Dame unter uns.«

»Habt ihr das gehört? Er hat Jessy eine Dame genannt!«

Einer der Cowboys zog im Scherz den Hut vor ihr, und Jessy reagierte spöttisch mit einem Knicks.

»Die hat Tucker doch nicht gemeint, du verfluchter Narr!« rief Sid Ramsey. »Die Dame ist die dunkeläugige Schönheit, die da drüben bei Ty sitzt.«

Jessy drehte sich um und sah in die Richtung, in die Ramsey deutete. Sie starrte dieses Bild so verblüfft an wie alle anderen.

Man konnte viel in die Gleichgültigkeit hineinlesen, mit der Ty das Mädchen behandelte, das neben ihm saß. Er bedachte sie nicht mit den glühenden Aufmerksamkeiten, die die Cowboys, von denen Jessy umgeben war, ihr allzu gern erwiesen hätten. Ty sah sie lediglich an. Sein Gesicht war verschlossen, vollkommen verschlossen. Jessy fiel nur ein Grund dafür ein, daß Ty mit einem so hübschen Mädchen nicht fröhlich redete und daß er sie nicht anlächelte. Sie hatte ihn früher einmal verletzt.

Während die anderen Vermutungen anstellten, wer das Mädchen wohl sein mochte, fragte sich Jessy, warum das Mädchen hier war. Hinter all der Schönheit steckte ein kluger Kopf. Es gab ein Motiv für ihre Anwesenheit hier, und es war bestimmt kein Höflichkeitsbesuch.

Alle Männer scharten sich um das Mädchen und warteten nur darauf, daß Ty sie endlich vorstellen würde. Ihn ärgerte, daß sie sich alle so zum Narren machten, denn er fand diese Schwäche in sich selbst wieder.

»Ihr kennt alle E. J. Dyson. Das ist seine Tochter Tara Lee.« Ty wußte, daß die Cowboys, die schon länger auf der Ranch arbeiteten, ohnehin den Bezug herstellen würden, daß es sich um das Mädchen handelte, mit dem er damals verlobt gewesen war.

Nach dem Essen wollte Ty sofort wieder an die Arbeit gehen.

»Ty.« Sie sprang auf und legte eine Hand auf seinen Arm, um ihn noch einen Moment aufzuhalten. Als er auf sie heruntersah, kam sie ihm näher. Er atmete den frischen, sauberen Geruch ihres Körpers ein, dessen Süße in krassem Gegensatz zu dem Schmutz auf seiner Kleidung stand.

»Paß auf. Du machst dich dreckig«, warnte er sie, um sie von sich zu stoßen, ehe ihn die Versuchung überwältigte.

»Glaubst du, das stört mich?« sagte sie lachend, aber sie trat einen Schritt zurück. »Hast du etwas dagegen, wenn ich hierbleibe und heute nachmittag beim Branden zusehe?«

»Tu, was du willst, Tara. Du hast immer getan, was du wolltest«, sagte Ty barsch. Er wußte, daß es für ihn nichts änderte, ob sie hierblieb oder ins Haus zurückging. Er würde so oder so an sie denken.

»Dann bleibe ich.«

Ty gesellte sich wieder zu den anderen Reitern. Jessy Niles war plötzlich neben ihm.

»Das ist doch die, die dir den Laufpaß gegeben hat, oder?« fragte sie. Jessy sah starr vor sich hin, als sie das aussprach, was die anderen nur zu denken wagten. Seine Lippen preßten sich zusammen, und er antwortete nicht. »Ich nehme an, sie will die Beziehung wieder flicken. Wirst du noch einmal mit ihr anfangen?« Sie fragte es sehr kühl und sehr ruhig, doch er gab ihr mit keinem Anzeichen zu verstehen, daß er ihre Frage gehört hatte. »Du bist ein Dummkopf, Ty Calder«, sagte Jessy und gab ihrem Pferd die Sporen, um einem Kalb nachzujagen.

Tara beobachtete die Cowboys. Dieses unzivilisierte Land erschreckte sie, aber sie brauchte nur einen Blick auf Ty zu werden, und schon wußte sie wieder, warum sie hier war. Ihre Gründe, sich alles noch einmal anders zu überlegen, waren ihr völlig unklar. Sie wußte, daß sie hier war, um Ty zu überreden, daß er sie heiratete, aber sie wußte nicht, warum. Tara erschien es unwichtig, aus welchen Gründen sie es sich anders überlegt hatte, und daher hinterfragte sie sie nicht und vermied es auch, sie zu analysieren, um die Wahrheit zu erkennen. Ihre Entscheidung war getroffen. Jetzt richtete sie ihre gesamte Aufmerksamkeit darauf, diesen Entschluß auch umzusetzen. Sie wollte ihn haben, selbst, wenn das hieß, sich ganz für ihn aufzugeben.

Ein schlanker, langhaariger Reiter ritt auf die Herde zu und schloß sich Ty an. Tara merkte erst, daß es sich um eine Frau handelte, als sich das Mädchen umdrehte und sie den klassischen Schnitt des Gesichts mit den hohen Wangenknochen und dem ausgeprägten Kinn deutlich erkennen konnte.

Zum ersten Mal bedachte sie die Möglichkeit, eine hiesige Konkurrentin zu haben.

Als Ty seinem Pferd den Sattel abnahm, kam sein Vater in den Stall. Da Tara nur wenige Tage bleiben würde, stellte er ihm die Entscheidung anheim, ob er nicht doch zum Essen ins Haus kommen wollte, was sonst ungewöhnlich war. Jessy mochte ihn als einen Dummkopf bezeichnet haben, aber dieses eine Mal warb Tara um ihn, und nicht umgekehrt. Wie konnte ein Mann etwas so lange wünschen und es dann nicht nehmen, wenn es sich ihm anbot? Er entschied sich, im Haus zu essen.

»Triff keine überstürzten Entscheidungen, Ty«, sagte sein Vater, als die Frauen den Tisch abdeckten und sie nach dem Essen allein dasaßen.

»Ich gehe raus an die frische Luft«, sagte Ty grimmig.

Das Haus war zu klein für Tara und ihn, wenn sich nicht doch etwas Überstürztes abspielen sollte.

Er stand auf der Terrasse und rauchte seine erste Zigarette, als auch schon die Haustür aufging und Tara, die alle Träume eines Mannes verkörperte und so verlockend und verführerisch wie die Nacht war, zu ihm trat.

»Darf ich zu dir kommen?« Tara setzte seine Einwilligung voraus, denn sie ließ ihre Hand durch seine Armbeuge gleiten und preßte seinen Ellbogen an sich. Die Wärme ihres Körpers strahlte auf ihn über, und Ty war sich nur zu sehr bewußt, daß sein Arm gegen ihre Brust gepreßt war.

»Das hast du doch schon getan.« Angespannt und voller Verlangen blickte er in die Weite.

Tara musterte sein Profil. Sie hatte das Aufflackern einer Reaktion tief in seinen braunen Augen gesehen. Seine Worte ihr gegenüber mochten beherrscht und kontrolliert klingen, aber er selbst war es nicht. Sie bemerkte die zarten Linien, die sich in sein Gesicht gegraben und ihm das allzu Jugendliche genommen hatten. Dieses scharf geschnittene Gesicht war jetzt absolut männlich und von einer rauhen Schönheit. Sie spürte die tröstliche Sicherheit in sich, daß sie seinen Widerstand mit der Zeit doch noch durchbrechen würde, und sie wandte ihren Kopf in die Richtung, in die er schaute, weil sie sehen wollte, was er ansah.

Lichter aus den Fenstern der vielen Gebäude, die die Hauptansiedlung bildeten, schimmerten um sie herum. Die Bäume, die den Fluß säumten, setzten sich so verschlungen wie Spinnennetze gegen diesen nächtlichen Schein ab. In einem der Ställe wieherte ein Pferd.

»Es sieht aus wie eine kleine Stadt«, murmelte Tara. »So viele Lichter. So viele Häuser.«

»Auf gewisse Weise ist es eine Stadt. Wir haben eine eigene Wasserversorgung, die zusätzlichen Stromgeneratoren, ein Kanalisationssystem und alle diese Einrichtungen. Es gibt zwei kleine Feuerwehrwagen, eine Reparaturwerkstatt für die Fahrzeuge, ganz zu schweigen von einer Schule für die kleineren Kinder, der tierärztlichen Versorgung, einer vollständig ausgerüsteten Krankenstation für Erste Hilfe und einem Lebensmittellager.«

»Ich würde mir all das so gern ansehen.« Sie seufzte und schmiegte sich enger an ihn. »Hier draußen ist es kühler, als ich dachte. Warum legst du nicht deinen Arm um mich und hältst mich warm?«

»Warum gehst du nicht rein und holst dir eine Jacke?« Doch Ty erhob keine Einwände, als sie seinen Arm um sich legte und sich immer dichter an ihn kuschelte.

»So ist es viel besser, oder nicht?«

»Hör auf, Tara.«

»Es freut mich, daß du heute abend nach Hause gekommen bist.«

Es waren weniger die Worte, die sie sagte, mehr, wie sie sie sagte – ganz so, als sei sie bereits hier zu Hause und würde immer hier sein und auf ihn warten. Sie wandte ihren Kopf ihm zu, und ihre schimmernden Lippen waren eine einzige Aufforderung. Der Drang war zu stark, und die Gewohnheit, diese Lippen zu küssen, war zu tief in seinen Erinnerungen eingebettet. Ehe sein Mund auch nur auf ihren Lippen lag, preßte sie sich an ihn.

Ty spürte die Glut, die in ihm aufstieg, und er wollte sich losreißen, doch ihre schmalen Hände waren um seinen Hals geschlungen und ließen ihn nicht los. Ihre Lippen saugten sich geradezu an seinem Mund fest, und die betörende Süße ihrer Nähe ließ das Blut so laut in seinen Schläfen pochen, daß er keinen klaren Gedanken mehr fassen konnte.

Plötzlich wurde er wütend und haßte diese Schwäche, die ihn zu Wachs in ihren Händen machte. Er packte ihre Handgelenke, zog sie von seinem Genick und beendete schweratmend den Kuß. Doch sein Zorn konnte dem Verlangen, das ihn durchflutete, keinen Einhalt gebieten.

»Keine Spielchen«, beharrte er.

»Warum nur bist du bloß so hart?« Ihre Ungeduld brach durch. »Du läßt mir keinen Rest von Stolz.« Ihre Stimme war provozierend und klang wieder heiterer. »Ich bin über diesen halben Kontinent gereist, um dir zu sagen, daß ich mich geirrt habe – und um zu versuchen, den Fehler, den ich gemacht habe, wieder gutzumachen. Was muß ich denn noch tun, damit du mich bittest zu bleiben?«

»Wozu? Damit du mich wieder quälst?« Die Muskeln um seinen Kiefer spannten sich, und sein ganzer Körper war aufgewühlt.

»Nein.« Sie legte ihren Kopf zurück und sah ihn auf eine Weise an, die vielversprechend und distanziert zugleich war. »Ich weiß, daß Worte nicht genügen, Ty. Aber gib mir eine Chance, dir zu zeigen, daß ich es ernst meine.«

Er hörte ihr zu, und schlagartig wußte er, daß er nicht leugnen konnte, wie sehr er sich wünschte, sie würde bleiben. »Du kannst deine Chance haben, aber ich beiße nicht mehr auf deine Köder an.« Er würde es ihr nicht leicht machen.

Das erkannte sie. Einen Moment lang sah sie einen Zeitpunkt auf sich zukommen, zu dem sie sich ihm hingeben und seine Bedingungen akzeptieren mußte. Doch ihr graute nicht vor diesem Augenblick der vollkommenen Kapitulation, sondern eine genüßliche Vorfreude durchflutete sie zu ihrem eigenen Erstaunen. Sie war ihren Gefühlen über einen so langen Zeitraum so sorgfältig aus dem Weg gegangen, das es jetzt ein erregender Gedanke war, sie ein einziges Mal die Oberhand gewinnen zu lassen.

»Wir werden viel Spaß zusammen haben.« Ihre dunklen Augen funkelten mit einem geheimnisvollen Wissen.

Ty wußte nicht, was in ihrem Kopf vorging, aber in ihren Augen stand ein Blick, der so zuversichtlich und verlockend war, daß sein Blut sich erhitzte. »Wir sollten lieber wieder ins Haus gehen, ehe du dich verkühlst.«

»Sag mal, Daddy«, sagte Tara, die neben ihrem Vater herging und sich bei ihm eingehängt hatte, während sie ihn zu dem Flugzeug begleitete, das bereitstand und wartete. Kurz nur zeigte sich eine spöttische Selbstzufriedenheit auf ihrem Gesicht, als sie ihn ansah. »Würde es dir immer noch gefallen, wenn ich Mrs. Calder würde?«

Sein Aufenthalt auf der Triple C war nur eine kurze Zwischenlandung, und bisher hatte er seine Tochter noch keinen Moment lang unter vier Augen gesprochen. Dyson sah sie stolz und belustigt an. »Du hast Ty rumgekriegt, was?«

»Noch nicht ganz, aber das schaffe ich schon.«

Tara ließ ihren Blick mit Besitzerstolz über ihre Umgebung gleiten. Dyson nahm ihren Gesichtsausdruck mit einem trockenen Lächeln zur Kenntnis.

»Du siehst dich bereits als Herrin des Hauses, stimmt's?«

»Eines Tages werde ich es sein.« Das stand für sie fest, und sie strahlte ungetrübte Zuversicht aus. Dann wirbelte sie fröhlich zu ihm herum und lächelte ihn an. »Du kannst doch länger als einen Monat brauchen, ehe du zurückkommst, oder? Es fällt dir doch sicher ein Vorwand ein, um deine Rückkehr hinauszuzögern.«

»Das könnte ich schon tun, aber ich habe ein paar wichtige Termine, die ich nicht verschieben werde – sogar für dich nicht.«

»Hier? Mit wem?«

»Mit ein paar Nachbarn der Calders. Genau genommen bin ich in etwa drei Wochen wieder hier, aber ich werde mir ein Hotelzimmer in Miles City nehmen und dann von dort aus zurückfliegen, wenn alles geregelt ist.«

»Wenn es Nachbarn sind, warum bleibst du dann nicht hier?«

»Weil ich nicht gern Geschäfte im Haus eines Dritten durchführe«, erwiderte er mit fester Stimme. »Und außerdem glaube ich nicht, daß Calder meinen Plänen zustimmen würde. Es ist besser, wenn er nicht erfährt, was ich vorhabe, solange noch nicht alles geregelt ist. Er könnte versuchen, seine Nachbarn dahingehend zu beeinflussen, keine Geschäfte mit mir zu machen und dann wäre ich seiner Sturheit ausgeliefert.«

»Was habt ihr für Pläne, Stricklin und du?« Er drückte sich wieder einmal in Rätseln aus, wie immer, wenn er einen großen neuen Coup plante.

»Das braucht dich nicht zu sorgen. Und jetzt lauf zu Ty zurück. Ich wünsche dir jedenfalls viel Glück.« Ihre unterschiedlichen Ziele würden sich eines Tages blendend miteinander verbinden lassen.

Stricklin wartete schon.

»Ich glaube, dieser junge Mann geht ihr ins Netz, Stricklin«, sagte Dyson, als er sich anschnallte. Er warf einen Blick durch das kleine Fenster auf das Paar. »Was hältst du davon?«

»Das wäre einfach ideal«, erwiderte sein Partner. Er meinte es ernst.

14

Eine Woche später war das Vieh zusammengetrieben, und Ty bekam Arbeiten zugeteilt, die ihn in der Nähe des Hauses festhielten und ihn nicht zu den weit verstreuten Grenzposten führten. Da Tara ihr Vorrecht als Gast nutzte und morgens lange schlief, bekam sie Ty selten vor dem Mittagessen zu sehen.

Nachmittags war sie meistens sich selbst überlassen. Maggie Calder hatte ihr die Einrichtungen der Ranch gezeigt, sie in das Schulgebäude geführt, das nur ein Klassenzimmer hatte, und ihr das Lager mit den Lebensmitteln, der Kleidung und den Eisenwaren gezeigt. Tara hatte sich all das mit großer Faszination angesehen, doch sie hätte es vorgezogen, diese Dinge von Ty gezeigt zu bekommen. Sie verbrachte aufreizend wenig Zeit mit ihm allein. Manchmal fragte sie sich, ob er eigentlich je einen freien Tag hatte.

Mit langsamen Schritten lief sie die Stufen hinunter, ließ ihre Hand gedankenverloren über das Geländer gleiten und fragte sich, womit sie diesen Samstagnachmittag ausfüllen sollte. Die Haustür ging auf und schloß sich mit einem lauten Knall, und Cathleen stürzte ins Haus. Tara musterte das kleine Mädchen plötzlich interessiert. Vielleicht konnte sie Cathleen überreden, sie dorthin zu bringen, wo Ty heute nachmittag arbeitete.

»Hallo, Cat.«

»Tara! Ich wollte dich gerade suchen.« Atemlos und mit leuchtenden Augen blieb Cathleen unter der Treppe stehen. »Ty hat gesagt, ich soll dir sagen, daß du dir Reitkleidung anziehst. Er wartet in einer halben Stunde mit den Pferden vor dem Haus.«

Einfach so. Er schnippte mit den Fingern, und sie sollte spuren.

Es dauerte volle fünfundvierzig Minuten, bis Tara aus dem Haus kam. Tys ungeduldige Miene verzog sich gegen seinen Willen und drückte Bewunderung aus, als Tara auf die Pferde zuging, und sie fühlte sich darin bestätigt, daß die Zeit, die sie sich für ihr Aussehen genommen hatte, der Mühe wert gewesen war. Von den perlenbesetzten Fransen ihrer Jacke bis zu ihren Markenjeans, von dem Hut mit den Federn bis zu ihren italienischen Cowboystiefeln war sie mit jedem modischen Schick des Westens ausstaffiert, der in den exklusivsten Geschäften von Texas der letzte Schrei war.

»Ich dachte, wir machen heute nachmittag einen langen Ausritt«, sagte Ty. »Du hast die Ranch noch nicht aus der Nähe gesehen, nur aus dem Flugzeug oder aus dem fahrenden Wagen.«

»Ja, gern. Das möchte ich schon lange mit dir tun.«

Sie ritten weiter und immer weiter über Hügel und Senken in das Land hinein. Die Sonne stand wie eine goldene Scheibe am gewaltigen Himmel, und der Horizont verschwamm im blauen

Dunst der Hügelkämme. Nichts in diesem schier endlos weiten Land band ihren schweifenden Blick, und die scheinbare Leere in ihrer Größe wirkte auf Tara fast erdrückend und sie fühlte sich klein und unbedeutend.

Schließlich ließ Ty sein Pferd auf einer Kuppe anhalten, von der sich ihnen ein Ausblick auf die Weite des umliegenden Landes bot. Als Tara neben ihm stand, fühlte sie sich von der Stille und der Endlosigkeit überwältigt. Sie schien von einer immensen Einsamkeit erfüllt und rückte näher zu Ty. Er warf einen flüchtigen Blick auf sie; dann nahm er ihre Hand, verschränkte ihre Finger und spendete ihr so, ohne es zu wissen, Trost.

Als er sie mittels verschiedener Anhaltspunkte über den Grenzverlauf auf die Ausdehnung des Calder-Landes aufmerksam machte, lauschte sie aufmerksam dem leisen Stolz in seiner Stimme. So weit das Auge sehen konnte, gehört das Land in alle Richtungen seiner Familie. Und seine Familie würde ihre Familie sein.

»Es geht eine gewisse Erhabenheit davon aus, meinst du nicht?« sagte sie, als er schwieg, aber sie sprach nicht von der Melancholie, die es ebenfalls in ihr hervorrief.

»Dieses Land bringt es fertig, einen Menschen zu demütigen und ihm zu zeigen, wie klein er ist«, stimmte Ty ihr zu.

Davon wollte sie nichts hören. »Aber du bist ein Calder, Ty. Du kannst tun und sein, was du willst. Mit der Macht und dem Einfluß der Calders könntest du eines Tages der Gouverneur dieses ganzen Staates werden.«

Nachdem er so lange um die Anerkennung seiner Fähigkeiten durch eine Familie gekämpft hatte, waren ihr Lob und ihr Glaube an sein Können Balsam für sein wenig bestätigtes Ego. Dennoch lächelte er und war über diesen Vorschlag sehr belustigt.

»Habe ich etwas Komisches gesagt?« Seine Reaktion hatte Tara einen Stich versetzt.

»Mein Großvater hatte eine eigene Philosophie, was Politiker angeht. Mein Vater hat sie mir erklärt«, sagte er, und in seinen Augenwinkeln zeigten sich Lachfalten, als er schmunzelnd auf das Land hinausblickte. »Sie lautete in etwa: ›Wozu Gouverneur sein, wenn man sich einen kaufen kann?‹«

Es war eine verlockende Aussicht, als starke Macht die Dinge hinter den Kulissen zu manipulieren. Ihr Puls schlug schneller, als sie in sein Gesicht sah und dort die Intelligenz erkannte, die erbarmungslose Entschlossenheit und den Willen zum Erfolg.

»Dieses Cowboyspiel ist unter deinen Möglichkeiten, Ty«, sagte sie entschieden. »Mit deiner Herkunft und deiner Ausbildung könntest du soviel mehr erreichen. Mein Vater hat eine hohe Meinung von dir. Ich verstehe einfach nicht, warum du hier bist und wie jeder gewöhnliche Cowboy arbeitest, wenn du doch Dinge tun könntest, die wichtiger und lohnender sind.«

»Man könnte sagen, daß ich die Geschäfte einer Ranch von der Pieke auf lerne«, sagte Ty.

»Wozu? Es ist nicht wichtig, daß man weiß, wie etwas gemacht wird, solange man Menschen einstellt, die es wissen. Dein Vater ist ein wunderbarer Mann, und ich bewundere ihn sehr, aber seine Methoden sind betrüblich altmodisch.« Sie schwächte ihre Äußerung ab. »Ich will ihn keineswegs kritisieren. Ich will nur, daß du selbst erfolgreich und bedeutend wirst.«

»Ich habe meinem Vater etwas gelobt. Du magst vielleicht in der Lage sein, ein Versprechen ohne Gewissensbisse zurückzuziehen, aber mir fällt das nicht so leicht«, warf er steif ein und wollte sich abwenden.

»Jetzt habe ich den Nachmittag verdorben, stimmt's?« sagte Tara zerknirscht. »Es tut mir leid.«

»Es ist das erste Mal, daß du das sagst.« Er blieb stehen und hätte ihr gern geglaubt, doch er erinnerte sich daran, wie sie versucht hatte, ihm ihren Ehrgeiz einzureden.

»Ach, wirklich?« Sie lachte. »Ich habe bei dir so vieles falsch gemacht, daß es scheint, als müßte ich dich ständig um Verzeihung bitten.«

Er zog die Augenbrauen hoch. »Das wäre allerdings eine ganz neuartige Erfahrung.«

»Es gibt eine Menge neuartiger Erfahrungen, die wir noch nicht miteinander geteilt haben.« Sie lehnte sich an ihn und legte ihren Kopf mit der jahrtausendealten Geste zurück, die Mädchen wohl schon in der Wiege lernten. Diesmal nahm er sie in seine Arme und küßte sie heftig. Als der Kuß vorüber war, ging sein Atem schwer. Sie fuhr mit der Spitze eines Fingernagels über seine Lippen. »Du liebst mich noch, stimmt's, Ty?« Die schnurrende Gewißheit in ihrer Stimme reichte aus, um ihn zu ernüchtern. Er ließ sie los und ging zu den Pferden, um den Bann zu durchbrechen, den sie wieder einmal um ihn gewoben hatte.

Als Chase seinen Wagen vor Sallys Restaurant parkte, hätte er den Wohnwagen fast gar nicht gesehen, der im Schatten des Gebäudes parkte. Nur die Spitze der Motorhaube ragte in die Sonne, und Chase hatte eine Lichtspiegelung auf dem Metall wahrgenommen.

Alles wies darauf hin, daß der Wagen weit gefahren war seit der letzten Wäsche, daß er dauerhaft hier parkte, Kabel zu Sally verlegt hatte, um dort Strom zu beziehen, leerstand, aber nur im Moment, denn viele Zeichen wiesen darauf hin, daß er bewohnt war, und als Chase genügend Schmutz vom Nummernschild gekratzt hatte, um es entziffern zu können, stellte er fest, daß der Wagen aus Texas kam.

Sally war allein im Lokal und füllte gerade die Zuckerstreuer. Sie begrüßte Chase erfreut.

»Mir ist der Wohnwagen aufgefallen, der hinter dem Haus parkt. Wem gehört er?« fragte Chase, während er sich eine Tasse Kaffee einschenkte.

»Der Mann heißt Belton. Drei Männer wohnen in dem Wagen, aber ich glaube, Belton ist der Besitzer. Er ist am Samstag gekommen und hat gefragt, ob er den Wagen dort parken und bei mir Strom anzapfen dürfe. Er hat mir fünfundsiebzig Dollar im Monat angeboten, aber soviel konnte ich einfach nicht nehmen. Ich habe mich mit fünfzig einverstanden erklärt.«

»Was weißt du über ihn?« fragte Chase finster.

»Er kommt aus Texas.« Sie zuckte die Achseln. »Ich weiß, daß sie irgendwo hier in der Gegend arbeiten. Sie tragen alle drei diese schwarzen Ingenieurstiefel. Sie sehen aus wie diese Ölkerle, die früher bei dir draußen waren – ich meine, sie sind genauso angezogen.«

»Mir gefällt die Vorstellung nicht, daß drei Fremde direkt vor deinem Fenster parken, wenn du allein dort schläfst. Das ist nicht sicher genug.«

Sie lächelte über sein grimmiges Gesicht. »Was für einen Unterschied macht es, ob sie drei Meter weiter parken oder hundert? Irgendwo hätten sie ihren Wohnwagen ohnehin abgestellt. Warum soll ich das Geld nicht verdienen? Außerdem kommen noch das bezahlte Frühstück und Abendessen für drei Personen dazu, ganz zu schweigen von den Eßpaketen, die ich ihnen in den beiden letzten Tagen mittags gepackt habe.«

»Du bist vertrauensselig.« Chase widersetzte sich ihrer Logik.

»Es ist ein gutes Geschäft«, erwiderte Sally in ihrer ruhigen Art. »Sie scheinen länger bleiben zu wollen.«

»Haben sie dir gesagt, für wen sie arbeiten?«

»Nein, aber sie haben bar bezahlt – für zwei Monate im voraus.« Innerlich freute sie sich darüber, daß er sich so um ihre Sicherheit sorgte. »Dienstag ist immer wenig los«, sagte sie, um das Thema zu wechseln, als sie sich neben ihn setzte. »Was gibt es Neues über Ty und seine Freundin? Er war am letzten Freitag mit ihr hier. Alle stellen Vermutungen über den Ausgang dieser Romanze auf.«

»Ich habe das Gefühl, daß er sie heiraten wird.«

»Das klingt nicht, als seist du besonders glücklich darüber«, bemerkte Sally. »Sie ist ein tolles Mädchen.«

»Und sie ist ein vollkommen anderes Leben gewohnt«, warf Chase trocken ein.

»Das muß nicht unbedingt etwas heißen. Was hält Maggie von ihr?«

Er zuckte die Achseln. »Maggie freut sich über ihre Gesellschaft. Dieses ganze Gerede über Mode und Partys und fremde Länder ist etwas, was sie lange vermißt hat. Maggie und Tara kommen prächtig miteinander aus.« Seine Mundwinkel verzogen sich zynisch.

»Das ist gut so. Maggie wird Tara dabei helfen können, sich an ihr neues Leben zu gewöhnen – wenn sie und Ty heiraten.«

»Hoffen wir es.«

Als Chase am späten Nachmittag nach Hause kam, begab er sich direkt in sein Arbeitszimmer und rief den Sheriff an.

»Potter, ich möchte, daß Sie eine Zulassungsnummer für mich überprüfen.«

Er erklärte Potter, was er wissen wollte, und bat ihn anzurufen, sowie er etwas in Erfahrung gebracht hatte.

Als er den Hörer auflegte, stand Maggie in der Tür. »Du hast mit dem Sheriff gesprochen? Ist irgendetwas passiert? Hat es etwas mit Culley zu tun? Hat er etwas angestellt?« fragte sie besorgt.

»Nein, ich habe ihn nur um einen Gefallen gebeten«, sagte Chase ausweichend.

»Chase, so kannst du mich nicht abspeisen! Was ist passiert?«

Sie drang in ihn, bis er ihr von dem Wohnwagen erzählte. Vor Sallys Haus. Eine Bleischwere senkte sich auf ihr Herz, als sie sein Gesicht zu ergründen versuchte. »Wann hast du das erfahren?«

»Heute nachmittag«, sagte Chase. Er sah Maggie gereizt an. »Sie lebt allein über dem Café.« Seine Stimme war abgehackt.

»Ich bin sicher, daß Sally Brogan auf sich selbst aufpassen kann. Sie braucht dich nicht als ihren Beschützer.« Maggie erstarrte vor Eifersucht. Ein Mann beschützte das, was er für sein Eigentum erachtete. Maggie hatte sich schon mehrfach gefragt, ob die Asche seiner früheren Beziehung zu Sally doch noch glühte und er in ihr herumstocherte. »Entschuldige mich. Ich muß mich um das Abendessen kümmern.« Sie zog sich zurück, um nicht etwas zu sagen, was sie hinterher vielleicht bereut hätte.

Eine Brise ließ die Schlafzimmervorhänge flattern und brachte den Rauch von Tys Zigarette mit sich. Der Schrei einer Eule trieb vom Fluß her in das verdunkelte Zimmer, das nur im Schein des silbrigen Mondes lag. Es war Mitternacht, und es war still im Haus.

Ty saß im Bett und konnte nicht schlafen. Er hatte Kissen hinter sich aufgetürmt und sich daran gelehnt. Seine Gedanken kreisten; er hatte Sorgen. Seine Haltung gegenüber Tara hatte sich in diesen letzten drei Wochen unmerklich geändert. Ihre Schönheit nahm ihn immer noch gefangen, und er begehrte sie nach wie vor. Aber irgend etwas fehlte. Manchmal hatte er das Gefühl, sie jetzt klarer zu sehen, aber er wußte nicht, was das heißen sollte.

Als er sah, wie die Türklinke leise heruntergedrückt wurde, zuckte er im ersten Moment zusammen, doch dann entspannte er sich wieder. Wahrscheinlich stahl sich Cat in sein Zimmer, um mit ihm zu reden. Sie war ein Nachtgeschöpf, das oft noch spät unruhig durch das Haus strich. Er erinnerte sich, daß es hart war, zehn Jahre alt und zu alt für Kinderspiele und zu jung für die Unterhaltungen der Erwachsenen zu sein.

Die Tür wurde leise aufgestoßen. Ty war sofort auf der Hut, als er sah, daß eine Frauengestalt, die einen Morgenmantel aus schimmernden, elfenbeinfarbenem Satin trug, in sein Zimmer glitt. Er drückte die Zigarette im Aschenbecher aus und setzte sich kerzengerade hin. Die Bettdecke fiel auf seine Hüften herunter und entblößte seine nackte Brust.

»Tara, was zum Teufel tust du hier?« Seine Stimme war ärgerlich und doch verblüfft.

»Ich konnte nicht schlafen.« Sie kam auf sein Bett zu, und das schimmernde Gewand betonte bei jeder Bewegung ihre Brüste und ihre Hüften. »Du kannst doch auch nicht schlafen, oder?«

Ihre Stimme klang vielsagend, und er war noch mehr auf der Hut.

»Du solltest um diese Tageszeit nicht hier sein.« Aber er rührte sich nicht von der Stelle, als er sah, wie sie mit ihren Händen anmutig den Saum ihres Morgenmantels hochhob, um sich auf das Bett zu knien.

Unter leisem Rascheln sprang der Morgenmantel auf und entblößte provozierend einen nackten Oberschenkel; dann zog sie den elfenbeinfarbenen Stoff wieder zusammen. Sie kuschelte sich seitlich auf das Bett und streckte einen Arm zu ihm aus.

»Ich habe immer wieder über uns nachgedacht, und ich mußte dich einfach sehen«, murmelte Tara.

»Und angenommen, meine Eltern haben gehört, daß du in mein Zimmer gekommen bist?« Er protestierte nur mit Worten. Die Anmut und Sinnlichkeit ihres Körpers und die betörende Schönheit ihres Gesichtes machten ihn trunken, riefen alle alten Erinnerungen wieder wach und ließen ihm dieses alte Verlangen wieder in den Kopf steigen.

»Ich war ganz leise. Niemand hat mich gehört.« Sie glitt noch näher zu ihm und lehnte sich an die Kissen. Sie lag einladend da, und dieses Lächeln stand auf ihren Lippen. »Sei doch locker, Ty. Wir können doch dasitzen und uns eine Zeitlang unterhalten.«

»Du bist wahnsinnig.« Er sah sie an. »Es reicht, daß wir unter demselben Dach schlafen, aber dich in meinem Bett zu haben … Verdammt noch mal, Tara, glaubst du, ich sei aus Stein?«

Ihr leises Lachen klirrte wie Kristall. »Ich hoffe, nicht.«

Das stachelte ihn an. »Du verschwindest jetzt aus diesem Bett«, knurrte er und erinnerte sich nur zu genau daran, wie oft sie ihn schon mit ihrem Körper gefoltert und sich ihm immer wieder entzogen hatte, wie sie ihn immer wieder gereizt und sich ihm letztlich immer wieder entzogen hatte.

Sein Arm legte sich um ihre Taille, um sie aus dem Bett zu heben, aber sie schlang ihre Arme um seinen Hals. Ty hätte nie vermutet, daß sie so stark war. Sie fielen beide auf die Matratze zurück. Wie ein heißes Eisen spürte er ihren Körper unter sich; er versuchte, davor zurückzuweichen, doch ihre Arme, die ihn fest umschlungen hielten, gaben ihm wenig Spielraum.

»Haßt du mich immer noch so sehr, Ty? Muß ich absolut dreist und schamlos werden?«

Sein Körper wölbte sich über ihrem, um sie trotz der Anstrengung, mit der sie ihn an sich pressen wollte, nicht zu berühren. Er hielt still, sah im Mondschein forschend in ihr Gesicht und versuchte zu verstehen, was sie meinte, ohne etwas hineinzudeuten, was sie nicht gesagt hatte.

»Sag, wovon du sprichst, Tara.«

»Du willst mich doch, oder nicht?« Ihre Lippen waren geöffnet, ihre Augen auf seinen Mund geheftet.

»Ich will dich.« Sein gesamtes Verlangen und seine Einsamkeit ohne sie stiegen in ihm auf, als er sie ansah. »Du forderst geradezu eine Vergewaltigung heraus«, warf Ty ihr roh vor. Er nahm gewaltsam einen ihrer Arme von seinem Hals, wälzte sich von ihr und blieb starr und angespannt auf dem Bett liegen. Innerlich zitterte er. Sie drehte sich auf die Seite und sah ihn an. Ihre schmale weiße Hand glitt über seine nackte Brust, und ihre Finger spielten mit seinem Haar.

»Ty, mein dummer Liebling. Muß ich das Vergewaltigen etwa auch selbst übernehmen?« Ihre Lippen fuhren über den Muskelstrang auf seiner Schulter.

Als sie sich auf ihn setzte, hob er die Hände, um sie von sich zu stoßen, doch dann blieben seine Hände liegen und hielten ihren Körper, während sie seinen Mund verschlang und ihre Zähne sich in einem glühenden, erregenden Kuß in seine Lippen gruben. Er ließ dieses qualvolle Feuer über sich ergehen, das ihn lockte, ohne ihn zu befriedigen, bis er das brennende Verlangen nicht mehr ertrug. Er war aus Fleisch und Blut.

Er rollte sie auf den Rücken und ließ sich schwer auf sie sinken, preßte sie gegen die Matratze und holte sich von ihren Lippen die Befriedigung, die sie ihm vorenthalten hatte. Sie hielt keinen Moment lang unter ihm still, wand sich, war unruhig und drängte ihn weiter. Ihre Hände gruben sich in sein Haar, und ihre Nägel bohrten sich in seine Haut. Flüsternde Laute stiegen aus ihrer Kehle auf, ein schwaches Seufzen und Stöhnen, das ihre Lust und ihr Verlangen zum Ausdruck brachte.

Er spürte ihre Haut auf seiner Haut, ihre Robe öffnete sich auf und unbehindert bot sich ihm ihre Nacktheit. Seine Hände erkundeten die Rundungen ihres Körpers, ein Territorium, das er schon lange für sich hatte erobern wollen. Jetzt kapitulierte es vor ihm. Seine innere Hitze und sein Verlangen ließen ihm keine Gelegenheit mehr, die Gründe ihres Verhaltens zu hinterfragen.

Ihr Atem flog unter seinen Liebkosungen immer schneller. Seine schwieligen Hände waren so rauh wie Schmirgelpapier, und was er berührte, blieb erregter zurück, als er es vorgefunden hatte. Ihr gefiel, was sie empfand, aber bei Ty hatte sie schon immer etwas anderes empfunden als sonst. Es bestand keine Notwendigkeit mehr, sich zurückzuhalten – ihr Verstand erhob keinerlei Einwände mehr.

Schweißperlen brachen auf seiner Haut aus, als seine Erregung sich steigerte. Das glühende Verlangen, das durch seine Adern strömte, wollte keine Zeit mit Vorspielen vergeuden. Einen einzigen Moment lang kam Ty zur Vernunft und versuchte, die Folgen zu bedenken, die dieser Augenblick nach sich ziehen könnte, und er zog sich zurück, weil er wissen wollte, ob die unbestimmten Zweifel, die er an Tara hegte, entscheidend waren. Doch sie umklammerte ihn mit ihren Beinen und preßte ihn an sich.

»Ty, bitte.«

»Nein.«

»Ty.«

Sie war keine Jungfrau mehr, sie nahm ihn in sich auf und er spürte sie eng und warm um sich herum. Danach war es der reine Instinkt, der jeder Vernunft ein Ende setzte und sie zusammen trieb, um Ketten zu schmieden, die sich nicht allzu leicht würden lösen lassen.

Ihr Atem ging wieder ruhiger, als sie halb auf ihm lag und ihr schlanker Körper fühlte sich träge. »Es war doch schön, oder?« Ihre zarte Stimme war belegt und träumerisch.

»Ja.« Seine Hand rieb gedankenverloren ihre Hüften, während er auf das Muster starrte, das die Schatten an die Decke warfen.

Ihre Finger glitten über seinen Hals. »Du bist nicht mehr so verkrampft«, bemerkte sie. »Du hast in der letzten Zeit zuviel nachgedacht und damit etwas kompliziert, was eigentlich ganz einfach ist. Jetzt hast du deine Gereiztheit und deine Anspannung abgelegt. Und alles war doch eigentlich so leicht.«

Ihr Körper hatte ihn davon befreit und ihm Befriedigung verschafft. Sie war sich dessen sehr sicher gewesen, das war Ty jetzt klar. Aber ein Mann hatte auch andere Bedürfnisse – Bedürfnisse, die sich durch Sex nicht befriedigen ließen. Er spürte ein Unbehagen.

»Ty, woran denkst du?« fragte sie, als er schwieg.

»An gar nichts«, log er.

»Du hast bekommen, was du wolltest«, erinnerte sie ihn.

»Ja.«

Und es war doch ein Spiel gewesen. Er hatte sie genommen, und jetzt wurde er dafür zur Rechenschaft gezogen. Es gab keine Möglichkeit, das, was geschehen war, zu vergessen oder sich vor den Folgen zu drücken. Wenn ihn das Verlangen überkam, würde er sie immer wieder begehren, und das wußte er. Wie ein Hund würde er immer wieder zu der Schwelle zurückkehren, auf der man ihn das letzte Mal gefüttert hatte.

Der Umstand, daß sie zu ihm gekommen war, hätte eigentlich einen Unterschied machen müssen, denn ihre gemeinsame Liebesnacht war ebenso sehr ihr Wunsch wie seiner gewesen. Aber so war es eben nicht mit den Frauen – zumindest nicht mit Frauen wie Tara Lee Dyson.

Das alles war kein Zufall gewesen. Den nächsten Schritt erforderte sein Gewissen und jener ungeschriebene Ehrenkodex. Er hatte mit ihr geschlafen; jetzt wurde von ihm erwartet, daß er sie heiratete.

Er ließ den Gedanken in sich wirken. Das war es doch, was er immer gewollt hatte. Tara war der Preis, um den er gekämpft hatte – und sie war zu ihm gekommen.

»Ich nehme an, du willst das größte, tollste und schickste Hochzeitsfest, das Texas je gesehen hat«, bemerkte er trocken.

Sie lachte kehlig. »Du hast es erraten, Liebling.«

15

Jessy klopfte an die Tür des elterlichen Schlafzimmers. »Ich bin's. Darf ich reinkommen?«

Ihre Mutter saß vor einem altmodischen Frisiertisch und war nur mit einem spitzenumsäumten Baumwollslip bekleidet. Die grauen Strähnen in ihrem hellblonden Haar ließen es nur noch heller wirken. Sie hatte sich vorgebeugt, um sich zu schminken, und jetzt fiel ihr Blick auf Jessys Spiegelbild.

»Ich kann den obersten Haken beim besten Willen nicht schließen«, sagte Jessy und trat näher.

»Du gefällst mir in diesem Kleid.« Judy Niles musterte ihre Tochter zufrieden und sah dann wieder in den Spiegel. »Es freut mich, daß du dich entschlossen hast, dir für das Fest doch noch ein neues Kleid zu kaufen.«

»Ein Fest, das für die neue Calder-Braut gegeben wird, ist allerdings ein besonderer Anlaß.« Ihre Stimme klang ein bißchen spitz.

»Ich wüßte gerne, wie sie wohl so ist.« Ihre Mutter tupfte ihren Lippenstift mit einem Papiertuch ab.

»Frag keinen Mann nach seiner Meinung – eine hübsche Larve durchschauen die nicht.«

»Jessy, magst du sie nicht?« Ihre Mutter wandte sich bei Jessys bitterem Tonfall erstaunt um.

»Ich kenne sie überhaupt nicht. Aber was ändert das noch?« Sie seufzte und versuchte, ihren Unwillen und ihre Gereiztheit zu unterdrücken. Sie fühlte sich elend, und sie wollte nicht zu dieser Party und Tys unglaublich schöner Braut von Angesicht zu Angesicht gegenüberstehen. Ihr ganzes Leben lang hatte sie gelernt, unangenehmen Dingen nicht auszuweichen, und ihr Stolz gestattete ihr auch diesmal nicht, vor etwas davonzulaufen.

»In der Verfassung wird dir das Fest bestimmt keinen Spaß machen«, sagte ihre Mutter und stand auf. Sie war so groß wie Jessy, und jetzt legte sie ihre Hände auf Jessys Schultern und sagte: »Setz dich, damit ich dir das Haar bürsten kann.«

Als kleines Kind hatte ihre Mutter ihr allabendlich das Haar gebürstet, bis es seidig schimmerte und glänzte und Jessy sich eine Zeitlang so schön wie eine Märchenprinzessin fühlte. Sie schloß die Augen und ließ die rhythmischen Bewegungen der Bürste ihre Sorgen lindern.

Nach ein paar Minuten begann ihre Mutter, das gebürstete Haar zu frisieren. »Ich dachte immer, ich könnte mein kleines Mädchen hübsch herausputzen, aber statt dessen habe ich dich bekommen«, sagte ihre Mutter im Scherz. »Du hast schöne Augen. Du solltest wirklich Lidschatten benutzen.«

»Dann sehe ich angemalt aus«, erwiderte Jessy, ohne die Augen zu öffnen. »Außerdem habe ich mir die Wimpern schon getuscht.«

»Laß mich mal etwas ausprobieren. Aber mach deine Augen nicht auf.« Ihre Mutter wühlte in ihrem Schminktischchen herum.

»Es ist sinnlos, Mom.« Doch Jessy ließ geduldig zu, daß sie auf ihrem Gesicht herumtupfte.

»Und jetzt schau dich an.« Jessy sah in den Spiegel. Ihr volles Haar umrahmte ihr Gesicht. Die Schminke war kaum zu sehen, aber ihre Wangenknochen wurden betont, und ihre Augen wirkten dunkler und geheimnisvoller. Je länger Jessy in den Spiegel sah, desto weniger erkannte sie sich selbst. Einen Moment lang spürte sie die Versuchung, doch dann griff sie nach einem Kosmetiktuch, um die Schminke abzuwischen.

»Jessy, du siehst sehr hübsch aus!« protestierte ihre Mutter.

»Mama, das bin ich nicht«, erklärte sie geduldig. »Würdest du mir bitte das Kleid zuknöpfen?«

Die Schlafzimmertür ging auf, und ihr Vater kam mit einer finsteren Miene herein. »Ihr Frauen seid also immer noch hier und putzt euch heraus? Wir haben versprochen, früh da zu sein, damit wir bei den Vorbereitungen helfen können.«

»Ich muß nur noch mein Kleid überziehen«, antwortete Jessys Mutter.

Es waren schon so viele dabei, Tische und Stühle aufzubauen und die Feuer für das Barbecue anzufachen, daß es niemandem auffiel, als Jessy zu den Pferdeställen schlenderte.

Sie streichelte neugierig vorgereckte Pferdenasen, als sie ein Wiehern hörte und sofort darauf eine besänftigende Stimme.

Sie hatte geglaubt, sie sei allein, doch jetzt freute sie sich, den alten Abe Gardener zu sehen, der so gut Geschichten erzählen konnte und von dem sie viel über die alten Zeiten wußte. Als sie näherkam, stand sie nicht vor Abe, sondern vor Ty.

Er striegelte ein Pferd, das sie noch nicht kannte. »Das ist mein Hochzeitsgeschenk für Tara«, erklärte er.

»Ich bin noch gar nicht dazu gekommen, dir zu gratulieren«, sagte Jessy. Direkt nach der Hochzeit waren die beiden von Texas aus zu ihren dreiwöchigen Flitterwochen aufgebrochen.

»Danke, Jessy.«

»Da wir gerade von deiner Braut sprechen – wo steckt sie eigentlich?«

»Sie wird noch drüben im Haus sein.« Ty wußte nicht, daß Tara sich keineswegs für die Party zurechtmachte, sondern die Zimmer, die seine Eltern ihnen zur Verfügung gestellt hatten, neu einrichtete. »Laß uns schon zu den anderen ins Freie gehen«, sagte er.

Chase sah den alten Sheriff im Schatten sitzen und ging zu ihm.

»Hallo, Potter, schön, daß Sie es geschafft haben.«

»Ich kann mir doch das Essen nicht entgehen lassen«, sagte der Sheriff trocken. »Ich habe außerdem zu meinen Zeiten schon vier Calders erlebt, und vielleicht werde ich auch noch einen fünften erleben. Ich wollte mir zumindest endlich einmal die Braut ansehen.«

Chase setzte sich neben ihn. »Gibt es Neuigkeiten?«

»Dieser Belton, der Ingenieur, der seinen Wohnwagen hinter Sallys Haus geparkt hat – es ist mir gelungen, etwas über seine Firma in Erfahrung zu bringen. Ich weiß jetzt, für wen er arbeitet.«

Seit Chases Anfrage waren rund zwei Monate vergangen, und da es keinen Ärger gegeben hatte, hatte er den Fall auf sich beruhen lassen, doch der Sheriff hatte offensichtlich nicht vergessen, sich um Einzelheiten zu kümmern.

Chase sah ihn interessiert an. »Und?«

»Er arbeitet für eine Firma in Texas, in der Nähe von Fort Worth, die sich Dy-Corp nennt. Wenn ich mich nicht irre, muß das der neue Schwiegervater Ihres Sohnes sein, der auch schon auf Ihrem Land Bohrungen durchgeführt hat, aber diesmal geht es nicht um Öl. Ich weiß nicht, was dort vorgeht, nur, daß es streng geheimgehalten wird, worauf sie zu stoßen hoffen.«

Chase war überrascht, denn er erinnerte sich nicht, je von Dysons neuem Vorhaben hier in der Gegend gehört zu haben.

»Die zwei, die sollte man im Auge behalten – Dyson und Bulfert«, sagte der Sheriff nachdenklich. »Ich weiß, Bulfert ist käuflich, aber er hat sich nicht nur einmal kaufen lassen. Ich möchte wetten, daß der Senator in der Politik mehr Tricks kennt und angewandt hat als eine Hure im Bett. Und das Geld ist ihm auch so schnell durch die Finger geronnen wie einer Hure. Ich habe gehört, daß er sich zur Ruhe setzen will. Jetzt frage ich mich, wann er feststellt, wie wenig ihm geblieben ist.«

»Das klingt nach einer Warnung.« Chase musterte Potter und bemühte sich, zwischen den Zeilen zu lesen.

»Nichts weiter als eine Beobachtung.« Der Sheriff lächelte matt. »Meine Arbeit besteht zu neunzig Prozent daraus, Beobachtungen anzustellen. Ich sehe mir an, was um mich herum vorgeht. Deshalb bin ich auch so lange Sheriff gewesen – ich habe viel gesehen und viel in Erfahrung gebracht. Ich gebe nur an Sie weiter, was ich beobachte – vielleicht nutzt es Ihnen doch noch einmal.«

»Danke, Sheriff.«

»Dieser blasse Kerl, Dysons Partner – der hat saubere Hände. Ist Ihnen je aufgefallen, wie sauber seine Hände sind?« Er schüttelte den Kopf. »Ich traue keinem Mann mit sauberen Händen. Ich frage mich immer, warum er sie sich so häufig wäscht. Aber da kommen die Braut und der Bräutigam.« Der Sheriff stand auf. »Ich sollte die beiden begrüßen und wieder an meine Arbeit gehen.«

»Bis demnächst, Potter.« Chase blieb sitzen, als sich der alte Mann in das Getümmel mischte. Er hatte einiges gehört, worüber er nachdenken mußte.

»Ty«, fragte Tara, »wer ist das große Mädchen in dem geblümten Sommerkleid? Ist sie jemand von Bedeutung?«

Er sah weit und breit nur ein großes Mädchen. »Das ist Jessy Niles. Sie arbeitet hier.«

»Was tut sie auf der Ranch?«

»Sie arbeitet mit den Männern zusammen. Sie ist als vollwertiger Cowboy beschäftigt.« Er warf einen belustigten Blick auf seine Frau und bemerkte ihr Erstaunen.

»Das ist doch nicht etwa dieses lehmverkrustete Mädchen, das ich gesehen habe, als die Rinder zusammengetrieben worden sind?« Tara runzelte die Stirn und konnte es einfach nicht glauben.

»Genau.« Ty musterte das Mädchen, von dem sie sprachen.

Jessy, die immer so ausgeglichen wirkte und sich so direkt ausdrückte, hatte Augen, die einem Mann mitten ins Herz sehen konnten. Sie war ein ernstes, stilles Mädchen, und Ty war nie sicher, was hinter der Fassade steckte. War sie gleichgültig, spekulierte sie auf etwas, oder hielt sie nur ihre Gefühle sorgsam unter Verschluß? Einige Male hatte er erlebt, daß ihr Temperament ausbrach.

Je länger er sie ansah, desto deutlicher wurde ihm bewußt, daß sie nichts Eckiges an sich hatte, obwohl sie so groß und dürr war. Als sich die Sonnenstrahlen in ihrem vollen Haar verfingen und es golden strahlte, bemerkte Ty die stolze Kopfhaltung und die Anmut ihrer Bewegungen. Sie war ein durch und durch weibliches Geschöpf, eine Tatsache, die er erstaunt zur Kenntnis nahm. Er hatte sie zu lange in einer reinen Männerwelt gesehen, und er hatte den Verdacht, daß sie einiges an sich hatte, was man als Mann nicht wahrnahm, sofern man sie nicht lange und genau beobachtete.

Diese Entdeckung beunruhigte ihn ein wenig. Er sah Tara wieder an und stellte fest, daß sie ihn mit einem kühlen Blick gemustert hatte. Ty lächelte, um jenen Funken von Interesse zu überspielen, den sie für einen Moment bei ihm wahrgenommen hatte.

»Was hältst du davon, dir jetzt dein Hochzeitsgeschenk anzusehen?« Seine Frage ließ sie augenblicklich an nichts anderes mehr denken, und Jessy Niles war vergessen.

Der Wind heulte um die Ställe und wehte den Novemberschnee über den freien Platz. Ty sah nach den texanischen Stuten, die diese Kälte nicht gewohnt waren.

Es ging um mehr als nur ein neues Pferd, nämlich um eine Zucht, die Ty aufzuziehen begonnen hatte. Die Triple C hatte in begrenztem Umfang schon immer eigene Pferde für die Arbeit auf der Ranch gezüchtet, doch Ty hatte seinen Vater davon überzeugt, daß die Pferdezucht ausgeweitet werden mußte und daß es darum ging, den Standard der Zuchtpferde zu heben.

Er hatte in den letzten Monaten gute Stuten gefunden, war aber noch auf der Suche nach zwei qualitativ hochwertigen Hengsten.

Seine Suche brachte ihn viel herum, und weitere Reisen standen bevor. Tara begleitete ihn immer und sorgte jedes Mal dafür, daß neben dem Geschäft auch das Vergnügen nicht zu kurz kam. Wenn Ty sich selbst gegenüber ehrlich war, mußte er zugeben, daß er es genoß, mit ihr auszugehen – denn er wußte, daß alle Männer ihn darum beneideten, eine so schöne und so liebevolle Frau zu haben.

Ty verließ den Stall und ging ins Haus. Er wußte nie, was ihn dort erwartete, da seine Frau ständig etwas an der Einrichtung veränderte.

Diesmal brannte nur eine kleine Stehlampe, und als seine Augen sich an das schwache Licht gewöhnt hatten, bemerkte er den flackernden Kerzenschein. Auf einem kleinen runden Tisch mit einer Damastdecke standen Gedecke für zwei Personen und rote Kerzen in silbernen Kerzenhaltern.

Tara kam aus dem Schlafzimmer und blieb stehen, als sie ihn sah. Als seine Blicke über sie glitten, war Ty wie so oft von ihrer Schönheit schier erschlagen. Sie war mit einem Abendkleid aus burgunderrotem Samt bekleidet, ihr ebenholzschwarzes Haar fiel gelockt herunter, und an ihren zarten Ohrläppchen hingen tropfenförmige Diamantohrringe. Sie kam auf ihn zu, und er streckte seine Hände nach dieser zarten, schönen Gestalt aus.

Sie preßte ihre Hände fest gegen seine Brust und gab ihm nur einen flüchtigen Kuß auf die Wange. »Du bist ganz schmutzig. Ich habe dir alles zum Duschen zurechtgelegt.«

Seine Hände hielten sie weiterhin an den Schultern fest, doch obwohl er sie nicht losließ, zog er sie auch nicht in eine Umarmung, sondern atmete nur den Duft ihres Haars ein, und sein Blick glitt auf den Spalt zwischen ihren Brüsten, den das tief ausgeschnittene Gewand freilegte. »Was soll das heißen?« Ty meinte die gesamte Kulisse – die Kerzen, den für zwei Personen gedeckten Tisch, das Abendkleid.

»Heute abend haben wir das Haus ganz für uns allein, und ich dachte, wir machen einmal etwas ganz anderes, statt uns an den großen Eßtisch zu setzen.«

»So, wir beide ganz allein?« Sein Verlangen ließ seine Augen dunkler werden.

»Dein Vater hat gegen drei angerufen, um zu sagen, daß er spät kommt und daß wir nicht mit dem Abendessen auf ihn warten sollen. Er hat gesagt, daß er bei einer Sally im Restaurant essen wird«, erklärte sie, und ihre geschminkten Lippen wandten sich ihm provozierend zu. »Als ich es deiner Mutter ausgerichtet habe, hat sie vorgeschlagen, du und ich könnten zur Abwechslung einmal allein zu Abend essen.«

»Wo ist sie?« Er ließ ihre Schultern los und spürte eine plötzliche Anspannung.

»Sie hat gesagt, sie wolle deinen Vater überraschen und sich mit ihm bei Sally treffen. Sie hat vor etwa zwanzig Minuten das Haus verlassen.« Sie merkte, daß Ty plötzlich zögerte und grimmig seinen Mund verzog. Sie legte den Kopf zur Seite. »Hast du etwas?«

Es dauerte einen Moment, bis er ihre Frage hörte. Sein Interesse an dem intimen Abend, den Tara geplant hatte, ließ nach, als Ty erkannte, daß seine Mutter von Anfang an vermutet haben mußte, was sich zwischen seinem Vater und Sally Brogan abspielte.

»Nein. Gar nichts.« Er konnte ohnehin nichts daran ändern. Daher wandte er sich ab. »Ich sollte jetzt wohl lieber duschen.«

»Ich mache eine Flasche Rotwein auf.« Tara bemerkte Tys innere Unruhe nicht. Ein Windstoß ließ die Fensterläden klappern, und ihre Lippen verzogen sich, als sie das Heulen und Ächzen hörte. »Ich hasse diesen Wind.«

Ty hörte sie nicht.

»Welche Form von Maschinen?« fragte Chase, als Sally ihm beschrieben hatte, was sie beobachtet hatte. »Meinst du Bohranlagen?«

»Nein.« Sally stellte ihre Kaffeetasse auf den Tisch. »Es sieht eher aus, als wollten sie etwas bauen.«

»Es könnten Straßenbaumaschinen sein«, sinnierte Chase nachdenklich und schnitt den ersten Bissen von seinem Steak ab. Scheinwerfer leuchteten durch die großen Glasfenster des Restaurants.

»Ja, das kann gut sein«, stimmte Sally ihm zu und beobachtete ihn, als er den Bissen mit der Gabel in den Mund steckte. »Wie ist das Steak? Ist es in Ordnung?«

»Perfekt, wie immer.« Er lächelte sie an. Auf seinem Gesicht stand ein liebevoller, freundlicher Ausdruck, als ein kalter Lufthauch durch die geöffnete Tür kam. Chase blickte unbeteiligt auf und erstarrte, als er Maggie sah, die durch den Raum auf ihn zukam und allzu fröhlich lächelte. Er erholte sich schnell von seinem Schock. »Maggie?« Seine Stimme klang fragend und wachsam.

»Du bist überrascht?« Sie zog sich einen Stuhl an den Tisch und setzte sich, und dabei warf sie einen etwas zu flüchtigen Blick auf die Frau mit dem kastanienbraunen Haar, die bei ihm saß. Ihre grünen Augen funkelten und schienen herausfordernd, als sie ihn wieder ansah.

»Natürlich bin ich überrascht«, gab er zurück.

»Ich habe mich entschlossen, zur Abwechslung mit dir hier zu essen und mir etwas vorsetzen zu lassen, was anders schmeckt als zu Hause. Außerdem dachte ich, unsere Neuvermählten wollen vielleicht endlich einmal allein sein.«

»Was darf ich Ihnen bringen, Maggie?« fragte Sally.

»Ich nehme das gleiche wie Chase, aber das Steak bitte blutig.« Als Sally aufstand, sagte sie: »Aber bitte kommen Sie wieder, und setzen Sie sich zu uns.«

Nachdem Sally Maggies Essen gebracht hatte, füllte sie ihre Kaffeetasse und setzte sich zu ihnen an den Tisch. Es dauerte nicht lange, bis Chase merkte, was Maggie vorhatte. Je länger er sie beobachtete, desto mehr belustigte es ihn – doch gleichzeitig war er stolz auf sie. Auf ihre eigene subtile Art beanspruchte Maggie ihren Platz an seiner Seite und warnte Sally, ihre Finger nach ihm auszustrecken. Sie blieb dabei durch und durch damenhaft, doch ihre Liebenswürdigkeit war rein äußerlich – unter der Oberfläche fand ein rasender Kampf statt.

Als es an der Zeit war aufzubrechen, hatte Chase Mitleid mit Sally, die, von Natur aus ruhig, sich jetzt noch reservierter verhielt. Aber sie wußte schon seit langem, wie es stand und an diesem Abend hatte sie von Anfang an keine Chance gehabt.

Als sie gingen, betraten zwei Cowboys der Triple C das Lokal. »Gib mir deine Autoschlüssel, Maggie«, sagte Chase.

»Warum?« Sie holte sie aus ihrer Handtasche.

»Grady!« rief er einem der Männer zu und warf ihm die Schlüssel. »Meine Frau fährt mit mir zurück. Sieh zu daß ihr Wagen heil zur Ranch zurückkommt.« Maggie erhob keine Einwände.

»Wird gemacht, Sir.« Der Cowboy steckte die Schlüssel in die Tasche und schlenderte zu dem Billardtisch, an dem ihn sein Kumpel erwartete.

Sein Arm lag auf ihren Schultern, als sie das Lokal verließen. Chase lachte laut und herzlich.

»Was ist denn so komisch?« Sie stieß die Worte zornig aus, und ihr Atem dampfte in der Kälte.

»Du«, erklärte er.

»Es freut mich, daß du mich so amüsant findest.« Sie war alles andere als lustig, als sie sich unter seinem Arm herauswand und mit steifen Schritten die Stufen hinunterlief.

Chase holte sie vor dem Wagen ein und drehte sie zu sich um, ehe sie die Tür öffnen konnte. Sein Blick war freundlich und voller Wärme, und er ließ sich auch nicht von ihrem verbissenen Gesicht beirren.

»Du warst eifersüchtig, stimmt's?« fragte er sie, obwohl er es wußte.

»Ich weiß nicht, wovon du sprichst«, erwiderte sie barsch und versuchte, sich aus seinem Griff zu befreien, doch er zog sie nur noch enger in seine Arme und preßte sie so nah an sich, wie es ihre dicken Mäntel erlaubten.

»Du hattest keinen Grund dafür«, teilte Chase ihr mit. Er spürte die beißende Kälte nicht. »Noch nicht einmal in unseren schlechtesten Zeiten. Ja, ich gebe zu, daß ich manchmal mit dem Gedanken gespielt habe, aber ich konnte dich nie vergessen. Ich hatte dir mein Wort gegeben – mein Versprechen, nur dich zu lieben.«

»Aber warum ...« Maggie ließ die Frage in der Luft hängen, ohne sie zu beenden, denn sie wollte nicht zugeben, daß sie schon länger auf Sally eifersüchtig war, und sie wollte gar nicht wissen, warum er schon seit langem immer wieder Sallys Gesellschaft suchte.

Das Blut peitschte durch seine Adern, als Chase sich mit der Leidenschaft eines jungen Mannes noch einmal ganz von neuem in sie verliebte. Am liebsten hätte er es laut herausgeschrien und gesungen. Alles in ihm hatte sich diesem erregenden Gefühl geöffnet, einem Prickeln und einer beschwingten Leichtigkeit. Diese stolze, aufbrausende Frau war die Richtige für ihn; keine andere konnte ihm je genügen und hatte ihm je genügt.

»Warum ich immer wieder bei ihr war?« Chase kannte die Frage, die sie ihm nicht hatte stellen wollen, denn er war zum ersten Mal seit langem wieder in der Lage, ihre Gedanken zu lesen. »Sie war mein Trost. Ich hatte Angst, dich zu verlieren.«

»Mich zu verlieren?« Die Unterstellung, sie hätte aufgehört, ihn zu lieben, ließ Verwirrung und Bestürzung auf ihr Gesicht treten.

»Ich bin nicht sicher, ob ich es dir erklären kann.« Seine Mundwinkel zogen sich kläglich nach unten. »Vielleicht liegt es daran, daß du so gebildet bist. Ich weiß es nicht. Aber ich habe immer weniger von meiner Maggie in dir gesehen und immer mehr von der kultivierten Elizabeth, die so kühl und zurückhaltend ist. Als Ty sich entschlossen hat, ins College zu gehen, dachte ich, daß du dich nach deinem früheren Leben zurücksehnst. Daß du vielleicht bedauerst, was ... Bis du heute abend zur Tür hereinkamst und bereit warst, darum zu kämpfen, daß du deinen Mann behältst.« Er wurde plötzlich sehr ernst. »Ich bin doch dein Mann, oder?«

»Ja.« Sie war so glücklich, daß es ihr fast schmerzhaft erschien.

Als er sie lange und inbrünstig küßte, ließen sie beide ihrer neuerlichen Leidenschaft freien Lauf. Sie schlang ihre Arme fest um seinen Hals und stellte sich auf die Zehenspitzen. Sie klammerte sich an dieses Gefühl, das sie beinah verloren hatten.

Ihre Lippen lösten sich voneinander, doch sie hielten einander weiterhin in dieser Umarmung fest. Beide atmeten schwer und lächelten verlegen über diese stürmische junge Liebe, die wiedergeboren war und ihnen zu Kopf stieg. Seine Hände strichen über ihren Rücken, und der Mantel und die Kälte erbosten ihn ein wenig, denn ihn störte alles, was dieser Nähe im Weg stand.

»Maggie, meine geliebte Maggie – meine einzige Liebe – laß uns nach Hause fahren«, sagte er heiser.

Sie lachte, und als das Lachen aus ihrer Kehle perlte, war ihre Liebe deutlich herauszuhören. »O Gott, ja.«

16

Die Luft flimmerte in der Hitze, als Ty nach Blue Moon kam und sich ansah, welche Veränderungen die vier kurzen Jahre seit seiner Hochzeit mit Tara mit sich gebracht hatten.

Blue Moon erweckte nicht mehr den Anschein einer Geisterstadt, die am Straßenrand vor sich hinbröselte. Die leerstehenden, heruntergewirtschafteten Gebäude, die so verloren an der zweispurigen Straße gestanden hatten und über Jahrzehnte verfallen waren, waren verschwunden. An ihrer Stelle stand jetzt eine Wohnwagensiedlung. Außenstehende wurden hier neugierig beäugt, und viele Blicke wandten sich Ty zu, als er aus seinem Wagen stieg. Auch er hatte sich in diesen vier Jahren verändert.

Als Ty sich dem Postschalter näherte, hörte er Stimmen, die er erkannte. Sie gehörten zwei Männern, die schon seit langem in Blue Moon lebten.

»Calder wird sich gar nicht freuen, wenn er das hört«, äußerte die erste Stimme, und Tys Schritte wurden langsamer.

»Soll er sich doch aufregen«, sagte die zweite Stimme. »Er soll von mir aus auch weiterhin auf seiner Meinung bestehen, daß man das Land schützen und ihm nicht schaden darf. Nett klingt es ja, wenn man es sich leisten kann. Aber er verliert kein Wort über die guten Seiten, die der Tagebau mit sich bringt.«

»Ich weiß. Anna und ich standen kurz vor der Entscheidung, den Laden zu schließen.« Es war Lew Michels, dem die Textilien- und Eisenwarenhandlung auf der anderen Straßenseite gehörte. »Wir hatten nie genug Geld verdient, bis alle diese Familien in die Stadt gezogen sind, die die Kohle abbauen. Jetzt besteht eine echte Chance, daß wir das Geschäft eines Tages verkaufen können und doch noch einen Spargroschen übrig haben, um uns zur Ruhe zu setzen.«

»Diese Stadt war am Ende. Das ganze junge Volk war fortgezogen, weil die Leute keine Arbeit gefunden haben. Jetzt gibt es hier Arbeit und frisches Blut. Man hat wieder die Chance, den Kopf über Wasser zu halten. Calder hat uns ja doch nur manchmal einen Knochen hingeworfen. Ich sage dir, die Dy-Corp ist das beste, was dieser Stadt je zugestoßen ist – und Calder soll zum Teufel gehen.«

»Das ist Fortschritt«, sagte Michels. »Calder muß den Fortschritt akzeptieren. Bei den bestehenden gesetzlichen Bestimmungen für den Tagebau muß der Staat das Land zurückfordern. Der Präsident hat es selbst gesagt – es ist im Interesse des Staates, unsere eigenen Ressourcen auszuschöpfen. Und wir haben genug Kohle in Montana, um das ganze Land zu versorgen.«

Als Ty sich dem Schalter näherte, wurde das Gespräch abrupt abgebrochen. »Ich glaube, hier liegt ein Paket für meine Frau«, sagte er.

»Ja, allerdings.« Emmett Fedderson reichte ihm den Karton. Ty war ganz von dem in Anspruch genommen, was er gerade gehört hatte. Er wußte, daß das Thema Tagebau hochaktuell war, aber ihm war nicht klar gewesen, daß dieses Thema die Leute in Lager teilte. Vielleicht war es ihm entgangen, weil er das leidenschaftliche Engagement seines Vaters nicht teilte. Je älter sein Vater wurde, desto mehr widersetzte er sich jeglichen Veränderungen, die die Zeit zwangsläufig mit sich brachte.

Dyson hielt sich derzeit bei ihnen auf, um Tara zu besuchen und den Kohlenabbau zu überwachen. Es versprach, ein anstrengender Abend zu werden.

Ty hatte gerade das Haus betreten, als er die zornige Stimme seines Vaters aus dem Arbeitszimmer schallen hörte. Dann wurde ein Telefonhörer auf die Gabel geknallt.

Ty ging resigniert auf die offene Tür des Arbeitszimmers zu. Er wollte nicht mehr rätseln, sondern in Erfahrung bringen, was passiert war. Doch seine Mutter kam ihm zuvor und stellte Fragen.

»Was ist passiert, Chase?« Sie biß sich besorgt auf die Lippen.

Seine Hand lag zur Faust geballt auf der Schreibtischplatte. »Ich kann es einfach nicht glauben«, murmelte er. »All die Arbeit und das Geld und die Mühen, und jetzt hat das Innenministerium in Washington entschieden, daß Montana den Regelungen über den Tagebau unterworfen wird.«

Für Chase war es ein harter Schlag.

»Dyson steckt dahinter«, verkündete sein Vater grimmig. »Und ich möchte alles darauf setzen, daß Bulfert sich von ihm hat kaufen lassen.«

Der Verdacht, verraten worden zu sein, brachte seinen Vater noch mehr auf als die Annahme des Gesetzes. Das wurde Ty jetzt klar. Der Krach mit Dyson war nie etwas Persönliches gewesen. Jeder von beiden hatte Druck ausgeübt, um den anderen von seinem Vorhaben abzubringen, aber das hatten sie auf einer rein geschäftlichen Ebene ausgetragen. Es war nicht so schlimm, daß er gegen Dyson verloren hatte, doch die Möglichkeit, daß der Senator übergelaufen war, konnte sein Vater nicht so leicht akzeptieren. Der alte Ehrenkodex kam ins Spiel, der besagte, wenn man das Geld eines Mannes nahm, habe man auch auf seiner Seite zu stehen. Wenn ein Cowboy auf einer Ranch arbeitete, dann kämpfte er auch für sie.

Das Telefon läutete, und sein Vater griff unwillig nach dem Hörer. Da er jetzt über die neusten Entwicklungen informiert war, hatte Ty keinen Grund mehr, im Arbeitszimmer zu bleiben. Er zog sich zurück.

»Was tust du denn hier?« Er war erstaunt, Tara vorzufinden, als er ihre privaten Zimmer betrat, in denen sie in der letzten Zeit kaum gewesen war, weil sie klagte, sie fühle sich dort zu sehr beengt.

»Wo sollte ich denn sonst sein?« gab sie gereizt zurück.

Ty entschloß sich, diese Bemerkung zu ignorieren. »Ich habe dein Paket abgeholt.«

»Leg es irgendwo hin. Das sind ja doch nur die Stiefel, die ich bestellt habe«, sagte Tara gelangweilt.

»Vielleicht solltest du sie anprobieren«, schlug er vor.

»Jetzt nicht.« Sie trat ans Fenster. »Ich wünschte, dein Vater würde einen Swimmingpool oder einen Tennisplatz anlegen. Leisten kann er es sich wahrhaftig. Dann gäbe es hier wenigstens etwas, was man mit sich anfangen kann.«

»Das hier ist eine Ranch, Tara – kein Ferienort. Wenn du schwimmen gehen willst, findest du Cat wahrscheinlich am Fluß. Warum gehst du nicht mit ihr?«

»Ich habe keine Lust, im Fluß zu schwimmen.« Es hatte eine Zeit gegeben, in der sie es gern getan hatte, aber das war am Anfang ihrer Ehe gewesen. Seit sie die Pferdezucht aufgebaut hatten und seltener verreisten, hatte der Alltag auf der Ranch Tara immer mehr gelangweilt. Sie drehte sich zu ihm um. »Laß uns heute nachmittag gemeinsam etwas unternehmen, Ty«, drängte sie ihn, und in dem Lächeln, das sie ihm schenkte, lag ein Anflug von Verzweiflung.

»Reite mit mir zur Herde«, sagte er. »Ich glaube, du bist seit einem Monat nicht mehr ausgeritten.«

»Man kann reiten, solange man will, und kommt doch nirgends an«, sagte sie finster. »Hast du dir dieses Land angesehen, Ty? Ich meine, hast du es wirklich angesehen und wahrgenommen?«

»Ich weiß nicht, wovon du sprichst.« Er war verwundert.

»Ich habe es mir angesehen«, fuhr sie fort und beantwortete ihre eigene Frage. »Es gibt mir das Gefühl, ganz klein zu sein – als sei ich ein Nichts. Ich bin aber kein Nichts«, sagte sie aggressiv.

»Natürlich nicht.« Ihre dramatische Darstellung belustigte Ty, obwohl ihm klar war, daß sie es vollkommen ernst meinte. »Ich habe ja nur vorgeschlagen, daß du mit mir ausreitest, weil ich dachte, ein Ausflug könnte dir Spaß machen. Aber wenn du keine Lust hast, dann macht das auch nichts.«

»Ty.« Sie ließ den Vorhang fallen und wirbelte zu ihm herum. Sie kam auf ihn zu und legte ihre Hände auf seine Brust. »Bleib heute nachmittag hier. Du kannst dich ein anderes Mal um die Ranch kümmern. Heute könntest du statt dessen bei mir bleiben.«

»Das geht nicht, Tara.« Seine Stimme klang matt. Die Situation war ihm nicht neu. Wenn sich ihr eine Gelegenheit geboten hätte, hätte sie einen Vorwand gefunden, ihn keinen Moment lang von ihrer Seite weichen zu lassen. »Ich muß arbeiten. Ich kann nicht hier bleiben, um dich zu zerstreuen.«

»Was soll ich denn tun?« fragte sie.

»Mutter ist ständig mit irgend etwas beschäftigt.«

»Aber deine Mutter führt einen Haushalt und hat Freunde, die sie besucht.« Sie stieß ihn von sich und verschränkte erbost die Arme vor der Brust. »Ich habe hier nichts weiter als diese beiden Zimmer und einen Mann, der meistens weg ist. Ich begreife nicht, warum wir uns nicht ein eigenes Haus bauen können, damit ich mir Freunde einladen und Partys und große Gesellschaften veranstalten kann.«

»Tara, darüber reden wir doch nicht das erste Mal.« Seine Geduld neigte sich dem Ende zu.

»Ja, ich weiß. Erst willst du diese neue Futterstelle bauen, und dann kommst du vielleicht auf die Idee, deiner Frau ein eigenes Haus zu bauen.« Hinter ihrem Lächeln steckte Wut.

»Sieh mal, du bist doch diejenige, die darauf beharrt hat, ein neues Haus zu wollen«, rief ihr Ty ins Gedächtnis zurück. »Du hast dich nicht damit zufrieden gegeben, in eines der leerstehenden Häuser hier in der Siedlung zu ziehen.«

»Also wirklich, Ty. Wie würde es aussehen, wenn ein Calder wie jeder gewöhnliche Cowboy wohnt?« Tara fand diesen Vorschlag einfach lächerlich. »Das ist nicht gut genug für dich.«

»Du meinst, es ist nicht gut genug für dich.«

»Nein, das ist es nicht. Ich bin jemand, und ich lebe nicht wie ein Niemand!« Sie warf trotzig ihren Kopf zurück. Dann sackte sie in sich zusammen und sank in seine Arme. »Ty, ich wollte mich nicht schon wieder mit dir darüber streiten. Ich kann es ertragen, im Hause deines Vaters zu leben, aber ich habe es satt, dich in seinem Schatten stehen zu sehen. Ich weiß, wie intelligent und wie fähig du bist, aber niemand gibt dir die Chance zu zeigen, was du kannst.«

»Das stimmt nicht, Tara. Ich habe eigene Ideen verwirklicht, und Dad hat mir die volle Verantwortung überlassen.«

»Das mag sein.« Sie gab widerstrebend nach und zwang sich zu einem Lächeln. »Liebling, der Gouverneur veranstaltet heute abend eine private Dinnerparty. Daddy fliegt am späten Nachmittag nach Helena. Laß uns mit ihm fliegen.«

»Ich kann nicht einfach von hier verschwinden, Tara.«

»Du wirst dich doch dieses eine Mal loseisen können«, verlockte sie ihn. »Es ist Ewigkeiten her, seit wir irgendwo waren.«

»Wenn du mir eher etwas davon gesagt hättest, hätte ich die Dinge so einrichten können, daß es klappt. Aber heute nachmittag ist es ausgeschlossen.« In seiner Stimme lag etwas Endgültiges, das jeder weiblichen List Einhalt gebot. Sie hatte ihre Schönheit und ihren Körper schon zu oft eingesetzt, und mit diesen Mitteln ließ sich Ty heute nicht mehr von einer Entscheidung abbringen. Andererseits wollte sie einfach zu gern zu dieser Party gehen. Ty fühlte sich betroffen, weil sie über die Langeweile auf der Ranch klagte. »Du kannst mit deinem Vater fliegen, wenn du Lust hast«, bot er ihr mürrisch an.

»Ist das dein Ernst?«

Er sah, daß sie strahlte. »Ja.« Er lächelte sie an, aber das Lächeln reichte nicht bis zu seinen Augen. Aus irgendwelchen Gründen wußte er, daß das der Anfang von etwas war, die erste von vielen Reisen, die sie ohne ihn unternehmen würde, der erste von vielen Gründen, die sie finden würde, um die Ranch zu verlassen und in ein Leben gesellschaftlicher Aktivitäten zurückzukehren, in dem sie sich von sogenannten wichtigen Leuten umgeben fühlte.

»Ich weiß schon, welches Kleid ich anziehe.« Sie war ganz mit ihren Plänen beschäftigt. »Wo ist Stricklin? Ich muß ihm Bescheid geben, daß ich mitkomme.«

»Ich habe ihn seit dem Frühstück nicht mehr gesehen.« Er hätte sich denken können, daß Stricklin ebenfalls mitkam. Dyson war nie ohne sein zweites Paar Ohren unterwegs.

»Vielleicht ist er in seinem Zimmer und arbeitet an diesen Berichten für Daddy.« Tara lief zur Tür und warf Ty im letzten Moment einen Kuß zu. »Dann bis morgen, Ty, mein Liebling.«

Ty verließ nur zögernd das Zimmer.

Das Dröhnen des Flugzeugs durchbrach die Stille des Nachmittags. Ty sah das Flugzeug immer kleiner werden. Als er den Hang hinunterreiten wollte, um seinen Wagen in der Siedlung im Norden abzuholen, sah er einen Reiter, der ein lahmes Pferd am Zügel führte. Als er näherkam, erkannte er Jessy Niles. Cowboystiefel waren nicht gerade bequem, wenn man lange Strecken darin zu Fuß laufen mußte.

»Hast du Ärger gehabt?« Sein belustigter Blick glitt über ihr staubiges Gesicht.

»Vor etwa sechs Meilen hat es einen Hufeisen verloren«, sagte sie kläglich. »Ich dachte schon, mir begegnet auf dem ganzen Heimweg niemand mehr.«

Ty lachte. »Steig auf.«

Jessy schwang sich hinter ihm auf das Pferd. Es fiel ihr nicht leicht, die Ruhe zu bewahren, wenn er in ihrer Nähe war, und jetzt mußte sie sich an ihm festhalten und konnte nur mit Mühe ihre äußere Gelassenheit bewahren.

Ihr Pferd, dessen Zügel Ty in der Hand hielt, humpelte so langsam voran, daß sie Ty loslassen und die Hände auf ihre Oberschenkel legen konnte. Seine Schultern waren breit und muskulös. Er roch nach Pferden und nach Tabak. Es dauerte eine volle Minute, bis Jessy merkte, daß er von dem Pfad, auf dem sie gekommen war, abgebogen war. »Wohin reitest du?«

»Zum Grenzposten im Norden. Wieso?«

»Wenn du dich weiter nördlich hältst, kommst du auf einer Abkürzung zum Rand der Siedlung«, sagte Jessy, die die Gegend wie ihren Handrücken kannte. »Dort steht meine Hütte, mitten im Wald.«

»Das frühere Haus der Stantons?« fragte Ty und wandte sich nach Norden.

»Ja.«

»Ich dachte, du lebst noch bei deiner Familie«, bemerkte er.

»Bis zum letzten Herbst war ich dort. Über den Winter blieb ich normalerweise bei den Goodmans, weil es zu schwierig ist, bei schlechtem Wetter von einem Ende der Ranch ans andere zu kommen. Der alte Garvey hat in der Hütte der Stantons gewohnt. Als er im letzten September gestorben ist, habe ich mich entschlossen, ganz hier einzuziehen, damit ich den langen Weg nicht mehr habe«, erklärte sie beiläufig.

»Dann bist du jetzt ja vollkommen unabhängig.« Es war eine Bemerkung, die ausdrückte, sie sei von Natur aus immer unabhängig gewesen, aber jetzt, da sie diesen Schritt vollzogen hatte, sei ihre Unabhängigkeit vollkommen.

»Ben und Mike arbeiten jetzt auf anderen Teilen der Ranch, und meine Eltern haben das Haus ganz für sich. Sie haben sich immer beklagt, es sei zu laut im Haus. Jetzt sagen sie, es sei zu still.« Sie lächelte schwach. »Ich sage ihnen immer wieder, sie sollen froh sein, daß sie ihre vierundzwanzigjährige Tochter endlich los sind.«

»Du wirst eine alte Jungfer, Jessy.« Das Lächeln war aus seiner Stimme herauszuhören.

»Dort ist das Haus.« Sie deutete über seine Schulter auf das niedrige Dach, das im Schatten der Pappeln am Flußufer stand.

Als sie die kleine Blockhütte erreicht hatten, stiegen beide ab.

»Wenn du es nicht eilig hast, kann ich uns einen Kaffee kochen«, erbot sich Jessy, um sich dafür erkenntlich zu zeigen, daß er es ihr erspart hatte, die letzte halbe Meile zu laufen.

Ty zögerte nur einen Moment lang. Er hatte keinen Grund, eilig nach Hause zurückzukehren. »Das klingt gut«, sagte er.

Das Haus hatte drei Zimmer. Es war einfach und ordentlich. Die Wände waren weiß getüncht, und die bunten Chintzvorhänge, die vor den Fenstern hingen, wehten in der Brise, die auch die Blätter der Bäume rascheln ließ. Das Haus hatte eine gemütliche, wohnliche Atmosphäre.

Ty setzte sich, legte seine Füße auf einen zweiten Stuhl und lauschte auf die Geräusche, die aus der Küche kamen. Er lehnte sich zurück und spürte, wie seine Anspannung wich. Er fühlte sich behaglich, und er wurde ruhiger und gelöster. Er zog eine Zigarette aus dem Päckchen in seiner Hemdtasche, zündete sie an, sog den Rauch tief in seine Lunge ein und atmete ihn langsam wieder aus.

Zehn Minuten später kam Jessy mit zwei Tassen frisch überbrühtem Kaffee ins Zimmer und bemerkte, wie entspannt und heimisch er sich fühlte. »Es tut gut, am Ende eines langen Tages die Füße hochzulegen, stimmt's?« Sie stellte die Tassen auf den Tisch, setzte sich und legte ebenfalls die Füße auf einen zweiten Stuhl. »Besonders, wenn man weit gelaufen ist.« Sie zog ihren Hut ab, ließ ihn auf den Tisch fallen und fuhr sich durch ihr dichtes Haar.

»Allerdings.« Ein Lächeln überzog sein Gesicht.

Sie tranken schweigend ihren Kaffee. Es war nicht nötig, etwas zu sagen. Er musterte sie, ohne es zu merken. Er kannte sie schon so lange und wußte doch so wenig über sie. Sie hatte einen breiten Mund und hübsche volle Lippen. Er beobachtete ihren Mund, als sie aus ihrer Kaffeetasse trank.

Jessy sprach kaum über sich und vertraute sich nie jemandem an. Sie wirkte offen und direkt; und doch schien sie manchmal stumm auf etwas zu warten, wenn sie ihn mit diesen großen Augen unbeirrt ansah. Ihre stille Art ließ ihn vermuten, daß sie starke und tiefe Gefühle hatte, aber sie konnte sie nicht zeigen, oder vielleicht wollte sie sie nicht zeigen.

»Dein Kaffee schmeckt gut, Jessy.« Er stellte die leere Tasse auf den Tisch und schwang widerstrebend seine Füße auf den Boden.

»In der Küche steht noch mehr Kaffee.«

»Nein, danke.« Er schüttelte den Kopf und stand auf, ging auf die Tür zu und wollte eigentlich gar nicht fortgehen, aber ihm fiel auch kein Grund ein, aus dem er länger hätte bleiben können. Daher ließ er sich bei seinem Aufbruch Zeit. Jessy kam langsam hinter ihm her und hatte die Hände in die hinteren Taschen ihrer Jeans gesteckt. »Du bist ein ganz beachtliches Mädchen, Jessy.« Er musterte sie und fand ihr Gesicht auf eine eigene Weise attraktiv und ausdrucksstark. »Ich kann mir nicht vorstellen, daß du nicht etliche Anträge bekommen hast.«

»Anträge habe ich bekommen, das stimmt allerdings«, gab sie trocken zu. »Aber Heiratsanträge waren es bei Gott nicht.«

»Ich nehme an, du hast den Kerlen die Fresse eingeschlagen.« Er lächelte.

»Ich habe tiefer gezielt«, erwiderte Jessy, und ihre Augen funkelten schelmisch.

Über diese Antwort lachte er herzlich, und als sie durch die Tür gingen, legte Ty einen Arm um ihre Schultern. »So was wie dich kann es auf der ganzen Welt kein zweites Mal geben, Jessy.«

»Ich schätze, als nächstes stellt sich dann die Frage, ob das gut oder schlecht ist«, sagte sie und sah ihn von der Seite an.

Wieder spürte er, daß sie auf etwas wartete. Er spürte auch, daß ihn innerlich etwas bewegte. Ihm wurde der Arm bewußt, den er um ihre Schultern gelegt hatte, und er spürte, wie sich ihre Brüste unter dem karierten Hemd hoben und senkten. Sie erschien ihm beunruhigend – aber so war sie ihm schon immer erschienen.

»Ich sollte jetzt wohl besser gehen.« Er nahm seinen Arm von ihren Schultern und stieg die Stufen hinunter.

»Bis demnächst«, sagte sie.

17

Der Futterspeicher war im Bau. Auf der Nordweide waren die Getreidesilos errichtet worden. Die Fließbänder zur mechanischen Fütterung waren weitgehend installiert. Zäune waren errichtet worden, und die Männer waren weiterhin eifrig bei der Arbeit.

Chase sah sich die Fortschritte des neuesten Projektes seines Sohnes an. Seine Hände steckten in den Jackentaschen, und den Kopf hatte er zufrieden zurückgelegt. Ty war unter den Arbeitern und überwachte das von ihm entworfene und organisierte Projekt.

»Was hältst du davon?« fragte Maggie.

»Woran erkennt man, daß ein Junge zu einem Manne gereift ist? Manche werden es nie.« Er schwieg. »Es ist schwierig für einen Vater zu erkennen, dies rechtzeitig zu erkennen. Man verstrickt sich so sehr in den Versuch, ihm alles abzunehmen, und man glaubt, man müsse die gesamte Last tragen, weil er sie nicht übernehmen kann, und dabei übersieht man, daß er es längst könnte.« Auf sein Gesicht trat ein betrübtes Lächeln. »Ty ist kein Junge mehr, Maggie. Und das hat nichts mit seinem Alter oder mit seiner Größe zu tun.«

»Nein«, stimmte sie ihm zu.

Er legte einen Arm um ihre Schultern und zog sie dichter an sich. Seine Stimme klang gepreßt. »Ich dachte immer, er müßte die Dinge auf meine Art tun, aber das kann er nicht. Er wird einmal besser sein als ich.«

»Chase.« Es gab so vieles, was sie gern gesagt hätte, aber sie fand nicht die Worte, um ihre Gefühle zu beschreiben. Sie war stolz auf ihn, weil er der Mann war, der er war, und sie empfand eine tiefe und hingebungsvolle Liebe zu ihrem stolzen Mann.

»Weißt du, was die Leute sagen werden, wenn ich jetzt über die Straße gehe?« Er sah sie lächelnd an. »Da kommt Ty Calders Alter.«

»Nein, du wirst immer Chase Calder sein«, beharrte sie, aber irgendwo in ihrem Innern wußte sie, daß er recht hatte. Der Zeitpunkt würde kommen, aber bis dahin würde noch viel Zeit vergehen.

Als sie sahen, daß Ty auf sie zukam, ließ Chase seinen Arm von Maggies Schultern gleiten und sah seinem Sohn in die Augen, zum ersten Mal von Mann zu Mann.

Während die beiden Männer sich über die Fortschritte unterhielten, die das Projekt machte, hörte Maggie nicht zu, doch dann wandte sich Ty an sie. Sein Gesicht war entspannt und zufrieden. »Hat Tara angerufen und gesagt, um welche Zeit ihr Flugzeug kommt?«

Maggie zögerte. »Sie hat angerufen – aber nur, um zu sagen, daß sie noch ein paar Tage in Dallas bleibt und ein paar Einkäufe macht, um ihre Garderobe zu ergänzen.«

Ty nickte und wandte sich ab. Er wirkte grimmig, doch als er seine Eltern wieder ansah, war keine Reaktion auf seinem Gesicht zu erkennen. Ein schiefes Lächeln tarnte seine Bitterkeit. »Ich werde heute abend wahrscheinlich lange arbeiten. Wartet also nicht mit dem Abendessen auf mich. Ich richte mir selbst etwas, wenn ich heimkomme.«

»Sie ist sich seiner zu sicher«, murmelte Chase, als Ty gegangen war. Er hatte die Augen nachdenklich zusammengekniffen. »Sonst wäre sie nicht so oft fort.«

»Sie scheinen aber recht glücklich miteinander zu sein.« Gemeinsam wandten sie sich ab und gingen zu ihrem Wagen.

»Das Mädchen ist gierig«, bemerkte Chase grimmig und hielt Maggie die Beifahrertür der Fahrerkabine auf. »Es scheint keine Rolle zu spielen, wieviel sie hat. Sie will immer mehr.«

»Sie liebt ihn«, sagte Maggie.

»Auf ihre Weise. Ja, das glaube ich auch«, stimmte er ihr zu.

Als die Arbeiter längst gegangen waren, blieb Ty auf der Baustelle, stapelte Bauholz und bereitete Dinge für den nächsten Arbeitstag vor. Er brauchte körperliche Arbeit – er wollte sich verausgaben und schwitzen und spüren, wie das Schmerzen seiner Muskeln ihn von seiner üblen Laune befreite.

Schließlich wurde es so dunkel, daß er nichts mehr sah und aufhören mußte. Er lehnte sich an den Zaun und zündete sich eine Zigarette an, als er wahrnahm, daß sich links neben ihm etwas im Schatten regte, sich verstohlen heranschlich. Ty riß den Kopf herum, spürte, wie seine Nerven sich anspannten, und dann stellte er erleichtert fest, daß es die hagere Gestalt Culley O'Rourkes war.

»Lange gearbeitet«, bemerkte Culley.

»Ich habe gerade Schluß gemacht«, sagte Ty und zog an seiner Zigarette.

»Deine Frau ist mal wieder weg.« Die Äußerung klang vielsagend und schien anzudeuten, Ty sei nicht der Mann, der sie halten konnte.

»Sie besucht Freunde in Texas.« Es war eine ausreichende Erklärung dafür, daß Tara sich nicht auf der Ranch aufhielt, wenn es Ty auch schwer fiel, das zu schlucken. Sie war seine Frau; sie gehörte an seine Seite. Obwohl er ihre Sehnsucht nach diesem anderen Leben kannte, war es nicht leicht, ihre Reisen zu akzeptieren.

»Ich nehme an, du schaust heute auf dem Heimweg wieder bei Jessy vorbei«, sagte Culley.

Ty versuchte zu ergründen, was hinter dieser Äußerung steckte. Seit der Bau der Fütterungsanlagen begonnen hatte, hatte er zweimal Jessys Gesellschaft gesucht und einen Kaffee bei ihr getrunken. Es war jeweils dann gewesen, wenn Tara fort war, doch das war ein reiner Zufall.

»Vielleicht.« Er ließ den Zigarettenstummel fallen und drückte ihn mit seinem Absatz aus. »Bist du hierher geritten?« Er sah nirgends ein Pferd.

»Ja.« Aber O'Rourke sagte ihm nicht von sich aus, wo er sein Pferd gelassen hatte.

»Du reitest viel in letzter Zeit, Culley. Warum?« Ty legte den Kopf auf eine Seite. Er war neugierig und wollte wissen, was im Kopf dieses Mannes vorging.

Zu viele Psychiater hatten mit ihren Fragen zu ergründen versucht, wie es in seinem Kopf aussah. Culley hatte keine Lust mehr zu erklären, was er dachte. Jetzt hatte er seine Ruhe und hütete sich davor, jemanden in sein Privatleben eindringen zu lassen.

»Es macht mir Spaß.« Er zuckte die Achseln und wich in die dunkler werdenden Schatten zurück. »Es wird spät. Ich sollte mich auf den Weg machen, solange das Pferd noch sieht, wohin es tritt.«

»Mach's gut, Culley.« Ty wartete, bis er Culley wegreiten hörte, dann stieg er in seinen Wagen.

Die neue Straße führte ihn an Jessys Hütte vorbei, und durch die Fenster drang ein heimeliger Lichtschein. Ty wäre fast vorbeigefahren, doch im letzten Moment riß er das Lenkrad herum und hielt an. Im Scheinwerferlicht sah er ein anderes Fahrzeug, das bereits dort parkte. Aber jetzt war es zu spät, um es sich noch anders zu überlegen. Es hätte seltsam ausgesehen, wenn er einfach weitergefahren wäre.

Ein junger Cowboy, der neu auf der Ranch war, hatte seine Ellbogen auf den Tisch gestützt und musterte Jessy mit glühenden Blicken. Er war vor zwei Monaten eingestellt worden, und Ty erinnerte sich, daß dieser Möchtegern-Romeo Dick Ballard hieß.

Ty nickte ihm zu, begrüßte Jessy und schenkte sich eine Tasse Kaffee ein. Dann zündete er sich eine Zigarette an und hörte der Unterhaltung der beiden zu. Meistens redete Ballard, und er redete nur über sich. Ty fragte sich verdrossen, warum Jessy dieses prahlerische Geschwätz nicht durchschaute. Je mehr er hörte, desto mehr hatte er gegen diesen Mann.

Ty rauchte eine Zigarette nach der anderen und schien es überhaupt nicht eilig zu haben, nach Hause zu fahren. Als er sich schließlich die dritte Tasse Kaffee einschenkte, gab der Cowboy auf und verabschiedete sich mürrisch.

Als Ballard gegangen war, sah Ty Jessy an. Er konnte nichts in ihren Augen lesen, und das steigerte seine Gereiztheit.

»Ich wollte deinen Besucher nicht vertreiben«, log er.

»Das ist in Ordnung. Ich hätte ihn ohnehin bald fortgeschickt.«

»Die Hütte ist ziemlich abgelegen. Wenn du Hilfe brauchtest, würde dich wohl kaum jemand hören. Vielleicht solltest du mit einem der Cowboys das Haus tauschen.«

»Ich bin gern hier draußen. Außerdem bin ich ein großes Mädchen. Ich kann auf mich selbst aufpassen.«

Ihre Gelassenheit ärgerte ihn. »Du bist immer so verdammt sicher, mit allem zurechtzukommen«, sagte er grob. »Und was hättest du getan, wenn ich nicht hier gewesen wäre und Ballard sich geweigert hätte, deiner Aufforderung nachzukommen und wegzugehen?«

»Auf die eine oder andere Weise wäre ich ihn losgeworden.« Sie zuckte ungerührt die Achseln und machte sich keine Gedanken über seine hypothetische Frage.

»Ach, wirklich?« Ob dieser nicht zu erschütternden Selbstsicherheit kniff er verärgert seinen Mund zu einem schmalen Strich zusammen.

»Ja.«

Er packte sie und riß sie grob an sich. »Und wie?« stieß er durch die Zähne. »Zeig es mir.«

Sie war zu verblüfft, um gleich zu reagieren, und ehe sie dazu kam, sich zu wehren, konnte sie sich nicht mehr rühren und war Ty hilflos ausgeliefert. Er kannte kein Erbarmen.

Sein Mund preßte sich auf ihre Lippen und zwang sie mit roher Gewalt auseinander. Er ließ seine gesamte aufgestaute Wut an ihr aus, behandelte sie grob und kostete ihre Gegenwehr aus. Bei diesem Kräftemessen war er fraglich der Sieger. Ganz gleich, wie sehr sie sich auch wand – seine Hüften preßten sich an sie, und es gab für sie kein Entrinnen. Er spürte, daß ihr Körper widerstrebend aufhörte, sich gegen ihn zu wehren, und als er sie sanfter behandelte, spürte er, wie voll und warm ihre Lippen waren.

Er war auf der Suche nach subtilen Tröstungen in ihre Hütte gekommen. Aber an ihrem großen, schlanken Frauenkörper und ihren feuchten Lippen fand er eine andere Form von Trost. Ty war gierig auf diesen Trost. Es war schon zu oft dazu gekommen, daß Tara ihn so sehr frustriert hatte und er sich anderen Frauen zugewandt hatte, und in seiner Vorstellung unterschied er nicht zwischen diesen anderen Frauen und Jessy. Zu seinem anfänglichen Interesse kam jetzt die Leidenschaft hinzu.

Dieser Moment, in dem sie sich nicht gewehrt hatte, hatte Jessy wieder zu Kräften kommen lassen, und jetzt riß sie sich gewaltsam aus seinen Armen los. Schweratmend wich sie zurück und musterte ihn kritisch. Er kam ihr einen Schritt näher.

»Es geht um sie, stimmt's?« Ihre Stimme war heiser und zornig, und ihre Gefühle waren rasend verletzt. »Du bist wütend auf sie, weil sie nicht hier ist, und du läßt es an mir aus!«

Ihre Worte trafen ihn wie Peitschenhiebe. Er blieb benommen stehen. Jessys Wangen waren gerötet, und in ihren Augen stand der Blick einer verwundeten Katze, die sich in die Enge getrieben fühlt.

»Ich bin Jessy Niles – und nicht deine Frau!« Sie zitterte. »Mach nie mehr den Fehler, mich an ihrer Stelle zu benutzen – oder ich schwöre dir, daß ich dich umbringen werde!«

Hinter seinem ausdruckslosen Gesicht blieb alles verborgen. »Ich weiß, wer du bist, Jessy.«

Sie wandte ihren Kopf ab und senkte ihn zum ersten Mal. »Du solltest jetzt lieber gehen, Ty.«

Er zögerte einen Moment lang, ehe er ihrer Aufforderung nachkam und schnurstracks das Haus verließ. Als sie hörte, wie der Motor angelassen wurde, sackte sie erleichtert in sich zusammen. Sie fürchtete nicht ihn, sondern sich selbst.

Es war einer dieser kostbaren Spätsommertage, die zu leugnen versuchten, daß ein bitterkalter Winter bereits an der nächsten Ekke lauerte. Ty und sein Vater gingen auf das Haus zu, als Taras Stimme vom Stall her rief, er solle auf sie warten. Ty drehte sich um und sah Tara und seine Schwester, die eilig auf die beiden Männer zukamen.

»Du bist genau der Mann, den ich jetzt sehen wollte«, sagte Tara und hing sich bei Ty ein.

»Das hört man gern.« Er lächelte, und sie gingen auf das Haus auf der Anhöhe zu. Sein Vater und Cathleen liefen vor ihnen her.

»Laß uns heute abend ausgehen«, sagte sie.

»Und was schlägst du vor?« fragte Ty spöttisch. »Hast du auf deinen ausgiebigen Reisen irgendein anderes Restaurant als Sallys hier in der Gegend entdeckt?«

»Dann gehen wir eben zu Sally. Mir ist es recht.« Sie zuckte die Achseln und schien sich zur Abwechslung einmal sehr leicht zufriedenstellen zu lassen. »Es ist Samstagabend, und ich habe keine Lust, zu Hause zu bleiben.«

»Ihr geht heute abend zu Sally?« Cat drehte sich zu ihnen um. »Bitte, darf ich mitgehen?« fragte sie, und ihre grünen Augen sahen sie eifrig an.

»Cat, man lädt sich nicht selbst ein«, sagte ihr Vater vorwurfsvoll.

»Wenn ich aber doch mitgehen will«, protestierte sie.

»Das klingt ja ganz so, als sei da jemand, den du sehen willst«, sagte Tara mit einem verschmitzten Lächeln. »Es ist doch nicht etwa der junge Taylor, oder?«

»Tara!« Cat sprach die Warnung mit gesenkter Stimme aus und sah Tara erbost an. Dann warf sie einen besorgten Seitenblick auf ihren Vater und hoffte, daß er es nicht gehört hatte.

»Taylor?« fragte Ty stirnrunzelnd. »Du meinst doch nicht etwa Repp Taylor?«

»Genau den.« Tara nickte. »Cathleen ist in ihn verknallt.«

»Der Junge ist doch zwanzig Jahre alt.« Chase Calder sah seine fünfzehnjährige Tochter finster an.

»Gib nichts auf das, was Tara sagt.« Cathleen funkelte sie wütend an, damit sie den Mund hielt, und dann zog sie einen Schmollmund. »Sie weiß nicht, wovon sie redet. Repp Taylor ist viel zu alt für mich.«

»Das möchte ich aber auch hoffen«, gab ihr Vater zurück.

»Darf ich heute abend mit den beiden gehen, bitte?« Sie kam wieder auf ihre ursprüngliche Bitte zurück und holte diesmal erst die Erlaubnis ihres Vaters ein. »Andere Mädchen in meinem Alter gehen schon zu Rendezvous, aber ich darf nie irgendwo hingehen.«

»Uns ist es recht, Dad Calder«, sagte Tara. »Cat kann mitkommen, nicht wahr, Ty?«

»Ich kann mich nicht erinnern, bisher ja dazu gesagt zu haben, daß wir zu Sally gehen«, antwortete er.

»Doch, das hast du getan – du hast nämlich nicht nein gesagt«, sagte Tara leichthin.

»Laß dich niemals auf diese Form von Logik ein, Ty«, warnte ihn sein Vater. »Dabei hast du keine Chance.«

Tara lachte. Das waren die Momente, in denen Ty glaubte, es würde doch noch alles gut zwischen ihnen, obwohl Tara und er so häufig voneinander getrennt waren, weil sie die Abgeschiedenheit der Ranch oft nicht ertragen konnte und für ein paar Tage verschwand, um in das zurückzukehren, was sie lachend als Zivilisation bezeichnete.

Als sie allein in ihrem Zimmer waren, horchte Ty sie aus. »Was hat es mit Repp Taylor auf sich?« Er zog ein sauberes weißes

Hemd an und knöpfte es zu. Der junge Cowboy versprach sich zu einem guten Arbeiter zu entwickeln, der zupacken konnte und beständig und zuverlässig war.

»Das ist ganz einfach. Cat ist in ihn verliebt.« Sie wandte ihm den Rücken zu. »Kannst du mir den Reißverschluß zumachen?« Ty legte seine Lippen auf eine weiße Schulter, ehe er ihrer Bitte nachkam, und er spürte den Schauer, der sie durchzuckte. »Ich dachte, es könnte Spaß machen, unseren kleinen Beitrag zur Förderung der jungen Liebe zu leisten.«

»Wenn du soviel weißt, dann sag mir, wie Repp ihr gegenübersteht?«

»Mit einem hinreißenden schlechten Gewissen, weil sie zu jung und noch dazu eine Calder ist.«

Der erste Mensch, den Ty sah, als er Sallys Restaurant betrat, war Jessy, die mit Dick Ballard an einem Tisch saß. Sie sah auf, schaute ihm einen Moment lang in die Augen und ging dann auf eine Bemerkung ein, die Ballard gemacht hatte. Ty lief hinter Tara und Cathleen her, als sie auf einen freien Tisch zugingen. Sie saßen kaum, als Cathleen schon wieder aufsprang.

»Kann ich Kleingeld für die Musikbox haben?« Sie streckte Ty erwartungsvoll ihre Hand hin.

Er fischte Münzen aus der Tasche und gab sie ihr. Cathleen war blitzschnell verschwunden. Tara sah Ty vielsagend an und murmelte: »Rate mal, wer am Billardtisch steht?«

Repp Taylor stand da. Er war groß und schlank und hatte pechschwarzes Haar und fast ebenso dunkle Augen. Er nickte Cathleen lächelnd zu und stützte sich dann auf seinen Queue.

Ty teilte Taras Interesse an diesen Eröffnungszügen nicht, obwohl sie ihm Schritt für Schritt davon berichtete, was sich im Lauf des Abends unschuldig entwickelte. Er hatte andere Dinge im Kopf, vor allem Jessy und ihren erwartungsvollen Blick, der sich immer wieder in ihn grub. Er hatte sie nicht mehr gesehen, seit er das letzte Mal in ihrer Hütte gewesen war. Er war immer noch nicht sicher, was ihn dazu angestachelt hatte, sie zu küssen, ob es seine Wut auf Tara oder nicht doch etwas anderes gewesen war. In vieler Hinsicht war Jessy trotz ihrer äußerlich zur Schau getragenen Härte ein empfindsames Geschöpf.

»Du bist sehr still heute«, warf Tara ihm vor, als sie sich zur Musik wiegten und ihre Füße sich auf der überfüllten Tanzfläche kaum bewegten.

»Was?« Ty sah sie ausdruckslos an, und dann wurde ihm klar, was sie gesagt hatte. »Entschuldige, ich vermute, mir geht zuviel anderes durch den Kopf.«

»Es ist nicht gerade schmeichelhaft, daß du mit deiner Frau tanzt und dabei so aussiehst, als seist du tausend Meilen fort von hier«, schalt sie ihn, ohne sich deshalb große Sorgen zu machen. »Hast du gesehen, wer hier ist?«

»Du meinst Jessy?« Es gab inzwischen so viele Neulinge in der Stadt, daß er nur wenige unter den anderen Gästen kannte.

»Jessy Niles. Ist sie hier?« Tara sah sich eilig auf der Tanzfläche um, ehe sie das Mädchen fand, das mit einem aschblonden Cowboy tanzte. »Die beiden geben ein nettes Paar ab, meinst du nicht?« Sie wartete keine Antwort ab. »Ich meinte nicht sie. Ich meinte deinen Onkel. Er steht da drüben am Hintereingang.«

Ty sah Culley O'Rourke an der Wand neben der Hintertür lehnen. Er sah den Billardspielern zu. Sein Gesicht lag zwar im Schatten, doch der Lichtschein des Billardtischs fiel auf seinen grauen Haarschopf.

»Ihn habe ich mit Sicherheit nicht hier erwartet«, bemerkte Tara und zuckte gleichgültig die Achseln. »Aber ich vermute, die Wölfe kommen manchmal auch aus ihren Höhlen.«

Das Lied war zu Ende. Sie steckten einen Moment lang zwischen den Paaren fest, die versuchten, die kleine Tanzfläche zu verlassen. Ein schneller Song setzte ein, und Ty führte Tara wieder an ihren Tisch.

Er hörte eine Männerstimme, die sagte: »Komm schon, Süße. Laß uns darauf tanzen.«

Das scharfe »Nein« kam aus dem Mund seiner Schwester.

Ihr eindeutiger und scharfer Tonfall klang wie eine Warnung, und Ty wirbelte herum. Wenn sie aufgebracht war, hatte seine kleine Schwester keinerlei Bedenken, eine Szene zu machen. Ein blonder Kerl hielt ihre Hand fest und wollte sie überreden, mit ihm auf die Tanzfläche zu gehen. Der Junge bemühte sich, männlich und stark zu wirken.

»Ich will nicht mit dir tanzen!« brauste Cat, die nie gut auf Gewaltanwendung reagiert hatte, auf. Doch der Junge lachte nur darüber. Ty sah, daß es Ärger geben würde, aber er war zu weit weg. »Repp!« Cats Stimme klang unwillig, als sie ihren Ritter in seiner funkelnden Rüstung zu ihrer Rettung herbeirief.

»Was ist, Ty?« Tara hing an seinem Arm, als er versuchte, sich einen Weg durch die Menge zu bahnen, um zu seiner Schwester zu gelangen.

»Bleib hier.« Er nahm ihre Hand von seinem Arm.

Inzwischen war Repp Taylor in Erscheinung getreten. Die Menge wich zurück, um den beiden Platz zu machen, was es Ty erschwerte, sich zu Cat durchzukämpfen. Er hörte nicht, was gesagt wurde, aber eine Faust holte aus, und Cat schrie auf.

Ty drängte sich gewaltsam nach vorn und wollte die Raufenden trennen. Repps Nase war schon blutig geschlagen, und er versuchte, sich mit seinem gesamten Gewicht auf den blonden Kerl zu stürzen, um ihn flachzulegen. Als Ty versuchte, die beiden auseinanderzubringen, mischte sich einer der Zuschauer ein, um dem Städter Beistand zu leisten.

Tara war inzwischen an Cathleens Seite und legte einen Arm um das Mädchen. Sie sah schockiert zu, wie ein Mann aus der Menge direkt auf Ty zuschoß. Fäuste schlugen so schnell um sich, daß sie nicht erkennen konnte, wer auf wen einschlug.

Da ein Calder in den Kampf verwickelt war, mischten sich weitere Cowboys der Triple C in den Kampf ein, um ihn zu unterstützen. Mehr als ein halbes Dutzend waren nicht da, und die Ortsansässigen waren bei weitem in der Überzahl. Doch alle Anwesenden schienen den Kampf auszukosten.

Während die Fäuste immer heftiger flogen, hielt Tara Cathleen fest und preßte sich neben die Musikbox an die Wand. Ty steckte mitten im Getümmel, und aus einer Platzwunde neben einem Auge rann Blut. Seine gebleckten Zähne unter dem schwarzen Schnurrbart unterstrichen mürrisch den rauflustigen Blick in seinen dunklen Augen.

Es war barbarisch; diese brutale Gewalttätigkeit löste Übelkeit bei ihr aus, und doch konnte Tara ihren Blick nicht abwenden.

»Bringt sie auseinander«, rief sie, doch niemand hörte sie in diesem Getöse.

Ty schnappte nach Luft und spürte sein Herz heftig schlagen. In eine solche Schlacht war er seit seinen Studentenzeiten nicht mehr verwickelt gewesen. Vor seinen Augen drehte sich alles, und in seinen Ohren rauschte es. Er fing einen Schlag von einem Gegner ab; ein zweiter traf seine Schulter. Es war schwer, mit einem Auge genug zu sehen, doch er schlug dem Mann die Knöchel ins Gesicht und vermerkte, daß dieser Kopf aus seinem Gesichtsfeld verschwand.

Als er diesen Angriff abgewehrt hatte, taumelte er und versuchte zu erkennen, woher wohl der nächste Angriff kommen würde. Er schüttelte den Kopf und blinzelte, in der Hoffnung, der Schleier vor seinen Augen würde sich auflösen. Er hörte, wie eine Bierflasche zersplitterte. Er drehte sich um. Der Mann, den er gerade niedergeschlagen hatte, hielt den ausgezackten Flaschenhals in der Hand.

Ty wich mit vorgestreckten Armen in Abwehrstellung zurück. Die Schlägerei hatte eine fiese und besorgniserregende Wendung genommen und war jetzt kein fröhliches Handgemenge mehr. Tys Mund war völlig ausgetrocknet, und mit seiner Zunge befeuchtete er sich die Lippen, während sie begannen, sich langsam zu umkreisen.

»Ty!« Jemand rief seinen Namen so laut, daß er ihn trotz der Musik hörte. »Fang!«

Er ließ das schwitzende Gesicht des Mannes einen Moment lang aus den Augen und sah eine Bierflasche auf sich zusegeln. Mit einer Hand fing er sie und bemerkte Jessy ganz vorn unter den Zuschauern.

Als sein Gegner auf ihn zusprang, machte er einen schnellen Satz nach hinten. Die scharfkantige Waffe zerteilte dort, wo er eben noch gewesen war, die Luft. Ty schlug die Bierflasche gegen das Metall der Musikbox, zersplitterte sie und wandte sich seinem Gegner wieder zu. Er hörte das Schluchzen einer Frau, doch es drang kaum in sein Bewußtsein vor, während er ruckhaft Atem holte und gegen die Müdigkeit in seinen Armen ankämpfte.

»Schluß jetzt! Aus dem Weg!« Eine autoritäre Stimme übertönte im Befehlston den Lärm. »Schluß jetzt, und zwar sofort!«

Uniformierte Männer kamen durch die Menschenmenge, die sich bereitwillig teilte, um ihnen Platz zu machen. Die Männer packten Tys Gegner von hinten und hielten ihn fest. Ty richtete sich langsam wieder auf und ließ seine Hände sinken. Seine Finger lösten sich, und die Flasche fiel auf den Boden. Er erkannte durch den Schleier vor seinen Augen keinen der Beamten.

Aus der Ferne hörte er einen von ihnen seinen Namen murmeln. »'s ist Calder.«

Er wankte, als er sich abwandte und etwas suchte, woran er sich lehnen konnte, ehe seine Beine ihn im Stich ließen. Er hörte immer noch das Rauschen in seinen Ohren. Sein Körper wurde immer tauber, und daher empfand er vorübergehend keinen Schmerz. Ein zierlicher Körper näherte sich ihm. Er wollte ihn von sich stoßen.

»Ty. O mein Gott, Ty, du bist verletzt.« Taras schluchzende Stimme drang schließlich zu ihm durch. »Sieh dir nur dein Gesicht an.«

Unwillig stieß er die kleine Hand von sich, die seine Wange berührte. »Mit mir ist alles in Ordnung.« Seine Stimme klang erschöpft.

»Nichts ist in Ordnung. Sieh dich nur an.«

Er warf einen reichlich benommenen Blick auf sein zerrissenes und blutbespritztes Hemd, aber Ty wußte nicht, ob es sich um sein eigenes Blut oder um das eines anderen handelte. Er verspürte immer noch den starken Drang, sich irgendwo abzustützen. Plötzlich nahm sich eine Stimme seines Problemes an.

»Kommt schon. Laßt ihn durch.« Ein starker Arm legte sich um seine Mitte, und ein heller, karamelfarbener Schopf beugte sich unter seinem Arm durch.

»Jessy?« Er zwinkerte und versuchte, sie durch den dunklen Schleier zu sehen, der immer noch vor seinem linken Auge lag.

»Ja, ich bin's«, sagte sie.

Ty stieß ein mattes, trockenes Lachen aus. »Du tauchst immer auf, wenn ich dich brauche«, murmelte er, ohne sich darüber im klaren zu sein, was er gerade eingestanden hatte.

Einen Moment lang war Tara zu bestürzt über sein blutiges und zerschlagenes Gesicht, um zu reagieren, als Jessy auftauchte und Ty fortführte. Als sie sich wieder gefangen hatte, folgte sie den beiden eilig und war böse, weil ihr Platz von einem anderen Menschen eingenommen worden war.

Nachdem der Kampf abgebrochen worden war, herrschte ein gewisses Durcheinander, während die Beamten versuchten, die

Teilnehmer der Schlägerei von den unschuldigen Zuschauern zu trennen. Einer der Polizisten versuchte, sie zurückzuhalten, als sie den Ort des Geschehens verlassen wollten, doch Jessy teilte ihm entschieden mit, Ty sei – falls er gebraucht würde – oben in der Privatwohnung der Besitzerin des Restaurants zu finden. Sie hatte ihre Art, mit Männern umzugehen, und wenn Ty nicht so plötzlich von Schmerzen überfallen worden wäre, hätte er sicherlich darüber eine scherzhafte Bemerkung gemacht.

Er sah, daß Sally Brogan ihnen voranging, aber seine gesamte Konzentration wurde davon in Anspruch genommen, auf den Beinen zu bleiben.

Ein Licht wurde eingeschaltet, und er wurde zu einem Stuhl geführt. Er ließ sich schwer darauf nieder. Nachdem ihn die ersten Schläge getroffen hatten, hatte er nichts mehr gespürt. Jetzt fing sein Körper an, auf die Hiebe zu reagieren, die er abgekriegt hatte. Ty lehnte sich zurück, ließ seinen Kopf nach hinten fallen und schloß die Augen, als pochende Schmerzen durch seinen ganzen Körper zogen. Seine Arme lagen auf seinen Beinen. Im Gesicht spürte er eine klebrige Nässe, und Ty streckte matt eine Hand aus, um sie von seinen Augen zu wischen. Dann sah er das gerinnende Blut auf seinen Fingern. Etwas wurde auf den Tisch neben ihm gestellt. Er schloß wieder die Augen und wollte nur noch seine Ruhe haben.

»Ich muß wieder nach unten gehen«, sagte Sally. »Wenn ihr sonst noch etwas braucht, bedient euch einfach.«

Eine Tür wurde geschlossen. Dann wurde sein Gesicht mit einem feuchten Handtuch abgetupft, doch das nutzte wenig. Er versuchte, sich abzuwenden. »Ty, es tut mir leid.« Tara kauerte neben ihm. »Ich weiß, daß es furchtbar weh tun muß. Du hättest dich nicht auf diese Schlägerei einlassen dürfen. Wie konntest du dich soweit erniedrigen?«

Ihr unwilliger Tonfall führte dazu, daß der Dunstschleier vor seinen Augen sich lichtete. »Man sieht nicht untätig zu, wenn man sieht, daß ein anderer für einen kämpft.« Und all das war durch seine Schwester ausgelöst worden. Er versuchte, ihr das Tuch aus der Hand zu nehmen und sich selbst das Gesicht abzuwischen, doch seine Hände und Arme schienen zu kraftlos zu sein.

»Wenn Sie nicht wissen, wie man das macht, dann gehen Sie

aus dem Weg und überlassen Sie es mir«, kam Jessys Stimme von einer Seite.

»Er ist mein Mann.«

»Und wenn Sie in diesem Tempo weitermachen, wird er verbluten.« Sie drängte sich vor und riß den feuchten Lappen an sich, um ihn fest auf die Platzwunde über seinem Auge zu pressen. Ein stechender Schmerz zuckte durch seinen Kopf. Ty zuckte zusammen, holte durch die Zähne Luft und fluchte. Jessy nahm seine Hand und ließ ihn das Tuch fest gegen die Wunde pressen.

Er schlug ein Auge auf und sah Tara an, die jetzt zur Seite getreten war und mit gequältem Gesicht zusah. »Wo ist Cathleen?« fragte Ty.

»Ich weiß es nicht.« Tara schüttelte den Kopf. »Vermutlich ist sie noch unten.«

»Such sie, und bring sie her.« Er sah, daß Tara zögerte und sich dann widerstrebend umdrehte, um zu gehen. »Diese kleine Unruhestifterin«, murrte Ty, als Tara gegangen war. »Ich sollte ihr den Hintern versohlen.« Jessy wischte ihm mit einem zweiten Tuch das Blut aus dem Gesicht, spülte das Tuch aus und wischte sein Gesicht wieder ab. Dann nahm sie seine Hand von seinem Gesicht und sah sich die Platzwunde genauer an.

»Wahrscheinlich ist es besser, daß deine Frau nicht hier ist«, sagte sie ruhig durch zusammengepreßte Lippen. »Die Wunde muß genäht werden.«

Sie ließ ihn das Tuch wieder auf die Wunde pressen und wandte sich zum Tisch um. Sie öffnete den großen Verbandskasten.

Ty sah sie an, und allmählich ordneten sich die Bilder in seinem Kopf.

»Du hast mir diese Flasche zugeworfen, oder?« sagte er.

»Ja.« Als sie sich wieder zu ihm umdrehte, hielt sie eine sterilisierte Nadel und einen Faden in der Hand. »Halt still. Es wird weh tun.«

Das war eine krasse Untertreibung. Ty brach der kalte Schweiß aus, und ihm wurde übel. Kein Laut entrang sich ihm bis auf den lauten Atem, der sich durch angespannte Muskeln kämpfte. Jessy ging geschickt an ihre Arbeit und schaltete dabei bewußt jegliches Gefühl aus. Da die Wunde nicht allzu groß war, war sie fertig, ehe der Schmerz unerträglich wurde. Sie sah, wie die Spannung aus ihm wich, als sie einen Verband auf der genähten Wunde anbrachte. Dann zog sie das Zigarettenpäckchen aus seiner Hemdtasche und zündete ihm eine Zigarette an. Sie steckte sie zwischen seine Lippen.

»Danke.« Er blickte dankbar zu ihr auf, sog den Rauch tief ein.

»Du hast noch ein paar Kratzer im Gesicht«, sagte sie und griff nach einem Fläschchen. »Ich werde sie desinfizieren.«

Der Zigarettenrauch brannte auf seinen kaputten Lippen, doch er rauchte trotzdem weiter. Ty musterte Jessys Gesicht, als sie sich dicht über ihn beugte und sich auf das konzentrierte, was sie tat. Ihr Gesicht, ihre Augen, ihre Nase, ihr Mund – all das war ausdruckslos, und doch spürte er, daß sich hinter all dem mehr verbarg. Ihre Hände, die ihn berührten, taten gut. Es gab ihm eine gewisse Sicherheit, sie bei sich zu haben.

»Woran denkst du, Jessy?« wollte Ty wissen, und seine Augen kniffen sich neugierig zusammen. »Ich kann nie erkennen, was in dir vorgeht.« Sie verbarg es auf dieselbe Art wie die Männer.

Sie sah ihm einen flüchtigen Moment lang in die Augen; dann wandte sie ihre Aufmerksamkeit wieder dem langen Kratzer auf seiner Wange zu. »Ich denke, daß ich jetzt auch gern eine Zigarette hätte«, sagte sie – und das war nur zum Teil gelogen.

Ty fiel noch etwas anderes ein, nämlich, daß er sich nie entschuldigt hatte. »Jessy, ich wollte bei dir vorbeikommen ... Mit dem Hut in der Hand – und dir sagen ...«

Doch Jessy unterbrach ihn, als sie fertig war und sich zum Tisch umdrehte.

»Du brauchst mir nichts zu sagen, Ty. Keine Entschuldigungen. Gar nichts.« Sie drückte sich auch mit der plumpen Direktheit eines Mannes aus. »Alle auf der Ranch wissen, daß die Dinge zwischen dir und deiner Frau nicht so gut stehen, wie man hoffen sollte, und daß sie oft fort ist. Solche Dinge kannst du vor den anderen nicht geheimhalten. Aber du hängst an ihr.« Genauso, wie sie an Ty hing. »Wenn sie fort ist und wenn du dich einsam fühlst und dich nach Gesellschaft sehnst – dann ist das in Ordnung. Wenn du zu mir kommen willst, um bei mir einen Kaffee zu trinken und mit mir zu reden – dann ist das in Ordnung. Ich mache dir die Tür nicht vor der Nase zu.« Sie schloß den Verbandskasten.

Sämtliche Knoten und Spannungen in seinem Innern lösten sich auf. Ty griff nach ihrer Hand und zog sie langsam wieder zu sich. Er sah in ihre bernsteinfarbenen Augen, die ihn in sich aufzusaugen schienen.

»Ich werde zum Kaffee kommen – und weil ich in deiner Gesellschaft sein möchte«, sagte er.

Sie lächelte, und ihre Finger drückten kurz seine Hand. »Einer von uns beiden ist ein Dummkopf, Ty Calder«, seufzte sie kläglich und doch belustigt. »Aber ich erwarte dich.«

Die Tür ging auf. Ty sah den Eindringling unwillig an. Tara starrte ihn an, und ihr Gesicht wies Unwillen auf. Er spürte, daß Jessy ihre Hand zurückzog, und ein merkwürdiges Schuldbewußtsein überkam ihn, obwohl er nichts Böses getan hatte. Das ärgerte ihn.

Einer der uniformierten Männer war Tara gefolgt. »Wir haben uns noch nicht bekannt gemacht, Calder.« Seine Stimme klang herausfordernd. »Ich bin Sheriff Blackmore, den die braven Bürger dieses Landes vor kurzem ins Amt gewählt haben.«

Ty wußte, daß der Nachfolger, den Potter sich ausgesucht hatte, trotz der Unterstützung der Triple C die Wahl verloren hatte. Die Leute, die im Kohlebau arbeiteten, hatten diesen Gegenkandidaten aufgestellt.

»Tut mir leid, daß wir uns unter diesen Umständen kennenlernen, Sheriff.« Sein Ausdruck des Bedauerns war ein Versuch, höflich zu sein. Der aufgedunsene, selbstgefällige Mann war Ty auf Anhieb unsympathisch.

»Vielleicht ist es trotzdem gut, daß wir einander endlich kennenlernen«, sagte der neue Sheriff barsch. »Sie und Ihre Leute haben bisher selbst für Ordnung gesorgt. Hier bin ich das Gesetz – und Sie werden niemanden mehr rücksichtslos überfahren. Wenn Sie Ärger machen, bekommen Sie Ärger. Diese Schlägerei heute abend ist von einem Ihrer Männer begonnen worden.«

»Sally weiß, daß ich für jeden Schaden, der entstanden ist, aufkomme. Die Strafen werden auch bezahlt.« Ty versuchte nicht, zu leugnen, daß seine Familie der Auslöser gewesen war, doch er hatte nicht die Absicht, Cathleens Namen in die Sache hineinzuziehen, wenn es sich irgend vermeiden ließ.

»Ich weiß nicht, ob Sie sich mit Geld freikaufen können, Calder«, sagte der Sheriff und spielte damit auf drastischere Strafen an.

»Entschuldigen Sie, Sheriff«, mischte sich Jessy in das Gespräch ein. »Sind Sie Mrs. Calder schon vorgestellt worden?«

»Wir haben uns unten im Restaurant getroffen«, gab er unwirsch zurück.

»Ich dachte, Sie hätten Mr. Dysons Tochter vielleicht noch nicht kennengelernt.« Ein kühles Lächeln spielte um ihre vollen Lippen.

Der Blick des Sheriffs richtete sich auf Tara, und er sah sie verblüfft an, ehe sein Ausdruck wieder gewichtig wurde. »Grüßen Sie Ihren Vater von mir, Ma'am.« Er legte die Finger an seine Hutkrempe und wandte sich dann mit finsterem Blick an Ty. »Wir werden Sie über die Kosten benachrichtigen.«

Als der Sheriff gegangen war, gab Jessy Ty eine simple Erklärung ab. »Das hier ist Dysons Stadt. Er hat die Wasserleitungen installiert, die Feuerwehr eingerichtet und die Straßen geebnet.«

Ty dämmerte langsam, worauf sie hinaus wollte. Der Kampf seines Vaters um eine Beendigung oder scharfe Einschränkungen des Tagebaus in diesem Teil von Montana bedrohte die Arbeitsplätze dieser Menschen. Dyson war derjenige, der sie bezahlte und dafür sorgte, daß sie eine anständige Unterkunft hatten. Der Sheriff hätte Ty jede erdenkliche Strafe aufgebrummt – wenn der Mädchenname seiner Frau nicht Dyson gewesen wäre. Ty warf einen Blick auf seine Frau. Auch sie hatte diese Wende der Geschehnisse nachdenklicher gemacht, die den Namen Calder seines Einflusses beraubt hatte.

»Wo ist Cathleen?« fragte er, und eine gewisse Ermattung schlich sich in seine Stimme ein.

»Sie ist unten und macht sich an Repp Taylor zu schaffen.« Ehe Ty fragen konnte, warum sie sie nicht mitgebracht hatte, obwohl das sein ausdrücklicher Wunsch gewesen war, sagte Tara eilig: »Es ist alles in Ordnung. Ihr Onkel ist bei ihr.«

O'Rourke. In dem ganzen Durcheinander hatte er völlig vergessen, daß dieser Mann sich hier im Restaurant aufhielt. »Verdammt noch mal, ich habe dir gesagt, daß du Cathleen zu mir bringen solltest«, murrte er erbost.

»Ich hole sie schon, Ty.« Jessy ging zur Tür und tauschte einen Blick mit Tara aus, ehe sie das Zimmer verließ.

»Sie nimmt einiges auf sich«, bemerkte Tara mit einem Anflug von Kritik und Unmut.

»Das tut Jessy, seit sie zehn geworden ist.«

18

Die Tür des Chefbüros der Dy-Corp öffnete sich, und eine Sekretärin führte Senator Bulfert herein. Der Politiker mit den Hängebacken und dem Wanst gab sich zusehends selbstgefälliger. Dyson kam um seinen Schreibtisch herum, um ihn mit einem Handschlag zu begrüßen.

»Willkommen in Texas, Senator.« Er sah ihn lächelnd an. »Eigentlich sollte ich Sie ja nicht mehr Senator nennen, nachdem Sie von Ihrem Amt zurückgetreten sind, aber es ist mir zur Gewohnheit geworden, und jetzt fällt es mir schwer, es bleiben zu lassen. Ich hoffe, Sie stören sich nicht daran – Senator.«

»Ganz und gar nicht. Ganz und gar nicht«, erwiderte Bulfert in der für ihn so typischen Art aggressiver Jovialität.

»Setzen Sie sich, Senator. Eine Zigarre gefällig? Ein Whiskey? Wir hatten Gelegenheit, uns diese – diese streng geheime Akte, die Sie uns überlassen haben, näher anzusehen, und wir kommen zu demselben Ergebnis wie Sie.« Er faßte das Gesagte zwar in höfliche Worte – doch gleichzeitig auch innerlich belustigt, weil sie beide dies alles ohnehin schon gewußt hatten. »Es scheint, als sei der Anspruch auf diese zehntausend Morgen Land, die Calder der Regierung angeblich abgekauft hat, mit betrügerischen Mitteln erworben worden. Es sieht so aus, als hätte dieser kürzlich verstorbene Mr. Osgod keine Berechtigung gehabt, diesen Verkauf zu tätigen. Seine Bankauszüge zeigen, daß etwa zu demselben Zeitpunkt, zu dem es zu dieser Transaktion gekommen ist, eine beträchtliche Summe Bargeld eingezahlt worden ist. Eine vergleichbare Summe ist wenige Wochen vorher von Calders Konto abgehoben worden. Wir haben es hier offensichtlich mit einem Fall von Bestechung eines Staatsbeamten zu tun.«

»Eine gräßliche Geschichte – das Vertrauen der Öffentlichkeit so zu mißbrauchen«, stimmte der Senator mit einem selbstgefälligen Lächeln zu. »Und so gut durch Dokumente zu belegen.«

»Die Regierung kann den Verkauf dieses Landes offensichtlich für null und nichtig erklären«, stimmte Dyson ihm zu.

»Genau das dachte ich mir auch.«

»Die Akte hat, wie ich es versprochen habe, diese vier Wände nicht verlassen. Da Sie jetzt jedoch nicht mehr im Amt sind, wüßte ich keinen Grund, aus dem es sich nicht einrichten lassen sollte, diese Information dem zuständigen Beamten zukommen zu lassen. Diskret, versteht sich.«

»Das versteht sich von selbst.« Bulfert nickte. »Ich bin sicher, daß es Ihnen mit Ihren Beziehungen keine Schwierigkeiten bereitet, das Schürfrecht für dieses staatliche Stück Land zu bekommen.«

»Wir wollen darauf hoffen«, sagte Dyson unverbindlich.

Der Politiker wurde ernst und gab sich gewichtig. »Ihnen ist klar, daß dieses Stück Land von allen Seiten von Calderland umgeben ist.«

»Ich bin sicher, daß es der Regierung gelingt, sich den Zutritt zu verschaffen.«

»Ja. Aber ich kenne Calder. Er wird mit allen Mitteln, die ihm einfallen, dagegen kämpfen. Er wird Klage erheben, Prozesse führen und einstweilige Verfügungen durchsetzen. Die Rechtsstreitigkeiten können sich in die Länge ziehen. Er wird um jeden einzelnen Meter kämpfen. Und er wird nicht nachgeben.«

»Das ist wohl kaum Ihr Problem, Senator«, sagte Dyson lächelnd. »Ich habe ganz vergessen, Sie zu fragen, wie Ihnen Ihr neues Büro gefällt. Stellt es Sie zufrieden?«

»Es ist sehr schön. Und auch gemütlich.«

»Gut. Sie haben natürlich einen eigenen Privatsekretär und ein Spesenkonto. Die Firma erwartet nicht von Ihnen, daß Sie bei Ihrer Beratungstätigkeit feste Arbeitszeiten einhalten. Aber ich weiß, daß die Advance Tech Ltd. froh ist, Sie zu Ihrer Belegschaft zählen zu dürfen.« Beide wußten, daß dieser Posten in dieser Tochtergesellschaft der Dy-Corp künstlich geschaffen worden war und ein volles Gehalt und andere Leistungen umfaßte, denen jedoch keine Verpflichtungen gegenüberstanden. »Ich denke, es wird eine Weile dauern, bis Sie sich an das Leben in Texas gewöhnt haben, nachdem Sie so lange in Montana gelebt haben.«

»Das warme Klima wird mir gut tun. Montana ist zu kalt für diese alten Knochen.« Der Senator wußte auch, daß die Atmosphäre in Montana höchst frostig werden würde, wenn Calder definitiv erfuhr, daß er seine Finger im Spiel hatte.

Sie tauschten noch ein paar Freundlichkeiten aus, ehe der Senator sich von den beiden Männern verabschiedete. Dyson starrte nachdenklich auf die geschlossene Tür.

»Calder wird kämpfen«, sagte er schließlich zu Stricklin. »Ich wünschte, ich könnte etwas tun, um Tara aus der Geschichte herauszuhalten. Ich will sie damit ganz bestimmt nicht unglücklich machen.« Er stand von seinem Stuhl auf, seufzte und ging auf und ab, um seiner Erregung Luft zu machen. »Wenn Calder so starrköpfig ist, wie Bulfert sagt, dann wird Tara zwangsläufig in diesen Streit hineingezogen.«

Stricklin, dessen Verstand wie ein Computer arbeitete, konnte Informationen sortieren und analysieren und die entsprechenden Lösungen finden, sofern der Input stimmte. Für einen Mann, der Tara anbetete wie ein Heiligtum, war es undenkbar, daß sie in diese Geschichte unglücklich verstrickt werden sollte.

»Es muß eine Möglichkeit geben, an Calder heranzukommen.« Er stand auf und schenkte sich einen Drink ein.

»Nein, keine«, äußerte Dyson grimmig. »Der Mann hält an seinen fest verwurzelten Meinungen fest. Es wäre alles so viel einfacher, wenn ich es mit Ty zu tun hätte. Er ist intelligent und verständig – und er ist progressiv in seinem Denken. Man braucht sich doch nur die Veränderungen anzusehen, die er auf der Ranch durchgeführt hat. Es wäre soviel einfacher, ihn von der Wirtschaftlichkeit unserer Pläne zu überzeugen. Aber leider ist Chase der Verantwortliche, nicht sein Sohn.«

Stricklin ließ die Eiswürfel in seinem Glas klappern und verdaute die Information. Dyson lief wieder auf und ab und schüttelte den Kopf.

»Im Osten wird tonnenweise Kohle abgebaut, aber der Schwefelgehalt ist zu hoch, und da die Umweltverschmutzung heute strenger geregelt ist, will die gesamte Industrie im Osten nichts lieber als schwefelfreie Kohle. Und Calder sitzt auf dieser ganzen Kohle, die kaum Schwefel enthält. Ich werde nie verstehen, warum um Himmels willen Gott ihn ausgerechnet auf dieses Stück Land gesetzt hat.« Seufzend trat er wieder hinter seinen Schreibtisch.

»In Montana gibt es eine Menge Land, unter dem Kohle liegt und das Calder nicht gehört«, sagte Stricklin.

»Wenn es mir nur um die Kohle ginge, würde ich ihn ja in Ruhe lassen. Aber ich brauche sein verdammtes Wasser«, gab Dyson zurück. »Wir haben einen hohen Wasserbedarf, und Calder hat die ergiebigste und zuverlässigste Versorgung im gesamten Umkreis.

Wir können das Erz abbauen und es an Ort und Stelle weiterverarbeiten. Das ist einfach ideal.« Unentschlossen blätterte er in der Akte auf seinem Tisch. »Was sollen wir Ihrer Meinung nach tun, Stricklin? Soll ich dafür sorgen, daß die Unterlagen unserem Freund in Washington in die Finger fallen? Auch wenn es familiäre Schwierigkeiten bedeutet? Oder soll ich das Spiel ganz einfach trotz meiner guten Karten abbrechen und mir woanders neue Partner suchen?«

»Sie wollen seine Kohle, und Sie wollen sein Wasser. Dieser Ordner wird beides einbringen. Sie haben die besten Karten in der Hand. Spielen Sie sie aus.«

»Ach, Stricklin.« Dyson lachte leise und schüttelte den Kopf. »Es überrascht mich, wie Sie immer alles nur in Schwarz und Weiß sehen. Hier.« Er nahm die Akte vom Tisch. »Sie wissen, wie Sie damit vorzugehen haben.«

Ein Feuer knisterte im Kamin, aber es strahlte weniger Wärme ab als der Holzofen in der Ecke. Der Wind strich durch die entlaubten Pappeln und rüttelte an ihren Ästen. Jessy saß im Schneidersitz auf einer Matte vor dem Feuer und hielt eine leere Kaffeetasse in der Hand. Draußen war es dunkel geworden, aber sie hatte sich nicht darum gekümmert und kein Licht eingeschaltet, da ihre Gedanken ganz von den Neuigkeiten in Anspruch genommen wurden, die ihr Ty berichtet hatte.

Er hatte es sich auf dem Sessel bequem gemacht, doch seine besorgten Augen zeigten, daß er keineswegs so entspannt war, wie er wirkte.

»Selbst wenn die Regierung den Kauf für ungültig erklärt, gibt es doch sicher etwas, was dein Vater tun kann, damit das Land in seinem Besitz bleibt«, murmelte Jessy.

»Er trifft sich in den nächsten Tagen in Miles City mit seinen Anwälten, um einstweilige Vorkehrungen zu treffen und zu entscheiden, wie die längerfristige Strategie aussehen muß. Es wird ihm wahrscheinlich keine Schwierigkeiten machen, vorübergehend das Recht zugesprochen zu bekommen, die Rinder dort weiter weiden zu lassen.« Seine Mundwinkel verzogen sich grimmig. »Er dachte immer, dieses Land sei sein rechtmäßiger Besitz. Es war ein Schlag für ihn, herauszufinden, daß es ihm gar nicht gehört.

Und ich habe den Eindruck, wenn Vater um dieses Land kämpft, und das wird er tun, dann geht es hier rund.«

Sie schwiegen lange. Jessy spürte, wie besorgt Ty war, und impulsiv legte sie eine Hand auf seine Hände. Sie hätte ihm gern einen Teil der Last abgenommen. Dieser Wunsch war in ihren Augen zu sehen. Ty nahm es verwundert zur Kenntnis. Diesen Ausdruck hatte er nie auf Taras Gesicht gesehen.

»Vielleicht solltest du deine Frau anrufen und mit ihr darüber reden«, schlug Jessy vor. »Du kannst sie doch sicher bei Dyson erreichen.«

»Nein.« Ty verwarf diesen Vorschlag augenblicklich. Jessy zog ihre Hand zurück, und Ty spürte das Fehlen dieser Wärme. »Ich lege am besten noch ein Stück Holz nach«, sagte er und stand auf.

»Ich hole frischen Kaffee«, sagte Jessy. Sie stand ebenfalls auf. Ihre Schultern hingen herunter, und ihr Kopf war gesenkt.

Das Feuer knisterte fröhlich, und Ty lehnte am Kaminsims, als Jessy mit zwei vollen Kaffeetassen zurückkam. Der Kaffee war noch zu heiß, und sie stellte ihre Tasse ab und streckte ihre Hände zum Feuer, um sie zu wärmen.

Ty musterte sie, wie sie so in ihrem dicken, dunkelgrünen Pullover und den abgetragenen Jeans über ihren schmalen Hüften und ihren langen Beinen vor dem Feuer stand. »Was willst du eigentlich vom Leben, Jessy?« Jeder hatte irgendwelche Wünsche und Ziele, und er fragte sich, was es bei ihr sein mochte.

Seine Frage ließ sie nachdenklich werden, sie zog ihre Hände vom Feuer zurück und steckte sie in die Hosentaschen, während sie in die züngelnden Flammen sah. »Niemand bekommt allzuviel auf dieser Welt, Ty – nicht wirklich. Manchmal geschieht vielleicht etwas, und dann sieht es eine Stunde oder eine Woche lang so aus, als würdest du für den Rest deines Lebens über eine weite Ebene reiten und hättest keine Schluchten und Steigungen mehr vor dir. Sie sind aber trotzdem da. Du kannst sie nur eine Zeitlang nicht sehen. Jeder macht seine harten Zeiten durch und weint sein Maß an Tränen. Man kommt darüber hinweg, weil es Momente wie diesen gibt.« Sie wandte ihren Kopf zu ihm um und sah ihn an. »Was könnte ich mir mehr wünschen als das, was ich im Moment habe? Ich habe mein eigenes Haus, ein warmes Feuer an einem kalten Abend und jemanden, mit dem ich reden kann. Was sollte es Besseres geben?«

Ihre Worte, die so schlicht und so offen waren, ergriffen ihn und trafen den Kern des Lebens. Mit langsamen Bewegungen stellte Ty seine Kaffeetasse neben ihrer Tasse auf dem Kaminsims ab, ohne seinen Blick auch nur einen Moment von ihrem Gesicht abzuwenden. Hinter ihren ausgeprägten Zügen strahlte eine innere Schönheit, die durch und durch weiblich war.

Mit sanfter, zärtlicher Stimme murmelte er: »Jessy.« Er legte seine Hand auf ihren Hinterkopf und ließ sie dort liegen.

Lange sah er ihr forschend ins Gesicht und fühlte sich von einer unerklärlichen Zärtlichkeit zu ihr hingezogen. Jessy wartete; sie spürte, daß er begonnen hatte, Gefühle für sie zu entwickeln. Der Druck seiner Hand nahm zu, als sein Gesicht näherkam und seine Augen sie weiterhin genau ansahen. Sie machte sich nichts vor und bildete sich nicht ein, seine Liebe geweckt zu haben. Er war einsam, und Tara war weit weg. Ty hatte seine Moralbegriffe und ein ausgeprägtes Ehrgefühl, aber er war trotz alledem ein Mann. Und sie war in seiner Nähe, teilte seine Sorgen mit ihm und hörte ihm zu, wenn er mit ihr sprach. Diese Nähe hatte die Zurückhaltung durchbrochen, die er sich normalerweise auferlegt hätte.

Vielleicht hätte sie ihn davon abbringen sollen. Jessy wußte, daß er kurz davorstand, sie zu küssen – sie, Jessy Niles. Aber es war ihr Ernst gewesen, als sie gesagt hatte, daß sie vielleicht nie mehr als diesen Moment bekommen würde. Nur zu bald würde Tara zurückkommen, und Jessy würde wieder ohne alles dastehen. In einer Anwandlung köstlicher und reiner Auflehnung legte sie ihre Hände um seine Taille und hob ihren Kopf an seinen Mund.

Es war ein langer, genüßlicher Kuß, der beide in seine Wärme einhüllte. Jessy bog sich ihm entgegen, und ihr Körper wurde schwer, während seine Arme sie an ihn preßten. Ihr Herz schlug schneller. Keiner von beiden zögerte oder hielt sich zurück. Hier wurde nicht erprobt, ob der Boden tragen könnte, auf dem sie sich bewegten. Es war das Zusammentreffen zweier gleich starker Kräfte, und bei dieser gegenseitigen Erkundung wurden so tiefe Gefühle berührt, daß keine zusätzliche oberflächliche Leidenschaft notwendig war, um diese intime Nähe herzustellen.

Was hier geschah, war zu neu und entwickelte sich so unmerklich, als daß einer von beiden hätte erkennen können, wie übermächtig es war. Sie lösten sich so langsam voneinander, wie sie zusammengefunden hatten, und beide suchten in den Augen des anderen nach einer Reaktion. Jessy wandte sich wieder dem Feuer zu und empfand eine wunderbare Ruhe und einen warmen Schein in ihrem Innern.

Keiner von beiden sprach von diesem Kuß, und sie behandelten ihn, als sei es nie dazu gekommen. Ty griff nach seiner Kaffeetasse, lehnte sich wieder an den Kamin und betrachtete die Flammen, die herunterbrannten. Jessy nahm ihre Tasse und setzte sich auf den Sessel, auf dem vorher Ty gesessen hatte. Auch sie sah ins Feuer, fühlte sich rundum behaglich und hing ihren eigenen Gedanken nach.

Nach längerer Zeit richtete Ty sich auf und trank den letzten Schluck aus seiner Tasse. Als sein Blick auf Jessy fiel, sah sie ihn an. »Noch einen Kaffee?« fragte sie.

»Nein.« Er schüttelte den Kopf und musterte sie dann neugierig und mit festem Blick. »Wie kommt es, daß du vorgeschlagen hast, ich sollte Tara anrufen und mit ihr reden?«

»Es schien mir logisch, daß du mit ihr über die Dinge reden willst, die passiert sind«, sagte Jessy.

»Wenn ich mit ihr darüber hätte reden wollen, wäre ich nicht zu dir gekommen.« Tys Stimme klang gereizt, und eine Ruhelosigkeit schien ihn zu ergreifen.

Der Moment des Behagens war vorüber. Etwas hatte sich zwischen Jessy und ihr wohliges Gefühl gestellt. Er sah sie mit einem harten, rätselnden Blick an. Die Einsamkeit der Hütte legte sich wieder drückend auf sie und wurde durch den eisigen Wind verstärkt, der durch die Wände drang und durch den Spalt unter der Tür wehte. Sie fühlte sich plötzlich niedergeschlagen.

Das Gefühl, einander nahe zu sein, war ausgelöscht. Alle die Unsicherheiten, die ihr vorher nie durch den Kopf gegangen waren, kehrten jetzt zurück. Jessy beobachtete ihn. Sie kannte seine Haltungen und sein Schweigen und wußte, was es jeweils zu bedeuten hatte. Seine Gedanken lasteten auf ihm und bedrückten ihn.

»Jessy …«, setzte Ty in einem Tonfall an, der viel zu ernst und zu bedrückt klang.

»Ich habe gar nicht gemerkt, wie dunkel es geworden ist«, fiel ihm Jessy ins Wort. Es klang beiläufig, aber sie ängstigte sich vor dem, was er unter Umständen sagen wollte. Sie stand von ihrem Sessel auf, ging zur Stehlampe und schaltete sie an.

Als sie sich umdrehte, zeigte sie sich äußerlich ruhig. Sie wollte keine Entschuldigungen und keinen Ausdruck des Bedauerns oder der Reue von ihm hören – und auch keine geheuchelten Äußerungen seiner Gefühle ihr gegenüber. Es hätte ja doch nur weh getan. Sie wollte keine Dankbarkeit und kein Mitgefühl von ihm – nichts, was ihn an sie hätte binden können. Er liebte Tara, auch wenn sie Probleme miteinander hatten. Die Nähe, die sich in diesem Kuß ausgedrückt hatte, gab ihm vielleicht das Gefühl, er müsse jetzt etwas sagen. Und alles, was er hätte sagen können, konnte sie nur verletzen.

»Ty – ich habe dir einmal gesagt, du könntest jederzeit zu mir kommen«, sagte sie mit ruhiger Stimme. »Und es steht dir auch jederzeit frei zu gehen.«

Als sie ihm in die Augen sah, fand Ty nichts von dem tiefen Gefühl, das sich so unerwartet zwischen ihnen entfacht hatte. Er sah nur die ruhige, ausgeglichene Besonnenheit, die dem, was geschehen war, wenig Bedeutung beizumessen schien. Und doch war er andererseits erleichtert, weil sie ihm den Rückzug ermöglicht hatte. Er hatte es nicht zu diesem Kuß kommen lassen wollen, genauso wenig wie zu jenem anderen Kuß, wenn sich auch die Umstände stark voneinander unterschieden.

Er zog die Schultern hoch, schien sich gefangen zu haben und trat an den Haken neben der Tür, an den er seinen Hut und seinen Mantel gehängt hatte. »Ich schätze, es ist an der Zeit, daß ich mich auf den Heimweg mache«, räumte er ein und zog seinen Mantel an. Während er sich den Hut auf den Kopf drückte, warf Ty einen letzten Blick auf sie. »Danke für den Kaffee, Jessy.«

»Gern geschehen. Jederzeit.« Nachdem sich die Tür geschlossen hatte, wiederholte Jessy zärtlich noch einmal, was sie gerade gesagt hatte. »Jederzeit.«

19

Das Bild, das Ty von Tara in sich trug, wenn sie voneinander getrennt waren, war nie so strahlend und berauschend wie ihr Anblick, wenn sie bei ihrer Rückkehr auf ihn zukam. Ihre dunkle

Schönheit, die sich gegen die Kälte des Winters von Montana in einen Hermelin gehüllt hatte, war so betörend, daß er die Einsamkeit seiner Nächte vergessen konnte. Sie rief immer wieder dieses Verlangen in ihm wach.

Ty war es gar nicht recht, daß ihr Vater und Stricklin anwesend waren, denn er wollte sie ganz für sich allein haben und wußte, daß dieser Moment sich hinauszögern würde. Er hatte seinen Arm besitzergreifend um ihre zierliche Gestalt geschlungen und hielt sie an seiner Seite fest, während er sich umdrehte, um ihre Reisebegleiter zu begrüßen. Ihr Duft betörte ihn. Ihm war bewußt, wieviel Zwang er seinen eigenen Gefühlen auferlegte, und daher entging ihm ihre Zurückhaltung.

Sein Schwiegervater hatte sich erst für den April wieder angemeldet, und wenn er Tara jetzt begleitete, mußte er etwas Wichtiges mit Tys Vater zu besprechen haben. Ty war jedoch so von Taras Nähe in Anspruch genommen, daß er sich kaum dafür interessierte, was der Grund für Dysons Erscheinen sein mochte.

»Schön, Sie wiederzusehen, Ty.« Stricklin begrüßte ihn freundlicher als sonst.

Sie standen in einer trostlosen Landschaft aus schneeverkrustetem braunem Gras unter einem drückenden Himmel. Diese blaue Weite, die eisig und erbarmungslos war, wirkte auf Tara und führte dazu, daß sie sich noch kleiner fühlte. Ein rauher Märzwind peitschte auf sie ein. Sie war froh um Tys Arm, der sich um sie gelegt hatte. Sie fühlte sich diesen wilden Naturgewalten nicht gewachsen, denen es gleich war, wer ihnen gegenüberstand. Auch das entsetzliche Gefühl der Unterlegenheit, das sie in ihr wach riefen, paßte ihr nicht.

»Müssen wir hier stehenbleiben? Die Kälte ist einfach brutal.« Alles an diesem Land erschien ihr brutal, solange das Haus nicht in ihrer Sichtweite lag. Dort bewies das stattliche Gebäude wenigstens, daß hier jemand herrschte.

»Ich hatte ganz vergessen, daß du die Kälte nicht mehr gewohnt bist, nachdem du in Texas warst.« Ty lächelte freundlich und merkte nicht, daß sie gelernt hatte, vieles zu akzeptieren, sich aber an die Dinge, die sie akzeptierte, deshalb noch lange nicht gewöhnt hatte.

Während Maggie sich um Dyson und Stricklin kümmerte, half

Ty, das Gepäck ins Haus zu bringen. Als die anderen Cowboys gegangen waren und er mit Tara allein in ihrem Zimmer war, trat er hinter sie und begrub sein Gesicht in ihrem feinen Haar.

»Ich bin froh, daß du wieder zu Hause bist.« Seine gedämpfte Stimme brachte sein Verlangen zum Ausdruck.

»Ich nicht.«

Die grobe Antwort verblüffte ihn. Als sie sich zu ihm umdrehte, versuchte Ty nicht, sie festzuhalten. Sie mußte den Zorn in seinen Augen gesehen haben. Ihre Hände legten sich behutsam auf seine Brust. Ihr Ausdruck war ernst, fast verbissen.

»Ty, wie wirst du dich verhalten, nachdem das passiert ist?« Es klang wie eine Forderung.

»Ich weiß nicht, wovon du sprichst«, sagte er barsch. Er spürte das Verlangen noch, aber er wollte es ihr nicht mehr zeigen.

»Diese Geschichte mit deinem Vater«, gab sie unwillig zurück. »Warum hast du mir nicht eher etwas davon gesagt? Ich wünschte, du würdest mir solche Dinge nicht vorenthalten. Es ist äußerst peinlich, etwas Derartiges von anderen zu erfahren. Das bringt mich in eine blöde Lage, und das paßt mir nicht.«

Es tröstete ihn zwar, daß sie von ihm ins Vertrauen gezogen werden wollte, doch ihre Klage traf zugleich auf einen wunden Punkt. »Ist es etwa meine Schuld, daß Dinge geschehen, während du fort bist? Vielleicht wüßtest du, was sich tut, wenn du öfter zu Hause wärst.«

»Warum sollte ich mein ganzes Leben hier verbringen, wenn du die meiste Zeit in irgendeinem gottverfluchten Winkel dieser Ranch steckst?« Tara kochte vor Wut über seine Kritik an ihr. »Damit ich deinem kleinsten Wink gehorchen kann?«

»Ja!«

Seine Wut wurde durch sein Verlangen angeheizt, und er packte sie an den Schultern und riß sie roh in seine Arme. Ihren Protest brachte er mit einem heftigen Kuß zum Schweigen. Einen Moment lang reagierte sie auf seine Leidenschaft, doch dann stieß sie ihn von sich. Tara ergab sich keiner Leidenschaft, weder ihrer eigenen noch seiner.

»Ty, wir müssen zu einer Entscheidung kommen, wie wir die Sache handhaben wollen«, beharrte sie, obwohl auch sie – durch seine Leidenschaft nicht unberührt – schneller atmete. »Ich glaube, dir ist nicht klar, wie wichtig diese Geschichte ist – was für ein Problem daraus werden kann.«

»Du bist ja plötzlich so besorgt um die Ranch?« Vieles stand unausgesprochen zwischen ihnen; nicht das geringste davon waren Taras starker Wille und ihr Ehrgeiz, der zu jeder Zeit ihre eigentlichen Gefühle kontrollieren konnte.

»Ich bin hier genauso zu Hause wie du!« warf sie ihm an den Kopf und wurde dann augenblicklich nachgiebiger. »Ty, laß uns nicht über derart dummes Zeug streiten. Wir müssen uns etwas einfallen lassen, ehe dein Vater alles verpatzt.«

»Wie kann er etwas verpatzen, wenn er darum kämpft, das Recht auf das Land wiederzuerwerben, von dem er geglaubt hat, es stünde ihm rechtmäßig zu?« fragte Ty und sagte dann versonnen: »Und was hat dein Vater hier zu suchen?«

»Es war Stricklins Idee – nicht meine.« Ihre Mißbilligung drückte sich deutlich aus. »Meiner Meinung nach hätte er nicht kommen dürfen und unter allen Umständen vermeiden müssen, da hineingezogen zu werden.«

Ty fand ihre Wortwahl höchst merkwürdig, aber er hatte keine Gelegenheit, das Gespräch weiterzuführen, denn in dem Moment wurde die Tür zu ihrer Suite aufgerissen.

»Tara!« Cathleen kam ins Zimmer gestürzt. Ihr erschien es überflüssig anzuklopfen. »Ich bin gekommen, weil ich sehen wollte, was du diesmal wieder alles gekauft hast. Wie war es? Ich wette, da unten war es warm. Du bist ja braungebrannt, du Luder«, warf sie ihr neidisch vor, als sie endlich im Schlafzimmer der beiden stehen blieb. Bald würde sie sechzehn sein, und trotz all ihrer Jugend waren die aufbegehrenden Wünsche einer Frau schon erkennbar.

»Cat, hättest du etwas dagegen, dich wieder zu verziehen?« sagte Ty. »Ich möchte eine Weile mit meiner Frau allein sein. Du kannst dir später alles über ihre Reise erzählen lassen.«

»Ich habe später schon etwas vor«, erwiderte seine Schwester, die sich von seinem Versuch, sie gewaltsam zu vertreiben, nicht beirren ließ. »Und morgen früh muß ich wieder in die Schule.« Ihre grünen Augen sahen die beiden schelmisch an. »Und außerdem ist es noch zu früh für das, was ihr vorhabt. Du wirst bis zum Abend warten müssen, ehe du mit deiner Frau allein sein kannst.«

»Cat hat recht.« Tara schloß sich ihr an. »Nach dem Abendessen haben wir mehr Zeit.« Sie lächelte Ty an und verließ mit Cat das Zimmer. »Die Päckchen liegen im Wohnzimmer, und zwei davon sind für dich.«

Ty war überstimmt worden und sah sich gezwungen, die Entscheidung zu akzeptieren und das Gespräch bis nach dem Abendessen zu vertagen. Tief in Gedanken versunken verließ er die Suite, während sich Tara und Cat schon angeregt mit Taras Einkäufen beschäftigten.

Beim Abendessen wurden nur die unverfänglichsten Themen und die höchst behutsam behandelt. Seit Dyson mit dem Abbau der Kohle begonnen hatte, war die Beziehung zwischen dem Texaner und Chase Calder gespannt. Chase war nach wie vor nicht sicher, welche Rolle Dyson dabei gespielt hatte, daß ihm ein Teil seines Landes aberkannt worden war. Er argwöhnte zwar einiges, aber er hatte keine Beweise, und daher behielt er seine Zweifel weitgehend für sich. Jedesmal, wenn sein Blick auf Stricklins makellos gepflegten Hände mit den manikürten Nägeln fiel, dachte Chase wieder an die Bemerkung Potters, der diesem Mann von Anfang an mißtraut hatte.

Nach dem Abendessen schlug Dyson vor, sie sollten sich ins Arbeitszimmer zurückziehen. Als Chase zögerte, sagte er, er hätte etwas mit ihm zu besprechen. Ty überließ seinem Vater die Entscheidung, ob er seine Anwesenheit wünschte oder nicht.

»Tara wird schon auf dich warten«, sagte Chase und begab sich mit E. J. und Dyson in sein Arbeitszimmer.

Die beiden Männer nahmen auf den Sesseln vor dem Kamin Platz, und nur das Sofa, das in der Mitte stand, war noch frei. Chase konnte sich selbst nicht erklären, warum er so sehr auf der Hut war, doch er blieb stehen, statt sich so hinzusetzen, daß er von den beiden Männern flankiert war. Er wollte sich keine Blöße geben.

»Worüber wolltest du mit mir reden?« Er kam ohne Umschweife zur Sache.

»Mir ist zu Ohren gekommen, daß ein Stück Land, das du vor etlichen Jahren von der Regierung gekauft hast, dir als nicht rechtmäßig erworben aberkannt werden soll.« Auch Dyson schlich nicht um den heißen Brei.

»Neuigkeiten verbreiten sich schnell«, murmelte Chase trocken.

»Eigentlich ist das nicht weiter erstaunlich«, sagte Dyson gelassen. »Ich habe geschäftlich hier in der Gegend zu tun. Es ist nur normal, daß mir solche Dinge zu Ohren kommen.«

»Das mag sein.« Chase räumte die Möglichkeit ein, daß Dyson erst kürzlich etwas von dem ungültigen Kaufvertrag gehört hatte, doch er hielt es für wahrscheinlicher, daß Dyson es schon im voraus gewußt hatte.

»Wir hatten in der letzten Zeit Differenzen, Chase, aber unsere beiden Familien sind miteinander verwandt. Das ist eine Tatsache, über die wir nicht hinwegsehen können.«

»Mir ist durchaus bewußt, daß deine Tochter mit meinem Sohn verheiratet ist.« Das war aber auch schon das einzige, was Chase davon abhielt, Dyson ins Gesicht zu sagen, daß er eine Verschwörung witterte, die ihn um diese zehntausend Morgen Land bringen sollte. Seine Zweifel beschränkten sich lediglich darauf, ob Dyson sich auf eine Weise einmischen würde, die seiner Tochter eventuell schaden könnte.

»Ich bin in allererster Linie ein Geschäftsmann, Chase. Ich kann mich von familiären Überlegungen nur in einem gewissen Maß davon abhalten lassen, das zu tun, was ich geschäftlich als wichtig für mich halte. Deshalb bin ich hier.« Dyson unterbrach sich und musterte Chase einen Moment lang. »Normalerweise täte ich das nicht. Ich würde meine geschäftlichen Entscheidungen treffen und meinen Gegner oder Konkurrenten selbst hinter die vollendeten Tatsachen kommen lassen. Da Tara die Auswirkungen zu spüren bekommen könnte, unterrichte ich dich im voraus über meine Absichten.«

»Und die wären?« erkundigte sich Chase herausfordernd.

»Die Regierung hat jetzt einen Anspruch auf diese zehntausend Morgen. Ich versuche, für ein Kohlewerk die Schürfrechte und die Wassernutzung an mich zu bringen. Derzeit weiß Tara noch nichts davon. Mir ist klar, daß sie Einspruch erheben und versuchen werden, dieses Land wieder an sich zu bringen. Ich wollte, daß du meine Pläne kennst, falls das Land wieder an die Regierung fallen sollte.« Dyson sah ihn wieder lange und nachdenklich an, ehe er weitersprach. »Das ist eine rein geschäftliche Entscheidung, Calder. Ich weiß, daß es schwierig wird, aber ich möchte um unserer Kinder willen an einer friedlichen Koexistenz festhalten.«

»Du hast recht«, stimmte Chase zu, und in ihm zog sich etwas zusammen. »Es wird nicht leicht werden. Ich werde einen gewissen Frieden wahren, aber ich warne dich gleich – du wirst höllischen Ärger haben, ehe du auch nur einen Meter Boden auf meinem Land aufreißt.«

»Wir werden ganz einfach abwarten müssen. Dann werden wir weitersehen«, sagte Dyson und warf einen resignierten Blick auf Stricklin. Der Mann war keiner Vernunft zugänglich.

»Endlich«, sagte Tara, als Ty zu ihr kam, nachdem er vorher im Stall nach der Stute gesehen hatte, die ihr erstes Fohlen von dem neuerworbenen Hengst erwartete. »Wie geht es deiner Stute?« Eine Spur von Sarkasmus war aus ihrer Stimme herauszuhören.

»Gut.« Er machte sich gar nicht erst die Mühe, ihr zu erklären, daß es nicht danach aussah, als würde es in dieser Nacht ein neues Fohlen geben.

»Es gibt hier Menschen, die dafür bezahlt werden, daß sie nach diesen Pferden sehen. Ich verstehe einfach nicht, warum du das selbst machen mußt – und schon gar nicht zu einem solchen Zeitpunkt«, murrte sie unwillig.

»Zu einem solchen Zeitpunkt«, wiederholte Ty trocken. »Ich würde gern glauben, daß du das sagst, weil du den ersten Abend wieder zu Hause bist und dir meine Gesellschaft wünschst, aber das ist wohl nicht der Grund, oder?«

»Es ist einer der Gründe«, sagte sie und stand auf, um sich vor ihn hinzustellen. »Aber du mußt wegen deines Vaters etwas unternehmen.«

»Wegen meines Vaters?«

»Ja. Du mußt ihn davon überzeugen, daß er die Sache auf sich beruhen läßt.«

»Sie auf sich beruhen läßt? Wovon sprichst du überhaupt? Er hat für das Land bezahlt und es guten Glaubens erworben. Warum sollte er nicht darum kämpfen, es wieder an sich zu bringen?« Ty sah sie stirnrunzelnd an.

»Es sind doch nur zehntausend Morgen. Im Vergleich zu der Million Morgen, die er ohnehin besitzt, fällt das gar nicht ins Gewicht«, erklärte Tara. »Außerdem kann er es nach wie vor pachten, um seine Rinder darauf weiden zu lassen, und das läuft auf dasselbe hinaus.«

»Es ist nicht dasselbe, als würde ihm das Land gehören, denn es nimmt ihm den Einfluß auf dieses Stück Land. Warum macht dir die Vorstellung, er könnte darum kämpfen, solche Sorgen, Tara?«

»Ich glaube, du machst dir keine Vorstellung davon, was die Leute reden«, warf sie ihm mit finsterem Blick vor. »Sie benutzen Worte wie ›Korruption‹ und ›Bestechung‹, wenn sie von ihm sprechen.«

»All das ist lange her. Es gibt keine Beweise dafür.«

»Es braucht gar nicht erst bewiesen zu werden. Das Gerede reicht. Weißt du denn nicht, wie rufschädigend solche Gerüchte sind?« Sie zeigte ihre Wut darüber, in den Schmutz gezogen zu werden. »Es wird auf uns abfärben, Ty.«

»Du störst dich gar nicht daran, daß er möglicherweise jemanden geschmiert hat, sondern daran, daß er sich erwischen hat lassen?« fragte Ty versonnen.

»Ist dir denn gleich, was dieses Gerede dem Namen Calder antut?« fragte Tara.

»Das ist es also, Tara?« fragte er spöttisch. »Haben deine bedeutenden Freunde begonnen, dich zu meiden?«

»Du sagst das so, als würdest du nicht glauben, daß sie bedeutende Persönlichkeiten sind«, sagte sie empört und ungläubig, weil er nicht sah, welche Kreise diese Geschichte zog. »Ich glaube, dir ist nicht klar, als wie wertvoll sich diese Kontakte in der Zukunft noch erweisen können. Du bemühst dich jedenfalls gewiß nicht, solche Freundschaften zu pflegen. Ich tue all das nur, damit wir alle Verbindungen zu einflußreichen Stellen haben, die uns nutzen können, wenn wir beide erst die Führung der Ranch übernehmen.«

»Du kannst wohl kaum den Tag erwarten, an dem mein Vater mir die Ranch überläßt, stimmt's?« Stolz und Willenskraft waren immer zwei Eigenschaften gewesen, die Ty an seiner Frau bewundert hatte, Charakterzüge, die seiner Partnerin entsprachen. Heute gingen sie ihm gegen den Strich.

»Je eher es dazu kommt, desto besser wird es für uns alle sein.« Tara stritt es nicht ab. »Wir können es uns nicht leisten, den Namen Calder mit einem Skandal zu behaften. Ich lasse nicht zu, daß er die gesamte Arbeit zunichte macht, die ich geleistet habe, um dem Namen Calder außerhalb dieses Staates Geltung zu verschaffen.«

»Wenn man nicht um das kämpft, was einem gehört, dann hat man in diesem Staat keinen Namen mehr.«

»So denkt auch dein Vater«, sagte Tara herablassend. »Was für eine Rolle spielt es schon, was diese Leute hier in der Gegend denken? Sie sind vollkommen unbedeutend. Das Geld, das dein Vater für seinen Kampf ausgibt, würde reichen, um irgendwo anders eine Ranch zu kaufen. Die Triple C kann die erste Ranch unter allen im ganzen Land werden und dies von kompetenten Managern geleitet. Man muß expandieren, und zwar nicht, indem man Fütterungsanlagen baut. Du mußt endlich aufhören, so kleinkariert zu denken, Ty.« Sie sprach eindringlich und ärgerlich weiter. »Du darfst nicht so sein wie dein Vater, Ty. Du mußt so fortschrittlich und modern denken wie mein Vater.«

»Das wäre die Lösung deiner Probleme, was? Vielleicht sollte ich auch gleich den Namen Dyson annehmen, damit ich mich an nichts schmutzig mache, was den Namen Calder beflecken könnte.«

»Ich habe nie etwas Derartiges vorgeschlagen. Warum versuchst du, mir jedes Wort im Mund zu verdrehen? Auf dieser Welt muß man für sich selbst sorgen. Das, was dein Vater vorhat, wird auf uns zurückfallen, Ty. Man kann uns etwas anhaben. Mehr sage ich doch gar nicht.«

»Du forderst mich auf, Stellung gegen meinen Vater zu beziehen.« Darauf lief es letztlich hinaus.

»Ich fordere dich auf, an uns zu denken, Ty.« Sie hob ihr Kinn und maß ihren Willen an seinem.

»Über uns solltest du lieber nachdenken.« Er wandte sich ab und ging zur Tür. »Deine Heimkehr eignet sich dafür.«

Einen Moment lang konnte sie einfach nicht glauben, daß er fortgehen wollte. Doch seine Entschlossenheit war auch unausgesprochen unverkennbar.

»Wohin gehst du?« fragte sie, und ihre Hände ballten sich zu Fäusten.

Ty blieb an der Tür stehen, riß sie auf und sah Tara dann mit einem harten und ernüchterten Blick an. »Weg«, sagte er.

Die Tür wurde zugeschlagen. Tara starrte die Tür an, ehe sie sich abrupt abwandte. In letzter Zeit hatte Ty begonnen, ihr zuzuhören; und jetzt mußte das passieren.

Ty sprang in einen Wagen und fuhr los, ohne die eisige Kälte zu spüren, die durch die offenen Fenster kam. Er hatte kein Ziel. Er wollte lediglich dem Druck der Gedanken entkommen, die sich ihm aufdrängten.

Jedes ›Richtig und Falsch‹ schien lediglich im Kopf jener Person gültig zu sein, die das Urteil fällte. Tara glaubte fest daran, im Recht zu sein. Sein Vater glaubte, recht zu haben. Wem gehörte seine Loyalität? Der Vergangenheit oder der Zukunft?

Er hatte kein Zeitgefühl und entschied sich nicht bewußt für eine Richtung. Es dauerte lange, bis Ty merkte, daß der Wagen nicht mehr fuhr. Im Scheinwerferlicht des parkenden Wagens lag die Holzhütte, in der Jessy lebte. Die Spannung, die in ihm wütete, hatte nicht nachgelassen. Er schaltete den Motor aus und stieg die Stufen zur Haustür hinauf.

Es war finster im Haus. Es dauerte einen Moment, bis er den Lichtschalter fand. »Jessy!« rief er, aber sie antwortete nicht. Das Schlafzimmer war leer, und das Frühstücksgeschirr stand im Spülbecken. Er warf einen Blick auf seine Uhr. Sie hätte längst zu Hause sein sollen. Wahrscheinlich würde sie jeden Moment zur Tür hereinkommen, sagte er sich. Er kochte sich eine Kanne Kaffee, um ihre Rückkehr abzuwarten.

Die Hütte war nicht dasselbe, wenn sie nicht da war und ihre bodenständige, ruhige Art das Haus erfüllte. Er heizte den Holzofen an und lief unruhig auf und ab. Es war schlimmer, als in den leeren Zimmern, die er mit Tara teilte, allein zu sein.

Jessys Scheinwerfer fielen auf den Wagen, als sie vor ihrer Hütte vorfuhr. Rauch stieg aus dem Schornstein auf. Aus den Fenstern drang Licht.

Nach einem anstrengenden Arbeitstag und einem Abend bei ihren Eltern, um den Geburtstag ihrer Mutter zu feiern, war ihr nicht wirklich nach Gesellschaft zumute. Außerdem wußte sie, daß Tara zu Hause war. Sie hatte es nicht eilig, die Stufen hinaufzusteigen. Tys Stimme kam ihr entgegen, als sie die Tür öffnete.

»Wo zum Teufel bist du gewesen? Ist dir klar, daß es schon nach zehn ist? Ich bin schon seit fast zwei Stunden hier und wußte nicht, wo du warst, und ich wußte auch nicht, ob dir vielleicht etwas zugestoßen ist. Du hast mich fast um den Verstand gebracht!«

Die Sorge in seiner Stimme erstaunte sie. Sein Tonfall war entschieden besitzergreifend, und diesen Ton hatte sie noch nie von ihm gehört. Das finstere Gesicht, mit dem er auf sie zukam, verlieh seinem Ärger noch mehr Nachdruck.

»Meine Mutter hat heute Geburtstag«, sagte Jessy mit einer kleinlauten, benommenen Stimme.

Er atmete erleichtert auf und zog sie an sich. Sie war schockiert und gleichzeitig klar bei Verstand, und sie nahm bewußt die starken Arme wahr, die sich um sie schlangen, und sie merkte auch, wie tief aufgebracht er war. Ebenso deutlich wurde ihr klar, wie stark er trotz allem für sie empfand. Sie hörte es in seiner Stimme und spürte es in seinen Armen.

»Es war ein verdammt einsames Warten, Jessy«, murmelte er.

Sein Kuß war gierig und voller Verlangen, und sie erwiderte ihn bereitwillig und ohne jede Zurückhaltung. Sie klammerten sich aneinander, und der unerträgliche Druck, der sich in ihnen bildete, rieb sie auf, erfuhr keine Linderung.

Ty atmete schwer und preßte seine Wange an ihr Haar, ohne sie aus seiner engen Umarmung freizulassen. »Jessy. Jessy.« Als er ihren Namen murmelte, lag eine Frage darin, ein Verlangen, das ihr sein kräftiger, muskulöser Körper bereits mitgeteilt hatte.

»Ja, ich weiß.« Sie fühlte sich beschwingt und leichtsinnig. Trotz ihres fast schmerzhaften Herzklopfens und körperlichen Verlangens fühlte sie sich überraschend gelöst.

»Trägst du mich?« fragte sie.

Einen Moment lang spürte sie seine Unsicherheit, und sie glaubte schon, sein Ehrgefühl könne ihn zurückhalten. Dann lösten sich seine Arme von ihr, ein Arm legte sich unter ihre Schenkel, und er hob sie vom Boden hoch. Er stand da, hielt sie auf den Armen und sah in ihr strahlendes Gesicht. Hinter seinem begehrlichen Blick stand Verwunderung.

»Ich wäre nie auf die Idee gekommen, dich für romantisch zu halten, Jessy.« Seine heisere Stimme zitterte.

»Warum nicht?« fragte sie zart und streichelte seine glattrasierten Wangen. »Weil ich reiten kann wie ein Mann und Männerarbeit leiste, glaubst du, ich empfände nicht wie eine Frau? Warum sollte ich keine Blumen und sogar Süßigkeiten mögen?«

»Ich weiß es nicht.«

Er trug sie in das dunkle Schlafzimmer und stellte sie ab. Einen Moment lang standen sie stumm da und sahen einander an. Sie verharrten wie eine Stute und ein Hengst, die aufeinandertreffen. Jetzt wurde nicht mehr mit den Hufen gescharrt, und die Mähne wurde nicht mehr geschüttelt; jetzt kündigte das instinktive Schweigen den würdigsten und geheiligsten Akt der Natur an.

Sie wandte ihr Gesicht ihm zu und signalisierte ihm den Jahrtausende alten Wunsch nach einem Liebeskuß. Ty konnte es deutlich lesen, und für einen Moment fühlte er sich gereizt. Die Signale waren immer dieselben, ob sie von Tara, von Jessy oder von irgendeiner anderen Frau kamen. Und doch war Jessy ganz anders als alle anderen, und er hatte es sich anders gewünscht.

Jedoch, es konnte nicht anders sein, denn so war nun einmal der Lauf der Dinge. Sie war eine Frau, und er war ein Mann. Ganz gleich, auf welcher Ebene sie miteinander kommunizierten – ob physisch oder verbal –, sie waren in diesem Schema gefangen. In ihrer Vorstellung und in ihrem Herzen trugen sie wunderbare Bilder in sich, doch der Akt selbst unterschied sich nie. Ganz langsam dämmerte ihm die Erkenntnis, daß es eigentlich keine Rolle spielte.

Er streckte die Hände aus und zog ihr den schweren Mantel von den Schultern und warf ihn auf den dunklen Umriß eines Stuhls, den er in der Ecke wahrnahm. Jessy hatte begonnen, ihre Bluse aufzuknöpfen, und seine Finger griffen nach den Knöpfen seines Hemdes.

Sie ließ ihn nicht aus den Augen und sah zu, wie seine Kleidung Schicht für Schicht von ihm abfiel und seinen muskulösen Körper enthüllte. Und es kam zu jenem Moment erwartungsvoller Verlegenheit, als Ty zum Bett ging und sich umdrehte, um sie zu umfangen. Sein Blick glitt über ihre nackte Gestalt, ihre gertenschlanke Figur und ihre matt schimmernde weiße Haut. Sie spürte, wie sein Blick auf ihre kleinen Brüste fiel. Sie konnte sich weder in ihrem Aussehen, noch in ihrer Figur mit Tara messen.

Nach diesem Moment des Zögerns streckte er seine Hand nach ihr aus. Sie brauchte jetzt nicht mehr stark zu sein; sie brauchte ihre Gefühle nicht mehr vor ihm zu verbergen – ihre Liebe. Ihre zwar geweckte, doch nie gelebte Leidenschaft war zu lange unterdrückt worden. Sie mußte sie geben, sie verbrauchen, oder sie mußte innerlich schrumpfen und sterben. So stark war der Druck ihrer Leidenschaft. Sie ging zu ihm, um bei ihm zu liegen und wieder zu leben.

Nachdem sie zwei Zigaretten aus dem Päckchen angezündet hatte, das auf dem Nachttisch lag, lehnte sich Jessy wieder zurück und reichte Ty eine von beiden. Bewußt nahm sie seinen warmen Körper wahr, der sich unter der Decke an sie preßte. Das köstliche Prickeln war noch nicht aus ihrem Körper gewichen. Ihre vollen Lippen verzogen sich zu einem Lächeln.

Ty legte sich auf die Seite, um sie anzusehen. »Du wirkst ausgesprochen zufrieden«, murmelte er.

»Warum auch nicht? Du scheinst auch recht stolz auf dich zu sein, weil du mich gehabt hast.« Jessy neckte ihn mit seinem fast selbstgefälligen Gesicht.

In seinen Augen stand keine Erinnerung an dieses erste Mal. Sie hatte so oft danach Ausschau gehalten – darauf gewartet, ein Zeichen des Erkennens zu sehen. Jetzt war sie eigentlich froh darüber, daß er sich nicht erinnern konnte. Für sie war es so oder so eine schmerzliche Erinnerung. Sie würde es ihm nicht sagen. Sie hätte damit ohnehin nichts anderes erreicht, als Schuldbewußtsein und Reue in ihm wachzurufen. Ganz gleich, was er für sie empfand – sie wollte nicht, daß diese beiden Dinge etwas damit zu tun hatten.

Sein Gesicht wurde ernst und nachdenklich, und er sah sie besorgt an. »Jessy, manchmal denke ich …«

»Sag es nicht, Ty.« Sie schnitt ihm fest und entschieden das Wort ab. »Sag um unser beider willen nichts, was du doch nicht so meinst. Ich habe mich mit weit offenen Augen darauf eingelassen und von Anfang an gewußt, daß du fortgehst, ehe es Morgen wird. Im Moment glaubst du, daß du nicht fortgehen willst, aber du wirst gehen.«

»Woher weißt du, was in mir vorgeht?« Ty sah sie genau an und versuchte, diese Frau zu ergründen, die so selbstverständlich zu ihm paßte wie eine zweite Haut.

Einen Moment lang ließ Jessy ihre Wachsamkeit fallen und ihn die Tiefe ihrer Liebe in ihren Augen sehen. »Vielleicht, weil ich es mir auch gewünscht habe.« Und doch war ihr Tonfall nahezu eine Herausforderung.

Wenn er auch oft genug ohne Gewissensbisse mit einer Frau geschlafen hatte, war es diesmal doch anders. Er empfand eine tiefe Zärtlichkeit für sie. Dieses Gefühl war tief verwurzelt und war auf seine Weise so berauschend und wild wie das, was Tara in ihm wachrief.

Der Blick, mit dem er sie ansah, hätte Jessy fast dazu gebracht zu glauben, die Dinge könnten doch anders sein. Ehe sie sich dem sicheren Leiden auslieferte, das dieser Glaube mit sich bringen mußte, schwang sie ihre Beine auf den Boden und blieb auf der Bettkante sitzen. Es war kein Schamgefühl, das sie nach ihrer Bluse greifen ließ, die am Fußende des Bettes lag und die sie jetzt vor ihre kleinen Brüste hielt. Kleidung war ein Schutz, der dafür sorgte, daß andere nicht zuviel sahen.

Sie ging zur Kommode und drückte die gerade erst angerauchte Zigarette in einem Aschenbecher aus. Ty zog sich auf einen Ellbogen, und sein Blick fiel auf die festen Muskeln ihres kleinen Hinterns. Als sie sich umdrehte, hob er den Blick zu ihrem verschlossenen Gesicht.

»Jessy, etwas möchte ich dir doch gern erklären.«

»Ich will keine Erklärungen hören, Ty«, sagte sie kopfschüttelnd; dann reckte sie ihr Kinn in die Luft. »Ich bin nicht so tolerant und verständnisvoll, wie du glaubst. Ich bin auch nicht der Grund für deine Probleme mit deiner Frau, und ich will auch nichts von diesen Problemen wissen. Ich kann nicht so tun, als gäbe es diese Frau nicht, aber ich muß mir nicht anhören, was du über sie sagst. Ich bin trotz ihres hübschen Gesichts und ihrer verspielten Kleider mehr Frau als sie – und das weiß ich selber. Daher würde ich Dinge über sie sagen, die du nicht gern hören würdest.«

Ungeachtet seiner momentanen Empfindungen war Tara die Frau, der seine Gefühle galten. Zum Teil zog ihn ihre Schönheit an, aber alles weitere war sein Traum, den er auf sie projizierte. Das verstand Jessy nur zu genau. Ty hatte Tara zum Inbegriff all seiner Wünsche gemacht. Männer dichteten einer Frau die Dinge an, die sie sich wünschten. Selbst, wenn Ty allmählich erkannte, daß Tara nicht das war, wofür er sie hielt, war er doch noch nicht soweit, sich von diesem Traum zu lösen.

Im Halbdunkel des Zimmers sah er die Entschlossenheit in ihren Augen, diesen Mut, sich Dingen zu stellen, auch wenn sie noch so unerfreulich waren. Er legte die brennende Zigarette in den

Aschenbecher auf dem Nachttisch, stand auf und ging auf sie zu. Sie wandte sich zur Seite und wich seinen Augen aus.

»Du solltest dich jetzt lieber wieder anziehen«, riet sie ihm mit ruhiger Stimme. »Es ist spät, und sie fragt sich sicher schon, wo du bist.«

»Tara kann mir im Moment gestohlen bleiben.« Ty benutzte den Namen, den Jessy gemieden hatte, und gleichzeitig gestand er, ohne es zu merken, ein, daß er zu seiner Frau zurückkehren würde. »Was ist mit dir, Jessy? Kommst du zurecht?«

Jessy sah ihn an und kämpfte gegen den starken Wunsch an zu lächeln. Sie konnte vorhersehen, wie Ty reagieren würde, wenn sie ihm sagte, sie käme nicht zurecht. Männer waren in den Dingen des Lebens immer pragmatisch – sofern es nicht um Frauen ging. Da wurden sie plötzlich ganz unpraktisch und versprachen immer, ihnen das Leben leichter zu machen, und sie glaubten auch noch voll und ganz daran, daß sie es könnten. Trotz all ihrer romantischen Fantasien sah sie das Leben mit dem Scharfblick einer Frau und wußte, daß in den kommenden Jahren viel Leid und Einsamkeit vor ihr lag, aber auch Momente wie dieser, für die es sich zu leben lohnte.

»Ich bin stark, Ty. Ich komme klar.« Sie flößte ihm statt dessen Zuversicht ein. Sie hatte bekommen, was sie wollte, und sie würde bereitwillig dafür bezahlen. Die Seelenqualen, die sie morgen erleiden würde, ängstigten sie nicht.

Vielleicht suchte er irgendeine Schwäche jenseits dieser Selbstsicherheit, die sie ihm gegenüber zeigte, jedenfalls wurmte es ihn ein bißchen, daß sie ihn nicht brauchte, daß sie die Kraft hatte, unabhängig von ihm zu sein. Es fiel ihm schwer, ihre Gleichwertigkeit in Dingen zu akzeptieren, die er für männliche Privilegien hielt.

Und doch betrieb Jessy keine Spielchen, und sie legte keine Köder für ihn aus. Ihm fiel unwillkürlich wieder ein, daß er Tara, als sie das einzige Mal offen ihre Wünsche und ihr Verlangen gezeigt hatte, geheiratet hatte. Dieses Wissen bedrückte ihn.

Es gab nichts, was er hätte sagen können. Er wandte sich ab und ging langsam zum Bett zurück. Dort lagen seine Kleider. Jessy war ihm einfach unbegreiflich. Frauen waren allesamt unbegreiflich. Aber er wußte, daß er wiederkommen würde, um das Gefühl tiefen Behagens zu finden, das sie ihm vermitteln konnte und das ein warmes Feuer in ihm entfachte. Aber er sagte es ihr nicht. Er brauchte es ihr nicht zu sagen.

Vom Korridor im ersten Stock kamen Geräusche, und Tara, die ungeduldig Zeitschriften durchblätterte, hielt inne und lauschte. Wieder ächzte eine Diele. Sie wußte nicht, ob ein Fuß diesen Laut erzeugte oder ob nur das Holz des alten Hauses arbeitete. Sie stand auf und ging zur Tür. Cat schlich verstohlen auf die Treppe zu. Sie hatte sich in einen dicken Mantel gehüllt und ihr schwarzes Haar unter eine weiße Wollmütze gesteckt. Sie hob einen Finger an die Lippen, als sie Tara in der Tür stehen sah, und ihre grünen Augen flehten Tara stumm an, sie nicht zu verraten.

»Repp erwartet mich«, flüsterte Cat. »Bitte, sag Daddy nichts.« Nach jener Schlägerei war Cathleen jeder Umgang mit ihrem älteren Freund untersagt worden. Tara überraschte es nicht, daß das junge Mädchen sich diesem Verbot widersetzte und sich heimlich mit ihrem Cowboy traf. Außerdem gab es kaum etwas, wofür sich Tara weniger interessierte, und daher schloß sie die Tür wortlos.

Als Cat die Treppe hinuntergeschlichen war, erstarrte sie. Im Arbeitszimmer brannte Licht. Ihr Herz schien sich zu überschlagen, als sie auf Zehenspitzen an dem Lichtschein vorbeihuschte und einen besorgten Blick in das Zimmer warf. Sie entdeckte Stricklin, der in einem burgunderroten Rollkragenpullover mit dem Rücken zur Tür vor den Bücherregalen stand und die Buchtitel las.

Sie öffnete die Haustür einen Spalt weit und schlich sich hinaus. Als sie sicher sein konnte, daß ihr niemand folgte, machte sie sich auf den Weg zu dem Landeplatz und zu dem Flugzeughangar, der so abgelegen war, daß sie keine Blicke und keine zufällige Entdeckung bei ihrem klammheimlichen Rendezvous zu befürchten brauchten.

Culley O'Rourke hatte sich gerade zu seinem Pferd schleichen wollen, da alle Lichter im Haupthaus bis auf eins im oberen Stockwerk ausgegangen waren, doch als er sich schon auf den Rückweg machen wollte, ging unerwartet das Licht im Arbeitszimmer an. Er blieb, weil er wissen wollte, ob das erst der Anfang war und sich bald noch viel mehr tun würde.

Da er gebannt das Haus betrachtete, hätte er die dunkle Gestalt beinah nicht gesehen, die sich verstohlen davonschlich. Culley wartete, bis sie an ihm vorbeigekommen war und er Cathleen erkannt hatte. Dann schlich er leise hinter ihr her.

Als sie den Hangar erreichte, war Cat außer Atem und ihr Gesicht von der Kälte des Windes fast taub. Sie fand Repp in dem kleinen Büro des Hangars.

»Ich dachte schon, du kommst gar nicht mehr.« Das lange Warten ließ seine Stimme gereizt klingen.

»Ich weiß. Ich habe auch befürchtet, du könntest schon gegangen sein. Ich schwöre dir, in diesem Haus geht niemand mehr zu einer anständigen Zeit ins Bett.« Auch ihre Stimme klang unwillig. »Tara war noch auf und hat auf Ty gewartet, als ich mich aus dem Haus geschlichen habe. Und Stricklin hat sich im Arbeitszimmer rumgetrieben. Manchmal frage ich mich, ob das überhaupt ein Mensch ist. Allmählich habe ich das Gefühl, er ist ein Roboter und braucht weder Schlaf noch Essen wie wir übrigen.«

»Bist du sicher, daß dich niemand gesehen hat?« fragte Repp und murmelte dann erbost: »Ich muß verrückt sein, daß ich mich von dir zu solchen Treffen überreden lasse.«

Als ihr endlich klar wurde, daß er nicht auf sie zukommen würde, unternahm Cat die notwendigen Schritte und schlang ihre Arme ungeniert um den hochgeschlagenen Kragen seines Mantels. Sie spürte den Druck seiner Hände auf ihren Hüften, die sie weder näher zu ihm zogen, noch von sich stießen.

»Mir ist egal, wo oder wie wir uns treffen, solange wir einander sehen können.« Es war eine dramatische Äußerung, aber sie entsprach der Wahrheit. Sie hätte alles riskiert, sogar den Zorn ihres Vaters, um mit Repp zusammen zu sein.

»Du weißt nicht, was du sagst.« Der leise Einwand kam fast stöhnend, und es schien ihm schwerzufallen, seine Triebe zu beherrschen. »Du bist noch zu jung, Cat.«

»Ich bin genauso alt wie meine Mutter, als sie mit Ty schwanger war«, bestürmte ihn Cat.

»Man sollte dir den Hintern versohlen, wenn du Männer mit solchen Äußerungen anheizt«, wies er sie grob zurecht, doch zugleich bestürzter, als er es sich eingestehen wollte, und sie wußte es. »Du willst dich wohl unbedingt in Schwierigkeiten bringen? Eines Tages sagst du das zu einem falschen Mann, und er wird dich beim Wort nehmen.«

»Aber ich habe es nie zu jemand anderem gesagt als dir. Du bist der einzige, dem ich das sagen will«, beharrte sie und preßte sich dichter an ihn. »Es ist schon schlimm genug, daß meine Eltern mich wie ein Kind behandeln. Ich bin eine Frau, Repp. Und ich liebe dich.«

Diese leise Liebeserklärung in Verbindung mit ihrer körperlichen Nähe war zuviel. Seine mühsam erkämpfte Vorsicht verlor die Schlacht gegen seine treibenden Impulse, und sein Mund senkte sich gierig auf ihre Lippen. Dieser glühende Kuß jagte schnell die Taubheit und die Kälte von ihrer Haut. Ihre Lippen, die eifrig reagierten, durchbrachen seine Zurückhaltung, und er ging roh mit ihr um, von Mann zu Frau, ohne ihre Unerfahrenheit zu bedenken. Sie wich zurück und wirkte plötzlich verkrampft, doch dann stürzte sie sich wieder auf ihn und ließ ihren Gefühlen freien Lauf. Doch ihn hatte ein Hauch ernüchternder Vernunft gestreift.

»Nein, Cat.« Seine Finger gruben sich fest in die Ärmel ihres Mantels, damit sie sich nicht wieder an ihn preßte. »Es reicht.«

»Warum, Repp? Warum muß das reichen?« protestierte sie.

»Du kannst nicht alles haben, was du willst«, sagte er.

Ihre Schultern sackten zusammen, und er legte ihren Kopf an seine Schultern. Es dauerte einen Moment, bis er sie in seine Arme nahm und seinen Mund die Wollmütze berühren ließ, die auf ihrem seidigen, dunklen Haar saß.

»Ich will nicht alles, Repp. Ich will doch nur dich«, sagte sie schlicht und ohne jegliche dramatische Ausschmückung. »Manchmal überkommt mich einfach die Verzweiflung. Zwei Jahre scheinen eine so lange Zeit zu sein.« Es schien ihr qualvoll, solange warten zu sollen.

»Sie werden schnell vorübergehen«, log er. Aus dem Hangar war ein klapperndes Geräusch zu hören, und er zuckte zusammen. »Hast du das gehört?«

»Was?«

»Ich glaube, ich habe draußen jemanden gehört«, murmelte er und ließ sie los. »Ich sehe mal nach.«

»Da draußen ist niemand«, protestierte Cat. »Wahrscheinlich hast du nur gehört, wie der Wind das Wellblechdach klappern läßt.«

Er ignorierte ihre Erklärung und schlich sich leise durch die Bürotür. »Warte hier«, flüsterte er.

»Nein. Ich komme mit dir«, beharrte sie. Sie sagte es lauter als beabsichtigt, und ihre Stimme drang durch die Tür, die Repp geöffnet hatte.

»Psst«, warnte er sie.

Cat hielt ihn an der Hand, um ihn nicht zu verlieren, als sie aus dem Büro in den dunklen Schuppen schlichen. Ein Kojote heulte einsam auf einem fernen Hügel. Der Sternenhimmel warf kaum genug Licht, um die Umrisse der Flugzeuge zu erkennen, die in dem Hangar standen. Repp bahnte sich einen Weg durch die Schatten, sah sich um und lauschte aufmerksam.

Wieder kam ein leises Geräusch zu ihnen herüber, das sie nicht identifizieren konnten. Es schien von einem der Flugzeuge der Ranch zu kommen, nämlich dem, mit dem Cats Vater gewöhnlich flog. Sie schlichen sich näher an das Flugzeug heran.

»Da.« Cat deutete auf den Einstieg zum Motorraum. Die Luke stand offen. »Sie ist wohl nicht richtig verriegelt worden, und der Wind hat sie aufgeblasen.«

»Ja, vermutlich hast du recht.« Er ließ sie die Luke schließen und nachprüfen, ob sie auch richtig verriegelt war. Er sah sich um und war doch nicht wirklich zufrieden, weil ihm ein Instinkt sagte, daß sich außer ihnen noch jemand im Hangar aufgehalten hatte oder sich sogar jetzt noch dort aufhielt. Er machte sich Sorgen um Cat. »Es ist spät, schon fast Mitternacht. Du solltest jetzt besser wieder zurückgehen. Ich begleite dich noch ein Stück.«

»Aber ...«

»Keine Einwände, Cat.« Seine Stimme war fest, aber er hätte nicht sagen können, warum er plötzlich diesen Drang verspürte, sie von hier fort und in Sicherheit zu bringen.

Sein Tonfall hielt Cat von weiteren Einwänden zurück. Seine Hand legte sich um ihren Ellbogen.

Nachdem er sie fast bis zum Haus gebracht hatte, konnte Repp sich nicht erklären, was ihn dazu veranlaßte, noch einmal umzukehren, aber dabei einen weiten Bogen zu schlagen. Der Wind trug den Laut von Hufen zu ihm. Einen Moment lang setzte sich der Umriß eines Reiters auf einem Hügel gegen den Sternennebel ab. O'Rourke. Er mußte es sein. In der Schlafbaracke der Männer wurde viel darüber gemunkelt, wie umtriebig er sei und wie rastlos er sich auf der Triple C bewegte. Auch wenn er Cats Onkel war, ihm wurde immer ganz anders, wenn er diesen Mann sah. Doch zumindest hatten sich seine Zweifel jetzt geklärt. Repp kehrte um und machte sich auf den Weg zur Schlafbaracke.

Als Ty vor dem Haus vorfuhr, sah er, wie sich eine Gestalt in den Schatten des Hauses zurückzog, und er erkannte die weiße Wollmütze. Es war leicht zu erraten, wo und bei wem seine Schwester gewesen war. Er sagte nichts, bis er auf der breiten Veranda stand, die sich über die gesamte Vorderfront des Hauses zog.

»Du versteckst dich umsonst, Cat. Ich weiß sowieso, daß du das bist«, sagte er leise und hörte ein Rascheln, als sie auf die Veranda kam. »Du schleichst dich also aus dem Haus, um Repp zu treffen? Eines Nachts wirst du dabei erwischt.«

»Dad ist zu altmodisch und zu streng«, sagte sie mit einem grollenden Blick.

»Du wirst ihn erst recht streng finden, wenn er dahinterkommt, daß du dich hinter seinem Rücken davonschleichst«, warnte Ty sie, aber er war eigentlich nicht dazu aufgelegt, ihr Vorwürfe zu machen, und daher ließ er die Sache auf sich beruhen. Ihm ging zuviel anderes durch den Kopf. Er hielt Cat die Haustür auf und ließ sie vorausgehen. »Es sieht ganz so aus, als hätte jemand im Arbeitszimmer ein Licht brennen lassen.« Er lief durch den Flur darauf zu.

»Ich glaube, Stricklin ist im Arbeitszimmer«, sagte Cat, doch sie folgte ihm, um nachzusehen.

Ein Buch lag aufgeschlagen auf der Lehne des Stuhles, auf dem Stricklin saß. Er hatte ein Taschenmesser in der Hand und reinigte sich gründlich die Nägel. Als Ty in der Tür auftauchte, blickte er zu ihm auf.

»Hallo, Ty, sind Sie eben zurückgekommen?« Dann sahen die ausdruckslosen blauen Augen an ihm vorbei. »Ich wußte gar nicht, daß Cathleen Sie begleitet hat.«

»Eine unserer Zuchtstuten erwartet ein Fohlen«, sagte Ty trokken, und ihm wurde bewußt, daß sie sich damit gegenseitig mit einem Alibi versorgten. »Ich hoffe, wir haben Sie nicht gestört.«

»Überhaupt nicht«, versicherte ihm Stricklin.

»Gute Nacht.« Ty ging auf die Treppe zu, und Cat folgte ihm auf den Fersen.

»Er ist ein seltsamer Mensch«, murmelte sie.

»Wieso?« Ty war Stricklins unbeteiligte Haltung gewohnt. »Wer hat je gehört, daß sich jemand mit einem schmutzigen Messer die Nägel reinigt?« konterte sie mit einem Achselzucken.

Als sie den oberen Treppenabsatz erreicht hatten, sah er den Lichtspalt unter der Tür seines Schlafzimmers. Er spürte, daß seine Nerven sich anspannten, seine Wachsamkeit zurückkehrte und die tiefe Zärtlichkeit ganz aus ihm wich. Er hörte Cats geflüstertes »Gute Nacht« nicht, als er seine Hand auf den Türknopf legte.

Tara saß vor einer Frisierkommode und rieb eine Feuchtigkeitscreme in ihre zarte Gesichtshaut. Ihre Schultern waren entblößt, und ihre festen Brüste mit den aufgestellten Brustwarzen zeichneten sich deutlich unter dem Satin ab. Ihre weibliche Ausstrahlung war aufreizend, und es erboste ihn, wie deutlich ihr Gesicht ihre Gewißheit zeigte, daß er zu ihr zurückkehren würde.

Ihre Gelassenheit überzeugte ihn davon, daß sie nicht auf ihn gewartet hatte – bis er ihren Morgenmantel vom Bett nahm und feststellte, daß er noch ihre Körperwärme ausstrahlte. Sie wollte ihm den Eindruck vermitteln, daß sie nicht auf ihn gewartet hatte – wieder eines ihrer Spielchen.

»Es freut mich, daß du nach Hause gekommen bist, ehe ich ins Bett gegangen bin, Ty. Ich wollte dir noch sagen, daß mir einiges von dem, was ich heute abend gesagt habe, leid tut. Ich war aufgebracht und habe unbesonnene Dinge gesagt.«

Ty sah sie kaum an, während sie ihre sorgsam einstudierte Rede vortrug, die ihr so glatt über die Lippen ging. Er zog seine Stiefel aus und stellte sie vor dem Bett auf den Boden.

Tara, die sein Schweigen nicht mehr ertrug, lachte matt. »Ich habe mich entschuldigt. Kannst du nicht wenigstens etwas dazu sagen?«

»Was soll ich denn sagen?« Er stand auf und zog sich die Hemdschöße aus der Hose, um das Hemd aufzuknöpfen. »Mir tut vieles leid, aber dadurch ändert sich nichts.«

»Ich finde es entsetzlich, wenn wir miteinander streiten, Ty.« Sie trat näher und knöpfte sein Hemd mit dieser gekonnten, verlockenden Schüchternheit auf. »Küß mich, und laß uns wieder nett zueinander sein«, schmeichelte sie.

Die Hitze ihres Kusses brachte Erinnerungen zurück. Es war immer dasselbe; er brauchte nur in ihrer Nähe zu sein, und schon erinnerte er sich wieder an sein glühendes Begehren, dieses Traumwesen zu besitzen. Dieses Verlangen war gewissermaßen blind.

Und wenn man einen Menschen so lange Zeit geliebt hatte, hörte es nicht einfach auf. Anscheinend aus eigenem Antrieb legten sich seine Hände auf ihre zarten weißen Schultern und streichelten sie unwissentlich. Als er sie küßte, spürte Ty eine anfängliche Reaktion; dann entzog sie sich ihm und wandte sich ab.

Er zögerte, folgte ihr dann aber doch nicht. Vielleicht hatte sie Jessy auf seinen Lippen geschmeckt. Frauen hatten, wie er mit der Zeit gelernt hatte, ein Gespür für solche Dinge. Er seufzte tief und fuhr sich mit einer Hand durch das Haar.

Innerlich kochte Tara vor Wut. Sie verstand zwar dieses instinktive Gefühl nicht, er sei aus den Armen einer anderen Frau zu ihr gekommen, aber sie wußte es. Sie hatte es daran gemerkt, wie er sie geküßt hatte – so, als zöge er einen Vergleich. Ihr fiel nur eine Frau ein – Jessy Niles.

»Ty ...« Sie unterdrückte ihren Zorn und beherrschte ihre Stimme.

»Was ist?«

»Ich ...« Sie wirbelte herum und stellte fest, daß sein Blick an ihr herunterglitt. Es war beruhigend, daß ihr Anblick ihn immer noch mitriß. »Ich liebe dich. Diese Schwierigkeiten mit deinem Vater ... Ich weiß, daß wir es irgendwie schaffen.«

»Ich werde mich nicht gegen ihn stellen«, sagte er mit tonloser Stimme.

»Nein.« Sie konnte erkennen, daß er sich unter keinen Umständen dazu bringen lassen würde. Es war auch besser so. Sie hatte inzwischen genügend Zeit gehabt, noch einmal darüber nachzudenken. Eine Entfremdung zwischen Vater und Sohn konnte späteres Unheil nach sich ziehen. Chase Calder war stur genug, sein Reich nicht seinem Sohn, sondern statt dessen seiner Tochter zu hinterlassen. »Ich kann dich nicht dazu auffordern, ebensowenig, wie du mich auffordern könntest, mich meinem Vater zu widersetzen. Das ist mir klar. Aber du brauchst dich nicht in die Streitigkeiten hineinziehen zu lassen – jedenfalls nicht vor der Öffentlichkeit.«

»Nein, wohl kaum.« Das war eine Form von Kompromiß. Er fühlte sich plötzlich sehr alt und sehr matt und sehr besorgt.

21

In den zwei Wochen nach Dysons Abreise verschlechterte sich das Wetter. Sie bekamen der Reihe nach alles ab, von strömendem Regen über Graupelschauer zu Eisglätte und Schnee, den winterliche Winde mit Temperaturen weit unter minus zwanzig Grad über die karge Landschaft trieben. Nach jedem Unwetter hatten sie kurz Gelegenheit zu verschnaufen, und schon brach das nächste herein. An ein Abwarten und Unterschlupfsuchen, bis besseres Wetter kam, war nicht zu denken. Es war die Zeit, in der die Kälber geboren wurden, und sie waren rund um die Uhr beschäftigt. Die brutalen Witterungsverhältnisse setzten Mensch und Tier zu.

Nach einer zweiwöchigen Arbeit von achtzehn Stunden täglich fühlte Ty sich ausgezehrt und matt bis in die Knochen – und entnervt. Er starrte voller Neid, der ihm nicht bewußt war, die geschlossenen Augen des Fohlens an, das in Decken gewickelt auf einer dicken Schicht Stroh lag. Jeder Atemzug des Fohlens war ein krächzender, angestrengter Laut. Es war vor einer Woche plötzlich und verfrüht auf die Welt gekommen, als seine Mutter auf dem Eis ausgeglitten und gestürzt war und sich beide Vorderbeine gebrochen hatte. Das Fohlen konnte gerettet werden, ehe man sie eingeschläfert hatte.

Da das Fohlen nur zwei Wochen zu früh gekommen war und reichlich Milch zur Verfügung stand, bestand eine gute Überlebenschance. Doch dann hatte sich eine Lungenentzündung eingestellt, und der Zustand des Tieres verschlechterte sich zusehends.

Während Ty vor sich hin sinnierend das Fohlen ansah, setzten die Geräusche aus, und es dauerte eine volle Minute, bis er trotz dieser Müdigkeit die Stille zur Kenntnis nahm und merkte, daß das Fohlen gestorben war. Er ließ sein Kinn auf die Brust sinken und fluchte stumm und erbittert. Da sie das Fohlen und die Stute verloren hatten, war dem Zuchtprojekt für dieses Jahr der erste Erfolg versagt.

Hinter ihm raschelte Stroh, und Ty hob den Kopf und drehte sich um.

»Wie geht es dem Fohlen?« Sein Vater kam auf ihn zu.

»Wir haben es verloren.« Jeder weitere Kommentar erübrigte sich. »Wolltest du etwas Bestimmtes von mir?« Sein Vater ging kaum noch aus dem Haus und leitete die Ranch von seinem Schreibtisch aus oder ließ Ty die Anweisungen zukommen, während er sich ansonsten mit dem Problem der Rechtsansprüche auf die zehntausend Morgen Land befaßte.

»Ich fliege heute nachmittag nach Helena. Nachdem das Treffen mit den Regierungsvertretern aus Washington wegen des schlechten Wetters schon so oft verschoben worden ist, ist es endlich auf morgen früh festgesetzt worden«, sagte er und fügte dann hinzu: »Deine Mutter begleitet mich. Wir werden wahrscheinlich gegen Ende der Woche zurückkommen, wenn es das Wetter zuläßt.«

»Okay.« Das hieß, daß Tara allein im Haus war. Irgendwie würde er es einrichten müssen, mehr Zeit mit ihr zu verbringen oder zumindest seine Mahlzeiten gemeinsam mit ihr im Haus einzunehmen. Es führte zu nichts, wenn er sie ermunterte, doch die anderen Frauen auf der Ranch zu besuchen, die ebenfalls an das Haus gekettet waren. Das tat sie nur, wenn sie wirklich verzweifelt war, und im allgemeinen war sie hinterher unzufriedener als vorher.

»Was hast du jetzt vor?«

Ty blieb stehen und rang sich mühsam die Antwort ab. »Ich schaue, was sich in Juliana tut und fahre dann weiter zum Grenzposten im Norden.«

»Um Jessy Niles zu besuchen?«

Ty zuckte zusammen. Er sah seinen Vater fest an und schaute erbittert und direkt in seine Augen. »Arch hat Probleme mit dem Generator. Ich habe Leute hingeschickt, die ihn reparieren sollen.«

»Und auf dem Heimweg lädst du dich bei Jessy zum Kaffee ein. So handhabst du es doch gewöhnlich?« Wieder dieser Tonfall, der ruhig klang und doch Bände sprach.

»Da Jessy die Tagesschicht übernommen hat und in den Kuhställen arbeitet, wenn ich mich auf den Rückweg mache, ist es unwahrscheinlich, daß ich bei ihr vorbeischaue.« Ty äußerte sich indirekt und bestätigte die Unterstellung nicht, aber er stritt sie auch nicht ab.

»Du bist sehr genau über ihren Tagesablauf informiert, findest du nicht auch?« provozierte ihn sein Vater und behielt Ty im Auge, weil er seine Reaktion sehen wollte. »Ich habe mich bisher nie in deine Privatangelegenheiten eingemischt.«

Ty brauste auf. »Dann halte dich jetzt auch raus!« brach es aus ihm heraus, und er konnte seinen Zorn kaum beherrschen.

»Dieses Gerede über dich und Jessy ist schon viel zu weit gegangen, wenn es auch mir zu Ohren kommt«, sagte sein Vater.

»Wo viel Rauch ist, da ist auch ein Feuer. Du hast dir die Suppe selbst eingebrockt, Ty. Du bist ein verheirateter Mann. Du hast deiner Frau Gelübde abgelegt, und du wirst dich daran halten. Mich interessiert nicht, wieviel an dem Gerede ist. Aber du wirst dich von Jessy Niles fernhalten. Ich dulde keinen Ehebruch.«

»Mein Gott, und das muß ich mir ausgerechnet von dir sagen lassen!« Vor Wut über diesen tugendhaft klingenden, selbstgerechten Befehl verlor Ty seine Beherrschung. »Was ich mache, geht dich nichts an, sondern tu, was ich sage – läuft es darauf hinaus?«

»Das mußt du mir näher erklären«, warnte ihn sein Vater.

»Das kann ich dir durchaus näher erklären. In zwei Worten – Sally Brogan. Oder erinnerst du dich nicht mehr an die vielen Male, die du bei ihr warst und deine Frau betrogen hast?«

Sein Vater holte aus und schlug ihm ins Gesicht. Ty taumelte einige Schritte zurück und prallte gegen die Pfosten einer Box. Er stieß sich ab und stürzte sich so heftig auf seinen Vater, daß beide zu Boden fielen und miteinander rangen und um sich schlugen wie zwei Riesen in einem Kampf auf Leben oder Tod, einer in der Blüte seiner Jugend, der andere erfahren im Kampf.

Rufe ertönten, und Schritte näherten sich eilig. Vier Hände zerrten an Ty und wollten die beiden Männer gemeinsam auseinander bringen.

Langsam kehrte seine Vernunft wieder zurück und zog bittere Reue nach sich. Beide Männer atmeten schwer und sahen einander fest in die Augen.

»Laßt uns allein«, befahl Chase den Cowboys.

Sie zögerten, ehe sie den Rückzug antraten, und erst, als sie außer Hörweite waren, wurde das lastende Schweigen durchbrochen.

»Sally Brogan ist eine Freundin. Wage es nicht, auch nur noch einmal anzudeuten, ich sei deiner Mutter untreu gewesen. Sallys Freundschaft war da, als ich sie brauchte. Und es ist nie über eine Freundschaft hinausgegangen.«

»Ich dachte …« Es spielte keine Rolle, was er dachte, und daher beendete Ty den Satz nicht. »Ich schätze, ich habe mich geirrt«, räumte er verdrossen ein.

»Ja, zum Teufel, das kannst du laut sagen.« Die Stimme blieb hart, doch das Gesicht seines Vaters hellte sich ein wenig auf. »Du hältst dich nicht gerade schlecht in einer Rauferei.«

Dieses zaghafte Kompliment schien die Spannung zwischen ihnen aufzulösen. Ty lächelte fast, als er sagte: »Für einen alten Mann warst du auch nicht gerade übel.«

Einen Moment lang herrschte Schweigen. »Das mit Jessy …«

»Frag mich nicht danach.« Ty schüttelte den Kopf. Im Moment bot sie ihm eine Art Rettungsanker, denn sie strahlte jene Ruhe und Beständigkeit aus, die er brauchte.

»Du bist ihr gegenüber unfair«, sagte sein Vater. »Du kannst dir neben deiner Ehe nur eine Mätresse leisten, und diese Mätresse ist das Land. Sie verschafft dir alle Befriedigung und alle Qualen, die du dir nur denken kannst.«

Gemeinsam verließen sie den Pferdestall mit weit ausholenden Schritten. Die Cowboys sahen ihnen nach und nickten einander befriedigt zu. Es stand nichts zu befürchten, da sich der Krach wieder gelegt hatte und Eintracht zwischen dem Kopf und dem Herzen der Triple C herrschte.

Vor dem Stall trennten sich ihre Wege. »Sag Tara, daß ich rechtzeitig zum Abendessen nach Hause komme«, sagte Ty. »Und gute Reise!«

Das Dröhnen der Flugzeugmotoren drang durch die Wände und Fenster des wiederaufgebauten Hauses. Culley, der gerade eine Scheibe Roastbeef auf seinen Teller legen wollte, hörte es und hielt inne. Er ging durch die Hintertür ins Freie.

Er suchte den eisengrauen Himmel nach dem Flugzeug ab. Endlich entdeckte er es, und auf diese Entfernung war es kaum noch zu erkennen. Er war trotzdem sicher, daß es sich um Calders Flugzeug handelte. Sowie er sich dessen vergewissert hatte, wandte er sich scheinbar desinteressiert ab und ging wieder ins Haus.

Erst, als er seinen Teller auf die frischgewaschene Tischdecke gestellt hatte, kam er auf einen Gedanken, der an ihm nagte. Er nahm schweigend seine Mahlzeit ein, spülte das Geschirr und stürzte dann aus dem Haus, lief zum Korral und sattelte eines seiner Pferde.

Die Reparaturen des Generators waren nahezu abgeschlossen. Ty überließ die beiden Mechaniker wieder ihrer Arbeit und machte sich auf den Weg zum Kuhstall, um Arch Goodman über den Stand der Dinge zu unterrichten. Zumindest war das sein Vorwand dafür, in den Stall zu gehen.

Jessy lehnte vollkommen erschöpft an einer Wand. Ty mußte sich zwingen, sich einen Kaffee einzuschenken, statt direkt auf sie zuzugehen.

»Du solltest dich setzen«, bemerkte er.

»Nein.« Ein Lächeln war aus ihrer Stimme herauszuhören. »Ich brächte es nie mehr fertig, wieder aufzustehen.«

Ty hatte sie seit seinem letzten Besuch bei ihr nur zweimal bei der Arbeit gesehen, da ihnen die Wetterverhältnisse und die Anforderungen, die die Arbeit um diese Jahreszeit an sie stellte, jedes Treffen unmöglich gemacht hatten. Eine Last schien von seiner Seele zu fallen. In ihrer Nähe empfand er ein inneres Behagen, das ihn wärmte, etwas, worauf er sich stützen konnte und was ihm doch auf seine Weise zu Kopf steigen konnte. Es war so ganz anders als alles, was er je gegenüber Tara empfunden hatte.

Ty merkte nicht, wie sehr er sie angestarrt hatte, bis sie die Augen niederschlug. »Ich schätze, ich bin ein schmutziger, übelriechender Anblick, stimmt's?«

»Jetzt weiß ich, daß du eine Frau bist«, sagte Ty und stellte sich dichter zu ihr. Seine Augen funkelten belustigt. »Du bist todmüde und völlig fertig und sorgst dich trotzdem um dein Aussehen.«

»Wahrscheinlich sollte ich mir nichts daraus machen. Du hast mich schon in schlechteren Momenten gesehen.« Sie sah ihn mit diesem aufmerksamen, erwartungsvollen Blick an, der ihn immer wieder anzog wie eine gewaltige Strömung.

»Ich finde, du siehst gut aus«, sagte er schlicht und stellte fest, daß es die Wahrheit war.

Unter dem schmutzigen Hut hatte sie sich einen Schal um den Kopf und um den Hals gebunden, und nichts lenkte seinen Blick von den klaren, ausgeprägten Linien ihres Gesichtes ab.

»Wie kommt es, daß ich jedesmal, wenn ich deinen Mund sehe,

automatisch auf deine Brüste schaue?« fragte Ty versonnen. Seine Stimme gewann einen Tonfall vertraulicher Intimität.

»Ich habe dich noch nie dabei ertappt.« Sie musterte ihn erstaunt.

»Das tun alle Männer. Sie versuchen nur, sich nicht dabei ertappen zu lassen«, murmelte Ty. »Du hast so einen kleinen Busen – so klein und doch so empfänglich für Zärtlichkeiten.«

Als er sich mit einer Hand, die in einem Lederhandschuh steckte, an die Wand lehnte, ging ihr Atem schneller. Er beugte sich dichter zu ihr, und sein Blick glitt immer wieder auf ihren Mund. Sie blieb regungslos stehen und ließ sich in seinen Bann ziehen.

Ein Ruf ertönte, und die Stimme kam aus nächster Nähe. Schritte kamen näher, und in dem Moment wurde Ty bewußt, wo er war, und er trat einen Schritt zurück und trank aus seiner Kaffeetasse.

Eine drückende Last legte sich auf sie, als ein grimmiges Wissen in ihre Augen trat. »Jetzt fängt das also an«, sagte sie und wartete keine Frage ab. Sie hatte seinen gehetzten Blick bemerkt. »Daß wir uns fragen, ob wir zusammen gesehen worden sind. Wer uns beobachten könnte. Wenn du zu mir kommst, wirst du wahrscheinlich einem Drang nachgeben, deinen Wagen hinter dem Haus zu parken, damit ihn niemand sehen kann. Und ich werde anfangen, die Fensterläden zu schließen. Trotzdem werden wir bei jedem Laut zusammenzucken.«

Seine schmalen, zusammengepreßten Lippen bestätigten das Gesagte. »Bereust du es, Jessy?«

Sie dachte einen Moment lang darüber nach, ehe sie langsam den Kopf schüttelte. »Nein. Vielleicht ist es nicht richtig. Aber selbst dieses Wenige ist mehr, als ich vorher je gehabt habe. Ich beklage mich nicht, Ty.«

Aber ihn überkamen Gewissensbisse und Zweifel. Sie konnte es ihm ansehen.

Keiner der Männer hatte eine Pause gemacht, um eine Tasse Kaffee zu trinken oder eine Zigarette zu rauchen, seit Ty sich zu ihr gesellt hatte. »Sie wissen es alle«, sagte sie. »Vor ihnen kannst du nichts geheimhalten, was auf dieser Ranch geschieht, Ty, jedenfalls nicht lange.«

»Hat dich jemand darauf angesprochen?«

»Nein, und das wird auch niemand tun. Du müßtest wissen, daß man das hier nicht tut. Nein, sie halten Distanz und lassen mich selbst mit meinen Problemen zurechtkommen. Sie bilden sich keine vorschnelle Meinung. Sie warten ab und sehen zu.«

»Siehst du mich deshalb so an? Weil du auf etwas wartest?«

»Ich weiß, daß du eine Entscheidung treffen wirst, oder du bist nicht der Mann, für den ich dich halte.« Sie konnte sich sogar denken, wie seine Entscheidung aussehen würde. Tara hatte große Macht über ihn; und ein Calder lebte mit seinen Fehlentscheidungen und drückte sich nicht leichtfertig vor den Folgen. Wenn man diese beiden Tatsachen in Betracht zog, stand das Ergebnis eigentlich von vornherein fest.

Es gab Menschen auf der Ranch, die Tys Fähigkeiten in Frage stellten. Er war anders aufgewachsen und anders erzogen worden. Manche behaupteten, er nähme Veränderungen zu bereitwillig hin. Schon allein, daß er seine Frau auf Reisen gehen ließ, war ein Beispiel für eine moderne Ehe, das von vielen verwundert zur Kenntnis genommen wurde.

Viele Menschen übersahen jedoch die beiden Eigenschaften, die Jessy in ihm sah – seine aggressive Entschlossenheit und seinen Willen zum Erfolg. Das war ihm ein Ansporn, ein größerer Ansporn, als den meisten Menschen klar war. Jessy hatte diese Eigenschaften unter seiner Maske der Geduld wahrgenommen. Es blieb noch abzuwarten, ob diese beiden ausgeprägten Charakterzüge seiner Rücksicht anderen gegenüber weichen würden.

»Ich muß mich jetzt wieder an die Arbeit machen.«

»Jessy.« Seine Stimme klang eindringlich und besorgt, als er näher zu ihr trat.

»Ja.« Sie blieb stehen.

Mit großer Intensität sah er sie forschend an. Schließlich schüttelte er den Kopf. »Schon gut«, sagte Ty und ließ sie gehen. Er hätte sie gern bei sich gehabt, aber sein Vater hatte recht: es war nicht korrekt.

Als Jessy um die Ecke bog, näherte sich Arch Goodman wie auf ein Stichwort hin. Er verlor kein Wort über Tys Zusammentreffen mit Jessy. Die Last ihrer Worte bedrückte ihn. Abwarten und zusehen. Aber der Teufel sollte ihn holen, wenn er wüßte, was sich aus all dem entwickelte.

Das Radio stand auf dem Kühlschrank in der Küche und spielte laut gegen die Stille des Hauses an. Tara summte die Melodie, während sie die Ränder der Pastete auf der Servierplatte glattstrich. Es kam selten vor, daß sie Gelegenheit hatte, die Zusammenstellung eines Abendessens ganz allein zu planen. Es stellte wahrhaftig keine Herausforderung dar, für zwei Personen zu kochen, doch sie tröstete sich mit dem stummen Versprechen, daß Zeiten kommen würden, zu denen sie bedeutende Gäste an ihrem Tisch bewirtete, Menschen, deren Status und Einfluß Tys Karriere weit über die Ranch hinaus fördern konnten.

Als sie sich umdrehte, um die Pastete in den Kühlschrank zu stellen, stellte sie verblüfft fest, daß ein Mann in der Küche stand. Tara hatte plötzlich den Eindruck, daß er schon länger dort stand und sie beobachtete. Eine seltsame Furcht ergriff sie, obwohl sie den hageren, schwarzäugigen Mann mit dem metallgrauen Haar erkannte. Das Haus stand auf einer Anhöhe und zu weit von allen anderen Gebäuden entfernt, als daß irgend jemand ihre Schreie hätte hören können, und erst recht nicht, wenn das Radio so laut lief. Tara streckte eilig eine Hand aus und drehte die Lautstärke herunter.

»Wie lange bist du schon hier? Was willst du hier?« fragte sie und verbarg ihre Besorgnis hinter einem scharfen Tonfall. O'Rourke war ihr immer als ein schweigsamer und merkwürdiger Mann vorgekommen. Sie hatte ihn nie als bedrohlich empfunden, aber sie war auch noch nie mit ihm allein gewesen. Er war so unvermittelt aufgetaucht, so leise ins Haus geschlichen, daß es ihr Schauer über den Rücken jagte.

»Wo ist Maggie?«

Erleichterung durchflutete sie, als ihr klar wurde, daß er seine Schwester besuchen wollte. »Sie ist mit Chase nach Helena geflogen. Ich rechne nicht damit, daß sie vor Freitag wiederkommen.«

Er kam einen Schritt näher auf sie zu, und sein schwarzer Blick durchbohrte sie. In seinem Ausdruck lag jetzt wirklich etwas Bedrohliches. »Du sagst, sie sind geflogen?«

»Ja.« Tara wich zurück und bemühte sich, ihre Bestürzung nicht zu zeigen.

Er wandte den Kopf zum Himmel, als könne er durch die Decke und das Dach des Hauses hindurchsehen. Er wirkte angespannt, wie ein lauerndes Tier.

»Es ist besser, wenn du jetzt gehst«, schlug Tara vor. Kein Mann schien sich jemals ihrer bestimmenden Art entziehen zu können. Aber bei O'Rourke funktionierte das nicht. Auf ihn machte sie nicht den geringsten Eindruck, und das war reichlich beunruhigend.

»Wo ist Cat? Ist sie in der Schule?«

»Ja. Ty kommt aber bald nach Hause«, sagte sie eilig und klammerte sich an seinen Namen wie an eine sichere Deckung gegen Gefahr. Sie wußte immer noch nicht, wovor sie sich fürchtete. »Warum wartest du nicht im Wohnzimmer auf ihn?«

»Nein.« Der Blick, mit dem er sie ansah, ließ ihr Blut gerinnen. Er schien sie für etwas zu verurteilen.

Sie konnte diesem Blick nicht standhalten und wandte sich eilig ab. Ihr Atem ging flach. »Es tut mir leid, daß ich keine Zeit für dich habe«, sagte sie mit gekünstelter Beiläufigkeit, »aber ich bin gerade dabei, das Abendessen zuzubereiten, und ...« Plötzlich spürte sie einen Luftzug. Tara drehte sich gerade noch rechtzeitig um und sah O'Rourke durch die Hintertür ins Freie schleichen. »Wag es nicht, dieses Haus noch einmal zu betreten, ohne anzuklopfen!« schrie sie ihm nach. Die Tür fiel ins Schloß, und Tara stürzte in die Eingangshalle, um den Schlüssel im Schloß umzudrehen. Sie kümmerte sich nicht darum, daß ihre Worte und ihr Vorgehen gegen die Sitten der Triple C verstießen.

Die abgeschlossenen Türen bedurften einer Erklärung, da Ty anklopfen mußte, um sein eigenes Haus zu betreten. Tara war es gelungen, einen großen Teil ihrer Angst in Wut umzusetzen, als sie ihm von dem Vorfall mit O'Rourke berichtete.

»Ich kann ihn nicht ausstehen«, betonte sie heftig. »Und ich lasse nicht zu, daß er nach Belieben ein und aus geht, wenn ich hier allein bin.«

»Ich werde mit ihm reden«, versprach Ty, um sie zu beschwichtigen. »Aber er wollte niemandem etwas Böses tun. Er ist nur gekommen, um seine Schwester zu besuchen.«

»Das ist mir egal. Ich will ihn nicht in meiner Nähe haben.« Sie rieb sich die Gänsehaut von den Armen, die sich bei der Erinnerung an das schauerliche Gefühl bildete, das er ihr verursacht hatte.

Sie wirkte verletzbar, und sie schien seinen Schutz zu brauchen. Ty stellte sich hinter sie und legte seine Arme um sie. Sie drehte sich in seinen Armen um und legte ihren Kopf in den Nacken. Wieder spürte er diese betäubende Reaktion auf soviel makellose Schönheit und auf die Anziehungskraft ihres lockenden Blickes. Ihre blaßroten Lippen lockten ihn …

Am nächsten Morgen stieg Ty die Treppe hinauf und balancierte ein kleines Tablett mit einem Glas Saft und einer Tasse Kaffee. Tara schlief noch, als er das Schlafzimmer betrat. Er stellte das Tablett auf dem Nachttisch ab und setzte sich dann auf die Bettkante, um sie wachzuküssen. Sie schlang ihre Arme um seinen Hals und streckte sich wie ein schläfriges Kätzchen, und dabei schnurrte sie.

»Es kann unmöglich schon Tag sein.« Sie küßte seine Unterlippe. »Komm wieder ins Bett.«

»Das geht leider nicht«, sagte er bedauernd. »Du hast mich gebeten, dich heute zu wecken, ehe ich aus dem Haus gehe.« Einen Moment lang wußte sie nicht, warum sie das getan hatte. Dann fiel ihr O'Rourke wieder ein. Sie hatte nicht allein im Haus sein und erst recht nicht schlafen wollen, falls er sich entschied, ihr wieder einen seiner unangekündigten Besuche abzustatten. »Ich habe dir einen Kaffee und einen Saft gebracht.« Ty stand auf, und sie versuchte nicht, ihn zurückzuhalten.

»Das ist nett von dir.« Sie setzte sich im Bett auf und stopfte Kissen hinter ihren Rücken.

»Ist sonst alles in Ordnung?«

»Ja. Ich …« Tara zögerte. Der Gedanke, den ganzen Tag allein im Haus zu sein, erschien ihr plötzlich unerträglich. Ihre Möglichkeiten waren begrenzt. »Ich glaube, ich nehme heute den Wagen und fahre irgendwo hin – vielleicht nach Miles City. Soweit ich gehört habe, gibt es dort eine kleine Galerie, die die Arbeiten von hiesigen Künstlern ausstellt. Ich bin aber wieder da, ehe es dunkel wird.«

»Wenn das so ist, komme ich wahrscheinlich nicht zum Mittagessen«, sagte Ty. »Wir haben ein paar kranke Kälber im Süden, und die Infektion breitet sich schneller aus, als Stumpy die kranken von den gesunden isolieren kann. Ich werde höchstwahrscheinlich den ganzen Tag über dort sein.« Ty ging zur Tür, um das Haus zu verlassen, denn er hatte ohnehin schon zuviel Zeit vertrödelt. »Und schließ die Türen nicht ab«, schalt er sie.

Der Tierarzt teilte Ty besorgt und erschöpft mit, die Infektion an sich sei nichts Ernstes, doch sie schwäche die Kälber und mache sie daher anfälliger für eine Lungenentzündung. Das hieß, daß sie an zwei Fronten kämpfen mußten. Dann lächelte er. »Niles' Frau hat mir geraten, mir schnell ein Wundermittel einfallen zu lassen, um die Kälber zu heilen, weil sie in ihrer Küche keinen Platz mehr für weitere kranke Kälber hat.«

Ty lachte. Diese Drohung konnte ihn ebenso wenig beeindrucken wie den Tierarzt. »Sie ist wie Jessy. Sie würde die ganze verdammte Herde in ihrem Haus aufnehmen, wenn die Tiere davon wieder gesund würden.«

»Die Frauen von Ranchern sind fast so verrückt wie die Rancher selbst«, stimmte der Tierarzt ihm zu, doch er hatte sich bei der Nennung von Jessys Namen abgewandt. »Ich frage mich, was der hier zu suchen hat.«

Ty drehte sich um und sah den Wagen des Sheriffs vor dem Stall anhalten. »Ist das ein Anstandsbesuch, Blackmore, oder führt Sie etwas Geschäftliches zu uns heraus?« fragte Ty den Sheriff zur Begrüßung.

»Ich fürchte, ich bin von Amts wegen hier«, sagte der Mann. Er machte einen ungewöhnlich ernsten Eindruck, als er sich zwischen den Gebäuden umsah.

»Falls Sie meinen Vater suchen – er ist nicht hier. Er ist für ein paar Tage nach Helena geflogen«, teilte Ty ihm mit.

Es entstand ein langes, nachdenkliches Schweigen. »Sein Flugzeug hat Helena nicht erreicht«, sagte der Sheriff dann mit einer barschen und doch gedämpften Stimme. »Es ist siebzig Meilen vor Helena abgestürzt – mitten in der Wildnis. Ein Schafhirte hat die Bruchlandung beobachtet und Hilfe geholt. Heute morgen ist ein Rettungstrupp an der Unfallstelle eingetroffen.«

»Wie können Sie sicher sein, daß es sein Flugzeug war?« Ty mußte die Frage stellen, weil er es einfach nicht glauben konnte. Plötzlich dämmerte ihm etwas. »Sie haben nichts von Überlebenden gesagt.«

»Ihr Vater ist in ein Krankenhaus in Helena gebracht worden. Mir ist lediglich übermittelt worden, daß er schlimme Verletzungen davongetragen hat.«

»Und was ist mit meiner Mutter?« fragte Ty.

»Sie war sofort tot.« Der Sheriff senkte den Kopf, weil er Ty nicht in die Augen sehen konnte. »Es tut mir leid.«

Der Tierarzt, der neben ihm stand, murmelte benommen: »Gütiger Himmel.«

Ty sperrte sich gegen den Schock und gegen das Verlangen, alles zu leugnen, was er gehört hatte. Er konnte sich dem bohrenden Schmerz nicht hingeben – noch nicht.

»Meine Schwester – sie wird es erfahren müssen.« Sein Verstand schien sich von seinen Gefühlen loszulösen. »Ich werde auf dem Weg nach Helena an ihrer Schule vorbeifahren. Sie wird mich bestimmt begleiten wollen. Meine Frau ist heute nach Miles City gefahren, um Einkäufe zu erledigen, glaube ich. Würden Sie sie benachrichtigen lassen und ihr sagen, daß sie sofort zu Hause anrufen soll, Sheriff?«

»Ja, natürlich.« Der Sheriff nickte.

»Bill.« Ty sah den Tierarzt an, und seine Stimme wurde rauh. »Sagen Sie Stumpy, daß er für alles zuständig ist, solange ich fort bin.«

»Wird gemacht, Ty.« Die Antwort kam schnell heraus, respektvoll und gedämpft.

Er spürte, daß seine Knie weich wurden, als er die beiden Männer ohne ein weiteres Wort stehen ließ und zu seinem Wagen ging. Die Rückfahrt zum Haus war weit, und die Fahrt nach Helena mit einem Umweg über die Schule würde noch weiter werden. Bis dahin mußte er seine Gefühle unter Kontrolle halten.

IV

Die Sorgen wählen sich so ihre Zeit,
Daß dir die Trauer um die Toten nicht möglich ist.
Wenn du Antworten suchst, wende dich an das Land,
Weil du zum Calder geboren und geworden bist.

22

Während des Telefonats starrte Ty den leeren Ledersessel hinter dem Schreibtisch an. Trotz allem, was ihm die Stimme am Telefon erzählte, fiel es ihm schwer, zu glauben, daß sein Vater in irgendeinem Operationssaal lag und um sein Leben kämpfte. Das Arbeitszimmer strahlte die Gegenwart seines Vaters aus.

Die Stimme schloß ihren Bericht ab. Ty bedankte sich und legte auf. Augenblicklich brach die Stille des Hauses wieder über ihn herein, die drückend auf ihm lastete. Er griff nach einer Zigarette, doch sein Mantel war noch zugeknöpft, und er hatte immer noch Handschuhe an den Händen.

Er sah seine Hände zittern, als er sich endlich eine Zigarette anzündete und den Rauch tief einatmete. Er lehnte sich matt an den Schreibtisch und ertappte sich dabei, wie er lauschte, ob nicht doch irgendwelche Geräusche zu vernehmen waren, die ihm sagten, daß Leben im Haus herrschte – nicht nur die hohlen Echos früherer Gemeinsamkeiten. Die Stille schien ihm lauter als die Stimme des Sheriffs das Wissen aufzuzwingen, daß er nie mehr das Lachen seiner Mutter hören würde. Die Haustür ging auf, und Ty versuchte, die so schwer auf ihm lastende Niedergeschlagenheit abzuschütteln. Er wandte sich den Schritten zu, die eilig näherkamen.

»Ty?« Jessy blieb in der Tür stehen. Einen Moment lang stand sie nur einfach da und sah ihn an. Er wirkte zurückgezogen und unnahbar und von unsichtbaren Schranken umgeben, die sie nicht durchbrechen konnte. Dann sah sie die immense Verzweiflung in seinen Augen und kam langsam durch das Zimmer auf ihn zu. »Hast du etwas Neues von deinem Vater gehört?«

»Ich habe eben im Krankenhaus angerufen. Er wird gerade operiert. Es war die Rede von etlichen komplizierten Brüchen, einer eventuellen Rückgratverletzung, von einer stark beeinträchtigten Lungentätigkeit und einer Gehirnerschütterung.« Seine Stimme klang absolut emotionslos, doch Jessy ließ sich nicht täuschen.

»Du willst sicher noch duschen und dich umziehen, ehe du losfährst«, sagte sie. »So kannst du nicht in die Schule gehen. Deine Schwester würde nur noch mehr erschrecken.«

»Es wird ohnehin nicht leicht, es ihr zu sagen.«

»Nein, bestimmt nicht«, stimmte ihm Jessy zu. »Vielleicht ist deine Frau wieder da, wenn du aufbrichst, dann könnte sie dich begleiten. Es könnte sein, daß eine Frau besser mit Cats Tränen umgehen kann.«

»Woher weißt du es? Wie konntest du so schnell hier sein?« Seine Augen schienen auszudrücken, daß er erst jetzt merkte, wie erstaunlich es war, sie hier zu sehen.

»Von dem Moment an, als du von South Branch aufgebrochen bist, waren alle Telefonleitungen auf der Ranch besetzt. Ich habe mich auf den Weg gemacht, sowie ich es gehört habe.« Sie sah keinen Grund, ihm zu sagen, daß sie aus dem Kuhstall gestürzt war und sich nur schnell etwas Sauberes übergezogen hatte, um sofort zu ihm zu kommen, nachdem sie erfahren hatte, daß niemand bei ihm war. Vielleicht war es nicht ihre Sache, jetzt hier zu sein, und vielleicht gehörte es sich auch nicht, aber das war ihr vollkommen gleichgültig.

Seine Hand legte sich auf ihr Gesicht, als wolle er sich vergewissern, daß sie leibhaftig vor ihm stand. Im nächsten Moment riß er sie in seine Arme und preßte sie an sich. Sie konnte die entsetzliche Spannung in ihm spüren und preßte sich noch dichter an ihn, um ihm etwas davon abzunehmen. Sein Gesicht grub sich in ihr Haar.

»Ich kann es einfach nicht glauben, Jessy.« Sein Mund bewegte sich in ihrem Haar, und die Worte kamen mit einer heiseren, gequälten Stimme heraus. »Ich kann einfach nicht glauben, daß sie tot ist.«

»Ich weiß«, flüsterte sie und hielt ihn fest. Sie weinte seine Tränen, die er nicht weinen konnte. Sie spürte, daß seine Schultern zuckten.

Ihr Duft war süß und kräftig und drang bis in sein Innerstes. Während um ihn herum alles Tod atmete, war hier das Leben. Er trank aus vollen Zügen, doch indem er sie küßte, gelang es ihm weder, seinen Durst zu stillen, noch die Quelle seiner Kraft zu erreichen, die sich ihm anbot. In dieser rohen Umarmung verbanden sich Schmerz, Not und die Kraft des Lebens.

Er schmeckte ihre Tränen und wich schweratmend zurück. Sie senkte schnell den Kopf und wischte sie fort, ehe er sich vergewissern konnte, denn er wollte wissen, ob er wirklich das Funkeln von Tränen in ihren Augen gesehen hatte, doch sie zog sich mit einem entschiedenen Kopfschütteln zurück.

»Du solltest dich jetzt fertigmachen.« Ihre Stimme war leise, aber fest.

Ty zögerte einen Moment, ehe er das Arbeitszimmer verließ. Das Telefon läutete, und Jessy nahm das Gespräch entgegen. Der Anruf war das erste einer ganzen Reihe von Telefonaten. Jessy gab alles weiter, was sie wußte. Nach dem letzten Gespräch begab sie sich in das geräumige Wohnzimmer, um nachzusehen, was Ty machte. Die Neuigkeiten breiteten sich so schnell aus, daß die Gefahr bestand, daß jemand in der Schule etwas hörte und seine Schwester darauf ansprach.

Die Haustür öffnete sich, und Jessy drehte sich abrupt um. Ein großer, schlanker Cowboy zog seinen Hut ab. »Repp, was tust du denn hier?« Sie ging durch die Halle auf ihn zu.

»Weiß Cat es schon?« Seine Besorgnis war offensichtlich.

»Nein. Ty fährt zur Schule und holt sie ab. Er wird es ihr sagen«, erklärte sie.

»Glaubst du, es ... Glaubst du, es ließe sich machen, daß ich mitkomme?«

»Ja. Ich habe das Gefühl, Cat wird dich brauchen.«

»Danke.« Er drehte seinen Hut zwischen den Händen und setzte ihn dann wieder auf. »Ich warte draußen.«

Als Repp Taylor die Haustür öffnete, kam Tara gerade über die Veranda. Sie warf ihm einen erstaunten Blick zu; dann fiel ihr Blick auf Jessy, und ihr Gesicht verfinsterte sich. Repp hielt ihr die Tür auf und wartete, bis sie eingetreten war, ehe er das Haus verließ.

Das Schweigen zwischen den beiden Frauen zog sich über einen längeren Zeitraum, und sie musterten einander. Zwischen ihnen hing eine Spannung, die kaum jemals nachlassen würde. Taras fantastisches Aussehen und ihre Haltung ließen Jessy vergleichsweise reserviert und schweigsam wirken, doch sie nahm die kleinste Veränderung im Ausdruck dieser Frau wahr.

»Was tun Sie hier?« fragte Tara in kaum verhohlener Feindseligkeit. »Ein Polizist hat mich angehalten und gesagt, ich solle aus dringenden familiären Gründen umkehren. Ist Ty etwas passiert?«

»Ja, aber nicht so, wie Sie es meinen«, erwiderte Jessy. »Das

Flugzeug ist abgestürzt. Maggie ist tot, und Chase ist mit lebensgefährlichen Verletzungen ins Krankenhaus gebracht worden.«

»Wie entsetzlich!« Einen Moment lang war sie so schockiert über diese Tragödie, daß sie alles andere vergaß.

»Ja, das ist es. Ty ist jetzt oben und zieht sich um, damit er sich sofort auf den Weg machen und Cat in der Schule abholen kann, um mit ihr nach Helena zu fahren.«

»Ich nehme an, Sie haben ihn getröstet.« Ihr Tonfall war schnippisch und verletzend.

Jessy ging nicht darauf ein. »Wenn Sie mich jetzt entschuldigen, Mrs. Calder. Da Sie jetzt hier sind, werde ich ja nicht mehr gebraucht.«

»Ich glaube nicht, daß Sie je gebraucht wurden«, sagte Tara spitz und reckte ihr Kinn in die Luft.

»O doch.«

Dieser Tonfall ließ Tara erstarren. »Sie scheinen sich dessen sehr sicher zu sein, oder nicht?«

Tara verlor ihre Haltung nicht, als sie ihre Gegenspielerin kühl musterte. »Aber ich hoffe, Sie glauben nicht, daß Sie die erste Frau sind, mit der Ty sich tröstet. Natürlich waren die anderen nicht so dumm zu glauben, es hätte etwas zu bedeuten.«

»Warum lassen Sie das zu?« fragte Jessy in einem Anflug von Zorn. »Warum gehen Sie weg und lassen ihn allein, bis er sich einsam fühlt? Sie gehen ein großes Risiko ein. Ist Ihnen denn nicht klar, daß ich nicht hier wäre, wenn Sie zu Hause gewesen wären? Sie sind seine große Leidenschaft, was ich nie bestreiten möchte. Vielleicht macht es Sie glücklich, das zu wissen. Aber ich bringe Ihnen nicht den geringsten Respekt entgegen. Sie können nichts dafür, daß Sie so sind, wie Sie sind, und so leben wollen, wie Sie es tun. Aber Sie tun Ty weh. Sie wollen ihn und alles andere auch. Das können Sie nun mal nicht haben.«

»Sie auch nicht«, gab sie zurück.

»Der Unterschied zwischen uns besteht darin, daß ich es weiß.« Jessy wurde wieder ganz ruhig. »Wenn Ty fragt, wo ich bin, dann sagen Sie ihm, ich sei zu Ruth Haskell gegangen. Chase war für sie wie ein Sohn, und dieses Unglück wird sie sehr treffen.«

Mit diesen Worten verließ Jessy das Haus.

Nach seiner Ankunft im Krankenhaus machte sich Ty direkt auf den Weg zur Intensivstation, und Tara, die einen Arm um Cathleen gelegt hatte, folgte ihm. Das Gesicht des Mädchens war erschreckend bleich, und ihre Augen waren rot und verquollen von den Tränen.

»Wie stehen die Chancen meines Vaters?« fragte Ty Dr. Haslind, dem die langen Stunden angespannter Arbeit anzusehen waren.

»Ihr Vater ist am Leben.« Das war die einzige Hoffnung, die er ihnen machen wollte, und er schien in Gegenwart der sichtlich bestürzten Cathleen nichts Näheres dazu sagen zu wollen. »Es werden noch weitere Operationen nötig sein, aber damit müssen wir warten, bis seine Verfassung zusätzliche chirurgische Eingriffe ermöglicht.«

»Sie haben am Telefon von eventuellen Verletzungen des Rückgrats gesprochen.« Die Vorstellung, sein Vater könne von nun an behindert sein, war etwas, was Ty nur mit Mühe akzeptieren konnte.

»Ja.« Der Arzt nickte zur Bestätigung. »Es gibt Anzeichen, die auf eine Lähmung hinweisen, aber im derzeitigen Stadium ist es unmöglich, das Ausmaß einzuschätzen oder zu beurteilen, ob es sich um Dauerschäden handelt. Es ist einfach noch zu früh für solche Prognosen.«

»Ich will ihn sehen«, bat Ty.

»Selbstverständlich.« Haslind nickte wieder, diesmal, um seine Genehmigung zu geben. »Ich muß Ihren Besuch jedoch auf zwei Minuten beschränken.«

Ty zögerte. »Weiß er von meiner Mutter?«

Nach einer unbehaglichen Pause antwortete der Arzt. »Nein. Ich hielt es nicht für ratsam, es ihm zu sagen, als er heute morgen eingeliefert wurde.«

Eine Krankenschwester kam aus dem Operationssaal, um Dr. Haslind mitzuteilen, daß Tys Vater erste Anzeichen zeigte, aus der Narkose zu erwachen. Im selben Moment hörten sie einen schrecklichen Lärm durch die Tür dringen. Chase hatte auf die Armaturen neben seinem Bett eingeschlagen und wollte sich von den Schläuchen befreien.

Ty näherte sich ihm benommen und bemühte sich, diesen Menschen mit dem unauslöschlichen Bild seines Vaters, das er in sich trug, in Übereinstimmung zu bringen. Der Mann, den er regelrecht zum Idol stilisiert hatte und dessen Respekt ihm wertvoller als der aller anderen Menschen war, dieser zähe und starke Mann, der jetzt doch so hilflos dalag.

»Ich muß wissen, was mit Maggie ist.« Nie hatte etwas aus seinem Munde so flehentlich geklungen. Niemand hörte ihm zu.

Ty trat vor. »Ich bin es, Vater. Ty.«

»Ty, sie wollen es mir nicht sagen. Deine Mutter – ist sie am Leben?«

Es dauerte einen Moment, ehe Ty es über sich brachte, eine Antwort durch seine zugeschnürte Kehle zu zwingen. Schließlich schlug er die Augen nieder und sagte mit belegter Stimme: »Ich glaube, du kennst die Antwort bereits, Dad.«

»Ja.« Das Wort kam so leise heraus, daß Ty es kaum hören konnte. Ein feuchter Schimmer zog sich über die braunen Augen seines Vaters, ehe er sie schloß, um seine Tränen zu verbergen.

Cat bestand darauf, im Krankenhaus zu warten, und als Tara sich einverstanden erklärte, bei ihr zu bleiben, willigte Ty ein und ließ die beiden zurück.

»Ich kann ihn nicht verstehen«, murmelte Cat. »Wie kann er fortgehen, wenn unser Vater sterben könnte?«

Er konnte seine Gefühle in einem Maß beherrschen, das Tara ganz persönlich als eine Bestätigung empfand, denn damit schien er Jessys Behauptung zu widerlegen, er hätte sie gebraucht.

»Ich glaube, dir ist nicht klar, wieviel Verantwortung jetzt auf seinen Schultern liegt.« Für Tara wurde ein Traum wahr, und eine Spur von Schuldbewußtsein beschlich sie, als sie merkte, daß diese Tragödie für sie einen erfreulichen Aspekt hatte. »Er muß alle möglichen Vorkehrungen treffen.«

»Du meinst wegen meiner Mutter?« fragte Cat. »Es ist ungerecht!« stieß sie dann heftig aus. »Warum mußte sie sterben! Nicht so – ohne jede Vorwarnung! Wie konnte sie uns das bloß antun!«

Gegen diese Worte bitterer Wut und Auflehnung gegen das Schicksal konnte keine Logik etwas bewirken. Daher wartete Tara, bis Cats Wut sich Luft gemacht hatte und die Tränen kamen. Dann zog sie Cathleen in ihre Arme und ließ sie weinen und schluchzen, bis sie vollkommen erschöpft war.

Ty kümmerte sich als erstes um die Überführung des Leichnams seiner Mutter. Dann vereinbarte er mit dem Anwalt, der sämtliche Angelegenheiten der Calders regelte, daß dieser ihm einen Termin mit Hines vom Innenministerium für den Vormittag des folgenden Tages ausmachen sollte. Anschließend rief Ty Dyson an, denn trotz aller geschäftlichen Konflikte war er Taras Vater und somit ein Familienmitglied, das über den Unfall unterrichtet werden mußte. Er rief Stumpy Niles an, um ihn auf dem laufenden zu halten und meldete sich schließlich bei den Haskells. Jessy kam ans Telefon, und so oft hatte er mittlerweile schon alles wiederholt, daß ihm schier die tragische Bedeutung des Gesagten entglitt.

»Wie geht es Ruth?« fragte er besorgt.

»Ich weiß es nicht«, gab Jessy seufzend zu. »Sie besteht darauf, daß Vern sie ins Krankenhaus bringt, damit sie sich um deinen Vater kümmern kann, und sie beharrt darauf, daß Webb genau das von ihr erwartet hätte. Sie spricht von deinem Großvater, als sei er noch am Leben. Dann verbreitet sie sich über alle Krankheiten, die Chase in seiner Kindheit durchgemacht hat, und daß sie ihn immer gepflegt habe.« Sie schwieg einen Moment lang. »Der Arzt hat ihr ein Beruhigungsmittel gegeben, und ich hoffe, daß sie sich bald beruhigt.«

Ty rieb sich die Stirn. Es gab so vieles, woran er jetzt denken mußte. Jemand mußte O'Rourke verständigen, und er war froh, als Jessy sich freiwillig erbot, das zu übernehmen. Schon der Klang ihrer Stimme wirkte seltsam beruhigend auf Ty. In diesem ganzen Aufruhr in ihm und um ihn herum war sie der einzige Halt.

23

Die Beerdigung war eher trostlos, wenn man bedachte, daß in der Gemeinde, die sich um den Grabstein mit der Aufschrift ›Mary Elizabeth Calder, meine geliebte Maggie‹ versammelt hatte, Chase fehlte, derjenige, der am meisten um sie trauerte.

Culley hielt sich abseits von den anderen und wollte trotz Cathleens Bitten nicht mit ihnen nach Hause kommen. Er litt so sehr, daß ihm selbst das Atmen Schmerzen bereitete. Sein einziger Trost war, daß Maggie ihm Cathleen hinterlassen hatte, die kleine Cat, die ihr so ähnlich sah.

Es dauerte einen vollen Monat, bis das Leben auf der Ranch wieder in festen Bahnen verlief.

Ty hatte vom Aufstehen bis zum Schlafengehen alle Hände voll zu tun. Er besuchte seinen Vater häufig im Krankenhaus, trug die gesamte Last der Ranch auf den Schultern, mußte sich mit dem Anwalt treffen und kam nie dazu, Büroarbeiten zu erledigen. Die Papiere hatten sich so hoch getürmt, daß er sie nicht länger liegen lassen konnte.

Sein erster Blick galt den monatlichen Abrechnungen, und als die Zahlen ihm bewußt wurden, überkam ihn eine Spur von Panik. Je länger er las, desto begründeter schien seine Sorge zu sein.

Tara kam mit zwei Fotos herein, die sie auf dem Dachboden gefunden hatte. »Darf ich dich einen Moment lang stören, Ty?«

Auf einer uralten Fotografie war Chase Benteen Calder abgebildet, sein Urgroßvater, und Tara wollte von ihm wissen, ob er nicht einmal von der englischen Dame erzählt hätte, die neben ihm stand.

»Ja, stimmt.« Er runzelte die Stirn. An diesen Teil der Geschichte konnte er sich nicht allzu gut erinnern. »Sie hieß Lady Duncan oder Dunhill oder so ähnlich. Damals kam es oft vor, daß ein Rancher Geldgeber in Europa gehabt hatte. Warum fragst du?«

Sie zeigte ihm die zweite Fotografie, das Bild einer jungen Frau. Die Ränder waren versengt. Im ersten Moment verstand Ty nicht, worauf Tara hinaus wollte. Dann fiel ihm die Ähnlichkeit zwischen den beiden Frauen auf.

»Ich möchte wetten, daß es sich um dieselbe Person handelt«, sagte Tara. »Weißt du, wer das ist?«

»Lady Duncan oder Dunhill. Ich habe ihren Namen vergessen.«

Tara schüttelte den Kopf. Das Foto der jüngeren Frau trug auf der Rückseite ihren Namen. »Madeleine Calder. Benteen Calders Mutter.«

»Ich habe gehört, daß sie davongelaufen ist, als er ein kleiner Junge war.« Er runzelte die Stirn und zweifelte an Taras Entdeckung.

»Sie ist davongelaufen und hat offensichtlich in eine adelige englische Familie eingeheiratet und ist dann wieder zurückgekommen. Stell dir das nur vor, Ty«, erklärte sie mit mühsam unterdrücktem Eifer. »Du bist ein Abkömmling der englischen Aristokratie. Na ja, nicht direkt.« Sie zuckte die Achseln und tat damit das Fehlen jeden wahrhaft blauen Blutes ab. »Aber ein kleiner Familienskandal ist nie so aufregend wie in Fällen, in denen es um adelige Frauen geht. Ich kann es kaum erwarten, daß die Franklins am Wochenende kommen und ich es ihnen erzählen kann. Sie werden die Geschichte wie ein Lauffeuer ausbreiten. Du wirst in aller Munde sein.«

»Die Franklins?«

Vielleicht hatte sie ihm wirklich von der Einladung erzählt, und er hatte ihr, wie so oft in letzter Zeit, nicht zugehört, oder es war ihm wieder entfallen. Er mußte ohnehin seinen Vater im Krankenhaus besuchen und würde nicht hier sein. Es ließ sich auch nicht verschieben, da in der kommenden Woche das Vieh zusammengetrieben werden mußte, was hieß, daß ihm anstrengende Wochen bevorstanden. Er war auch nicht bereit, auf Taras Vorschlag einzugehen und einem anderen die Leitung zu überlassen.

»Ich habe schon genug Probleme, ohne mit dir zu streiten«, sagte Ty, als Tara nicht locker lassen wollte.

»Probleme? Was soll das heißen?«

»Es scheint, als hätte die Ranch in den letzten Monaten erhebliche Verluste gemacht. Ich muß dahinterkommen, ob die Lage so ernst ist, wie es aussieht.«

»Ich kann nicht behaupten, daß mich das wundert, wenn man bedenkt, wie dein Vater diese Ranch führt.« Sie bemühte sich, keine zu scharfe Kritik zu üben. »Er zahlt Menschen, die längst zu alt zum Arbeiten sind, weiterhin Gehälter. Das mag eine sehr edle Geste sein, wenn man es sich leisten kann, aber es wäre weit billiger, eine Rentenversorgung einzurichten. Die meisten der verknöcherten Greise hier hätten schon vor Jahren aufhören sollen zu arbeiten.«

»Sie tun, was sie können.« Ty stand auf.

»Wohin gehst du?«

»Zu Bob Crane. Er hat diese Berichte geschrieben, und ich komme der Sache am schnellsten auf den Grund, wenn ich mit ihm rede.«

Nachdem er zwei Stunden im Büro des Buchhalters zugebracht hatte, stellte Ty fest, daß viele Faktoren zu der momentanen Situation geführt hatten.

Nur die Einnahmen aus den Ölbohrungen hatten verhindert, daß sie schon in den vergangenen fünf Jahren Verluste gemacht hatten. Dazu kamen die Kosten für die Fütterungsanlage, die Zuchtpferde und die Rinder. Sie hatten schlicht zu einem ungünstigen Zeitpunkt mit ihrer Expansion begonnen. Ty wurde klar, daß die größten Posten ausgerechnet seine beiden Projekte gewesen waren.

Neben all dem gab es noch die ungewöhnlich hohen Gerichtskosten des letzten Jahres, deren Ende noch nicht abzusehen war. Das Vermögen, das die Behandlung seines Vaters bisher kostete und vermutlich noch ein Jahr lang kosten würde, war dabei noch nicht berücksichtigt.

Tys Vater hatte mit einem Ansteigen der Preise für Rindfleisch gerechnet, zu dem es nie gekommen war, und jetzt schienen ihnen nicht mehr viele Möglichkeiten offenzustehen. Sie konnten nur die Ausgaben drastisch reduzieren oder sich durch den Verkauf von entbehrlichen Dingen Geld verschaffen.

Mit schweren Schritten machte Ty sich auf den Heimweg. Probleme, die er nicht erwartet hatte, lasteten auf ihm. Einige schwere Entscheidungen mußten getroffen werden, und es durften keine Fehlentscheidungen sein.

»Das Abendessen ist gleich fertig«, rief Tara ihm zu, als er sich direkt in sein Arbeitszimmer begab. Sie folgte ihm und blieb in der Tür stehen. »Hast du schlechte Nachrichten?«

»Es sieht nicht gut aus«, gestand er und stocherte im Kamin herum.

»Warum sprichst du nicht mit mir darüber?« Sie sah ihn an, und eine gewisse Selbstgefälligkeit trat auf ihr Gesicht.

»Ich muß selbst erst nachdenken.«

»Du kannst laut denken«, drängte ihn Tara. »Vielleicht kann ich dir helfen. Ich kenne mich mit geschäftlichen Dingen aus. Schließlich bin ich die Tochter meines Vaters.«

»Unter all dem Dior und den Diamanten.« Ty machte sich über das elegante Nachmittagskleid lustig, das sie trug, und sein Blick blieb auf ihren Diamantohrringen hängen. »Ich zweifle nicht an deinen Fähigkeiten als Geschäftsfrau, aber du verstehst nichts von der Führung einer Ranch.«

»Mir ist klar, daß sie falsch geführt wird, denn sonst wäre sie nicht in den Schwierigkeiten, in denen du sie jetzt vorfindest. Sie ist nicht geführt worden wie ein Unternehmen, sondern wie ein Wohltätigkeitsverein, in dem alles andere höher bewertet wird als der Gewinn.«

»Es geht hier nicht um schnelle Gewinne, sondern um langfristige Planungen.« Sein Geduldsfaden stand kurz vor dem Reißen.

»Wie kann man langfristig etwas erreichen, wenn hier Methoden angewandt werden, die zwanzig Jahre, wenn nicht älter sind?

Die Zeiten ändern sich, und mit ihnen die Mittel. Du mußt modernisieren!«

»Dazu braucht man Grundkapital, und wir haben hier keine Ölquellen wie manche deiner Freunde in Texas.«

»Aber Kohle, Ty.« Sie sprach es ruhig aus und beobachtete ihn genau, ohne ihm den Eifer zu zeigen, der sie innerlich vibrieren ließ. »Tonnenweise Kohle. Genug, um dich so reich zu machen, daß es keine Rolle mehr spielt, ob sich an dieser Ranch auch nur irgend etwas verdienen läßt. Du könntest der Kohle- und Rinderkönig des ganzen Landes werden.«

»Nein. Du weißt verflucht genau, wie mein Vater über den Tagebau denkt.«

»Es spielt keine Rolle, wie er darüber denkt. Er hat kein Mitspracherecht. Du bist allein verantwortlich. Alles ist ganz und gar dir unterstellt.«

»Für den Moment«, schränkte er ein, obwohl in den Dokumenten, die sein Vater unterzeichnet hatte, keine zeitliche Begrenzung festgelegt worden war. Sein Einfluß war uneingeschränkt.

»Sei realistisch, Ty«, beharrte sie. »Dein Vater wird mindestens ein Jahr lang im Krankenhaus bleiben. Und du weißt so gut wie ich, daß er hinterher nie mehr in der Lage sein wird, sich diesen Belastungen auszusetzen. Er wird nur noch begrenzt einsatzfähig sein. Daher ist es von jetzt an deine Ranch. Und die Entscheidung, wie du sie am besten führst, liegt ganz bei dir.«

»Es wird schon schlimm genug für ihn, wenn er hört, daß ich die Klage zurückziehe und nicht um diese zehntausend Morgen Land kämpfe. Aber dazu bin ich zumindest für den Moment gezwungen, um die hohen Gerichtskosten einzuschränken. Aber das Calder-Land um der Kohle willen aufzureißen – das ist etwas ganz anderes.«

»Es aufreißen! Aus deinem Mund klingt das wie ein Vergehen«, schalt ihn Tara. »Was ist es schon anderes als Gras und Erde. Und beides läßt sich anschließend wieder rekultivieren. Sprich mit meinem Vater, Ty. Laß dir von ihm die Kohlebaugebiete zeigen. Ich weiß, daß er dir helfen wird, wenn du dir helfen ließest.«

»Ich werde darüber nachdenken.«

»Mein Vater kommt in ein paar Wochen. Ich kann ihn anrufen und ihm sagen, daß du ihn sprechen willst. Ich weiß, daß er es einrichten könnte, ein paar Tage hier zu verbringen«, sagte sie zuversichtlich.

»Verdammt noch mal, Tara! Ich habe gesagt, daß ich es mir überlegen werde.« Die Worte kamen hitzig aus seiner Kehle heraus. »Dräng mich nicht!« Er wandte sich vom Kamin ab und stellte sein Whiskeyglas auf den erstbesten Tisch, an dem er vorbeikam.

»Wohin gehst du?«

»Irgendwohin, wo ich in Ruhe nachdenken kann.« Er nahm seinen Hut, setzte ihn auf und zog ihn tief in die Stirn.

Eiskalte Wut brauste in ihr auf. »Und wo ist dieser Ort? Vielleicht bei Jessy?« Es war eine bitter sarkastische Anspielung.

Er blieb abrupt stehen und verbarg jede Reaktion hinter einer Maske vollkommener Regungslosigkeit. »Auf den Gedanken bin ich zwar nicht gekommen, aber es könnte durchaus genau der richtige Ort sein.«

Diese vollkommen unerwartete Antwort erboste sie. »Dann geh doch zu ihr! Und hol dich unterwegs der Teufel!« Es war ihr verletzter Stolz, der sie trieb und nicht zulassen wollte, daß er sie stehen ließ. Und als er mit großen Schritten das Zimmer verließ, brachte ihre Wut sie dazu, ihm nachzulaufen. »Du bist ein Dummkopf, Ty Calder!« erklärte sie mit bebender Stimme. »Ich kann dir soviel mehr geben als sie! Sie wird dir niemals so helfen können, wie ich dir helfen kann!«

Die Tür wurde heftig zugeschlagen. Tara blieb stehen und holte schluchzend Atem. Ein leises Geräusch kam aus dem Eßzimmer. Tara wirbelte herum und versuchte, ihre Gefühle zu beherrschen. Es war die junge Ehefrau eines Ranchers, die hier kochte und den Haushalt führte. Sie stand zögernd in dem Durchgang, der zum Eßzimmer führte.

»Es tut mir leid«, entschuldigte sie sich. »Ich wollte nur fragen, was mit dem Abendessen los ist.«

Tara fühlte sich entsetzlich gedemütigt, als ihr klar wurde, daß die Frau das meiste mitangehört haben mußte. Die Vorstellung, daß diese Geschichte in Umlauf gesetzt würde, war ihr unerträglich. Es konnte sie ohnehin keine der Frauen leiden. Sie würden die Geschichte aus reinem Groll besonders breittreten, denn sie war jemand, und sonst war hier niemand von irgendwelcher Bedeutung.

»Raus!« Sie hatte die Hände zu Fäusten geballt. »Verschwinde aus meinem Haus!« Sie stand kurz vor den Tränen. »Ich lasse mir nicht nachspionieren! Und jetzt verschwinde!«

Es gelang ihr, starr stehen zu bleiben, bis die Frau aus ihrer Sicht verschwunden war. Dann fiel sie in sich zusammen, und lautlose Tränen ließen ihren Körper beben.

»Ich hasse dich!« schluchzte Tara gegen die mißbilligende Stille des Hauses an. »Ich hasse alles hier. Ich hasse dieses Haus, und ich hasse dieses Land.«

Das Telefon läutete, und sie sah sich gezwungen, ihr bitteres Schluchzen zu ersticken und ihre Tränen zu schlucken. Sie strengte sich an, um ihre Haltung wiederzufinden, als sie sich stolz und aufrecht vorwärtsbeugte, schniefte und sich die Tränen vom Gesicht wischte.

»Calder-Ranch, Haupthaus. Mrs. Calder am Apparat.« Ihre Stimme war gefaßt und beherrscht.

24

Der Saum ihres schokoladenbraunen Chenille-Nachthemdes streifte ihre Knöchel, als Jessy aus dem Bad kam. Sie hatte sich gerade geduscht, und ihre nackten Füße hinterließen feuchte Spuren auf dem Linoleum. Sie rieb ihr langes, nasses Haar kräftig mit einem Handtuch trocken, und Wassertropfen spritzten auf den Boden.

Als sie in die Küche kam, spürte sie sofort, daß sie nicht allein war. Ehe sie ihn gesehen hatte, wußte sie, daß Ty im Raum war. Er stand regungslos an der Tür und hielt seinen Hut in der Hand. Sein dichtes, zerzaustes Haar ließ erkennen, daß er sich mit den Händen durch die Haare gefahren war, und seine Augen unter den dichten Brauen wirkten grübelnd und nachdenklich.

»Der Kaffee ist frisch.« Jessy rieb sich wieder die Haare trocken. »Bediene dich.«

Einen Moment lang zögerte er; dann hing er seinen Hut an einen Haken neben der Tür und knöpfte seinen Mantel auf. Er nahm sich eine Tasse von einem Regal und schenkte sich Kaffee ein, doch jede seiner Bewegungen ließ eine kaum gezügelte Spannung erkennen. Er drehte sich um, lehnte sich mit einer Hüfte an die Anrichte und beobachtete Jessy. Sie spürte, wie seine Blicke ihr folgten, als sie zum Kühlschrank ging.

»Ich wollte gerade das Abendessen machen.« Sie hing sich das feuchte Handtuch um den Nacken und öffnete die Kühlschranktür. »Hast du schon zu Abend gegessen?« Sie holte ein Päckchen Hackfleisch und gekochte Kartoffeln aus dem Kühlschrank.

»Nein.«

»Wie wäre es mit Hacksteaks und Kartoffeln?« Sie wirkte zwar nach außen hin ruhig, doch ihre Nerven waren aufs äußerste angespannt.

»Nein, danke, für mich nicht.« Die Kaffeetasse wurde abrupt hingestellt. »Jessy.« Seine Stimme war gesenkt und eindringlich.

Als sie zu ihm aufblickte, schlang sich sein Arm um ihre Taille und er preßte sie mit einer Gier an sich, die ihren Puls schneller schlagen ließ. Sein Mund senkte sich hart auf ihre Lippen, seine Hände gruben sich in ihr Fleisch, und seine Arme drückten sie wie ein Schraubstock. Die lodernde Glut in seinem Innern war brutal in ihren Forderungen.

Jessy war außer sich vor Wut und riß sich von ihm los.

»Du hast dich mit ihr gestritten, stimmt's?« sagte sie anklagend. »Deshalb bist du hier.«

»Ich bin hier. Die Gründe spielen keine Rolle«, beharrte er.

»Und ob sie eine Rolle spielen!« brauste sie auf. Als sie die Hintertür aufriß, nahm sie den kalten Luftzug nicht wahr. »Raus mit dir!«

Er kam auf sie zu, riß ihr fast die Türklinke aus der Hand und knallte die Tür ins Schloß. »Nein, zum Teufel. Ich werde nicht gehen!« Er sah sie fest an. »Und du willst auch gar nicht, daß ich wieder fortgehe.«

»Und ob ich es will!« Zwei starke Willen prallten aufeinander.

»Es ist die Hölle«, sagte Ty durch die Zähne. Er riß sie wieder an sich und ignorierte ihren heftigen Widerstand. »Es ist die Hölle, etwas zu wollen und kein Recht darauf zu haben. Es ist die Hölle, mit dir zusammen zu sein und doch zu wissen, daß es so nicht geht.«

Diesmal legte sich sein Mund sanfter auf ihre Lippen, doch sein Verlangen war deutlich. Sie war unentschieden – sie wollte ihn und wollte ihn gleichzeitig doch nicht, und sie mochte, was er tat, und doch stieß es sie ab. Dennoch entzog sie sich seinem Kuß nicht.

Er verlor die Selbstbeherrschung. Dieses Verlangen, das blind und ungerecht und gewissenlos war, gewann die Oberhand. Ty ging es nur noch darum, die Schranken, die sie ihm setzen wollte, zu durchbrechen. Er preßte sie noch dichter an sich und spürte ihren Körper prickeln und schwerelos werden.

Sie wandte ihren Kopf ab, als sei ihr klargeworden, was hier geschah. Als sie ihn ansah, konnte er ihren Hals und ihre kleinen Brüste in dem Spalt ihres Bademantels sehen.

»Manchmal hasse ich dich, Ty Calder«, sagte sie heiser. Das Funkeln in ihren Augen war eine Mischung aus Zorn und Tränen.

Dann stürzte sie sich mit derselben glühenden Angriffslust auf ihn, mit der er ihr begegnet war. Ihr Mund war gierig und fordernd. Ty riß sie auf seine Arme und trug sie zu dem erstbesten freien Platz, den er fand, zu dem großen Webteppich vor dem Kamin. Die knisternden gelben Flammen tauchten ihn in ein sanftes Licht.

Er stellte sie auf dem Teppich ab, und sein Mund löste sich nicht von ihren Lippen, während er den Gurt ihres Morgenmantels aufknotete und das Kleidungsstück hinter Jessy auf dem Teppich ausbreitete. Sie ließ sich auf den Bademantel zurücksinken und sah ihm zu, während er sich auszog.

Der Schein des Feuers warf ein goldenes Licht auf ihren Körper, und ihre Gesichtszüge kamen noch markanter zur Geltung. Sie streckte ihm ihre langen Arme entgegen, als er zu ihr kam.

Als er sie küßte, wand sie sich unter ihm und wölbte sich ihm entgegen.

Die Harmonie, die zwischen ihnen herrschte, war so süß und frisch wie die Luft nach einem Regenschauer. Mit anmutigen Bewegungen setzte sie sich auf ihn. Ihre scharfgeschnittenen Züge entsprachen dem Land, das sie hervorgebracht hatte, stolz und unbezähmbar.

In einem klaren Moment erkannte Ty deutlich, daß Tara es niemals mit Jessys physischer und psychischer Kraft aufnehmen konnte. Mit Jessy konnte er rauh umgehen, weil er wußte, daß sie dies verstehen konnte, wenn nicht sogar besser als er selbst. Tara dagegen hätte sich von so heftigen Gefühlen einschüchtern lassen. Sie konnte nicht ihre ganze Liebe geben – einfach so.

»Haßt du mich immer noch?« fragte Ty, als Jessy in ihren Morgenmantel schlüpfte.

Das Lächeln spielte weiterhin um ihre Lippen, doch ihre Augen wurden ernst. »Manchmal.« Sie fuhr sich nachdenklich mit der Bürste durch das Haar. »Es scheint, ich hasse dich immer wieder und dann doch wieder nicht, und das schon, seit ich dich kenne.«

»Wann zum Beispiel?«

»Als du mich im Scherz geküßt hast und auch sonst noch ein paarmal.« Sie zog es vor, die sonstigen Anlässe nicht näher zu erklären.

Sein Ausdruck wurde grimmig. »Zum Beispiel, als ich Tara geheiratet habe, nehme ich an.«

»Ja, damals auch.« Jessy setzte sich auf, um ihr Haar zu bürsten. Ty drehte sich auf die Seite und griff nach dem Zigarettenpäckchen in seiner Hemdtasche.

Alles war so grenzenlos angenehm und entspannt zwischen ihnen gewesen. Jetzt kehrte die alte Reizbarkeit zurück, die widerlichen Schuldgefühle, die Gewissensbisse und das Unbehagen. Das Streichholz wollte sich nicht anzünden lassen, und er fluchte tonlos vor sich hin. Er verharrte regungslos mit der Streichholzschachtel in der einen Hand und dem Streichholz in der anderen. »Ich habe mich bemüht, mich von dir fernzuhalten. Das weißt du, Jessy.«

»Ich dachte es mir«, gestand sie ein, und keiner von beiden sah den anderen an. Sie hörte auf, sich das Haar zu bürsten und schlug die Augen nieder.

»Es ist dir gegenüber nicht fair«, sagte er.

»Ich finde, die Entscheidung, ob ein Geschäft fair ist oder nicht, liegt bei mir.«

»Vielleicht weiß ich, daß du mehr verdient hast, als du bekommst.«

»Der alte Nate Moore hat mir einmal gesagt, man sollte sich nie mit leerem Magen über schwerwiegende Dinge unterhalten.« Jessy stand auf. »Bist du sicher, daß du dir das mit dem Abendessen nicht doch noch anders überlegen willst?«

Sie wechselte bewußt das Thema, da sie über die Dinge, die er angeschnitten hatte, nicht diskutieren wollte. Ty atmete tief ein und bewunderte gegen seinen Willen ihre Kraft. Nicht ein einziges Mal hatte sie ihn aufgefordert, sie zu belügen oder ihr leere Versprechungen zu machen.

»Nein, danke, ich möchte nichts essen.«

Als sie in die Küche ging, läutete das Telefon.

»Hallo, Dad«, sagte sie, sowie sie die Stimme am anderen Ende der Leitung erkannte. »Was ist?«

»Mrs. Calder hat mich gerade angerufen.« Seine Stimme klang gereizt. »Sie sucht Ty und hat überdeutlich angedeutet, ich wüßte vielleicht, wo sie ihn finden kann. Ist er da?«

»Ty?« wiederholte sie, damit Ty es hören konnte, und sie sah, wie er den Kopf hob und sie fragend ansah.

»Ja, Ty«, sagte ihr Vater ziemlich unwillig. »Wenn er da ist, sag ihm, er soll sich auf der Stelle auf den Heimweg machen.«

»Was ist denn los? Ist etwas passiert?« Bei ihrer Frage sprang Ty auf, kam auf sie zu und nahm ihr den Hörer aus der Hand.

»Was ist los, Stumpy?« fragte er. Ein überraschter Ausdruck trat auf sein Gesicht. »Es geht um meine Schwester. Sie fehlt in der Schule«, sagte er zu Jessy. Dann sagte er ins Telefon: »Ich mache mich sofort auf den Weg.« Anschließend legte er auf.

»Sie fehlt? Was soll das heißen? Ist sie entführt worden, oder ist sie nur einfach ausgerissen?« erkundigte sich Jessy.

»Ich weiß es nicht.« Ty hüpfte auf einem Fuß herum und zog sich die Stiefel an. »Tara hat ihm keine Einzelheiten erzählt. Verdammt nochmal, das fehlt mir jetzt gerade noch. Wenn sie ausgerissen ist, drehe ich dem verwöhnten Gör den Hals um.«

»Dann ist es Mr. Niles also gelungen, dich ausfindig zu machen.« Tara kochte vor Wut, als er das Haus betrat. Sie trug ein durchsichtiges schwarzes Negligé und einen dazu passenden Morgenmantel mit einem Rüschenkragen. »Wenn du mir das auch nur noch ein einziges Mal antust, verlasse ich dich«, drohte sie. Ihre Stimme bebte.

»Was hat es mit der Geschichte auf sich, die du ihm über Cat erzählt hast?« fragte Ty. »Was ist passiert?«

»Ich weiß es nicht. Die Schule hat angerufen, als du gerade aus dem Haus gegangen warst, und man hat mir gesagt, daß sie dort vermißt wird. Sie wissen nicht, wie lange sie schon fort ist.« Ihre Antwort klang erbost.

»Ist sie ausgerissen, oder was ist los?« Im Moment machte ihm seine Schwester größere Sorgen als der Zorn seiner Frau.

»Es sieht ganz danach aus, aber sie sind sich nicht sicher. Sie glauben, daß ein paar ihrer Freundinnen sie heute morgen gedeckt haben«, erklärte Tara verbiestert.

»Mein Gott, so lange ist sie schon fort?« Tiefere und zornigere Falten furchten seine Stirn, als Ty zum Telefon ging, den Hörer abhob und eine Nummer wählte. »Wer ist da?« fragte er, als eine Stimme antwortete. »Jobe, ich will, daß du Repp Taylor von seiner Pritsche aufscheuchst und dafür sorgst, daß er augenblicklich hier erscheint! Und wenn er nicht da ist, erscheinst du sofort hier!«

»Du glaubst doch nicht etwa ...«, setzte Tara an.

»Es gibt nichts, was ich ihr nicht zutraue«, schnitt ihr Ty das Wort ab. Er legte auf und wählte eine andere Nummer.

»Rufst du die Polizei an?«

»Nein. Es könnte sein, daß sie im Krankenhaus war und Dad besucht hat.« Er wartete ungeduldig auf das Zustandekommen der Verbindung. Die Telefonzentrale des Krankenhauses verband ihn mit den zuständigen Krankenschwestern. »Cat ist am späten Nachmittag dort gewesen.« Er gab diese Information geistesabwesend an Tara weiter, während seine Gedanken längst einen anderen Weg eingeschlagen hatten. »Sie ist kurz nach dem Schichtwechsel gegangen. Soweit man sich dort erinnern kann, war niemand bei ihr und sie hat nicht gesagt, sie käme bald wieder.«

Als Ty die Geräusche von Stiefeln auf den Holzdielen der Veranda hörte, musterte er Tara kritisch.

»Geh nach oben, und zieh dir etwas Anständiges an. Du kannst dich so nicht vor meinen Männern zeigen«, ordnete er mit gepreßter Stimme an.

»Ich hätte nicht gedacht, daß du überhaupt bemerkt hast, was ich anhabe.« Sie hatte sich seinetwegen umgezogen. Es war ein vergeblicher Versuch gewesen, ihm zu zeigen, was er verpaßt hatte, als er das Haus verlassen hatte.

»Darum geht es also, stimmt's?« sagte er spöttisch. Tara wandte sich abrupt ab. Selbst diesen Triumph hatte er ihr genommen. »Wenn du wieder runterkommst, setz bitte Kaffee auf. Es wird eine lange Nacht werden«, rief Ty ihr nach.

Diese Anweisung brachte sie noch mehr in Wut. Er behandelte sie wie ein Dienstmädchen. Vielleicht kamen andere Frauen auf der Ranch den Wünschen ihrer Männer wie kleine Sklavinnen nach, aber bei ihr war das etwas anderes. Sie besaß Fähigkeiten, die weit wertvoller für ihn waren als alles, was diese Frauen hier ihm bieten konnten, und das wußte sie nur zu gut. Sie wollte sich nicht dazu herablassen, ihm Kaffee zu servieren. Tara blieb in ihrem Zimmer.

Während Ty hinter Tara hersah, traten die beiden Cowboys ein. Repp Taylor sah ihn verwirrt an, und Jobe Garvey folgte ihm auf dem Fuß. Er war schrecklich neugierig, was diese spätnächtliche Aufforderung zu bedeuten hatte.

»Jobe hat gesagt, daß Sie mich augenblicklich sprechen wollen«, sagte Repp.

»Ich bin nur mitgekommen, falls du mich brauchst«, fügte Jobe eilig hinzu, um seine Anwesenheit zu erklären.

Ty vergeudete keine Zeit, sondern durchbohrte Repp Taylor mit seinen Blicken. »Wo ist Cathleen?«

»Cat?« Ein bestürzter Ausdruck trat auf sein Gesicht. »Ist sie denn nicht in der Schule?«

Seine Reaktion schien offen und ehrlich. Ty warf Garvey, dem Vorarbeiter der Mannschaft, in der Taylor arbeitete, eine Frage an den Kopf, ohne den Cowboy aus den Augen zu lassen. »Wo war Taylor heute?«

»Hier, und er hat gemeinsam mit dem Rest von uns die Pferde für den Viehtrieb zusammengestellt.« Der stämmige Garvey zog eine Augenbraue hoch und legte die Stirn in Falten.

»Was ist mit Cat?« fragte Repp.

»Die Schule hat uns mitgeteilt, daß man sie dort vermißt«, sagte Ty und hielt weiterhin nach Zeichen Ausschau, daß Repp mehr wußte, als er sagte. »Es scheint, als sei sie ausgerissen, und ich dachte, du wüßtest vielleicht – du wüßtest vielleicht etwas Näheres darüber.«

»Bei allen ...« Repp wandte seinen Kopf ab und hielt den Rest des Satzes mit sichtlicher Anstrengung zurück. Dann schüttelte er langsam seinen gesenkten Kopf, als überstiege die Situation sein Verständnis. »Ich habe von nichts gewußt. Seit dem Flugzeugunglück redet sie zwar davon, von der Schule fortzulaufen, aber ich schwöre, daß ich nie geglaubt habe, sie könnte es wirklich tun.«

»Warum hatte sie das vor? Hat sie irgendwelche Gründe dafür genannt?«

Repp zuckte die Achseln. »Sie will auf der Ranch bleiben, und sie hat gesagt, sie würde einen Privatlehrer nehmen, wenn Sie ihr nicht erlauben, ganz mit der Schule aufzuhören. Sie ist mit dem Tod ihrer Mutter und all dem nicht zurechtgekommen, und ich vermute, jetzt hat sie Angst, ihrem Vater könnte etwas zustoßen – oder Ihnen. Und sie will zu Hause sein, wenn etwas passiert.«

»Dieses dumme kleine Mädchen.« Endlich war Ty davon überzeugt, daß Repp nicht mehr wußte als das, was er gesagt hatte. »Sie war im Krankenhaus. Wo sie jetzt ist oder wohin sie anschließend gehen wollte, weiß ich nicht.« Seine Stimme klang grimmig. »Was ist mit ihren Freundinnen? Hat sie Freundinnen, die du kennst?«

»Ein paar von ihnen habe ich kennengelernt«, gab Repp zu.

»Häng dich ans Telefon, und ruf sie alle an. Sieh zu, ob du etwas herausfinden kannst. Sie reden eher mit dir als mit mir oder mit der Polizei.« Schließlich war Repp Cathleens Freund.

»Ja, Sir.« Er ging zu dem Apparat, der im Wohnzimmer stand.

»Finde heraus, ob sie dir sagen können, wieviel Geld sie bei sich gehabt hat«, fügte Ty noch hinzu. »Und ob sie mit dem Bus oder per Anhalter fahren wollte.« Dann wandte er sich an den Vorarbeiter Jobe Garvey. »Ich will, daß an jedem der Tore der Triple C ein Mann postiert wird für den Fall, daß sie gerade auf dem Heimweg ist. Inzwischen werde ich die Polizei verständigen, damit sie sich auf die Suche nach ihr machen.«

Der Mond zeigte sich am nachtschwarzen Himmel als eine schmale silbrige Sichel. Die Sterne funkelten nicht hell genug, und mehr als kantige Umrisse des rauhen Landes waren nicht zu erkennen. Schwarze Schatten und dunkle Umrisse tauchten ständig vor ihr und zu beiden Seiten auf, während Cathleen auf dem kaum befahrenen Weg voran trottete und auf dem unebenen Pfad, den sie nicht sehen konnte, ständig stolperte.

Tausendmal wünschte sie, sie hätte eine Taschenlampe. Und noch tausendmal öfter wünschte sie, sie wäre nicht von der Hauptstraße abgezweigt. Je weiter sie lief, desto unsicherer wurde sie, ob sie den richtigen Weg eingeschlagen hatte. Sie hätte den Fahrer, der sie mitgenommen hatte, bitten können zu warten, bis sie sich vergewissert hatte, doch sie war ihrer Sache so sicher gewesen. Wenn sie sich hier draußen verirrte, war es aus mit ihr.

Cathleen war ausgelaugt und erschöpft und bereute jetzt schon ihr impulsives Handeln. Als sie ihre Entscheidung getroffen hatte, waren ihr derart drastische Maßnahmen notwendig erschienen. Jetzt verließ sie der Mut.

Ihre Beine schmerzten, als sei sie schon viele Meilen weit gelaufen, und sie hatte sich den Knöchel so oft verknackst, daß er sehr weh tat. Irgendwohin mußte dieser Pfad führen, und daher lief sie weiter, statt umzukehren.

Nach einer weiteren Meile, die ihr wie zwei Meilen vorkam, begannen dunkle Umrisse Gestalt anzunehmen. Sie wiesen Ähnlichkeiten mit kleinen Gebäuden auf, und Cat lief schneller. Nirgends brannte Licht. Auf diese Entfernung konnte sie nicht beurteilen, ob es leerstehende Gebäude waren oder ob die Bewohner schliefen.

Ein Pferd wieherte, und Cat wußte endlich, daß die Gebäude nicht leerstanden. Als sie näherkam, kam ihr sogar in der Dunkelheit alles immer bekannter vor. Erneute Zuversicht flößte ihr Energie ein, und sie legte die letzten dreißig Meter zum Haus im Laufschritt zurück.

»Wer ist da?« Die Stimme kam von der Veranda des dunklen Hauses.

»Onkel Culley? Ich bin's. Cat«, rief sie atemlos. »Ich war schon fast der Überzeugung, daß ich mich verirrt habe.«

Dielen ächzten unter seinen Füßen; dann trat seine dunkle Gestalt aus dem Schatten und kam die Stufen herunter, um ihr entgegenzugehen. Endlich konnte sie ihn sehen und sogar sein Gesicht erkennen.

»Cathleen. Was tust du denn hier?« Er packte sie an den Schultern. »Fehlt dir etwas?«

»Nein, ich bin nur müde. Ich bin von der Landstraße aus zu Fuß gelaufen, und ich ...« Ihre Wehwehchen und ihre Erschöpfung waren jetzt unwichtig. Eilig hörte sie auf zu klagen und erklärte ihm lieber den Grund ihres Kommens. »Bei der Beerdigung hast du gesagt, wenn ich je Hilfe bräuchte, könnte ich auf dich zählen. Hast du das ernst gemeint?«

»Ja, ich habe es ernst gemeint.« Einen Moment lang drückte er dieses kostbare Abbild seiner Schwester heftig und beschützend an sich. Dann ließ Culley sie wieder los, weil ihn diese körperliche Nähe befangen machte. »Du hast gesagt, du bist den ganzen Weg gelaufen. Du mußt müde und halb erfroren sein. Komm schnell ins Haus, und dann bekommst du einen heißen Kaffee.«

»Danke.« Sie stellte verlegen fest, daß er sie gar nicht gefragt hatte, worin ihr Ärger bestand. Da sie ihn in diese Geschichte hineinzog, war es nur fair, es ihm zu sagen. Sie legte ihr Geständnis ab, als sie die Stufen zum Haus hinaufliefen. »Ich bin von der Schule abgehauen. Ich konnte einfach nicht länger dortbleiben.« Ihre Gründe waren so fadenscheinig, wenn man sie laut aussprach, aber in ihren Augen waren sie ganz real vorhanden. »Ich weiß, daß mein Bruder wütend auf mich sein wird, wenn er dahinterkommt – und ich bin einfach noch nicht soweit, ihm unter die Augen zu kommen.«

»Von mir aus kann er außer sich geraten.« Er öffnete die Haustür und schaltete die Deckenlampe an, ehe er Cat den Vortritt ließ. »Aber ich werde dafür sorgen, daß er dich zu nichts zwingt, was du nicht tun willst.«

»Ich wollte nach Hause gehen, aber ich kann es nicht. Er wird schlicht und einfach darauf bestehen, daß ich wieder in die Schule zurückkehre, und ich glaube nicht, daß ich den Krach mit ihm durchstehe. Ich dachte, vielleicht – vielleicht könnte ich bei dir bleiben, bis mir etwas eingefallen ist.«

Zärtlichkeit breitete sich auf seinem Gesicht aus. »Hier bist du zu Hause. Du kannst gerne bleiben, solange du magst.«

Er ließ sie sich an den Tisch setzen und bestand darauf, ihren Mantel aufzuhängen und ihr Kaffee aufzusetzen. Er war darauf versessen, ihr Gefälligkeiten zu erweisen. »Bist du sicher, daß ich sonst nichts für dich tun kann? Magst du nicht vielleicht etwas essen?«

»Nein, ich habe im Krankenhaus gegessen« Die Wärme des Herdfeuers durchdrang ihren schmerzenden Körper und vertrieb die Kälte. Ihre gesamte Anspannung und ihre Sorge, sich heute abend ihrem erzürnten Bruder stellen zu müssen, flog dahin – und das bewegte sie dazu, sein Anerbieten noch einmal zu überdenken. »Hast du vielleicht etwas Süßes – Schokoladenkuchen oder so was?« Schon in dem Moment, in dem sie die Frage aussprach, bezweifelte Cathleen, daß ein Junggeselle sich die Mühe machte, sich selbst etwas zu backen.

»Nein.« Enttäuschung flackerte in seinen Augen auf. »Aber ich habe Plätzchen, die ich im Laden gekauft habe.« Er holte eine geschlossene Dose mit weniger als einem Dutzend Plätzchen aus dem Schrank. »Da.« Er musterte sie besorgt, ob diese Alternative wohl ihren Wünschen entsprach.

Selbst, wenn sie ihr nicht geschmeckt hätten, hätte Cat sie gegessen. Sie nahm sich zwei Plätzchen und tunkte sie in ihren Kaffee. »Danke. Sie sind wirklich gut«, versicherte sie ihm, und er lächelte einigermaßen erleichtert. Cat aß die Plätzchen und redete. Sie erzählte ihm von ihrem Entschluß auszureißen, vom Besuch im Krankenhaus und von dem Mann, der sie in seinem Wagen mitgenommen hatte. Als sie die Hand nach dem nächsten Plätzchen ausstreckte, stellte sie fest, daß nur noch zwei Stück da waren. »Hier.« Sie stieß die Dose von sich. »Die solltest du lieber essen, ehe ich alle aufgegessen habe.«

»Mach nur«, beharrte er und schob sie ihr wieder hin. »Ich besorge neue.«

Nach kurzem Zögern zuckte sie die Achseln, nahm die beiden letzten Plätzchen und tunkte sie in ihren Kaffee. »Niemand versteht mich.« Sie seufzte.

»Weißt du, ich war etwa in deinem Alter, als meine Mutter starb«, sagte ihr Onkel. »Danach war alles nie mehr so wie vorher.«

»Ich werde nie verstehen, warum das Flugzeug abstürzen mußte.« Ihre Müdigkeit machte sie verletzbarer. »Warum nur ist diese Ölleitung gerissen? Warum mußte sie bloß sterben? Ich habe es so satt, daß mir alle erzählen, es sei Gottes Wille gewesen. Das kann nicht sein. Warum sollte ER das gewollt haben? Es ist so ungerecht.« Ihr Kinn bebte, und sie senkte den Kopf und kämpfte gegen die Tränen an, die in ihre Augen stiegen.

»Es war ungerecht«, stimmte er ihr zu und stand auf, weil ihre Tränen ihn in Verlegenheit brachten. »Aber ich werde etwas unternehmen. Ich habe schon alles geplant. Mach dir also deshalb keine Sorgen. Ich werde mich darum kümmern.«

»Worum willst du dich kümmern?« Cat runzelte die Stirn in ihrer Bestürzung, als sie den Kopf hob und ihn auf eine Seite legte. »Ich verstehe nicht, wovon du sprichst.«

Doch jetzt wirkte er verschlossen und wollte ihr nichts näher erklären. »Nach dem langen Tag, den du hinter dir hast, mußt du schrecklich müde sein. Ich beziehe das Bett frisch, damit du dich hinlegen kannst.«

»Aber ...«

»Ich schlafe ohnehin nicht viel«, sagte er, ehe sie Einwände erheben konnte. »Wenn ich müde werde, mache ich auf dem Sofa ein Nickerchen.«

»Dann laß mich das Bett machen.«

»Du bleibst ganz ruhig hier sitzen und trinkst deinen Kaffee aus«, beharrte ihr Onkel.

25

»Hören Sie, ich werde noch einmal versuchen, es Ihnen zu erklären, Mr. Calder«, sagte der Sheriff, dessen Geduld erschöpft war, und zählte die einzelnen Punkte an seinen Fingern ab. »Laut Gesetz können Sie keine Vermißtenmeldung erstatten, solange die betreffende Person noch nicht vierundzwanzig Stunden vermißt wird. Die Schule hat Ihnen gesagt, daß das Fehlen Ihrer Schwester erst gestern um die Abendessenszeit bemerkt wurde und seitdem sind erst vierzehn Stunden vergangen. Sie müssen mit der Anzeige noch zehn Stunden warten. Rechtlich gesehen gibt es nichts, was ich bis dahin für Sie tun könnte.«

»Verdammt noch mal, dann tun Sie eben etwas Ungesetzliches!« forderte Ty ihn erbost auf. Er war aufgesprungen, stützte sich mit den Fäusten auf die Schreibtischplatte und beugte sich vor. »Ich will, daß sie gefunden wird! Und ich habe nicht die Absicht, zehn Stunden zu warten. Wenn es sein muß, werde ich eine private Suchorganisation bezahlen!«

»Es kommt ständig vor, daß Jugendliche ausreißen. Wenn sie erst eine Nacht allein verbracht haben, rufen sie gewöhnlich zu Hause an, schluchzen am Telefon und sagen, wie leid es ihnen tut. Sie gehen jetzt nach Hause und warten diesen Anruf ab«, drängte er Ty leicht süffisant. »Wenn sie sich innerhalb der nächsten zehn Stunden nicht meldet, kommen Sie wieder zu mir.«

»Wenn ihr etwas zugestoßen ist, komme ich wieder und schicke Sie in die Hölle!« Ty wandte sich ab, um seiner Drohung keine Tat folgen zu lassen.

Ty setzte sich hinter das Steuer und fuhr den Wagen zu Sallys Restaurant. Er hielt an, rieb sich beim Aussteigen müde die Augen und betrat das Café.

Weder Sally, noch einer der Gäste, hatte Cat gesehen.

»Darf ich zu Hause anrufen und fragen, ob sie inzwischen von sich hat hören lassen?« fragte Ty.

»Selbstverständlich«, erwiderte Sally. »Das Telefon steht in der Küche.«

»Darf ich Ihnen etwas anbieten?« begrüßte ihn Dee Dee Rains mit einem breiten Lächeln. »Vielleicht Eier mit Speck? Oder Doughnuts? Ich habe sie heute morgen erst gebacken.«

»Danke, gar nichts«, lehnte Ty ab und griff nach dem Telefonhörer direkt neben der Tür.

»Ihr Onkel war heute morgen schon hier. Er stand an der Hintertür und hat einen ganzen Schwung von meinen Doughnuts mitgenommen, als sie noch warm waren. Er wollte allerdings nicht reinkommen. Dieser verrückte Culley, ein ungewöhnlicher Mensch.«

Die frischen Doughnuts rochen noch so intensiv, daß Ty auffiel, wie lange er nichts mehr gegessen hat. Daher nahm er mit einem dankbaren Lächeln die Doughnuts entgegen, die Dee Dee ihm reichte. Das Telefon läutete jetzt nicht mehr, und eine Stimme war zu hören.

»Gib mir Stumpy«, sagte er.

»Bist du's, Ty?« Die Stimme gehörte Jessy.

»Ja, ich bin's. Habt ihr etwas von Cat gehört?« Er stützte sich matt mit einem Ellbogen an die Wand.

»Bis vor zwanzig Minuten jedenfalls nichts«, sagte sie. »Du hast auch nichts Neues gehört?«

»Nein. Gib mir deinen Vater.«

»Ja, natürlich.«

Der Hörer wurde hingelegt. Im Hintergrund war ein Stimmengemurmel zu vernehmen, doch die Worte waren nicht zu verstehen. Dann kam Stumpy Niles an den Apparat.

»Ich habe mit dem Sheriff geredet«, sagte Ty. »Er ist so hilfreich wie ein Wassertropfen in der Wüste. Wir sind also auf uns selbst gestellt.«

»Das hätte ich dir gleich sagen können«, entgegnete Stumpy trocken. »Es ist unklug, auf die Hilfe anderer zu zählen.«

»Ich weiß. Man kann nicht darauf warten, daß einem ein anderer die Probleme vom Hals schafft«, wiederholte Ty, der diesen Ausspruch schon so oft gehört hatte. »Wir werden uns selbst aktiv auf die Suche nach Cathleen machen. Ich will, daß du die Jungen in Zweiergruppen aufteilst, die jeden Meter Straße von hier bis Helena durchkämmen. Sie sollen sich auf dem Weg an jeder einzelnen Bushaltestelle und in jedem einzelnen Restaurant erkundigen. Ich bin um elf wieder zurück. Wenn sie jemanden finden, der *glaubt,* er könnte sie gesehen haben, dann sollen sie mich augenblicklich verständigen. Hast du verstanden?«

»In weniger als zwanzig Minuten sind alle unterwegs«, versprach Stumpy, der froh darüber war, daß endlich etwas unternommen wurde.

Ty bedankte sich noch einmal bei Dee Dee für die Doughnuts, und Sally versprach, weiterhin ihre Kunden nach Cathleen zu fragen.

Als er auf die Hauptstraße fuhr, biß Ty in den ersten Doughnut, der geradezu in seinem Munde schmolz.

Jemand hupte. »He, Mister!« rief ein Mann, der ihm in einem Wagen entgegenkam. »Sie haben hinten einen Platten.«

Ty bedankte sich und bog sofort in die Tankstelle ein, denn er wollte sich nicht durch einen Platten unterwegs aufhalten lassen. Emmett Fedderson kam aus dem Haus. »Was kann ich für Sie tun?« fragte er.

Ty sprang aus dem Wagen. Er hielt den Doughnut noch in der Hand.

»Ist der von Dee Dee?« erkundigte sich Emmett, während er den hinteren Reifen aufpumpte.

»Ja.« Ty kauerte sich neben ihn und schraubte die Radkappe ab.

»Heute morgen scheint Ihre ganze Familie auf Süßigkeiten versessen zu sein«, bemerkte der Mann.

Diese Bemerkung ließ Ty sofort aufhorchen. »Was wollen Sie damit sagen? War meine Schwester heute morgen in Ihrem Geschäft?«

»Nein, nicht Ihre Schwester. Ihr Onkel – O'Rourke.« Er schüttelte amüsiert den Kopf. »Dieser verrückte Culley wartete schon draußen, als ich heute morgen den Laden aufgesperrt habe. Er hat zwei Beutel Plätzchen gekauft, eine Backmischung für Schokoladenkuchen und ein Fünfkilopaket Zucker. Soviel Süßigkeiten kauft er sonst in einem ganzen Jahr nicht.«

»Schokoladenkuchen.« Ty merkte gar nicht, daß er das Wort laut aussprach. Cat liebte Schokoladenkuchen. Vor seinem geistigen Auge tauchte ein Bild auf. Cat, die bei der Beerdigung O'Rourke umarmte – sie teilten ihren Kummer miteinander, hatte er selbst damals gesagt.

»Wollen Sie denn nicht den Reifen aufpumpen?« fragte Fedderson.

»Ja – doch.« Die Reaktion erfolgte geistesabwesend, und ebenso unbewußt handelte Ty. Es war einfach unglaublich. In einer Million Jahren hätte er Cat nicht auf der Shamrock Ranch gesucht. Als der Luftdruck im hinteren Reifen stimmte, richtete er sich auf. »Tun Sie mir einen Gefallen«, bat er und wartete Feddersons Einwilligung nicht ab. »Rufen Sie die Triple C an, und verlangen Sie Stumpy Niles. Sagen Sie ihm, er soll die Männer doch noch nicht losschicken. Sagen Sie ihm, ich sei auf dem Weg zu O'Rourke. Er soll nichts unternehmen, solange ich mich nicht bei ihm melde.«

»Klar.« Diese Bitte ließ Fedderson neugierig aufhorchen. »Was ist denn passiert?«

Ty nahm sich nicht die Zeit, seine Frage zu beantworten. Er wollte sich sofort auf den Weg zu O'Rourke machen, um zu sehen, ob sich seine Vermutung bestätigte.

Der zweite Doughnut lag auf dem Beifahrersitz. Ty hatte ihn vollkommen vergessen. So etwas wie kurze Wege gab es in dieser Gegend nicht. Ty hatte eine Fahrt von mindestens einer Stunde vor sich.

Nachdem sie den Kuchen in den vorgeheizten Backofen geschoben hatte, leckte Cat die Rührschüssel aus.

»Das ist immer das Beste«, sagte sie zu Culley und bot ihm auch etwas an.

Er lächelte gutmütig und schüttelte den Kopf. In den letzten Stunden hatte er, soweit er sich erinnern konnte, mehr gelächelt als in seinem gesamten bisherigen Leben. Zufriedenheit und Freude erfüllten ihn. Seine dunklen Augen leuchteten. Er war jetzt über fünfzig, und plötzlich erschien ihm das Leben wieder lebenswert.

Als sie die Schüssel ausgeleckt hatte, trug Cat sie zum Spülbecken. »Es ist Ewigkeiten her, seit ich das letzte Mal in einer Küche gestanden und herumgefuhrwerkt habe«, sagte sie. »Es macht Spaß.«

»Deine Mutter hat oft gebacken«, erinnerte er sich. »Sie hat den ganzen Tag lang draußen auf der Ranch gearbeitet wie ein Mann, und dann ist sie nach Hause gekommen und hat uns das Essen gekocht und das Haus saubergehalten.« Doch er wollte nicht in den alten Zeiten schwelgen. »Es sind noch ein paar Doughnuts übrig.«

»Ich kann beim besten Willen nicht mehr«, sagte Cat. »Ich muß schon ein Dutzend gegessen haben. Und außerdem muß ich Platz für den Kuchen lassen. Ich habe jetzt schon das Gefühl, daß ich dringend Bewegung brauche, und ich hätte nicht gedacht, daß ich das nach dem langen Marsch gestern nacht jemals wieder sage.«

»Vielleicht kann ich uns später zwei Pferde satteln, und dann könnten wir ausreiten. Ich kann dir die Ranch zeigen. Die Landschaft ist hübsch, aber der Boden ist nicht besonders für Rinderzucht geeignet – es gibt weder genügend Wasser noch genügend Gras.«

»Das würde mir Spaß machen, aber ich habe nichts Ordentliches zum Anziehen, nur diese blöde Schultracht«, sagte sie und sah verlegen an ihrem Faltenrock herunter. »Ich fürchte, zum Reiten ist sie ungeeignet.«

»Ich wünschte, ich hätte daran gedacht«, sagte Culley stirnrunzelnd. »Als ich in der Stadt war, hätte ich dir etwas Normales zum Anziehen mitbringen können.«

Cat legte den Kopf schief und sah ihn fragend an. »Das hättest du wirklich für mich getan?«

Er drehte die leere Kaffeetasse, die vor ihm stand, zwischen seinen Händen. Es gefiel ihm, daß sie ihn so liebevoll ansah, doch es brachte ihn auch in Verlegenheit. »Verrückt, was?« sagte er. »Culley, der verrückte Alte.« Er hörte ihren Protest, – hob den Kopf und zog eine Schulter hoch, um eine gewisse Gleichgültigkeit auszudrücken. »Ich weiß, daß ich so genannt werde.« Und er wußte auch, daß niemand je etwas auf das Wort eines O'Rourke geben würde. Culley, der verrückte Alte – selbst, wenn er es bei einem Stapel Bibeln geschworen hätte, hätten sie ihm kein Wort geglaubt.

»Das ist nicht wahr.« Er sah ihr die Empörung an.

»Mach dir darüber keine Sorgen.« Er lächelte stolz.

Culley lebte schon lange hier – und war mit allen Geräuschen der Ranch und Lauten der Natur vertraut. Außerdem waren seine Sinne in einer Weise geschärft, die ihn jetzt aufspringen und ans Fenster treten ließen. Seine plötzliche Wachsamkeit bereitete der Unterhaltung ein abruptes Ende.

»Was ist los?«

»Es kommt jemand.« Er starrte auf die Lücke zwischen den Bäumen, die ihm einen ersten Blick auf das näherkommende Fahrzeug ermöglichen würde. Cat stellte sich dicht neben ihn und sah auch aus dem Fenster.

»Das ist mein Bruder.« Sie hatte den Fahrer zwar nicht deutlich erkennen können, doch der Wagen gehörte eindeutig der Triple C. »Ich weiß es ganz sicher.«

Culley drehte sich zu ihr um und sah sie scharf an. »Willst du ihn sehen?« Er bemerkte ihre Unschlüssigkeit und auch, daß ihr Widerstreben und ihre Furcht die Oberhand gewannen. »Geh ins Schlafzimmer und schließ die Tür hinter dir ab. Ich werde das schon regeln. Du brauchst nicht nach Hause zu gehen, solange du es nicht selbst willst.«

»Ich ...« Sie konnte den Satz nicht beenden, sondern grub ihre Zähne in ihre Unterlippe. Einen Moment lang zögerte sie, doch dann huschte sie eilig ins Schlafzimmer.

Es dauerte noch ein paar Minuten, bis der Wagen vor dem Haus vorfuhr. Culley wartete, bis die Schlafzimmertür verriegelt war. Dann trat er auf die kleine Veranda vor seinem Haus und griff nach der Flinte, die neben der Tür hing. In seinem Alter konnte er es gegen einen starken, jungen Kerl wie Calder nicht aufnehmen.

Und wenn Cats Bruder nicht nachgab, konnte es sein, daß Culley einen Ausgleich brauchte, um seinen Kopf durchzusetzen.

Er vergewisserte sich, daß die Haustür sich leise hinter ihm schloß, denn es war ihm zur Gewohnheit geworden, sich lautlos zu bewegen. Er lehnte seine Flinte an das Treppengeländer, um sie in Reichweite zu haben und sie gleichzeitig vor Blicken zu verbergen. Dann sah er dem Wagen entgegen.

Ehe der Motor aus war, kam Ty schon auf Culley zu. »Was führt dich an einem so schönen, warmen Frühlingsmorgen hierher?« erkundigte sich O'Rourke im Gesprächston.

Ty blieb kurz vor der Treppe stehen. »Ich bin hier, um Cathleen zu holen.« Seine Äußerung klang entschieden und sicher.

»Cathleen!« O'Rourke heuchelte Erstaunen, aber er war kein guter Schauspieler.

»Ich weiß, daß sie hier ist. Mach mir gar nicht erst vor, du wüßtest nicht, wovon ich rede«, sagte Ty erbost.

Einen Moment lang herrschte Schweigen, während O'Rourke sich überlegte, wie er mit dieser Situation umgehen sollte. Er konnte sich beim besten Willen nicht vorstellen, wie es kam, daß Calder sich seiner Sache so absolut sicher war.

»Also gut. Sie ist hier«, gestand er schließlich ein. »Sie tauchte gestern spät nachts hier auf. Sie war müde und durchgefroren, und sie fragte mich, ob sie bleiben könne.

Sie wollte nicht nach Hause gehen, weil sie Angst hatte, du könntest sie wieder in die Schule schicken. Ich habe ihr gesagt, daß sie gern bei mir bleiben kann, solange sie mag – und das war mein Ernst.«

Diese Erklärung trug nur zu Calders Unwillen bei. »Aber jetzt bleibt sie nicht länger hier.« Ty kam einen Schritt näher. Er hatte vor, das Haus zu betreten und sie herauszuholen.

Mit einer Gewandtheit und Beweglichkeit, die seinem Alter spottete, griff O'Rourke nach der verborgenen Flinte. »Das glaube ich nicht«, sagte er.

Ty erstarrte. »Laß mich vorbei, Culley. Ohne sie gehe ich nicht.«

»Du befindest dich auf privatem Grund und Boden, Ty«, sagte O'Rourke. »Und ich sage dir, daß du verschwinden sollst.« Er verzog plötzlich den Mund. »Die Dinge nehmen allerdings eine seltsame Wendung, meinst du nicht auch? Vor sehr langer Zeit war es ein Calder, der meine Schwester bei sich hatte und mir befohlen hat, sein Land zu verlassen. Jetzt habe ich die Schwester eines Calder hier und bin derjenige, der dir sagt, daß du verschwinden sollst.«

Schreck nie vor etwas zurück, hatte sein Vater einmal zu ihm gesagt, denn dann schreckst du das nächste Mal nur um so leichter vor etwas anderem zurück. Und Cathleen war in diesem Haus. Ty ging ein bewußtes Risiko ein. Er stieß einen wütenden Seufzer aus und wandte sich ab.

»Dieses Mädchen soll der Teufel holen!« murmelte er vor sich hin und zog sich den Hut ab, um sich mit einer Hand durch das Haar zu fahren. Dann drehte er sich wieder um, um O'Rourke seine Klagen vorzutragen. »Auf der ganzen verfluchten Ranch hat heute nacht kein Mensch geschlafen, und der halbe Staat sucht nach ihr. Sie hat mich und alle anderen vor Sorge fast um den Verstand gebracht, weil wir dachten, es könnte ihr etwas zugestoßen sein. Und während all dessen hat sie sicher und geborgen hier im Warmen gesessen, und sie hat uns noch nicht einmal verständigt, damit wir wissen, daß ihr nichts fehlt. Du hast verdammt recht – ich bin bitterböse auf sie.«

Ty hatte jedes seiner Worte mit ausholenden Gesten seiner Hände und seinem Hut begleitet. Beim letzten Satz stieß er den Hut gegen den Lauf der Flinte, die jetzt himmelwärts zeigte. Ein betäubender Knall dröhnte in Tys Ohren, während er den Arm ausstreckte und O'Rourke die Flinte aus der Hand schlug. Ty stürmte die Stufen hinter dem grauhaarigen Mann hinauf, der vor ihm zurückwich und eine kauernde Haltung annahm, um ihn anzugreifen.

Cathleen stürzte aus dem Haus und warf sich zwischen die beiden Männer. Beschützend stellte sie sich vor O'Rourke. »Nein, Ty! Tu das nicht!« Es war ein wütender und doch verängstigter Befehl. »Er hat doch nur versucht, mich zu beschützen.«

»Er hätte dich nicht beschützen müssen, wenn du dich nicht wie ein verdammtes Kind im Haus versteckt hättest!« wütete Ty. »Hattest du Angst, nach Hause zu kommen, weil du damit gerechnet hast, den Hintern versohlt zu bekommen? Du verzogene kleine Göre! Dir ist in deinem ganzen Leben noch nie der Hintern versohlt worden – und genau das ist an allem schuld! Du hattest keine Lust mehr, in der Schule zu bleiben, also bist du ausgerissen. Habe ich denn nicht schon genug Sorgen mit der Ranch und damit, daß Dad im Krankenhaus liegt? Muß ich mir auch noch Sorgen darüber machen, wo zum Teufel du stecken könntest?«

»Es tut mir leid.« Tränen brannten in ihren Augen, als sie ihn ansah.

Sie wirkte verflucht zerbrechlich, doch er war ihretwegen so ausgelaugt, daß er es sich nicht erlaubte, sich davon rühren zu lassen. Dennoch verflog sein Zorn, aber seine unwillige Ablehnung blieb bestehen. »Werde endlich erwachsen, Cathleen«, sagte er barsch. »Mir hat niemand die Hand gehalten, als ich in deinem Alter war, und ich werde verdammt noch mal nicht deine Hand halten.« Er wandte sich ab und ging auf seinen Wagen zu.

Cat folgte ihm nicht sofort, sondern warf einen zögernden Blick auf ihren Onkel. »Du brauchst nicht mit ihm fortzugehen«, sagte O'Rourke leise.

Ein betrübtes Lächeln spielte um ihren Mund. »Doch, das muß ich tun.« Impulsiv stellte sie sich auf die Zehenspitzen, küßte seine Wange und flüsterte mit bebender Stimme: »Danke.« Dann lief sie die Stufen herunter und folgte ihrem Bruder.

Er hatte den Motor bereits angelassen und fuhr an, als Culley noch etwas einfiel. »Was ist mit dem Kuchen?« rief er seiner Nichte nach, aber die Motorengeräusche waren so laut, daß sie ihn nicht hören konnte.

Er bewahrte den Kuchen noch tagelang auf, bis der Schokoladenguß Sprünge bekam und der Kuchen so hart war, daß man ihn nicht mehr essen konnte. Schließlich warf er ihn fort.

Ty berichtete seinem Vater, daß sie im Lauf des Winters nur wenige Rinder, wie sich jetzt beim Zusammentrieb des Viehs herausgestellt habe, verloren hätten. Sein Vater konnte sich nur mühsam und unter großen Schmerzen aufrichten. Der Unfall und Maggies Tod hatten ihn altern lassen. Sein Haar war jetzt völlig ergraut, und die Schläfen schimmerten silbern.

Er konnte Maggies Tod nicht verwinden und würde wohl auch niemals darüber hinwegkommen. Ohne sie hatte sein Vater das Interesse an vielem verloren und schien das Leben zu dem einzigen Zweck hinter sich zu bringen, von einem Tag zum anderen zu kommen.

»Ein paar Freunde von Tara sind aus dem Osten gekommen. Sie finden es ganz toll zuzusehen, wie wir im ›Wilden Westen‹ das Vieh zusammentreiben. Sie halten sich bis jetzt im Haus auf. Das ist auch der Grund, aus dem Tara mich heute nicht begleitet hat«, sagte Ty.

»Wie geht es Cat? Ist sie mit dir gekommen?«

»Ja. Sie wollte noch ein paar Einkäufe erledigen, und zwar gleich, damit es nicht zu spät wird und die Geschäfte schließen,« erklärte Ty. »Eigentlich sollte sie längst hier sein. Sie hat ihr Zeugnis bekommen, und ich bin sicher, daß sie es kaum erwarten kann, dir gegenüber damit anzugeben.«

»Sie hat vor einer Weile mit mir darüber geredet, daß sie ganz auf der Triple C bleiben möchte und einen Privatlehrer haben will«, fiel seinem Vater dazu wieder ein. »Sieh zu, ob sich das nicht einrichten läßt.« Der Unfall hatte nichts an der Bereitwilligkeit seines Vaters geändert, auf jede einzelne Schrulle seiner Tochter einzugehen, ganz gleich, wie ausgefallen oder kostspielig ihre Wünsche auch waren.

»Wir können es uns nicht leisten.« Ty sah grimmig seinen Hut an und sah dann wieder seinem Vater ins Gesicht. »Ich habe an allen möglichen Ecken begonnen, Kosten einzusparen, soweit es nur irgend geht.«

»Du bist der Boß. Tu, was du zu tun hast.« Sein Vater schien unter anderem auch das Interesse an der Leitung der Ranch verloren zu haben.

»Ja, das tue ich auch.« Ty holte tief Atem, um endlich vorzubringen, was er seinem Vater zu sagen hatte. »Es ist wohl das Beste, wenn du gleich erfährst, daß ich die Klage eingestellt habe, was den Anspruch auf die strittigen zehntausend Morgen Land angeht. Vorläufig habe ich einen vorübergehenden Pacht- und Nutzungsvertrag abgeschlossen.«

Einige Minuten lang wandte ihm sein Vater seine ungeteilte Aufmerksamkeit zu. »Warum?«

»Die Gerichts- und Anwaltskosten waren zu hoch. Wenn sich auf dem Rindermarkt wieder etwas tut, kann ich es mir unter Umständen leisten, noch einmal zu prozessieren.«

»Aber es ist rechtlich von entscheidender Bedeutung, wer etwas in seinem Besitz hat. Dieses Land ist hundert Jahre lang in der einen oder anderen Form Calder-Land gewesen«, wandte sein Vater ein, ohne heftig zu werden.

»Und das ist es nach wie vor. Deshalb habe ich abgewartet, bis ich einen unterschriebenen Nutzungsvertrag in der Tasche habe und erst dann die Klage zurückgezogen. Es ist jederzeit möglich, sie wieder aufzunehmen«, versicherte ihm Ty.

Sein Vater ließ sich auf seine Kissen zurücksinken. »Vielleicht hast du recht.« Seine Stimme klang niedergeschlagen, und das verletzte Ty mehr als jeder wütende Streit über seine Entscheidung. »Vielleicht ist es den Kampf gar nicht wert. Wenn ich nicht so fest entschlossen gewesen wäre, dieses Land wieder an mich zu bringen, hätte es keinen Grund gegeben, nach Helena zu fliegen, und deine Mutter wäre heute noch am Leben.«

»So etwas darfst du nicht sagen. Du kannst dir nicht die Schuld daran geben«, wandte Ty ein.

»Du kannst nicht bestreiten, daß das, was ich gesagt habe, wahr ist.« Sein Vater sah ihn mit einem freudlosen Lächeln an. »Zünde mir bitte eine Zigarette an.«

Nach einem kurzen Zögern kam Ty dem Wunsch nach.

»Hast du dich mit Dr. Haslind unterhalten, als du ins Krankenhaus gekommen bist?« fragte sein Vater.

»Nein. Ich habe ihn verpaßt. Wieso?«

»Für Montag ist eine Operation angesetzt. Sie glauben, sie können etwas gegen diesen Druck auf meiner Wirbelsäule tun.«

Lange Zeit über konnte Ty kein einziges Wort herausbringen. »Ich werde hier sein.«

»Du mußt die Ranch leiten.«

»Ich werde kommen.«

Als sie Chase auf seiner Bahre zum Operationssaal fuhren, hatte ihm die Schwester schon eine Spritze gegeben, und er fühlte sich matt und schwer. Er konnte die Gesichter, die ihn umgaben, nur noch verschwommen erkennen, doch er sah sich alle an. Ty hatte gesagt, er würde kommen.

»Mein Sohn ...«, murmelte er mit belegter Stimme.

»Ihre Familie sitzt im Wartezimmer vor dem Operationssaal, Mr. Calder«, versicherte ihm eine Frauenstimme, doch sie schien aus weiter Ferne zu kommen.

Irgend etwas hatte er ihm noch sagen wollen. Es war sehr wichtig, aber es bereitete ihm Schwierigkeiten, sich daran zu erinnern, was es wohl gewesen sein mochte.

»Sagen Sie ihm …« Fast lag es ihm auf der Zunge. Er strengte sich gewaltig an und wehrte sich gegen die verschwommenen Nebelschwaden, die um ihn herumtrieben. » … Mineralrechte.« Er konnte sich jetzt wieder erinnern, doch seine Stimme war sehr leise und ließ die Wörter fast unkenntlich werden. »… Mineralrecht bekom …«

»Was hat er gesagt?« Einer der Ärzte, die bei der Operation helfen sollten, sah seinen Kollegen an, weil er wissen wollte, ob er die Worte vielleicht verstanden hatte.

»Irgend etwas über Mineralien.« Er schüttelte den Kopf. »Manchen der Patienten fällt aber auch wirklich das verrückteste Zeug ein.«

26

Es war ein Spätnachmittag, als Ty nach seiner dritten Fahrt zum Krankenhaus in kaum einer Woche zurückkam. Er war müde und wußte nur zu genau, daß ihn ein Haufen Papierarbeit erwartete.

Tara stand in der Tür, um ihn zu begrüßen, als er das Haus betrat.

»Willkommen zu Hause.« Sie gab ihm einen flüchtigen Kuß. »Wie geht es deinem Vater jetzt nach der Operation? Du hast ihm doch hoffentlich liebe Grüße von mir ausgerichtet.«

»Ja, und es geht ihm gut. Bisher verläuft die Rekonvaleszenz ausgezeichnet.« Er sah sich im Wohnzimmer um. »Ist E. J. schon angekommen? Ich habe Dad erklärt, daß du mich nicht begleiten kannst, weil du deinen Vater erwartest.«

»Er und Stricklin sind kurz nach dem Mittagessen gekommen. Heute nachmittag sind sie drüben bei der Mine.« Sie unterbrach sich und musterte ihn kritisch. »Du siehst erschöpft aus.«

»Das bin ich auch.« Er ging auf sein Arbeitszimmer zu und hoffte, einen Teil des Papierkrams erledigen zu können, ehe Dyson und Stricklin zurückkamen.

»Du hättest nicht so kurz nach deinem letzten Besuch wieder ins Krankenhaus fahren dürfen. Als er operiert wurde, waren wir beide da. Wir sind sogar bis zum nächsten Tag geblieben«, rief ihm Tara ins Gedächtnis zurück.

»Ich habe es für notwendig gehalten«, sagte Ty, doch er erklärte seine Gründe nicht. Als er sein Arbeitszimmer betrat, sah er eine Frau mittleren Alters in einem marineblauen Kleid und einer weißen Schürze, die gerade dabei war, die Hausbar abzustauben. Tara tauchte neben ihm auf, als er abrupt stehenblieb. »Wer sind Sie?«

»Ty, ich möchte dir Mrs. Thornton vorstellen. Sie führt den Haushalt für uns«, erklärte Tara.

Ty zog eine Augenbraue hoch und runzelte die Stirn. »Seit wann?«

»Seit ich sie eingestellt habe – und eine ausgezeichnete Köchin, die Simone Rae heißt. Heute beim Abendessen wirst du Gelegenheit haben, ihr kulinarisches Können zu testen.« Sein bekümmertes Erstaunen über diese Nachrichten schien sie absolut nicht zu stören.

»Guten Tag, Mr. Calder.« Die neue Haushälterin neigte respektvoll den Kopf und sah in seine Richtung.

»Mrs. Thornton.« Er riß sich zusammen, um sein Mißvergnügen nicht zu zeigen. »Sie können hier ein anderes Mal weitermachen.«

»Selbstverständlich, Sir«, murmelte sie und zog sich stumm aus dem Zimmer zurück.

»Was hat das zu bedeuten?« Er wandte sich an Tara, sowie sie miteinander allein waren.

»Ich habe dir doch gesagt, daß ich weitere Haushaltshilfen brauche«, erinnerte sie ihn mit einem verlegenen Lachen.

»Und als du mir das gesagt hast, dachte ich, du sprichst davon, ein Mädchen von der Ranch einzustellen.«

»Ty, du weißt, daß wir gut ausgebildetes, erfahrenes Personal brauchen«, sagte sie beharrlich. »Und Doug Stevens wird nächste Woche mit der ganzen Clique kommen. Nach all der Zeit, die er in Frankreich verbracht hat, kann ich ihm unmöglich schlecht zubereitetes Essen vorsetzen. Ich mußte eine ordentliche Köchin finden.«

»Verdammt noch mal, Tara«, murrte er unwillig und wandte sich ab. Dann jedoch drehte er sich ihr wieder zu und sah sie vorwurfsvoll an. »Du weißt doch, daß ich mich bemühe, unsere Ausgaben an allen Enden einzuschränken.«

»Es ist schlicht unmöglich, Gästen einen billigen Empfang zu bereiten.«

»Es sei denn, man veranstaltet gar nicht erst große Gesellschaften!« gab er erbost zurück.

Sie funkelte ihn an. »Wenn du mehr Zeit mit unseren Gästen verbringen würdest, statt dich auf dieser ganzen gottverdammten Ranch rumzutreiben ...«

»Ich habe keine Zeit, mich mit deinen Gästen abzugeben!« schnitt ihr Ty das Wort ab. »Ich bemühe mich, diese Ranch zu leiten und genügend Geld aufzutreiben, um alle diese Menschen, die hier arbeiten, zu ernähren, und zusätzlich muß ich all diese Menschen durchfüttern, die ständig hier eintreffen – auf deine Einladung hin.«

»Ich lade sie zu uns ein, damit du sie kennenlernst.« Sie bemühte sich, ihre Selbstbeherrschung zu wahren. »Wenn man es zu etwas bringen will, dann geht es nicht darum, was man weiß, sondern darum, wen man kennt. So sehr können dich diese Sonne und dieser Himmel doch noch nicht geblendet haben, daß du das nicht mehr erkennen kannst. Eines Tages könnten dir diese Menschen von Nutzen sein.«

»Wie denn? Etwa auf die Weise, auf die der gute Senator Bulfert meinem Vater nützlich war?«

»Einer von ihnen könnte genügend Einfluß haben, dir das Stück Land wieder zu beschaffen, das dein Vater für so wichtig hält.« Sie wußte, daß er in dem Punkt immer noch keine Ahnung hatte, und sie benutzte dieses Argument, um sich durchzusetzen. Tara sah die Unentschlossenheit auf seinem Gesicht und wurde freundlicher. »Sieh mal, Ty«, setzte sie an, und ihr Tonfall klang jetzt wieder sachlich und vernünftig. »Ich kann weder Kühe mit dem Lasso fangen, noch Kälber brandmarken. Ich kann die Buchhaltung nicht übernehmen. Deshalb solltest du dir von mir da helfen lassen, wo ich dir helfen kann – auf meine Art. Ich kenne eine Menge wichtiger Leute. Wenn Stevens mit den anderen kommt, dann sieh bitte zu, daß du mehr Zeit als sonst mit ihnen verbringen kannst.«

»Du kannst einen betören wie eine Hexe«, murrte er.

»Eine hübsche, hoffe ich doch.« Sie lachte leise und schlang ihre

Arme um seinen Hals. Die lockende Aufforderung ihrer Lippen siegte – wieder einmal.

Das dumpfe Dröhnen der riesigen Erdbewegungsmaschine mit dem Dieselantrieb vibrierte in der Luft, als Gras und Erde zur Seite geräumt wurden und die Kohle freigelegt wurde. Löffelbagger schaufelten die Kohlebrocken auf, die durch Sprengungen mit Dynamit gelöst worden waren, und luden sie für den Transport zu den Verarbeitungsfabriken auf große Kohlewagen. Bei diesem ohrenbetäubenden Krach bewegten sich Männer und Maschinen beständig hin und her.

Das Land wirkte so verheert und verwüstet wie ein Schlachtfeld. Die Vegetation, die an den Rändern der Kohlegruben überlebt hatte, war von einer dicken Schicht Kohlestaub überzogen.

Als Dyson und Stricklin aus dem provisorischen Büro kamen, wurden die Aktivitäten allseits eingestellt.

Dyson wandte sich an den Leiter des Unternehmens, Art Grinnell. »Was ist hier los?«

Er sah Dyson flüchtig an und runzelte die Stirn. »Ich weiß es nicht«, murmelte er, doch seinem Tonfall fehlte irgend etwas. »Ich werde mal nachsehen.« Er entschuldigte sich und wollte sich nach den Gründen erkundigen, aus denen die Arbeit eingestellt worden war. »He, Rhodes!« rief er dem Mann in einem Overall zu, der gerade von dem stillstehenden Lastwagen zurückkam.

Während Dyson die beiden Männer im Auge behielt, die etwas miteinander besprachen, sagte er zu seinem Partner: »Sehen wir doch selbst nach, was los ist.« Er witterte, daß hier etwas nicht stimmte. Wenn sich ein Mann – so wie er – sein Leben lang auf seinen Instinkt verläßt, entgeht ihm nicht, wenn seine Nase etwas Seltsames schnuppert. Sie gesellten sich zu den beiden Männern. »Was ist los?«

»Lediglich ein mechanisches Problem mit einem der Lastwagen, Mr. Dyson.« Grinnell versicherte ihm somit, daß es sich um nichts handelte, worüber er sich Sorgen machen müßte, doch er sah ihm dabei nicht in die Augen, sondern warf statt dessen einen flüchtigen Seitenblick auf den Fahrer, der Rhodes hieß.

»Wenn ich mich recht erinnere«, sagte Stricklin jetzt, »ist es hier in der letzten Zeit zu einer ganzen Reihe mechanischer Probleme gekommen. Sie sagten, das sei der Grund für den Produktionsrückgang des letzten Monats.« Der letzte Satz klang ein wenig vorwurfsvoll.

Dyson lächelte, als er seinen Partner ansah. Es war immer eine erfreuliche Bestätigung, wenn Stricklin mit seiner Logik zu demselben Schluß kam, den Dyson schon instinktiv gezogen hatte. Beide argwöhnten, daß hier etwas nicht stimmte, doch sie hatten einen gänzlich verschiedenen Ansatz. Gerade deshalb waren sie ein so gutes und erfolgreiches Team.

»Ja, das stimmt. Wir hatten viele Probleme«, gab Grinnell zu, und Dyson spürte den Widerwillen des Mannes, dieses Thema näher zu erörtern.

»Worin besteht das Problem mit dem Lastwagen, der dort liegengeblieben ist?« fragte Stricklin den Fahrer.

Einen Moment lang sah Rhodes, der Fahrer, seinen Boß fragend an. Dann preßte er die Lippen zusammen. »Die Ölleitung ist durchgeschnitten worden.«

»Durchgeschnitten?« Auf Stricklins normalerweise ausdrucksloses Gesicht trat eine gewisse Bestürzung. »Wie können Sie sich Ihrer Sache so sicher sein?«

»Ich bin nicht ganz sicher – nicht, ehe es sich der Mechaniker angesehen hat. Aber fest steht, daß die Ölleitung kaputt ist, und bei allen anderen ist sie schließlich auch durchgeschnitten worden.«

»Wollen Sie damit sagen, daß sie jemand vorsätzlich durchgetrennt hat?« Dyson wollte eine Bestätigung für diese Andeutung haben.

»Ja, und wenn der Kerl, der das tut, keine Zeit hat, die Ölleitung durchzuschneiden, schüttet er einfach Zucker in den Tank.« Zorn und Enttäuschung ließen die gesenkte Stimme des Fahrers beben. Er warf wieder einen Blick auf Grinnell, da er wußte, daß er das Thema von sich aus zur Sprache gebracht hatte, doch er wirkte entschlossen, auch gegen Grinnells Willen reinen Tisch zu machen.

»Sie können jetzt gehen, Rhodes«, sagte der Chef. »Sehen Sie zu, daß Sie den Wagen zu einer Werkstatt abschleppen lassen können.« Er sah ihm nach und wandte seine Aufmerksamkeit dann zögernd wieder den Besitzern der Firma zu.

»Seit wann werden diese Sabotageakte durchgeführt?« fragte Stricklin.

»Seit einem runden Monat.« Der Mann trat verlegen von einen Fuß auf den anderen. »Ich habe die Wachen nachts bereits verdoppelt.«

»Dann verdreifachen Sie sie«, ordnete Dyson an.

»Haben Sie auch nur die geringste Ahnung, wer es ist oder warum er das tut?« Stricklin, der sich sonst selten in Kreuzverhöre einmischte, stellte ausnahmsweise fast alle Fragen.

»Ich kann mir recht genau vorstellen, wer meiner Meinung nach dahintersteckt und warum er es tut«, erwiderte Grinnell grimmig. »Ganz offensichtlich will er unsere Produktivität einschränken und uns möglichst viele Probleme bescheren und Verzögerungen verursachen. Wenn eine Maschine nicht mehr funktioniert, sind nicht nur die Reparaturkosten hoch, sondern es bedeutet auch einen Zeitverlust für uns. Wahrscheinlich rechnet er sich aus, daß wir die Arbeit einstellen, wenn es zu kostspielig wird, die Mine zu betreiben. Und er rechnet sich wahrscheinlich ebenso aus, daß er uns, wenn schon nicht auf die eine Weise, dann doch auf die andere lahmlegen kann.«

»Wer steckt nun Ihres Erachtens dahinter?« Stricklin setzte seine Brille ab und fing an, sie mit einem Taschentuch zu putzen.

Ein unheilschwangeres Schweigen trat ein, als Grinnell Dyson voller Unbehagen ansah und dann wieder von einem Fuß auf den anderen trat. »Ich möchte Ihrer Tochter gegenüber nicht respektlos erscheinen, Mr. Dyson, aber – es muß Calder sein.« Eilig untermauerte er seine Argumente, ehe einer der beiden Männer sich zu seiner Schlußfolgerung äußern konnte. »Er hat Ihnen Kummer gemacht, seit er von Ihrer Kohlemine hörte. Einige der anderen Rancher hier in der Gegend haben ihn unterstützt, aber keiner hat sich wirklich gegen uns gestellt. Er hat es mit allen Mitteln auf dem Rechtsweg versucht. Und nach allem, was ich von den Ortsansässigen gehört habe, sind sich die Calders nicht zu gut dazu, ihr eigenes Gesetz zu vertreten und es selbst in die Hand zu nehmen.«

»Unmöglich!« lautete Dysons Reaktion. »Es ist völlig ausgeschlossen, daß Chase Calder diese Sabotageakte von seinem Krankenhausbett aus steuert.« Stricklin setzte seine Brille wieder auf und stieß sie sich auf die Nase. »Außerdem habe ich ihn selbst gesehen und mit anderen gesprochen, die ihn in der letzten Zeit gesehen haben. Er hat jeden Kampfgeist verloren. Und was meinen

Schwiegersohn angeht – er war nie ein so glühender Gegner des Kohleabbaus wie sein Vater, und er würde sich niemals zu solchen Taktiken herablassen.«

»Vielleicht haben Sie recht«, räumte Grinnell ein, doch er wirkte nicht überzeugt. »Es steht fest, daß Sie Ihren Schwiegersohn besser kennen als ich. Abgesehen davon, daß ich mich erinnern kann, ihn einmal in der Stadt bei einer Schlägerei in Sallys Bar gesehen zu haben. Er ist mit einer kaputten Bierflasche auf einen von uns losgegangen, was für mich heißt, daß er mit schmutzigen Mitteln kämpft, wenn es sein muß.«

»Ich will kein Wort mehr davon hören, die Calders seien für diese Sabotageakte verantwortlich«, sagte Dyson entschieden. »Sehen Sie zu, daß Sie diesen Mann schnappen, oder stellen Sie so viele Wachen auf, daß er es nicht mehr riskiert, uns Ärger zu machen.«

»Ja, Sir, wird gemacht.« Die Antwort kam durch gepreßte Lippen und drückte deutlich aus, daß das Thema damit abgeschlossen war. »Wenn Sie mich jetzt nicht mehr brauchen, mache ich mich wieder an die Arbeit.«

»Das wäre alles.« Dyson sah Grinnell wortlos nach, als dieser sich wieder in sein Büro begab; dann schien er sich einen Ruck zu geben und sah Stricklin an. Eine stillschweigende Übereinkunft ließ sie beide auf den Wagen zugehen, der wenige Meter vor ihnen parkte. »Wie siehst du den Fall, George?« fragte E. J. schließlich.

»Vielleicht ist es nichts anderes als ein Zufall, daß jemandÖlleitungen unserer Maschinen durchschneidet – und daß der Flugzeugabsturz, bei dem Calders Frau ums Leben gekommen ist, auch von einer kaputten Ölleitung verursacht wurde.«

»Es könnte aber auch sein, daß jemand versucht, den Verdacht auf die Calders zu lenken?« schlug Dyson vor.

»Aber wozu?« murmelte Stricklin vor sich hin. Er öffnete die Wagentür und glitt hinter das Steuer.

Auf dem Weg trafen sie auf einen der Tankwagen, die das kostspielige Wasser zu den Gebieten beförderten, die nach dem Kohleabbau wieder mit Gras bepflanzt worden waren. Nachdem sie durch das Tagebaugebiet und durch das vergilbte Gras der Ranch gefahren waren, tauchte saftiges, grünes Gras vor ihren Augen auf.

»Es ist zwar das teuerste Gras im ganzen Land, aber es wird uns nutzen, wenn Ty es sieht«, sagte Dyson. »Wir mußten den Beweis erbringen.«

»Es dient seinem Zweck«, stimmte Stricklin zu. »Und wenn wir diese Ausgaben jetzt auf uns nehmen, können wir das Gras später Mutter Natur überlassen und haben nicht die hohen Folgekosten.«

»Ich dachte mir, ich könnte mich heute abend an dieses Thema herantasten«, sagte Dyson. »Tara hat angedeutet, daß sie gerade im Moment in einer finanziellen Klemme sitzen. Es könnte genau der richtige Zeitpunkt sein, um ihm ein Geschäft vorzuschlagen.«

Stricklin strahlte, als er den Namen Tara hörte. »Sie macht sich großartig als Dame des Hauses. Sie ist geradezu geboren für diese Rolle.«

»Allerdings«, stimmte Dyson zu. Er war stolz auf seine Tochter, die den Haushalt allmählich zum Mittelpunkt eines gesellschaftlichen Lebens umgestaltete, das eine Menge einflußreicher Leute anzog. Ty hatte einen extrem guten Fang gemacht. Und außerdem wußte Dyson, daß er mit ihr als einer Verbündeten rechnen konnte, ohne je mit ihr über diese Angelegenheit geredet zu haben. Sie waren einander in ihrem Denken allzu ähnlich, er und seine Tochter.

»Das Essen war ausgezeichnet. Einfach ganz ausgezeichnet«, versicherte E. J. seiner Tochter.

»Danke, Daddy.« Sie drückte seinen Arm, als sie das Eßzimmer verließen. Ty folgte ihnen mit Stricklin und Cathleen. »Ich habe dir doch gesagt, daß meine Köchin ein Glücksgriff war. Sie hat jahrelang in der Villa des Gouverneurs gearbeitet. Es war meine Chance, daß das Restaurant, das sie in Helena eröffnet hatte, geschäftlich ein Flop war. Ich hatte nur einmal dort gegessen. Sowie ich hörte, daß sie wieder eine Stellung sucht, habe ich zugegriffen. Sie hat mir auch Mrs. Thornton, deren Empfehlungsschreiben ohnehin tadellos waren, wärmstens angeraten. Da die beiden miteinander bekannt sind, konnte ich sie gemeinsam unterbringen.« Und außerdem bewirkte es, daß sie sich weitgehend von den anderen Angestellten auf der Ranch fernhielten und somit der Klatsch über die Vorgänge im Haupthaus nachgelassen hatte, doch Tara nannte diesen weiteren Grund nicht. Dennoch hatte sie genau das mit ihrem neuen, nicht ortsansässigen Personal erreicht.

»Trinken wir noch einen Cognac im Arbeitszimmer?« schlug Ty vor.

»Damit meinst du mich ja offensichtlich nicht.« Cat grinste, da es ihr nur bei besonderen Anlässen gestattet wurde, Wein zum Abendessen zu trinken. »Ich komme also nicht mit. Ich glaube, ich scheuche die Insekten auf und mache noch einen Spaziergang im Freien.«

»Darf ich Sie begleiten, Cathleen?« erkundigte sich Stricklin. »Nach diesem köstlichen, aber üppigen Essen brauche ich auch Bewegung.«

»Ja, gewiß.« Mit einem Achselzucken versicherte sie ihm, daß sie nichts dagegen einzuwenden hatte.

»Dann bleibt wohl nur ihr beide übrig, du und Daddy«, erklärte Tara. »Ich muß die Menüs für die nächste Woche noch mit Simone besprechen, um sicherzugehen, daß wir alles im Haus haben, was wir brauchen, wenn Doug Stevens mit seinen Leuten kommt.«

Sie gingen ohne jede Eile auseinander. Ty und Dyson schlenderten in Tys Arbeitszimmer. Nachdem die Getränke eingeschenkt waren, setzten sich die beiden Männer auf zwei identische Sessel und machten es sich gemütlich. Dyson hielt den Cognacschwenker in den Händen, um das Getränk anzuwärmen.

»Ich hatte gehofft, bei meinem Besuch ein paar Minuten mit dir allein reden zu können, Ty.« Der Eröffnungszug war gemacht.

»Ach?« Ty sah ihn erstaunt an.

»Für mich ist die Situation ein bißchen unangenehm. Ich möchte keine Probleme schaffen, und doch hätte ich dich gleichzeitig gern als meinen Partner.«

»Als Partner?« Ty sah ihn noch erstaunter an.

»Es geht nicht nur darum, daß du nun eben mit meiner Tochter verheiratet bist. Ich möchte das deutlich klarstellen, obwohl es natürlich ein weiterer Grund ist, aus dem ich mit dir zusammenarbeiten möchte – damit es in der Familie bleibt, um es einmal so zu sagen.« Er lächelte, als er sah, daß Tys Gesicht keine Ablehnung ausdrückte. »Aber ich habe dich schon immer gemocht. Du hast einen Kopf auf den Schultern sitzen, und du weißt, wie du deinen Verstand gebrauchen kannst. Das respektiere ich. Und außerdem ist es genau das, was ich von einem Geschäftspartner erwarte.«

»Was ein Geschäftspartner außerdem einbringen muß, ist seine

Zeit«, sagte Ty. »Und ich habe mit der Ranch alle Hände voll zu tun.«

»Hast du Probleme?« Dyson hielt es für besser, diese Frage zu stellen. Ty hätte andernfalls glauben können, seine Tochter hätte ihm gegenüber etwas angedeutet.

»Ja, einige.«

»Soweit ich gehört habe, herrscht gerade Ebbe auf dem Rindermarkt.« Er nickte, um sein Verständnis auszudrücken. »Und das Öl fließt auch nicht mehr reichlich. Somit können diese Einkünfte den flauen Rindermarkt nicht mehr ausgleichen.«

»Ja, leider«, stimmte Ty zu und trank einen Schluck Cognac.

»Dir steht eine andere Geldquelle unmittelbar zur Verfügung – Kohle.« Dyson sah, daß Ty Einwände erheben wollte, und er hob eine Hand, um das Wort zu behalten. »Ich weiß ganz genau, wie dein Vater darüber denkt, vor allem, wenn es um Calder-Land geht. Glaub mir, ich habe alles, was du jetzt sagen willst, schon einmal gehört, und zwar nicht nur von ihm.« Er lachte, um zu zeigen, wie wenig er auf solches Gerede gab. »Dasselbe haben die Rancher in Texas gesagt, als die ersten Ölbohrungen vorgenommen worden sind. Sie waren sicher, daß sie sich damit das Land ruinieren oder ihre Rinder nicht mehr weiden lassen können. Und die Fischer haben geschrien, daß die Bohrtürme vor der Küste die Fische vertreiben. Ich könnte ewig weiterreden. Aber jedesmal haben sich diese Befürchtungen als grundlos erwiesen. Ich sage dir nichts, was du nicht längst weißt.«

»Das sind gute Argumente«, stimmte ihm Ty zu. »Trotzdem kann man über den Tagebau nicht dasselbe behaupten. Man braucht sich nur so einige Gegenden im Osten anzusehen, wenn man sehen will, was dem Land zugefügt wird.«

»Ja, früher. Aber du weißt, wie streng die Vorschriften heutzutage sind. Du mußt dir ansehen, wie fortgeschritten die Rekultivierung des Landes in der Nähe der Stockman Ranch ist. Im nächsten Jahr kann niemand mehr erkennen, was wir mit diesem Land gemacht haben«, beharrte er. »Außerdem ist es genau der richtige Zeitpunkt, um ins Kohlegeschäft einzusteigen, da jetzt alle diese neuen Programme laufen, die fordern, daß die großen Kraftwerke mit Kohle arbeiten. Die Nachfrage wird steigen, und damit werden auch die Preise entsprechend anziehen.«

»Ich bezweifle nicht im geringsten, daß damit Geld zu machen ist.« Er stellte auch die anderen Behauptungen nicht in Frage, die Dyson über die strengen Vorschriften beim Tagebau und über die verbesserten Techniken zur Rekultivierung des Bodens getroffen hatte. Er war kein so großer Skeptiker wie sein Vater.

»Die Partnerschaft, die mir vorschwebt, ist ein Gemeinschaftsunternehmen zum Abbau der Kohle auf diesen zehntausend Morgen Land.« Dyson sagte ihm nicht, daß er mit diesem Ansinnen bereits die entsprechenden Regierungsstellen kontaktiert hatte und daß seine Verträge eine Einwilligung praktisch garantierten. »Da dein Vater seinen Anspruch auf dieses Land als gerechtfertigt betrachtet, könnte ich nicht guten Gewissens anfangen, dort Kohle zu schürfen, solange es zu keiner Vereinbarung zwischen uns kommt, die uns gemeinsam am Gewinn beteiligt.«

»Ich weiß das zu schätzen ...«, setzte Ty an.

»Ich will nicht sofort eine Antwort haben«, sagte Dyson, ehe das Angebot abgelehnt werden konnte. »Ich möchte nur, daß du dir Gedanken darüber machst. Wenn du dich einverstanden erklärst, bringt dich das in direkten Widerspruch zu den Wünschen deines Vaters, soviel ist mir klar. Ich habe es schon öfter gesagt – dein Vater kommt noch aus der alten Schule. Er akzeptiert nur sehr langsam Veränderungen, und er ist nicht sehr bereit, neue Ideen oder neue Richtungen, die eingeschlagen werden, zu akzeptieren. Aber dieses Land wird die Kohle, die unter seinem Boden liegt, noch brauchen. Jemand wird sie abbauen; das ist unvermeidlich. Dein Vater will es sich nur einfach nicht eingestehen.«

»Ich weiß.« Er musterte den Cognac in seinem Glas und wurde sich des Konflikts zwischen einem logischen und einem emotionalen Standpunkt bewußt.

»Jetzt aber genug vom Geschäftlichen.« Dyson ließ sich in seinen Sessel zurücksinken. Die Unterredung war erfreulich reibungslos verlaufen. »Was hältst du von dem neuen Senator, der jetzt Bulferts früheres Amt übernommen hat?«

»Gut, daß es so windig ist«, sagte Cat, als sie unter dem Halbmond spazierengingen.

»Ja, dadurch kommt es einem wesentlich kühler vor«, sagte Stricklin.

»Das habe ich nicht gemeint.« Cat lachte leise vor sich hin. »Ich dachte an die vielen Fliegen und Moskitos, die uns andernfalls überfallen würden. Manchmal sind es so große Schwärme, daß ich beschwören könnte, sie könnten einen auffressen.«

»Diese Insekten können wirklich äußerst lästig sein«, stimmte er ihr zu.

»Sehen Sie.« Sie wies auf den Himmel. »Da fliegt ein Flugzeug. Sehen Sie das rote Licht, das sich am Himmel bewegt?«

»Ja.« Er sah ihm längere Zeit zu. »Sagen Sie – hat man je in Erfahrung bringen können, was die Ursache des Flugzeugabsturzes war? Das letzte, was ich gehört habe, war, daß in irgendeiner Form ein Motorenschaden vorlag.«

»Die Ölzufuhr war unterbrochen.« Ihre Stimme war gedämpft, und sie senkte den Kopf, denn das Thema hatte ihr den abendlichen Spaziergang verdorben.

»Weiß jemand, wie es dazu gekommen ist?« Stricklin musterte sie von der Seite.

Sie schüttelte den Kopf und warf einen flüchtigen Blick auf ihn. »Ich vermute, es ist halt passiert.«

Nach einer kurzen Pause sah Cat ihn neugierig an. »Sie fliegen doch oft durch die Gegend. Machen Sie sich vielleicht Sorgen, an Ihrem Flugzeug könnte etwas kaputtgehen?«

Er sah ihr lange in die Augen. Sein Blick war forschend. »Nein«, sagte er schließlich. »Ich habe mir nie Gedanken darüber gemacht.« Er zog ein kleines Messer aus einer Tasche. Cat sah belustig zu, wie er sich die Fingernägel reinigte. »Warum säubern Sie sich eigentlich so oft die Fingernägel?« Diesmal war das Messer wenigstens sauber, dachte sie.

Stricklin war verblüfft über ihre Frage, doch dann zuckte er die Achseln. »Es ist mir wohl zur Gewohnheit geworden.« Er warf einen Blick in die Nacht. »Treffen Sie sich noch mit diesem jungen Cowboy?«

Diesmal sah sie ihn stirnrunzelnd an. »Mit Repp? Woher wissen Sie das?«

»Hat Tara vielleicht etwas Falsches gesagt?« entgegnete er. »Es tut mir leid. Mir war nicht klar, daß sie es mir nicht hätte sagen sollen.«

»Das macht nichts.« Sie zuckte die Achseln und fragte dann neugierig: »Was hat Sie Ihnen eigentlich erzählt?«

»Eigentlich nichts weiter. Wirklich nicht«, versprach Stricklin. »Ich glaube, sie hat lediglich erwähnt, daß es einen Cowboy gibt, den Sie ganz besonders mögen, aber daß Ihr Vater findet, Sie seien noch nicht alt genug für solche Verabredungen. Ich glaube, sie hat angedeutet, sie hätte euch beide gelegentlich gedeckt, um euch zu einem Treffen zu verhelfen.«

»Ich habe ihn ein paarmal ohne das Wissen meines Vaters gesehen«, gab Cat zu. Dabei spielte sie herunter, wie oft sie sich aus dem Haus geschlichen hatte, um sich mit Repp zu treffen. »Er fand, ich sollte mich nicht mit Männern verabreden, solange ich noch nicht sechzehn bin, aber so lange wollte ich nicht warten.«

»Soweit ich gehört habe, ist das bei jungen Verliebten häufig so. Man hat geheime Treffpunkte. Das macht natürlich alles noch romantischer.«

»Ja, so ist es wohl«, stimmte sie zu. Sie war inzwischen in der Lage, belustigt sich dieser Zeiten zu erinnern. Jetzt war sie sechzehn und konnte sich ganz offen mit Repp treffen.

»Hattet ihr geheime Treffpunkte?« erkundigte er sich.

»Ja, aber so etwas verrät man doch nicht«, schalt ihn Cat, der es widerstrebte, ihm zu sagen, daß sie sich immer im Büro des Flugzeughangars getroffen hatten. Das war eine Angelegenheit zwischen Repp und ihr, die niemand sonst etwas anging.

»Entschuldigung. Ich wollte nicht so neugierig sein. Hat man euch je erwischt?«

»Nein. Sonst wäre unser Treffpunkt ja kein Geheimnis mehr.« Sie dachte an das eine Mal, als Repp geglaubt hatte, er hätte jemanden im Hangar gehört. Damals hatte sich herausgestellt, daß es nur der Wind gewesen war, der die Luke zum Motorraum eines Flugzeugs geöffnet und wieder zugeschlagen hatte.

Ganz in der Nähe schnaubte ein Pferd. Cat wandte sich in die Richtung, aus der das Geräusch gekommen war. Dann hörte sie das gedämpfte Klappern von Hufen in dem dichten Gras. Sattelleder ächzte.

»Wer ist da?« rief Cat. Einen Moment lang war nur das Rauschen des hohen Grases im Wind zu hören. Plötzlich ragte eine dunkle Gestalt vor ihnen auf. Stricklin zuckte zusammen, als er merkte, wie lautlos sich ihnen der Mann genähert hatte.

»Onkel Culley.« Cat lachte leise. Er hatte sie gewaltig erschreckt. »Ich wußte nicht, daß du es bist.«

»Ist alles in Ordnung mit dir?« fragte er und sah Stricklin argwöhnisch an.

»Ja, sicher. Wir wollten nur einen Verdauungsspaziergang machen«, erklärte Cat. »Meinen Onkel haben Sie doch schon kennengelernt, Mr. Stricklin, nicht wahr?«

»Ja, natürlich. Guten Tag, Mr. O'Rourke. Wie geht es Ihnen?« Sein Mund verzog sich zu einem schwachen Lächeln, das nicht bis zu seinen Augen reichte.

»Gut.« Culley nickte, doch er ließ den Mann keine Sekunde aus den Augen.

Cat spürte das verlegene Schweigen, das in der Luft hing, eine Spannung, die ihr Unbehagen bereitete. »Bist du morgen zu Hause, Onkel Culley?« Sie sagte es, um die Spannung zu mildern. »Ich hatte vor, zur Shamrock Ranch zu reiten.«

»Wenn du kommst, hole ich dich am Fluß ab«, sagte er.

»Ich lasse euch beide jetzt allein, damit ihr eure Pläne schmieden könnt«, sagte Stricklin und wandte sich zum Haus um. »Der Spaziergang hat mir Spaß gemacht, Cathleen.«

»Gute Nacht, Mr. Stricklin«, sagte sie und sah ihm gedankenverloren nach.

»Wie kommt es, daß du allein mit ihm warst?« erkundigte sich ihr Onkel.

»Allein?« Sie war gar nicht auf den Gedanken gekommen, die Sache so zu sehen. Jedenfalls war sie nicht in der Art mit dem Mann allein gewesen, auf die Culley anzuspielen schien. »Wir haben lediglich nach dem Abendessen einen Spaziergang gemacht. Das kann man wohl kaum als ›mit jemandem allein sein‹ bezeichnen.«

»Vielleicht nicht«, räumte er mürrisch ein. »Aber du solltest dich lieber von ihm fernhalten. Ich traue ihm nicht.«

»Stricklin? Ich habe in all der Zeit, seit ich ihn kenne, nie erlebt, daß er eine Frau auch nur näher ansieht.« Cat tat verächtlich die Vorstellung ab, er könne sich ihr annähern wollen. »Und außerdem ist er viel zu alt. Und wenn ich ausgehe, gehe ich mit Repp aus.«

»Merk dir trotzdem, was ich gesagt habe«, beharrte Culley. »Kommst du morgen wirklich?«

»Ja, klar. Wir treffen uns um zehn am Fluß.«

27

Es war einer jener heißen, trägen Sommernachmittage, die zu keiner und noch so geringen physischen Aktivität motivierten.

Da Jessy an der Nordgrenze der Ranch arbeitete und wohnte, hatte sie noch keinen Kontakt mit Taras Gästen gehabt, doch die Gerüchte, die im Umlauf waren, bestätigten sich, als sie sich dem Kolonialwarenladen näherte, der eigens für die Ranch eingerichtet worden war. Die Männer murrten immer lauter, und die Auflehnung nahm zu.

Abgesehen von Grundnahrungsmitteln, war nahezu alles im Laden ausverkauft. Die Städter bestanden darauf, sich wie Cowboys zu kleiden. Die Jeans, die Stiefel und die Hüte wurden verkauft wie nie. Tara hatte Bill angewiesen, ihren Gästen grundsätzlich für alles den doppelten Preis zu berechnen oder gar mehr, wenn sie ausschauten, als würden sie jeden Preis bezahlen.

»Vielleicht meint sie, daß gerade diese Leute es sich leisten können«, sagte Jessy zu Ramsey, der ihr sein Leid geklagt hatte.

»Ja, das mag sein, aber hier ist nichts mehr so wie früher, und mir behagt das nicht.«

»Wir konnten im Geschäft immer alles zum Einkaufspreis mitnehmen, und daher ist das Doppelte wahrscheinlich sogar noch ein guter Preis«, wandte Jessy ein.

»Du weißt ja nicht, was sich sonst noch alles tut«, klagte der Cowboy. »Ich muß Ausritte mit diesen Gecken organisieren, die noch nie auf einem Pferd gesessen haben und am laufenden Band ›wie wunderschööön‹ kreischen. Keiner von ihnen kann früh aufstehen, aber weil sie alle den Sonnenaufgang erleben wollen, muß ich spät nachts mit ihnen losreiten. Dann wollen sie am Lagerfeuer sitzen. Kannst du dir das vorstellen? Am Lagerfeuer!«

»Das ist doch Wahnsinn! Das Gras ist viel zu trocken! Wenn ein Windhauch aufkommt, brennt das ganze Land!«

»Ja, und deshalb haben wir die Lagerfeuer auch wieder gestrichen. Aber es kommt noch viel schlimmer. Zwei Tunten sollen auch unter den Gästen sein.« Er schlug verlegen die Augen nieder.

Jessy hätte beinah laut gelacht.

»Ich kann Ty nicht mehr verstehen. Er streicht gute Männer von der Lohnliste und läßt zu, daß sie diese Kerle einlädt. Nichts ist mehr so wie früher!«

»Ja, das habe ich gehört«, sagte Jessy. Sie wollte sich nicht äußern, da sie gewiß nicht unparteiisch war. Der alte Bill Vernon, der den Laden führte, kam auf seinem Rollstuhl aus dem Lager zurück. »Ich brauche so ziemlich alles, Bill«, sagte sie. »Kaffee, Eier ...«

»Es ist eine verfluchte Schande, daß der Wachmann den Kerl nicht erkennen konnte.« Dyson rieb sich gereizt das Kinn. »Es war ihm noch nicht einmal möglich, den Kerl näher zu beschreiben. Was sollen wir denn damit anfangen – ein schlanker Cowboy auf einem dunklen Pferd?«

»Das hilft uns wirklich nicht weiter«, sagte Stricklin, als sie vor dem Haupthaus der Triple C vorfuhren.

»Vielleicht versucht er es nicht noch einmal, nachdem er um ein Haar geschnappt worden wäre«, sagte Dyson optimistisch. »Er hat uns ohnehin schon genug Ärger gemacht. Verdammt noch mal, aber ich habe keine Ahnung, warum er das tut. Warum kommt er immer wieder? Hast du irgendeine Idee?«

»Nein.«

»Ich weiß nicht, wie lange wir es noch geheimhalten können«, sagte Dyson grimmig. »Ty hat vor ein paar Wochen mir gegenüber geäußert, er hätte gehört, daß wir Schwierigkeiten haben. Ich habe die Sache heruntergespielt und als böswilligen Vandalismus abgetan. Aber es macht sich nicht gut, wenn er glaubt, er handele sich, wenn er auf das Angebot eingeht, das ich ihm gemacht habe, nur Schwierigkeiten ein.«

»Hat er sich schon in irgendeiner Form zu deinem Vorschlag geäußert?« fragte Stricklin, als sie vor dem Haus anhielten.

»Nein, aber ich habe das Gefühl, es hängt davon ab, wie groß seine Geldnöte sind.« Dyson stieg aus und blickte der fröhlichen Gruppe entgegen, die auf das Haus zukam. »Da kommt Tara Lee.«

Die Gäste kamen vom Fluß zurück. Sie trugen Badesachen und hatten sich Handtücher um den Hals gelegt. Cat lief neben einem Mann um die Dreißig her, der Speck angesetzt hatte und schnaufte.

»Vielleicht sollte ich Ihnen helfen, Mr. Macklin« sagte Cat ironisch.

»Oh, das wäre nicht das Schlechteste«, sagte er im Scherz und legte einen Arm um ihre Schultern.

Repp Taylor, der gerade aus dem Stall gekommen war, sah Cat neben diesem Fremden, der so vertraulich seinen Arm um sie gelegt hatte. Er gab seinem Pferd die Sporen und ritt auf die Gruppe von Gästen zu.

»Ich muß mit dir reden, Cat«, erklärte er mit einer unheilvoll ausdruckslosen Stimme, als er sein Pferd vor ihr angehalten hatte.

Cat ließ Taras Gast bestürzt stehen, doch ihr Lächeln wirkte selbstsicher. »Ich komme gleich nach«, erklärte sie den anderen.

»Das ist Cats Freund«, erklärte Tara ihren Gästen.

»Was willst du, Repp?« fragte Cat. Statt sie anzusehen, sah er den Gästen nach. »Ist etwas?« Sie warf über ihre Schulter einen zögernden Blick in die Richtung, in die er sah.

Er wartete, bis die anderen außer Hörweite waren, ehe er überhaupt etwas sagte. »Wie kommst du dazu, dich derart von diesem Fremden betatschen zu lassen?«

»Mr. Macklin?« Nach ihrem ersten Erstaunen hätte sie am liebsten laut losgelacht, als sie merkte, daß Repp eifersüchtig war. »Das war nichts weiter als ein harmloser Scherz. Er hat geklagt, daß er den Aufstieg nicht mehr schafft, und ich habe so getan, als würde ich ihm helfen. Das war alles.«

»Sei nicht so verflucht naiv. Das war doch nur ein Vorwand, um dich anzufassen. Und außerdem hast du überhaupt nichts bei einem Mann verloren, der doppelt so alt ist wie du.«

»Ich war doch nicht mit ihm zusammen. Wir haben alle miteinander den Nachmittag am Fluß verbracht.«

»Das ist das Allerschlimmste – du stolzierst halbnackt herum, damit dich eine Horde von fremden Männern lüstern ansieht.«

»Diesen Unsinn höre ich mir nicht länger an.« Cat preßte die Lippen zusammen und drehte sich um. Repps Verhalten ärgerte sie. Doch er packte ihren Arm und wirbelte sie wieder zu sich herum.

»Du wirst dich von diesen Gästen fernhalten«, befahl er.

»Aber es sind doch unsere Gäste«, beharrte sie.

»Hast du sie eingeladen?« fragte Repp.

»Nein, aber ...«

»Dann ist es auch nicht deine Angelegenheit, sie zu unterhalten«, fauchte er.

Sie riß sich von ihm los. »Versuch nicht, mir vorzuschreiben, was ich zu tun habe, Repp Taylor«, warnte sie ihn.

»Es ist an der Zeit, daß dir jemand Vorschriften macht.«

»Aber ganz bestimmt nicht du!«

»Ich habe dir gesagt, daß du dich von diesen Menschen fernhalten sollst«, wiederholte Repp.

»Nein!« Sie wandte sich erbost ab.

»Wenn du so weitermachst, bringst du dich in Schwierigkeiten!«

»Das wäre ja dann wohl schließlich mein Problem, oder etwa nicht? Ich brauche deine Hilfe nicht!«

Sie stritten nicht gerade leise, doch es gab nur einen Menschen, der ihnen aufmerksam lauschte. Dyson stellte sich neben Stricklin, und beide sahen zu, wie Cathleen der Gruppe von Gästen eilig nachlief.

»Die Verliebten zanken sich«, murmelte Dyson belustigt.

»Man könnte es fast meinen«, stimmte Stricklin zu. Kein weiteres Wort wurde darüber verloren. Die Gruppe verlief sich, und Stricklin blieb zurück, um Cat in das Haus zu folgen. »Ich hoffe, der Streit mit Ihrem Freund war nicht allzu ernst«, murmelte er.

Sie blieb stehen und sah ihn kühl und abschätzend an. »Das ist wohl kaum Ihre Angelegenheit, Mr. Stricklin«, erwiderte sie kühl. Es paßte ihr nicht, daß er sich in ihre Privatangelegenheiten einmischte. Statt sich den anderen anzuschließen, die sich auf die bereitstehenden Erfrischungen stürzten, begab sich Cat direkt in ihr Zimmer. Es verletzte sie und brachte sie in Wut, daß Repp ihr Verhalten kritisiert hatte.

Ty rieb sich die Augen, um seine Müdigkeit zu vertreiben. Er saß an seinem Schreibtisch und blickte in den Kamin, in dem um diese Jahreszeit kein Feuer brannte. Eine Erschöpfung, die physisch und psychisch zugleich war, zehrte an ihm. Er stand unter zuviel Druck von zu vielen Seiten und sehnte sich nach freundlicheren Zeiten zurück. Vor seinem inneren Auge sah Ty gelbe Flammen im Kamin züngeln und Jessy mit dem erwartungsvollen Blick in ihren Augen vor dem Kamin stehen. Er verzehrte sich danach, dieses Gefühl der Zärtlichkeit wieder zu empfinden, das sie in ihm wachrief. Es war kein glühendes, fiebriges Verlangen. Etwas, was weit tiefer ging.

»Ty!« die leise Nennung seines Namens störte ihn auf und finster sah er dem Eindringling entgegen. Mit einem dünnen Nachthemd und einem dünnen Morgenmantel bekleidet schlüpfte Tara in sein Arbeitszimmer. »Es ist schon nach eins. Ich glaube, du hast für heute abend genug gearbeitet.«

Er warf einen Blick auf die Uhr, wie um sich zu vergewissern, ob es wirklich schon so spät war.

»Ich bin fast fertig.« Doch ihm war weder nach Arbeit noch nach Schlaf zumute.

»Das kannst du doch ein anderes Mal erledigen«, beharrte Tara. Sie kam um seinen Schreibtisch herum und drehte seinen Stuhl zu sich um. Als er sich zurücklehnte, ließ sie sich auf seinen Schoß gleiten. Widersprüchliche Gefühle erwachten in ihm – eine Spur von Ungeduld stritt mit seiner stummen Bewunderung ihrer Schönheit. Sie fuhr mit den Fingern durch sein Haar. »Als ich eben reinkam, hatte ich den Eindruck, als ob du gerade innerlich vor einer wichtigen Entscheidung stehen würdest. Woran hast du gedacht?« erkundigte sich Tara, ohne ihr großes Interesse zu zeigen.

»An die Ranch«, log er und atmete den parfümierten Duft ihres Körpers ein. Die Gelüste, die ihre bloße Anwesenheit in ihm aufsteigen lassen konnte, wurden ihm bewußt.

»Ich wünschte, du würdest dir von Daddy helfen lassen.« Eilig fügte sie hinzu: »Aber natürlich liegt die Entscheidung bei dir, und heute abend reden wir ganz bestimmt nicht mehr darüber.«

Als sie ihre Hand auf seine Brust legte, sah Ty das Funkeln der Diamanten, die die Fassung für den Opal ihres Verlobungsringes bildeten. Das erinnerte ihn an die fiebrige Vorfreude, mit der er diesen Ring ausgesucht hatte. Es schien viele Jahre her zu sein. Er nahm ihre Hand, legte einen Finger auf den Ring und dachte an alles, wofür er einst gestanden hatte.

»Bist du glücklich, Tara?« Die scheinbar unbeteiligte Frage klang besorgt. Er glaubte plötzlich zu wissen, daß er nicht gefunden hatte, was er mit diesem Ring gesucht hatte, und er fragte sich, ob sie es wohl gefunden haben mochte.

»Ich bin in meinem ganzen Leben noch nicht glücklicher gewesen.« Ihre Stimme klang heftig. »Alles wird so, wie ich es mir erhofft habe.« Ihre dunklen Augen glänzten voller Zuversicht und Selbstsicherheit. »Ich weiß, daß du im Moment geschäftliche Sorgen hast. Dein Vater hat dir die Ranch in einem finanziell untragbaren Zustand hinterlassen. Aber wir werden dieses Problem gemeinsam meistern. Du weißt doch längst, daß es eine Möglichkeit gibt, alle finanziellen Schwierigkeiten zu überwinden«, sagte sie. Es war eine behutsame Anspielung auf den Vorschlag ihres Vaters. »Ich weiß, daß du dich mit der Entscheidung herumquälst, aber du wirst die richtige Entscheidung treffen. Und dann wirst du sehen, wie wunderbar alles laufen wird.«

»Ja.« Seine Antwort war frei von jeglicher Begeisterung.

»Das klingt nicht, als seist du besonders glücklich«, schalt ihn Tara im Scherz.

»Ich hatte in der letzten Zeit nicht allzuviel Anlaß dazu.« Ty zuckte die Achseln. Seine Aufmerksamkeit wandte sich wieder ihrem Ring zu, der ihn weit mehr zu interessieren schien als die Unterhaltung. »Was hatte Cat denn heute?« Sie war äußerst mißmutig zum Abendessen erschienen.

»Sie hatte einen blödsinnigen Streit mit Repp.« Tara tat den Vorfall als unwesentlich ab. »Und jetzt schmollt sie. Ich habe Vorbereitungen getroffen. Wir werden morgen am späten Nachmittag alle zusammen ausreiten. Jetzt will sie nicht mehr mitkommen und statt dessen lieber euren verrückten Onkel besuchen. Ich finde, du solltest ihr nicht erlauben, ihn zu besuchen.«

»Culley ist harmlos.« Ty sah keinen Grund, dagegen einzuschreiten. »Du brauchst dir deshalb keine Sorgen zu machen.«

Tara stellte besorgt fest, wie wenig Aufmerksamkeit ihr Ty schenkte. Er schien vollkommen in seine eigenen Überlegungen vertieft zu sein. »Ty, woran denkst du?« Sie beharrte jetzt darauf, es wissen zu wollen, und ihre Stimme klang besorgt.

Als er zu ihr aufblickte und ihr zum ersten Mal seit ihrem Eintreten in die Augen sah, stand eine Spur von Reue auf seinem nachdenklichen Gesicht. »Ich habe darüber nachgedacht, was das Wort eines Mannes bedeutet.«

»Das klingt sehr ernsthaft.« Tara bemühte sich zu lachen, aber einen Moment lang fürchtete sie sich vor dem Szepter einer anderen Frau. Dennoch klang seine Äußerung eher tröstlich als beunruhigend. Daher nutzte sie den speziellen Ehrenkodex für sich, nach dem sich die Männer auf der Ranch richteten, um den Knoten enger zuzuziehen, der Ty an sie band.

»Ich glaube, daß ein solches Wort viel bedeutet, denn ich habe die Gelübde ernst gemeint, die ich dir abgelegt habe, als wir geheiratet haben. Ich bin deine Frau – in guten wie in schlechten Zeiten.«

»Ja.« Seine Antwort kam zögernd heraus. »Du bist meine Frau.« Vielleicht würde er sich endlich mit der Realität arrangieren können. Vielleicht wurde er endlich erwachsen und erkannte die Verantwortung, die er Tara gegenüber hatte und gegenüber ihrer Ehe. Wenn er nicht die Geborgenheit fand, nach der er sich in seiner Ehe sehnte, dann hatte er noch lange nicht das Recht, sie außerhalb dieser Ehe zu suchen. Er war es sich selbst und Tara schuldig, ihre Ehe davor zu bewahren, zu einer Farce zu werden. Auch wenn ihre Beziehung inzwischen keine Tiefen und edlen Bereiche mehr kannte, sondern nur noch die physische Glut geblieben war, dann sollte es eben so sein.

Die Einsicht, die bei ihm durchklang, ließ Tara triumphieren. Ihre gesamte Zuversicht, schließlich doch ganz und gar und endgültig über ihre Rivalin zu siegen, war gerechtfertigt. Siegessicher beugte sie sich vor, um ihn zu küssen. Ty warf noch einen Blick auf den schwarzen Kamin, ehe ihre dunkle Schönheit jenes Bild auslöschte, das vor seinen Augen stand. Die Wärme von Taras Körper schien ihn zu durchströmen und weckte die Glut – die gierigen Gelüste, die dennoch nicht annähernd mehr so verzehrend waren wie einst.

Cat schmollte immer noch und fühlte sich durch ihren Streit mit Repp verletzt, gedemütigt und im Stich gelassen. Das waren die Augenblicke, in denen sie glaubte, es gäbe niemanden, an den sie sich wenden konnte. Früher wäre sie zu ihren Eltern gelaufen, aber ihre Mutter war nicht mehr da. Ihr Vater, der immer so stark und bereit gewesen war, jedes Problem aus der Welt zu schaffen, mußte nun vor allem Unerfreulichem bewahrt werden. Ty hatte zuviel zu tun und Tara, die ihr manchmal so etwas wie eine ältere Schwester war, betrachtete Cats Gefühle immer noch als kindisch und nahm sie nie ernst. Immer häufiger kam es vor, daß Cat ihren Onkel aufsuchte, um in Gesellschaft eines Menschen zu sein, der sich etwas aus ihr machte, wenn sie Einsamkeit und Unsicherheit überfielen.

Culley hatte sie bisher immer auf dem Weg abgepaßt. Er kam ihr entgegengeritten, und gemeinsam hatten sie sich auf den Weg zu seinem Haus gemacht. Diesmal war nirgends eine Spur von ihm zu sehen. Sie hatte zwar nie verstanden, warum er immer gewußt hatte, daß sie kam, doch jetzt besorgte es sie, daß sie schon vor dem Haus stand und immer noch nichts von ihm zu sehen war. Sie stieg ab und band ihr Pferd an dem Geländer der Veranda fest. Sie stieg die Stufen hinauf und versuchte, durch die Haustür zu spähen.

»Onkel Culley?« rief sie zaghaft. Die Stille hatte etwas Gespenstisches an sich. »Onkel Culley!« Ihre Stimme klang jetzt lauter.

Ein leises Geräusch drang aus dem Haus. Sie fing an, sich Gedanken zu machen und plötzlich bereitete es Cat Sorgen, daß ihr Onkel ganz allein lebte, in vollkommener Abgeschiedenheit und fern von jeder Hilfe. Wenn er sich verletzt hatte oder krank wurde, würde es niemand erfahren.

»Onkel Culley?« Für den Fall, daß er sich in der Scheune aufhielt, rief sie jetzt sehr laut nach ihm. »Bist du da?« Sie konnte sich eigentlich nicht vorstellen, daß er nicht im Haus war, und daher trat sie ein und schloß die Haustür leise hinter sich. Dann blieb sie stehen und lauschte. »Onkel Culley?« Ihre Stimme hallte durch das stille Haus. Die Schlafzimmertür war geschlossen. Sie war erst einen Schritt auf die Tür zugegangen, als sich die Tür auch schon öffnete und ihr Onkel herauskam. Er war blaß, sein Haar zerzaust und sein Hemd aufgeknöpft und nur teilweise in die Hose gesteckt. Sein graues Haar stand wirr vom Kopf, und an den Füßen trug er graue Wollsocken.

»Ich habe dich heute nicht erwartet, Cathleen.« Seine Stimme klang nicht so wie sonst, und er kam ihr steif und unbeholfen entgegen. »Ich glaube, du hast mich geweckt.«

Er sah so aus, als sei er gerade aus dem Bett gekommen, und mit dieser Erklärung beruhigte sie sich. »Ich hatte mir schon Sorgen gemacht«, gab sie zu. »Ich dachte schon, dir sei etwas zugestoßen.« Dann sah sie, daß er sich etwas um die Taille gewickelt hatte. »Du bist verletzt«, sagte sie schimpfend.

»Mach dir deshalb keine Sorgen. « Er tat ihre Besorgnis mit einer lapidaren Geste ab. »Ein Pferd hat nach mir getreten, und ich habe mir ein paar Rippen gequetscht.«

»Laß mich das lieber mal ansehen.« Ihre Stimme klang eindringlich, und sie griff nach seinem Hemd, um zu sehen, ob er die Rippen auch ordentlich verbunden hatte.

»Nein!« Seine Augen blitzten. »Ich habe dir doch gesagt, daß ich nur ein paar Quetschungen habe. Und jetzt hör auf damit.«

»Hör mal, Culley O'Rourke, ich kann genauso stur sein wie du«, warnte ihn Cat.

»Wenn du zu Besuch gekommen bist, dann bleib hier und besuch mich. Aber wenn du nur hier bist, um deine Nase in Angelegenheiten zu stecken, die dich nichts angehen, dann ist es besser, du verschwindest wieder.«

Cat zuckte zusammen, als sei sie geschlagen worden. So hatte ihr Onkel noch nie mit ihr gesprochen. »Es ist ganz offensichtlich, daß ich hier weder erwünscht bin noch gebraucht werde. Alles, was ich tue, mache ich falsch.« Sie drehte sich zur Haustür um. Ihr Stolz und ihre Gefühle waren verletzt.

»Cathleen, es tut mir leid. Ich ...« Der Satz endete abrupt in einem lauten Stöhnen. Beunruhigt wandte sich Cat wieder zu ihm um und sah, daß sich ihr Onkel aschfahl an einer Stuhllehne festhielt. Sie eilte zu ihm.

»Und du bist doch verletzt. Ich weiß nicht, warum du versucht hast, mir vorzumachen, es sei harmlos«, wies sie ihn unwirsch zurecht. Sie zog einen Stuhl heran und half ihm dabei, sich hinzusetzen. Als sie versuchte, sein Hemd zur Seite zu ziehen, erhob er matte Einwände und wollte sie davon abbringen. Aber all das nutzte ihm nichts mehr, als sie den leuchtend roten Fleck sah, der durch den weißen Verband schimmerte.

»Du blutest«, warf sie ihm schockiert und bestürzt vor. »Ich dachte, du hättest von ein paar gequetschten Rippen gesprochen.«

»Es ist nur eine Hautaufschürfung«, beharrte er, als die Schwäche, die ihn überkommen hatte, wieder nachließ. »Mir fehlt nichts, das kannst du mir glauben.«

»Ich glaube dir gar nichts mehr«, gab Cat zurück und begann, den Knoten des Verbandes zu lösen. Sie gab sich Mühe, es so sachte wie möglich zu tun, doch ihm schien es trotzdem Schmerzen zu bereiten. Der Anblick des purpurroten Fleisches, das aufgerissen war, bewirkte beinah, daß ihr übel wurde. Es kostete sie große Anstrengung, nicht zu würgen. »Onkel Culley, du mußt zum Arzt gehen und die Wunde behandeln lassen.« Ihre dürftigen Kenntnisse in Erster Hilfe reichten nicht aus für eine so ernste Verletzung.

»Nein.« Er schüttelte den Kopf. Sein Gesicht war bleich und verhärmt. »Ich brauche nichts weiter als ein Desinfektionsmittel und einen frischen, sauberen Verband.«

»Bitte, Onkel Culley«, flehte Cat ihn an. »Ich weiß, daß du etwas gegen Ärzte hast, aber das hier ist keine harmlose Hautverletzung. Laß mich den Arzt holen und ihn zu dir bringen. Du könntest dir eine Blutvergiftung oder sonst etwas holen.«

»Nein. Ich kann nicht zum Arzt gehen. Er darf das hier keinesfalls sehen.« Er umklammerte ihre Hand so fest, daß sie glaubte, er würde ihr die Finger brechen. »Cathleen, du mußt mir versprechen, daß du niemandem etwas erzählst.«

»Aber warum?«

Wieder schüttelte er den Kopf. »Stell mir keine Fragen. Versprich mir nur, daß du es niemandem erzählen wirst«, flehte er sie an.

Sie sah den bittenden Blick in seinen Augen. Dann sah sie die offene Wunde an und schüttelte bedächtig den Kopf. »Das kann ich dir nicht versprechen.« Es tat ihr weh, ihm die Bitte abzuschlagen. »Ich will nicht, daß dir etwas zustößt. Ich muß den Arzt holen.« Sie wollte sich von ihm lösen, um zur Ranch zu reiten und Hilfe zu holen.

»Nein.« Mit letzter Kraft rief er sie zurück. »Du verstehst das nicht, Cathleen. Der Arzt würde es dem Sheriff melden müssen.«

»Dem Sheriff?« Cat blieb zögernd stehen. »Aber warum?«

Es dauerte lange, und er schien hin und her gerissen zu sein. Er mußte sich entscheiden, ob er ihre Frage beantwortete oder Schweigen bewahrte. »Weil – weil es eine Schußverletzung ist.«

Sie starrte ihn ungläubig an. »Was?« Seine Antwort hatte sie vollkommen aus der Bahn geworfen. »Aber – warum sollte jemand auf dich schießen? Und warum soll der Sheriff nichts erfahren?«

»Glaub mir doch.« Er versuchte sich gegen ihre Fragen zu wehren. »Ich will dich nicht in diese Sache hineinziehen.«

Sie stellte sich wieder neben seinen Stuhl. Dann kniete sie sich vor ihn auf den Fußboden. »Wenn du mir nicht sagst, was das alles zu bedeuten hat, gehe ich persönlich nicht nur zum Arzt, sondern auch gleich zum Sheriff«, drohte sie, weil sie sich absolut nicht zusammenreimen konnte, was sie bisher gehört hatte, und doch erschrocken war. Culley redete und handelte unverständlich und wirr.

»Ich will dich nicht verlieren, Cat.« Tränen schimmerten in seinen Augen, doch diese Tränen rührten nicht von seinen körperlichen Schmerzen her. »Aber wenn der Sheriff etwas davon erfährt, wird er mich verhaften – und dann sehe ich dich nie wieder.«

»Aber warum sollte er dich verhaften?« fragte sie beharrlich weiter.

»Weil ich – weil ich weiß, wer deine Mutter getötet hat.«

Absolute Stille herrschte im Raum, und Cat starrte ihn an. »Was?« Es war ein winziger Laut. Sie war fast der Überzeugung, daß er den Verstand verloren hatte. »Sie ist bei einem Flugzeugunglück gestorben.«

»Zu dem es durch eine Unterbrechung der Ölzufuhr gekommen ist.« Er nickte. »Aber die Ölzufuhr ist nicht einfach so passiert. Jemand hat nachgeholfen. Er hat sich daran zu schaffen gemacht.«

»Wie – woher weißt du das?« Sie war skeptisch und zögerte, und doch klang das, was er sagte, überzeugend.

»Weil ...« Ein gequälter Ausdruck trat auf sein Gesicht. »Erinnerst du dich noch an den Abend, als du dich mit dem jungen Taylor im Flugzeughangar getroffen hast und ihr geglaubt habt, ihr hättet etwas gehört?«

»Ja.« Sie nickte bedächtig. »Warst du das?«

»Nein. Er war es. Ich habe gesehen, daß er sich am Motor zu schaffen gemacht hat. Nachdem Taylor und du gegangen seid und er sich davongeschlichen hat, habe ich mir den Motor angesehen. Ich konnte mir denken, daß er etwas damit angestellt hat, aber ich bin nicht dahintergekommen, was er getan hat.«

»Du meinst – du wußtest, daß mit dem Flugzeug etwas nicht gestimmt hat? Du hast es gewußt und niemandem etwas gesagt?« Sie starrte ihn an und wich zurück, als ihr klar wurde, daß der Absturz, der ihre Mutter das Leben gekostet hatte und ihren Vater lebensgefährlich verletzt hatte, verhindert hätte werden können.

»Ich wußte es nicht mit Sicherheit – ich wußte nicht, ob er genügend Zeit gehabt hatte, ehe ihr ihn gehört habt. Wenn ich gewußt hätte, daß Maggie ...« Seine Stimme klang gequält. »Verstehst du es denn nicht, Cathleen? Das ist meine Strafe. Ich dachte mir, daß mit dem Flugzeug etwas nicht in Ordnung ist, aber ich habe nie mit jemandem darüber geredet. Und – sie ist gestorben. Nicht dein Vater. *Sie* ist gestorben.«

»Wie konntest du das nur tun!« Sie schluchzte vor Wut, und ihr gesamter Schmerz befiel sie wieder. »Wie konntest du meine Mutter umbringen!« Ihre Fäuste schlugen auf seine Schenkel ein, während sie fürchterlich schluchzte und sich die ganze aufgestaute Spannung entlud, die in ihr wütete, seit ihre Mutter so plötzlich gestorben war.

Culley weinte mit ihr. Er gab keinen Ton von sich, aber Tränen strömten über sein Gesicht. Als sie sich endlich verausgabt hatte und ihren Kopf weinend auf sein Knie legte, strich seine Hand über ihr Haar und streichelte sanft die Haarspitzen.

»Bitte, Cathleen, haß mich nicht«, flüsterte er mit heiserer Stimme.

»Warum bloß? Warum hast du niemandem etwas gesagt?« fragte sie klagend.

»Wer hätte mir schon geglaubt?« erwiderte er betrübt. »Vielleicht hat er sich geschickt angestellt und es so gemacht, daß man nichts gesehen hätte. Vielleicht hätte man den Schaden selbst dann nicht entdeckt, wenn ich etwas gesagt hätte. Und wenn sie den Schaden gefunden hätten, hätten sie nichts weiter als mein Wort darauf gehabt, daß er es war. Und sie hätten angefangen, sich zu fragen, was ich dort zu suchen hatte … Und letztendlich hätten sie behauptet, ich sei es selbst gewesen.« Eine lange Pause trat ein. »Vor deiner Geburt ist viel passiert, und es war nie ein Geheimnis, daß mir das Wohlergehen deines Vaters gleichgültig ist. Hier in dieser Gegend haben die Leute ein gutes, weit zurückreichendes Gedächtnis. Sie erinnern sich an Culley, an den verrückten Alten, und sie hätten geglaubt, daß ich es war und nicht er.«

»Wer ist ›er‹, Culley? Wer ist es gewesen?« Sie hob ihr tränenverschmiertes Gesicht, um ihn anzusehen.

»Stricklin hat sich in jener Nacht im Hangar herumgetrieben, und wahrscheinlich hat er Dysons Anweisungen ausgeführt.«

»Nein.« Sie sah ihn ungläubig an.

»Siehst du? Nicht einmal du glaubst mir.«

Die Traurigkeit in seinen Augen mischte sich mit Ironie. Ganz allmählich begann Cat zu verstehen, in welch einem Dilemma er gewesen war. Wer hätte eine solche Geschichte geglaubt – insbesondere aus dem Mund ihres Onkels, der so viele Jahre in einer Heilanstalt verbracht hatte? Sie spürte, wie entsetzlich es für ihn gewesen sein mußte, die Hoffnungslosigkeit seiner Lage zu erkennen.

Wenn sie davon ausging, daß es die Wahrheit war, mußte sie weiterfragen. »Aber warum hätten sie das tun sollen?«

»Calder hatte etwas, was sie haben wollten und was er ihnen nicht geben wollte, und daher haben sie versucht, ihn aus dem Weg zu schaffen. Maggie ist ihnen dabei rein zufällig in die Quere gekommen.« So dachte er es sich zumindest. Ganz gleich, ob sie ein unschuldiges Opfer gewesen war – es verringerte seine Rachegelüste nicht im entferntesten. Als er versuchte, sich bequemer hinzusetzen, schmerzte die Wunde, und er zuckte aschfahl vor Schmerzen zusammen. Culley preßte den Verband gegen die Fleischwunde an seiner Taille.

»Laß mich den Verband wechseln.« Cat wischte sich die Tränen von den Wangen und stand auf, um einen frischen Verband zu holen. »Wie ist das passiert? Weißt du, wer auf dich geschossen hat?«

Während Cat die Wunde nach bestem Können mit einem Desinfektionsmittel reinigte und einen Streifen von einem frischgewaschenen Bettlaken abriß, um sie zu verbinden, beantwortete Culley ihre Fragen, doch seine Antworten wurden von Schmerzenslauten unterbrochen. »Ein Wachposten – drüben bei Dysons Mine. Ich bin öfter nachts dort gewesen – und habe die Ölzufuhr zu ihren – Maschinen und Lastwagen unterbrochen. Manchmal – habe ich auch Zucker in den Tank geschüttet, wenn – ich keine Zeit für – anderes hatte. Ich dachte, das könnte ihnen einen Schrecken einjagen und – sie dazu bringen, ihre Karten – offen auf den Tisch zu legen. Ich habe ihnen einen Heidenschrecken eingejagt, das kann man wohl sagen. Man hat dort – mehr Wachen aufgestellt als in einer Gefangenenanstalt. Und ich habe immer noch keine Beweise.«

Sie befestigte den Verband mit schmalen Streifen Heftpflaster. »Ich habe mein Bestes getan.« In seinen Augen war die Sorge zu erkennen, sein Bestes sei vielleicht nicht gut genug gewesen.

»Die Wunde sieht wirklich schlimm aus, Onkel Culley.«

»Keinen Arzt«, wiederholte er.

»Ich werde mit Ty sprechen und ihm alles erklären, was du mir erzählt hast, und dann …«

»Er wird dir kein Wort glauben.« Er schüttelte traurig den Kopf, als er sah, welche Hoffnung sie in ihren großen Bruder setzte. »Er ist mit Dysons Tochter verheiratet. Ohne Beweise wird er nichts glauben, was gegen diesen Mann vorgebracht wird.«

»Was sollen wir tun? Wir können sie doch nicht einfach so davonkommen lassen.«

»Sie werden nicht damit davonkommen«, versicherte ihr Culley. »Ich werde mir etwas einfallen lassen. Sie dürften sich inzwischen schon ziemlich unsicher fühlen, weil sie wissen, daß jemand etwas weiß. Wenn man den Nerven eines Mannes lange genug zusetzt, bricht er zusammen. Ihre Nerven dürften jetzt schon zum Zerreißen gespannt sein, weil sie nicht sicher sind, wer einen Verdacht gegen sie hegt. Deshalb mußt du mir auch versprechen, niemandem etwas zu erzählen – weder deinem Vater noch deinem Bruder … Und auch nicht dem jungen Taylor – überhaupt niemandem«, beharrte er. »Wir dürfen nicht riskieren, daß etwas durchsickert.«

»Aber …« Cat gefiel diese Geheimhaltung überhaupt nicht, aber sie wußte nichts gegen seine logischen Begründungen einzuwenden. Wer würde eine derartige Geschichte glauben, wenn keine Beweise vorlagen? Es fiel ihr selbst schwer, es zu schlucken, aber sie war davon überzeugt, daß sich ihr Onkel absolut sicher war.

»Gibst du mir dein Wort?« Sein ernster Blick sah ihr forschend ins Gesicht.

»Ja«, willigte sie nach einem kurzen Zögern ein. Sie biß sich auf die Lippen und versuchte weiterhin, eine Lösung zu finden, um seiner Wunde ärztliche Behandlung zukommen zu lassen. »Ich werde dir jetzt etwas kochen«, sagte sie. »Und dann reite ich wieder zurück auf die Ranch und sehe nach, ob ich über den Tierarzt Medizin für dich besorgen kann. Heute abend komme ich dann wieder.«

»Lieber nicht. Wenn dich jemand damit sieht, fangen sie an, Fragen zu stellen, und wenn du ihnen eine Geschichte auftischst, könnten sie sie überprüfen wollen«, warnte er sie.

»Ich darf aber auch überhaupt nichts tun.« Sie wußte nicht weiter. »Wenn die Wunde sich entzündet …« Sie unterbrach sich, weil sie die möglichen Folgen nicht laut aussprechen wollte. »Ich werde vorsichtig sein. Ich verspreche dir, daß mich niemand beobachten wird. Darin bin ich genauso gut wie du.« Sie versuchte, der Unterhaltung eine Wendung zu geben, die weniger bedrückend war. »Überleg dir nur, wie oft ich mich aus dem Haus geschlichen habe, um Repp zu treffen, und niemand hat uns ertappt.«

Als sie wieder zu Hause war, erschien ihr die ganze Geschichte entsetzlich unwirklich. Während des Abendessens war sie zweimal fast soweit, Ty zur Seite zu nehmen und sich ihm anzuvertrauen, damit er ihr versichern konnte, daß all das blanker Unsinn war und man am besten laut darüber lachte. Doch ihr Wunsch, ihren Onkel zu schützen, war stärker. Ungeachtet der Gründe konnte er für das, was er getan hatte, verhaftet werden. Vielleicht würden sie ihn wieder einsperren. Er vertraute ihr, und sie konnte ihn nicht derart verraten.

Zweifel und Argwohn schwirrten durch ihren Kopf, und sie mied es, den Abend in Gesellschaft von Dyson oder Stricklin zu verbringen. Sie wich ihnen ständig aus, weil sie fürchtete, sie könnte die beiden unbewußt anstarren. Es gab genügend Gäste im Haus, die die Aufmerksamkeit Stricklins und Dysons, aber auch Tys und Taras so sehr beanspruchten, daß sicher niemand ihre Abwesenheit bemerken würde, wenn sie sich den Schlüssel aus dem Arbeitszimmer holte und verschwand, um Medizin für ihren Onkel zu besorgen.

Nur zwei Transportmittel standen ihr zur Verfügung – eines der Fahrzeuge oder ein Pferd. Wenn sie eines der Fahrzeuge nahm, würde man wissen wollen, wohin sie fuhr und weshalb es notwendig war, ihren Onkel zu dieser Nachtzeit aufzusuchen. Nur theoretisch konnte sie sich frei auf der Ranch bewegen und so ziemlich alles tun, was ihr paßte, weil sie eine Calder war. Mit sechzehn wurden ihr immer noch einige Einschränkungen auferlegt, und wenn ihre Gründe nicht einsichtig waren, konnte ihr die Erlaubnis versagt werden. Cat wollte nicht mehr Geschichten als nötig erfinden, und wenn sie spät abends noch Lust auf einen Ausritt hatte, dann war es unwahrscheinlich, daß man sie mit neugierigen Fragen belästigen würde, doch andererseits würde es sie wesentlich mehr Zeit kosten.

Mitternacht war schon lange vorbei, als sie wieder nach Hause kam. Die Dunkelheit hatte sie gezwungen, sich auf dem Rückweg mehr Zeit zu lassen. Sie ritt direkt auf den Stall zu, nahm ihrem Pferd den Sattel ab und rieb es trocken.

Nur wenige Lichter brannten noch im oberen Stockwerk des Hauses, was bedeutete, daß die Bewohner der entsprechenden Räume sich erst kürzlich in ihre Zimmer zurückgezogen hatten. Gäste brachten es so mit sich, daß es abends spät wurde, und daher war Cat nicht allzu überrascht. Sie schlüpfte ins Haus und schlich durch das dunkle Wohnzimmer in das erleuchtete Treppenhaus. Trotz ihrer Bemühungen, kein Geräusch zu verursachen, quietschten die Stufen unter ihrem Gewicht.

Als sie ihr Zimmer fast erreicht hatte, öffnete sich eine Tür auf der anderen Seite des Korridors. Cat drehte sich schuldbewußt um, und ihr Herz machte einen Satz, als sie in Stricklins dunkle Augen sah. Einen Moment lang war sie von heller Panik gepackt.

Die späte Stunde und die Stille im Haus ließen alles, was ihr Culley über diesen Mann erzählt hatte, plötzlich glaubwürdig erscheinen. Er war ihr immer so kalt wie ein Fisch vorgekommen; jetzt verstärkte sich dieser Eindruck.

»Sie haben mir einen Schrecken eingejagt.« Endlich zwang sie sich zu diesem aufrichtigen Eingeständnis. »Ich darf eigentlich nach Mitternacht nicht aus dem Haus. Ich dachte schon, ich sei ertappt worden.« Cat beobachtete ihn genau, während sie sich zu einem gekünstelten Lächeln zwang, denn sie wollte sehen, ob er ihr die Anspielung abkaufte, sie sei mit Repp zusammen gewesen.

Seine Mundwinkel verzogen sich, aber sie war nicht sicher, was das zu bedeuten hatte. »Ich wollte gerade nach unten gehen und nachsehen, ob ich ein Buch oder etwas anderes zum Lesen finde.« Er sprach genauso leise wie sie und äußerte sich mit keinem Wort zu ihrer dürftigen Erklärung.

Cat hatte Angst, das Gespräch weiterzuführen, denn ihr war klar, daß die Dinge, die der argwöhnische Culley ihr in den Kopf gesetzt hatte, vielleicht dazu führten, daß sie sich ihm gegenüber nicht normal verhielt. Sie wollte aber auch nicht wie ein verstörtes Kaninchen vor ihm davonlaufen. Als sie ein Geräusch aus einem der anderen Zimmer hörte, bot sich ihr ein Vorwand.

Sie sah in die Richtung, aus der der Laut gekommen war, und flüsterte eilig: »Gute Nacht.« Dann schlich sie sich verstohlen in ihr Zimmer. Sowie sie die Tür hinter sich geschlossen hatte, hätte Cat in ihrer Erleichterung beinah hysterisch gelacht.

Stricklin lief langsam die Stufen hinunter, und sein Verstand hakte die kleinen Einzelheiten ab, die ihm aufgefallen waren – das Pferdehaar auf ihrer Kleidung, der Zeitraum ihrer Abwesenheit und die Angst, die er in ihren Augen gesehen hatte und die über ein bestürztes Erschrecken hinausging. Die Streiche, die ihnen in der Minengegend gespielt wurden, waren Dinge von der Sorte, die sich ein Teenager ausdachte.

Als er allein im Arbeitszimmer stand, wählte Stricklin die Telefonnummer der Minengesellschaft. Der führende Wachposten kam an den Apparat.

»Hier ist Stricklin. Ist es heute nacht bisher ruhig gewesen?« fragte er.

»Ruhiger geht es gar nicht«, versicherte ihm der Wachtposten. »Bei all den Flutlichtscheinwerfern, die wir auf die Maschinen gerichtet haben, ist es hier draußen taghell. Es ist ausgeschlossen, daß sich jemand den Maschinen auch nur auf zehn Meter nähert, ohne gesehen zu werden.«

»Gut.«

Nachdem er den Hörer aufgelegt hatte, blieb Stricklin lange in dem Stuhl am Schreibtisch sitzen und reinigte sich die Fingernägel. Er wünschte, er besäße Dysons Intuition. Wie bei einem defensiven Schachspiel hatte er eine Verteidigung gegen die ursprüngliche Strategie seines Gegenspielers aufgebaut; jetzt wartete er auf den nächsten Zug und war sicher, daß er kommen würde, aber ihm fehlte die Fähigkeit seines Partners vorauszuahnen, wo sein Gegner zuschlagen würde.

28

Schwarze Wolken brodelten am Himmel und verdeckten die Sonne in einer für das Aufkommen plötzlicher Unwetter so typischen Geschwindigkeit. Die stickige, heiße Luft kühlte ab, und ein kalter, süßlich und nach Regen riechender Hauch flog über das Land. Doch dann verflachte der Wind, und absolute Stille legte sich auf alles. Und mit der Dunkelheit einher raste der Sturm heran und scharfkantige Blitze zerrissen die Luft und peitschten die Gewalten der Natur immer weiter. Blauweiße Feuerzungen über der Steppe riefen Visionen eines Totentanzes wach. Die heftigen Donnerschläge ließen die Erde beben, und der Regen rauschte sturzbachartig herunter. Es war ein dramatisches und ehrfurchtgebietendes, aber auch verschreckendes Schauspiel der Naturgewalten. Fünfzehn Minuten später war alles vorbei.

Dreißig Meilen weiter hatte man lediglich den Regen in der Luft schnuppern können. Ty stand bei der mechanischen Fütterungsanlage und überflog die Schäden. Pfützen sickerten in den rissigen, trockenen Boden. Zehn Stiere, die sich in ihrer Angst dicht zusammengepreßt hatten, waren allesamt vom Blitz erschlagen worden. Ihre Körper hatten einen Teil des Zaunes eingedrückt, und durch diese Lücke war die übrige Herde in einer Stampede ausgebrochen. Dabei waren drei weitere Stiere totgetrampelt worden. Die moderne Fütterungsanlage und der Kornspeicher waren vom Blitz getroffen worden. Der Regen hatte wohl mindestens die Hälfte der Getreidevorräte vernichtet.

Der Umfang des angerichteten Schadens war atemberaubend, und nichts von alledem war versichert gewesen. Bei einem Unternehmen von der Größenordnung der Triple C hatte es immer theoretisch geheißen, eventuelle Verluste könnten selbst getragen werden. Aber die Reserven waren längst aufgebraucht. Es war nichts mehr da, um diesen Schlag auszugleichen.

»Ich weiß gar nicht, was ich sagen soll, Ty«, sagte Arch Goodman steif. »Ich sage dir Bescheid, wenn ich weiß, wieviel Getreide wir retten konnten. Die Getreidepreise sind heute so hoch, daß, wenn wir zusätzliches Getreide kaufen müssen, die fetten Rinder auf dem Markt nicht genug einbringen, um die Kosten zu decken. Es würde uns nur noch mehr in die roten Zahlen bringen.«

»Wir werden die meisten Rinder mit Gras mästen müssen und erst in den letzten Wochen Getreide dazukaufen.« Es schien die einzige mögliche Alternative zu sein, obwohl es bedeutete, daß die Rinder keine Spitzenpreise mehr einbringen würden. Die Umstände trieben ihn mehr und mehr auf eine andere Entscheidung hin.

»Dann bekommst du keine guten Preise für sie«, warnte ihn Arch. Damit sprach er nur das laut aus, was sich Ty ohnehin schon gedacht hatte.

»Glaubst du, das wüßte ich nicht?« Seine Erwiderung klang unwirsch.

Goodman zuckte zusammen, als er den barschen Tonfall hörte. »Es sieht so aus, als hätten sie die restlichen Stiere wieder zusammen.« Er sah den drei Reitern entgegen, die eine kleine Herde zurücktrieben. »Ich mache ihnen das Tor auf.«

Ty nickte mit zusammengekniffenen Lippen und überspielte sein Schweigen damit, daß er sich eine Zigarette anzündete, als der Mann sich auf den Weg machte.

Einer der Stiere lahmte. Die anderen hatten bei ihrer panischen Flucht vermutlich einige Pfunde abgenommen – wertvolle Pfunde.

Mühelos erkannte Ty Jessy unter den drei Reitern, die die Stiere zurückgebracht hatten. Es schien, als fänden die unerfreulichen Entscheidungen, die er zu treffen hatte, kein Ende mehr.

»Ein gewaltiger Sturm«, sagte Jessy, als sie Ty erreicht hatten.

»Ja«, stimmte er ihr zu. Als er sie ansah und merkte, wie steif sie wirkte, schien es, als brauchte er vieles gar nicht mehr auszusprechen. Dennoch mußte einiges gesagt werden, um es endgültig zu machen.

»Das schafft dir wohl noch zusätzliche Probleme?« meinte Jessy und sah sich die Verheerungen des Sturmes an.

»Ja, allerdings.« Verzweifelt bemühte er sich um einen unverfänglichen Einstieg für das, was er ihr sagen müßte. Er wollte nicht zu grob sein.

»Die Jungen murren immer häufiger. Einige scheinen mit den Veränderungen, die sich in der letzten Zeit ergeben haben, gar nicht zufrieden zu sein.« Sie legte ihre Handschuhe auf den Zaun und hielt sich fest. »Sie behaupten, sie müßten mehr Zeit damit verbringen, sich um deine Gäste zu kümmern, als mit ihrer eigentlichen Arbeit als Cowboys.«

»Sie können von Glück reden, daß sie überhaupt noch Arbeit haben.« Seine Gereiztheit ließ seine Antwort barsch klingen. »Ich kann die Festangestellten kaum noch bezahlen. Haben sie sich bei dir über ihre Arbeitsbedingungen beschwert?«

»Nein. Ich habe nur gehört, daß darüber geredet wird. Ich dachte, ich gebe es an dich weiter, falls du es noch nicht von anderen gehört hast.« Sie zog eine Schulter hoch, um dieser Information nicht zuviel Gewicht beizumessen.

Es ärgerte ihn, jetzt erst zu erfahren, daß die Männer murrten und unzufrieden waren, wovon er bisher nichts gewußt hatte. »Ich kann nicht viel daran ändern.«

Jessy sah ihn durch gesenkte Lider an. Sie spürte, daß er einige wesentliche Dinge aus den Augen verloren hatte, was nicht allzu erstaunlich war, wenn man den Druck und die Verantwortung bedachte, die ihm in der letzten Zeit zugewachsen war. Ganz zu schweigen von dem nie versiegenden Strom von Gästen. Sie schob es auf diese zahllosen anderen Anforderungen, daß er sie nicht mehr besucht hatte. Aber als sie ihn jetzt ansah und die distanzierte Haltung bemerkte, die er wie einen Schutzpanzer trug, fragte sie sich, ob seine zeitliche Inanspruchnahme wirklich der einzige Grund war.

»Ich nehme an, du hast recht«, sagte sie.

»Jessy ...« In seiner Stimme schwang etwas mit, was ihr Herz langsamer schlagen ließ, und sie wappnete sich innerlich. »Was zwischen uns gewesen ist, war schön.« Grammatikalische Vergangenheitsform.

»Ja, das war es.« Sie drehte sich zu ihm um und sah ihn an. »Und ich bereue es nicht.«

Ty bereute es, aber es erschien ihm unsinnig, seine Gewissensbisse jetzt auszudrücken. »Ich hatte nie bewußt vor, dich zu verletzen. Aber ich weiß, daß ich dich verletzt habe.«

»Das macht nichts.« Sie schüttelte langsam den Kopf, und ihre vollen Lippen verzogen sich zu der traurigen Andeutung eines Lächelns. »Ich habe immer gewußt, daß sie bei dir an erster Stelle steht.« Sie wußte es schon viel länger, als ihm klar war. Sie spürte Tränen hinter ihren Augen brennen. Sie wandte ihren Blick zum Horizont und blinzelte, um sie zurückzuhalten. »Wahrscheinlich ist es das Beste, wenn ich zum Monatsende fortgehe.«

»Du hast einmal zu mir gesagt, es sei meine freie Entscheidung, ob ich fortgehe oder dableibe, ganz, wie ich will. Jetzt sage ich dir dasselbe.« Ty wollte sich gar nicht erst vorstellen, sie könnte nicht mehr hier sein, wo er sie im Auge haben und im Zweifelsfall aushelfen konnte. Aber er hatte kein Recht, sie darum zu bitten.

»Danke, Ty.« Ihre Kehle schnürte sich schmerzhaft zusammen, doch ihr Stolz bestand darauf, daß sie es leichten Herzens abtat. »Ich sollte mich jetzt lieber wieder an die Arbeit machen, ehe man mir vorwirft, daß ich meine Arbeitszeit vertrödele.«

Als sie in den Sattel stieg, hielt sie den Kopf hoch erhoben. Nur so konnte sie das Zittern ihres Kinns verhindern. Das Atmen war schmerzhaft. Das Leben war schmerzhaft. Vor langer Zeit hatte ihre Mutter ihr gesagt, keine Frau sei je mit der Einsamkeit fertiggeworden. Es war ein endloser Kampf, vor allem in einsamen Gegenden wie dieser.

Als Ty ihr nachblickte, hätte er geschworen, nie in seinem Leben eine aufrichtigere Frau getroffen zu haben. Keine Bindungen waren eingegangen worden, keine Verpflichtungen übernommen, keine leeren Versprechungen ausgesprochen worden, und sie hatte nicht so getan, als hätte er ihr ein Unrecht angetan. Sie war in dieser Hinsicht so offen gewesen wie in jedem anderen ihrer Gefühle. Er fühlte sich dadurch nur um so verachtungswürdiger. Doch Taras prachtvolle Schönheit erwartete ihn – die Sorte von Schönheit, um die herum Männer Träume weben.

Auf halbem Wege zum Haus erspähte sein Blick eine durchnäßte und dreckige Cathleen. Er hielt den Wagen neben ihr an.

»Hat dich dieser Regenguß erwischt?« Er lächelte über ihre schmutzigen Kleider. Selbst wenn die Sonne geschienen hätte, hätte es lange gedauert, bis sie wieder getrocknet wären.

»Wie kommst du denn darauf?« erwiderte sie sarkastisch.

Er nahm sie im Wagen mit.

»Ich war gerade auf dem Rückweg von Culley, als mich der Regen erwischt hat«, sagte sie.

»Du warst schon wieder bei Culley? Diese Woche warst du fast täglich bei ihm.«

Sie fuhr sich nervös mit der Zunge über die Lippen. Niemand hatte sich dazu geäußert, und daher hatte sie geglaubt, niemand hätte bemerkt, wie häufig sie ihn besuchte. »Er ... Ihm geht es nicht gut.«

»Warum hast du mir das nicht gesagt?« Ty sah sie stirnrunzelnd an.

»Es war nur eine Grippe«, sagte sie eilig. »Er ist heute schon wieder aufgestanden und rumgelaufen. Ich glaube, es hat ihm gefallen, daß ich zu ihm gekommen bin und mich um ihn gekümmert habe. Sonst wäre er sicher schneller wieder auf den Beinen gewesen.«

»Das ist nur zu wahrscheinlich«, stimmte er ihr zu und lächelte matt, als seine Gedanken sich anderen, dringlicheren Dingen zuwandten.

Im selben Moment, in dem Dyson den Hörer auflegte, bat er Stricklin in sein Büro zu kommen. Er schenkte ihm einen Drink ein, den er ihm bereits entgegenhielt, als Stricklin eintrat.

»Was soll das heißen?« Stricklin sah ausdruckslos den Drink an, der ihm gereicht wurde.

»Nicht nur schlechte Nachrichten häufen sich. Es kann auch bei guten Nachrichten vorkommen«, verkündete Dyson und stieß mit seinem Partner an. »Erstens hat es bei den Minen seit fast zwei Wochen keinen Ärger mehr gegeben. Zweitens hat man uns die Mineralrechte an diesen zehntausend Morgen Land zugesprochen. Und drittens ...« Er legte eine Pause ein, um eine größere Wirkung zu erzielen. »Ich habe eben gerade mit Ty gesprochen. Er hat sich meinen Vorschlag durch den Kopf gehen lassen, und er möchte, daß wir kommen, um den Tagebau in allen Einzelheiten mit ihm zu besprechen.«

»Das hat er gesagt?« Stricklin war weniger zum Feiern aufgelegt als Dyson.

»Dein Argwohn, daß Ty uns aus irgendwelchen Gründen hinhält, war somit unbegründet«, sagte Dyson strahlend und stieß wieder mit seinem Partner an.

»Vielleicht gibt es aber auch einen anderen Grund dafür, daß er mit uns reden will. Vielleicht benutzt er dieses Geschäft nur als einen Vorwand, um uns nach Montana zu locken«, wandte Stricklin ein, dessen Verstand vorsorglich alle Möglichkeiten erwog.

»Nein.« Dyson schüttelte den Kopf. »Er geht auf das Geschäft ein. Chase ist aus dem Spiel, und es kommt genauso, wie ich es immer schon behauptet habe.«

»Ja.« Stricklin stimmte ihm versonnen zu und trank einen Schluck. Bei seinem zweiten Schluck wirkte sein Auftreten zuversichtlicher. »Ich werde mich sofort daran machen, unseren Terminkalender umzustellen, damit wir morgen früh nach Montana aufbrechen können.«

Cat sah dem Wagen nach, in dem die drei Unzertrennlichen zusammensaßen. Seit sie gestern angekommen waren, steckten E. J. Dyson und George Stricklin ständig mit Ty zusammen.

Es fiel ihr zusehends schwer zu glauben, daß die beiden die Tat begangen hatten, die ihr Onkel ihnen unterstellte. Sie kannte E. J.

Dyson, seit sie auf der Welt war. Stricklin auch. Schon ehe Ty Tara geheiratet hatte, war Dyson ein Freund der Familie gewesen. Ihr Vater hatte größere Differenzen mit ihm gehabt, was den Tagebau anging, doch er behandelte ihn weiterhin mit Respekt.

Culleys Argwohn erschien so unbegründet. Sie wußte, wie sehr Culley ihre Mutter geliebt hatte – er hatte sie nahezu angebetet. Cat war schon fast der Überzeugung, daß er versuchte, jemandem die Schuld an ihrem Tod zu geben, weil er sich nur so damit aussöhnen konnte, daß sie von ihnen gegangen war.

»Cat, was hast du?« Repps ungeduldige Stimme riß sie aus ihren Gedanken.

Sie drehte sich zu ihm um und sah ihn einen Moment lang ausdruckslos an. »Es tut mir leid. Ich war nur – in Gedanken.« Sie hätte ihm am liebsten das gräßliche Geheimnis erzählt, das Culley ihr aufgebürdet hatte, aber es klang alles viel zu unglaubwürdig.

Ihr besorgter Blick beunruhigte ihn. Vor einer Woche hatte sie ihm versichert, der Streit, den sie gehabt hatten, sei vergessen. Aber etwas nagte immer noch an ihr, und sie wollte ihm nicht sagen, was es war.

»Worüber denkst du nach?« drang Repp in sie. »Über deinen Vater? Als du ihn am Sonntag besucht hast, hast du gesagt, es ginge ihm wesentlich besser.«

»Ja, das stimmt. Seine Beine sind taub, und der Arzt hat gesagt, das sei ein gutes Zeichen, weil es heißt, daß das Gefühl zurückkehrt.« Weitere Operationen und weitere Behandlungen waren trotzdem notwendig. Eine Genesung lag nach wie vor in ferner Zukunft.

Selbst wenn sie ihren Vater so gern nach einigen der Dinge gefragt hätte, die ihr Sorgen bereiteten, hatte sie gar keine Gelegenheit dazu gehabt. Ty hatte fast die gesamte Zeit ihres Besuchs dazu genutzt, ihren Vater über die Situation auf der Ranch zu informieren.

»Was ist es also?« beharrte Repp.

»Nichts. Das habe ich dir doch gesagt.« Cat versuchte, die Frage mit einem Lachen abzutun.

Repp war bedrückt, denn er wußte, daß etwas nicht stimmte, doch er mußte wieder an die Arbeit zurück. Als er gegangen war, wandte sich Cat dem Flugzeughangar zu. Dysons Pilot überprüfte gerade den Motor.

Mit seinen vierzig Jahren wirkte er sehr viel jünger. Seine Leidenschaft war das Fliegen, und in seiner Aufmerksamkeit ließ er sich auch von ihr nicht ablenken. Selbst während er mit ihr sprach, beschäftigte er sich mit dem Flugzeug.

»Stricklin fand gestern auf dem Hinflug, daß die Motorgeräusche komisch klangen«, sagte er. »Er wird in diesem Punkt immer nervöser und will, daß alles überprüft und immer wieder überprüft wird. Ich vermute manchmal, er vergißt, daß ich schließlich auch in diesem Vogel sitze.«

»Was mich interessiert«, sagte Cathleen zögernd, »wenn ein Flugzeug abstürzt, wie kann man dann hinterher die Ursache feststellen?«

»Das Wrack wird wieder zusammengebaut, und ein guter Mechaniker kann dann im allgemeinen sagen, was durch den Absturz beschädigt worden ist und was wahrscheinlich vorher nicht richtig funktioniert hat, wenn wir einmal davon ausgehen, daß die Ursache auf etwas Mechanisches zurückzuführen war. Wenn man z. B. den Unfall Ihres Vaters nimmt: durch die Unterbrechung der Ölzufuhr müßte der gesamte Motor ölbespritzt sein.«

»Aber – konnte man denn feststellen, warum die Zufuhr unterbrochen worden ist?«

»Wohl kaum. Eine nähere Untersuchung hätte ja doch nur dazu gedient festzustellen, ob ein Fabrikationsfehler vorgelegen hat. Wozu soll das gut sein?« Er runzelte die Stirn, als er merkte, daß er ihre Frage nicht zu ihrer Zufriedenheit beantwortet hatte. Sie hatte jetzt wohl das Gefühl, die Untersuchung sei nicht ordentlich durchgeführt worden. »Hören Sie ...«, sagte er verlegen.

»Schon gut«, sagte sie. »Ich verstehe.«

Er musterte sie zögernd; dann fiel sein Blick auf seine schmutzigen Hände. »Ich schätze, ich sollte mir mal die Finger waschen. Ich habe dieses schmierige Öl unter den Fingernägeln. Man muß sich ganz schön ins Zeug legen, um die wieder sauber zu kriegen.«

Plötzlich sah sie Stricklin vor sich, wie er in jener Nacht im Arbeitszimmer gesessen und sich die Fingernägel gesäubert hatte –, und zwar mit einem schmutzigen Messer! Das hatte sie vollkommen vergessen gehabt, bis die Äußerung des Piloten sie jetzt wieder daran erinnert hatte. Es bewies zwar noch lange nichts, aber dennoch ...

»Bis später«, sagte sie zu dem Piloten. Dann verließ sie den Hangar und machte sich auf den Rückweg zum Haus.

Cat schlich sich unbeobachtet in das Arbeitszimmer und schloß die Tür hinter sich. Sie war entschlossen, den Verdacht ihres Onkels zur Ursache des Flugzeugunglücks entweder zu beweisen oder zu widerlegen, um ihren quälenden Zweifeln ein für allemal ein Ende zu bereiten. Sie machte einige Anrufe, ehe sie schließlich den Mann in der Leitung hatte, der für die Untersuchung des Unglücks zuständig gewesen war.

»Ja, an den Fall kann ich mich erinnern. Vor ein paar Monaten haben wir die Untersuchung abgeschlossen und unseren endgültigen Bericht vorgelegt. Es war ein mechanischer Defekt, wenn ich mich recht erinnere. Die Ölzufuhr war unterbrochen.«

»Aber wie konnte es dazu kommen?« Ihre Hand umklammerte den Hörer. Cat spürte das Zögern am anderen Ende der Leitung. »Könnten Sie erkennen, wenn sich jemand etwa daran zu schaffen gemacht hätte? Zum Beispiel etwas angesägt hätte?«

»Nun ich glaube kaum ...« Mit seinem Tonfall versuchte er, diese Vorstellung abzutun.

»Bitte«, fiel ihm Cathleen ins Wort, ehe er die Möglichkeit von sich weisen konnte. »Ich muß einfach wissen, ob es so war.«

»Ist Ihnen eigentlich klar, was das bedeuten würde?«

»Ja«, sagte sie mit fester Stimme. »Daß jemand diesen Flugzeugabsturz bewußt verursacht hat.«

»Ty, ich sage dir, du glaubst gar nicht, wie sehr es mich freut, daß wir uns alle einig sind«, sagte Dyson, als sie sich zum Abendessen setzten. »Ich glaube, wir haben uns den bestmöglichen Ort ausgesucht. Wir haben eine beständige Wasserquelle direkt vor der Tür. Da wir die Maschinen und die Leute bereits zur Hand haben, müssen wir zwar noch einiges organisieren, können aber vorübergehend die Ausrüstung von der anderen Kohlemine abziehen, und daher haben wir von Anfang an nur Gewinn.«

Cat hatte nur mit einem halben Ohr zugehört. Ihre Gedanken waren ganz von dem Telefonat, das sie geführt hatte, in Anspruch genommen.

Als Dyson vorschlug, auf diese Partnerschaft zu trinken, da bereits morgen die Papiere von Tys Anwalt unterschrieben werden sollten, horchte Cat plötzlich auf. Völlig verblüfft ließ sie ihre Salatgabel laut klappernd auf den Fußboden fallen.

»Es tut mir leid«, sagte sie, als sich alle Blicke auf sie richteten. »Von was für einer Partnerschaft wird hier gesprochen?«

»E. J. und ich steigen gemeinsam in das Kohlegeschäft ein«, erklärte ihr Ty. Sein Gesichtsausdruck war entschieden, und seine Entschlossenheit schien unwiderruflich, als Ty sein Glas hob, um mit Dyson anzustoßen.

»Auf diesen Tag habe ich gewartet, seit du Tara geheiratet hast.« Dyson wirkte höchst selbstzufrieden, und Cat starrte ihn an, denn sie hörte die gezielte Planung aus seiner Antwort heraus. Ihr Blick fiel auf Stricklin und löste sich augenblicklich wieder von ihm, als sie sah, wie er sie durch seine dicken Brillengläser beobachtete. Zweifel und unbewiesene Verdachtsmomente plagten sie, und sie schwieg.

Während des gesamten Abendessens hörte sie den Gesprächen zu, die sich ausschließlich um den Kohleabbau drehten, und dabei nagten ständig die Zweifel an ihr, ob ihr Bruder sich nicht möglicherweise auf ein Geschäft mit den beiden Männern einließ, die für den Tod ihrer Mutter verantwortlich waren.

Nach dem Essen gelang es Cat, Ty abzufangen, ehe er sich den anderen anschloß, um im Wohnzimmer Kaffee zu trinken. »Das kannst du nicht tun«, sagte sie mit gesenkter Stimme. »Du darfst keine Geschäfte mit ihnen machen, Ty.«

»Der Fall ist längst abgeschlossen«, sagte er. Seine Stimme klang geduldig, obwohl er sie fest ansah.

»Du hast die Papiere noch nicht unterzeichnet«, sagte sie ernsthaft. »Noch ist es nicht zu spät, und du kannst es dir noch anders überlegen.« Sie wußte, daß sie ihm einen Grund dafür nennen mußte. Ohne Beweise widerstrebte es ihr, ihm von ihrem Verdacht zu erzählen, denn Culley hatte ihr zu oft eingetrichtert, daß ihr ohnehin niemand glauben würde. »Du weißt, wie Dad den Kohleabbau sieht. Das kannst du nicht tun.«

»Finanziell gesehen habe ich gar keine andere Wahl.« Sein Mund wurde schmaler. »Ich bin verantwortlich, Cathleen. Du warst am letzten Sonntag im Krankenhaus. Du hast selbst gehört, daß er gesagt hat, die Entscheidung läge ganz bei mir. Ich muß auf irgendeine angemessen erscheinende Weise für entsprechende Einkünfte sorgen. Bei geschäftlichen Entscheidungen bleibt kein Raum für Sentimentalität, aber wahrscheinlich bist du noch zu jung, um das zu verstehen.«

»Darum geht es doch überhaupt nicht«, wandte Cat ein. »Was ist, wenn ich dir sage, daß ...«

»Ty?« Tara erschien in der Tür. »Trinkst du denn keinen Kaffee mit uns?« Ihr Blick glitt von Tys verschlossenem Gesicht auf den verzweifelten und flehenden Blick, der auf dem Gesicht seiner Schwester stand. »Was ist passiert, Cathleen?« Sie lächelte nachsichtig. »Will sich Ty nicht erweichen lassen, dein Ausgehverbot nach Mitternacht für die Party am Samstagabend aufzuheben? Ich werde in deinem Sinn mit ihm darüber reden. Aber jetzt muß ich ihn dir wegnehmen. Daddy will noch eine ganze Menge Einzelheiten mit ihm besprechen.«

Sie hatte ihre Chance vorübergehen lassen; aber auch ihr Bedürfnis, ihm zu erzählen, welchen Verdacht sie und Culley hatten, war verflogen. Taras Anblick hatte schon genügt, um Cat daran zu erinnern, wie unwahrscheinlich es war, daß ihr Bruder ihr glauben würde, wenn sie behauptete, der Vater seiner Frau sei zu einer solchen Tat fähig. Sie war sich selbst nicht mehr sicher.

29

Niemandem war etwas mitgeteilt worden, doch als der erste Landvermesser das Calder-Land betrat, breiteten sich die Neuigkeiten wie eine Woge über die Triple C aus.

Der Wagen stand kaum still, als Jessy schon aus der Tür stürzte, die Stufen hinaufsprang und sie aufriß. Den ersten Menschen, den sie sah, fragte sie: »Wo ist Ty? Ich will ihn sprechen.«

Taras Gesicht wurde zu einer undurchdringlichen Miene. »Ich glaube nicht, daß er Sie zu sprechen wünscht«, sagte sie.

»Mir ist scheißegal, was er will, und Ihre Krallen können Sie ruhig wieder einziehen«, gab Jessy zurück, denn sie hatte keine Zeit für kleine Eifersüchteleien. »Ich habe bereits gekündigt und meinen Lohn bekommen, und am Monatsende gehe ich fort. Wo ist er? Im Arbeitszimmer?«

»Er hat zu tun.« Sie versuchte, den Weg zur offenen Tür des Arbeitszimmers zu verstellen, doch Jessy umging sie mit geschickten Bewegungen.

»Es wird nicht lange dauern«, versprach sie grimmig.

Die erhobenen Stimmen hatten Ty aufmerksam gemacht. Er kam gerade hinter seinem Schreibtisch hervor, als Jessy in sein Arbeitszimmer stürzte und mit den Händen in den Hüften in einer provozierenden Haltung stehenblieb.

»Ich will nur eins wissen.« Ihre Stimme klang fest und entschieden – und ihre haselnußbraunen Augen unterstrichen dies nur noch. »Ist es wahr?«

Einen Moment lang wollte Ty so tun, als wüßte er nicht, wovon sie sprach, doch dann gab er es auf und sagte: »Ja, es ist wahr. Die Triple C ist in das Kohlegeschäft eingestiegen.« Die Spannung, die im Raum stand, war erdrückend und zehrte an seinen Nerven.

»Als ich es gehört habe, wollte ich es nicht glauben«, erklärte Jessy. »Ich dachte, du seist ein Calder. Ich dachte, du hättest ein Gespür für das Land.«

Seine Entscheidung war bei den älteren Cowboys auf große Ablehnung gestoßen. Es wurmte Ty, daß er jetzt wieder als ein Außenseiter hingestellt wurde, wenn doch sein einziges Interesse darin bestand, die Ranch vor dem finanziellen Ruin zu bewahren.

»Wolltest du sonst noch etwas?«

»Ich will, daß du mit mir kommst. Ich möchte dir etwas zeigen«, sagte sie.

»Ich habe zu tun.« Ty wollte nicht mit ihr über seine Entscheidung diskutieren. Es schien ihm das Einfachste zu sein, jeder Gelegenheit zu einer Auseinandersetzung aus dem Weg zu gehen.

»Soviel gibt es nicht zu tun, daß du nicht eine Stunde erübrigen kannst.« Trotz aller Selbstbeherrschung bebte sie vor Zorn. »Habe ich dich je um etwas gebeten, Ty?« fragte sie, als er zögerte. »Nun gut, genau darum bitte ich dich jetzt.«

Ein tiefer Seufzer entrang sich ihm. »Einverstanden. Ich komme mit.« Leicht irritiert ließ er die Papiere auf seinen Schreibtisch fallen, griff nach seinem Hut, drückte ihn sich auf den Kopf und folgte ihr aus dem Zimmer. Tara war augenblicklich an seiner Seite und versuchte, ihn davon abzuhalten. »Es geht um etwas Geschäftliches, Tara.« Er gebot ihren verdeckten Protesten barsch Einhalt und verließ mit Jessy das Haus.

Die beiden wechselten kein Wort miteinander, als Jessy sich hinter das Steuer ihres Wagens setzte und Ty auf den Beifahrersitz glitt.

»Wohin fahren wir?« fragte Ty schließlich, als sie schon eine weite Strecke schweigend zurückgelegt hatten.

»Wir sind gleich da.«

Der Weg endete, und Jessy fuhr in ein Dickicht aus Disteln und Unkraut hinein und hielt dort abrupt an. Zerrissene Streifen schwarzen Teerpapiers und morsches Holz lagen auf dem Unkraut verstreut.

»Paß auf, wohin du trittst«, riet ihm Jessy, als sie ausgestiegen waren. »Hier muß irgendwo eine alte Zisterne sein.«

»Wo sind wir?«

»Hier hat deine Großmutter früher gelebt.«

Ty sah sich angewidert in den Trümmern um. Es ärgerte ihn, daß Jessy mehr über seine Familiengeschichte wußte als er selbst.

»Ich wollte, daß du siehst, was der Pflug diesem Land antut. Einst war auch dieses Land grasbewachsen – demselben dichten und hohen Gras, das du heute noch auf der Triple C findest.«

Mit zornigem Gesicht und zusammengekniffenen Lippen stand sie neben ihm. Wie sie ihn so musterte, bemerkte er einmal mehr die Kraft in ihren Zügen.

»Sieh dir das an«, befahl sie. »Genau das wird nämlich passieren, wenn du diese Erde umgräbst. Der Wind verweht sie in alle Richtungen, und auch das Unkraut kann sie nicht zusammenhalten. Dreihundert Morgen würden vielleicht ausreichen, um eine Kuh zu ernähren.«

»Es muß bepflanzt werden – rekultiviert werden.« Ty räumte ein, daß das Land sich in einem erbärmlichen Zustand befand und mehr Ähnlichkeit mit einer Wüste als mit einer Grassteppe aufwies.

»Glaubst du etwa, das sei nicht versucht worden? Millionen von Morgen Land sind auf diese Weise umgepflügt worden. Das Gras, das hier früher wuchs, wollte nicht wieder nachwachsen. Neue Grassorten sind angepflanzt worden; manche der robusteren Sorten konnten sich festsetzen, aber das erfordert auf die Dauer viel

Sorgfalt, Arbeit und Wasser. All das ist vor fünzig Jahren passiert, und es gibt immer noch Gegenden wie diese hier. Bist du immer noch gewillt, das Land um der Kohle willen zu verwüsten? Nicht nur für deinen eigenen Gebrauch, sondern auch für den deiner Kinder?«

»Verdammt noch mal, Jessy, ich habe keine andere Wahl!« fauchte er unter dem wachsenden Druck ihrer Kritik. »Ich brauche das Geld, um die Ranch zu erhalten!«

»Welche Ranch?« fragte sie. »Wenn die Kohle abgebaut ist, ist nichts mehr von der Ranch übrig. Was willst du retten, einen Ort, der in dreißig Jahren eine Wüste ist, in der vielleicht Gestrüpp wächst?«

»Du scheinst mich nicht zu verstehen.«

»Nein, du verstehst überhaupt nichts!« gab Jessy zurück. »Du tust es für das Geld – für den Gewinn. Es geht um das Geschäft, sagst du. Es ist Fortschritt. Du hast ein Erbe angetreten, Ty, eine Tradition, die mit Recht stolz auf ihre Verantwortung für das Land und seine Menschen war. Du wirst beides verspielen, weil du glaubst, das Geld sei wichtiger. Menschen haben diese Ranch aufgebaut. Zerstört werden kann sie nur von innen. Und du bist ihr Herz. Wenn das Herz nichts taugt, stirbt auch der Rest allmählich.«

»Du hast dich deutlich ausgedrückt«, sagte Ty schließlich.

Schweigend legten sie den Heimweg zurück. Ihre Worte hämmerten in seinem Kopf. Als Jessy ihn vor dem Haus absetzte, sagten sie kein Wort; Höflichkeitsfloskeln schienen im Moment unangebracht.

Tara wollte ihn mit Fragen bestürmen, doch Ty blieb nur lange genug im Haus, um den Schlüssel des einmotorigen Flugzeugs zu holen. Er flog über das Gebiet, auf dem sie die Fabrik aufbauen wollten.

Dann änderte er den Kurs und flog über die Gegenden, in denen das Gras gegen die Disteln ankämpfte und sich nicht durchsetzen konnte. Nach einer weiteren Kursänderung überflog er die Stockman Ranch.

Das frische grüne Gras setzte sich zwar wohltuend gegen die schwarzen Minen ab, doch das wiedergewonnene Gebiet erschien ihm plötzlich marginal – verglichen mit dem Areal, das dem Bagger zum Opfer gefallen war.

Sowie er wieder zu Hause war, begab er sich direkt in sein Arbeitszimmer, rief seinen Vater im Krankenhaus an und teilte ihm seine Entscheidung mit, aus dem Vertrag mit Dyson auszusteigen.

»Das freut mich.« Die Stimme seines Vaters klang belegt, und doch war sie kraftvoller als jemals sonst in der letzten Zeit. »Was wirst du nun ohne dieses Geld anfangen?«

Gemeinsam arbeiteten sie ein funktionelles Sparprogramm aus. Die finanziellen Sorgen der Ranch waren damit nicht gelöst, doch sie konnten überleben und auf bessere Zeiten warten.

»Was ist mit Dyson?« fragte sein Vater. »Er wird sich wehren, Schwiegersohn hin, Schwiegersohn her.«

»Das kann gut sein«, räumte Ty ein. »Warte nicht, bis es soweit ist«, riet ihm sein Vater, und sie erörterten die Möglichkeiten, Dysons Schritten entgegenzuwirken. »Du wirst ihn im Auge behalten müssen. Er ist geschickt, sehr geschickt.«

»Ja, das werde ich tun.«

Ty machte weitere Telefonate und trommelte seine Männer zusammen. Die meisten waren ihm gegenüber kühl und steif. Sie waren bereit, seine Anweisungen entgegenzunehmen, aber nicht, sich hinter seine Befehle zu stellen. Sie hatten das Vertrauen in sein Urteil verloren. Seine kürzlich getroffene Entscheidung hatte gegen die Werte verstoßen, mit denen sie aufgewachsen waren. Doch ihre Meinung änderte sich, als sie erst gehört hatten, was er zu sagen hatte.

»Wenn ein Mann einen Fehler gemacht hat, hat er die Wahl zwischen zwei Möglichkeiten. Er kann die Zähne zusammenbeißen und mit Gewalt weitermachen. Er kann aber auch seinen eigenen Fehler erkennen und eingestehen und sein Bestes tun, um ihn wieder gutzumachen, statt sich einzureden, seine Entscheidung sei richtig gewesen. Ich werde den Vertrag brechen und alles tun, um den geplanten Arbeiten Einhalt zu gebieten.«

Ty erteilte die Anweisung, die besten Zuchtpferde und die fettesten Rinder sofort zu verkaufen. Als die Männer gegangen waren, betrat Tara sein Arbeitszimmer. »Was geht heute nachmittag hier vor? Ständig kommen und gehen Menschen«, sagte sie.

»Ich führe auf der gesamten Ranch weitere kostensparende Maßnahmen durch«, erwiderte er in einem geschäftsmäßigen Tonfall. »Und einige davon werden dir nicht behagen.«

»Und das wäre?« Sie legte ihren Kopf zur Seite.

»Du wirst deiner Köchin und dieser Haushälterin mitteilen, daß wir ihre Dienste ab Monatsende nicht mehr benötigen.«

»Das kann doch nicht dein Ernst sein.« Sie sah ihn ungläubig an, ehe ihre Entrüstung durchbrach. »Das kannst du nicht machen. Ich brauche die beiden.«

»Du wirst deinen Gästen eben erklären müssen, daß sie ihre Betten entweder selbst machen und ihr Geschirr selbst spülen müssen oder sich miteinander beschäftigen müssen, während du es tust. Das hier ist eine Ranch, auf der gearbeitet wird, und kein Hotel, in dem es Dienstmädchen und Zimmerservice gibt.«

»Etwas Absurderes habe ich in meinem ganzen Leben noch nicht gehört«, fauchte Tara. »Es handelt sich um bedeutende Persönlichkeiten, und ich kann sie nicht bitten, in der Küche zu helfen.«

»Wer weiß? Vielleicht finden sie das sogar besonders toll.«

Er zuckte die Achseln.

»Auf die Probe lasse ich es gar nicht erst ankommen«, teilte sie ihm mit. »Weder Simone noch Mrs. Thornton werden gehen. Das ist mein Haus, und du wirst mir nicht sagen, wie ich den Haushalt zu führen habe. Ich schreibe dir schließlich auch nicht vor, wie du die Ranch zu leiten hast.«

»Du täuschst dich. Das hier ist unser Haus, und es ist unsre Ranch.«

»Die Ranch ist mir egal. Mach doch damit, was du willst. Ich habe dir schon ein Dutzend Mal gesagt, du sollst einen Manager einstellen, der sie leitet, aber du wolltest ja nicht auf mich hören.«

»Ich habe dir zugehört und war nicht deiner Meinung.«

»Und ich bin nicht deiner Meinung, wenn es darum geht, Simone und Mrs. Thornton zu entlassen.«

»Ich muß sämtliche Ausgaben kürzen, und darunter fällt auch das Haushaltsgeld. Wenn du die beiden von deinem eigenen Geld bezahlen willst, ist das deine Angelegenheit.«

»Warum machst du dir bloß wieder solche Geldsorgen? Ich dachte, das ließe sich alles durch deine Partnerschaft mit Daddy regeln. Wenn erst der Verkauf der Kohle anfängt, wird für alles mehr als genug Geld dasein.«

»Es wird kein Geld geben, weil keine Kohle verkauft wird«, sagte Ty mit gepreßter Stimme, als sich die Haustür öffnete.

»Was soll das heißen? Hier bin ich, Daddy«, rief sie, als sie Dyson hörte, der ihren Namen rief. »Komm rein. Ty hat mir gerade mitgeteilt, daß ihr keine Kohle verkauft. Ich ...«

Ty fiel ihr ins Wort, als Dyson ihm einen verblüfften Blick zuwarf. »Ich bin froh, daß du hier bist, E. J. Ich wollte Tara gerade erklären, daß ich mich entschlossen habe, von dem Geschäft zurückzutreten.«

»Das verstehe ich nicht.« Dyson lachte verwirrt. »Wir sind uns doch über alles einig geworden. Was ist? Bist du mit den Bedingungen unzufrieden? Hast du das Gefühl, daß dir ein größerer Anteil zusteht?«

»Darum geht es nicht. Auf meinem Land wird keine Kohle abgebaut.« Ty versuchte geduldig, ihm die Gründe zu erklären und ihn dazu zu bringen, den Vertrag freundschaftlich aufzulösen.

Dyson erinnerte ihn daran, daß er die Mineralschürfrechte besaß, und Ty rief Dyson ins Gedächtnis zurück, daß die fraglichen zehntausend Morgen Land von Calder-Land umgeben waren, was die Zufahrt unmöglich machte. Es lag auf der Hand, daß es zum Streit kommen würde. Wütend und Konsequenzen androhend verließ Dyson mit Stricklin, der in der Tür gestanden hatte, den Raum.

»Ty, das kannst du nicht tun«, sagte Tara, die zögernd auf ihn zugekommen war und sich an ihn schmiegte.

Er küßte ihr seidiges Haar. »Versuch es zu verstehen, Tara. Es geht nicht darum, was ich tun will, sondern darum, was ich tun muß – für die Ranch und für die Erben dieses Landes.«

Tara wollte nicht an die Endgültigkeit seiner Worte glauben. »Ty, ich verspreche dir, daß ich bei Daddy alles wieder ausbügle.« Sie zog seinen Kopf gewaltsam auf ihre heißen, glühenden Lippen und küßte ihn verführerisch. »Er wird es verstehen«, murmelte sie. »Es wird alles wieder gut werden. Du wirst es ja sehen.«

»Nein, Tara. Ich werde es mir nicht anders überlegen.«

Ihre Hände stießen ihn von sich. »Aber du hast dich mit ihm geeinigt. Ich dachte, es hat etwas zu besagen, wenn du, ein Calder sein Wort darauf gegeben hat.«

»Ich habe eine ältere Verpflichtung, die in direktem Widerspruch zu dem Geschäft steht, das ich mit deinem Vater gemacht habe. Diese Verpflichtung muß den Vorrang haben.«

»Wie kannst du nur so dumm sein?« Tara riß sich wütend und

enttäuscht von ihm los. »Ist dir klar, wie reich wir sein könnten? Hier ist ein Vermögen zu holen.«

»Und es wird liegen bleiben, wo es liegt.«

»Nein. Daddys Firma wird es an sich bringen – alles. Und die Hälfte davon kann dir gehören, wenn du auf mich hörst.«

»Nein.«

»Wenn du eine solche Gelegenheit ungenutzt vorübergehen läßt, kann unsere Ehe dir nicht viel bedeuten«, sagte sie entrüstet. »Du willst unser Vermögen opfern. Wenn mein Vater dieses Haus verläßt, gehe ich auch.«

»Stoß keine leeren Drohungen aus, Tara«, schimpfte er.

Das hätte er nicht sagen dürfen. Er hatte ihr einen Bluff unterstellt, und sie damit gezwungen, ihr Gesicht zu wahren. Am Ende würden sie beide verlieren.

Eine Stunde später, als er gerade mit seinem Anwalt telefonierte, hörte er Koffer auf der Treppe schlagen. Er achtete kaum auf die Stimme seines Anwalts, während er den Schritten, dem Öffnen und Schließen der Haustür und dem Anlassen eines Motors lauschte.

Plötzlich ging die Haustür auf, und leichte Schritte betraten das Haus. Für einen Moment lang gestand Ty sich selbst ein, wie dringend er die Unterstützung und das Verständnis seiner Frau an diesem entscheidenden Punkt brauchte. Aber es war seine Schwester Cathleen, die in der Tür auftauchte.

»Wohin geht Tara? Sie hat mir gar nicht gesagt, daß sie wegfährt.« Cat mußte auf die Erklärung warten, bis das Telefongespräch beendet war.

Jessy entdeckte den gut getarnten grünen Jeep, der hinter einem Gebüsch stand, weil die Morgensonne sich in den Scheiben brach und sie blendete. Sie unterrichtete sofort über Funk die Zentrale und machte sich in ihrem Wagen an die Verfolgung, die lachhaft einfach war. Stöcke mit kleinen roten Fähnchen kennzeichneten den Weg und führten Jessy direkt zu den Eindringlingen.

Sie klemmte sich ihr Gewehr locker unter den Arm und stieg aus.

»Sie betreten unbefugt Privatbesitz. Nehmen Sie Ihre Sachen, und verschwinden Sie«, ordnete sie an.

»Wir befinden uns auf Regierungsland. Und wir führen hier unsere Arbeit aus.«

»Sie halten sich innerhalb der Grenzen des Calder-Landes auf.« Jessy bestritt nicht, wem das Land rechtmäßig gehörte.

Jetzt kam der unvermeidliche Moment, in dem ein Mann wütend wird, weil ihn eine Frau physisch bedroht. »Ich schlage vor, daß Sie dieses Gewehr wegstecken, ehe Sie Ärger bekommen«, sagte der Mann.

Als er einen Schritt auf sie zukam, gab Jessy einen Warnschuß ab, der einen halben Meter über seinen Kopf hinwegging. Er blieb stehen. »Ich besitze ein Gewehr, seit ich elf bin, und ich habe genügend Kojoten geschossen. Wenn Sie wissen wollen, ob eine Frau das Ziel trifft, auf das sie schießt, dann brauchen Sie lediglich noch einen Schritt näherzukommen.« Sie legte das Gewehr an. »Packen Sie Ihr Zeug zusammen, und verschwinden Sie.«

Die drei Männer zögerten und sahen einander an. Jessy schoß auf eins der kleinen roten Fähnchen und ließ einen Schuß folgen, der direkt vor die Füße der Männer gesetzt war. Erst jetzt wurde ihnen klar, daß sie es ernst meinte.

Als die Männer ihre Sachen zusammenpackten, trafen drei Lastwagen mit Verstärkung ein, und die Männer wurden vom Calder-Land geleitet. Als Jessy vor dem Haupthaus eintraf, waren alle Bewohner der Ranch dort versammelt, darunter auch Ty und Cathleen.

»Ich vermute, sie wollten uns nur auf den Zahn fühlen«, sagte Ty.

»Ty!« rief Tiny Yates. »Ich habe gerade gehört, daß man glaubt, Ruth Haskell hätte einen Herzinfarkt gehabt. Das Flugzeug wird gerade startbereit gemacht, um sie ins Krankenhaus zu fliegen.«

»Tante Ruth!« keuchte Cat. Niemand war ihr so sehr das Äquivalent einer Großmutter gewesen. Ihre weit aufgerissenen grünen Augen schimmerten feucht, als sie ihren Bruder ansah.

30

Direkt neben dem Familiengrab der Calders wurde Ruth Haskell beerdigt und die Familien, die auf der Triple C lebten, erschienen geschlossen, um der stillen Frau, die so lange Zeit im Hintergrund gestanden hatte und deren Schicksal doch so sehr mit dem der Calders verknüpft gewesen war, die letzte Ehre zu erweisen.

Jessy, die dasselbe blaue Kleid trug, das sie bei Maggies Beerdigung getragen hatte, sah, daß Ty den Arm um Cats Schultern gelegt hatte, um das bleiche, erschütterte Mädchen zu trösten, das innerhalb eines so kurzen Zeitraums die beiden Frauen verloren hatte, an denen sie am meisten hing.

Gerüchte, die im Umlauf waren, besagten, Tara hätte ihn wegen der drohend bevorstehenden Auseinandersetzung mit ihrem Vater verlassen, doch da Ty von sich aus keine Erklärungen abgab, stellte ihm auch niemand Fragen. Jessy konnte zwar verstehen, daß Tara innerlich zerrissen war, doch sie hielt es trotzdem für dumm, daß Tara gerade dann verschwand, wenn Ty sie brauchte. Doch das änderte nichts daran, daß Jessys Beziehung zu Ty der Vergangenheit angehörte. Er hatte seine Entscheidung getroffen, und sie akzeptierte seine Wahl.

Jessy bedauerte Cat von ganzem Herzen und ging zu ihr.

»Ich dachte wirklich, Tara würde zur Beerdigung kommen«, sagte das Mädchen mit leiser Stimme, die darauf hinwies, wie sehr sie sich im Stich gelassen fühlte.

»Sie erwartet von mir, daß ich ihr nachlaufe«, sagte Ty trocken. »Das ist wieder eines ihrer Spielchen.«

»Dann wirst du wohl genau das tun«, sagte Jessy trocken.

Sie sah Ty in die Augen. Schließlich nickte er. »Ja, genau das werde ich tun.«

»Ty.« Cat versetzte ihm einen Rippenstoß und wies auf die beiden Männer, die auf sie zukamen.

Auf den ersten Blick entgingen ihnen die Handschellen. Das Gefängnis hatte Buck Haskell gestattet, in Begleitung eines Wächters zum Begräbnis seiner Mutter zu erscheinen. Trotz seines silbergrauen Haares vermittelte er immer noch den Eindruck eines Kindes, das sich weigert, erwachsen zu werden.

»Ich wollte mich bei dir dafür bedanken, daß du dich um meine Mutter gekümmert und für ihre Beerdigung gesorgt hast«, sagte er zu Ty. Er warf einen Blick in das offene Grab. »Ich wünschte nur, ich hätte sie noch lebend sehen dürfen.« Der traurige Blick wirkte aufgesetzt, und die Worte gingen ihm zu leicht über die Lippen.

»Wenn du mich fragst, hast du sie auf dem Gewissen.« Ty hatte keine Spur von Mitgefühl für diesen Mann. »Jedesmal, wenn sie dich im Gefängnis besucht hat, ist sie an dem, was aus dir geworden ist, ein Stück mehr zerbrochen. Wenn es nach mir ginge, könntest du in dieser Zelle verrotten.«

Haß loderte in Haskells blauen Augen auf. »Ich habe gehört, daß dir ein Stück Land weggenommen worden ist. Du bist wohl nicht mehr ganz so mächtig.«

»Deine Mutter ist begraben. Und jetzt verschwinde von meinem Land«, sagte Ty kühl.

Haskell sah Ty drohend an, doch der Wächter führte ihn ab. Die Spannung hatte sich noch nicht gelöst, als ein lautes Hupen ertönte. Ty wirbelte herum. Jeder Muskel und jeder Nerv in seinem Leib spannten sich an. Ein Wagen hielt mit kreischenden Bremsen.

»Sie kommen!« Repp Taylor sprang aus der Fahrerkabine. »Ganze Horden mit Straßenbaumaschinen!«

Ty rannte auf das erstbeste Fahrzeug zu. Er verfluchte sich dafür, daß er nicht vorausgesehen hatte, daß Dyson genau dann zuschlagen würde, wenn die Triple C sich versammmelt hatte, um eine der Ihren zu begraben. Er mußte sie aufhalten, solange sie sich auf dem Land der Calders befanden. Sowie sie das Land erreicht hatten, das der Regierung gehörte, standen seine Chancen weitaus schlechter.

Es brauchten keine Befehle erteilt zu werden. Die Männer setzten sich sofort in Bewegung. Alle trugen ihre besten Anzüge und Hüte und gestärkte weiße Hemden. In weniger als fünf Minuten waren sämtliche Männer unterwegs, und die Frauen teilten sich in Gruppen auf.

Die rasenden Fahrzeuge wirbelten soviel Staub auf, daß die Sicht nur bis zur hinteren Stoßstange des Wagens reichte, der ihnen jeweils voranfuhr.

Weniger als einen halben Kilometer von der Straße entfernt, stießen sie auf die Kolonne von Fahrzeugen, die sich langsam voranbewegte. Noch waren sie auf Calder-Land. Sie fuhren durch ein Felsental mit steilen Wänden.

Der Dieselmotor der Planierraupe wurde angelassen. Die Schaufel wirkte weniger wie ein Sturmbock, sondern eher wie ein wirksames Mittel, um Hindernisse aus dem Weg zu räumen. Die Planierraupe kam jetzt auf die Lastwagen zu, um kurzen Prozeß mit ihnen zu machen.

Die ersten Cowboys gaben Schüsse auf die Planierraupe ab. Als eine Kugel dicht an der Fahrerkabine vorbeizischte, wurde der Dieselmotor abgestellt, und der Fahrer ergriff die Flucht. Ty gab das Signal, das Feuer einzustellen.

»Kehrt um, und sagt Dyson, daß er mein Land nicht durchqueren wird!« rief Ty.

»Er wird es durchqueren! Vielleicht nicht diesmal, aber er wird es durchqueren!« Das Eingeständnis der Niederlage wurde als eine Warnung formuliert.

Als sie den Fahrzeugen durch das Osttor folgten, stellte sich heraus, daß die nächste Auseinandersetzung nicht lange auf sich warten lassen würde. Sobald der Trupp das Calder-Land verlassen hatte, fuhren die Fahrzeuge von der Straße und blieben am Straßenrand stehen.

Ty saß in dem Wagen, den Repp Taylor fuhr. Repp sah ihn finster an. »Sie bleiben hier.«

»Wir auch«, sagte Ty. Es würde nicht lange bei diesem Unentschieden bleiben. Weder Dyson noch Ty konnten es sich leisten, Männer und Maschinen über einen längeren Zeitraum stillzulegen.

Sie warteten bis zum Abend. Inzwischen hatten ihnen die Frauen Kaffee, belegte Brote und Kleider zum Wechseln geschickt. Ty war unruhig und achtete nicht darauf, was auf seiner Seite vorging, sondern nur auf die Gegenseite, bis Cat ihn aufschreckte.

»Was tust du denn hier?« fauchte er und packte sie an den Schultern. »Du müßtest zu Hause sein.«

»Ich habe es dort nicht ausgehalten.« Ihre Stimme zeigte ihm, daß sie sich nicht fortschicken ließ.

Sein Blick fiel auf Jessy, die auf ihn zukam. »Ich habe Cat mitgebracht«, gab sie zu.

»Sie hat hier nichts zu suchen«, sagte er.

»Das ist eine typisch männliche Meinung«, gab Jessy fest zurück. »Aber im allgemeinen sitzen die Männer auch nicht zu Hause und machen sich Sorgen. Cat hat wirklich Angst um dich gehabt. Du bist in etwa alles, was ihr noch geblieben ist. Außerdem dachte ich mir, daß es für sie mindestens so schlimm ist, allein in diesem Haus zu schlafen wie auf der Ladefläche eines der Laster.«

»Vielleicht hast du recht«, räumte Ty mürrisch ein. »Hat Silverton, der Anwalt, etwas von sich hören lassen?«

»Nein, sonst hätte man dich über Funk benachrichtigt.« Jessy wußte, daß Geduld etwas war, was Ty zwar mühsam gelernt hatte, was ihm aber eigentlich gar nicht lag.

»Silverton bemüht sich um eine vorläufige Verfügung. Der Rechtsstreit um die zehntausend Morgen Land ist wieder aufgenommen worden. Ich fürchte nur, daß Dyson uns hier festhalten will, um davon abzulenken, daß er sich auf einem anderen Weg durchzuschlagen versucht. Was hast du eigentlich hier zu suchen, Jessy?«

Jessys Gesicht zeigte keine Regung, und doch hatte Ty das Gefühl, als sei sie von etwas berührt, wonach sie sich über lange Jahre gesehnt hatte.

»Ich dachte mir, jemand sollte Cat im Auge behalten«, sagte sie, um ihm wenigstens diese Sorge abzunehmen.

Ein Stern funkelte am nächtlichen Himmel, der sich purpur färbte. Er erinnerte ihn an Tara. Sie hätte diejenige sein sollen, die sich jetzt um seine Schwester kümmerte. Jessy nahm die Veränderung seines Gesichtsausdruckes wahr, den Blick eines Mannes, den seine Träume bedrücken. Schuldbewußt ließ sie ihn stehen.

Als sich die Dunkelheit über das Land senkte, ließ die Anspannung nach und die Stimmen wurden leiser. Gegen Mitternacht sah Jessy, daß Cathleen in Repp Taylors Armen schlief, doch Ty hatte sich nicht hingelegt, und sie bezweifelte, daß er vor dem Morgengrauen schlafen würde.

Am nächsten Morgen näherte sich ein Reiter den Männern. Es war Culley O'Rourke.

»Hast du Ärger?« fragte Culley, als er vom Sattel sprang.

»Ja.« Ty nickte und musterte den Mann. »Cat hat gesagt, du seist krank gewesen.« O'Rourke machte einen gesunden Eindruck, schien sich jedoch vorsichtig zu bewegen.

»Mir geht es wieder gut. Schlägt Dyson zu?«

»Es sieht ganz danach aus.« Er sah keinen Sinn darin, die Lage mit seinem Onkel zu erörtern. »Es gibt Kaffee. Bedien dich.«

»Ja, gern.« O'Rourke war erleichtert, als er Cathleen sah. »Hier steckst du also? Ich habe dich schon überall gesucht«, sagte er mürrisch.

»Onkel Culley«, sagte sie in einem Tonfall, der sehr ernst und eindringlich war, »wir müssen es Ty sagen. Er muß von unserem Verdacht erfahren. Gemeinsam wird es uns gelingen, ihn davon zu überzeugen.«

»Es ist zwecklos, das habe ich dir doch schon oft genug gesagt«, sagte er zu ihr.

»Aber hier wird es Ärger geben. Es sind bereits Schüsse gefallen. Wenn Dyson und sein Partner wirklich versucht haben, meinen Vater zu töten, was sollte sie dann davon abhalten, Ty loswerden zu wollen? Wir müssen ihn auf jeden Fall warnen.«

Das schrille Kreischen einer Sirene ertönte. Sheriff Blackmore stieg mit zwei uniformierten Helfern aus und kam auf Ty zu.

»Die Zeiten haben sich geändert, Calder«, erklärte Blackmore mit einem selbstzufriedenen Gesichtsausdruck. »Sie können heute nicht mehr einfach tun, was Ihnen paßt.«

»Ach, wirklich?« sagte Ty.

Er händigte Ty ein Dokument aus, das den Zugang zu dem Land im Besitz der Regierung über den Grund und Boden der Calders genehmigte. Dyson mußte den üblichen Amtsweg gewaltig verkürzt haben.

Ty las das Dokument durch. »Hier steht nirgends, welcher Weg benutzt werden darf. Wir wollen doch alles ganz legal handhaben, nicht wahr, Sheriff? Ich werde einen Landvermesser bestellen, der genau festlegt, wie dieser Zugang verläuft. Natürlich wird dies eine Weile dauern.«

Auf dem Hals des Sheriffs traten die Adern heraus, als er gegen seine Wut ankämpfte. »Sie halten sich wohl für verdammt klug, was?«

Ty hatte nichts weiter erreicht als eine Verzögerung. »Ich richte mich nur nach dem Gesetz.«

»Da haben wir es wohl mit einem wahrhaft ehrenwerten Bürger zu tun!« sagte der Sheriff spöttisch. »Ich habe außer dem Dokument, das Sie in der Hand halten, noch mehr Papiere mitgebracht. Und zwar einen Haftbefehl für Sie.«

»Wie lautet die Anklage?« fragte Ty, während die Männer im Hintergrund murrten.

»Tätlicher Angriff mit einer Mordwaffe, böswillige Zerstörung von fremdem Eigentum, Anstiftung zu Gewalttätigkeit – und noch einiges mehr«, versicherte ihm der Sheriff.

»Das ist nichts weiter als ein Haufen Lügen«, fauchte Ty.

»Das wird ein Richter entscheiden müssen.« Der Sheriff lächelte. »Kommen Sie friedlich mit, oder muß ich der Liste auch noch Widerstand gegen die Staatsgewalt hinzufügen?«

»Sie werden ihn nicht mitnehmen!« schrie Cat und stellte sich zwischen Ty und den Sheriff.

»Laß das, Cat«, sagte Ty. »Sie können mich nicht festhalten. In ein paar Stunden wird man mich gegen Kaution freilassen.« Er schob sie in die Arme ihres Onkels, der schon bereitstand. Dann wandte er sich an die große, schlanke Frau, die neben ihnen stand. »Jessy, ruf Silverton an, und berichte ihm diesen Unsinn.«

»Wird gemacht.«

»Ty, du verstehst das nicht!« Cat versuchte, sich von O'Rourke loszureißen. »Culley, erklär du es ihm,«, forderte sie ihn erbost auf.

»Sei ruhig, Mädchen«, sagte Culley mit gesenkter Stimme. »Sonst führt der Sheriff uns alle drei ab. Wie könntest du deinem Bruder dann noch helfen?«

Der Sheriff legte Ty überflüssigerweise Handschellen an. Als der Wagen sich in Bewegung gesetzt hatte, drehte sich Cat zu den Männern um und funkelte sie wütend an. »Warum habt ihr nichts unternommen? Warum habt ihr zugelassen, daß sie ihn mitnehmen?« Wenige der Männer konnten ihr in die Augen sehen.

»Um den Richter brauchst du dir keine Sorgen zu machen«, sagte Stricklin zu Dyson. »Heute ist Freitag, und er wird eine lächerlich hohe Kaution ansetzen, gegen die Ty erst am Montag Widerspruch einlegen kann.«

»War es wirklich nötig, Ty verhaften zu lassen?« fragte Tara vorwurfsvoll.

»Der schnellste Weg, um eine Schlacht zu gewinnen, ist der, den General von seinen Truppen zu trennen. Sie mögen ihm noch so ergeben sein, aber ohne Anweisungen wissen sie nicht, was sie tun sollen«, erklärte ihr Vater geduldig. »Ich habe rund drei Tage Zeit, und das ist mehr als genug, um meine Rechte zu sichern. Nach dieser Erfahrung wird dein unverständiger Mann klüger sein.«

Stricklin erhob sich und sagte beiläufig: »Ich gehe rüber zum Sheriff und vergewissere mich, ob alles glatt gelaufen ist.«

»Tu, was du nicht lassen kannst.« Dyson zuckte gleichgültig die

Achseln, doch seine Augen kniffen sich zusammen, während er dem Mann nachsah, der den Raum verließ. »Ich weiß einfach nicht, was in der letzten Zeit in ihn gefahren ist«, murmelte er. »Ständig muß er jede Einzelheit mehrfach überprüfen.«

»Er war schon immer sehr eigen«, sagte Tara.

»Aber nicht so.«

»Warum mußte Ty das bloß tun?« fragte Tara. Sie hegte nicht den geringsten Zweifel daran, daß ihr Vater als Sieger aus diesem Kampf hervorgehen würde, aber sie wollte nicht, daß Tys Situation dadurch hoffnungslos wurde. Wenn sie es je zu etwas bringen wollten, mußte auch für ihn etwas dabei herausspringen.

Ty lag in der kahlen Zelle auf der Pritsche. Seine Isolation und die Einschränkung seiner Bewegungsfreiheit zehrten an seinen Nerven. Es war höllisch, nicht zu wissen, was sich auf der Ranch abspielte oder wie bald man ihn freilassen würde.

Eine Tür öffnete sich, und er hörte eine bekannte Stimme.

»Wo ist mein Bruder? Was haben Sie mit ihm getan? Warum haben Sie ihn nicht freigelassen?« Die gemurmelte Antwort konnte er nicht verstehen. Er lauschte nach einer anderen Stimme, weil er wissen wollte, wer mit Cat gekommen war, um seine Freilassung zu bewirken, doch bald wurde ihm klar, daß sie allein gekommen war. »Ich will ihn sehen«, verlangte sie, und ihre Stimme kam näher.

»Ich kann es Ihnen im Moment nicht gestatten, den Gefangenen zu besuchen – nicht, solange nicht alles geregelt ist. Und ein Gefängnis ist ohnehin kein Ort für ein junges Mädchen«, sagte der Sheriff. Ty war seiner Meinung. Er wollte Cat nicht hier sehen.

»Und woher weiß ich, daß es ihm gut geht? Woher weiß ich, daß Sie ihn nicht zusammengeschlagen haben?«

Diese hartnäckige kleine Göre, dachte Ty.

»Cat! Mir fehlt nichts!« rief er, um sich bemerkbar zu machen. »Und jetzt geh nach Hause.«

»Nein! Ich bleibe hier, bis sie dich freilassen!«

Ty schüttelte den Kopf über ihre Sturheit. Er wollte nicht, daß sie hier herumlungerte. »Mir sind die Zigaretten ausgegangen. Besorg mir ein Päckchen.« Einen Moment lang glaubte Ty, sie würde sich seiner Aufforderung widersetzen.

»Ich bin gleich wieder da«, rief sie ihm zu.

Ihr Gefühl der Machtlosigkeit löste Angst und Wut zugleich bei Cat aus. Alle wußten, daß Dyson den Sheriff in der Tasche hatte, und sie hatte Angst um Ty. Sie war so tief in Gedanken, daß sie den Mann, der auf sie zukam, nicht gleich bemerkte, doch sie lief langsamer, als sie Stricklin erkannte.

»Haben Sie Ihren Bruder besucht?«

»Man hat mich nicht zu ihm gelassen.« Cat war so aufgebracht daß sie leichtsinnig wurde und jede Vorsicht vergaß. »Ty gehört nicht hinter Gitter! Sie sind derjenige, den man einsperren sollte! Noch kann ich nicht beweisen, daß Sie meine Mutter umgebracht haben, aber das ist nur eine Frage der Zeit!« Sie warf ihm die Drohung an den Kopf und lief auf den Wagen zu, den sie sich geborgt hatte.

Ob dieser offenen Anschuldigung stand Stricklin einen Moment lang wie benommen da und schaute sich dann besorgt um – doch niemand hatte sie gehört oder gesehen. In der für ihn typischen Kaltblütigkeit und Geschwindigkeit wog Stricklin seine Chancen ab. Es war unwahrscheinlich, daß sich ihm eine solche Gelegenheit ein zweites Mal bot, und er konnte sich auch nicht darauf verlassen, daß sie den Mund hielt.

Als Cat anfuhr, wurde die Beifahrertür aufgerissen, und Stricklin setzte sich neben sie. Sie wollte den Fuß vom Gaspedal nehmen und auf die Bremse treten, doch sein Fuß stellte sich auf ihren Stiefel und drückte das Gaspedal durch. Der Wagen machte einen Satz.

»Was tun Sie da? Sind Sie verrückt?« Nachdem sie ihm die wütende Frage an den Kopf geworfen hatte, wurde ihr klar, mit wem sie sprach und was sie zu erwarten hatte.

Cats erster Impuls war, den Wagen in den Straßengraben zu fahren, doch Stricklin griff ihr ins Lenkrad. Auch ihr Versuch, die Tür zu öffnen und aus dem Wagen zu springen, wurde unterbunden. Auch ihr Versuch, vor Sallys Restaurant zu hupen, mißlang, und zu schnell hatten sie die Stadt hinter sich gelassen, und sie hatte keine Chance mehr, von jemandem gesehen zu werden. Endlich erkannte sie, in welcher Gefahr sie schwebte, und sie fürchtete sich. Außer Ty wußte niemand, daß sie in die Stadt gefahren war.

Über einen Feldweg fuhren sie zu einem verlassenen, baufälligen Haus. »Gut, daß Ranchfahrzeuge immer mit allem ausgerüstet sind, was man so braucht«, sagte Stricklin und griff nach dem Lasso, das hinter dem Sitz lag.

Sämtliche Fenster des Hauses waren mit Brettern vernagelt, und nur wenig Tageslicht drang durch die zahlreichen Ritzen. Die Luft roch abgestanden faulig und staubig – und es war heiß. Spinnweben verfingen sich in Cats Gesicht und in ihrem Haar.

Stricklin führte sie in das hinterste der vier Zimmer und stellte sich in die Tür.

»Wer weiß sonst noch von dem Flugzeugunglück?« fragte er mit einer sanften Stimme, die Unheil verkündete.

Sie reckte trotzig das Kinn in die Luft. »Niemand.«

»Lügnerin.« Sein Mund verzog sich zu jenem falschen Lächeln, das ihr Blut gerinnen ließ. »Aber das macht nichts. Es ist nicht schwer, sich das selbst auszurechnen.« Er holte einen Notizblock und einen Stift aus seiner Tasche. »Du wirst deinen Freund benachrichtigen.«

»Repp?« hauchte Cat schockiert, als ihr klar wurde, daß Stricklin glaubte, sie habe ihn in ihr Vertrauen gezogen. »Er weiß von nichts.«

»Wie edelmütig von dir. Hier.« Er hielt ihr das Papier und den Stift hin.

»Nein.« Sie wich einen Schritt zurück. »Ich schreibe gar nichts.«

»O doch, ich glaube schon«, murmelte er.

»Ich habe mich schon gefragt, wann Sie endlich kommen«, begrüßte Ty den Mann im Anzug, der vor seiner Zelle stand.

Silverton warf ihm einen verständnisvollen Blick zu und sah dann den Sheriff an, der in der Tür stand. »Ich würde gern unter vier Augen mit meinem Klienten sprechen.« Blackmore zuckte die Achseln und ließ die beiden widerwillig allein. »Ein Glück, daß die Polizei nicht unterwegs war, um Temposünder zu erwischen«, meinte er trocken zu Ty. »Sonst säße ich jetzt mit Ihnen hinter Schloß und Riegel.«

»Wie schnell können Sie mich hier rausholen?«

»Ich kann nicht viel tun, solange keine offizielle Anklage erhoben worden ist, und ich fürchte, sie werden alles so lange hinauszögern, wie es ihnen rechtlich nur irgend möglich ist. Auch die

Kaution kann ich nicht auftreiben, solange ich nicht weiß, wieviel der Richter verlangt. Sie können sich auf eine astronomische Summe einstellen. Sie werden alles versuchen, um Sie möglichst lange hier festzuhalten.«

»Was ist mit der einstweiligen Verfügung? Läßt sich da etwas machen?«

»Bisher nicht«, gab Silverton zu.

Ty fluchte tonlos und holte tief Atem. »Versuchen Sie, Potter aufzutreiben. Wenn der Richter oder irgendein Beamter hier in dieser Gegend einen dunklen Fleck auf seiner Weste hat, wird Potter Ihnen alles sagen, was Sie darüber wissen müssen und wieviel Gras darüber gewachsen ist. Er ist jetzt alt und krank, aber sein Verstand ist quicklebendig. Er soll die alten Geschichten auspacken.«

31

Als Ty aus dem dunklen Chrysler ausstieg und der Wagen auf der Straße umkehrte, drängten sich die Cowboys um ihn und klopften ihm erleichtert auf den Rücken.

»Wie sieht es aus, Boß?«

»Ja, wie sieht es aus?« echote eine andere Stimme. »Müssen wir sie durchlassen?«

»Silverton wird bis morgen früh eine einstweilige Verfügung erwirkt haben. Bis dahin wird niemand das Land durchqueren, ganz gleich, wer es ist und welche offiziellen Papiere er vorweist.«

Als ihre Neugier befriedigt war, verteilten sich die Männer wieder, und Ty schenkte sich eine Tasse Kaffee ein. Repp Taylor lehnte an der Ladefläche des Wagens. »Hast du eine Zigarette für mich?« fragte Ty. »Ich habe Cat losgeschickt, damit sie mir ein Päckchen Zigaretten besorgt, aber sie muß es wohl vergessen haben.«

»Ich glaube, irgend etwas stimmt nicht, Ty.« Mit besorgter Miene zog der Cowboy einen Zettel aus der Tasche. »Vor einer Weile ist ein Junge vorbeigekommen und hat gesagt, ein Mädchen hätte ihn gebeten, mir diese Nachricht zu bringen. Sie ist von Cat.« Er faltete den Zettel auseinander. »Sie sagt, sie läuft von zuhause fort und will mich heute abend treffen.«

»Sie läuft fort?« Ty legte die Stirn in tiefe Falten und griff nach dem Zettel.

»Ja. Genau darauf konnte ich mir auch keinen Reim machen«, gab Repp zu. »Sie sagt, sie habe es satt, zu streiten und zu kämpfen – und sie ist außer sich, weil Sie wegen des Flugzeugabsturzes nicht auf sie hören wollen.«

»Wegen des Flugzeugabsturzes?« Tys Verwirrung nahm zu. »Ich weiß überhaupt nicht, wovon sie redet.«

»Ich auch nicht. Ich weiß, daß sie immer noch fassungslos darüber ist, daß sie ihre Mutter verloren hat, aber ...« Repp zuckte die Achseln und konnte auch keine andere Verbindung zwischen den beiden Umständen herstellen.

»Hier steht auch, daß du niemandem etwas von ihren Plänen erzählen sollst.«

»Ich weiß, aber irgend etwas ist hier faul«, beharrte Repp.

»Wann ist sie zum letzten Mal gesehen worden?«

»Ich habe nachgefragt, als ich diese Nachricht bekommen habe. Ein paar Männer glauben, sie um die Mittagszeit in einem der Wagen gesehen zu haben.« Repp sah ihn mit durchdringendem Interesse an. »Was halten Sie davon?«

»Wenn sie wirklich vorhat auszureißen, hat sie sich einen verflucht teuflischen Moment dafür ausgesucht.«

Es fiel ihm schwer, nicht auf seine verzogene Schwester wütend zu sein. Das war das letzte, was ihm jetzt noch fehlte. Doch wenn sie mit einem neuerlichen Verschwinden seine Aufmerksamkeit auf sich lenken wollte, sah er darin auch ein Zeichen von Unsicherheit, einen stummen Aufschrei, jemand möge ihr zu verstehen geben, daß er sich etwas aus ihr machte. Mit sechzehn waren alle Gefühle so intensiv – ob Schmerz, Stolz, Liebe oder Haß. Erst war ihre Mutter gestorben, dann ihre Tante Ruth, ihr Vater lag weiterhin für unbestimmte Zeit im Krankenhaus, Tara hatte sie im Stich gelassen, und er war zugegebenermaßen in der letzten Zeit zu beschäftigt gewesen, um viel Zeit für sie zu haben, und wahrscheinlich fühlte sie sich vollkommen alleingelassen, unerwünscht und von niemandem gebraucht.

»Wenn sie sich heute abend mit dir treffen will, muß sie sich bis dahin irgendwo versteckt halten. Wir fahren sofort zu O'Rourke«, sagte Ty.

Sie fuhren so schnell, wie es der Straßenzustand nur erlaubte, und als die Sonne flammendrot unterging und sie die Shamrock Ranch erreichten, stand O'Rourke auf der Veranda.

»Sag Cathleen, daß wir gekommen sind, um sie nach Hause zu holen.«

»Cathleen? Sie ist nicht hier.«

»Es ist zwecklos, sie zu decken, Culley«, sagte Ty ungeduldig. »Wir wissen, daß sie hier ist. Sie hat Repp eine Nachricht geschickt, in der sie schreibt, daß sie ausreißen und ihn treffen will. Sie kann sich nur hier versteckt halten.«

»Ich schwöre, daß sie nicht hier ist. Sie würde nicht fortlaufen«, sagte er beharrlich. Er sprach seine Gedanken laut aus. »Nicht, wenn sie sich solche Sorgen darüber macht, was Dyson mit dir anstellt, solange du im Gefängnis warst. Sie wäre nicht fortgelaufen.«

»Sie schreibt etwas von dem Flugzeugunglück ...«, setzte Repp zögernd an, weil er dachte, ihr Onkel wüßte vielleicht, wovon die Rede war.

»Hat sie Ihnen davon erzählt?« Er sah den Cowboy bestürzt an.

»Wovon?« fragte Ty.

»Davon, daß sich Stricklin am Motor zu schaffen gemacht und die Ölzufuhr unterbrochen hat«, antwortete Culley. Dann wurde im klar, daß keiner der beiden etwas davon gewußt hatte. »Oh, nein«, stöhnte er plötzlich. »Ihr glaubt doch nicht etwa, daß Stricklin oder Dyson dahinter gekommen ist, daß sie weiß, was sie getan haben?« Mit wilden Blicken sah er in alle Richtungen. »Sie haben sie geschnappt.« Sein Blick fiel auf Repp. »Und sie denken sich, daß Sie ihn in jener Nacht im Flugzeughangar auch gesehen haben.«

»Ich glaube, du erzählst uns die Geschichte von Anfang an«, riet ihm Ty und bemühte sich, die wirren Reden dieses Mannes von den Tatsachen zu unterscheiden.

Es war stockduster im Haus, und Cat schluchzte trocken. Sie lag an Händen und Füßen gefesselt auf dem staubigen Boden, und ihre Gliedmaßen schmerzten. Widerwillig spürte sie Insekten über ihren ganzen Körper kriechen.

Schritte näherten sich der Tür. Sie hielt den Atem an, und ihr

Herz schlug vor Angst schneller. Die Tür wurde geöffnet, und der Strahl einer Taschenlampe blendete sie. Sie blinzelte und versuchte, ihren Kopf abzuwenden. Stricklin betrat den Raum und bückte sich, um ihr die Fesseln abzunehmen.

»Ihr Freund wird gleich hier sein.«

Stricklin half ihr auf die Füße und führte sie aus dem Haus. Sie sog die kühle Nachtluft tief in ihre Lungen, und sie genoß die Kühle auf ihrer Haut. Grillen zirpten im Unkraut. Solche einfachen Dinge. Wie schön sie doch waren!

Ihre Nerven prickelten, als sie sah, daß er sich eine Pistole geholt hatte, während er sie gefesselt im Haus allein gelassen hatte. Jetzt hielt er die Waffe in der Hand.

Während sie neben dem Wagen warteten, betete Cat, Repp möge nicht kommen. Doch Scheinwerfer näherten sich, die auf die leerstehenden Gebäude zuhielten. Cat versuchte verzweifelt, sich etwas einfallen zu lassen, um Repp zu warnen; dann spürte sie die Mündung der Pistole, die sich in ihre Rippen bohrte. Hilflos sah sie zu, wie der Wagen immer näherkam und anhielt. Schritte knirschten über den Kies.

»Cat?« Seine Stimme durchbrach die Stille. »Cat, wo bist du?«

Stricklin preßte seinen Mund dicht an ihr Ohr. »Antworten Sie ihm. Sagen Sie ihm, er soll herkommen.«

In stummem Protest biß sie die Zähne aufeinander, ehe sie sich schließlich fügte.

»Hier bin ich, Repp.« Ihre Stimme bebte. »Auf der anderen Seite des Wagens.«

Als Repp um die Motorhaube herumkam, stieß Stricklin Cat zu ihm und richtete die Waffe auf ihren Kopf. Repp blieb erstarrt stehen.

»Die jungen Liebenden treffen zu ihrem letzten Stelldichein«, murmelte Stricklin und bedeutete Repp näher zu kommen.

»Dann waren Sie es, den Cathleen und ich in jener Nacht im Hangar gehört haben«, sagte Repp anklagend und kam langsam näher, bis Stricklin ihm bedeutete stehenzubleiben.

Cat starrte ihn schockiert an. »Repp, du …«

»Es ist zwecklos, so zu tun, als wüßten wir nichts«, fiel er ihr eilig ins Wort und wandte sich dann wieder an Stricklin. »Sie haben die Ölzufuhr unterbrochen, stimmt's?«

»Das war lächerlich einfach«, sagte Stricklin ungerührt. »Es ist ein Jammer, daß ihr beide zufällig in jener Nacht dort sein mußtet.«

»Was haben Sie mit uns vor?« Repp wirkte so ruhig, daß Cat am liebsten laut geschrien hätte.

»Es wird ein tragischer Unfall – zwei junge Liebende, die an einem abgelegenen Ort parken und sich leider mit Kohlenmonoxyd vergiften. Das passiert vollkommen schmerzlos, wirklich.« Er schien sie damit trösten zu wollen.

»Damit kommen Sie nicht durch«, gab Repp zurück.

»Niemand hat den Unfall entdeckt – außer euch beiden.«

»Und was ist mit Dyson – weiß er etwas davon?« Verächtlich und herausfordernd warf ihm Repp die Frage an den Kopf. »Ich vermute, es war seine Idee, und Sie nehmen ihm lediglich die schmutzige Arbeit ab.«

»Soll das ein Versuch sein, Unstimmigkeiten zwischen mir und E. J. zu schaffen?« Stricklins Stimme klang belustigt. »Daraus wird nichts. Dyson hat nichts damit zu tun. Machen Sie die Tür auf, und steigen Sie ein.«

Repp zögerte, als rechne er sich seine Chancen aus, den Mann zu überrumpeln.

»Ich habe gesagt, Sie sollen die Tür öffnen«, wiederholte er den Befehl.

Aus den Schatten des Hauses antwortete ihm eine andere Stimme – Tys Stimme. »Das wird er nicht tun, Stricklin.«

Cat taumelte ein paar Schritte. Ihr Herz schlug wie verrückt, und sie bekam kaum Luft. Hinter ihr kam etwas mit einem Satz aus dem Dunkel gesprungen, und sie schrie auf.

Plötzlich ertönte ein Knall. Cat wirbelte herum. Das Bild vor ihr erstarrte in Zeitlupe: Direkt vor ihr wankte eine Gestalt taumelnd rückwärts; Stricklin lehnte am Wagen, hielt in der Hand seines ausgestreckten Armes die Pistole, und aus der Mündung kräuselte eine winzige Rauchfahne.

Ein zweiter Schuß fiel. Er schien Stricklin, dessen Gesicht schockiert erstarrte, nach hinten taumeln zu lassen. Dann glitt er am Wagen herunter und fiel zu Boden. Cat rannte dem grauhaarigen Mann entgegen, der vor ihr auf die Knie sank.

»Onkel Culley!« Sie ließ sich auf die Knie fallen, und ihre Hände versuchten, ihn zu stützen. Sie warf einen panischen Blick über ihre Schulter und bemerkte, wie zwei Männer Repp auf die Füße halfen. Sie wußte nicht, woher sie gekommen waren, doch Repp schien unverletzt. Als sie sich wieder ihrem Onkel zuwandte, merkte sie, daß er eine Hand auf seine Brust preßte. Zwischen seinen Fingern sickerte etwas Feuchtes, Dunkles hervor. »Du bist getroffen worden.«

»Das wird schon wieder, Mädchen.« Er tätschelte ihre Hand und hinterließ darauf das warme, klebrige Blut.

Sein Gewicht in ihren Armen wurde immer schwerer und sie mußte ihn mit ihrem ganzen Körper stützten. Dann stand Ty neben ihr. »Ist alles in Ordnung mit dir?«

»Ja.« Ehe sie seine Aufmerksamkeit auf Culleys Brust lenken konnte, knöpfte Ty bereits Culleys Hemd auf und preßte ein zusammengefaltetes Stück Stoff auf das pupurne Loch in seiner Brust.

»Der Krankenwagen ist schon unterwegs, Culley«, sagte er. »Es tut mir leid. Repp war im Weg, und wir konnten nicht auf ihn schießen.«

»Ich ... Ich konnte doch nicht zulassen, daß er Cathleen erschießt. Er hätte es getan.« Seine Stimme klang sehr matt, obwohl er sich bemühte, sie anzulächeln. Cat wurde klar, daß er sich absichtlich zwischen sie und Stricklin geworfen hatte. »Ich habe schon auf sie aufgepaßt. Ich habe mich immer bemüht zu wissen, wo sie ist und was sie tut. Nur heute nicht – heute habe ich sie im Stich gelassen.«

»Nein, das hast du nicht, Onkel Culley«, widersprach sie mit gepreßter Stimme. »Du bist gekommen. Du hast Hilfe mitgebracht. Und Ty hat dir geglaubt, stimmt's?«

»Ja.« Er schloß die Augen, als müsse er darüber nachdenken. »Ein Calder, der einem O'Rourke aufs Wort glaubt.«

»Du solltest jetzt nicht mehr sprechen«, riet ihm Ty. »Bleib ganz still liegen.«

Sirenen heulten gespenstisch in der Nacht. Ein Gewirr von Stimmen und Gestalten näherte sich. Scheinwerfer und Strahler erhellten die Nacht, und Blitzlichter blinkten, als Stricklins lebloser Körper fotografiert wurde. Repp kam zu Cat und wachte mit ihr über ihren Onkel. Er selbst hatte eine häßliche Platzwunde am Kiefer. Dort hatte ihm die Pistole einen heftigen Schlag versetzt.

Der starke schwarze Kaffee hatte eine belebende Wirkung auf Ty, und wie er sich den Mund mit seinem Handrücken abwischte, spürte er das Kratzen seiner Bartstoppeln. Seit mehr als sechsunddreißig Stunden hatte er sich weder rasiert noch umgezogen – und geschlafen hatte er auch während dieser ganzen Zeit nicht. Die Müdigkeit war bis in die Knochen zu spüren.

»Ich weiß nicht, woran Dyson mehr zu schlucken hat«, sagte Silverton, als sie am frühen Morgen bei Sally saßen, »an der Entdeckung, welchen Verrat Stricklin begangen hat, oder an der einstweiligen Verfügung.«

»Ich bin sicher, daß beides ein schwerer Schlag für ihn ist«, stimmte Ty zu.

»Wollt ihr noch Kaffee?« fragte Sally, die mit der Kanne an den Tisch kam. »Es freut mich, daß Culley die Operation so gut überstanden hat.«

»Die Ärzte sind zuversichtlich, daß er ganz schnell wieder auf den Beinen ist. Die Kugel hat zwar Lungengewebe gestreift, aber zum Glück hat sie die lebenswichtigen Organe verfehlt. Er hat eine Menge Blut verloren, aber ansonsten ist die Wunde nicht kritisch.«

»Wollt ihr noch Kaffee?«

»Nein, danke, Sally. Ich muß noch etwas erledigen.« Ty stand auf.

Er blieb stehen, als er vor Taras Tür stand. Er spürte seine Erregung und seine innere Spannung – jene freudige Erwartung, die er von früher kannte, und die ihn immer wieder befiel, kurz bevor er sie sehen würde. Mit seinen Knöcheln klopfte er leicht an die Tür, die sich augenblicklich öffnete. Es war, als hätte sie auf der anderen Seite gestanden und auf ihn gewartet. Sie trat zurück, um ihn einzulassen. Die Sonne bestrahlte ihre dunkle Schönheit. Sie hatte immer die Macht besessen, ihn zu erregen – und das konnte sie auch diesmal.

»Hallo, Tara.«

»Ty.« Ihre ihm so tief vertraute Stimme lockte ihn. »Ich habe von der einstweiligen Verfügung gehört.«

»Ja.« Es entstand ein bedrücktes Schweigen ob all der vielen Dinge, die nun ausgesprochen werden mußten. »Ich dachte, mein Vater hätte recht. Ich habe daran geglaubt, daß er gewinnt.« Sie sah ihn an. »Das war doch mein Fehler, oder? Und das wird immer zwischen uns stehen. In den letzten drei Stunden, seit ich von der Verfügung gehört habe, habe ich an nichts anderes denken können.«

»Ich weiß, Tara«, sagte er.

»Es stimmt doch, oder?« Sie kam ihm näher und sah ihm ernst und forschend ins Gesicht. »Du hast immer geglaubt, daß ich nicht loyal zu dir, sondern mehr zu meinem Vater stehe.«

»Ja.«

Ihre Schönheit war seine immer gültige Entschuldigung, sie anzustarren. Feuer trat in ihre dunklen Augen, und ihre Lippen wurden weich. »Ty.« Sie sprach seinen Namen aus wie früher. »Erinnerst du dich noch an die Zeiten im College? Du warst damals so verliebt in mich. Das Leben sah so wunderbar für uns aus. Fühlst du es nicht immer noch so?«

Überrascht wandte er den Blick von ihr ab. Einst war sie sein ganzes Leben gewesen. Er hatte nur an sie gedacht, wohin er auch ging. Er erinnerte sich an das glühende Verlangen, das sie einst in ihm wachgerufen hatte, an sein rasendes Begehren und an ihre Reaktionen auf sein Drängen. Aber wenn er versuchte, diese Gefühle und Empfindungen wieder in sich wachzurufen, sah er jedesmal Jessys Gestalt, die vor dem Kamin stand und vom Schein des Feuers beleuchtet wurde.

Tara starrte ihn an und sah die Leere seines Blickes. »Wie konntest du all das vergessen?« flüsterte sie mit gequälter Stimme.

»Ich weiß es nicht«, räumte er sanft ein. »Ich habe nie etwas anderes von dir verlangt, als daß du zu mir hältst. Aber du warst mir immer zwei Schritte voraus und hast versucht, mich dahin zu lotsen, wo du mich haben wolltest.«

»Ich habe doch nur versucht, dir zu helfen.«

»Das ist mir klar.« Ty nickte bedächtig. »Alles ändert sich, Tara. Und man kann die alten Zeiten nicht zurückholen, so gerne man es auch möchte.«

»Aber ich habe dich geliebt.« Sie erhob Einspruch gegen die Endgültigkeit seiner Worte.

»Früher habe ich dich geliebt. Ich werfe dir nicht vor, was du bist. Irgendwo gibt es einen Mann, der besser zu dir paßt als ich.«

Einen Moment lang schloß sie die Augen; dann riß sie sie anklagend auf. »Es ist wegen Jessy, stimmt's? Es tut mir leid, aber ich hasse sie.« Sie wandte sich ab. »Vielleicht liegt es daran, daß sie unter diesem erdrückenden Himmel aufgewachsen ist und dieses Land liebt.«

Ty zögerte und wußte nicht, was er sagen sollte. »Ich wünsche dir, daß du glücklich wirst, Tara.«

»O ja.« Ihr Lachen klang bedrückt. »Ich bin sicher, daß ich die Rolle der glücklich geschiedenen Frau vorzüglich spielen werde.« Dann seufzte sie. »Beim nächsten Mal mache ich nicht mehr den Fehler zu glauben, daß Daddy immer recht hat.«

Aber es war nicht nur das, und Ty wußte es. Sie waren schon seit langem getrennte Wege gegangen. Er drehte sich um und ging langsam zur Tür.

»Den Ring behalte ich, Ty.« Ihre leise Stimme, aus der Tränen herauszuhören waren, erreichte ihn. »Als einen Teil meiner Erinnerungen daran, wie es hätte sein können.«

Die Sonne strahlte weiß hoch oben am sommerlich blauen Himmel. Der Wind strich über die wellige Steppe. Als Ty fortfuhr, drehte er sich nicht mehr um. Ty machte sich mit der Zielsicherheit eines alten Gauls auf den Heimweg. Instinktiv erreichte er die Hütte, die sich zwischen die Bäume am Flußufer schmiegte. Erschöpft wankte er aus dem Wagen.

Als er das Haus betrat, saß Jessy mit gefalteten Händen am Tisch und wartete. Sie hatte seinen Wagen gehört. Ihre Wangen waren gerötet, aber ihre Haltung war entschieden reserviert.

»Ich glaube kaum, daß du zufällig frischen Kaffee gekocht hast.« Er suchte nach einer unverfänglichen Einleitung.

»Ich bin sicher, daß es bei dir zu Hause jede Menge Kaffee gibt.«

»Aber mir schmeckt dein Kaffee«, sagte er.

»Da die Angelegenheit mit Dyson praktisch erledigt ist – warst du bei Tara?« Die Frage klang fast grob.

»Ja.«

Jessy war innerlich zu aufgewühlt, um still dasitzen zu können. Sie sprang auf und drehte sich dann zu ihm um.

»Kommt sie zurück?«

»Ich habe sie nicht darum gebeten. Sonst wäre ich nicht hier.« Es gab keine Worte für die übermächtige Zärtlichkeit, die ihn durchströmte. Sie schnürte ihm die Kehle zu und hielt ihn von seinem Verlangen ab, sie in die Arme zu nehmen.

»Wenn du nur hier bist, weil du dich dankbar erweisen willst oder dich zu irgend etwas verpflichtet fühlst ...« Ihr Stolz, der so tief saß, ließ ihn lächeln.

»Nein, Jessy. Ganz und gar nicht.«

Diese Augen, die ihn immer so erwartungsvoll angesehen hatten, musterten ihn jetzt sorgsam. Die vollen Lippen wurden weicher und verzogen sich zu einem ungläubigem Lächeln. »Wenn du sicher bist ...« Sie stieß den Atem aus, den sie angehalten hatte. »Wenn du dir wirklich sicher bist ...«

»Ich bin mir ganz sicher, Jessy.« Kein Zweifel schwang in seiner Stimme mit. Ein Gefühl, das tiefer ging als die Zeit, ließ seine dunklen Augen hell aufleuchten. Seine Arme öffneten sich, als sie auf ihn zukam. Er senkte seinen Kopf, um sie zu küssen. Der Eindruck, daß sich der Raum um ihn herum drehte und verschwamm, war so stark, daß er seine Arme fest um sie schlang, damit sie nicht fortgeweht wurden.

Epilog

Das Land wirkte kärglich in seinen Winterfarben, dem ausgebleichten Braun und Gelb, das es anstelle des sommerlichen Grüns angenommen hatte. An dem endlosen Horizont hatten sich unheilverkündende Sturmwolken zusammengebraut und sich zu schwarzen Türmen angehäuft, die nach der monatelangen Dürre Regen versprachen.

Es war mehr als ein Jahr her, seit Chase Calder sein Zuhause das letzte Mal gesehen hatte, und sein gieriger Blick sog die Aussicht, die sich ihm bot, seit mindestens fünfundzwanzig Meilen tief in sich auf. All die Gefühle sehnsüchtigen Heimwehs, die er sich in den langen Monaten im Krankenhaus nicht gestattet hatte, stiegen jetzt übermächtig in seiner Brust auf. Er nahm jede kleinste Veränderung wahr, jeden feinen Unterschied.

»Es sieht so aus, als zögen die Regenwolken hierher«, beobachtete er leicht unwirsch.

Ty wandte seinen Blick von der Straße ab, um die verführerische Nähe der dunklen Wolkenbank in Augenschein zu nehmen. »Das hoffe ich doch. Wir könnten es weiß Gott gebrauchen.« Er bewegte seine Hände, die auf dem Lenkrad lagen. »Wir haben alle nur irgend denkbaren Einsparungen vorgenommen.«

»Von einer gewissen Größe an ist alles unrentabel; das liegt in der Natur der Dinge«, erwiderte Chase mit einer Spur von Sarkasmus. »Das Umstellen und Modernisieren ist immer ein Kampf. Und es fällt soviel Papierkram an, daß unter dem Druck, Gewinne aufzuweisen, manchmal die eigentliche Arbeit auf der Ranch untergeht. Manchmal muß man schwere Verluste hinnehmen, um eine Schlacht zu gewinnen.«

»Ja.« Wie wahr das war, wußte Ty nur zu gut.

»Du hast eine regelrechte Feuertaufe hinter dich gebracht.« Chase musterte stumm seinen Sohn und rief sich ins Gedächtnis zurück, was er alles durchgemacht hatte.

»Ein paarmal bin ich ins Stolpern gekommen«, gab Ty zu.

»Aber du hast dich an das gehalten, was du weißt. Ein Calder zu sein bedeutet, ein Rinderzüchter zu sein und dem Land und den Leuten gegenüber eine Verantwortung zu tragen.«

»Es wird noch ein paar Monate dauern, bis das Gericht die Sache mit dem Stück Land regelt«, sagte Ty und atmete tief ein. »Selbst das dürfte dann noch keine endgültige Regelung sein. Es hängt davon ab, wie das Gericht entscheidet, ob Dyson in die Berufung geht, und wenn er es nicht tut, werden wir Berufung einlegen.«

»Darüber mache ich mir keine Sorgen.« Ein Lächeln breitete sich auf seinen kantigen, markigen Zügen aus.

Einen Moment lang sah Ty ihn an, und dann lächelte auch er. »Ich mir auch nicht – nicht, wenn wir ihm gemeinsam gegenübertreten können.«

Die Ranchgebäude rückten in Sichtweite, und Ty fuhr langsamer. Auf dem großen Platz standen viele Fahrzeuge, und die Rancharbeiter und ihre Familien kamen dem Wagen in Scharen entgegen.

»Was soll denn das heißen?« Einen Moment lang war Chase Calder von dieser plötzlichen Wendung der Dinge überrascht.

Tys Gesicht nahm einen liebevollen Ausdruck an, während er regungslos hinter dem Steuer des Wagens, der jetzt zu einem Halt gekommen war, sitzen blieb. »Ich vermute, sie wollen dich zu Hause willkommen heißen.«

Für einen Sekundenbruchteil zögerte Chase, ehe er seine Hand nach dem Türgriff ausstreckte. Jubel brach aus, als er ohne fremde Hilfe aus dem Wagen stieg. Ein Spazierstock hing über seinem Arm, doch er benutzte ihn nicht. Als sich ein Mädchen mit rabenschwarzem Haar und Augen, die so grün wie das Calder-Gras waren, aus der Menge löste und ihm entgegenlief, fühlte sich Chase einen Moment lang in eine andere Zeit zurückversetzt, in der eine junge Maggie in seine Arme gelaufen war. Er drückte seine Tochter fest an sich. Seine Liebe zu ihr war etwas ganz Besonderes.

»Willkommen zu Hause, Dad.« Tränen glitzerten in ihren Augen, und sie strahlte vor Glück. Sie blieb an seiner Seite und legte einen Arm um ihn, als würde sie ihn nie verlassen, doch Chase war zu weise, um daran zu glauben. Er hatte Repp Taylor bereits bemerkt, der in der Nähe stand und er hatte den besitzergreifenden Blick in den Augen des großen, schlanken Cowboys gesehen, wenn er Cathleen ansah.

Nachdem er Repp begrüßt hatte, sah er spöttisch von einem zum anderen. »Ich nehme an, ihr beide seid heimlich miteinander durchgebrannt, während ich fort war.«

»Nein, Sir. Cat muß erst noch erwachsen werden«, sagte Repp und warf dann einen belustigten Blick auf Cat. »Für eine gute Ehefrau ist sie zu verzogen.«

»Repp.« Ihr Tonfall sollte eine entschiedene Zurechtweisung werden, doch Chase lachte nur über dieses Geplänkel.

Ty stieg langsam aus dem Wagen aus und gesellte sich erst später dazu, um die Bühne ganz seinem Vater zu überlassen. Das war sein großer Augenblick – seine Heimkehr. Als er gerade ausstieg, sah er seinen Vater bei Jessy stehen und kurz mit ihr reden, ehe er zum nächsten der Anwesenden weiterging. Dann kam sie mit ihrer langbeinigen Anmut über den Platz auf ihn zu. Ty spürte, wie sein Herz für diese stolze, bodenständige Frau höherschlug.

»Es ist einfach wunderbar, findest du nicht?« sagte sie und drehte sich wieder um, um seinen Vater zu beobachten.

»Ja.« Er legte einen Arm um ihre Taille und zog sie an sich. Sie wirkte nachdenklich. »Ist etwas mit dir?«

»Nein.« Sie schüttelte den Kopf und lächelte schwach. »Als ich gerade mit ihm gesprochen habe, hat er vorgeschlagen, ich sollte mir angewöhnen, ihn Dad Calder zu nennen.«

»Ich habe es ihm nicht gesagt, aber ich glaube, er denkt sich schon seit langem, daß ich dich heirate, sobald meine Scheidung endgültig geregelt ist.« Ty lächelte. »Das, was zwischen uns war, ist nicht direkt ein Geheimnis.«

»Nein.« Sie lachte leise und wirkte erfreut. Einen Moment lang schwiegen sie und wandten ihre Aufmerksamkeit wieder dem großen, ergrauenden Mann zu, der von Sally Brogan mit einem Kuß auf die Wange begrüßt wurde. »Ich bin froh, daß sie gekommen ist.« Sie sah Ty so ernst an, als wollte sie ihn warnen. »Dein Vater ist ein Mann. Es wird eine Zeit kommen, in der er sie brauchen wird, ihre Gesellschaft und ihre Zuneigung, aber das wird nicht heißen, daß er aufhört, deine Mutter zu lieben oder zu vermissen.«

»Ich weiß.« Inzwischen gab es vieles, was er über die menschlichen Sehnsüchte und Illusionen verstehen gelernt hatte. Aber er wußte auch, daß sie nie der Stärke und Festigkeit dauerhafter Dinge gleichkommen konnten.

Als Chase sich seinen Weg durch die Menge bahnte, hätte er beinah Culley übersehen, der sich etwas abseits hielt. Chase blieb stehen und änderte seine Richtung, um auf Maggies Bruder zuzugehen. Die beiden sahen einander lange an.

»Sie sehen erholt aus«, sagte Culley schließlich.

»Du auch.« Chase nickte.

Dann senkte Culley den Kopf und sah auf den Boden. »Ich weiß, wie sehr Sie sie geliebt haben. Ich …«

»Wir haben sie beide geliebt«, fiel ihm Chase leise ins Wort. »Es mag sein, daß es nicht viel anderes gibt, aber das werden wir immer miteinander gemeinsam haben.«

»Ja – das stimmt wohl.«

Alte Freunde, Männer und Frauen, mit denen er gearbeitet hatte und mit denen er aufgewachsen war, drängten sich um Chase, um ihn willkommen zu heißen. Die Jüngeren, für die der Calder-Patriarch etwas war, was sie mehr aus Erzählungen als aus dem Leben kannten, begrüßten ihn ebenfalls und hießen ihn zu Hause willkommen. Es waren viele heisere Männerstimmen zu hören, und oft standen Tränen in den Augen der lächelnden Gesichter.

Die Versammlung löste sich nur zögernd auf, denn alle wollten den Augenblick der Heimkehr so lange wie möglich genießen. Die Familie Yates brach auf. Chase hatte sich gerade von ihnen verabschiedet und wandte sich wieder der Menschenmenge zu, die sich allmählich verlief, als er die Bemerkung hörte, die der Sohn von Tiny Yates, ein Teenager, von sich gab.

»Tys Alter sieht besser aus, als ich es nach dem langen Krankenhausaufenthalt erwartet habe.«

Als er diese Formulierung hörte, blieb Chase abrupt stehen, und Tränen schimmerten in seinen Augen, als er sie zum Himmel richtete. »Maggie.« Seine Stimme klang erstickt. »Hast du gehört, was er gesagt hat? Tys Alter.«

Gemeinsam seht ihr in die Zukunft,
Auf viel Sonne und Schatten auf Erden,
Und zieht Kinder auf in dem Wissen,
Daß sie zum Calder gebor'n sind und zu Calders werden.

Janet Dailey
Meisterin spannender Frauentomane

Nur wenig ist über die Erfolgsautorin Janet Dailey bekannt; die private Person tritt hinter die Werke zurück.
1975 veröffentlichte sie ihren ersten Roman und seitdem ist sie mit ihren spannenden Frauenromanen und großen Familiensagas regelmäßig in den Bestsellerlisten vieler Länder zu finden. Ihre Romane wurden in knapp 20 Sprachen übersetzt; in fast 100 Ländern werden sie verkauft. Mit über 100 Millionen verkaufter Bücher gehört Janet Dailey zur Spitzengruppe der Bestseller-Autorinnen.
Janet Dailey lebt mit ihrem Mann im amerikanischen Bundesstaat Missouri, in den Ozark Mountains.

Verzeichnis lieferbarer Titel

(Stand Februar '97)

Die Halbschwestern (01/8373)
Im heißen Sommerwind
Ein magischer Moment
Maskerade (01/9380)
Unsere erste Begegnung
Die Versöhnung (01/8728)
Wie wilder Wein (01/9605)
Zwei Tage und zwei Nächte
Zwischen zwei Gefühlen

2 Romane in einem Band:
Das hungrige Herz/Sturmritt
Magischer Moment/Liebe hat viele Seiten
Nachtglut/Unbezähmbar
Der große Traum/Der große Kampf (23/122)

Die Bandnummern der Heyne-Taschenbücher sind jeweils in Klammern angegeben